SAP R/3 prozeßorientiert anwenden

Edition SAP®

herausgegeben von Dr. Rüdiger Buck-Emden

In der Edition SAP des Addison-Wesley Verlages sind bisher erschienen:

- Rüdiger Buck-Emden, Jürgen Galimow
  Die Client/Server-Technologie des SAP-Systems R/3
  Basis für betriebswirtschaftliche Standardanwendungen
  3. Auflage zum Release 3.x, 1996, ISBN 3-8273-1021-0
  2. Auflage zum Release 2.2, 1995, ISBN 3-89319-870-9

- Bernd Matzke
  ABAP/4
  Die Programmiersprache des SAP-Systems R/3
  1. Auflage, 1996, ISBN 8-89319-949-7

- Liane Will, Christiane Hienger,
  Frank Straßenburg, Rocco Himmer
  Administration des SAP-Sytsems R/3
  Leitfaden zur Systembetreuung und -optimierung
  2. Auflage zum Release 3.x, 1997, ISBN 3-8273-1136-5

- Gerhard Keller, Thomas Teufel
  SAP R/3 prozeßorientiert anwenden
  Iteratives Prozeß-Prototyping zur Bildung
  von Wertschöpfungsketten
  1. Auflage, 1997, ISBN 3-8273-1073-3

Weitere Bände sind in Vorbereitung. In Kürze erscheint:

- Thomas Hantusch, Bernd Matzke, Mario Perez
  SAP R/3 im Internet
  Globale Plattform für Handel, Vertrieb
  und Informationsmanagement
  1. Auflage, 1997, ISBN 3-8273-1215-9

Gerhard Keller
Thomas Teufel

SAP R/3 prozeßorientiert anwenden

Iteratives Prozeß-Prototyping zur Bildung von Wertschöpfungsketten

ADDISON-WESLEY

An imprint of Addison Wesley Longman, Inc.

Bonn · Reading, Massachusetts · Menlo Park, California · New York · Harlow, England
Don Mills, Ontario · Sydney · Mexico City · Madrid · Amsterdam

Die Deutsche Bibliothek – CIP-Einheitsaufnahme

Keller, Gerhard:
R/3 prozeßorientiert anwenden : iteratives Prozeß-Prototyping
zur Bildung von Wertschöpfungsketten/Gerhard Keller; Thomas Teufel.–
Bonn, Reading, Massachusetts [u. a.] : Addison-Wesley-Longman, 1997
(Edition SAP)
ISBN 3-8273-1073-3
NE: Teufel, Thomas:

Lektorat: Tomas Wehren, Anja Schmitz, Bonn
Produktion: Claudia Lucht
Satz: Dr. Gerhard Keller, Thomas Teufel, Walldorf
Grafiken: Claudia Lucht, Bonn, Carlos Quiterio, Kai-Uwe Schmidt, Heidelberg
Belichtung, Druck und Bindung: Bercker Graphischer Betrieb, Kevelaer
Umschlaggestaltung: Hommer DesignProduction, Haar bei München

Das verwendete Papier ist aus chlorfrei gebleichten Rohstoffen hergestellt und alterungsbeständig. Die Produktion erfolgt mit Hilfe umweltschonender Technologien und unter strengsten Auflagen in einem geschlossenen Wasserkreislauf unter Wiederverwertung unbedruckter, zurückgeführter Papiere.

„Wir sind die Diener unserer Kunden,
denn eine Innovation ohne sinnvolle Verwendungsmöglichkeit
ist wertlos."

Einführung

Prozeßgestaltung spielt zum einem innerhalb der Management- und Organisationslehre eine zentrale Rolle, zum anderen wird mit dem Einsatz von DV-Systemen versucht, das Ergebnis der Prozeßgestaltung durch eine integrierte Informationsverarbeitung in den Unternehmen zu unterstützen.

Unter historischen Gesichtspunkten kam der Anstoß zur Entwicklung von EDV-Konzepten von der Seite der Hersteller der Hard- und Software. Durch sie ergaben sich neue Möglichkeiten des effizienten EDV-Einsatzes, welche die betriebliche Seite nutzen konnte und wollte. Entsprechend vollzog sich auch die Entwicklung der EDV-orientierten Forschung. In erster Linie wurden Forderungen an die EDV aus der betrieblichen Realität abgeleitet und spezifiziert. So versuchten die DV-Anbieter in den 70er Jahren, die Anforderungen der einzelnen Funktionsbereiche optimal zu unterstützen, die Interdependenzen zu den vor- und nachgelagerten Bereichen wurden allerdings kaum berücksichtigt. Geschlossene Hardwarearchitekturen erlaubten lediglich die Entwicklung eng an den Betriebssystemen angelehnter Softwarelösungen. Inkompatibilitäten zwischen den DV-Systemen der verschiedenen Anbieter führten zu sogenannten *Insellösungen*. Die vorhandenen, proprietären Systeme wirkten kontraproduktiv zu dem angestrebten Ziel der *Integrationsnutzung* und konnten nur zum Teil die funktionalen Anforderungen erfüllen.

Letztendlich schlug sich diese Situation in den 80er Jahren beim Anwender oftmals in *CIM-Ruinen* (Computer Integrated Manufacturing) nieder. Ein wesentlicher Grund dieser Entwicklung war, daß einerseits durch den Einsatz von primär funktional konzipierten Informationssystemen die in den meisten Unternehmen vorherrschende funktionale Organisation manifestiert wurde, andererseits die traditionellen Organisationsstrukturen zur Unterstützung ihrer Aufgabenbewältigung klassischerweise funktional organisierte Informationssysteme forderten. Ergebnisse dieser Entwicklung waren:

- zergliederte Prozeßketten im Unternehmen
- eine hohe Anzahl von organisatorischen Schnittstellen
- eine hohe Anzahl von Schnittstellen zwischen DV-Systemen

Mit der zunehmenden Entkopplung von Hard- und Software wurden erste Schritte beim Abbau von proprietären DV-Systemen erreicht. Das Aufkommen integrierter Datenbanksysteme und Netzwerke sollte die Integrationsprobleme der 70er Jahre lösen. Mit dem

Zugriff unterschiedlicher Unternehmensbereiche auf dieselbe Datenbasis sollte das Ziel erreicht werden, daß Daten, die in einem Bereich erstellt werden, sofort allen anderen Bereichen zur Verfügung stehen. Eine redundanzarme und zugriffsfreundliche Strukturierung sollte folgendes ermöglichen:

- Verbesserung der Vollständigkeit und Richtigkeit der Daten
- Aktualität der Daten für alle betrieblichen Bereiche
- Wegfall von Mehrfacheingaben derselben Daten
- Vermeidung von Übertragungsfehlern
- Verringerung des Aufwands beim Änderungswesen
- Verkürzung von Informationsübertragungszeiten

Mit der Entwicklung konzeptioneller Datenmodelle sollten die in den Unternehmen vorherrschenden Probleme der Datenredundanz und Dateninkonsistenz gelöst werden. Ganze Heerscharen von Wissenschaftlern und Praktikern befaßten sich mit der Unternehmensdatenmodellierung gemäß dem Entity-Relationship-Ansatz nach Chen. Die erstellten betriebswirtschaftlichen Anwendungsdatenmodelle konnten Anbieter und Anwender für datenstrukturelle Aspekte bei der Betrachtung von Schnittstellen und Integrationszusammenhängen sensibilisieren, einen entscheidenden Durchbruch zur Softwareauswahl erreichten sie allerdings nicht. Auch blieben sie aufgrund der komplexen Notation einem kleinen Kreis von Experten der Wirtschaftsinformatik und der Informatik vorbehalten, glichen häufig mehr internen Schaltstrukturen und konnten die Anforderungen der Fachanwender nur begrenzt abbilden.

Die Defizite in den Datenmodellen veranlaßten einige Wissenschaftler, sich mit der prinzipiellen Frage der Bildung von Modell- bzw. Unternehmensarchitekturen (z. B. CIM-Open System Architecture) zu befassen. Die funktionalen Defizite in der Standardsoftware der achtziger Jahre nahm eine Gruppe von Werkzeugherstellern zum Anlaß, mit der Entwicklung von computergestützten Werkzeugen zur Softwareentwicklung – Computer Aided Software Engineering (CASE) – zu beginnen. Informationstechnologieorientierte Methoden, wie z. B. Structured Analysis (SA), Structured Analysis/Real Time (SA/RT), Structured Analysis and Design Technique (SADT), Programmablaufpläne (PAP), Petrinetze, Funktionsbäume usw., fanden Eingang in solche Werkzeuge (Tools) zur Beschreibung von funktionalen und prozeduralen Aspekten.

Fehlende Anwenderfreundlichkeit an der Oberfläche, unzureichende Integration zur physischen Implementierung, fehlende Berücksichtigung des organisatorischen Wandels und eine schwerfällige Handhabung der CASE-Werkzeuge begrenzten die Anwendbarkeit auf eine kleine Anzahl von informationstechnologieorientierten Nutzern. Fehlendes Verständnis der Informationstechnologie-Ingenieure für die betrieblichen Anforderungen der Endanwender sowie unzureichendes Wissen über betriebswirtschaftliche Lösungen, wie sie z. B. eine Vielzahl von SAP-Kunden in das R/3-System eingebracht haben, führten häufig zu den nächsten Ruinen in den Unternehmen - den sogenannten *CASE-Ruinen*.

Der Ansatz der Praktiker, aus einer größeren betriebswirtschaftlichen Anforderungsbeschreibung mit Hilfe eines CASE-Werkzeuges beim Kunden automatisch eine Softwarelösung zu fertigen, ist gescheitert. Der Ansatz der Wissenschaftler, eine Architektur für durchgängige Softwareentwicklungsprojekte bereitzustellen, ist in den Kinderschuhen stecken geblieben. Das potentiell mögliche betriebswirtschaftliche Lösungsspektrum der Praxis führte darüber hinaus dazu, daß die häufig isoliert forschenden Wissenschaftler an der Aufgabe *Geschäftsprozeßgestaltung* scheiterten und nur unzureichende praxisgerechte Gestaltungsempfehlungen erarbeiteten.

Mit der Entwicklung von Client/Server-Lösungen für betriebswirtschaftliche Anwendungen, wie das R/3-System der SAP AG, ergaben sich neue Ansatzpunkte der organisatorischen Gestaltung in den Unternehmen. Die neuen Gestaltungsmöglichkeiten führen allerdings auch zu einer gesteigerten Entscheidungskomplexität bei der Erstellung des DV-gestützten Informationsverarbeitungskonzeptes.

Gleichzeitig bewirkten die Strömungen in der Informationstechnologie (IT) und im Management eine Abkehr von abteilungsbezogenen Optimierungen hin zu einer durchgängigen Geschäftsprozeßgestaltung der wichtigsten Wertschöpfungsketten. Anstelle des datenorientierten Ansatzes der 80er Jahre trat das Design von Geschäftsprozessen in den Mittelpunkt der Betrachtung. *Process Owner*, die für die Abwicklung kompletter Prozesse verantwortlich sind, wurden deshalb häufig in der Praxis eingesetzt. Ebenso verlagerten sich die Diskussionen weg von den technischen Details hin zu betriebswirtschaftlichen Fragestellungen innerhalb der Anforderungsanalyse. Die Technologie, wie z. B. Client/Server-System, Datenbank, Netzwerk, wurde als Quasi-Standard akzeptiert.

Diese Notwendigkeit veranlaßte die SAP Ende 1992 dazu, eine Methodendiskussion über die Darstellung von Geschäftsprozessen abzuschließen und schnellstmöglich mit der Entwicklung der Prozeßinhalte des R/3-Systems zu beginnen. Die Präsentation ausgewählter Beispiele auf der internationalen Computermesse CeBIT ´93 und die überwiegend positive Resonanz des Fachpublikums bestätigten den eingeschlagenen Weg. Sukzessive wurden mit den R/3-Releases 2.1, 2.2 und 3.0 auch die R/3-Referenzprozesse ausgeliefert. Das aktuelle Referenzmodell zum Release 3.x ist in Englisch und Deutsch erhältlich. Es umfaßt die Prozesse zu den betriebswirtschaftlichen Bereichen (Anwendungskomponenten):

- Logistik
  - Vertrieb
  - Materialwirtschaft
  - Produktionsplanung
  - Projektsystem
  - Qualitätsmanagement
  - Instandhaltung
- Rechnungswesen
  - Finanzbuchhaltung

- Anlagenwirtschaft
- Investitionsmanagement
- Controlling

- Personalwirtschaft
  - Personaladministration und -abrechnung
  - Personalplanung und -entwicklung

War die Modellierung von Informationssystemen einer kleinen Expertengruppe vorbehalten, erfordert die Geschäftsprozeßgestaltung eine Kommunikation zwischen IT-Anbietern, IT-Management, Organisationsplanern und Endanwendern über Abteilungsgrenzen hinweg. Ebenso ist es erforderlich, daß Vertreter unterschiedlicher Fachdisziplinen, wie z. B. Betriebswirtschaftslehre, Ingenieurwissenschaft, Wirtschaftsingenieurwesen, Informatik, Wirtschaftsinformatik, miteinander diskutieren.

Effiziente Geschäftsprozeßabwicklung ist ohne Verwendung entsprechender Informationstechnologie heute in den meisten Fällen nicht mehr realisierbar. So wie Telefone und Fernseher alltägliche Gebrauchsgüter in privaten Haushalten sind, kann ein Industrieunternehmen ohne Informationstechnologien, z. B. Rechneranlagen und Kommunikationsdienste (Telefax, Telex, T-Online, Versenden elektronischer Nachrichten mittels Electronic Mail über Internet), im heutigen Informationszeitalter nicht existieren. Während die technologische Entwicklung in dramatischen Innovationssprüngen voranschreitet und neue Abwicklungsformen ermöglicht, sind die betriebswirtschaftlichen Konzepte zur Geschäftsprozeßabwicklung in den meisten Unternehmen immer noch durch das Paradigma des Taylorismus geprägt. Das Denken und Handeln der Mitarbeiter in den Unternehmen nach dem Taylor-Prinzip, nach dem jeder seinen Bereich mit seinen Aufgaben und Informationen zu optimieren hat, und die Strukturierung der Unternehmen nach dem Taylor-Prinzip, d. h. Trennung der Aufgaben in planende, kontrollierende und ausführende Tätigkeiten, behindern die Unternehmen auf dem Weg zur Realisierung von durchgängigen Geschäftsprozessen. Andererseits erfordert die Dynamisierung der Märkte (Dinge, die heute *State of the Art* sind, gelten morgen schon als veraltet, z. B. Schallplatten und CDs, Rollschuhe und Inline-Skates, Bleisatz und Photosatz in der Druckindustrie, elektromagnetische Datenübertragung (Koaxialkabel) und Datenübertragung mit Lichtwellenleiter (Glasfaserkabel), Schreibmaschinen und Computer, Vergaser und Einspritzmotoren) ein schnelles und flexibles Agieren. Individualisierung der Produkte nach dem Wunsch des Kunden und Herstellung bei möglichst günstigen Kosten zur Unterbietung des aktuellen Marktpreises sowie gleichzeitige Einhaltung der notwendigen Qualität sind heute Anforderungen, die ein Unternehmen erfüllen muß, um auf dem Anbietermarkt existieren zu können.

Zur Erfüllung der genannten Anforderungen beschäftigen sich viele Unternehmen mit der Gestaltung und Optimierung von Geschäftsprozessen, die mit einem Informationssystem unterstützt werden sollen. Hier stellen sich für die Unternehmen vier wichtige Fragen, die zu klären sind:

- Was sind unsere zentralen Geschäftsprozesse, mit denen wir Gewinn erzielen?
- Wie müssen diese Geschäftsprozesse gestaltet sein?
- Welche Mitarbeiter sind dafür verantwortlich?
- Welche Fertigungs-, Kommunikations- und Informationstechnologie wird benötigt?

Der Informationstechnologie als Träger integrierter Geschäftsprozesse fällt dabei eine nicht unbedeutende Rolle zu. Auf dem Weg zur DV-gestützten Geschäftsprozeßabwicklung stellt sich nun das Problem, wie dieses Vorhaben realisiert werden kann. Dabei zeigen sich in der Praxis zwei eklatante Probleme bei der Gestaltung von Geschäftsprozessen:

- Die vorhandenen Geschäftsprozesse sind in vielen Unternehmen intransparent und die Zuständigkeiten nicht selten ungeklärt.
- Die angebotenen Geschäftsprozesse von den DV-Anbietern, speziell der Softwareanbieter, sind häufig für die potentiellen Kunden nicht ersichtlich und in ihrem ganzen Umfang meistens schwierig zu verstehen.

Dieses Buch zeigt auf, wie Geschäftsprozesse gestaltet werden können und wie sie mit der Software des weltweit führenden Anbieters von betriebswirtschaftlicher Anwendungssoftware abgewickelt werden können – dem R/3-System der SAP AG. Geschäftsprozesse in dem hier verstandenen Sinne bedeuten eine sinnvolle Aneinanderreihung von Teilen zu einem Gesamtprozeß mit dem Ziel, daß bei Durchlauf des Gesamtprozesses etwas *Neues* geschaffen wird, d. h. ein Wert für einen Kunden erzielt wird, für den der Kunde einen angemessenen Preis bezahlt. Die Erzeugung dieses Wertes wird deshalb als *Wertschöpfungskette* bezeichnet.

Das Buch gliedert sich inhaltlich in fünf Abschnitte. In *Abschnitt A* werden zunächst die unterschiedlichen Strömungen zur Geschäftsprozeßgestaltung aufgezeigt. Geschäftsprozeßgestaltung bewegt sich dabei im magischen Dreieck der *Unternehmensplanung, Technologieauswahl und Organisationsgestaltung, speziell der qualifikatorischen Planung des Personaleinsatzes*. Der erste Abschnitt beschreibt deshalb im Überblick die wichtigsten Entwicklungen auf diesen drei Gebieten. Es wird deutlich, daß Geschäftsprozeßgestaltung zunächst auf einen dieser drei Schwerpunkte fokussiert werden kann, fehlende Abstimmung mit den genannten zwei Nachbargebieten aber häufig zu einer unzureichenden Realisierung führt oder das Konzept gänzlich scheitern läßt. Konkretisiert werden die grundsätzlichen Entwicklungen durch eine vertiefende Diskussion ausgewählter Ansätze, die sich in mehr oder weniger ausgeprägter Form mit Aspekten zur Geschäftsprozeßgestaltung befassen. Das Spektrum reicht dabei von Ansätzen, die innerhalb der Managementlehre diskutiert werden (z. B. *Vernetztes Denken*), bis hin zu Ansätzen, die sich mit dem integrierten Einsatz von Informations- und Fertigungstechnologien (z. B. *Computer Integrated Manufacturing*) oder mit dem Einsatz von Informationstechnologien (wie z. B. *Continuous System Engineering*) befassen. Der Abschluß gibt einen Überblick über den *Softwarewandel* aus Anbietersicht und zeigt auf, welche prinzipiellen Unterstützungsmöglichkeiten zukünftig die Unternehmen bei der Planung von Informationsverarbeitungskonzepten von den Softwareanbietern fordern können.

Abschnitt B befaßt sich mit den Grundlagen zur Prozeßgestaltung. Die Autoren sind der Auffassung, daß primär zunächst nach vorhandenen Lösungen auf dem Softwaremarkt Ausschau gehalten werden soll, bevor eine Eigenentwicklung gestartet wird. Beide Wege setzen natürlich voraus, daß ein Unternehmen sich über seine Zielsetzung und den prinzipiellen Lösungsweg weitestgehend Klarheit verschafft hat. Ein Unternehmen muß dabei auch unter Kosten-Nutzen-Abwägungen darüber entscheiden, inwieweit eine häufig postulierte *Softwareanbieterabhängigkeit* dem Risiko einer *Mitarbeiterabhängigkeit* mit den entsprechenden Wartungs- und Instandhaltungskosten gegenübersteht. (Es soll ja heute noch vereinzelt Unternehmen geben, die aus *strategischen Gründen heraus* z. B. ihr eigenes Textverarbeitungsprogramm propagieren.) Auswählen der bestmöglichen Lösung auf dem Softwaremarkt setzt voraus, daß die Softwareanbieter fundiert, jedoch übersichtlich und nachvollziehbar ihre Lösungen darstellen. Im ersten Teil des Abschnitts B – Kapitel 2 – werden die von dem führenden Softwareanbieter für betriebswirtschaftliche Lösungen angebotenen Anwendungspakete – die betriebswirtschaftlichen Lösungen des Systems R/3 der SAP AG – im Überblick dargestellt.

Zur Erklärung von betriebswirtschaftlichen Sachverhalten bieten sich prinzipiell verbale Beschreibungen, tabellarische Darstellungen oder graphische Modelle an. Je nach Zielsetzung und Fragestellung zum einen, je nach Wissensstand des Anwenders zum anderen ist die eine Form der anderen Form überlegen. Die Vielzahl der angebotenen Varianten zur Beschreibung von betriebswirtschaftlichen Phänomenen läßt die Beschreibungsform selbst in einen Auswahlprozeß münden. Deshalb wird dem geneigten Leser in Kapitel 3 des Abschnitts B ein Überblick über die gängigsten Methoden mit den entsprechenden Buch- und Zeitschriftenverweisen geboten.

Die Darstellung leitet anschließend über zu der graphischen Beschreibungsform, die die SAP AG zur Präsentation der R/3-Prozesse anbietet. Die methodischen Grundlagen zu den R/3-Referenzprozessen sowie die Handhabbarkeit der R/3-Prozesse finden in Kapitel 4 Erwähnung. Ebenso wie im Straßenverkehr alle blauen Schilder Gebots- und alle roten Schilder Verbotscharakter haben, besitzen auch die verschiedenen Symbole im R/3-Referenzprozeßmodell eine Bedeutung, die dort erläutert wird. Wer auf die wissenschaftlichen Erläuterungen der einzelnen Elemente verzichten möchte, der sei auf das Übersichtsbild mit den Symbolen, Definitionen und Beispielen verwiesen.

Abschnitt C leitet zu den Nutzungsmöglichkeiten der von der SAP angebotenen Hilfsmittel zur Einführung und Anwendung des Systems R/3 ein. Diese Hilfsmittel können zur Einführung einzelner Anwendungsbereiche, z. B. des Vertriebs, genutzt werden und dienen dann zur Gestaltung einzelner Funktionsbereiche. Bei sinnvoller Kombination können damit aber auch komplette Wertschöpfungsketten, z. B. von der Auftragsbearbeitung, Produktionsdurchführung, Warenbewegung, Lieferungsbearbeitung, Fakturierung bis hin zur Zahlungsabwicklung, geplant werden. Einführung von Standardsoftware gehört zu der allgemeinen Klasse von Vorgehensweisen, die einen zielgerichteten Weg zur Lösung eines Problems aufzeigen. Sie können differenziert werden in Vorgehensweisen im Projektmanagement, wie sie z. B. von Unternehmensberatungen in Projekten zur Unternehmensplanung, Organisations- und Personalentwicklung eingesetzt werden, in Vorgehensweisen zur Softwareentwicklung und in Vorgehensweisen zur Softwareeinführung. Die unterschiedlichen Ansätze werden kurz in Kapitel 5 dargestellt und zur Detaillierung dem geneigten Leser die entsprechende Fachliteratur aufgezeigt.

Abweichend von diesen phasenorientierten Vorgehensweisen wird in Kapitel 6 in Teil C ein Ansatz zur prozeßorientierten R/3-Planung vorgestellt, der auf einem vernetzten Denkmodell basiert, in dem iterative Sprünge vorgenommen werden.

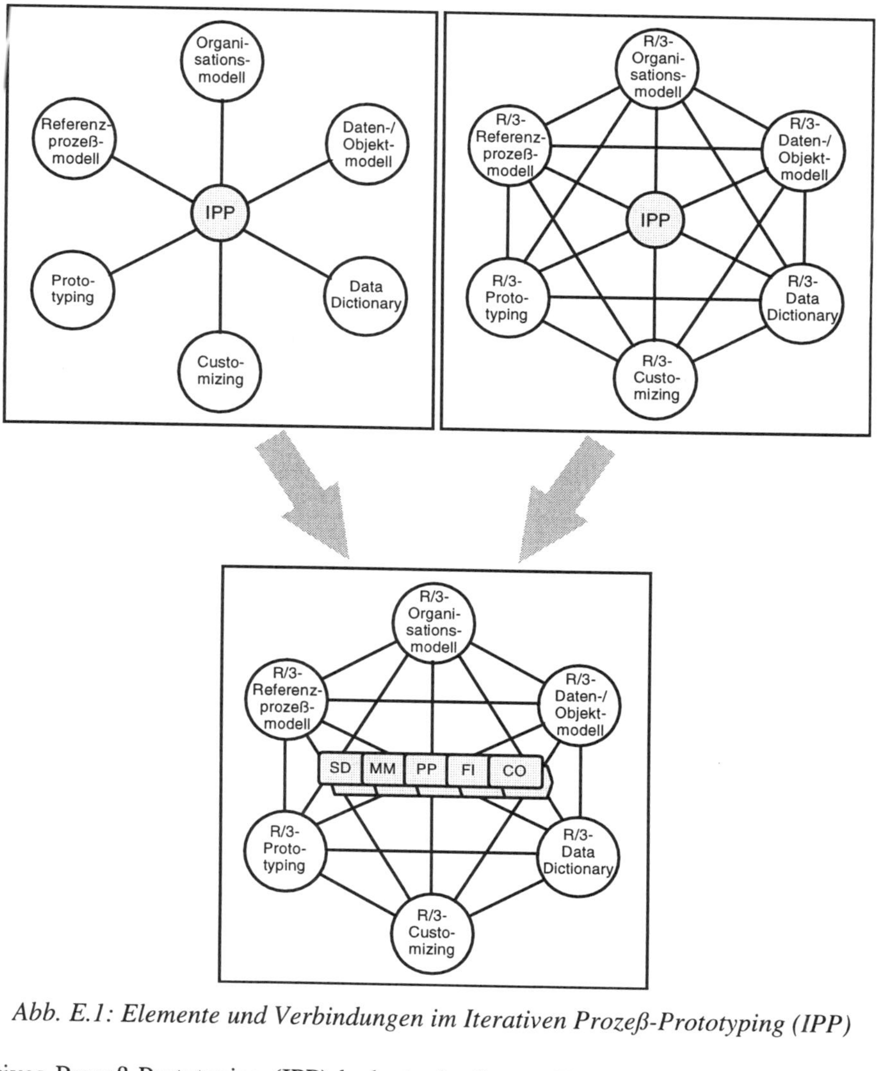

Abb. E.1: Elemente und Verbindungen im Iterativen Prozeß-Prototyping (IPP)

Iteratives Prozeß-Prototyping (IPP) bedeutet in diesem Zusammenhang, in Abhängigkeit von der Zielformulierung des Kunden das entsprechende Werkzeug herauszufinden. Die konzeptionelle Verbindung verschiedener Hilfsmittel untereinander erlaubt es dem Kunden, anhand seiner Fragestellung(en) zu seiner gewünschten Information zu navigieren. Es werden die benötigten Hilfsmittel des IPPs erläutert, die prinzipiellen Verbindungen zwischen den einzelnen Hilfsmitteln dargestellt und anhand der Aufgabenstellung *R/3 prozeßorientiert einführen* die Anwendung des IPPs aufgezeigt. Am Beispiel des R/3-Referenzprozesses Anfragebearbeitung wird auf Basis der in Workshops gemachten Erfahrungen die Integration und Verwendung der einzelnen Hilfsmittel des IPPs konkretisiert. Besonderen Wert wird hier auf das Aufzeigen der Verbindungen zwischen *Modell-* und *Systemwelt* gelegt, d. h. zwischen dem R/3-Referenzprozeßmodell und dem R/3-System. Denn nicht selten können die Ergebnisse, die von Beratungsgesellschaften in einer betriebswirtschaftlichen Modellwelt erstellt werden, häufig in der weiteren R/3-Einführung nicht weiter bzw. nur unzureichend genutzt werden. Andererseits fangen Berater, die der SAP-orientierten Systemwelt nahe stehen, häufig zu früh mit einer physischen Implementierung an, ohne die betriebswirtschaftlichen Wechselwirkungen des R/3-Systems hinreichend genau analysiert zu haben. Beides kann zu einem finanziellen und terminlichen Desaster im Projekt führen. Durch die netzwerkartige, inhaltliche Verbindung von Modell- und R/3-Systemwelt innerhalb des Iterativen Prozeß-Prototypings werden die Wechselwirkungen frühzeitig berücksichtigt.

Ziel des IPPs ist die Bildung von Wertschöpfungsketten. Während in Teil C die Erklärung der Vorgehensweise zur Nutzung des IPPs im Mittelpunkt steht, wird in *Abschnitt D* das Ergebnis eines IPPs und die damit verbundene Anwendung des R/3-Systems beschrieben. Anhand der Hilfsmittel R/3-Referenzprozeßmodell und R/3-IDES (R/3-Prototyping) wird ein Teil des IPPs als Erklärungsinstrument für die Wertschöpfungsketten zweier Unternehmenstypen genutzt. Die erste Wertschöpfungskette beschreibt einen *Losfertiger mit Lagerverkauf*, d. h. ein Unternehmen, das seine Produktpalette kundenanonym auf Basis von Absatzplanzahlen prognostiziert und fertigt und seine angebotenen Waren ausschließlich vom Lager aus verkauft. Die zweite Wertschöpfungskette beschreibt einen *auftragsbezogenen Montagefertiger*, d. h. ein Unternehmen, das eine seiner Produktpaletten ausschließlich nach Auftragserteilung durch einen konkreten Kunden fertigt und ausliefert. Anhand konkreter Beispiele wird der Zusammenhang von betriebswirtschaftlicher Konzeption und DV-technischer Realisierung über die betrieblichen Unternehmensbereiche Vertrieb, Materialwirtschaft, Produktion, Qualitätswesen, Controlling und Finanzwesen hinweg deutlich gemacht. Die aufgezeigten Lösungsmöglichkeiten beziehen sich primär auf das Angebot der SAP AG und zeigen, wie der Ansatz des IPPs zur prozeßorientierten R/3-Einführung genutzt werden kann.

Prozeßorientierung in dem hier verstandenen Sinne geht aber darüber hinaus. Letztendlich bewirkt die konsequente Ausrichtung des Unternehmens an Wertschöpfungsketten, daß die Unternehmen ihre feine, funktionale Gliederung zur Ausschöpfung von Spezialisierungsvorteilen nach dem Prinzip Taylors zugunsten einer mehr prozeßorientierten Gliederung zwecks Nutzung von Flexibilitätspotentialen aufgeben. Denn der Vorteil der Spezialisierung nach dem Funktionsprinzip aus dem Zeitalter der stabilen Absatzmärkte hat zum Nachteil eine hohe Anzahl von organisatorischen und DV-technischen Schnittstellen, z. B. bei der Produkt- und Auftragsabwicklung. Im heutigen Zeitalter der dynamischen Absatzmärkte, der sogenannten Konsumentenmärkte, müssen die meisten Unternehmen schnell und flexibel reagieren bzw. agieren. Diese Möglichkeit wird durch das System R/3 unterstützt, die Reduzierung der organisatorischen Schnittstellen obliegt den Unternehmen mit ihren Mitarbeitern. Voraussetzung zur Realisierung des Konzeptes ist, daß Prozesse transparent, nachvollziehbar und gestaltbar sind. Teil D ist deshalb so aufgebaut, daß aufbauend auf einer verbalen Beschreibung auf der linken Seite immer der konzeptionelle Aufbau (Ablaufstruktur) eines Prozesses dargestellt ist, während auf der rechten Seite die zugehörige Lösung im R/3-System gezeigt wird. Die linke Seite dient somit zur betriebswirtschaftlichen Erklärung, die rechte Seite zur R/3-Systemerläuterung. Mit den in Teil D exemplarisch aufgezeigten Inhalten erhoffen sich die Autoren, einen Beitrag zu leisten auf dem Weg zu einer neuen Epoche, dem Engineering von Geschäftsprozessen.

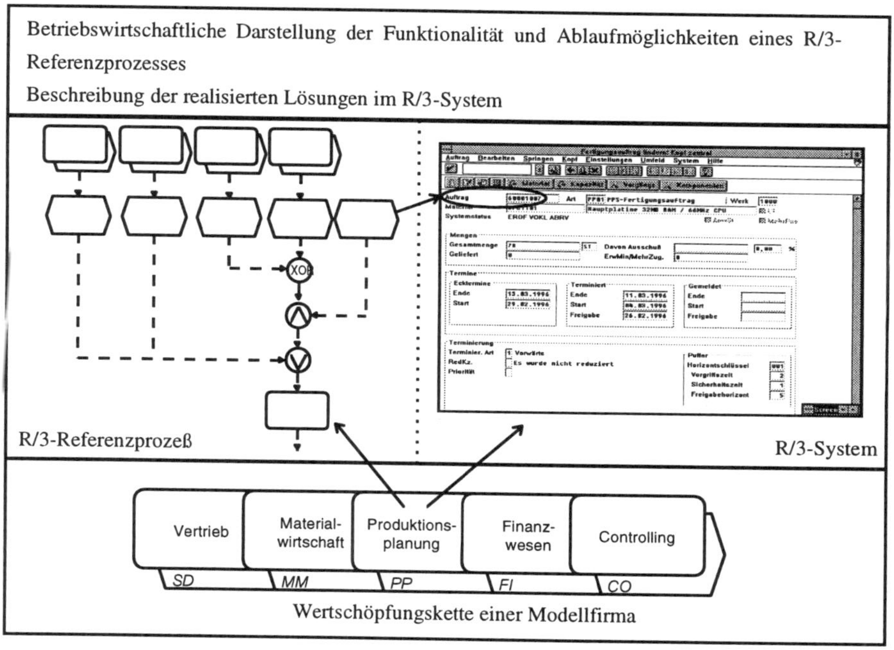

Abb. E.2: Verbindung von betriebswirtschaftlicher und systemtechnischer Welt

Der aufgrund von praktischen Erfahrungen aufgezeigte Ansatz des Iterativen Prozeß-Prototypings läßt einige wesentliche Entwicklungen auf dem gesamten Softwaremarkt zu. Schafft es die Softwareindustrie, analog zur Automobilindustrie, für bestimmte Teilkomponenten zwecks Substitution Austauschstandards zu setzen, so ist es vorstellbar, daß unter gewissen Randbedingungen betriebswirtschaftliche Softwarelösungen verschiedener Anwender zum einen untereinander kommunizieren, ohne für jeden Einzelfall eine spezielle Schnittstelle zu entwickeln. Zum anderen ist es langfristig denkbar, daß die angebotenen Prozesse der verschiedenen Softwareanbieter vor Ort beim Kunden individuell zur Bildung von Wertschöpfungsketten zusammengeführt werden können. Die Beherrschung der Bildung von Wertschöpfungsketten wird dabei allerdings eine anders gelagerte Qualifikation bei den Unternehmensberatern und ein anderes Curriculum in der Ausbildung erfordern. Mögliche Ideen hierzu werden in *Abschnitt E* aufgezeigt.

Das Buch wendet sich an alle betriebswirtschaftlich orientierten Leser, die sich mit der Planung, Einführung und Nutzung von betriebswirtschaftlichen Anwendungssystemen befassen. Es kann Anregungen für Entscheidungsträger geben, die sich mit der Gestaltung von Wertschöpfungsketten im allgemeinen und der Verwendung des R/3-Lösungsangebots im speziellen beschäftigen wollen. Unternehmensberatern im Bereich des Business (Re-) Engineerings und der prozeßorientierten Softwareeinführung sowie Projektmitgliedern in R/3-Einführungsprojekten wird gezeigt, wie man Wertschöpfungsketten mit dem R/3-System gestalten kann, speziell in den Kapiteln 6, 7, 8 und 9. Der mehr wissenschaftlich orientierte Leser, z. B. Professoren, Ausbilder und Studenten, kann sich darüber hinaus in den Kapiteln 3, 4 und 5 ein theoretisches Fundament zur Prozeßgestaltung aneignen. Kapitel 1 zeigt die wesentlichen Diskussionen und Entwicklungen im Hinblick auf die Gestaltung von Geschäftsprozessen, Kapitel 2 informiert über das betriebswirtschaftliche Lösungsangebot des Systems R/3. Die folgende Abbildung zeigt die Inhalte des Buches und die Zielgruppen im Überblick.

Teil A: Trends im Management		
Kapitel	Inhalte	Zielgruppen
1	(R)Evolutionäre Unternehmensstrukturen	Entscheidungsträger, Unternehmensberater, Wissenschaftlich Interessierte

Teil B: Grundlagen zur Prozeßgestaltung		
Kapitel	Inhalte	Zielgruppen
2	SAP R/3-Release 3.x	Entscheidungsträger, R/3-Interessierte
3	Modelle und Beschreibungsmethoden	Wissenschaftlich Interessierte
4	R/3-Referenzprozeßmodell	Wissenschaftlich Interessierte

Teil C: Iteratives Prozeß-Prototyping (IPP)		
Kapitel	Inhalte	Zielgruppen
5	Vorgehensweisen	Wissenschaftlich Interessierte
6	Vernetztes Denken im IPP	Entscheidungsträger, Unternehmensberater, Organisationsplaner, R/3-Interessierte, Professoren, Ausbilder, Studenten

Teil D: Wertschöpfungsketten		
Kapitel	Inhalte	Zielgruppen
7	Aufbau der Modelle	Entscheidungsträger, Unternehmensberater, Organisationsplaner, R/3-Interessierte, Professoren, Ausbilder, Studenten
8	Modellfirma *Losfertiger mit Lagerverkauf*	Entscheidungsträger, Unternehmensberater, Organisationsplaner, R/3-Interessierte, Professoren, Ausbilder, Studenten
9	Modellfirma *Auftragsbezogener Montagefertiger*	Entscheidungsträger, Unternehmensberater, Organisationsplaner, R/3-Interessierte, Professoren, Ausbilder, Studenten

Teil E: Ausblick		
Kapitel	Inhalte	Zielgruppen
10	T-orientierte Beratung und hypermediagestützte Ausbildung	Entscheidungsträger, Unternehmensberater, Organisationsplaner, R/3-Interessierte, Professoren, Ausbilder, Studenten

Abb. E.3: Aufbau des Buchs

Vorwort

Die Gestaltung der Geschäftsprozesse als Grundlage zur Erhaltung der Wettbewerbsfähigkeit ist für viele Unternehmen eine zentrale Aufgabe. Es stellt sich dabei zum einen die unternehmerische Herausforderung, welche Geschäftsprozesse in welcher Form abgewikkelt werden sollen, zum anderen, von welchen Mitarbeitern mit welchen Ressourcen diese durchgeführt werden können. Neben der eigentlichen *Durchführung der Geschäftsprozesse* sind vor allem die *Planung der richtigen Geschäftsprozesse* zur Abwägung der unternehmerischen Risiken von entscheidender Bedeutung.

Unsere Erfahrungen haben uns deutlich gemacht, daß das Gestalten der Geschäftsprozesse für R/3-Kunden als auch für uns häufig ein nicht triviales Problem darstellt, da wir gemeinsam diesen Entscheidungsprozeß unter Unsicherheit aufgrund intransparenter Informationen und sich häufig ändernden Rahmenbedingungen durchführen müssen. Viel Diskussion wird dabei in die Erstellung der betrieblichen Prozesse gesteckt. Wir sind der Meinung, daß man innerhalb dieser Diskussion mehr auf die Erfahrungen anderer Unternehmen zurückgreifen könnte und sollte, wenn die Geschäftsprozesse hinreichend dokumentiert wären.

Eine Vielzahl solcher Prozesse getrieben von unterschiedlichsten Kundenanforderungen sind im System R/3 physisch implementiert. Mit der Bildung des R/3-Referenzprozeßmodells hat sich die SAP AG das Ziel gesetzt, in graphischer Form die im System R/3 implementierten Geschäftsprozesse mit ihrer Variationsbreite aufzuzeigen und dem Kunden eine Entscheidungsunterstützung innerhalb der Geschäftsprozeßgestaltung zu geben. Das R/3-Referenzmodell und das System R/3 haben wir genutzt, um einen Weg aufzuzeigen, wie man damit Geschäftsprozesse gestalten und anwenden kann. Auf der Grundlage häufig gestellter Kundenanforderungen haben wir exemplarisch zwei Modellfirmen gebildet, getestet und in diesem Buch dargestellt.

Das Gelingen dieses Werks wäre nicht ohne Unterstützung unserer Kolleginnen und Kollegen möglich gewesen. Hierzu haben wir in unserem Informationsnetz auf die Erfahrung von Fachexperten unterschiedlichster Bereiche zurückgreifen können. Für die Hilfsbereitschaft beim Gestalten und Testen der Modellfirmen möchten wir Helmut Bartsch, Michael Bauer, Susanne Becker, Dagmar Brauch, Robert Cummings, Anke Gerhard, Dragan Grujic, Dirk Guttzeit, Frank Eck, Peter Flensberg, Jürgen Kniephof, Dennis Ladd, Andreas Pfadenhauer, Werner Wolf von der SAP AG und Daniel Malt von der Firma Plaut Controlling Systems AG recht herzlich danken.

Danken möchten wir auch unserem Kollegen Gerhard Schröder sowie Tom Curran von der Firma TCManagement, die uns mit ihrer kritischen Reflexion zum einen häufig unsere Grenzen aufgezeigt, zum anderen uns immer wieder zur Fertigstellung dieses Projekts ermutigt haben. Bernhard Hochlehnert und Stephan Magura möchten wir für die wertvollen redaktionellen Tips und Hinweise danken. Martina Kuntschner und Tomas Wehren von der Firma Addison Wesley danken wir für die redaktionelle Überarbeitung dieses Werks. Besonderer Dank gilt auch unseren Frauen und Kindern, die im Jahr 1996 auf den gemeinsamen Urlaub verzichten und uns auch häufig am Wochenende entbehren mußten.

Neben unseren Kollegen und Kolleginnen, die mit der Realisierung des Systems R/3 die Wissensbasis zur Erstellung dieses Buchs geschaffen haben, möchten wir all denjenigen danken, die mit ihrem Erfahrungsschatz und ihrem Wissen die Anforderungen an uns herangetragen und für die wir dieses Buch geschrieben haben - *den R/3-Anwendern.*

St. Leon-Rot und Spaichingen,
im Januar 1997

Dr. Gerhard Keller
Thomas Teufel

Inhaltsverzeichnis

Teil B Grundlagen zur Prozeßgestaltung

Teil C IPP zur Gestaltung von Wertschöpfungsketten

Teil D Wertschöpfungsketten

Teil E Ausblick

Teil A
Trends im Management

„Wer alles in Frage stellt, wird nichts verändern können,
weil er kein stabiles Fundament mehr hat.
Wer nichts ins Frage stellt, wird nichts ändern.
Innovationen bewirken Änderungen, Änderungen können
die Basis für Innovationen sein."

1 (R)Evolutionäre Unternehmensstrukturen

Mit dem Übergang in das Informationszeitalter im ausgehenden Jahrtausend wandeln sich auch grundlegend die Paradigmen in der Sichtweise auf die betrieblichen Strukturen. Während einige Autoren Unternehmen auf der Grundlage der entscheidungs- und systemorientierten Betriebswirtschaftslehre als offene, sozio-technische und zielgerichtete Systeme (vgl. Grochla 1982, S. 1-22; vgl. Ferstl/Sinz 1993, S. 59-65) betrachten, fassen andere Autoren Unternehmen als lebende Systeme auf, wie man sie z. B. auch in der Biologie findet (vgl. Capra 1992, S. 307-309). In diesem Zusammenhang werden Unternehmen im Sinne von lebenden Systemen als Organismen, soziale Systeme oder Ökosysteme analysiert (vgl. Luhmann 1991).

Dem zweiten Paradigma folgend geht man nicht davon aus, daß Unternehmen aufgrund einer gegebenen Situation vollständig rational geplant, zerlegt und gesteuert werden können, sondern daß innerhalb einer ganzheitlichen Betrachtung neben den harten ökonomischen Faktoren sogenannte weiche Faktoren wie Sozialkompetenz, vernetztes Denken, Mitarbeiterbeteiligung etc. berücksichtigt werden, um den veränderten Marktanforderungen besser Rechnung tragen zu können. Ebenso kristallisiert sich in vielen Unternehmen heraus, daß die marktinduzierten Anforderungen mit den herkömmlichen Denkmustern der Planung und Kontrolle sowie der Trennung von Entscheidungs- und Ausführungskompetenz nur unzureichend erfüllt werden können.

„Die wachsende Komplexität unserer Lebensverhältnisse und die gestiegene Dynamik der Veränderung lassen die Schere zwischen den erforderlichen Reaktionszeiten und dem Zeitbedarf immer komplexerer Organisationen zunehmend auseinanderklaffen" (Bleicher 1992, S. 122).

Unabhängig von den verschiedenen Auffassungen müssen erfolgreiche Systeme eine harmonisierte Abstimmung zwischen *Unternehmensstrategie*, *Organisationsstrategie* und *Technologiestrategie* anstreben, damit die verschiedenen Konzepte nicht kontraproduktiv im Unternehmen wirken.

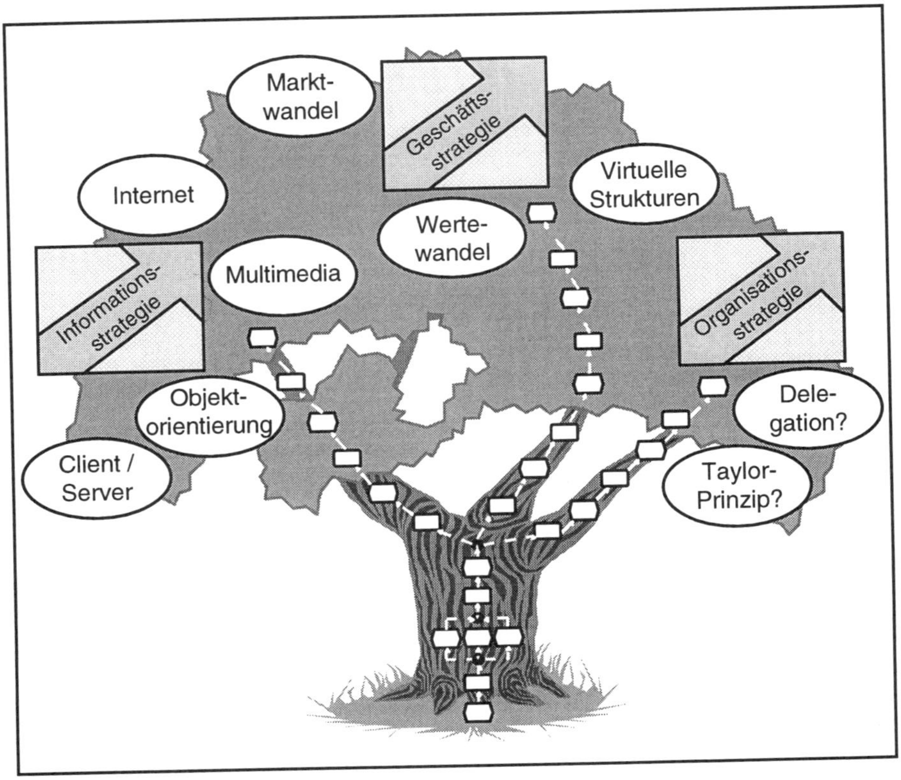

Abb. 1.1: Organische Unternehmensstrukturen

1.1 Unternehmerische Entwicklungen

Führungskräfte werden in Zukunft nicht mehr anhand ihrer technokratischen Autorität gemessen, sondern anhand der Fähigkeit des Kultivierens einer spontanen Ordnung beurteilt. Die Dynamik auf den Weltmärkten einerseits, Wandel der Weltbilder andererseits werden zunehmend dazu führen, dezentrale, flexible und selbständig operierende Strukturen mit Entscheidungs- und Verantwortungsbewußtsein herauszubilden.

1.1.1 Der Einfluß der Weltmärkte

Die Öffnung der Märkte Osteuropas und Asiens geht einher mit der Globalisierung des Geschäfts. Die in dieser Intensität bislang nie dagewesene Mobilität von Kapital über politische und nationale Grenzen hinweg ist eine wesentliche Erfolgsgrundlage aufstrebender Ökonomien. Allen neuen Marktteilnehmern ist dabei gemeinsam, daß sie über eine Vielzahl von zum Teil sehr gut ausgebildeten Arbeitskräften verfügen und kostengünstige Produktionsstandorte anbieten können. Dadurch befindet sich die gesamte Weltwirtschaft in einem noch andauernden Umstrukturierungsprozeß, in dem vor allem die etablierten Industrienationen unter Druck geraten. Dieser Prozeß wird durch rasante Fortschritte in der Computerbranche noch verstärkt. Die früher vergleichsweise langen Anpassungsfristen des Strukturwandels haben sich dadurch drastisch verkürzt. Neben den Einzelunternehmen und deren Kooperationspartnern stehen zunehmend Industriestandorte miteinander im Wettbewerb. Die Betonung liegt also vorwiegend auf den dynamischen Umweltbedingungen, die die Akteure unter Zugzwang setzen. Grund dafür sind u. a. der Zusammenschluß multinationaler Wirtschaftsgebiete (NAFTA, EU), der Abbau protektionistischer Maßnahmen (GATT) und ein günstigerer Rückgriff auf Informationstechnologie.

Die Unternehmen westlicher Industrienationen haben erkannt, daß eine Politik der Abschottung gegen einen unvermeidbaren Wandel in der Beschäftigungssituation kontraproduktiv und auf Dauer mit schwerwiegenden Nachteilen verbunden ist. Ebenso verbreitet ist die Erkenntnis, daß einmal verlorene Positionen im Weltmarkt kaum mehr zurückzugewinnen sind, mit allen negativen Konsequenzen für Wachstum und Arbeitsmarkt. Andererseits zeigt die jüngste Entwicklung, daß diejenigen Länder den größten Wachstumserfolg verzeichnen, die sich wie Ostasien frühzeitig der Konkurrenz auf den Weltmärkten stellen.

Da es zudem illusorisch ist, durch alleinige Senkung des Lohnkostenniveaus und Deregulierung mit Niedriglohnländern gleichzuziehen, folgt die Notwendigkeit einer grundlegenden Umorientierung in der Unternehmensstrategie.

1.1.2 Wertewandel in der Unternehmenskultur

Allgemein gesehen gilt, daß „... jedes Wirklichkeitsmodell (Paradigma), gerade wenn es erfolgreich ist, notwendigerweise irgendwann an seine Grenzen stößt; das äußert sich darin, daß immer mehr Zusammenhänge auftauchen, die es nicht mehr zu erklären vermag" (Lutz 1995, S. 159).

Die zuvor überwiegend nach tayloristischem Vorbild hierarchischen Unternehmensstrukturen sind der Dynamik der Weltmärkte nicht mehr gewachsen. In arbeitsteilig organisierten Prozessen liegt der Fokus auf den Kosten der hochspezialisierten Herstellung und dem Preis der Konkurrenz. Eine funktionsorientierte und hierarchische Organisation bedingt starre Informationsflüsse, und es kommt zu langen Liegezeiten von internen und externen Aufträgen sowie Abstimmungsschwierigkeiten an den jeweiligen Schnittstellen. Dieses Organisationsprinzip war ausgelegt für relativ konstante Umweltbedingungen. Durch neue Wettbewerber und neue Produkte aber entstehen neue Leistungsbeziehungen, die bewährte Muster der Absatzpolitik aushebeln. Allgemein vollziehen sich Veränderungen nicht mehr langsam und prognostizierbar, sondern rasch, unregelmäßig und diskontinuierlich. Im Zuge des Wandels von der Industrie- zur Informationsgesellschaft entwickelten sich auch die Kundenwünsche an die Produkte in eine neue Richtung. Aufgrund erhöhter Markttransparenz durch vollständige Information besitzt der Kunde eine größere Auswahlmöglichkeit bezüglich Produkten, Dienst- und Serviceleistungen. Auf vielen Märkten findet daher ein Wandel vom Verkäufermarkt zum Käufermarkt statt. Diese Entwicklungen zusammen bewirken eine Verlagerung der Wertschöpfung von der materiellen Produktion hin zu Dienst- und Serviceleistungen direkt am Kunden. Vor allem dann, wenn für die Leistungserbringung eine Vielzahl kundenspezifischer Informationen benötigt werden, ist es auch eine wichtige Aufgabe des Anbieters, den Kunden in den gesamten Wertschöpfungsprozeß zu integrieren. Die Bemühungen um eine systematische Messung der Kundenzufriedenheit und die Einführung eines effizienten Beschwerdemanagements belegen, daß Kundennähe zum wichtigsten Erfolgsfaktor der *Customer Integration* avanciert ist (vgl. Kleinaltenkamp 1996, S. 13-24; vgl. Günter 1996, S. 57-71). Die Produktion hochwertiger Güter sowie deren konsequente Ausrichtung auf Kundenbedürfnisse aber verlangt hohe Anpassungsleistungen bei gleichzeitig verkürzten Produktlebenszyklen. Es ist daher ein eindeutiger Trend in Richtung individuell ausgeprägter Artikel auf der Basis von Standardprodukten zu verzeichnen (vgl. Jacob 1995). Dies kann nur die Konzentration auf die betrieblichen Prozesse bewerkstelligen, die dem Kundennutzen höchste Priorität einräumen und über bisherige Organisationsbereiche hinweggehen. Dem liegt die Schlußfolgerung zugrunde, daß sämtliche Abläufe in einem Unternehmen effizienter bearbeitet werden können, wenn sie als ganzheitliche Prozesse betrachtet werden.

Die Übernahme neuer Managementparadigmen, die sich größtenteils am ostasiatischen Modell orientieren, kann ebenso als Zeichen der Anpassung an die dynamische Umwelt gewertet werden, wie das Ausnutzen von Wettbewerbsvorteilen durch strategische Allianzen von Unternehmen. Dahinter steht die Auffassung, daß ein Unternehmen ein lebender Organismus ist, der sich evolutionär oder mutativ den Umwelteinflüssen anpassen kann, um sein eigenes Überleben zu sichern. In Zukunft überleben schlanke, auf Kernkompetenzen konzentrierte Organisationen, die sowohl ihre Kunden als auch ihre Mitarbeiter in den Mittelpunkt rücken. Die unternehmerischen Entwicklungen werden zwar nicht zwangsweise durch die technologischen Gegebenheiten bestimmt, jedoch zeigt die historische Entwicklung, daß aufgrund des *Technologiestandes* neue Marktsegmente erschlossen werden können. Unter Ausnutzung der sich rasch fortentwickelnden Informationsnetze, wie beispielsweise dem Internet, entsteht eine neue Dimension der betriebsübergreifenden Kooperation.

Die Globalisierung der Märkte und die Komplexität heutiger Produkte erzwingen die Entwicklung neuer Managementkonzepte, um unabhängiger bei der Standortwahl und flexibler bei der Produktentwicklung zu sein. Ein neuer Ansatz für Unternehmen in dieser veränderten Situation liegt in dem Managementparadigma, Organisationen nach dem Konzept des virtuellen Unternehmens zu gestalten.

1.1.3 Perspektive: Allianzen auf virtueller Basis

Die aktuelle Informations- und Kommunikationstechnologie erlaubt den Zusammenschluß zu *virtuellen Unternehmen*. Die Kooperation ist zeitlich befristet und kann aus unabhängigen Firmen, Zulieferern und Kunden bestehen, die gemeinsam ein Projekt realisieren wollen. Der Begriff *virtuell* kennzeichnet eine Parallele zur virtuellen Speichertechnik in der Informatik, bei der ein logischer Adreßraum unter Zuhilfenahme eines realen Haupt- und Hintergrundspeichers realisiert wird. Eine Erweiterung des meist nur knapp vorhandenen Hauptspeichers wird durch diese Vorspiegelung eines ausreichenden Speicherbereichs vermieden. Analog dazu bedarf es auch beim Aufbau virtueller Zusammenschlüsse keiner zusätzlichen Ressourcenallokation. Es bildet sich also ein temporäres, ortsunabhängiges Netzwerk aus lose gekoppelten Komponenten, die über ein gemeinsames Kommunikationssystem miteinander in Verbindung stehen. In der massiven Nutzung der Telekommunikationssysteme liegt auch der wesentliche Unterschied zu herkömmlichen Joint Ventures. Im Gegensatz zu anderen Kooperationsformen gibt es keinen zugrundeliegenden Konzernvertrag, ebensowenig bedarf es einer Neugründung. Ein virtuelles Unternehmen hat damit den wettbewerbsrelevanten Vorteil der Flexibilität, da es in Abhängigkeit von der Marktlage und den Kundenanforderungen kleine Expertenteams bilden kann. Darin sind die problemspezifischen Kernkompetenzen der jeweiligen Teilnehmer zusammengefaßt. Dieses Know-how umfaßt mehr als nur die bloße Beherrschung von Produkt- und Verfahrenstechnologie. Kernkompetenzen sind unternehmensspezifisch und bieten relativ zur Konkurrenz überlegene Problemlösungen an, die sich in mehreren Geschäftsbereichen anwenden lassen. Die Besonderheit besteht darin, daß erst ihre Kombination in einem dynamischem Netzwerk (vgl. Miles/Snow 1986, S. 62-73; vgl. Malone/Rockart 1991, S. 140-147; vgl. Malone/Rockart 1993, S. 37-56) synergetische Wirkung freisetzen kann. Nur in seltenen Fällen sind alle erforderlichen Fähigkeiten zur anforderungsgerechten Durchführung eines Projekts in einem Unternehmen vorhanden, woraus sich eine Notwendigkeit für die Verbindung komplementärer Kernkompetenzen ergibt (vgl. Scholz 1996, S. 27-34).

„The empowerment of employees, combined with the cross-disciplinary nature of virtual products, will demand a perpetual mixing and matching of individuals with unique skills" (Davidow/Malone 1992, S. 198).

In der Gründungsphase kommt erleichternd hinzu, daß für eine neue Partnerschaft keine neue Rechtsform gefunden werden muß. Neben den wegfallenden Aufbaukosten für die Produktion verkürzt sich somit die Zeitspanne bis zur Produkteinführung. Umgekehrt verteilt sich das Risiko auf alle Teilnehmer. Ohne zeitraubende Anreise treffen sich die Teammitglieder zu Projektbesprechungen in Videokonferenzen und bearbeiten gemeinsam den Auftragsgegenstand. In Analogie zu Ökosystemen können folglich auf der Grundlage dieser strategischen Erfolgsfaktoren weltweit Partner zu einer Art Symbiose verschmelzen.

Die häufigsten Anwendungsszenarien finden sich derzeit in der Multimediabranche und bei Produzenten von Hard- und Software in der Computerbranche. Durch den virtuellen Zusammenschluß können gerade mittlere Betriebe dem Kunden gegenüber wie ein Konzern agieren und so Zugang zu deren angestammten Märkten erlangen.

Die Nutzung der Synergieeffekte eines virtuellen Unternehmens wirkt sich letztendlich in erheblichem Maße auch auf die Beschäftigtenstruktur aus. Eine Hemmschwelle bei der Bildung virtueller Teams besteht derweil immer noch in der durch die Telearbeit aufkommenden Problematik des Arbeitsrechts sowie des Unfall- und Versicherungsschutzes. Solange diese Aspekte nicht im Detail geregelt sind, müssen an deren Stelle beiderseitige Absprachen treten. Unter den Managern dieser neuen Unternehmensform sind deshalb vor allem emotionale Kompetenz und die Fähigkeit zur Vertrauensbildung gefragt. Die hohe Bedeutung der Vertrauensbasis zeigt sich vor allem, wenn man die organisatorische Sichtweise betrachtet: Es gibt keine Hierarchie, kein Organigramm und keine Abteilungen mit wohldefinierten Stellenbeschreibungen. Schon allein daraus wird deutlich, daß es sich nicht um statische Gebilde handeln kann. Sie durchlaufen vielmehr für die Dauer ihrer Existenz eine Vielzahl von Prozeßphasen. Deshalb kann man virtuelle Unternehmen auch nicht in Denkkategorien der klassischen Organisationsstruktur verstehen, sondern muß sie als Geschäftsprozeß und folglich als Prozeßorganisation betrachten.

Die Summe der Teilprozesse, die die jeweiligen Kernkompetenzen realisieren, ergeben den virtuellen Geschäftsprozeß. Diesen kennzeichnet eine optimale Wertschöpfung hinsichtlich der Faktoren Zeit, Kosten und Qualität. Eine Besonderheit dieses Prozesses ist dabei seine Variabilität, wodurch die Anpassungsfähigkeit in der Entstehungsphase eines virtuellen Unternehmens gewährleistet ist. Daraus folgt, daß ein Teilprozeß auf einem Standard aufbauen muß, der die Kombinations- und Kommunikationsschnittstelle nach außen definiert.

Die Frage nach dem Ort, wo sich Partner für virtuelle Zusammenschlüsse finden, läßt sich nicht abschließend klären. Prinzipiell gibt es neben den traditionellen Anbahnungsverfahren die Möglichkeit, daß ein *Information Broker* die gefragten Kernkompetenzen ausfindig machen kann und nach Bedarf zusammenfügt. In einer weiteren Variante finden sich die Partner beispielsweise über das Internet in einer Kooperationsbörse (vgl. Hoffmann et al. 1996, S. 35-41). Entscheidend ist letztendlich auch nicht, wo sich virtuelle Unternehmen gründen, sondern vielmehr die Tatsache, daß die beschriebenen Marktinterdependenzen ihre Existenz zwangsläufig herbeiführen. Den einzelnen Teilnehmern bleibt es freigestellt, weiterhin in dem virtuellen Unternehmen zu verbleiben, sofern sie dadurch eine höhere Profitabilität erreichen können.

1.2 Technologische Entwicklungen

Die ersten Ansätze zur Datenverarbeitung gab es bereits im 17. Jahrhundert. Wilhelm Schickard (1592-1635) und Blaise Pascal (1632-1662) entwarfen zwischen den Jahren 1623 und 1641 die ersten mechanischen Rechenmaschinen, bei denen mit Hilfe von Zahnrädern die Zehnerübertragung des Dezimalsystems realisiert wurde (vgl. Stahlknecht 1995, S. 472-479). Die nächste weitreichende Entwicklung war die Lochkarte, die in der konventionellen Datenverarbeitung bis in die 60er Jahre genutzt wurde. Bereits 1805 setzte J. M. Jacquard (1752-1834) eine Lochkarte zur Steuerung von Webstühlen ein. Auf dem Prinzip der Lochkarte basierte auch die achtzig Jahre später von Hermann Hollerith (1860-1929) gebaute elektromechanische Lochkartenmaschine, die auch nach ihrem Erfinder *Hollerithmaschine* genannt wurde. Bei dieser Lochkartenmaschine wurden die Daten auf Karton, d. h. Lochkarten, kodiert, und die Programmsteuerung fand über Schalttafeln und Steckverbindungen statt. Ihre erste Anwendung fand die Hollerithmaschine bei einer Volkszählung in den USA im Jahre 1890 (vgl. Ganzhorn 1986, S. 25-47).

Einen weiteren Entwicklungsschritt für die Datenverarbeitung brachten die ersten Relais und Elektronenröhren. Von Konrad Zuse wurde der erste Rechenautomat gebaut, bei dem Zahlen und Befehle rein dual dargestellt wurden, und das Rechen- wie auch das Speicherwerk aus elektromagnetischen Relais bestanden. John von Neumann erstellte ein Konzept, bei dem erstmalig auch die Funktionsanweisungen an die Rechenmaschine kodiert und im Speicher der Maschine abgelegt wurden. Bisher waren die Steuerungssignale immer von außen über Schalttafeln oder Lochkarten gekommen. Mit dem neuen Konzept wurden die Programmanweisungen ebenso wie die zu verarbeitenden Daten binär kodiert, eingegeben und gespeichert. Das Programm war daher – wie die anderen Daten auch – änderbar. Durch bedingte Befehle wurden in Abhängigkeit von Zwischenergebnissen auch Programmverzweigungen möglich.

Die Elektronenröhre wurde 1955 von Transistoren abgelöst, was den Beginn der zweiten Computergeneration einleitete. Die Vorteile der Transistoren, wie geringere Wärmeentwicklung, niedrige Störanfälligkeit, kleinere Abmessung sowie der Einsatz von Magnetspeichern (Ferritkernspeicher) als Hauptspeicher, die mit Hilfe von Stromstößen beschrieben und gelesen wurden, förderten den Ausbau der Datenverarbeitung, obwohl zu diesem Zeitpunkt Rechenmaschinen noch sehr teure und in ihren Ausmaßen raumfüllende Geräte waren.

In der dritten Computergeneration, um ca. 1960, wurden die Transistoren von der Schaltkreistechnik abgelöst. IBM baute ihre erste Computerfamilie, die durch Betriebssysteme gesteuert wurde. IBM wollte mit ihrer *Familie* erreichen, daß ein Programm auf unterschiedlichen Systemen läuft und nicht pro Rechnersystem ein eigenes Programm geschrieben werden mußte (vgl. Stahlknecht 1995, S. 503-509).

Bei diesem Entwicklungsstand wurde der Computer zwar bereits in der Industrie eingesetzt, aber nur von sehr großen Unternehmen, die damit hochstandardisierte Abläufe, wie die Lohn- und Gehaltsbuchhaltung sowie Debitoren- und Kreditorenbuchhaltung aus den Bereichen Personal- und Finanzwesen, elektronisch bearbeiteten. Die Bedienung und Wartung mußte von Experten übernommen werden. Die Ein- und Ausgabe der Daten erfolgte manuell und zentral. Hier stand die Verarbeitung von Datenmassen, die Unterstützung operativer Aufgaben, die Automatisierung einzelner strukturierter Routinetätigkeiten (vgl. Scharfenberg 1993, S. 9-19) im Vordergrund.

Die 70er Jahre brachten zunächst eine quantitative Verbesserung der Hardware. Aus integrierten Schaltkreisen wurden Logikchips, und anstelle der Magnetkernspeicher wurden Speicherchips für die Hauptspeicher eingesetzt. Damit wurden die Be- und Verarbeitungszeiten der Rechner erheblich beschleunigt. Zur gleichen Zeit begann auch die Software an Bedeutung für die Datenverarbeitung zu gewinnen. Um die Entwicklung von Software soweit zu standardisieren, daß eine hohe Qualität erreicht und die Erstellung der Software rationalisiert wird, wurden in den 70er Jahren Methoden zur strukturierten System- und Programmentwicklung erarbeitet. Diese enthielten beispielsweise Grundlagen der strukturierten Programmierung, das Prinzip der schrittweisen Verfeinerung und die Reduzierung der Schnittstellen nach außen (vgl. Schulz 1992, S. 14-19). Außerdem wurden die ersten Standardsoftwarepakete für betriebliche Anwendungen entwickelt und eingesetzt. Dies brachte dem Anwender den Vorteil, keine teure individuelle Entwicklung der Software bezahlen zu müssen. Für den Anbieter hat die Standardsoftware den Vorteil, daß er das Programm an verschiedene Abnehmer verkaufen kann, und daß die Software auf unterschiedlichen Rechnern mit unterschiedlichen Betriebssystemen einsatzfähig ist.

Ein weiteres Merkmal dieser Periode ist der Übergang von der Stapel- zur Dialogverarbeitung. Bei der Stapelverarbeitung wurden die zu verarbeitenden Daten zu einem Auftrag gesammelt und dann ohne weitere Eingriffe der Anwender verarbeitet. Nach Beendigung der Verarbeitung bekam der Nutzer sein Ergebnis z. B. als Liste vorgelegt. Der Endbenutzer war also aus dem Verarbeitungsprozeß ausgegrenzt. Mit dem Einsatz der ersten Bildschirmgeräte (Terminals) wurde ein Ein- und Ausgabemedium direkt an den Arbeitsplatz der Sachbearbeiter gebracht. Somit war die Dialogverarbeitung, also die interaktive Verarbeitung zwischen Benutzer und Rechner, ermöglicht worden. Dadurch entstanden aber auch konkurrierende Ziele in den Unternehmen. Die Anwender wollten möglichst kurze Antwortzeiten, wozu große Rechnerkapazitäten benötigt wurden, und die DV-Verantwortlichen wollten eine möglichst optimale Auslastung der teuren Rechnerkapazitäten.

Mit dem ersten Mikrocomputer (ALTARI 8800) im Jahre 1975 eröffneten sich neue Möglichkeiten und Potentiale für die Datenverarbeitung. Dieser Mikrocomputer enthielt als Weiterentwicklung von Transistoren, Schaltkreisen und Logikchips einen 8-Bit-Prozessor. Ein Prozessor ist eine Funktionseinheit innerhalb eines digitalen Rechnersystems, das Rechen- und Leitwerk auf einem Chip (Siliciumplatte) umfaßt (vgl. Schneider 1991, S. 641). Mit dieser Entwicklung sanken nicht nur die Preise für die Rechner bei gleichzeitiger Steigerung der Leistungsfähigkeit und Zuverlässigkeit, sondern die ehemals raumfüllenden Giganten wurden miniaturisiert und fanden so Einzug an den einzelnen Arbeitsplatz.

Parallel zur Ausbreitung der Datenverarbeitung in den Unternehmen wurden lokale Netzwerke entwickelt, mit denen Mikrocomputer zu internen Rechnernetzen verbunden werden konnten. Seit Ende der 80er Jahre wächst auch die Vernetzung der elektronischen Systeme über größere Distanzen durch leistungsfähige Übertragungsnetze. Die Kopplung von Rechnern über längere Entfernungen wird mit WAN (Wide Area Network) möglich. Es entstanden technologische Standards wie ISO/OSI (International Standard Organisation/Open System Interconnection). Dieser internationalen Standardorganisation gehören die Normungsausschüsse aus mehr als fünfzig Ländern an. Ziel der Standardisierungsbemühungen ist, den elektronischen Datenaustausch zwischen Rechnern und Datenstationen verschiedener Hersteller und zwischen DV-Anwendungen zu ermöglichen, um so offene Kommunikationssysteme zu schaffen.

Die elektronische Datenverarbeitung wandelte sich zu einer internationalen Informationstechnologie unter anderem durch die internationale Verbreitung von ISDN, Satellitenfunk und Internet, mit denen noch viele Entwicklungen verbunden sein werden, bis hin zur internationalen *Datenautobahn*. Vier Entwicklungen im Informationssektor, die auf die Gestaltung von Geschäftsbeziehungen und den damit verbundenen Geschäftsprozessen heute und in Zukunft einen wesentlichen Einfluß haben, sind:

- Client/Server
- Objektorientierung
- Multimedia
- Internet

1.2.1 Client/Server

Unter dem *Client/Server-Modell* versteht man allgemein eine Architektur, bei der eine EDV-Anwendung in einen benutzernahen Teil (Client, Frontend), der auf dem Endsystem des Benutzers abläuft, und einen von allen Benutzern gemeinsam genutzten Teil (Server, Backend) aufgeteilt ist. Die Grundidee ist eine möglichst optimale Ausnutzung der Ressourcen der beteiligten Systeme. Durch die Integration der Vorzüge von mehrbenutzerfähigen Verarbeitungsrechnern (Abteilungsrechner, Zentralrechner) in das Client/Server-Modell können die einzelnen Funktionen einer Anwendung von dem jeweils bestgeeigneten System erfüllt werden. Dadurch wird ein Maximum an Leistung, Flexibilität und Wirtschaftlichkeit erreicht. Diese Rollenaufteilung einer Anwendung in dienstanfordernde (Client) und diensterbringende Teile (Server) ist für den Benutzer allerdings unsichtbar. Die vom Serversystem zur Verfügung gestellten Funktionen (z. B. Datenbankserver, Druckerserver, Kommunikationsserver) können hierbei von verschiedenen Clients aufgerufen werden (vgl. Plattner 1991, S. 102-109).

In den 70er Jahren haben alle größeren Rechnerhersteller umfassende Konzepte für die Architektur von Rechnernetzen entwickelt. Diese beinhalten eine präzise Festlegung der Funktionen, die bei der Datenübertragung durch die Komponenten des Netzes erbracht werden sollen. Derartige Konzepte wurden zunächst für die Architektur hierarchisch strukturierter, herstellerspezifischer interner Netze mit einem leistungsstarken Zentralrechner realisiert. Herstellerspezifisch bedeutet geschlossen, Schnittstellen und Datenübertragungsverfahren wurden nur für die herstellereigenen Geräte und Programme vereinheitlicht. Im Zuge der Dezentralisierung der Datenverarbeitung durch den Einsatz von Abteilungsrechnern und Arbeitsplatzrechnern sowie durch die Globalisierung der Wirtschaft sind in den 80er Jahren auch offene oder geöffnete Rechnerkonzepte für lokale und für externe Bereiche entstanden, bei denen die Kommunikationssteuerung weitgehend dezentral erfolgt. Nach modernen Idealvorstellungen der verteilten Datenverarbeitung arbeiten Rechner aller Art und Hersteller problemlos und über beliebige Entfernungen in einer Client/Server-Architektur zusammen (vgl. Vaskevitch 1993, S. 7-66).

Eine erste Definition zu Client/Server findet sich bei Svobodova, der Client/Server wie folgt beschreibt: „The client/server model of distributed computing is a structuring concept which can be identified in many different distributed systems. Clients and servers are active modules communicating through messages“ (Svobodova 1985, S. 485).

Dezentralisierung ist auch der Grund, warum immer mehr Großrechnerapplikationen an die Client/Server-Architekturen adaptiert werden, und die Entwicklung neuer Programme in dieser Form realisiert wird. Der Gedanke liegt nahe, Aufgaben vom bisherigen, vergleichsweise teuren, großen Verarbeitungsrechner (je nach Konfiguration der Zentralrechner oder ein Abteilungsrechner) auf billigere, aber ausreichend leistungsfähige Arbeitsplatzrechner zu verschieben. Client/Server-Architekturen beruhen im wesentlichen auf einer Sicht von Anwendungsprogrammen, bei der zwischen mehreren Schichten unterschieden wird. Dadurch ist es trotz einer zentralen Datenhaltung möglich, die Daten für den Endbenutzer einfach und schnell zur Verfügung zu stellen und die Belastung des Netzwerkes zu verringern. Da ein Teil der Verarbeitung durch den Client geschieht, muß nicht die gesamte Information, z. B. über den Bildschirmaufbau, über das Netz geschickt werden (vgl. Buck-Emden/Galimow 1996, S. 27-108; vgl. Stahlknecht 1995, S. 152-158; vgl. Hansen 1992, S. 425-431 und S. 740-741).

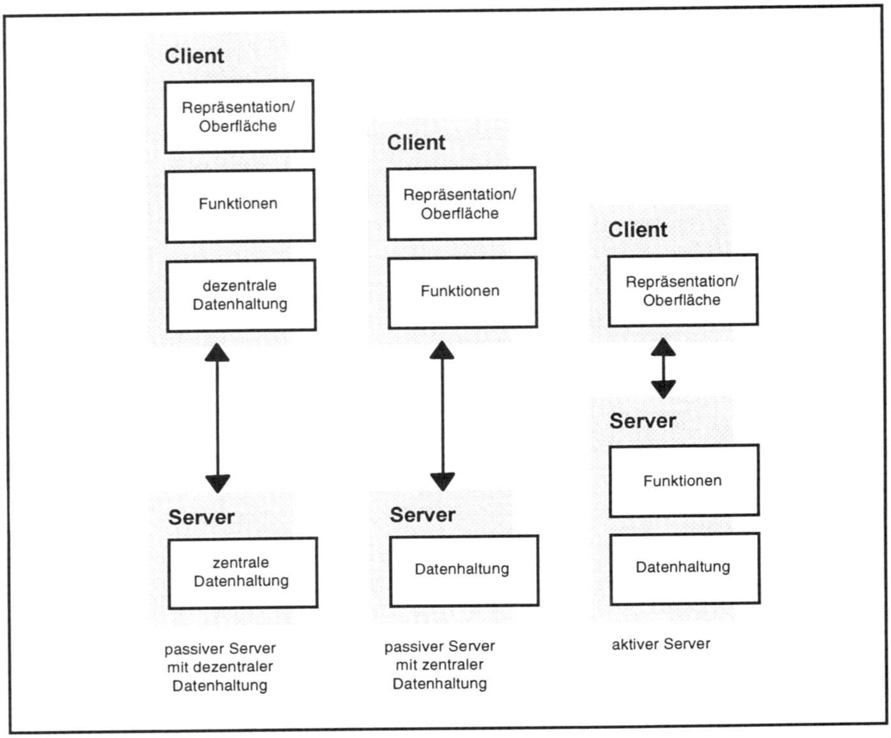

Abb. 1.2: Unterschiedliche Client/Server-Architekturen

Eine verbreitete Sicht der Softwaregliederung besteht aus den Schichten:

- Datenhaltung
- anwendungseigene Funktionen bzw. Anwendungslogik
- Repräsentation/Oberfläche

Abhängig davon, wie die einzelnen Schichten auf den Server und auf den Client aufgeteilt werden, spricht man von aktiven bzw. passiven Servern. Außerdem besteht noch die Möglichkeit, die Datenhaltung zentral zu organisieren oder ebenfalls auf Client und Server aufzuteilen. Die Hauptvorteile dieser Struktur liegen neben der unternehmensweiten Nutzungsmöglichkeit aller vorhandenen Ressourcen in der besseren Zuordnung arbeitsplatzbezogener Aufgaben und der Delegierbarkeit von Verantwortlichkeiten an dezentrale Stellen. Die größere Flexibilität (z. B. Erweiterungsfähigkeit) als bei zentralen Systemen und die insgesamt niedrigeren Hardwarekosten dürfen ebenfalls nicht außer acht gelassen werden. Mit der Realisierung einer Client/Server-Architektur werden folgende Verbesserungen in den Unternehmen angestrebt:

- Vermeidung von Leistungsengpässen und den damit verbundenen langen Reaktionszeiten, wie sie z. B. bei ausgelasteten Zentralrechnern auftreten können
- Einführung von anspruchsvolleren betriebswirtschaftlichen Anwendungen aufgrund einer für das Unternehmen optimierten Rechnerkonfiguration
- Konfiguration von heterogenen Rechnernetzen, in denen gewisse Spezialisten, z. B. spezielle Datenbankserver, gewisse Aufgaben übernehmen
- Implementierung von ergonomischeren Benutzeroberflächen
- Aufbrechen von durch den Zentralrechner bedingten hierarchischen Strukturen zugunsten einer flachen Informationsstruktur (vgl. Plattner 1991, S. 102-109)

Neben den Vorteilen der Client/Server-Architektur, bezogen auf Dezentralisierung und Vernetzung, gelangt das Gesamtsystem in der Regel zu einer höheren Komplexität. Es steigen insbesondere die Anforderungen an den Systemadministrator, da dieser mit einer Vielzahl von potentiell möglichen Kombinationen und Hardware-, Datenbanken- und Anwendungssoftwaresystemen konfrontiert wird. Ebenso sind mögliche Probleme der Konsistenz durch eine eventuell notwendige redundante Datenhaltung bei der Planung des gesamten Informationsverarbeitungskonzepts zu beachten, d. h. Schaffung einer logisch integrierten Datenbasis bei physisch verteilter Datenhaltung.

In Anbetracht dessen, daß die Leistungsfähigkeit von Arbeitsplatzrechnern ständig steigt, immer mehr kostengünstigere und leistungsfähigere Netzverbindungen verfügbar werden und das Angebot an Standards im Bereich Kommunikation und Systemplattformen zunimmt, sind die Nutzungspotentiale dieser Architektur noch lange nicht ausgeschöpft. Veränderte Unternehmensstrukturen (Organisationsformen), die durchgängige Geschäftsprozesse und eine Gliederung in tendenziell selbständig operierende, nach Märkten gegliederte Unternehmensbereiche aufweisen, und der verstärkte Wunsch nach Integration bestehender PC-Insellösungen in die globale Unternehmensdatenverarbeitung belegen den Trend zur Dezentralisierung und verteilten Verarbeitung.

1.2.2 Objektorientierung

Objektorientierung ist in der Softwarebranche in den letzten Jahren zu einem Allheilmittel herangereift, wie auch schon einmal die Paradigmen *Künstliche Intelligenz* oder *Computer Aided Software Engineering*. Die Herkunft der Objektorientierung ist aber keineswegs eine Neuerung der Softwareindustrie, sondern wurde in der Betriebswirtschaftslehre schon Anfang der zwanziger Jahre im Zusammenhang mit der Bildung von Spartenorganisationen (z. B. nach Märkten, Regionen, Produktgruppen) diskutiert. Konkretisiert wurden die Merkmale der Objektorientierung allerdings insbesondere im Bereich der Softwareentwicklung. Die Grundidee wird deshalb im folgenden kurz beschrieben, und anschließend werden die einzelnen Richtungen der Objektorientierung aufgezeigt.

Der Mensch strukturiert bei der Wahrnehmung die unstrukturierten und amorphen Sinneseindrücke subjektiv, nimmt zeitliche und räumliche Abgrenzungen vor und faßt bestimmte Sachverhalte zu Objekten zusammen. Dabei ordnet er diesen Objekten Attribute zu, zieht Grenzen und erkennt Beziehungen zwischen verschiedenen Objekten (vgl. Wiegert 1995, S. 1-3). Die Objektorientierung verwendet Begriffe und Grundkonzepte, die sich an der menschlichen Wahrnehmung der realen Welt orientieren.

Der zentrale Begriff der Objektorientierung ist das Objekt. „Ein Objekt ist ein Gegenstand der Wahrnehmung, des Erkennens oder Denkens" (Achtert 1995, S. 30). Einem Objekt sind Informationen und ein Verhalten zugeordnet. Andere Objekte können das Verhalten eines Objektes dazu nutzen, um diese Informationen zu erhalten oder zu ändern (vgl. Jacobson et al. 1995, S. 48). Informationen werden in den Attributen eines Objektes abgelegt, das Verhalten in den Methoden, die die Umgebung aufrufen kann. Auf diese Weise werden in einem Objekt alle relevanten, aber nur ein Teil aller möglichen Eigenschaften des zugehörigen realen Gegenstandes abgebildet. „Ein Objekt ist ein Informationsträger, der einen – zeitlich veränderbaren – Zustand besitzt und für den definiert ist, wie er auf bestimmte Nachrichten (eingehende Mitteilungen an ein Objekt) zu reagieren hat. Ein Objekt hat Attribute (Eigenschaften), wie Größe, Menge etc., die den aktuellen Zustand des Objektes beschreiben" (König/Kundt 1994, S. 105).

Von der Objektorientierung verspricht man sich vor allem eine leichtere Wiederverwendbarkeit bestehender Systeme oder Entwürfe. Die Überlegung ist dabei, daß Objekte in sich abgeschlossen und vielfach einsetzbar sein sollen und somit in unterschiedlichen Zusammenhängen jeweils entsprechend zusammengesteckt werden können. Objektorientierung soll die Grundkonzepte Abstraktion, Klassifikation, Daten- und Funktionskapselung, Nachrichtenaustausch, Hierarchiebildung und Kapselung unterstützen.

- *Abstraktion*
  Das Ignorieren von Aspekten einer Sache, die im Zusammenhang einer bestimmten Problemstellung nicht relevant sind, um sich auf die wichtigen Dinge konzentrieren zu können, versteht man im allgemeinen unter dem Prinzip der Abstraktion.

- *Klassifikation*
  Ein Grundprinzip der Objektorientierung ist die Klassifikation, bei der die Gemeinsamkeiten verschiedener Objekte herausgearbeitet werden, die dann zu einer Klasse zusammengefaßt werden können. Eine Klasse ist somit „eine Menge von Objekten mit mindestens einem gemeinsamen Merkmal" (König/Kundt 1994, S. 106) und beschreibt reale Gegenstände mit gleichen Eigenschaften oder Merkmalen, z. B. die Klasse *Kunde* (vgl. Taylor 1995, S. 32-42).

- *Daten- und Funktionskapselung*
  Datenstrukturen repräsentieren die Objektzustände, und Funktionen werden auf diese Daten angewendet. Bisher wurden die Datenstrukturen und die Funktionen getrennt voneinander modelliert bzw. implementiert. Ein Grundkonzept der Objektorientierung ist es, die Daten und Methoden, die zu einem Objekt oder einer Klasse gehören, auch in diesem zu kapseln. Es werden dabei die Eigenschaften der Klasseninstanzen, die Daten und Methoden sowie die Schnittstelle zu anderen Objekten festgelegt.

- *Nachrichtenaustausch*
  Der Zugriff auf die einzelnen Objekte erfolgt über den Austausch von Nachrichten. Nachrichten können beim empfangenden Objekt eine Methode auslösen und eventuell eine Zustandsänderung bewirken. Die Reaktion des empfangenden Objektes hängt dabei nicht nur von der Nachricht, sondern auch von seinem aktuellen Zustand ab.
- *Hierarchiebildung*
  Mit Hilfe der Generalisierung und Spezialisierung sowie der Aggregation können hierarchische Strukturen zwischen den Klassen aufgebaut werden.
- *Vererbung*
  Durch die Vererbung werden Eigenschaften der Oberklasse (Superclass) für alle ihre Unterklassen (Subclass) verfügbar gemacht. „Das Prinzip der Vererbung ermöglicht es, Varianten einer Klasse zu erstellen, ohne die Klasse selbst zu modifizieren (...)" (König/Kundt 1994, S. 107). Wenn eine Klasse eine Spezialisierung höchstens einer Oberklasse ist, dann spricht man von Einfach-Vererbung (Single Inheritance). Kann aber eine Klasse Spezialisierung mehrerer Klassen sein und kann somit die Eigenschaften mehrerer Klassen erben, spricht man von Mehrfach-Vererbung (Multiple Inheritance).

Betrachtet man den Begriff Objektorientierung und die dahinterstehenden Konzepte etwas näher, so lassen sich zur Zeit fünf verschiedene Richtungen identifizieren (vgl. Pagé 1996, S. 27-56).

- *Objektorientierte Programmierung*
  Erste Ansätze der Objektorientierung tauchten bei den Programmiersprachen auf. Zu den Vorläufern der objektorientierten Programmiersprachen zählt Simula, eine in den 60er Jahren entwickelte Programmiersprache (vgl. Jacobson et al. 1995, S. 45). Aktuelle Beispiele objektorientierter Programmiersprachen sind Smalltalk, C++, Eiffel und ABAP/4 OO. Ein Teil der Sprachen wurde von Beginn an objektorientiert entwickelt (z. B. Smalltalk), bei anderen wiederum wurde eine bestehende Sprache um objektorientierte Konzepte erweitert (z. B. C++), sogenannte hybride Sprachen. In der objektorientierten Programmierung werden Daten und zugehörige Funktionen zu einer logischen Einheit zusammengefaßt. Daten repräsentieren die inneren Zustände von Objekten. Sie können nur über Nachrichten abgerufen oder geändert werden. Dies wird als Datenkapselung bezeichnet. Das sendende Objekt kann entweder seinen Zustand solange beibehalten, bis das aufgerufene Objekt das Ergebnis des Methodenaufrufs zurücksendet, oder es kann sofort nach Absetzen der Nachricht parallel mit der eigenen Verarbeitung fortfahren (vgl. König/Wolf 1993, S. 881-884). Die innere Struktur und die internen Abläufe eines Objektes sind für die Außenwelt nicht sichtbar (Information Hiding oder Geheimnisprinzip).
- *Objektorientierte Datenbanksysteme*
  In traditionellen Datenbanken, z. B. den weit verbreiteten relationalen Datenbanken, lassen sich nur *flache* Datenstrukturen abbilden. Komplexere Strukturen müssen aufwendig mit Manipulationsoperationen erzeugt werden (vgl. Schaschinger 1993, S. 34). Insbesondere bei ingenieurwissenschaftlichen Anwendungen (z. B. CAD, CIM) tauch-

ten diesbezüglich Probleme auf (vgl. Keller/Baresch 1990, S. 17-22). In objektorientierten Datenbanken sind komplexere Datenstrukturen direkt abbildbar, und dabei werden strukturelle und verhaltensmäßige Aspekte in Datenbankobjekten integriert. Daten und darauf anwendbare Operationen werden nicht getrennt voneinander abgelegt. In objektorientierten Datenbanken wird angestrebt, im Gegensatz zu herkömmlichen Datenbanksystemen, neben den Objektdaten auch die zugehörigen Methoden zu speichern. Auch lassen sich die Klassen-Hierarchiestrukturen in einer solchen Datenbank ablegen (vgl. Lüscher/Straubinger 1996, S. 81). Komplexe Strukturen werden netzwerkartig in einer objektorientierten Datenbank abgebildet. So beinhalten Objekte nicht direkt untergeordnete Objekte, sondern verweisen auf diese mittels Referenzen. Objektorientierte Datenbanken sind aber zur Zeit noch nicht so ausgereift und basieren auf einer nicht so umfassenden theoretischen Grundlage wie die traditionellen relationalen Datenbanken (vgl. Dittrich/Geppert 1995, S. 8-23).

- *Objektorientierte Analyse- und Entwurfstechniken*
  Ende der 80er Jahre entwickelten sich objektorientierte Analyse- und Entwurfstechniken, mit deren Hilfe die Anforderungen des Anwendungsgebietes an ein System analysiert und die Implementation entworfen werden kann (vgl. Lüscher/Straubinger 1996, S. 41-47). Der Entwurf, häufig auch als Design bezeichnet, paßt die logische Systemstruktur an die physische, softwaretechnische Struktur an. Der Übergang zwischen der Analyse und dem Entwurf ist fließend. Die Methoden bauen auf Konzepten der Informationsmodellierung, der objektorientierten Programmiersprachen und der wissensbasierten Systeme auf (vgl. Coad/Yourdon 1996, S. 48-49). Sie wurden teilweise von objektorientierten Programmiersprachen abgeleitet, wie z. B. die Methoden von Coad/Yourdon, Martin/Odell, Booch, Wirfs-Brock und Rumbaugh, zum Teil wurden auch strukturierte Methoden um objektorientierte Konzepte erweitert, wie z. B. bei den Methoden von Ferstl/Sinz und Shlaer/Mellor (vgl. Coad/Yourdon 1996; vgl. Martin/Odell 1992; vgl. Booch 1991; vgl. Wirfs-Brock et al. 1990; vgl. Rumbaugh et al. 1991; vgl. Ferstl/Sinz 1991; vgl. Shlaer/Mellor 1988). Im Bereich der objektorientierten Analyse- und Entwurfsmethoden haben sich zahlreiche Diagrammtechniken entwickelt, mit der die Struktur- und Verhaltensaspekte dargestellt werden können. Weit verbreitet sind z. B. Strukturdiagramme, Zustandsübergangsdiagramme, Interaktionsdiagramme und Ereignisdiagramme (vgl. Martin/Odell 1996, S. 27-32).

- *Objektorientierte Benutzerschnittstellen*
  Die textorientierten Benutzerschnittstellen, in der der Anwender in Form der textuellen Befehlseingabe mit dem System kommuniziert, werden zunehmend von graphischen Benutzeroberflächen abgelöst. Mit Hilfe von Symbolen werden hier die zur Verfügung stehenden Objekte sowie mit Hilfe von Menüs die darauf anwendbaren Operationen angezeigt. Da sich der Benutzer nicht mehr auf die textuelle Eingabe der gewünschten Operation konzentrieren muß, sondern ein Objekt auswählen kann und dann anschließend die möglichen Aktionen angezeigt bekommt, nennt man diese Benutzeroberflächen auch objektorientierte Benutzerschnittstellen. Objektorientierte Benutzerschnittstellen bieten neben der benutzerfreundlicheren Darstellung der Daten auch die Möglichkeit einer besseren Verdichtung sowie individuellen Aufbereitung der Daten und

unterstützen somit den Benutzer bei der Bewältigung komplexer Aufgabenstellungen (vgl. Keller 1993, S. 147-150).

- *Objektorientierte Organisationsstrukturen*
  Traditionell sind Aufbau- und Ablauforganisation funktional gegliedert. Aufgaben und Zuständigkeitsbereiche in Industriebetrieben, wie z. B. Arbeitsvorbereitung, Qualitätssicherung und Instandhaltung, wurden strikt voneinander getrennt, und in der Produktion wurden Betriebsmittel, mit denen gleiche Verrichtungen durchgeführt werden, nach dem Werkstattprinzip zusammengefaßt. Somit wurden Kapazitäten gebündelt, um sie möglichst optimal auslasten zu können. Durch diese Aufteilung wurden aber zusammenhängende Prozesse zerschnitten, und die dadurch entstandenen Schnittstellen führten zu Reibungsverlusten. Auch ist häufig dem einzelnen Mitarbeiter der Zusammenhang seiner Tätigkeit im Gesamtprozeß nicht mehr ersichtlich. Die Folge sind lange Durchlaufzeiten, die den heutigen Anforderungen an die Flexibilität nicht mehr gerecht werden.

  Im Gegensatz dazu versucht man in einer objektorientierten Organisationsstruktur, Zuständigkeitsbereiche und Betriebsmittel nach Objekten, wie z. B. Produkte oder Produktgruppen, auszurichten. So werden in der Produktion Betriebsmittel, die zur Erstellung von Produktgruppen oder Teilefamilien erforderlich sind, räumlich und organisatorisch in sogenannten Fertigungsinseln zusammengefaßt. Die Automatisierungstechnik liefert mit CNC-Maschinen, flexiblen Fertigungszellen und flexiblen Fertigungssystemen die fertigungstechnischen Grundlagen für diese Organisationsstruktur. Die Vorteile der kurzen Durchlaufzeiten und der höheren Flexibilität können aber nur dann erreicht werden, wenn neben den operativen Aufgaben auch dispositive Tätigkeiten, wie z. B. die Arbeitsplanung, die Fertigungshilfsmittelverwaltung und die Qualitätssicherung, dezentral durchgeführt werden und zentrale Steuerungsaufgaben mit in die Fertigungsinseln verlagert werden (vgl. Keller 1993, S. 162-166).

  Die Vorteile der kurzen Durchlaufzeiten und der höheren Flexibilität lassen sich aber nur dann vollständig verwirklichen, wenn die Objektorientierung in der Organisationsstruktur durchgängig auf allen Ebenen realisiert wird. Neben der Fertigungsinsel auf der untersten Ebene ist dies durch eine Spartenorganisation bzw. Divisionalisierung auf der Geschäftsleitungsebene möglich. Auf der Planungsebene können Planungsinseln eingeführt werden, die alle technischen und betriebswirtschaftlichen Planungsaufgaben übernehmen. Bei einer traditionellen arbeitsteiligen Organisation sind die planerischen Tätigkeiten auf unterschiedliche Abteilungen und in der Regel somit auch die EDV-Unterstützung auf unterschiedliche Systeme aufgeteilt. Beim Ansatz der Planungsinsel findet keine Unterteilung in Konstruktion, Arbeitsvorbereitung, Kalkulation etc. statt, sondern die Aufgaben werden bezogen auf ein Produkt, einen Markt oder eine Produkt-/Marktkombination zusammengefaßt. Mit den Aufgaben lassen sich auch die Daten in einer Planungsinsel bereichsübergreifend integrieren und die Informationsflüsse durchgängiger gestalten (vgl. Keller 1993, S. 166-186).

1.2.3 Multimedia

Ein erster wissenschaftlicher Ansatz, der einen Ausblick auf das Gebiet Multimedia zuläßt, stammt aus dem Jahr 1945. Vannevar Bush beschreibt zu dem damaligen Zeitpunkt in seinem Artikel *As we may think* ein *mechanisiertes Gerät, das als persönliche Bibliothek zum Speichern von Informationen jedweder Art* dient. Dieses sogenannte *memex*, angelehnt an *mem*ory *ex*tender, sollte die Möglichkeit bieten, *allgemeine Informationen aus Büchern, Periodika und Zeitungen sowie Bilder und Photographien* in einem Speicher abzulegen. Weiterhin sollte dieser Apparat auch *persönliche, benutzerindividuelle Daten, wie handschriftliche Notizen und Korrespondenz* verwalten. Ausgehend von der Arbeitsweise des menschlichen Gehirns, nämlich der des assoziativen Denkens, entwirft Bush ein Konzept, diese unterschiedlichsten Informationseinheiten über assoziatives Indizieren zu verknüpfen: *Der Prozeß, zwei Themen miteinander zu verbinden, stellt die Hauptsache dar.* Damit bietet sich dem Benutzer die Möglichkeit, verwandte Einheiten über selbstgewählte Pfade zu verbinden bzw. vorgegebene Wege zu übernehmen (vgl. Bush 1945, S. 101-108).

Bushs Entwicklung wurde aufgrund der damaligen technischen Gegebenheiten nie realisiert. Allerdings kommt er mit dieser Vision, die auf einer Informationsspeicherung auf Mikrofilmbasis basiert, also nicht auf der Idee der elektronischen Datenverarbeitung mittels Rechnerarchitekturen fußt, dem Hypertextkonzept nahe.

Hinter diesem Konzept steht die Idee des nichtsequentiellen oder nichtlinearen Schreibens. Ursprünglich in den sechziger Jahren von Nelson initiiert, hat diese Methodik, bestimmte Informationseinheiten über *links* (Pfade) miteinander zu verknüpfen, erst durch die Verbreitung von leistungsfähigen Computern ihren Durchbruch erreicht. Nelson konkretisierte zu dem damaligen Zeitpunkt einen Prototyp eines *lauffähigen Systems für Hypermedia-Veröffentlichungen* namens Xanadu. Ziel war es, eine *weltweit zugängliche, elektronische Bibliothek (...) mit frei verfügbaren Informationseinheiten* aufzubauen (Nelson 1995, S. 31-32; vgl. Conklin 1987, S. 23).

Weitere Etappen auf dem Wege zu Multimedia waren die Konzeption und Entwicklung eines Open Hyperdocument Systems (OHS) sowie dessen Realisierung und Vermarktung. Mit OHS verbunden ist die Entstehung einer Wissensbank mit darin abgelegten Hyperdokumenten, die als Multimediadateien Vernetzung und vielfältige Objekttypen unterstützen. Engelbart, der als Vater dieses Konzeptes gilt, charakterisiert es folgendermaßen: „The hyperdocument system should enable flexible, on-line collaborative development, integration, application, study and reuse of (...) knowledge“ (Engelbart 1995, S. 30). Er setzte seine Idee einer offenen Dokumentenarchitektur auch in die Praxis um. Mit dem in den sechziger Jahren am Stanford Research Institute (SRI) realisierten oN-Line System (NLS) und dessen kommerziellem Nachfolger AUGMENT standen zum ersten Mal lauffähige Systeme zur Verfügung (vgl. Engelbart 1995, S. 30). NLS bewies auch seine Tauglichkeit. Es diente am SRI als Arbeitsumgebung für Wissenschaftler, um Pläne, Arbeitspapiere, Designstudien, Programme, Dokumentation und Notizen abzulegen und mit Querverweisen zu verknüpfen. Kurz, es entstand eine konsistente Office- und Workflow-Umgebung für die an Projekten arbeitenden Softwareingenieure (vgl. Conklin 1987, S. 22-23). Auch hier ist wieder das Grundkonzept des Hypertextes zu finden.

Im Anschluß an diese Entwicklungen aus dem Forschungsbereich entstanden in den achtziger Jahren rein kommerzielle Systeme, wie Hypercard oder Toolbook, zur Erstellung hyperbasierender Anwendungen. Aktuelle Trends in diesem Bereich veranschaulichen sogenannte Autorensysteme (Authoring Tools). Sie zeichnen sich durch mächtige Funktionalitäten aus. Mit bestimmten Tools können interaktive Informations- und Kiosksysteme, Computer Based Training-Lernumgebungen (CBT) und World Wide Web-Applikationen erzeugt werden.

Multimedia an sich wird in der Literatur aus unterschiedlichen Blickwinkeln betrachtet. Riehm beispielsweise sieht Multimedia als *Medienmix plus Interaktion* (vgl. Riehm/Wingert 1995, S. 198). Buford spricht von einem simultanen Einsatz untereinander verknüpfter Medienformen innerhalb von Rechnersystemen. Er unterscheidet bereits zwischen diskreten und kontinuierlichen Medien (vgl. Buford 1994, S. 4-5). Wolff erweitert diese Annäherung, indem er von einem Multimedia-System ausgeht. Damit bezeichnet er *rechnerbasierte Informationssysteme, deren Benutzerschnittstelle mehrere, verschiedene Informationsträger (Medien)* aufweist. Dieses System „wird durch die rechnergesteuerte, integrierte Darbietung, Verarbeitung, Speicherung und Übermittlung von unabhängigen, multimedialen Informationen charakterisiert" (Wolff 1993, S. 9).

Die oben genannten Beispiele zeigen unterschiedliche Ansätze auf: es wird klar, daß eine ganzheitliche Definition gefunden werden muß. Steinmetz liefert in seinem Werk eine umfassende und qualitative Abgrenzung, indem er von einer Charakterisierung multimedialer Systeme ausgeht: „Ein Multimedia-System ist durch die rechnergestützte, integrierte Erzeugung, Manipulation, Darstellung, Speicherung und Kommunikation von unabhängigen Informationen gekennzeichnet, die in mindestens einem kontinuierlichen (zeitabhängigen) und einem diskreten (zeitunabhängigen) Medium kodiert sind" (Steinmetz 1993, S. 19).

Damit werden zwei Tendenzen innerhalb der Diskussion um Multimedia klar. Man unterscheidet zwischen konkreter Anwendung und dem System, auf dem eine solche Anwendung verarbeitet wird.

Erstere zeichnet sich durch die Integration unterschiedlicher, aber diskreter und kontinuierlicher Medienformen wie z. B. Text, Graphik und Bild bzw. Audio und Video aus (vgl. Gibbs/Tsichritzis 1995, S. 15). Damit verbunden ist die besondere Problematik multimedialer Anwendungen bei Orientierung und Navigation in bezug auf die Benutzerschnittstelle. Beispiele für solche Anwendungen sind CBT, Auskunftssysteme, World Wide Web-Browser oder die Online-Zeitung (vgl. Steinmetz/Sabic 1996, S. 19-22; vgl. Steinmetz 1993, S. 401).

Das Multimedia-System muß obige Anwendungen und die darin enthaltenen Medien verarbeiten. Unter Informationsverarbeitung im multimedialen Sinn werden die integrierte Erzeugung, die Manipulation, d. h. das *Personalisieren* durch den Anwender, die Darstellung, die Speicherung und die Vermittlung in Kommunikationsnetzen subsumiert. Integration in diesem Kontext bedeutet nun, *zeitliche, räumliche und inhaltliche Synchronisationsbeziehungen* zwischen diesen Informationseinheiten herzustellen (vgl. Steinmetz 1993, S. 14-16). Aus technischer Sicht ergeben sich dabei Anforderungen in den folgenden Bereichen: Datenkompression von Audio- und Video-Daten, optische Speichertechnologien, Rechnerarchitektur, Datenbanken, Kommunikationsnetze, Betriebssysteme sowie Programmierung (vgl. Steinmetz/Sabic 1996, S. 8-22).

Ausgangspunkt sämtlicher multimedialer Anwendungen ist das Konzept des Hypertextes, das sich durch folgende Charakteristik auszeichnet: „Die Grundidee von Hypertext besteht darin, daß informationelle Einheiten, in denen Objekte und Vorgänge (...) auf textuelle, graphische oder audiovisuelle Weise dargestellt werden, flexibel über Verknüpfungen manipuliert werden" (Kuhlen 1991, S. 13).

Damit werden zwei Eigenschaften verdeutlicht: Einmal die Manipulation unterschiedlicher Informationseinheiten sowie deren Verbindung in einem Netzwerk. Manipulieren steht für die Möglichkeit, bestimmte Hypertextbausteine durch den Benutzer in neue Kontexte einzubinden und somit eigene, personalisierte Verknüpfungen herzustellen. Die Einbindung in ein Netzwerk birgt den Charakter des nichtlinearen Aufbaus in sich, der Benutzer kann im Informationsraum entlang der verknüpften Einheiten navigieren. Grundsätzlich bewegt sich der Anwender in einem solchen Informationsraum, d. h. in multimedialer Anwendung und System, auf drei Ebenen (vgl. Kuhlen 1991, S. 125), nämlich:

- auf Systemebene bezüglich funktionaler und hardwareabhängiger Gegebenheiten
- auf inhaltlicher Ebene, bezogen auf die eigentliche Information, die in den Knoten enthalten ist
- auf struktureller Ebene bei der Ermittlung geeigneter Navigations- und Zugriffswege und der Ausnutzung von Orientierungsmitteln

Punkt 2 und 3 sind für die Charakteristik eines (hyperbasierten) Netzwerkes von besonderer Bedeutung. Dessen Bestandteile lassen sich entsprechend ihrer Funktion folgendermaßen klassifizieren: Man unterscheidet Objekte, welche die jeweilige Information kodiert in einer Medienform enthalten und direkt ansteuerbar sind. Sie werden in der Literatur als Knoten (nodes) bzw. informationelle Einheiten definiert. Weiterhin sind die eigentlichen Verknüpfungen zwischen den Informationseinheiten zu nennen. Für deren Beschreibung wird der Begriff Kante (link) verwendet. Kanten beginnen und enden innerhalb der Knoten, wo sie je nach formaler Ausprägung auf der Medienoberfläche beispielsweise als Icon oder hervorgehobener Text integriert sind. Sie werden fachsprachlich als Anker (anchor) bezeichnet (vgl. Kuhlen 1991, S. 77; vgl. Conklin 1987, S. 33-41; vgl. Nüttgens et al. 1993, S. 630).

Den grundlegenden Zusammenhang zwischen informationellen Einheiten, Kanten und Ankern verdeutlicht die nachfolgende Abbildung. Hier sind die einzelnen formalen Bausteine einer multimedialen Anwendung zueinander in Beziehung gesetzt. Man erkennt neun Einheiten unterschiedlicher Medienausprägung, die zwischen diesen realisierten Verknüpfungen in Form von zehn Kanten liegen sowie deren Start- und Endpunkte innerhalb der Medienobjekte (Anker). Die verwendeten Medienformen sind in diesem Beispiel hauptsächlich textueller Art, es werden aber auch jeweils eine Audio- und Videoeinspielung in das Netzwerk der Informationsbasis eingebunden.

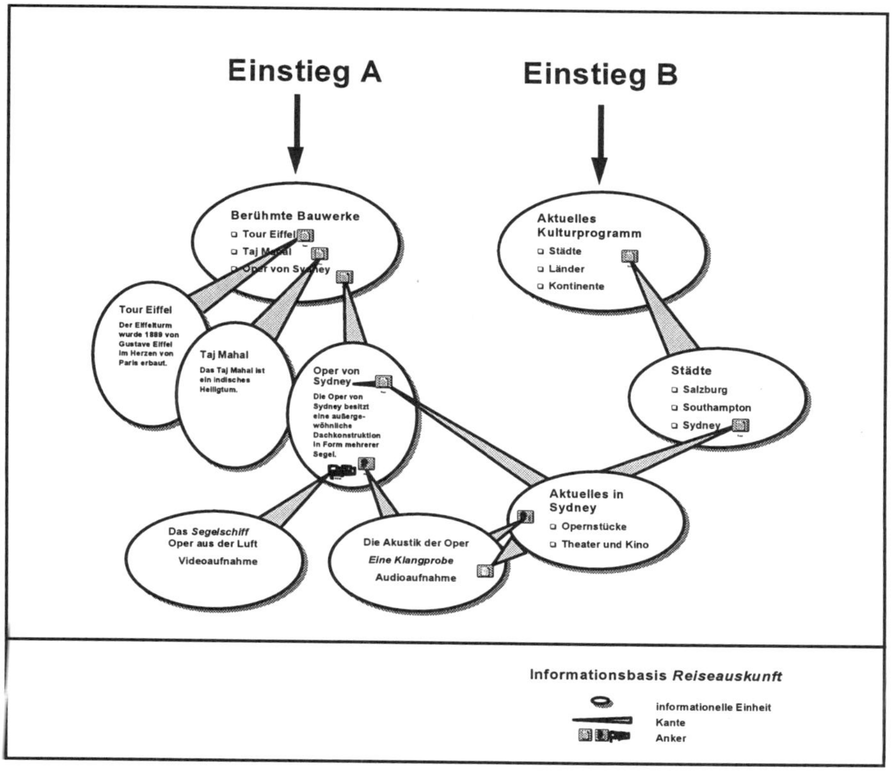

Abb. 1.3: Formale Bausteine einer multimedialen Anwendung

Die eine multimediale Anwendung bestimmenden Bestandteile, nämlich informationelle Einheit und Kante, sollen im folgenden in bezug auf Charakterisierung, Ausprägung und Erstellung untersucht werden.

- *Informationelle Einheiten*

  Im Rahmen des Hypertextkonzepts verkörpern Knoten „idealtypisch (...) die kleinste, für den Benutzer ansprechbare Informationseinheit" (Nüttgens et al. 1993, S. 631). Nach Kuhlen dienen informationelle Einheiten der „Erarbeitung und Nutzung von Information" (Kuhlen 1991, S. 79). Dabei werden Ideen eines Autors in Objekte multimedialer Form umgewandelt. In traditionellen Büchern werden zur Strukturierung und Unterscheidung einzelner Bereiche Überschriften, Absätze und Paragraphen eingesetzt. In einem linearen Medium wie dem Text in einem Buch kann der Leser den Kontext eines bestimmten Bereiches sofort ermitteln. Er untersucht dazu vor- und nachgelagerte Passagen bzw. folgt direkt dem Lesepfad in linearer Weise, um sich ein Rezeptionsverständnis aufzubauen. Hypertextbasierende und darüber hinaus multimediale Anwendungen weisen nicht den einen Kontext im Sinne linearer Medien auf. Von jedem Knoten aus stehen in der Regel mehrere Verzweigungsmöglichkeiten zur Verfügung. Der Benutzer muß in seinem Drang nach Wissen unterstützt werden. Das geschieht durch eine besondere Wahl und Einteilung der Knoten bzw. durch übergeordnete Navigationsstrukturen. Umfang und Inhalt eines Knotens können zwar nicht zwingend festgelegt werden, müssen aber im Hinblick auf die Situation des Informationssuchenden koordiniert werden. Bei der Fragmentierung des Wissens zu informationellen Einheiten muß bestimmten formalen Grundsätzen gefolgt werden. Hilfestellungen ergeben sich durch eine *Etikettierung* der Knoten. Damit verbunden ist eine *Namen- oder Titelvergabe*, die dem Benutzer zugleich den Charakter des zugrundeliegenden Knotens verdeutlicht. Der Benutzer soll sich ein Bild der zu erwartenden Information machen können. Darüber hinaus ist die Einbindung in die den Knoten umgebenden Informationen von Bedeutung, die Untersuchung und Betrachtung des Kontexts (vgl. Kuhlen 1991, S. 88). Kontext meint den semantischen und kognitiven Zusammenhang der einzelnen Knoten untereinander. Er ergibt sich über deren Verknüpfung mittels Kanten.

- *Kanten*
  Verknüpfung ist die fundamentale Idee von Hypertext und hyperbasierenden Anwendungen (vgl. Kuhlen 1991, S. 99). Kanten dienen der Verbindung von informationellen Einheiten. Für sie gilt, daß sie Ausgangs- und Zielpunkte in Form von Ankern besitzen. Kanten werden unter anderem in bezug auf Richtung und Art unterschieden. Es existieren uni- und bidirektionale Verbindungen. Letztere erlauben eine Navigation von einem Start- hin zu einem Zielknoten und wieder auf demselben Pfad zurück. Unidirektionale Verbindungen lassen nur die Selektion bestimmter informationeller Einheiten von einem Startpunkt in eine Richtung zu (vgl. Kuhlen 1991, S. 104; vgl. Nüttgens et al. 1993, S. 631-632). Weiterhin lassen sich Kanten in zwei Klassen einteilen. Kuhlen unterscheidet referenzielle und typisierte Verknüpfungen:

  - *Referentielle Kanten*
    Sie verfolgen nicht den Gedanken einer hierarchischen Gliederung. Sie verketten lediglich Einheiten zum Zweck der assoziativen Navigation und verbinden beispielsweise Schlüsselwörter in zwei unterschiedlichen Texten. Ihnen ist der Gedanke der Assoziation eigen. Assoziation bezeichnet die ursächliche Verknüpfung von Vorstellungen. Deren Aufgabe ist es, prinzipiell unterschiedliche Informationen, die aber einen gemeinsamen *Nenner* besitzen, zu verknüpfen. Ein Beispiel dafür stellt die Verbindung zwischen Informationen über das aktuelle Programm der Oper von Sydney und Daten über berühmte Bauwerke wie das Taj Mahal in einem elektronischen Reiseauskunftssystem dar. Beide Knoten, Opernprogramm und historische Architektur, gehören unterschiedlichen Datendomänen an, sind jedoch über die Assoziation und den Schlüsselbegriff *Sehenswürdigkeit* miteinander verbunden (vgl. Ginige et al. 1995, S. 26).

  - *Typisierte Kanten*
    Sie implementieren hierarchische und semantische Strukturen. Sie dienen der Organisation von informationellen Einheiten innerhalb einer Datendomäne. So verknüpfen diese über- und untergeordnete Knoten, beispielsweise die Einträge in einem Inhaltsverzeichnis mit den darunterliegenden Objekten bzw. semantisch zusammengehörige Objekte auf gleicher Ebene (vgl. Conklin 1987, S. 33-41). Grundsätzlich läuft eine solche Strukturierung der informationellen Einheiten der *Hyper-Idee*, also einer Nicht-Linearität und einer Navigation durch Assoziation, zuwider.

> Jedoch spiegelt eine solche Aufbereitung gewohnte Denkstrukturen und allgemeines Leseverhalten wider, nämlich den Vorgang, sich vom Allgemeinen zum Speziellen vorzuarbeiten (vgl. Kuhlen 1991, S. 106).

Wiederum existieren zwei Unterklassen von typisierten Kanten. Semantische Verknüpfungen beziehen sich auf den Inhalt von Knoten und Knotenscharen. Sie liefern Metainformationen in Form von Registern, Inhaltsverzeichnissen und globalen und lokalen Übersichten. Argumentative Kanten dienen weniger einer hierarchischen Ordnung im Sinne einer verzeichnisorientierten Staffelung von Informationen, vielmehr sollen damit komplexe Fragestellungen und Probleme in einem vorgegebenem Schema und Beziehungsgeflecht aufgehen. Für ein Problem lassen sich grundsätzlich Positionen wie These, Argument, Beweis, Start- oder Zielereignis ausmachen. Diese Positionen werden durch informationelle Einheiten verkörpert. Ziel der argumentativen Verknüpfung ist es, die Positionsbeziehungen über klar definierte Kanten mit bestimmter Etikettierung herauszustellen. Der Grad der Interdependenz kann noch über farbige Wegweiser etc. veranschaulicht werden (vgl. Kuhlen 1991, S. 119). Solche Kantenformen unterstützen den Benutzer bereits in der Navigation, da er in diesem Fall bekannte und wiederkehrende Strukturen erkennt.

Bei Bildung und Einsatz oben genannter Verknüpfungsarten muß ein Mittelweg zwischen assoziativen und semantisch-argumentativen Formen gefunden werden. Mit ersterem ist das selbständige und freie Navigieren im Informationsraum verbunden, jedoch impliziert dies auch Nachteile bei der Orientierung innerhalb der Informationsbasis im Hinblick auf das Benutzermodell. Vorgegebene und kontrollierte Verbindungen weisen dem Benutzer von Anfang an sprichwörtlich den Weg. Eine Verwendung muß entsprechend der inhaltlichen Beziehungen zwischen den informationellen Einheiten und dem Benutzerverhalten gefunden werden.

Multimediale Anwendungen werden vor allem im Hinblick auf die Informationsvermittlung durch das Internet, das in Verbindung mit dem Frontend-Rechner als systemische Plattform fungiert, eine immer größere Verbreitung finden. Dabei müssen durch den Bereitsteller von Information gewisse Standards gewahrt werden. Es darf nicht die Quantität, sondern die Qualität in bezug auf ein Informationsbedürfnis muß im Vordergrund stehen. „Der Nutzen von Informationen liegt eben in der Auswahl, nicht in ihrer Fülle, liegt in ihrer Relevanz, nicht im Übertragungstempo" (Vester 1995, S. 14).

Die Vorzüge des Hyperprinzips, nämlich einzelne informationelle Einheiten *häppchenweise* zu offerieren und zwischen diesen assoziative Verzweigungsmöglichkeiten durch die Einbindung in ein Netzwerk zu realisieren, tragen unter anderem zu einer sinnvollen Informationsvermittlung bei.

1.2.4 Datenautobahn im Internet

Das *Internet* ist das weltweit größte Datennetz, in dem derzeit mehr als neun Millionen Computer miteinander verbunden sind. Ende der 50er Jahre wurde in den USA ein Datennetz zur sicheren Übertragung von Informationen für den Militärsektor entwickelt. Die Netzinfrastruktur wurde zu Forschungszwecken mit Einführung des ARPA NETs auf

Hochschulen ausgeweitet, bis sich 1977 mehrere Netze zum Internet zusammenschlossen. 1993 legte die Entwicklung des World Wide Webs (WWW) vom Kernforschungszentrum CERN in Genf die Grundlage für die zunehmende Globalisierung des Internets. Mit dem Einstieg von Online-Diensten 1996 wurde letztlich die kommerzielle Nutzung des Internets eingeleitet (vgl. Klute 1996; vgl. Schneider 1995, S. 263-271; vgl. Regionales Rechenzentrum für Niedersachsen 1996).

Das Internet ist ein dezentrales Weltnetz, das lokale Einzelnetze miteinander verknüpft. Die Übertragung von Daten findet direkt oder indirekt über Anschlußpunkte (Knoten) statt, die über Stand- oder Wählleitungen so miteinander verbunden sind, daß angeschlossene Rechner uneingeschränkt kommunizieren können. Die wachsende Bedeutung des Internets liegt in der zunehmenden Leistungsfähigkeit der Übertragungsleitungen wie z. B. LAN (Local Area Network) oder ATM (Asynchronous Transfer Mode) begründet. Im Internet werden die Datenströme in voneinander unabhängige Pakete aufgeteilt. Dieses ermöglicht die gemeinsame Nutzung einer einzigen Leitung durch viele Rechner und erleichtert das Netzmanagement. Verlorene Pakete werden automatisch wieder angefordert, so daß eine hohe Übertragungssicherheit gewährleistet ist. Die Sprache des Internets ist einheitlich für alle Plattformen (Unix, Mainframe, PC, Laptop etc.) im Übertragungsprotokoll TCP/IP festgelegt. Teilnehmer werden über eine IP-Adresse (z. B. 129.13.99.4) oder einen funktionsbezogenen Namen (z. B. www.uni-karlsruhe.de) eindeutig identifiziert. Während die meisten Internetdienste TCP/IP-Verbindungen voraussetzen, ist z. B. der E-Mail- und News-Transfer auch von anderen Netzen möglich, die parallel zu der Entwicklung des Internets entstanden sind. Aufgrund der amorphen Netzstruktur ist das Internet allerdings als Gegenstück zu klassischen zentralen Netzen unbegrenzt ausbaufähig, stößt bei den Übertragungsgeschwindigkeiten jedoch noch oft an seine Grenzen.

Das Leistungsspektrum des Internets umfaßt die folgenden Dienste:

- *Telnet*
  Ein Dialogzugriff auf entfernte Rechner über Zugangsberechtigung (z. B. Kataloge von Bibliotheken, Datenbanken etc.).
- *FTP*
  Ein Filetransfer zum Übertragen (Kopieren) von Dateien zwischen Internetrechnern.
- *E-Mail*
  Der sekundenschnelle Austausch von schriftlichen Nachrichten weltweit. E-Mails sind zwischen allen autorisieren Internetteilnehmern möglich.
- *News*
  Ein für alle zugängliches automatisches Verteilwesen (*Schwarzes Brett*) von Diskussionsbeiträgen, Meldungen und Problemlösungen zu verschiedenen Themen.
- *Chat und Videokonferenz*
  Chat ermöglicht dem Anwender, in schriftlicher Form online zu kommunizieren, gleiches ist audiovisuell in Form von Videokonferenzen möglich.
- *World Wide Web (WWW)*
  Das WWW ist mit enormen Zuwachsraten der Primus unter den Internetdiensten. Das

WWW ist ein multimedial- und hyperlink-basiertes Informationssystem mit graphischer Benutzeroberfläche, das zu wissenschaftlichen und kommerziellen Zwecken eingesetzt wird. Es basiert ebenfalls auf der Client/Server-Architektur, mit der Informationen auf entfernten Servern zum Client geholt und plattformunabhängig präsentiert werden können. Grundlage dieser Technologie ist die zentrale Serverablage von Web-Seiten, formatiert mit der Textlayoutsprache HTML (Hyper Text Markup Language), und deren Darstellung durch lokale Präsentationsbrowser. Mit Hilfe von weltweiten Querverweisen (Hyperlinks) zwischen Dokumenten kann der Benutzer durch verschiedene Anbieterseiten navigieren. Alternativ können Hypermediadienste direkt über eine URL-Adresse (Uniform Resource Locator, z. B. http:\\www.servername.de) aufgerufen und angezeigt werden. Die Client/Server-Kommunikation wird über das Protokoll HTTP (Hyper Text Transport Protocol) gesteuert. Darüber hinaus können Programme basierend auf der Internetsprache Java über das World Wide Web ausgeführt werden. Mit Hilfe dieser Werkzeuge werden Web-Seiten im zunehmenden Maße multimedial von Sound, Bildern und Videoanimationen unterlegt.

In diese offene Netzinfrastruktur werden zukünftig immer mehr Dienste verlagert werden, die über die reine Informationsfunktion hinausgehen (z. B. Softwareinstallationen, Vertrieb von Waren und Dienstleistungen etc.). Das WWW hat der zunehmenden kommerziellen Nutzung des Internets eine Basis ermöglicht, auf der Unternehmen sowohl Kunden als auch die eigenen Mitarbeiter ansprechen können. Das sogenannte *Electronic Commerce* unterscheidet drei Arten von Kunden-Lieferanten-Beziehungen (vgl. Zencke 1996, S. 19-24):

- *Business to Business zwischen Mitarbeitern verschiedener Unternehmen*
  Business to Business-Szenarien haben oftmals den Charakter von interaktiven EDI-Transaktionen (Electronic Data Interchange).

- *Intranet zwischen Mitarbeitern des gleichen Unternehmens*
  Unter dem Begriff *Intranet* werden die EDV-Anwendungen zusammengefaßt, die moderne Web-Technologien zum Aufbau von innerbetrieblichen Informations- und Kommunikationssystemen nutzen. Es werden dieselben plattformübergreifenden Standards verwendet (TCP/IP, HTML, Java etc.), wobei die Integration der verschiedenen Internetdienste unterstützt wird. Anwendungen des Intranets reichen von elektronischen Firmennachrichten, Organisationshandbüchern, Projektinformationssystemen bis hin zu neuen Frontends für bestehende kaufmännische und technische Anwendungen. Mit einem einheitlichem Kommunikationssystem auf interner und externer Ebene wird der Administrationsaufwand verringert und eine Grundlage für effiziente Sicherheitskonzepte gelegt.

- *Consumer to Business zwischen Endverbraucher und Lieferanten*
  Auf dem *Elektronischen Marktplatz* bietet das Internet allen denkbaren Wirtschaftsbereichen die technischen Möglichkeiten, ihren Waren- und Dienstleistungsverkehr schnell und kostengünstig abzuwickeln. Zum Beispiel kann dem potentiellen Kunden das Produktangebot in einem elektronischen Katalog über WWW präsentiert werden, um Bestellungen online aufzunehmen. Dieser Vertriebsweg bietet verschiedene Vorteile. Für den Kunden spielt zum einen die Verfügbarkeit des Angebots rund um die Uhr

eine große Rolle. Das World Wide Web bietet ihm darüber hinaus eine einfache Handhabung auf graphischer Benutzeroberfläche bei hoher Informationstiefe, die keine speziellen Schulungen oder lange Einarbeitungszeiten erfordert. Suchmaschinen erleichtern eine Sondierung der Informationen. Zukünftig wird die wachsende Internationalität bei ständig expandierendem Angebot die Attraktivität des Netzes für den Kunden noch erhöhen. Für den Anbieter ist ein neuer Vertriebskanal mit relativ geringen Kosten entstanden. Multimediale Marketingaktionen können weltweit potentielle Kunden rund um die Uhr erreichen, wobei der zunehmend vereinfachte Netzzugang für breite Bevölkerungsschichten eine Zielgruppenexpansion bewirkt. Darüber hinaus können Produktinformationen in elektronischen Katalogen kontinuierlich an den neuesten Stand gebracht werden. Im Bereich der Auftragserfassung oder des Zahlungsverkehrs wird eine zunehmende Automatisierung die Effizienz der Geschäftsprozesse erhöhen.

Dennoch hängt der kommerzielle Erfolg des Internets von verschiedenen Rahmenbedingungen ab. Rechtliche Grundlagen und Sicherheitsstandards bei der Geschäftsabwicklung sind die wichtigsten Herausforderungen an das *Electronic Commerce*. Die Datenübertragung mit Hilfe des TCP/IP-Protokoll führt in der Regel über viele Knoten, so daß auf Grund der offenen Netzarchitektur die Abhörsicherheit der Datenpakete nicht gewährleistet ist. Folgende Risikofelder sind dabei zu berücksichtigen:

- Authentizität garantiert die tatsächliche Identität des Geschäftspartners. Sie verhindert die Datenmanipulation unter falschem Namen.
- Nachrichtenintegrität bei der Datenübertragung, um vorsätzliche Änderungen (z. B. Mengenangaben bei der Bestellung) auszuschließen.
- Nicht-Abstreitbarkeit verpflichtet Netzteilnehmer an eine von Ihnen ausgelöste Transaktion (z. B. Vermeidung von willkürlicher Auftragserteilung) mit Hilfe von digitaler Signatur oder Auditing.
- Vertraulichkeit garantiert, daß übertragene Daten für Dritte unzugänglich bleiben, eine Grundvoraussetzung im Zahlungsverkehr und Datenschutz (z. B. Kreditkartennummern oder Kundenstammdaten).

Zu ergreifende Maßnahmen hängen vom Sicherheitsbedarf und der Datenbrisanz in der jeweiligen Internetanwendung ab. Sicherheitsleistungen werden bereits auf Browserebene angeboten, während protokolltechnische Mittel (geschlossene Benutzergruppen) die Datenübertragung überwachen. Im Zahlungsverkehr werden auf Basis von Sicherheitsstandards (z. B. SET – Secure Electronic Transaction) Kreditkartennummern verschlüsselt bzw. Nachrichten mit Hilfe von kryptographischen Verfahren an Zugangspunkten ein- und am Ausgangspunkt wieder entpackt. Weitere Maßnahmen betreffen die Zugänge und Abgänge zum Internet bzw. den Schutz der Rechner an sich. Als Techniken könnten dabei Screening-Router (Überwachung des Netzverkehrs/Filtering), Application Gateway (Firewalls) oder Netztrennung zum Einsatz kommen (vgl. Welz 1996, S. 14-15).

Diese Herausforderungen werden die weitere Entwicklung des Internets entscheidend mit beeinflussen, um sich als neue Technologie auch in der Unternehmensstruktur behaupten zu können.

1.3 Organisatorische Entwicklungen

Organisatorische Entwicklungen können nicht ohne Kenntnis des historischen Umfelds beurteilt werden. Ziel der Organisation im allgemeinen ist es, komplexe Aufgaben durch mehrere Menschen zu bearbeiten und anschließend zu einem Ergebnis zusammenzuführen. Während Arbeitsteilung schon beim Bau der Pyramiden und früher ein Faktum war, ist die Entstehung der industriellen Arbeitsteilung vermutlich auf Adam Smith (1723-1790) zurückzuführen, der die handwerkliche Produktion von Stecknadeln in einzelne Arbeitsschritte zerlegte und für jeden Schritt einen Spezialisten verantwortlich machte (vgl. Smith 1988). Durch die Perfektion der handwerklichen Teilschritte konnte jeder Beteiligte sein Arbeitspensum erhöhen und die Gesamtproduktion um ein Hundertfaches gesteigert werden. Der Grundgedanke von Smith' *Arbeitsteilung und Spezialisierung* beruhte auf der Annahme, daß durch die Arbeitsteilung eine größere Geschicklichkeit eines jeden Einzelnen erreicht wird und unnötige Umstellungszeiten bei jedem Einzelnen von einem Arbeitsschritt zum anderen vermieden werden können. Die Ansätze von Smith griff 1832 Charles Babbage (1729-1871) in seinem Werk auf und verdeutlichte die Lohnkostenvorteile für die Unternehmen durch Zerlegung von Arbeitsschritten in einfache Tätigkeiten. Eine Begründung lag darin, daß durch die Zerlegung der (komplexen) handwerklichen Aufgaben in einfache Teilschritte billige - weil ungelernte - Arbeitskräfte eingesetzt werden können (vgl. Babbage 1832). Der Gedanke von Smith wurde im Zuge der Industrialisierung sowohl in den USA als auch in Deutschland durch die konzeptionelle Trennung von planenden und ausführenden Tätigkeiten ergänzt.

Das Aufkommen von Massenprodukten, die Zentralisierung von Arbeitsleistungen in Fabrikstätten und der damit verbundene Anstieg der Unternehmensgrößen sowie die argwöhnische Betrachtung der steigenden Lohnkosten durch das Management begleiteten zum Ende des 19. Jahrhunderts eine Entwicklung, die die Arbeitsteilung und die Trennung von planenden und ausführenden Tätigkeiten verstärkten. Diese Epoche der Industrialisierung fand unter dem Schlagwort *Wissenschaftliche Betriebsführung* Eingang in die Theorie und Praxis der Organisation. Ausgefeilte Abrechnungssysteme, Methoden zur Ablaufplanung und eine Reihe von Lohn- und Anreizsystemen wurden in dieser Zeit zwecks effizienterer Planung der Fabrik durch ingenieurwissenschaftlich ausgebildete Personen entwickelt. Die Delegation und Dezentralisierung von Planungsaufgaben des Managements bzw. der Geschäftsleitung auf eine Gruppe von Ingenieuren, die Zerlegung von zusammengehörenden Arbeitsschritten in der Fabrik in kleinste Elemente und deren analytische Betrachtung in Zeit- und Bewegungsstudien ermöglichten das Aufkommen einer neuen Schicht von Managern in den Unternehmen, den Planern und Kontrolleuren.

1.3.1 Taylors Einfluß auf die amerikanische Organisation

Frederic Winslow Taylor (1856-1915) und sein Werk sei stellvertretend als der Protagonist dieser Entwicklung genannt (vgl. Taylor 1911). Taylors Arbeiten konzentrierten sich auf Verbesserungen in der Produktion. Dies waren zum einen Verbesserungen von Werkzeugen (z. B. die Erfindung des Schnelldrehstahls 1899) und Werkzeugmaschinen, zum anderen Verbesserungen im Produktionsablauf. Taylors Idee war die Übertragung der experimentellen Methode der Naturwissenschaften auf die Industrie. Die experimentelle Methode besteht aus der Beobachtung der Realität, ihrer Analyse und der Auswahl der wesentlichen Faktoren, die dann zu einer Synthese zusammengeführt werden, die wiederum erprobt und kontrolliert werden. Aus der praktischen Erfahrung heraus wurden die entsprechenden Gesetzesmäßigkeiten abgeleitet und verallgemeinert, wobei berücksichtigt werden muß, daß Taylor zu der damaligen Zeit selbst Unternehmer war und die Position des freien Unternehmertums vertrat. Das Werk von Taylor besteht aus sogenannten Grundsätzen, einer Methode und einer Doktrin.

Den Grundsätzen entsprechend fällt es der Leitung bzw. den Leitern zu, all die überlieferten Kenntnisse zusammenzutragen, die früher im Alleinbesitz der einzelnen Arbeiter waren. Sie sollen die Erfahrungen klassifizieren, aus den Kenntnissen Regeln, Gesetze und Formeln bilden und diese zur Hilfe des Arbeiters bei seiner täglichen Arbeit einsetzen. Insgesamt bestehen die Grundsätze aus vier Arten von Pflichten für die Unternehmensleitung.

- Die Unternehmensführung entwickelt eine Wissenschaft für jedes einzelne Arbeitselement, um die gegebene Arbeitsteilung bis hin ins kleinste Detail zu analysieren. Ziel ist es, die Arbeitsbewertung, die lediglich eine Summe von Faustregeln und über den Daumen gepeilten Schätzwerten war, abzulösen. Dies hat zur Folge, daß jeder Handlung des Arbeiters vorbereitende Handlungen der Betriebsleitung vorausgehen müssen.
- Die Direktion trifft eine Auswahl der *passendsten* (leistungsfähigsten) Arbeiter für jede Tätigkeit auf der Grundlage eines wissenschaftlichen Studiums. Die Betriebsleitung schult, lehrt und bildet die Arbeiter aus. Die Wahl der Tätigkeit und der Weiterbildung bleibt nicht mehr den Arbeitnehmern selbst überlassen.
- Es wird das Prinzip des *herzlichen Einvernehmens* der Unternehmensleitung mit den Arbeitern angewendet, damit die Direktion ihre wissenschaftlichen Grundsätze mit Hilfe der Arbeiter in die Praxis umsetzen kann.
- Verantwortung und Arbeit werden gleichmäßig in der Form verteilt, daß die Leitung die Arbeit auf ihre Schulter nimmt, für die sie sich besser als der Arbeiter eignet, damit der Arbeiter von der Last der Verantwortung befreit ist.

Als Methode entwickelt Taylor ein vierstufiges Konzept und gibt Hilfsmittel für deren praktische Umsetzung vor.

- Er empfiehlt, für die vom Arbeiter zu verrichtende Arbeit eine detaillierte Arbeitsanalyse durchzuführen, um damit eine *wissenschaftliche Verrichtungsweise* zu erhalten. Bei der Erarbeitung des besten Verfahrens sollen die Mitarbeiter angehört werden.

- Das *wissenschaftlich optimale* Tempo soll mittels folgender drei Techniken festgelegt werden:
  - Es sollen die wissenschaftlich fähigsten Personen ausgewählt werden.
  - Die Belegschaft soll rigoros in den Betrieb integriert werden, um jeglichen Widerstand gegen die *Fortbildung* auszuschalten.
  - Mit Hilfe der Stoppuhr soll die optimale Arbeitsgeschwindigkeit bestimmt werden. Die dazu notwendigen Zeitstudien werden von Studenten durchgeführt.
- Er empfiehlt die individuelle Arbeit, weil nur dadurch der Mensch seinen ganzen Ehrgeiz in die Arbeit stecken kann.
- Die Zustimmung der Arbeiter zu dieser *wissenschaftlichen Methode* soll durch ein Stücklohnsystem gesichert werden, das 20% bis 60% über dem allgemeinen Lohnniveau liegt.

Neben den Grundsätzen und Methoden ist für das Verständnis des Taylorismus die Beschreibung von Taylors Menschenbild von zentraler Bedeutung. Seine Auffassung über die arbeitenden Menschen und deren Beziehungen im Unternehmen hat Taylor in seiner Doktrin beschrieben. Taylor unterstellt:

- Das Ziel des Menschen ist der (materielle) Wohlstand. Das Glück des Menschen liegt im Konsum, der zu mehr Produktion führt.
- Das Fundament des Wohlstands ist die Effizienz der menschlichen Arbeit, ein maximaler Wohlstand kann nur als Folge der maximalen Produktivität entstehen.
- Viele Arbeiter haben die schlechte Eigenschaft zu bummeln, diesem muß entgegengewirkt werden. Gründe hierfür sind, daß die Arbeiter glauben, daß die Produktionserhöhung Arbeitslosigkeit zur Folge hat, ein ineffizientes Lohnsystem und die Vergeudung von Arbeitskraft als Folge der unwissenschaftlichen Arbeitsmethoden.
- Der sinnlose Streit über die Aufteilung des Mehrwerts muß aufhören, indem dieser vergrößert wird. Ziel ist es, eine enge Zusammenarbeit zwischen Unternehmer und Arbeiter zu erreichen. Dazu müssen beide *Partner* ihre Geisteshaltung ändern und zu *herzlichem Einvernehmen* gelangen. Taylor ist darüber hinaus davon überzeugt, daß in jedem nach seiner wissenschaftlichen Methode geführten Betrieb jegliche Arbeitnehmervertretung (Gewerkschaft) überflüssig ist, da dort ohnehin höhere Löhne, als von der Gewerkschaft gefordert, gezahlt werden.
- Er teilt die Arbeit in den Unternehmen in Kopf- und Handarbeit, d. h. Trennung von geistiger und körperlicher Arbeit, und klassifiziert die Arbeiter in eine erste (leistungsorientierte und leistungsfähige Mitarbeiter) und zweite Kategorie (Faulenzer, Schwächlinge, Drückeberger).
- Taylor unterstellt dem gewöhnlichen Menschen, daß allein der persönliche Ehrgeiz ihn antreibt, der mit einer guten Bezahlung gefördert werden kann.

Taylors Auffassung nach gab es keinen grundsätzlichen Unterschied bei der Gestaltung von Maschinen und der menschlichen Arbeit. Das systematische Studium von Arbeitsprozessen hatte zum Ziel, den Kräfteeinsatz zu minimieren, tote Zeiten zu eliminieren und Richtwerte für zumutbare Leistungen aufzustellen. Die entwickelten Methoden führten zu beachtlichen ökonomischen Erfolgen. So wendete der Automobilhersteller Henry Ford (1863-1947) 1907 die gemachten Zeit- und Bewegungsstudien sowie die Lohngestaltung in der industriellen Produktion zur Gestaltung der Fließfertigung an, und Taylor selbst übertrug die in der Produktion gemachten Erfahrungen auf die Verwaltungstätigkeiten des Fertigungsbereichs. Hier entwickelte er ein differenziertes System von Planungs-, Überwachungs- und Anweisungsfunktionen, das er *Funktionsmeistersystem* nannte (vgl. Kieser/Kubicek I 1978, S. 116-141; vgl. Kieser 1995, S. 57-89). Die Idee der Arbeitsteilung als unternehmerisches Mittel zur Rationalisierung und Effizienzsteigerung beeinflußte nicht nur die Zerteilung der logisch zusammengehörenden Abläufe, sondern wirkte sich auch in erheblichem Maße auf die Aufbauorganisation aus. Die einzelnen, zerlegten Tätigkeiten wurden Aufgabenträgern zugewiesen, die in verschiedene, verrichtungsorientierte Abteilungen gruppiert und in eine hierarchische Gliederung eingebunden waren. So hat der Franzose Henri Fayol 1916, also zur Zeit Taylors wissenschaftlicher Betriebsführung, die Aufgabengliederung (Abteilungsbildung) und die Koordination der gesamten Unternehmung in den Mittelpunkt seiner Arbeit gestellt und seine Erfahrungen in vierzehn allgemeine Verwaltungsprinzipien zusammengefaßt (vgl. Fayol 1916).

Das technikorientierte Menschenbild Taylors und die Folgewirkungen der Arbeitsteilung, wie Absentismus, Streik etc., führten in den USA Anfang der zwanziger Jahre zu einer Untersuchung, deren Ergebnisse die Planbarkeit von Menschen analog zu Maschinen sehr in Frage stellte. So wurde unter der als Human-Relations-Ansatz beschriebenen Bewegung herausgefunden, daß sich Organisationsmitglieder nicht rein individualistisch verhalten und soziologische und psychologische Faktoren, wie soziales Prestige, persönliches Ansehen, Arbeitszufriedenheit etc., eine ebenso bedeutende Rolle wie die Entlohnung spielen können (vgl. Burisch 1973, S. 44-51; vgl. Frese 1992; vgl. Kieser/Kubicek II 1978, S. 7-40; vgl. Kieser 1995 mit den dort aufgeführten, verschiedenen Beiträgen zur Organisationstheorie; vgl. Mayo 1946; vgl. Roethlisberger/Dickson 1939).

1.3.2 Nordsiecks Einfluß auf die deutsche Organisation

So wie Taylor mit seiner *Wissenschaftlichen Betriebsführung* als ein prägender Faktor in der amerikanischen Organisationslehre neben den verhaltens- bzw. humanorientierten Ansätzen angesehen werden kann, hat sich auch in Deutschland ein Konzept der organisatorischen Gestaltung entwickelt, das weitestgehend auf die Arbeiten von Fritz Nordsieck zurückzuführen ist. Grundsätzlich sind aber auch hier die Ergebnisse organisatorischer Analysen abhängig vom jeweils gewählten organisationstheoretischen Standpunkt. Die Fülle organisationstheoretischer *Schulen* und *Richtungen* führt dazu, daß es äußerst schwierig ist, zu einer einheitlichen Klassifikation zu kommen (vgl. Frese 1988; vgl. Grochla 1978; vgl. Hill et al. 1989; vgl. Kieser/Kubicek I 1978).

So ist die deutsche Organisationswissenschaft durch verschiedene Betrachtungsweisen geprägt. Beim institutionalen Organisationsbegriff stehen Institutionen als soziale Systeme im Mittelpunkt der Betrachtung. Hier werden vor allem soziologische und sozialpsychologische Aspekte untersucht. Die betriebswirtschaftliche Organisationslehre ist durch den instrumentalen Organisationsbegriff geprägt. Dabei wird *Organisation* als System von formalen Regeln verstanden, das die effiziente Aufgabenerfüllung durch Menschen und Maschinen gewährleisten soll. Hier werden Verhaltensregeln für die im Unternehmen arbeitenden Menschen definiert und Funktionsregeln für die Sachmittel fixiert. Des weiteren wird unter dem instrumentalen Organisationsbegriff auch die Tätigkeit des Organisierens subsumiert.

In der betriebswirtschaftlichen Organisationslehre spielt die Aufgabe eine dominante Rolle bei der Gestaltung von Unternehmensstrukturen, wobei es im Zeitablauf zu Verschiebungen in den Forschungsschwerpunkten kam. So stellte Nordsieck, der als der Begründer der betriebswirtschaftlichen Organisationslehre im deutschsprachigen Raum angesehen werden kann, in den 30er Jahren die Betriebsaufgabe in den Mittelpunkt seiner Arbeit (vgl. Nordsieck 1932). Ebenso wie die Betrachtung der Organisationslehre von der Aufgabe heraus ist die Unterscheidung von Nordsieck in Aufbau- und Ablauforganisation für die weitere deutschsprachige Organisationsforschung von prägendem Einfluß. Als Aufbauorganisation wird von Nordsieck die Erfassung der Aufbaubeziehungen, als Ablauforganisation die Betrachtung der Abläufe im Betrieb bezeichnet. Während die Gestaltung der Aufbauorganisation primär die Gliederung des Betriebs in aufgabenteilige, funktionsfähige Einheiten und deren Koordination betrachtet, ist die Ablauforganisation primär auf die raum-zeitliche Strukturierung der zur Aufgabenerfüllung erforderlichen Arbeits- und Bewegungsvorgänge ausgerichtet. Die Gestaltung der Aufbau- und Ablauforganisation vollzieht sich nach den Prinzipien der Zerlegung (von Aufgaben- bzw. Arbeitskomplexen) und der Zusammenfassung. Die Vorgehensweise der Analyse und Synthese bei der Organisationsgestaltung ist 1962 von Kosiol aufgegriffen und in ein aufgabenlogisches Konzept integriert worden, das heute noch Gültigkeit besitzt (vgl. Kosiol 1962). Nach diesem Konzept ist ebenso wie bei Nordsieck die Formulierung und Definition der Aufgabe der Ansatzpunkt für die organisatorische Gestaltung im Unternehmen.

Kosiol definiert Aufgaben als „Zielsetzungen für zweckbezogene menschliche Handlungen ...“ (Kosiol 1962, S. 43). Er differenziert die Aufgabe in verschiedene Begriffsmerkmale, die zugleich die Bestandteile der Aufgabe bilden (vgl. Kosiol 1962, S. 41-79). Im einzelnen sind dies:

- *die Verrichtung (Wie?)*
  Mit der Verrichtung wird die Art der Tätigkeit, die zur Erfüllung der Aufgabe dient, bezeichnet.
- *das Aufgabenobjekt (Woran?)*
  Das Aufgabenobjekt bezeichnet den Gegenstand, an dem die Verrichtung durchgeführt wird.
- *der Aufgabenträger (Wer?)*
  Der Aufgabenträger charakterisiert die verantwortliche Person oder Gruppe, die die Aufgabe ausführt.

- *das Sachmittel (Womit?)*
  Das Sachmittel beschreibt die einzusetzenden Hilfsmittel, die zur erfolgreichen Durchführung der Aufgabe benötigt werden.
- *den Ort (Wo?)*
  Der Ort beschreibt den Raum, wo die Aufgabenerledigung erfolgen soll.
- *die Zeit (Wann?)*
  Die Angabe der Zeit legt fest, zu welchem Zeitpunkt die Schritte zur Aufgabenerfüllung durchgeführt werden sollen.

Diese Aufgaben gilt es, im Rahmen der Aufgabenanalyse, nach spezifischen Kriterien in Teilaufgaben zu zerlegen. Die Analyse ist ein erfahrungsgestützter Vorgang, der bis zur Zerlegung in elementare Aufgaben erfolgt. Dabei erfüllt jede Unteraufgabe einen Teil der ihr übergeordneten Aufgabe. Im Rahmen der Aufgabensynthese werden die ermittelten Teilaufgaben zunächst zu versachlichten und grundsätzlich personenunabhängigen Stellen (Stellenbildung) zusammengefaßt. Anschließend wird eine Zuordnung der gebildeten Stellen zu Aufgabenträgern vorgenommen (Stellenbesetzung). Das Komplement dieser mehr statisch orientierten Betrachtung der Organisation bildet die (Arbeits-)Analyse und (Arbeits-)Synthese der Prozesse. Kosiol bezeichnet die Arbeitsanalyse als „verlängerte erfüllungsbezogene Aufgabenanalyse" (Kosiol 1962, S. 189). Dabei sollen die gewonnenen Teilaufgaben bis zu den kleinsten Arbeitselementen zerlegt und im Rahmen der Arbeitssynthese zu komplexen Vorgangsketten zusammengefaßt werden.

Nordsieck und Kosiol betonen in ihren Arbeiten, daß Aufbau- und Ablauforganisation die zwei Seiten einer Medaille sind und die von ihnen vorgenommene Trennung lediglich analytischen Charakter besitzt, um sich dem komplexen Thema der Organisationsgestaltung besser stellen zu können. Jedoch zeigt sich ebenso deutlich, daß die Betonung auf der Gestaltung der Aufbauorganiation liegt, mit der begonnen werden soll. Die Aufbauorganisation als Abbild der Unternehmensstruktur bildet den Rahmen, in dem dann anschließend die zeitlichen und räumlichen Regelungen der Abläufe koordiniert werden. Die Dominanz der Aufbauorganiation mit der daraus folgenden übergewichtigen Betrachtung von Struktur- und Hierarchieaspekten hat letztendlich auch in der deutschen Forschung und Praxis zu einer Zerstückelung von logisch zusammengehörenden Aufgaben und deren Teilschritten geführt. Diese Dominanz wurde 1983 von Gaitanides in seiner Publikation *Prozeßorganisation* kritisiert, weil nach der Kosiolschen Auffassung bei gegebenem Arbeitsteilungsgrad die Prozeßstrukturierung erst nach der Stellenbildung erfolgt. „Stellenübergreifende Gesamtprozesse und deren inneres Prozeßgefüge werden nach der Stellenbildung nicht mehr explizit bei der Arbeitssynthese betrachtet" (Gaitanides 1983, S. 62).

Betrachtet man die vorherrschenden Organisationsstrukturen in der Praxis, so zeigt sich, daß in den meisten Unternehmen der Grundgedanke von Taylor (vgl. Taylor 1911) sowohl in der Organisationsstruktur als auch in den Köpfen der Mitarbeiter dominiert. Organisatorische Schnittstellen innerhalb der ganzheitlichen Aufgabenbearbeitung einerseits, funktionsorientiertes bzw. bereichsbezogenes Denken und Handeln andererseits sind ein Ergebnis dieser Entwicklung. Unterschiedliche Zuständigkeiten und Rechte z. B. an einem Auftrag oder Produkt führen bei der Prozeßbearbeitung zu differierenden Verhaltensmustern bei den beteiligten Individuen. So betrachtet der Vertriebsmitarbeiter den Auftragsabwicklungsprozeß originär aus der Sicht der *Umsatzmaximierung*, der Entwicklungsleiter diesen aus dem Blickwinkel der *Technologieoptimierung*, der Produktionsleiter aus der Sicht der *Produktionsauslastung* und der Controllingexperte aus dem Blickwinkel der *Kostenminimierung*.

Die unterschiedlichen Zielsetzungen führen einhergehend mit einem begrenzt rationalen Mitarbeiterverhalten aufgrund unzureichender Informationen über den Gesamtzusammenhang dazu, daß die involvierten Mitarbeiter kontraproduktiv arbeiten. Eine bereichsbezogene Optimierung der Kosten führt bei der oben dargestellten Konzeption zu gesteigerten Transaktionskosten.

Eine zunehmende Globalisierung und Dynamisierung der Märkte führt aber dazu, daß durchweg alle Unternehmen in sämtlichen Branchen die Kosten und Auftragsabwicklungszeiten reduzieren müssen. Steigende Flexibilitäts- und Qualitätsansprüche erfordern eine hohe Markt- und Kundennähe, um schnell und effizient auf Veränderungen reagieren bzw. agieren zu können. Geschäftsfeld- und geschäftsprozeßgetriebene Organisationsstrukturen, in denen systemimmanent ein organisatorisches Veränderungspotential enthalten ist, rücken zur Beherrschung der veränderten Marktbedingungen in den Mittelpunkt der Betrachtung.

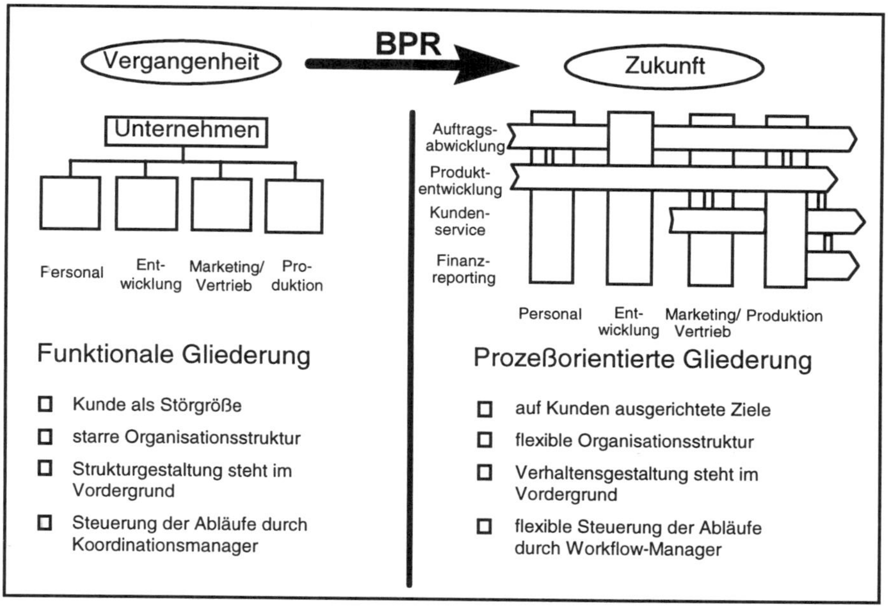

Abb. 1.4: Kundennahe Organisationsstruktur (aus: Keller/Popp 1995, S. 44)

1.4 Paradigmen zur Geschäftsprozeßgestaltung

Die in den letzten Jahren entwickelten Ansätze zur Gestaltung von geschäftsprozeßorientierten Unternehmensstrukturen tragen viele Namen. Alle Ansätze stellen nicht mehr einzelne Funktionen, sondern logisch zusammengehörende Vorgänge in den Mittelpunkt der Betrachtung. Ausgewählte Ansätze, die auf einem prozeßorientierten Paradigma aufbauen, werden in den folgenden Ausführungen näher erläutert.

1.4.1 Computer Integrated Manufacturing

Computer Integrated Manufacturing bezeichnet ein Konzept aus der Praxis, das sich mit der integrierten Informationsverarbeitung für betriebswirtschaftliche und technische Aufgaben in einem Industriebetrieb befaßt. Die Diskussion um diesen Begriff eröffnete J. Harrington Anfang der siebziger Jahre (vgl. Harrington 1973). Als wesentliche Bestandteile des Computer Integrated Manufacturing definierte er:

- Computer Aided Design – rechnergestütztes Konstruieren
- Computer Aided Manufacturing – rechnergestützte Maschinen und Fertigungsanlagen
- Computer Aided Quality Assurance – rechnergestützte Qualitätskontrolle
- Production Planning – rechnergestützte Planung

Die ersten Veröffentlichungen im deutschsprachigen Raum zu diesem Thema stammen von Maier-Rothe und Lederer, die beide das koordinierte Arbeiten mit modernen Rechnertechnologien in den Vordergrund stellten (vgl. Maier-Rothe et al. 1983; vgl. Lederer 1984). Ebenso legte Grabowski 1983 den Schwerpunkt seiner CIM-Betrachtung auf die technischen Bereiche, dem rechnergestützten Konstruieren und Fertigen. Mit dem ersten betont er die Geometrieverarbeitung, d. h. die Erstellung von Konstruktionsentwürfen und Zeichnungen, mit dem zweiten die Produktionsverarbeitung, d. h. dem physischen Ändern von Materialien durch Fertigungsverfahren wie z. B. Fräsen, Bohren und Drehen (vgl. Grabowski 1983). Spur reduzierte 1984 diese Auffassung von CIM auf die fertigungstechnische Seite eines Industriebetriebes, der rechnergestützten Fertigung (vgl. Spur 1984).

Parallel zu der damaligen Diskussion publizierte Scheer 1983 ein Modell zum Computer Integrated Manufacturing, das zum einen die betriebswirtschaftliche Seite von Vertrieb, über Materialwirtschaft, Zeit- und Kapazitätswirtschaft, Fertigungssteuerung bis zur Versandsteuerung berücksichtigte und zum anderen die technischen Bereiche von Produktentwurf, Konstruktion, Arbeitsplanung, Programmierung von Maschinen, Produktionsdurchführung bis hin zur Instandhaltung und Qualitätssicherung umfaßte (vgl. Scheer 1983). Darüber hinaus verlagerte Scheer den Blick von der primär technologischen Betrachtung auf die logische Gestaltung des Informationsflusses. Die konsequente Ausrichtung des Informationsflusses auf Basis von Vorgangsketten ist zu unterstützen durch eine anwendungsunabhängige Datenorganisation und kleine Regelkreise (vgl. Scheer 1990, S. 14-16). Abgeleitet aus den oben beschriebenen Ansichten kristallisieren sich folgende Punkte aus der Diskussion zum Computer Integrated Manufacturing heraus:

- der Einsatz von EDV spielt eine bedeutende Rolle
- die redundanzarme Speicherung von Unternehmensdaten zwecks Vermeidung von inkonsistenten Datenbeständen wird angestrebt
- eine vorgangsorientierte Gestaltung des Informationsflusses zwecks Minimierung von ablauforganisatorischen Schnittstellen soll erreicht werden
- eine integrierte Informationsverarbeitung für die verschiedenen Anwendungen zwecks Minimierung von informationstechnischen Schnittstellen ist unerläßlich
- eine logisch und technisch abgestimmte Unternehmensarchitektur zur Unterstützung einer schnellen Verfügbarkeit von Informationen ist notwendig

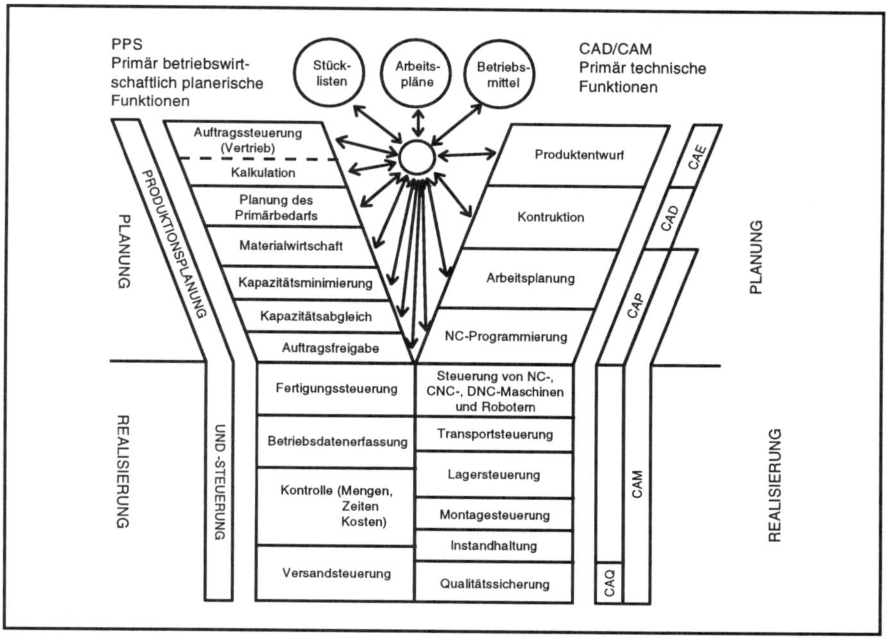

Abb. 1.5: Modell zum Computer Integrated Manufacturing (aus: Scheer 1990, S. 2)

Um den unterschiedlichen Auffassungen über CIM eine gemeinsame Basis zu geben, gab 1985 der Ausschuß für wirtschaftliche Fertigung (vgl. AWF 1985) eine Empfehlung als Orientierung mit einem Scheer-ähnlichen Wortlaut heraus. Der AWF versteht unter CIM den integrierten EDV-Einsatz in allen mit der Produktion zusammengehörenden Bereichen. Eine Integration der technischen und organisatorischen Funktionen innerhalb der Produkterstellung soll durch die Nutzung einer gemeinsamen, bereichsübergreifenden Datenbasis erreicht werden. Das CIM-Konzept umfaßt die Anwendungen des Computer Aided Design, des Computer Aided Planning, des Computer Aided Manufacturing, des

Computer Aided Quality Assurance und der Produktionsplanung und -steuerung. Demnach besteht CIM aus den folgenden zwei großen Bereichen:

- PPS, der Auftragsabwicklungskette mit den planerischen Aufgaben der Mengen-, Zeit- und Kostenplanung sowie der Berücksichtigung der dazugehörigen betriebswirtschaftlichen und organisatorischen Daten
- CAD/CAM, der Produktentstehungskette mit den technischen Aufgaben der Produktentwicklung, Fertigung und Montage (Produktion) und der Erstellung der geometriebeschreibenden und fertigungstechnischen Daten

Diese industrielastige Definition wurde von verschiedenen Autoren zum Begriff des Computer Integrated Business, Computer Aided Industry oder Computer Integrated Enterprise erweitert, hat aber im Kern die von Scheer und dem AWF postulierte Interpretation (vgl. Bullinger et al. 1987; vgl. Venitz 1990, S. 57; vgl. Scheer 1990, S. 17).

1.4.2 Logistik

Logistik ist aus dem griechischen Stammwort *lego* abgeleitet und bedeutet denken, rechnen, überlegen. Übertragen in das deutsche Stammwort *Logik* wird darunter das *folgerichtige Denken* verstanden. Erstmals um 1780 erlangt der Begriff Logistik innerhalb des Militärwesens an Bedeutung und wird dort in den folgenden zwei Jahrhunderten als die für die *militärische Versorgung notwendigen Tätigkeiten* bezeichnet. Die Logistik umfaßt dort die Planung, Bereitstellung und den Einsatz der für militärische Zwecke benötigten Mittel und Dienstleistungen zur Unterstützung der Streitkräfte (vgl. Bartels 1980).

Anfang der sechziger Jahre wurden die im Militärbereich gemachten logistischen Erfahrungen in den USA in die Wirtschaftswissenschaften übertragen. Beide Bereiche haben als gemeinsamen Kern den Gütertransport. Allerdings umfaßt der Begriff Logistik im Militärbereich Truppen und Güter, im Wirtschaftswissenschaftsbereich ausschließlich Güter. Der zweite Unterschied liegt darin, daß sich militärische Logistikentscheidungen an politischen und militärischen Zielen orientieren, unternehmerische Logistikentscheidungen auf ökonomischen Zielsetzungen beruhen (vgl. Pfohl 1996). Bowersox beschreibt Logistik in den siebziger Jahren als „the process of managing all activities required to strategically move raw materials, parts, and finished inventory from vendors, between enterprise facilities, and to customers" (vgl. Bowersox 1974, S. 1).

In der deutschsprachigen Betriebswirtschaftslehre setzte man sich Ende der sechziger bzw. Anfang der siebziger Jahre mit diesem Ansatz auseinander. Zu dem Untersuchungsgebiet der Logistik werden alle sich mit Materialien befassenden raum- und zeitüberbrückenden Prozesse eines Unternehmens gerechnet. Die Betrachtung der Logistik wird innerhalb der entscheidungsorientierten und systemorientierten Ansätze der Betriebswirtschaftslehre diskutiert. Dort werden Unternehmen und ihre Umwelt als komplexe Systeme betrachtet und Entscheidungen zur Gestaltung, Steuerung und Regelung von betriebswirtschaftlichen Systemen analysiert (vgl. Kirsch 1971; vgl. Pfohl 1980).

Die Disziplin *Betriebswirtschaftliche Logistik* ist vergleichbar mit der betriebswirtschaftlichen Absatzwirtschaft, Finanzwirtschaft oder Produktionswirtschaft. Sie ist eine Teildisziplin der Betriebswirtschaftslehre und befaßt sich mit der Beschreibung, Erklärung und Gestaltung von Prozessen innerhalb sozialer Systeme. Der Umfang der zu betrachtenden logistischen Systeme hängt von der Art und Anzahl der beteiligten Teilnehmer ab. Dementsprechend gibt es eine Unterteilung in (vgl. Bäck 1984; vgl. Kirsch 1971; vgl. Pfohl 1996):

- *Makro-Logistik*
  Makrologistische Systeme umfassen Teilgebiete der Volkswirtschaftslehre. Hierzu gehören z. B. die Planung von Verkehrssystemen (Straßennetze, Bahnnetze, Luftfahrtnetze) und die Standortplanung von gesellschaftlich-sozialen Einrichtungen (Schulen, Kindergärten, Krankenhäuser).
- *Mikro-Logistik*
  Mikrologistische Systeme werden aus einzelwirtschaftlicher Sicht betrachtet. Die Grenzen der mikrologistischen Systeme werden z. B. durch die Rechtsform und Marktbeziehungen zum Kunden und Lieferanten eines Unternehmens beeinflußt. Der Schwerpunkt liegt auf der Analyse der intraorganisatorischen Beziehungen von Unternehmen. Beispiele für mikrologistische Betrachtungen sind die Planung des Fuhrparks eines Unternehmens oder öffentlichen Einrichtung, die Tourenplanung eines Entsorgungsunternehmens und die Patientenabwicklung in einem Krankenhaus.
- *Meta-Logistik*
  Metalogistische Systeme haben die Analyse von interorganisatorischen Beziehungen von verschiedenen Wirtschaftseinheiten zum Gegenstand. Hierbei handelt es sich um Kooperationen mehrerer Organisationen, die durch den Güterfluß verbunden sind. Ein Beispiel hierfür ist, wenn ein Unternehmen seine gesamte Zulieferung von Sicherheitsteilen einem auf Transporte spezialisierten Spediteur übertragen hat.

Die betriebswirtschaftliche Logistik hat das Ziel, die wirtschaftliche Gestaltung, Steuerung und Regelung des Material- und Informationsflusses eines Unternehmens zu erreichen. Der Gestaltungsraum umfaßt die Beziehungen von den Lieferanten über das Unternehmen bis hin zu den Kunden. Aufgabe der Logistik im weiteren Sinne ist, die Verfügbarkeit von Gütern an einem bestimmten Ort zu einer bestimmten Zeit in der richtigen Menge sicher zu stellen. Die logistische Aufgabe im engeren Sinne umfaßt das Transportieren, Lagern und Sortieren von Materialien (vgl. Bloech 1984, S. 6).

Ausgangspunkt der praktischen Anwendung der Logistik in Unternehmen war in den siebziger Jahren die Versorgung der Produktion mit Materialien. Heute umfaßt der Begriff Logistik die Regelung des Leistungserstellungsprozesses und beinhaltet die Koordination des Material-, Informations- und Produktionsflusses über Bereichsgrenzen hinweg. Im allgemeinen umfaßt die Logistik die Aufgaben der Gestaltung:

- der Lieferungsbeziehungen zum Kunden
- der Beschaffungsbeziehungen zum Lieferanten und der entsprechenden Einlagerung von Roh-, Hilfs- und Betriebsstoffen
- des Produktionsablaufs mit der Planung der Transportwege und Lagerung der Zwischen- und Endprodukte

Klassischerweise werden die Aufgabenbereiche der Logistik in Beschaffungs-, Produktions- bzw. innerbetriebliche Logistik und Vertriebslogistik bzw. Distributionslogistik unterteilt (vgl. Pfohl 1996, S. 171-215). Aufgabe der Vertriebslogistik ist es, die Güterströme eines Unternehmens auf dem oder zum Absatzmarkt zu gestalten, zu steuern und zu kontrollieren. Ziel ist es, den Kunden die nachgefragte Ware rechtzeitig bei Minimierung der Lager- und Transportkosten zu liefern. Die Vertriebslogistik umfaßt die Tätigkeiten von der Anfrage- und Angebotsbearbeitung, über die Auftragsbearbeitung und -steuerung, den Versand und die Fakturierung bis hin zur Finanzbuchhaltung, die den ordnungsgemäßen Eingang der Zahlung prüft. Je nach Unternehmenstyp kann die Vertriebslogistik wie folgt aussehen:

- Sie kann von Beschaffungs- und Produktionslogistik zeitlich entkoppelt sein, z. B. bei einem kundenanonymen Lagerfertiger (Waschmaschinen, Fernseher).
- Sie kann direkt mit der Produktionslogistik gekoppelt sein, z. B. bei einem Zulieferer, der aus gelagerten Rohteilen auftragsbezogene Produkte herstellt.
- Sie kann direkt mit Beschaffungs- und Produktionslogistik gekoppelt sein, z. B. bei einem Automobilhersteller, der seine angebotenen Autos kundenindividuell konfiguriert und seine Beschaffungsteile nach dem Just-in-Time-Verfahren angeliefert bekommt.

Die Produktionslogistik hat die Aufgabe, für die optimale Bereitstellung der Halbfabrikate in den einzelnen Stufen des Produktionsprozesses zu sorgen. Der Schwerpunkt liegt hier in der physischen Gestaltung des Materialflusses. Neben der eigentlichen Fertigung und Montage von Einzelteilen und Baugruppen zu einem verkaufsfähigen Produkt gehören neben den oben erwähnten Transport- und Lagerungsschritten hierzu auch:

- die Planung der Produktion mit Berücksichtigung der Kapazitäten, Mengen und Ressourcen
- die Steuerung der Produktion, d. h. der logistische Ablauf zwischen den Maschinen und die logische Steuerung der einzelnen Maschinen

Je weiter der Automatisierungsgrad eines Unternehmens in der Produktion ist, desto intensiver ist die betriebliche Logistik mit der Fertigung verzahnt.

Die Beschaffungslogistik hat dafür zu sorgen, daß in Industriebetrieben die von der Produktion benötigten Roh-, Hilfs- und Betriebsstoffe in ausreichender Menge zum richtigen Zeitpunkt zugeführt werden, und daß in Handelsbetrieben die von potentiellen Kunden gewünschten Produkte schnellstmöglich unter Minimierung der Lager- und Transportkosten bereitgestellt werden können. Sie umfaßt folgende Aufgaben:

- Bedarfsermittlung und -disposition
- Überwachung von Lieferterminen und -mengen
- Überwachung von Qualitäts-, Verpackungs-, Transport- und Versandvorgaben

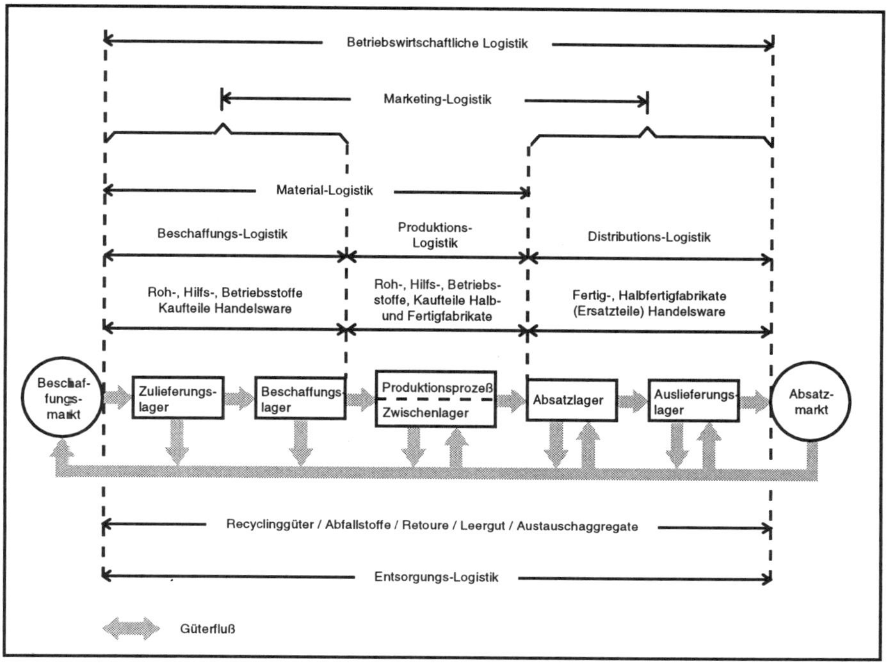

Abb. 1.6: Güterfluß in der Unternehmenslogistik (aus: Pfohl 1996, S. 18)

1.4.3 Lean Management

Lean Management ist eine überwiegend von japanischen Unternehmen initiierte Form der Unternehmensführung. Ziel ist es, mit diesem Konzept Produkte und Dienstleistungen mit niedrigem Aufwand in kundengerechter Qualität erstellen zu können. Der Begriff *lean* bedeutet soviel wie schlank, mager oder drahtig und beinhaltet die Philosophie *Vermeidung von Verschwendung.*

Eng verwandt mit dem Konzept Lean Management ist das Konzept der Lean Production. Die Ursprünge der schlanken Produktion lassen sich im weitesten Sinne bis auf Henry Ford zurückverfolgen, der die ständige Verbesserung des Flußprinzips als Wesen für seine Produktionserfolge ansah. Während allerdings das Menschenbild von Ford in zwei Gruppen der planenden und ausführenden Mitarbeiter eingeteilt war, beruht die Lean-Philosophie in der heutigen Form auf der Konsensfindung zwischen eigenverantwortlichen Partnern. Zu dem zweiten Ansatz entwickelte Anfang der dreißiger Jahre Kurt Lewin ein Konzept für Teamarbeit am Research Center for Group Dynamics am Massachusetts Institute of Technology (MIT).

Eine weittragende Realisierung in der Praxis erfolgte nach dem Zweiten Weltkrieg durch Taiichi Ohno, der nach einer Lösung suchte, um die damals rückständige Firma Toyota vor dem Konkurs zu bewahren. Durch Beobachtungen bei der Firma Ford in Detroit, die große Materiallager besaß, und wo eine Vielzahl von unterbeschäftigten und überqualifizierten Mitarbeitern tätig waren, bekam er Anregungen für notwendige Veränderungen. So führte er bei Toyota das Konzept von eigenverantwortlichen Arbeitsgruppen mit einem breiten Aufgaben- und Zuständigkeitsspektrum ein. Lean Production beruht auf multifunktionalen Teams und Teamarbeit auf allen Stufen der Planungs-, Produktions- und Logistikkette. Mit den Leitsätzen Kommunikation, Kooperation und Koordination soll der notwendige Freiraum für Kreativität zur Erhöhung der Produktivität geschaffen werden. Lean Production beinhaltet im einzelnen (vgl. Ohno 1988):

- sparsamen Umgang mit den Ressourcen
- Reduzierung von Beständen durch Gestaltung eines effizienten Materialflusses
- Vermeidung von Fehlern und Minimierung von Fehlerquellen
- Selbststeuerung von verantwortungsvoller Arbeit

Der Begriff *Lean Production* wurde durch die Arbeit von Womack, Jones und Roos geprägt. Diese analysierten in einer MIT-Studie die Automobilindustrie und untersuchten die Erfolge und Produktionsumgebungen von europäischen, japanischen und amerikanischen Unternehmen auf dem Weltmarkt. Ein wesentlicher Unterschied zwischen der herkömmlichen (westlichen) Produktion und dem neuen (fernöstlichen bzw. japanischen) Produktionsansatz lag in der Arbeitsweise, womit u. a. der große Erfolg japanischer Unternehmen insbesondere auf dem US-Markt begründet wurde (vgl. Womack et al. 1992).

Eine Erweiterung des Grundgedankens zur Lean Production ist das Konzept des Lean Managements. Es umfaßt das gesamte Unternehmen und stellt den Menschen in den Mittelpunkt bei der Gestaltung der unternehmerischen Abläufe. Schlanke Unternehmen besitzen neben der schlanken Produktion ein einvernehmliches Verhältnis zu Kunden, Lieferanten und Mitarbeitern. Prinzipien des Lean Managements sind Kunden- und Qualitätsorientierung, Gruppenarbeit und selbständige und sorgfältige Planung aller Aktivitäten eines Mitarbeiters. Boesenberg/Metzen nennen zu dem Konzept des Lean Managements – was in seinem Grundprinzip als ein Gegenkonzept zum Taylorismus angesehen werden kann – fünf Leitgedanken (vgl. Bösenberg/Metzen 1993, S. 40-66).

- *Proaktives Denken: Gestaltungsoptimismus*
  Kurzfristig ist proaktives Denken die prompte Reaktion auf aktuelle Aufgabenstellungen und langfristig die optimistische Einstellung zum Fortschritt und zum Erfolg. Praktisch lassen sich Gestaltungsoptimismus und Proaktivität in der Unternehmensführung vereinen, indem die Führungskraft seine Handlungsmöglichkeiten und die der Mitarbeiter in den Mittelpunkt stellt.
- *Sensitives Denken: Veränderungsbereitschaft*
  Sensitivität bedeutet, Informationen mit den Sinnen zu erfassen und auch Gefühle und Stimmungen neben den harten (technologischen, wirtschaftlichen) Fakten in die Entscheidungsfindung mit einzubeziehen. Durch das kritische und offene Denken sollen Störungen früher erkannt werden und die Bereitschaft entstehen, Vorhandenes zu verändern und zu verbessern.

- *Ganzheitliches Denken: Bereichsübergreifende und märkteumfassende Integration*
  Ein schlankes Unternehmen soll wissen, daß die Lenkung, Gestaltung und Entwicklung eines Unternehmens ein komplexer, ganzheitlicher und umfeldbezogener Prozeß ist, dessen Ergebnis es aber nicht alleine bestimmen und beinflussen kann. Tugenden des ganzheitlichen Denkens sind zum einen Respekt und Geduld, zum anderen vernetztes Denken, d. h. daß ein Unternehmen als selbstbestimmter sozialer Organismus gesehen wird, der eine Eigendynamik besitzt.

- *Potentialdenken: Erschließung aller Ressourcen*
  Zur Erschließung aller Ressourcen wird eine umfassende Sicht aller Leistungspotentiale im gesamten Prozeßverlauf verlangt. Diese umfaßt die Beschaffungs-, die Produktions- und die Vermarktungskette, d. h. von der Gewinnung der Rohstoffe bis zur Produktnutzung durch den Kunden.

- *Ökonomisches Denken: Vermeidung jeder Verschwendung*
  In schlanken Unternehmen wird Verschwendung in der Form definiert, daß alle nicht wertschöpfenden Tätigkeiten und Investitionen als verschwenderisch angesehen werden. Es soll so wenig wie möglich und so viel wie nötig an Ressourcen verschwendet werden. Lean Management unterstellt, daß Puffern, Speichern und die Bildung von Reserven nicht nur Kosten verursacht, sondern die tatsächlichen Probleme verdeckt und damit die Entwicklung neuer Leistungspotentiale behindert.

1.4.4 Simultaneous Engineering

Simultaneous Engineering konzentriert sich auf die technischen Aufgaben eines Industriebetriebes und hat das Ziel, durch Parallelisierung von Arbeitsschritten innerhalb des Entwicklungs- und Konstruktionsprozesses die Entwicklungszeit und -kosten zu verkürzen, bei gleichzeitiger Erhaltung der vom Markt geforderten Qualitätsansprüche. Nach diesem Konzept soll mit nachfolgenden Ingenieurstätigkeiten begonnen werden, wenn genügend Informationen aus den vorhergehenden Tätigkeiten vorliegen, sie aber noch nicht vollständig abgeschlossen sind. Das frühestmögliche Arbeiten mit noch nicht vollständig freigegeben Arbeitsunterlagen zur Erreichung des *Time to market* steht hier im Vordergrund. Eng verwandt mit dem Simultaneous Engineering ist das Concurrent Engineering, wo mehrere Konstrukteure im Team ein Problem bearbeiten. Concurrent Engineering stellt die effiziente Verteilung einer Aufgabe auf mehrere Personen und die Zusammenführung von Teillösungen in den Mittelpunkt (vgl. Eversheim 1989; vgl. Grabowski et al. 1992, S. 125-130).

Ausgangspunkt des Simultaneous Engineering war, daß die sequentiell durchgeführten Tätigkeiten bei funktional organisierten Unternehmensbereichen die heute geforderten kurzen Entwicklungszeiten nicht erfüllen konnten. In vielen Märkten, wie z. B. dem Fahrzeugbau, dem Maschinenbau, dem Anlagenbau etc., hat in den vergangenen Jahren die Verkürzung der Produktlebenszyklen einen Handlungsdruck zu einer schnelleren Entwicklung und Einführung von neuen Produkten ausgelöst (vgl. Bullinger/Wasserloos 1990).

Ursprünglich ist Simultaneous Engineering als Ansatz zur Organisationsgestaltung im Ingenieursbereich angesiedelt worden. Durch eine vertrauensvolle Zusammenarbeit aller an der Produkterstellung beteiligten Bereiche und durch eine parallele Durchführung von verschiedenen Entwicklungstätigkeiten soll die klassische organisatorische Trennung von Entwicklung, Konstruktion, Arbeitsplanung, Programmierung und Qualitätssicherung etc. aufgehoben werden.

In traditionell organisierten Unternehmen nach dem Funktionsprinzip von Taylor und Fayol wird häufig im Bereich Marktforschung zunächst eine Produktidee geboren. Von der Entwicklungsabteilung wird anschließend eine Grobskizze des Produkts erstellt, die dann vom Konstrukteur detailliert und vom Technischen Zeichner ausgearbeitet wird. Mit Freigabe der Konstruktionszeichnung erstellt die Arbeitsplanung bzw. Arbeitsvorbereitung unter Berücksichtigung der fertigungstechnischen Rahmenbedingungen, d. h. des Maschinenparks und der vorhandenen Fertigungstechnologie, die Stückliste für die Produktion. Aufgrund der angefertigten Stückliste wird der Arbeitsplan, d. h. die Anweisungen für die Abfolge der einzelnen Fertigungsschritte, erstellt. Die Material- und Maschinendaten dienen dann als Basis für die durchzuführende Kalkulation, d. h. der Ermittlung der Herstellkosten des Produkts. Zum Abschluß werden vom Bereich Produktion die fertigungstechnischen Realisierungsmöglichkeiten detailliert geprüft und vom Qualitätswesen die entsprechenden Maßnahmen zur Sicherstellung und Prüfung der Qualität geplant.

Nach dem Simultaneous Engineering-Prinzip organisierte Unternehmen folgen dem Gedanken der Projektorganisation und fassen organisatorisch getrennte Mitarbeiter für eine definierte Laufzeit in einem Team zusammen. Grabowski et al. nennen drei wesentliche mit dem SE-Ansatz angestrebte Ziele (vgl. Grabowski et al. 1992, S. 131-134):

- Verbesserung der Qualität, weil durch ein kompetentes Team frühzeitig Fehler einzelner Ingenieure erkannt werden können und Produkte mit kurzen Entwicklungszeiten tendenziell eher den aktuellen Stand der Technik besitzen.
- Reduzierung der Entwicklungs- und Durchlaufzeiten eines Produkts, weil durch ein Team von Experten verschiedener Fachbereiche frühzeitig unterschiedlichste Aspekte des Marktes, (z. B. Preis und Gestalt), der Entwicklung, (z. B. die physikalischen und mechanischen Verfahren) und der Produktion (z. B. Leistungsfähigkeit der Maschine) berücksichtigt werden. Ebenso soll der bestmögliche Kompromiß unter ökonomischen und ökologischen Gesichtspunkten gefunden und durch ein interdisziplinäres Team der Informationsfluß verbessert sowie der Kommunikationsfluß verkürzt werden.
- Reduzierung der Entwicklungskosten, weil durch die Teambildung Fehlerpotentiale tendenziell früher erkannt werden, und damit unnötige Fehlerbehebungsprozesse auf ein Mindestmaß reduziert werden können.

Simultaneous Engineering wird mittlerweile als Integrationskonzept aufgefaßt, das neben der Gestaltung von Prozessen innerhalb interdisziplinärer Teams auch produkt- und informationssystemorientierte Aspekte beinhaltet. Zum ersten gehören die methodischen Instrumente zur Produktplanung, -gestaltung und -analyse für die Fertigung und Montage (vgl. Pahl/Beitz 1986, S. 47-410), zum zweiten die Nutzung von CAD-, CAP- und CAQ-Systemen sowie Planungssysteme zum Steuern des Konstruktionsprozesses (vgl. Grabowski et al. 1992; vgl. Hahn/Schramm 1992). Darüber hinaus werden neben der bereichsübergreifenden Betrachtung des Produkterstellungsprozesses und der Parallelisierung von Aufgaben auch die frühzeitige Integration von Kunden und Lieferanten in den Entwicklungsprozeß als wesentlicher Faktor für ein erfolgreiches Simultaneous Engineering angesehen.

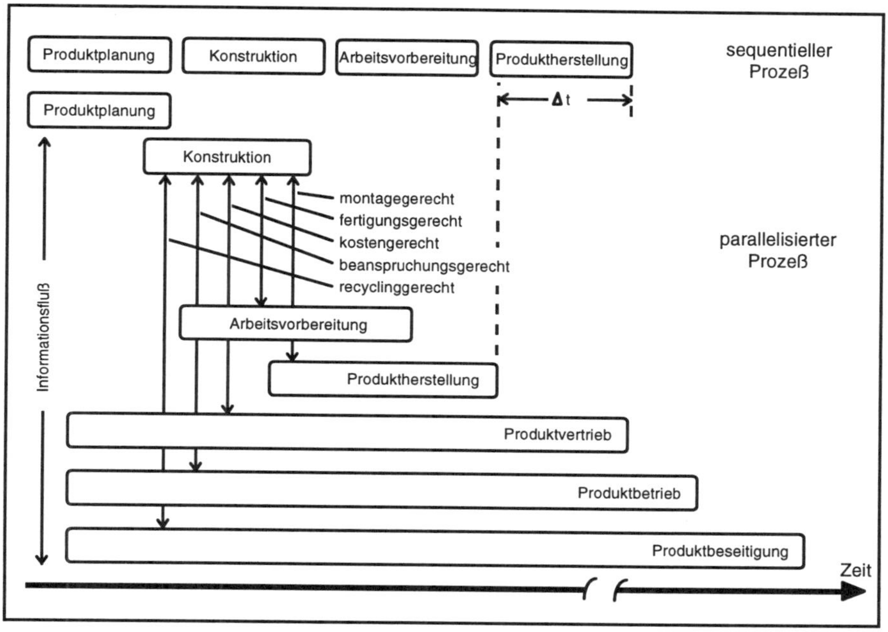

Abb 1.7: Entwicklungszeitreduzierung durch Simultaneous Engineering (aus: Grabowski et al. 1992, S. 133)

1.4.5 Wertschöpfungsketten

Der Begriff *value chain* (Wertkette) ist auf Porter zurückzuführen. Eine Wertkette setzt sich demnach aus neun Firmenaktivitäten, die zur Herstellung und Wertsteigerung eines Produkts beitragen, sowie einer Gewinnspanne zusammen. Sie stellt somit den gesamten Wert eines Produkts dar. Weil in der Regel durch die Realisierung des Wertkettenansatzes etwas *Neues* bzw. ein *Mehrwert* entwickelt bzw. geschöpft wird, verwendert man auch häufig den Begriff Wertschöpfungskette. Wertkette und Wertschöpfungskette werden deshalb im weiteren synonym verwendet. Die Firmenaktivitäten werden unterteilt in ausführende Aktivitäten, die direkt mit der Herstellung, dem Vertrieb und dem Kundendienst verbunden sind, und sekundäre Aktivitäten, welche die ausführenden Aktivitäten unterstützen.

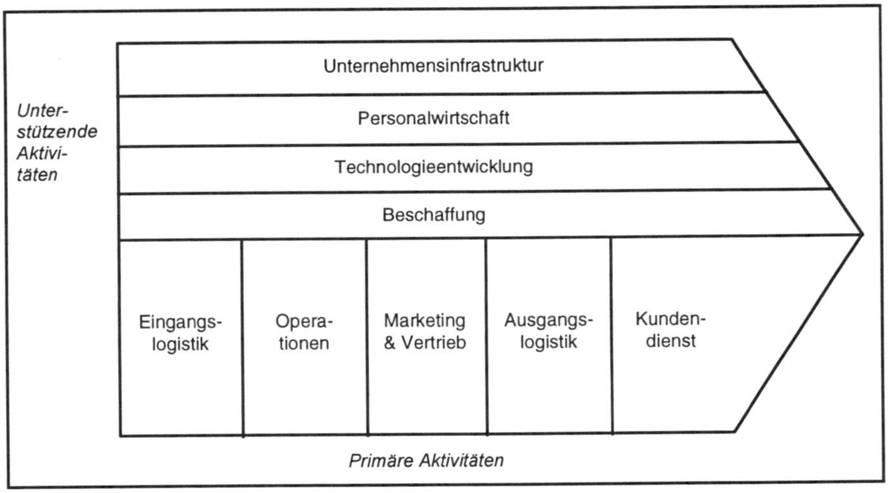

Abb. 1.8: Wertkettenmodell (aus: Porter 1985, S. 37)

„The value chain disaggregates a firm into its strategically relevant activities in order to understand the behavior of costs and the existing and potential sources of differentiation“ (Porter 1985, S. 33). Die Betrachtung der betrieblichen Prozesse entlang der Wertschöpfungskette ist also ein „Ansatz zur Visualisierung von aktuellen sowie die Identifizierung von zukünftigen Wettbewerbsvorteilen“ (Brandstetter 1993, S. 87).

Die Wertschöpfungskette eines Unternehmens ist Bestandteil eines umfassenden Wertesystems, das sich aus den Wertschöpfungsketten der Lieferanten, des Vertriebssystems und der Kunden zusammensetzt. Die Wertschöpfungskette kann somit auf zwei unterschiedlichen Ebenen betrachtet werden: Auf der branchenbezogenen Ebene wird das Wertkettensystem einer ganzen Branche betrachtet. Die Wertkette eines Unternehmens ist zwischen den Wertketten seiner Zulieferer und Abnehmer eingebettet. „The relevant level for constructing a value chain is a firm's activities in a particular industry (the business unit)“ (Porter 1985, S. 36).

Auf der betrieblichen Ebene erfolgt eine Gliederung in die wichtigsten Funktionsbereiche entlang des physischen Materialflusses. Mayer definiert z. B. eine Wertschöpfungskette als eine Reihe von Arbeitsplätzen in der Produktion, an welchen ein Auftrag vollständig ausgeführt werden kann (vgl. Mayer 1994). Die Wertschöpfungskette ist ein Veredelungsprozeß über verschiedene Stufen, „bei dem der Output eines betrieblichen Teilprozesses Vorleistungscharakter für nachfolgende Prozesse besitzt“ (Brandstetter 1993, S. 91). „Dementsprechend werden bei der Analyse der unternehmensspezifischen Leistung die in den Produktionsvorgang eingehenden Vorleistungen aus der Betrachtung ausgeschlossen, da diese das Ergebnis zeitlich vorgelagerter Herstellungsprozesse sind und nur bedingt durch die eigene Unternehmung beeinflußt werden können“ (Brandstetter 1993, S. 90).

Eine erweiterte Betrachtung des Wertkettenmodells über unternehmerische Aktivitäten hinaus nimmt Küffmann vor und weist auf die Bedeutung des Wertkettenmodells für die Planung und Gestaltung von Informationssystemen hin. „Diese Betrachtungsweise vermeidet die Planung isolierter, einzelne Aktivitätsgruppen unterstützender Informationssysteme und trägt zur sinnvollen Gestaltung integrierter, bereichsübergreifender Informationssysteme bei“ (Küffmann 1994, S. 22).

1.4.6 Business Transformation

Business Transformation ist ein Managementansatz, der eine ganzheitliche Betrachtung eines Unternehmens unter technologischen und psychologischen Aspekten beinhaltet. Ein Unternehmen wird dabei als lebender Organismus betrachtet, mit eigenem Bewußtsein, Körper und Verbindungen mit der Umwelt und Seele. Das Konzept wurde primär auf Erfahrungen aus der Praxis heraus konzipiert, was durch eine Vielzahl von Beispielen belegt wird (vgl. Davidson 1995; vgl. Gouillart/Kelly 1995). Der Ansatz beinhaltet vier Dimensionen.

- *Reframing*
  Reframing bezeichnet die Änderung des Selbstbildes eines Unternehmens und der Vorstellungen des Managements über die eigenen Mitarbeiter. Ziel ist es, die Motivation und das Engagement der Mitarbeiter zu fördern. In dieser Phase ist eine unternehmensweite Vision zu entwerfen, diese in ein System von Zielvorgaben und Meßgrößen umzuwandeln und darauf aufbauend die entsprechenden Maßnahmen zu definieren.
- *Restructuring*
  Restructuring hat das Ziel, die Wettbewerbsfähigkeit durch schlanke Unternehmensstrukturen zu sichern. Zunächst wird ein wertschöpfungsorientiertes Geschäftsmodell aufgebaut, d. h. Wertschöpfungskettenmodelle und Ressourcenzuteilungen vorgenommen. Anschließend wird die physische Infrastruktur, d. h. das Netzwerk aus betrieblichen Einrichtungen und anderen Anlagen, an die Arbeitsprozesse angepaßt. Zusätzlich werden Prozesse umgestaltet (klassisches Reengineering) und permanente Lern- und Optimierungsschleifen etabliert (Bio-Reengineering).
- *Revitalizing*
  Revitalizing (Revitalisierung) betrachtet die Verbindungen des Unternehmens mit der Umwelt. Hauptaspekte sind die Erreichung einer Kundenfokussierung, d. h. Kundenbedürfnisse zu identifizieren und zu befriedigen (z. B. entsprechende Produkte zu entwickeln), die Entwicklung neuer Geschäftsfelder durch Synthese von im Unternehmen vorhandenen, aber häufig verstreuten Fähigkeiten und Ressourcen und die Erzielung von Quantensprüngen durch Technologieeinsatz (insbesondere der Informationstechnologie).
- *Renewing*
  Zum Renewing (Erneuerung) zählen die Ausbildung, Förderung und Motivation der Mitarbeiter, um das Know-how und die Anpassungsfähigkeit des Unternehmens zu steigern. Dies soll erreicht werden durch die Schaffung von Anreizsystemen, d. h. die Verknüpfung des Entlohnungssystems mit Leistungsdaten, die Förderung von individuellem Lernen und beruflicher Weiterbildung und einer Organisationsplanung und -entwicklung, um das Unternehmen den wechselnden Umweltbedingungen laufend anzupassen.

Davidson sieht Business Transformation (Davidson 1993, S. 21) mit dem langfristigen Ziel der Wandlung des Unternehmens, d. h. bestehende Kernprozesse neu zu definieren sowie mit neuen Produkten und Serviceleistungen in neue Geschäftsfelder vorzudringen. Im Gegensatz zu Gouillart und Kelly teilt Davidson das Business Transformation-Konzept nicht in vier Dimensionen, sondern in drei unabhängige Phasen auf.

Die erste Phase strebt die Erreichung eines hohen betrieblichen Leistungsniveaus, gemessen in Produktivität, Durchlaufgeschwindigkeiten, Qualität u. a., durch Automatisierung und Reengineering an und ist somit auf die internen Prozesse fixiert. Die zweite Phase konzentriert sich darauf, durch neue Produkte und Serviceleistungen das Kerngeschäft und die Beziehungen zum Kunden zu erweitern. In Phase drei können aus diesen Erweiterungen eigenständige Geschäftsfelder oder sogar neue Unternehmen entstehen. Davidson bezeichnet die erste Phase auch als Micro-Reengineering und alle Phasen zusammengefaßt als Macro-Reengineering, das neben der Optimierung bestehender Betriebsabläufe langfristig die Wandlung zu einem neuen Unternehmen anstrebt.

Das Business Transformation-Konzept von Gouillart und Kelly ist kein komplett neues Managementkonzept, sondern nur eine gemeinsame und ganzheitliche Betrachtung bestehender Konzepte. Statt einer partiellen Optimierung dieser normalerweise getrennt betrachteten Disziplinen wird ein Gesamtoptimum angestrebt. Methoden oder andere Werkzeuge werden dem interessierten Leser aber nicht mit auf den Weg gegeben. Die Veränderungen im Unternehmen sollen parallel ablaufen. Im Gegensatz dazu steht das deutliche Phasenkonzept von Davidson. Er betrachtet auch nicht ein Unternehmen als biologischen Organismus und berücksichtigt auch keine psychologischen Aspekte.

Beide Ansätze betonen aber die Bedeutung des Managements bei der Umsetzung des Business Transformation-Konzeptes. So sind Gouillart und Kelly davon überzeugt, daß Business Transformation jetzt die zentrale Herausforderung und die wichtigste, wenn nicht die einzige Aufgabe der Unternehmensführung darstellt (Gouillart/Kelly 1995, S.19). Weitere Gemeinsamkeiten sind die Kundenorientierung, die Ausarbeitung einer Vision (nicht zwingend bei Davidson (vgl. Davidson 1993, S. 22), sowie die Entwicklung neuer Geschäftsfelder.

1.4.7 Vernetztes Denken

Im Zuge weltweit tätiger Unternehmungen, Quantensprüngen im wirtschaftlichen, technologischen und gesellschaftlich-politischen Umfeld sowie einem immer härteren Wettbewerb sehen sich die Akteure in den genannten Bereichen immer häufiger komplexen Situationen gegenübergestellt. In der Unterteilung von Problemen in einfache, komplizierte und komplexe sind letztere durch eine Vielzahl von dynamischen Elementen und einer ständigen Veränderung von Verknüpfungen, Interaktionen und Zuständen gekennzeichnet. Beispiele für solche komplexen Problemstellungen sind etwa strategische Entscheidungsprozesse, der Aufbau eines Frühwarnsystems oder Aktivitäten in internationalen Märkten (vgl. Probst 1992, S. 22-41).

Aufgrund der Komplexität der genannten Felder stellt sich nun die Frage, in welcher Weise falsche oder unvollständige Denkansätze, die durch eine zentrierte Sichtweise entstanden sind, bei zukünftigen Entscheidungen vermieden werden können. Dazu wurde ab Mitte der 80er Jahre von Gomez, Probst und Ulrich ein Modell zur Lösung komplexer Probleme entwickelt. Es basiert auf den folgenden drei Elementen: dem Verständnis für die *Bausteine des vernetzten, ganzheitlichen Denkens*, der *Methodik des vernetzten Denkens* zum Lösen komplexer Probleme sowie den *Grundideen eines ganzheitlichen Managements.* Grundgedanke ist, bei der Problemlösung von Anfang an von Netzwerken auszugehen.

Das erste Element, *Bausteine des vernetzten, ganzheitlichen Denkens*, stellt die Kriterien vor, die zur Betrachtung komplexer Probleme und deren Umfeld anzuwenden sind. Dazu gehören *Ganzheit und Teil*, *Vernetztheit*, *Offenheit*, *Komplexität*, *Ordnung*, *Lenkung und Entwicklung* (vgl. Probst/Gomez 1993, S. 7-8).

Eingebettet in diese Bausteine entsteht nun die *Methodik des vernetzten Denkens*, die sechs Schritte von der Problemeingrenzung und -analyse bis hin zur Strategieplanung und -implementierung vorstellt (vgl. Probst/Gomez 1993, S. 8-20).

- *Schritt 1: Zielbestimmung und Modellierung der Problemsituation*
  - *Systematik*
    Erfassung und Erkennung der Situation in ihren Zusammenhängen, Beziehungen und Interaktionen. Notwendig ist die Einbeziehung verschiedener Interessengruppen, Institutionen und Dimensionen, um zu einer umfassenden Abgrenzung zu gelangen.
  - *Ergebnis*
    Abgegrenzte Problemsituation, Prämissen für den Start des Lösungsprozesses.

- *Schritt 2: Analyse der Wirkungsverläufe*
  - *Systematik*
    Abbildung der Situation, Erfassung der Einflüsse und Zusammenhänge, Untersuchung der Wirkungsrichtung, des Zeitverhaltens und der Intensität der Einflüsse.
  - *Darstellung*
    Netzwerktechnik mit Wirkungsobjekten als Knoten und qualifizierenden und gerichteten Kanten, Einflußmatrix bzw. *Papiercomputer* (vgl. Vester 1980), Intensitätsmatrix.
  - *Ergebnis*
    Grundzusammenhänge in Netzwerkform, qualifiziertes und zeitliches Verhalten, Zusammenhang zwischen Einflußnahme und Beeinflußbarkeit (Intensität).

- *Schritt 3: Erfassen und Interpretieren der Veränderungsmöglichkeiten*
  - *Systematik*
    Finden selbständiger Einheiten und Bildung von Teilnetzwerken (Szenarien) inner-

halb des Netzwerkes, Simulation von Entwicklungspfaden und Verhaltensmöglichkeiten, Beurteilung der Auswirkungen.

- *Darstellung*
  Erweitertes Netzwerk mit abgegrenzten Bereichen.

- *Ergebnis*
  Aufschluß über das Grundszenario sowie das Verhalten der Teilnetzwerke bezogen auf Selbstverstärkung, Zusammenspiel und Abhängigkeit.

▒ *Schritt 4: Abklären der Lenkungsmöglichkeiten*

- *Systematik*
  Ermittlung der lenkbaren und nicht-lenkbaren Größen sowie der Erfolgsindikatoren von Lenkungseingriffen, Kennzeichnen der Netzwerkobjekte entsprechend ihres Verhaltens.

- *Darstellung*
  Erweitertes Netzwerk mit positionierten Objekten.

- *Ergebnis*
  Einflußmöglichkeiten und resultierende Veränderungen im Netzwerk.

▒ *Schritt 5: Planen von Strategien und Maßnahmen*

- *Systematik*
  Entwurf einer Gestaltungs- und Lenkungsstrategie, gedankliche Simulation.

- *Ergebnis*
  Problemlösung, konkreter Projektentwurf unter Einbeziehung aller Netzwerkobjekte.

▒ *Schritt 6: Verwirklichen der Problemlösung*

- *Systematik*
  Einsatz einer Projektgruppe, Schaffung eines Kontrollinformationssystems, Sensibilisierung und Steigerung der Selbstlenkungsfähigkeit.

Diese Methodik soll aufgrund des ganzheitlichen Ansatzes die alleinige Untersuchung von Teilsichten und ein reines lineares Vorgehen bei der Lösung von komplexen Problemen vermeiden helfen. Es ist hervorzuheben, daß die oben genannten Schritte nicht isoliert und sequentiell abgearbeitet werden. Vielmehr müssen - entsprechend der Natur komplexer Probleme, die sich ebenfalls durch eine starke Vernetzung und Interdependenz der Einflußgrößen auszeichnen - die einzelnen Schritte in Verknüpfung gesehen werden. Jede Einheit der Methodik des vernetzten Denkens wird durch die Ergebnisse des restlichen bzw. übrigen Einheiten beeinflußt. Die nachfolgende Abbildung verdeutlicht die einzelnen

Schritte der Methodik und verdeutlicht die Zusammenhänge. Wie solche Ansätze in die Praxis umgesetzt werden, zeigt sich anhand der in dem Buch von Probst/Gomez vorgestellten Beispiele (vgl. Probst/Gomez 1993). Exemplarisch sei auf die Artikel *Strategische Führung eines Zeitschriftenverlages* (vgl. Probst/Gomez 1993, S. 23-39) sowie *Vernetztes Denken bei der Markteinführung neuer Produkte* (vgl. Meister 1993, S. 145-161) verwiesen.

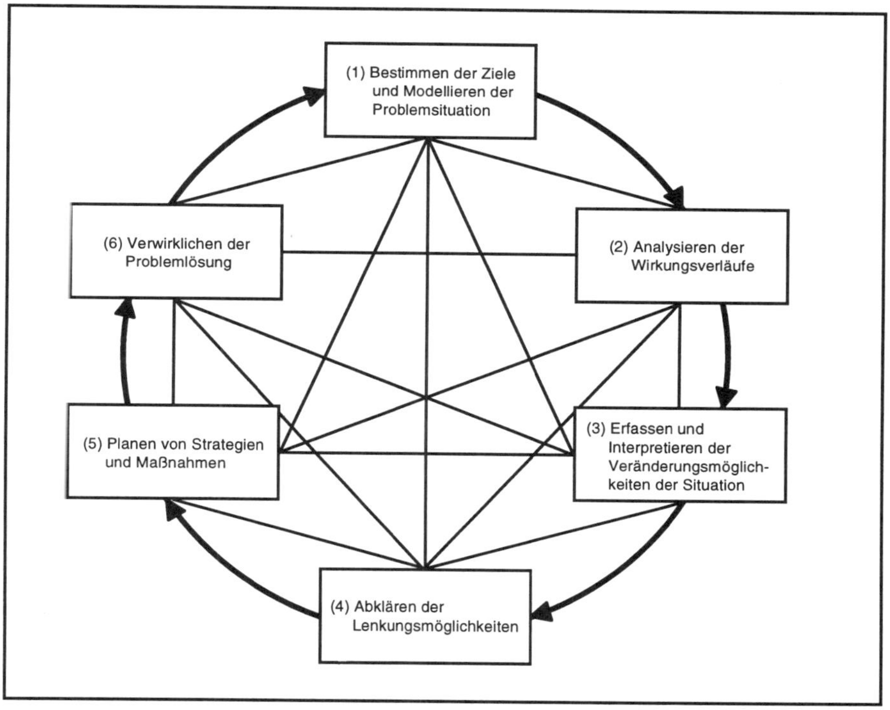

Abb. 1.9: Die Grundschritte der Methodik des vernetzten Denkens (aus: Probst 1992, S. 26)

1.4.8 Workflow Management

Eine erfolgreiche Realisierung der prozeßorientierten Gestaltungsansätze setzt die Verfügbarkeit geeigneter Informations- und Kommunikationstechnologien voraus, die eine ganzheitliche, aber dennoch flexible Unterstützung der betrieblichen Abläufe gewährleisten müssen. Einen potentiellen Lösungsansatz stellen in diesem Zusammenhang sogenannte Workflow-Managementsysteme dar, die eine aktive Unterstützung bereichsübergreifender Abläufe auf der Basis einer graphischen Ablaufspezifikation ermöglichen sollen.

Der Bereich des *Workflow Managements* ist ein Teilgebiet des Forschungsgebietes der computergestützten Gruppenarbeit CSCW – *Computer Supported Cooperative Work*, das sich allgemein mit der Rechnerunterstützung des kooperativen Arbeitens befaßt (vgl. Krcmar 1992). Forschungsziel des CSCWs ist es, die Zusammenarbeit zwischen menschlichen Aufgabenträgern innerhalb einer Organisation durch den Einsatz von Informations- und Kommunikationstechnologien zu verbessern (vgl. Hasenkamp/Syring 1994). Die Kooperation der menschlichen Aufgabenträger soll effizienter und flexibler, aber auch humaner und sozialer gestaltet werden, so daß neben der Informatik und Wirtschaftsinformatik auch die Arbeitswissenschaften und die Psychologie zur Weiterentwicklung dieses Forschungsgebietes beitragen. CSCW kann demnach als interdisziplinäres Forschungsgebiet charakterisiert werden, das sich weniger über die zum Einsatz kommenden Technologien definiert, als vielmehr über die spezifische Kategorie der zu unterstützenden Arbeit, nämlich der *kooperativen* Arbeit (vgl. Syring 1994).

Allgemein können Workflow-Managementsysteme als rechnergestützte Systeme definiert werden, die das *Management (Planung und Steuerung)* von *Workflows (Arbeitsschritte)* unterstützen. Da jedoch sowohl der *Workflow-* als auch der *Management*-Begriff in der Literatur sehr kontrovers diskutiert wird, bedürfen beide Begriffe im Hinblick auf eine differenzierte Fassung des Einsatzbereichs von Workflow-Managementsystemen einer näheren Betrachtung. Bei der Definition des *Management*-Begriffs unterscheidet man grundsätzlich zwischen einer *funktionalen* und einer *institutionalen* Sichtweise (vgl. Staehle 1994, S. 69; vgl. Steinmann/Schreyögg 1990, S. 6).

- Im funktionalen Sinne versteht man unter Management eine Menge von Funktionen, die allgemein mit der Lenkung der arbeitsteiligen Aufgabenerfüllung in Unternehmen verbunden sind, wie z. B. Planung, Steuerung und Kontrolle. Diese Managementfunktionen werden *analytisch* hergeleitet und abstrahieren von der hierarchischen Stellung und bereichsspezifischen Zugehörigkeit der entsprechenden Personen, die diese Aufgabe wahrnehmen.
- Der institutionale Management-Begriff orientiert sich hingegen an dem Personenkreis, dem die Ausübung der Managementfunktionen obliegt. Im Mittelpunkt des institutionalen Ansatzes steht die *empirische* Erfassung sämtlicher Aktivitäten, die ein Manager im Tagesgeschäft durchführt. Die hierarchische Position des entsprechenden Managers spielt dabei im Gegensatz zum funktionalen Ansatz eine zentrale Rolle.

Die zahlreichen Definitionen des Workflow-Begriffs unterscheiden sich auf einer abstrakten Ebene zunächst einmal dahingehend, daß einige Autoren den *Workflow-* mit dem *Geschäftsprozeß*-Begriff gleichsetzen (vgl. Oberweis 1994; vgl. Heilmann 1994), während andere diese Begriffe explizit voneinander abgrenzen.

Heilmann definiert einen Workflow (*Geschäftsprozeß* oder *Vorgang*) als einen abgegrenzten, meist arbeitsteiligen Prozeß, der zur Erstellung oder Verwertung betrieblicher Leistungen führt (vgl. Heilmann 1994). Jablonski spezifiziert darüber hinaus, daß Workflows sowohl Prozessen und Prozeßelementen als auch Prozeßschritten entsprechen können. Schwerpunkt aller Betrachtungen ist dabei der dynamische Ablauf des Prozesses von seiner Initiierung bis zum Abschluß (vgl. Jablonski 1995). Interessant erscheint hierbei die These, die besagt, daß Workflow einen Computereinsatz nicht zwingend voraussetzt, sondern auch traditionell mittels Belegen, Akten und konventionellen Hilfsmitteln ablaufen kann.

Ein Workflow entsteht generell durch einen Auslöser, was z. B. ein Vorfall in Form eines Kundenauftrags, dem Erreichen eines Zeitpunktes oder das Ende eines Zeitraumes sein kann. Ein Workflow besteht meist aus Vorgangsschritten (Aktionen, Aktivitäten, Tätigkeiten) die – gegebenenfalls auf mehreren Ebenen – weiter zerlegt werden können. Ferner endet ein Workflow durch einen eindeutigen Abschluß in Form eines oder mehrerer Ergebnisse oder eines Abbruchs.

Workflow Management (Aktivitäten-Management bei Jablonski 1995) wird bei Heilmann als Kombination von Modellierung, Analyse und Simulation, Steuerung und Protokollierung beliebiger Geschäftsprozesse verschiedenen Detaillierungsgrades beschrieben. So verstanden deckt Workflow Management ein breites Einsatzspektrum – von der Unternehmensmodellierung und -reorganisation bis zur Steuerung der täglichen Routinearbeit am Computer – ab.

Workflow Management läuft demgemäß in dem folgenden Zyklus ab: Einstiegspunkt ist die Istmodellierung (-definition) eines existierenden Vorgangstyps (Geschäftsprozesses), an die sich eine Analyse von dessen Stärken und Schwächen anschließt. Die Animation und Simulation des Ablaufs von Vorgangsexemplaren kann dabei Hinweise auf weitere Analyseschritte geben. Der Teilzyklus Analyse-Animation kann mehrfach durchlaufen werden, bis ein hinreichend optimierter Vorgangstyp vorliegt (abhängig von den gewählten Vorgangsattributwerten und der Bedeutung des Vorgangs für das Unternehmen). Die Steuerung des Vorgangsexemplars erfolgt mittels des *neu* modellierten Vorgangstyps. Der letzte Zweig des Zyklus, die Ablaufprotokollierung des Vorgangsexemplars, beinhaltet die Ergebnisse, welche später zu Revisionszwecken oder einer erneuten Analyse genutzt werden können.

Nach Heilmann kann Workflow Management auf drei verschiedenen Ebenen erfolgen. Im Rahmen der *strategischen Ebene* geht es darum, Kernprozesse des Unternehmens, die für den Erfüllungsgrad der kritischen Erfolgsfaktoren entscheidend sind, neu zu gestalten. Auf der *taktischen Ebene* werden Teile von Kernprozessen, aber auch die unterstützenden Nebenprozesse, modelliert, analysiert und reorganisiert, während auf der *operativen Ebene* ausgewählte, überschaubare Prozesse als Vorgangstypen analysiert und verbessert werden. Dabei wird eine Abarbeitung der Einsatzebenen von oben nach unten empfohlen, soll aber aus pragmatischer Sicht heraus nicht zwingend sein (vgl. Heilmann 1994).

Sowohl in der Wissenschaft als auch im kommerziellen Bereich sind in den letzten Jahren zahlreiche Workflow-Managementsysteme entwickelt worden, die sich in ihrer Funktionalität teilweise sehr stark unterscheiden (vgl. Jablonski 1995). Die Arbeiten der Workflow Management Coalition – einem herstellerübergreifenden Standardisierungsgremium, das um die Entwicklung einheitlicher Schnittstellen und einer konsistenten Terminologie im Workflow-Kontext bemüht ist - haben jedoch gezeigt, daß sich trotz der Heterogenität verschiedener Workflow-Produkte einige Standardfunktionen eruieren lassen, die von einer Mehrzahl dieser Systeme unterstützt werden.

Jablonski differenziert die Anforderungen an Workflow-Managementsysteme in sachliche (z. B. funktionale, operationale, verhaltensbezogene, informationsbezogene, organisatorische etc.) und technische (historische, transaktionale etc.) Modellierungsaspekte, wobei eine Teilmenge der sachlichen Aspekte bereits bei der Modellierung der Ablaufsicht bzw. der dynamischen Aspekte von Geschäftsprozessen berücksichtigt worden ist (vgl. Jablonski 1995).

- *Funktionaler Aspekt*
  Der funktionale Aspekt repräsentiert die logischen Verarbeitungseinheiten (Workflows). Eine logische Verarbeitungseinheit stellt eine aus sachlicher und technischer Sicht abgeschlossene Einheit dar.

- *Operationaler Aspekt*
  Der operationale Aspekt wird von Applikationen realisiert. Die Applikationen erbringen die eigentliche Funktionalität in einem Workflow und werden von elementaren Workflows referenziert. Applikationen können in die Klassen *Programm* und *Freie Applikation* differenziert werden. Freie Applikationen werden nicht von dem Workflow-Managementsystem realisiert, sondern von dem Ausführenden (vgl. Agenten bzw. organisatorischer Aspekt) eines Workflows.

- *Verhaltensbezogener Aspekt*
  Der verhaltensbezogene Aspekt eines Workflows wird durch den Kontrollfluß zwischen Workflows und Applikationen definiert. Neben den bereits in Programmiersprachen realisierten Basiskonstrukten, wie die Sequenz (serielle Ausführung), bedingte (alternative Ausführung) bzw. unbedingte Verzweigung (parallele Ausführung) und Schleifen, sind bei der Spezifikation des Kontrollflusses zwischen Workflows noch weitere, komplexere Kontrollflußkonstrukte erforderlich. Daher sollten Workflow-Managementsysteme die anwendungsspezifische Definition von Makros unterstützen. Beispiele für Makros sind die optionale Ausführung von Workflows, Wiederholung und Reihe.

- *Informationsbezogener Aspekt*
  Im Bereich des Workflow Managements unterscheidet man hinsichtlich der Datenverwaltung generell zwischen Kontrolldaten, die durch das Workflow-Managementsystem definiert, verwaltet und kontrolliert werden und Produktionsdaten, die von Applikationen verwaltet werden und daher nicht von einem Workflow-Managementsystem kontrolliert werden können.

- *Organisatorischer Aspekt*
  Der organisatorische Aspekt eines Workflows kennzeichnet die workflow-relevanten aufbauorganisatorischen Zusammenhänge einer Unternehmung. Dabei wird zum einen die Organisationsstruktur, die aus organisatorischen Objekten und Beziehungen besteht, zum anderen die Population, die die Mitarbeiter eines Unternehmens repräsentiert, spezifiziert. Organisatorische Objekte werden in Agenten und Nicht-Agenten gruppiert. Agenten sind alle materialisierbaren Elemente, wie z. B. Maschinen, Menschen oder Serverprozesse. Die Gruppe der Nicht-Agenten beinhaltet alle virtuellen Objekte, wie z. B. Rollen, Abteilungen oder Arbeitsgruppen. Agenten sind die Ausfüh-

renden eines Workflows und müssen von dem Workflow-Managementsystem über anstehende Aufgaben unterrichtet werden (Notification). Da häufig mehrere Agenten für die Durchführung einer Aufgabe in Frage kommen, müssen diese darüber hinaus durch das Workflow-Managementsystem synchronisiert werden.

- *Historischer Aspekt*
  Der historische Aspekt kennzeichnet die Protokollierung der Ausführungsdaten eines Workflows. Neben der Unterstützung von Fehlersituationen (analog zur Protokollierung von Transaktionen im Datenbankbereich) können diese zur Optimierung des Workflow-Managementsystems herangezogen werden.
- *Transaktionaler Aspekt*
  Der transaktionale Aspekt umfaßt die Nutzung erweiterbarer Transaktionsmodelle in Workflow-Managementsystemen. Diese sollen in Analogie zu der Nutzung des Transaktionskonzeptes in Datenbankmanagementsystemen eine atomare und persistente Durchführung von Workflows gewährleisten.

1.4.9 Continuous System Engineering

Das betriebliche Geschehen und seine Umwelt sind von äußerst dynamischer Natur. Dazu kommen die laufenden rasanten Entwicklungen der Informationsverarbeitungstechnologie, die wiederum auf die organisatorischen Abläufe rückwirken. *Continuous System Engineering* (CSE) unterstellt, daß all diese Abhängigkeiten und Potentiale nur durch einen kontinuierlichen Anpassungsprozeß ausgeglichen bzw. ausgenutzt werden (vgl. Thome/ Hufgard 1996).

Das Konzept des Continuous System Engineering beinhaltet eine betriebswirtschaftliche Integration von Organisation und Information und basiert auf einer Vorgehensweise zur Entwicklung und Erhaltung der Wettbewerbsfähigkeit von Unternehmen durch informationsverarbeitungsorientierte und organisatorische Adaption. CSE hat das Ziel, die Gestaltung von betrieblichen Geschäftsprozessen zu unterstützen und eine kontinuierliche Anpassung zu ermöglichen. Dies läßt sich in den folgenden sieben Thesen der Autoren erkennen (vgl. Thome/Hufgard 1996, S. 6-7).

- Die Einführung von Informationssystemen in Unternehmen läuft in der Regel zu lange und ist zu aufwendig, weil organisatorische Änderungen und Entwicklungsprobleme der Informationsverarbeitung unnötig miteinander verknüpft werden.
- Softwarebibliotheken sind eine neuartige Form von betrieblicher Standardanwendungssoftware, die fast alle allgemein vorkommenden betriebswirtschaftlichen Aufgabenstellungen und Alternativen umfaßt und die dynamische Adaption erlaubt, das heißt eine Änderung der Systemeinstellungen auch im laufenden Betrieb (vgl. Hufgard 1994).
- Moderne Informationssystemlösungen sollten weitestgehend auf Softwarebibliotheken aufbauen. Nur die Aufgabenfelder, mit denen sich ein Unternehmen durch die Form der Informationsverarbeitung strategisch von den Konkurrenten unterscheiden will, sollten in Eigenentwicklung realisiert werden. Spezialfunktionen, die in einer Stan-

dardsoftware nicht sinnvoll zu verwirklichen sind, müssen in eigener Regie programmiert werden.

- Die Einführung einer Standardanwendungssoftware als Basis eines neuen Informationssystems sollte sich daher zunächst auf den Austausch der bisher eingesetzten Programme durch die neue Softwarebibliothek beschränken. Organisatorische Änderungen sind bei der Umstellung nur insoweit sinnvoll, als sie sich ohne gravierende Probleme für das Unternehmen realisieren lassen, die Potentiale der Softwarebibliothek ausnutzen und offenkundig für alle Beteiligten eine Verbesserung darstellen.
- Die organisatorische Revolution, die z. B. das Business Process Reengineering propagiert, sollte nicht mit der Einführung der Softwarebibliothek verbunden werden, weil dies nur unnötige Belastungen verursacht und die Umstellung verzögert.
- Alle organisatorischen Verbesserungsansätze, die durch ein grundsätzliches Überdenken der Unternehmensstruktur entstehen, sollten Schritt für Schritt in die Struktureinstellung der Softwarebibliothek übernommen und gleichzeitig in den betrieblichen Ablauf eingeführt werden.
- Die als Continuous System Engineering bezeichnete inkrementelle Verbesserung der Organisation in Verbindung mit der Informationsverarbeitung führt insgesamt zu einer höheren Qualität der Prozeßgestaltung im Betrieb als die sporadisch erfolgende Kraftanstrengung im Sinne der Implementierung von neuen Prozeßabläufen in Verbindung mit neuen Informationsverarbeitungslösungen.

Continuous System Engineering ist jedoch nur realistisch umsetzbar, wenn zur Überwindung der bisher berechtigt vorgetragenen Ressentiments zwei Grundvoraussetzungen erfüllt werden. Zum einen darf eine organisatorische Änderung keine aufwendige Softwareentwicklung oder Modifikation der Standardanwendungssoftware auslösen, zum anderen muß die Beschreibung der organisatorischen Notwendigkeiten des Unternehmens in einer schnellen und für den Softwareeinstellungsprozeß gezielt verwendbaren Form erfolgen.

Beide Forderungen sind erst durch die Entwicklung der vergangenen beiden Jahre erfüllbar geworden. Zum einen muß eine Softwarebibliothek bereits weitgehend alle für betriebliche Organisationsänderungen notwendigen Softwarelösungen griffbereit halten. Diese müssen nur richtig ausgewählt und in die bereits aktiv benutzten Ausschnitte des Gesamtsystems eingebunden werden, beziehungsweise diese ersetzen. Zum anderen muß ein auf betriebswirtschaftlichen Grunderkenntnissen beruhendes System zur Anforderungsnavigation die Ziele der betrieblichen Funktionen aufnehmen können und in die dafür notwendigen Einstellungsvorgaben für die Softwarebibliothek umsetzen.

Die Softwarebibliothek liefert alle Bausteine, die für die maschinelle Unterstützung der meisten betriebswirtschaftlichen Funktionalitäten benötigt werden. Das Problem besteht folglich nicht mehr darin, die unterstützungsfähigen Aufgaben des Betriebsablaufs zu beschreiben, sie bezüglich der Einsatzmöglichkeit von Informationsverarbeitungssystemen zu modifizieren und dann dafür die entsprechenden Programme zu entwickeln. Der Ablauf besteht vielmehr in der Identifikation und Klassifikation der im Betrieb vorherrschenden

Aufgabenbereiche, um dafür die geeigneten Bibliotheksbestandteile aufzufinden und zuzuweisen (vgl. Hufgard 1994, S. 2-213; vgl. Thome/Hufgard 1996, S. 39-51).

Die vorschnelle Vermutung, daß auf diese Weise das betriebliche Vorgehen nur *elektrifiziert* und keine dem Business Process Reengineering entsprechende organisatorische Verbesserungsphase durchlaufen würde, ist falsch. Die Klassifikation betriebswirtschaftlicher Ablaufprozesse führt nicht zum Festhalten an vielleicht überkommenen betrieblichen Tätigkeitsschritten. Sie entspricht vielmehr der Herausarbeitung der im Rahmen des Betriebszwecks wirklich notwendigen Hauptfunktionen. Diese für das Betriebsgeschehen charakteristischen Abläufe sind betriebswirtschaftlich beschreibbar und eindeutig bestimmbar. Damit existiert für sie auch eine grundsätzlich richtige Vorgehensweise. Wie automatisiert ein derartiges Vorgehen in einem konkreten Unternehmen ablaufen kann, hängt vom Stand der Informationstechnologie ab und wird durch die Programmgestaltung der Softwarebibliothek bestimmt.

Dies soll nicht bedeuten, daß alle Unternehmen die gleichen Ablaufstrukturen aufweisen müssen. Die ungeheuere Vielzahl der Einstellungsvarianten einer Softwarebibliothek in Verbindung mit deren unüberschaubarer Kombinationsvielfalt erlaubt es, daß die Individualitäten des betrieblichen Strukturaufbaus und seiner Marktsituation berücksichtigt werden. Das Ende des Einführungsprozesses wird zum Anfang des Verbesserungsprozesses. Das Unternehmen, das in vergleichsweise sehr kurzer Zeit zu einer stabilen Informationsverarbeitungslösung kommt, verschafft sich damit die Mitarbeiterkapazität und das abgesicherte Know-how, das in der Softwarebibliothek steckt, um Schwachstellen des betrieblichen Ablaufes zu erkennen und durch Änderung der bisherigen Softwareeinstellung oder das Aufnehmen anderer Funktionalitäten aus dem Bibliotheksumfeld zu einer verbesserten Gesamtlösung zu kommen.

Dabei ergeben sich folgende Vorteile gegenüber dem üblichen Vorgehen z. B. nach einem Phasenmodell und dem des Business Process Reengineering (vgl. Thome/Hufgard 1996, S. 75-88):

- Der Betrieb läuft bereits nach der kurzen Adaptions- und Installationsphase unter einer stabilen, automatisierten Informationsverarbeitung.
- Die Softwarebibliothek gibt dem Unternehmen die Möglichkeit, jederzeit Funktionalitäten zu ändern, die bei der bisherigen Vorgehensweise zu langwieriger Programmierung und möglicherweise auch noch zu Unverträglichkeiten geführt hätten.
- Die aktuelle Dokumentation des durch den jeweils letzten Adaptionsprozeß erreichten Organisations- und Informationsverarbeitungsniveaus bietet eine hervorragende Ausgangsbasis, um gesicherte Überlegungen zur Weiterverbesserung des betrieblichen Ablaufgeschehens zu überdenken.
- Die betriebswirtschaftliche Wissensbasis des Werkzeugs schützt in Verbindung mit der auf strukturelle Integration hin entwickelten Softwarebibliothek vor Fehlentscheidungen.

Damit wird die Software wieder ihrem ursprünglichen Auftrag entsprechend zum Bindeglied zwischen der mittelfristig nicht änderbaren Funktionalität der Hardware und den laufenden Veränderungen im Anforderungsspektrum des betrieblichen Ablaufgeschehens. Dies geschieht zwar auf völlig andere Weise als durch die anpassende Änderungsprogrammierung, aber es geschieht gleichzeitig in einer viel stabileren Form, weil nicht dem einzelnen, isoliert entwickelnden Programmierteam die Verantwortung für die Neuentwicklung übertragen wird, sondern weil eine bereits erprobte strukturierte Vorgehensweise bei der Entscheidungsfindung hilft, und die Software selbst in einem hohen Qualitätsanforderungen entsprechenden Entwicklungsprozeß realisiert wurde.

1.4.10 Business (Re-)Engineering

Business Reengineering ist zum Schlagwort des ausgehenden Jahrtausends in Verwaltung und Industrie geworden. Einerseits als Vision des Managements, andererseits zur Gestaltung der Organisation soll das damit verbundene Konzept als strategisches Instrument zur Erhaltung der Wettbewerbsfähigkeit von Unternehmen eingesetzt werden. Analysiert man das Konzept näher, so zeigt sich, daß hinter diesem Begriff im Grundprinzip eine klassische betriebswirtschaftliche Aufgabe steckt – die Optimierung der Ablauforganisation.

Business Reengineering bzw. Business Process Reengineering kann als Aufgabe aufgefaßt werden, die aufgrund zunehmender Spezialisierung und Hierarchisierung zerlegten Unternehmensaufgaben wieder zu kohärenten Unternehmensprozessen zusammenzuführen. Ein Unternehmensprozeß soll dabei primär Tätigkeiten beinhalten, die zusammengenommen einen Wert für den Kunden schaffen. Ein Unternehmensprozeß läßt sich somit allgemein als eine Folge von Aktivitäten definieren, für die eine oder mehrere unterschiedliche eingehende Informationen, Materialien oder sonstige Hilfsmittel benötigt werden, und der einen Wert als Ergebnis für den Kunden schafft. Verfolgt man den Ansatz der Begründer Hammer und Champy (vgl. Hammer/Champy 1994), so ist neben der konsequenten Prozeßorientierung als zweites Paradigma des Business Reengineerings das radikale Verändern von Geschäftsprozessen zu berücksichtigen. Hier stellt sich nun die unternehmerische Frage, das Vorgehen als Dogmatismus zu adaptieren oder diese Empfehlung als Anregung auf der Suche nach dem *best business practices* aufzunehmen (vgl. Brenner/Keller 1995; vgl. Zencke 1994, S. 63-76).

Hammer und Champy behaupten, daß Business Reengineering in kleinen Schritten nicht möglich ist (vgl. Hammer/Champy 1994, S. 13). Nach ihrer Vorstellung soll ein Unternehmen alle alten Grundsätze über Bord werfen und eine neue Konzeption, ein an Geschäftsprozessen ausgerichtetes Unternehmensmodell, erarbeiten. Sie definieren Business Reengineering als „fundamentales Überdenken und radikales Redesign von Unternehmen oder wesentlicher Unternehmensprozesse“ (Hammer/Champy 1994, S. 48). Hierbei werden als Unternehmensprozesse als Tätigkeiten aufgefaßt, die zusammengenommen einen Wert für den Kunden schaffen. Ziel eines solchen Business Reengineerings sind Verbesserungen um Größenordnungen. Angestrebt sind also nicht einfache Verbesserungen in Teilbereichen, sondern Quantensprünge für das Unternehmen, was nach Hammer und Champy die Zerstörung von Altem und den Aufbau von Neuem verlangt. Das fundamentale Überdenken erläutern die Autoren mit grundlegenden Fragen wie „Warum machen wir die Dinge, die wir tun? Und weshalb machen wir sie auf diese Art und Weise?“ (Hammer/Champy 1994, S. 48-49). Sie betonen weiter, daß ein Unternehmen beim Business Reengineering zuerst festlegen muß, was zu tun ist, und erst anschließend, wie man dieses Vorhaben realisiert. Das radikale Redesign beschreiben Hammer und Champy als eine Trennung von der Vergangenheit, deren Strukturen und Verfahrensweisen, um völlig neue Wege zur Arbeitserledigung zu finden. Wie nun aber die radikale Neugestaltung des Unternehmens im einzelnen erfolgen soll wird nicht detailliert beschrieben. Nach den Autoren gibt es hierfür keine allgemeingültige Handlungsanweisung. Sie beschränken sich daher auf die Darstellung von:

- typischen Merkmalen neugestalteter Unternehmensprozesse
- Mitwirkenden beim Reengineering
- möglichen Techniken zur Ideenfindung
- weiteren Merkmalen, die bei der Befragung von Beteiligten oft genannt werden
- einen Ansatz, wie die Mitarbeiter des Unternehmens von der Notwendigkeit der Neugestaltung überzeugt werden können
- einigen praktischen Beispielen

Nach Hammer und Champy sind folgende typische Merkmale bei der Neugestaltung von Unternehmensprozessen zu beobachten. Statt wie in früheren Zeiten Aufgaben zu komplexen Prozessen zusammenzufassen, liegt beim Business Reengineering die Betonung auf einfachen Prozessen, damit Kostenreduzierung, Flexibilität, Qualität und Service möglich sind.

Hieraus ergeben sich Konsequenzen für die Aufbau- und Ablauforganisation. Zum Beispiel werden mehrere Positionen zusammengefaßt, damit möglichst nur ein Mitarbeiter den Überblick und die Verantwortung für einen gesamten Prozeß hat. Die Fachabteilungen müssen zu Prozeßteams umgebildet werden und die tief gegliederte Hierarchie wird durch eine flache Organisation abgelöst. Nach den Autoren kommt auch der Informationstechnologie eine tragende Rolle zu, denn durch die Nutzung der neuen Technologien werden neue Arbeitsweisen ermöglicht und somit die Gestaltung von Prozessen unterstützt. Beispielsweise können über zentrale Datenbanken alle Mitarbeiter des Unternehmens gleichzeitig auf die aktuellen Infomationen zugreifen. Die Vorteile dieser neuen Ablauf- und Aufbauorganisation sind:

- die Mitarbeiter treffen selbständig Entscheidungen, was zu einer vertikalen Komprimierung der Aufbauorganisation führt
- die Reduzierung der Gemeinkosten
- weniger Verzögerung im Arbeitsablauf
- schnellere Reaktion auf geänderte Anforderungen
- die Reduzierung des Abstimmungsaufwands, da die einzelnen Arbeitsprozeßschritte in einer natürlichen Reihenfolge ausgeführt werden
- die Verringerung des Kontroll- und Überwachungsbedarfs, denn es werden jetzt nicht mehr Abläufe und Regeln geprüft, sondern das Ergebnis ist ausschlaggebend

Das Verfahren von Hammer und Champy ist ein Top-down-Ansatz. Die Idee und Motivation zum Business Reengineering muß laut Hammer und Champy aus dem obersten Führungskreis des Unternehmens kommen und auch von dort gesteuert werden. Zur Realisierung empfehlen Hammer und Champy zwei Botschaften an die Unternehmensleitung. Ziel ist es, die Mitarbeiter für die Unterstützung zur Neugestaltung und Realisierung von Geschäftsprozessen zu gewinnen.

Die erste Botschaft lautet: *Der Anstoß zum Handeln* (vgl. Hammer/Champy 1994, S. 191), die zunächst das betriebliche Umfeld wie geschäftlichen Kontext, Geschäftsprobleme und Marktanforderungen darlegt, dann zu einer Diagnose der Situation kommt und schließlich die möglichen Konsequenzen aufzeigt. Hiermit sollen dem Mitarbeiter Gründe und Ursachen der Unternehmenssituation erläutert und bereits anvisierte Lösungen als logische Folge vorgestellt werden.

In der zweiten Botschaft, der *Vision* (vgl. Hammer/Champy 1994, S. 197), werden die angestrebten Ziele, sowohl quantitativer als auch qualitativer Art, beschrieben. Es sollte sich aber um meßbare Zielvorgaben und Bewertungsgrößen handeln, damit der Erfolg des Business Reengineerings auch objektiv gemessen werden kann.

Nachdem die Unternehmensleitung die Mitarbeiter von der Notwendigkeit des Business Reengineerings überzeugt hat, müssen die Unternehmensprozesse gefunden werden, die am dringendsten neu organisiert werden müssen. Mit einer Festlegung der Reihenfolge der Unternehmensprozesse, die die meisten Schwachstellen haben, wie beispielsweise zu viele Schnittstellen, redundante Daten und hoher Zeitaufwand, widersprechen Hammer und Champy ansatzweise ihrer eigenen These, daß das Business Reengineering nicht schrittweise vollzogen werden kann. Sobald die zu organisierenden Prozesse festgelegt wurden, können Prozeßteams mit der Findung von Redesignmöglichkeiten beginnen. Die Autoren schlagen drei Techniken zur Förderung der Kreativität der Prozeßteams vor.

Die erste Technik ist die *Anwendung eines oder mehrerer Prinzipien* (vgl. Hammer/Champy 1994, S. 174). Zum Beispiel das Prinzip, daß alle Tätigkeiten eines Prozesses von einem Mitarbeiter erledigt werden müssen. Die hieraus resultierenden Fragen, wie z. B. *Wie würde der Betroffene vorgehen und welche Unterstützung braucht er?* (vgl. Hammer/Champy 1994, S. 186) fördern neue Ideen für die Neugestaltung.

Die zweite Technik ist die *Identifizierung und Widerlegung von Annahmen* (vgl. Hammer/Champy 1994, S. 186). Aus beiden Standpunkten (Identifizierung und Widerlegung) ergeben sich neue Möglichkeiten für die Gestaltung des Prozesses.

Die dritte vorgeschlagene Technik ist die *Suche nach Möglichkeiten zum kreativen Einsatz von Informationstechnologien* (vgl. Hammer/Champy 1994, S. 187). Durch moderne Kommunikations- und Verarbeitungsmöglichkeiten, wie Workflow-Managementsysteme, verteilte Datenbanken oder Electronic-Mail-Systeme, können neue Wege der Arbeitsteilung gefunden werden.

Einige Merkmale, die von am Redesign Beteiligten genannt wurden, sind:

- daß man kein Experte sein muß

- daß es sogar vorteilhaft sein kann, wenn man ein Außenstehender ist
- daß der Prozeß immer aus Kundensicht betrachtet werden sollte

Die genannten Merkmale sind für Beteiligte am Business Reengineering vorteilhaft, da es das Ziel ist, sich von dem Vergangenen zu lösen und völlig neue Wege zu gehen. Wenn sich das Prozeßteam auf eine Redesign-Variante geeinigt hat, würde es zur Umsetzung der Ideen im Unternehmen kommen. Dies ist der schwierigste Teil. Hierfür jedoch geben Hammer und Champy keine Handlungsanweisung, sondern nur Beispiele von Business-Reengineering-Projekten in Unternehmen (vgl. Hammer/Champy 1994, S. 173-204).

1.5 Continuous Business (Quality) Engineering mit SAP

Business Reengineering (vgl. Hammer/Champy 1994), Business Process Reengineering (vgl. Towers 1994), Process Innovation (vgl. Davenport 1993), Change Management (vgl. Doppler/Lauterburg 1994) und Geschäftsprozeßoptimierung (vgl. Scholz 1994) sind mittlerweile in der deutschen und angloamerikanischen Literatur zu Schlagwörtern geworden, die weder ein Manager noch ein Wissenschaftler missen darf. Betrachtet man den Fokus dieser verschiedenen Ansätze, so zeigt sich im gemeinsamen Kern, daß sich alle Beiträge mit der Gestaltung von Geschäftsprozessen befassen. Ziel ist es, Geschäftsprozesse so zu entwerfen, daß sie den marktinduzierten Forderungen nach Flexibilitäts- und Qualitätserhöhung sowie Durchlaufzeit- und Kostenreduzierung Rechnung tragen. Ebenso sollen durchgängige Geschäftsprozesse realisiert werden. Die von der Praxis getriebenen Ansätze verfolgen dabei in mehr oder weniger ausgeprägter Form, daß flexible und marktnahe Organisationsstrukturen in den Unternehmen implementiert werden. Auf der anderen Seite können in den meisten Fällen diese variablen Organisationsstrukturen nicht ohne entsprechende DV-Unterstützung effizient agieren. Nimmt man als Voraussetzung, daß ein DV-System ein Bestandteil des betrieblichen Informationssystems ist, so muß die vom Markt geforderte Unternehmensflexibilität auch vom DV-System erfüllt werden, wenn es nicht kontraproduktiv sein soll.

1.5.1 Risiken der Geschäftsprozeßgestaltung

Im Zuge der Verfügbarkeit von immer leistungsfähigeren Informationssystemen erhöhen sich auch die Anforderungen an den Nutzer dieser Systeme. Durch die Zunahme von Umfang und Komplexität im Zuge der Realisierung von durchgängigen Geschäftsprozessen gewinnen Kriterien wie Verständlichkeit, Korrektheit, Benutzerfreundlichkeit, Zuverlässigkeit, Flexibilität, Dokumentation und Wartbarkeit an Bedeutung (vgl. Meyer 1990).

Unternehmen stehen bei der Gestaltung von Geschäftsprozessen in der Regel vor der Entscheidung, die Anwendungssoftware selbst zu entwickeln oder auf gängigen Lösungen im DV-Anbietermarkt aufzubauen. Die Erstellung von Individualsoftware zielt darauf ab, genau die Anforderungen des Kunden abzudecken, hat aber häufig die Probleme, zu fehleranfällig, nicht genügend wartungsfreundlich und nicht rechtzeitig verfügbar zu sein (vgl. Chroust 1992). Dabei ist nicht die Zeit für die eigentliche Entwicklung die problematische und schwer vorhersehbare Größe, sondern der Zeitraum, in dem die Kapazitäten für die Entwicklung zur Verfügung stehen müssen. Schaschinger spricht in diesem Zusammenhang von dem sogenannten *Anwendungsstau* (vgl. Schaschinger 1993). Baumgartner nennt hierzu folgende Faktoren als Ursache (vgl. Baumgartner 1990):

- die hohe Komplexität von betriebswirtschaftlichen Anforderungen an Softwaresysteme
- die Schwierigkeit, korrekte und vollständige Anforderungen zu Projektbeginn zu stellen
- die Schwierigkeit, Änderungen im Softwareentwicklungsprozeß zu berücksichtigen
- unzureichende Berücksichtigung der Anforderungen des Nutzers
- die Vernachlässigung von Entwicklungs- und Programmierstandards
- die geringe Wiederverwendung von Softwarekomponenten

Schon seit einiger Zeit ist deshalb in der Wirtschaft der Trend zur Einführung integrierter Standardsoftware zu erkennen. Wesentliches Ziel der Nutzung von Standardsoftware ist es, Personal-, Softwareentwicklungs-, Schulungs- und Wartungskosten zu reduzieren. Weitere positive Effekte, die von der Nutzung integrierter Standardsoftware erwartet werden, sind:

- die Wahrung der Integrität der Unternehmensdaten
- die sofortige Verfügbarkeit aller Unternehmensdaten für jeden Mitarbeiter
- bereichsübergreifende Betrachtung der im Betrieb zu bearbeitenden Geschäftsvorfälle und Objekte, wie z. B. Auftrag, Bestellung, Rechnung etc.
- eine flexiblere Änderung von betriebswirtschaftlichen Abläufen innerhalb des vom Softwareanbieter angebotenen Lösungsspektrums

Die Notwendigkeit einer Ablösung von existierenden DV-Systemen zugunsten von integrierter Standardsoftware ist in den vergangenen Jahren ständig gestiegen. So sind z. B. die Entwicklungs- und Wartungskosten für ein auf ein Unternehmen maßgeschneidertes Softwaresystem stärker angestiegen als die Aufwendungen für eine entsprechende Standardlösung eines Softwareanbieters.

Integrierte Standardsoftware, wie z. B. das System R/3, bietet heute eine verallgemeinerte Problemlösung und kann deshalb in unterschiedlichen Unternehmen für vergleichbare Bereiche eingesetzt werden. Integrierte Standardsoftware unterstützt mehrere betriebliche Anwendungsbereiche, wie z. B. Vertrieb, Materialwirtschaft, Produktion, Finanzwesen, Controlling und Personalwirtschaft. Dadurch wird die Anzahl von unterschiedlichen Programmen verschiedener Hersteller im Unternehmen auf ein Minimum reduziert. Die einzelnen Bereiche sind in Applikationen realisiert, wobei diese auf eine gemeinsame logische Datenbasis zugreifen. Dadurch können Geschäftsprozesse über Bereichsgrenzen hinweg durchgängig und weitestgehend automatisiert durchgeführt werden. Gründe, die für den Einsatz von integrierter Standardsoftware sprechen, sind:

- Bei knappen Entwicklungsressourcen ist eine Konzentration auf die Kernkompetenzen eines Unternehmens möglich (vgl. Scholz/Vrohlings 1994).
- Durch das betriebswirtschaftliche Wissen des Softwarelieferanten, welches u. a. durch die Standardsoftware vermittelt wird, ist es möglich, neueste betriebswirtschaftliche Erkenntnisse in der Praxis zu realisieren.
- Bei einer Änderung der Organisationsstrukturen innerhalb eines Unternehmens ist es möglich, mit Hilfe der Standardsoftware flexibel auf neue Strukturen zu reagieren (vgl. Zencke 1994).
- Durch ein in der Praxis langjährig erprobtes Produkt hat die Standardsoftware einen hohen Reifegrad erlangt, welcher als eine Sicherheit für die Qualität und Stabilität der Anwendungen zu sehen ist.
- Der modulare Aufbau der Software ermöglicht eine schrittweise Einführung und somit ein langsames Heranführen der Mitarbeiter eines Unternehmens an die Standardsoftware.
- Durch den Einsatz von Standardsoftware können die Eigenentwicklungen auf ein Minimum reduziert werden. Die Erstellung teurer und in der Entwicklung aufwendiger Individualsoftware entfällt.
- Da die Wartung der Standardsoftware im wesentlichen vom Hersteller durchgeführt wird, entfällt ein Großteil des Wartungsaufwandes beim Unternehmen, welches die Standardsoftware einsetzt.
- Der Erwerb von integrierter Standardsoftware ist gleichzeitig der Erwerb von Flexibilität, da eine Änderung von Programmabläufen über Parameter und somit eine kundenindividuelle Anpassung möglich ist (vgl. Mertens et al. 1991, S. 569-588).
- Bei der Standardsoftware handelt es sich um ein offenes System. Sie ist meist unabhängig von den verwendeten EDV-Plattformen.

1.5.2 Prozeß- und Objektorientierung

Die zentrale Frage zur Rolle von Informationstechnologien liegt nun darin begründet, ob ein neues Softwaresystem auf einer Architektur aufbaut, mit deren Hilfe dem permanenten organisatorischen Wandel des Unternehmens Rechnung getragen werden kann. Andererseits dürfen aber die Veränderungen nicht zu einem Wildwuchs von parallelen, nicht abgestimmten Informationssystemen im Unternehmen führen, um den durch einen IT-Einsatz angestrebten Produktivitätsnutzen erreichen zu können. Wenn heute häufig ein Widerspruch zwischen *Geschäftsprozeßgestaltung* als Paradigma für das Unternehmen und *Objektorientierung* als Paradigma für die Softwareentwicklung artikuliert wird, so entspricht dies einem Denkfehler bzw. teilweise einer trendbedingten Voreingenommenheit (vgl. Zencke 1994, S. 63-76; vgl. Zencke 1996, S. 6-9).

In traditionellen Architekturen wurde ein Einkaufssystem, ein Bestandsführungssystem oder ein Finanzbuchhaltungssystem aus funktionalen Anforderungen heraus konzipiert.

Diese *funktionsorientierten* Anwendungsmodule führten in vielen Unternehmen zum einen zu einer nicht mehr beherrschbaren innerbetrieblichen Komplexität aufgrund der vielen programmtechnischen Schnittstellen, zum anderen wurden durch den Einsatz solcher IT-Systeme funktional ausgerichtete Organisationsstrukturen zementiert.

Die zentrale Aufgabe der *Integration* solcher Systeme in einem Unternehmen blieb weitestgehend dem Anwender überlassen. Die SAP hat mit dem System R/2 frühzeitig ein hochintegriertes System zur *Abwicklung unterschiedlicher Geschäftsprozesse mit einem System* angeboten, in dem z. B. ein Buchhaltungsbeleg automatisch erzeugt wird oder in einem Kostenbelastungssatz automatisch Daten fortgeschrieben werden. Die Reduzierung der *externen* (betrieblichen) Komplexität wurde allerdings mit dem Preis einer hohen *internen* (programmtechnischen) Komplexität bezahlt.

Nach dem Paradigma der Objektorientierung wählt der Anwender künftig aus einer Fülle von Objekten, die er von einem oder mehreren Softwareherstellern beziehen kann, diejenigen aus, die er für seine Aufgabenstellung benötigt. Die Objekte sind gekapselt, d. h. sie beinhalten alle für den jeweiligen Objekttyp relevanten Methoden und Kommunikationsschnittstellen und nicht nur typisierte und vorgedachte. Sodann komponiert sich der Anwender aus der Vielfalt der bereitgestellten Objektmethoden seine individuellen Geschäftsprozesse zusammen – ohne die Zwangsjacke der Erkenntnisse der Betriebswirtschaftslehre und der weltweit erprobten organisatorischen Abläufe. Ein Paradies? Leider nein. Bei dieser Vorgehensweise werden die Egoismen einzelner Funktionsträger im Vordergrund der Projektarbeit stehen. Der resultierende Geschäftsprozeß wird weder schlank sein noch verantwortungsvoll mit den Ressourcen umgehen. Die betriebswirtschaftliche Integrität der Daten wird nur in einem langwierigen Abstimmungsprozeß herzustellen sein.

Eine Gegenüberstellung der gängige Standardsoftware beschreibenden Prozeß- und/oder Objektmodelle zeigt schnell, daß Prozesse nichts anderes als eine Navigation durch Objektmethoden unterschiedlicher Objekte sind. Auf diese Navigation hat ein Anwender heute ebenso ein Anrecht wie der Benutzer eines guten Reiseführers auf Routenvorschläge und der Besucher eines guten Restaurants auf Menüvorschläge. Nein, Objektorientierung löst nicht die Probleme des Anwenders nach effizienter und schneller Softwareeinführung. Allenfalls löst sie das in den Hintergrund getretene Problem des Auffindens optimaler Lösungen für die einzelnen Funktionen (=Objektmethoden).

Objektorientierung mit ihrer Kapselungs- und Kommunikationsmethodik könnte aber eine Lösung für das Komplexitätsproblem der Entwickler werden. Insofern ist Objektorientierung sicherlich ein Indiz für die evolutionäre Innovationsfähigkeit eines Softwareherstellers und seine anhaltende kommerzielle Wettbewerbsfähigkeit. Darüber hinaus ist Objektorientierung Voraussetzung für einen Wandel der Softwareindustrie: Verringerung der Fertigungstiefe sowie Diversifizierung in Endproduktthersteller (=Prozeßlieferanten) und Systemlieferanten (=Objektlieferanten), wie wir dies in der Automobilindustrie in den letzten Jahren beobachten.

Wir Softwareentwickler haben uns daran gewöhnt, unsere Lösungen nicht länger ausschließlich an den Paradigmen einer genialen Softwarearchitektur auszurichten, sondern vielmehr an den Forderungen nach einer effizienten und durchgängigen Abwicklung der

Geschäftsprozesse. Dabei sind die Softwarearchitekturen keineswegs anspruchsloser geworden; nur treten sie gegenüber dem Anwender hinter die diesen ausschließlich interessierende Sicht des Prozeßablaufs zurück. Neuere Managementstrategien, Lean Management, Kundenorientierung und Process Ownership, haben diese Entwicklung beschleunigt. Die durchgängige, integrierte und effiziente Unterstützung umfassender und typisierter Geschäftsprozeßketten ist an die Stelle der möglichst optimalen Lösung einer Vielzahl von Einzelfunktionen getreten. Aufbauend auf generischen Softwarekomponenten erhält der Anwender typisierte Lösungen, die er selbstverständlich in unterschiedlichem Umfang und damit auch flexibel an seine Bedürfnisse anpassen kann. Typische Lösungen beinhalten stets ein Stück Ablauforganistion, die von der Betriebswirtschaftslehre empfohlen wird und/oder sich in der praktischen Erfahrung bewährt hat. Der Anwender erhält nicht länger nur ein Stück Software, sondern adaptierbare Ablauforganisation. Damit schleichen sich im *guten Trojanischen Pferd* der Software die Erkenntnisse der Betriebswirtschaftlehre auch in jene Unternehmen ein, die sich keinen betriebswirtschaftlichen Stab leisten.

Ebenso wie in der Automobilindustrie ist der Anwender dabei auf eine optimale Abstimmung der Systemkomponenten angewiesen. Die liefern ihm nun einmal Geschäftsprozesse als Navigation durch Objektmethoden. Und nur in dieser Kombination wird der Anwender Fortschritt verspüren.

Betrachtet man die möglichen Geschäftsprozesse der potentiellen Kunden aus Anwendersicht, so zeigt sich hier eine riesige Gefahr. Sie sind im Prinzip zum einen unendlich, zum anderen müssen die Geschäftsprozesse aufgrund unterschiedlicher Marktanforderungen in ihrer detaillierten Ausprägung beliebig variabel sein. Jedes Unternehmen will die Prozesse so gestalten, daß sie genau auf das *Marktsegment*, das *Kundensegment* oder auf die *Produktgruppe* optimal passen. Jetzt wäre es aus Anwendersicht geradezu ein historischer Fehler, die Geschäftsprozesse als Anleitung zu nehmen und diese individuell auszuprogrammieren. Kommt eine Prozeßänderung, die heute in modernen Organisationsstrukturen geradezu systemimmanent ist, so stehen wir hier wieder vor dem Dilemma der *Branchensysteme*, was wir schon einmal vor zehn Jahren hatten. Denn durch die *optimale Unterstützung einer oder weniger ausgewählter Prozesse einer Branche* – die starr ausprogrammiert sind – können die momentanen Anforderungen erfüllt werden. Ändert sich das Geschäft, so werden dann die Unternehmen durch ihre *eigenen* Abläufe blockiert und sind unfähig, neue Prozesse zu integrieren.

Genau dieses Dilemma – *Abdeckung unterschiedlicher, variabler Geschäftsprozesse* mit einer *flexiblen, offenen Anwendungsarchitektur* – muß mit integrierten, modern gestalteten DV-Systemen überwunden werden. Neben dem Nutzen relationaler Datenbanken und der Client/Server-Architektur (vgl. Plattner 1993, S. 923-938; vgl. Kagermann 1993, S. 273-280) als zentraler Basistechnologie sowie dem Anbieten offener Integrationsbausteine (Business Application Programming Interface – BAPI) zum Ankoppeln von *third party-Produkten* müssen solche Systeme zentrale *betriebswirtschaftliche Objekte*, Business-Objekte, kennen. Diese Business-Objekte, wie z. B. die *Bestellung*, der *Wareneingangsbeleg* oder der *Finanzbuchhaltungsbeleg*, können in der R/3-Architektur unterschiedlich ausgeprägt werden. Je nach Kontext der Geschäftsprozesse kann z. B. die Bestellung im R/3-System eine *Normalbestellung*, ein *Lieferplan* oder ein *Rahmenvertrag* sein, sie kann

Bezug auf eine Bestellanforderung haben oder *kontiert* sein. Die Parametrisierung solcher Business-Objekte, die betriebswirtschaftlich gekapselt sind, erlaubt es somit, mit *einem* System unterschiedliche Geschäftsprozesse abzubilden. Die interne Architektur des R/3-Systems ist so aufgebaut, daß diese wesentlichen Business-Objekte zum einen ihre benötigten betriebswirtschaftlichen Methoden kennen, zum anderen, daß diese Business-Objekte aufgerufen werden können und somit in der Lage sind, kontextbezogen entlang der gewünschten Geschäftsprozeßkette des Kunden zu integrieren.

1.5.3 Geschäftsprozesse als Component Ware

Integrierte Standardsoftwaresysteme weisen eine hohe Komplexität auf, da sie die verschiedenen interdependenten Geschäftsprozesse miteinander verknüpfen. Um den spezifischen Anforderungen der Unternehmen gerecht werden zu können, bedarf es einer flexiblen, anpaßbaren Systemarchitektur, welche die Anpassung der Software an die unternehmensspezifischen Anforderungen ermöglicht. Die Flexibilität umfaßt hierbei zwei Dimensionen:

- Flexibilität bezüglich der Anpaßbarkeit der Standardsoftware an die Anforderungen verschiedener Unternehmen
- Flexibilität bezüglich der Änderbarkeit der Systemkonfiguration eines Unternehmens im Laufe der Zeit. Dieser Aspekt umfaßt die Struktur- und Verhaltensanpassung des Anwendungssystems. Dabei wird unter Strukturanpassung die Veränderung der Organisationsstruktur des Unternehmens verstanden, etwa durch Hinzunahme neuer Produkte oder Unternehmensbereiche. Verhaltensanpassung bezeichnet die Änderung oder das Hinzufügen von Funktionalität des Anwendungssystems, z. B. durch im Rahmen von Business Reengineering-Projekten vorgenommene Anpassungen der Ablauforganisation.

Eine Möglichkeit zur Realisierung dieser Flexibilität besteht in der Bereitstellung von Standardsoftware-Bausteinen, die *individuell* zu Anwendungssystemen kombiniert werden können. Thome/Hufgard verwenden hierfür den Begriff der *Standardsoftware-Bibliothek* (vgl. Thome/Hufgard 1996, S. 43). Die Modularisierung von Anwendungssystemen stellt eine wichtige Möglichkeit zur Komplexitätsbeherrschung dar. Denert definiert Modularisierung als „Gliederung eines zu entwerfenden Systems in Teile“ (Denert 1991, S. 212). Das SAP-System R/3 besteht auf der obersten Ebene beispielsweise aus den Modulen Finanzwesen, Anlagenwirtschaft, Vertrieb, Produktionsplanung und Personalwirtschaft. Die Bildung solcher Bausteine muß einer Reihe allgemeiner Anforderungen genügen. Grundlegend ist in diesem Zusammenhang die Forderung nach maximaler innerer Kohärenz und minimaler äußerer Bindung (vgl. zu allgemeinen Kriterien der Modulbildung z. B. Denert 1991, S. 213-214; vgl. Myers 1975).

In der Literatur wird für Anwendungssysteme, die aus verschiedenen Bausteinen zusammengesetzt werden, häufig der Begriff Component Ware verwendet. Component Ware sind Anwendungsbausteine, die durch die drei Schritte Selektion (Auffinden und Auswählen), Modifikation (Anpassung und Erweiterung) und Kombination zu einem ablauffähigen Softwaresystem kombiniert werden sollen (vgl. Mili et al. 1995). Mit diesem Ansatz sind eine Reihe von Aufgaben verbunden:

- *Auffinden von Anwendungssystem-Bausteinen*
  Zur Wiederverwendung der Anwendungssystem-Bausteine ist es erforderlich, Suchmechanismen bereitzustellen. Häufig ist es in großen Bausteinkatalogen schwierig, wiederverwendbare Bausteine aufzufinden (vgl. Bellinzona et al. 1995; vgl. Convent/Wernecke 1994).

- *Komposition von Anwendungssystemen*
  Komposition ist die Montage von Anwendungssystem-Bausteinen zu fertigen Anwendungssystemen (vgl. Nierstrasz/Meijler 1995; vgl. Keller/Popp 1996). Dabei sind die isoliert bereitgestellten Anwendungssystem-Bausteine in einer sinnvollen Form zu kombinieren, zu integrieren, zu testen und zu dokumentieren.

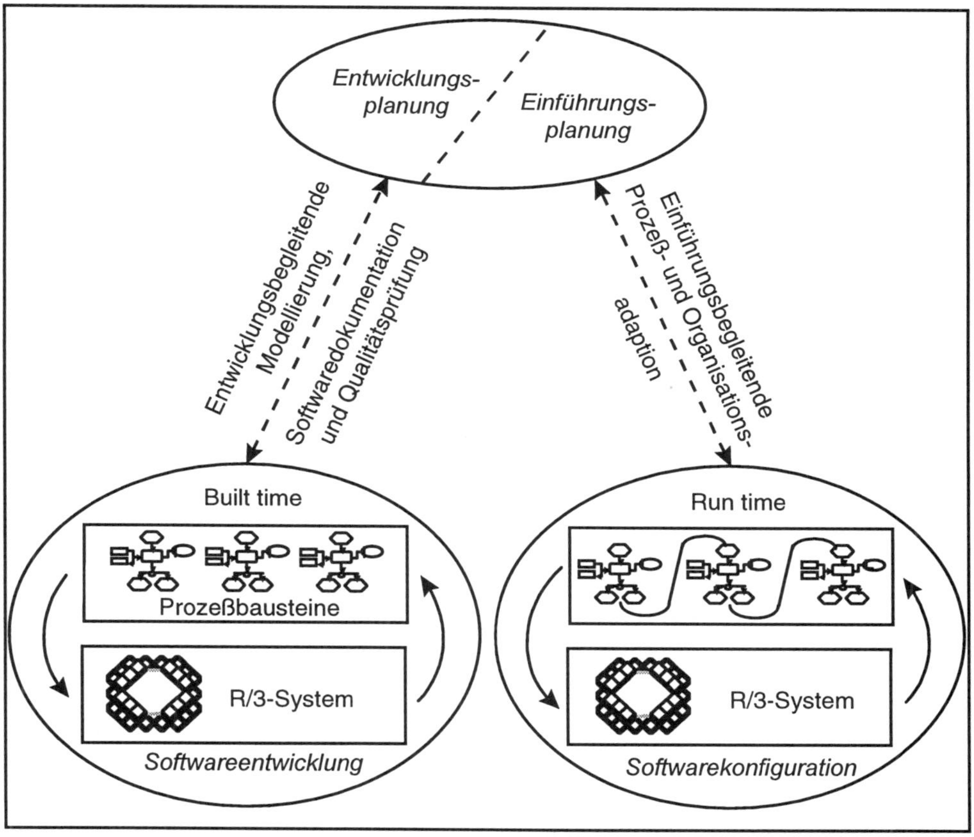

Abb. 1.10: Generalbebauungsplan für Component Ware

- *Granularität von Anwendungssystem-Bausteinen*
  Prinzipiell ist die Bildung von Anwendungssystem-Bausteinen in unterschiedlichen Granularitäten möglich. Zum Beispiel kann ein Anwendungssystem-Baustein sowohl eine Schaltfläche in einer Bildschirmmaske oder ein Baustein zur Materialverfügbarkeitsprüfung sein (vgl. Meyer 1996). Die Wahl des geeigneten Abstraktionsgrades ist entscheidend für die Einsetzbarkeit des Softwarekompositionsansatzes.

Verschiedene Autoren schlagen in diesem Zusammenhang eine arbeitsteilige Softwareindustrie vor (vgl. Kythe 1996; vgl. Cleaveland et al. 1996). Auf der einen Seite die Entwickler der Anwendungssystem-Bausteine, deren Aufgabe die Erstellung wiederverwendbarer Anwendungssystem-Bausteine ist, und zum anderen Produktentwickler, die für die Montage der Anwendungssystem-Bausteine verantwortlich sind. Voraussetzung hierfür ist zunächst einmal die Entwicklung eines Standards für die Kopplung der Anwendungssystem-Bausteine. In diesem Bereich sind bereits einige Fortschritte erzielt worden (vgl. Kythe 1996).

Neben der Betrachtung der physischen Kopplungsmöglichkeiten eines oder mehrerer Anwendungssysteme wird im Rahmen der Geschäftsprozeßgestaltung die logische, betriebswirtschaftliche Sinnhaftigkeit von Kopplungsszenarien diskutiert. Solche Beschreibungen befinden sich in Modellbausteinen der Softwareanbieter und dokumentieren die Ablaufvarianten für eine entsprechende, zu unterstützende betriebswirtschaftliche Aufgabe. Das Geschäftsprozeßmodell wird somit zum Bindeglied zwischen der Realität einerseits und dem Anwendungssystem andererseits. Daraus resultieren weitreichende Anforderungen an die Bildung der Prozeßbausteine, die im folgenden erläutert werden.

Die Bildung der Modellbausteine muß bestimmten Grundanforderungen genügen, damit die Zusammensetzung zu integrierten Unternehmensmodellen sowie die Anbindung an Anwendungssystem-Bausteine möglich ist. Neben den Anforderungen, die allgemein an die Modellierung von Geschäftsprozessen zu stellen sind (vgl. Fahrwinkel 1995), werden im folgenden die Aspekte Wiederverwendbarkeit, Erweiterbarkeit und Anpaßbarkeit von Modellen betrachtet. Diese Eigenschaften werden vor allem im Zusammenhang mit der Diskussion um die Bildung von Anwendungssystemen durch Komposition vorgefertigter Komponenten diskutiert, wobei der Schwerpunkt auf Programmbausteinen liegt. Im Kontext der Kopplung von Modell und Anwendungssystem spielen diese Eigenschaften auch bei der Bildung der Geschäftsprozeßbausteine eine zentrale Rolle.

- *Wiederverwendbarkeit*
  Der Begriff *Wiederverwendbarkeit* beschreibt die Eigenschaft von Geschäftsprozeßbausteinen, teilweise oder vollständig bei der Erstellung unternehmensspezifischer Geschäftsprozeßmodelle verwendet werden zu können. Diese Eigenschaft ist grundlegend für die beschriebene Konzeption, da die Modelle als *wiederverwendbare Anwendungsentwürfe* eingesetzt werden sollen. Diese Anwendungsentwürfe entstehen durch die Verknüpfung der Prozeßbausteine. Die wesentliche Voraussetzung zur Wiederverwendung besteht in der Auffindbarkeit der Prozeßbausteine. Da für die Kopplung an das Anwendungssystem keine vollständige Neumodellierung von Prozeßbausteinen durch den Anwender vorgenommen werden kann, muß die Ablage der vorgefertigten Prozeßbausteine so erfolgen, daß der Anwender die benötigten Bausteine auffinden kann.

Hierzu sind eine Reihe von Repräsentationsmechanismen entwickelt worden. Ein Überblick über die verschiedenen Methoden zum Auffinden von wiederverwendbaren Bausteinen findet sich bei Zendler (vgl. Zendler 1995). Der Einsatz wiederverwendbarer Prozeßbausteine ist unerläßlich für die Kopplung an das Anwendungssystem. Es lassen sich drei Beurteilungsdimensionen der Wiederverwendbarkeit von Geschäftsprozeßbausteinen unterscheiden (vgl. Goldberg/Rubin 1995):

- *Inherent reusability*
  Eignung der internen Eigenschaften eines Prozeßmodells zur Wiederverwendung
- *Domain reusability*
  Eignung eines Prozeßmodells zur Wiederverwendung in einer bestimmten Anwendungsdomäne bzw. eines bestimmten Untersuchungsbereichs
- *Organizational reusability*
  Unterstützung der Wiederverwendung durch systematischen Prozeß der Wiederverwendung

- *Anpaßbarkeit*
  Die Prozeßbausteine werden vom Standardsoftware-Hersteller bereitgestellt. In der Regel müssen sie an die Anforderungen der Unternehmen angepaßt werden. Es können zwei Formen der Anpassung unterschieden werden, die Parametrisierung bzw. Modifikation und das Hinzufügen neuer Komponenten unter Nutzung vorhandener Komponenten. Der Schwerpunkt liegt auf der Modifikation der vorhandenen Bausteine. Diese Modifikationen können nicht völlig frei vorgenommen werden. Aufgabe des Standardsoftwareherstellers ist es deshalb, das notwendige Beziehungswissen zur Kontrolle der Modifikationen bereitzustellen. Mögliche Modifikationen an den Prozeßbausteinen sind:
  - Auswahl bestimmter Teilnetze des Modells
  - Änderungen des zeitlich-sachlogischen Ablaufs
  - Hinzufügen/Entfernen von Schnittstellen zu anderen Prozeßbausteinen
- *Erweiterbarkeit*
  Die Erweiterbarkeit stellt eine spezielle Form der Modellanpassung dar, bei der in den Prozeßbausteinen unter Beibehaltung des vorhandenen Verhaltens zusätzliche Elemente hinzugefügt werden. Auch hier sind prinzipiell verschiedene Möglichkeiten denkbar. Zum einen können zunächst beliebige Änderungen an den Modellen zugelassen werden. Hierdurch wäre eine größtmögliche Flexibilität der Prozeßbausteine gewährleistet, was allerdings die Konsistenz des Geschäftsprozeßmodells gefährdet. Somit gilt es, einen geeigneten Kompromiß zwischen maximaler Flexibilität und maximaler Konsistenz der Modelle zu finden. Für die Spezialisierung der Prozeßbausteine ist die Vollständigkeit der Prozeßbausteine die zentrale Eigenschaft, da sie eine wichtige Voraussetzung für die Kopplung an Anwendungssystembausteine ist. Bei der Bildung der Prozeßbausteine kann die Vollständigkeit in drei Dimensionen betrachtet werden:

- *Bezogen auf die Anforderungen der Domäne*
  Prozeßbausteine beschreiben eine abgeschlossene Teilaufgabe eines Geschäftsprozesses. Alle Funktionen, die fachlich zu dieser Teilaufgabe zugeordnet werden können, müssen im Prozeßbaustein enthalten sein. Des weiteren muß in jedem Prozeßbaustein vollständig angegeben werden, welche betriebswirtschaftlich sinnvollen Vorgänger- und Nachfolgeprozeßbausteine vorhanden sind. Da die Anforderungen der Domäne nicht formalisierbar sind, kann die Vollständigkeit des Prozeßmodells bezogen auf die Aufgaben nicht analytisch validiert werden.

- *Bezogen auf die Funktionen des Anwendungssystems*
  Ein Prozeßbaustein ist demnach vollständig, wenn alle Funktionen des Anwendungssystems, die logisch zu der im Prozeßbaustein beschriebenen Teilaufgabe gehören, enthalten sind. Ein in diesem Sinne vollständiger Baustein ist unerläßlich für die Kopplung der Prozeßbausteine an das Anwendungssystem. Welche Zuordnung im einzelnen zu treffen ist, wird ausführlich anhand der Modellfirmen in Kapitel 8 und Kapitel 9 erläutert.

- *Bezogen auf die verschiedenen Parametrisierungen des Anwendungssystems*
  Prozeßbausteine dienen im Rahmen der Kopplung an Anwendungssysteme als Grundlage für die Parametrisierung der Anwendungssystembausteine. Somit müssen alle alternativen Parametrisierungen des Anwendungssystembausteines im Prozeßbaustein dargestellt sein. Nur dann kann die Wahl einer bestimmten Parametrisierung auf der Grundlage der Modifikation der Prozeßbausteine erfolgen.

Die Zielsetzung der Kopplung liegt in der modellbasierten Konfiguration des Anwendungssystems. Durch die unternehmensspezifische Konfiguration des Prozeßmodells soll das Anwendungssystem an die Bedürfnisse angepaßt werden. Die Aufgabe des Prozeßbausteins besteht somit in der Darstellung der variablen Verhaltenseigenschaften des entsprechenden Anwendungssystembausteines. Dies umfaßt zum einen die Steuerung der Geschäftsprozesse durch das Anwendungssystem, zum anderen die Beschreibung einzelner Funktionen des Anwendungssystems durch das Modul.

Die Vorstufe der modellbasierten Konfiguration (vgl. Zencke 1996, S. 6-9) ist, die Entsprechung zwischen Prozessen als Modelldarstellung und Prozessen als physische Implementierung, z. B. dem R/3-System, darzustellen. Nach einer Erläuterung der inhaltlichen Aufgabenpakete des Systems R/3 und der wesentlichen methodischen Voraussetzungen in Kapitel 2 bis Kapitel 5 werden ab Kapitel 6 die Entsprechung von Modellwelt und physischer Realisierung anhand des R/3-Referenzmodells und des R/3-Systems aufgezeigt.

Teil B
Grundlagen zur Prozeßgestaltung

„Make it as simple as possible, but not simpler."
(Albert Einstein)

Fünf ehemalige IBM-Mitarbeiter gründeten 1972 die SAP GmbH mit dem Ziel der Entwicklung und Vermarktung von Standardanwendungssoftware. SAP steht als Synonym für Systeme, Anwendungen und Produkte in der Datenverarbeitung. Im Jahre 1988 erfolgte die Umwandlung der SAP GmbH in eine börsennotierte Aktiengesellschaft. Dem funktionsorientierten Softwaresystem R/2 für Großrechner-Anwendungen folgte 1992 das auf Client/Server-Technologie basierende System R/3. Im Geschäftsjahr 1995 erzielte die Aktiengesellschaft einen Umsatz von 2,7 Milliarden Mark und einen Jahresüberschuß von 405 Millionen Mark. Sie zählt mit über 8000 Mitarbeitern zu den größten und wachstumsstärksten internationalen Softwarehäusern.

Die SAP AG hat mehr als 5000 Kunden in über 40 Ländern und ist mit 5200 R/3- und 2200 R/2-Installationen einer der weltweit führenden Hersteller von Standardsoftware.

Das Jahr 1979 war die Geburtsstunde des Softwaresystems R/2 (*R steht für Realtime*, d. h. Echtzeitverarbeitung). R/2 ist eine Standardsoftware für betriebswirtschaftliche Großrechner-Anwendungen, die einen modularen Aufbau besitzt und durch umfassende betriebswirtschaftliche Funktionalitäten einen hohen Grad an Integration ermöglicht. Auch nach der Einführung von R/3 wird das System R/2 weiterhin gepflegt und weiterentwickelt und soll nach der Planung von SAP über die Jahrtausendwende hinaus ständig aktualisiert und um neue Funktionalitäten erweitert werden.

Das System R/2 umfaßt zur Zeit folgende Komponenten:

- RA Anlagenbuchhaltung
- RF Finanzbuchhaltung
- RK Kostenrechnung
- RK-P Projektsystem
- RM-INST Instandhaltung
- RM-MAT Materialwirtschaft

- RM-PPS Produktion
- RM-QSS Qualitätssicherung
- RP Personal
- RV Vertrieb, Fakturierung, Versand

Mit dem Softwaresystem R/3 wurde 1992 eine weitere betriebswirtschaftliche Standardsoftware eingeführt, die auf einer Client/Server-Architektur aufbaut und auf verschiedenen Hardwareplattformen mit unterschiedlichen Betriebssystemen und verschiedenen Datenbanken eingesetzt werden kann.

2 SAP R/3 – Release 3.x

Das *R/3-System* zeichnet sich durch ein umfassendes betriebswirtschaftliches Leistungsangebot, durch eine hohe Modularität bei gleichzeitiger Integration der einzelnen Module, Unterstützung von internationalen Anforderungen durch Anbieten von entsprechender landesspezifischer Funktionalität (z. B. Personalabrechnung in verschiedenen Ländern aufgrund unterschiedlicher Gesetze und Steuersätze) und Mehrsprachigkeit sowie Lauffähigkeit auf verschiedenen Rechnerplattformen aus (vgl. Buck-Emden/Galimow 1996, S. 109-155).

Das R/3-System basiert auf einer dreistufigen Client/Server-Architektur und kann unterteilt werden in zwei Aufgabengebiete, die Basisaufgaben und die betriebswirtschaftlichen Anwendungsaufgaben. Aufgabe der Basisschicht ist es, die betriebswirtschaftlichen Anwendungen unabhängig von den Systemschnittstellen des Betriebs-, Datenbank- und Kommunikationssystems zu machen und für eine performante Abwicklung der betriebswirtschaftlichen Transaktionen zu sorgen. In der Anwendungsschicht ist das implementierte Lösungsangebot zur Unterstützung der betriebswirtschaftlichen Anforderungen der Unternehmen enthalten.

2.1 R/3-Basisarchitektur

Die *Basisarchitektur* des Systems R/3 läßt sich durch folgende Kennzeichen charakterisieren:

- *Skalierbarkeit*
  Unter Skalierbarkeit ist zu verstehen, daß Anwendungen auf Rechnern unterschiedlicher Größenordnung lauffähig sind. Durch den Einsatz einer mehrstufigen Client/Server-Architektur ist es möglich, im System R/3 die Anwendungslogik, die Präsentation und die Datenbank zu entkoppeln. Bei einer dreistufigen R/3-Konfiguration werden für Präsentation, Applikation und Datenbank eigene Rechner verwendet. Der Datenbankrechner kann dann mehrere Applikationsserver bedienen und ein Präsentationsrechner auf verschiedene Applikationsserver zugreifen. Es sind jedoch auch andere Konfigurationen möglich, die aus dem folgenden Bild ersichtlich werden (vgl. Plattner 1993, S. 923-937; vgl. SAP - R/3 Software-Architektur 1994, S. 1.1-2.25).

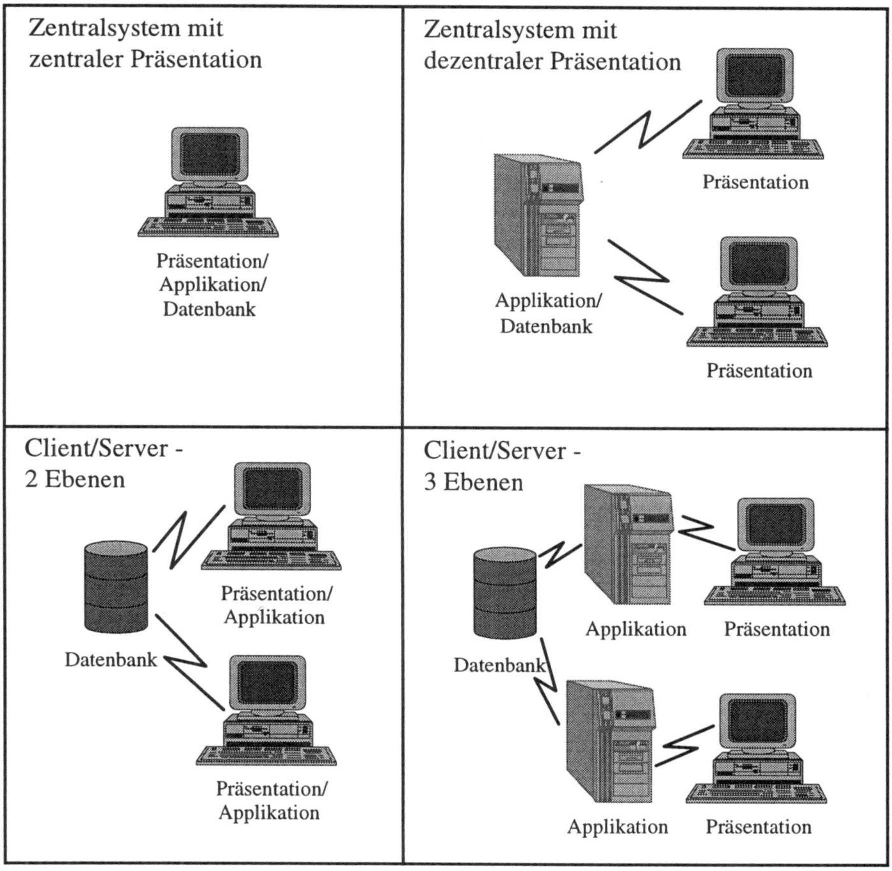

Abb. 2.1: SAP Client/Server-Konfigurationen

- *Portabilität*
  Portabilität bedeutet, inwieweit eine Softwarelösung auf unterschiedlichen Hardware- und Betriebssystemplattformen eingesetzt werden kann. Das System R/3 ist auf allen wesentlichen UNIX-Betriebssystemen, auf Open VMS, MPE/IX und Windows NT lauffähig. Außerdem ist die Präsentation über den SAP-GUI (Graphical User Interface) auf unterschiedlichen Frontends, wie Windows, OSF Motif, OS/2 PM und Macintosh, möglich.

- *Offenheit*
  Offenheit innerhalb von Softwarelösungen bedeutet, inwieweit eine auf dem Markt angebotene Standardsoftware durch normierte Schnittstellen die Integration von externen Anwendungen erlaubt. Durch die Unterstützung von internationalen Standards bei Schnittstellen, wie TCP/IP (Transmission Control Protocol/Internet Protocol) als Kommunikationsprotokoll im Netz, RFC (Remote Function Call) als offene Programmierschnittstelle, CPI-C (Common Programming Interface-Communication) für

Programm-zu-Programm-Kommunikationen, SQL (Structured Query Language) und ODBC (Open Data Base Connectivitiy) für Zugriffe auf die Datenbank und OLE (Object Linking and Embedding) sowie DDE (Dynamic Data Exchange) für den Objektaustausch mit PC-Anwendungen, wird die Daten- und Funktionsintegrität im System R/3 sichergestellt.

- *Graphische Bedieneroberfläche*
  Graphische Bedieneroberflächen sind mittlerweile ein Standard für alle führenden Softwaresysteme. Der SAP-GUI (Graphical User Interface) realisiert die graphische Bedieneroberfläche des Systems R/3. Der SAP-GUI läuft auf dem jeweiligen Präsentationsrechner und ermöglicht plattformunabhängig eine weitgehend identische Bedieneroberfläche.

Um die vier genannten Kriterien zu erfüllen, unterstützt das R/3-System die folgenden logische Schnittstellen.

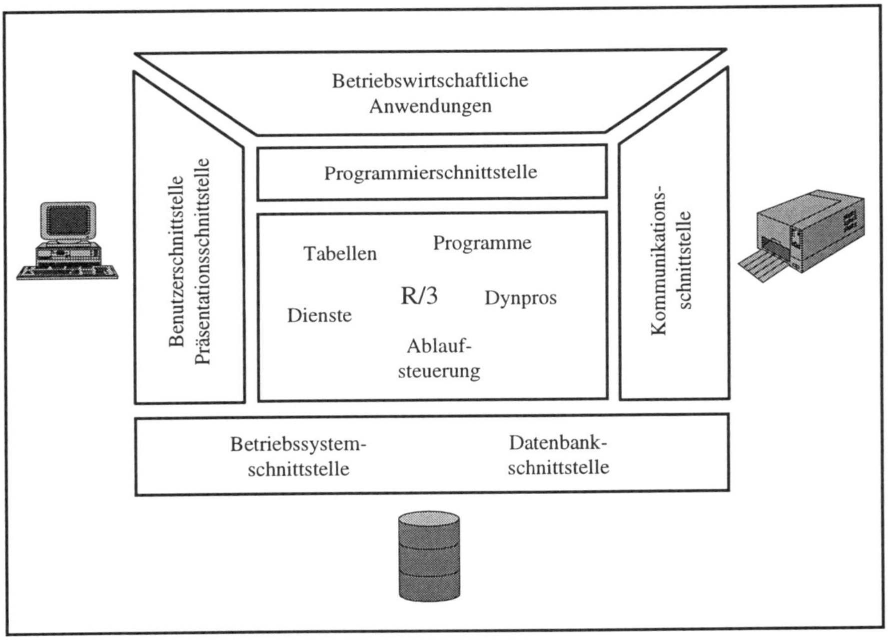

Abb. 2.2: Schnittstellenmodell

- *Betriebssystemschnittstelle*
  Die Betriebssystemschnittstelle des Systems R/3 muß für die Kommunikation, die Datei- und Speicherverwaltung eng mit den verschiedenen Betriebssystemen, z. B. UNIX oder Windows NT, zusammenarbeiten und existiert deshalb in Abhängigkeit vom Betriebssystem in unterschiedlichen Versionen.

- *Datenbankschnittstelle*
  Die Datenbankschnittstelle realisiert die Anpassungen, die für den Zugriff auf die verschiedenen relationalen Datenbanksysteme benötigt werden.
- *Präsentationsschnittstelle*
  Die Präsentationsschnitstelle unterstützt den systemunabhängigen Teil für die jeweilige Software der Präsentationsrechner, wie OSF/Motif, Presentation Manager, Windows 3.1, Windows 95, Windows NT oder Apple Macintosh.
- *Benutzerschnittstelle*
  In der Benutzerschnittstelle sind die systemabhängigen Elemente wie Fenster, Menüleisten und Blätterleisten (Scrollbalken) definiert.
- *Programmierschnittstelle*
  In der Programmierschnittstelle sind die Basistechnologien gesammelt, die den Aufbau der SAP-Anwendungen maßgeblich bestimmen.
  - *SAP SQL* ist eine spezielle SQL-Version von SAP für den Zugriff auf relationale Datenbanken.
  - *EXEC SQL* ist eine SQL-Variante, mit der ein direkter Zugriff auf die Datenbank möglich wird.
  - *Funktionsbausteine* sind wiederverwendbare und systemweit verfügbare ABAP/4-Bausteine, die zentral in einer Bibliothek abgelegt werden.
  - *Remote Function Call* ist das Protokoll für rechnerübergreifende und interne Zugriffe auf Funktionsbausteine.
- *Kommunikationsschnittstelle*
  In der Kommunikationsschnittstelle sind die Verfahren zum elektronischen Austausch von Informationen zwischen verschiedenen R/3-Systemen und zwischen einem R/3-System und einem Fremdsystem hinterlegt. Der Datenaustausch unterstützt hier auch gängige Standards, wie
  - CPI-C (Common Programming Interface-Communication)
  - EDI (Electronic Data Interchange)
  - OLE (Object Linking and Embedding)
  - ALE (Application Link Embedding)

2.2 R/3-Anwendungen

Das System R/3 besteht aus betriebswirtschaftlichen Anwendungsmodulen, die sowohl einzeln als auch in betriebswirtschaftlich sinnvollen Kombinationen eingesetzt werden können. Die Auslieferungsstrategie der SAP AG liegt darin, dem Kunden das vollständige System auszuliefern und die benötigten Funktionen und Geschäftsprozesse an den Kundenbedürfnissen orientiert vor Ort zu aktivieren. Der Nachteil dieser Strategie ist, daß der einzelne Kunde zu Beginn einer Realisierung eine überdimensionierte Rechnerkonfiguration benötigt. Der Vorteil ist, daß im laufenden operativen Geschäft die Aktivierung von Funktionalitäten aus dem vorhandenen Lösungsangebot einfacher durchzuführen ist als eine permanente Nachlieferung.

Die betriebswirtschaftlichen Anwendungsmodule des R/3-Systems werden im folgenden mit ihrer Leistungsfähigkeit im Überblick beschrieben. Für detaillierte Analysen sei an dieser Stelle auf die Dokumentation der SAP AG verwiesen, die in den einzelnen Kapiteln angegeben ist.

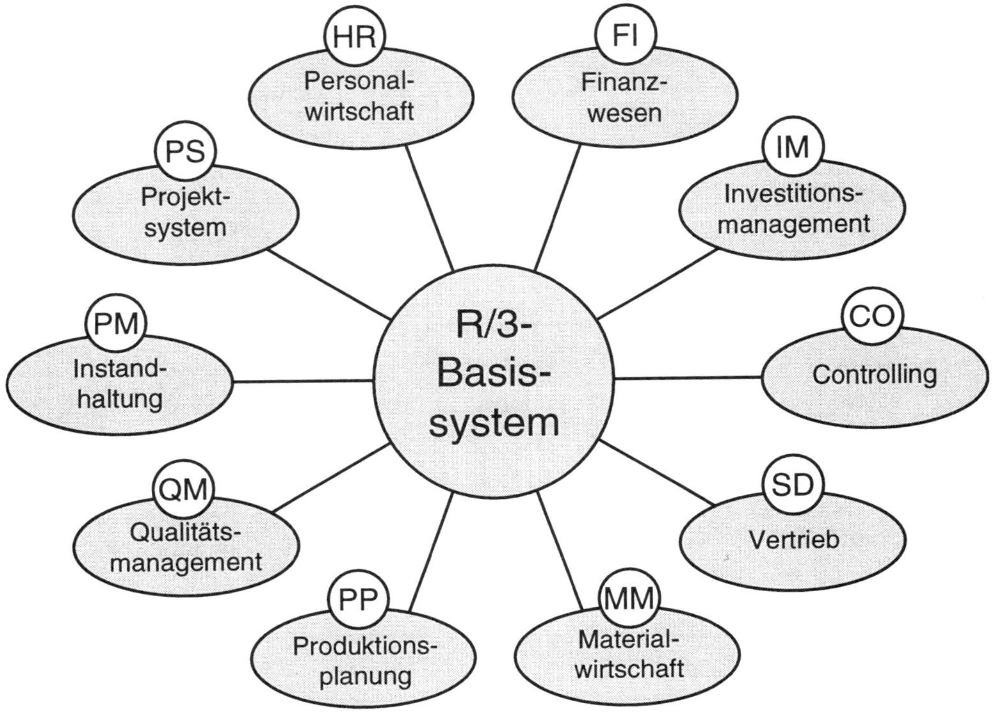

Abb. 2.3: Betriebswirtschaftliche Anwendungsmodule des R/3-Systems

2.2.1 Rechnungswesen

Das Rechnungswesen befaßt sich mit der wertmäßigen Abbildung von Geschäftsvorgängen und hat die Aufgabe, den Wertefluß im Unternehmen zu planen, zu steuern und zu kontrollieren. Entsprechend dem Adressatenkreis wird das Rechnungswesen in externes und internes Rechnungswesen differenziert. Das interne Rechnungswesen besteht aus der Kosten- und Leistungsrechnung und dient dazu, die Entscheidungsträger innerhalb eines Unternehmens mit quantitativen Informationen zu versorgen. Das externe Rechnungswesen ist nach den gesetzlichen Vorschriften strukturiert und dient der Offenlegungspflicht gegenüber Externen, insbesondere der Finanzbehörde und den Kapitalgebern. Zentrale Komponenten im R/3-System zur Unterstützung der Aufgaben des Rechnungswesens sind das Finanzwesen, das Investitionsmanagement und das Controlling.

a) Finanzwesen

Das Modul *Finanzwesen (FI)* übernimmt die Funktionen der Finanzbuchhaltung und des Cash Managements. Oberste Gestaltungsprämisse für dieses Modul sind dabei die Prinzipien der ordnungsgemäßen Buchführung. Die Software berücksichtigt die gesetzlichen Vorschriften im deutschsprachigen Raum, die EG-Richtlinie zur Harmonisierung der Rechnungslegung von 1993 und genügt auch außereuropäischen Anforderungen, wie beispielsweise der amerikanischen Rechnungslegung (vgl. SAP – Hauptbuchhaltung 1996; vgl. SAP – Konsolidierung 1996; vgl. SAP – Personenkonten 1996; vgl. SAP – Anlagenwirtschaft 1995).

- *Stammdaten*
  Der Funktionsbereich der Stammdaten beschäftigt sich mit der Anlage von Sachkonten, d. h. der Festlegung von Bilanz- sowie der Gewinn- und Verlust- (GuV) Konten. Zentrales Gliederungskriterium ist ein Kontenplan, der sich nach länderspezifischen, aber auch unternehmensspezifischen Kriterien bildet.

- *Hauptbuchhaltung*
  Die Hauptbuchhaltung hat die Aufgabe, die Gesamtdarstellung des externen Rechnungswesens und damit aller Konten zu unterstützen. Im Hauptbuch müssen alle relevanten Geschäftsvorfälle gesammelt werden, so daß die Hauptbuchhaltung jederzeit eine vollständige und abgestimmte Kontenführung garantiert. Die Hauptbuchhaltung beinhaltet den individuell strukturierbaren Kontenrahmen für das Hauptbuch, das automatisch alle Buchungen aus den Nebenbüchern in das Hauptbuch überträgt. Dabei sind im Vorfeld Stammdatenprozesse und Planungsprozesse durchzuführen, bevor eigentliche Buchungen oder andere Aktivitäten, die Sachkontenbuchungen betreffen, durchgeführt werden können. Sachkontenbuchungen können auch buchungsübergreifend vorgenommen werden. In einem integrierten R/3-System wird der Umfang der Buchungen, die über diese Funktionalität abgewickelt werden, deutlich reduziert, da Sachkontenbuchungen von anderen Applikationen direkt in das Hauptbuch erfolgen. Der Jahresabschluß kann dabei zu jedem beliebigen Zeitpunkt erstellt werden. Zu den Abschlußarbeiten in der Hauptbuchhaltung zählen die monatliche und jährliche Fremdwährungsbewertung, die Erfassung von Umgliederungen und die Erstellung von Monats- und Jahresabschlüssen.

- *Debitorenbuchhaltung*
  Die Debitoren- und auch die nachfolgend beschriebene Kreditorenbuchhaltung unterstützen den Anwender durch die automatische Verfolgung der offenen Posten und den Abgleich mit den Zahlungsvorgängen. Kontoanalysen, Fälligkeitsraster und ein flexibles Mahnwesen gehören zum funktionalen Gesamtumfang. Der Anwender kann frei die Inhalte und die Periodizität von Zahlungsmitteilungen, Kontoauszügen, Zinsberechnungen und des Schriftverkehrs bestimmen. Die Debitorenabwicklung unterstützt eine eigenständige Debitorenabwicklung, eine Conto pro diverse (CPD)-Debitoren-

abwicklung, eine Debitor-Filialenabwicklung und eine Einkaufsverbundabwicklung. Die eigenständige Debitorenabwicklung beschreibt die Abwicklung von Geschäftsvorfällen mit Debitoren, die als eigenständig, d. h. nicht mit anderen Debitoren in Beziehung stehend, gelten. Es wird die Funktionalität von der Rechnungsstellung an den Debitor bis zum Ausgleichen der Forderung an diesen Debitor unterstützt. Zwischen der Rechnungsstellung und dem Ausgleich der Forderung kann eine vom Debitor zu leistende Anzahlung angefordert werden und es können ausstehende Zahlungen oder Anzahlungen gemahnt werden. Von Debitoren, die eine Einzugsermächtigung erteilt haben, werden die erforderlichen Zahlungen und Anzahlungen automatisch eingezogen, ansonsten werden diese vom Debitor gezahlt und müssen den zugrundeliegenden Forderungen zugeordnet werden. Die CPD-Debitorenabwicklung beschreibt die Abwicklung von Geschäftsvorfällen mit Debitoren, die nicht als eigenständiger Debitor geführt werden. Mit diesen CPD-Debitoren wird in der Regel nur ein Geschäftsvorfall abgewickelt, und es wird auch kein Stammsatz angelegt. Die Debitor-Filialen-Zentralabwicklung beschreibt die Abwicklung von Geschäftsvorfällen mit Debitoren (Filialen) und deren Zentrale. Die Einkaufsverbundabwicklung umfaßt die Abwicklung von Geschäftsvorfällen mit Debitoren, die zu einem Verbund zusammengeschlossen sind, aber keine Zentrale haben, über die z. B. reguliert wird. Die Abwicklung dieser Debitoren erfolgt über einen sogenannten Arbeitsvorrat, über den die Debitoren ermittelt werden.

- *Kreditorenbuchhaltung*
  Die Kreditorenbuchhaltung beschreibt die Abwicklung von Geschäftsvorfällen mit Kreditoren, die als eigenständig, d. h. also nicht mit anderen Kreditoren in Beziehungen stehend, gelten. Es wird die Funktionalität von der Rechnungsstellung vom Kreditor bis zum Ausgleichen der Verbindlichkeit mit diesem Kreditor unterstützt. Zwischen der Rechnungsstellung und dem Ausgleich der Verbindlichkeit können an den Kreditor zu leistende Anzahlungen angefordert werden, die dann maschinell gezahlt werden. Ausstehende Gutschriften können gemahnt werden. Die erforderlichen Zahlungen und Anzahlungen werden maschinell gezahlt. Die CPD-Kreditorenabwicklung beschreibt die Abwicklung von Geschäftsvorfällen mit sogenannten Einmal-Kreditoren. Die Kreditor-Filialen-Zentralabwicklung beschreibt die Abwicklung von Geschäftsvorfällen zwischen Kreditoren (Filialen) und der Zentrale.

- *Konsolidierung*
  Die weltweiten Vorschriften zur Bilanzierung von Konzernen, aber auch die speziellen Vorschriften zur Zulassung von Unternehmen zu Kapitalmärkten verlangen die Konsolidierung von rechtlich selbständigen Tochtergesellschaften und die Erstellung eines Konzernabschlusses. Der Teilbereich FI-LC beschäftigt sich mit den Möglichkeiten der Vorbereitung und Durchführung von Konsolidierungen im Konzern, wobei auch unterjährige Abschlüsse und Plankonsolidierungen durchführbar sind. Die Konsolidierungsvorbereitung läuft meist in dezentraler Verantwortung der betroffenen Tochtergesellschaften ab. Zu diesem Zweck wird in diesem Funktionsbereich beschrieben, wie Konsolidierungsrichtlinien umgesetzt werden, bestimmte Vorbereitungsaktivitäten dezentral ablaufen und letztendlich die Informationen an die Konzernzentrale weitergeleitet werden. Es ist möglich, dezentral bestimmte Einzelabschlußdaten und sonstige Infor-

mationen per PC zu erfassen und dann an ein R/3-System weiterzuleiten. Dies ist überall dort sinnvoll, wo kein R/3-System im Einsatz ist und eine manuelle Überleitung zu aufwendig wäre. Die eigentliche Konsolidierung beschreibt die Organisation der Konsolidierung, die Pflege von Stammdaten, die Abgrenzung des Konsolidierungskreises, die Datenübernahme und die (automatischen) Konsolidierungsmaßnahmen.

- *Anlagenbuchhaltung*
  Die Anlagenbuchhaltung hat die Aufgabe, alle buchhalterisch relevanten Geschäftsvorfälle zu dokumentieren, die im Zusammenhang mit dem betrieblichen Anlagevermögen auftreten. Zur Erfüllung international gesetzlicher Vorschriften als auch zum innerbetrieblichen Management des Anlagevermögens stehen Funktionen in diesem Teilbereich zur Verfügung. Die Anlagenbuchhaltung wird im R/3-System als Nebenbuchhaltung geführt. Es können damit zum einen Anlagengegenstände zu einem Bilanzstichtag ordnungsgemäß bewertet, zum anderen aktuelle Informationen (z. B Abschreibungen) ermittelt und an das Controlling für Planungszwecke weitergeleitet werden.

  Die zentralen Stammdaten der Anlagenbuchhaltung sind Anlagenklassen, Anlagenkomplexe und Anlagen. Zur Verwaltung (Neuanlage, Änderung) stehen Funktionen sowohl zur Einzel- als auch zur Massenpflege zur Verfügung. Die Bewertung von Anlagen umfaßt alle Abschreibungsarten (Normal-, Sonder-, AHK-mindernde Abschreibungen) sowie Bewertungen für spezielle Zwecke (Aufwertungen, Zinsen, Versicherungswerte). Buchungen lassen sich unterteilen in Bestandsbuchungen, die durch Geschäftsvorfälle im Lebenslauf einer Anlage auftreten, und in Wertberichtigungen, die periodische Wertveränderungen einer Anlage reflektieren. Unter periodischen Arbeiten sind unterjährige Abläufe zu verstehen, die wiederum Geschäftsvorfälle im Lebenslauf einer größeren Anzahl von Anlagen betreffen, aber auch Prozesse, die sich mit der Archivierung, Dokumentation und deren Datenaustausch mit dem Controlling beschäftigen. Zusätzlich gibt es bestimmte Arbeiten wie Inventur und Jahresabschluß, die nur einmal im Jahr durchgeführt werden.

  Die Leasingabwicklung stellt Funktionen zur Verfügung, die eine spezielle Behandlung von Leasinganlagen im Anlagevermögen ermöglichen. Dazu zählen insbesondere die Aktivierung von geleasten Anlagen auf Basis des Capital-lease-Verfahrens sowie die Abwicklung der zugehörigen Leasingzahlungen.

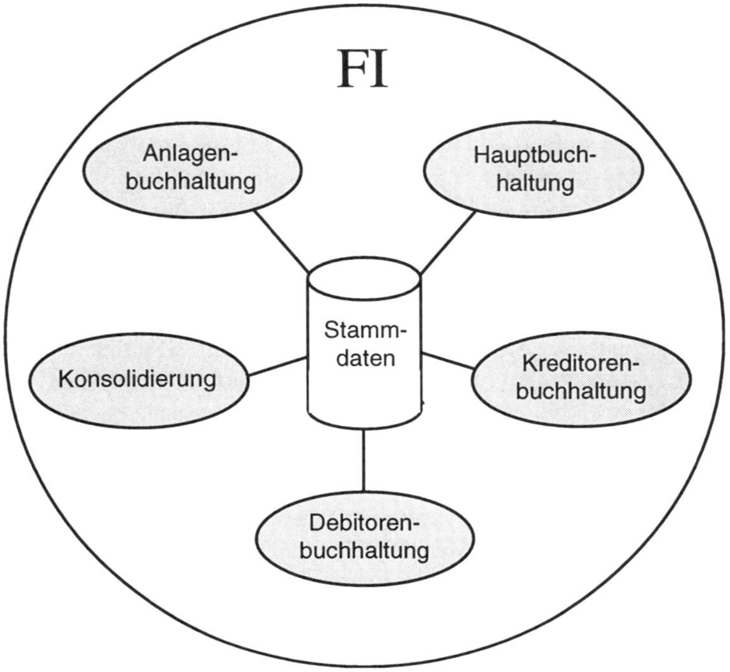

Abb. 2.4: Anwendungsmodul Finanzwesen (FI)

b) Investitionsmanagement

Das Modul *Investitionsmanagement (IM)* unterstützt die buchhalterische und controlling-orientierte Verwaltung von Investitionsprogrammen und einzelnen Investitionsmaßnahmen (vgl. Dirks/Schöler 1996, S. 212-219; vgl. SAP – Investitionsmanagement 1995).

- *Investitionsprogramme*
  Die Investitionsprogramme bieten die Möglichkeit, maßnahmeübergreifend Budgets zu planen und zu kontrollieren. Die einzelnen Positionen auf der untersten Stufe eines Investitionsprogramms können Investitionsmaßnahmen darstellen, vermögen aber auch anderer Natur zu sein (z. B. Instandhaltungsaufträge). Die hierarchische Struktur kann vom Anwender selbst gewählt werden, um damit die unterschiedlichen Arten von Investitionsplänen von Unternehmen zu unterstützen. Es stehen Funktionen zur Strukturierung, Planung und Budgetierung von Programmen zur Verfügung. Während der Laufzeit können Nachträge, Rückgaben und Umbuchungen der Budgetpositionen erfaßt werden.

- *Investitionsmaßnahmen*
  Unter Investitionsmaßnahmen werden Sachinvestitionen verstanden, die ein Unternehmen durchführt, um ein Wirtschaftsgut für die eigene betriebliche Nutzung zu erstellen. Je nach betrachteter Maßnahme kommen hier Funktionen aus dem Projektsystem und dem Controlling (z. B. Innenaufträge) zum Einsatz. Zum Zwecke der Ab-

rechnung kann zum Periodenende auch auf Funktionen aus der Anlagenbuchhaltung zurückgegriffen werden. Prinzipiell werden alle Maßnahmen als Projekt oder Innenauftrag behandelt, wenn eine Direktaktivierung in das Anlagevermögen wegen des Umfangs der Maßnahmen aus Controlling-Sicht nicht sinnvoll erscheint. Zu Zwecken der parallelen buchhalterischen Behandlung werden den Investitionsmaßnahmen Anlagen-im-Bau zugeordnet, wobei als Kontierungselement immer das entsprechende Controlling-Objekt zur Anwendung kommt. Funktionen zur periodischen Abrechnung und Endabrechnung unterstützen den Ausweis von aktivierungsfähigen Kostenbestandteilen und die automatische Abrechnung von der Anlage-im-Bau auf die fertiggestellten Anlagen. Bei Investitionsprojekten können zusätzlich noch Zinsen berechnet und aktiviert werden.

Die projektbezogene Maßnahmenabwicklung behandelt die Abwicklung von Investitionsprojekten. Im Rahmen der Maßnahmeneröffnung werden Projektkosten und -termine geplant. Die entsprechende Budgetvergabe schließt sich an, wobei hier ein Rückbezug auf ein Investitionsprogramm vorgenommen werden kann. Wenn dieses Investitionsprojekt Teil eines Investitionsprogramms ist, dann kann die entsprechende Budgetverfügbarkeit gegen dieses Gesamtbudget geprüft werden. Die Maßnahmenabwicklung wird durch die *Maßnahmendurchführung* initiiert. Von dort werden entsprechende Maßnahmen in bestimmten Bereichen wie der Materialwirtschaft (Bestellungen) und dem Controlling (Mittelreservierungen) ausgelöst. Nach Durchführung der Maßnahmen werden die entsprechenden Pläne aktualisiert und ggf. Budgets angepaßt. Zu den periodischen Arbeiten zählen insbesondere Maßnahmen, die der Teilaktivierung von Kosten auf die Anlage-im-Bau (AiB) dienen und vor Abschluß der Maßnahmenabwicklung für eine verursachungsgerechte Abrechnung bzw. Aktivierung der Kosten sorgen. Weitere Funktionalität unterstützt die AfA-Simulation und die Berechnung von Zinsen. Der Abschluß der Maßnahme setzt sich aus dem technischen Abschluß und einem buchhalterischen Abschluß zusammen, die eine Endabrechnung zur Folge haben, wobei auf AiB aktivierte Bestandteile auf die fertigen Anlagen umgebucht werden.

Die Einzelmaßnahmenabwicklung behandelt die Abwicklung von Investitionsaufträgen oder Innenaufträgen. Im Rahmen der Maßnahmeneröffnung werden die Aufträge geplant und budgetiert. Eine Terminplanung oder differenzierte Kostenplanung ist hier nicht vorgesehen. Bei der Budgetvergabe kann wie bei den Investitionsprojekten ein Rückbezug auf ein Investitionsprogramm vorgenommen werden.

- *Abschreibungssimulation*
  Für die Entwicklung der Abschreibungen stehen entsprechende Standardreports zur Abschreibungsvorausschau bereit. Dabei können neben den aktiven Anlagen aus der Anlagenbuchhaltung auch geplante Investitionen aus dem Investitionsmanagement einbezogen werden. Die so geplanten Abschreibungen und Zinsen können durch die Primärkostenübernahme an das Controlling übergeben werden.

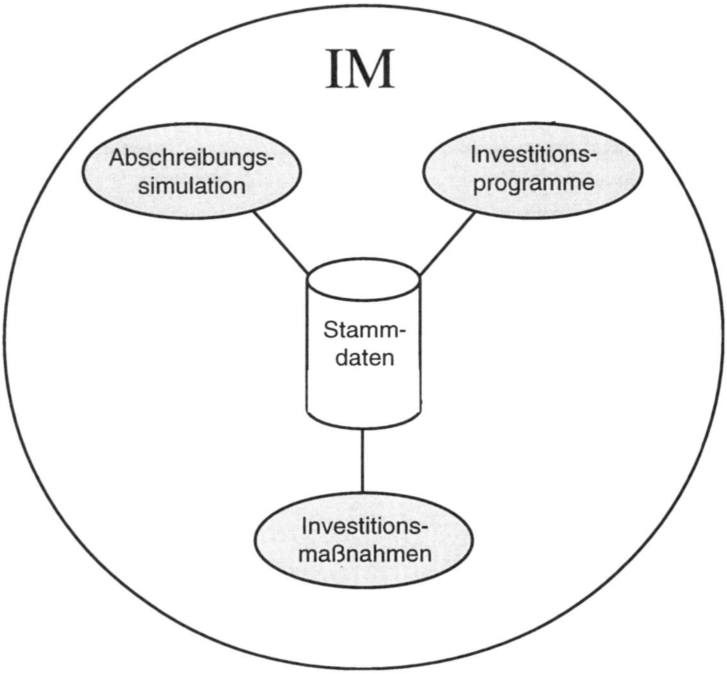

Abb. 2.5: Anwendungsmodul Investitionsmanagement (IM)

c) Controlling

Die Anwendungskomponente *Controlling (CO)* ist im R/3-System unterteilt in Gemeinkosten-Controlling (CO-OM), Produktkosten-Controlling (CO-PC) und Ergebnis- und Marktsegmentierung bzw. Vertriebs-Controlling (CO-PA) (vgl. Kagermann 1990, S. 277-306; vgl. Kagermann 1993, S. 273-280; vgl. Kagermann 1993, S. 455-464; vgl. Keller/Malt 1995, S. 234-249; vgl. Plattner 1987, S. 58-81; vgl. SAP – Gemeinkosten-Controlling 1996; vgl. SAP – Produktkosten-Controlling 1996; vgl. SAP – Ergebnis- und Vertriebs-Controlling 1996; vgl. SAP – Prozeßkosten-Controlling 1996).

- *Gemeinkosten-Controlling*
  Das Gemeinkosten-Controlling umfaßt die Planung, Steuerung und Kontrolle der Gemeinkosten, also der Kosten, die nicht direkt einem Kostenträger zugeordnet werden können. Das Gemeinkosten-Controlling gliedert sich in die Kostenartenrechnung, die dokumentiert, welche Kosten im Unternehmen angefallen sind, und die Kostenstellenrechnung, die festhält, wo im Unternehmen welche Kosten angefallen sind. Die Kosten und Leistungen können entweder direkt oder über die interne Leistungsverrechnung auf die Kostenstellen zugerechnet werden. Das innerbetriebliche Auftragswesen stellt die feinste operative Ebene der Kosten- und Leistungsrechnung dar. Basierend auf der Kostenstellen- und Auftragsplanung werden sämtliche Ist-Kosten den entsprechenden Kostenverursachern, wie Kostenstellen bzw. Gemeinkostenaufträgen, zugerechnet. Im

Zuge der innerbetrieblichen Leistungsverrechnung bzw. Auftragsabrechnung werden die Ist-Kosten weiterverrechnet, damit der innerbetriebliche Leistungsaustausch auch kostenmäßig erfaßt wird. Abschließend werden die Soll-Kosten, also die an den Beschäftigungsgrad angepaßten Plan-Kosten, den entsprechenden Ist-Kosten gegenübergestellt, um so Soll-/Ist-Abweichungen zu ermitteln, die dann die Grundlagen für weitere Steuerungsmaßnahmen bilden.

- *Produktkosten-Controlling*
  Im Produktkosten-Controlling (Kostenträgerrechnung) erfolgt die Planung, Steuerung und Kontrolle der Produktionskosten. Die Kostenträgerrechnung verrechnet die im Unternehmen angefallenen Kosten auf die verschiedenen Kostenträger, d. h. auf die Leistungseinheiten des Betriebes, wie Erzeugnisse oder Aufträge. In der Kostenträgerrechnung werden die angefallenen Kosten pro betrieblicher Leistungseinheit ermittelt, die Herstellkosten eines Erzeugnisses errechnet, die Produktionsabweichungen festgestellt und in das Ergebnis übernommen, die Preisuntergrenze für die Erzeugnisse ermittelt, die Bestände an unfertigen und fertigen Erzeugnissen bewertet und die Erlöse den Kosten des Kostenträgers gegenübergestellt.

- *Vertriebs-Controlling*
  Das Vertriebs-Controlling dient der Beurteilung der Marktsegmente, die nach Produkten, Kunden, Aufträgen oder auch nach Unternehmensbereichen gegliedert sein können. Die Aufgabe des Vertriebs-Controlling ist es, die Bereiche Vertrieb, Marketing, Produktmanagement und Unternehmensplanung mit den benötigten Informationen zu versorgen, auf deren Grundlage weiterführende Entscheidungen und Maßnahmen eingeleitet werden können. Die Ergebnisermittlung erfolgt im Vertriebs-Controlling nach dem Umsatzkostenverfahren, d. h., von dem Erlös werden die zugehörigen Kosten des Umsatzes abgesetzt. In der Profit-Center-Rechnung, die parallel zu der Ergebnisrechnung geführt werden kann, wird neben dem Umsatzkostenverfahren auch das Gesamtkostenverfahren unterstützt. Somit können Umsatz- und Gesamtkostenverfahren nebeneinander im R/3-System geführt werden. Das Vertriebs-Controlling bzw. die Ergebnis- und Marktsegmentrechnung übernimmt für ihre Analysen Daten aus verschiedenen Bereichen des Systems, wie beispielsweise Erlöse und Erlösschmälerungen aus dem Vertrieb (SD), Herstellkosten aus der Erzeugniskalkulation, Kostenstellenfixkosten und Kostenstellenabweichungen aus der Kostenstellenrechnung, Sondereinzelkosten aus der Finanzbuchhaltung (FI) und auftrags- und projektspezifische Kosten aus der Auftrags- und Projektabrechnung. Durch Übernahme und Bewertung von geplanten Absatzmengen in die Absatz- und Ergebnisplanung können sowohl Planerlöse als auch Planerlösschmälerungen und Planherstellkosten ermittelt werden.

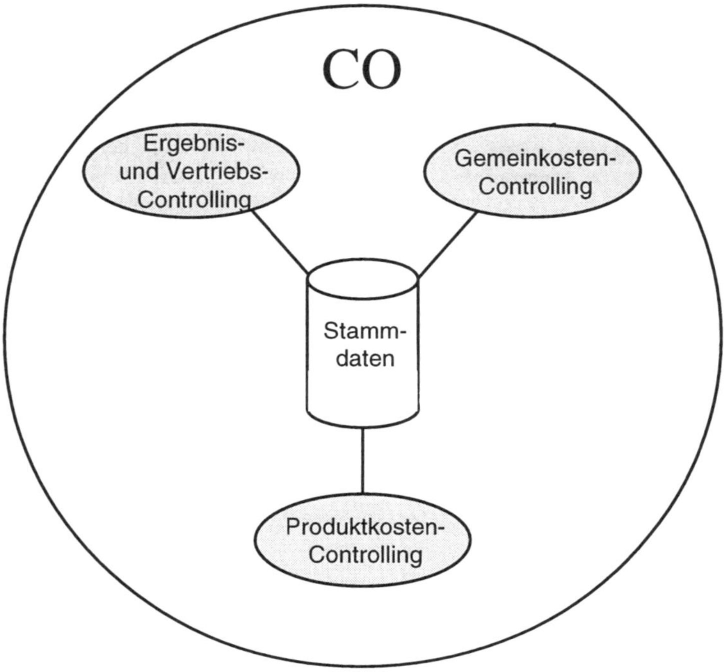

Abb. 2.6: Anwendungsmodul Controlling (CO)

2.2.2 Logistik

Die betriebliche Logistik umfaßt die Gestaltung des Material-, Informations- und Produktionsflusses vom Lieferanten über die Produktion bis hin zum Abnehmer. Mit dem Einsatz der im R/3-System angebotenen Anwendungsmodule der Logistik können logistische Abläufe aufgrund der vorhandenen Daten- und Funktionsintegration über Bereichsgrenzen hinweg geplant, gesteuert und koordiniert werden. Die Integration der einzelnen Anwendungsmodule im R/3-System verhindert unnötige und zeitaufwendige Mehrfacheingaben bei der Bearbeitung logistischer Geschäftsvorfälle. Ebenso wird durch die Integration bei den mengenmäßig orientierten Bearbeitungsschritten die wertmäßige Seite des Geschäftsvorfalles und somit die Anforderungen des Rechnungswesens berücksichtigt. Im einzelnen gehören zu den Anwendungsmodulen der Logistik der Vertrieb, die Materialwirtschaft, die Produktionsplanung, das Qualitätsmanagement, das Projektsystem und die Instandhaltung.

a) Vertrieb

Der Umfang des Anwendungsmoduls *Vertrieb (SD)* unterstützt alle Aufgaben, die zur Durchführung der Aktivitäten auf dem Arbeitsmarkt erforderlich sind. Mit dem Vertriebsmodul können Produkte an Geschäftspartner verkauft und Dienstleistungen erbracht werden. Die Daten zu den Produkten, Dienstleistungen und den Geschäftspartnern werden als Stammdaten abgelegt und bilden die Grundlage für alle Tätigkeiten in der Vertriebsabwicklung. Neben der Verwaltung aller für einen Auftrag benötigten Markt- und Produktdaten können mit dem Modul Vertrieb die Aufgaben des Verkaufs, des Versands und der Fakturierung ausgeführt werden. Durch den Aufbau eines transparenten Belegflusses anhand des Vertriebsbelegs kann der Anwender ausgehend von einem Kontakt, einer Anfrage, einem Angebot, einem Auftrag, einer Lieferung oder einer Faktura jederzeit den aktuellen Status zu einem Geschäftsvorfall entlang der logistischen Kette erzeugen. Dies gibt dem Unternehmen die Möglichkeit, schnell und flexibel auf sich verändernde Marktanforderungen zu reagieren. Alle wichtigen Funktionen des Vertriebs, wie Materialfindung, Preisfindung, Terminfindung, Verfügbarkeitsprüfung, Kalkulation, Kreditlimitprüfung, Reservierungen, Chargenfindung, Auftragsverfolgung, Steuer- und Konditionsermittlung, Einzel- und Sammelrechnungsbearbeitung, Gut-/Lastschriftsbearbeitung, Retourenbearbeitung, Kommissionierung, Transportplanung und Abwicklung von Außenhandelsgeschäften sind im Vertriebsmodul enthalten. Neben dem in der Praxis häufig vorkommenden Terminauftrag, bei dem ein Unternehmen ein Produkt oder eine Dienstleistung zu einem definierten Termin liefert, können auch Rahmenverträge, Streckenaufträge, Konsignationsware, Sofortaufträge, Barverkäufe, Mietverträge und kostenlose Lieferungen mit dem Vertriebsmodul abgewickelt werden (vgl. SAP – Das Vertriebssystem der SAP 1994).

- *Stammdaten*
  Die Stammdaten dienen als Ausgangspunkt für die Aktivitäten im Vertriebsbereich. Hierzu gehören die Material- bzw. Produktstammdaten aus Vertriebssicht (Artikel, Dienstleistungen) sowie die Kundenstammdaten zur Abwicklung des Vertriebsgeschäftes. Da in der Praxis nicht immer der Auftraggeber dem Warenempfänger entsprechen muß, können im Vertriebsmodul unterschiedliche Beziehungen zu den Geschäftspartnern abgelegt werden. So kann z. B. durch die Definition der Partnerrolle zwischen Auftraggeber, Warenempfänger, Rechnungsempfänger und Regulierer unterschieden werden. Die gemeinsamen Stammdaten, wie z. B. der Material- und Kundenstamm, werden auch von anderen Anwendungsmodulen genutzt. Die Debitorenbuchhaltung des Rechnungswesens greift auf die entsprechenden Kundenstammdaten zu, die Materialwirtschaft und die Produktionsplanung greifen auf den gemeinsamen Teil des Materialstamms zu und ergänzen diesen mit ihren bereichsspezifischen Daten. Zur Unterstützung der Preisfindung können mit Hilfe der Konditionstechnik verschiedene Materialpreise, Zu- und Abschläge (Kunden- und Mengenrabatte), Frachtgebühren und Verkaufssteuern berücksichtigt werden. Durch die Berücksichtigung kunden- und materialbezogener Einstellgrößen kann somit z. B. in der Angebotsabwicklung und der Fakturierung weitestgehend automatisch die Preisermittlung durchgeführt werden.

- *Verkauf*
  Der Verkauf umfaßt alle Aktivitäten von der Anfragebearbeitung über die Angebotserstellung bis hin zur Bearbeitung der verschiedensten Aufträge. Erfaßte Daten innerhalb der Anfragebearbeitung werden dabei automatisch in das Angebot übernommen und um die entsprechenden Positionsdaten, wie z. B. Material, Preis und Liefertermin, durch Zugriff auf die entsprechenden Stammdaten ergänzt. Aus diesem Angebot kann sich ein einzelner Auftrag ergeben oder eine längerfristige Kundenbeziehung in Form eines Rahmenvertrags mit entsprechenden Sonderkonditionen folgen. Rah-

menverträge können in Kontrakt und Lieferpläne differenziert werden und haben für einen definierten Zeitraum Gültigkeit. Beim Kontrakt sind Mengen und Preise festgelegt, beim Lieferplan zusätzlich noch die Lieferzeitpunkte angegeben. Innerhalb der Auftragsbearbeitung dienen Funktionen der Preisfindung, Verfügbarkeitsprüfung, Kreditlimitprüfung und Versandterminierung dem Benutzer als Entscheidungsgrundlage zur Annahme oder Ablehnung eines Auftrages. Aufbauend auf den Daten im Verkaufsbeleg können Lieferungen und Fakturen angelegt werden. Einige Verkaufsbelegarten, wie z. B. Barverkäufe und Sofortaufträge, stoßen das Erstellen von nachfolgenden Lieferungen und Fakturen dabei automatisch an.

- *Versand*
  Der Versand soll die termingerechte und kostengünstige Bereitstellung und Versendung der in einem Kundenauftrag vereinbarten Artikel gewährleisten. Aufgrund der Integration im R/3-System können die für eine Lieferung benötigten Daten als Referenzkopie aus der Auftragsabwicklung übernommen und unter der Zielsetzung der Versandoptimierung bearbeitet werden. So können z. B. aus der Auftragsbearbeitung Materialdaten, Verfügbarkeit und Liefertermin vorhanden sein. Die Lieferungserstellung kann allerdings auch ohne Bezug zu einem Kundenauftrag erfolgen, wobei dann Materialfindung, Verfügbarkeitsprüfung und Lieferterminierung direkt im Versand stattfinden. Neben der Ermittlung, Verwaltung und Terminverfolgung der fälligen Aufträge wird im Versand die Kommissionierung, z. B. die Zusammenstellung von lagerhaltigen Materialien bzw. Artikeln für eine Lieferung, die Transportabwicklung (Disposition und Abfertigung von Transporten, Verfolgung und Überwachung der Transporte, Verwaltung von Transport- und Hilfsmitteln sowie der Transportkosten), die Erstellung von Verpackungs- und Verladevorschriften und die Erstellung, Druck und Übermittlung (z. B. über Electronic Data Interchange) der Versandpapiere mit eventuell erforderlicher Berücksichtigung von Außenhandelsanforderungen (Verwaltung von Exportgenehmigungen, Meldungen an Behörden) angeboten. Mit Abschluß der Lieferungsbearbeitung werden die Materialbestände korrigiert und der Warenausgang durchgeführt. Weiterhin erfolgt eine wertmäßige Änderung in der Finanzbuchhaltung aufgrund der Bestandsänderung. Die Versandaktivitäten können im R/3-System auch dezentral ausgeführt und die Kommissionierung unter Anbindung eines Lagerverwaltungssystems durchgeführt werden.

- *Fakturierung*
  Den Abschluß der Auftragsabwicklung im Vertriebsmodul bildet die Fakturierung. Sie unterstützt die Erstellung von Rechnungen aufgrund von Lieferungen und erbrachten Leistungen, von Gut- und Lastschriften im Rahmen der Reklamationsbearbeitung und von Proformarechnungen. Die Faktura kann als Einzel- oder Sammelrechnung erstellt werden. So können zum einen verschiedene Lieferungen aufgrund unterschiedlicher Aufträge zu einer Sammelrechnung zusammengefaßt werden, zum anderen können Lieferpositionen einer Lieferung in mehrere Rechnungen gesplittet werden. Für den Fall, daß unterschiedliche Auftraggeber den gleichen Regulierer haben, können sogenannte Rechnungslisten erzeugt werden. Der Regulierer, z. B. die Hauptstelle einer Einkaufsgenossenschaft, die für ihre Mitglieder die Rechnungen begleicht, übernimmt zunächst die Zahlung anhand der Rechnungsliste und reicht anschließend seinen Mit-

gliedern mit eventueller Berücksichtigung eines Dienstleistungsaufschlags die Rechnung weiter. Es ist ebenso innerhalb der Fakturierung eine Bonusabwicklung möglich, d. h., es wird einem Kunden ein Abschlag innerhalb eines Zeitraums aufgrund von Absatz- oder Umsatzzahlen gewährleistet. Für eine Bonuszahlung, die nach Ablauf des definierten Zeitraums erfolgt, werden im R/3-System alle relevanten Fakturen (Rechnungen, Gut- und Lastschriften) gesammelt. Darüber hinaus können Rechnungen storniert werden und für andere Bereiche, z. B. Controlling, Projektmanagement und Treasury kontiert sein. Auf jeden Fall werden die erzeugten Fakturen, Gut- und Lastschriften an die Finanzbuchhaltung, die den Zahlungseingang überwacht, weitergeleitet.

- *Vertriebsunterstützung*
  Die Vertriebsunterstützung enthält marketing- und vertriebsrelevante Informationen über Kunden, Interessenten, Partner sowie Mitbewerber und deren Produkte. Sie dient dazu, Vertriebs- und Marketingmitarbeiter im Rahmen der Marktsegmentierung, Akquisition und Kundenbetreuung zu unterstützen. Die Vertriebsunterstützung hilft dem Vertriebsmitarbeiter bei der Planung und Durchführung von Mailing-Aktionen und Kontakten. Mit Hilfe der Mailing-Aktion kann z. B. das Versenden von Produktinformationen oder Werbegeschenken an verschiedene Zielgruppen (Kunden, Interessenten, Ansprechpartner) organisiert werden. Mit Hilfe von Kontakten können sämtliche Interaktionen mit Kunden oder Interessenten im R/3-System abgelegt, z. B. für sämtliche Außendienstmitarbeiter zwecks Vorbereitung weiterer Aktionen zugänglich gemacht und als Grundlage für Angebote oder Aufträge verwendet werden.

- *Vertriebsinformationssystem*
  Eng verbunden mit der Vertriebsunterstützung ist das Vertriebsinformationssystem. Das Vertriebsinformationssystem dient dazu, Daten aus dem Vertrieb zu sammeln, zu verdichten und auszuwerten. Mit Eingabe von verschiedenen Kennzahlen können Veränderungen im Marktgeschehen und wirtschaftliche Trends frühzeitig erkannt und abgeschätzt werden. Durch die Festlegung unterschiedlicher Sichten und Detaillierungstiefen können für verschiedene Entscheidungsebenen Kontroll-, Planungs- und Steuerungsinformationen gewonnen werden. Das Vertriebsinformationssystem unterstützt die Auswertung von Kennzahlen nach verschiedenen Verfahren, z. B. der ABC-Analyse, Korrelationskurven, Summenkurven und Plan/Ist-Vergleiche. Ebenso ist in das Vertriebsinformationssystem ein Frühwarnsystem integriert. Mit dem Frühwarnsystem können Ausnahmesituationen definiert werden, um damit drohende Fehlentwicklungen aufzuzeigen und zu beheben. Es kann z. B. festgelegt werden, ob aufgrund einer kritischen Situation automatisch ein Mail oder Fax ausgelöst werden soll.

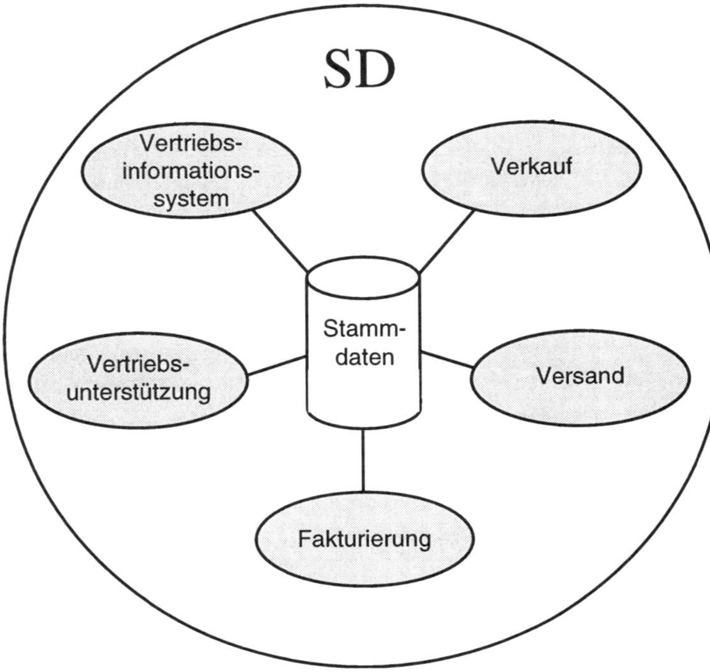

Abb. 2.7: Anwendungsmodul Vertrieb (SD)

Die Integration des Vertriebsmoduls ist im R/3-System auch über die Bereichsgrenzen hinweg gewährleistet, z. B. zur Materialwirtschaft, zur Produktionsplanung, zum Controlling und zur Finanzbuchhaltung. Innerhalb der Auftragsbearbeitung kann im Vertriebsmodul eine Verfügbarkeitsprüfung bezüglich der Bestände des Moduls Materialwirtschaft durchgeführt werden. Die Lieferungsbearbeitung kann Warenausgänge erzeugen, die durch das Materialwirtschaftsmodul abgewickelt werden. Ebenso können innerhalb der Auftragsbearbeitung die vorliegenden Absatzmengen eines oder mehrerer Kundenaufträge als zu fertigende Planbedarfe an das Modul Produktionsplanung übergeben werden. In der Programmplanung werden dann die vorliegenden Kundenaufträge für die Fertigung eingeplant und gegebenenfalls gegen die Mengen der Vorplanung verrechnet. Darüber hinaus können vom Vertriebsmodul auch direkt Montageaufträge für die Fertigung erzeugt werden. Eine weitere Integration liegt darin, daß das Vertriebsmodul innerhalb der Auftragsbearbeitung auf die Stücklisten des Produktionsplanungsmoduls zugreifen kann und sich dort entsprechende Werte zur Preisfindung, Verfügbarkeitsprüfung oder Lieferterminfindung holt. Besteht das Produktspektrum eines Unternehmens aus einteiligen Erzeugnissen, so werden zwecks der Durchführung der Erzeugniskalkulation aus dem Vertriebsmodul die entsprechenden Daten an das Controlling übergeben. Bei der Durchführung der Fakturierung werden automatisch die relevanten Objekte des Controlling-Moduls, z. B. Profit Center-Buchungen, fortgeschrieben. Mit der Fakturierung werden die Rechnungsbeträge als Erlöse automatisch mit Hilfe der Konditionstechnik an die entsprechenden Konten der Finanzbuchhaltung übergeben, wo die Zahlungseingänge überwacht bzw. offene Posten eventuell gemahnt werden. Durch das Setzen einer Buchungssperre können Fakturen, Gut- und Lastschriften vorübergehend zurückgehalten werden, wenn z. B. Unklarheiten mit dem Kunden vorliegen.

b) Materialwirtschaft

Das Modul *Materialwirtschaft (MM)* umfaßt die Funktionalität ausgehend von einem Beschaffungsbedarf bis hin zum Wareneingang und unterstützt somit den gesamten Beschaffungszyklus in einem Unternehmen. Ausgehend von der Bedarfsplanung, Ermittlung der Bezugsquellen, Lieferantenauswahl, Bestellabwicklung und -überwachung, Wareneingangsbearbeitung, Rechnungsbearbeitung sowie der Planung und Kontrolle der Bestände innerhalb der Bestandsführung werden die Bereiche der Materialwirtschaft unterstützt (vgl. Sänger 1996, S. 31-33; vgl. SAP – Materialwirtschaft 1996).

- *Stammdaten*
  Zentrale Stammdaten innerhalb der Materialwirtschaft sind der Materialstamm, der Lieferantenstamm, die Stückliste und die Konditionen. Aus Einkaufssicht interessieren alle einkaufsrelevanten Daten eines Roh-, Hilfs- oder Betriebsstoffes, wie z. B. Wiederbeschaffungszeiten eines Materials. Neben Daten für die Bestellabwicklung enthält der Materialstamm Informationen für die Warenbewegungsbuchungen und Inverturabwicklung der Bestandsführung und für das Buchen von Rechnungen innerhalb der Rechnungsprüfung. Im Lieferantenstamm sind die Daten zu einem Geschäftspartner abgelegt, von dem externe Materialien oder Dienstleistungen bezogen werden. Neben der Lieferantennummer und der Anschrift sind hier insbesondere Lieferkonditionen, Zahlungsbedingungen, Auftragswerte und Lieferzeiten von Bedeutung. Mit Hilfe der Konditionen können z. B. Zölle, Bezugsnebenkosten (Frachtkosten), Rabatte, Preis-Mengen-Staffeln (Rabatte in Abhängigkeit der Bezugsmenge), Zuschläge und Steuern abgebildet werden.

- *Materialdisposition*
  Am Anfang des Beschaffungsprozesses steht die Bedarfsplanung und Disposition. Es werden die Bestellpunkt-, die stochastische und die rhythmische Disposition unterstützt. Diese orientieren sich an den Verbrauchswerten der Vergangenheit (verbrauchsgesteuerte Disposition) und berücksichtigen innerhalb der Planung entscheidungsrelevante Daten wie Sicherheitsbestand und Lieferzeit. Bei der plangesteuerten bzw. deterministischen Disposition wird mittels der Bedarfsauflösung über eine Brutto-Netto-Rechnung abgeleitet, wann welches Material zu welchem Termin in welcher Menge zu liefern ist.

- *Einkauf*
  Der Bereich Einkauf gliedert sich in die externe Beschaffung von Materialien und Dienstleistungen, die Ermittlung möglicher Bezugsquellen und die Überwachung der Warenlieferung bzw. Zahlung. Die Funktionenpalette reicht vom Erzeugen von Bestellanforderungen bis zum Ausdruck von Bestellmengen und Lieferantenrahmenverträgen. Bestellanforderungen werden entweder indirekt über die Disposition oder direkt über manuelle Erfassung erstellt. Bestellungen werden mit Hilfe vorhandener Daten maschinell erzeugt und die Positionen den Rahmenverträgen zugeordnet. Auf Basis

von Angebotseingängen werden Preisregeln erstellt, die als Entscheidungsgrundlage dienen, inwieweit die Angebotslage für eine Bestellanforderung ausreichend ist oder weitere Anfragen erforderlich sind. Eine Lieferantenbeurteilung und die Überwachung der Bestelltätigkeit stellen Kontrollverfahren im Einkauf dar. Grundsätzlich sichern Informationen zu aktuellem Bestand, Lieferbereitschaft oder Liefertermin die Transparenz im Einkauf. Nach ausgelöster Bestellung werden im Wareneingang alle bestellrelevanten Daten ins System aufgenommen. Eine Materialbewegung bewirkt die Fortschreibung der Mengen über automatische Kontofindung.

- *Bestandsführung*
  Materialbestände werden mengen- und wertmäßig geführt, wobei Eingänge und Entnahmen, Rücklieferungen, Umlagerungen oder Warenreservierungen realisiert werden. Die Bestandsführung zeichnet sich durch Echtzeiterfassung aus, welche eine Prüfung und Korrektur im Materialfluß ermöglicht. So können Fehlerquoten minimiert werden. Weitere Funktionen umfassen Bilanzbewertungsverfahren und die Durchführung der Inventur.

- *Lagerverwaltung*
  In der Lagerverwaltung lassen sich Lagerstruktur (Hochregal, Blocklager etc.) und Lagerplatzorganisation (Festplatz/chaotisch) definieren. Auf dieser Grundlage sind Strategievorschläge zu Einlagerungsort, Kommissionierung und Ein-/Auslagerungsverfahren aus dem System abrufbar.

- *Rechnungsprüfung*
  Nach vollzogener Lieferung unterliegt der Rechnungsprüfung die Vorbereitung des Zahlungsverkehrs. Die vollständige Integration der Stammdaten erleichtert dem Benutzer die Rechnungserstellung. Kontrolliert wird die Übereinstimmung geplanter Werte mit tatsächlichem Wareneingang, was bei Erfolg eine Buchung und Zahlungsfreigabe der Eingangsrechnung erwirkt. Bei Toleranzüberschreitung (bzgl. Menge, Preis, Termin) wird eine mögliche Zahlung der Eingangsrechnung gesperrt.

- *Logistikinformationssystem*
  Darüber hinaus bietet die Materialwirtschaft ebenso wie auch z. B. die Module Vertrieb (SD) oder Produktionsplanung (PP) Informationswerkzeuge, die als Entscheidungsgrundlage in der Materialwirtschaft dienen. Variable Auswertungen sind innerhalb des Logistikinformationssystems abrufbar und individuell anpaßbar. Sie unterstützen den Benutzer sowohl im Tagesgeschäft als auch bei Strategieentwicklungen. Im Einkaufsinformationssystem werden Einkaufsgruppen oder Lieferungsaspekte analysiert und durch aussagekräftige Kennzahlen quantifiziert. Im Bestands-Controlling werden Buchungsbelege ausgewertet und wesentliche Kenngrößen der Bestandsführung abgeleitet (z.B. bzgl. Kapitalbindung oder Synchronisation von Zu- und Abgängen). Die graphische Aufbereitung erfolgt in einer Schwachstellenanalyse. Außerdem wird dem Benutzer eine Lieferantenbeurteilung nach gewichteten Kriterien ermöglicht.

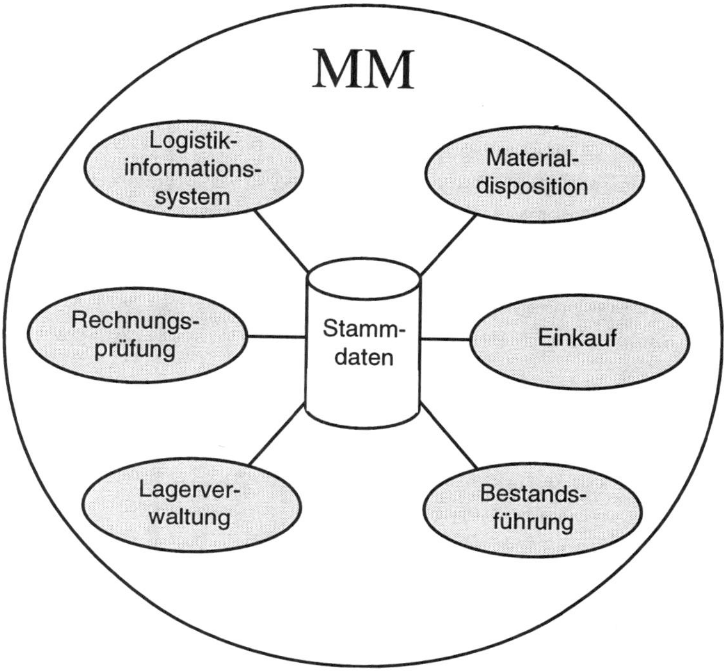

Abb. 2.8: Anwendungsmodul Materialwirtschaft (MM)

c) Produktionsplanung

Das Modul *Produktionsplanung und -steuerung (PP)* beschäftigt sich innerhalb dieser Logistikkette mit der mengen- und zeitmäßigen Planung der zu produzierenden Erzeugnisse sowie der Steuerung des Fertigungsablaufs. Neben der entsprechenden Funktionalität zur Stammdatenpflege werden vom Modul Produktionsplanung alle mengen- und kapazitätsmäßigen Schritte zur Planung und Steuerung der Produktion unterstützt. Dies umfaßt zum einen unterschiedliche Planungskonzepte, wie z. B. MRP II oder Kanban, zum anderen verschiedene Fertigungsarten, wie z. B. Los-, Einzel- (Varianten-), Serien- und Prozeßfertigung (vgl. SAP – Produktionsplanung 1994; vgl. SAP – Produktionsplanung – Prozeßindustrie 1995; vgl. Weihrauch 1996, S. 34-37).

- *Stammdaten*

  Die wesentlichen Stamm- bzw. Grunddaten zur Durchführung der Produktionsplanung und -steuerung umfassen Material, Stückliste, Arbeitsplan, Dokumente, Fertigungshilfsmittel und Arbeitsplatz, wobei einige, z. B. Material, auch von anderen Modulen genutzt werden. Das Material beschreibt die erzeugten Leistungen eines produzierenden Unternehmens. Dies können Enderzeugnisse, Baugruppen oder Einzelteile sein. Zwischen den erzeugten Leistungen können strukturelle Beziehungen, z. B. zwischen Zylinderkopf und Motor *(Zylinderkopf geht in den Motor ein)*, bestehen. Die Über- bzw. Unterordnungen zwischen den verschiedenen Materialien mit ihrer Mengenangabe werden in der Stückliste abgelegt. Darüber hinaus ist es notwendig, in produzierenden Unternehmen die geometrischen Angaben eines Materials als Vorgabe für die Fertigung bereitzustellen. Diese Informationen werden als Dokumente, z. B. Zeichnungen, im R/3-System verwaltet. Eine Zeichnung kann neben den geometrischen noch technologische Angaben (Abmessungen, Schnitte, Ansichten) sowie sonstige Anmerkungen (Verweise, Klassifikationsmerkmale) beinhalten. Ein Arbeitsplan ist eine Beschreibung des Ablaufs zur Fertigung eines Materials bzw. zur Erbringung einer Dienstleistung. Fertigungshilfsmittel sind nichtstationäre Betriebsmittel, die im Rahmen der Fertigung benutzt werden können. Sie werden in den Plänen oder Aufträgen den Vorgängen zugeordnet, für deren Durchführung sie notwendig sind. Unter einem Arbeitsplatz versteht man dabei eine organisatorische Einheit, in der Arbeitsleistung verrichtet werden kann.

- *Absatz- und Produktionsgrobplanung*
  Die Absatz- und Produktionsgrobplanung (SOP – Sales and Operation Planning) ist ein elementarer Baustein des dem R/3-PP-System zugrundeliegenden MRPII-Planungskonzeptes (MRPII = Manufacturing Resource Planning). Im Rahmen der Absatz- und Produktionsgrobplanung werden die mittel- bis langfristigen Absatz- und die daraus resultierenden Produktionsmengen grob geplant. Die Planung kann in dieser Phase für Enderzeugnisse erfolgen. Um jedoch die Anzahl der zu planenden Objekte zu reduzieren, ist es oft sinnvoller, auf dieser Planungsebene mit Produktgruppen zu arbeiten. Die Absatzmengen können auf unterschiedliche Art und Weise ermittelt werden, so z. B. durch Übernahme der Daten aus der Absatz- und Ergebnisplanung (CO-PA) oder aus dem Vertriebsinformationssystem. Darüber hinaus können Absatzmengen z. B. maschinell prognostiziert oder manuell eingegeben werden. Als Ergebnis dieser Planungsstufe erhält man einen kapazitätsmäßig abgestimmten Absatz- und Produktionsgrobplan, dessen Werte dann an die nächsttiefere Planungsstufe, nämlich die Programmplanung, weitergegeben werden können.

- *Produktionsplanung*
  Die Produktionsplanung unterteilt sich in die Abschnitte Programmplanung, Langfristplanung und Leitteileplanung. Innerhalb der Programmplanung werden die Bedarfsmengen und -termine der Enderzeugnisse und der wichtigen Zwischenerzeugnisse festgelegt. Ergebnis der Programmplanung ist das Produktionsprogramm, das aus Primärbedarfen besteht. Man unterscheidet dabei zwischen Plan- und Kundenprimärbedarf. Der Planprimärbedarf dient der anonymen Vorplanung der Fertigung und Beschaffung und wird entweder direkt durch den Disponenten eingegeben, durch maschinelle Prognose ermittelt oder aus der vorgelagerten Planungsstufe (Absatz- und Produktionsgrobplanung) übernommen. Kundenprimärbedarfe resultieren aus eingehenden Kundenaufträgen. Mit der Langfristplanung können verschiedene Versionen des Produktionsprogramms erstellt und simulativ im Rahmen der Bedarfs- und Kapazitätsplanung durchgeplant werden. Nach Auswertung der Ergebnisse dieser simulativen Planung ist es möglich, das existierende Produktionsprogramm durch eine bessere Version zu ersetzen. Materialien, die in hohem Maße die Wertschöpfung eines Unternehmens beeinflussen oder die kritische Ressourcen belegen, können als Leitteile gekennzeichnet und separat geplant werden. Der reduzierte Planungsumfang ermöglicht eine häufi-

gere Planung dieser Teile und kann dadurch zu einer Reduktion der Bestände sowie einer verbesserten Materialverfügbarkeit führen. Da bei der Leitteileplanung nur die nächsttiefere Stücklistenstufe berücksichtigt wird, ist es möglich, zunächst die Leitteile genau zu planen, bevor sich das Planungsergebnis auf alle Fertigungsstufen auswirkt, was zu einer Stabilisierung der Planungsdaten führt.

- *Materialbedarfsplanung*
  Aufgabe der Bedarfsplanung ist es, Bedarfe, sofern sie nicht von existierenden Beständen versorgt werden können, durch Zugänge zu decken. Ausgehend von den Primärbedarfen werden die Bedarfe aller untergeordneter Baugruppen ermittelt (Sekundärbedarfe). Der Ablauf der Materialbedarfsplanung gleicht einem Wechselspiel zwischen Bedarf und Auftrag. Zur Deckung eines Primärbedarfs wird ein Planauftrag erzeugt. Dieser Planauftrag erzeugt über die Stücklistenauflösung Sekundärbedarfe, die wiederum durch Planaufträge gedeckt werden usw. Das Wechselspiel wiederholt sich so lange, bis man auf der untersten Dispositionsstufe angelangt ist. Planaufträge werden bei eigengefertigten Materialien in Fertigungsaufträge und bei fremdzubeschaffenden Materialien in Bestellanforderungen umgewandelt.
- *Diskrete Auftragsbearbeitung*
  Die Steuerung der eigentlichen Produktion kann durch Fertigungsaufträge erfolgen. Ein Fertigungsauftrag legt dabei fest, welches Material an welchem Arbeitsplatz zu welchem Termin gefertigt werden soll. Des weiteren bestimmt er, welche Ressoucen eingesetzt werden müssen und auf welche Weise die anfallenden Kosten zu verrechnen sind. Der Ablauf der mit Fertigungsaufträgen gesteuerten Produktion erfolgt über die Eröffnung und Freigabe des Auftrags bis zur eigentlichen Fertigung des Materials. Die durchgeführten Leistungen werden dem Fertigungsauftrag zurückgemeldet, die Warenausgänge der entnommenen Materialien bzw. der Wareneingang des gefertigten Materials werden gebucht und die angefallenen Kosten entsprechend den angegebenen Vorschriften verrechnet.

Kanban ist ein alternatives Verfahren zur Produktionssteuerung, das von einer aufwendigen Planung und Verwaltung der Fertigung absieht. Das Prinzip der Kanban-Planung besteht darin, daß innerhalb der Produktion ein Verbraucher seine benötigten Materialien aus Behältern bezieht. Ist eine bestimmte Menge dieser Behälter leer, so teilt der Verbraucher seinen Bedarf mit Hilfe eines Impulses (z. B. einer Karte (jap. Kanban)) der Quelle mit, die daraufhin ihre Produktion selbst regelt (Prinzip der selbststeuernden Regelkreise), was zu reduzierten Verwaltungs- und Buchungsaufwänden führen soll. Kanban kann in der gesamten Produktion oder z. B. zusammen mit Fertigungsaufträgen ab einer bestimmten Fertigungsstufe eingesetzt werden.

Im Bereich der Serienfertigung wird mit dem Serienauftrag ein Instrumentarium zur Verfügung gestellt, das den Gegebenheiten dieses Fertigungstypus durch vereinfachte Steuerung und Ist-Datenerfassung der Produktion gerecht wird. Da bei der Serienfertigung das Erzeugnis über einen längeren Zeitraum hinweg gleich bleibt und dessen Durchlauf über die Arbeitsplätze relativ konstant ist, verzichtet man bei der Steuerung auf das komplexe Konstrukt des Fertigungsauftrags und definiert, vereinfacht gesagt, in einem Serienauftrag nur den Produktionszeitraum und die in den Teilperioden jeweils zu fertigenden Mengen (Produktionseinteilungen). Unterschiede bestehen bei diesem Verfahren auch in der Bereitstellung der Materialien und der Ist-Datenerfassung. In der Montageabwicklung ist es möglich, gleichzeitig mit einem Kundenauftrag einen Fertigungsauftrag bzw. einen Planauftrag (einen sogenannten Montageauftrag) anzulegen. Durch diese direkte Verbindung hat man die Möglichkeit, die Verfügbarkeitsprüfung im Kundenauftrag nicht auf der Basis der weniger genauen Gesamt-Wiederbeschaffungszeit des Enderzeugnisses durchführen zu müssen, sondern diese auf Komponentenebene im Fertigungsauftrag vollziehen zu können. Die direkte Kopplung von Fertigungs- und Kundenauftrag erlaubt weiterhin, z. B. bei einer Verzögerung der Produktion oder einer Reduzierung der Produktionsmenge aufgrund von Kapazitätsengpässen, die automatische Weitergabe der Daten an den Kundenauftrag. Dies ermöglicht einen aktuellen Informationsaustausch mit dem Kunden.

- *Kontinuierliche Auftragsbearbeitung*
  Für die Bedürfnisse der Prozeßindustrie (Chemie-, Pharma-, Nahrungs- und Genußmittelindustrie) wurde die Applikation PP-PI entwickelt. Dabei wurde auf das MRPII-Planungskonzept des R/3 zurückgegriffen und im Bereich der Produktion die Fertigungsabwicklung um die Prozeßfertigung ergänzt. Unterschiede zur stückorientierten Fertigung sind hierbei:

  – Statt Arbeitspläne werden Rezepte verwendet. Rezepte können auf bestimmte Losgrößen eingeschränkt sein (speziell in der Pharmaindustrie) und müssen für die Produktion entweder elektronisch für ein Prozeßleitsystem als Steuerrezept oder textuell am Bildschirm als sogenannte R/3-Herstellanweisung aufbereitet werden.

  – Ressourcen, sowohl technische, d. h. Arbeitsplätze bzw. Pools, als auch menschliche, d. h. Personen bzw. Personengruppen, erfahren eine stärkere Berücksichtigung. Bei technischen Ressourcen (auch Zwischenlager- und Transportcontainer innerhalb des Werks) müssen die eventuell bestehenden Vernetzungen (Produktionslinien) und ihre oft nur exklusive Belegbarkeit (z. B. Kessel) berücksichtigt werden. Beim Personal sind für gewisse Produktionsschritte Qualifikationsprofile (gesetzlich oder nach interner Vorschrift) notwendig.

  – Es erfolgt eine chargenbezogene Produktion mit Chargendokumentation bis hin zum sogenannten Electronic Batch Record, bei dem durch ein elektronisches Prozeßprotokoll automatisch eine Chargenrückverfolgung von jedem verwendeten Rohstoff möglich gemacht werden muß.

  – Parallel zur Produktion ist eine umfangreiche Prozeßkoordination notwendig. Von den u. U. verschiedenen Prozeßleitsystemen müssen ständig sogenannte Prozeßmeldungen entgegengenommen und automatisch in R/3 weiterverarbeitet werden. Neben verschiedenen Monitoren zur Überwachung des Fertigungsprozesses dienen diese Prozeßmeldungen zur automatisierten Rückmeldung von Mengen, Zeiten, Qualitätsdaten und Ausnahmemeldungen sowie zum Anstoß weiterer externer Systeme.

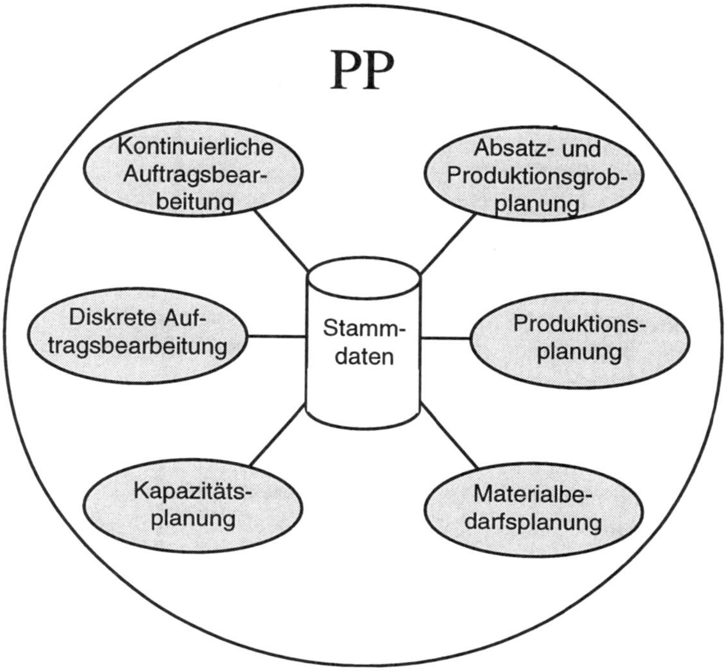

Abb. 2.9: Anwendungsmodul Produktionsplanung (PP)

d) Qualitätsmanagement

Die Aufgabe des Qualitätsmanagements (QM) besteht darin, entlang der logistischen Prozeßketten dafür zu sorgen, daß sowohl die Prozesse an sich als auch die in den Prozessen verarbeiteten Einheiten den Anforderungen, denen sie unterliegen, gerecht werden (vgl. SAP – Qualitätsmanagement 1996).

- *Qualitätsplanung*
  Zur Qualitätsplanung gehören alle Funktionen, die zur Pflege der QM-relevanten Grunddaten notwendig sind. Im einzelnen sind dies:

  - *Materialstamm*
    Im Materialstamm wird eine QM-spezifische Sicht gepflegt, in der z. B. hinterlegt ist, welche Prüfarten zu einem Material prinzipiell durchgeführt werden können und welche dieser Prüfarten jeweils aktiv sind. Darüber hinaus wird festgelegt, ob das Material chargenpflichtig ist oder nicht.

  - *Prüfmerkmale*
    Prüfmerkmale geben an, welche Eigenschaften eines Objekts zu prüfen und welche Ergebnisse zu erwarten sind. Prüfmerkmale sind in genau einem Prüfplan enthalten.

  - *Stammprüfmerkmale*
    Stammprüfmerkmale haben im Gegensatz zu gewöhnlichen Prüfmerkmalen

Stammdatencharakter und sind daher in beliebig vielen Prüfplänen mittels Referenz verwendbar. Hierbei bietet sich die Möglichkeit eines Verwendungsnachweises und eines zentralen Ersetzens von Stammprüfmerkmalen in den Prüfplänen, in denen sie vorkommen.

- *Prüfplan*
  Prüfpläne geben bzgl. eines Materials an, was in welcher Reihenfolge wie und unter Einsatz welcher Hilfsmittel zu prüfen ist. Grob gesehen besteht der Prüfplan daher aus mehreren Prüfvorgängen, die wiederum mehrere Prüfmerkmale enthalten können, welche innerhalb des jeweiligen Vorgangs zu prüfen sind. Neben Prüfmerkmalen können auch Stammprüfmerkmale Verwendung finden. Ein Prüfplan ist bzgl. seines Aufbaus und seiner Verwendung einem Arbeitsplan bzw. Planungsrezept in der Produktion sehr ähnlich.

- *Materialspezifikation*
  Die Materialspezifikation ersetzt bzw. ergänzt einen Prüfplan, da in ihr Stammprüfmerkmale enthalten sind. Diese Stammprüfmerkmale können wiederum mit Merkmalen einer Chargenklasse verbunden werden. Über diese Verbindung können die bei der Prüfung ermittelten Ergebnisse direkt an die Merkmale einer Charge übergeben werden.

- *Dynamisierungsregel*
  Durch eine Dynamisierungsregel wird der Prüfumfang eines Prüfmerkmals an die aktuelle Qualitätslage angepaßt. Die Bandbreite reicht hierbei von einer 100%-Prüfung bis zum Prüfverzicht (Skip).

- *Stichprobenverfahren*
  Das Stichprobenverfahren legt fest, wie der Stichprobenumfang zu ermitteln und wie das Prüfmerkmal zu bewerten ist. Beispielweise kann ein Prüfrhythmus vorgegeben sein.

- *Stichprobenplan*
  Über einen Stichprobenplan kann die Prüflosgröße abhängig von der Losgröße abhängig ermittelt werden.

- *Qualitätsprüfung*
  Die Funktionalität des Funktionsbereichs Qualitätsprüfung basiert auf der Qualitätsplanung und liefert Ergebnisse für die Qualitätslenkung. Die Qualitätsprüfung stellt fest, ob das Prüflos z. B. zu einem Material im Hinblick auf die in einem Prüfplan und/oder einer Materialspezifikation hinterlegten Prüfmerkmale den Anforderungen entspricht. Nach der Eröffnung eines Prüfloses wird ein Prüfplan und/oder eine Materialspezifikation ausgewählt, werden Arbeitspapiere für den Prüfer erstellt, wird das Prüflos geprüft, bewertet und abgeschlossen, werden Fehler erfaßt und ein Verwendungsentscheid erstellt. Anschließend werden der für gut befundene Materialbestand freigegeben, Qualitätskennzahlen berechnet, die auf den Qualitätskennzahlen basierende Qualitätslage wird aktualisiert, was sich z. B. auf das Material oder den Lieferanten des Materials auswirken kann und Folgeaktionen zum Verwendungsentscheid angestoßen, z. B. die Versendung einer Mitteilung.

- *Qualitätslenkung*
  Der Funktionsbereich der Qualitätslenkung basiert auf den in der Qualitätsplanung gepflegten Daten und steuert die durchzuführenden Qualitätsprüfungen in dem Maße, daß zu jedem Zeitpunkt die Parameter der durchzuführenden Qualitätsprüfungen auf die aktuelle Qualitätslage abgestimmt werden. Auf diese Weise können verläßliche Daten zur Aktualisierung der Qualitätslage gewonnen bzw. angemessene Entscheidungen im Hinblick auf die Verwendbarkeit der geprüften Einheiten getroffen werden. In der Literatur umfaßt die Qualitätslenkung neben einem entsprechenden Informationssystem die Bearbeitung von Qualitätsmeldungen.

- *Qualitätszeugnisse*
  Das Qualitätszeugnis bescheinigt die Anwendung bestimmter Herstell- oder Arbeitsverfahren, die Durchführung definierter Prüfungen auf der Grundlage von Gesetzen, Normen, Kundenspezifikationen oder anderweitigen Vereinbarungen und gegebenenfalls einwandfreie Prüfergebnisse. Qualitätszeugnisse werden für einzelne Lieferpositionen durchgeführt und i. d. R. der Lieferung beigelegt. Mit einem Zeugnis wird bescheinigt, daß das gelieferte Produkt (Chargenmaterial) die im Zeugnis aufgeführten Eigenschaften besitzt. Hierbei können insbesondere Einflüsse abgeprüft werden, die während des Lagerns oder Verladens auftreten können, z. B. plötzliche Temperaturwechsel, Beschädigungen der Hülle etc. Qualitätszeugnisse beziehen sich auf Formulare, die wiederum mit mehreren Zeugnisvorlagen verknüpft sein können. In diesen wird das Layout, das Format und der Inhalt definiert. Zeugnisse können durch die Zuordnung zu einem Material, einer Warengruppe oder einer Kombination aus Material und Kunde individuell abgestimmt werden.

- *Qualitätsmeldungen*
  Unter Qualitätsmeldungen sind Problemmeldungen zu verstehen, die aufgrund einer erkannten mangelhaften Qualität von Waren oder Dienstleistungen notwendig werden. Mögliche Ausprägungen von Problemmeldungen sind beispielsweise Mängelrügen bzgl. einer Lieferung oder eine Kundenreklamation. Innerhalb einer Qualitätsmeldung werden Fehler erfaßt und hierzu Maßnahmen abgeleitet. Diese können einem Partner zugewiesen werden. Daneben können Aktionen definiert werden, die im Gegensatz zu einer Maßnahme keinen Status besitzen und keinem Partner zugewiesen werden können.

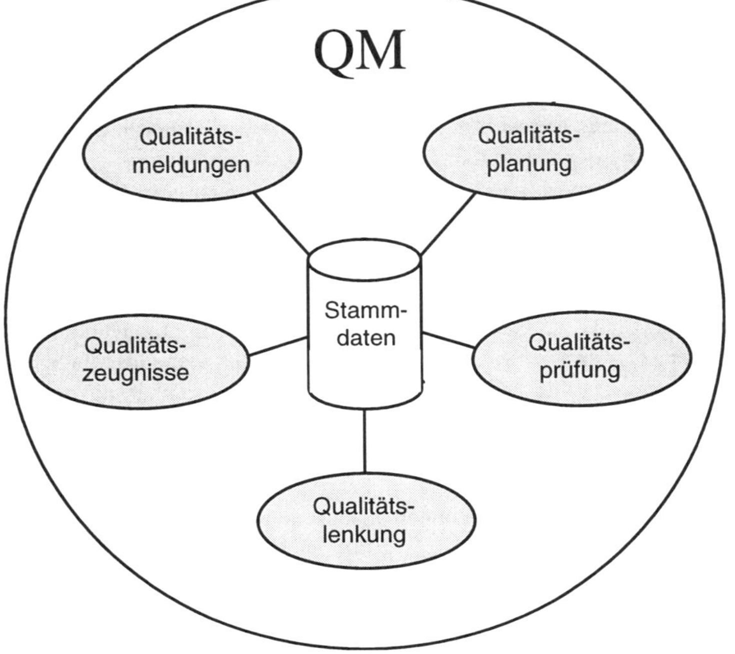

Abb. 2.10: Anwendungsmodul Qualitätsmanagement (QM)

e) Instandhaltung

Das Modul *Instandhaltung (PM)* unterstützt alle mit der Planung und Abwicklung von Instandsetzungsmaßnahmen verbundenen Leistungen. Sowohl die Terminierung periodischer Wartungs- und Inspektionsmaßnahmen als auch die Auftragserteilung für die eigene und fremdbezogene Instandsetzung bei unvorhergesehenen Störungen kann mit diesem Modul unterstützt werden. Dabei werden die Aufträge nach Art und Dringlichkeit analysiert, die Reihenfolge der Aufträge und die Zuständigkeiten festgelegt sowie eine Terminplanung und Budgetierung durchgeführt.

Der Bereich Instandhaltung und Service Management beschäftigt sich innerhalb der Logistikkette mit der Verwaltung und Instandhaltung technischer Systeme. Es können nicht nur firmeninterne Systeme, wie z. B. Produktions-, Versorgungs-, Entsorgungs- und Transportsysteme, sondern auch Systeme von Dritten, wie Kundenanlagen, verwaltet werden.

Die Serviceabwicklung ist von steigender Bedeutung, da strategische Unternehmensziele, wie enge Kunden-Lieferantenbeziehung oder langfristige Kundenbindung, durch einen gesteigerten Kundenservice erreicht werden können. Sinkende Margen im Vertrieb und ein profitables Ersatzteilgeschäft verstärken diese Entwicklung. Daneben machen es immer strengere Vorschriften zur Herstellerhaftung erforderlich, Informationen über verkaufte Geräte und die an diesen durchgeführten Servicemaßnahmen vorzuhalten. Ein detaillierter

Überblick ist auch für Marketingentscheidungen unerläßlich. Im R/3-System wird dieses Ziel durch die Integration von Logistik und Rechnungswesen erreicht. Alle Vorgänge in der internen und externen Instandhaltung spiegeln sich automatisch in Kostenrechnung, Materialwirtschaft, Buchhaltung etc. wider. Die Gründe, die für ein gemeinsames System der internen Instandhaltung und des Kundenservice sprechen, sind (vgl. Detering/Kienle 1996, S. 38-41; vgl. SAP - Das Instandhaltungssystem 1995):

- Kundenobjekte und eigene Objekte werden von der gleichen Instandhaltungsorganisation gewartet.
- Die Instandhaltungsabwicklung sowie die interne Abwicklung des Kundenservice laufen ähnlich ab.

- *Stammdaten*
  Die zur Durchführung der Instandhaltung benötigten Grunddaten sind Equipment, Meßpunkte, Technische Plätze sowie die Objektvernetzung. Unter einem Equipment versteht man dabei einzelne technische Wirtschaftsgüter, die als individuelle körperliche Gegenstände verwaltet werden. Technische Systeme werden über Technische Plätze nach funktionalen, prozeßorientierten oder räumlichen Kriterien gebildet. Meßpunkte sind einem Technischen Platz oder Equipment zugeordnet und beschreiben den physischen oder logischen Ort der Meßwertaufnahme. Sie sind für die zeitliche Ermittlung von Instandhaltungsmaßnahmen notwendig. Über Objektvernetzungen, die sowohl zwischen Technischen Plätzen als auch zwischen Equipments aufgebaut werden können, werden Abhängigkeiten zwischen Elementen unterschiedlicher Systeme abgebildet.

- *Vorbeugende Instandhaltung*
  Die vorbeugende Instandhaltung dient der langfristigen Sicherung einer hohen Verfügbarkeit der Produktionsanlagen. Um Anlagenausfälle zu vermeiden, die neben den Kosten der Instandsetzung oftmals sehr viel höhere Folgekosten durch den Produktionsausfall verursachen, ist eine vorbeugende Instandhaltung das geeignete Instrument. Die vorbeugende Instandhaltung wird mit Hilfe von Arbeitsplänen, Wartungsplänen, Wartungspositionen und Wartungsstrategien durchgeführt und verwaltet.

  - *Arbeitspläne*
    Für die Beschreibung wiederkehrender Tätigkeiten sind Arbeitspläne zu erstellen, in denen die einzelnen Arbeitsvorgänge, die benötigten Zeiten und erforderlichen Ressourcen, z. B. Arbeitsplätze, Fertigungshilfsmittel und Materialien, angegeben werden.

  - *Wartungsstrategien*
    Terminierungsregeln für planmäßige Tätigkeiten werden als Instandhaltungsstrategien hinterlegt, die die Art und Abfolge einzelner Wartungspakete steuern.

  - *Wartungspositionen*
    Wartungspositionen bestimmen, an welchen Objekten, z. B. Technischen Plätzen, Equipments oder Baugruppen, Tätigkeiten durchzuführen sind. Ein Wartungsterminplan faßt nun Wartungspositionen zum Zweck der gemeinsamen Terminierung

zusammen. Er enthält neben der Strategie all diejenigen Daten, die für die Terminierung der Wartungsaufträge erforderlich sind.

Die Terminierung eines Wartungsplanes kann entweder gemäß der gewählten Wartungsstrategie erfolgen oder über manuelle Wartungsabrufe. So können in Sonderfällen auch Wartungsmaßnahmen außerhalb des üblichen Wartungszyklus eingeschoben werden. Alle Terminabrufe werden über eine Terminierungshistorie dokumentiert, die die Möglichkeit einer jederzeitigen Terminverfolgung gewährleistet. Aufgrund der Wartungsplanterminierung werden maschinell bei Fälligkeit eines Wartungspaketes für alle betroffenen Wartungspositionen die Wartungsaufträge erzeugt. Über eine rollierende Planung können zum Beispiel immer die Aufträge für die nächsten Perioden abgerufen werden, so daß stets ein entsprechender Arbeitsvorrat vorhanden ist. Die Wartungsaufträge enthalten nur diejenigen Arbeitsvorgänge der Wartungspositionen, die in dem jeweils abgerufenen Wartungspaket enthalten sind. Die Terminierung bestimmt somit automatisch sowohl Termin als auch Umfang der erforderlichen Wartungsarbeiten. Mit der Auftragsfreigabe können die einzelnen Auftragspositionen von den eigenen Instandhaltungswerkstätten oder von externen Servicebetrieben durchgeführt, der technische Befund erfaßt, die durchgeführten Tätigkeiten zurückgemeldet und der Instandhaltungsauftrag nach erfolgter Rückmeldung intern abgerechnet werden.

- *Instandhaltungsauftragsabwicklung*
  Die Instandhaltungsauftragsabwicklung unterteilt sich in die Abschnitte Meldungen, Aufträge, Rückmeldungen, Historie und Kapazitäts- und Ressourcenplanung. In der Instandhaltung treten neben den planmäßigen Tätigkeiten auch nicht vorhersehbare Ereignisse ein. Solche Störungen oder Ausnahmesituationen erfordern schnelles Reagieren und werden durch ein umfangreiches Meldungssystem erfaßt und verwaltet. Eine Instandhaltungsmeldung beschreibt einen technischen Ausnahmezustand an einem Bezugsobjekt. Alle Meldungen stellen für die Instandhaltungsorganisation einen Vorrat einzuplanender Maßnahmen dar. Meldungen dienen sowohl zur Initiierung von Instandhaltungsmaßnahmen als auch zur Dokumentation technischer Rückmeldungen. Meldungen können Aufträgen zugeordnet werden.

  Die Durchführung einer Instandhaltungsmaßnahme erfolgt über einen Instandhaltungsauftrag. Er beschreibt die Art, den Umfang, die Termine und Ressourcen für die Ausführung und legt die Regeln für die Kontierung und Abrechnung fest. Die Auftragsverwaltung ist flexibel ausgelegt. Zum einen ist eine detaillierte Vorplanung mit Terminen, Kosten und technischen Sachverhalten möglich, zum anderen eine schnelle und einfache Direkteröffnung eines Auftrages. Bei ungeplanten Aufträgen eröffnet das Modul Instandhaltung die Möglichkeit, Instandhaltungsmaßnahmen auf zunächst nicht näher präzisierten Elementen der Anlagenstruktur zu eröffnen. Die tatsächlich betroffenen Objekte werden dann später bei der Rückmeldung spezifiziert. So kann schnell auf betriebliche Ausnahmesituationen reagiert und gleichzeitig eine detaillierte Instandhaltungshistorie aufgebaut werden, die genaue Angaben über Technische Plätze, Equipments oder Baugruppen enthält. Instandhaltungsaufträge entstehen durch:

- Terminierung von Wartungsplänen
- Umsetzung von Instandhaltungsmeldungen in Instandhaltungsaufträge
- direkte Eröffnung (ohne Bezug zu Meldungen)

Während oder nach der Bearbeitung eines Instandhaltungsauftrages können die zugeordneten Meldungen um Rückmeldeinformationen ergänzt werden. Eine Rückmeldung dokumentiert die an einem Instandhaltungsobjekt durchgeführten Maßnahmen. Zusätzlich können weitere Meldungen als Folge der technischen Klärung und Ursachenforschung entstehen.

Aus Gründen der Nachweispflicht, der Planung von Ersatzinvestitionen und der Wiederholplanung ist eine Instandhaltungshistorie wichtig. Die Instandhaltungshistorie setzt sich zusammen aus einer Einsatzhistorie der Equipments und Technischen Plätze, einer Meldungshistorie, einer Rückmeldungsdokumentation und einer Maßnahmenhistorie der abgeschlossenen Aufträge einschließlich der eingesetzten Ressourcen. Auf diese Weise ist eine differenzierte Analyse objektspezifisch, funktionsbezogen oder maßnahmenorientiert durchführbar. Transparenz über instandhaltungsseitig benötigte Ressourcen sowie die Sicherstellung ihrer funktionalen und zeitlichen Verfügbarkeit sind Voraussetzungen für einen reibungslosen Instandhaltungsablauf. Auf Basis der Instandhaltungsaufträge werden die Kapazitätsbedarfe für die verschiedenen Arbeitsplätze ermittelt. Mit jeder Rückmeldung zum Instandhaltungsauftrag wird der Kapazitätsbedarf entsprechend angepaßt. Die Kapazitätsbedarfe werden bei jeder Auftragsänderung oder Rückmeldung automatisch im System aktualisiert. Der Kapazitätsabgleich gestattet in jeder Planungsphase eine flexible Abstimmung von Kapazitätsbedarfen und -angeboten. Ein manueller Kapazitätsabgleich läßt sich durch eine Plantafel durchführen. Dazu werden die bereits auf dem Arbeitsplatz eingelasteten Aufträge und der Arbeitsvorrat angezeigt. Der Einsatzplaner wählt nun die Aufträge/Vorgänge aus, die in bestimmten Perioden bearbeitet werden sollen.

- *Service Management*
  Der Bereich Service Management unterteilt sich in die Abschnitte Servicevereinbarungen, Installationsmanagement und Serviceabwicklung. Instandzuhaltende Objekte sind oftmals Gegenstand einer Vielzahl von Verträgen. Der Abschnitt Servicevereinbarungen besteht aus den Funktionen für den Abschluß und die Bearbeitung von Serviceverträgen, deren Fakturierung, Kündigung und der Steuerung von Folgeaktivitäten auf der einen Seite und der Garantiebearbeitung auf der anderen Seite. Garantien können sich auf das Equipment insgesamt oder auf einzelne IH-Baugruppen beziehen. Der Garantieumfang wird durch einen Mustergarantietyp beschrieben. Das Installationsmanagement befaßt sich im weitesten Sinne mit den beim Kunden installierten Equipments und Technischen Plätzen. Um den Kundenbezug herzustellen, werden im Stammsatz des Technischen Platzes wie im Equipmentstamm die Angaben zu Kunde, Endkunde und Betreiber sowie der Ansprechpartner und die Serialnummer angegeben. Dadurch läßt sich der Equipmenttausch beim Kunden mit Hilfe der Einbau/Ausbau-Funktionen einfach abbilden

Der Abschnitt Serviceabwicklung unterteilt sich wiederum in Servicemeldungen und Serviceaufträge. Servicemeldungen dienen zur Erfassung der Kunden-Störmeldung und enthalten als wesentliche Daten Platz bzw. Equipmentnummer, gewünschter Reparaturtermin, Schadensbild und Ansprechpartner beim Kunden. Die Abwicklung des Serviceauftrages kann je nach Begleitumständen sehr unterschiedlich ausgeprägt sein. Einflußfaktoren sind:

- Instandhaltung in der Servicewerkstatt oder Service beim Kunden
- Planung der Serviceleistungen oder sofortige Durchführung und kurze Dokumentation für die Historie
- Wartungsmaßnahme oder Instandsetzung
- Angebotsphase oder IH-Maßnahme, der keine Vertriebsaktivitäten direkt vorausgehen

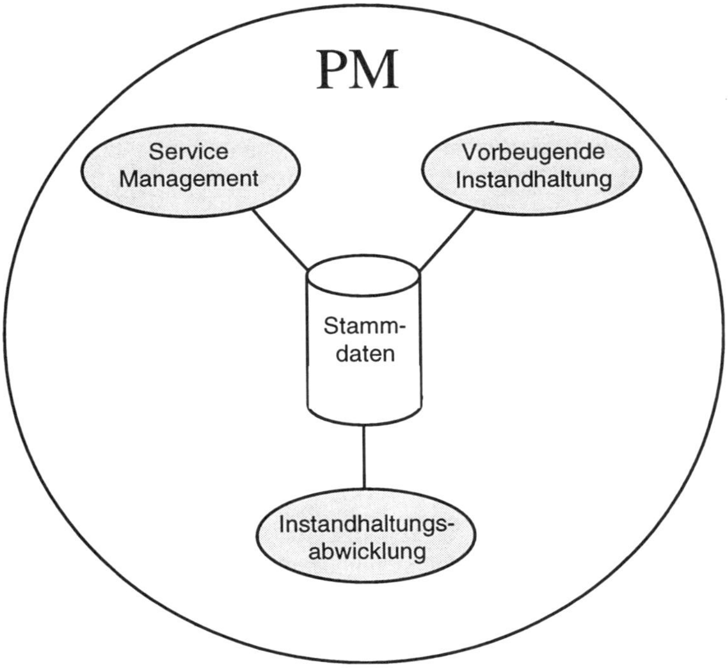

Abb. 2.11: Anwendungsmodul Instandhaltung (PM)

f) Projektsystem

Mit dem Modul *Projektsystem (PS)* können Projekte abgebildet und verwaltet werden. Das System geht dabei auf die speziellen Charakteristiken von Projekten ein. Projekte sind in der Regel komplex, einmalig, zeitlich begrenzt und kosten- bzw. kapazitätsintensiv. Sie unterliegen genauen Zielvorgaben zwischen Auftraggeber und Auftragnehmer bei definierten Qualitätsanforderungen und haben meist strategische Bedeutung (vgl. SAP – Projektsystem 1994).

Projekte sind meist in den betrieblichen Ablauf eingebunden. Zur Realisation wird eine projektspezifische Organisationsform benötigt, die zwischen den betroffenen Fachbereichen angesiedelt sein sollte. Für die Planung, Überwachung und Steuerung eines Projekts sind die Projektziele und -leistungen genau zu formulieren bzw. zu strukturieren. Im Projektsystem veranschaulichen Projektstrukturplan und Netzplan diese Struktur, sie sind kombiniert oder einzeln einsetzbar. Die Datenintegration zu anderen Modulen ermöglicht es, daß ein Projekt anwendungsübergreifend geplant, durchgeführt und abgerechnet werden kann. Beispiele für Projekte sind die Erstellung einer schlüsselfertigen Anlage, die Entwicklung innovativer Produkte oder die Umstellung der Produktion auf eine neuartige Technologie.

Die Aufbauplanung legt die Strukturen für die Organisation und Steuerung des Projekts fest und gliedert das Projekt in einzelne, hierarchisch angeordnete Strukturelemente. Die Kriterien, nach denen die Gliederung erfolgt, können unterschiedlich sein und hängen von der Art und Komplexität des Projekts ab, z. B. von der Verantwortung und Struktur der beteiligten Abteilungen bzw. Personengruppen oder von fertigungs- und montagebedingten Zusammenhängen. Die Ablaufplanung stellt die Elemente der Aufbauplanung in eine zeitliche Reihenfolge. Hier wird z. B. festgelegt, welche Aktivitäten in welcher Form voneinander abhängig sind.

- *Stammdaten*
  Die Stammdaten umfassen projektübergreifende und -neutrale Einstellungen von Ressourcen oder sich wiederholende Projektstrukturen. Sie dienen als Ausgangspunkt für eine genaue Projektzielbeschreibung und die daraus resultierenden zu erfüllenden Projektleistungen. In der Projektdefinition wird dieses Ziel in einem verbindlichen Rahmen für alle Objekte, wie z. B. Start-/Endtermin, verantwortliche Personen etc., formuliert. Dabei werden ebenfalls Anbindungspunkte zu anderen Anwendungen geknüpft. Anschließend wird der Projektstrukturplan entwickelt. Er stellt die zu erfüllenden Leistungen in einem hierarchischen Modell mit benutzerspezifischer Detaillierungstiefe dar und bildet die Grundlage für Organisation und Koordination. Arbeitsaufwand, Zeit- und Kostenumfang eines Projekts werden in Projektstrukturplan-Elementen (PSP-Elemente) als operative Basis für weitere Planungsschritte aufgezeigt. Auf dieser Grundlage werden Kosten und Termine ermittelt und ein Budget vergeben. Die Vorgänge in einem Netzplan stellen eine weitere Detaillierung des Projektstrukturplans dar, da diesem die PSP-Elemente integriert zugeordnet werden. Der Netzplan legt Aufgabenreihenfolge und -zeitraum fest. Arbeitskräfte, Kapazitäten, Materialien, Hilfsmittel und Dienstleistungen werden durch Vorgänge und Anordnungsbeziehungen – die wesentlichen Elemente des Netzplans – in Beziehung gesetzt.

- *Projektplanung*
  Die Einhaltung der in einem Projekt gesetzten Termine und Kosten hängt primär von der Projektplanung ab. In Grob- oder Feinplanung werden alle planerischen Aktivitäten vor Projektbeginn erfaßt, wobei eine flexible Anpassung während des Projekts jeder-

zeit möglich ist. Als graphisches Werkzeug dient die Projektplantafel (sie basiert auf dem sogenannten Ganttdiagramm), welche die übersichtliche Pflege von Projektelementen wie Netzplänen, Vorgängen etc. ermöglicht. Zu diesen Projektelementen zählt auch die Kostenplanung als wichtiges Element der Projektplanung. Sie dient als Grundlage bei Kalkulation, Budgetvergabe und Überwachung von Kostenabweichungen. Auch hier werden unterschiedlich detailliert Planungsformen unterstützt, z. B. kostenartenunabhängige Strukturplanung oder Einzelkalkulation. Ebenso können mögliche realisierbare Erlöse aus dem Projekt durch Verkauf bewerteter Materialien und Leistungen in der Planung antizipiert werden. Dem Zeitaspekt wird mit einer genauen Terminplanung Rechnung getragen, welche manuell einstellbar ist oder automatisch aus dem Netzplan ermittelt wird. Mit Hilfe von Start- und Endterminierung der einzelnen Netzplanelemente lassen sich Pufferzeiten und kritischer Weg ermitteln. Die Finanzplanung beschreibt die geplante Vergabe mittel- und langfristiger Mittel pro PSP-Element. Weitere Planungselemente betreffen Kapazitäten (Angebot und Bedarf) bzw. Material und Dienstleistung (Verbrauch oder Erzeugung).

- *Projektbudgetierung*
  Unter der Projektbudgetierung versteht man den vorgegebenen Kostenrahmen eines Projekts innerhalb eines bestimmten Zeitraums. Im Unterschied zur Kostenplanung ist ein Budget verbindlich. Während in der Planungsphase die Kosten möglichst genau geschätzt werden müssen, werden in der Genehmigungsphase die Mittel in Form des Budgets vergeben. Das Budget kann entweder manuell erstellt oder aus der Kostenplanung übernommen werden. Es wird nach abgeschlossener Planung von einem Entscheidungsgremium freigegeben und während des Projekts überwacht. Bei Bestellung über Budget wird beispielsweise eine automatische Mitteilung an den verantwortlichen Mitarbeiter ausgelöst. Die Mittel können entweder nach dem Top-down- oder dem Bottom-up-Prinzip dezentral auf die einzelnen PSP-Elemente durch den Projektleiter verteilt werden. Durch unvorhergesehene Ereignisse, zusätzlich notwendige Maßnahmen oder Verteuerungen kann das Budget aktualisiert werden, indem im System Nachträge, Rückgaben oder Umbuchungen vorgenommen werden. Der Benutzer wird bei der Budgetverwaltung durch eine Genehmigungshistorie unterstützt, die Budgeterstellung und -aktualisierungen protokolliert.

- *Projektrealisierung*
  Nach Projektfreigabe beginnt die Realisierungsphase, wobei eine Vielzahl der auszuführenden Tätigkeiten aus dem Projekt angestoßen und rückgemeldet werden. Dieses wird vor allem durch andere Komponenten (z. B. Bestellungen im Einkauf, Materialreservierungen in der Bestandsführung) geleistet und dem Projekt über entsprechende Kontierung auf ein PSP-Element oder einen Netzplanvorgang zugeordnet. Rückmeldungen dokumentieren den Bearbeitungszustand von Vorgängen und Vorgangselementen im Netzplan und können eine Prognose für den weiteren Ablauf der Durchführung geben. Während der Realisierung wird außerdem der genaue Ist-Zustand ermittelt und im Projekt für die weitere Planung hinterlegt. Dies dient letztlich als wichtiges Steuerungsinstrument zur frühzeitigen Trenderkennung. Ist-Werte betreffen Termine, Kosten und Erlöse, Finanzen, Material und Kapazitäten. So können beispielsweise in der Materialdisposition bei Bedarf automatisch die Beschaffung angestoßen werden. Eben-

falls ist es möglich, im Kapazitätsabgleich Unter- oder Überlastungen an den Arbeitsplätzen auszugleichen. Nach Abschluß des Projekts werden die angefallenen Kosten abgerechnet, wobei alle projektrelevanten Daten in einer Abgrenzung zusammengefaßt und ausgewertet werden.

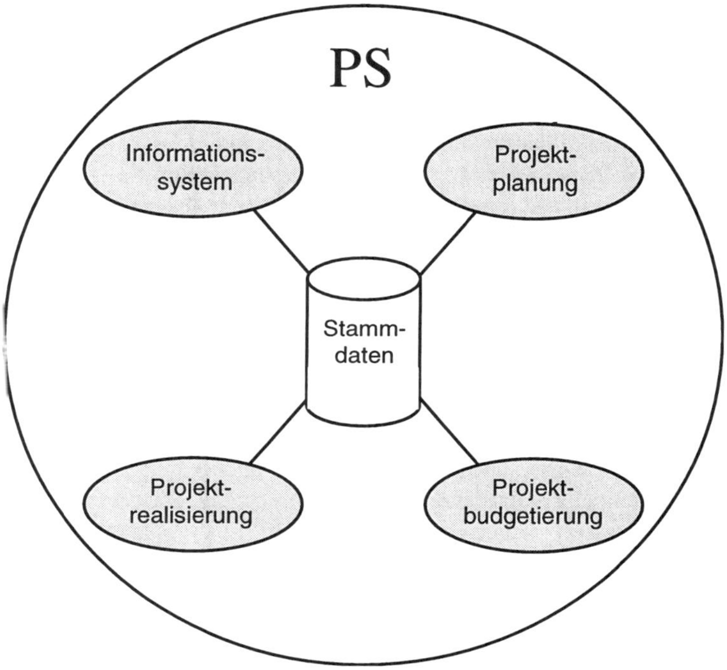

Abb. 2.12: Anwendungsmodul Projektsystem (PS)

- *Informationssystem*
Das Informationssystem dient zur Projektanalyse. Die Vielzahl der Daten, die im Rahmen eines Projektes anfallen, müssen für die unterschiedlichen Informationsbedürfnisse der Beteiligten aktuell, transparent und umfassend aufbereitet werden. So können Informationen zum Projektstatus – dem aktuellen Projektstand hinsichtlich verschiedener Einflußgrößen – und zum Projektfortschritt abgefragt werden. Das Informationssystem liefert in unterschiedlichem Detaillierungsgrad Daten zu Rahmenbedingungen wie Budget, Kosten und Erlöse, Ressourcen, Termine etc. Es ermöglicht dem Benutzer, Projekt- oder Planversionen zu vergleichen und Projekte in verdichteter Form zu analysieren. Unterstützt werden diese Funktionen durch graphische Auswertungsmöglichkeiten (z. B. Gantt-Diagramm, Portfoliographik etc.). Das Kosteninformationssystem stellt beispielsweise hierarchische Strukturen zur mehrdimensionalen Auswertung von Budget, Plan- und Ist-Werten und Kostenartenberichten zur Verfügung. Im Informationssystem *Struktur/Termine* werden vorwiegend Aspekte des technischen Controllings wie Verzugs- und Arbeitskontrolle behandelt. Mit Hilfe von

Kennzahlen zu qualifizierbaren Aspekten des Projekts wird eine schnelle Beurteilung von technischen oder betriebswirtschaftlichen Leistungen ermöglicht. Demgegenüber betrachtet die abschließend zu nennende Fortschrittsanalyse die Rahmenbedingungen nicht isoliert, sondern setzt sie in Verbindung zu tatsächlich erbrachten Leistungen.

2.2.3 Personalwirtschaft

Der Bereich *Personalwirtschaft (HR)* ist in die Gebiete *Personalplanung und -entwicklung (HR-PD)* sowie *Personaladministration und -abrechnung (HR-PA)* unterteilt. Die Personalplanung und -entwicklung unterstützt den strategischen Einsatz von Personal durch die Bereitstellung einer Funktionalität, die einem Unternehmen die systematische und qualitative Verwaltung des Personals ermöglicht. Die Personaladministration und -abrechnung faßt alle administrativen und operativen Tätigkeiten der Personalwirtschaft zusammen (vgl. SAP – Personalwirtschaft 1995; vgl. Seeger/Würth 1996, S. 41-44).

- *Organisationsmanagement*
  Das Organisationsmanagement beschreibt die Definition der Aufbauorganisation des Unternehmens und die Durchführung der Personalkostenplanung. Eine Aufbauorganisation beinhaltet eine Organisationsstruktur (z. B. Matrixorganisation), in der die Beziehungen zwischen den Organisationseinheiten (z. B. Abteilung) festgelegt werden. Anhand von Stellen können allgemeine Tätigkeitsfelder eines Unternehmens beschrieben werden (z. B. Entwicklungsleiter). Aus den Stellen können dann Planstellen, d. h. individuelle, potentielle Mitarbeiter im Unternehmen abgeleitet werden (z. B. Entwicklungsleiter für den Bereich Personaladministration). Eine Planstelle kann durch Aufgaben und den Arbeitsplatz spezifiziert werden. Die Aufgaben beschreiben dabei die in der Planstelle zusammengefaßten Tätigkeiten und der Arbeitsplatz den Ort, an dem die Tätigkeiten ausgeführt werden. Die Personalkostenplanung ermöglicht eine Schätzung der in einer Periode anfallenden Personalkosten. Basis für die Kostenplanung können dabei, je nach Planungszweck und Planungsgenauigkeit, die den Planstellen zugeordneten Soll-Bezüge, die Basisbezüge und/oder konkrete Lohn- und Gehaltsabrechnungsergebnisse von Mitarbeitern sein. Die Variation verschiedener Eingangsgrößen (z. B. Tarife, Steuern) ermöglicht dabei die Simulation unterschiedlicher Kostenplanungsszenarien.

- *Personalentwicklung*
  Die Personalentwicklung soll Entwicklungsziele des Unternehmens und Entwicklungsziele des Mitarbeiters in Übereinstimmung bringen. Die Entwicklung des Mitarbeiters im Unternehmen kann mit den Mitteln der Karriere- und Nachfolgeplanung verwaltet werden. Die Grundlage der Personalentwicklung bilden Laufbahnmodelle, die verschiedene allgemeine Werdegänge in einem Unternehmen aufzeigen. Ein individueller Karriereplan wird durch einen Abgleich des Qualifikationsprofils des Mitarbeiters mit den Anforderungsprofilen der im gewählten Laufbahnmodell enthaltenen Planstellen erstellt. Des weiteren können die für das Laufbahnmodell notwendigen Weiterbildungsmaßnahmen für den Mitarbeiter ermittelt werden. Analog besteht die Möglichkeit, für eine konkrete Planstelle durch einen Profilabgleich entsprechende Nachfolger zu bestimmen.

- *Personaleinsatz*
  Der Bereich Personaleinsatz befaßt sich mit der Festlegung und Einplanung der Mitarbeiter, die ein Unternehmen bzw. eine Abteilung benötigt, um geplante Aktivitäten optimal durchführen zu können. Die Arbeitszeit- und Dienstplanung ermöglicht eine personenbezogene Einsatzplanung für komplette Organisationseinheiten. Die Einplanung der benötigten Personalkapazität kann tagesbezogen unter Berücksichtigung der dienstbezogenen Anforderungen und der Mitarbeiterqualifikationen vorgenommen werden. Im Rahmen der auftragsbezogenen Einsatzplanung können Mitarbeiter in Abhängigkeit von der Qualifikation und der Arbeitsauslastung sogenannten Personenaufträgen zugeordnet werden. Eine graphische Plantafel bietet einen Überblick über die Auslastung von Mitarbeitern und Arbeitsplätzen.

- *Veranstaltungsmanagement*
  Diese Komponente ermöglicht die Planung, Vorbereitung, Durchführung und Nachbereitung von internen und externen Veranstaltungen, wie Aus- und Weiterbildungsveranstaltungen, Seminare, Kongresse und Konferenzen. Im Rahmen der Planung können Veranstaltungstypen durch Veranstaltungsinhalte, Qualifikationsvoraussetzungen und benötigte Ressourcentypen (z. B. Raumarten, Referententypen) definiert, gruppiert und zu einem Ausbildungsplan zusammengefaßt werden. Die Planung einer konkreten Veranstaltung besteht aus der Zuordnung entsprechender Ressourcen, der Terminierung und der Preisfestlegung. Das Ergebnis der Planung bildet ein detaillierter Veranstaltungskatalog. Die Durchführung der Veranstaltung umfaßt in erster Linie die Teilnehmerverwaltung, d. h. das Vormerken, Buchen, Umbuchen und Stornieren von Teilnehmern auf bestimmte Veranstaltungen sowie die Abwicklung des sich daraus ergebenden Schriftverkehrs. Die Nachbereitung einer Veranstaltung beinhaltet die Veranstaltungsbeurteilung, die Zuordnung der erworbenen Qualifikation bei Mitarbeitern und die Erstellung der Rechnung und der Teilnahmebestätigung bei externen Teilnehmern.

- *Personalbeschaffung*
  Mit dieser Komponente kann der gesamte Personalbeschaffungsprozeß von der Erfassung bis zur Besetzung vakanter Planstellen durchgeführt werden. Ausgangspunkt der Personalbeschaffung ist eine Vakanz, die eine zu besetzende Planstelle betrifft und somit einen Personalbedarf darstellt. Dieser Personalbedarf kann entweder intern oder extern befriedigt werden. Bei einer externen Personalbeschaffung wird die Vakanz in einer Ausschreibung unter Verwendung verschiedener Beschaffungsinstrumente (z. B. Zeitung) veröffentlicht. Eingehende Bewerbungen können einen Bezug auf Vakanzen aufweisen oder spontan erfolgt sein. Jede Bewerbung wird automatisch auf eine Mehrfachbewerbung und auf frühere Mitarbeit hin untersucht. Der Bewerberauswahlprozeß erfolgt in zwei Stufen. In der ersten Stufe wird die generelle Eignung des Bewerbers für das Unternehmen geprüft, wobei der Bewerber entweder abgelehnt oder verschiedenen Vakanzen zugeordnet werden kann. In der zweiten Stufe erfolgt dann die vakanzenbezogene Eignungsprüfung des Bewerbers. Die Vakanzzuordnung kann durch einen Abgleich der Bewerberqualifikation mit den in der Personalplanung für eine Planstelle definierten Anforderungsprofilen unterstützt werden. Der aktuelle Stand der Bewerbung wird zu jedem Zeitpunkt durch den Bewerberstatus (z. B. zurückgestellt, abgelehnt) verwaltet. Der Bewerbungsablauf erfolgt durch eine Reihe von vordefinierten

Bewerbermaßnahmen (z. B. Grunddatenerfassung, Bewerber ablehnen). In Abhängigkeit von dem durch die Bewerbermaßnahme erreichten Bewerberstatus können automatisch verschiedene Bewerbervorgänge (z. B. Versenden einer Eingangsbestätigung, Einladung zum Interview) angestoßen werden. Nach der Einstellung des Bewerbers können alle relevanten Daten direkt in die Personaladministration übernommen werden.

- *Personalzeitwirtschaft*
  Diese Komponente ermöglicht anhand von An- und Abwesenheitsinformationen die Planung und Ermittlung von mitarbeiterindividuellen Personalzeiten und deren Bewertung. Die Zeitwirtschaftsabwicklung beinhaltet die Erfassung und Auswertung aller mitarbeiterbezogenen Arbeitszeitdaten und deren Aufbereitung für die Lohn- und Gehaltsabrechnung. Die Arbeits- und Pausenzeiten werden mit Hilfe eines hierarchisch aufgebauten Arbeitszeitplans dargestellt. In einem Periodenarbeitszeitplan (z. B. Mo–Fr: Frühschicht, Sa–So: Frei) wird kalenderunabhängig für einen bestimmten Zeitraum eine Abfolge von Tagesarbeitszeitplänen, die tagesbezogene Arbeitszeiten definieren (z. B. 5–14 Uhr (Frühschicht)), festgelegt. Die Zuordnung eines Periodenarbeitszeitplans zu einem Kalendermonat ergibt dann einen konkreten Monatsarbeitszeitplan. Durch Zuordnung von Mitarbeitergruppen zu Arbeitszeitplänen wird die Soll-Arbeitszeit der Mitarbeiter festgelegt. Bei der Zeiterfassung lassen sich zwei Varianten unterscheiden. Bei der Negativzeiterfassung werden nur die Abweichungen vom vorgegebenen Arbeitszeitplan erfaßt (z. B. Urlaub, Mehrarbeit, Vertretung). Die Positivzeiterfassung zeichnet sich dadurch aus, daß auch alle Anwesenheiten der Mitarbeiter erfaßt werden, wodurch eine wesentlich flexiblere und genauere Zeiterfassung ermöglicht wird. Die Erfassung der Zeitdaten erfolgt hierbei jedoch im Gegensatz zur Negativzeiterfassung nicht manuell, sondern durch vorgeschaltete externe, automatische Zeiterfassungssysteme oder durch Übernahme von Daten aus der Betriebsdatenerfassung. Die erfaßten An- und Abwesenheitszeiten der Mitarbeiter werden im Rahmen der Zeitauswertung abgerechnet, wobei eine Zeitauswertung nur für Positivzeiterfassung obligatorisch ist. Die Ergebnisse der Zeitauswertung bilden die Grundlage für die nachfolgende Lohn- und Gehaltsabrechnung.

- *Leistungslohn*
  Die Komponente Leistungslohn dient zur Erfassung und Auswertung von Daten zur Entlohnung im Akkord-, Prämien- und Zeitlohn. Als Leistungslohn werden alle Lohnformen, bei denen der Monatslohn anhand vorgegebener Leistungsparameter ermittelt wird, bezeichnet. Beim Zeitlohn wird die geleistete Ist-Arbeitszeit mit einem entsprechenden Stundenlohn bewertet. Beim Akkordlohn dient die gefertigte Menge eines Produkts als Grundlage für die Lohnermittlung. Der Prämienlohn zeichnet sich dadurch aus, daß neben der erbrachten Menge weitere Leistungsparameter in Form einer Prämienformel berücksichtigt werden können. Der Leistungslohn kann in den Einzelleistungslohn, bei dem der Mitarbeiter nur für seine individuelle Leistung bezahlt wird und in den Gruppenleistungslohn, bei dem die Bezahlung eines Mitarbeiters von der Gesamtleistung der Gruppe abhängt, unterteilt werden. Zur Erfassung der Leistungslohndaten stehen in Abhängigkeit von der Leistungslohnart unterschiedliche Lohnscheintypen (z. B. Zeitlohnscheine, Prämienlohnscheine) zur Verfügung. Das Ergebnis

eines Lohnscheins, der Zeitgrad (Soll-Zeit/Ist-Zeit) oder die Prämie, wird aus den Soll-Daten und den rückgemeldeten Ist-Daten ermittelt. Neben der manuellen Erfassung der Daten ist auch eine Übernahme aus den rückgemeldeten Aufträgen der Produktionsplanung (PP) und eine automatische Lohnscheingenerierung aus Daten der Betriebsdatenerfassung (BDE) möglich. Die Abrechnung des Leistungslohns ist in die Lohn- und Gehaltsabrechnung integriert.

- *Personalabrechnung*
  Die Personalabrechnung dient der Entgeltermittlung der Arbeitnehmer unter Berücksichtigung nationaler Besonderheiten und Rahmenbedingungen verschiedener Länder. Darunter fallen z. B. Steuern, Sozialversicherung und Pensionskassen. Die Lohn- und Gehaltsabrechnung weist eine starke Differenzierung nach Ländern und Berufsgruppen (z. B. öffentlicher Dienst) auf. Die Abrechnungsabwicklung beschreibt die Ermittlung des Entgelts für die von Mitarbeitern in einem Unternehmen geleistete Arbeit und besteht aus den Schritten Gehaltsstrukturdefinition, Bruttoabrechnung, Nettoabrechnung und Folgeaktivitäten. Die Berechnung des Bruttoentgelts erfolgt auf Grundlage der Bezüge eines Mitarbeiters, die sich aus Basisbezügen, wiederkehrenden Be- und Abzügen, ergänzenden Zahlungen und den in der Zeitwirtschaft ermittelten Arbeitszeitdaten zusammensetzen. Unter Basisbezügen versteht man die festen Lohn- und Gehaltsbestandteile, die unter Verwendung von Lohnarten definiert werden. Durch eine tarifliche Umstufung, d. h. eine Zuordnung des Mitarbeiters in eine andere Tarifgruppe bzw. Tarifstufe oder durch eine Tariferhöhung, können die Basisbezüge eines Mitarbeiters geändert werden. Als wiederkehrende Be- und Abzüge werden zusätzliche, periodische Lohn- und Gehaltsbestandteile (z. B. Weihnachtsgeld) bezeichnet. Ergänzende Zahlungen sind einmalige Zuwendungen (z. B. Jubiläumszahlungen). Nach der Ermittlung der Bruttowerte erfolgt unter bestimmten Voraussetzungen (z. B. Eintritt/Austritt in der Abrechnungsperiode) eine anteilige Kürzung (Aliquotierung). Anschließend erfolgt die Zusammenfassung verschiedener Bruttowerte zu Bemessungsgrundlagen. Auf Basis dieser Bemessungsgrundlagen erfolgt im Rahmen der Nettoabrechnung der Abzug der Steuer- und Sozialversicherungsbeiträge sowie weiterer Nettoabzüge (z. B. Direktversicherung, Pfändung). Ergebnis der Nettoabrechnung ist der Auszahlungsbetrag, der an die Mitarbeiter überwiesen wird. Nach Durchführung der Abrechnung sind weitere Folgeaktivitäten erforderlich. Hierzu gehören z. B. die Beitragsnachweise für die Sozialversicherung und die Lohnsteueranmeldung.

- *Reisekosten*
  Die Komponente Reisekosten bietet die komplette betriebswirtschaftliche Abwicklung einer Geschäftsreise vom Antrag und ihrer Genehmigung bis hin zur Buchung der Reisekosten. Bei der Reisekostenabwicklung kann man zwischen Reisedatenerfassung mit Antrag und Reisedatenerfassung nach erfolgter Reise unterscheden. Bei der ersten Variante stellt der Mitarbeiter zunächst einen Reiseantrag, der von der zuständigen Abteilung genehmigt werden muß. In Zusammenhang mit der Erstellung des Reiseantrags kann auch ein Vorschuß beantragt werden, der unmittelbar ausgezahlt werden kann. Nach Beendigung der Reise wird der Reiseantrag um die restlichen Reisedaten ergänzt. Die genehmigte Reise wird dann an die Reisekostenabrechnung weitergeleitet. Bei der zweiten Variante werden sämtliche Reisedaten erst nach erfolgter Reise erfaßt, bear-

beitet und genehmigt. Die Reisedaten lassen sich in Rahmendaten (z. B. Reiseziel, Kontierung) und Zusatzdaten (z. B. Belege, Zwischenziele) unterteilen. Bei der Abrechnung der Reise können die angefallenen Kosten pauschal oder per Einzelbeleg abgerechnet werden. Die Aufteilung der Reisekosten kann entweder reiseübergreifend nach einem allgemeinen Schema oder reisespezifisch (Gesamtreise, pro Zwischenziel oder pro Beleg) erfolgen, wobei eine Kontierung auf Kostenstellen, Aufträge oder Projekte möglich ist. Die Reisekostenabrechnung berücksichtigt dabei länderspezifische Besonderheiten. Die ermittelten Reisespesen können auf verschiedene Arten (z. B. per Lohn- und Gehaltsabrechnung oder per Zahlungsprogramm im Finanzwesen) an den Mitarbeiter ausgezahlt werden.

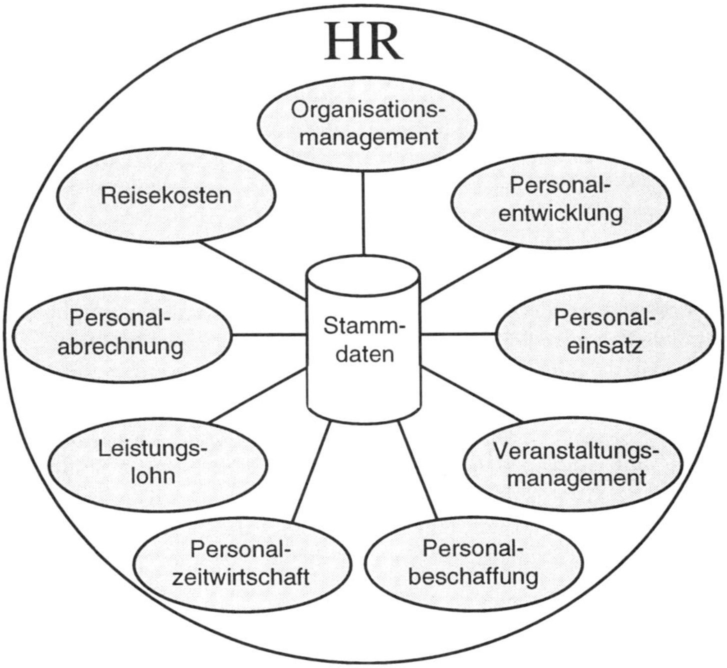

Abb. 2.13: Anwendungsmodul Personalwirtschaft (HR)

2.3 Sonstige R/3-Dienste

Neben den betriebswirtschaftlichen Anwendungsmodulen zur Unterstützung der verschiedenen Aufgabenbereiche in den Unternehmen bietet die SAP AG eine Vielzahl sonstiger Dienste an. Zum einen sind dies auf bestimmte Branchen bzw. Industriezweige zugeschnittene Softwarelösungen, zum anderen verschiedene Techniken zur Unterstützung unterschiedlicher Anforderungen. Dies sind z. B. eine Textverarbeitung, ein Ablagesystem, interne und externe Kommunikationsdienste (Electronic Mail innerhalb des Systems,

Electronic Data Interchange sowie Internet-Anbindung nach außen). Es ist darüber hinaus möglich, im R/3-System mit verschiedenen *Orientierungshilfen* ausgehend von einer Transaktion zur gewünschten Information zu navigieren. Die realisierten Transaktionen im R/3-System werden zur aktiven Kopplung durch ein *Workflow Management-Konzept* der SAP AG unterstützt. Zum Beispiel kann damit bei der Auftragsbearbeitung automatisch eine Auftragsbestätigung oder Rechnung erzeugt und an den Auftraggeber über EDI versendet werden. Zur reibungslosen Abwicklung des Tagesgeschäfts dient das Werkzeug *Computer Center Management System* (CCMS), das für die Überwachung und Steuerung des Basissystems dient. Hiermit kann z. B. aktuell analysiert werden, ob die Datenbestände bei anhaltendem Geschäftsverlauf zu einem Überlaufen der Datenbank führen.

Die *ABAP/4 Development Workbench* ist die Programmierumgebung des R/3-Systems und kann als eigenständiges Produkt von den Kunden zur unternehmensindividuellen Entwicklung von Software und zur Durchführung von Modifikationen genutzt werden. Die ABAP/4 Development Workbench unterstützt den Softwareentwicklungszyklus mit der Programmierung in der 4-GL-Sprache ABAP/4, den Datenzugriff, die Netzwerkkommunikation und die Realisierung von graphischen Benutzeroberflächen. Ergänzend zur ABAP/4 Development Workbench können kundenspezifische Erweiterungen an vordefinierten Schnittstellen, sogenannte Customer Exits, innerhalb der Standardanwendung vorgenommen werden (vgl. Buck-Emden/Galimow 1996, S. 157-190; vgl. Matzke 1996; vgl. SAP – ABAP/4 Development Workbench 1995).

Vervollständigt werden diese Dienste der SAP durch den *Service & Support*. Damit wird dem Kunden eine weltweite und durchgehende Betreuung angeboten.

- *Industriespezifische Anwendungslösungen*
  Für bestimmte Wirtschaftsbereiche hat die SAP bestimmte Branchenlösungen auf Basis der R/3-Standardanwendungen entwickelt (vgl. Buck-Emden/Galimow 1996, S. 205). Diese Anwendungslösungen bieten dem jeweiligen Branchenunternehmen alle Vorteile eines Standardsystems (vgl. SAP – Krankenhausinformationssystem 1996; vgl. SAP – Die Branchenlösung für Banken IS-B 1995). Folgende Industrielösungen (*Industrial Solutions IS*) stehen zur Zeit zur Verfügung oder befinden sich in der Entwicklung:

  – Haushaltsführung und Finanzplanung für öffentliche Verwaltungen (IS-PS für Public Sector)

  – Krankenhausverwaltung mit Patientenverwaltung und -abrechnung sowie Krankenhaus-Controlling (IS-H für Hospital)

  – Abonnentenverwaltung und Anzeigenmanagement für Zeitungs- und Zeitschriftenverlage (IS-P für Publishing)

  – Vermögensverwaltung für Versicherungs- und Finanzdienstleistungsunternehmen (IS-IS für Insurance)

  – Branchenlösung für Banken mit Risk-Management, Meldewesen und Controlling (IS-B für Banking)

- Branchenlösung für die Ölindustrie für Exploration, Transport und Verteilung (IS-Oil)
- Produktionsplanung und -steuerung für die prozeßorientierte Industrie (PP-PI für Process Industry)
- Warenwirtschaftssysteme für den Handel mit Artikelstrukturen, Distributionslogistiken und Point of Sale-Systemen (IS-RT für Retail)
- Branchenlösung für Energieversorger mit Geräteverwaltung, Hausinstallation, Ablesedatenbearbeitung und Abrechnung (IS-U für Utilities)

Die Inhalte dieser Branchenlösungen sollen am Beispiel IS-B für Banken mit dem Risk-Management kurz erläutert werden. Für den Bankenbereich bietet die SAP neben den branchenneutralen Komponenten des R/3-Systems zusätzliche Bereichslösungen für Controlling, Risiko-Management und externes Meldewesen an. Diese Ergänzungen umfassen weitere Teilkomponenten wie Zinsänderungsrisiko, Währungsrisiko und sonstige Preisrisiken beispielsweise im Bereich Risk-Management. IS-B berücksichtigt die gewachsene Bedeutung des Risiko-Managements, indem beispielsweise zusätzliche Informationen in Form von Risikobestimmung und -bewertung zur Verfügung gestellt werden. Diese dienen nicht nur dem internen Management als Entscheidungsgrundlage, sondern werden auch vom Meldewesen benötigt, um gegenüber Aufsichtsbehörden gesetzliche Bestimmungen erfüllen zu können. Auf Grund der modularen Struktur der Anwendung kann jede Bank die Branchenlösung nach Ihren Schwerpunkten aufbauen und erweitern.

- *Orientierungshilfen in einer R/3-Transaktion*
  Das R/3-System unterstützt den Anwender in einer Transaktion mit umfangreichen Orientierungshilfen. Ziel dieser Online-Hilfen ist es, dem Anwender den Umgang mit dem System zu erleichtern und die Papierdokumentation zu ersetzen. Eine vollständige funktionsbezogene Dokumentation ist sowohl im System enthalten als auch auf CD-ROM erhältlich. Die Benutzung der R/3-System-Online-Hilfe erfolgt kontextbezogen aus einer Transaktion, so daß Hilfetexte von jedem Bild zur Anzeige gebracht werden können. Dabei werden drei grundlegende Vorgehensweisen unterstützt:

  - Funktionstaste *F1*
  - Funktionstaste *F4*
  - Menü *Hilfe*

  F1 gibt Hinweise zu Feldern oder Definitionen, die bei einer Transaktionseingabe verlangt werden, auf denen der Cursor aktuell per Maus oder Tastatur positioniert ist. Die Eingabehilfe F4 unterstützt den Anwender bei der Auswahl seiner Eingabe, indem mögliche Werte oder Informationen zu einem Eingabefeld angezeigt werden. Die Wertedokumentation kann unterschiedlich aussehen, bei einem kleinen Wertebereich werden Eingabemöglichkeiten z. B. über ein Listenfeld direkt am Eingabefeld angeboten. Wenn die Auswahl zu umfangreich ist, kann der Benutzer den Wertebereich mit einer Matchcodeabfrage einschränken (z. B. Kundennummer über Name, Straße etc.

einschränken). Der Menüleisteneintrag *Hilfe* bietet folgende Informationsmöglichkeiten an:

- Die *erweiterte Hilfe* erläutert anwendungsbezogene Themenbereiche (z. B. Produktionsplanung), wobei sich der Benutzer ausführliche Informationen zum jeweiligen Arbeitsgebiet anzeigen lassen kann, in dem er aktuell arbeitet.
- Die *R/3-Bibliothek* enthält den vollständigen Inhalt der Dokumentation, Themen sind intuitiv auffindbar.
- Das *Glossar* dient als Nachschlagewerk für betriebswirtschaftliche Fachbegriffe und für die SAP-Terminologie.
- Mit *Release-Infos* können die zu einem Release neu hinzugekommenen Funktionen und Erweiterungen ermittelt werden.
- *Einführung in R/3* unterstützt Benutzer der Dokumentations-CD mit ersten Schritten und zeigt neben den einzelnen Bereichen des R/3-Systems Hinweise zum Systemstart.
- *Hilfe zur Hilfe* erläutert die einzelnen Hilfsmittel im R/3-System.

Darüber hinaus umfaßt die R/3-Online-Hilfe ein Hypertextsystem, in dem Textbausteine über Verweise oder Glossar miteinander verbunden sind bzw. Tools die Suche nach gewünschten Informationen erleichtern. Anhand dreier ausgewählter Beispiele werden die Navigationsmöglichkeiten kurz erläutert.

1. Navigationsbeispiel
Mit der Funktionstaste F4 oder mit dem Pfeilicon rechts eines Feldes kann bei der Eingabe auf Auswahllisten zurückgegriffen werden. Es gibt Auswahllisten, die eine Customizingprüftabelle darstellen, d. h. in diesem Fall können nur diese Möglichkeiten der Liste genutzt werden (z. B. Auftragsart für einen Verkaufsbeleg oder Warengruppe zu Materialien). In dem aufgezeigten Beispiel kann über einen Matchcode die Selektions-liste eingeschränkt und für die weitere Auswahl herangezogen werden. Wenn z. B. ein Sachbearbeiter zu einem Material weitere Daten pflegen will und die Materialnummer nicht kennt, so kann er in dem Feld zum Material den Pfeil an der rechten Seite aktivieren oder die Taste F4 betätigen. Er erhält zur Matchcodesuche ein Bild mit verschiedenen Möglichkeiten zur Einschränkung des Wertebereichs. In dem Beispiel wurde der rechte Pfeil im Feld Warengruppe aktiviert und es erscheint eine Auswahlliste der vorhandenen Warengruppe, z. B. Lebensmittel, Pharma, Metall. Mit der Auswahl der Warengruppe Metall sowie der Aktivierung des Hakens links unten erscheinen die Materialien zu der Warengruppe Metall.

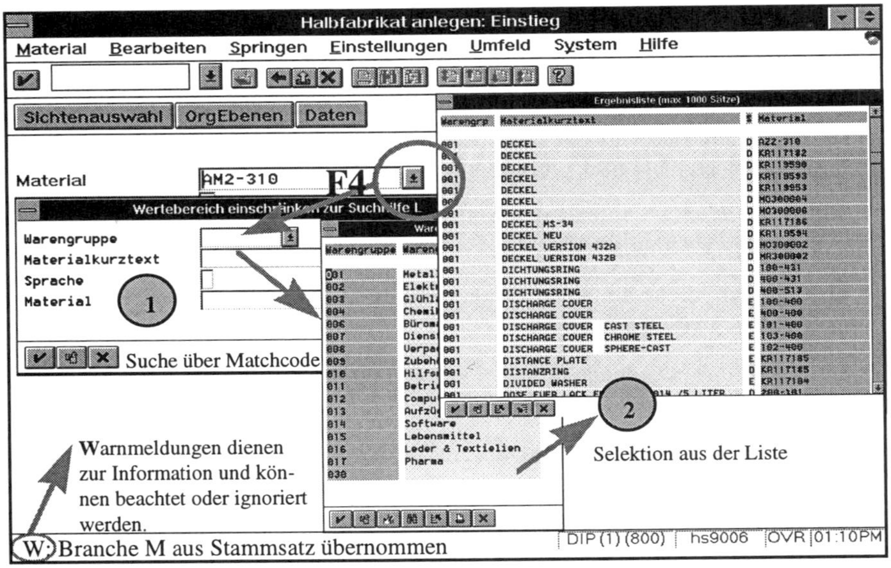

Abb. 2.14: Navigationshilfen im System R/3 (1)

2. Navigationsbeispiel
Hat der Anwender während der Eingabe Verständnisschwierigkeiten, z. B. wenn er wissen möchte, was ein Dispomerkmal ist, so kann er sich mit der F1-Taste (Hilfe) einen erklärenden Text hierzu anschauen. Reicht das dem Anwender nicht aus, so kann er über den Button *Erweiterte Hilfe* in die R/3-Online-Dokumentation navigieren. Durch eine im R/3-System abgelegte Verbindung springt der Anwender dann genau zu der entsprechenden Stelle, hier zum Kapitel Materialstammsätze anlegen.

Darüber besitzt jede R/3-Maske auf der untersten Zeile Statusangaben, die zur gegebenen Situation Warnungen bzw. Fehlermeldungen anzeigen. In der folgenden Abbildung ist ein Beispiel mit einer Warnmeldung *W* aufgeblendet, die dem Anwender wichtige Informationszustände zu seiner Transaktion zeigt. Der Anwender kann mit der Enter-Taste (Eingabetaste) die Warnmeldung übergehen. Erzeugt das System eine Error-Meldung (Fehlermeldung), die durch ein *E* gekennzeichnet ist, so ist der Anwender angehalten, die Korrekturen durchzuführen. Reichen die Informationen als Erklärung nicht aus, kann der Anwender durch Doppelklick auf die Statuszeile eine ausführlichere Beschreibung mit einer Diagnose erhalten. Von diesem Popup-Menü kann er wiederum durch den Button *Erweiterte Hilfe* in die Online-Dokumentation springen. Zusätzlich werden über den Button *Technische Info* die Informationen anzeigt, z. B. der Hauptprogrammname. Mit Hilfe des Hauptmenünamens kann man sich in der ABAP/4 Development Workbench den entsprechenden Quellcode anschauen und diesen mit Hilfe des Debugging analysieren. Diese Fehlersuche ist anschließend für die Identifikation von Basisfehlern im ABAP/4-Quellcode bestimmt.

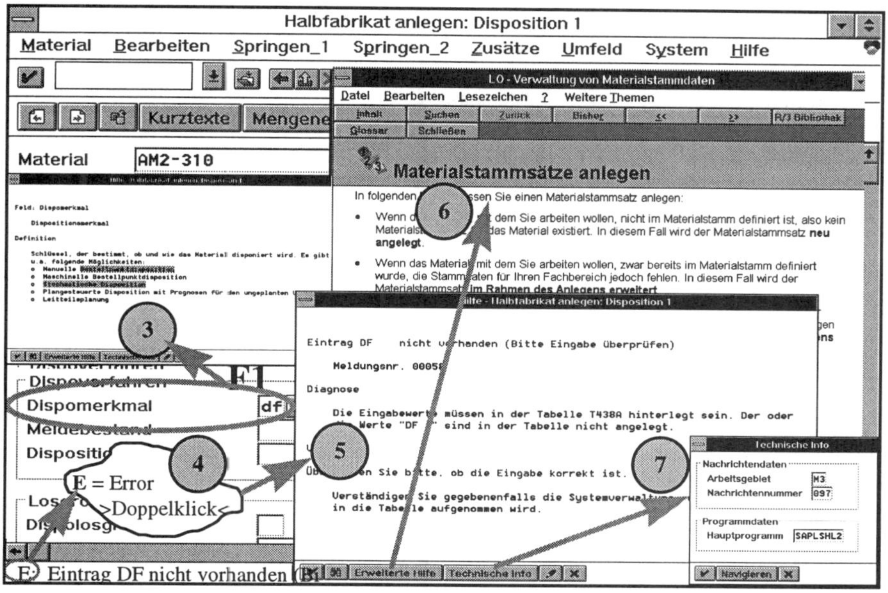

Abb. 2.15: Navigationshilfen im System R/3 (2)

3. Navigationsbeispiel

Die komplette R/3-Dokumentation über die einzelnen Anwendungsmodule kann über den Menüpfad *Hilfe→Erweiterte Hilfe* aufgerufen werden. Durch Anklicken der einzelnen Bereiche können die betriebswirtschaftlichen Erklärungen gelesen und ausgedruckt werden.

In dem Beispiel wird die Navigation von der Materialwirtschaft in den Bereich Einkauf gezeigt. Von dort aus wurde der Text *Bestellung anlegen* aufgeblendet, der genaue Beschreibungen zur Anwendung beinhaltet. Zusätzlich findet man im Hilfe-Menü die einzelnen Definitionen zu den SAP-Begriffen in Form einer Glossarliste. Damit die Aktualisierung zu den einzelnen Releasebeständen gewährleistet bleibt, hat die SAP Informationen zu den einzelnen Releases abgelegt. Diese Information wid durch Aktivierung der Zeile *Release-Infos* im Hilfemenü erreicht.

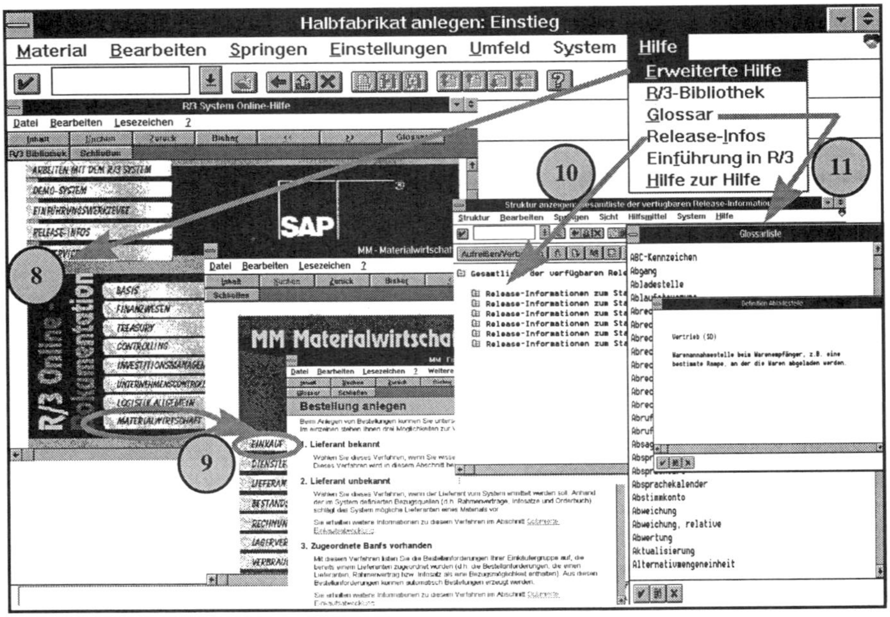

Abb. 2.16: Navigationshilfen im System R/3 (3)

- *SAP Business Workflow*

Mit dem Konzept des SAP Business Workflow werden folgende Ziele verfolgt (vgl. Fritz 1994, S. 277-286; vgl. Buck-Emden/Galimow 1996, S. 213-219; vgl. SAP – SAP Business Workflow 1996):

- rasche Anpassung von Geschäftsabläufen an Marktveränderungen
- verbesserte Kundenorientierung mit flexibler Informationsstruktur
- Zusammenarbeit zwischen Mitarbeitern und Teams im Unternehmen
- Zusammenarbeit von Zulieferern, Produktion, Vertrieb und Kunden

Das Workflow-Managementsystem stellt ein Konzept zur Automatisierung von Geschäftsprozessen dar. Arbeitsschritte und die Aktivitäten der am Prozeß beteiligten Personen können durch R/3-Systemfunktionen koordiniert und Transaktionen flexibel gekoppelt werden.

Aufgaben von Personen und Gruppen werden festgelegt und graphisch im Workflow-Editor dargestellt. In gleicher Weise werden betriebswirtschaftliche Objekte und Desktopobjekttypen definiert und mit den korrespondierenden Methoden, Attributen und Ereignissen gekoppelt. Beispielsweise werden betriebswirtschaftliche Objekte (Kunden-auftrag, Fertigungsauftrag, Material, Rechnung) mit betrieblichen Abläufen verknüpft, so daß eine Integration betriebswirtschaftlicher Transaktionen und Objekte vorgenommen wird. Mit dem SAP Business Workflow werden verschiedene Konzepte unterstützt:

- *Worklistmanagement*
  Das Worklistmanagement dient zur Verwaltung von Arbeitsvorräten, denen Mitarbeiter oder Arbeitsgruppen zugeordnet werden können.
- *Event Management*
  Das Event Management ermöglicht flexibel einstellbare Reaktionen auf Ereignisse.
- *Deadline Management*
  Das Deadline Management dient zum automatischen Starten von Eskalationsverfahren.

In der Laufzeitumgebung wird der Ablauf des Workflows sowie die Ausführung einzelner Arbeitsschritte überwacht, z. B. Terminüberwachung mit Hilfe des Work Item Managers. In einem Informationssystem können charakteristische Daten zum Workflow angezeigt werden. Schnittstellen zu anderen Herstellern werden ebenfalls angeboten, so daß sich Workflows über Application Programming Interfaces (APIs) auch in externe Anwendungen integrieren lassen.

- *Computer Center Management System*
  Im Computer Center Management System (CCMS) sind mehrere Werkzeuge abgelegt, die den störungsfreien Betrieb der SAP Software in zentralen und verteilten Umgebungen sicherstellen (vgl. SAP - R/3 Software-Architektur 1994; vgl. Buck-Emden/Galimow 1996, S. 142-150). Diese sogenannten Managementwerkzeuge unterstützen folgende wichtige Aufgaben:

  - Softwareinstallation
  - Release-Wechsel
  - Systemsteuerung
  - Systemüberwachung
  - Systemoptimierung
  - Problemmanagement

  Das CCMS ist an das R/3-System mit seinen betriebswirtschaftlichen Anwendungen, an das jeweilige Betriebssystem sowie Datenbankmanagement-System und Netzwerksystem eng geknüpft. Es garantiert einen unterbrechungsfreien Betrieb der R/3-Anwendungen. Außerdem kann der Systemadministrator mit Hilfe eines graphikorientierten Arbeitsumfeldes sein Systemmanagement mit minimalem Aufwand aufbauen. Die Funktionen im CCMS lassen sich in Überwachung, Steuerung und offene Schnittstellen einteilen.

  Die Systemüberwachung stellt alle relevanten Leistungsdaten des R/3-Systems dar. Mit Hilfe der Leistungsüberwachung, dem Alarmdienst und der Performance-Datenbank können Engpässe bei bestimmten Systemressourcen erkannt und behoben werden, wobei eine graphische Darstellung durch eine Monitoringumgebung ermöglicht wird. Werden zum Beispiel Schwellwerte für Speicher- oder CPU-Auslastung bzw. Paging-Raten überschritten, weisen Alert-Monitore akustisch darauf hin. Eine Performanceoptimierung für das R/3-System kann auf Basis der Historie aller relevanten Leistungsdaten eingeleitet werden. Die Systemsteuerung umfaßt Steuerungsmechanismen für den zuverlässigen R/3-Betrieb. So werden beispielsweise im Systemanagement Startup und Shutdowns von Systemen und Prozessen dokumentiert. Außerdem bietet das CCMS Dienste zur Lastenverteilung und für die Hintergrundverarbeitung.

- *ABAP/4 Development Workbench*
  Die ABAP/4 Development Workbench als Bestandteil der R/3-System-Werkzeuge bietet grundsätzlich die Möglichkeit, eigene Software zu entwickeln und Funktionsbausteine kundenspezifisch anzupassen oder zu erweitern (vgl. SAP – ABAP/4 Development Workbench 1995; vgl. Buck-Emden/Galimow 1996, S. 157-190).

  Die Programmiersprache ABAP/4 ist speziell für betriebswirtschaftliche Anwendungen entwickelt worden und in die Client/Server-Architektur integriert. Aus diesem Grund laufen eigene Entwicklungen auf allen von R/3 unterstützten Betriebssystemen, Datenbanken und Präsentationsmanagern. Mit einer umfangreichen Funktionspalette entlastet die ABAP/4 Development Workbench Entwickler bei Routineaufgaben. Mehrere Entwicklungswerkzeuge zum Prototyping, Testen oder Debugging sind in der ABAP/4 Development Workbench enthalten und unterstützen die Umsetzung kundeneigener Komponenten. Diese sind in der ABAP/4-Entwicklungsumgebung vielfältig mit den Standardkomponenten kombinierbar. Änderungen der Anwendungslogik sind dabei nicht empfehlenswert, weil die Standardsoftwarepflege, z. B. bei Release-Wechsel, sehr aufwendig werden kann. Im einzelnen sind zwei unterschiedliche Anwendungstypen mit ABAP/4 realisierbar:

  - Transaktionsanwendungen
  - Datenbankauswertungen (Reporting)

  Weitere wesentlichen Merkmale der ABAP/4-Programmiersprache sind:

  - ereignisorientierte Programmentwicklung
  - Modularisierung von Anwendungen durch Unterprogramme und Funktionsbausteine
  - spezielle Sprachelemente für betriebswirtschaftliche Anwendungen, z. B. für die Datumsumrechnung
  - offene Programmierschnittstellen auf Basis von OLE Automation und Remote Function Control (RFC)
  - Unabhängigkeit von technischen Umgebungen, sowohl zentrale als auch verteilte Client/Server-Konfiguration

  Neben den Programmiermöglichkeiten unter ABAP/4 enthält die ABAP/4 Development Workbench weitere Werkzeuge für Modellierung, Definition von Tabellen und Datenstrukturen (Data Dictionary) und die Realisierung graphischer Benutzeroberflächen (Screen Menu Painter). Ein Entwickler muß sich letztlich weder um systemspezifische Schnittstellen noch um systemnahe Kommunikations- und Verteilungsaspekte kümmern, um in der ABAP/4 Development Workbench erstellte Anwendungen an von SAP unterstützte Rechnertypen, Datenbankmanagement-Systeme oder graphische Bedienoberflächen anzupassen.

- *Service & Support*
  Der SAP R/3 Service & Support umfaßt alle Dienstleistungen, die dem Kunden den Einsatz und die Verfügbarkeit von R/3 so optimal wie möglich gestalten. Das Angebot umfaßt Beratung, Training und aktives Informationsmanagement (vgl. SAP – R/3 Service & Support 1996). Diese Leistungen werden auch von zertifizierten Partnern der SAP AG angeboten, z. B. von Logo-Partnern und Systemhäusern.

  Aufgrund der weltweiten Organisation kann der Kunde zunächst lokal auf Serviceleistungen zurückgreifen, bevor Anfragen länderübergreifend bis in die Zentrale weitergeleitet werden. Der Support umfaßt alle Leistungen, die mit dem Erwerb einer R/3-Lizenz automatisch im Lizenzvertrag festgelegt sind. Darin sind alle Aspekte der Wartung enthalten: Softwarepflege, Störungshilfe oder Zugang zum Online Service System (OSS). Über die mit einer Lizenz erworbenen Leistungen hinaus unterstützen zusätzliche Leistungsangebote den Umgang mit dem R/3-System und intensivieren dessen Nutzung. Die konkreten Leistungen wie Workshops oder auch Check-and-Monitoring-Services sind an den R/3-Projektphasen ausgerichtet und aufeinander abgestimmt, wobei jede Serviceleistung in unterschiedlicher Intensität nutzbar ist.

  Ein weiterer Aspekt des R/3 Service & Support betrifft das Informationsmanagement. Informationen für Kunden und Partner sind in verschiedenen Medien verfügbar und können über Kundenkennung mit unterschiedlicher Informationstiefe abgefragt werden. Die Qualität des Service wird mit Hilfe von Zertifikaten überprüft, die an Mitarbeiter und Partner vergeben werden. Basierend auf Kundenanforderungen wird der aktuelle Standard regelmäßig überprüft, um das Qualitätsniveau in der Beratung zu bewahren und zu verbessern. Darüber hinaus fließen praktische Erfahrungen innerhalb von Kundenprojekten in die Service & Support-Bereiche mit ein. Bedarfsgerechte und flexible Leistungen ist ein weiterer Aspekt des SAP Service & Support, wobei die Leistungen mit der gewünschten Intensität auf den Kunden abgestimmt werden.

3 Modellierung von Unternehmen

Unternehmen können als offene Systeme aufgefaßt werden, deren Elemente vielfältige Beziehungen untereinander und zur Umwelt besitzen. „Ein System ist eine gegenüber der Umwelt abgegrenzte Gesamtheit von Elementen, die durch Beziehungen miteinander verknüpft sind“ (Schulte-Zurhausen 1995, S. 28). Sie sind weiterhin dadurch gekennzeichnet, daß die Elemente innerhalb der Aufgabendurchführung Informationen austauschen. Dabei wird im Zuge der steigenden DV-Durchdringung die Abwicklung der Aufgaben sowie der Informationsaustausch in den Unternehmen zunehmend computergestützt durchgeführt. Das computergestützte Informationssystem ist somit zentraler Bestandteil des betrieblichen Informationssystems (vgl. Grochla 1978, S. 203-218; vgl. Kieser/Kubicek 1978 II, S. 77-104; vgl. Ulrich 1989, S. 19-26). Die gleichzeitige Berücksichtigung von Aspekten der Betriebswirtschaft und der Informationstechnik führt dazu, daß innerhalb der Planung und Realisierung von computergestützten, betrieblichen Informationsystemen eine komplexe Aufgabe über einen längeren Zeitraum beherrscht werden muß.

Die betriebswirtschaftliche Realität ist durch komplexe Probleme und durch eine Heterogenität in der Begriffswelt gekennzeichnet. Die Informationstechnik dagegen befaßt sich mit klar strukturierten Sachverhalten, die eindeutig und widerspruchsfrei definiert sein müssen. Dazu wurden Programmiersprachen entwickelt, die aber zur Beschreibung betriebswirtschaftlicher Sachverhalte aufgrund ihrer speziellen Syntax ungeeignet sind. Andererseits sollen die entwickelten DV-Systeme den Fachanwender bei der Aufgabenbewältigung unterstützen. Deshalb muß es gelingen, ein Hilfsmittel zu konzipieren, auf dessen Basis Organisationsplaner, DV-Planer und Fachanwender miteinander kommunizieren und diskutieren können. Zur Überwindung der Diskrepanz zwischen betriebswirtschaftlicher Fachwelt und DV-Welt bietet sich hierzu die Modellbildung an. Mit der Modellbildung kann durch Abstraktion auf die wesentlichen Komponenten und Beziehungen die Transparenz erhöht werden. Informationsgehalt und Verständlichkeit sollten bei der Modellbildung im Gleichgewicht stehen.

3.1 Modelle

Modelle sind vereinfachte Abbildungen der Realität (vgl. Eichhorn 1979, S. 60-104). Dabei kann unterschieden werden zwischen der existenten und der zukünftig angestrebten Realität. Ebenso sind bei der Bildung von Modellen die Aspekte Isomorphie (Strukturgleichheit) und Homomorphie (Strukturähnlichkeit) zu beachten. Bei strukturgleichen Modellen ist jedem Objekt der Modellwelt eindeutig ein Objekt der realen Welt zugeordnet, und das daraus gewonnene Modell weist die gleiche Komplexität wie die reale Welt auf. Strukturähnliche Modelle beinhalten, daß jedem Element und jeder Relation eines Modells eindeutig ein Element bzw. eine Relation der Realität zugewiesen ist, jedoch nicht umgekehrt (vgl. Schroeder 1990, S. 425-432). Menschen bilden von jeher Modelle in Form von Plänen oder Skizzen, bevor sie etwas verwirklichen. Bauwerke, z. B. der Bau der Pyramiden, wurden schon vor tausend Jahren zunächst als kleine Modelle erstellt. Heute wird in vielen Disziplinen mit Modellen gearbeitet. Architektur, Schiffsbau, Maschinen- und Anlagenbau oder die Automobilindustrie seien als Beispiele genannt. Während es in den genannten Bereichen die Regel ist, daß vor der physischen Erstellung eines Produktes zunächst ein Bauplan oder Modell (Konstruktionszeichnung, Stückliste, Arbeitsplan) konzipiert wird, sind im Rahmen der Softwareerstellung solche Modelle als Grundlage für die Beschreibung von Software nur in begrenztem Maße vorhanden. Häufig sind die im Coding realisierten Lösungen überwiegend verbal beschrieben, was bei mehr als einhunderttausend Zeilen schnell zum Problem der Informationsüberlastung führt.

Softwaresysteme haben heute die Aufgabe, durchgehende Geschäftsprozesse in den Unternehmen zu unterstützen. Allerdings heißt das nicht, daß alle Funktionen eines Unternehmens automatisch mit Software durchgeführt werden müssen. Unternehmen sind in Abhängigkeit der Branche, des Marktsegments, der Unternehmensgröße, der Rechtsform, der Organisationsphilosophie (autokratisch oder demokratisch, flache oder steile Hierarchien) etc. unterschiedlich strukturiert und müssen verschiedenartige Geschäftsprozesse durchführen.

Es stellt sich nun die Frage, was die reale Bezugswelt für Geschäftsprozeßmodelle von Standardsoftwaresystemen ist.

- Ist es das real existierende Softwaresystem mit seiner Funktionsbreite und -fülle, die sich in einer Vielzahl von Prozessen niederschlägt?
- Ist es die Fülle der Erkenntnisse der Betriebswirtschaftslehre zum Thema Geschäftsprozesse?
- Sind es die praktizierten Geschäftsprozesse eines einzelnen Unternehmens oder einer Branche? (vgl. Keller/Schröder 1996, S. 77-88)

Unabhängig von der theoretischen Klärung dieser Frage kann festgehalten werden, daß mit der Modellbildung folgende Ziele angestrebt werden:

- Modelle sollen Transparenz über die Elemente und deren Beziehungen innerhalb eines Systems schaffen.
- Modelle sollen zur Erklärung der Funktionsweise eines Systems dienen.
- Modelle sollen die Kommunikation durch eine konsistente Formalisierung unterstützen.

Ein Modell, das sich mit der Beschreibung von datenverarbeitungsunterstützbaren Aufgaben befaßt, ist das Kölner Integrationsmodell (KIM), das in den siebziger Jahren von Grochla und seinen Mitarbeitern entwickelt wurde (vgl. Grochla et al. 1974). Ziel war es, die im Zusammenhang mit der Datenverarbeitung auftretenden Integrationsprobleme mit Hilfe eines Beschreibungsmodells zu reduzieren, in dem die sachlogischen Verknüpfungen zwischen verschiedenen Unternehmensaufgaben sichtbar gemacht werden. Im Mittelpunkt stehen in diesem Modell die Beschreibung und graphische Abbildung der wichtigsten Informationsverarbeitungsaufgaben sowie die zu einer Aufgabe eingehenden und erzeugten Daten (Input/Output-Analyse bzw. Betrachtung des Informationsstromes). Zur Komplexitätsreduzierung ist das Gesamtmodell in Planungs-, Realisations- und Kontrollaufgaben aufgeteilt und zu jedem dieser Teilmodelle eine Aufgaben-, eine Kanal- und eine

Konnektorenbeschreibungsliste aufgeführt. Die Aufgabenbeschreibungsliste ist ein Verzeichnis der im Modell enthaltenen Aufgaben und deren Inhalte. Der Zusammenhang zwischen den aufgeführten Aufgaben und zwischen einer Aufgabe und ihren ein- und ausgehenden Dateninhalten wird in graphischer Form wie folgt dargestellt.

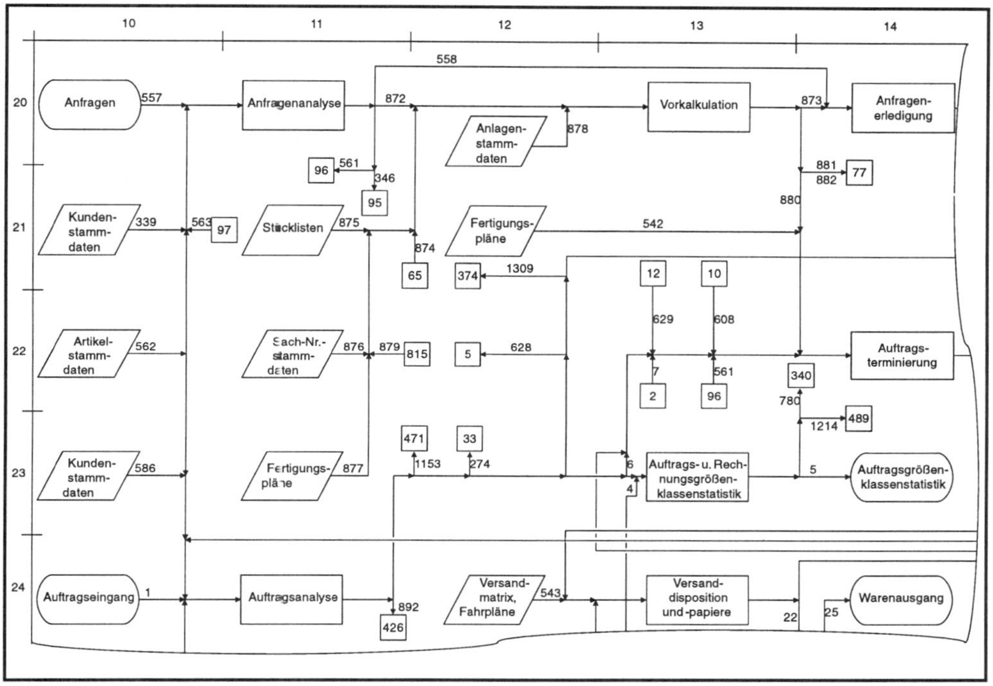

Abb. 3.1: Sachlogische Verknüpfungen im Kölner Integrationsmodell (aus: Grochla et al. 1974, Faltblatt 3)

Um die Dimension des recht komplexen Modells nicht zu erhöhen, wurden für die einzelnen DV-unterstützbaren Aufgaben Konnektoren vergeben. Sie werden durch Quadrate (Innenkonnektor) oder Kreise (Außenkonnektor) symbolisiert. Die Konnektoren repräsentieren Aufgaben, die in einem anderen Teilmodell enthalten sind. Sie stellen somit die Verknüpfung zwischen den verschiedenen Teilmodellen dar.

Insgesamt besteht das Modell aus 332 Einzelaufgaben und ungefähr 1500 Kanälen. Die Entwicklung und Beschreibung des Modelles auf der sachlogischen Ebene machen die Ausführungen auch heute noch interessant zur Beschreibung von DV-unterstützbaren Unternehmensaufgaben und ihren Zusammenhängen.

Allerdings sind in der Darstellung aufgrund der Notation die Zusammenhänge nicht immer eindeutig ersichtlich. Insbesondere wird der Aufgabenablauf im Sinne von Kontrollflüssen nicht abgebildet. Funktionsübergreifende Zusammenhänge können aber gerade durch den Informations- und Aufgabenfluß deutlich gemacht werden. Um die funktionsübergreifenden Zusammenhänge verdeutlichen zu können, muß deshalb der Informations- und Aufgabenfluß explizit ausgewiesen werden. Auch sollte dieser Aspekt im Zuge der Integration von DV-Systemen zusammen mit der Integration von Unternehmensaufgaben deutlich gemacht werden.

3.2 Architekturen

Architekturfragen werden im Zusammenhang mit der Planung und Realisierung von Informationssystemen aus unterschiedlichsten Blickwinkeln diskutiert. SAP startete 1972 mit der Entwicklung eines betriebswirtschaftlichen Anwendungssystems. Der Schwerpunkt lag hierbei zunächst auf der Entwicklung von Software für das Rechnungswesen. Diese auf einer Mainframe-Architektur entwickelte Lösung R/2 wurde in den achtziger Jahren mit Anwendungen für die Personalwirtschaft und Logistik erweitert. Ende der achtziger Jahre startete SAP mit der Entwicklung einer 3-stufigen Client/Server-Architektur, die 1993 auf den Markt kam.

Parallel zur Diskussion über die geeignete *Architektur von Anwendungssystemen* entstand in den achtziger Jahren eine ergänzende Diskussion über *Modellarchitekturen.* Verschiedene Ansätze haben den Anspruch, dabei den gesamten Lebenszyklus des Softwareprodukts zu unterstützen. Hierzu sind zum einen eine Vielzahl von *Vorgehensmodellen* beschrieben worden, zum anderen wurde darüber diskutiert, welche *Beschreibungselemente* zur Darstellung des gesamten Lebenszyklus benötigt werden. Im folgenden ist eine Reihe von Architekturansätzen, die in den vergangenen Jahren publiziert worden sind, grob in ihrer historischen Entstehungsgeschichte aufgelistet:

- IRDS – Information Resoure Dictionary System (vgl. ANSI 1989; vgl. ISO 1990)
- IEM – Information Engineering Method (vgl. Martin 1989; vgl. Martin 1990)
- CIM-OSA – Open System Architecture for CIM (vgl. Jorysz/Vernadat 1990; vgl. ESPRIT Consortium AMICE 1993; vgl. Konsanke 1993; vgl. Kosanke 1996)
- AD/Cycle – Application Development Cycle (Mercurio et al. 1990; vgl. Corzilius 1992)
- SOM – Semantisches Objektmodell (vgl. Ferstl/Sinz 1990; vgl. Ferstl/Sinz 1993)
- KADS – Knowledge Acquisition and Documentation Structuring (vgl. Hickman et al. 1990; vgl. Keller 1993)
- ISM – Information Systems Methodology (vgl. Olle et al. 1991)
- ESF – Eureka Software Factory (vgl. Fernström 1991)
- ASEM – ATMOSPHERE System Engineering Model (vgl. Obbink 1991)
- ARIS – Architektur integrierter Informationssysteme (vgl. Scheer 1991)
- CC RIM – Referenzmodell (vgl. Gutzwiller 1994)
- BOS – Engineering Method (vgl. Barengo et al. 1994)

- OOIE – Object-Oriented Information Engineering (vgl. Martin/Odell 1995; vgl. Martin/Odell 1996)
- PERA – Purdue Enterprise Reference Architecture (vgl. Williams 1996)
- GERAM – Generic Enterprise Reference Architecture and Methodology (vgl. Bernus/Nemes 1996)

Neben den Abweichungen in den Zielsetzungen gibt es bei den genannten Ansätzen eine Gemeinsamkeit in der Identifikation und Definition der Beschreibungselemente (Darstellungsmittel bzw. Methoden) sowie deren Beziehungen untereinander, die notwendig zur Charakterisierung von Anwendungssystemen sind. Die Diskussion wurde zu Beginn der 90er Jahre mit dem Thema Business Reengineering verstärkt und der Blickwinkel auf die Betrachtung des gesamten Unternehmens erweitert, wo insbesondere prozeßrelevante und organisatorische Fragestellungen von Bedeutung sind. Eine *Architektur* beschreibt somit verschiedene Ebenen, um ausgehend von einer (betrieblichen bzw. betriebswirtschaftlichen) Ausgangssituation zu einem lauffähigen Informationssystem zu gelangen. Sie definiert die Zusammenhänge der Ebenen zueinander sowie der Elemente auf einer Ebene untereinander durch ein Regelwerk. Das Regelwerk wird in der Wissenschaft auch häufig als Metamodell bezeichnet.

Heute sind eine Vielzahl von Architekturen in der Theorie existent, aber keine der Modellarchitekturen hat sich als ein Standard in der Praxis durchgesetzt. Ebenso beinhalten die verschiedenen Architekturen unterschiedliche Beschreibungssprachen zur Darstellung betrieblicher und informationstechnischer Inhalte. Dies hat zur Folge, daß ein Anwender zwischen unterschiedlichen Darstellungsformen wählen kann. Diese Freiheitsgrade führen dann zu einem Problem, wenn ein Anwender bei der Auswahl eines Anwendungssystems betriebswirtschaftliche Inhalte in unterschiedlichen Methoden dargestellt bekommt.

3.2.1 Computer Integrated Manufacturing – Open System Architecture

Innerhalb des ESPRIT-(European Strategic Programme for Research and Development in Information Technology) Programmes wurde das Projekt *Computer Integrated Manufacturing – Open System Architecture (CIM-OSA)* mit dem Ziel, ein Referenzmodell für CIM-Systeme zu entwickeln, gefördert. Aufbauend auf einer offenen Systemarchitektur soll es mit Hilfe dieses Referenzmodells möglich sein, alle Phasen der CIM-Einführung vom ersten Entwurf bis zur Realisierung durch eine methodische Vorgehensweise zu unterstützen. Die CIM-Architektur soll folgenden Ansprüchen genügen (vgl. Stotko 1989, S. 9-15; vgl. Macconaill 1990, S.140-143; vgl. Panse 1990, S. 157-164; vgl. Vernadat 1992, S. 189-204; vgl. Kosanke 1993, S. 113-141):

- Abdeckung der Anforderungen der Fertigungsindustrie unabhängig von Branche, Fertigungsart und Größe
- Anpassungsfähigkeit an Veränderungen des Umfelds und der Produktionsprozesse
- Organisationsflexibilität bezüglich Aufbau und Ablauf im gesamten Unternehmen

- Echtzeitsteuerung der Arbeitsabläufe
- Optimaler Einsatz der Informationstechnologien
- Entwicklung eines Referenzrahmens für Terminologie, Architekturen und Standardisierungsvorhaben

Die Projektarbeiten von CIM-OSA umfassen folgende zwei Schwerpunkte. Es wird zum einen Unternehmensmodellierung angestrebt, die in ihrer endgültigen Form zur Steuerung und Kontrolle der täglichen Geschäftsvorgänge verwendet und zur Ableitung des Soll-Konzeptes bei einem gegebenen Ist-Zustand benutzt werden kann. Der zweite Schwerpunkt liegt in der Ermittlung und Ablegung einer integrierenden Infrastruktur, mit der die Voraussetzungen geschaffen werden, daß das unter CIM-OSA-Regeln erstellte Unternehmensmodell zur Steuerung und Kontrolle des täglichen Geschäftsbedarfes verwendet werden kann. Innerhalb der Unternehmensmodellierung wird zwischen den drei komplementären Ebenen, die unterschiedliche Sichtweisen auf das zu beschreibende Objekt Unternehmen repräsentieren, unterschieden:

- *Architekturebene*
  Sie ist unterteilt in eine generische Ebene, die für alle Unternehmenstypen gilt, eine partielle Ebene, gültig für Branchen oder eine Gruppe von gleichartigen Unternehmen und eine unternehmensspezifische (individuelle) Ebene.
- *Modellierungsebene*
  CIM-OSA benutzt den Top-down-Ansatz. Auf der obersten Ebene wird das Unternehmen aus einer funktionalen Sicht heraus beschrieben. Dort werden die Anforderungen in einer allgemein verständlichen Sprache festgelegt. Über eine technisch orientierte Sprache in der Zwischenschicht werden die Anforderungen der obersten Schicht an die Belange der Datenverarbeitung angepaßt und in ein DV-Implementierungsmodell (dritte Schicht) überführt.
- *Sichtebene*
  In der Philosophie von CIM-OSA kann ein CIM-System mit den vier verschiedenen komplementären Sichten Funktion, Information, Ressourcen und Organisation ausreichend beschrieben werden. In der Funktionssicht werden die Aufgaben (tasks) und Unteraufgaben (subtasks) eines Unternehmens strukturiert und beschrieben. Jede Unternehmensfunktion wird durch die Struktur, durch eine funktionale Beschreibung und, wenn die Unternehmensfunktion in weitere Unternehmensfunktionen aufgelöst ist, durch einen Verhaltensteil beschrieben. Zur Darstellung der *business processes* und der *enterprise activities* werden SADT-ähnliche Darstellungen (vgl. Kapitel 3.3) angegeben. In der Informationssicht werden alle Informationsobjekte charakterisiert. Dies können CIM-Aktivitäten, Daten, Kontrollinformationen, Ressourcen und physische Objekte sein. Auch diese werden nach Bedarf in weitere Informationselemente zergliedert. Die Informationsobjekte werden mit den Symbolen der ERM-Technik (vgl. Kapitel 3.3) und zusätzlichen Konstrukten beschrieben. Die Ressourcensicht dient dazu, alle zur Erfüllung einer Aufgabe der Funktionssicht notwendigen Ressourcen, wie Mitarbeiter und Sachmittel, zu sichten, zu überprüfen und zu optimieren. In der Organisationssicht werden die Kompetenzen beschrieben. Dort wird festgelegt, wer auf die ein-

zelnen Elemente Zugriff hat und wer sie ändern kann. Zu diesen beiden Sichten sind keine Beschreibungsmittel angegeben (vgl. Jorysz/Vernadat 1990, S. 144-167).

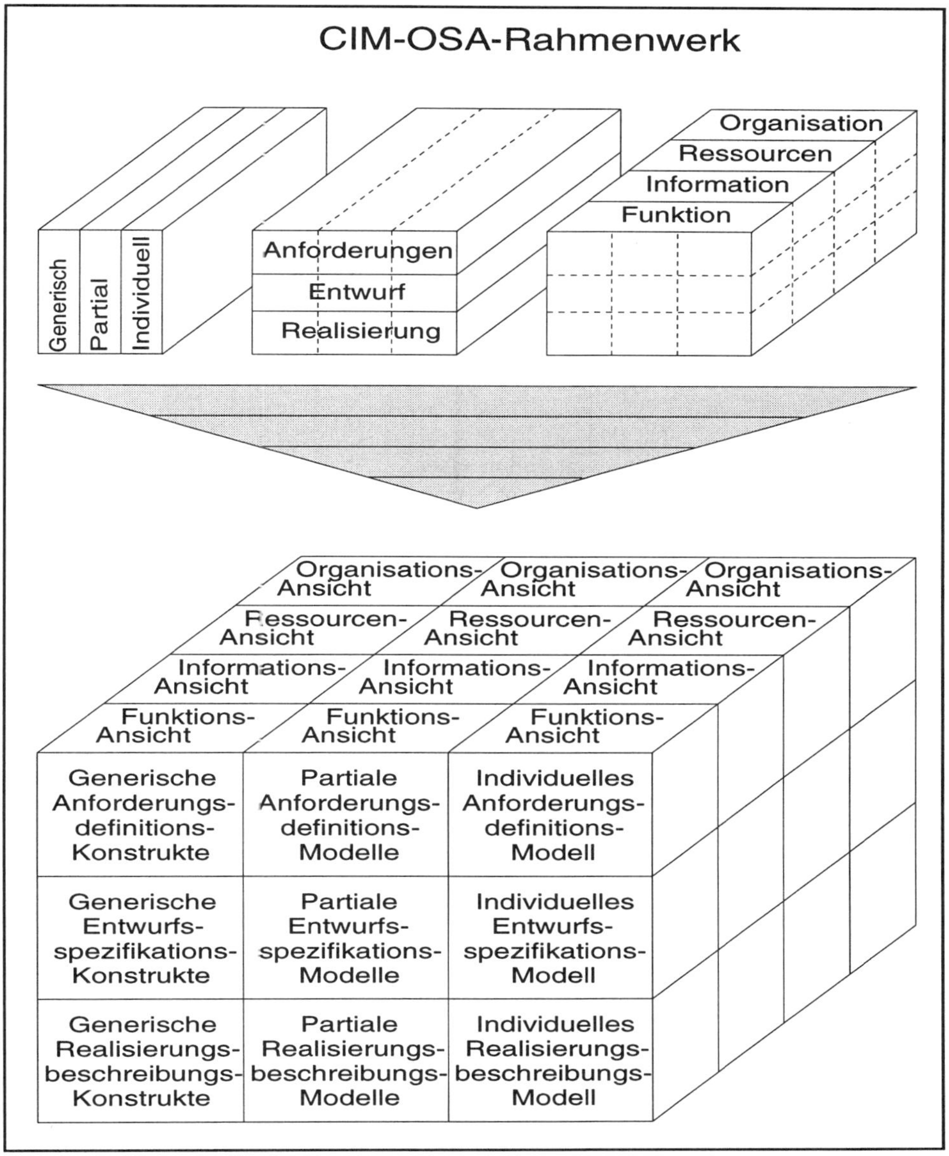

Abb. 3.2: Das CIM-OSA-Rahmenwerk (aus: Panse 1990, S. 161)

Betrachtet man die in dem CIM-OSA-Projekt gestellten Ansprüche, so sind insbesondere die Maßnahmen zur Standardisierung und die Ermittlung einer Struktur zur systematischen

Planung von CIM-Komponenten im Unternehmen, die über technische Aspekte hinausgehen, positiv hervorzuheben. Allerdings lassen die bisherigen Veröffentlichungen noch keine Durchgängigkeit zwischen den verschiedenen Sichten erkennen. Auch ist der im Rahmen der Unternehmensmodellierung erhobene Anspruch der Planung und Realisierung der Unternehmen bis hin zur Unternehmenssteuerung als kritisch anzusehen.

Mittlerweile ist der aus einer europäischen Initiative entstandene Ansatz auf internationalen Tagungen vorgestellt und diskutiert worden. Eine Gruppe von ungefähr dreißig weltweit operierenden Wissenschaftlern strebt an, die verschiedenen Richtungen in einer gemeinsamen Architektur – GERAM – zu integrieren.

3.2.2 Architektur integrierter Informationssysteme

Eine weitere Variante zur Gestaltung von Informationssystemen durch Sichten- und Ebenenzerlegung ist die von Scheer entwickelte *Architektur integrierter Informationssysteme (ARIS)* (vgl. Scheer 1991).

Das ARIS-Konzept basiert auf einem Bezugsrahmen, in dem die disjunkten Sichten auf ein Unternehmen eingeordnet und zueinander in Verbindung gesetzt werden. Ausgangspunkt der Sichtenbildung ist das Verständnis eines Geschäftsprozesses als eine Vorgangskette, d. h. betriebliche Aktivitäten, die untereinander verknüpft sind und denen zusätzlich als beschreibende Komponenten Daten bzw. Zustände, Personen, Organisationseinheiten und Ressourcen der Informationstechnologie zugeordnet werden. Wesentliche Bestandteile der Systembeschreibung sind daher bei ARIS die Daten-, Funktions- und die Organisationssicht. Ziel dieses Sichtenmodells ist es, Beschreibungsobjekte mit einer geringen Interdependenz verschiedenen Sichten zuzuordnen sowie solche mit einem hohen Maß an Interdependenz in einer Sicht zusammenzufassen. Die Zusammenhänge zwischen diesen Komponenten werden durch die Steuerungssicht beschrieben. Die Umsetzung betriebswirtschaftlicher Tatbestände in eine EDV-Lösung wird im ARIS-Ansatz durch fünf Phasen erreicht (vgl. Scheer 1991, S. 15-19):

- In der ersten Phase wird die betriebswirtschaftliche Ausgangssituation durch Vorgangskettendiagramme beschrieben und analysiert. Vorgangskettendiagramme beinhalten auf einer konsolidierten Ebene noch sämtliche Beschreibungssichten von ARIS und verdeutlichen so den Zusammenhang zwischen Organisationseinheiten, Funktionen, Daten sowie manueller, automatischer oder interaktiver Aufgabenverarbeitung. Durch die Analyse der Vorgangsketten lassen sich Schwachstellen im bestehenden Informationssystem, insbesondere Medienbrüche und Zuständigkeitswechsel, aufdecken, die die Basis für eine fachliche Ausgangslösung bilden.
- Ausgehend von dieser betriebswirtschaftlichen Problemstellung, die Einsatzmöglichkeiten der Informationstechnik entlang der Wertschöpfungskette untersucht, wird in einem Fachkonzept durch eine formalisierte Sprache ein sichtenspezifisches, semantisches Modell erstellt (Fachkonzept). Ziel der zweiten Phase ist die möglichst korrekte Eingrenzung des Problemumfelds. Dies schafft die Verbindung für eine Konkretisierung der technischen Unterstützung.

- In der dritten Phase werden die Fachkonzepte in die Begriffswelt der Datenverarbeitung übersetzt, d. h. in Anforderungen an Computersysteme und Nutzerschnittstellen übertragen (DV-Konzept), ohne allerdings einen Bezug zu einem konkreten Werkzeug zu haben. Es besteht keine feste Kopplung zum Fachkonzept, d. h. die DV-Umsetzung kann neueren Entwicklungen angepaßt werden, ohne daß dies Rückwirkungen auf das Fachkonzept haben muß. Daher besteht das Ziel dieser und der folgenden Ebene in der Optimierung des EDV-Systems.
- Erst bei der technischen Implementierung in der 4. Phase erfolgt die Codierung der Anforderungen in physische Datenstrukturen unter Nutzung verfügbarer Hard- und Softwarekomponenten (Implementierung).
- Unmittelbar an die Realisierung des Systems schließt sich die Betriebs- und Wartungsphase an.

Da die Ressourcensicht innerhalb der vier Blickwinkel auf ein Informationssystem die Rahmenbedingungen vorgibt, werden diese entsprechend der drei Entwurfsphasen Fachkonzept, DV-Konzept und Implementierung jeweils in drei Ebenen untergliedert. Die Ebeneneinteilung hat hierbei nicht die Konzeption eines sequentiellen Vorgehensmodells als Gegenstand, sondern charakterisiert verschiedene Beschreibungsebenen in Abhängigkeit von der Nähe zur informationstechnischen Realisierung innerhalb eines Projektablaufs. Der Softwareentwicklungsprozeß ist vielmehr durch eine prototypische Vorgehensweise gekennzeichnet, in der die oben beschriebenen Phasen in zyklischer Abfolge untereinander durchlaufen werden. Die Ebenen DV-Konzept und Implementierung sind dabei wesentlich kürzeren Lebenszyklen unterworfen als das Fachkonzept. Aus diesem Grund widmet sich die Methodenbeschreibung im ARIS schwerpunktmäßig dem Fachkonzept, da hierin längerfristiges, betriebswirtschaftliches Know-how abgelegt ist. Erklärtes Ziel der Einteilung des Modellierungsvorgangs in Sichten und Ebenen ist die Komplexitätsreduktion.

- *Datensicht*
  Auf der Ebene des Fachkonzeptes wird als Beschreibungssprache im wesentlichen auf das Entity-Relationship-Modell nach Chen und dessen Erweiterungen zurückgegriffen. Entitäts- und Beziehungstypen werden unter dem Begriff Informationsobjekt zusammengefaßt. Innerhalb der Datensicht werden alle statischen Informationsobjekte und Strukturbeziehungen erfaßt. Ihr gehören damit alle Zustände und Ereignisse aus den Vorgangsketten an, die sich durch Daten repräsentieren lassen, wie z. B. ein Kundenauftrag und dessen Status. Damit wird eine logische Datenbasis des Anwendungsbereiches entworfen, die in den nachfolgenden Phasen in die konkrete Implementierung eines Datenbanksystems überführt wird.

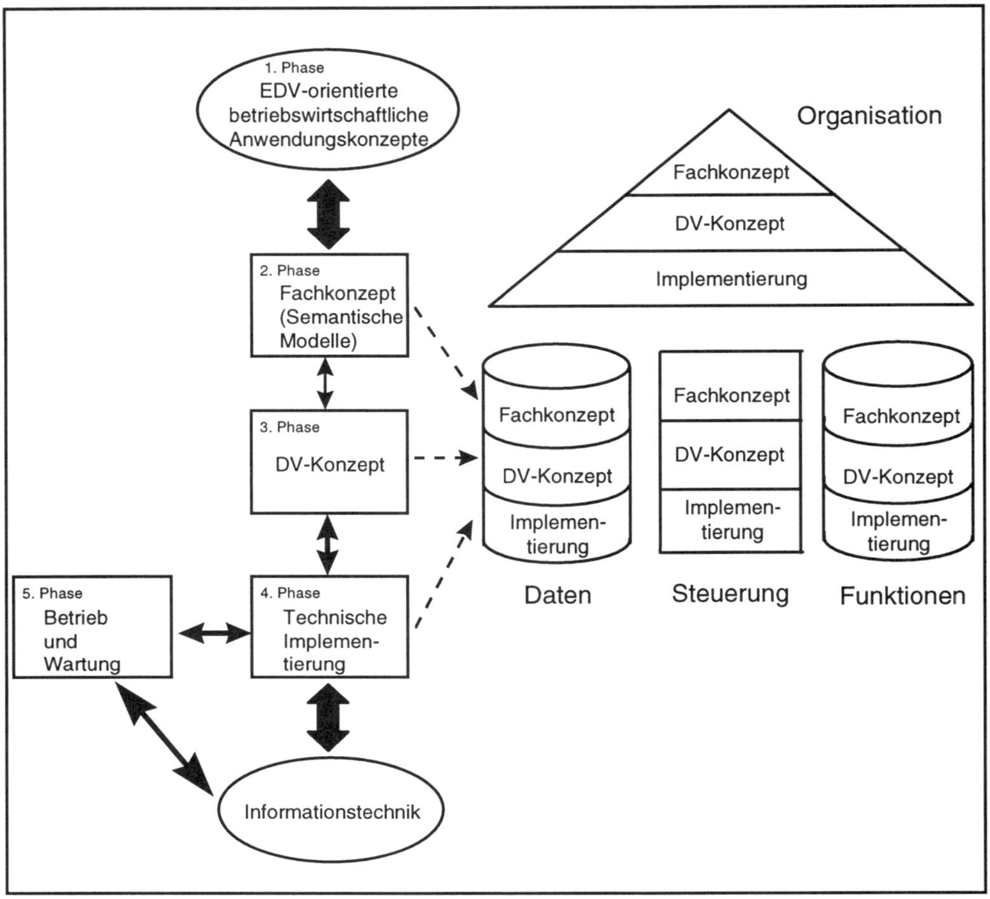

Abb. 3.3: Phasen- und Architekturkonzept von ARIS (aus: Scheer 1991, S. 17/18)

- *Funktionssicht*
  Innerhalb dieser Sicht wird das Informationssystem bezüglich Ablauffolge und Hierarchiebildung von Funktionen in Form von Funktionsbäumen untersucht. Es wird davon ausgegangen, daß Hauptfunktionen, die Geschäftsprozesse unterstützen, in Teilfunktionen zerlegbar sind. So ist zum Beispiel die Bonitätsprüfung ein Teil der Auftragsfreigabe. Die Funktionsstruktur ist statisch und gibt keinen Aufschluß über die zeitliche Abfolge der Funktionen innerhalb eines Prozesses. Abläufe dagegen können z. B. in Netzplandiagrammen oder sehr detailliert in Struktogrammen dargestellt werden. Daneben wird durch Angabe der Bearbeitungsform festgelegt, ob die Funktion automatisch oder interaktiv abläuft. Auf den nachgelagerten Ebenen werden diese Beschreibungen bis hin zum Programmcode spezifiziert. Die dabei gebildeten Funktionsbausteine sind in unterschiedlichen betriebswirtschaftlichen Anwendungsfeldern wiederverwendbar, d. h. daß einem Geschäftsprozeß mehrere Funktionsbausteine angehören und umgekehrt ein Funktionsbaustein in mehreren Geschäftsprozesen Anwendung fin-

det. Neben weiteren möglichen Beschreibungsmethoden wird hier vor allem der hierarchieorientierte Modellansatz des Structured Analysis verwendet (vgl. Kapitel 3.3).

- *Organisationssicht*
  Auf der Fachebene in der Organisationssicht werden vorrangig Benutzerklassen und Organisationsstrukturen gebildet, die hierarchisch oder netzwerkartig verbunden sind. Ein bestimmter Mitarbeiter kann z. B. mehreren Fertigungsteams angehören. Die Darstellung der Organisation eines Unternehmens im ARIS-Ansatz wird mit Hilfe eines Organigramms veranschaulicht, das Organisationseinheiten bzw. Aufgabenträger und ihre Verknüpfungen enthält. Die Beschreibung der Zugriffsmöglichkeiten der Nutzer auf Informationssystemkomponenten dient schließlich auf der Implementierungsebene der Gestaltung des unternehmerischen Netzwerks.

- *Steuerungssicht*
  Die Steuerungssicht als zentrale Komponente der ARIS-Architektur definiert eine Verbindung der getrennt modellierten Daten, Funktionen und Organisationseinheiten. Schon allein die Tatsache, daß Funktionen die Transformation bzw. den Zustandsübergang von Datenobjekten beschreiben und diese ihrerseits in Form von derivativen Informationsobjekten Zwischenergebnisse der Bearbeitung aufnehmen zeigt, daß Daten- und Funktionssicht nicht getrennt voneinander entworfen werden können. Aus diesem Grund wird in dieser Sicht die Beziehung zwischen den Teilsichten wiederhergestellt. Werden einer Funktion mehrere Organisationseinheiten zugeordnet, erfolgt die Darstellung in einem Funktionszuordnungsdiagramm, welches zusätzlich die Bearbeitungsform mit angibt. Der Zusammenhang von Funktionssicht und Datensicht erfolgt über einen Steuer- bzw. Kontrollfluß entlang einer Folge von Ereignissen, der sich z. B. in der von der SAP AG entwickelten Form von *Ereignisgesteuerten Prozeßketten (EPK)* (vgl. Kapitel 4) einfach visualisieren läßt. Ablauforientierte Aspekte können in der ARIS-Architektur auch mit Vorgangsketten bzw. mit SADT-ähnlichen Darstellungen abgebildet werden. Der begleitende Datenfluß kann mit Hilfe von Informatinsflußdiagrammen ergänzt werden, wobei hier die Verbindungen zwischen Funktionen den Informationsfluß angeben. Die Verbindung von Daten- und Organisationssicht schließlich wird in einem Datenebenenkonzept festgelegt, das die Datenpflege bestimmten Einheiten der organisatorischen Ebene zuordnet. Scheer betont, daß in die Steuerungssicht unterschiedlichste Methoden eingeordnet werden können, läßt aber teilweise offen, wie die Konsistenz zwischen den einzelnen semantisch unterschiedlichen Methoden und den zerlegten Sichten gewährleistet werden kann.

Die entwickelte Grundkonzeption ist in den vergangenen Jahren konsequent für kommerzielle Zwecke weiterentwickelt worden, und das daraus entstandene ARIS-Toolset (ehemals CIM-Analyzer, ARIS-Analyzer, ARIS-Navigator und ARIS-Modeller) ist für die Entwicklung von kundenindividuellen Modellen und Referenzmodellen, z. B. das R/3-Referenzmodell der SAP AG, in einer Vielzahl von Projekten eingesetzt worden. (vgl. Jost et al. 1991, S. 33-64; vgl. Jost 1993; vgl. Nüttgens 1995, S. 56-59; vgl. Scheer 1996, S. 71-78).

3.2.3 Semantisches Objektmodell

Das von Ferstl und Sinz entwickelte *Semantische Objektmodell (SOM)* dient der Analyse und Spezifikation betrieblicher Informationssysteme (vgl. Ferstl/Sinz 1990, S. 567-581). Die Modellreichweite des SOM-Ansatzes umfaßt die Leistungs-, Lenkungs- und Ablaufsicht auf ein System von Geschäftsprozessen. In der Leistungssicht wird gezeigt, welche betrieblichen Leistungen von Geschäftsprozessen erstellt oder untereinander beauftragt werden. Eine Lenkungssicht gibt an, wie die an der Leistungserstellung beteiligten betrieblichen Objekte koordiniert werden. Die Ablaufsicht zeigt die ereignisgesteuerte Aufgabendurchführung innerhalb der Objekte.

Zu Beginn der Modellierung erfolgt die Abgrenzung des Unternehmens von der Umwelt. Dieser Ausschnitt aus der Realität wird als Diskurswelt bezeichnet und steht mit bestimmten Objekten der Umwelt durch Leistungs- und Informationsbeziehungen in Kontakt. Den Diskursweltobjekten sind Aufgaben zugeordnet, die auf allen betrachteten Ebenen der Erreichung des Unternehmenszieles dienen. Folglich stellt die Diskurswelt ein offenes und zielgerichtetes System dar (vgl. Ferstl/Sinz 1995, S. 211). Die Umweltobjekte zusammen mit der Diskurswelt bilden das Objektsystem, das die Gesamtheit der abzubildenden Realität umfaßt und damit Gegenstand der Unternehmensmodellierung ist. Eine weitere Zerlegung in Teilsysteme erfolgt parallel anhand von drei Abgrenzungskriterien:

- Da die Verrichtung einer Aufgabe an einem realem Objekt im Sinne eines Gegenstandes oder an einem Informationsobjekt vorgenommen werden kann, wird dementsprechend anhand des Objektprinzips zwischem dem Basissystem und dem Informationssystem unterschieden. Sämtliche Informationsbeziehungen, wie z. B. Datenübertragung, gehören demzufolge dem Informationssystem an, während rein materielle Beziehungen, wie z. B. Güterströme, dem Basissystem angehören.
- Aufgaben können prinzipiell von Personen oder Maschinen übernommen werden. Die Zuordnung der Aufgaben auf die Aufgabenträgerebene erfordert also die Abgrenzung in ein automatisiertes und ein nichtautomatisiertes Teilsystem. Diskursweltobjekte, die beiden Teilsystemen gleichermaßen angehören, werden als teilautomatisiert bezeichnet.
- Zusätzlich läßt sich die Aufgabendurchführung nach dem Phasenprinzip in einzelne Abschnitte unterteilen. Dem Lenkungssystem sind die Phasen Planung, Steuerung und Kontrolle und dem Leistungssystem die Durchführung der betrieblichen Aufgaben zugeordnet. In Anlehnung an das Regelkreisprinzip aus der Biologie bzw. der Elektrotechnik übernimmt das Lenkungssystem die Funktion des Reglers und das Leistungssystem die Rolle der Regelstrecke (vgl. Ferstl/Sinz 1993, S. 5).

Der automatisierte Teil des Informationssystems innerhalb der Diskurswelt, der sowohl Aufgaben des Lenkungssystems als auch des Leistungssystems wahrnehmen kann, wird als Anwendungssystem bezeichnet und ist innerhalb der Modellierungsreichweite des SOM-Ansatzes neben Personen eine wesentliche Ressource zur Unterstützung von Geschäftsprozessen. Der SOM-Ansatz unterscheidet in der Unternehmensarchitektur in die drei Modellebenen Unternehmensplan, Geschäftsprozeßmodelle und Anwendungssystemspezifikationen.

- Der Unternehmensplan beschreibt aus Außensicht die Abgrenzung der Diskurswelt und bestimmt neben strategischen Zielsetzungen Wertschöpfungsketten und Erfolgsfaktoren.
- Anhand dieser Vorgaben stellt die Geschäftsprozeßebene Lösungsverfahren zu deren Umsetzung bereit, die zur Innensicht des betrieblichen Systems gehören.
- In der dritten Modellebene wird auf der Grundlage der 2. Ebene der automatisierbare Teil der Geschäftsprozesse in Form einer fachlichen Spezifikation von Anwendungssystemen betrachtet.

„Ein derartiges Gesamtmodell ist ein zentrales Hilfsmittel für eine permanente, evolutionäre Anpassung und damit für den Erhalt der Lebensfähigkeit der Unternehmung" (Ferstl/Sinz 1995, S. 212).

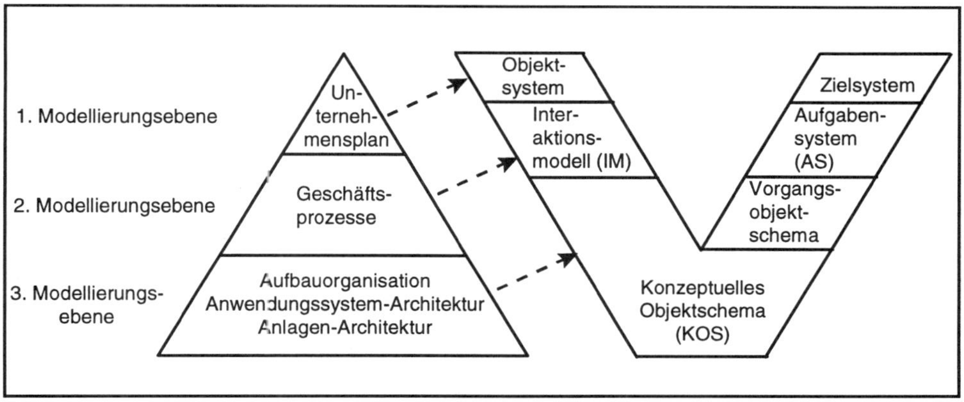

Abb. 3.4: Architektur des semantischen Objektmodells (aus: Ferstl/Sinz 1995, S. 212/213)

Die Integration dieser Ebenen erfolgt anhand des Metamodells (Regelwerks), das die Geschäftsprozeßmodellierung auf eine einheitliche Basis stellt und eine Beziehung zwischen den einzelnen Teilen herstellt. Zur Anwendung der Grundkonstrukte wird im SOM-Ansatz unter der Bezeichnung V-Modell eine Vorgehensweise beschrieben (vgl. Ferstl/Sinz 1991, S. 477-491).

Die Vorgehensweise zum SOM-Ansatz stellt die verschiedenen Ebenen entsprechend des linken und des rechten Schenkels in einer verhaltens- und einer strukturorientierten Sichtweise dar. Das V-förmige Symbol teilt sich auf in drei Ebenen, die mit denen der Unternehmensarchitektur korrespondieren. Der Abstand zwischen den beiden Schenkeln bedeutet zusätzlich, daß die Freiheitsgrade in der Modellierung beider Sichtweisen mit zunehmender Konkretisierung des Anwendungssystems von oben nach unten abnehmen. Die drei Ebenen werden nacheinander durchlaufen, wobei die Modellsichten einer Ebene in Abstimmung zueinander erstellt werden.

- Auf der ersten Ebene erfolgt die Abgrenzung des Objektsystems und der dazugehörigen Aufgaben im Zielsystem. Ersteres umfaßt alle strukturrelevanten Merkmale von Wertschöpfungsketten der Diskurswelt. Das Zielsystem legt hierfür Sach- und Formalziele fest, wobei Sachziele festlegen, was gemacht wird, und Formalziele die entsprechenden Gütekriterien beschreiben. Ein typisches Formalziel ist Kostenminimierung zur näheren Bestimmung des Sachziels Güterproduktion. Die Modellierung auf dieser Ebene erfolgt in der Regel in Textform.

- Darauf aufbauend werden in der zweiten Ebene aus Leistungs- und Lenkungssicht die Struktur sowie aus Ablaufsicht das Verhalten der Geschäftsprozesse modelliert und anhand des hierarchischen Zerlegungskonzeptes verfeinert. Die Darstellung ist semiformal in Diagrammen veranschaulicht. Die zulässigen Zerlegungsstrukturen werden anhand der Produktionsregeln für Objekt- und Transaktionszerlegung abgeleitet, so daß Konsistenz und Vollständigkeit des Modells verifiziert werden können. Betriebliche Objekte kapseln Struktur und Verhalten in Form des objektinternen Speichers und den darauf angewandten Lösungsverfahren einer Aufgabe. Sie verarbeiten Leistungs- oder Lenkungspakete, die über Kommunikationskanäle als betriebliche Transaktion ausgetauscht werden. Transaktionen sind folglich die verbindenden Elemente in einem System zusammenhängender Geschäftsprozesse. In der strukturorientierten Sicht in Form des Interaktionsmodells werden Objekte und Transaktionen stufenweise zerlegt. Ein Objekt kann nach dem hierarchischen Regelungsprinzip in ein Regler- und ein Regelstreckenobjekt zerlegt werden, die über Planungs-, Steuerungs- und Kontrolltransaktionen miteinander verbunden werden. Eine flache Koordination zwischen Objekten nach dem Verhandlungsprinzip wird durch die Zerlegung einer Transaktion in die Phasen Anbahnung, Vereinbarung und Durchführung erreicht. Das Verhalten dieses Systems wird durch die Sach- und Formalziele des Zielsystems gesteuert, die die beteiligten Aufgaben determinieren. Die Durchführung der Lösungsverfahren einer Aufgabe werden als Vorgang bezeichnet (vgl. Ferstl/Sinz 1993, S. 54-57). Entsprechend der gebildeten Detaillierungsschritte im Interaktionsmodell werden die Vorgänge der Aufgabendurchführung in Vorgangs-Ereignis-Schemata im Aufgabensystem zusammengefaßt. Analog zu Petri-Netzen wird ein Vorgang in einem Diskursweltobjekt durch ein Vorereignis angestoßen, gegebenenfalls über mehrere objektinterne Ereignisse abgebildet und ein Nachzustand erzeugt, der wiederum als Input eines Nachfolgers dienen kann.

- Unter Berücksichtigung der Möglichkeiten der Informationstechnologie werden in der dritten Ebene die zu automatisierenden Teile der Geschäftsprozesse abgegrenzt. Daraus wird die fachlichen Spezifikation eines Anwendungssystems entwickelt, bestehend aus einem konzeptuellem Objektschema und dem darauf aufbauenden Vorgangsobjektschema. Die Darstellung der konzeptuellen Objekte basiert auf einer objektorientierten Erweiterung des *Strukturierten Entity-Relationship-Modells (SERM)* (vgl. Sinz 1990, S. 17-29; vgl. Ferstl/Sinz 1993, S. 154) und umfaßt konzeptuelle Objekttypen des Anwendungssystems und ihre Informationsbeziehungen. In der verhaltensorientierten Sicht legen Vorgangsobjekttypen das Zusammenwirken konzeptueller Objekttypen bei der Aufgabendurchführung fest.

Abweichend von der oben festgelegten Reihenfolge kann für eine Reorganisation oder Gestaltung der Geschäftsprozesse eines Unternehmens in der Form abgewichen werden, daß zunächst eine Ist-Analyse auf der 2. Ebene erfolgt, deren Ergebnisse daraufhin mit den Zielsetzungen des Unternehmensplans abgestimmt werden. Jeder Geschäftsprozeß wird dabei auf seine Sachzielerreichung zur Umsetzung des Unternehmensplans hin untersucht.

3.2.4 Knowledge Acquisition and Documentation Structuring

Der Ansatz *Knowledge Acquisition and Documentation Structuring (KADS)* verfolgt das Ziel, die Entwicklung wissensbasierter Systeme zu vereinfachen, wobei der Schwerpunkt auf der Modellierung der Wissensbasis liegt (vgl. Hickman 1989, S. 12-56).

Für die Unternehmensmodellierung auf begrifflicher Ebene ist die erste Phase des KADS-Ansatzes, die Erstellung des konzeptuellen Modells, am wichtigsten. Diese Phase ist auf der epistemologischen Ebene der Wissensrepräsentation einzuordnen und innerhalb des Projektes am weitesten entwickelt. Sie ist unterteilt in die vier aufeinander aufbauenden Schichten Domain, Inference, Task und Strategy layer. Diese beschreiben jeweils eine andere Sicht auf die Domäne.

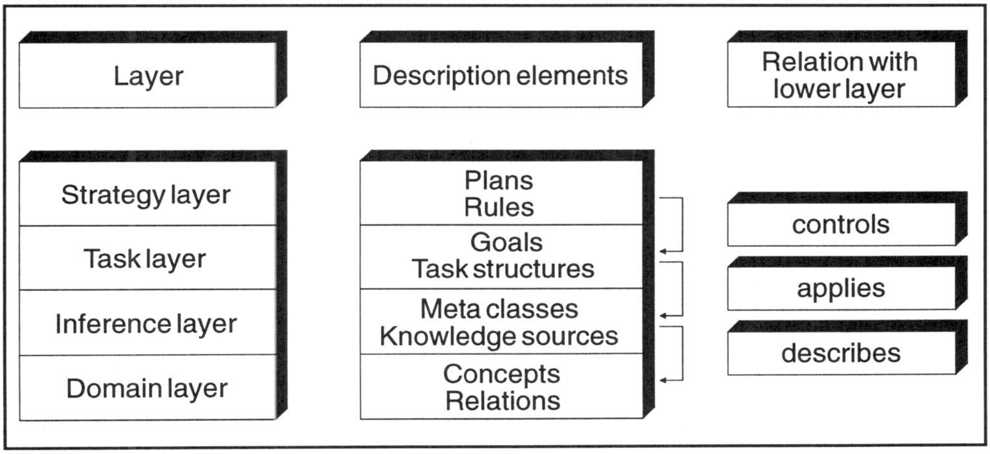

Abb. 3.5: Die vier Sichten des konzeptuellen Modells (aus: Wielinga et al. 1987, S. 106)

Die *Domain layer* ist der Ausgangspunkt der Modellierung. In dieser Schicht wird das unstrukturierte Wissen der Domäne durch die Begriffe Konzept und Relation in eine Form gebracht, die z. B. in einem semantischen Netz abgebildet und als Graph dargestellt werden kann. Die Beschreibung ist extensionaler Art, d. h., es werden die einzelnen Instanzen beschrieben. Ziel ist es, die Domäne in eine für die Datenverarbeitung verwendbare Form zu bringen. Die Konzepte der Domain layer werden auf der Inference layer typisiert, d. h. in Klassen (metaclasses) eingeteilt. Auf der Task layer wird prozedurales Wissen aus Zielsicht beschrieben. Beschreibungselemente sind *task*, *goal* und *program*. Die Strategy layer dient zur Beschreibung von Plänen und Strategien. Als Methode zur Modellierung von Plänen schlägt der KADS-Ansatz Regeln vor, ohne deren Syntax und Semantik näher zu spezifizieren.

Die einzelnen Modellelemente wurden im Rahmen der Bildung von Geschäftsprozessen und objektorientierten Organisationsstrukturen auf die Anforderungen der Unternehmensmodellierung übertragen (vgl. Keller 1993, S. 103-306).

Die verbal beschriebene Layer-Technik des KADS-Ansatzes wurde zur Darstellung verschiedener betrieblicher Sichtweisen in eine graphische Form gebracht. Die unterste Ebene des konzeptuellen Modells im KADS-Ansatz entspricht bei der Unternehmensmodellierung dem Vorliegen der unternehmensspezifischen Sachverhalte. Das Wissen über das Unternehmen ist hier der Ausgangspunkt jeder Entwicklung. Zu Beginn der Unternehmensmodellierung ist die Beschreibung betrieblicher Sachverhalte (Realität) extensionaler Art. Es können Daten und Funktionen im Unternehmen sein. Daten liegen in der Realität in verschiedenen Dateien, Akten, Köpfen der Mitarbeiter usw. teils sichtbar, teils unsichtbar vor. Wichtig ist, daß das zur Modellierung notwendige Wissen herausgefiltert und in eine zusammengehörende Struktur gebracht wird.

Auf der *Inference layer* werden die Informationsobjekte des Unternehmens als Metaclasses und die Funktionstypen als Knowledge sources beschrieben. Der Funktionstyp hat als Attribute *input*, *output*, *method* und *support*. In der Method wird das verwendete Transformationsverfahren verbal beschrieben. Input, Output und Support stellen Metaclasses dar. Der Input beschreibt die Informationsobjekte, die transformiert werden, und der Output die Informationsobjekte, die Ergebnis der Transformation sind. Support ist unterstützendes Wissen. Dies können z. B. Lexika, Normteilbibliotheken, Karteien usw. sein.

Durch das Einbringen der Informationsobjekte des UDMs als Metaclasses erhält man in dieser Ebene zusammen mit den Knowledge sources ein Modell der im Unternehmen anfallenden Daten und Funktionen. Man erhält somit ein semantisches Unternehmensdaten- und -funktionenmodell (UDFM), in dem die Daten und Funktionen integriert dargestellt werden. Das UDFM stellt somit eine Verknüpfung von Funktionen und Informationsobjekten im Sinne von Input-Output-Beziehungen dar. Jedoch werden keine Aussagen über Abläufe und ihre Steuerung getroffen.

In der *Task layer* werden die als *task* bezeichneten Aufgaben beschrieben. Jede Task hat ein Attribut *goal*. Das Goal stellt die Verbindung zu dem verfolgten und durch die Aufgabe zu erfüllenden Ziel dar. Das Ziel wird durch eine Metaclass repräsentiert. Dabei können die Tasks entweder direkt durch eine Knowledge source oder durch Dekomposition in Teilaufgaben und Teilziele realisiert werden.

Die Dekomposition der Tasks erlaubt folgende drei Typen:

- *Simple task*
  Die Simple task beschreibt eine zielgerichtete Sicht auf die Knowledge source. Die Simple task hat als Attribute eine Knowledge source und eine Metaclass. Die Knowledge source stellt hierbei die Realisierung, die Metaclass das Ziel dar.
- *Complex task with subtasks*
  Dieser Task sind neben der Metaclass als Goal noch Metaclasses als Subtasks zuge-

ordnet. Darüber hinaus hat die Complex task with subtasks noch ein *program* als Attribut. Dort wird textuell beschrieben, in welcher Reihenfolge und auf welche Art die Subtasks aktiviert werden sollen und somit die Ablaufsteuerung auf der Aufgabenebene definiert.

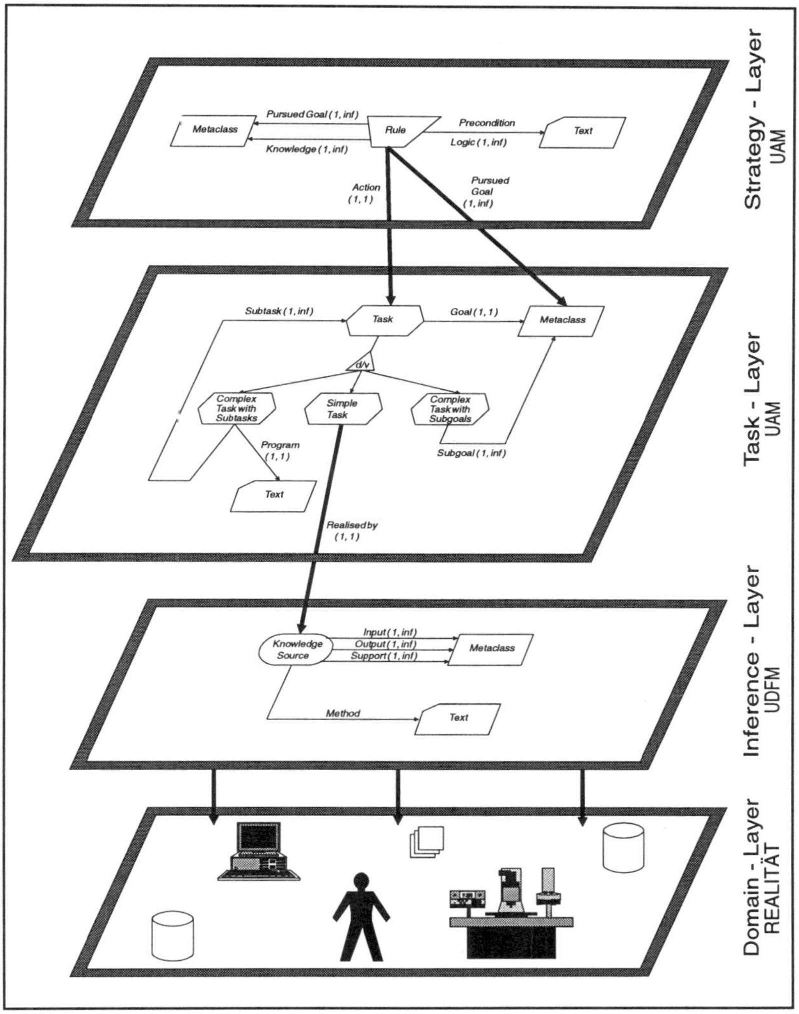

Abb. 3.6: Elemente und Verknüpfung der Ebenen des Unternehmensmodells (aus: Keller 1993, S. 117)

- *Complex task with subgoals*
  Dieser Task sind neben der Metaclass als Goal noch Metaclasses als Subgoals zuge-

ordnet. Diese Task beschreibt, wie ein Ziel durch Verfolgung von Teilzielen zu erreichen ist. Sie stellt die Verbindung zum Strategy layer dar.

Auf der *Strategy layer* wird mit Hilfe von Regeln (rules) modelliert, welche Tasks zur Erreichung von welchem Goal unter welchen Bedingungen sinnvoll einzusetzen sind. Die Attribute der Regeln lassen sich in die Gruppe der Bedingungsteile und der Aktionsteile aufteilen. In dem Bedingungsteil wird beschrieben, welche Metaclasses bereits als Wissen (knowledge) modelliert sein müssen und welche Ziele (pursued goals) verfolgt werden sollen, damit eine Task sinnvoll eingesetzt werden kann. Damit die Bedingungen der Regeln vollständig beschrieben werden können, wird noch eine textuelle Beschreibung verwendet. Sie enthält den logischen Zusammenhang der Attribute des Bedingungsteils (precondition logic). Der Aktionsteil besteht aus einem Attribut *action*. Diesem ist eine Task zugeordnet, die ausgeführt werden soll, wenn der Bedingungsteil erfüllt ist. In der folgenden Abbildung sind die Zusammenhänge der einzelnen Modellierungsebenen aufgeführt.

3.2.5 Object-Oriented Information Engineering

Der Ansatz des *Object-Oriented Information Engineering (OOIE)* wurde von James Martin vorgeschlagen (vgl. Martin 1993) und zusammen mit James J. Odell weiterentwickelt und präzisiert (vgl. Martin/Odell 1995). In diesen Ansatz gehen Erfahrungen und Elemente der Datenmodellierung und der objektorientierten Analyse ein.

Ziel der Methode ist die Modellierung von Objekten für Unternehmen und ihre zugehörigen Anwendungssysteme. Auf der obersten Ebene des Vorgehensmodells werden unternehmensweite Objekte beschrieben, die durch schrittweise Detaillierung auf den nachfolgenden Ebenen zur Bildung von Objekten des Anwendungssystemmodells führen. Betont wird dabei auf jeder Ebene die Modellierung von Struktur- und Verhaltenseigenschaften (Object Structure bzw. Object Behavior).

Martin sieht in der Architektur die Ebenen Enterprise Planning, Business Area Analysis, System Design und Construction vor. Die Ebene der Unternehmensplanung (Enterprise Planning) dient der Betrachtung von Unternehmenszielen und kritischen Erfolgsfaktoren, der Bildung eines Überblicks über das Unternehmen und der Identifikation von *high level object types*. Auf der Ebene der Geschäftsbereichsanalyse (Business Area Analysis) wird nicht mehr das Unternehmen als Ganzes, sondern nur noch einzelne Geschäftsfelder und Wertschöpfungsketten betrachtet. Diese werden als Objekte mit zugehörigem Verhalten dargestellt. Die Unternehmensplanebene und die Geschäftsprozeßebene werden durch die Vorgehensweisen Object Structure Analysis (OSA) und die Object Behavior Analysis (OBA) für die Modellierung von Struktur- und Verhaltenseigenschaften der einzelnen Modellebenen abgedeckt. Die Ebene des System Design dient der Bereitstellung eines Anwendungssystemmodells, in dem Klassen des Anwendungssystems mit ihren Methoden enthalten sind. Als Grundlage für die Klassenbildung dienen die Objekttypen der Business Area Analysis. Aufbauend auf dem Entwurf des Anwendungssystems soll in der Ebene Construction das Anwendungssystem weitgehend auf der Verwendung von Code-Generatoren basiert erstellt werden.

Auf allen Ebenen ist durch Suchen nach Gemeinsamkeiten von Objekten bzw. Klassen und der Kapselung dieser Gemeinsamkeiten in einem Objekttyp bzw. einer Klasse Wiederverwendung zu ermöglichen. Auf der Ebene Enterprise Planning werden wiederverwendbare Objekte (common objects), auf der Ebene des Business Area Analysis wiederverwendbare Prozesse und auf der Ebene des System Design wiederverwendbare Prozeduren, Nutzerschnittstellen und Methoden identifiziert. Die Wiederverwendung soll durch ein zentrales Modell-Repository unterstützt werden (vgl. Martin 1993, S. 245-257).

Im folgenden wird der Schwerpunkt auf die beiden obersten Ebenen gelegt, um dort die relevanten Aspekte zur Geschäftsprozeßgestaltung herauszuarbeiten. Vorab soll festgehalten werden, daß die Beziehungen zwischen den beiden Ebenen durch die Spezialisierung von Produkten der Objektflußdiagramme zu Objekttypen der Object Structure Analysis und durch die Spezifikation von Activities der Objektflußdiagramme durch Ereignisdiagramme der Object Behavior Analysis erfolgen.

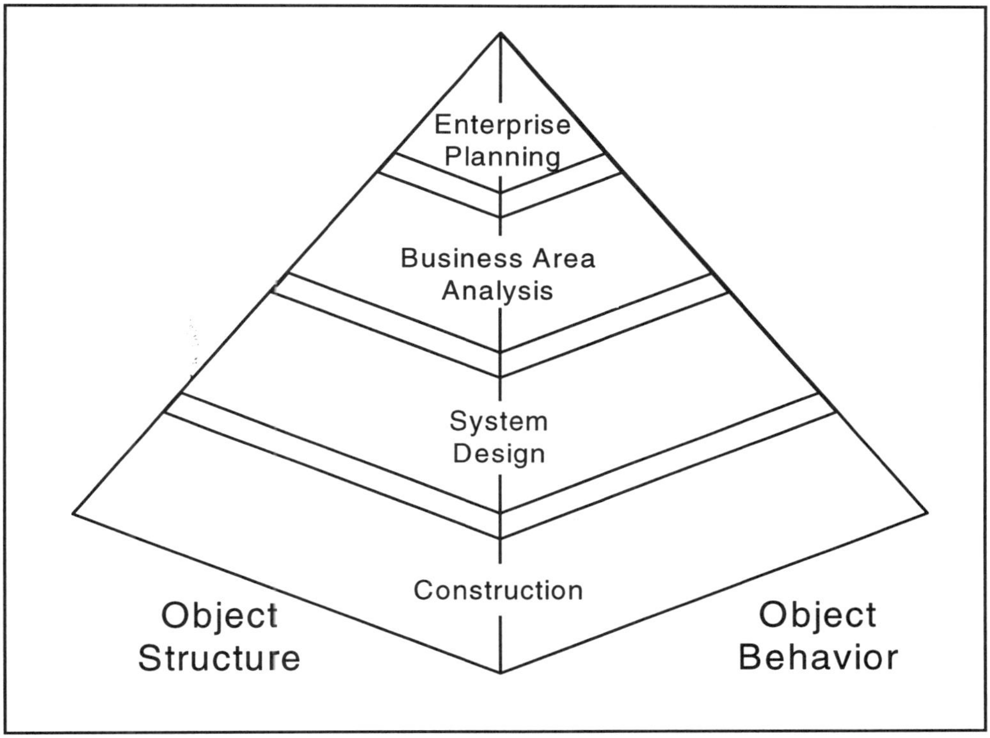

Abb. 3.7: Architektur zu Object-Oriented Information Engineering (aus: Martin 1993, S. 244)

- *Unternehmensplanmodellierung*
  Ziel der Unternehmensplanebene (Enterprise Planning) ist die Bereitstellung eines

Überblickes für das *top management*. Dabei sollen insbesondere Ziele und kritische Erfolgsfaktoren sowie *high level objects* im Modell des Unternehmensplans beschrieben sein (vgl. Rockart 1982, S. 3-13). Zwar sind die auf der Unternehmensplanebene modellierten Objekte eng mit den strategischen Unternehmenszielen und kritischen Erfolgsfaktoren verbunden, die Ziele und kritischen Erfolgsfaktoren werden aber nicht explizit modelliert. So ist die Beziehung zwischen Objekten und Zielen bzw. kritischen Erfolgsfaktoren nicht nachvollziehbar. Vielmehr bietet die Unternehmensplanebene einen Überblick über das Unternehmen, das strukturseitig durch eine Objektkategorisierung (Object Categorization), verhaltensseitig durch ein oder mehrere Objektflußdiagramme dargestellt wird.

Eine Besonderheit beim Ansatz von Martin und Odell ist das Objektflußdiagramm (Object Flow Diagram). Es dient der vereinfachten Darstellung von erfolgsentscheidenden Geschäftsprozessen auf einer Überblicksebene für strategische Zwecke sowie der Produkte, die diese Prozesse herstellen und austauschen. Im Objektflußdiagramm werden Produkte (Products), wie z. B. Waren, Halbfabrikate und Nebenprodukte, die in einem Unternehmen produziert oder konsumiert werden, zusammen mit den Geschäftsprozessen (Activities), die die Produkte austauschen, dargestellt. Es zeigt also auf, wie Produkte innerhalb eines Unternehmens von Geschäftsprozessen produziert und konsumiert werden. Weiterhin werden externe Abnehmer (External Entities) von Produkten dargestellt, wie z. B. Kunden eines Handelsunternehmens. Für Produkte und Geschäftsprozesse können Subtypen gebildet werden. In Anlehnung an den Wertschöpfungsketten-Ansatz von Porter unterscheiden auch Martin/Odell zwischen Primary Activities und Supporting Activities. Letztere werden normalerweise nicht im Objektflußdiagramm abgebildet. Activities stellen eine Außensicht auf die Geschäftsprozesse dar. Soll die Innensicht eines Prozesses modelliert werden, greift der OOIE-Ansatz auf Ereignisdiagramme zurück (vgl. Martin/Odell 1996, S. 109-129).

- *Geschäftsprozeßmodellierung*
  Die Objekttypen der Enterprise Planning-Ebene werden zu Objekttypen der Business Area Analysis-Ebene spezialisiert. Im Geschäftsprozeßmodell werden Objekttypen und deren Beziehungen in Objektdiagrammen, Verhalten von Objekttypen unter Verwendung von Ereignisdiagrammen beschrieben.

  – *Object Structure Analysis (OSA)*
    Object Structure Analysis beinhaltet die Modellierung der Struktursicht objektorientierter Systeme in Form von Objekttypen und ihren Beziehungen. Die durchzuführenden Schritte der Identifikation von Objekttypen, Super- und Subtypen von Objekttypen, Identifikation von Beziehungen und sogenannten Business Rules werden in einem Vorgehensmodell explizit beschrieben. Es können Subtypen-Hierarchien (Generalisierung) und Composed-of-Strukturen (Aggregation) modelliert werden. Bei der Generalisierung werden zwei Formen der Zerlegung (Partition) unterschieden: vollständige und unvollständige Partition. Diese Hierarchien können dann auch verwendet werden, um einerseits detaillierte Sichten und andererseits Überblickssichten auf das Modell zu bilden. Die oben genannte Technik der Generalisierung sollte angewandt werden, um die Anzahl der modellierten

Objekttypen zu minimieren (vgl. Martin 1993, S. 85-95; vgl. Martin/Odell 1996, S. 53-55). „This leads to a high level of reusability" (Martin 1993, S. 95).

- *Object Behavior Analysis (OBA)*
  Die Verhaltenssicht von Objekten wird im Rahmen der Object Behavior Analysis (OBA) modelliert. Dazu werden Zustandsübergangsdiagramme und Ereignisdiagramme benutzt. Objekte können sich in verschiedenen Zuständen befinden. Eine Zustandsänderung eines Objektes ist eine Änderung von Attributwerten oder eine Änderung von Beziehungen eines Objektes. Sie löst eine Operation aus: Operationen führen zu Zustandsänderungen. Zustandsänderungen werden in Zustandsübergangsdiagrammen dargestellt.

  Ein Geschäftsprozeß wird beim Ansatz von Martin/Odell in sogenannten *Event Diagrams* (Ereignisdiagrammen) modelliert. Die Modellierungselemente in Ereignisdiagrammen sind Operationen (Operations) und Ereignistypen (Event Types). Ein Ereignis ist eine bedeutsame Zustandsänderung eines Objektes. Die betrachteten Ereignistypen sind Ergebnisse von Operationen. Eine Operation bewirkt eine Zustandsänderung eines Objektes. Die Beziehungen in Ereignisdiagrammen sind sogenannte Trigger Rules. Trigger Rules rufen eine Operation auf, wenn ein Ereignis eingetreten ist. Operationen werden auf Objekte angewandt und können Vor- und Nachbedingungen besitzen, die als Regeln formuliert werden. Eine Vorbedingung muß erfüllt sein, bevor eine Operation ausgeführt wird, und eine Nachbedingung ist erfüllt, wenn die Operation korrekt abgelaufen ist. Zusätzlich muß vor der Durchführung einer Operation die Kontrollbedingung erfüllt sein. Der Unterschied zwischen der Kontrollbedingung (Control Condition) und einer Vorbedingung ist, daß diese anwendungssystemunabhängig ist, während die Kontrollbedingung anwendungssystemabhängig ist. Soll es möglich sein, daß verschiedene Ereignisse eine Operation auslösen, dann werden die *Trigger Rules* einfach nur bei der entsprechenden Operation zusammen geführt. Auch bei diesem Modell ist eine Hierarchisierung möglich: Ereignisse können in Sub-Ereignisse partitioniert werden, ganze Ablauffolgen können zu Operationen auf höherer Ebene zusammengefaßt werden (vgl. Martin/Odell 1996, S. 66-126).

Die oben erläuterten Modelle hängen stark zusammen. So ist z. B. ein Ereignis eine Zustandsänderung eines Objektes. Daher begründet sich die starke Interdependenz zwischen dem Ereignisdiagramm und dem Zustandsübergangsdiagramm. Es gibt mehrere Möglichkeiten, diese zu visualisieren. Insbesondere ist das Zustandsübergangsdiagramm nützlich, um zu überprüfen, ob die Zustände und Zustandsübergänge richtig und *vollständig* im Ereignisdiagramm erfaßt wurden.

3.3 Methoden

Die Einteilung und Abgrenzung von Methoden ist ebenso schwierig wie die eindeutige Charakterisierung von Architekturen, da sich widersprüchliche Angaben in der Literatur finden. So wird Methode einerseits im weiteren Sinne als Überbegriff gesehen, der sowohl Architektur als auch Vorgehensaspekte beinhaltet. Andererseits stehen Methoden im engeren Sinne auf der gleichen Ebene wie Vorgehensweisen. Methoden haben dabei *statisch-konstruktiven Charakter*, Vorgehensmodelle zeigen eine *zeitlich-logische Gliederung* innerhalb der Entwicklung auf. Im folgenden wird der Begriff der Methode im engeren Sinne verstanden, d. h. die Beschreibungssprachen bzw. Darstellungsmittel (statisch-konstruktiver Charakter) stehen im Vordergrund (vgl. Nüttgens 1995, S. 5-68). Der Aspekt der Vorgehensweise wird explizit in Kapitel 5 betrachtet.

Im Zusammenhang mit der organisatorischen Beschreibung von Unternehmen und der Charakterisierung von Anwendungssystemen gibt es eine Vielzahl von unterschiedlichen Ansätzen mit den verschiedensten Methoden. Sie lassen sich wie folgt differenzieren:

- nach dem schwerpunktmäßigen Einsatz innerhalb der Phasen des Anwendungsentwicklungsprozesses
- nach der Beschreibungsnähe zur Informationstechnik
- nach der Betrachtungsweise auf ein betriebswirtschaftliches Problem

Differenziert man die gängigen Methoden in ihre grundlegenden Kernelemente, so zeigt sich, daß zum einen strukturorientierte oder verhaltensorientierte Fragestellungen im Vordergrund stehen. Zum anderen werden mehr oder weniger datenorientierte, funktions- bzw. aufgabenorientierte oder organisationsorientierte Aspekte berücksichtigt. Im folgenden wird eine Unterteilung der Methoden nach ihrer Herkunft in den Wissenschaftsdisziplinen unterschieden. Dies sind zum einen die Informatik, zum anderen die Betriebswirtschaftslehre. Es sei an dieser Stelle darauf hingewiesen, daß die in die Betriebswirtschaftslehre (vgl. Kapitel 3.3.2) eingeordneten Methoden *Datenflußplan* und *Programmablaufplan* ebenso zu den IT-orientierten Methoden gezählt werden können. Darüber hinaus ist zu erwarten, daß im Zuge der zunehmenden Computerisierung in den Unternehmen sich die Darstellungsformen weiter mischen bzw. in die eine oder andere Richtung erweitern werden.

3.3.1 IT-orientierte Methoden

Informationstechnikorientierte Methoden haben ihren Ursprung in der Welt der klaren, eindeutigen und widerspruchsfreien Logik, die analytisch aufgebaut ist. Die Extremform des binären Zustands von *Aktiv* und *Deaktiv* der Computersysteme sollte in mehr semantische Beschreibungsformen übertragen werden. Als ein erster Ansatz hierzu ist sicherlich das von Nassi und Shneiderman entwickelte Struktogramm anzusehen, das die Prinzipien Reihung, Verzweigung und Wiederholung (Schleife) beinhaltet (vgl. Nassi/Shneiderman 1973, S. 12-26). Ebenso sind die weit verbreiteten Datenfluß- und Programmablaufpläne zu den ersten Methoden der Informationssystementwicklung zu zählen. Einige ausgewählte Methoden, die sich entweder mit struktur-, verhaltensorientierten oder beiden Aspekten der Informationssystemgestaltung befassen, werden im folgenden beschrieben.

- *Entity-Relationship-Modell*
  Das *Entity-Relationship-Modell (ERM)* wurde von Chen entwickelt (vgl. Chen 1976, S. 9-36). Die von Chen entwickelte Beschreibungssprache hat sich als geeignetes Mittel für die Erstellung eines systemunabhängigen Entwurfs von Datenbanksystemen

herausgestellt. Chen unterscheidet zwischen den Grundelementen Entities, Beziehungen und Attribute. Entities sind individuelle und identifizierbare Exemplare von Dingen, Personen oder Begriffen der realen oder der Vorstellungswelt. Ein Entity wird durch bestimmte Eigenschaften beschrieben, z. B.:

- Kunde 4711, Schneider GmbH, 4000 Düsseldorf
- Kunde 4712, Maier AG, 8000 München

Entities können zu Klassen zusammengefaßt werden. Für Einzelobjekte (Entities) mit gemeinsamen Merkmalen wird ein Entity-Typ bestimmt. Sie entsprechen somit einer Zusammenfassung unterschiedlicher, aber aufgrund bestimmter Eigenschaften ähnlicher Entities. So umfaßt der Entity-Typ KUNDE alle Kunden eines Unternehmens. Eine Beziehung, auch Relation genannt, ist eine logische Verknüpfung zwischen ein, zwei oder mehreren Entities, ein Beziehungstyp eine logische Verknüpfung zwischen ein, zwei oder mehreren Entity-Typen. Somit können Beziehungen bzw. Beziehungstypen nur in Verbindung mit den betreffenden Entities bzw. Entity-Typen existieren. Ein Beispiel für eine Beziehung ist ein konkretes Unternehmen, das ein Produkt kauft. Der Vorgang, daß Kunde 4711, Schneider GmbH, das Produkt 5813, Autoradios, in einer bestimmten Menge kauft, stellt eine einzelne Beziehung dar. Im semantischen Datenmodell, wo von den Einzelausprägungen der realen Welt abstrahiert wird, stellt sich der Sachverhalt, daß unterschiedliche Kunden verschiedene Produkte kaufen, wie folgt dar. Die Menge aller Beziehungen, die einen Kaufvorgang zwischen Kunde und Produkt darstellen, bilden den Beziehungstyp KAUFT. Zwischen den Entity-Typen können unterschiedliche Mengenbeziehungen auftreten. Die Art der Verknüpfung, d. h. die Häufigkeit des Vorkommens der Elemente in einer Beziehung, wird als Kardinalität bezeichnet. Attribute sind Eigenschaften von Entity-Typen. So kann der Entity-Typ KUNDE durch die Attribute Kundennummer, Kundenname, Adresse usw. beschrieben werden. Attributsausprägungen stellen konkrete Werte der Eigenschaften dar. Durch sie werden einzelne Entities, also Sachverhalte der realen Welt, beschrieben.

Graphisch werden Entity-Typen als Rechtecke, Beziehungstypen als Rauten dargestellt. Attribute werden durch Kreise oder Ellipsen dargestellt und mit den Entity- bzw. Beziehungstypen durch eine Kante verbunden. Den Entity-Typ identifizierende Attribute, sogenannte Schlüsselattribute, werden unterstrichen. Das Grundmodell wurde in den vergangenen Jahren sukzessive erweitert, z. B. um die Aspekte der Generalisierung und Spezialisierung, und hat zu vielfältigen Modifikationen geführt (vgl. Hars 1994, S. 6-128; vgl. Scheer 1990, S. 23-43; vgl. Seubert 1991, S. 87-109; vgl. Seubert et al. 1995, S. 15-23; vgl. Sinz 1990, S. 17-29).

- *Structured Analysis*
Ausgangspunkt der Entwicklung von *Structured Analysis (SA)* war die Idee, die Anforderungsanalysephase und -definitionsphase des Softwareentwicklungsprozesses methodisch zu unterstützen. Wurden bis dorthin die Funktionen weitestgehend isoliert betrachtet, hatte de Marco das Ziel, die funktionalen Zusammenhänge aufzuzeigen. Somit stehen dort nicht wie beim ERM die Analyse der Datenstrukturen, sondern die Betrachtung der Datenflüsse im Vordergrund (vgl. de Marco 1978, S. 15-178; vgl. Ward/Mel-

lor 1985). Structured Analysis besteht im wesentlichen aus den Komponenten *Datenflußdiagramme*, *Data Dictionary* und *Minispezifikationen*. Datenflußdiagramme beinhalten Datenflüsse (dargestellt durch Pfeile), Prozesse oder Knoten (dargestellt durch Kreise), Dateien oder Datenspeicher (dargestellt durch zwei parallel verlaufende gerade Linien), Quellen und Senken (dargestellt durch Rechtecke), Und-Verknüpfungen von Datenflüssen (dargestellt durch Sterne) und Oder-Verknüpfungen von Datenflüssen (dargestellt durch ein Kreuz). Das Data Dictionary umfaßt die Definitionen über die Datenflüsse, die Komponenten der Datenflüsse, die Dateien und die Prozesse. Die Minispezifikationen, die zur eigentlichen Beschreibung der Funktionen auf der Basisebene dienen, bestehen aus einer Beschreibung des zu erzielenden Ergebnisses und den Transformationsregeln, die den Umwandlungsprozeß der Ein- in Ausgabedaten beschreiben.

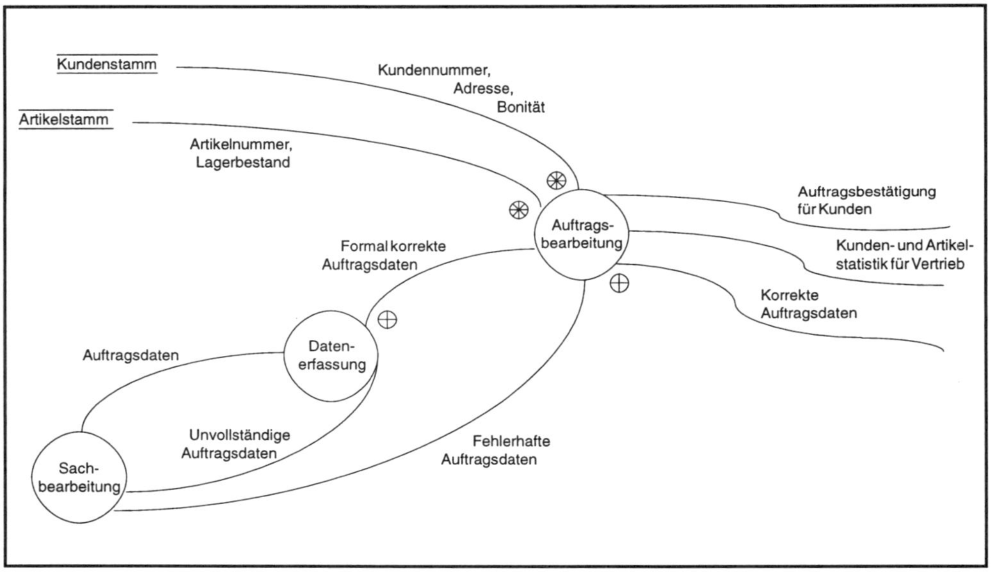

Abb. 3.8: Datenfluß im Structured Analysis zur Auftragsbearbeitung (aus: Scheer 1990, S. 130)

Ergänzend zu dem hier aufgeführten Beispiel bietet Structured Analysis eine hierarchische Zerlegung eines komplexen Sachverhaltes an. Auf der obersten Ebene werden sogenannte *Kontext-Diagramme* angelegt, die die Verbindung zur Umwelt charakterisieren. Diese werden durch Rechtecke symbolisiert. Auf den unteren Ebenen werden dann die Datenflußdiagramme dargestellt. Durch die Zerlegung der in den Blasen stehenden Prozeßnamen bzw. Funktionsnamen erhält man eine hierarchische Struktur.

Eine Schwachstelle von Structured Analysis ist die Einschränkung auf die Darstellung der Datenflüsse und der dazugehörigen Funktionen. Verschiedene Autoren haben deshalb eine Erweiterung der Methode zur Darstellung von Kontroll- bzw. Steuerungsflüssen vorgenommen, um damit den Erfordernissen von Echtzeitsystemen gerecht zu werden. Analog der Beschreibung der Datenflüsse in Datenflußdiagrammen, Data Dictionary und Minispezifikationen werden auch die Kontrollflüsse durch Kontrollflußdiagramme, -spezifikationen und Control Dictionary charakterisiert. Die Erweiterung von Structured Analysis zur Realtime-Abbildung Structured Analysis/Real Time (SA/RT) erlaubt es, sowohl den Datenfluß als auch den Kontrollfluß abzubilden. Damit die Daten- und Kontrollflußdiagramme übereinstimmen, werden in beiden Diagrammen die identischen Teilsysteme auf den einzelnen Hierarchiestufen dargestellt. Prinzipiell besteht aber auch die Möglichkeit, beide Sachverhalte in einem Diagramm abzubilden. Der zeitlich-logische Ablauf der Funktionen ist allerdings in dem Kontrollflußdiagramm nicht eindeutig ersichtlich. Die bei SA/RT verwendeten verschiedenen Ansätze der Problemanalyse sind nicht immer eindeutig aufeinander abgestimmt, z. B. ERM und Zustandsautomat. Ebenso wird bei der Darstellung der Daten keine explizite Unterscheidung zwischen physischer und konzeptueller Sicht getroffen. Darüber hinaus wird nur in dem Kontextdiagramm die Möglichkeit zur Abbildung der Umwelt gegeben.

- *Structured Analysis and Design Technique*
  Ein ähnliches Ziel wie *Structured Analysis*, nämlich die Unterstützung der Analyse- und Systementwurfsphase innerhalb des Softwareentwicklungsprozesses, verfolgt die *Structured Analysis and Design Technique (SADT)* (vgl. Marca/McGrowan 1988, S. 1-72).

Der Unterschied zwischen SA und SADT liegt in der Betrachtungsweise. Während Structured Analysis die Rolle des Datenflusses eines Systemes in den Mittelpunkt stellt, steht bei SADT der Standpunkt des Betrachters im Vordergrund. Die Grundelemente zur grafischen Beschreibung eines Systems sind Rechtecke und Pfeile. Bei der Systemdarstellung wird zwischen einer funktionalen und informationsobjektorientierten Sichtweise unterschieden.

In der funktionalen Sicht wird in dem Rechteck eine Aktivität dargestellt. An dem links eingehenden Pfeil werden die Eingabedaten, an dem rechts ausgehenden Pfeil die Ausgabedaten geschrieben. Der von unten an das Rechteck eingehende Pfeil symbolisiert den Mechanismus oder Prozessor. Er beschreibt die Transformationsvorschrift, mit Hilfe derer die eingehenden Daten in Ausgabedaten umgewandelt werden. Von oben an das Rechteck eingehend werden die Steuerungsdaten dargestellt. Diese steuern im Sinne eines Kontrollflusses oder wirken steuernd im Sinne von Umweltbedingungen auf den Transformationsprozeß ein. Die Darstellung des Kontrollflusses und der Umweltbedingungen wird allerdings nicht differenziert. Außer dem Pfeil, der den Mechanismus symbolisiert, charakterisieren die Pfeile die Schnittstelle der in dem Rechteck stehenden Aktivität zur Umwelt. Zur Komplexitätsreduzierung sieht SADT ebenso wie SA die Zerlegung der Funktionen in einer Hierarchiediagrammtechnik vor.

In der informationsobjektorientierten Sicht werden in dem Rechteck die Daten beschrieben. Von dem Rechteck aus wird betrachtet, welche Aktivität die Daten erzeugt, welche Aktivität die Daten verwendet und welche Aktivität steuernd auf die Daten einwirkt. Der Mechanismus beschreibt hier die Art des Speichers oder Datenträgers.

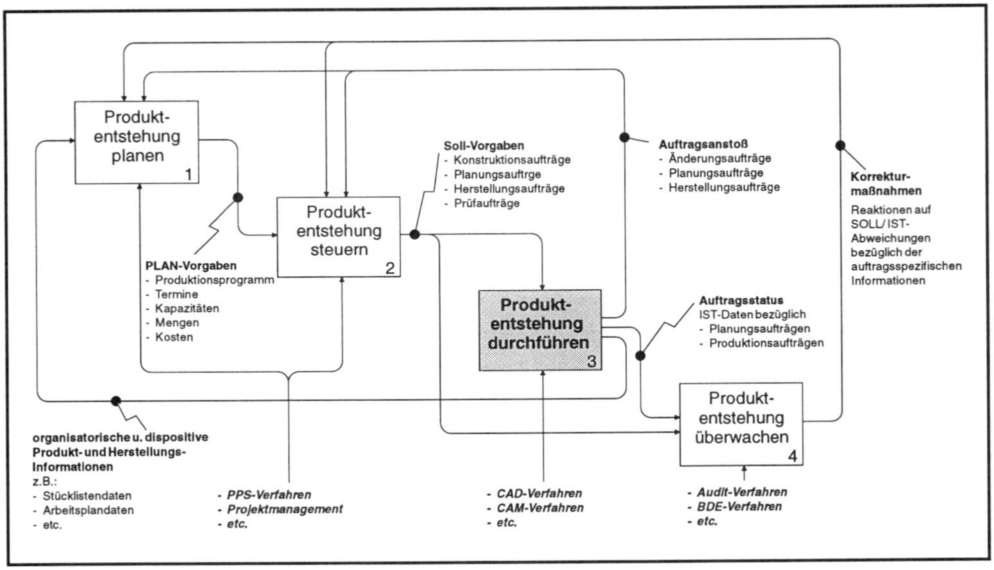

Abb. 3.9: SADT-Modell des Produktentstehungsprozesses
(aus: Grabowski/Schäfer 1990, S. 255)

SADT macht deutlich, daß Aktivitäten und Daten nicht unabhängig voneinander zu betrachten sind. Allerdings wird der Kontrollfluß in beiden Teilmodellen nicht eindeutig ausgewiesen. Ebenso werden der Entscheidungsaspekt und organisatorische Sachverhalte vernachlässigt.

- *Hierarchy of Input-Process-Output*
  Die *Hierarchy of Input-Process-Output-Methode (HIPO-Methode)* wurde von IBM 1974/75 entwickelt. Sie ist ein grafisches Verfahren zur Formalisierung und Veranschaulichung von Programmarbeitsschritten. Der Schwerpunkt liegt in der Unterstützung der Entwurfsphase des Softwareentwicklungsprozesses. Im Vordergrund steht dabei die funktionsorientierte Betrachtung. Die HIPO-Methode besteht aus einem Baumdiagramm, in dem Funktionen in Unterfunktionen unterteilt werden, und aus einem Ebenendiagramm, in dem für jede Funktion eine algorithmische Funktionsbeschreibung (Process), die Eingabe- (Input) und die Ausgabedaten (Output) angegeben werden. In Abhängigkeit vom Detaillierungsgrad werden die Ebenendiagramme als Übersichts- oder Detaildiagramme bezeichnet. Sie haben einen einheitlichen Aufbau in Form einer dreispaltigen Tabelle. Links wird der Input, in der Mitte die Verarbeitung (Process) und rechts der Output angegeben. In Analogie zu Structured Analysis kann man die Beschreibung der Ebenendiagramme auch als (vereinfachte) Minispezifikationen bezeichnen. Der Ablauf zwischen einzelnen Verarbeitungsschritten einer Funktion kann durch einen Kontrollfluß dargestellt werden. Allerdings ist durch die isolierte Betrachtung einzelner Funktionen der ablaufbedingte Zusammenhang zwischen den Funktionen nicht ersichtlich. Ebenso werden in dieser Methode weder Entscheidungen

noch organisatorische Aspekte berücksichtigt (vgl. Heinrich/Burgholzer 1991, S. 78-84).

- *Graphs with Results and Activities Interrelated*
  Die GRAI-Methode wurde an der Universität Bordeaux entwickelt. Die Methode dient zur Beschreibung betrieblicher Informations- und Entscheidungsflüsse in Produktionsbetrieben. Sie unterscheidet zwischen einem physikalischen System und einem Produktionsmanagement-System, das wiederum in ein Entscheidungs- und Informationssystem untergliedert ist. Das physikalische System hat die Aufgabe, die Transformation des hereinfließenden Güterstroms in andere Güter durchzuführen. Das Informationssystem stellt die Verbindung zwischen dem physikalischen System und dem Entscheidungssystem her und zeigt die Kommunikation innerhalb des Entscheidungssystems. Die GRAI-Methode mißt der Modellierung des Entscheidungssystems eine entscheidende Bedeutung zu. Dies hat die Aufgabe, den Produktionsprozeß aktiv zu steuern. Zur Analyse und Darstellung von Entscheidungszusammenhängen werden GRAI-Grids und GRAI-Netzwerke verwendet (vgl. Doumeingts 1983, S. 194-256).

Funktion / Horizont/ Zyklus	VERKAUF	PLANUNG	BESCHAFFUNG		INSTAND-HALTUNG	QUALITÄT
1.5 J 1 J					Bestimme Wartungsmaßnahmen und Intervalle	
1.5 J 1 Mo		Bestimme Produktionsvolumen Menge/ P.Fam/ Mo				Bestimme Qualitätsverfahren und Qualitätslevel
1 J 1 Mo	Analysiere Kundenbedarf Menge/ Prod./Mo	Bestimme langfr. Produktionsplan Menge/Prod./Tg	Ermittle Materialbedarf und bearbeite Einkaufsbestell.			
1 Mo 1 Mo	Passe Liefertermin an Menge/ Prod./Wo	Passe Produktionsvolumen an Menge/ P.Fam./ Mo				
8 Wo 1 Wo	Bestimme wöchentlicher Ablieferplan Menge/ Prod./ Wo	Bestimme Fertigungsplan Menge/ Baugruppe/ Tg				
< 1 Mo 1 Wo		überwache Fertigung				
2 Wo 1 Wo			Plane Materialvorsatz Menge/ Baugruppe/ Tg			
< 5 Tg 1 Sch	Plane Versand Menge/ Prod./ Kunde/Tg	Bilde Auftragsfolgen Menge/ Baugruppe/Masch.	Bereite Materialvorsatz vor Menge/ Komp/ Tg		Plane Wartungsaufträge	Stichproben und Analysen
RT		Passe Auftragsfolgen an Menge/ Baugruppe/ Masch	Auslagern	Warenannahme und Kontrolle	Instandhalten	Messen und Prüfen

J : Jahr Tg : Tag
Mo : Monat Sch : Schicht
Wo : Woche RT : Realtime

Abb. 3.10: Beispiel für ein Entscheidungsgrid (aus: Bünz 1987, S. 45)

In einem GRAI-Grid werden Entscheidungszellen nach betrieblichen Funktionen und nach zeitlichen Aspekten, wie dem Planungshorizont und -zyklus in einer zweidimensionalen Matrix entsprechend der folgenden Abbildung, angeordnet. Mit der Darstellung werden die Entscheidungszellen hierarchisch in einer Gesamtstruktur angeordnet. Ziel ist es, die Entscheidungszusammenhänge über Funktionsbereichsgrenzen hinweg aufzuzeigen. Der Entscheidungshorizont gibt die Zeitspanne an, die bei der Planung berücksichtigt wird und für die eine Entscheidung Gültigkeit besitzt. Der Planungszyklus beschreibt die Zeitspanne zwischen zwei Planungspunkten, also die Zeitabstände, innerhalb deren eine Entscheidung im Normalfall getroffen wird. Ein Doppelpfeil zwischen zwei Entscheidungszellen symbolisiert einen Entscheidungsfluß, ein einfacher Pfeil stellt eine Informationsübertragung dar. Allerdings ist der logische Entscheidungsfluß aufgrund der verwendeten Symbole nicht immer eindeutig ersichtlich, sondern ergibt sich erst durch die Betrachtung der inhaltlichen Ausführungen in den verschiedenen Entscheidungszellen. Ebenso wird bei der Darstellung der Informationsflüsse nur aufgezeigt, daß ein Informationsfluß existiert, aber nicht, welche Informationen übertragen werden. Mit GRAI-Netzwerken werden die Entscheidungsabläufe spezifiziert.

- *Petri-Netze*
  Die *Petri-Netze* sind nach ihrem Entwickler benannt (vgl. Petri 1962, S. 1). Petri hat das Ziel, möglichst viele Erscheinungen bei der Informationsübertragung und Informationswandlung in einheitlicher und exakter Weise zu beschreiben. Sie stammen aus der Netztheorie und bieten mit der Darstellung der drei logischen Ablaufstrukturen Folge, Auswahl und Schleife die Möglichkeit, nebenläufige, dynamische Aspekte abzubilden. Die Darstellung des zeitlichen Verhaltens komplexer Systeme bildet deshalb bei der Anwendung der Petri-Netze häufig der Schwerpunkt der Betrachtung. Die exakte mathematische Ausrichtung dieses Ansatzes und die bisherigen Veröffentlichungen über die Anwendungen der Petri-Netze zeigen Ähnlichkeiten mit der Digital- und der Regelungstechnik (vgl. Starke 1990; vgl. Busch 1989, S. 822-838).

  Petri-Netze sind gerichtete Graphen. Darunter ist eine Menge von Knoten, die durch Verbindungslinien (Pfeile) in Beziehung stehen, zu verstehen. Dabei darf ein Knoten nicht isoliert sein, es dürfen keine parallelen Pfeile und keine Doppelpfeile auftreten. Die Knotentypen bestehen aus zwei disjunkten Elementmengen. Hierbei wird unterschieden zwischen passiven und aktiven Systemkomponenten. Passive Systemkomponenten werden als Kreise dargestellt und beschreiben den momentanen Zustand eines Systemknotens. Ereignisse stellen die aktive Systemkomponente dar und bewirken den Übergang von einem alten zu einem neuen Zustand. Sie werden als Quadrate symbolisiert.

  Petri-Netze können in verschiedene Klassen von Netztypen eingeteilt werden (vgl. Reisig 1986, S. 81-96; vgl. Rosenstengel/Winand 1982, S. 5-50; vgl. Wendt 1989, S. 169-183). Es gibt z. B.:

  – *Kanal-Instanzen-Netze*
    Das Kanal-Instanzen-Netz zeigt die statische Sicht auf ein Problem. Die passive Komponente wird als Kanal bezeichnet und repräsentiert z. B. Informationszustände. Der Kanal wird als Kreis dargestellt. Instanzen, die mit einem Quadrat symbolisiert werden, repräsentieren die aktiven Komponenten eines Systems.

- *Bedingung-Ereignis-Netze*
  Im Bedingung-Ereignis-Netz wird festgelegt, welche Bedingungen erfüllt sein müssen, damit ein bestimmtes Ereignis eintreten kann. Erfüllte Bedingungen werden markiert, nicht erfüllte Bedingungen bleiben unmarkiert. Damit ein Ereignis eintreten kann, müssen alle Bedingungen, die auf das Ereignis zeigen, markiert sein.
- *Stellen-Transitions-Netze*
  Mit dem Stellen-Transitions-Netz bzw. dem Prädikat-Transitions-Netz wird das dynamische Verhalten eines Systems abgebildet. Die Stelle bildet den passiven Teil des Systems. Durch die Kapazitätsangabe an einer Stelle wird die maximale Anzahl von Markierungen angegeben. Die Beziehung an dem Pfeil gibt an, wie viele Markierungselemente bei einem Schaltvorgang transformiert werden. Die Transformation erfolgt über die Transition, die die aktive Komponente des Systems darstellt. Sie verändert somit die Markierungen einer Stelle. Sind in einer Stelle weniger Markierungen vorhanden als an der Kante zu der nachfolgenden Transition angegeben sind, so kann die Transition nicht schalten. Durch das laufende Ändern der Markierungen der Stellen bei den einzelnen Schaltvorgängen kann somit das Verhalten eines Systems über einen Zeitraum abgebildet werden. Eine Erweiterung dieser Netze stellen Prädikat-Transitions-Netze, die eine variable Extension besitzen, dar (vgl. Richter 1984, S. 28-40).

Das gleichgewichtige Berücksichtigen aktiver und passiver Komponenten in Petri-Netzen ermöglicht eine integrierte Sichtweise auf eine Problemstellung. Durch das Setzen von Markierungen sind dynamische Eigenschaften eines Systems abbildbar, allerdings sind in herkömmlichen Petri-Netzen Entscheidungen und organisatorische Sachverhalte nicht explizit ausgewiesen.

3.3.2 BWL-orientierte Methoden

Innerhalb der Funktions- und Aufgabenstrukturierung ist eine eindeutige Klassifikation schwieriger, teils, weil die Begriffe synonym verwendet werden, teils, weil sie unterschiedliche Intentionen besitzen. Während der Begriff Aufgabe aus der Organisationslehre entspringt und tendenziell die Zielerreichung mitverfolgt, wird der Funktionsbegriff in der DV-Terminologie häufig unter dem Aspekt der Transformation von Input- in Outputdaten betrachtet. Die Aufgabenzerlegung findet ihren Niederschlag in Aufgabengliederungsplänen; Funktionszerlegungen werden in Hierarchiediagrammen oder Funktionsbäumen dargestellt. Ziel ist es, komplexe Gebilde in einer übersichtlichen, statischen Struktur abzubilden. Zum einen wird aufgezeigt, welche Aufgaben (Funktionen) anderen Aufgaben (Funktionen) über- und untergeordnet sind, zum anderen, welche Aufgaben (Funktionen) zu welcher Gruppe gehören (vgl. Frese 1988; vgl. Grochla 1978; vgl. Kosiol 1962; vgl. Nordsieck 1932). Dabei stellt sich die Frage nach dem Gliederungskriterium und der Gliederungstiefe. Ausgehend von globalen Unternehmensaufgaben (-funktionen) werden diese so weit zerlegt, bis sie einen betriebswirtschaftlich nicht mehr sinnvoll unterteilbaren Vorgang darstellen. Solche Elementaraufgaben (-funktionen) werden immer vollständig ausgeführt und besitzen somit keine Alternativen. Die Strukturbeziehung kann im einfachsten Fall eine hierarchische Struktur sein, häufig sind es allerdings Netzstrukturen.

Für die Gruppierung von Aufgaben (Funktionen) sind folgende Möglichkeiten denkbar. Bei einer prozeßorientierten Gruppierung werden die Aufgaben (Funktionen), die in einem betriebswirtschaftlich sinnvollen (Teil-)Geschäftsprozeß ablaufen, zusammengefaßt. Bei einer objektorientierten Gruppierung werden alle Aufgaben (Funktionen), die ein definiertes Informationsobjekt bearbeiten, zusammengestellt. Eine verrichtungsorientierte Gruppierung faßt gleiche Verrichtungsschritte, die auf verschiedenen Informationsobjekten ausgeführt werden, zusammen.

Organisationsorientierte Ansätze konzentrieren sich primär auf die Betrachtung der aufbauorganisatorischen Beziehungen im Unternehmen. Sie finden ihren Niederschlag in Organigrammen. Dabei wird beschrieben, in welcher Beziehung einzelne organisatorische Einheiten eines Unternehmens zueinander stehen. Häufig stehen hierbei disziplinarische Beziehungsstrukturen im Vordergrund. Zum einen wird hier das Ausmaß der Zentralisation/Dezentralisation, zum anderen die Koordination festgelegt. Beide Gestaltungsparameter bestimmen dann die Art der Konfiguration, d. h. die horizontale und vertikale Gliederung eines Unternehmens (vgl. Grochla 1978). Neben den disziplinarischen Regelungen gewinnen allerdings fachliche oder projektbezogene Zuordnungen zur Realisierung schlanker Unternehmensformen zunehmend an Bedeutung.

Wesentlich früher als die Informatiker befaßte sich die Betriebswirtschaftslehre mit unterschiedlichen Darstellungsmitteln zur Beschreibung von Organisationen. Innerhalb der Gestaltung von Unternehmensstrukturen spielt der Begriff der Aufgabe eine dominante Rolle. Ebenso wie die Betrachtung der Organisationslehre von der Aufgabe heraus ist die Unterscheidung von Nordsieck in Aufbau- und Ablauforganisation für die weitere deutschsprachige Organisationsforschung von prägendem Einfluß.

Die Gestaltung der Aufbau- und Ablauforganisation vollzieht sich nach den Prinzipien der Zerlegung (von Aufgaben- bzw. Arbeitskomplexen) und deren Zusammenfassung. Die Vielzahl der dabei in der Organisationslehre entstandenen Darstellungstechniken können prinzipiell differenziert werden in:

- verbale Darstellungstechniken, z. B. mündliche Vorträge, Präsentationen, schriftliche Berichte, Organisationsweisungen
- tabellarische Darstellungstechniken, z. B. Kommunikationstabellen, Kommunikationsmatrizen, Soziomatrizen
- graphische Darstellungstechniken, z. B. Organigramme, Ablaufdiagramme, Netzpläne, Entscheidungsbäume

Zur Gestaltung der Ablauforganisation werden als Hilfsmittel folgende Graphiken benutzt (vgl. Nordsieck 1932; vgl. Nordsieck 1972; vgl. Kosiol 1962; vgl. Grochla 1982; vgl. Schmidt 1991):

- *Aufgabengliederungspläne*
  In den *Aufgabengliederungsplänen* werden die Gesamtaufgaben in einzelne Aufgabenteile aufgespalten, so daß alle zu erfüllenden Aufgaben und deren Zusammenhänge einsichtig sind (vgl. Abbildung 3.11).

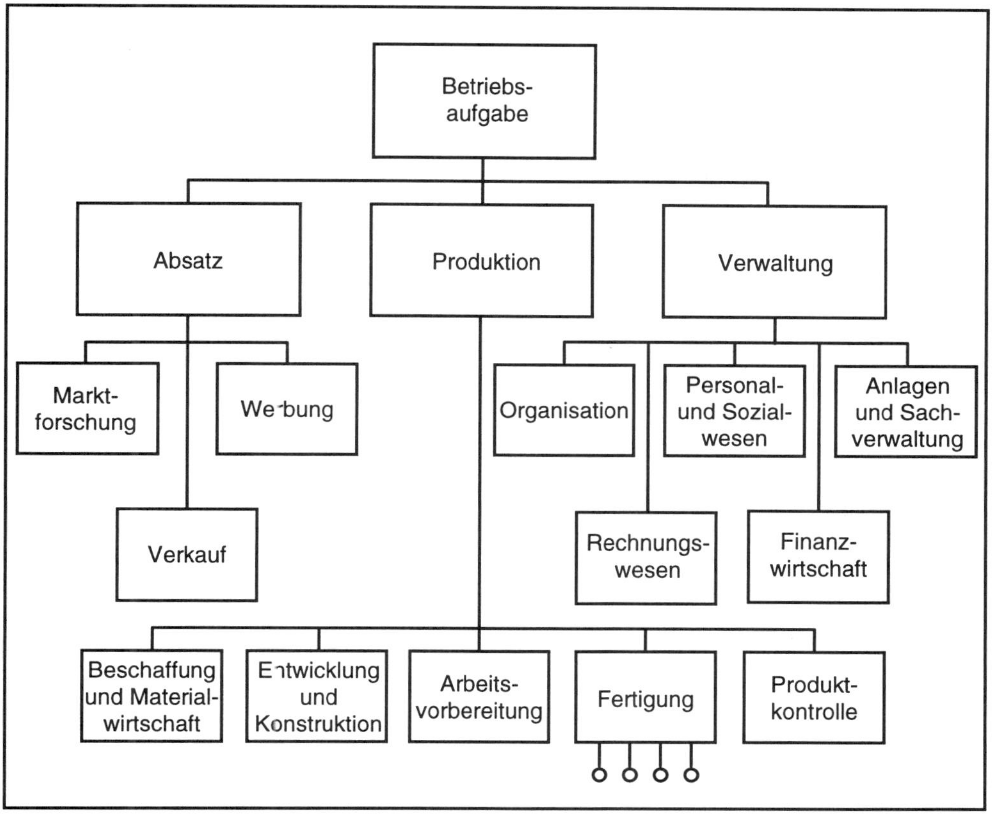

Abb. 3.11: Aufgabengliederung (aus: Nordsieck 1972, Schaubild 3 des Anhangs)

- *Organigramme*
  Organigramme dienen zur Darstellung der konkreten Abteilungs- und Stellengliederung. Sie bieten eine wichtige Informationsquelle über vorhandene oder geplante Aufbaustrukturlösungen und geben jederzeit sowohl die bestehende als auch die geplante Struktur des Unternehmens an (Ist- bzw. Soll-Zustand).

- *Stellenbeschreibungen*
  Stellenbeschreibungen enthalten Informationen über Aufgaben-, Verantwortungs- und Kompetenzverteilungen. Es können hierin nur vorhersehbare Aufgaben beschrieben werden. Sie werden auch Funktionsbeschreibung, Pflichtenhefte oder Aufgabenbeschreibungen genannt.

- *Stellenpläne*
  In *Stellenplänen* sind Bezeichnung und Anzahl der vorhandenen Stellen sowie die Gehalts- und Lohnklassifizierung festgehalten.

- *Funktionsdiagramme*
  Mit Hilfe der Aufgabengliederung werden die Aufgabenbeziehungen zwischen ver-

schiedenen Stellen erfaßt und transparent dargestellt. Das *Funktionsdiagramm* vereint Organigramme und Aufgabengliederungen und bietet die Möglichkeit, weitere aufbauorganisatorische Sachverhalte detailliert darzustellen.

- *Kommunigramme bzw. Kommunikationsdiagramme*
  In *Kommunikationsdiagrammen* werden zusammenfassend die Ergebnisse von Kommunikationstabellen, die zur punktuellen Untersuchung einzelner Stellen dienen, abgebildet. Die Aufgabe der Kommunikationsdiagramme besteht darin, die Gesamtzusammenhänge zu erfassen und die stellenbezogene Sicht zu überwinden.

Die Ablauforganisation wird mit Arbeitszergliederungsplänen, verbalen Ablaufbeschreibungen, Arbeitsplatzbeschreibungen, Arbeitsanweisungen und verschiedenen Ablaufdiagrammen dargestellt. Beispiele für Ablaufdiagramme sind:

- *Arbeitslaufkarten*
  Arbeitslaufkarten, auch als Ablaufkarten, Arbeitsablaufkarten oder Laufkarten bezeichnet, geben die zu einem Teilprozeß gehörenden Arbeitsgänge wieder. Für jeden Auftrag wird in der Regel eine eigene Ablaufkarte geschrieben.

- *Belegflußdarstellungen*
  Mit Hilfe der *Belegflußdarstellungen* wird der Austausch der Belege zwischen den beteiligten Abteilungen anhand der durchzuführenden Arbeitsschritte aufgezeigt (s. Abb. 3.12).

- *Harmonogramme*
  Zur Darstellung komplizierter Arbeitsabläufe werden *Harmonogramme* benutzt. Sie entstehen durch additive Zusammenfassung mehrerer Einfachschaubilder. Es handelt sich dabei um Ablaufdiagramme, die zeigen sollen, wie Arbeitsvorgänge des gleichen oder ähnlichen Typs im Rahmen einer Abteilung geschaltet sind und wie sich die Gesamtbelastung in einer Abteilung darstellt.

- *GANTT-Diagramme (auch Balkendiagramm)*
  GANTT-Diagramme stellen Projektabläufe in einem zweidimensionalen Koordinatensystem dar. Dabei werden auf der horizontalen Achse ein Zeitmaßstab und auf der vertikalen Achse die Aufgabenträger oder Sachmittel eingetragen, so daß die Zeit, die von den einzelnen Kapazitäten beansprucht wird, angezeigt werden kann.

- *Datenflußpläne*
  Der *Datenflußplan* ist eine normierte Methode zur graphischen Darstellung der Ein- und Ausgabedaten in Systemen. Dabei wird dargestellt, welche Daten zur Durchführung einer Bearbeitung benötigt werden und welche neuen Daten durch die Bearbeitung entstehen. Datenfluß- und Programmablaufplan werden auch unter dem Begriff Blockdiagramm zusammengefaßt.

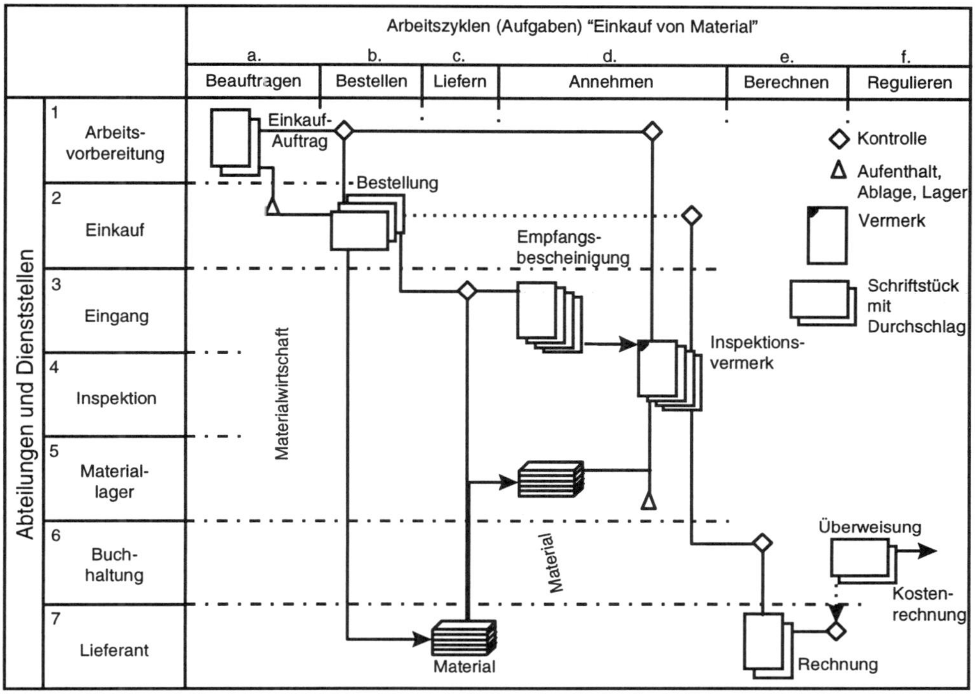

Abb. 3.12: Belegflußdarstellung (aus: Nordsieck 1972, Schaubild 18 des Anhangs)

- *Programmablaufpläne*
  In einem *Programmablaufplan* wird die Folge der Verarbeitungsschritte, d. h. der zeitliche Ablauf der Operationen, als informatorische Arbeitsgänge in Abhängigkeit der verfügbaren Daten dargestellt.

- *Unternehmens-Funktionen-Aufgaben-Modell*
  Das *Unternehmens-Funktionen-Aufgaben-Modell (UFAM)* dient zur Beschreibung der Ablauffolge von Aufgaben unter Berücksichtigung der Aufgabenträger, der Ressourcen und der benötigten Informationsobjekte. Die Aufgaben werden dabei durch Ereignisse angestoßen und die Ablauflogik bzw. der Kontrollfluß über gestrichelte Linien ausgewiesen. Ein wesentliches Charakteristikum ist neben der expliziten Ausweisung von Entscheidungen die Berücksichtigung von sequentiellen, nebenläufigen (parallelen) und alternativen Wegen durch entsprechende Verknüpfungsoperatoren sowie die Differenzierung der Zuordnungsaspekte als Aufgabenträger (Durchführender) und Informationssender bzw. Informationsempfänger (vgl. Keller 1993, S. 119-129).

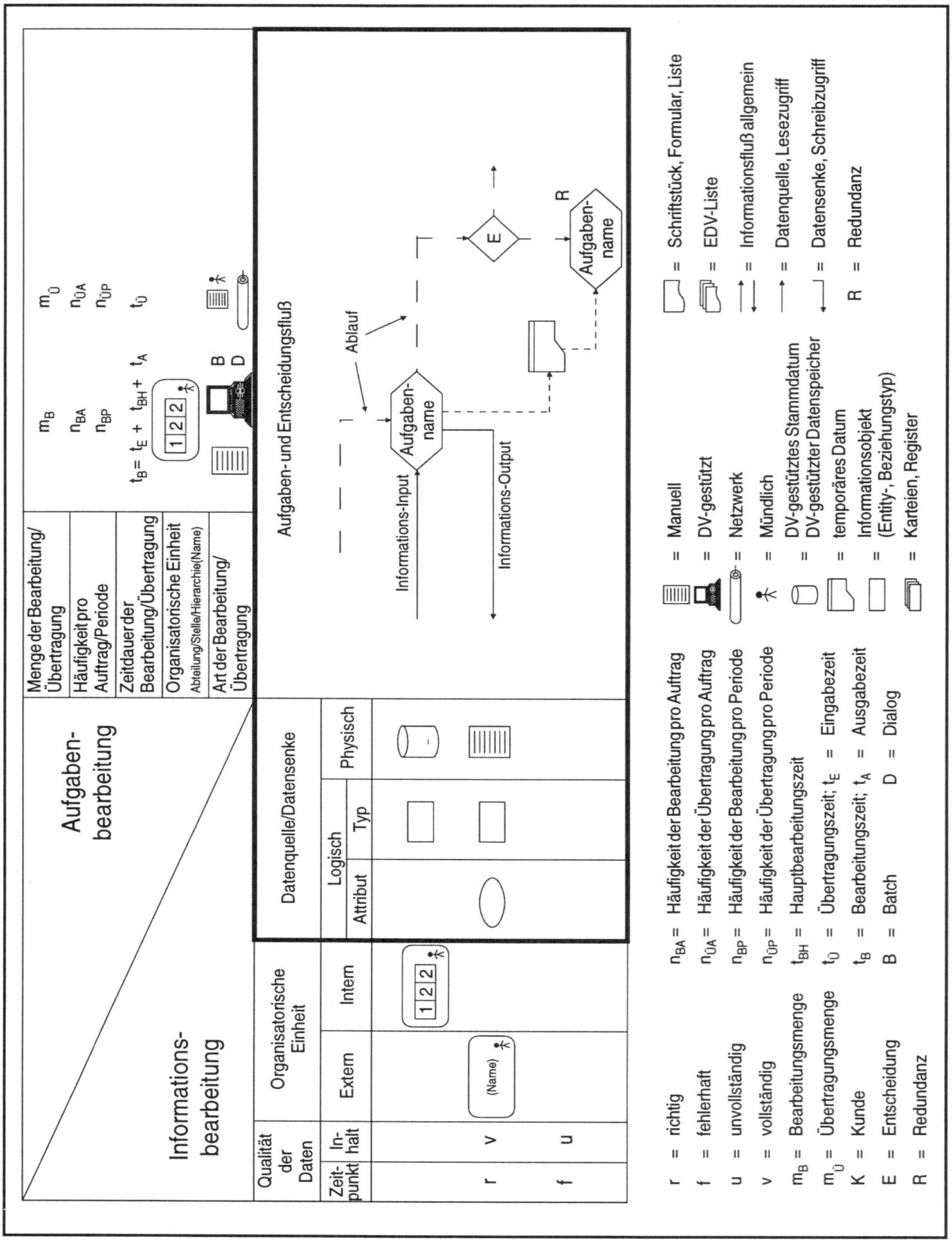

Abb. 3.13: Unternehmens-Funktionen-Aufgaben-Modell (aus: Keller 1993, S. 126)

Betrachtet man die gängigen Methoden im Hinblick auf die Gestaltung von Geschäftsprozessen, so zeigen sich folgende Tendenzen. Zum einen konzentrieren sich viele Methoden auf den Aspekt des Informationsflusses, wobei hierbei die Frage im Vordergrund steht, welche Informationen wo erzeugt werden und wohin diese Informationen fließen. Werden *geschäftsprozeßrelevante* Aspekte betrachtet, wie z. B. die Frage, wann welche Funktion angestoßen wird, so zeigt sich, daß dieser Aspekt entweder nur unzureichend berücksichtigt wird, oder daß die gängigen Methoden sehr schnell komplex und schwer nachvollziehbar werden. Generell lassen sich folgende Mängel in mehr oder weniger stark ausgeprägter Form bei den einzelnen Methoden festhalten.

Viele Methodendesigner neigen dazu, für unterschiedliche Fragestellungen jeweils unterschiedliche Symbole mit verschiedenen Semantiken zu kreieren. Eine Vielzahl von Symbolen lenkt dabei den Blick häufig auf methodische Fragestellungen, die betriebswirtschaftliche Aufgabe der inhaltlichen Geschäftsprozeßgestaltung rückt in den Hintergrund. Die Anordnung der Symbole ist häufig weitestgehend beliebig vom Anwender bestimmbar. Die damit gewonnenen Freiheitsgrade führen allerdings dazu, daß von verschiedenen Personen erstellte Modelle in ihrer Anordnung so stark differieren, daß eine inhaltliche Vergleichsanalyse – zumindest bei inhaltlich aussagekräftigen betriebswirtschaftlichen Modellen – nur schwerlich durchführbar ist. Gute Modelle müssen dafür sorgen, daß neben den Symbolen eine einfache Sprache zur Verfügung steht, damit auch der ungeübte *Geschäftsprozeßgestalter* schnell in der Lage ist, neue Geschäftsprozesse nachvollziehen zu können. Häufig sind gerade bei der Geschäftsprozeßgestaltung in einem Extrem fehlende Namenskonventionen ein Hemmnis, im anderen Extrem abstrakte Begriffe ein Hindernis zur Realisierung von eindeutig interpretierbaren Geschäftsprozessen.

Die oben aufgezeigte Heterogenität zwischen den einzelnen Methoden und die damit verbundenen Mängel bei der *methodischen Gestaltung* von Geschäftsprozessen haben die SAP dazu veranlaßt, zusammen mit dem Institut für Wirtschaftsinformatik in Saarbrücken eine Darstellungsform zu entwickeln, mit deren Hilfe Geschäftsprozesse einfach, übersichtlich und trotzdem eindeutig dargestellt werden können.

4 R/3-Referenzprozeßmodell

In den 70er und 80er Jahren stand zum einen die statische Betrachtung der Informationssysteme durch Informations- (Daten-) und Funktionsmodelle im Mittelpunkt, zum anderen die dynamische Analyse in Form von Datenflußmodellen, mit deren Hilfe die hohe Anzahl von Medien- und Organisationsbrüchen bzw. redundanter Aufgabenbearbeitung aufgedeckt werden sollten. Heute rückt bei der Gestaltung betrieblicher Informationssysteme das dynamische Verhalten in den Vordergrund. Der Schwerpunkt liegt dabei auf der prozeßorientierten Analyse (Kontrollflußanalyse) mit dem Ziel, die betriebswirtschaftlichen Zusammenhänge und Wechselwirkungen der einzelnen Elemente innerhalb einer durchgängigen Aufgabenbearbeitung effizient zu gestalten. Die Darstellung von Prozessen ist seit Beginn der 30er Jahre als Aufgabe der Gestaltung der Ablauforganisation beschrieben (vgl. Nordsieck 1932), hat aber aufgrund der Dominanz der aufbauorganisatorischen Gestaltung in den vergangenen sechzig Jahren erst in letzter Zeit eine Renaissance erlebt. So sind zur Unterstützung der verhaltensorientierten Betrachtungsweise von betrieblichen Informationssystemen in jüngster Zeit eine Reihe von Ansätzen entwickelt worden, die alle die Gestaltung der betrieblichen Abläufe (Geschäftsprozesse bzw. Prozesse) zum Ziel haben.

4.1 Begriffliche Grundlagen zum Geschäftsprozeß

In der betriebswirtschaftlichen Literatur und in der Praxis ist nicht eindeutig geklärt, was ein Prozeß ist und wie er charakterisiert werden kann. Allgemein wird ein Prozeß bzw. Geschäftsprozeß (wobei Geschäft im Wort Geschäftsprozeß für Unternehmensformen steht; es sei aber darauf hingewiesen, daß auch Non-Profit-Organisationen, wie z. B. Universitäten, Krankenhäuser, Kindergärten, Behörden etc., Prozesse gestalten) definiert „als Bündel von Aktivitäten, für das ein oder mehrere Inputs benötigt werden und das für den Kunden ein Ergebnis von Wert erzeugt“ (Hammer/Champy 1994, S. 52) oder als eine logisch zusammengehörende Folge von Aktivitäten, die dem Prozeßkunden einen meßbaren Nutzen bringen, einen Beitrag zur Erreichung der Unternehmensziele leisten und von betrieblichen Aufgabenträgern (Menschen) nach bestimmten Regeln durchgeführt werden (vgl. Davenport 1993, S. 5-6; vgl. Ferstl/Sinz 1993, S. 589-592; vgl. Gaitanides 1983, S. 65; vgl. Hauser 1996, S. 12-23; vgl. Kosiol 1962, S. 42-79; vgl. Krickl 1994, S. 19-20; vgl. Striening 1988, S. 57). Während einige Autoren Geschäftsprozeß und Wertschöpfungskette synonym verwenden, sehen andere Autoren einen Geschäftsprozeß als Teil der Wertschöpfungskette an, der organisatorische Grenzen, z. B. Abteilungs- oder Unternehmensgrenzen, überqueren kann (vgl. Davenport/Short 1990, S. 12-13). Wiederum andere Autoren klassifizieren Geschäftsprozesse, z. B. Österle, der die Geschäftsprozesse in Führungs-, Leistungs- und Unterstützungsprozesse unterteilt (vgl. Österle 1995, S. 130-131).

In Anlehnung an die verschiedenen Auffassungen beschreibt ein Geschäftsprozeß alle Aktivitäten, mit deren Durchführung eine angestrebte Leistung bzw. Soll-Leistung durch Aufgabenträger erstellt wird, die an externe Kunden (Hauptprozesse) oder interne Kunden (Serviceprozesse) übergeben wird und für diesen einen Wert darstellt. Zur Durchführung eines Geschäftsprozesses werden Informationen und Materialien benötigt und ein Ergebnis erzeugt, das meßbar ist. Im folgenden werden einige Charakteristika zum Geschäftsprozeß, für den synonym auch der Begriff Wertschöpfungskette bzw. im Sprachgebrauch der SAP auch der Begriff Szenario verwendet wird, aufgeführt.

- Ein Geschäftsprozeß sollte zielgerichtet sein.
- Ein Geschäftsprozeß sollte einen Mehrwert schaffen, der abgesetzt werden kann.
- Ein Geschäftsprozeß sollte unabhängig vom Aufgabenträger und der Ressourcenzuordnung geplant, dann aber auf die betrieblichen Rahmenbedingungen hin abgestimmt werden.
- Ein Geschäftsprozeß umfaßt in der Regel mehrere Aufgaben, die miteinander koordiniert und zielgerichtet abgestimmt werden sollen.
- Ein Geschäftsprozeß umfaßt Aufgaben, die in der Regel von mehreren Personen oder auch Abteilungen bearbeitet werden.
- Gegenstand von Geschäftsprozessen sind das Erbringen von betrieblichen Leistungen, die zur Änderung von Objekten, z. B. Auftrag, Produkt, Bestellung etc., führen.
- Die einzelnen Aufgaben eines Geschäftsprozesses sind häufig vernetzt und interdependent, d. h. das Ende eines Teilschrittes stößt andere Schritte oder sogar Geschäftsprozesse an.
- Geschäftsprozesse haben einen definierten Anfang und ein definiertes Ende.
- Geschäftsprozesse haben einen oder mehrere Orte, wo sie durchgeführt werden.

Die Reichweite eines Geschäftsprozesses hängt dabei entscheidend von der Betrachtungsweise des Gestalters und des Nutzers ab. Ferstl/Sinz differenzieren zum Problem der Identifikation der Länge eines Geschäftsprozesses zwischen formalen und sachlichen Merkmalen (vgl. Ferstl/Sinz 1993, S. 589-592). Ein Geschäftsprozeß wird im weiteren durch das Aneinanderfügen von Prozessen des R/3-Systems gebildet. Folgende Beispiele sollen exemplarisch Geschäftsprozesse darstellen.

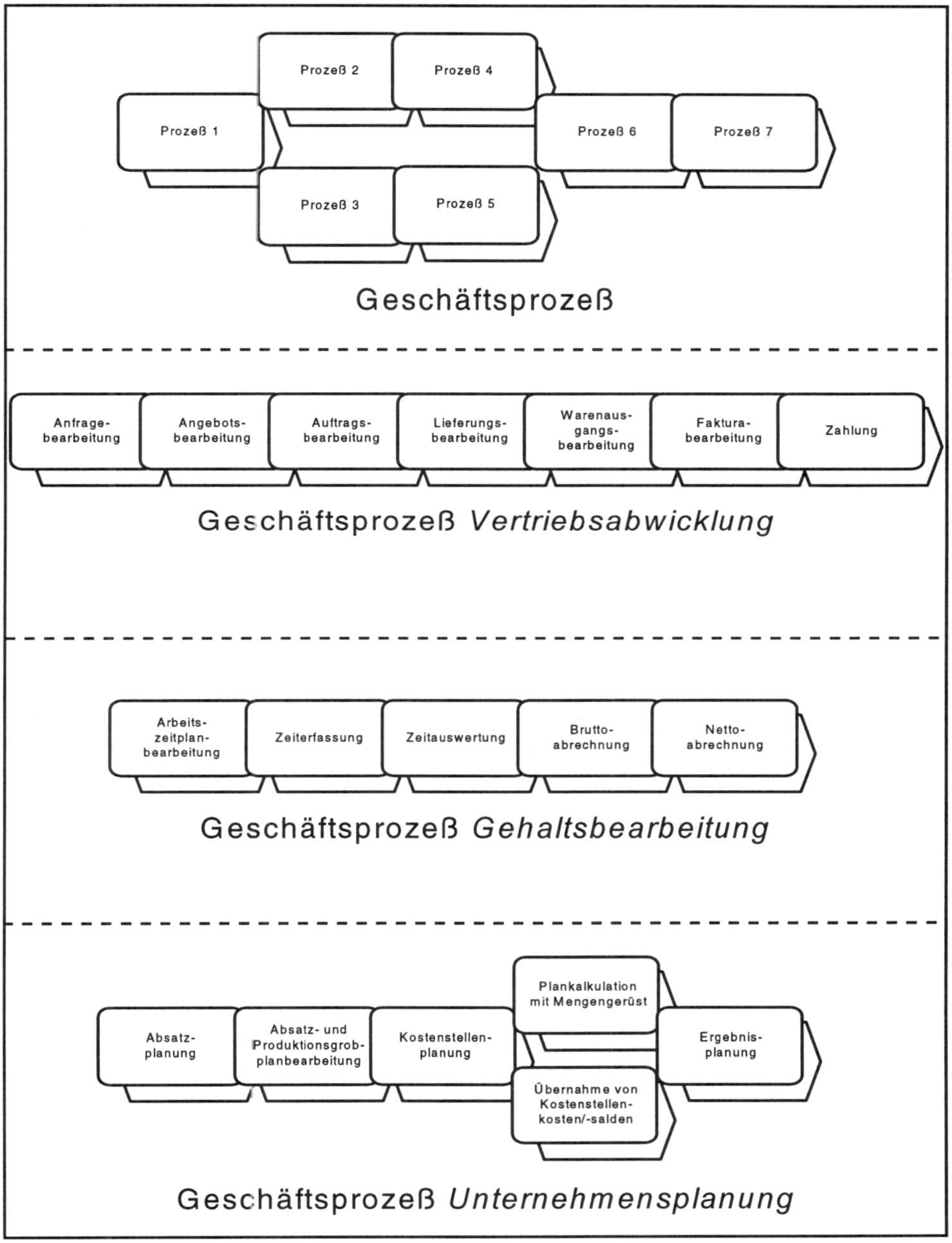

Abb. 4.1: Beispiele für Geschäftsprozesse

Im Zusammenhang mit der Erstellung von Geschäftsprozessen wird häufig der Begriff Referenzmodell bzw. Referenzprozeßmodell verwendet, ohne genauer zu spezifizieren, was unter Referenz zu verstehen ist. Referenzen bezüglich der Modellerstellung können sich dabei z. B. beziehen auf:

- in einem größeren Umfang gesammelte betriebswirtschaftliche Erfahrungen
- in einem größeren Umfang gemachte Erfahrungen in einer Branche
- ein vergleichbares Unternehmen und die dort erstellten Geschäftsprozesse
- eine betriebswirtschaftliche Anwendungssoftware und die dort implementierten Geschäftsprozeßlösungen

Referenz, abgeleitet aus dem lateinischen Wort referre (zurücktragen, überbringen, berichten), beinhaltet, über etwas Vergleichbares für eine offene Fragestellung eine Empfehlung abzugeben. *Modell* bedeutet, wie in Kapitel 3 erläutert, die Objekte für eine spezifizierte Problemstellung, ihre Eigenschaften und Beziehungen (statische und dynamische Beziehungen bzw. Struktur und Verhalten) vereinfacht durch Konzentration auf die wesentlichen Dinge und deren Beziehungen und Eliminierung der unwesentlichen Dinge abzubilden. Ein Modell beinhaltet somit auch einen Schritt der Verallgemeinerung, da von den individuellen Gegebenheiten einer konkreten Untersuchungseinheit abstrahiert wird.

Der Begriff *Referenzmodell* ist somit von seiner Konstruktion und der damit angestrebten Zielsetzung schon in sich selbst ein konträrer Begriff, da zum einen eine *konkrete Empfehlung* ausgesprochen werden soll, zum anderen ein *betrieblicher Sachverhalt vereinfacht* abgebildet werden soll. Referenzmodell beinhalten aufgrund des Aspekts der Verallgemeinerung immer das Phänomen der Unsicherheit, d. h. daß es im konkreten Fall einer betrieblichen Situation in der gewünschten Form doch nicht funktioniert. Referenzmodelle können somit die Unsicherheit einer unternehmerischen Entscheidung reduzieren, sie aber niemals vollständig beseitigen.

Ein Referenzmodell soll ein allgemeingültiges Modell sein, das als Ausgangslösung benutzt und individuell angepaßt werden kann (vgl. Jost 1993, S. 12). Standardisierte und konkurrenzneutrale Abläufe, z. B. der Finanzbuchhaltung, können übernommen werden, und das Unternehmen kann unnötigen Modellierungsaufwand vermeiden und von den Erfahrungen anderer Unternehmen profitieren (vgl. Brenner/Hamm 1995, S. 32). Die charakteristischen Eigenschaften eines Referenzmodells sind somit die Kriterien Allgemeingültigkeit, Wiederverwendbarkeit und Sicherheit im Hinblick auf die Realisierung. Die Spezifizierung des Referenzmodells sollte demnach soweit reichen, daß die in ihm enthaltenen Modelle auch ohne Veränderung als spezifische Modelle für ein Unternehmen verwendet werden können (vgl. Scheer et al. 1995, S. 430). Offen bleibt allerdings, wie Änderung definiert ist. Bedeutet *Veränderung*, daß das Referenzmodell in der existenten Form übernommen werden muß und folglich auch das einzuführende Informationssystem? Heißt *Veränderung*, daß neue Funktionen oder Prozesse definiert und modelliert werden, ohne die Sicherheit zu haben, ob die erstellten Prozesse mit irgendeinem Informationssystem auf der Welt abgewickelt werden können? Der Begriff *Veränderung* bzw. *Änderung* wird deshalb im Zusammenhang des Gebrauchs von Referenzprozeßmodellen folgendermaßen spezifiziert.

- *Änderung im Sinne der Konfiguration*
  Änderung im Sinne der Konfiguration bedeutet, daß der Anwender sich innerhalb des Lösungsspektrums des Referenzmodells bewegt und innerhalb alternativer Prozeßwege selektieren kann. Das Variantenspektrum der Referenzprozesse bestimmt die Anzahl der möglichen Lösungen. Bei Verfolgung des Ansatzes der Konfiguration aus einem Referenzmodell eines Softwareanbieters, wie z. B. das R/3-Referenzmodell, erhält der Anwender die Sicherheit, daß die konfigurierte Lösung technisch realisierbar ist und die Gewißheit der zukünftigen Release-Fähigkeit und Wartbarkeit. Die Nutzung eines Referenzmodells im Sinne der Konfiguration kann folgende Vorteile für ein Unternehmen bringen:

  - Die Adaption bereits bestehender und in der Praxis erprobter Ablaufstrukturen ermöglicht Zeit- und Qualitätsvorteile, da von Beginn des Projekts an eine Arbeitsgrundlage existiert.

  - Die Vorgabe einer Ablaufstruktur sowie der Einsatz einer erprobten Methode erleichtert die Einarbeitung und Kommunikation zwischen den Projektmitarbeitern und den Endanwendern.

  - Die Nutzung von Referenzmodellen ermöglicht die schnelle Abhandlung von unkritischen Prozessen oder Prozeßteilen und unterstützt somit eine Konzentration auf die strategisch wichtigen oder auch kritischen Prozesse bzw. Prozeßteile.

- *Änderung im Sinne der Modellierung*
  Änderung im Sinne der Modellierung bedeutet, daß der Anwender sich seine eigenen Lösungen durch Hinzufügen neuer Funktionen oder Prozesse erstellt und sich damit zunächst außerhalb eines Lösungsspektrums eines Referenzmodells bewegt. Er muß neben dem technischen auch einen semantischen Abgleich gegenüber einem Referenzmodell durchführen, wenn er beabschtigt, Standardsoftware einzuführen und der Softwareanbieter ein Referenzmodell offengelegt hat. Andererseits muß er die angestrebte Lösung direkt im Softwaresystem evaluieren.

Die Forderung, daß mit Hilfe des R/3-Referenzmodells Personen mit unterschiedlichsten Berufsausbildungen und Fachkenntnissen kommunizieren sollen, veranlaßte die SAP AG zur Festlegung folgender Prämissen:

- *Definition der absolut notwendigen Elemente* zur Beschreibung und Darstellung von Geschäftsprozessen.

- *Erzielung einer einfachen Darstellung* durch eine Minimierung der Symbole und der dahinter liegenden Semantik.

- *Festlegung eines Rahmens für die logische und graphische Anordnung* der Geschäftsprozeßelemente, um eine eindeutige Nachvollziehbarkeit des Prozesses durch alle Beteiligten zu erreichen. Besonderen Wert wurde darauf gelegt, daß das Prozeßmodell von Personen, die nicht bei der Erstellung beteiligt waren, gelesen und analysiert werden kann.

- *Aufbau einer Struktur zur Darstellung der Modells auf unterschiedlichen Detaillierungsstufen*, um eine anwendergetriebene Navigation zu unterstützen. Eine Unterteilung des Referenzmodells in verschiedene Ebenen ermöglicht dem Kunden einen einfachen Einstieg. Die Visualisierung der Szenarien und R/3-Prozeßbausteine in Form der Ereignisgesteuerten Prozeßkette (EPK) kann durch vier Strategien unterstützt werden (vollständige EPK, EPK ohne Input/Output, EPK ohne organisatorische Einheit, EPK ohne Input/Output und ohne organisatorische Einheit).

Zur Darstellung von Prozessen hat die SAP AG 1990-1992 die Methode der *Ereignisgesteuerten Prozeßkette (EPK)* entwickelt. Mit der EPK können Geschäftsprozesse einfach, übersichtlich und trotzdem eindeutig dargestellt werden (vgl. Keller et al. 1992; vgl. Keller 1993; vgl. Keller/Meinhardt 1994; vgl. Keller 1995, S. 45-66; vgl. Keller/Schröder 1996, S. 77-88).

4.2 Ereignisgesteuerte Prozeßkette (EPK)

Mit Hilfe der Modellbildung kann über die Abstraktion vom komplexen Sachverhalt die Neugestaltung der betrieblichen Abläufe wesentlich vereinfacht werden. Ziel der Modellbildung ist es, durch Konzentration auf die untersuchungsrelevanten Komponenten und ihrer Beziehungen, die Transparenz der ablauforganisatorischen Zusammenhänge zu erhöhen. Bei der Modellierung werden mit Hilfe von Ereignisgesteuerten Prozeßketten folgende zentrale Fragestellungen berücksichtigt.

- Wann soll etwas gemacht werden?
- Was soll gemacht werden?
- Wer soll etwas machen?
- Welche Informationen sind hierzu notwendig?

Die Methode der Ereignisgesteuerten Prozeßkette beschreibt in ihrem Grundprinzip den zeitlich-sachlogischen Ablauf von Ereignissen und Aufgaben (Funktionen) bzw. Ereignissen und Prozessen und besitzt folgende Elemente:

- *Ereignis*, das beschreibt, wann etwas gemacht werden soll (Sechseck)
- *Aufgabe bzw. Funktion*, die beschreibt, was gemacht werden soll (abgerundetes Rechteck)
- *Organisatorische Einheit*, die beschreibt, wer etwas macht (Ellipse)
- *Informationsobjekte (Daten)*, die beschreiben, welche Informationen zur erfolgreichen Aufgabenbearbeitung notwendig sind (Rechteck)

Die Beziehungen zwischen den Elementen werden wie folgt ausgewiesen:

- *Kontrollfluß*, der den zeitlich-logischen Geschäftsprozeßablauf aufzeigt (gestrichelter Pfeil, der von oben nach unten angeordnet ist und Ereignisse mit Aufgaben (Funktionen) verbindet)

- *Informationsfluß*, der angibt, ob von einer Aufgabe (Funktion) gelesen, geändert oder geschrieben wird (durchgezogener Pfeil, der links von einer Aufgabe (Funktion) angeordnet wird; kann auch für die Zuordnung von Materialien verwendet werden)
- *Organisations-Zuordnung*, die angibt, welche organisatorische Einheit welche Aufgabe (Funktion) bearbeitet oder für welche Aufgabe (Funktion) verantwortlich ist (durchgezogene Linie, die rechts von einer Aufgabe (Funktion) angeordnet wird; kann auch für die Zuordnung von Ressourcen verwendet werden)
- *Verknüpfungsoperator*, der angibt, wie die betriebswirtschaftliche Prozeßstrukturlogik zwischen Ereignissen und Aufgaben (Funktionen) aussieht. Es wird zwischen den Verknüpfungsoperatoren „und“, „oder“ und „exklusives oder“ unterschieden, wobei diese kombinierbar sind. Aus einem Verknüpfungsoperator können, wenn mehrere Pfeile ausgehen, nur ein Pfeil eingehen (Verteiler), und wenn mehrere Pfeile eingehen, nur ein Pfeil ausgehen (Verknüpfer).

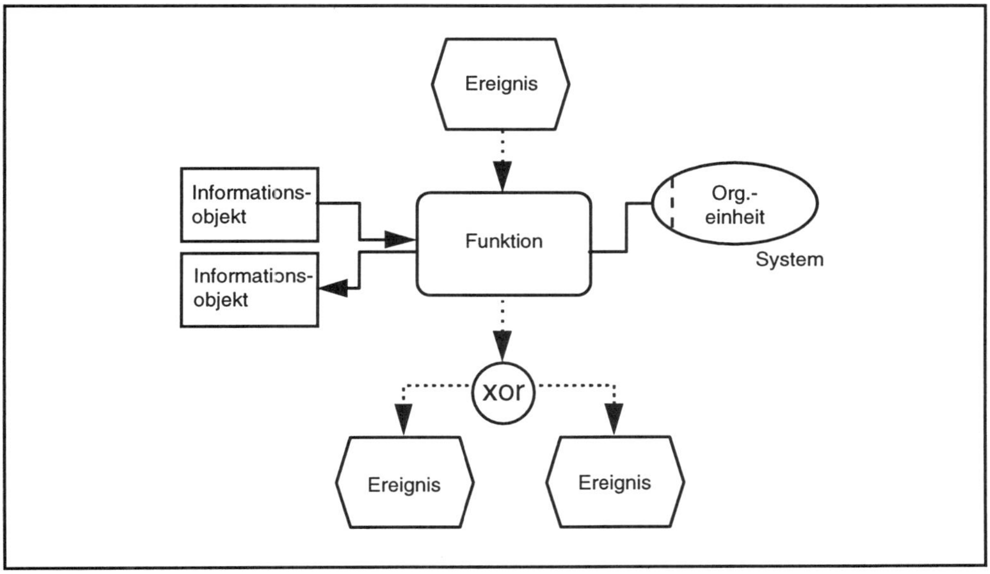

Abb 4.2: Grundstruktur einer EPK

Die Navigation zwischen einzelnen Prozessen erfolgt über die *gemeinsamen* Ereignisse. Um die Geschäftsprozeßverbindungen, insbesondere bei Papierausdrucken, schnell ersichtlich zu machen, gibt es folgende Lösung:

- *Prozeßwegweiser*, die die Verbindung von einem Prozeß zu einem anderen Prozeß aufzeigen (zusammengesetztes Funktions- und Ereignissymbol, wobei das Funktionssymbol im Vordergrund und das Ereignissymbol im Hintergrund liegt).

Mit der EPK-Methode kann somit der betriebliche Geschäftsprozeß vollständig beschrieben werden. Ziel ist es, die zeitlich-logischen Abhängigkeiten von Aufgaben (Funktionen) darzustellen. Wichtig ist, daß die EPK immer mit mindestens einem Startereignis beginnt und mindestens einem Schlußereignis endet, wobei je nach Bedarf noch ergänzend ein Prozeßwegweiser angefügt werden kann. Eine Ereignisgesteuerte Prozeßkette besteht immer mindestens aus den Geschäftsprozeßelementen Ereignis, Funktion, Informationsobjekt, Organisatorische Einheit und den entsprechenden Beziehungen (Kontrollfluß). Je nach Variabilität kommen noch die benötigten Verknüpfungsoperatoren hinzu. Da Funktionen die aktiven Komponenten im Unternehmen sind, werden hier neben der Durchführung einer Tätigkeit bzw. der Erfüllung einer Unternehmensaufgabe auch Entscheidungen gefällt. Im Gegensatz dazu kann ein Ereignis keine Entscheidungen fällen, wodurch sich plausibilitätsgestützte Restriktionen bei der Benutzung der Verknüpfungsoperatoren ergeben.

Die EPK-Methode verbindet Daten, Aufgaben und Organisationen und ist somit das zentrale Element innerhalb des Business Process Engineerings. Zum Beispiel sind innerhalb der Geschäftsprozeßanalyse die Betrachtung der Art der Aufgabenbearbeitung und das Übertragungsmedium zwischen aufeinanderfolgenden Aufgaben von Interesse. Insbesondere die durch den Medienwechsel erzeugten Brüche in der Geschäftsprozeßkette sind häufig in der Praxis ein Indiz für ablauforganisatorische Schwachstellen. Ein weiteres wichtiges Element in der EPK ist die organisatorische Zuordnung von Aufgaben zu betrieblichen Aufgabenträgern bzw. Unternehmensorganisationseinheiten. Hier kann die Abteilung oder Stelle zugeordnet werden, und somit ist eine Prozeßverfolgung über mehrere Organisationseinheiten hinweg möglich. Da Organisationsgliederungen häufig nach anderen Kriterien gebildet wurden als die logische Geschäftsprozeßstruktur im Sinne einer ganzheitlichen Aufgabenbearbeitung, können hiermit kontraproduktive Strukturen aufgezeigt werden. Um eine Analyse auf unterschiedlichen Detaillierungsebenen durchführen zu können, ist eine Prozeßverdichtung möglich.

Ebenso wie die Aufgabenablaufbeschreibung sind auch die darzustellenden Aspekte der Informationsbearbeitung innerhalb der Geschäftsprozeßabwicklung darstellbar. So kann bei der Zuordnung der ein- und ausgehenden Informationsobjekte zu den Aufgaben zwischen logischer und physischer Sicht unterschieden werden und damit Aussagen über die Zuordnung der logischen und physischen Datenverteilung getroffen werden. Außerdem kann zu jedem Informationsobjekt angegeben werden, von welcher organisatorischen Einheit es kommt bzw. zu welcher organisatorischen Einheit es hingeschickt werden soll.

Darüber hinaus ist es möglich, die EPK mit verschiedenen Kennzahlen (Attributen) zu versehen, wie z. B. die Dauer eines Prozesses, ein Bearbeitungswechsel, Mengengerüste etc. Die Vielzahl der angebbaren Attribute zu einem Geschäftsprozeß führt allerdings dazu – wenn sie immer komplett in einer Prozeßdarstellung ausgewiesen werden –, daß der Betrachter vor dem Problem der Informationsüberlastung stehen würde. Deshalb können mit der EPK-Methode verschiedene Darstellungsstrategien durchgeführt werden. Will der Geschäftsprozeßanalytiker den Geschäftsprozeß in seiner gesamten Varianz unabhängig von organisatorischen Restriktionen betrachten, so empfiehlt es sich, in einer schlanken Geschäftsprozeßanalyse zunächst den Kontrollfluß mit den Ereignissen, Aufgaben und

Verknüpfungsoperatoren (eventuell noch den Prozeßwegweisern) zu betrachten. Werden organisatorische Fragestellungen behandelt, so sollten die Organisationseinheiten zusätzlich aufgeführt werden (z. B. bei der Analyse eines Workflows). Soll der Objektfluß analysiert werden, so müssen die ein- und ausgehenden Informationsobjekte ausgewiesen werden.

Bezeichnung	Symbol	Definition
Ereignis		Das Ereignis beschreibt das Eingetretensein eines Zustands, der eine Folge bewirkt.
Funktion		Die Funktion beschreibt die Transformation von einem Eingangszustand in einen Zielzustand.
Verknüpfungsoperatoren		Der Verknüpfungsoperator beschreibt die logischen Verbindungen zwischen Ereignissen und Funktionen bzw. Prozessen.
Kontrollfluß		Der Kontrollfluß beschreibt die zeitlich-sachlogischen Abhängigkeiten von Ereignissen und Funktionen.
Prozeßwegweiser		Der Prozeßwegweiser zeigt die Verbindung von einem bzw. zu einem anderen Prozeß (Navigationshilfe).
Organisatorische Einheit	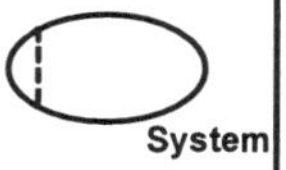	Die organisatorische Einheit beschreibt die Gliederungsstruktur eines Unternehmens. Im R/3-System ist die organisatorische Einheit eine Systemorganisationseinheit bzw. R/3-Struktureinheit.
Informationsobjekt		Ein Informationsobjekt ist eine Abbildung eines Gegenstandes der realen Welt (z. B. Geschäftsobjekt (Business Object), Entität).
Informationsfluß	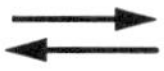	Der Informations-/Materialfluß beschreibt, ob von einer Funktion gelesen, geändert oder geschrieben wird.
Zuordnung von Systemorganisationseinheiten		Die Ressourcen-/Organisatorische Einheit-Zuordnung beschreibt, welche Einheit (Mitarbeiter) oder Ressource die Funktion bearbeitet.

Abb. 4.3: Elemente der Ereignisgesteuerten Prozeßkette

Die EPK-Methode ist das zentrale Element innerhalb der Geschäftsprozeßgestaltung, da sie zum einen die Ablaufstruktur zeigt und zum anderen Aspekte der Organisations- und Informationsgestaltung berücksichtigt. Darüber hinaus können neben der Analyse des *Prozeßmodells* je nach Zielsetzung des Unternehmens aber noch andere Sachverhalte von Interesse sein, wie z. B.:

- die Analyse der strukturellen Beziehungen eines Informationssystems (*Datenmodell* der Business-Objekte, z. B. Kundenanfrage, Kundenauftrag, Kundenlieferung oder der Entitäten, z. B. Rechnungsempfänger, Regulierer, Mitbewerber)
- die Analyse der aufbauorganisatorischen Beziehungen eines Unternehmens oder DV-gestützten Informationssystems (*Organisationsmodell*, z. B. Geschäftsbereich, Sparte, Vertriebsbereich)
- die Analyse des zu betrachtenden Anwendungsbereichs bzw. der von einem Softwarehersteller angebotenen Anwendungskomponenten (*Anwendungskomponentenmodell*, z. B. Vertrieb, Verkauf, Versand, Fakturierung)
- die Analyse der Informationsflußbeziehungen eines DV-gestützten Informationssystems (*Informationsflußmodell*, z. B. im R/3-System die Übersendung des Debitorbelegs von der Vertriebsorganisation zur Debitorenbuchhaltung)
- die Analyse der Kommunikationsbeziehungen eines Unternehmens (*Kommunikationsmodell*, z. B. die Übermittlung der Nachricht *mit Lieferungsbearbeitung beginnen* vom Vertrieb zum Versand)

Die EPK unterstützt die Konsistenz der anderen Modelle zueinander und ermöglicht es, teilweise Aspekte dieser Modelle aus der EPK heraus abzuleiten. Beispielhaft ist die Integration zwischen Prozeß- und Objekt-/Datenmodell sowie Organisationsmodell in Abbildung 4.4 aufgezeigt.

Die EPK beschreibt den zeitlich-sachlogischen Ablauf von Ereignissen und Aufgaben (Funktionen) bzw. Ereignissen und Prozessen. Die methodische Festlegung der Prozeßgrenzen über Start- und Endereignisse erlaubt es, Prozesse als Prozeßbausteine zu dokumentieren, die eine

- *innere Struktur besitzen*
  Die innere Struktur zeigt die Variationsmöglichkeiten eines Prozeßbausteins aus der Anbietersicht heraus. Eine Ausfilterung der gewünschten funktionalen Anforderungen des Kunden erfolgt durch Reduktions- und Selektionstechniken. Der Anbieter zeigt hier die abwählbaren Funktionen auf, die Verwendung des Prozeßbausteins bleibt jedoch trotz der Deaktivierung gewährleistet.
- *externe Struktur besitzen*
  Die externe Struktur zeigt die Kombinationsmöglichkeiten der Kopplung von Prozeßbausteinen aus der Anbietersicht heraus. Die Bildung von kundenbezogenen Wertschöpfungsketten (Szenarios) erfolgt durch Zusammenfügen der Prozeßbausteine. Der Anbieter zeigt hier die Verträglichkeit der angebotenen Prozeßbausteine und gibt somit einen Gestaltungsrahmen für die Bildung betriebswirtschaftlich sinnvoller Wertschöpfungsketten.

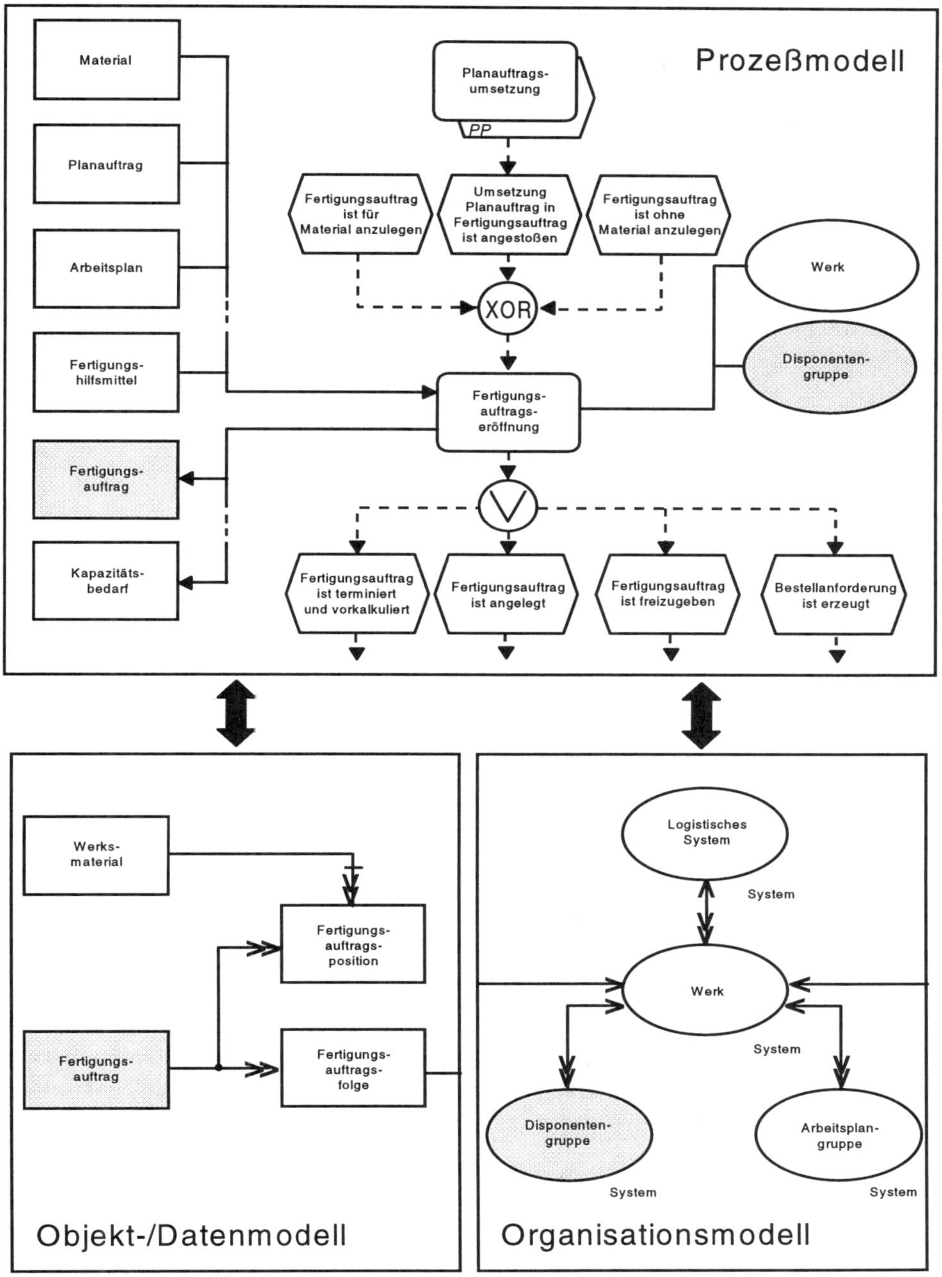

Abb. 4.4: EPK als Bindeglied im R/3-Referenzmodell am Beispiel aus der Produktion

Die umfassende Beschreibung von Prozessen, die im R/3-System als kombinierbare *Bausteine (Prozeßbausteine)* abgelegt sind und für unterschiedlichste Wertschöpfungsketten als Prozeßbausteine wiederverwendet werden können, ermöglicht, daß der Kunde die Inhalte analysieren und verifizieren kann, ohne sofort Einstellungen im System vorzunehmen. Anstelle der traditionellen CASE-Werkzeuge, die fertigungsorientiert im Sinne einer Softwaregenerierung waren, tritt eine neue Epoche der Softwarekonfiguration – die schnelle Montage (Zusammenfügen) von Software auf Basis von konfigurierbaren Prozeßbausteinen, die in einer Prozeßbausteinbibliothek (R/3-Modell repository) liegen. Die Montage erfolgt nach dem Baukasten-Prinzip (*Computer Aided Software Assembly*).

Zentrales Element zur Beschreibung der R/3-Referenzprozesse ist die Ereignisgesteuerte Prozeßkette (EPK). Die R/3-Referenzmodelle werden auf zwei Detaillierungsebenen – als Prozeßbaustein und Szenario – beschrieben. Ein Prozeßmodell zeigt die Variationsbreite möglicher Prozeßwege im R/3-System. Ein Prozeßmodell kann ein Prozeßbaustein sein und stellt dann in der Regel die möglichen Wege innerhalb einer Transaktion dar. Dieses entspricht häufig der Bearbeitung einer Aufgabe eines Sachbearbeiters am Arbeitsplatz. Ein Prozeßmodell kann ein Szenario sein, dem Prozeßbausteine zugeordnet sind. Ein Szenario bildet die Abfolge von Prozeßbausteinen, d. h. Wege über die Transaktionsgrenzen hinaus, ab. Szenarioprozesse als auch Prozeßbausteine beinhalten Ereignisse, Funktionen bzw. Prozesse, Verknüpfungsoperatoren, Kontrollflußkanten, Geschäftsobjekte (Business Object) und Systemorganisationseinheiten in ihrer logischen Struktur, d. h. der Ereignisgesteuerten Prozeßkette.

Die Ablage des R/3-Referenzmodells ist durch ein Metamodell beschrieben und im R/3-Repository abgelegt. Das Metamodell zeigt die grundlegenden Objekte und Beziehungen des R/3-Referenzmodells. Nur auf der Grundlage dieses Metamodells kann eine konsistente Modellierung erfolgen. Aus Benutzersicht ermöglicht das Metamodell eine Übersicht über und ein grundlegendes Verständnis für den Modellaufbau sowie die Zusammenhänge zwischen unterschiedlichen Modellen. Außerdem gibt das Metamodell die Navigationsmöglichkeiten vor, die innerhalb und zwischen einzelnen Modellen und deren Elementen bestehen. Aufbauend auf dem Metamodell können unterschiedliche Darstellungsformen definiert werden, die je nach Fragestellung unterschiedliche Informationen enthalten können. Während für jede Ereignisgesteuerte Prozeßkette die vollständigen Informationen abgelegt sind (Ereignisse, Funktion/Prozeß, Verknüpfungsoperator, Informationsobjekt, Organisatorische Einheit), muß die graphische Darstellung das Bilden von Ausschnitten erlauben (Generierungsfunktionalität). Das hier dargestellte Metamodell zeigt vereinfacht die der EPK zugrundeliegenden Objekte und Beziehungen.

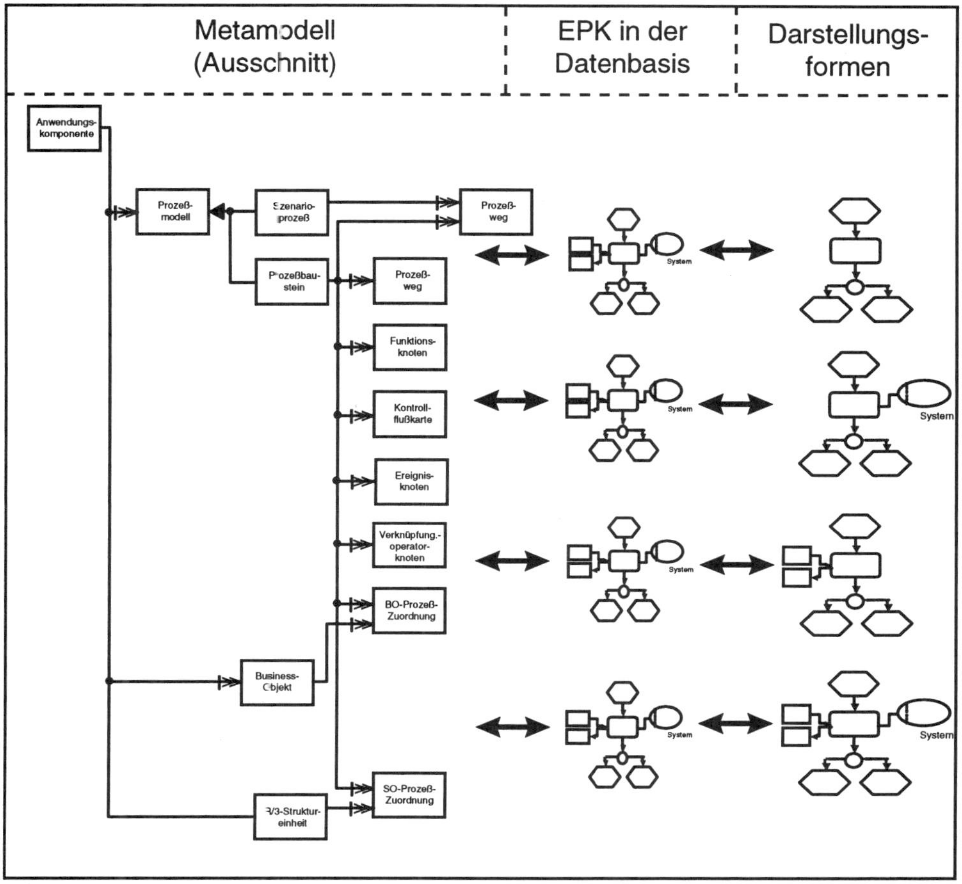

Abb. 4.5: Metamodell zur EPK-Struktur und Darstellungsstrategien

Die SAP gewährt mit den gebildeten Prozeßbausteinen des R/3-Referenzmodells die interne Konsistenz und die externe Verträglichkeit. Die potentiell vorhandenen Kombinationsmöglichkeiten werden in einer *Prozeßbausteinbibliothek* vorgehalten und über die in verschiedenen Prozeßbausteinen gemeinsam vorkommenden Start- und Endereignisse ausgewiesen. Ergänzend zur Navigationsunterstützung werden zusätzlich Prozeßwegweiser als Orientierung in den Grafiken dargestellt. Die vorhandenen 800 Prozeßbausteine des R/3-Referenzmodells ermöglichen prinzipiell über 10000 Kombinationsmöglichkeiten. Aufgabe des Kunden ist es nun, aufgrund seiner betriebswirtschaftlichen Anforderungen die angebotenen Prozeßbausteine aus der Prozeßbibliothek herauszugreifen und sie entlang seiner gewünschten Wertschöpfungskette anzuordnen (vgl. Kapitel 6).

4.3 Formale Beschreibung der EPK

Das Modell der Ereignisgesteuerten Prozeßkette (EPKM) kann als graphbasiertes Modell beschrieben werden, das aus Knoten und Kanten besteht. Eine Beschreibung der Syntax graphbasierter Modelle kann entweder operativ, z. B. durch Graphgrammatiken, oder deklarativ durch Spezifikationssprachen für Graphen beschrieben werden (vgl. Simon 1992).

4.3.1 Grundlagen

Im folgenden wird eine deklarative Beschreibung der Syntax von EPK-Modellen vorgenommen. Die verwendeten Elemente, d. h. die verschiedenen Kanten- und Knotentypen, werden beschrieben. Anschließend werden die Eigenschaften definiert, die ein korrektes EPK-Modell erfüllen muß. Die folgende Abbildung zeigt ein Beispiel für eine EPK mit allen Knoten- und Kantentypen.

In der allgemeinen Form wird das EPK-Modell als gemischter Graph beschrieben. Ein solcher Graph enthält sowohl ungerichtete als auch gerichtete Kanten. Wird dagegen die 'schlanke' Form von EPK-Modellen verwendet, so entfällt die Zuordnung von Organisationseinheiten und Input- bzw. Outputcontainern. Solche EPK-Modelle können als Digraphen beschrieben werden.

Durch die Syntaxdefinition der EPK-Modelle soll die Überprüfung der Konsistenz der im R/3-Referenzmodell enthaltenen Prozeßbausteine unterstützt werden. Weiter kann die anwenderspezifische Konfiguration von EPK-Schemata durch die Bereitstellung automatisierter Konsistenzchecks unterstützt werden. Darüber hinaus werden Regeln zur korrekten Modellierung von EPK-Modellen bereitgestellt. Eine formale Beschreibung dieser Regeln ist insbesondere für die Entwicklung von Modellierungstools von Bedeutung. Im folgenden wird ein EPK-Schema verkürzend als EPK bezeichnet.

Eine wesentliche Aufgabe bei der Modellierung von umfangreichen betriebswirtschaftlichen Prozessen besteht in der Beherrschung der Komplexität der Modelle. In der Methode der Ereignisgesteurerten Prozeßketten sind hierzu die Konzepte der hierarchisierten Funktion, der Prozeßmakros sowie der Prozeßwegweiser entwickelt worden. Sie erlauben die Bildung verschiedener Detaillierungsebenen zur Beschreibung von Geschäftsprozessen, indem einzelne Elemente einer EPK durch eine weitere EPK beschrieben werden. Analog zum R/3-Referenzmodell werden im folgenden zwei Hierarchisierungsebenen unterschieden. Eine EPK auf der unteren Ebene wird als Prozeßbaustein bezeichnet. Die zugeordnete EPK wird auch Prozeß-EPK genannt. Die Zusammenfassung einer Reihe von Prozeßbausteinen wird in den Szenarien vorgenommen. Die entsprechende EPK heißt Szenario-EPK. Im folgenden wird zunächst das allgemeine Modell der EPK vorgestellt. Anschließend werden Regeln beschrieben, die eine korrekte EPK charakterisieren.

4.3.2 Allgemeines Modell

Die folgende Syntax definiert das EPK-Modell als einen typisierten, attributierten, gerichteten und zusammenhängenden Graph. Hierbei wird von Modelleigenschaften wie Größe,

Form, Farbe und geometrischer Anordnung der einzelnen Knoten sowie dem geometrischen Verlauf der Kanten abstrahiert. Jedem Knoten und jeder Kante des Graphen werden ein eindeutiger Typ sowie ein oder mehrere Attribute zugewiesen. Das EPK-Modell wird definiert als 7-Tupel

$$\text{EPKM} = (\text{Id}, \nu, \kappa, \tau, \tau_\kappa, \alpha, \alpha_\kappa)$$

Im folgenden werden die einzelnen Elemente des 7-Tupels erklärt.

- Id ist die eindeutige Identifizierung eines EPK-Modells.
- ν ist die nicht-leere, endliche Menge der Knoten einer EPK. Es gilt $3 \leq |\nu| < \infty$, da eine EPK mindestens aus einem Startereignis, einem Endereignis sowie einer Funktion besteht.
- κ ist die Kantenrelation, die Verbindungen zwischen den verschiedenen Knotentypen beschreibt. κ wird definiert als $\kappa \subseteq \nu \times \nu$.
- τ und τ_κ sind Abbildungen, die jedem Knoten bzw. jeder Kante einen Typ zuweisen.
- α und α_κ sind Abbildungen, die jedem Knoten- bzw. Kantentyp seine Attribute zuweisen.

Die Abbildungen τ und τ_κ werden folgendermaßen definiert:

τ: $\nu \longrightarrow$ {Funktion, Ereignis, Prozeßwegweiser, Oder-Konnektor, Und-Konnektor, XOR-Konnektor, hierarchisierte Funktion, Inputcontainer, Outputcontainer, Organisationseinheit}

τ_κ: $\kappa \longrightarrow$ {Kontrollflußkante, Informationsflußkante, Organisationszuordnungskante}

Zur Beschreibung des Kontrollflusses und des Informationsflusses werden gerichtete Kanten verwendet. Lediglich die Zuordnung von Organisationseinheiten erfolgt über einfache Kanten.

Um die Knotenmenge ν weiter spezifizieren zu können, werden im folgenden die Begriffe Nachbarschaftsliste, Eingangsgrad und Ausgangsgrad eingeführt.

Eine Kante (u,v) verbindet die Knoten u und v, wenn $(u,v) \in \kappa :\Leftrightarrow u \rightarrow v$ gilt. Hierbei bezeichnet man u als Startknoten und v als Endknoten der Kante.

Als *Nachbarschaftsliste* (adjency-list) eines Knotens v bezeichnet man die Menge

$$adj^+(v,t) = \{u \in \nu | (v,u) \in \kappa \wedge \tau_\kappa((v,u)) = t\}.$$

Der Betrag dieser Menge ist der *Ausgangsgrad* $\gamma^+(v,t) = |adj^+(v,t)|$ von v. Die Definition des Eingangsgrades erfolgt analog hierzu. Der *Eingangsgrad* von v ist

$$\gamma^-(v,t) = |adj^-(v,t)| = |\{u \in \nu | (u,v) \in \kappa \wedge \tau_\kappa((u,v)) = t\}.$$

Die Inzidenzliste für einen Knoten v wird definiert als die Menge der positiv inzidenten Kanten $inz^-(v,t) = \{(u,v) \in \kappa | \tau_\kappa((u,v)) = t\}$. Analog zum Eingangsgrad eines Knotens v gilt $i^-(v,t) = |inz^-(v,t)|$. Ebenso läßt sich die Menge der Ausgangskanten (negativ inzidenten Kanten) und deren Anzahl definieren als

$i^+(v,t) = |inz^+(v,t)| = |\{(v,u) \in \kappa | \tau_\kappa((v,u)) = t\}|$.

Für die Beschreibung des Kontrollflusses von EPK-Modellen werden die Begriffe Verbindung und Pfad eingeführt.

Eine Folge $u_1, u_2, ..., u_n$ mit $n \geq 0$ und $u_i \in \nu$, $u_i \neq u_j$, $i \neq j$, $i,j \in \{1,...,n\}$, $\tau(u_i) \in$ {Und-Konnektor, Oder-Konnektor, XOR-Konnektor} heißt Verbindung, falls $u_1 \rightarrow \cdots \rightarrow u_n$. Für die Existenz einer Verbindung zwischen den Knoten u und v wird die abkürzende Notation $u \xrightarrow{V} v$ eingeführt, hierbei ist $\tau(u), \tau(v) \in$ {Ereignis, Funktion, hierarchisierte Funktion, Prozeßwegweiser}. Dies bedeutet, daß der Knoten u über eine Kette von Konnektoren mit dem Knoten v verbunden ist.

Weiter heißt eine Folge $u_1, u_2, ..., u_n$ mit $n \geq 0$ und $u_i \in \nu$, $u_i \neq u_j$, $i \neq j$, $i,j \in \{1,...,n\}$ Pfad, falls $u_1 \rightarrow \cdots \rightarrow u_n$. Als Abkürzung wird die Notation $u \xrightarrow{P} v$ gewählt. Dies bedeutet, daß der Knoten u über eine Kette aus Ereignissen, (hierarchisierten) Funktionen, Prozeßwegweisern und Konnektoren mit dem Knoten v verbunden ist.

Die Nachbarschaftsliste eines Knotens v bezüglich einer Verbindung zu anderen Knoten ist

$$adj_V^+(v) = \{u \in \nu | v \xrightarrow{V} u\} \text{ und analog } adj_V^-(v) = \{u \in \nu | u \xrightarrow{V} v\}.$$

Mit Hilfe der vorgenommenen Definitionen kann die Knotenmenge ν einer EPK weiter spezifiziert werden. Im einzelnen werden folgende Mengen unterschieden:

- Die Menge der Funktionen F mit $F = \{u \in \nu | \tau(u) = \text{Funktion}\}$. Es gilt $F \neq \emptyset$, jede EPK besitzt somit mindestens eine Funktion.
- Die Menge F_H der hierarchisierten Funktionen mit $F_H = \{u \in \nu | \tau(u) = \text{hierarchisierte Funktion}\}$
- E bezeichnet die Menge der Ereignisse:

  $E = \{u \in \nu | \tau(u) = \text{Ereignis}\}$

  Die Menge der Ereignisse kann hierbei weiter untergliedert werden in:

  – die Menge der Startereignisse $E_S = \{u \in E | \gamma^-(u,Kfk) = 0 \wedge \gamma^+(u, Kfk) = 1\}$, wobei Kfk eine Kontrollflußkante bezeichnet. Jede EPK enthält mindestens ein Startereignis. Somit gilt: $E_S \neq \emptyset$.

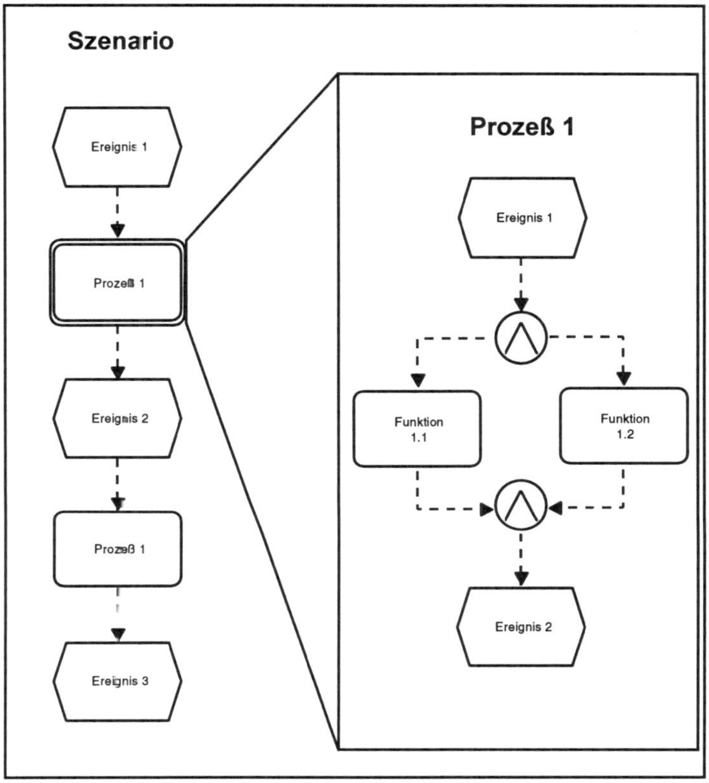

Abb. 4.6: Hierarchisierung

- die Menge E_{PS} = {u ∈ E| ∃ v ∈ V : τ(v) ∈ {Prozeßwegweiser, hierarchisierte Funktion} ∧ u ∈ $adj_V^+(v)$} der Startereignisse für eine nachfolgende oder untergeordnete EPK
- die Menge der Endereignisse E_E = {u ∈ E| $\gamma^-(u,Kfk) = 1 \wedge \gamma^+(u, Kfk) = 0$}. Es gilt $E_E \neq \emptyset$.
- die Menge E_{PE} = {u ∈ E| ∃ v ∈ V : τ(v) ∈ {Prozeßwegweiser, hierarchisierte Funktion} ∧ u ∈ $adj_V^-(v)$} der Endereignisse für eine vorangegangene oder untergeordnete EPK
- die Menge E_N der inneren Ereignisse einer EPK

  $E_N = E \setminus (E_S \cup E_{PS} \cup E_E \cup E_{PE})$
- P_N = {u ∈ P| $\gamma^-(u,Kfk) + \gamma^+(u,Kfk) = 1$} ist die Menge der 'normalen' Prozeßwegweiser, die auf eine vorangehende oder nachfolgende EPK verweisen.

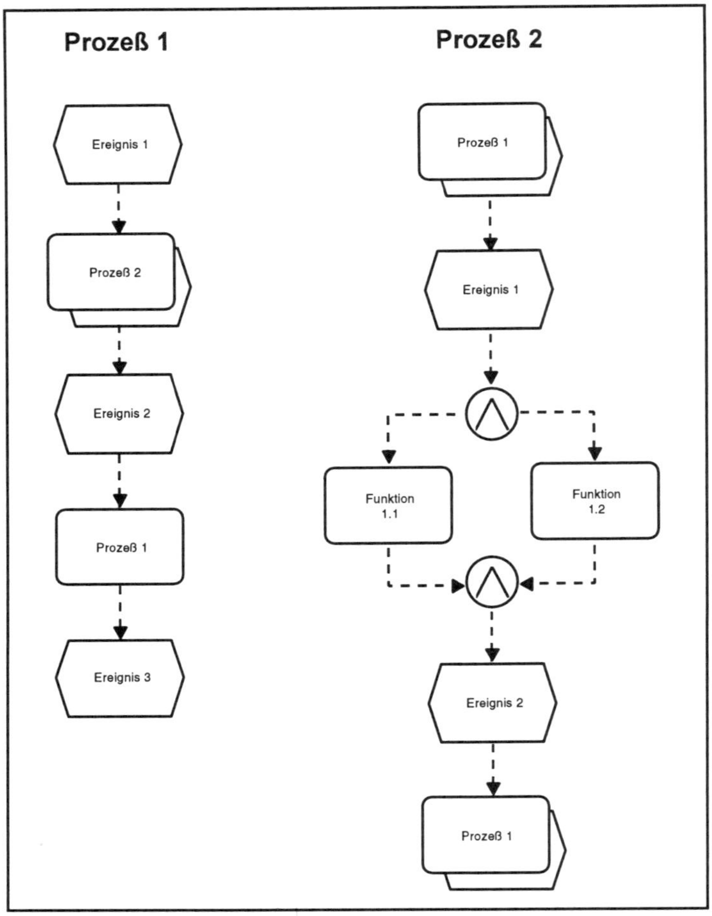

Abb. 4.7: EPK-Makro

- Die Menge der Konnektoren J läßt sich in die Mengen der Verknüpfer (Join) und der Verteiler (Distributor) unterteilen. Die Verknüpfer J_{AND}, J_{OR} und J_{XOR} dienen der Synchronisation paralleler Abläufe, wohingegen die Verteiler D_{AND}, D_{OR} und D_{XOR} einen Ablauf in mehrere Abläufe trennen. Es gilt:
  - $J_{AND} = \{u \in \nu |\ \tau(u) = \text{Und-Konnektor} \wedge \gamma^{-}(u,Kfk) > 1 \wedge \gamma^{+}(u, Kfk) = 1\}$
  - $J_{OR} = \{u \in \nu |\ \tau(u) = \text{Oder-Konnektor} \wedge \gamma^{-}(u,Kfk) > 1 \wedge \gamma^{+}(u, Kfk) = 1\}$
  - $J_{XOR} = \{u \in \nu |\ \tau(u) = \text{XOR-Konnektor} \wedge \gamma^{-}(u,Kfk) > 1 \wedge \gamma^{+}(u, Kfk) = 1\}$
  - $D_{AND} = \{u \in \nu |\ \tau(u) = \text{Und-Konnektor} \wedge \gamma^{-}(u,Kfk) = 1 \wedge \gamma^{+}(u, Kfk) > 1\}$
  - $D_{OR} = \{u \in \nu |\ \tau(u) = \text{Oder-Konnektor} \wedge \gamma^{-}(u,Kfk) = 1 \wedge \gamma^{+}(u, Kfk) > 1\}$
  - $D_{XOR} = \{u \in \nu |\ \tau(u) = \text{XOR-Konnektor} \wedge \gamma^{-}(u,Kfk) = 1 \wedge \gamma^{+}(u, Kfk) > 1\}$

- $P = P_M \cup P_N = \{u \in V | \tau(u) = \text{Prozeßwegweiser}\}$ bezeichnet die Menge der Prozeßwegweiser mit:
  - $P_M = \{u \in P | \gamma^-(u,Kfk) = 1 \wedge \gamma^+(u,Kfk) = 1\}$ ist die Menge der Prozeßmakros, die auf eine untergeordnete EPK verweisen

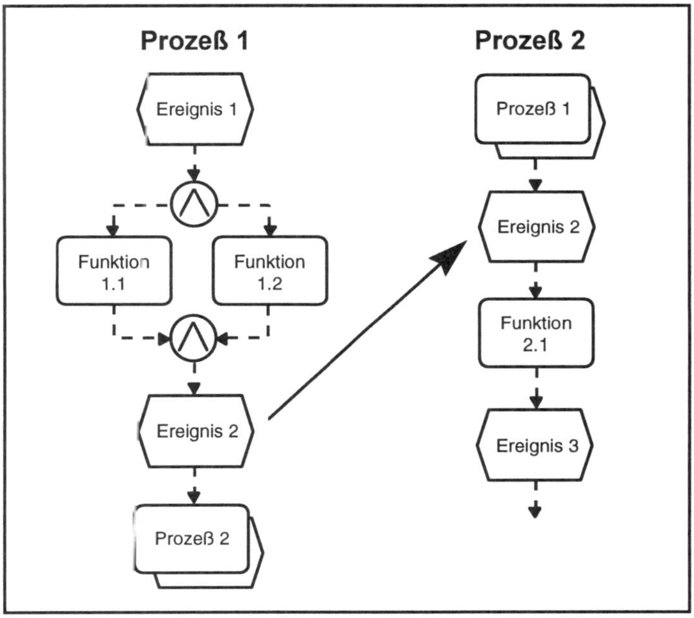

Abb. 4.8: Verbindungen von EPKs

- $C_I = \{u \in V | \tau(u) = \text{Inputcontainer}\}$ ist die Menge der Inputcontainer. Da eine EPK mindestens eine Funktion enthält und jeder Funktion ein Inputcontainer zugeordnet ist, gilt $C_I \neq \emptyset$.
- $C_O = \{u \in V | \tau(u) = \text{Outputcontainer}\}$ bezeichnet die Menge der Outputcontainer mit $C_O \neq \emptyset$.
- $O = \{u \in V | \tau(u) = \text{Organisationseinheit}\}$ ist die Menge der Organisationseinheiten.

Die Menge $K = K_K \cup K_I \cup K_O$ der Kanten einer EPK wird nach Kontrollflußkanten K_K, Informationsflußkanten K_I und Kanten für die Zuordnung von Organisationseinheiten K_O unterschieden.

- $K_K = \{(u,v) \in (B_1 \times E) \cup (E \times B_1) \cup (J \times J)\}$ mit $B_1 = F \cup F_H \cup P \cup J$ und es gilt

  $(u,v) \in K_K :\Leftrightarrow \tau_K((u,v)) = \text{Kontrollflußkante}$. Somit sind folgende Kontrollflußkanten unzulässig:

- Kfk, die Ereignisse mit Ereignissen verbinden
- Kfk, die Funktionen oder Prozeßwegweiser mit Funktionen oder Prozeßwegweisern verbinden

- $K_I = \{(u,v) \in (B_2 \times C_O) \cup (C_I \times B_2) \cup (C_o \times C_I)\}$ mit $B_2 = F \cup F_H \cup P$.

  $(u,v) \in K_I :\Leftrightarrow \tau_\kappa((u,v))$ = Informationsflußkante

- $K_O = \{(u,v) \in (F \times O) \cup (O \times F)\}$

  $(u,v) \in K_O :\Leftrightarrow \tau_\kappa((u,v))$ = Organisationszuordnungskante

Anhand dieser Definitionen ist eine vollständige Beschreibung des EPK-Modells möglich. Für die folgende Beschreibung des Kontrollflusses wird die schlanke Form der Ereignisgesteuerten Prozeßketten zugrundegelegt, die für die Ausführungen dieses Buches zugrundegelegt wird. Auf die formale Darstellung des Informationsflusses und der Zuordnung der Organisationseinheiten wird nicht näher eingegangen.

4.3.3 Kontrollfluß

Der Kontrollfluß beschreibt die zeitlich-logischen Abläufe von Ereignissen, Funktionen und Prozeßwegweisern. Zur besseren Überschaubarkeit sei $\nu_K = F \cup F_H \cup E \cup P \cup J$ die Menge der kontrollflußrelevanten Elemente eines EPK-Modells. Eine bezüglich des Kontrollflusses korrekte EPK muß folgende Eigenschaften aufweisen:

K1: Es existieren keine isolierten Knoten, d. h.

$\forall u \in \nu_K : \gamma^-(u,Kfk) + \gamma^+(u,Kfk) > 0.$

K2: Es existieren keine Schlingen, d. h.

$\forall u \in \nu_K : (u,u) \notin \kappa.$

K3: (Hierarchisierte) Funktionen haben genau eine eingehende und genau eine ausgehende Kontrollflußkante, d. h.

$\forall u \in F \cup F_H : i^-(u,Kfk) = 1 \wedge i^+(u,Kfk) = 1.$

K4: Ereignisse haben genau eine eingehende und/oder eine ausgehende Kontrollflußkante, d. h.

$\forall u \in E : (i^-(u,Kfk) = 1 \wedge i^+(u,Kfk) = 1) \vee u \in E_S \vee u \in E_{E.}$

K5: Prozeßwegweiser haben nur eine eingehende und/oder eine ausgehende Kontrollflußkante, d.h

$\forall u \in P : (i^-(u,Kfk) + i^+(u,Kfk) = 1) \vee (i^-(u,Kfk) = 1 \wedge i^+(u,Kfk) = 1).$

K6: Konnektoren haben entweder mehrere eingehende und eine ausgehende Kontrollflußkante oder eine eingehende und mehrere ausgehende Kontrollflußkanten, d. h.

$\forall u \in J : (i^-(u,Kfk) = 1 \wedge i^+(u,Kfk) > 1) \vee (i^-(u,Kfk) > 1 \wedge i^+(u,Kfk) = 1).$

Im ersten Fall heißt der Konnektor Verteiler (Fork), im zweiten Fall Verknüpfer (Join).

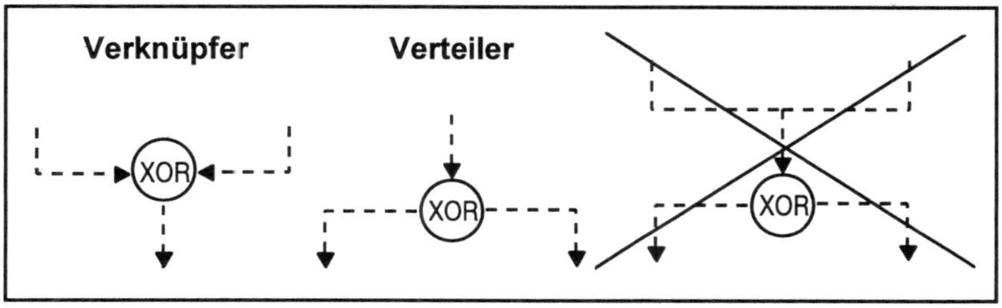

Abb. 4.9: Verknüpfer und Verteiler

K7: Verbindungen zwischen Konnektoren sind azyklisch, d. h.

$\forall u \in J : u \xrightarrow{V} v \Rightarrow u \neq v.$

K8: Ereignisse sind nur mit (hierarchisierten) Funktionen und Prozeßwegweisern verbunden, d. h.

$\forall u, v \in E \cup F \cup F_H \cup P : u \xrightarrow{V} v \wedge u \in E \Rightarrow v \in F \cup F_H \cup P.$

K9: (Hierarchisierte) Funktionen und Prozeßwegweiser sind nur mit Ereignissen verbunden, d. h.

$\forall u, v \in E \cup F \cup F_H \cup P : u \xrightarrow{V} v \wedge u \in F \cup F_H \cup P \Rightarrow v \in E.$

K10: Da Ereignisse keine Entscheidungen bezüglich des weiteren Ablaufs treffen dürfen, spalten von Ereignissen ausgehende Verbindungen nicht auf, d. h.

$\forall e \in E, \forall u_1, u_2 \in F \cup F_H \cup P, u_1 \neq u_2, \forall w \in J :$

$e \xrightarrow{V} w \xrightarrow{V} u_1 \wedge e \xrightarrow{V} w \xrightarrow{V} u_2 \Rightarrow w \in D_{AND}.$

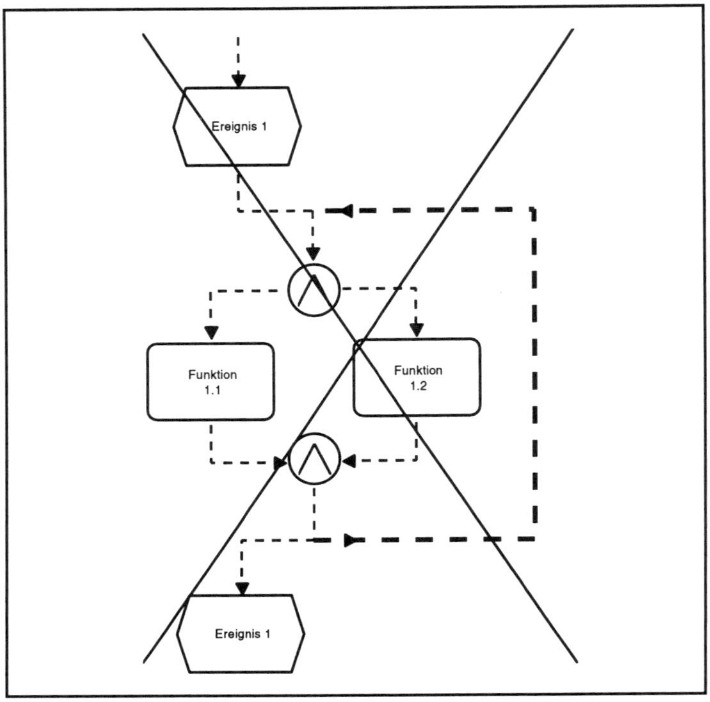

Abb 4.10: Verbotene Zyklen

K11: Alle Ereignisse, (hierarchisierte) Funktionen und Prozeßmakros sind mit einem Startereignis verbunden, d. h.

$\forall u \in V_K \exists v_1,...,v_n \in V_K, n \in \mathbf{N}_0 : v_1 \rightarrow \cdots \rightarrow v_n \rightarrow u \wedge v_1 \in E_S.$

K12: Alle Ereignisse, (hierarchisierte) Funktionen und Prozeßmakros sind über einen Pfad mit einem Endereignis verbunden, d. h.

$\forall u \in V_K \exists v_1,...,v_n \in V_K, n \in \mathbf{N}_0 : u \rightarrow v_1 \rightarrow \cdots \rightarrow v_n \wedge v_n \in E_E.$

K13: Es gibt mindestens ein Startereignis und mindestens ein Endereignis.

K14: Mehrfachkanten zwischen zwei Knoten sind nicht zulässig.

Unter Zuhilfenahme der beschriebenen Regeln kann die Konsistenz von EPK-Modellen untersucht werden. Hierbei wird unter Konsistenz die Widerspruchsfreiheit und Stimmigkeit der EPK-Modelle verstanden.

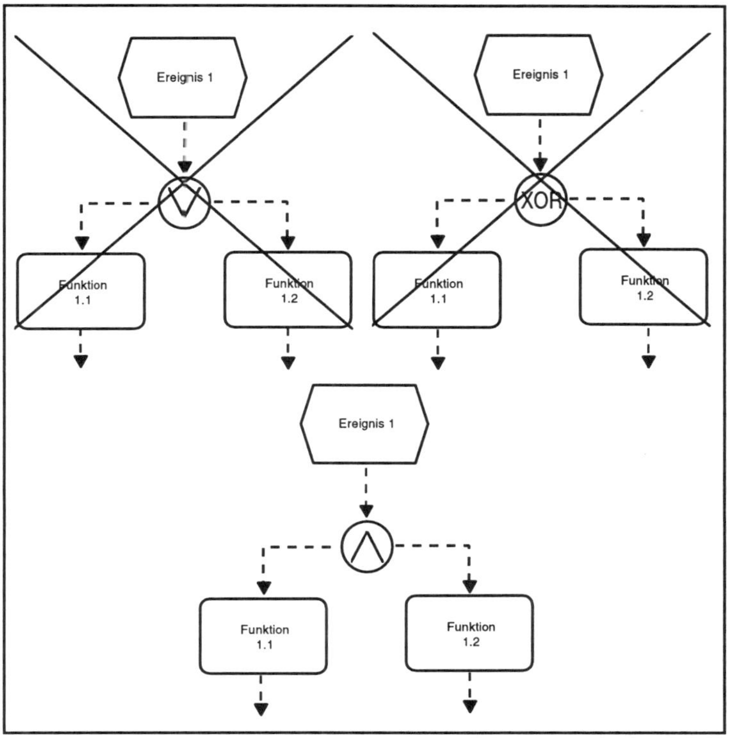

Abb 4.11: Verbotene Verknüpfungen

Die beschriebenen Konsistenzkriterien beschreiben im wesentlichen die Konsistenz einzelner EPK-Modelle. Solche Kriterien werden im folgenden als lokale Konsistenzkriterien bezeichnet. Zur Überprüfung aller Modelle eines Referenzmodells ist die Formulierung globaler Konsistenzkriterien vorzunehmen. Als Beispiel sei die Existenz korrespondierender Prozeßwegweiser genannt. Jeder ausgehende Prozeßwegweiser besitzt im aufgerufenen Prozeß einen Prozeßwegweiser, der den aufrufenden Prozeß bezeichnet. Auf eine formale Beschreibung der globalen Konsistenzkriterien wird verzichtet.

Teil C
IPP zur Gestaltung von Wertschöpfungsketten

„Es gibt immer drei Meinungen: Deine, meine und die richtige.“

5 Vorgehensweisen

Eine Vorgehensweise, in der Literatur auch häufig als Vorgehensmodell bezeichnet, ist ein Phasenkonzept mit definierten Phasenergebnissen, in dem die Arbeitsschritte bzw. Aktivitäten sowie die zu verwendenden Methoden bzw. Beschreibungssprachen (vgl. Kapitel 3.3) und Werkzeuge (Hilfsmittel) festgelegt werden (vgl. Küffmann 1994, S. 45). Darüber hinaus sollte eine Vorgehensweise auch Informationen über die zeitliche und logische Reihenfolge, in der die einzelnen Aktivitäten durchzuführen sind, liefern (vgl. Jost 1993, S. 12-13). Grundsätzlich ist es das Ziel eines Vorgehensmodells, den Lösungsprozeß einer komplexen Aufgabenstellung systematisch zu gliedern. Als Ergebnis dieser Gliederung erhält man überschaubare Abschnitte (die bereits erwähnten Phasen), die eine schrittweise Planung, Durchführung, Entscheidung und Kontrolle ermöglichen (vgl. Pomberger/Blaschek 1996, S. 17). Ein Vorgehensmodell ist somit „eine der wesentlichen Grundlagen für einen arbeitsteiligen, einheitlichen, wiederholbaren Prozeßablauf“ (Chroust 1992, S. 37).

Nach Chroust können Vorgehensmodelle auf unterschiedlichen Niveaus aufgestellt werden (vgl. Chroust 1992, S. 39). Globale Vorgehensmodelle beschreiben eine prinzipielle Ablaufstruktur und allgemeine Richtlinien (z. B. prinzipielle Vorgehensschritte bei der Softwareentwicklung), weltliche Vorgehensmodelle definieren Arbeitsschritte in ausführbarer Form (z. B. Erstellung einer Prozeßbeschreibung mit den normierten Regeln der Ereignisgesteuerten Prozeßkette im Arbeitsschritt *Prozeßablauf beschreiben*) und atomare Modelle sind sehr implementationsnah und liefern detaillierte und präzise Definitionen aller Daten und Prozeßschritte. Ebenso können Vorgehensweisen aus unterschiedlichen Blickwinkeln heraus betrachtet werden. So erwähnt Nüttgens zum einen Analogien zum Produktlebenszyklus von Softwaresystemen und betont dabei die Phaseneinteilung bei den Vorgehensmodellen (vgl. Nüttgens 1995, S. 19-25). Zum anderen differenzieren Nüttgens und Kirchmer in Anlehnung an die Unternehmensplanung für den Einsatz von Vorgehensweisen in die drei folgenden Ebenen:

- strategisches Informationsmanagement bzw. strategische Informationssystemplanung
- Projektmanagement und Realisierung bzw. taktische und operative Informationssystemplanung

- Informationssystemgestaltung bzw. standardsoftwareorientierte Informationssystemplanung (vgl. Nüttgens 1995, S. 90-93 und 113-228; vgl. Kirchmer 1996, S. 47-63)

Vorgehensweisen werden in den unterschiedlichsten Fachgebieten eingesetzt (vgl. Burghardt 1988; vgl. Daenzer/Huber 1992; vgl. Schmidt 1991; vgl. Schulte-Zurhausen 1995; vgl. Sommerville 1992). Im folgenden wird deshalb der Versuch unternommen, Vorgehensweisen nach unterschiedlichen Einsatzbereichen und Verwendungszwecken zu differenzieren und zu beschreiben.

5.1 Vorgehensweisen im Projektmanagement

„Der Begriff Projektmanagement faßt alle Tätigkeiten, welche die Organisation der Softwareherstellung zum Gegenstand haben. Dazu gehören die Untergliederung des Herstellungsprozesses, der Arbeitsteilung und der Kommunikation" (Kimm et al. 1979, S. 289). Projektmanagement steht dabei nicht für sich allein, sondern muß in seiner Einbindung im gesamten Entwicklungsbereich gesehen werden (vgl. Burghardt 1988, S. 11).

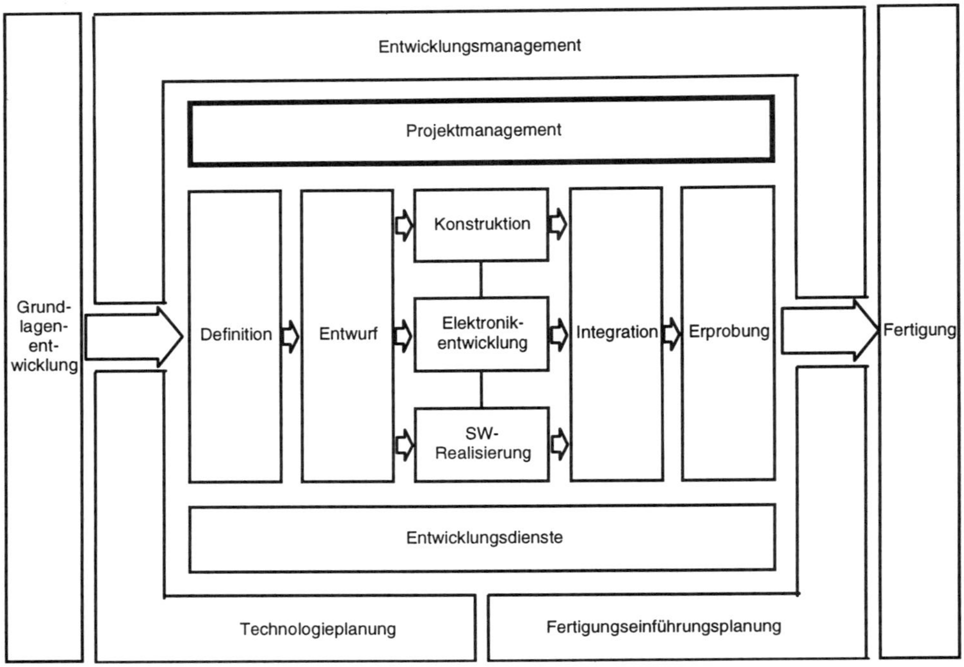

Abb. 5.1: Umfeld des Projektmanagements (aus: Burghardt 1988, S. 11)

Wie aus der Abbildung ersichtlich wird, liegt oberhalb des Projektmanagements eines Projektes das Entwicklungsmanagement des jeweiligen Bereiches. „Das einzelne Projektmanagement erhält aus diesem entwicklungsbezogenen Management die bereichsentscheidenden Eckparameter, so wie umgekehrt das Entwicklungsmanagement aus dem Projektmanagement seine Basisdaten bezieht" (Burghardt 1988, S. 12).

Projekte unterscheiden sich im allgemeinen grundsätzlich von der täglichen Routinearbeit und müssen deshalb auch nach anderen Gesichtspunkten behandelt werden. „Projekte sind als Vorhaben mit einem definierten Anfang und einem Abschluß gekennzeichnet, die durch eine zeitliche Befristung, eine relative Neuartigkeit und Komplexität sowie durch eine interdisziplinäre Aufgabenstellung charakterisiert sind" (Schulte-Zurhausen 1995, S. 343). So definieren Daenzer und Huber den Begriff des Projektmanagements als Überbegriff für alle willensbildenden und -durchsetzenden Aktivitäten im Zusammenhang mit der Abwicklung von Projekten. „Dabei handelt es sich inhaltlich nicht um Aktivitäten, die das zu lösende Problem selbst betreffen, insbesondere nicht um die fachlichen Beiträge zur Problemlösung, sondern um das Management des Problemlösungsprozesses" (Daenzer/Huber 1992, S. 242).

Gemäß der oben genannten Definition eines Projektes gilt es, durch eine effiziente Projektführung für eine sachgerechte, termingerechte und kostengerechte Abwicklung von Projekten zu sorgen. Das Vorgehensmodell nach Burghardt unterteilt den Projektablauf in vier Hauptabschnitte:

- Projektdefinition
- Projektplanung
- Projektkontrolle
- Projektabschluß

Diesen Projektabschnitten werden die einzelnen im Projektablauf durchzuführenden Aufgaben des Projektmanagements zugeordnet. Die einschlägige Literatur postuliert in diesem Zusammenhang diverse Vorgehensweisen, welche sich an unterschiedlichen Paradigmen orientieren. In den meisten Fällen existieren für das Projektmanagement keine eigenen Vorgehensmodelle, sondern lediglich Ausführungen über Aufgaben und Inhalte eines Projektmanagements. So strukturieren Schmidt oder Schulte-Zurhausen die Inhalte eines Projektmanagements in eine *funktionale Dimension* und eine *institutionale Dimension.* Daenzer und Huber fügen dieser Klassifizierung darüber hinaus noch eine *personelle*, eine *psychologische* sowie eine *instrumentelle* Dimension hinzu (vgl. Schmidt 1991; Schulte-Zurhausen 1995; vgl. Daenzer/Huber 1992).

Die Ablaufstruktur eines Projektes orientiert sich dabei jedoch stets am Herstellungsprozeß des eigentlichen Produktes, in unserem Beispiel der Softwareproduktion. Vorgehensweisen der Softwareentwicklung sind jedoch Bestandteil des anschließenden Kapitels, so daß hier der Ansatz von Burghardt (vgl. Burghardt 1988) verfolgt wird, welcher auf einer eigenen Vorgehensstruktur des Projektes basiert.

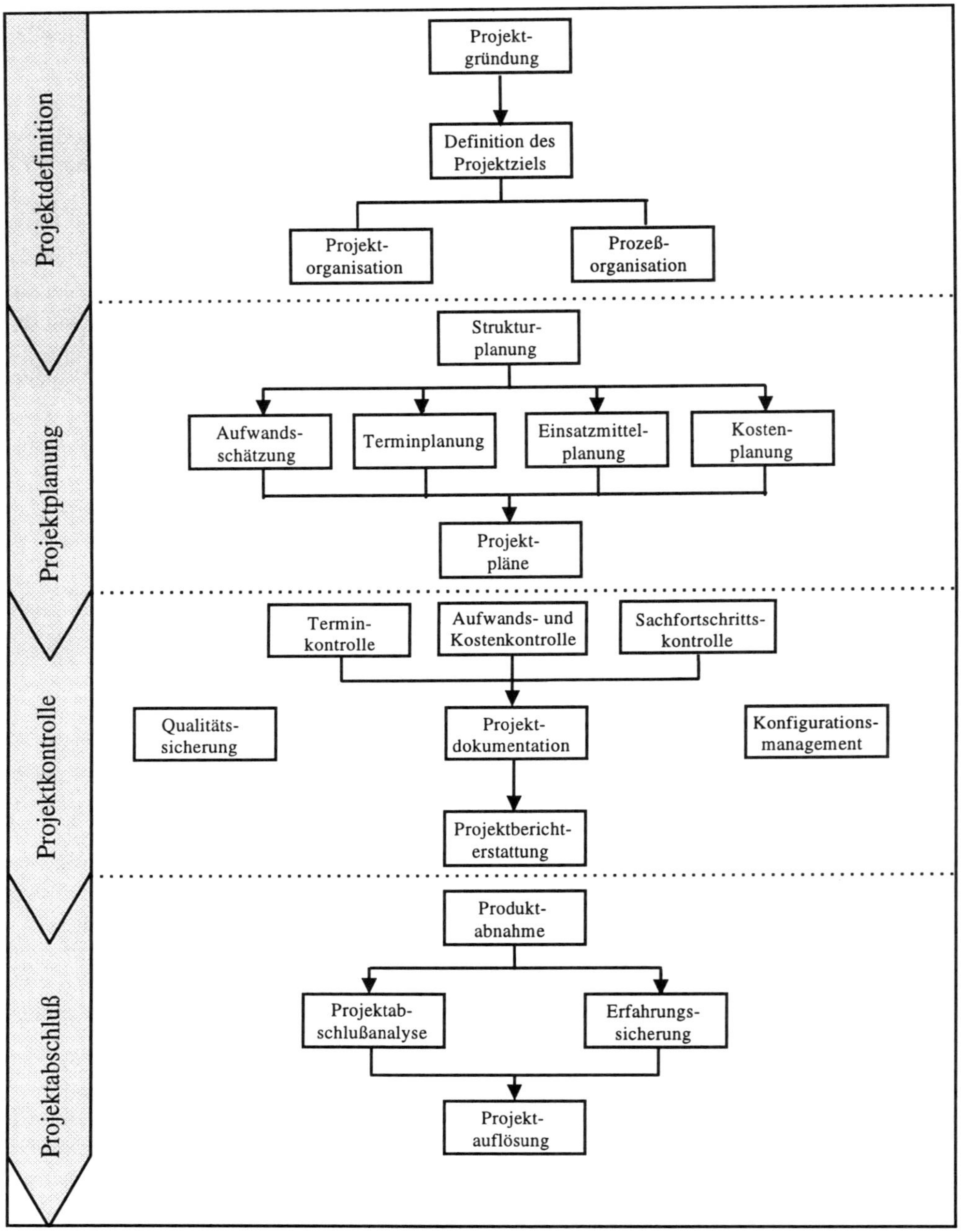

Abb. 5.2: Aufgaben des Projektmanagements im Projektablauf (aus: Burghardt 1988, S. 12)

Die Phase der Projektdefinition bildet die Projektgrundlage. Zu dieser Phase zählen:

- die Gründung des Projekts
- die Definition des Projektziels
- die Organisation des Projekts
- die Organisation des Prozesses

Im Rahmen der *Projektdefinition* werden die Grundlagen für sämtliche nachfolgenden Phasen geschaffen. Ausgangspunkt bildet dabei in jedem Projekt der Projektantrag, welcher sämtliche relevanten Angaben über Aufgabenbeschreibung, Kosten- und Terminziele sowie Verantwortlichkeiten enthält. Durch Genehmigung des Projektantrages entsteht der Projektauftrag, das Projekt ist damit begründet.

Der nächste Schritt beinhaltet die vollständige und eindeutige Definition des Projektziels. Dokumentiert wird das Projektziel durch den Auftraggeber mittels eines Anforderungskatalogs bzw. eines Pflichtenhefts, wobei über die momentanen Produktanforderungen hinaus bereits eventuelle zukünftige Veränderungen des Produkts bedacht werden müssen. Weiterhin entstehen während der Projektdefinition die organisatorischen Voraussetzungen für das Projekt. Neben der Wahl einer Organisationsform müssen die Gestaltungsträger benannt werden und letztendlich auch eine Arbeitsmittelzuteilung erfolgen. Der letzte Abschnitt dieser Phase besteht in der Bestimmung der gesamten Ablauforganisation des Entwicklungsprozesses. „Hierzu gehören das Festlegen von Entwicklungsphasen, Zäsurpunkten (Pflichtmeilensteinen), Entwicklungslinien (Baselines) und Tätigkeitsarten" (Burghardt 1988, S. 13).

Die daran anschließende *Projektplanung* umfaßt Aufgabenbereiche wie die Strukturplanung, die Aufwandsschätzung, die Terminplanung, die Einsatzmittelplanung, die Kostenplanung sowie die Erstellung der Projektpläne. Als Resultat dieser Phase entstehen die Projektpläne, welche sämtlichen Ergebnisse der Projektplanung enthalten. Zu diesen Plänen gehören sowohl Pläne für die Organisation, Strukturierung und Durchführung des Projekts als auch die Projektpläne über die Termine, die geplanten Aufwände und Kosten.

Nach Erstellung der Planungsunterlagen beginnt die eigentliche Projektdurchführung, die von der *Projektkontrolle* begleitet wird. Die Projektkontrolle beinhaltet folgende Aufgabenbereiche:

- Terminkontrolle
- Aufwands- und Kostenkontrolle
- Sachfortschrittskontrolle
- Qualitätssicherung
- Konfigurationsmanagement
- Projektdokumentation
- Projektberichterstattung

Die einzelnen Aufgabenbereiche können dabei optional und je nach Art und Umfang des Projektes unterschiedlich intensiv erfüllt werden. Beispielsweise ist die Terminkontrolle bei größeren Projekten nur mit der Netzplantechnik sinnvoll durchführbar. Darüber hinaus können Trendanalysen sowohl bei der Termin- als auch bei der Aufwands- und Kostenkontrolle eine sinnvolle Unterstützung bieten. Die Sachfortschrittskontrolle stellt für die Projektleiter wohl die wichtigste, aber auch die schwierigste Aufgabe dar, da es im Normalfall keine unmittelbaren Meßgrößen für diesen Sachfortschritt gibt. Auch in diesem Zusammenhang kann die Netzplantechnik eine große Unterstützung darstellen. Die projektbegleitende und entwicklungsunterstützende Qualitätssicherung beinhaltet Aufgaben der Qualitätsplanung, -lenkung und der -prüfung. Ziel ist das Hervorbringen qualitativ hochwertiger Produkte bei minimalen Entwicklungskosten durch eine rechtzeitige Fehlerverhütung. Über das Konfigurationsmanagement werden Transparenz und Konsistenz in der Vielfalt der einzelnen Teile eines zu entwickelnden Systems gewährleistet. In die Projektdokumentation fließen sämtliche Informationen über das Projektgeschehen ein. Dies beinhaltet sowohl die reinen Projektpläne als auch die Projektberichte, in welche die Ist-Informationen eingehen und den Plan-Informationen gegenübergestellt werden. Die Projektberichterstattung liefert sämtliche relevanten Informationen an mittel- oder unmittelbar beteiligte Instanzen und Personen.

Der letzte Projektabschnitt, der *Projektabschluß*, umfaßt folgende Schritte:

- Produktabnahme
- Projektabschlußanalyse
- Erfahrungssicherung
- Projektauflösung

Der Projektabschluß wird eingeleitet durch die Produktabnahme, wo das fertige Produkt einen Abnahmetest, möglichst bei einer entwicklungsunabhängigen Stelle durchlaufen muß. In der Projektabschlußanalyse erfolgt eine Nachkalkulation, die, im gleichen Verfahren wie die Vor- bzw. Plankalkulationen erstellt, aufschlußreiche Informationen über entstandene Abweichungen liefern kann. Es empfiehlt sich, diese und ähnliche Ergebnisse in der Erfahrungssicherung festzuhalten, um diese Kenntnisse in folgenden Projekten sinnvoll einsetzen zu können. Letzter Schritt in der Projektabschlußphase und damit im gesamten Projektablauf ist die Projektauflösung. Wie bereits weiter oben angesprochen wurde, wird ein Projekt durch einen festen Anfangs- und Endpunkt charakterisiert, nach dessen Erreichen das Projektpersonal auf neue Aufgaben übergeleitet und die im Projekt gebundenen Ressourcen neuen Projekten zugeführt werden können (vgl. Burghardt 1988, S. 12-16).

5.2 Vorgehensweisen in der Softwareentwicklung

Die industrielle Entwicklung von Softwaresystemen erfordert aufgrund der hohen Anforderungen an Funktionalität, Integration und Verteilung die Durchführung großer Entwicklungsprojekte. Es herrscht aber Uneinigkeit darüber, wie solche Projekte in ihrer Abfolge und in welcher Organisationsform (Makro-Organisation) sie abgewickelt werden sollen, z. B. als reine Projektorganisation, als Matrix-Projektorganisation, als Auftrags-Projektorganisation, und wie die Projektgruppen (Mikro-Organisation) ausgestaltet werden sollen, z. B. als kontrolliert-zentralisierte, als kontrolliert-dezentralisierte oder als demokratisch-dezentralisierte Organisationsstruktur (vgl. Nüttgens 1995, S. 167-175).

Bei der Herstellung von Software stößt man auf mannigfaltige Schwierigkeiten, die unter anderem auf die Komplexität der Betriebswirtschaft und der Software sowie auf die im Erstellungsprozeß durchzuführenden Aufgaben zurückzuführen sind. Zur Sicherstellung der Softwarequalität werden folgende Maßnahmen empfohlen, die sich unterteilen lassen in folgende drei Klassen (vgl. Pomberger/Blaschek 1996, S. 9-15):

- Klasse der konstruktiven Maßnahmen, wie z. B. konsequenter Methodeneinsatz in allen Phasen des Entwicklungsprozesses, Einsatz passender Entwicklungswerkzeuge und konsistente Entwicklungsdokumentation
- Klasse der analytischen Maßnahmen, wie z. B. systematische Auswahl adäquater Testfälle und konsequente Protokollierung der Analyseergebnisse
- Klasse der organisatorischen Maßnahmen, wie z. B. die Anwendung von systematischen Vorgehensweisen und Institutionalisierung der Qualitätssicherung

„Software hoher Qualität mit niedrigen Kosten zu entwickeln, ist eine herausfordernde Tätigkeit, die letztlich durch das systematische Vorgehen geprägt wird" (Xu 1995, S. 22). Für die Softwareentwicklung hat man deshalb versucht, ingenieurmäßiges Vorgehen in den Entwicklungsprozeß einzubringen und diesen hierzu in Phasenkonzepte unterteilt. Die zahlreichen Variationen der entstandenen Phasenkonzepte postulieren in ihrem Grundprinzip die folgenden sechs Schritte (vgl. Kimm et al. 1979, S. 18-19; vgl. Pomberger/Blaschek 1996, S. 18; vgl. Sommerville 1992, S. 5):

- Problemanalyse und Planung
- Systemspezifikation (Anforderungsdefinition)
- System- und Komponentenentwurf
- Implementierung und Komponententest
- Systemtest
- Betrieb und Wartung

Das Phasenkonzept geht davon aus, daß für jede Phase klar definiert wird, welche Ergebnisse eine Phase erbringen muß. Die daran anschließende Phase kann erst dann in Angriff genommen werden, wenn die vorhergehende komplett abgeschlossen ist. Diese streng sequentielle Vorgehensweise spiegelt sich im klassischen Modell des Software-Life-Cycle-Modells wider. „Mit dem Begriff *Software-Life-Cycle* verbindet man die Vorstellung von einer Zeitspanne, in der ein Softwareprodukt entwickelt und eingesetzt wird, bis zum Ende seiner Benutzung" (Pomberger/Blaschek 1996, S. 18). Die Vorgehensweise zum Software Engineering anhand des Software-Life-Cycle beruht auf einer schrittweisen Konkretisierung sogenannter „Black Boxes", man spricht in diesem Zusammenhang auch von einer „Top-down-Dekomposition".

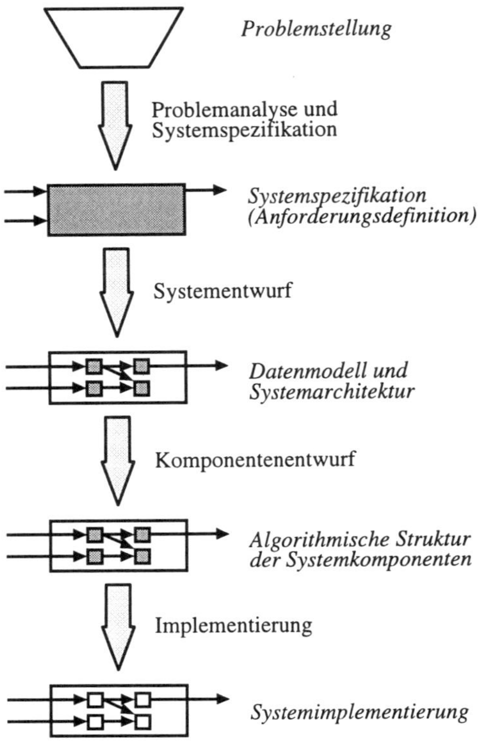

Abb. 5.3: Schrittweise Konkretisierung nach dem Software-Life-Cycle-Modell (aus: Pomberger/Blaschek, S. 21)

Für die oben dargestellte Vorgehensweise sind zwei Aspekte charakteristisch. Das System wird zunächst von außen definiert und beschreibt somit zunächst nur, *was* das System bzw. die Software leisten soll. Die innere Struktur der Software wird zunächst bewußt vernachlässigt und als grauer Kasten dargestellt, um in den nachfolgenden Phasen schrittweise beleuchtet zu werden. „Die Phasen sind klar gegeneinander abgegrenzt und sollen erst dann verlassen werden, wenn in einem Verifikations-/Validierungsschritt die Ergebnisse akzeptiert worden sind“ (Pomberger/Blaschek 1996, S. 21). Kritisch anzumerken ist, daß ein derartiges Vorgehen, das den Abschluß eines Planungsschritts erfordert, bevor der nächste Schritt durchgeführt werden kann, durch fehlende Rückkopplungs- und Koordinationsmechanismen zu einer aufwendigen Softwareentwicklung führt.

Aus den Erfahrungen mit den klassischen Software-Life-Cycle-Konzepten kristallisierten sich im Laufe der Zeit verschiedenste Varianten des Phasenmodells heraus. Bezeichnend für diese Modelle war es, daß sie die einzelnen Phasen weiter unterteilten und darüber hinaus den Wechselwirkungen zwischen den einzelnen Phasen Beachtung schenkten.

Stellvertretend soll hier das wohl bekannteste, das Wasserfall-Modell (vgl. Boehm 1981, S. 35-56), dargestellt werden.

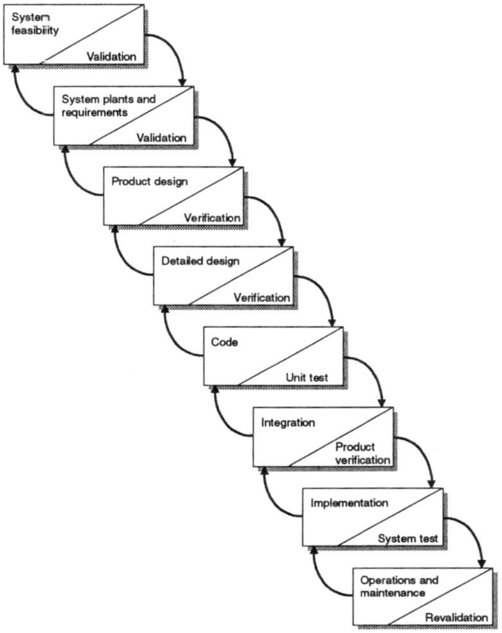

Abb. 5.4: Das Wasserfall-Modell (aus: Boehm 1981, S. 36)

Das Wasserfall-Modell enthält gegenüber dem sequentiellen Software-Life-Cycle-Modell zwei wesentliche Erweiterungen:

- Die Einführung von Rückkopplungen zwischen den Entwicklungsschritten, mit der gleichzeitigen Restriktion, daß solche Rückkopplungen nur zwischen zwei aufeinanderfolgenden Phasen erfolgen sollten. Ziel ist es, durch diese Vorgehensweise die *teure* Nachbearbeitung infolge von Iterationen über mehrere Phasen hinweg zu minimieren.
- Die Integration einer Validierung der Phasenergebnisse in den Entwicklungsprozeß.

Dieser Ansatz weicht die streng sequentielle Vorgehensweise des Software-Life-Cycles auf und rückt statt dessen eine inkrementelle Vorgehensweise in den Vordergrund. Durch das mehrmalige Durchlaufen, insbesondere der Spezifikationsphase – „zunächst als Prototyp zur experimentellen Validierung und schnellen Korrektur und dann erst als Phasenmodell" (Pomberger/Blaschek 1996, S. 24) –, soll das Risiko einer fehlerhaften oder unvollständigen Systemspezifikation vermieden werden.

Die vorgestellte Vorgehensweise fügt Nüttgens in die Kategorie der traditionellen Vorgehensweisen ein. Ergänzend hierzu unterscheidet er in transformationsorientierte Vorgehensweisen, die durch einen automatisierten Übergang zwischen Design- und Implementierungsphase gekennzeichnet sind, und in evolutionäre Vorgehensweisen, die eine inkrementelle und prototypingorientierte Entwicklung unterstützen (vgl. Nüttgens 1995, S. 18-25). Stellvertretend für die Klasse der evolutionären Vorgehensweisen können das Spiralmodell und das Fontain-Modell angesehen werden (vgl. Boehm 1988, S. 64-72; vgl. Henderson-Sellers/Edwards 1990, S. 142-159).

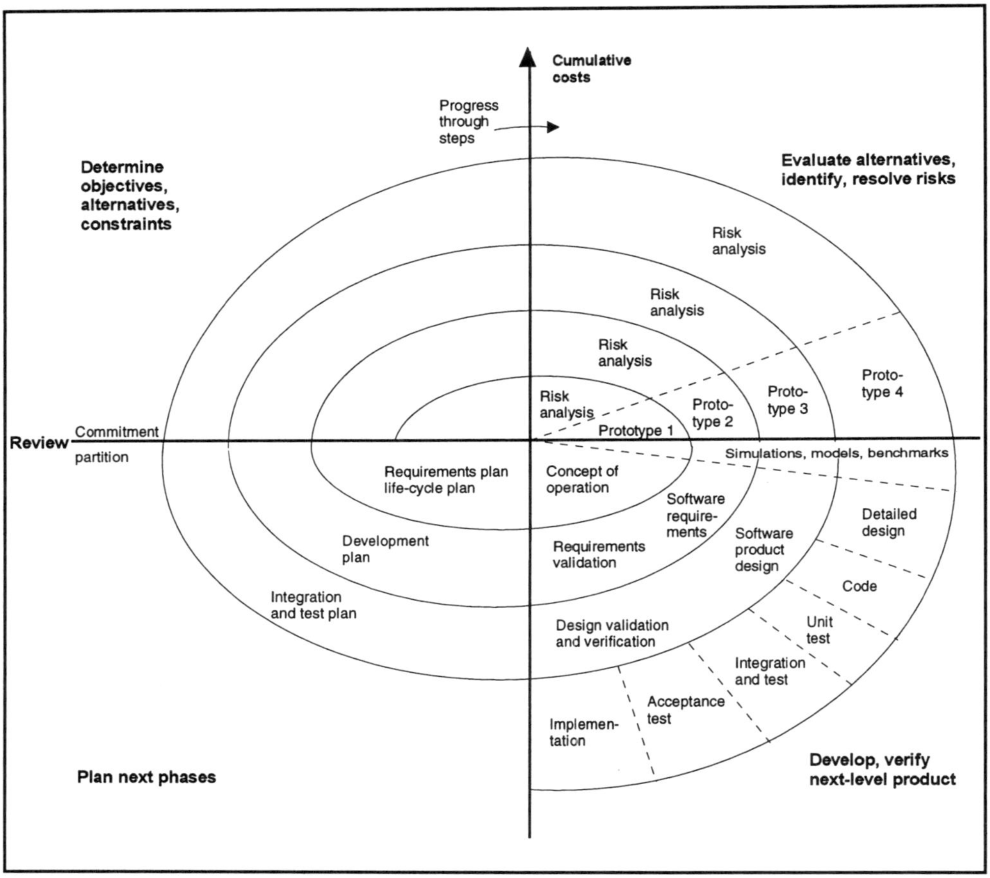

Abb. 5.5: Spiralmodell (aus: Boehm 1988, S. 64)

Beim Spiralmodell soll jeder Zyklus zu einem ablauffähigen System führen, damit die einzelnen Teilsysteme schneller auf ihre Verwendung hin geprüft werden. Das Spiralmodell ist unterteilt in vier Quadranten und beschreibt die Softwareentwicklung als Abfolge von iterativen Aufgaben. Die Entwicklung startet im Mittelpunkt des Quadranten, und zu jedem Zyklus werden die Schritte *Ziele und Rahmenbedingungen definieren*, *Risikoanaly-*

se, *Implementierung* und *Test* durchlaufen. Im ersten Quadranten werden die definierten Ziele im Hinblick auf alternative Lösungskonzepte sowie die für die Entwicklungskonzepte vorherrschenden Einflußfaktoren bzw. Randbedingungen festgelegt. Im zweiten Quadranten werden die vorliegenden Lösungsalternativen mit den verschiedenen Hilfsmitteln des Prototyping, der Simulation, Tests und Befragungen abgewogen. Im dritten Quadranten werden die einzelnen Anforderungen weiter spezifiziert und das Produkt bzw. der Prototyp weiterentwickelt. Abgeschlossen wird ein Zyklus mit einem Review über die erzielten (Teil-) Ergebnisse und der Übergang zum ersten Quadranten eingeleitet.

Als Vorteil dieser Vorgehensweise ist zu nennen, daß nach jedem Zyklus ein lauffähiger Prototyp zur Verfügung steht. Dieser dient zu Testzwecken im Hinblick auf Machbarkeit und Qualität und kann somit die Projektsteuerung unterstützen. Da jeder Zyklus als ein eigenes Projekt aufgefaßt wird, sind die vorgegebenen Ziele eines Gesamtkonzepts früher zu validieren, mögliche Risiken können besser abgeschätzt und das Risikopotential reduziert werden.

5.3 Vorgehensweisen in der Softwareeinführung

Zur Einführung von Standardsoftware gibt es verschiedene Empfehlungen, die mehr oder weniger auf den gemeinsamen Basisschritten *Unternehmensanalyse*, *Abgleich der Anforderungen mit den Möglichkeiten der Anwendungssoftware*, *Systemeinführung* und *Überwachung des produktiven Systems* basieren. Lag dabei früher der Schwerpunkt auf sogenannten funktionalen Analysen, zeigt sich heute ein zunehmender Trend, auch hier verstärkt den Aspekt der Prozeßorientierung zu beachten (vgl. Brenner/Hamm 1995, S. 32; vgl. Österle 1995, S. 31). Allerdings steht trotz der Berücksichtigung des Prozeßgedankens häufig eine weitestgehende disjunkte Betrachtung der einzelnen Schritte im Vordergrund, obwohl im Sinne der Prozeßorientierung die Schritte hochgradig vernetzt sind und Wechselwirkungen haben. Diese wahrscheinlich aus pragmatischen Gründen der offensichtlichen Vereinfachung entstandene Denkweise hat zur Folge, daß die hinter dem Prozeßgedanken stehende Vernetztheit nur unzureichend betrachtet wird. Deshalb wird an dieser Stelle oftmals lediglich der Hinweis gegeben, daß die durchzuführenden Schritte auch iterativ durchgeführt werden können, ohne aber aufzuzeigen, wie und in welcher Form die Iteration stattfindet.

Neben der Phasenorientierung basieren die meisten existierenden Ansätze auf der Konzeption, die Anforderungen des Kunden in umfassenden Analysen zu ermitteln. Auch hier zeigt sich allerdings zunehmend ein Trend, auf Basis angebotener Referenzmodelle von Softwareanbietern und Beratungshäusern die Analysen durchzuführen. Die hierzu angebotenen Hilfsmittel lassen aber häufig offen, in welcher Form der Einsatz von Referenzmodellen effizient und qualitätsgesichert erfolgen kann. Nicht selten führen darüber hinaus werkzeugbedingte Restriktionen zu einer Fokussierung auf technische Fragen der Werkzeugbehandlung und lassen die betriebswirtschaftliche Anforderungsanalyse zur Ermittlung der Bedürfnisse des Fachanwenders in den Hintergrund treten. Die Weiterentwicklungen auf dem Markt der DV-gestützten Einführungswerkzeuge werden aber sicherlich zunehmend die benutzergerechten Anforderungen beinhalten und damit die sachlogische Fragestellung der Einführung von Standardsoftware wieder in den Vordergrund rücken.

Stellvertretend für die phasenorientierten Ansätze zur Einführung von Standardsoftware werden das GES-Phasenkonzept und das 4-Phasenkonzept in ihren Grundzügen beschrieben.

5.3.1 Das GES-Phasenkonzept

In dem Konzept zur *geschäftsprozeßorientierten Einführung von Standardsoftware* (GES) wird versucht, Schnittstellen zwischen strategischen, taktischen und operativen Einführungsmethoden herauszustellen und abzugleichen (vgl. Kirchmer 1996, S. 47). Ausgangspunkt ist ein Vergleich zwischen Vertretern der strategischen Informationssystemplanung (vgl. Wildemann 1990), der taktischen und operativen Informationssystemplanung (vgl. Heinrich/Burgholzer 1990) und explizit standardsoftwareorientierten Ansätzen (vgl. Keller/Meinhardt 1994), repräsentiert durch eine DV-gestützte Vorgehensweise (vgl. Kirchmer 1996, S. 63).

In seiner Analyse stellt Kirchmer die Schwerpunkte der genannten Ansätze heraus und entwickelt auf dieser Grundlage einen eigenen Ansatz zur geschäftsprozeßorientierten Einführung von Standardsoftware. Als Grundlage dient die strategische Betrachtung, auf der ein ganzheitlicher Ansatz der Informationssystemplanung entwickelt wird, ohne standardsoftwarespezifische Aspekte zu vernachlässigen. Die Vorgehensweise zur geschäftsprozeßorientierten Einführung integriert oben zitierte Ansätze und geht in teilweise ausgeführten Aspekten (z. B. Detaillierung und Konkretisierung im Rahmen der Einführung) noch über diese hinaus.

Die Vorgehensweise umfaßt drei geschäftsprozeßorientierte Ebenen (GPO) (vgl. Kirchmer 1996, S. 73-212). Das auf der Strategie basierende GPO-Konzept dient als Ausgangspunkt in die GES. Es soll die branchen- und unternehmensstrategische Situation des Anwenderunternehmens berücksichtigen und davon abgeleitete Strategiezielsetzungen definieren. Charakteristisch ist die separate Konzeptentwicklung unabhängig von der Standardsoftware nach ausschließlich betriebswirtschaftlichen Gesichtspunkten. Um eine spätere Anpassung an die standardsoftwaregerechte Detaillierung zu erreichen, werden entworfene Geschäftsprozeßmodelle auf einem groben Niveau gehalten und auf dieser Detaillierungstufe vom Anwenderunternehmen für die weitere GES eingebracht.

Unabhängig von den strategischen Zielsetzungen liefert der Standardsoftwarehersteller das Rüstzeug zum standardsoftwarebasierten Konzept. Die im strategiebasierten GPO-Konzept vom Unternehmen spezifizierten betriebswirtschaftlichen Aspekte werden auf Basis des Fachkonzepts der Standardsoftware detailliert. Eine Konkretisierung ist bis auf die Transaktionsebene der Standardsoftware möglich, so daß auf dieser Grundlage die Softwarenutzung vom Anwendungsunternehmen optimal gestaltet werden kann. Das angesprochene Fachkonzept umfaßt die Bereitstellung von Referenzmodellen, die typischerweise allgemein gefaßt und gut strukturiert sind und somit an die unternehmensspezifischen Anforderungen angepaßt werden können. Allgemein wird in Branchen- und Standardsoftware-Referenzmodellen unterschieden, wobei das Branchenreferenzmodell das Strategiekonzept des Unternehmens zusätzlich unterstützt.

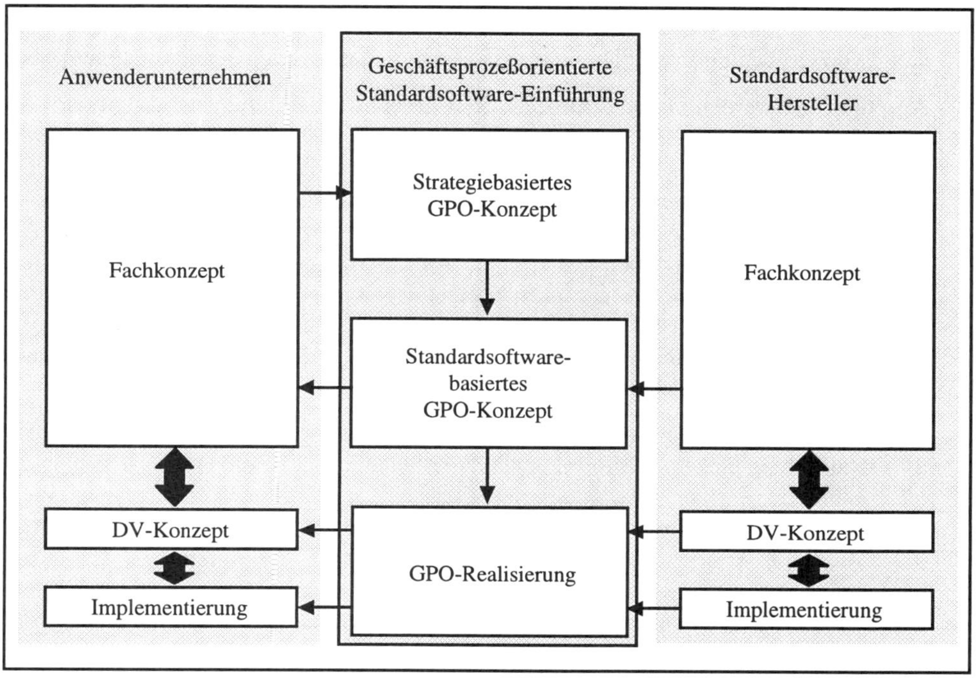

Abb. 5.6: Vorgehensweise zur geschäftsprozeßorientierten Einführung von Standardsoftware (aus: Kirchmer 1996, S. 71)

Aus beiden Konzepten wird ein Maßnahmenkatalog zur Realisierung der letztlichen Einführung entwickelt, die GPO-Realisierung. Typische Fragestellungen betreffen das DV-Konzept, Implementierungsfragen oder auch Schnittstellendefinitionen, um vorhandene Daten übernehmen zu können bzw. die Systemöffnung zu externen Anwendungen zu gewährleisten. Die Konzeptentwicklung der GES orientiert sich ebenfalls an Ereignisgesteuerten Prozeßketten (vgl. Kapitel 4), mit denen die Vorgehensweise auf jeder GPO-Ebene modelliert wird.

- *Strategiebasiertes GPO-Konzept (vgl. Kirchmer 1996, S. 73-124)*
  Ausgehend von einer Zieldefinition formuliert Kirchmer zunächst die allgemeinen Anforderungen an das Konzept zur Entwicklung strategisch orientierter Geschäftsprozesse. Es soll unternehmens- und branchenspezifische Aspekte beinhalten, standardsoftwareneutral und betriebswirtschaftlich orientiert sein sowie einen geringen Konkretisierungsgrad mit vielen Freiheitsgraden aufweisen.

  Der Entwicklungsablauf setzt bei der Festlegung eines Zielsystems an. An ihm werden alle Einführungsaktivitäten ausgerichtet und wirken unterstützend. Inhaltlich wird eine Wettbewerbsstrategie für das Anwendungsunternehmen aufgestellt. Darin werden Zielvorgaben wie Kostenführerschaft oder die Konzentration auf Schwerpunkte formuliert und kritische Erfolgsfaktoren (z. B. Erhöhung der Flexibilität, Reduktion der Kosten) identifiziert, woraus anschließend konkrete operative Zielvorschläge bzgl.

Mengen, Zeitrahmen oder Kosten entwickelt werden. Die Anzahl aufgestellter Ziele hängt von Größe und Ergebnissen einer Ist-Analyse des jeweiligen Unternehmens ab.

Anschließend werden Geschäftsprozesse mit grobem Detaillierungsgrad definiert. Sie sollen vollständig das Unternehmen als Gesamtsystem modellieren und dabei sowohl indirekt betroffene als auch unternehmensübergreifende Bereiche beinhalten. Die Entwicklung kann auf einem Branchenreferenzmodell basieren, soweit es verfügbar ist. Ist dieses der Fall, sind alle enthaltenen Funktionen bzw. die zugrundeliegende Ablauflogik an die unternehmensspezifischen Anforderungen anzupassen bzw. um fehlende Geschäftsprozesse zu ergänzen. Letzteres ist der Fall, wenn z. B. das Produktspektrum nicht vollständig im Branchenreferenzmodell erfaßt ist oder das Zielsystem bisher undefinierte Funktions-Ziel-Beziehungen vorsieht. Für die Modellierung werden die Ereignisgesteuerten Prozeßketten verwendet.

Als dritter Schritt bei der Ausarbeitung strategisch orientierter Geschäftsprozesse folgt die Detaillierung einzelner Informationssystemsichten. Ziel ist die Herausarbeitung der Unternehmensspezifika auf Modellierungsbasis, die im GES zur Erhaltung von Wettbewerbsvorteilen eingesetzt werden. Um ein späteres Abgleichen mit der Standardsoftware zu ermöglichen und den Planungsaufwand zu minimieren, ist der Detaillierungsumfang auch hier so gering wie möglich zu halten. Das Vorgehen orientiert sich an der allgemeinen Datenmodellierungsmethodik, angefangen mit der Erarbeitung von Produktdatenmodellen und eines Funktionsebenenkonzepts bis hin zur Ableitung der zu erstellenden Modelle in der Organisations-, Funktions-, Daten- und Steuerungssicht. Die Beschreibung erfolgt auf Basis von Entity-Relationship-Modellen (ERM).

Um überschaubare Einheiten zur weiteren Verwendung im GES zu erhalten, folgt als vierter Schritt die Zerlegung der Geschäftsprozesse. Kernaspekt ist die Komplexitätsbewältigung in Form von überschaubaren Prozeßausschnitten, wobei die Standardsoftware dem Anwendungsunternehmen bereits Gliederungsvorgaben zu korrespondierenden DV-gestützten Teilsystemen zur Verfügung stellt.

Der zusammenführende Schritt zwischen Unternehmenskonzept und Standardsoftwarekonzept betrifft den Umfang des Standardsoftwareeinsatzes. Das Unternehmen hat basierend auf den vorangehenden Schritten festzulegen, welche Prozesse die Standardsoftware unterstützen muß. Konkret müssen sinnvolle Einsatzmöglichkeiten erarbeitet und die Erfüllung der Unternehmensspezifika durch die Standardsoftware sichergestellt werden. Mögliche Individualentwicklungen werden in diesem Planungsstadium absehbar. Kernaktivitäten umfassen den Abgleich zwischen den definierten Geschäftsprozessen bzw. Detail-Informationsmodellen und den Informationsmodellen der Standardsoftware mit abschließender Bewertung des Abgleichs. Letztlich wird mit der Festlegung der Einführungsstrategie der Weg von der Ist- zur Soll-Situation konkretisiert, um die definierten Ziele zu realisieren. Zunächst wird ein Rahmenplan zur Anwendungssoftware erstellt, in dem Anbieter und Paketumfang der Standardsoftware benannt werden. Eine folgende Priorisierung von Teilprozessen basiert auf dem unterschiedlichen Nutzen der Prozesse zur Realisierung des strategischen Unternehmensziels. Mit der Terminierung wird ein zeitlicher Rahmen für die Einführungsaktivitäten gesteckt, um weitere Phasen der GES vorzubereiten.

- *Standardsoftwarebasiertes GPO-Konzept (vgl. Kirchmer 1996, S. 125-168)*
Von der Anbieterseite fließt ein detailliertes Fachkonzept in die GES ein, was die konkrete Umsetzung der Geschäftsprozesse auf Basis der Standardsoftware zum Ziel hat. Das standardsoftwarebasierte GPO-Konzept beinhaltet allerdings DV-technisch unabhängige Module, so daß der Detaillierungsgrad allein auf fachlich-betriebswirtschaftlicher Grundlage ansetzt. Die Umsetzung erfolgt auf Transaktions- und Maskenebene und wird von Kirchmer in fünf Schritte unterteilt.

Zunächst werden einheitliche Fachbegriffsdefinitionen festgelegt. Ziel ist die Synchronisation einer unternehmensweit gültigen Terminologie, um Mißverständnisse, Überschneidungen oder Abweichungen zwischen Standardsoftwareanbieter und Anwendungsunternehmen zu vermeiden. Auf der Basis eines Fachbegriffmodells werden die unternehmensspezifischen Fachbegriffe der Terminologie der Standardsoftware zugeordnet.

Der zweite Schritt umfaßt eine materialflußbezogene Ergänzung des GPO-Konzepts. Aufgrund von Schnittstellen zwischen Material- und Informationsfluß müssen relevante Geschäftsprozesse z. B. im gesamten logistischen Bereich hinsichtlich dieses Aspektes optimiert und bei der Standardsoftwareeinführung berücksichtigt werden. Letztere stellt in Form eines Informationssystems die nötige Infrastruktur zur Verfügung, um Wechselbeziehungen zwischen Materialfluß und begleitendem Informationsaustausch zu unterstützen. Die Umsetzung erfolgt auf der Basis von Materialflußbetrachtungen.

Diesen beiden vorbereitenden Schritten folgt als dritter Schritt die Detaillierung des GPO-Konzepts auf Transaktionsebene der Standardsoftware. Sie orientiert sich an den Vorgaben der vorhandenen Transaktionsstruktur, wobei die strategische Ausrichtung vor allem hinsichtlich relevanter Detailmodelle von der Standardsoftware gewährleistet sein muß bzw. ergänzende Maßnahmen zu definieren sind. Die Basis bildet das Standardsoftware-Referenzmodell, auf dessen Grundlage prozeßrelevante Objekte in der Standardsoftware abgebildet werden, um anschließend diese Objekte in Datenstrukturen zu transformieren. Nachdem zusätzliche neutrale Datenmodelle ebenfalls auf Datenstrukturebene abgebildet sind, werden die vollständigen Prozeßmodelle gemäß der Standardsoftwaretransaktionen detailliert und in die Aufbauorganisation eingeordnet. Dies umfaßt die Zuordnung von Organisationseinheiten analog einer Werk- und Lagerstruktur.

Aus der Prozeßsicht wird die Detaillierung im nächsten Schritt auf Maskenebene fortgesetzt. Maskenbearbeitung und Dateneingabe ist auf der untersten Hierarchiestufe anzusetzen und erfordert, daß sämtliche Freiheitsgrade des strategiebasierten GPO-Konzepts so zu reduzieren sind, daß die Realisierung der strategischen Ziele vollständig sichergestellt ist. Die Detaillierung auf Maskenebene umfaßt die Auswahl von Modellausschnitten und Informationssystemsichten, auf deren Basis Prozeß- und Datenmodelle in die Maskenebene projiziert werden. Bezüglich der Datenmodelle sind anschließend Autorisierungsaspekte wie Zugriffsrechte und Archivierungszeiten zu spezifizieren. Der letzte Schritt im standardsoftwarebasierten GPO-Konzept legt eine Migrationsstrategie fest, in der die Standardsoftwareeinführung differenziert nach DV-

und organisationsorientierten Maßnahmen zeitlich koordiniert wird, um die GPO-Realisierung vorzubereiten.

- *GPO-Realisierung (vgl. Kirchmer 1996, S. 169-201)*
  Unter Berücksichtigung von Rahmenbedingungen wird, ausgehend von der erarbeiteten Migrationsstrategie, die Standardsoftware-Infrastruktur implementiert und die Organisationsstruktur im Unternehmen zur Vorbereitung auf den Produktivstart umgestellt.

  Typische DV-orientierte Maßnahmen betreffen Hard- und Software sowie datenorientierte Maßnahmen und Systemtests. Als konkrete Aktionen sind Schnittstellendefinitionen zur Datenübernahme oder Customizing zu nennen. Organisationsorientierte Maßnahmen betreffen die Bereiche Personal, Aufbau- und Ablauforganisation sowie Arbeitsraumkonzeption. Hier sind Aktivitäten wie Schulungen, Systemverwaltungsaufbau, Personalbeschaffung und die Einrichtung von Fachabteilungen vorgesehen. Kirchmers GES schließt mit dem Produktivstart. Die Standardsoftware wird in Betrieb genommen und migrationsstrategische Maßnahmen aktiviert, wobei die Einführungsphase durch eine Anlaufunterstützung begleitet wird. Allerdings betont Kirchmer die Bedeutung der Optimierung und kontinuierlichen Kontrolle der Standardsoftware über die Einführungsphase hinaus.

  In einem kontinuierlichen Verbesserungsprozeß ist die strategische Zielerreichung sicherzustellen und Modifikationen aufgrund neuer Rahmenbedingungen in Form kontinuierlicher Anpassung zu berücksichtigen. Letztere kann sowohl das definierte Zielsystem als auch das strategiebasierte und standardsoftwarebasierte GPO-Konzept umfassen. Nach der Beschreibung der einzelnen GES-Phasen und der jeweiligen Detaillierung modelliert Kirchmer die GES auf drei Detaillierungsebenen. Außerdem werden Anforderungsapekte an die GES-Konzeption explizit untersucht, wie z. B. der Abgleich objektorientierter und funktionsorientierter Sichtweisen, Integrationsaspekte, die Dezentralisierung der Arbeitsabläufe, dynamische Aspekte und die gezielte Einbeziehung der Mitarbeiter bei der Standardsoftwareeinführung. Am Ende steht ein Ausblick, in dem Kirchmer Run-Time-Optimierungskonzepten laufender Standardsoftwaresysteme wachsende Bedeutung zumißt. Das sogenannte IS-Management wird gestützt auf die IS-Planung, die die weitere Entwicklung bestimmt.

Kirchmer verfeinert in seinem Konzept die durchzuführenden Schritte von der strategischen Planung bis hin zur Realisierung. Jedoch gibt er in seinem phasenorientierten Ansatz keinen Hinweis auf Praktikabilität im Hinblick auf Einführungszeit, -kosten und -qualität. Ebenso wird des öfteren die Optimierung von Geschäftsprozessen aufgeführt, obwohl in der betriebswirtschaftlichen Literatur der Begriff Optimierung als eine nichttriviale bzw. sogar als eine nicht zu realisierende Aufgabe angesehen wird.

5.3.2 Das 4-Phasenkonzept

Das 4-Phasenkonzept dient zur Einführung von Standardsoftware und beschreibt die einzelnen Aktivitäten, die innerhalb eines Projektmanagements zur Einführung von DV-gestützten Informationssystemen notwendig sind. Es ist unterteilt in die vier allgemeinen Phasen *Organisation und Konzeption*, *Detaillierung und Realisierung*, *Produktions-*

vorbereitung und *Produktivbetrieb*. Die einzelnen Phasen beinhalten zum Teil spezifische Arbeitspakete, die projektspezifische Anforderungen zur Einführung des R/3-Systems beinhalten, zum anderen werden sie von zwei phasenübergreifenden Arbeitspaketen begleitet, die sowohl zur Ersteinführung als auch zum Release-Wechsel Unterstützung bieten. Das Phasenkonzept, auch R/3-Vorgehensmodell genannt, liefert eine Organisations- und Verwaltungsstruktur sowie eine allgemeingültige Rahmenstruktur zur Softwareeinführung (vgl. Boll 1993, S. 418-423; vgl. Meinhardt 1995, S. 487-499; vgl. Meinhardt/Teufel 1995, S. 69-94; vgl. Meinhardt/Sänger 1996, S. 86-98).

Jede Phase enthält Arbeitspakete, die in Form einer Ereignisgesteuerten Prozeßkette (vgl. Kapitel 4) dargestellt sind, und hat folgenden strukturellen Aufbau (vgl. Meinhardt 1996, S. 24-25; vgl. Meinhardt/Sänger 1996, S. 86-98):

- Beschreibung
- Auslöser
- Eingehende Informationen
- Inhalte des Arbeitspaketes
  - Empfehlungen zur Durchführung
  - Ergänzende Informationen
- Erarbeitete Informationen
- Ergebnis

Zu den Arbeitspaketen sind Empfehlungen und Hinweise hinterlegt, die die Beschreibung der Aktivitäten ergänzen und eine praktische Hilfestellung für die Nutzung der Werkzeuge geben. Pro Arbeitspaket sind vier Bearbeitungspunkte vorgesehen. Über das Symbol *Text* kann in die Online-Dokumentation des Systems verzweigt werden. Mit dem Symbol *Status* können Statusinformationen, wie Beginn und Ende für Projekte, gepflegt werden. Das Symbol *Notiz* verzweigt in einen Texteditor, in dem formlos Anmerkungen zum Projekt hinterlegt werden können. Hinter dem Symbol *Aktivitäten* stehen je Arbeitspaket unterschiedliche Aktivitäten zur Auswahl. Zwischen den Phasen sind Arbeitspakete für die Qualitätsprüfung eingebaut. Das Vorgehensmodell ist als Graphik im R/3-System vorhanden und kann aktiv als Navigationswerkzeug genutzt werden. Navigation bedeutet, daß Transaktionen, die für die R/3-Einführung relevant sind, direkt aus den Arbeitspaketen heraus aufgerufen und ausgeführt werden können. Einen Überblick über das gesamte Vorgehensmodell vermittelt die folgende Abbildung.

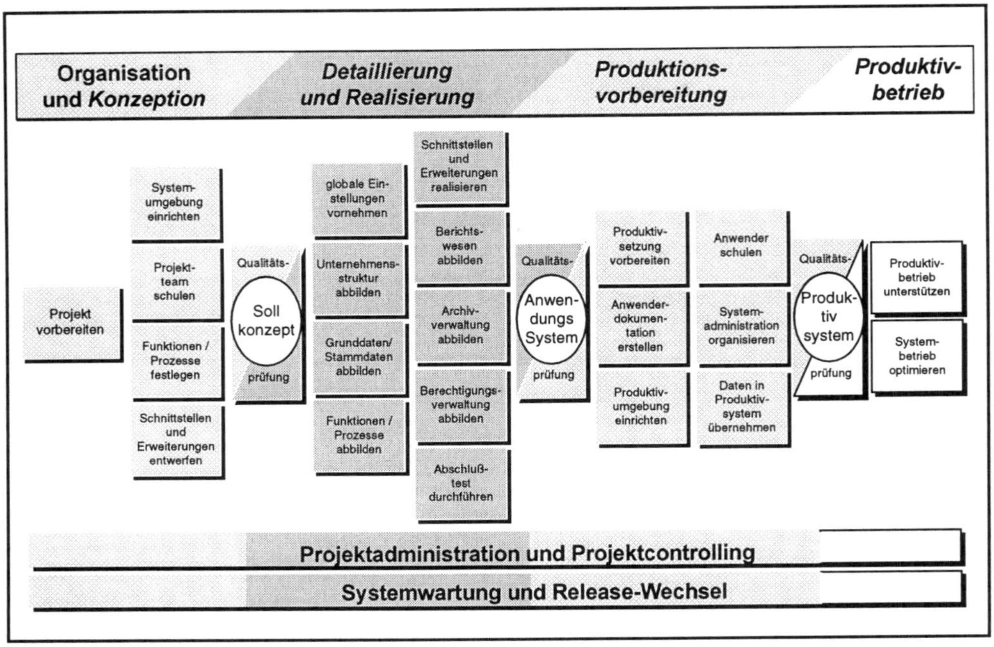

Abb. 5.7: Das 4-Phasenkonzept (aus: Meinhardt 1995, S. 493)

- *Phase Organisation und Konzeption*

  In der ersten Phase werden die Organisation des Projektes und die Konzeption der R/3-Einführung mit dem Ziel bestimmt, ein Sollkonzept zu erstellen. Die Projektvorbereitung kann als erste Aktivität innerhalb des Einführungsprojektes, aber auch im Rahmen einer der R/3-Einführung vorausgehenden Projektphase (Einsatzuntersuchung) durchgeführt werden. Im einzelnen werden folgende Schritte in dieser Phase durchgeführt:

  - die Organisation der Projektarbeit wird festgelegt
  - die zukünftige Gestaltung der Aufbau- und Ablauforganisation in Abhängigkeit von den Projektzielen des Unternehmens wird erarbeitet
  - die im R/3-System abzubildenden Prozesse und Funktionen werden aufgrund einer groben Bestandsaufnahme abgebildet und ein grober Abgleich der Organisationseinheiten des Unternehmens und den R/3-Struktureinheiten wird vorgenommen
  - die Systemerweiterungen oder Schnittstellen für die im R/3-System nicht vorgesehenen Funktionalitäten zur Integration externer Systeme werden eingeplant
  - die Einführungsstrategie, basierend auf den gewonnenen Informationen unter Berücksichtigung von Zeit- und Kostenzielen, wird entwickelt

  Nach dieser Phase steht fest, welche Komponenten und Prozesse des R/3-Systems eingeführt werden und welche Projektteams für die Durchführung der Teilprojekte verantwortlich sind.

- *Phase Detaillierung und Realisierung*
  In der zweiten Phase wird das Soll-Konzept der ersten Phase im R/3-System abgebildet und getestet. Dies beinhaltet das Erstellen der Schnittstellen bzw. der Datenkonvertierungs- und Übernahmeprogramme. Ergebnis dieser Phase ist das unternehmensspezifische Anwendungssystem, das der softwaremäßigen Umsetzung der detaillierten Anforderungen des Soll-Konzepts entspricht. Dazu werden in dieser Phase folgende Schritte durchgeführt:

  - globale Einstellungen werden vorgenommen, wie die Auswahl der Währungen, die Bestimmung der Länder, die Einrichtung des Fabrikkalenders etc.
  - die Unternehmensstruktur wird festgelegt
  - die Systemeinstellungen für Stammdaten, Prozesse, Berichtswesen und Archivverwaltung werden festgelegt
  - die Berechtigungsverwaltung wird festgelegt
  - Schnittstellen und Erweiterungen werden realisiert
  - die Einstellungen des Systems werden getestet

  Nach Abschluß dieser Phase ist die Detaillierung des Softwarekonzepts und deren Realisierung durch Customizing-Einstellungen im System vollzogen (vgl. Görk 1996, S. 28-29).

- *Phase Produktionsvorbereitung*
  In der dritten Phase werden die Vorbereitungen für einen Produktivstart des Systems getroffen. Das Ergebnis dieser Phase ist ein geprüftes, produktives System. Hierzu werden in dieser Phase folgende Schritte durchgeführt:

  - die benötigte Hard- und Software wird installiert
  - die Arbeitsabläufe und die Zuständigkeiten für den Anwender werden dokumentiert
  - die Anwender werden geschult
  - die Systemadministration, wie Jobverwaltung, Benutzerverwaltung, Archivierung, wird organisiert
  - die Daten aus alten Systemen werden übernommen

- *Phase Produktivbetrieb*
  Die Phase des Produktivbetriebs behandelt die weiterführende Betreuung des Produktivsystems. Nach Abschluß dieser Phase sollte ein stabiler, reibungsloser, performanter Produktivbetrieb, der auf die betriebswirtschaftlichen Funktionen und Abläufe der Unternehmen zugeschnitten ist, sichergestellt sein.Dazu werden in dieser Phase folgende Schritte durchgeführt:

  - die Anwender werden betreut
  - die Systemoptimierung wird betrieben

- neue Funktionen und Prozesse werden eingeführt
- die Systemkonfiguration wird angepaßt oder geändert

In dem phasenübergreifenden Arbeitspaket *Projektadministration und Projekt-Controlling* wird der Projektverlauf dokumentiert. Die Erreichung der Projektziele wird überwacht und Korrekturmaßnahmen werden, falls notwendig, eingeleitet. Durch die kontinuierliche Fortschreibung der Statusinformationen ist eine Analyse der Plan- und Ist-Daten über Stand, Fortschritt sowie Abweichung des Projekts möglich. Die phasenübergreifende Projektadministration beinhaltet somit die Funktionen zur Projektverwaltung und deren Einsatz im R/3-Einführungsprojekt. Inhaltlich setzt sich diese Aufgabe aus der Steuerung des Einführungsprojektes und der Terminplanung zusammen. Dabei erfolgt die Projektverwaltung und die Projektdokumentation für jedes Customizing-Projekt, d. h. Systemeinstellungsprojekt.

Die zweite phasenübergreifende Aufgabe – *Systemwartung und Release-Wechsel* – behandelt die Aktivitäten, die durchgeführt werden müssen, um beim Upgrade die ausgelieferten Korrekturen durchzuführen und beim Release-Wechsel die neue Funktionalität nutzen zu können. In diesem Arbeitspaket werden die Aktivitäten im Rahmen der Systemwartung gesteuert. In regelmäßigen Abständen erhält ein Unternehmen Korrekturen und Erweiterungen des R/3-Systems. Diese werden in System-Upgrade, das Korrekturen und Verbesserungen der bestehenden Funktionen beinhaltet (Upgrade-Customizing), und Release-Wechsel (Delta-Customizing), der neue und erweiterte Anwendungskomponenten enthält, unterschieden. Das Upgrade-Customizing umfaßt somit die Aktivitäten, die bearbeitet werden müssen, damit bisher genutzte Funktionen nach dem Release-Wechsel wieder lauffähig sind. Das Delta-Customizing beinhaltet somit diejenigen Aktivitäten, die bearbeitet werden müssen, damit neue Funktionen innerhalb bisher genutzter Anwendungskomponenten nach dem Release-Wechsel genutzt werden können. Als Ergebnis dieses Arbeitspakets liegt ein durchgeführter System-Upgrade oder Release-Wechsel vor. Die notwendigen Systemeinstellungen sind vollzogen, und die korrigierten Funktionen sind getestet und abgenommen worden (vgl. Meinhardt 1996, S. 24-27; vgl. Görk 1996, S. 28-29).

6 Vernetztes Denken im Iterativen Prozeß-Prototyping (IPP)

Vernetztes Denken bedeutet, zielorientiert unterschiedliche Instrumente zu verwenden und gleichzeitig die Wirkungen auf benachbarte Bereiche oder Fragestellungen zu berücksichtigen (vgl. Kapitel 1.4.7). Vernetztes Denken innerhalb der Geschäftsprozeßgestaltung zur Planung von Informationssystemen und der damit verbundenen Einführung von Standardsoftware hat zur Folge, sich von traditionell orientierten Phasenkonzepten zu lösen und abhängig von der Aufgabenstellung das bestmögliche Informationsmaterial zu nutzen. Nach dieser Auffassung ist es z. B. sogar teilweise in einer frühen Phase der Geschäftsprozeßdiskussion gewünscht, auch physische Lösungsalternativen einer Software anzuschauen (vgl. zur Durchführung eines Workshops Kapitel 6.3).

6.1 Aufbau des IPP

Ziel des Iterativen Prozeß-Prototypings (IPP) ist es, machbare Geschäftsprozesse zu realisieren. Das heißt, das Unternehmen benötigt eine Organisationsform und Mitarbeiter, die die Abwicklung der gewünschten Prozesse durchführen und steuern können. Das Unternehmen benötigt aber auch Informationstechnologien, mit denen die Prozesse konsistent, schnell und qualitätsgesichert durchgeführt werden können. Am Anfang steht die Planung des bestmöglichen Geschäftsprozesses unter ökonomischen, personellen und ökologischen Rahmenbedingungen, am Ende die Sicherheit, daß der geplante Geschäftsprozeß auch mit auf dem Markt erhältlichen Technologien durchführbar ist.

Die Verfügbarkeit der Informationstechnologie auf dem Markt ermöglicht es, innerhalb des Auswahlprozesses verschiedene Hilfsmittel in unterschiedlicher Intensität anzuwenden. Benötigt zum Beispiel ein Unternehmen eine neu zu entwickelnde Software, so muß es sich Gedanken über den Aufbau einer konsistenten Strukturierung von Daten machen. Will ein Unternehmen integrierte Standardsoftware einführen, ist die grundsätzliche Strukturierung der Daten mit ihren maximal möglichen Freiheitsgraden als Rahmen von dem Anbieter der Software vorgegeben. Die Auswahl kann sich dann primär auf die ablaufrelevanten Aspekte mit der entsprechenden organisatorischen Einbettung konzentrieren. Häufig kann aber ein Unternehmen nicht immer mit der Standardsoftware eines Anbieters seine gesamten Anforderungen abdecken, so daß es in Einzelfällen andere Systeme anschließen (z. B. einen Rechner zur Steuerung von fahrerlosen Transporteinheiten in einem Hochregallager) oder spezielle Aufgaben kundenindividuell entwickeln muß (z. B. ein Marketinginformationssystem zur Planung von Portfolios für neue Marktsegmente). Damit bei den letztgenannten Situationen eine konsistente Integration zu dem weitestgehend flächendeckend eingesetzten Standardsystem erhalten bleibt, müssen dann z. B. zur Datenübergabe die logischen und technischen Datenstrukturen abgeglichen werden.

Zur Unterstützung der verschiedenen Situationen, in denen ein Unternehmen bei der Auswahl und Einführung von Standardsoftware stehen kann, hat die SAP AG verschiedene Hilfsmittel entwickelt, deren wesentliche Inhalte im folgenden kurz vorgestellt werden.

Iteratives Prozeß-Prototyping bewegt sich dabei im Spannungsfeld von Hilfsmitteln, die mehr zur konzeptionellen, betriebswirtschaftlichen Ebene oder mehr zur realisierten, systemtechnischen Ebene gezählt werden können (vgl. Teufel/Ertl 1995, S. 22-24). Zu der erstgenannten Ebene sind die Modelle zu den R/3-Referenzprozessen, zu der R/3-Organisation und zu den R/3-Objekten bzw. R/3-Daten, zu der zweitgenannten Ebene das R/3-System (R/3-Prototyping mit der Modellfirma IDES – International Demonstration and Education System und der entsprechenden R/3-Dokumentation), das R/3-Customizing (Einführungsleitfaden und Parameterkonfiguration) und das R/3-Data Dictionary zu zählen.

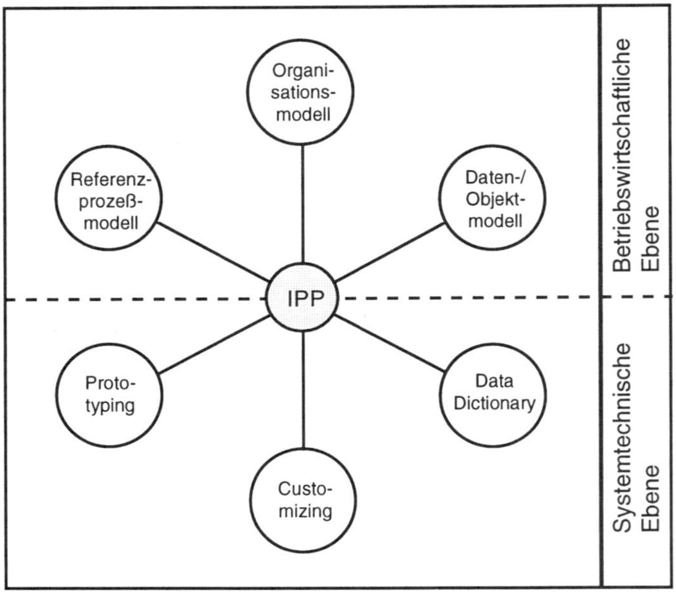

Abb. 6.1: Grundelemente des Iterativen Prozeß-Prototypings (IPP)

Auf der betriebswirtschaftlichen Ebene werden die konzeptionellen Zusammenhänge modellhaft in Diagrammen gezeigt. Hier besteht das Ziel, durch Konzentration auf die zentralen Fragestellungen, wie z. B. „Welche Geschäftsprozesse benötigt das Unternehmen?“, „Welche organisatorischen Einheiten stehen in welcher Form in Verbindung?“, „Welche Informationen werden bearbeitet und wie hängen sie untereinander zusammen?“, den Anforderungen *Einfachheit* und *Transparenz* Rechnung zu tragen. Die systemtechnische Ebene zeigt die reale bzw. realisierte Welt der betriebswirtschaftlichen Anforderungen im R/3-System. Hier wird den Anforderungen *Vollständigkeit* und *Machbarkeit* Rechnung getragen. Vollständigkeit bezieht sich auf das im R/3-System angebotene Leistungsspektrum mit all seinen funktionalen Details (Millionen von Coding-Zeilen und Tausende von Tabellen). Machbarkeit bedeutet, daß mit dem R/3-System ein hochintegriertes Anwendungssoftwaresystem mit der Garantie angeboten wird, daß die in der Modellwelt (betriebswirtschaftliche Ebene) aufgezeigten Lösungen mit dem R/3-System vollständig und durchgängig abgewickelt werden können.

6.1.1 R/3-Referenzprozeßmodell

Zur vereinfachten Darstellung der im R/3-System implementierten Abläufe hat die SAP AG mit der Methode der Ereignisgesteuerten Prozeßkette (EPK) die R/3-Prozesse in graphischen Modellbildern abgebildet. Die von der SAP AG angebotenen R/3-Prozesse bieten eine umfangreiche, integrierte und funktionsübergreifende Sammlung betrieblicher Geschäftsprozesse, die häufig in der Praxis vorkommen und beim Einsatz des vollständigen R/3-Systems weitestgehend automatisiert abgewickelt werden können. Die erstellten R/3-Prozesse sind den angebotenen betriebswirtschaftlichen Sachgebieten, wie z. B. Vertrieb, Produktion und Finanzwirtschaft, zugeordnet und ermöglichen damit dem Anwender einen Einstieg in die Modellwelt von seinem Fachgebiet aus.

Mit Hilfe der R/3-Referenzprozesse werden die wichtigsten betriebswirtschaftlichen Ablaufwege, die vom R/3-System unterstützt werden, abgebildet. Die einzelnen R/3-Prozesse zeigen in der Regel eine logisch zusammengehörende Aufgabe eines qualifizierten Sachbearbeiters, z. B. eine Bestellungsbearbeitung mit der Ermittlung des günstigsten Materials, Lieferantenauswahl und Bestellverfolgung oder Auftragsbearbeitung mit der Festlegung der Preis- und Lieferkonditionen, Kommissionierung und Routenplanung. Mit der semi-formalen Beschreibung der EPK, d. h. definierte Symbole, können die betriebswirtschaftlichen Inhalte des R/3-Systems in einer *normierten Kommunikationssprache* offengelegt werden. Durch die Verknüpfung der Prozesse untereinander kann zum einen ein Verständnis für abteilungsübergreifende Prozesse beim Anwender erzeugt, zum anderen das Zusammenspiel betrieblicher Funktionsbereiche transparent gemacht werden. Durch die Festlegung und Definition von betriebswirtschaftlichen Begriffen kann die häufig in der Praxis vorkommende Begriffsvielfalt für den gleichen Sachverhalt auf einen gemeinsamen *Kommunikationsbegriff* konzentriert werden. Damit werden Reibungsverluste reduziert, die auf dem Gebrauch von unterschiedlichen Terminologien bei einer Gruppenarbeit innerhalb der Geschäftsprozeßgestaltung basieren.

Mit den R/3-Referenzprozeßmodellen sollen betriebliche Entscheidungsträger, Organisatoren, Planungsingenieure und qualifizierte Sachbearbeiter in den betriebswirtschaftlichen Fachgebieten angesprochen werden. Ausgehend von dieser Zielrichtung sind die Anzahl der verwendeten Beschreibungselemente (z. B. Funktion als abgerundetes Rechteck) auf das Notwendigste zum Verstehen der mit dem R/3-System betriebswirtschaftlich machbaren Ablauflogik beschränkt und die Anordnung der verwendeten Symbole zur Unterstützung einer einfach nachvollziehbaren Navigation standardisiert. Zur inhaltlichen Beschreibung der Symbole wurde, soweit wie möglich, die Sprache des mit der Betriebswirtschaft vertrauten Anwenders verwendet und auf technische Abkürzungen, wie sie häufig in der Informatik benutzt werden, als Erklärung verzichtet. Es sind aber zu den mit betriebswirtschaftlichen Inhalten gefüllten Symbolen, dort wo es sinnvoll ist, dem Anwender die Verbindungen zum physisch realisierten R/3-System mittels Angabe des Transaktions-Codes aufgezeigt (vgl. Keller 1995, S. 45-66).

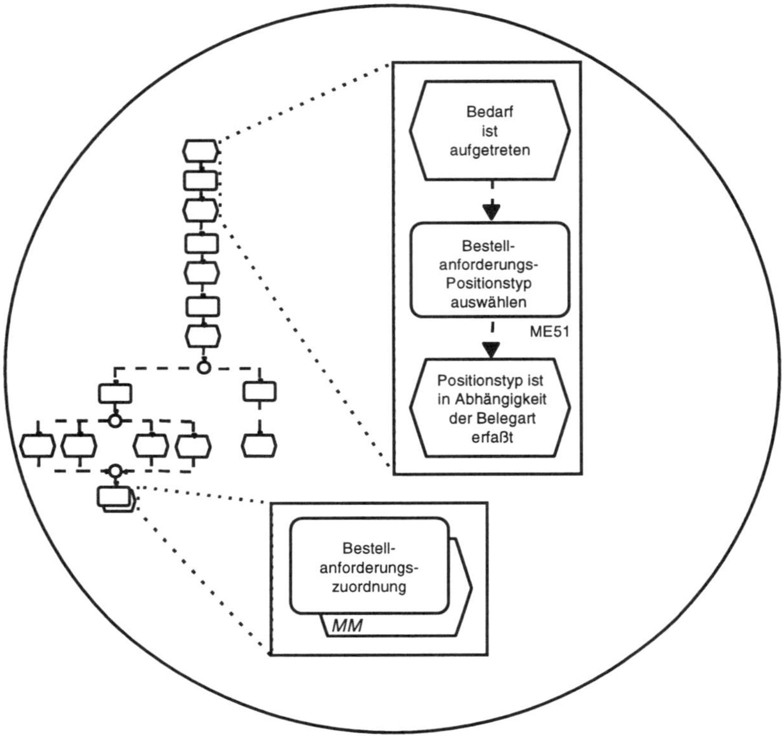

Abb. 6.2: R/3-Referenzprozeß Bestellanforderungsbearbeitung (Ausschnitt)

Zu Beginn einer Prozeßanalyse sind zunächst die potentiellen Einstiegsmöglichkeiten zu analysieren. Obwohl im integrierten R/3-System die Datenübergabe von einem Prozeß zu einem nachfolgenden Prozeß automatisch geschieht, ist es in der Anforderungsanalyse sinnvoll, die potentiell vorhandenen Prozeßverbindungen zu analysieren, um darauf aufbauend die kundenspezifische Wertschöpfungskette zu konfigurieren.

In dem vorliegenden Beispiel hat ein Mitarbeiter aus der Produktion manuell ein Bedarf für Lagermaterial gemeldet, d. h., der Prozeß beginnt mit dem Startereignis *Bedarf ist aufgetreten*. Im nächsten Schritt ist in der Transaktion der Positionstyp für das Lagermaterial zu bestimmen, deshalb ist im Referenzmodell der Hinweis auf die entsprechende Transaktion ME51 angegeben. Lagermaterial wird im R/3-System über den Positionstyp NORMAL abgewickelt, der in Abhängigkeit der Belegart (hier ist es der Beleg vom Typ Bestellanforderung) definiert wird. In den nächsten Schritten wird das anzufordernde Material angegeben, die Positionsdetaildaten erfaßt, die Bezugsquelle festgelegt und die Bestellanforderung im R/3-System automatisch überwacht. Bestellanforderungen können in der Praxis von unterschiedlichsten Abteilungen der Verwaltung und Produktion erzeugt werden, deshalb sind sie ebenso im R/3-System mit unterschiedlichsten Anwendungsbereichen, wie Produktionsplanung, Materialwirtschaft, Instandhaltung, Vertrieb etc. gekoppelt. Neben der hier beschriebenen manuellen Anforderung können in diesen einzelnen

Anwendungsbereichen Bestellanforderungen automatisch aufgrund vorangegangener Prozesse, wie z. B. Planauftragsumsetzung, Materialbedarfsplanung, Leitteileplanung, Fertigungsauftragseröffnung, Streckenauftragsbearbeitung, Netzplanpflege etc., erzeugt werden. Diese verschiedenen Eingangsmöglichkeiten werden in dem Prozeß Bestellanforderungszuordnung kanalysiert und mit einer Freigabestrategie zwecks Erzeugung einer Bestellung versehen. Nach Erfassung der manuellen Bestellanforderung für Lagermaterial (siehe Beispiel) wird deshalb auf den nachfolgenden Prozeßbaustein „Bestellanforderungszuordnung" verwiesen.

Frage im Workshop:
Welche betriebswirtschaftlichen Möglichkeiten zeigt der R/3-Referenzprozeß?

6.1.2 R/3-Organisationsmodell

Die Gestaltung von Geschäftsprozessen unter dem Ziel Minimierung von Schnittstellen zeigt, daß nach der sachlogischen Strukturierung von Geschäftsprozessen zur operativen Ausführung dem Zuordnungsaspekt Rechnung getragen werden muß, d. h. es müssen Verantwortlichkeiten für die Geschäftsprozeßbearbeitung festgelegt werden. Die organisatorische Zuordnung wird in der betrieblichen Praxis u. a. durch die Leistungsfähigkeit der Mitarbeiter, durch die unterstützenden Maschinen und entscheidend durch die beruflichen Fachkenntnisse des Sachbearbeiters, die letztendlich ein Ergebnis der Aus- und Weiterbildung sind, beeinflußt. Ebenso wie man sich aufgrund einer Berufsqualifikation von einem Mitarbeiter ein entsprechendes *Leistungsbild* machen kann, ist es erforderlich, in einem Unternehmen die unterschiedlichen *Leistungsbilder* miteinander zu koordinieren. In der betriebswirtschaftlichen Theorie und Praxis haben sich hierzu einige Grundmuster herausgebildet. Zum Beispiel führen Marketing und Vertrieb marktnahe Aufgaben aus, Produktion umfaßt die Herstellung und Montage von Produkten, Beschaffung konzentriert sich auf die durchzuführenden Aufgaben mit den Lieferanten, Wareneingängen etc. Die je nach Unternehmenstyp und Branche unterschiedlich verlaufenden Schnittstellen zwischen diesen Grundmustern erfordern eine flexible Gestaltung von den organisatorischen Zuordnungsmöglichkeiten.

Das organisatorische Grundmuster des R/3-Systems spiegelt die zu erfüllenden Anforderungen der betrieblichen Aufgabenbereiche Rechnungswesen, Logistik und Personalwirtschaft wieder und ist mit seinen wesentlichen R/3-Strukturelementen und deren Beziehungen im R/3-Organisationsmodell ausgewiesen. So dienen im Bereich Finanzwirtschaft die R/3-Strukturelemente Buchungskreis und Geschäftsbereich zur Erfüllung von bilanzrechtlichen Anforderungen. Der Buchungskreis im R/3-System ist eine betriebswirtschaftliche Organisationseinheit, die zur Abbildung von selbständigen, gemäß den gesetzlichen Vorschriften bilanzierenden Einheiten dient, wobei die Tätigkeit eines Unternehmens in mehreren Ländern die Einrichtung eines jeweiligen Buchungskreises pro Land erfordert. Der Geschäftsbereich dient zur Erstellung von internen Bilanzen sowie Gewinn- und Verlustrechnungen und umfaßt somit nicht selbständige organisatorische und wirtschaftliche Einheiten eines Unternehmens (vgl. SAP – Hauptbuchhaltung 1996, S. 2.1-2.3).

Zentrale Strukturierungselemente im Controlling sind die Organisationselemente Kostenrechnungskreis und Ergebnisbereich. Der Kostenrechnungskreis stellt eine organisatorische Einheit dar, in der eine vollständige, in sich geschlossene Kostenrechnung mit mehreren Kostenstellen durchgeführt werden kann. Der Kostenrechnungskreis hat Beziehungen zu den buchhalterisch orientierten Einheiten Buchungskreis und Geschäftsbereich und der logistisch orientierten Einheit Werk und berücksichtigt somit auch deren Anforderungen. So basieren z. B. Kostenrechnungskreis und Buchungskreis auf den gleichen Kontenplänen und Währungen, wobei aus Sicht des Controlling ein Kostenrechnungskreis mehrere Buchungskreise zusammenfassen kann. Der Ergebnisbereich dient zur Segmentierung der Absatzmärkte eines Unternehmens mit dem Ziel, für einzelne Segmente explizit Ergebnisse, d. h. Kosten und Erlöse, ausweisen zu können (Ergebnisrechnung bzw. Vertriebs-Controlling). Die Ergebnisbereiche können flexibel nach den Anforderungen des Marktes bzgl. Artikel (Produkt), Verkaufsgebieten und Kunden gestaltet werden und mehrere Kostenrechnungskreise umfassen (vgl. SAP – Gemeinkosten-Controlling 1996, S. 2.1; vgl. Ergebnis- und Vertriebs-Controlling 1996, S. 2.1-2.5).

Ein zentrales Element zur Strukturierung der Logistik ist das Organisationselement Werk. Es organisiert die Aufgaben zur Produktions- und Lagerlogistik und kann eine physische Produktionsstätte oder die logische Zusammenfassung mehrerer Orte sein, in denen Materialien produziert oder Materialien bzw. Dienstleistungen bereitgestellt werden. Zur Erfüllung der logistischen Aufgaben werden hier die dispositiven und bestandsführenden Tätigkeiten definiert und somit die produktionsrelevanten Aktivitäten der Produktionsplanung, Materialwirtschaft, Instandhaltung und Qualitätssicherung berücksichtigt. Einzelne logistische Aufgaben, z. B. die Materialsbedarfs- und die Fertigungsauftragsplanung, die häufig auf Werksebene erfolgen, sowie die Planungs- und Steuerungsfunktionen der Produktionsplanung können werksübergreifend durchgeführt werden. Enge Verbindung hat das Werk zur Einkaufsorganisation und zur Verkaufsorganisation, die zur Strukturierung der Aufgaben der externen Logistik, d. h. der Vertriebs- und Beschaffungslogistik, dienen. Die Verkaufsorganisation ist verantwortlich für den Vertrieb von Materialien bzw. Dienstleistungen mit den entsprechenden Konditionen etc., die Einkaufsorganisation für die Beschaffung von Materialien bzw. Dienstleistungen. Somit lassen sich mit den R/3-Strukturelementen des Rechnungswesens und der Logistik sowie der im R/3-System abgebildeten flexiblen Beziehungen alle Anforderungen für den werks- und geschäftsbereichs- bzw. buchungsübergreifenden Liefer- und Leistungsverkehr abbilden (vgl. Das Vertriebssystem der SAP 1994, S. 2.1-2.7; vgl. SAP – Materialwirtschaft 1996, S. 2.1-2.2).

Während die R/3-Organisationselemente des Rechnungswesens und der Logistik primär der betriebswirtschaftlichen Strukturierung von Fachaufgaben dienen, werden mit den R/3-Organisationselementen der Personalwirtschaft gehalts- und führungsrelevante Aufgaben berücksichtigt. Zum einen beinhaltet das R/3-Organisationsmodell zur flexiblen Planung von Unternehmensorganisationen das R/3-Strukturelement Aufbauorganisatorische Einheit, mit Hilfe dessen beliebige betriebliche Organisationsstrukturen zur Definition der Leitungs- und Weisungsbefugnisse eines Unternehmens gebildet werden können. Zur administrativen Abwicklung von betriebswirtschaftlichen Aufgaben der Personalwirtschaft sind als wichtige R/3-Organisationselemente der Personalbereich und die Stelle zu nennen.

Der Personalbereich umfaßt einen abgegrenzten Unternehmensbereich, der personaladministrative, personalzeitwirtschaftliche und personalabrechnungsrelevante Aufgaben umfaßt. Die Stelle beinhaltet eine Beschreibung von Aufgaben, Kompetenzen und Verantwortungen, die sich an feststehenden Berufsbildern, wie z. B. Sekretärin, Finanzbuchhalter, Systemanalytiker, Konstrukteure etc. orientiert.

Das R/3-Organisationsmodell zeigt durch Ausweisung der entsprechenden Beziehungen die organisatorischen Gestaltungsmöglichkeiten des R/3-Systems auf, d. h. die aufbauorganisatorischen Freiheitsgrade. Ziel ist es, daß der Kunde seine betrieblichen Organisationsanforderungen so abbildet, daß sie sowohl den rechtlichen Anforderungen (z. B. Jahresabschluß), den Anforderungen des Berichtswesens (z. B. Bilanz) als auch dem reibungslosen und ressourcensparenden Ablauf einer Wertschöpfungskette Rechnung tragen (z. B. schnelles Agieren auf dem Markt oder qualitätsgerechte Herstellung eines Produktes). Die organisatorischen Anforderungen des Kunden können beruhen auf:

- *der Markt- und Produktstruktur*
  (Marktsegmentierung anhand von ähnlichen Märkten, Kunden, Produkten mit Ergebnisverantwortung)
- *den betriebswirtschaftlichen Aufgaben*
  (Aufgabengliederung nach den betriebswirtschaftlichen Gebieten des Vertriebs, Produktion, Qualitätssicherung, Beschaffung, Lagerverwaltung etc. - sogenannte funktionale Gliederung)
- *der Führungsstruktur*
  (Zentralisation oder Dezentralisation mit hierarchischer, matrixartiger oder projektartiger Führungsstrukturierung, z. B. Strukturierung in Zentraleinkauf oder lokalen Einkauf pro Werk)
- *den Anforderungen des Berichtswesens*
  (Offenlegungspflicht einer Aktiengesellschaft, Deckungsbeitragsbericht eines Geschäftsbereiches)

In dem folgenden Ausschnitt zum Anwendungsbereich Materialwirtschaft ist eine zentrale organisatorische Einheit das Werk. Im ersten Schritt ist die Bedeutung und der Inhalt des Werkes mit dem Kunden abzugleichen, damit in einem zweiten Schritt festgelegt werden kann, wie viele von diesen Werken ein Kunde in seinem Unternehmen benötigt. Während in der Materialwirtschaft die mengenmäßige Betrachtung im Vordergrund steht, kann im integrierten R/3-System parallel dazu automatisch die wertmäßige Verfolgung durchgeführt werden. Hierzu müssen natürlich die entsprechenden Beziehungen zu den kostenrechnerischen Einheiten, wie Buchungskreis und/oder Geschäftsbereich, aufgebaut werden. Innerhalb eines Werkes sind z. B. die Verantwortlichkeiten zur Bestellabwicklung und Bestandsführung zu klären. Hat der Kunde z. B. ein Werk *A* definiert, so kann dieses Werk nur einem Buchungskreis zugeordnet werden, d. h. es liegt eine Restriktion einer 1:M-Beziehung vor.

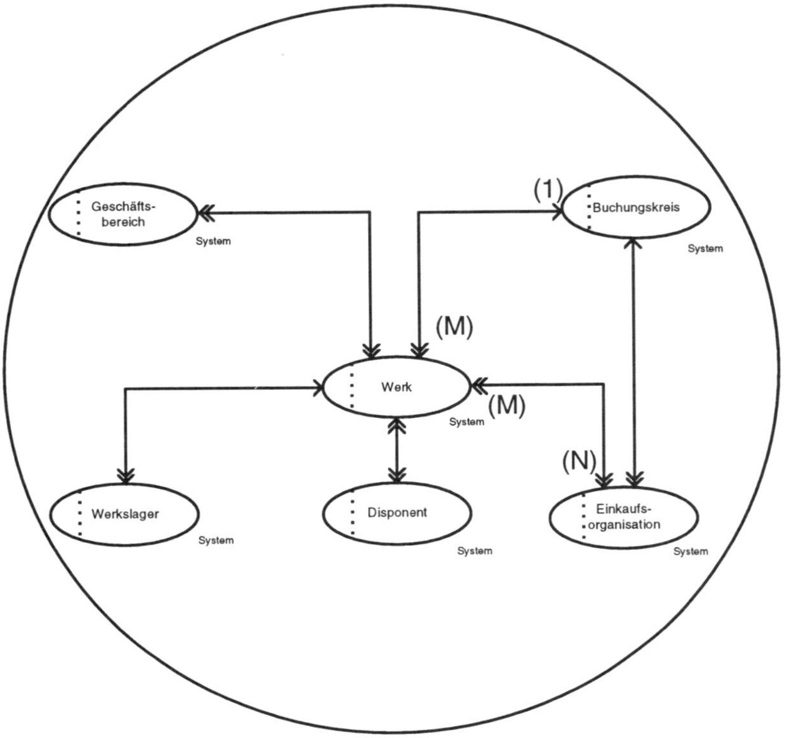

Abb. 6.3: R/3-Organisationsmodell Materialwirtschaft (Ausschnitt)

Frage im Workshop:
Welche organisatorischen Freiheitsgrade bzw. Restriktionen gibt das R/3-System vor?

6.1.3 R/3-Objekt-/Datenmodell

Das R/3-Datenmodell beschreibt die logischen, betriebswirtschaftlichen Objekte, die zur Durchführung der R/3-Anwendungen benötigt werden. Die graphische Beschreibungssprache basiert in ihren Ursprüngen auf dem Entity-Relationship-Modell von Chen, das auf der einfachen Notation von Objekten (Entitäten) und deren Beziehungen beruht. Die einfache und vielfältig verwendbare Darstellung hat aufgrund der freien graphischen Anordnung der Symbole den Nachteil, daß große Modelle sehr schnell unübersichtlich werden und damit das Ziel, einen guten Überblick zu Zwecken der Dokumentation und Konsistenzsicherung zu schaffen, verfehlt. Das R/3-Datenmodell hat deshalb zwei ergänzende Regeln, die Anordnungs- und Verdichtungsvorschrift. Das R/3-Datenmodell ist logisch von links nach rechts aufgebaut, unterstützt somit eine gewisse Lesevorschrift des Modells und bildet damit eine Semantik in Form einer Existenzabhängigkeit ab. So haben die Instanzen der im R/3-Datenmodell links angeordneten Objekttypen in der Regel eine längere Lebensdauer als die rechts angeordneten im Datenbestand. Die Abhängigkeiten der einzelnen Objekte untereinander werden durch unterschiedlich geartete Pfeilspitzen dokumentiert.

Insgesamt hat das R/3-Datenmodell ungefähr 3000 Objekte, die miteinander verknüpft sind (vgl. Seubert et al. 1995, S. 15-23).

Unter diesen 3000 Objekten gibt es welche, die von besonderer betriebswirtschaftlicher Wichtigkeit sind. Im R/3-System gibt es 180 von diesen betriebswirtschaftlich bedeutenden Objekten, sogenannte Business-Objekte (Geschäftsobjekte), die einen ganzheitlichen betriebswirtschaftlichen Zusammenhang im R/3-System beschreiben und ohne deren Existenz die betriebswirtschaftliche Anwendungsfunktionalität nicht existieren könnte. Im Vertrieb zählen zu diesen bedeutenden Objekten z. B. der Kunde, die Kundenanfrage, das Kundenangebot und der Kundenlieferplan; in der Produktionsplanung z. B. der Absatz- und Produktionsgrobplan, der Materialbedarf und der Planauftrag; in der Personalplanung z. B. die Stelle, die Qualifikation und der Veranstaltungstyp. Die Business-Objekte sind differenziert in Objekte, die mehr strukturellen Charakter haben, wie z. B. Werk, Debitor, Kreditor, Kostenrechnungskreis, Ergebnisbereich und Profit Center und solche, die mehr Austauschcharakter haben, wie z. B. Material, Stückliste, Arbeitsplan, Bestellung und Prüfplan. Die mehr strukturellen Business-Objekte können unterschieden werden in solche, die die Bindungen zur Außenwelt strukturieren, z. B. Kunde, Lieferant, Kreditor, Debitor, Geschäftspartner, Bank und solche, die zur internen betriebswirtschaftlichen Strukturierung des R/3-Systems dienen, wie z. B. Werk, Vertriebsorganisation, Einkaufsorganisation und Buchungskreis. Um dem Anwender den Einstieg in die R/3-Datenmodelle zu erleichtern, sind die Business-Objekte einzelnen betriebswirtschaftlichen Fachgebieten, wie z. B. Verkauf, Einkauf, Bestandsführung etc., zugeordnet. In der folgenden Abbildung sind ausgewählte Business-Objekte des Teilbereichs Einkaufs innerhalb der Materialwirtschaft aufgeführt. Es werden zum einen die Beziehungen zwischen den Business-Objekten aufgezeigt, zum anderen kann jedes einzelne Business-Objekt expandiert und die interne Struktur entsprechend der ERM-Notation analysiert werden, z. B. die Art und Anzahl der Beziehung.

Im Beispiel wird durch die Anordnung ersichtlich, daß eine Bestellanforderung ein Vorläufer zum Business-Objekt Bestellung sein kann. Das expandierte Business-Objekt Bestellanforderung wird in der strukturierten Entity-Relationship-Modelldarstellung (SERM) gezeigt. Die Entitäten Bestellanforderung und Bestellanforderungsposition charakterisieren den Bestellanforderungsbeleg mit seinen Kopf- und Positionsdaten. Ebenso wird durch die Spezialisierung (schwarzes Dreieck) gezeigt, daß eine Bestellanforderung in verschiedenen Varianten auftreten kann (z. B. Lohnbearbeitung und Umlagerung).

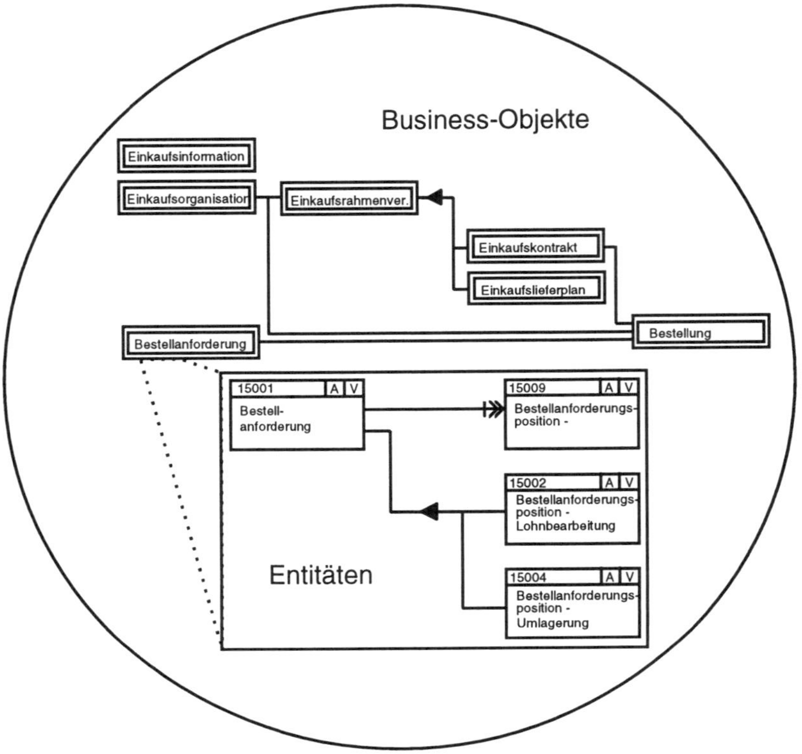

Abb. 6.4: R/3-Objekt-/Datenmodell Einkauf (Ausschnitt)

Frage im Workshop:
Wie sieht die Objekt-/Datenstruktur zu einem Anwendungsfall aus?

6.1.4 R/3-Prototyping

R/3-Prototyping bedeutet, daß sich der Kunde in einem lauffähigen R/3-System einzelne, realisierte Prozesse anschauen und durchspielen kann. Zur Unterstützung dieses Ansatzes hat die SAP AG eine Modellfirma *International Demonstration and Education System* (IDES) entwickelt, die parametrisiert ist, und in der entsprechende Daten zum Bearbeiten von einzelnen Transaktionen für Vertriebs- und Schulungszwecke angelegt sind (vgl. Pfähler 1995, S. 20).

Die Modellfirma beinhaltet ein international tätiges Unternehmen mit mehreren Tochtergesellschaften. Das Unternehmen stellt einen multinationalen Konzern mit einer Konzerngruppe in Europa und in Amerika dar. Zu der Konzerngruppe in Europa existieren Firmen in Deutschland, Großbritannien, Portugal und Italien. Ebenso existieren in der Konzerngruppe für Amerika Firmen in den USA und Kanada. Zu jeder Firma existieren Geschäftsbereiche für das Finanzwesen und Werke zur Abwicklung der Materialwirtschaft. Für das Controlling sind zwei Kostenstellenstrukturen angelegt, die sich auf die europäischen und amerikanischen Firmen beziehen. So sind unter der Kostenstelle 1000 die Firmen aus Deutschland, Großbritannien, Italien und Portugal zusammengefaßt; die Kostenstelle 2000 umfaßt die Firmen aus den USA und Kanada. Die Konzerngruppe in Europa umfaßt selbständig bilanzierende Einheiten in den einzelnen Ländern, also eigenständige Firmen mit einem jeweiligen eigenen Buchungskreis. Die Buchungskreise für die Konzerngruppe der USA und Europa sind spiegelbildlich aufgebaut, damit die gleichen Beispiele, ergänzt um die spezifischen Länderausprägungen, genutzt und dem Kunden gezeigt werden können.

In der gesamten Modellfirma IDES sind die Prozeßbeispiele für die Abwicklung unterschiedlicher Produktgruppen und verschiendenster Unternehmensbereiche abgelegt. In der Logistik können z. B. die implementierten Prozesse zur diskreten Fertigung, zur prozeßorientierten und zur kanbanorientierten Fertigung, im Rechnungswesen die Prozesse zur Finanzbuchhaltung, zur Gemeinkostenrechnung und zur Erzeugniskalkulation und in der Personalwirtschaft die Prozesse zur Personalverwaltung, -planung und -entwicklung angeschaut werden. IDES zeigt im R/3-System z. B. die Abwicklung für die Produktion von Glühbirnen (Massenfertigung), Pumpen und Türen (Werkstattfertigung), Motorräder und Personalcomputer (Auftragsfertigung) und Fahrstühlen (Einzelfertigung). Zu den in der Modellfirma IDES angelegten Prozeßbeispielen ist jeweils aufgezeigt, wie die dazugehörigen Transaktionen zu bedienen sind. Ziel ist es, im R/3-System die Transaktionen kennenzulernen und die implementierte Ablauflogik zu verstehen. Der Einstieg in die Modellfirma IDES wird dadurch unterstützt, daß zu jeder Transaktion eine Handlungsanleitung mit den einzelnen Eingabeschritten zur Handhabung der Transaktion hinterlegt ist. Zusätzlich sind die möglichen Beispieldaten angegeben, die der Anwender z. B. für Schulungszwecke benutzen kann. Die in IDES implementierten Prozesse beinhalten das aktuelle Leistungsspektrum zum Release 3.x des R/3-Systems.

Während die R/3-Referenzprozesse in der Graphik in der Regel mehrere Prozeßwege aufzeigen, ist im R/3-Prototyping zu einem Zeitpunkt immer genau ein zielgerichteter Weg eingestellt. Allerdings sind im R/3-Prototyping unter Umständen über die modellierten Prozeßalternativen des R/3-Referenzprozeßmodells hinaus noch weitere Wege physisch einstellbar, da im Modell nicht alle Möglichkeiten des R/3-Systems dargestellt sind. Während in den R/3-Referenzprozessen die Verbindungen zu den vor- und nachgelagerten Prozessen explizit über die gemeinsamen Start- und Endereignisse bzw. über die Prozeßwegweiser ausgewiesen werden, ist im R/3-Prototyping nach dem Abschluß einer Transaktion nicht immer explizit der Folgeschritt aufgezeigt.

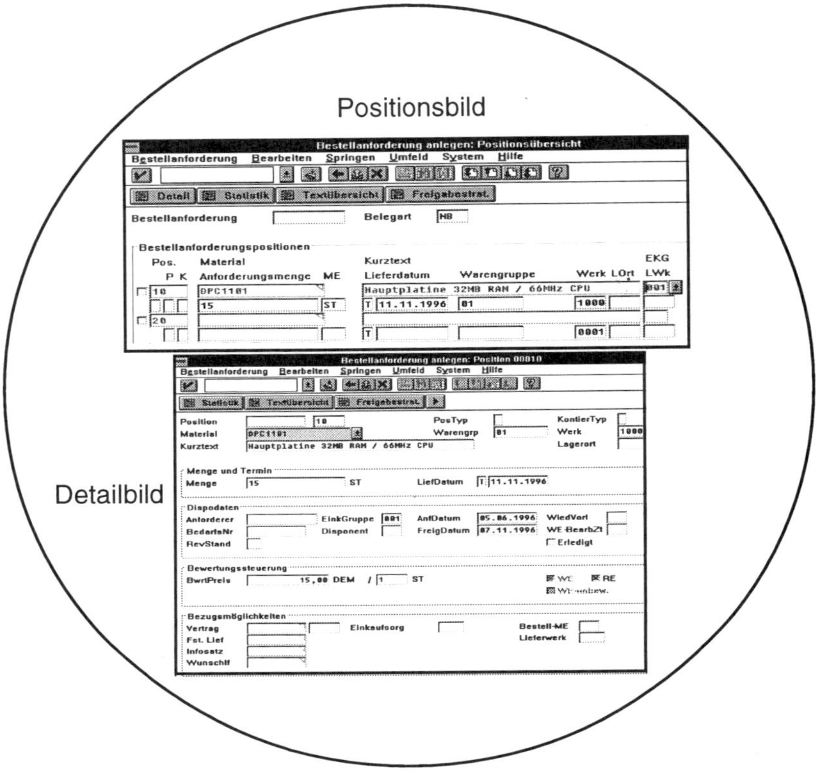

Abb. 6.5: Prototyping der Bestellanforderungsposition

Das vorliegende Beispiel zeigt einen Ausschnitt der im R/3-System realisierten Transaktion (ME51) zur Bestellanforderungsbearbeitung. Mit dem R/3-Prototyping wird dabei ein voreingestelltes R/3-System mit der maximalen Funktionalität genutzt und evtl. mit den Stamm- und Bewegungsdaten von IDES ergänzt. Bei Notwendigkeit werden zusätzliche Kundenbeispiele mit den entsprechenden Kundendaten aufgebaut. Im Beispiel sind anhand des Materials DPC1101 der Modellfirma IDES die für eine Bestellanforderungsposition maximal anlegbaren Eingabedaten im Positions- und Detailbild aufgezeigt.

Frage im Workshop:
Wie sieht die Transaktion und die Ablauffolge der Bildschirmbilder im R/3-System aus?

6.1.5 R/3-Customizing

R/3-Customizing ermöglicht dem Kunden, aus dem vielfältigen Lösungsangebot von Funktionen und Prozessen auf Basis seiner Ziele und Anforderungen die gewünschten Prozesse mit der entsprechenden Funktionalität auszuwählen und zu parametrisieren. Es ist ein Vorteil für den Kunden, daß er beim Einsatz der flexiblen R/3-Standardsoftware jede durch das Customizing erzeugte Ausprägung konsistent auf der R/3-Datenarchitektur ablaufen lassen kann. Darüber hinaus bewegt sich die kundenbezogene Einstellung im vorgedachten Lösungsraum des R/3-Systems, bereitet keine Probleme beim Release-Wechsel und kann im produktiven System an veränderte Anforderungen angepaßt werden (vgl. Buck-Emden/Galimow 1996, S. 241-245; vgl. Görk 1996, S. 28-29).

Bevor auf die zentralen Elemente des Customizing eingegangen wird, soll zunächst anhand einer Analogie aus dem Straßenverkehrswesen der Zusammenhang zwischen R/3-Referenzprozeßmodell, R/3-Prototyping und R/3-Customizing gezeigt werden. Der Verkehrsplaner muß die günstigsten Wege von einem Ort zu einem anderen Ort entwickeln und einem Gremium zur Entscheidung vorlegen. Dabei hat er z. B. die Art der Verkehrswege (Autobahn, Bundesstraße, Landstraße etc.) und die Verkehrsknoten (Autobahnauffahrt, Autobahnkreuz, Straßenkreuzung etc.) mit der Vorfahrtsregelung (Ampel- oder Vorfahrtsschildregelung) zu planen. Das Verkehrsnetz wird in Straßenkarten beschrieben, die die möglichen Anfahrtswege aufzeigen. Das R/3-Referenzprozeßmodell zeigt analog zu den Straßenkarten die möglichen alternativen Wege, die zur Erfüllung einer Aufgabe, wie z. B. Auftrags-, Bestellungsbearbeitung, Umlagerung, Fertigungsdurchführung, Reisekostenbearbeitung, Veranstaltungsplanung etc., im R/3-System durchgeführt werden können.

Zur Vorbereitung einer Urlaubs- oder Dienstreise kann sich ein Autofahrer z. B. beim Automobilclub ADAC die benötigten Straßenkarten besorgen und sich von dem Personal die verkehrsgüntigste Route zeigen lassen. Der Sachbearbeiter erklärt z. B. einen möglichen Umweg aufgrund einer gesperrten Straße, einer auf dem Weg befindlichen Baustelle oder einer gebührenpflichtigen Straße. Durch das Markieren eines Reiseweges auf der Straßenkarte erhält der Autofahrer eine Navigation (Fahranweisung) für seine Reise und läßt sich durch diese leiten (steuern). Analog hierzu unterstützt das R/3-Customizing den Anwender, indem ein bestimmter Prozeßweg parametrisiert (eingestellt) wird, damit der Sachbearbeiter seinen günstigsten Weg zur Erfüllung seiner Aufgabe erhält. Arbeitet z. B. ein Unternehmen mit Lohnarbeit im Einkauf, so wird im Customizing innerhalb der Bestellungsbearbeitung der Bezug zu einem Warenausgang für Beistellmaterialien eingestellt. Diese physische Einstellung der Bestellungsbearbeitung im Customizing bewirkt eine elektronische Navigationsunterstützung, indem der gewünschte Weg durch die im Customizing eingestellten Parameter (Steuerdaten) gesteuert wird.

Der Autofahrer tritt die Reise auf der Grundlage des empfohlenen Weges an und gelangt somit unter den für ihn günstigsten Bedingungen von seinem Ausgangsort (Wohnort) zu seinem Zielort (Urlaubs- oder Geschäftsort). Das entspricht dem R/3-Prototyping (eingestelltes R/3-System), indem ein Sachbearbeiter z. B. ausgehend von einer Anfrage (Ausgangsort) eine Bestellung erzeugt und absendet (Zielort). Im R/3-Prototyping wird ein konkreter Reiseweg durchgefahren. Ebenso wie es eine Vielzahl von Autofahrern mit unterschiedlichen Wohnorten und Reisewünschen gibt, müssen mit dem R/3-System unterschiedlichste Kunden mit den verschiedensten Anforderungen unterstützt werden. Zur Einstellung des günstigsten Weges für einen Sachbearbeiter enthält das R/3-Customizing eine Dokumentation mit Empfehlungen zur Markierung des gewünschten Weges (Einführungsleitfaden) und die Möglichkeit der konkreten Markierung des Weges (Parameterkonfiguration).

Der Einführungsleitfaden zeigt zu jeder Parametereinstellung zwecks Durchführung einer Transaktion die durchzuführenden Aktivitäten. Im Einführungsleitfaden wird erklärt, wozu die Aktivität benötigt wird und welche Auswirkungen eine Einstellung hat. Empfehlungen für die Einstellungen werden gezeigt und anhand einer Art Handlungsanleitung beschrieben, welche konkreten Schritte für eine Einstellung durchzuführen sind. Der R/3-Referenzleitfaden enthält alle Einstellungsaktivitäten, die für die Einführung des R/3-Systems im vollen Umfang notwendig sind. Da dies nicht immer erforderlich ist, kann der Kunde auf Basis seines zu unterstützenden Bereichs, z. B. Vertrieb und der dort benötigten Anforderungen, einen unternehmensspezifischen Einführungsleitfaden konfigurieren. Soll z. B. in mehreren Bereichen das R/3-System durch verschiedene Projektteams eingeführt werden, kann der unternehmensspezifische Einführungsleitfaden in die jeweiligen projektspezifischen Aktivitäten aufgeteilt werden (projektspezifischer Einführungsleitfaden). Eine weitere Reduktion kann erreicht werden, indem im ersten Schritt die sogenannten Mußaktivitäten betrachtet und eingestellt werden.

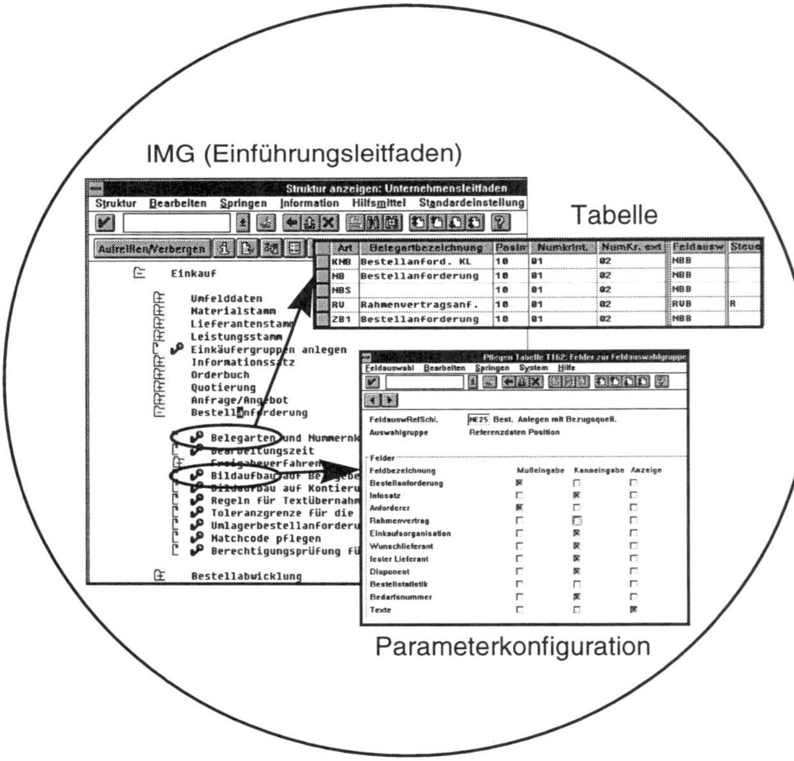

Abb. 6.6: R/3-Customizing Belegart anlegen

In der Regel bietet das R/3-System zu den unbedingt notwendigen Einstellungen eine Auswahl von sinnvollen Voreinstellungen an. Muß zu einer Aktivität eine Einstellung vorgenommen werden, so kann der R/3-Einführende diese mit Hilfe von Customizing-Transaktionen über eine betriebswirtschaftliche Beschreibung durchführen. Es ist also kein Wissen über die datentechnische Ablage eines betriebswirtschaftlichen Sachverhaltes notwendig. Der R/3-Einführende muß nicht wissen, welche Transaktion welche Tabelle mit welchen Feldern manipuliert, da die physischen Tabellenstrukturen durch betriebswirtschaftlich geführte Transaktionen verdeckt sind.

Im integrierten R/3-System werden einmal erfaßte Daten automatisch zur Bearbeitung für nachfolgende Tätigkeiten zur Verfügung gestellt. Diese Daten liegen in Form von elektronischen Belegen vor, d. h., im vorliegenden Beispiel Bestellanforderungsbearbeitung muß zunächst eine Belegart definiert werden. Das Customizing ist so aufgebaut, daß zu jedem größeren betriebswirtschaftlichen Anwendungsbereich, z. B. Einkauf, Verkauf, Versand etc., die relevanten Objekte zur Systemeinstellung mit den entsprechenden Einstellungsaktivitäten gezeigt werden. In dem Beispiel sieht man die durchzuführenden Einstellungsaktivitäten zur Bestellanforderung im Einkauf. Durch Aktivierung des Schrittes *Belegart und Nummernkreis festlegen* erhält man die zugehörige Einstellungstabelle, die ein Auswahlset von voreingestellten Belegarten enthält. Hat der Kunde spezielle Varianten von Bestellanforderungen, so kann er zusätzlich noch eigene Belegarten definieren. Die zweite Systemeinstellung im Beispiel zeigt, wie man Parameter zum Bildaufbau einer Bestellanforderung pflegt. In diesem Fall des Customizing ist der betriebswirtschaftliche Lösungsraum im R/3-System vorgedacht. Der Kunde kann dann definieren, in welcher Form ein bestimmtes Feld innerhalb der Bestellanforderungsbearbeitung verwendet werden soll, z. B. optionale Eingabe des Wunschlieferanten und Disponenten und obligatorische Eingabe des Anforderers.

Frage im Workshop:
Welche Einstellungen müssen zur Einrichtung einer R/3-Transaktion durchgeführt werden und welche Wahlmöglichkeiten gibt es?

6.1.6 R/3-Data Dictionary

Als Data Dictionary bezeichnet man eine zentrale Informationsquelle, die die Beschreibung aller Anwendungsdaten eines Unternehmens sowie Informationen über Beziehungen zwischen diesen Daten und deren Verwendung in Programmen und Bildschirmmasken enthält. Die beschreibenden Daten eines Data Dictionary werden auch als „Metadaten" bezeichnet, da sie Daten über Daten darstellen. Mittlerweile hat sich aufbauend auf dem Begriff Data Dictionary die Bezeichnung Repository im Rahmen der Softwareerstellung und -verwaltung etabliert (vgl. Habermann/Leymann 1993, S. 15-27).

Das R/3-Data Dictionary bzw. ABAP/4-Dictionary (vgl. Buck-Emden/Galimow 1996, S. 180-184; vgl. Matzke 1996, S. 17-25) beantwortet für Anwender, Entwickler und Benutzer folgende Kernfragen:

- Welche Daten sind in der Datenbank des Unternehmens enthalten?
- Welche Eigenschaften haben diese Daten (Name, Länge...)?
- Welche Beziehung besteht zwischen den Datenobjekten?

Das relationale Datenmodell ist heute ein wichtiger Bestandteil des R/3-Systems. Im Kern besteht es aus zweidimensionalen Tabellen, die alle Daten und Beziehungen enthalten. Diese Tabellen sowie Datenfelder und Datenbankstrukturen sind im R/3-Data Dictionary definiert.

Tabellen sind elementare Datenfelder ohne interne Struktur. Sie sind über einen Primärschlüssel eindeutig identifizierbar und voneinander isoliert. Ein Zugriff ist unabhängig von der Datenbankstruktur möglich, womit dem Aspekt der Datenunabhängigkeit Rechnung getragen wird. Er erfolgt über die Angabe von Tabellenname, Primärschlüssel und Feldname und basiert auf einer Abfragesprache wie z. B. SQL. Mit Hilfe von Fremdschlüsseln können Verknüpfungen zwischen Tabellen erstellt werden.

Man unterscheidet zwischen transparenten Tabellen, die z. B. im R/3-System auch für andere Anwendungen verwendbar sind (z. B. alle Kundendatentabellen), oder Pool- bzw. Clustertabellen, in denen mehrere kleinere oder interne Tabellen aus Kapazitätsgründen vollständig gepuffert zusammengefaßt werden.

Im R/3-System sind Tabellen zunächst nicht physisch vorhanden, sondern logisch im ABAP/4-Dictionary mit Hilfe von Metadaten definiert. Hier werden Felder global beschrieben, die in Tabellen, Dynpros (dynamische Programme zur Steuerung von Abfragen) und Anwendungen verwendet werden sowie online abrufbare Hilfsinformationen oder Beziehungen zwischen Datenelementen mit Hilfe von Fremdschlüsseln.

Eine weitere wichtige Eigenschaft in bezug auf Datenänderungen im ABAP/4-Dictionary betrifft die Entwicklungsumgebung. Die Architektur des ABAP/4-Dictionary ist vollständig in die ABAP/4-Development Workbench und die R/3-Entwicklungsumgebung eingebunden. Wird eine Tabelle aufgerufen, ist diese nicht als physische Tabellendefinition in Form einer Datenbank vorhanden, sondern wird mit Zugriff auf das ABAP/4-Dictionary neu generiert und dann in eine Datenbank abgelegt.

Diese interpretative Einbindung des ABAP/4-Dictionary in den Programmablauf besitzt trotz performancekritischer Eigenschaften folgende Vorteile:

- Tabellen können im ABAP/4-Editor direkt angezeigt werden, Anwendungsprogramme können Tabellenstrukturen direkt verwenden (integriertes ABAP/4-Dictionary)
- Änderungen wirken sich sofort und automatisch auf alle betroffenen Anwendungen aus (aktives ABAP/4-Dictionary)

Darüber hinaus lassen sich sogenannte Views im ABAP/4-Dictionary definieren. Views sind virtuelle Tabellen, in denen sich der Benutzer anwendungsbezogene Daten darstellen lassen kann. Es werden nur benötigte Felder angezeigt; Daten können zusammengefaßt werden. Feldbezeichnungen können dabei andere Bezeichnungen tragen als die Originalfelder. Views unterstützen das Aufbereiten von Daten in Reports oder Listbildern.

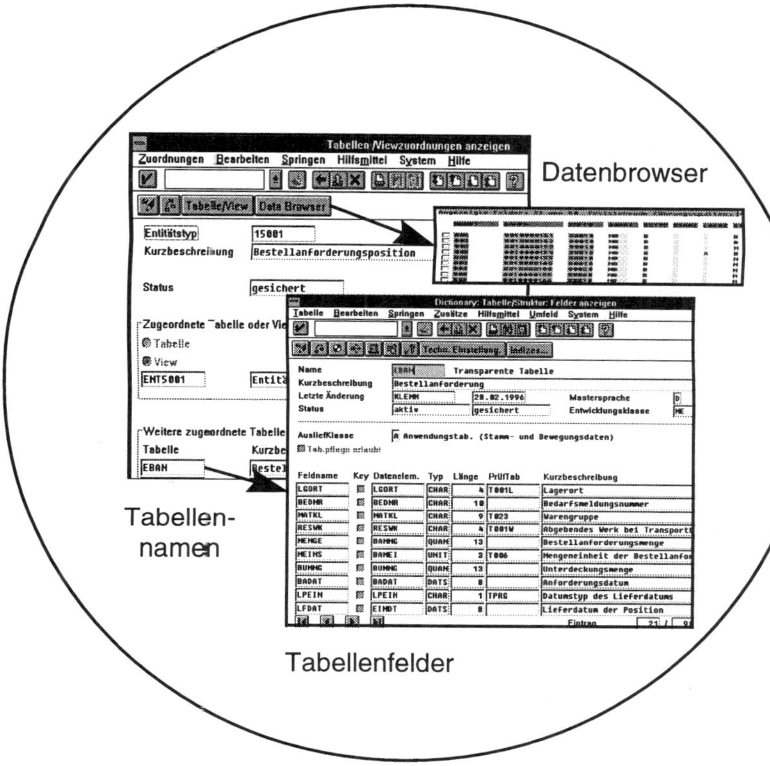

Abb. 6.7: R/3-Tabelle zur Bestellanforderungsposition

In dem Beispiel ist die zugehörige Tabelle EBAN zur Bestellanforderung aufgeführt. Durch Markieren des Tabellennamens kann in die Datenstruktur verzweigt werden und die einzelnen Tabellenfelder analysiert werden. Bei den Feldern der vorliegenden Tabelle handelt es sich um Stamm- und Bewegungsdaten, die mit Typ und Länge beschrieben sind. Zusätzlich ist angegeben, ob es zu einem Feld eine Prüftabelle gibt. Dadurch kann in der Anwendung eine unzulässige Eingabe direkt geprüft und abgewiesen werden. Mit Hilfe des Datenbrowsers können die einzelnen Werte in den Feldern der Datenbank zu Kontrollzwecken angeschaut werden.

Frage im Workshop:
Wie ist die Tabellenstruktur zu einem Anwendungsobjekt aufgebaut?

6.2 Iterative Wege im IPP

Die vorgestellten Hilfsmittel des Iterativen Prozeß-Prototypings (IPP) stehen netzwerkartig miteinander in unterschiedlichen Beziehungen. So haben die Hilfsmittel der betriebswirtschaftlichen Ebene eine Verbindung zu den Hilfsmitteln der systemtechnischen Ebene, z. B. das R/3-Referenzprozeßmodell zum R/3-System. Sie haben aber auch Verbindungen auf der gleichen Ebene, z. B. greift das R/3-Referenzprozeßmodell auf Elemente des R/3-Objekt-/Datenmodells zu. Im folgenden werden die möglichen Verbindungen im Iterativen Prozeß-Prototyping unter Verwendung der von der SAP AG im R/3-System angebotenen Hilfsmittel vorgestellt. Jede potentielle Verbindung wird zunächst inhaltlich beschrieben und die im Rahmen einer Einsatzuntersuchung auftretende typische Fragestellung formuliert. Anschließend wird an ausgewählten Ausschnitten des R/3-Systems die Realisierung der inhaltlich beschriebenen Verbindung aufgezeigt. Die Fragestellung ist dabei nicht nur von der generellen Existenz einer Beziehung, sondern auch von der Beziehungsrichtung abhängig. Da die IPP-Methode auf sechs Grundelementen aufgebaut ist, die paarweise in Beziehung stehen, ergeben sich 30 Navigations- bzw. Kombinationsmöglichkeiten.

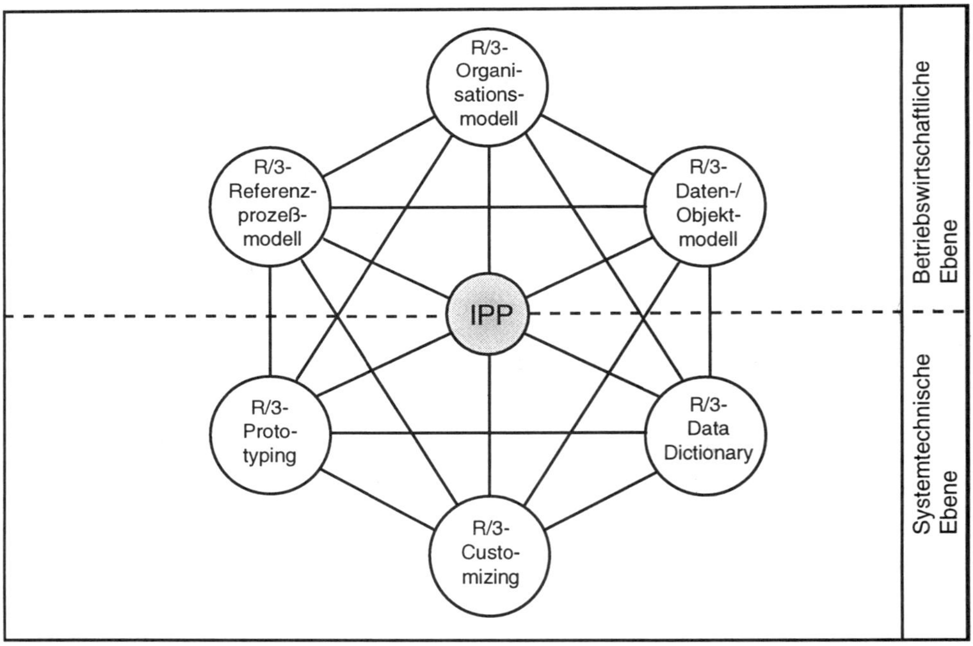

Abb. 6.8: Navigationswege (Netzwerk) im Iterativen Prozeß-Prototyping

6.2.1 Vom Prozeß zum Prototyping

Graphische Modelle können immer nur ein vereinfachtes Abbild der realen Welt aufzeigen. Die Wahrheit der betriebswirtschaftlichen Lösung liegt allerdings im R/3-System. In der frühen Analysephase ist es sinnvoll, daß der Berater die betriebswirtschaftlichen Prozeßalternativen in vereinfachter Form anhand der Modellbilder zunächst erläutert. Die im Modell enthaltenen Funktionen können Entscheidungsfunktionen eines Sachbearbeiters, Steuerungsfunktionen, die im Customizing eingestellt werden und/oder Anwendungsfunktionen, die auf den Bildschirmbildern erscheinen, sein. Wichtig ist, daß man sich in diesem iterativen Sprung nicht in einzelnen Feldern des R/3-Systems verliert, sondern zunächst nur die Aspekte betrachtet, zu denen eine Modellreferenz besteht. In dem aufgezeigten Beispiel *Bestellanforderungspositions-Typ auswählen* wurde vom Prozeßmodell zur entsprechenden Transaktion navigiert, und man erhält das Einstiegsbild zu *Bestellanforderung anlegen*. Im Systembild kann unter dem Positionstyp die Liste der im Standard angebotenen Positionstypen aufgezeigt und mit dem Kunden diskutiert werden.

Frage im Workshop:
Können wir uns den aufgezeigten Prozeß im R/3-System exemplarisch anschauen?

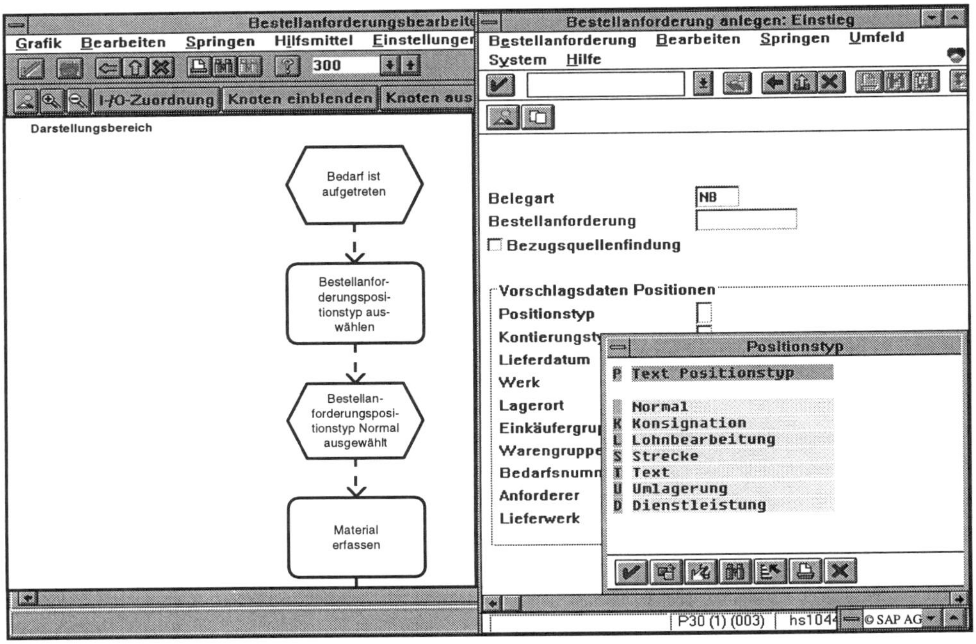

Abb. 6.9: Iterativer Weg – Vom Prozeß zum Prototyping

6.2.2 Vom Prozeß zur Organisation

Prozesse werden von Menschen mit Hilfe von Informationssystemen durchgeführt. Die Menschen wiederum befinden sich in einer aufbauorganisatorischen Struktur des Unternehmens. Auch bei Richtlinien für verschiedene Branchen (Chemie, Pharmazie, Ernährungsindustrie, Sicherheitsteile in der Automobilindustrie) wird die Definition von Verantwortlichkeiten zur Gewährleistung von Sicherheits- und Qualitätsansprüchen, die z. B. vom Gesetzgeber oder von legitimierten Normungsausschüssen definiert wurden, verlangt. Ebenso müssen im System R/3 gewisse Rahmenbedingungen für organisatorische Regelungen definiert werden. Deshalb sind zu jedem Prozeß die organisatorischen Einheiten des R/3-Systems angegeben, die eingestellt werden müssen, wie z. B. Werk und Einkaufsorganisation zum Prozeß *Bestellanforderungsbearbeitung für Lagermaterial.* Darüber hinaus ist es möglich, z. B. verschiedene Personenkreise für Einkaufsteile unterschiedlicher Produktgruppen oder Lieferanten verantwortlich zu machen. Hierzu können optional Einkäufergruppen definiert werden. Mit dem iterativen Sprung ins Organisationsmodell können dort die Beziehungen analysiert und somit die organisatorischen Freiheitsgrade bzw. Einschränkungen frühzeitig diskutiert werden.

Frage im Workshop:
Welche organisatorischen Randbedingungen müssen für den Prozeß erfüllt sein?

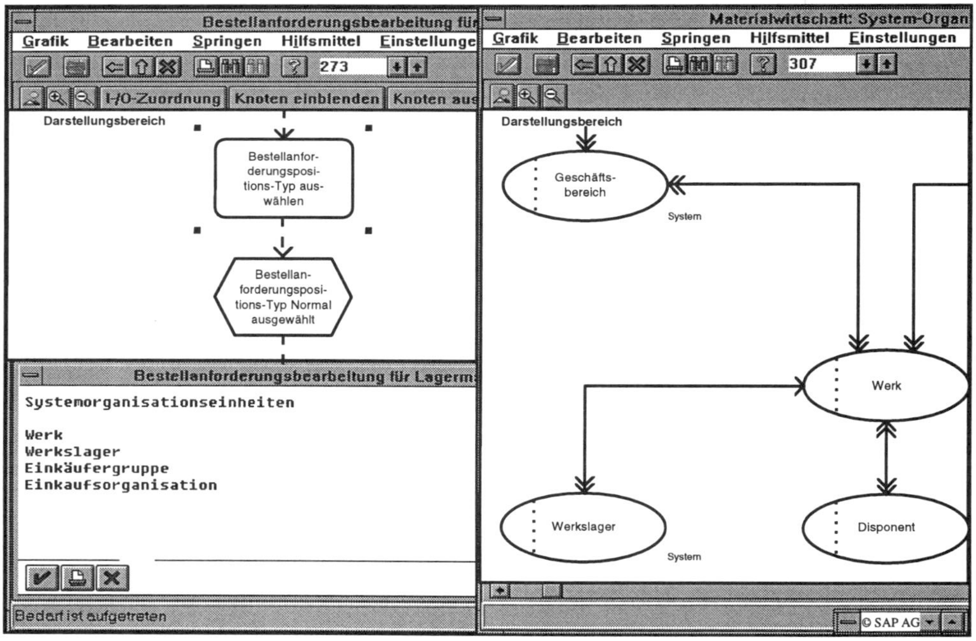

Abb. 6.10: Iterativer Weg – Vom Prozeß zum Organisationsmodell

6.2.3 Vom Prozeß zum Customizing

Die im R/3-Referenzprozeßmodell aufgezeigten Lösungswege können innerhalb des Customizings häufig spezifiziert und gegebenenfalls erweitert werden. Mit einem iterativen Sprung ins Customizing kann der Berater die angebotenen Standardalternativen aufzeigen und mit dem Kunden auf Verwendungsmöglichkeit hin diskutieren. Mit der Auswahl eines Standardparameters des Customizing erhält der Kunde automatisch eine Integrität und Konsistenz in der Ablauflogik und muß sich nicht mit einer Analyse von Tabellen und deren Beziehungen befassen. In dem aufgezeigten Beispiel wird zum Prozeß *Bestellanforderungsbearbeitung* der Positionstyp *Normal* ausgewählt, d. h. es handelt sich um Bestellanforderungen zu Waren, die extern beschafft werden müssen. Reichen die Vorschlagswerte für das Geschäftsfeld eines Kunden nicht aus, so können z. B. neue Positionstypen definiert werden. Dann ist es allerdings notwendig, daß in einem späterem Stadium die betroffenen Tabellen mit ihren Beziehungen analysiert werden, um zu prüfen, ob der vorgegebene Prozeß oder auch andere in Beziehung stehende Prozesse eventuell verändert werden.

Frage im Workshop:
Welche Parametrisierungsmöglichkeiten gibt es zu diesem Prozeß?

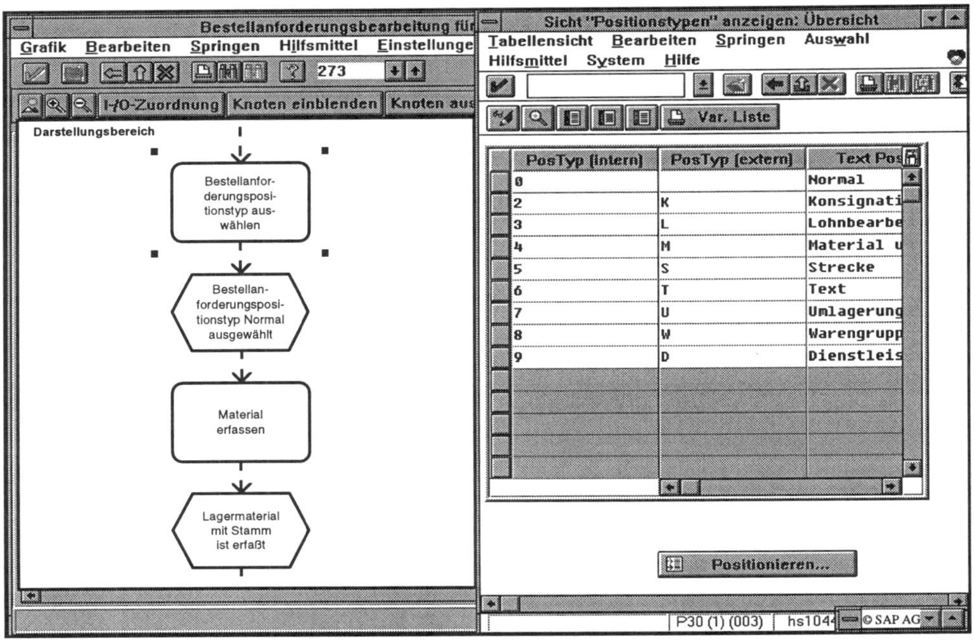

Abb. 6.11: Iterativer Weg – Vom Prozeß zum Customizing

6.2.4 Vom Prozeß zum Datenmodell

Innerhalb einer Prozeßberatung ist zum einen die Analyse der benötigten Eingangsinforma-tionen wichtig, zum anderen die Untersuchung möglicher Varianten (Spezialisierung) zu einem Objekt. Die Spezialisierungen eines Objektes beeinflussen die Variationsbreite eines Prozesses. So kann z. B. die Bestellanforderungsposition auf eine Lohnbearbeitung oder auf eine Umlagerung verweisen. Sind verschiedene Prozesse miteinander gekoppelt, so werden in der Regel von dem vorgelagerten Prozeß an den folgenden Prozeß Informationen übergeben. Während bei dem integrierten R/3-System diese Verbindungen weitestgehend automatisiert sind, ist bei der Einbindung von Fremdsystemen die Betrachtung der zu übergebenden Daten durch einen iterativen Sprung vom Prozeßmodell ins Datenmodell unerläßlich. Da Objekte des Datenmodells wiederum untereinander weitergehende Beziehungen haben können, müssen bei Verwendung eines R/3-Objektes für ein Fremdsystem die logischen Vorgängerbeziehungen zwecks Sicherstellung der Konsistenz geprüft werden.

Frage im Workshop:
Welche Varianten (Spezialisierungen) zur Funktion im Prozeß gibt es?

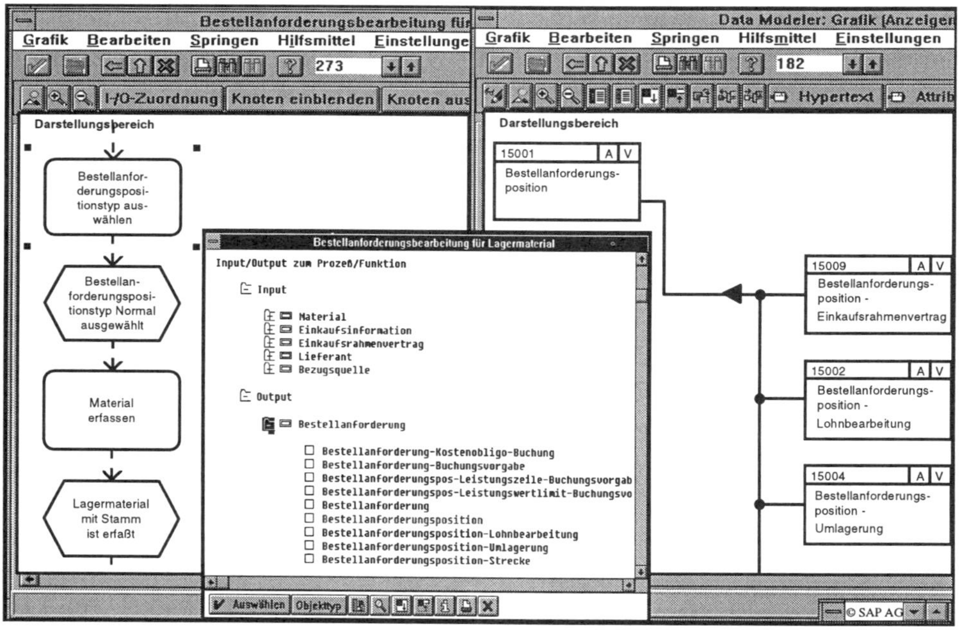

Abb. 6.12: Iterativer Weg – Vom Prozeß zum Datenmodell

6.2.5 Vom Prozeß zum Data Dictionary

Der iterative Sprung vom Prozeßmodell zum Datenmodell konzentriert sich auf die logische Datenstruktur; der vom Prozeßmodell zum Data Dictionary hat zum Ziel, die physische Datenstruktur der Feldlängen abzugleichen. Entscheidend ist, bezogen auf die Schlüsselfelder der Tabellen, daß eine vollkommene Identität zwischen SAP-System und Fremdsystem besteht. Andererseits müssen entsprechende Umsetzungsprogramme zur Wahrung der Integrität geschrieben werden. Während des IPPs werden allerdings nicht die einzelnen Felder analysiert, sondern nur die prinzipielle Notwendigkeit einer Verbindung zu einem Fremdsystem mit der Aktivität *Feldabgleich durchführen innerhalb der Detailanalyse* festgehalten. Hat ein Unternehmen nicht flächendeckend das R/3-System, z. B. in der Produktion, installiert und werden während der Produktionsplanung Bestellanforderungen erzeugt, so müssen entweder die Bestellanforderungsinformationen manuell in das integrierte R/3-System eingegeben werden oder können automatisch durch ein *Batch-Input* nach vorausgegangenem Feldabgleich übertragen werden.

Frage im Workshop:
Benötigt das Unternehmen zu diesem Prozeß einen *Batch-Input*?

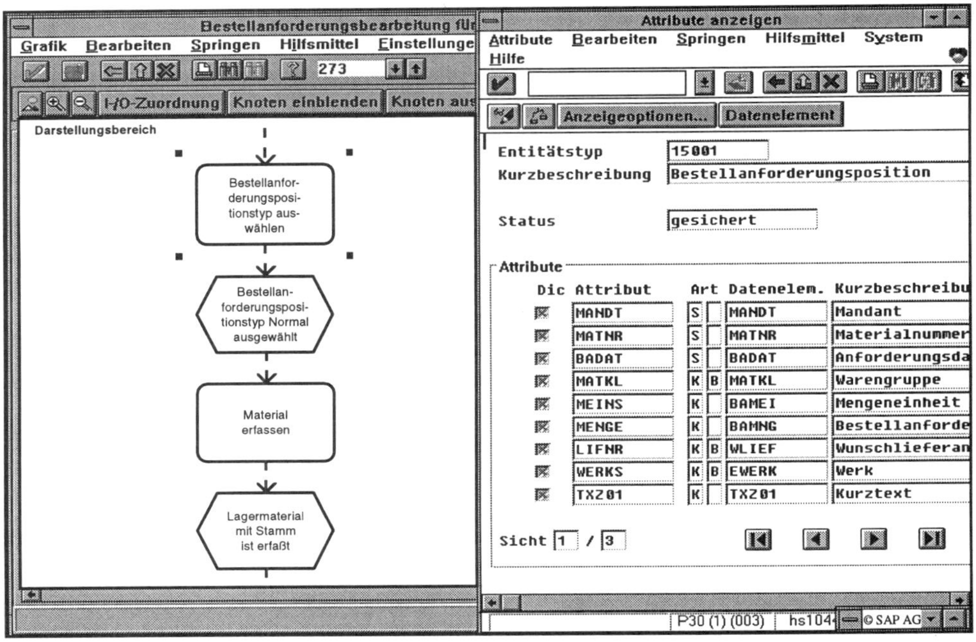

Abb. 6.13: Iterativer Weg – Vom Prozeß zum Data Dictionary

6.2.6 Vom Prototyping zur Organisation

Beim Starten einer Transaktion werden zunächst die organisatorischen Einheiten des R/3-Systems, die für diesen Bearbeitungsschritt relevant sind, angezeigt. Hier ist wichtig zu differenzieren, welche Eingabedaten unbedingt notwendig und welche optional aufgrund der organisatorischen Rahmenbedingungen des Unternehmens erforderlich sind. Beim Anlegen eines Auftrages im Vertrieb muß zunächst die Auftragsart festgelegt werden und anschließend die R/3-Organisationseinheiten Verkaufsorganisation, Vertriebsweg und Sparte spezifiziert werden. Durch den iterativen Sprung ins Organisationsmodell können die möglichen Beziehungen zwischen diesen drei Mußeingaben mit dem Kunden frühzeitig diskutiert werden. Hat der Kunde unterschiedliche Auftragsarten für verschiedene Sparten definiert, so können durch den Sprung in das Organisationsmodell konzeptionelle Inkonsistenzen, z. B. zur Verkaufsorganisation, aufgezeigt werden. Die R/3-Organisationseinheiten Verkaufsbüro und Verkäufergruppe sind weitere Strukturierungskriterien für die Auftragsabwicklung, die zur Spezifizierung von Zuständigkeiten oder zu differenzierten Auswertungen genutzt werden können, z. B. zur Ermittlung der Umsatzzahlen verschiedener Verkäufergruppen.

Frage im Workshop:
Haben die R/3-Organisationseinheiten in dieser Transaktion bestimmte Restriktionen?

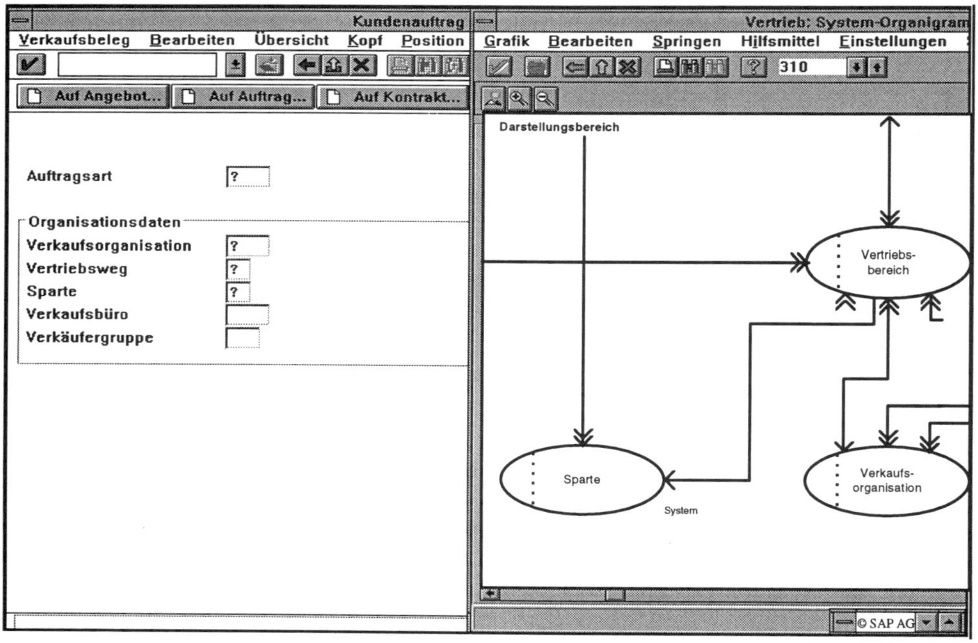

Abb. 6.14: Iterativer Weg – Vom Prototyping zur Organisation

6.2.7 Vom Prototyping zum Prozeß

Punktuell ist es innerhalb der Anforderungsanalyse notwendig, dem Kunden einen realen Ablauf auf Transaktionsebene zu zeigen. Dieses Prototyping hat dann am Ende der Bearbeitung ein reales Ergebnis zur Folge, das für den Kunden ersichtlich ist. Das Prototyping *Fakturierungslauf* hat z. B. eine Faktura mit einem Hinweis erzeugt. Durch ein iteratives Springen von einer abgeschlossenen Transaktion zu der entsprechenden logischen Stelle im Prozeßmodell können die Verbindungen zu den nachfolgenden Prozessen aufgezeigt werden. Durch das Ausweisen der dazugehörigen Anwendungskomponente bzw. Applikation wird durch diesen Sprung die Vernetzung im System über die Transaktionsgrenzen hinweg deutlich. Ein anderer Aspekt kann sein, daß bei der Nutzung der Transaktionen alle relevanten Felder angezeigt werden. Durch den iterativen Sprung ins Prozeßmodell wird eine betriebswirtschaftliche Konzentration auf das Notwendigste vorgenommen, da die Graphik die Gesamtlogik in vereinfachter Form zeigt.

Frage im Workshop:
Welcher logische Folgeprozeß kann nach Beendigung der Transaktion aktiviert werden?

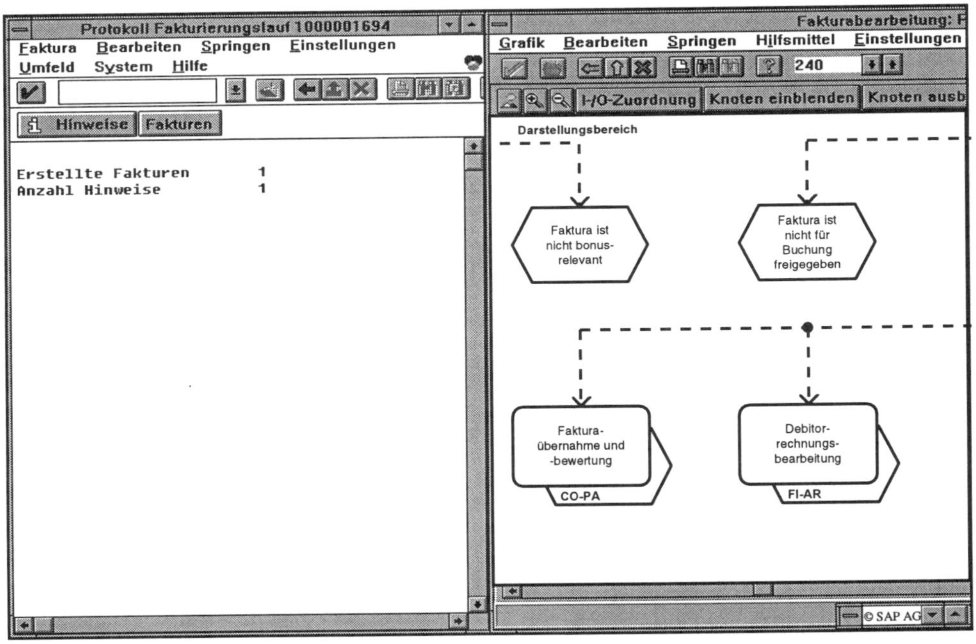

Abb. 6.15: Iterativer Weg – Vom Prototyping zum Prozeß

6.2.8 Vom Prototyping zum Customizing

In der Regel reichen die mit dem Standardsystem ausgelieferten Belegarten, Konditionsarten und sonstigen Steuerfelder aus. Allerdings geschieht es in einzelnen Fällen, daß der Kunde spezielle Dinge neu hinzufügen muß. Es bietet sich an, zunächst die angebotenen Möglichkeiten auf ihre Verwendung hin zu prüfen. Reicht das nicht, so wird durch einen iterativen Sprung dem Kunden gezeigt, wie er mit Hilfe des Customizing neue Steuerfelder bilden kann. In dem vorliegendem Beispiel sind die von SAP angebotenen Verkaufsbelegarten im Prototyping aufgezeigt. Die angebotenen Verkaufsbelegarten können weiter spezifiziert werden, z. B. durch die Zuordnung eines Beleges zu einer Sparte oder der Aktivierung einer Kreditlimitprüfung. Für den letztgenannten Fall kann z. B. festgelegt werden, ob nach einem überstiegenem Kreditlimit nur eine Warnung erzeugt oder automatisch die Lieferung gesperrt wird (Kennzeichen *C* im rechten Bild). Im Bereich Transaktionsablauf kann darüber hinaus die Reihenfolge der Bilder festgelegt werden. Ebenso ist es möglich, ganz neue Verkaufsbelegarten mit der entsprechenden Spezifizierung anzulegen.

Frage im Workshop:
Welche Belegung hat ein Steuerfeld und wie wird das Steuerfeld im Customizing spezifiziert?

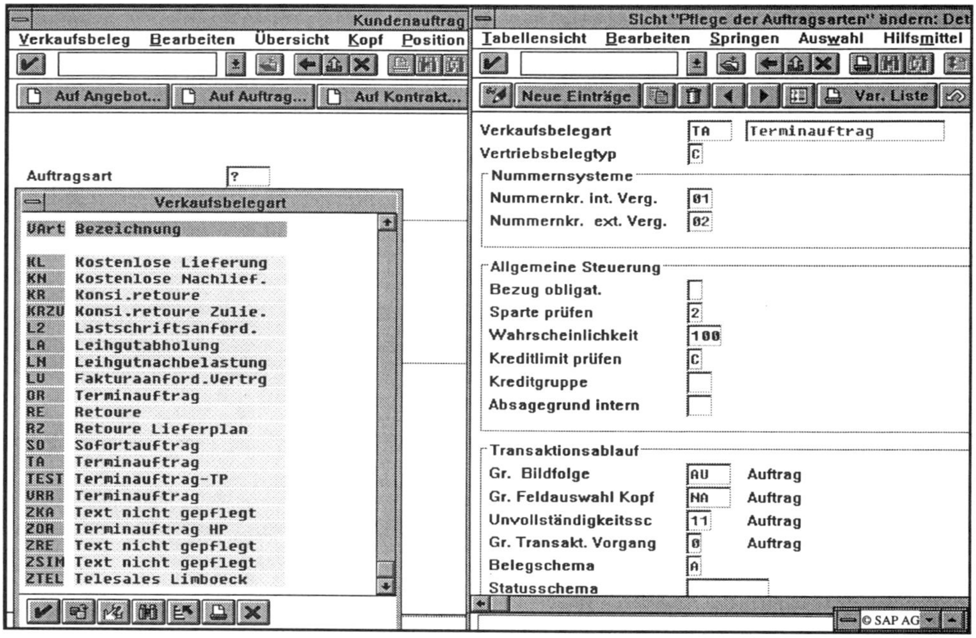

Abb. 6.16: Iterativer Weg – Vom Prototyping zum Customizing

6.2.9 Vom Prototyping zum Datenmodell

Bei einer Feldanalyse innerhalb einer Transaktion werden im Prototyping die relevanten Felder ohne Beziehungen dargestellt. Die möglichen Freiheitsgrade innerhalb einer Transaktion können durch einen iterativen Sprung ins Datenmodell aufgezeigt werden. Innerhalb des Datenmodells kann man entweder anhand einer Graphik (in Form eines Entity Relationship-Modells) oder anhand einer Liste die Beziehungen analysieren. Das vorliegende Beispiel im Prototyping *Kostenstelle ändern* verweist auf die Hauptentität *Kostenstelle* des Datenmodells. Zur Kostenstelle müssen z. B. die Verantwortlichkeit, der Geschäftsbereich und die Währung definiert werden. Anhand der Beziehungsliste wird deutlich, daß der Geschäftsbereich eine optionale Eingabe ist, d. h., eine Kostenstelle kann einem Geschäftsbereich zugeordnet sein und ein Geschäftsbereich kann mehrere Kostenstellen beinhalten (Beziehung Geschäftsbereich zu Kostenstelle ist c:cn). Eine Kostenstelle hat dagegen einen eindeutigen Kostenstellenleiter und arbeitet mit einer Währung (Beziehung Kostenstellenverantwortlicher zu Kostenstelle ist 1:cn).

Frage im Workshop:
Welche Beziehungen haben die einzelnen Felder einer Transaktion zueinander?

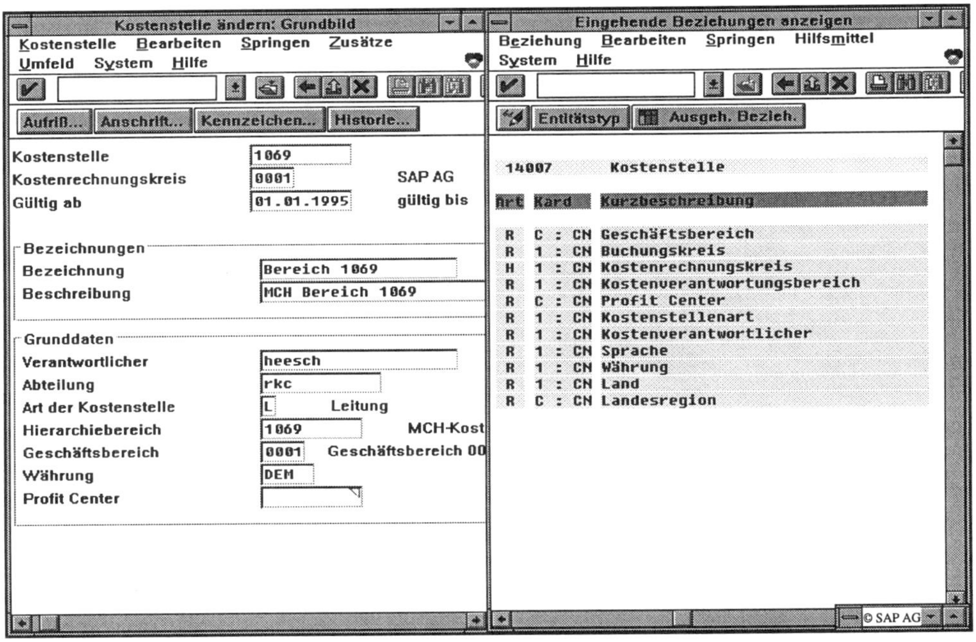

Abb. 6.17: Iterativer Weg – Vom Prototyping zum Datenmodell

6.2.10 Vom Prototyping zum Data Dictionary

Während der Ansatz des Reengineering von einer vollständigen Neukonzeption ausgeht, ist es jedoch in der betrieblichen Praxis häufig so, daß bestehend auf existierenden Informationslandschaften eine kontinuierliche Veränderung durchgeführt werden muß. Hier spielt eine zentrale Rolle, daß existierende Daten aufgenommen, verbessert und teilweise in eine neue Systemlandschaft überführt werden. Sollen z. B. aus aufbauorganisatorischen Maßnahmen heraus die alten Kostenstellenstrukturen beibehalten werden, so ist ein iterativer Sprung in das Data Dictionary zum Abgleich der Feldarten und Feldlängen zu den Attributen notwendig. Mit dem Prototyping werden zunächst die Felder ausgemacht, die im R/3-System zum Aufbau einer konsistenten Kostenstellenstruktur gepflegt werden müssen. Fehlen in dem Datenbestand des Kunden Informationen, z. B. der Hierarchiebereich, so müssen die Daten während der Datenübernahme erzeugt werden. Darüber hinaus gibt es im Standardsystem in der Regel zusätzliche Felder, wo im Einzelfall geprüft werden muß, welche Felder in welcher Form der Kunde zukünftig nutzen will.

Frage im Workshop:
Wie soll der *Batch-Input* aufgebaut werden?

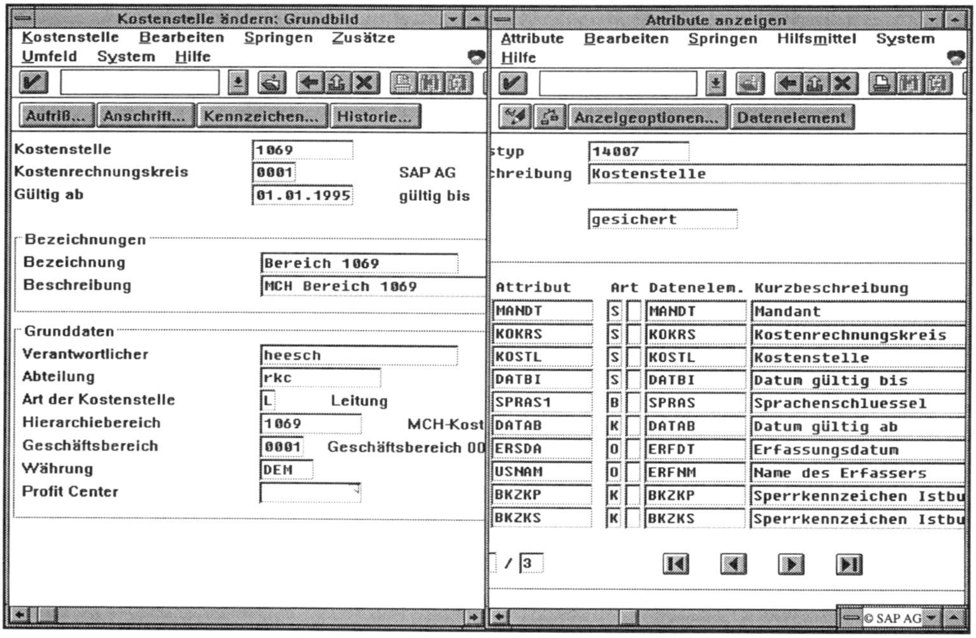

Abb. 6.18: Iterativer Weg – Vom Prototyping zum Data Dictionary

6.2.11 Vom Organisationsmodell zum Prototyping

Das Organisationsmodell zeigt die Freiheitsgrade des R/3-Systems mit den Relationen auf Typebene; das lauffähige System benötigt die Festlegung der Organisationsbeziehungen auf Ausprägungsebene. Das vorliegende Beispiel zeigt, wenn der Kunde mehrere *Sparten* haben will, muß er zwangsläufig auch mehrere *Vertriebsbereiche* definieren. Da sich wiederum der Vertriebsbereich aus dem Tripel *Sparte*, *Vertriebsorganisation* und *Vertriebsweg* zusammensetzt, müssen auch hierzu Instanzen (Werte) angelegt werden. Der Vertriebsbereich ergibt sich dann automatisch aus dem Tripel. Sind alle Organisationswerte konzeptionell festgelegt, kann durch einen iterativen Sprung ins Prototyping die Konsistenz und Vollständigkeit getestet werden. Mit der Festlegung einer Sparte muß bei Verwendung eines Materials aus z. B. buchhalterischer Sicht neben dem Werk auch die Sparte angegeben werden. Hierzu kann man sich die vorher definierten Sparten im Prototyping anschauen, das Material zuordnen oder gegebenenfalls im Customizing eine neue Sparte definieren.

Frage im Workshop:
Sind die organisatorischen Instanzen in Abhängigkeit der erlaubten Relationen richtig definiert worden?

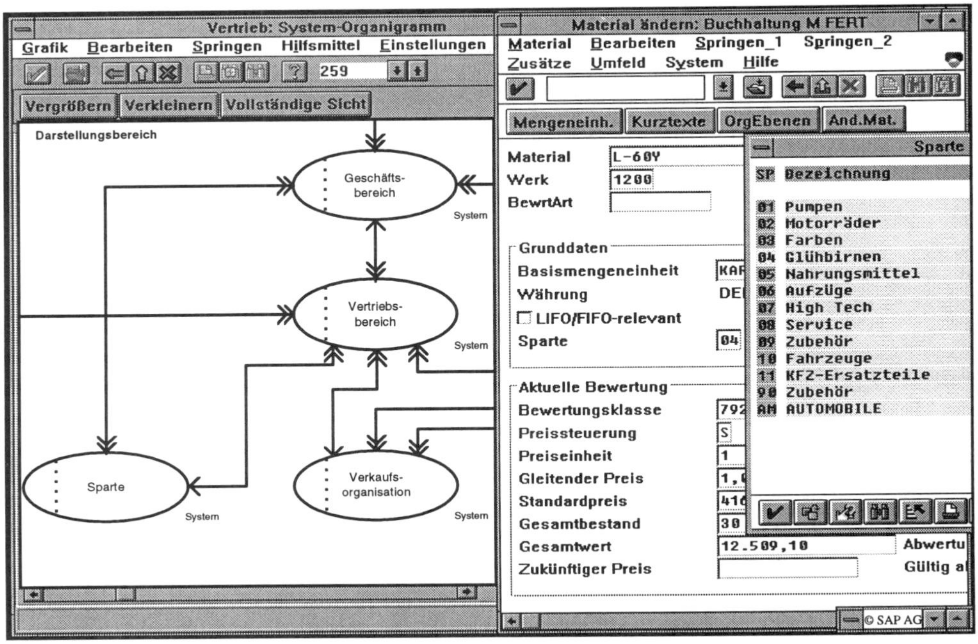

Abb. 6.19: Iterativer Weg – Vom Organisationsmodell zum Prototyping

6.2.12 Vom Organisationsmodell zum Prozeß

Sind die R/3-Organisationseinheiten definiert, so können durch einen iterativen Sprung in die Prozeßsicht die relevanten Prozesse je Organisationseinheit aufgezeigt werden. Durch die integrierte Ablage der Modellinformationen im R/3-Repository kann der Sprung von den organisatorischen Einheiten zu den betroffenen Prozessen über einen Verwendungsnachweis automatisch durchgeführt werden. In dem vorliegendem Beispiel wurde aus dem Organisationsmodell die R/3-Organisationseinheit *Sparte* selektiert. Durch Aktivierung der Sparte wird ein Selektionsbild mit der Auswahlmöglichkeit *Verwendungsnachweis* geöffnet und anschließend die Prozeßliste erzeugt. Nach diesem iterativen Sprung können darüber hinaus durch die Modellintegration weitere Navigationsschritte unternommen werden. So können z. B. durch eine Prozeßauswahl, hier die Terminauftragsbearbeitung, entweder einzelne Attribute des Prozesses (Bearbeitungsart, zugehöriger Transaktionscode, Komponentenzugehörigkeit etc.) oder die Prozeßstruktur (Ablauflogik) in der EPK-Graphik analysiert werden.

Frage im Workshop:
Welche R/3-Organisationseinheit wird für welchen Prozeß benötigt?

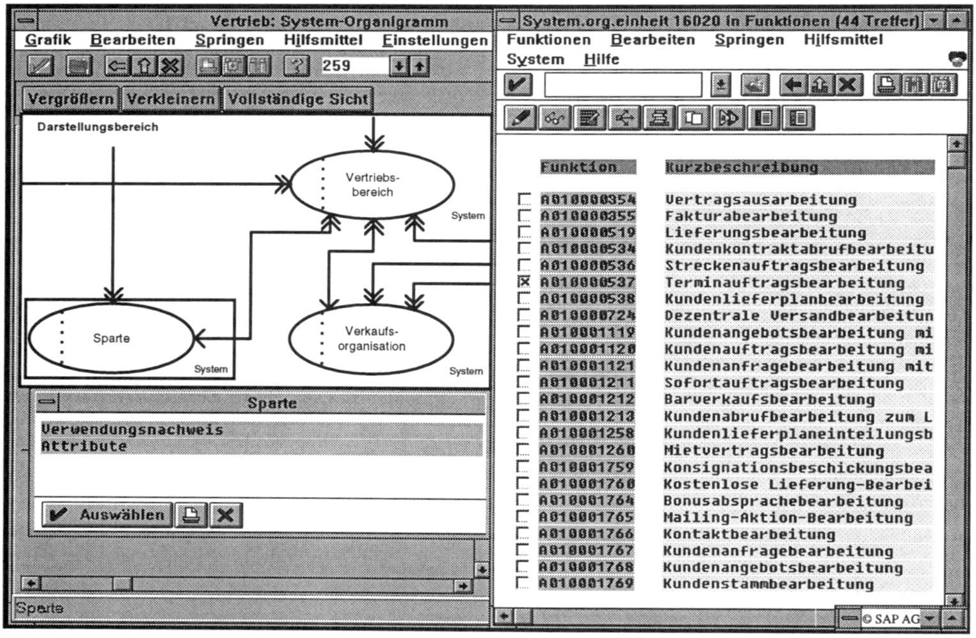

Abb. 6.20: Iterativer Weg – Vom Organisationsmodell zum Prozeß

6.2.13 Vom Organisationsmodell zum Customizing

Sind die R/3-Organisationseinheiten auf Typebene analysiert und festgelegt worden, so ist im nächsten Schritt durch einen iterativen Sprung ins Customizing der Typ zu parametrisieren und die Beziehungstabellen zu pflegen. In dem vorliegendem Beispiel wurde definiert, daß innerhalb eines Werkes mehrere Versandstellen existieren sollen. Eine Besonderheit innerhalb der Parametrisierung ist, daß eine Versandstelle ein physischer Ort oder eine logische Gruppierung von Personen, die für die Versandaktivitäten zuständig sind, sein kann. Die Versandstelle kann darüber hinaus mit Versandbedingungen (z. B. Tiefkühlware, chemische Ware etc. wird mit speziell angefertigten Lastkraftwagen transportiert) und Ladegruppen beziehungsweise Ladehilfsmitteln (Kran, Gabelstapler, Fließbänder etc.) kombiniert werden. Bei der Definition einer Versandstelle können auf vordefinierte Werte zurückgegriffen oder neue Parameterwerte, wie z. B. Fabrikkalender, Festlegung der Richt- und Ladezeit, Verwendung von standardisierten Adreßtexten, Gestaltung der Kommissionierliste, Übermittlungsart der Versandformulare etc., eingestellt werden.

Frage im Workshop:
Welche Parametrisierungsmöglichkeiten gibt es zu einer R/3-Organisationseinheit?

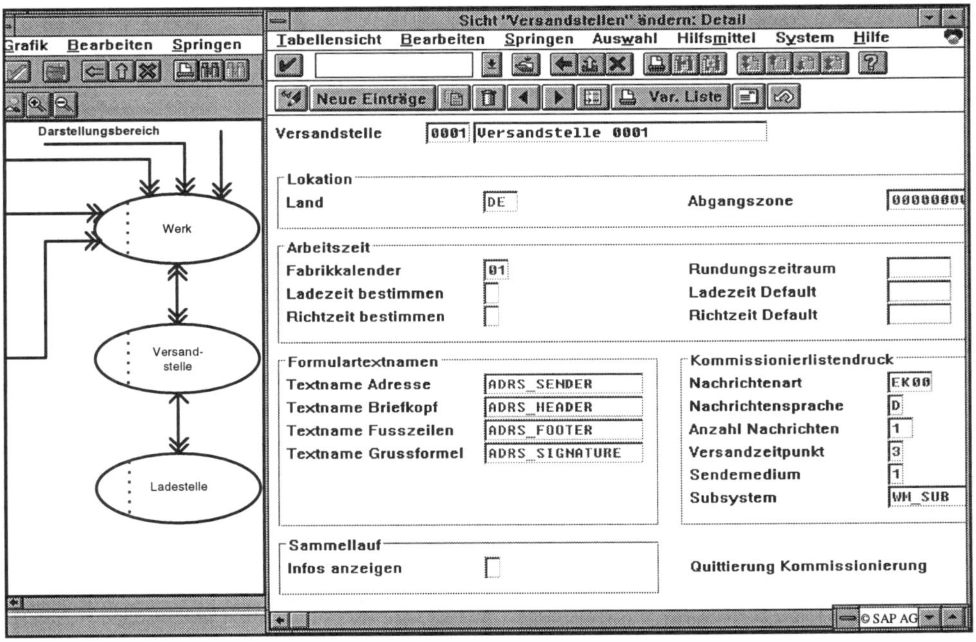

Abb. 6.21: Iterativer Weg – Vom Organisationsmodell zum Customizing

6.2.14 Vom Organisationsmodell zum Datenmodell

Die R/3-Organisationseinheiten haben eine integrative Beziehung zu den Prozessen und stehen in Verbindung zu operativ handhabbaren Entitäten des Datenmodells, wie z. B. dem Material, dem Verkaufsauftrag etc. Durch einen iterativen Sprung vom Organisationsmodell zum Datenmodell kann zum einen die Bedeutung der selektierten R/3-Organisationseinheiten über die Definition analysiert werden. Durch einen ergänzenden Kommentar wird dem Kunden zusätzlich eine Hilfestellung zur richtigen Verwendung einer organisatorischen Einheit im R/3-System gegeben. So wird in dem Beispiel deutlich, daß eine *Verkaufsorganisation* zur Unterstützung einer Marktsegmentierung benutzt werden kann und innerhalb einer *Verkaufsorganisation* unterschiedliche Konditionen zu dem Marktpartner, d. h. dem Kunden, definiert werden können. Zum anderen können durch einen iterativen Sprung in die Datenmodellgraphik die zu einer R/3-Organisationseinheit vor- und nachgelagerten Entitäten angeschaut werden. So besitzt z. B. die Verkaufsorganisation ausgehende Beziehungen zur Kundenlieferung.

Frage im Workshop:
Welches Verständnis hat der Kunde zu einer R/3-Organisationseinheit?

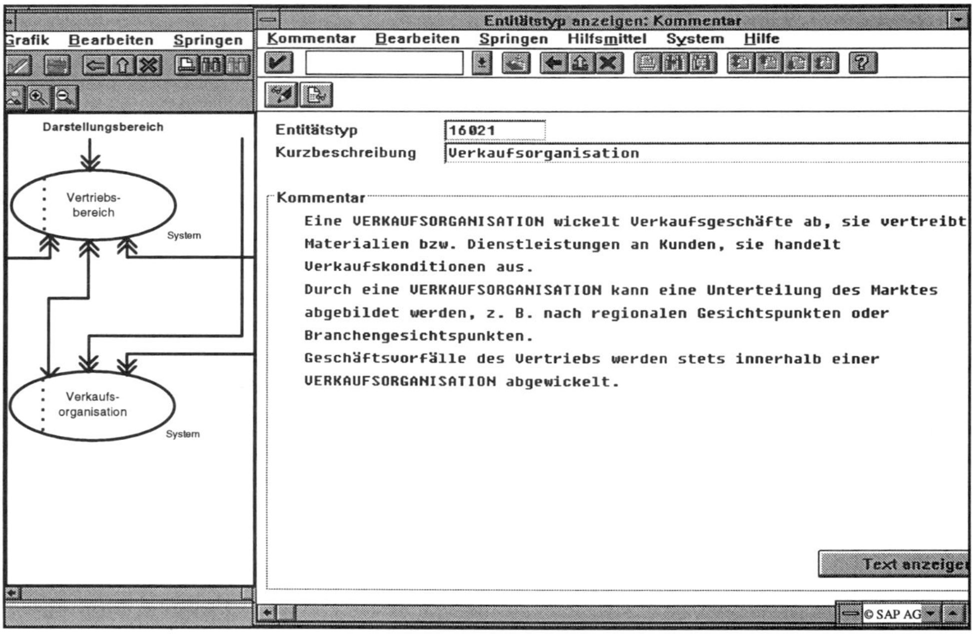

Abb. 6.22: Iterativer Weg – Vom Organisationsmodell zum Datenmodell

6.2.15 Vom Organisationsmodell zum Data Dictionary

Die logischen R/3-Organisationsstrukturen können mit Hilfe des Organisationsmodells visualisiert werden. Nutzt der Kunde das R/3-System in seiner ganzen Breite zur Abwicklung seiner Geschäftsprozesse, ist eine Analyse der einzelnen Tabellen nicht notwendig. Will er allerdings eine bestehende Organisationsstruktur, z. B. Kostenstellenstruktur, übernehmen, muß er mit einem iterativen Sprung über das Datenmodell ins Data Dictionary dort die einzelnen physischen Tabellen prüfen. So wird durch den iterativen Sprung vom Organisationsmodell ins Data Dictionary anhand des Beispiels *Kostenstelle* deutlich, daß sich diese aus Feldern von zwei verschiedenen physischen Tabellen, dem Kostenstellenstammsatz und der Kostenstellentexte, zusammensetzt. Mit der Aktivierung einer Tabelle, z. B. CSKS für den Kostenstellenstammsatz, können die zugehörigen Felder ausgewiesen werden. So umfaßt z. B. die Tabelle CSKS die Angabe der Felder zum Geschäftsbereich, zum Buchungskreis, die Verrechnungsmethoden, Verantwortlichkeit, Währungsschlüssel etc.

Frage im Workshop:
Wie sehen die Tabellenstrukturen zu einer R/3-Organisationseinheit aus?

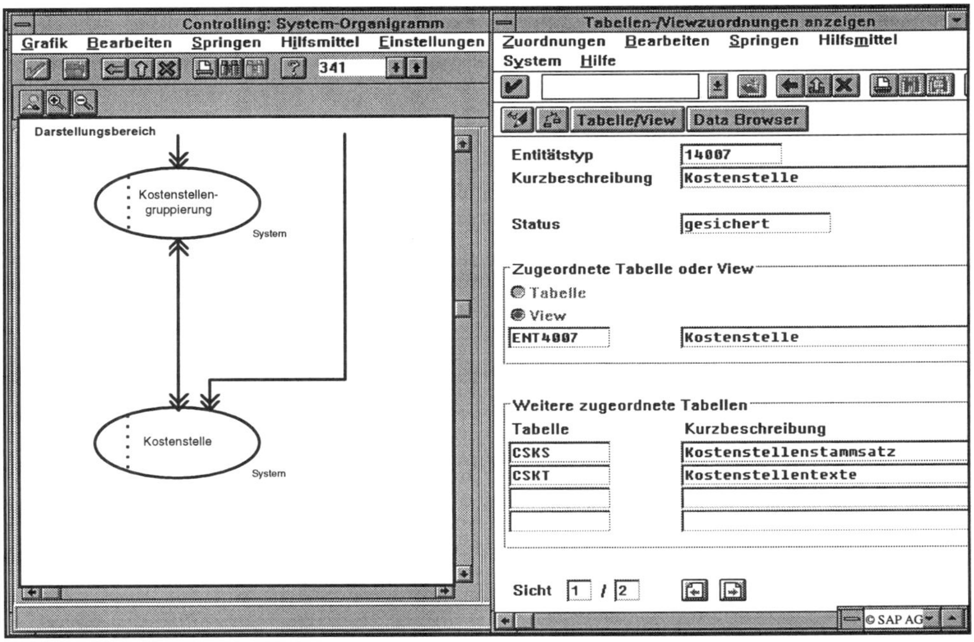

Abb. 6.23: Iterativer Weg – Vom Organisationsmodell zum Data Dictionary

6.2.16 Vom Customizing zum Prozeß

Das Prozeßmodell beschreibt die operative Ausführung einer oder mehrerer Transaktionen, das Customizing beschreibt den Weg, welche betriebswirtschaftlichen Einstellungen vorgenommen werden müssen, damit der ausgewählte Prozeß in seiner gewünschten Form ausgeführt werden kann. Zur Unterstützung der durchzuführenden Customizingschritte wird ein sogenannter Einführungsleitfaden (**I**mple**m**entation **G**uide = IMG) in einer Strukturübersicht angeboten. In dem Beispiel der durchzuführenden Einstellungsaktivitäten für die *Preisfindung* kann einerseits durch einen iterativen Sprung über die Entität *Preisfindung (16105)* des Datenmodells eine Liste der Prozesse aufgezeigt werden, in denen die Preisfindung eine Rolle spielt. Andererseits kann innerhalb des IMG soweit detailliert werden, bis man einzelne betriebswirtschaftliche Aktivitäten erreicht, die durchzuführen sind (dargestellt mit dem Markierungssymbol). Von der einzelnen Aktivität kann je nach betriebswirtschaftlichem Sachverhalt entweder in eine Customizingtabelle verwiesen und die gewünschten Einstellungen dort vorgenommen oder die zu selektierenden Einstellungsparameter angeboten werden.

Frage im Workshop:
In welchen Arbeitsabläufen (Prozessen) wirken sich vorzunehmende Einstellungen in welcher Form aus?

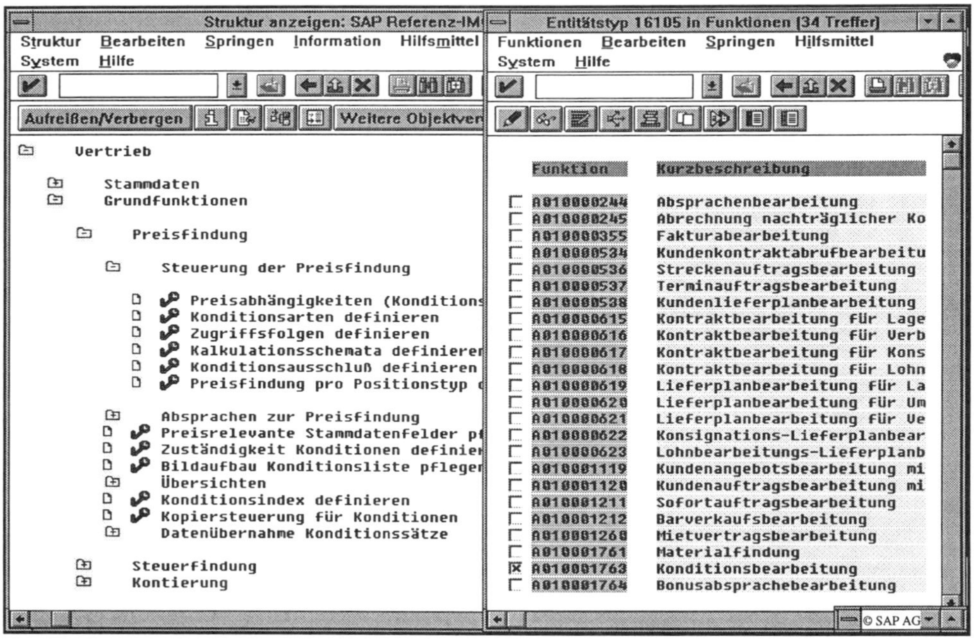

Abb. 6.24: Iterativer Weg – Vom Customizing zum Prozeß

6.2.17 Vom Customizing zum Prototyping

Ziel des Customizing ist es, die zu verwendenden Transaktionen auf die Kundenbedürfnisse bezogen einzustellen. In dem vorliegenden Beispiel werden Wareneingänge mit der Bewegungsart *101* festgelegt und differenziert, ob der Wareneingang auf Lager oder kontiert auf eine Anlage, Kostenstelle oder Projekt gebucht werden soll (Spalte VBR). Bei einer mengenmäßigen Erfassung einer Ware in der Materialwirtschaft kann im Hintergrund eine automatische Kontenfindung zur wertmäßigen Fortschreibung im Finanzwesen eingestellt sein. Dies erfolgt durch die Definition von sogenannten Wertestrings. Hier wird festgelegt, welche Vorgangsschlüssel in Abhängigkeit von dem Feld *VBR* angesprochen werden. Mit dem Vorgangsschlüssel wird für jede mengenmäßige Bewegung das entsprechende Sachkonto ermittelt und eine Buchungszeile fortgeschrieben. So werden z. B. bei einer Verbrauchsbuchung die Buchungszeilen zu einem *Verbrauchskonto* (für die Soll-Buchung) und zu einem *Bestandskonto* (für die Habenbuchung) erzeugt. Durch einen iterativen Sprung von den durchgeführten Customizing-Aktivitäten zum Prototyping können die eingestellten Systemparameter getestet werden. In dem Beispiel wird zu jeder Bewegungsart ein Buchhaltungsbeleg erzeugt und die Richtigkeit der Buchungssätze geprüft.

Frage im Workshop:
Sind die Customizing-Parameter richtig eingestellt?

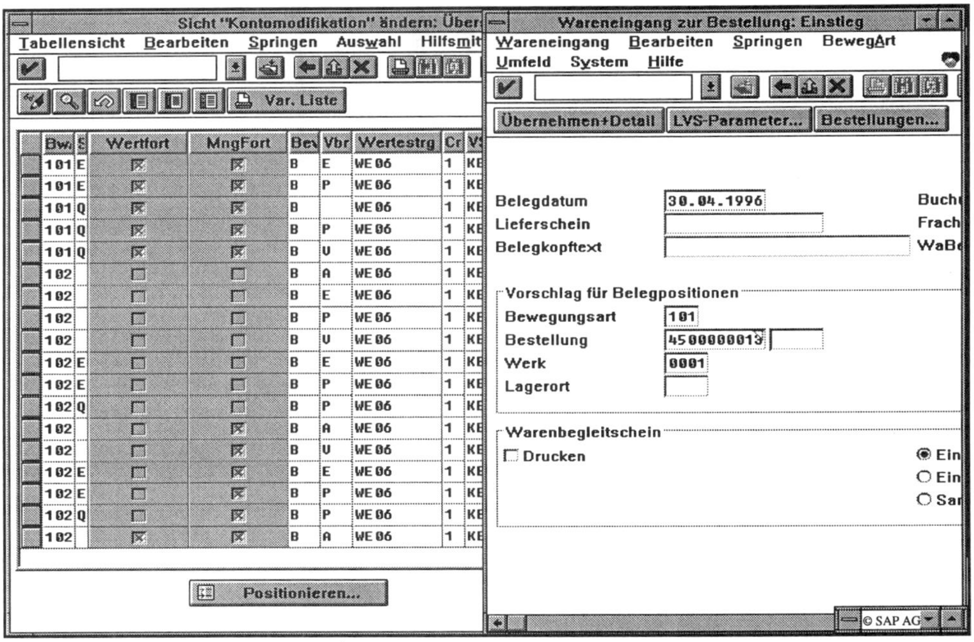

Abb. 6.25: Iterativer Weg – Vom Customizing zum Prototyping

6.2.18 Vom Customizing zur Organisation

Das Customizing der R/3-Organisationseinheiten wird innerhalb des Einführungsleitfadens unter dem Kapitel *Globale Einstellungen* durchgeführt. Im Customizing werden dort anhand von Strukturdarstellungen die Relationen aufgezeigt. In dem vorliegenden Beispiel wird die prinzipielle Beziehung zwischen Einkaufsorganisation und Werk präsentiert. Auf Instanzenebene (Ausprägungsebene) müssen dann die entsprechenden Werke und die Zugehörigkeit zur jeweiligen Einkaufsorganisation festgelegt werden. Die Beziehungen der R/3-Organisationseinheiten sind allerdings nicht in jedem Fall beliebig variabel. Durch einen iterativen Sprung vom Customizing in das Organisationsmodell können die maximal vorkommenden Kombinationsmöglichkeiten visualisiert werden. Das Organisationsmodell zeigt, daß eine Einkaufsorganisation Waren für unterschiedliche Werke bestellen kann, daß Werke über verschiedene Einkaufsorganisationen Waren beziehen können (m:n-Beziehung). Schränkt der Kunde die vorkommenden Kombinationsmöglichkeiten im R/3-Organisationsmodell aufgrund seiner Unternehmensorganisationsstruktur ein, so sind die Restriktionen im Customizing zu berücksichtigen.

Frage im Workshop:
Welche Restriktionen sind im Customizing aufgrund der R/3-Organisationseinheitenbeziehungen zu beachten?

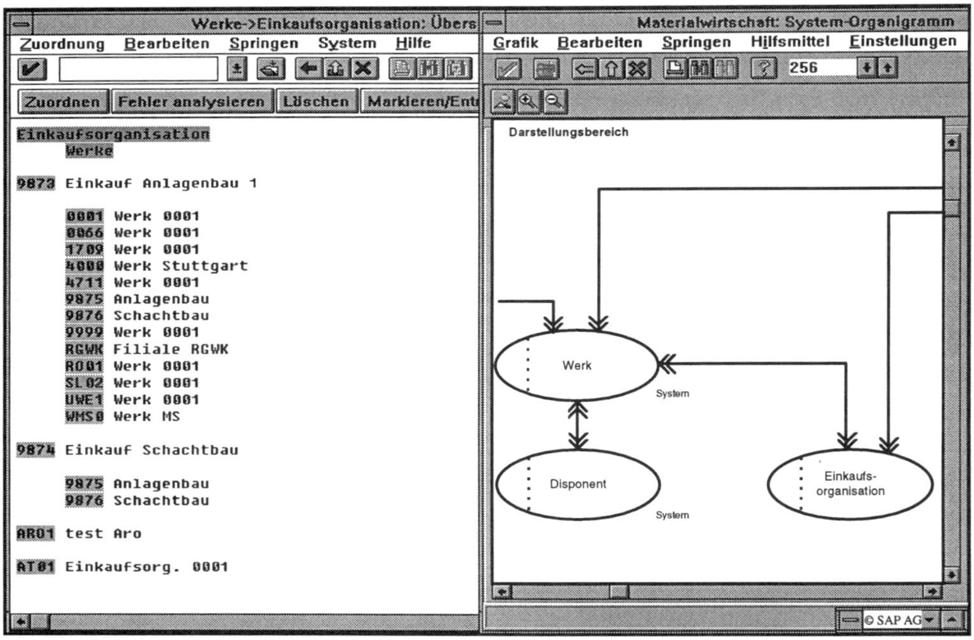

Abb. 6.26: Iterativer Weg – Vom Customizing zur Organisation

6.2.19 Vom Customizing zum Datenmodell

Im Customizing sind die eingestellten Parameter in Listform dargestellt. So sieht man unter der Sicht *Pflege der Auftragsarten*, daß in dem vorliegenden Praxisfall der Kunde eine Vielzahl unterschiedlicher Geschäftsbeziehungen, die sich in den einzelnen Auftragsarten repräsentieren, hat. Ebenso wird deutlich, daß der Kunde die im Standard ausgelieferte Verkaufsauftragsbelegart *Terminauftrag (TA)* spezifiziert und mit dem Kennzeichen *OR* diese Variante deklariert hat. Durch einen iterativen Sprung vom Customizing ins Datenmodell können die Varianten eines Beleges anhand der Spezialisierungen, hier die Spezialisierung zum Kundenauftrag, gezeigt werden (z. B. Termin-, Sofort-, Streckenauftrag). Mit der Angabe der Verkaufsbelegart wird eine Klassifikation vorgenommen, die die weitere Verarbeitung der Verkaufsbelege im R/3-System steuert. Neben der Abfolge der Bildschirmbilder werden hier auch die benötigten Eingabedaten definiert. Diese sind zum einen im Detailbild zu jeder Belegart ersichtlich, zum anderen können die konzeptionellen Verbindungen durch Ausweisung der eingehenden Beziehungen zu einer Belegart anhand der Datenmodellgraphik analysiert werden.

Frage im Workshop:
Welche konzeptionellen Beziehungen haben die im Customizing einzustellenden Steuerparameter?

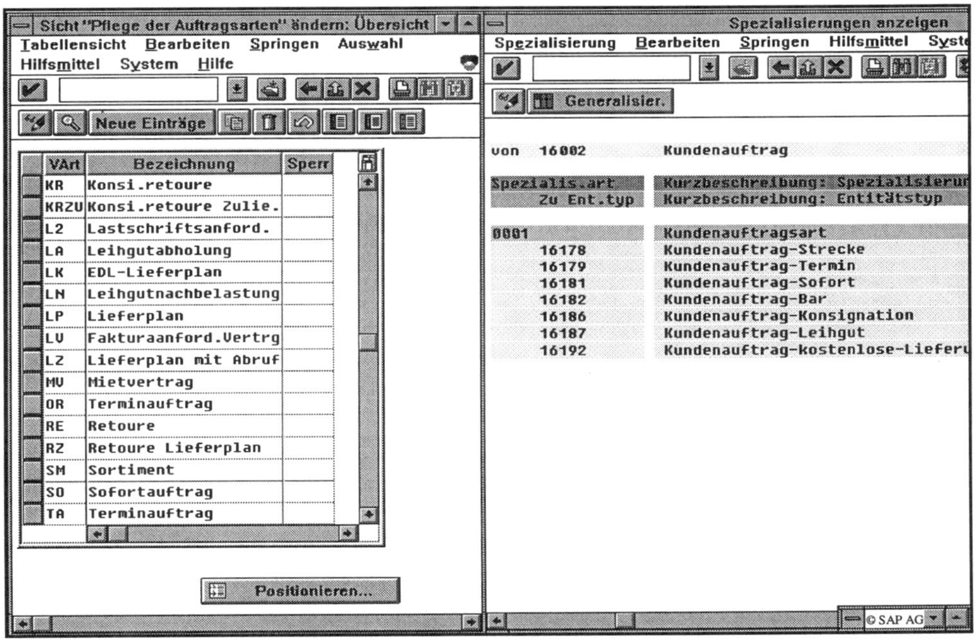

Abb. 6.27: Iterativer Weg – Vom Customizing zum Datenmodell

6.2.20 Vom Customizing zum Data Dictionary

Mit dem Wechsel zu einem neuen System stellt sich in der Regel auch immer die Frage, welche Stamm- und Bewegungsdaten in welcher Form übernommen werden können. Klassische Beispiele hierfür sind der Kunden-, Lieferanten- und Materialstamm sowie die Sachkonten, die weitestgehend aufgrund von nationalen Richtlinien normiert sind. In dem vorliegenden Beispiel besteht der Bedarf, die bestehenden Sachkonten ins R/3-System zu übernehmen. Die standardisierten Kontenpläne, z. B. der Industriekontenrahmen und Gemeinschafts-Kontenrahmen für Deutschland oder der Kontenplan für die USA, können mit Hilfe des Customizing direkt als Vorlage kopiert werden. Zusätzlich eigenerstellte Sachkonten müssen allerdings vor einer Übernahme mit der Struktur des Data Dictionary abgeglichen werden. Durch einen iterativen Sprung in das Datenmodell wird anhand der Entität *Sachkonto* zunächst die zugehörige Tabelle SKB1 ermittelt und von dort aus ins Data Dictionary gesprungen. Dort können dann der Datentyp CHAR, der Feldname der SAP SAKNR sowie die entsprechende Feldlänge ermittelt und mit den technischen Werten der Sachkonten des Kunden abgeglichen werden.

Frage im Workshop:
Wie werden Massendaten im Customizing aufgebaut?

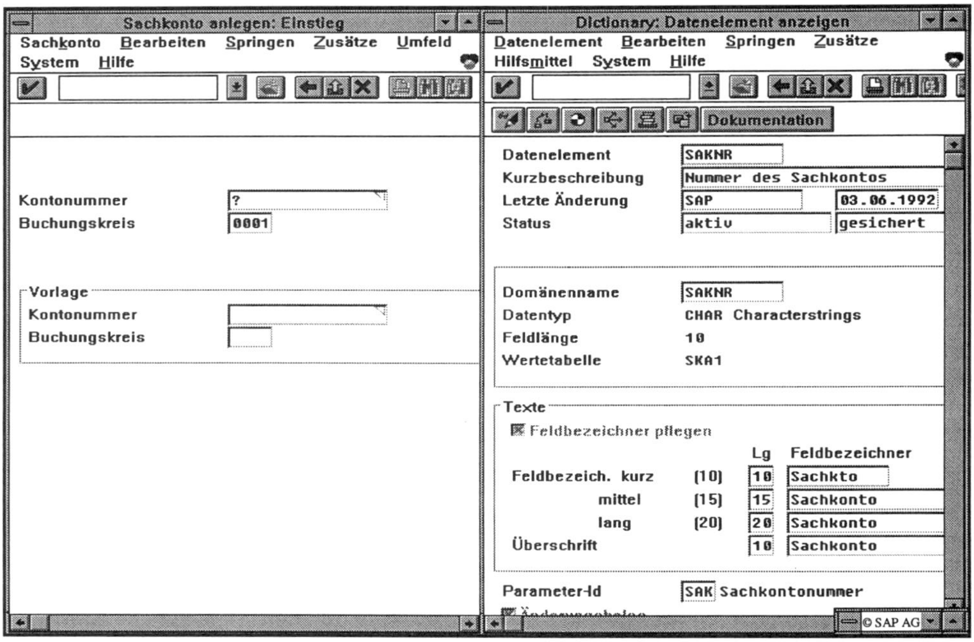

Abb. 6.28: Iterativer Weg – Vom Customizing zum Data Dictionary

6.2.21 Vom Datenmodell zum Prozeß

Mitarbeiter benötigen zur erfolgreichen Prozeßbearbeitung Informationen oder vorgelagerte Entscheidungen, die in einem Informationsdokument festgehalten werden können. Zum Aufbau einer konsistenten Informationsarchitektur ist es andererseits notwendig, zu wissen, auf welche gemeinsamen Informationen welche Prozesse und letztendlich welche Mitarbeiter zugreifen. Greift z. B. ein Prozeß auf eine bestimmte Information (Objekt bzw. Entität) zu und ändert den Zustand des Objektes innerhalb der Prozeßbearbeitung, so muß es zur Laufzeit für alle anderen Prozesse, die die Information ändern könnten, gesperrt sein. Durch die Integration der Modelle im R/3-Repository können ausgehend von einer selektierten Entität des Datenmodells (im Beispiel Entität *Kondition* mit der Nummer 16105) durch einen iterativen Sprung alle darauf operierenden Prozesse in Listform ermittelt, als eingehende und ausgehende Information (Input oder Output) dargestellt und von dort aus in die gewünschte Prozeßgraphik navigiert werden. Innerhalb des Prozesses ist dann festzustellen, welche Funktionen diese genannten Objekte bearbeiten. In dem vorliegendem Beispiel spielt die *Kondition* insbesondere in der Funktion *Auftragspreise/-steuern bestimmen/übernehmen* eine Rolle.

Frage im Workshop:
In welchen Prozessen wird das Objekt oder die Entität benötigt?

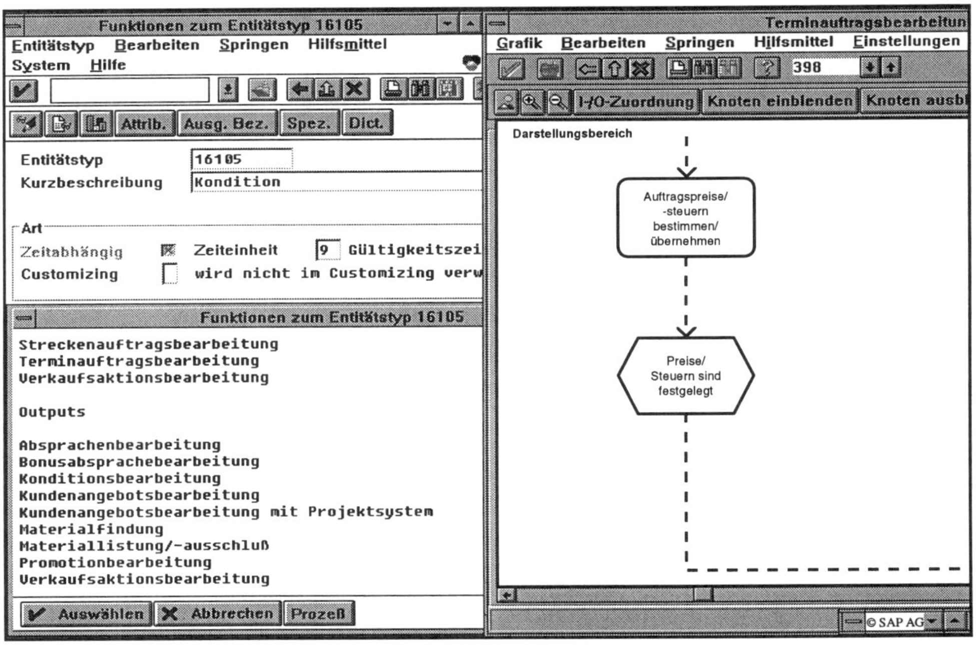

Abb. 6.29: Iterativer Weg – Vom Datenmodell zum Prozeß

6.2.22 Vom Datenmodell zum Customizing

Objekte können auf Einstellungsaktivitäten (IMG) des Customizing referenzieren. Im Datenmodell ist im Beispiel die logische Beziehung zwischen *Einkauforganisation* und *Lieferantenbeurteilungskriterium* aufgezeigt. Eine konkrete Beurteilung eines Lieferanten bezieht sich somit immer auf die Gültigkeit von Beurteilungskriterien bezogen auf eine Einkaufsorganisation. Durch einen iterativen Sprung ins Customizing können die Parameter *Lieferantenbeurteilung pro Einkauforganisation* aufgezeigt werden, was im folgenden anhand der Organisation *0001* kurz erläutert wird. So wird in dem Parameter *Beste Note* die maximal erreichbare Punktzahl innerhalb einer *Einkaufsorganisation* festgelegt. Bei den Teilkriterienparametern kann z. B. festgehalten werden, ob es zu einem Material nur einen Lieferanten gibt. Mit der Festhaltung einer Kennzahl in dem Feld *Umsatzanteil* kann festgelegt werden, welche qualitative Fehlleistung bei welchem Umsatz erlaubt ist, damit keine Mängelrüge an den Lieferanten erfolgt. Im Audit wird eingetragen, ob für eine Lieferung jeweils ein werksbezogenes Audit oder ein Gesamtaudit durch Mittelwertbildung der werksbezogenen Einzelbeurteilungen gemacht wird. Darüber hinaus sind für die vollständige Beurteilung Kriterien zur Termin- und Mengentreue zu bestimmen.

Frage im Workshop:
Welche logischen Beziehungen des Datenmodells sind im Customizing spezifiziert?

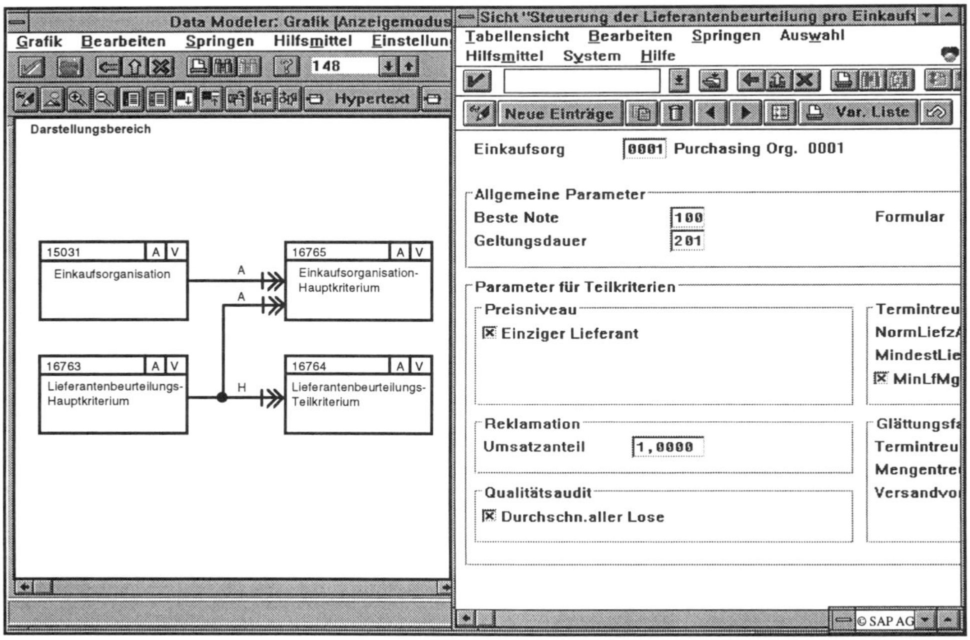

Abb. 6.30: Iterativer Weg – Vom Datenmodell zum Customizing

6.2.23 Vom Datenmodell zur Organisation

Das Datenmodell zeigt Objekte mit seinen Strukturbeziehungen. Diese bilden die logischen Tabellenbeziehungen des R/3-Systems ab. Die Objekte des Datenmodells können differenziert werden in „Austauschobjekte“ und „Strukturobjekte“. Austauschobjekte sind z. B. die Anfrage, das Angebot, der Auftrag, die Bestellanforderung, die Bestellung etc. Sie sind dadurch gekennzeichnet, daß sie innerhalb der Prozeßabwicklung im Unternehmen bewegt werden. Strukturobjekte sind z. B. das Werk, die Vertriebsorganisation, die Einkaufsorganisation etc. In dem vorliegendem Beipiel hat die Einkauforganisation zu den Austauschobjekten Einkaufsrahmenvertrag und Bestellung sowie zu dem Strukturobjekt Werk Beziehungen. Durch einen iterativen Sprung in das Organisationsmodell werden die R/3-Organisationsstrukturbeziehungen zwischen Werk und Einkaufsorganisation deutlich, hier eine m:n-Beziehung.

Frage im Workshop:
Welche Entitäten des Datenmodells haben aufbauorganisatorischen Strukturcharakter?

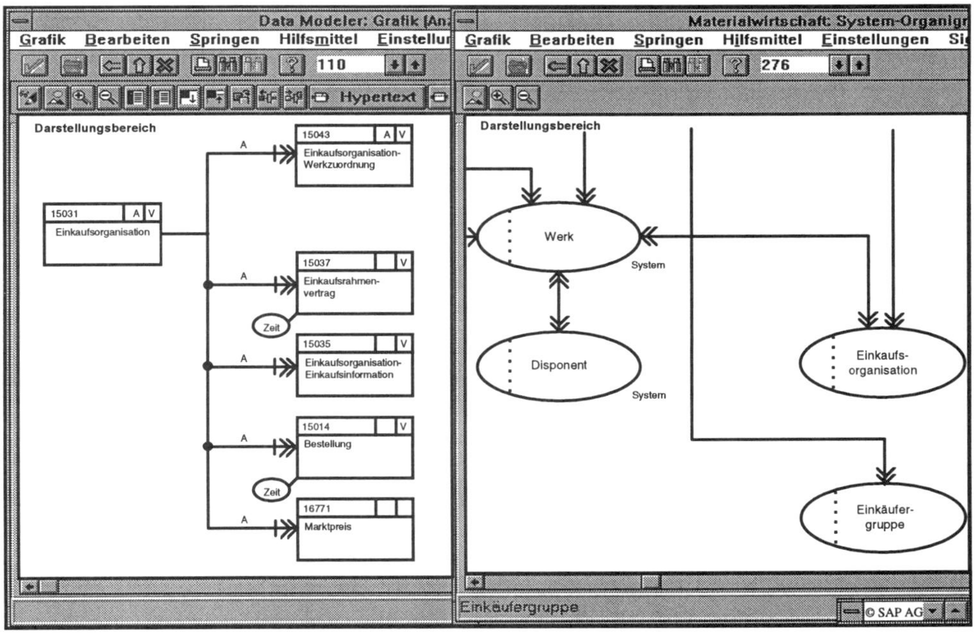

Abb. 6.31: Iterativer Weg – Vom Datenmodell zur Organisation

6.2.24 Vom Datenmodell zum Prototyping

Die R/3-Prozesse operieren auf Objekten des Datenmodells und stellen ein vereinfachtes Abbild der R/3-Transaktionen dar. Folglich werden die Objekte des Datenmodells auch innerhalb der Transaktionsbearbeitung verwendet. In dem vorliegenden Beispiel ist die logische Existenz der *Fertigungsauftragsrückmeldung* abhängig vom *Fertigungsauftrag*. Mit einem iterativen Sprung in die R/3-Transaktion *Rückmeldung zum Fertigungsauftrag erfassen* kann diese logische Beziehung prototypisch getestet werden. Während im Datenmodell auf eine prinzipielle Rückmeldung hingewiesen ist, wird im Prototyping deutlich, daß in verschiedenen Varianten (Teil-, Endrückmeldung, automatische Rückmeldung) zurückgemeldet werden kann. Abhängig von dem Kundenwunsch und der vorhandenen Fertigungstechnologie etc. wird ein entsprechendes Verfahren selektiert. Darüber hinaus werden die Gut- und Ausschußmengen sowie die Ursachen für den Ausschuß und eventuelle Nacharbeiten mit angegeben. Mit der erfolgten Rückmeldung im Prototyping aktualisiert sich der Status, im Datenmodell ist hierzu lediglich ein Zeitsymbol als Hinweis angegeben.

Frage im Workshop:
Wie sieht die Systemrealisierung zu einem Objekt des Datenmodells und seiner Beziehungen aus?

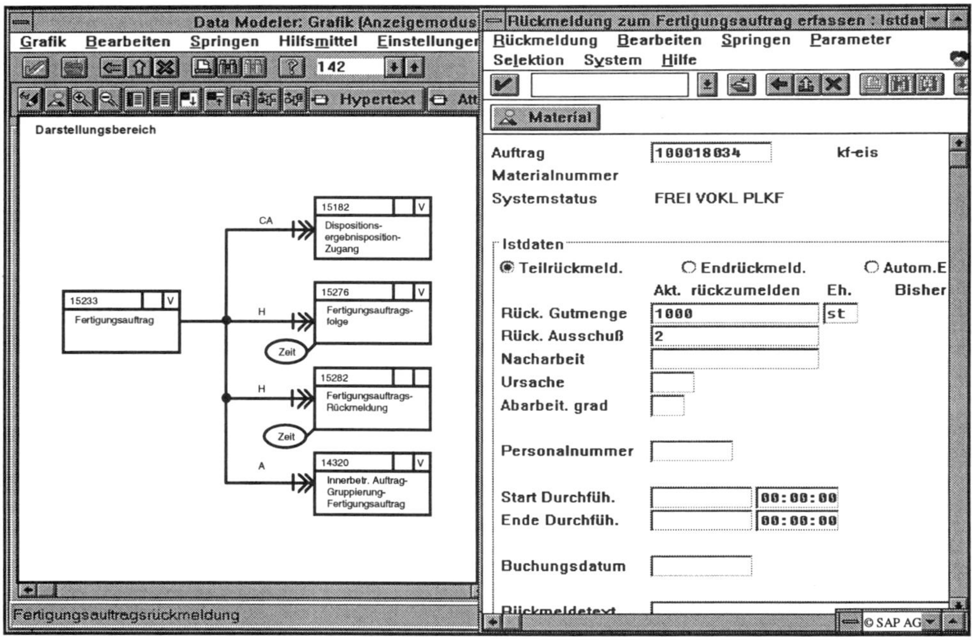

Abb. 6.32: Iterativer Weg – Vom Datenmodell zum Prototyping

6.2.25 Vom Datenmodell zum Data Dictionary

Das Datenmodell beschreibt die logischen Strukturen des R/3-Systems unter dem Aspekt der Redundanzfreiheit und Konsistenz zueinander, das Data Dictionary die physischen Strukturen unter dem Aspekt der Redundanzarmut, der Konsistenz und performanter Zugriffsmöglichkeit. Ein Objekt des Datenmodells kann auf eine oder mehrere transparente Tabellen des Data Dictionary verweisen. Es gibt zum einen die Möglichkeit, von einem Objekt aus alle relevanten Attribute verschiedener Tabellen aufzuzeigen, d. h. die Bildung einer *View*. Zum anderen besteht die Möglichkeit, sich zu jedem Objekt, in dem Beispiel zum *Fertigungsauftrag*, die einzelnen Tabellen komplett mit ihren Attributen anzuschauen. Dem Fertigungsauftrag sind zwei Tabellen des Data Dictionary zugeordnet, AFKO für *Auftragskopfdaten PPS-Aufträge* und AUFK für *Auftragsstammdaten.* Durch einen iterativen Sprung vom Datenmodell ins Data Dictionary können die einzelnen Felder einer Tabelle analysiert werden. Ein zentrales Feld in jeder Tabelle des Data Dictionary ist die Festlegung der Definition *Auslieferungsklasse*. Hier wird von der SAP unterschieden, ob eine Tabelle z. B. eine Anwendungs-, Customizing-, Steuer- oder Systemtabelle ist.

Frage im Workshop:
Wie ist ein logisches Objekt physisch aufgebaut?

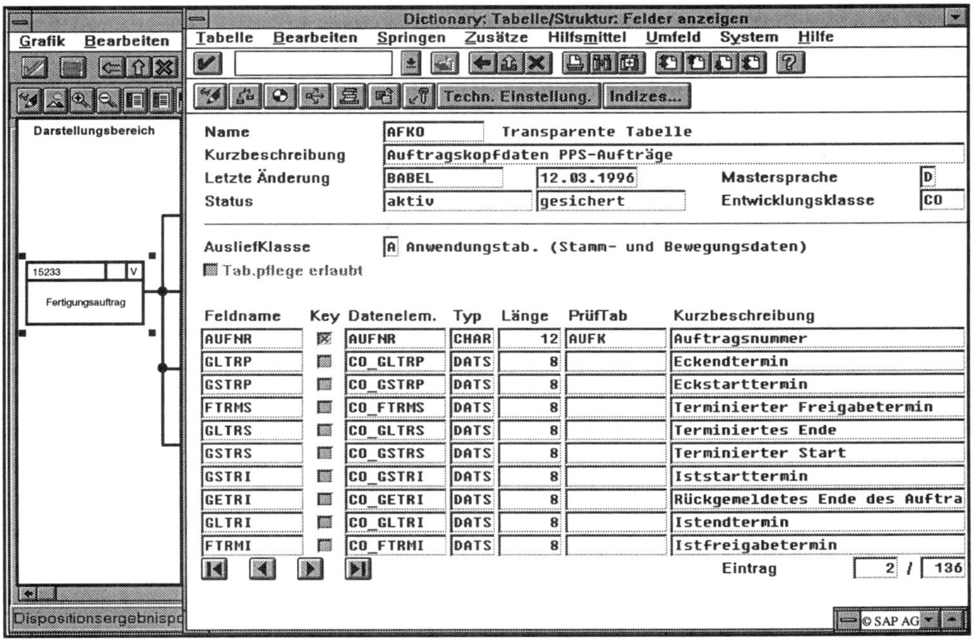

Abb. 6.33: Iterativer Weg – Vom Datenmodell zum Data Dictionary

6.2.26 Vom Data Dictionary zum Prozeß

Eine erfolgreiche Prozeßbearbeitung benötigt Eingangsinformationen, einen Auslöser und einen Bearbeiter, d. h. Mensch, Maschine oder beides. Inputdaten sind Objekte aus dem Datenmodell, die wiederum eine Beziehung zum Data Dictionary haben. Dabei kann sich ein logisches Objekt aus mehreren Tabellen zusammensetzen, wie z. B. der Kundenauftrag, der aus den drei Tabellen VBAK, VBKD und VEDA besteht. Wird das integrierte System R/3 vollständig genutzt, ist eine Analyse im Datenmodell und Data Dictionary nicht erforderlich. Werden aber z. B. von dezentralen Verkaufsfilialen mit heterogenen Systemen Verkaufsaufträge täglich gesammelt und im Nachtlauf per *Batch-Input* ins R/3-System zwecks Planung und Weiterverarbeitung eingespeist, so müssen die relevanten Auftragsfelder der Fremdsysteme mit den genannten drei SAP-Tabellen abgeglichen werden. Durch einen iterativen Sprung über das Datenmodell können anhand des Objekts Kundenauftrag alle auf den Tabellen operierenden Prozesse des R/3-Systems identifiziert werden, für die der Batch-Input ein Vorläufer darstellt.

Frage im Workshop:
Welche Tabellen des R/3-Systems müssen für eine erfolgreiche Prozeßbearbeitung mit einem externen System abgeglichen werden?

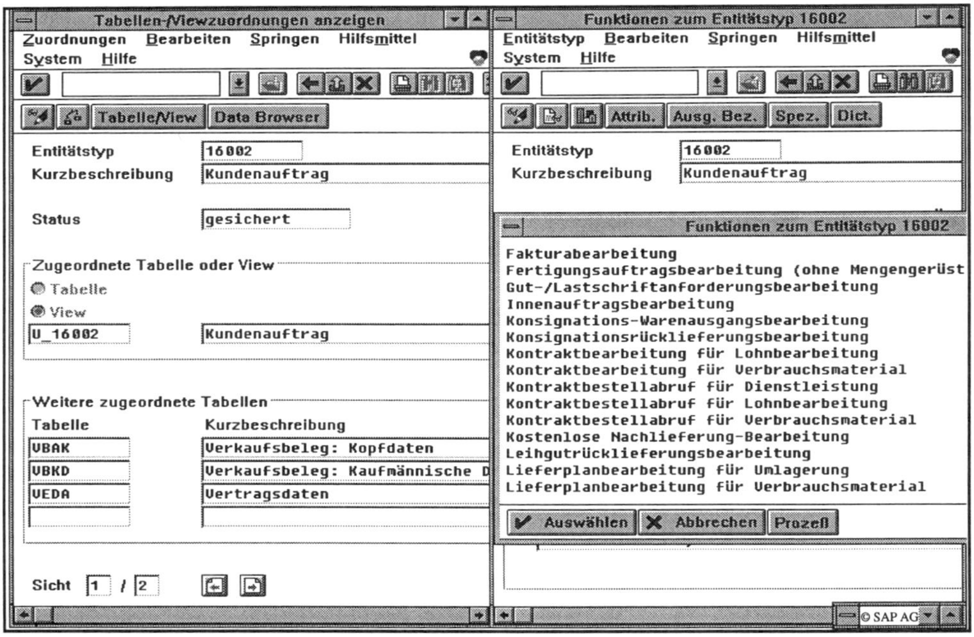

Abb. 6.34: *Iterativer Weg – Vom Data Dictionary zum Prozeß*

6.2.27 Vom Data Dictionary zur Organisation

Die Felder einer Tabelle können nach unterschiedlichen Kriterien klassifiziert sein. Es kann z. B. differenziert werden nach organisatorischen, konzeptionellen, länderspezifischen und programmtechnischen Aspekten. Zentrales organisatorisches Element für das Objekt Kundenfaktura ist die organisatorische Einheit Buchungskreis. Ebenso sieht man im Data Dictionary darüber hinaus weitere organisatorische Detailangaben, z. B. Erfassungszeit, Name des Sachbearbeiters und Änderungsdatum. Zu den mittels der View-Technik ermittelten Feldern (im Data Dictionary) eines Objektes (im Datenmodell) können über das Objekt die darauf operierenden Prozesse und die entsprechenden R/3-Organisationseinheiten ermittelt werden. Durch einen iterativen Sprung können z. B. die für die Kundenfaktura relevanten Prozesse aufgelistet und von dort in die jeweiligen R/3-Organisationseinheiten navigiert werden. So wird in dem Beispiel deutlich, daß innerhalb der Fakturabearbeitung neben der Kundenfaktura, die dem Buchungskreis zugeordnet ist, auch andere R/3-Organisationseinheiten relevant sind.

Frage im Workshop:
Welche Felder im Data Dictionary haben organisatorischen Charakter?

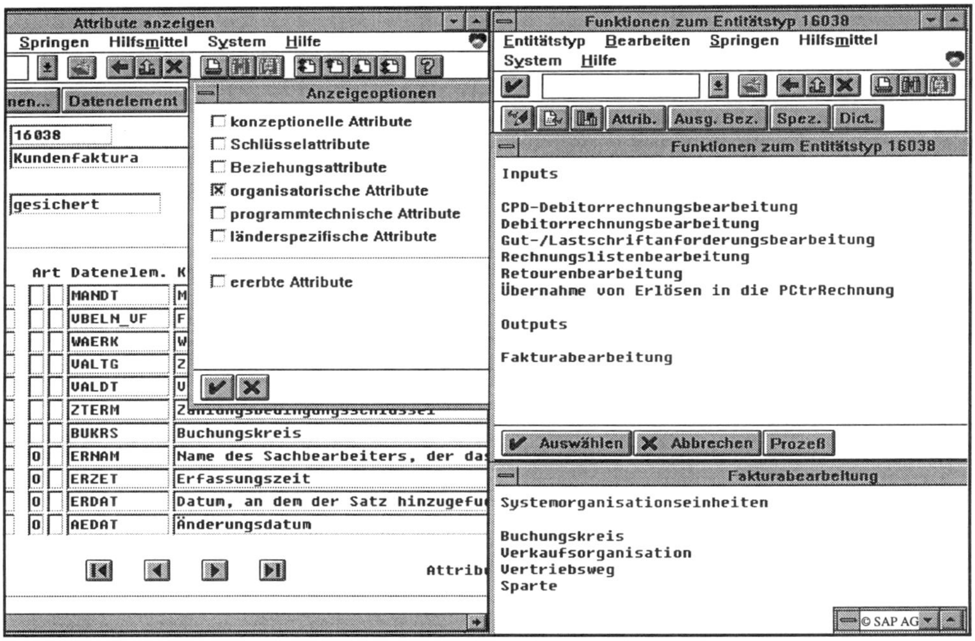

Abb. 6.35: Iterativer Weg – Vom Data Dictionary zur Organisation

6.2.28 Vom Data Dictionary zum Datenmodell

Im Data Dictionary können die physischen Tabellen mit ihren Feldern analysiert werden. Einzelne Felder sind mit einer Prüftabelle verknüpft, d. h., für diese Felder ist ein erlaubter Eingabebereich definiert. Möchte z. B. ein Anwender eine bestimmte Einkaufsorganisation (EKORG) *0004* eingeben und sind in der Prüftabelle lediglich die Einkaufsorganisationen *0001* und *0002* definiert, weist das System auf eine fehlerhafte Eingabe hin. Die physischen Tabellen wiederum können Beziehungen zu anderen Tabellen haben. Durch einen iterativen Sprung ins Datenmodell kann das zugehörige logische Objekt angesprungen werden, in dem Beispiel die Bestellung. Zu diesem Objekt *Bestellung* mit der physischen Tabelle EKKO (Einkaufsbelegkopf) können mittels der Dictionary-Zuordnung die anderen in Beziehung stehenden physischen Tabellen ermittelt werden. Ebenso können über die Beziehungen der Objekte des Datenmodells weitere Hinweise auf physische Beziehungen der Tabellen des Data Dictionary gewonnen werden. So hat die Bestellung Beziehungen zur Bestellposition mit der Tabelle EKPO (Einkaufsbelegposition) und Bestellung-Geschäftspartner-Zuordnung mit der Tabelle EKPA (Partnerrollen im Einkauf).

Frage im Workshop:
In welcher Beziehung stehen die Tabellen des Data Dictionary zueinander?

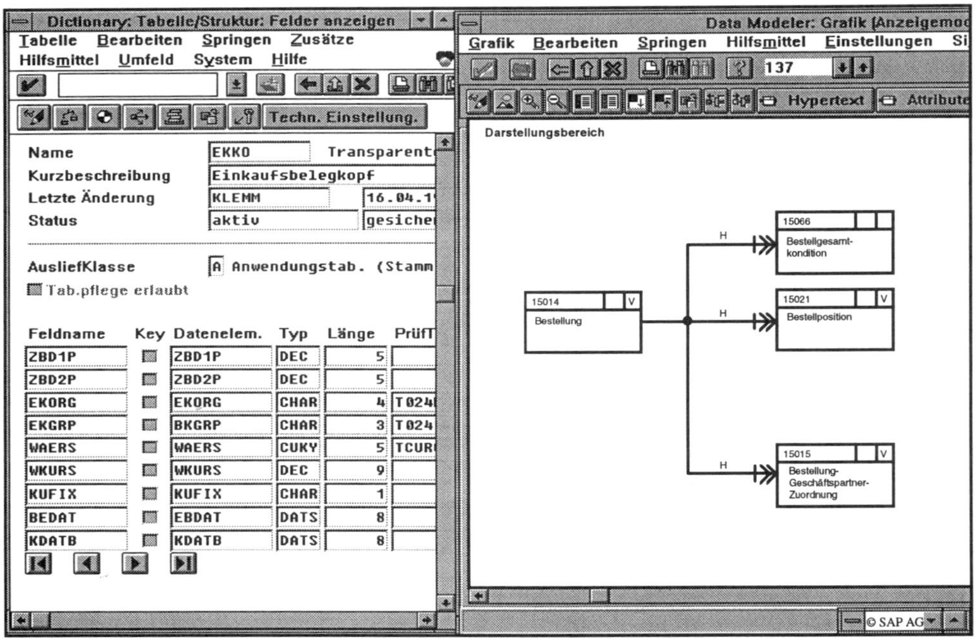

Abb. 6.36: Iterativer Weg – Vom Data Dictionary zum Datenmodell

6.2.29 Vom Data Dictionary zum Prototyping

Beim Aufbau eines effizienten Softwaresystems stellt sich die zentrale Frage, welche Informationen zum integrierten Ablauf und zwecks Konsistenzsicherung (versteckte Logik) aufgebaut und welche Informationen einem Sachbearbeiter zur Abwicklung seines operativen Geschäftsprozesses (Prototyping) transparent gemacht werden müssen. Sind zu einem Objekt des Datenmodells, z. B. der Bestellung, die konkreten Werte zu ermitteln, so können im Data Dictionary mit Hilfe des Data Browsers alle existierenden Bestellungen und die jeweiligen zugehörigen Bewegungsdaten in Listform angeschaut werden. Durch Selektion einer Belegnummer, z. B. EBELN *4100000001*, können zu einem Datensatz die einzelnen Felder angezeigt werden. Die als Kurzname genannten Felder können durch einen iterativen Sprung ins Prototyping aus Sicht des Sachbearbeiters heraus analysiert werden. So entspricht die Kurzform MATNR im Data Dictionary dem Eingabefeld *Material* in der Transaktion *Bestellung anzeigen* des Prototypings.

Frage im Workshop:
Auf welchen Bildschirmbildern erscheinen die Felder einer Tabelle?

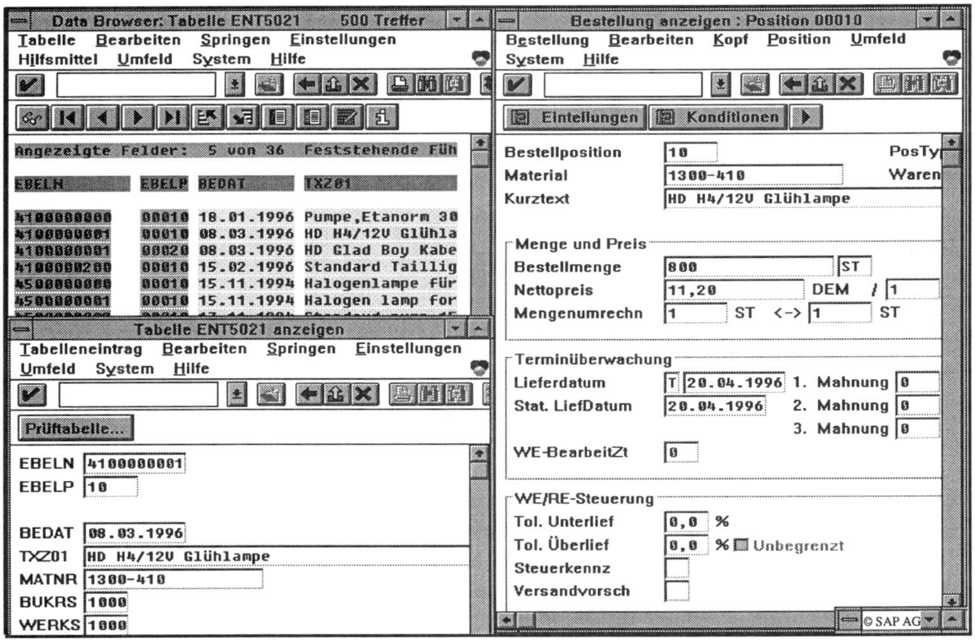

Abb. 6.37: Iterativer Weg – Vom Data Dictionary zum Prototyping

6.2.30 Vom Data Dictionary zum Customizing

Im Data Dictionary sind alle möglichen Felder einer Anwendungstabelle aufgeführt. Diese maximal angebotenen Möglichkeiten, z. B. in der Anwendungstabelle Einkaufsbelegposition (EKPO), müssen allerdings nicht immer von jedem Kunden bzw. Sachbearbeiter des Kunden vollständig genutzt werden. Durch einen iterativen Sprung vom Data Dictionary ins Customizing können die Felder in die vier Klassen Mußeingabe, Kanneingabe, Anzeigen und Ausblenden differenziert werden. Die Festlegung dieser Feldauswahlgruppe ist abhängig von der jeweiligen Transaktion. In der Transaktion *Hinzufügen Bestellung* (ME21) sind die Daten, z. B. *Preis* und *Preiseinheit* Mußeingaben für einen Sachbearbeiter in der Einkaufsorganisation. In der Transaktion *Anzeigen Bestellung* (ME23) sind diese beiden Felder für eine Bearbeitung gesperrt, damit z. B. der Sachbearbeiter bei der Warenannahme nicht den festgelegten Preis irrtümlicherweise ändert. Allerdings erlaubt das Customizing dieser Felder prinzipiell, daß auch bei Nutzung der ME23 Preisdaten eingegeben werden können. Zur Unterstützung von betriebswirtschaftlich sinnvollen Einstellungen werden diese Transaktionen deshalb im R/3-System mit voreingestellten Werten ausgeliefert.

Frage im Workshop:
Welche Felder einer Anwendungstabelle werden in welcher Form zu einer Transaktion parametrisiert?

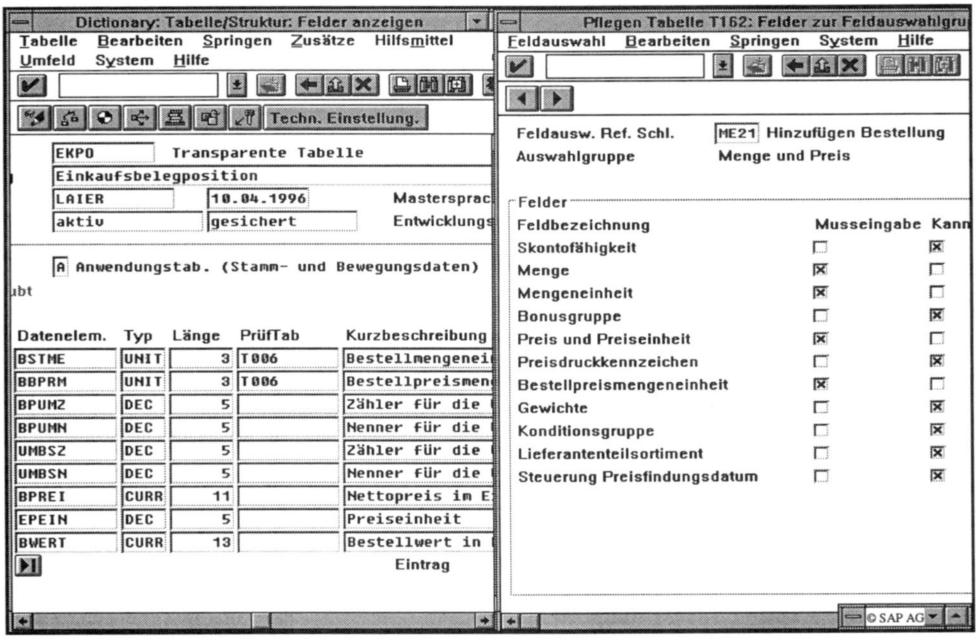

Abb. 6.38: Iterativer Weg – Vom Data Dictionary zum Customizing

6.3 Projekteinführung mit IPP

Die Einführung von DV-Systemen hat zum einen seinen Ausgangspunkt in verschiedenen Situationen eines Unternehmens, zum anderen sind je nach Fragestellung und angestrebtem Ziel unterschiedliche Vorgehensweisen angebracht. So kann z. B. die Ursache für eine Neueinführung in der organisatorischen Umstrukturierung liegen, die Definition eines neuen Marktsegmentes eine neue Technologie erfordern oder neue technische Möglichkeiten eine Veränderung in der Informationslandschaft eines Unternehmens bewirken. Ebenso muß die Vorgehensweise an der Zielformulierung der Kunden orientiert werden. Will z. B. ein Unternehmen seine Geschäftsprozesse unter Beibehaltung seiner aufbauorganisatorischen Grobgliederung gestalten, so sind die organisatorischen Rahmenbedingungen als Ausgangspunkt im Projekt zu berücksichtigen (organisationsgetriebene Analyse). Will ein Unternehmen in einem Teilbereich, z. B. dem Verkauf, seine Abwicklung verbessern, so ist es sinnvoll, grob die funktionalen Anforderungen festzuhalten und auf Basis der funktionalen Rahmenbedingungen das Projekt zu beginnen (funktionsgetriebene Analyse).

Der sicherlich schwierigste Fall innerhalb einer DV-Einführung ergibt sich, wenn abteilungsübergreifende Abwicklungsformen analysiert und neu gestaltet werden sollen und die bisherige Organisationsform zur Diskussion steht (prozeßgetriebene Analyse). Eine Schwierigkeit liegt darin, daß zur Gestaltung von abteilungsübergreifenden Zusammenhängen das Fachwissen verschiedener Gruppen mit unterschiedlichsten betriebswirtschaftlichen und technischen Kenntnissen transparent gemacht werden muß. Eine andere Schwierigkeit liegt aber auch darin, daß die persönliche Betroffenheit der Mitarbeiter, die aus einer Umstrukturierung resultiert, zum Aufbau von Barrieren im Projekt führen kann.

Unabhängig von den oben genannten Grundrichtungen muß in Abhängigkeit von der Zielsetzung das zu betrachtende Untersuchungsfeld (Diskurswelt) grob abgegrenzt werden. Der zweite Schritt bei der Einführung von Standardsoftware liegt in der Auswahl der zu analysierenden Bausteine der Software, z. B. Selektion aller benötigten Bausteine zur Gestaltung der Produktionsabwicklung für eine bestimmte Produktgruppe. Sind die Bausteine selektiert, so sind sie den Anforderungen des Kunden gegenüberzustellen und auf die Kundenbedürfnisse abzustimmen. Abschließend sind die abgestimmten Bausteine unter Berücksichtigung der technologischen, organisatorischen und personellen Rahmenbedingungen zu bewerten und eine Aufwandsschätzung als Entscheidungsgrundlage für den weiteren Projektverlauf durchzuführen.

In welcher Form die IPP-Technik hierzu genutzt werden kann und welche Elemente des IPPs welche Bedeutung bei der R/3-Einführung haben, soll an einer Fallstudie (Einsatzuntersuchung bei einem Kunden) deutlich gemacht werden. Die Einsatzuntersuchung hat das Ziel, die Auftragsabwicklungsformen des Kunden zu analysieren und die Abwicklungsmöglichkeit mit dem R/3-System zu prüfen. Der erste Teil der Zielsetzung impliziert die Auswahl der entsprechenden Fachexperten und das aktive Zuhören der Berater bzw. Beraterinnen zur genauen Ermittlung der kundenindividuellen Anforderungen. Da jedes Unternehmen in seiner konkreten Abwicklungsform aufgrund der technologischen, organisatorischen und personellen Gegebenheiten individuell ist, ist der Variantenreichtum des R/3-Systems auf die kundenindividuellen Anforderungen hin abzustimmen. Durch Selektion der relevanten Funktionalität aus dem R/3-Angebot und Streichung der nicht notwendigen Funktionen ist das Lösungsangebot der SAP auf das für den Kunden notwendige Maß hin zu konfigurieren. Die verschiedenen Auftragsabwicklungsformen des Kunden beinhalten jeweils unterschiedliche Wertschöpfungsketten, die aus konfigurierten R/3-Prozeßbausteinen bestehen, die nach dem Baukastenprinzip selektiert und in ihre zeitlich-sachlogische Reihenfolge gebracht werden.

Ausgangpunkt eines IPP-Workshops ist die Identifikation der relevanten Prozeßbereiche. Es werden zunächst die Bereiche, in denen der Kunde seine Wertschöpfungsketten-Analyse mit der IPP-Technik machen will, selektiert. In der nachfolgend beschriebenen Untersuchung wurden die Prozeßbereiche Beschaffungs-, Produktions- und Vertriebslogistik ausgewählt. SAP hat mit dem R/3-Referenzprozeßmodell vorgedachte Prozesse, die als Prozeßbausteine zur Montage der Wertschöpfungskette dienen. Diese Wertschöpfungskette ist zu diesem frühen Zeitpunkt ausschließlich eine Sequenz mit den Standardprozessen des R/3-Systems. Sie dient als Grundlage für die weitere Prozeßanalyse. Entsprechend den Kundenanforderungen werden die vorgedachten R/3-Referenzprozesse im Sinne der Selektion verändert. Gleichzeitig werden die Besonderheiten des Kunden zu den einzelnen Funktionsschritten innerhalb eines Prozesses in einer tabellarischen Form festgehalten. Jeder einzelne Prozeßbaustein bedarf einer Prozeßanalyse und ist nach Beendigung als Teil der Wertschöpfungskette für den Kunden konfiguriert. Die Wertschöpfungskette des Kunden beinhaltet Prozeßsequenzen und -parallelitäten (Nebenläufigkeiten). Existieren zusätzlich noch fremde Systeme, so können diese in die Wertschöpfungskette des Kunden integriert und somit die Schnittstellen zu den Prozeßbausteinen des R/3-Referenzmodells deutlich gemacht werden. Zur Definition der Anforderungen werden die einzelnen Fachexperten in dem IPP-Workshop zusammengefaßt und mit Hilfe von Moderationstechniken die einzelnen Wertschöpfungsketten interaktiv analysiert. Ein effizienter IPP-Workshop beinhaltet:

- 6-8 Mitarbeiter des Kunden und einen Moderator mit Branchen- und R/3-Kenntnissen
- Relevante R/3-Referenzmodelle in ausgedruckter Form zur Selektion der benötigten Funktionalität mit Textmarkern
- R/3-Systemzugriff und Visualisierungsmöglichkeit über LCD-Display zur Präsentation der betriebswirtschaftlichen Lösung im R/3-System
- 2-3 Stellwände zur flexiblen Anordnung von Prozeßbausteinen etc. mittels Karteikarten beim Aufbau einer Wertschöpfungskette des Kunden
- optional ein Tabellenkalkulationsprogramm zur strukturierten Erfassung der Anforderungen mit offenen Punkten während des Workshops
- optional in Abhängigkeit des Untersuchungsspektrums zusätzliche Fachberater bzw. Fachberaterinnen mit Spezialkenntnissen in den verschiedenen Bereichen der Logistik, des Rechnungs- oder des Personalwesens

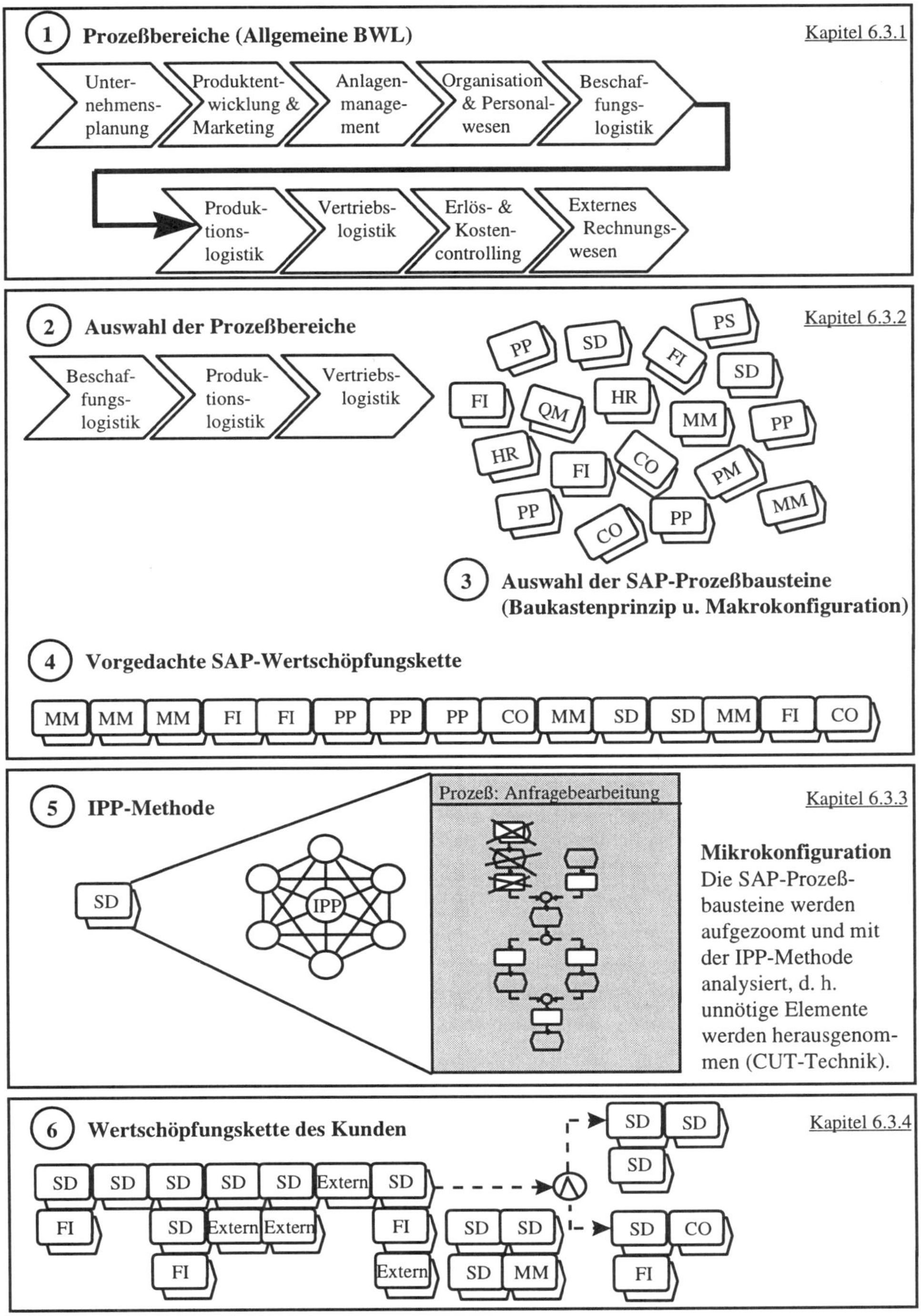

Abb. 6.39: Rahmenplan für den IPP-Workshop

6.3.1 Identifikation der Prozeßbereiche

Die erste Aufgabe des Beraters ist es, die aufgenommenen Kundenprobleme und Kundenanforderungen in das potentielle Lösungsgebiet der R/3-Software zu transformieren. Deshalb muß der Berater zunächst das Problemfeld des Kunden mit seinen wichtigsten Charakteristika aufnehmen, was an den folgenden drei Beispielen exemplarisch aufgezeigt werden soll.

Unternehmen 1 produziert Endprodukte, die ausschließlich ab Lager verkauft werden. Anpassungen und Änderungen für ein Produkt ergeben sich ausschließlich bei neu einzuführenden Serien. Die Entwicklungsaktivitäten sind vollständig von der Auftragsabwicklung und der Produktion entkoppelt, und vor der Produktion liegen die Fertigungsanweisungen wie Stückliste, Arbeitspläne und Prüfpläne auftragsneutral vor. Ein Problemfeld bei diesem Kunden ist die Planung der Fertigwarenbestände, da sie eine hohe Kapitalbindung verursachen. Die Prognosedaten der einzelnen Verkaufsregionen werden zum Teil manuell ermittelt, zum Teil auf PC-gestützten Erfassungsbogen festgehalten. Unterschiedliche Planstrategien in den Verkaufsregionen führen zu einer ungenügenden Harmonisierung von Absatz- und Produktionsprogrammplanung. Die unzureichende, nicht durchgängige DV-Unterstützung in der logistischen Kette von Verkauf, Vertriebsbereich und Zentrale bis zu den einzelnen Werken hat auch für die Beschaffungslogistik gravierende Auswirkungen. Aufgrund der unzureichenden Plandaten kommt es vor, daß zum einen hohe Lagerbestände von bestimmten Komponenten vorhanden sind, zum anderen bestimmte Beschaffungsteile häufig nicht verfügbar sind. Der Untersuchungsschwerpunkt lag hier zum einen im Bereich der Planungs- und Produktionslogistik, zum anderen im Bereich der Beschaffungslogistik und anschließender Harmonisierung der Planungs- und Beschaffungsaktivitäten zwecks Senkung der Lagerkosten.

Unternehmen 2 ist ein Zulieferbetrieb, der sich auf die Bereitstellung von Bauteilen spezialisiert hat, die elektromechanisches Spezialwissen erfordern. Das technologische Grundprinzip liegt vor und die Grundtypen, die in verschiedene Endprodukte unterschiedlichster Kunden einfließen, sind definiert. Die Varianten werden kundenauftragsabhängig definiert, entwickelt und produziert. Der Kunde definiert hierzu grob seine funktionalen Anforderungen, und im Bereich Entwicklung und Konstruktion des Zulieferers werden die kundenspezifischen Zeichnungen und anschließend der Prototyp realisiert. Diese Anforderungen, die in einem frühen Stadium einer neuen Serie stehen, fließen in der Regel in eine Nullserie des Kunden ein. Anpassungswünsche der Kunden ergeben sich allerdings auch im laufenden Seriengeschäft. Die Vielzahl der produkt- und kundenspezifischen Auftragsabläufe, die nicht durchgängig DV-gestützt durchgeführt werden, führen häufig zu Störungen im Produktionsablauf. Die Ursachen hierfür liegen zum einen in technischen Zusagen der Vertriebsingenieure, die aufgrund von knappen Ressourcen nicht hinreichend mit Entwicklung und Produktion abgestimmt sind, zum anderen in einer unzureichenden Auftragsverfolgung, wodurch dem Kunden Lieferzusagen gemacht werden, die häufig nur durch Überstunden, Sonderschichten etc. unter Einschaltung eines *Terminjägers* erfüllt werden können. Der Schwerpunkt lag hier im Bereich der Vertriebs- und Produktionslogistik, um den kundenbedingten Einfluß auf die Produktion zu harmonisieren und damit besser steuern zu können.

Unternehmen 3 ist ein in vier Ländern tätiges Unternehmen mit eigenständigen Tochtergesellschaften, die alle aus einem Land zentral beliefert werden. Die Tochtergesellschaften führen ihre Geschäfte in der landesüblichen Währung durch. Ebenso sind sämtliche Verkaufsunterlagen in der landesüblichen Sprache zu erstellen. Die Landesgesellschaften setzen eigene DV-Systeme für die Abwicklung ihrer Vertriebsaktivitäten ein. Aufgrund fehlender DV-Integration werden alle Debitorenvorfälle zunächst in Listform erfaßt, und es kann keine Realtime-Verbuchung der Vorfälle in das entsprechende Sachkonto erfolgen. Der Einsatz verschiedener Programmsysteme erfordert darüber hinaus eine aufwendige Programmwartung bedingt durch unterschiedliche Programmiertechniken, Datenmanagement und Bedieneroberflächen. Der Untersuchungsschwerpunkt lag hier im Bereich Rechnungswesen, wo zum einen die kreditorischen und debitorischen Geschäftsvorfälle einheitlich über die Landesgrenzen hinweg geregelt werden sollen, zum anderen im Aufbau eines unternehmensweiten Vertriebs-Controlling.

Zur Unterstützung der Geschäftsfeldanalyse bietet die SAP AG als Einstieg sogenannte Prozeßbereiche an. Ein Prozeßbereich stellt eine betriebswirtschaftliche Gliederung dar, die eine homogene Einheit im Sinne einer prozeßorientierten Strukturierung abbildet. In einem Prozeßbereich sind ähnliche Prozeßketten abgebildet, die auf ein gemeinsames Grundmuster zurückzuführen sind. Von der SAP AG werden zur Einordnung der Kundenanforderungen in ein spezifisches Untersuchungsfeld u. a. folgende Prozeßbereiche angeboten.

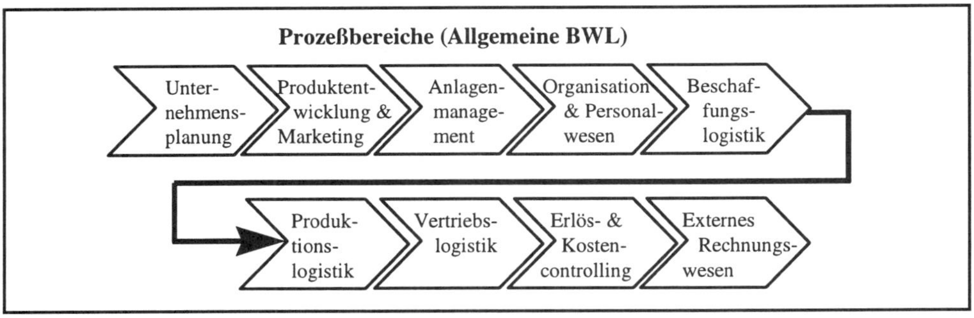

Abb. 6.40: Betriebswirtschaftliche Prozeßbereiche

- *Prozeßbereich Unternehmensplanung*
  Die Planung dient dazu, Ziele festzulegen. Durch den Vergleich der tatsächlichen Ereignisse mit der Planung können Abweichungen bestimmt werden. Die Abweichungen können dann als Steuerungssignal dienen, um korrigierend in die Abläufe einzugreifen. Der Unternehmensprozeßbereich *Unternehmensplanung* gliedert sich in die Bereiche strategische Unternehmensplanung und operative Unternehmensplanung.

Ziel der strategischen Unternehmensplanung ist es, mittel- und langfristig (1-5 Jahre) grobe Plandaten für die Unternehmensentwicklung festzulegen. Auf Basis des strategischen Unternehmensplanes wird periodisch – meistens im Einjahresabstand – die operative Unternehmensplanung durchgeführt. Im Rahmen der operativen Unternehmensplanung erfolgt eine flexible Vorgabe von geplanten (Leistungs- und Verbrauchs-) Mengen und daraus abgeleiteten Werten. Die Planung erfolgt für klar definierte Zeiträume (meist ein Jahr). Die Ziele der operativen Unternehmensplanung sind:

- Die planerische Gestaltung der betrieblichen Zukunft für einen bestimmten Zeitraum vorzunehmen, wobei genaue Vorgaben und Ziele zu definieren sind. Die unternehmensinternen und externen (Markt-)Gegebenheiten sowie die strategische Unternehmensplanung müssen entsprechend berücksichtigt werden.
- Maßstäbe zu schaffen für die Steuerung des Geschäftsverlaufs während der aktuellen Abrechnungsperiode. Im Rahmen einer dynamischen Planung lassen sich die Zielvorgaben an die veränderten Rahmenbedingungen anpassen.
- Die Wirtschaftlichkeitskontrolle nach Abschluß der Abrechnungsperiode anhand von Plan-Ist- bzw. Soll-Ist-Vergleichen.
- Vorgabe einer Grundlage zur Bewertung betrieblicher Leistungen, die unabhängig ist von zufälligen Schwankungen.

Die Vorgabewerte und Zielerreichungsgrade der Planung müssen in Zusammenarbeit und Abstimmung mit den Verantwortlichen festgelegt werden. Nur wenn die Planung von ihnen mitgetragen wird, kann das Geschäftsgeschehen in den einzelnen Unternehmensbereichen wirkungsvoll gesteuert und eine zufriedenstellende Wirtschaftlichkeitskontrolle erreicht werden. Ausgangspunkt für die operative Unternehmensplanung ist der Absatzplan, in dem festgelegt wird, welche Mengen im Planungszeitraum am Markt abgesetzt werden sollen oder das Vertriebsinformationssystem. Die geplanten Absatzmengen werden an die Produktionsplanung der Produktionslogistik weitergeleitet. Darüber hinaus bestehen Abhängigkeiten mit der finanzwirtschaftlichen Planung, die auch ihrerseits restriktiv auf die Produktions- und Kostenstellenplanung wirken kann (vgl. Gälweiler 1990; vgl. Hinterhuber 1989; vgl. Kreikebaum 1989; vgl. Staehle 1991).

▒ *Prozeßbereich Produktentwicklung und Marketing*
Der Unternehmensprozeßbereich *Produktentwicklung und Marketing* beinhaltet die Planung eines neuen Produktes aufgrund von Marktforschungsergebnissen oder auf der Basis konkreter Kundenanforderungen.

Ausgangspunkt einer Neuentwicklung ist, abgeleitet von den durch das Produkt zu erfüllenden Anforderungen *(Planungsphase)*, die *Funktionsfindung* des Produktes. Nach der anschließenden *Prinziperarbeitung* werden im Rahmen des *Produktentwurfs* vor der *Zeichnungserstellung (Ausarbeitung)* die ersten kreativen Entwürfe konzipiert. Der gesamte Konstruktionsprozeß ist ein Vorgang, bei dem, ausgehend von einer definierten Aufgabenstellung, schrittweise die Konstruktionsunterlagen, die die Basis für die spätere Fertigung sind, erzeugt werden. Nach der VDI-Richtlinie 2223 ist das

Konstruieren wie folgt definiert: „Konstruieren ist das vorwiegend schöpferische, auf Wissen und Erfahrung gegründete und optimale Lösungen anstrebende Vorausdenken technischer Erzeugnisse, Ermitteln ihres funktionellen und strukturellen Aufbaus und Schaffen fertigungsreifer Unterlagen" (Kühn 1980, S. 11).

Im Bereich der Produktentwicklung findet neben der Funktionsfindung mit den entsprechenden physikalischen Berechnungen die Objektbeschreibung (Materialstamm), die Zeichnungs- und Stücklistenerstellung sowie die zur Durchführung der Entwicklung notwendigen Verwaltungs- und Informationsbeschaffungstätigkeiten statt. Der Aufwand der Tätigkeiten wird dabei entscheidend von der *Produktkomplexität* und der *Produktstandardisierung* beeinflußt. Das Ergebnis der konstruktiven Tätigkeiten wird als Basis zur Erstellung der Grunddaten für die Fertigung, wie Fertigungsstückliste, Arbeitsplan, Prüfplan und Plankalkulation, genutzt. Ebenso wird im Bereich Produktentwicklung die permante Weiterentwicklung für Produkt und Produktionsverfahren durchgeführt. Von welcher Abteilung eines Unternehmens der Anstoß zu einer Produktentwicklung ausgeht, hängt von unterschiedlichen Faktoren, z. B. der Art der Auftragserteilung, ab. Erteilt der *Kunde* direkt dem Unternehmen den Entwicklungsauftrag, so vollzieht sich der Planungsschritt häufig in der (technischen) Vertriebsabteilung. Arbeitet das Unternehmen für einen *anonymen Markt*, so geht die Initiative häufig von der Marktforschung aus. Die groben Phasen sind:

a) Spezifikation der Markt-/Kundenanforderungen

b) Produktentwicklungsphase

- 1. Stufe: Informationsbedarfrecherche
- 2. Stufe: Verfahrensentwicklung und Tests
- 3. Stufe: Machbarkeitsprüfung der Serie (Prototyping/Technikum)

c) Freigabe/Übergabe zu der Produktion

- von Materialstamm, Rezept, Stückliste, Arbeitsplan, Arbeitsplätze
- der Dokumentation, Engineering/Change-Stand (z. B. neue Zeichnung), SOP – Standard Operation Procedure (z. B. bestimmte Schutzkleidung an einem Arbeitsplatz, Arbeits-, Verhaltensanweisungen), Quality Control-Anweisungen

d) Produktions- oder Serienanlauf

Phase 1 und 2 erfordern eine enge Zusammenarbeit mit dem Kunden oder dem Markt bzw. der Marktforschung, Phase 3 und 4 erfordern eine Abstimmung mit der Produktion. In Phase 4 obliegt die Steuerung der Produktion häufig den Mitarbeitern der Produktentwicklung (vgl. Backhaus 1990; vgl. Böcker 1990; vgl. Brockhoff 1988; vgl. Pahl/Beitz 1986).

- *Prozeßbereich Anlagenmanagement*
Im Unternehmensprozeßbereich *Anlagenmanagement* werden alle Geschäftsvorfälle zusammengefaßt, die im weitesten Sinne zur Bereitstellung und Verwaltung der notwendigen Betriebsmittel (z. B. Gebäude, Maschinen etc.) für einen betrieblichen Lei-

stungsprozeß anfallen. Betrachtet man den Lebenszyklus von Anlagevermögen, so lassen sich die Geschäftsvorfälle danach unterscheiden, wann sie anfallen:

- *im Vorfeld der Investitionsentscheidungen bis hin zur Inbetriebnahme*
  Im Vorfeld einer Investitionsentscheidung werden Wirtschaftlichkeitsanalysen bezüglich der anstehenden Neu- bzw. Ersatzinvestitionen durchgeführt. Die Summe aller Investitionsvorhaben wird unternehmensweit in einem Investitionsprogramm verwaltet, das von der Planungsphase über die Beschaffungs-/In-Bau-Phase bis hin zur Inbetriebnahme durch einen Plan/Budget/Ist-Vergleich Informationen über Ausschöpfungsgrad des genehmigten Investitionsbudgets liefert.
- *während der Nutzungsdauer des Anlagevermögens*
  Während der Nutzungsdauer wird zwischen einer kaufmännischen und technischen Anlagenverwaltung unterschieden.

Die Anlagenbuchhaltung umfaßt die Phase vom ersten Zugang der Anlage bis zum Abgang. Zwischen diesen beiden Zeitpunkten werden die Werte für Abschreibungen, Zinsen und Versicherungen ermittelt. Neben diesen finanzpolitischen Betrachtungen umfaßt das betriebliche Anlagenmanagement alle technischen Maßnahmen, die auf die Projektierung, Bereitstellung, Bewirtschaftung und Instandhaltung (z. B. Wartung und Reparatur) der Betriebsmittel (Anlagen) ausgerichtet sind. Bei der heutigen zunehmenden Technisierung, die zu hohen Fixkosten im Anlagenbereich führt, ist eine hohe Verfügbarkeit der Produktionsanlagen wesentlich für eine kostengünstige Verteilung der Fixkosten. Auch die verstärkten Forderungen der Qualitätssicherung verlangen in zunehmenden Umfang eine planmäßige Instandhaltung der Produktionsanlagen. Daneben haben vermehrt gesetzliche und öffentliche Anforderungen in bezug auf die Belange des Umweltschutzes und der Anlagensicherheit den Stellenwert des technisch orientierten Anlagenmanagements erhöht. Es beinhaltet im einzelnen die Aufgaben zur Inspektion (Maßnahmen zur Feststellung des Ist-Zustandes), zur Wartung (Maßnahmen zur Bewahrung des Soll-Zustandes) und der Instandsetzung (Maßnahmen zur Wiederherstellung des Soll-Zustandes) (vgl. Adam 1989; vgl. Männel 1988).

- *Prozeßbereich Organisation und Personalwesen*
  Die Aufgabenstellung der betrieblichen *Organisation und des Personalwesens* hat sich im Laufe der Zeit von der reinen Personalverwaltung hin zu gestaltenden Funktionen, wie z. B. Personalentwicklung, verändert. Gleichzeitig haben personalwirtschaftliche Aufgaben in den Unternehmungen an Gewicht gewonnen, da sie von wachsender Bedeutung für den Erfolg und die langfristige Existenzsicherung sind. Das Personalwesen ist in den verschiedenen Unternehmen recht unterschiedlich organisiert. Die interne Organisation hängt insbesondere von der Branche und von der Unternehmensgröße, von der Entwicklung der einzelnen Unternehmen sowie der Einstellung der Geschäftsführung gegenüber der Personalarbeit ab. Die Personalwirtschaft muß mit Hilfe der Erkenntnis der zahlreichen Einflüsse auf den arbeitenden Menschen die Anforderungen mit der menschlichen Leistung in Übereinstimmung bringen. Ziele der Personalwirtschaft sind die Bereitstellung des erforderlichen Arbeitsvolumens nach quantitativen, qualitativen, zeitlichen und örtlichen Erfordernissen, die Steigerung der menschlichen Arbeitsleistung und die Befriedigung der sozialen Bedürfnisse in Form von materieller

und immaterieller Art. Die Aufgabengebiete des Unternehmensprozeßbereichs sind:

- *Personalorganisation*
  (Stellenbeschreibung, Arbeitswissenschaft, Arbeitsplatzbewertung, Gehalts- und Lohnstruktur)
- *Personalplanung*
  (Arbeitsmarkt, Bedarfsplanung, Beschaffungsplanung, Einsatzplanung, Personalentwicklungsplanung)
- *Personalbeschaffung*
  (Interne Stellenausschreibung, Zeitpersonal, externe Stellenausschreibung, Auswahlverfahren, Vertragsschließung)
- *Personalverwaltung*
  (Einführung, Anlernen, Arbeits- und Sozialrecht, Umsetzungen durch Versetzungen, Kündigungen, Entlassungen, Versetzung in den Ruhestand)
- *Personalentwicklung*
  (Beurteilungswesen, betriebliches Vorschlagswesen, Lohn- und Gehaltspolitik)
- *Personalaus- und Fortbildung*
  (Nachwuchsausbildung, Mitarbeiterschulung, Weiterbildung)
- *Sozialwesen*
  (Personalbetreuung durch soziale Einrichtungen, Freizeitgestaltung, Arbeitsschutz)

Die Personalwirtschaft des R/3-Systems ermöglicht Unternehmen und Verwaltung die integrierte Bearbeitung aller oben genannten personalwirtschaftlichen Aufgabengebiete. Es beinhaltet alle Funktionen, die gesetzlich und tarifvertraglich vorgeschrieben werden, die zur Haltung von Personaldaten notwendig sind, die die unterschiedlichsten Verfahren und Methoden der Lohn- und Gehaltsabrechnung (verschiedene Länderspezifikationen) unterstützen, die das Erfassen, Halten, Wiederauffinden, Verarbeiten und Aufbereiten von Personaldaten erleichtern und vereinfachen (vgl. Berthel 1991; vgl. Bleicher 1981; vgl. Bühner 1989; vgl. Hentze 1991).

- *Prozeßbereich Beschaffungslogistik*
  Der *Beschaffungslogistik* obliegt die Aufgabe der Versorgung des Unternehmens mit den benötigten Gütern und Dienstleistungen zur Leistungserstellung. Ein Schwerpunkt der Beschaffungslogistik ist die bedarfsgerechte und kostengünstige Bereitstellung der benötigten Einsatzfaktoren. Neben den zu besorgenden Roh-, Hilfs- und Betriebsstoffen, Halbfabrikaten und Handelswaren gehören zu den Aufgaben der Beschaffungslogistik die Wareneingangsbearbeitung mit den entsprechenden Prüfungs- und Einlagerungstätigkeiten sowie die Kontrolle der eingehenden Rechnungen und die Veranlassung der entsprechenden Zahlung. Die effiziente Durchführung der Aufgaben strebt Preis- und Kostenziele sowie Produkt- und Qualitätsziele an, deren Umfang kurz beschrieben wird.

Innerhalb der Preispolitik werden Preiszonen definiert und konkrete Preise für die Güter und Dienstleistungen unter Berücksichtigung von Abzügen und Boni ausgehandelt. Abzüge können z. B. gewährleistet werden, wenn die Materialien direkt beim Lieferanten abgeholt werden, Boni, wenn bei einem Lieferanten in einem definierten Zeitraum Warenwerte über einem Mindestwert bestellt werden. Einfluß auf die Preispolitik hat auch die Festlegung von Konditionen, wie Lieferungs- und Zahlungsbedingungen. Liefert ein Lieferant z. B. zu spät, so kann eine einmalige Konventionalstrafe oder ein prozentualer Abzug vom Einkaufspreis in Abhängigkeit von der Lieferterminüberschreitung vereinbart sein. Darüber hinaus sind neben dem Güterpreis innerhalb der Beschaffungslogistik auch die alternativen Transport- und Lagerkosten sowie Zölle bei Grenzüberschreitungen zu berücksichtigen. Eng verbunden mit der Planung der Lieferkonditionen ist die generelle Ausrichtung der Geschäftsbeziehungen zu den Lieferanten. So ist für den Aufbau von längerfristigen Lieferbeziehungen, wie es z. B. in der Zulieferindustrie häufig vorkommt, eine enge Abstimmung zwecks Erreichung einer bestandsreduzierenden Beschaffungsstrategie erforderlich. Geringe Lagerkosten schaffen Liquiditätsfreiräume für das Unternehmen, können aber auch zu gravierenden Produktionsproblemen bei Lieferschwierigkeiten aufgrund fehlender Sicherheitsbestände führen.

Entsprechend der Produktpolitik wird die Breite und Tiefe des Beschaffungsprogramms sowie die zeitliche Nachfrage der Einsatzgüter festgelegt. Die artmäßige Konkretisierung bestimmt das Beschaffungssortiment und definiert die Anforderungen an Funktionalität, Haltbarkeit und Integrierbarkeit der Einsatzgüter. Darüber hinaus wird mit der Produktpolitik festgelegt, welche Materialien eigengefertigt und welche fremdbezogen werden sollen, und wann ein eigengefertigtes Produkt durch ein fremdzubehiehendes Material ersetzt werden soll oder umgekehrt. Zum Beispiel kann es erforderlich sein, daß bei vollständiger Kapazitätsauslastung zur Einhaltung eines Kundenwunschtermins das Unternehmen Fremdaufträge vergibt. Die zeitliche Beschaffung von Materialien hängt zum einen von den Bedarfsterminen der Produktion und/oder der Kunden ab, zum anderen ist sie von der Art der Materialbereitstellung, z. B. Vorratshaltung, Einzelbeschaffung, einsatzsynchrone Anlieferung abhängig (vgl. Grochla 1978; vgl. Hartmann 1990).

- *Prozeßbereich Produktionslogistik*
  Die *Produktionslogistik* umfaßt die Aufgaben der Leistungserstellung und beschreibt damit den physischen Entstehungsprozeß von industriellen Produkten. Leistungserstellung im engeren Sinne der Fertigung und Montage charakterisiert die Be- und Verarbeitung von Rohstoffen zu Halb- und Fertigfabrikaten, im weiteren Sinne beschreibt sie die Planung, Durchführung und Kontrolle der Leistungserstellung.

  Ausgangspunkt der Produktionslogistik bilden die Aktivitäten der Produktionsprogrammplanung, wo die zu produzierenden Erzeugnisse nach Art, Menge und Termin festgelegt werden. Bei der Planung der Fertigungs- und Montageaufträge sind die zu produzierenden Mengen mit dem Kapazitätsangebot der Produktion abzugleichen und freizugeben. Mit der Freigabe des Fertigungsauftrages sind neben der Fertigungsdurchführung auch die erforderlichen Aktivitäten zur Bereitstellung der Materialien und der benötigten Halbfabrikate innerhalb eines Unternehmens durchzuführen. Hierzu gehören interne Umlagerungs- und Transportvorgänge sowie die entsprechenden Qualitätssicherungsmaßnahmen vor, während und nach dem Produktionsprozeß.

Entscheidend beeinflußt werden zum einen die Aufgaben der Produktionslogistik sowie deren Inhalte und Umfang durch die zugrundeliegenden Fertigungsverfahren der Produktion, z. B. Fräsen, Drehen, Bohren, Schweißen und Schmieden. Dabei ist zu unterscheiden zwischen manuell gesteuerten und NC- bzw. CNC-gesteuerten Maschinen oder hochintegrierten Fertigungssystemen im Maschinenpark. Zum anderen wirken sich in erheblichem Maße auf die durchzuführenden Aufgaben der Produktionslogistik die Produktionsart und die Produktionsorganisation (Fertigungs- und Montageorganisation) aus.

Die Produktionsart wird dabei differenziert in Massen-, Großserien-, Kleinserien- und Einzelproduktion. Bei der Massenfertigung werden verschiedene, aber nach Ausgangmaterial und Bearbeitungsverfahren gleichartige, also fertigungstechnisch nah verwandte Produkte über eine längere Periode produziert. Schäfer nennt als Beispiel hierzu die Schraubenfabrik sowie die Herstellung von Feilen und Zangen (vgl. Schäfer 1969, S. 63-67). Massenfertigung kann aber auch die Herstellung von komplexen Produkten beinhalten, z. B. Waschmaschinen oder Fernsehern, wenn der Kunde nicht zwischen einzelnen Varianten einer Produktlinie auswählen kann. Eng verwandt mit Massenfertigung ist die Großserienfertigung. Dabei werden nah verwandte Produkte auf die gleiche Art über einen längeren Zeitraum hergestellt. Die Herstellung der Erzeugnistypen erfolgt in großen Stückzahlen, und der Kunde kann innerhalb des Typenprogramms zwischen verschiedenen Varianten auswählen. Beispiele hierfür sind die Automobilhersteller und die Hersteller von anwendungsspezifischen Werkzeugmaschinen. Ebenso können Zuliefererbetriebe mit ihrem Seriengeschäft zu dieser Gruppe gezählt werden. Kleinserienfertigung heißt, daß innerhalb einer Periode verschiedene Produkte in geringer Auflagenhöhe gefertigt werden. Die Produktion in kleinen Stückzahlen bedingt im Vergleich zur Einzelfertigung eine vollständige Aufbereitung der auftragsbezogenen, technischen Unterlagen für die Fertigung und Montage. Typische Vertreter sind der Werkzeugmaschinenbau mit kundenspezifischen Anpassungen oder Zulieferer im sogenannten Nullseriengeschäft. Charakteristisch für die Einzelfertigung ist, daß das Produkt auf die speziellen, individuellen Bedürfnisse zugeschnitten wird und somit zwangsläufig auf Endproduktebene die Auflagenhöhe 1 besitzt. Beispiele für die Einzelfertigung sind der Großmaschinen-, der Sondermaschinen- und der Schiffbau.

Die Produktionsorganisation beschreibt die Anordnung der Maschinen in der Fertigung und Montage. Während in der Fertigung neben dem Objekt auch die Anordnung einzelner Fertigungsverfahren von Bedeutung ist, wird die Montageorganisation entscheidend durch den Fluß des Objektes bestimmt. Bei dem Werkstattprinzip liegt die räumliche Zusammenfassung der Maschinen und Arbeitplätze nach gleichartigen Funktionen bzw. Verrichtungen zugrunde, was sich in der Anwendung gleicher Fertigungsverfahren ausdrückt. Beim Konzept der Fertigungsinsel werden die Bearbeitungsstationen nach dem Flußprinizp des zu erstellenden Produktes angeordnet (Objektorientierung). Neben der Objektorientierung liegt hier eine flexible Handhabung bei der Festlegung der Arbeitsvorgangsfolgen vor. Bei dem Fließprinzip sind die Arbeitsfolgen ebenfalls nach dem Flußprinzip angeordnet, allerdings orientiert sich der Ablauf ebenso streng an der Anordnung der verschiedenen Betriebsmittel. Der persönliche Handlungsspielraum ist hier geringer als bei dem Konzept der Fertigungsinsel. Bei dem Baustellenprinzip müssen die benötigten Fertigungsmittel und die Mitarbeiter zu dem zu bearbeitenden Objekt gelangen, z. B. der Baustelle, Großmaschine oder Anlage (vgl. Corsten 1991; vgl. Glaser et al. 1991; vgl. Gutenberg 1983; vgl. Hackstein 1989; vgl. Hoitsch 1985).

- *Prozeßbereich Vertriebslogistik*
  Die *Vertriebslogistik* befaßt sich mit den Aufgaben der Leistungsverwertung und gestaltet somit die Geschäftsbeziehungen auf dem Absatzmarkt aus. Aufgabe des Vertriebs ist die Versorgung der Kunden mit den im Unternehmen hergestellten Gütern oder den vom Unternehmen angebotenen Dienst- und Finanzleistungen. Während die langfristig orientierten Aufgaben der Absatzplanung, wie z. B. Kundensegmentanalyse, Marktforschung und Produktplanung, dem Unternehmensprozeßbereich Produktentwicklung und Marketing zugeordnet sind, umfaßt die Vertriebslogistik die Planung und Steuerung der Absatzwege von der Werbung, Anfrage- und Angebotsbearbeitung, Auftragsbearbeitung inkl. der Preisfindung, Lieferungsbearbeitung inkl. der Kommissionierung und Warenausgangskontrolle, Fakturierung bis hin zur Zahlungseingangskontrolle.

  Umfang und Anstoß der Vertriebsaktivitäten werden von der Art der angebotenen Leistung auf dem Absatzmarkt und der Art der Auftragserteilung beeinflußt. Bei kurzlebigen Konsumgütern hat der Vertrieb die Aufgabe, die Leistung an Zwischenhändler zu verkaufen, die das Produkt an den Endverbraucher weiterleiten. Langlebige Konsumgüter bedingen durch die technische Komplexität des Produkts häufig eine ausführlichere, persönliche Beratung. Investitionsgüter, z. B. Maschinen, die zur Erstellung von Produkten dienen, verlangen häufig sowohl auf der Seite der Kunden als auch beim Anbieter hohes technisches Fachwissen. Während im ersten Fall der Kunde ein Standardangebot in Form einer Preisliste erhält, wird im zweiten Fall das Produkt häufig auf Basis der Kundenanforderungen mit Hilfe von standardisierten Basiskomponenten konfiguriert.

  Im ersten Fall hat aufgrund von z. B. Standardkatalogen, Werbematerialien etc. der Kunde einen kompletten Überblick über das Produktangebot und eine Anfrage- und Angebotsbearbeitung ist nicht erforderlich. Der Kunde bestellt beim Direktversand bzw. beim Händler oder kauft es direkt im Handelsgeschäft durch einen Barkauf.

  Im zweiten Fall ist zu prüfen, ob der Konfigurationswunsch des Kunden sich in dem Leistungsangebot des Anbieters bewegt. Ist es eine Standardkonfiguration, kann sie häufig direkt vom Lager ausgeliefert werden. Ist es eine kundenbezogene Einzelkonfiguration, so muß sie entsprechend dem Kundenwunsch geplant, terminiert und montiert werden. Eine einfache Preisermittlung und Lieferterminbestimmung sind häufig deshalb innerhalb der Angebotsbearbeitung durchzuführen.

Investitionsgüter sind häufig detailliert zu planen, und innerhalb der Angebotsbearbeitung muß nicht selten eine Kalkulation gemacht werden. Insbesondere im Sondermaschinenbau kann der Umfang der Angebotsbearbeitung den größten Anteil der Auftragsbearbeitung ausmachen. Nicht selten ist hier eine technische Machbarkeitsprüfung durchzuführen, innerhalb dieser technische Unterlagen, wie z. B. Konstruktionszeichnungen, erstellt und fertigungstechnische Restriktionen wie Maschinen, Werkzeuge und Vorrichtungen auf Verwendungsmöglichkeit hin geprüft werden müssen (vgl. Backhaus 1990; vgl. Gutenberg 1979; vgl. Meffert 1989; vgl. Wöhe 1993).

- *Prozeßbereich Erlös- und Kosten-Controlling*
  Aufgabe des Unternehmensprozeßbereichs *Erlös- und Kosten-Controlling* ist es, die Entscheidungsträger innerhalb eines Unternehmens mit quantitativen Informationen zu versorgen. Nach der Bereitstellung entsprechender Stamm- und Grunddaten erfolgt die Planung und Erfassung von Kosten sowie abschließend die Abweichungsermittlung zwischen Plan- und Ist-Kosten. Parallel dazu erfolgt das Erlös- und Kosten-Controlling im engeren Sinne in Form eines Reporting, welches die Informationen für einzuleitende Steuerungsmaßnahmen bei entsprechenden Abweichungen bereitstellen muß. Das Erlös- und Kosten-Controlling läßt sich differenzieren in Aufgaben des Gemeinkosten-Controlling, des Vertriebs-Controlling und des Produktkosten-Controlling.

  Das Gemeinkosten-Controlling, das die Planung, Steuerung und Kontrolle der Gemeinkosten zum Ziel hat, umfaßt die Kostenartenrechnung, die Kostenstellenrechnung, die Leistungsartenrechnung sowie die Gemeinkostenaufträge. Aufbauend auf einer Kostenstellen- und Auftragsplanung werden im Zuge des Gemeinkosten-Controlling sämtliche Ist-Kosten den entsprechenden Kostenverursachern wie Kostenstellen bzw. Gemeinkostenaufträgen angelastet. Diese Ist-Kosten können dann im Zuge der innerbetrieblichen Leistungsverrechnung bzw. der Auftragsabrechnung weiterverrechnet werden, um so den innerbetrieblichen Leistungsaustausch auch kostenseitig entsprechend zu dokumentieren. Die an den Beschäftigungsgrad angepaßten Plankosten (Soll-Kosten) werden abschließend den entsprechenden Ist-Kosten gegenübergestellt. Festgestellte Plan bzw. Soll/Ist-Abweichungen sind dann Gegenstand weiterführender Steuerungsmaßnahmen innerhalb des Controlling.

  Das Vertriebs-Controlling bzw. die Ergebnisrechnung dient der Beurteilung von Marktsegmenten - gegliedert nach Produkten, Kunden, Aufträgen und beliebigen Verdichtungen dieser Begriffe im Hinblick auf ihren Ergebnisbeitrag bzw. Deckungsbeitrag. Ziel ist es, die Bereiche Vertrieb, Marketing, Produktmanagement und Unternehmensplanung mit Informationen für das Controlling und die Entscheidungsfindung zu unterstützen. Kosten und Erlöse werden nach dem Prinzip des Umsatzkostenverfahrens ermittelt, d. h. daß von den Erlösen die zugehörigen Kosten des Umsatzes als Grenz- oder Vollkosten abgesetzt werden. Fixe Kosten können proportionalisiert oder blockweise – auf beliebigen Stufen von Ergebnishierarchien – zugeordnet werden. Im Rahmen der Grunddatenverwaltung werden die Auswertungsbegriffe (Merkmale) und -größen (Wertfelder) für die Ergebnisanalyse definiert. Daten können aus verschiedenen Bereichen übernommen werden, zum Beispiel:

- Erlöse sowie die Erlösschmälerungen aus dem Vertriebssystem
- Herstellkosten aus der Erzeugniskalkulation
- Kostenstellen-Fixkosten und -abweichungen aus dem Gemeinkosten-Controlling bzw. der Kostenstellenrechnung
- Sondereinzelkosten aus der Finanzbuchhaltung, der Materialwirtschaft oder dem Controlling
- auftrags- bzw. projektspezifische Kosten aus der Auftrags- bzw. Projektabrechnung

Im Rahmen der Absatz- und Ergebnisplanung ist es möglich, durch eine automatische Bewertung der geplanten Absatzmengen sowohl Planerlöse als auch Planerlösschmälerungen und Planherstellkosten zu ermitteln. Darüber hinaus können Absatzmengen von der Ergebnisplanung an die Produktionsplanung übergeben werden, damit dort ein Produktionsprogramm geplant werden kann.

Für die Planung, Steuerung und Kontrolle der Produktkosten liefert das Produktkosten-Controlling bzw. die Kostenträgerrechnung wichtige Erkenntnisse. Das Produktkosten-Controlling liefert Basisinformationen für die betriebswirtschaftlichen Funktionen Preisbildung und Preispolitik, Bestandsbewertung, Herstellkosten-Controlling und die Ergebnisrechnung. Das Produktkosten-Controlling umfaßt die Bereiche Produktkalkulation und Kostenträgerrechnung. Die Produktkalkulation stellt die auftragsneutrale Kostenträger-Stückrechnung für ein Material bzw. ein Objekt der Kostenrechnung dar. Sie ist ein Werkzeug zur Kostenplanung und Preisbildung für Materialien und dient dazu, die Herstell- und Selbstkosten pro Erzeugniseinheit zu ermitteln. Die Produktkalkulation wird beim Massenfertiger in Form einer Plankalkulation abgewickelt. Die Kostenträgerrechung rechnet die im Unternehmen angefallenen Kosten den Leistungseinheiten des Betriebes (z. B. Erzeugnisse, Aufträge) zu und dient dazu, die Herstellkosten eines Produkts zu optimieren. Die Kostenträgerrechnung im Bereich Erlös- und Kosten-Controlling beinhaltet die Nachkalkulation eines Kostenträgers. Vor der Nachkalkulation findet die Kostenträgerrechnung parallel zum Mengenfluß im Unternehmensprozeßbereich Produktion statt (Vor- und Mitlaufende Kalkulation) (vgl. Horváth 1990; vgl. Kilger 1987; vgl. Weber 1991).

- *Prozeßbereich Externes Rechnungswesen*
  Das betriebliche Rechnungswesen ist ein Instrument zur betriebswirtschaftlichen Abbildung von Beziehungen und Vorgängen. Eine grundsätzliche Systematisierung des betrieblichen Rechnungswesens erhält man durch die Unterteilung nach den verschiedenen Informationsadressaten in internes und *externes Rechnungswesen.* Die Aufgaben des externen Rechnungswesens sind im wesentlichen:

  - *die Rechenschaftspflicht*
    Nur unter Zuhilfenahme eines funktionierenden Rechnungswesens kann ein Unternehmen seiner gesetzlichen Rechenschaftspflicht (z. B. § 238 HGB) gegenüber Unternehmenseignern, der Finanzbehörde, den Gläubigern bzw. Kreditgebern über die Vermögens-, Schulden- und Erfolgslage der Unternehmung nachkommen.

– *die Informationspflicht*
  Das Unternehmen informiert teilweise aufgrund gesetzlicher Veröffentlichungspflicht (z. B. §§ 325 ff. HGB), teilweise aber auch freiwillig, um der interessierten Öffentlichkeit gegenüber die wirtschaftliche Gesamtsituation des Unternehmens darzulegen.

Das externe Rechnungswesen dient dazu, der Verpflichtung des Kaufmannes zur systematischen Selbstinformation und zur Rechnungslegung gegenüber anderen, insbesondere den Fremdkapitalgebern und dem Fiskus, nachzukommen. Als wesentliche Bestandteile beinhaltet das externe Rechnungswesen daher die Finanzbuchhaltung und den Jahresabschluß.

In der Betriebwirtschaftslehre sieht man die Aufgabe der Finanzbuchhaltung darin, sämtliche Geschäftsvorfälle, die eine Veränderung des Vermögens oder des Kapitals eines Unternehmens ausgelöst haben, zu erfassen. Diese Vorgänge werden als zusammengefaßte Gegenüberstellung der Vermögensgegenstände und der Schulden eines Unternehmens in der Bilanz ausgewiesen. Im Zentrum des externen Rechnungswesens steht somit die, vom Gesetzgeber vorgeschriebene, jährliche Erstellung der Bilanz (z. B. § 242 HGB). Weiterhin ist es Bestandteil des externen Rechnungswesens, die Gewinn- und Verlustrechnung zu erstellen (GuV). Die GuV gibt Aufschluß über den Jahreserfolg. Sie führt alle Aufwendungen und Erträge des jeweiligen Geschäftsjahres auf, und fließt am Ende dieses Geschäftsjahres über den Posten *Jahresüberschuß/Jahresfehlbetrag* in die Position *Eigenkapital* auf der Passivseite der Bilanz ein.

Von der jährlichen Bilanz sind sogenannte Sonderbilanzen zu differenzieren. Die Konzernbilanz z. B. wird zwar ebenfalls gesetzlich vorgeschrieben (z. B. §§ 329 ff. AktG und §§ 290 ff. HGB), repräsentiert jedoch eine *Gegenüberstellung von Vermögen und Kapital aller zum Konsolidierungskreis eines Konzerns gehörenden Unternehmen unter Ausschaltung von Doppelzählungen.* Dies hat zur Konsequenz, daß sämtliche Wirtschaftstransaktionen und damit auch die daraus resultierenden Zahlungsströme, die aus der Beziehung zwischen Mutter- und Tochterunternehmen entstehen, aus der Konzernbilanz eliminiert werden müssen. Darüber hinaus können weitere Sonderbilanzen erstellt werden, wie beispielsweise die Liquidationsbilanz, welche bei Auflösung eines Unternehmens eine Gegenüberstellung von Vermögen und Kapital zu Liquidationswerten darstellt.

Entsprechend der beschriebenen Konzeption gehören aus dem Leistungsangebot des R/3-Systems die Prozesse der Hauptbuchhaltung, der Konsolidierung und das spezielle Ledger zu diesem Unternehmensprozeßbereich (vgl. Küting/Weber 1989; vgl. Weber 1988).

6.3.2 Auswahl der Prozeßbausteine in den Prozeßbereichen

In dem aufzuzeigenden Untersuchungsfall ist eine Einführung des R/3-Systems in den Prozeßbereichen Beschaffungs-, Produktions- und Vertriebslogistik geplant. Es werden auf Basis der vorhandenen Prozeßbausteine des R/3-Referenzmodells die in Frage kommenden Prozesse selektiert. Hierzu ist es erforderlich, daß der Kunde grob sein Geschäftsfeld erläutert. Der R/3-Berater muß dann in der Diskussion mit den Workshopteilnehmern eine Zuordnung zu den Prozeßbausteinen des R/3-Referenzmodells erarbeiten. Die Prozeßbausteine werden dabei grob aneinandergereiht. Diese provisorische Wertschöpfungskette dient als Grundlage für die nachfolgende Mikrokonfiguration (vgl. Kapitel 6.3.3). In der Phase der Prozeßbausteinauswahl verkörpern die selektierten R/3-Referenzprozesse noch die maximal mögliche Funktionalität und Prozeßalternativen.

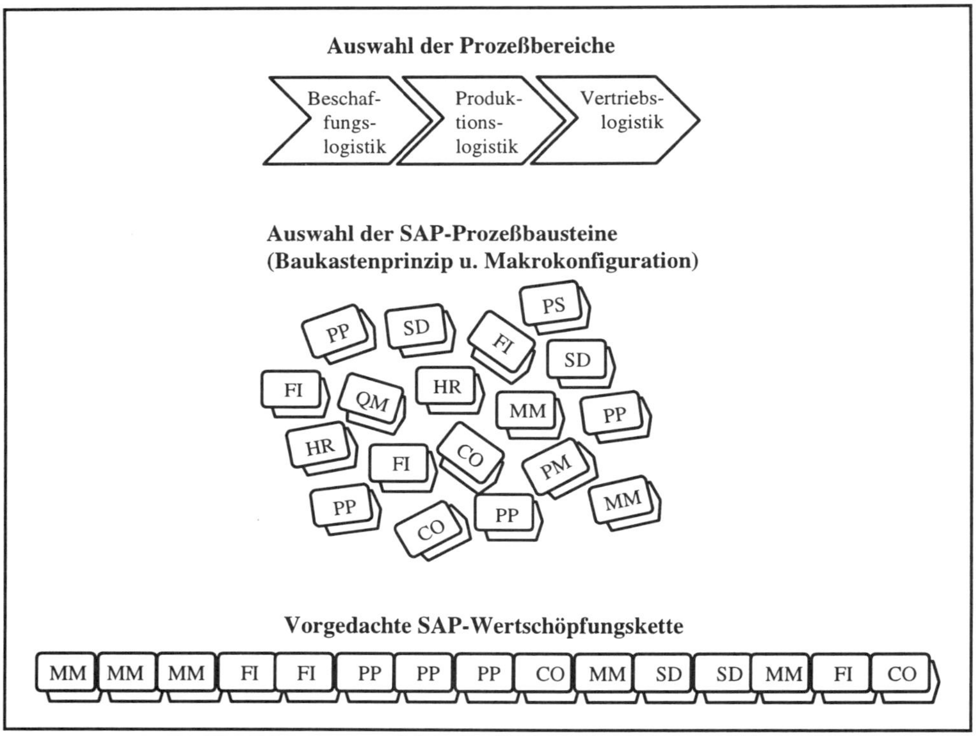

Abb. 6. 41: Selektion und grobe Anordnung der R/3-Prozeßbausteine

6.3.3 Prozeßanalyse mit der IPP-Methode

Jeder Prozeßbaustein der vorgedachten SAP-Wertschöpfungskette wird auf seine Einsatztauglichkeit hin geprüft. Hierzu werden die Prozeßbausteine ausgedruckt und für jeden Workshopteilnehmer lesbar an einer Stellwand angebracht bzw. als Arbeitsvorlage jedem Teilnehmer ausgehändigt. In der iterativen Diskussion werden für jeden Prozeßbaustein die vorhandenen Wege besprochen, mit den Kundenanforderungen abgeglichen und überflüssige Elemente eliminiert. Die fachliche Diskussion zur Eliminierung erfordert, daß in der Regel zu jedem Schritt im Prozeßbaustein in Abhängigkeit der Fragestellung ein iterativer Sprung ausgeführt wird, z. B. vom R/3-Referenzprozeß in den R/3-Prototyp.

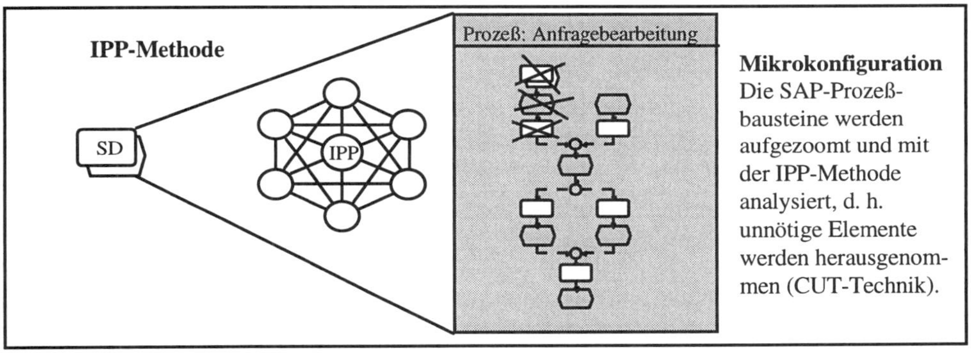

Abb. 6.42: Prozeßanalyse mit der IPP-Methode

Die IPP-Methode hilft, die verschiedenen Ereignisse und Funktionen eines R/3-Prozeßbausteins zu erörtern, indem die verschiedenen R/3-Werkzeuge zielgerichtet benutzt werden. Beispielsweise erläutert der R/3-Berater bzw. die R/3-Beraterin die Funktion *Konditionsart festlegen* und stellt dem Kunden hierzu die Frage: „Welche Konditionsarten benötigen Sie?" Der Kunde möchte zunächst die angebotenen Konditionsarten im R/3-System kennenlernen und schlägt dazu einen iterativen Sprung vom R/3-Referenzprozeß in das R/3-Customizing vor. Zusätzlich kann der Berater einen iterativen Sprung vom R/3-Referenzprozeß in das R/3-System vornehmen und mit den Modelldaten des IDES Beispiele von R/3-Belegen aufzeigen, in denen die Konditionsarten eine Rolle spielen. Der iterative Rücksprung in den R/3-Referenzprozeß ist dann angebracht, wenn nicht benötigte Ereignisse und Funktionen nach neu gewonnenen Erkenntnissen herausgeschnitten werden können (CUT-Technik) oder wenn nach Abschluß eines Analyseschrittes der nächste Prozeßschritt betrachtet werden soll. Alle Ergebnisse einer solchen Prozeßanalyse werden protokolliert und in einer tabellarischen Form für weitere Projektschritte festgehalten. An einem Ausschnitt einer in einem Workshop analysierten Wertschöpfungskette *Verkauf ab Lager* wird das iterative Vorgehen im Detail gezeigt. Die Erläuterung erfolgt an dem Prozeßbaustein *Kundenanfragebearbeitung*, der in verschiedenen Ausschnitten (siehe gestrichelte Linie in Abbildung 6.43) dargestellt wird. Jeder Ausschnitt beinhaltet mehrere Teilschritte und endet mit einer Dokumentation der Ergebnisse in tabellarischer Form.

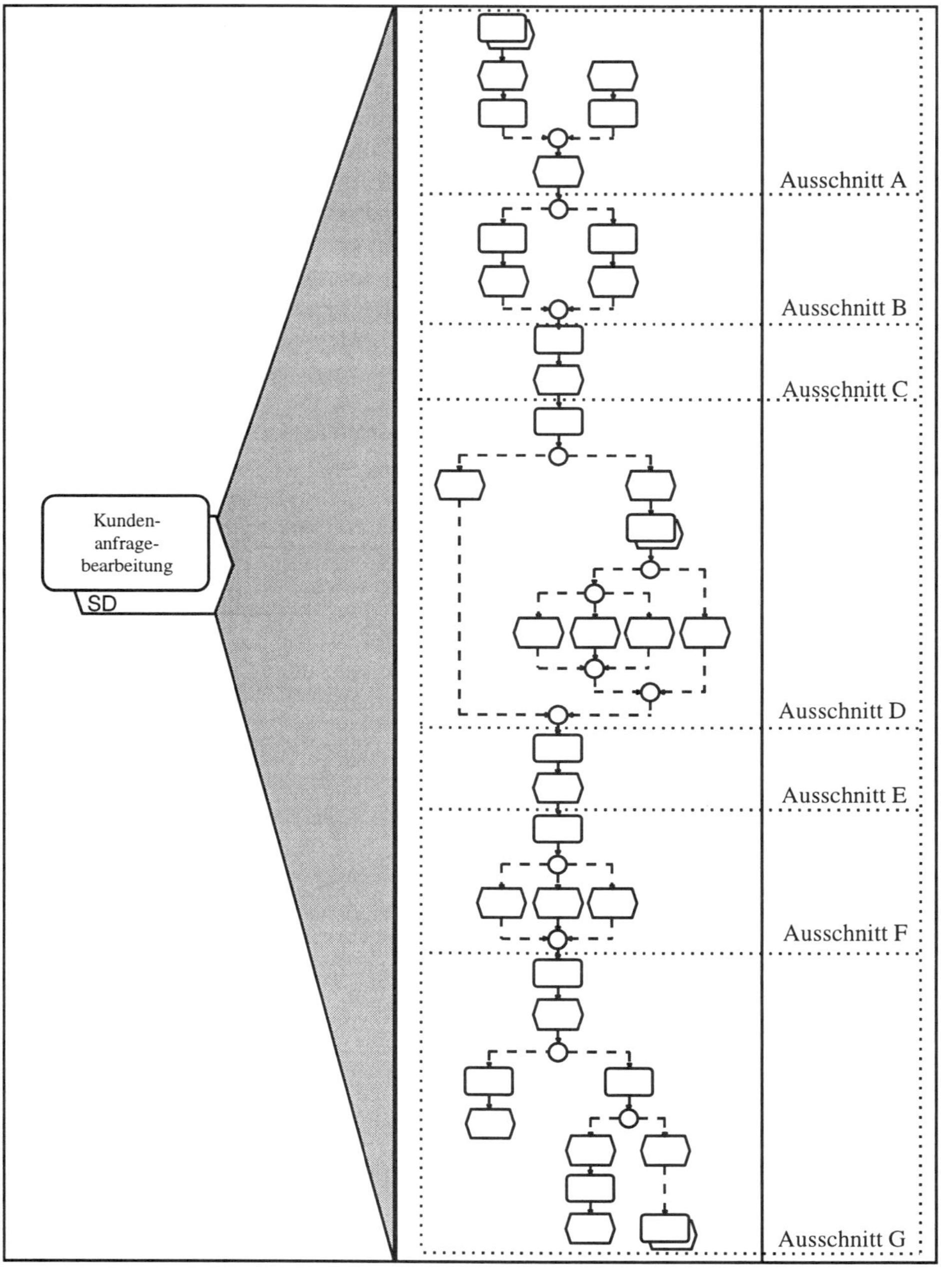

Abb. 6.43: Prozeßanalyse „Kundenanfragebearbeitung“

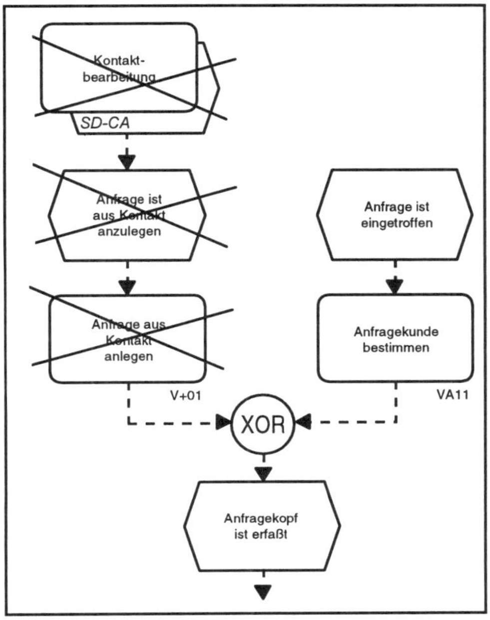

Abb. 6.44: Prozeß „Kundenanfragebearbeitung" (Ausschnitt A)

1. Schritt: Prozeßeinstieg erklären

Im R/3-Referenzprozeß *Kundenanfragebearbeitung* sind zwei prinzipielle Einstiegsmöglichkeiten aufgezeigt. Anfragen können aus einer vorherigen Kontaktbearbeitung erzeugt werden, oder sie werden direkt ins R/3-System eingegeben, wenn sie z. B. per Post oder telefonisch eintreffen.

2. Schritt: Einstiegsmöglichkeiten selektieren

In dem Fallbeispiel sind zur Unterstützung der Vertriebsaktivitäten keine Außendienstmitarbeiter erforderlich.

Der linke Ast mit dem Einstieg über die Kontaktbearbeitung wurde deshalb im Workshop gestrichen.

3. Schritt: Funktion *Anfragekunde bestimmen* analysieren (1)

Der Kunde wird im Anfragekopf durch die Angabe einer spezifischen Nummer identifiziert. Damit dies allerdings erfolgen kann, muß zunächst dieser Kunde im Kundenstammsatz definiert sein. Zur Definition des Kundenstammsatzes gibt es einen eigenen R/3-Referenzprozeß *Kundenstammbearbeitung.*

4. Schritt: Aufnahme des Prozeßbausteins *Kundenstammbearbeitung* in die Wertschöpfungskette

Die Voraussetzung, daß der Kunde im Kundenstammsatz definiert sein muß, bevor er in einem operativen Prozeß angelegt wird, macht es erforderlich, die *Kundenstammbearbeitung* zu Beginn der Wertschöpfungskette zu positionieren.

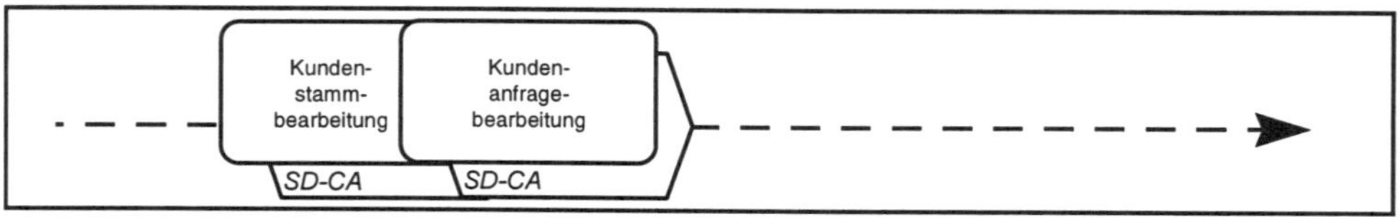

Abb. 6.45: Montage der Wertschöpfungskette

<u>5. Schritt:</u> Funktion *Anfragekunde bestimmen* analysieren (2)

Die Kundennummer dient zur Identifikation des Kunden. Es ist allerdings im operativen Geschäft nicht immer gewährleistet, daß jeder Kunde bei einer Anfrage seine zugewiesene Kundennummer mit angibt. Der Sachbearbeiter kann dann im R/3-System nach verschiedenen Kriterien (Matchcodes) den Kunden ermitteln. Es bietet sich zum einen an, durch einen iterativen Sprung ins Prototyping sich die verschiedenen Möglichkeiten im R/3-System anzuschauen, zum anderen zu analysieren, welche weiteren Informationen zur vollständigen Erfassung eines Auftragskopfes relevant sind.

Frage im Workshop:
Können wir uns die Realisierung *Anfragekunde bestimmen* im R/3-System prototypisch anschauen?

Bei dem Aufruf der Transaktion (VA11) *Kundenanfragebearbeitung* er-scheint das Einstiegsbild *Anfrage anlegen.* Hier muß zunächst eine Anfrageart festgelegt sein. Die Anfrageart definiert den Verkaufsbeleg, d. h. das Dokument im Vertrieb, das für unterschiedliche Geschäftsprozesse wie z. B. Anfrage-, Angebots-, Auftrags- und Rahmenvertragsbearbeitung verwendet wird. Zur Aktivierung der Transaktion müssen darüber hinaus organisatorische Datenfelder mit angegeben werden, wie Verkaufsorganisation, Vertriebsweg und Sparte.

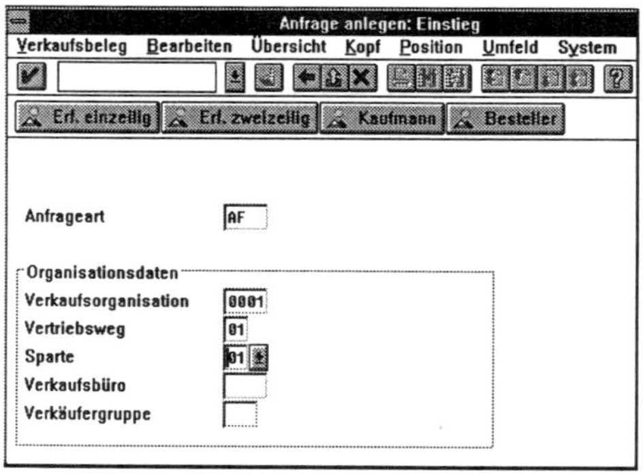

Abb. 6.46: Einstiegsbild „Kundenanfragebearbeitung“

Frage im Workshop:
Wie sehen die Beziehungen der benötigten R/3-Organisationseinheiten aus?

<u>6. Schritt:</u> R/3-Organisationsstrukturen zur Transaktion analysieren

Mit Angabe der Verkaufsorganisation wird angegeben, wer im Vertrieb für bestimmte Produkte und Dienstleistungen verantwortlich ist und eventuell gegenüber dem Kunden haftet. Der Vertriebsweg legt fest, auf welchem Distributionskanal, wie z. B. Groß- oder Einzelhandel, die Ware zum Kunden gelangt. Hat der Kunde divisionale Organisationsstrukturen mit unterschiedlichen Zahlungsbedingungen und Abwicklungsformen, so kann eine Unterteilung in verschiedene Sparten vorgenommen werden.

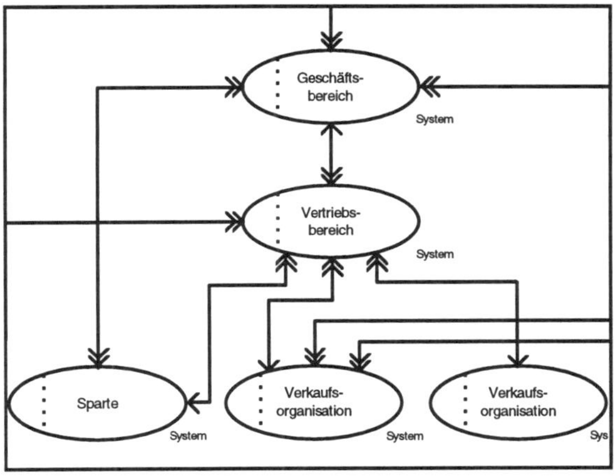

Abb. 6.47: Organisationsmodell im Vertrieb

Aus dem Organisationsmodell wird ersichtlich, daß das Tripel Verkaufsorganisation, Sparte und Vertriebsweg den Vertriebsbereich bildet, d. h., er ergibt sich automatisch aus den eingegebenen Daten. Es kann darüber gesteuert werden, daß z. B. eine Produktpalette A (CDs) über Einzel- und Großhandel, Produktpalette B (Bücher) ausschließlich über den Vertriebsweg Großhandel ausgeliefert werden dürfen.

<u>7. Schritt:</u> Funktion *Anfragekunde bestimmen* analysieren (3)

Sind die Werte im Einstiegsbild eingegeben, so gelangt man auf das Bild zur Eingabe der Kopf- und Positionsdaten. In dem vorliegenden Beispiel wurde der Kunde durch Aktivierung des Matchcodes (vgl. Schritt 5) im Feld Auftraggeber ermittelt. Der Kunde *Becker* hat die Kundenummer 1000 und wohnt in Berlin.

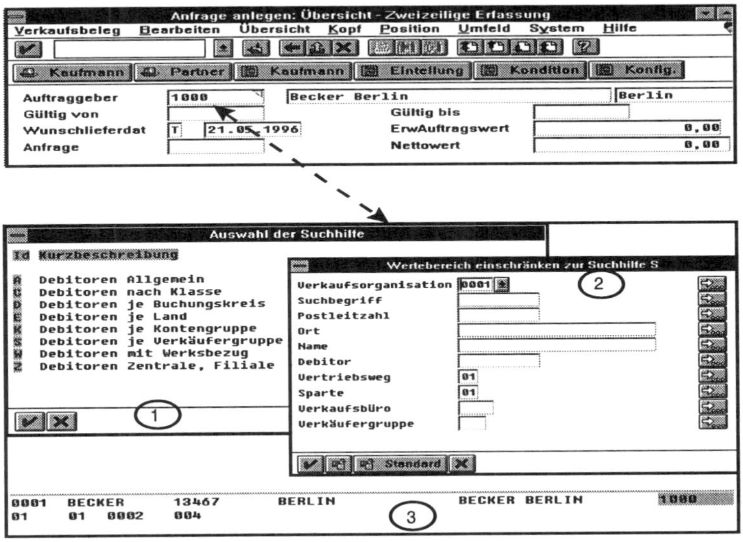

Abb. 6.48: Prototyping „Anfragekopf" und „Auftraggeber" Matchcode

Zwecks Verfolgung der eingegangenen Anfragen können die erwarteten Auftragswerte und die Gültigkeitsdauer einer Anfrage angegeben werden, die aber im weiteren hier nicht relevant sind. Mit Ermittlung des Auftraggebers ist das Ereignis *Anfragekopf ist erfaßt* im Prozeß erreicht.

<u>8. Schritt:</u> Projektaktivitäten zur Funktion *Anfragekunde bestimmen* festhalten

Die Funktion *Anfragekunde bestimmen* im Standard des R/3-Systems erfüllt vollständig die Kundenanforderungen. In der Diskussion kam heraus, daß die vom R/3-System angebotenen Organisationsstrukturen *Verkaufsbüro* und *Verkäufergruppe* nicht benötigt werden. Die Anfragenden werden in Zukunft mit dem vom R/3-System unterstützten ISO-Ländercode klassifiziert. Als organisatorische Regelung ist offen, ob jeder Erstanfragende als CPD-Kunde (Conto Pro Diverse) für Auswertungen oder zu Planungszwecken erfaßt werden soll.

Prozeß: "Kundenanfragebearbeitung"							
Funktion	IST/Soll	Offene Punkte	Organisation	Schnittstelle	Verantwortlicher	Datum	Aufwand
1. Anfragekunde bestimmen	Anfragekunde werden in Zukunft mit ISO-Ländercodes gesucht	CPD-Kunde notwendig?	Verkaufsbüro, Verkäufergruppe werden nicht benötigt	Kundenstamm (intern)	P. Müller	30.05.	Standard

Abb. 6.49: Projektaktivitätenplan (1)

<u>9. Schritt:</u> Funktion *Anfragegeschäftspartner bestimmen* analysieren

Für jeden Geschäftspartner können im R/3-Customizing unterschiedliche Partnerrollentypen definiert sein, z. B. Auftraggeber, Rechnungsempfänger und Warenempfänger. Mit der Eingabe der Kundennummer werden die im Customizing hinterlegten Partnerrollen gezogen.

Durch einen iterativen Sprung ins Customizing können die im Standard ausgelieferten Partnerrollentypen analysiert, ausgewählt und, wenn notwendig, auch ergänzt werden, z. B. wenn der Kunde ein *Zwischenabnehmer* ist, der die ausgelieferte Ware weiterbearbeitet.

Frage im Workshop:
Welche Partnerrollentypen sind im Standard vorgesehen?

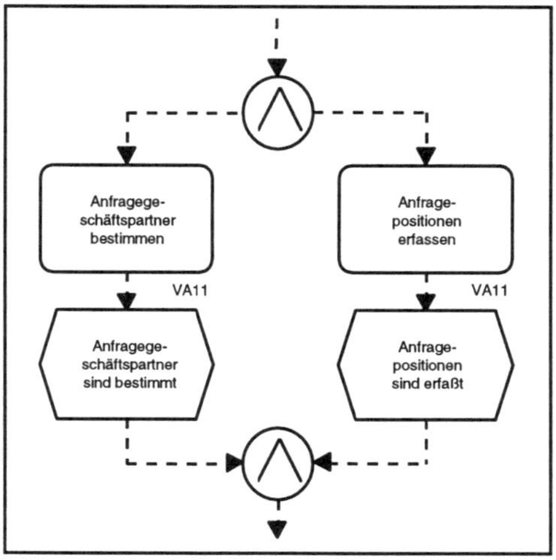

Abb. 6.50: Prozeß „Kundenanfragebearbeitung“ (Ausschnitt B)

10. Schritt: Partnerrollen definieren im Customizing

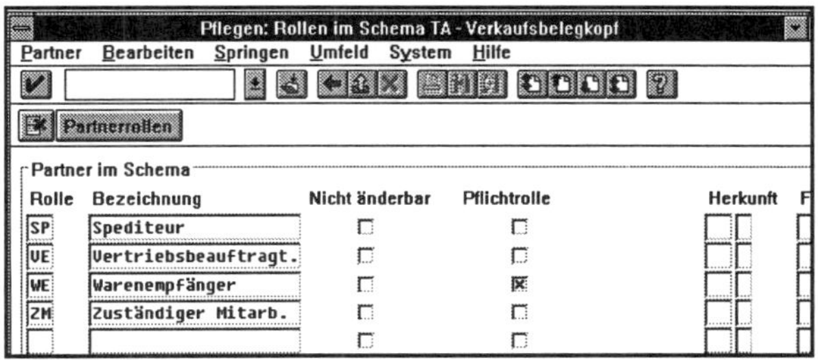

Abb. 6.51: Customizing der Geschäftspartnerrollen

Im Standard sind mehr als 10 unterschiedliche, häufig in der Praxis vorkommende Partnerrollen parametrisiert. Im Prozeß *Anfragebearbeitung* ist der Auftraggeber als Identifizierer deklariert. Zusätzlich wurde in diesem Beispiel der Warenempfänger als Pflichteingabe definiert.

11. Schritt: Bearbeitung der *Partnerrollen* im Prototyping durchspielen

In diversifizierenden Unternehmen sind häufig mehrere Warenempfänger vorhanden. In diesem Fall kommt dann in der Anwendung ein Selektionsfenster mit den möglichen Warenempfängern zum Auftraggeber. Die Ware soll in dem folgendem Fall direkt an den Auftraggeber *Becker* (1000) gesendet werden.

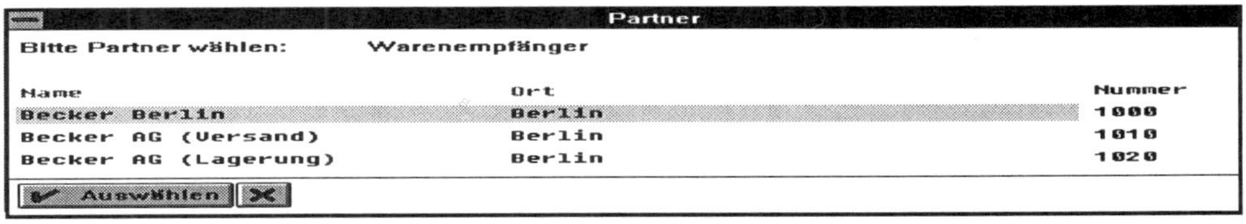

Abb. 6.52: Selektion des „Warenempfängers" im Prototyping

Die Funktion *Anfragegeschäftspartner bestimmen* wird im integrierten R/3-System automatisch durchgeführt. Nicht selten ändern sich allerdings die Namen und Adressen der einzelnen Ansprechpartner beim Kunden. Im Übersichtsbild *Anfrage anlegen* können alle Partner des Belegkopfes (d. h. zu einem Auftraggeber) angezeigt und selektiert und im zugehörigen Detailbild Änderungen vorgenommen werden.

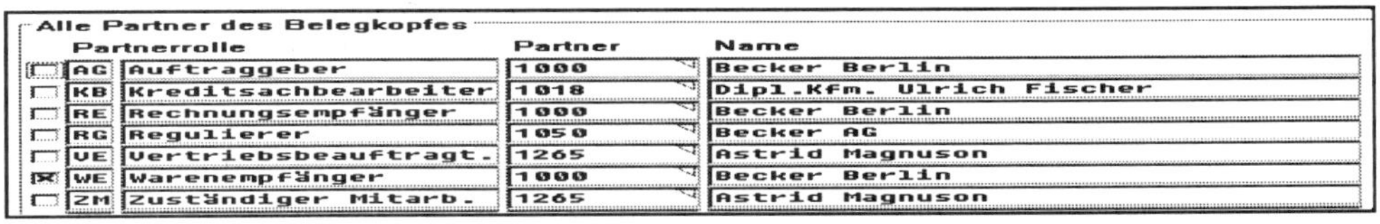

Abb. 6.53: Anwendung der „Partnerrollen"

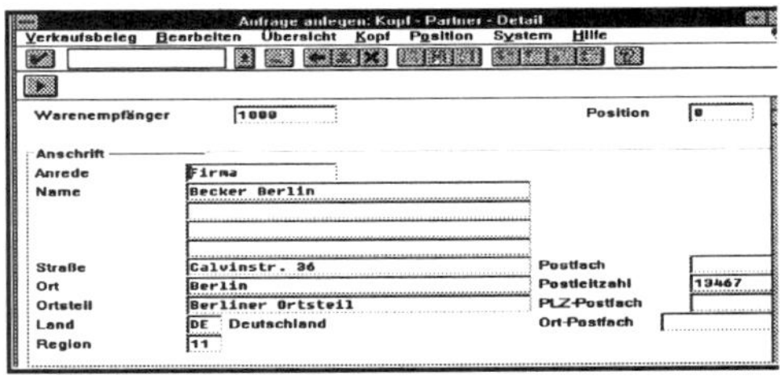

<u>12. Schritt:</u> Funktion *Anfragepositionen erfassen* analysieren

Betriebswirtschaftlich sinnvoll ist der Ausschnitt B nur abgeschlossen, wenn neben dem Geschäftspartner mindestens eine zu liefernde Position angegeben ist.

Frage im Workshop:
Können wir uns eine Anfrageposition im Prototyping anschauen?

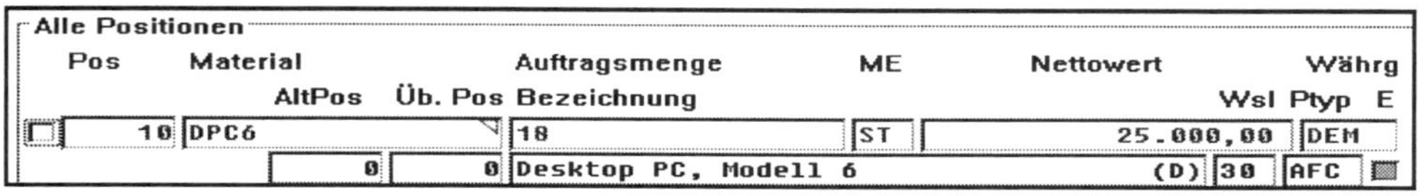

Abb. 6.54: „Anfrageposition" im Prototyping

In dem Beispiel wurde das Material DPC6 eingegeben. Der Materialstamm beinhaltet die Informationen zu dem gewünschten Produkt. Es handelt sich hier um ein konfigurierbares Material (Personal Computer), das durch den speziellen Positionstyp AFC identifiziert wird.

Zu jedem konfigurierbaren Material können verschiedene Merkmale angegeben werden. Es kann differenziert werden in landesspezifische Gegebenheiten (z. B. für Steckeranschluß, Spannung, Frequenz), Prozessorleistung und Tastatur. Nachdem das Material bestimmt und konfiguriert wurde durch die Steuerung des Positionstyps AFC, wird die automatische Preisfindung über die Konditionstechnik durchgeführt. Die Parametrisierung der automatischen Preisfindung erfolgt im Customizing. In der Anwendung kann der Verkäufer die Bruttopreise PR00 für jedes Material in Abhängigkeit der Verkaufsorganisation zuordnen.

Frage im Workshop:
Welche Parametrisierungsmöglichkeiten gibt es zum Positionstyp *AFC*?

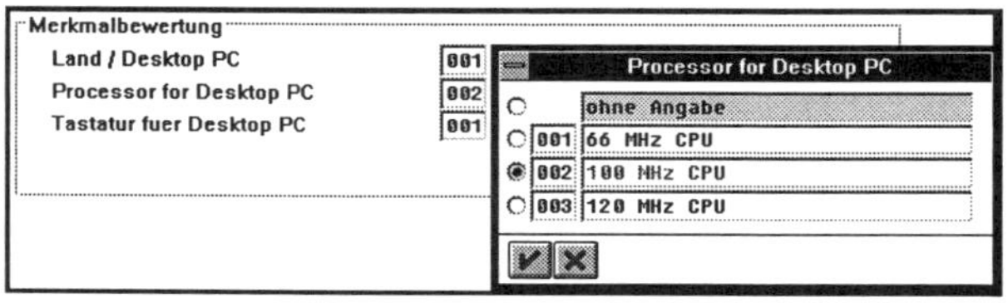

Abb. 6.55: „Konfigurationsaufbau" im Prototyping

Abb. 6.56: „Konfigurationsergebnis" im Prototyping

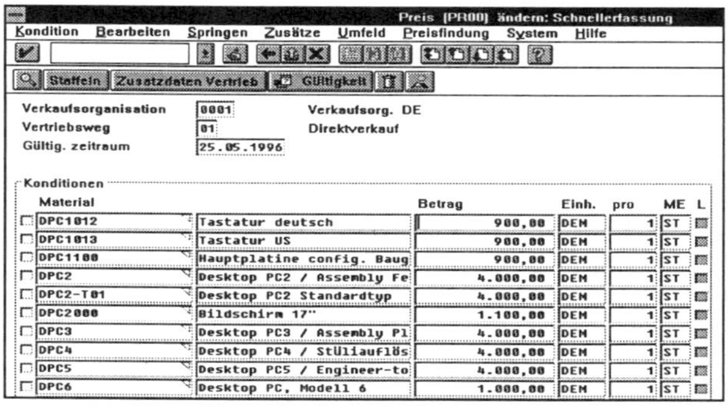

Abb. 6.57: „Bruttopreispflege" im Prototyping

13. Schritt: *Positionstypen* im Customizing

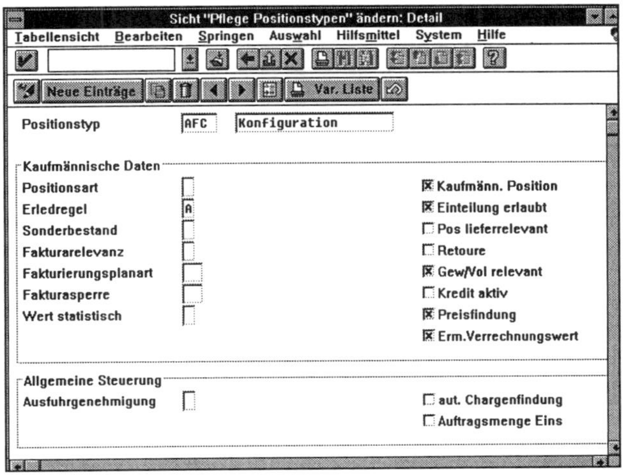

Abb. 6.58: Customizing des „Positionstyps“

Zum Positionstyp AFC kann für die Anfragebearbeitung angegeben werden, welche weiteren Aktionen im Transaktionsablauf erfolgen sollen. In dem vorliegenden Beispiel wurde der Parameter für die Preisfindung auf aktiv gesetzt. Da sich die Parametrisierungsmöglichkeiten zum Positionstyp auf alle Verkaufsbelege des Vertriebs (z. B. Angebot, Rahmenvertrag, Auftrag) beziehen können, sind noch weitere Eingabemöglichkeiten angegeben.

Abb. 6.59: Auswahl der „Customizing-Positionstypen“

So kann im Customizing die *Fakturarelevanz* eingestellt sein, die allerdings für den Auftragspositionstyp TAN für die Auftragsbearbeitung relevant ist. Innerhalb der Anfragebearbeitung werden im Standard die zwei Positionstypen AFN und AFC angeboten, die zur Differenzierung für die weitere Bearbeitung von normalen und konfigurierbaren Material dienen. Mit der Beendigung der Diskussion über den Positionstyp ist der Ausschnitt B des Prozeßmodells abgeschlossen.

14. Schritt: Aufnahme der Prozeßbausteine *Materialstammbearbeitung* und *Konditionsbearbeitung* in die Wertschöpfungskette

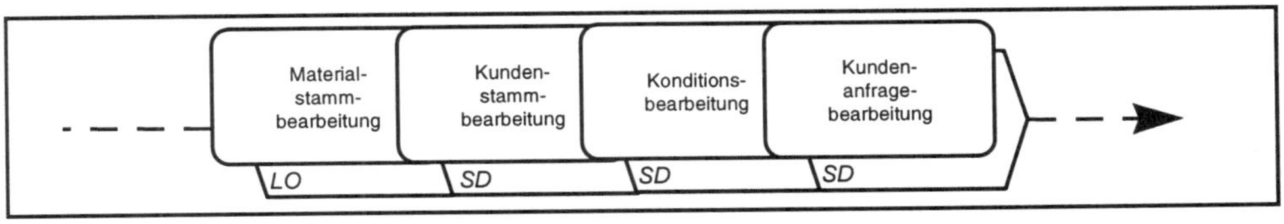

Abb. 6.60: Montage der Wertschöpfungskette

<u>15. Schritt:</u> Projektaktivitäten zu den Funktionen *Anfragegeschäftspartner bestimmen* und *Anfragepositionen erfassen* festhalten

Die funktionalen Anforderungen des Kunden können vollständig im Standard des R/3-Systems abgebildet werden. Es ist zu klären, welche Positionstypen mit welcher Parametrisierung zukünftig benötigt werden.

Prozeß: "Kundenanfragebearbeitung"							
Funktion	IST/Soll	Offene Punkte	Organisation	Schnittstelle	Verantwortlicher	Datum	Aufwand
2. Anfragegeschäftspartner bestimmen	Zwischenabnehmer als neuer Partnerrollentyp im Customizing einstellen	keine		Kundenstamm (intern)	P. Müller	30.05.	Standard
3. Anfragepositionen erfassen	Positionstyp AFN im Standard benutzen, alte Materialnummern übernehmen	Prüfen, ob konfigurierbares Material in Zukunft angeboten werden soll (Positionstyp AFC)		Materialstamm (intern) Konditionsbearbeitung (intern)	P. Müller, H. Stoll	30.05.	Standard

Abb. 6.61: Projektaktivitätenplan (2)

<u>16. Schritt:</u> Funktion „Anfragepositionseinteilungen bestimmen" analysieren

Diese Funktion kann dann sinnvoll angewendet werden, wenn es möglich ist, eine Anfrage in mindestens zwei Teillieferungen aufzusplitten.

Frage im Workshop:
Wie sieht die Einteilung im Prototyping aus?

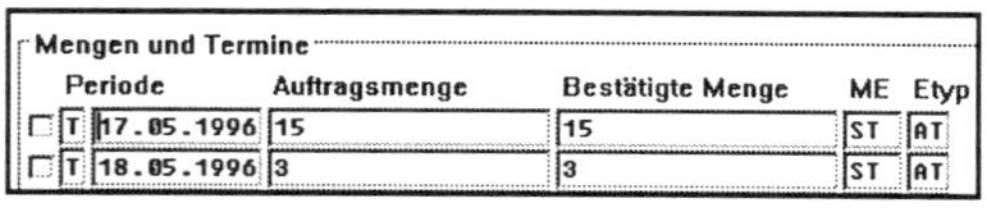

Abb. 6.63: „Liefereinteilungen" im Prototyping

Das erste Lieferdatum kann der vom Kunde gewünschte Termin oder bei einer Verfügbarkeitsprüfung der vom System automatisch ermittelte früheste Liefertermin sein.

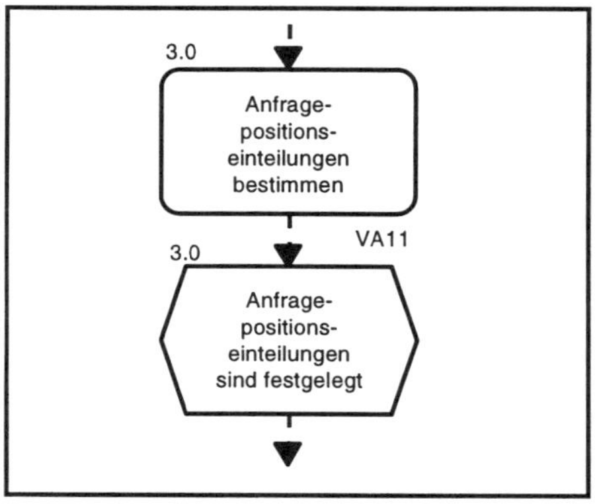

Abb.6.62: Prozeß „Kundenanfragebearbeitung" (Ausschnitt C)

Aus dem Lieferdatum jeder Einteilung und den vordefinierten Zeitschätzungen für die mit der Lieferung verbundenen Aktivitäten (wie z. B. Kommissionieren und Verpacken) berechnet das System das Materialbereitstellungsdatum, das Ladedatum, das Warenausgangsdatum und das Transportdispositionsdatum. Ändert sich die Auftragsmenge in einer

Einteilung, so schreibt das System die bestätigte Menge automatisch fort und führt erneut eine Verfügbarkeitsprüfung und/oder eine Versandterminierung durch.

17. Schritt: Projektaktivitäten zur Funktion *Anfragepositionseinteilungen bestimmen* festhalten

Prozeß: "Kundenanfragebearbeitung"							
Funktion	IST/Soll	Offene Punkte	Organisation	Schnittstelle	Verant-wortlicher	Datum	Aufwand
4. Anfragepositionseinteilungen bestimmen	Standard	Klärung der Informationsübergabe in die Kundenbedarfsplanung			P. Müller	30.05.	abhängig von Batch Input

Abb. 6.64: Projektaktivitätenplan (3)

18. Schritt: Funktion *Abwicklungsart prüfen* analysieren

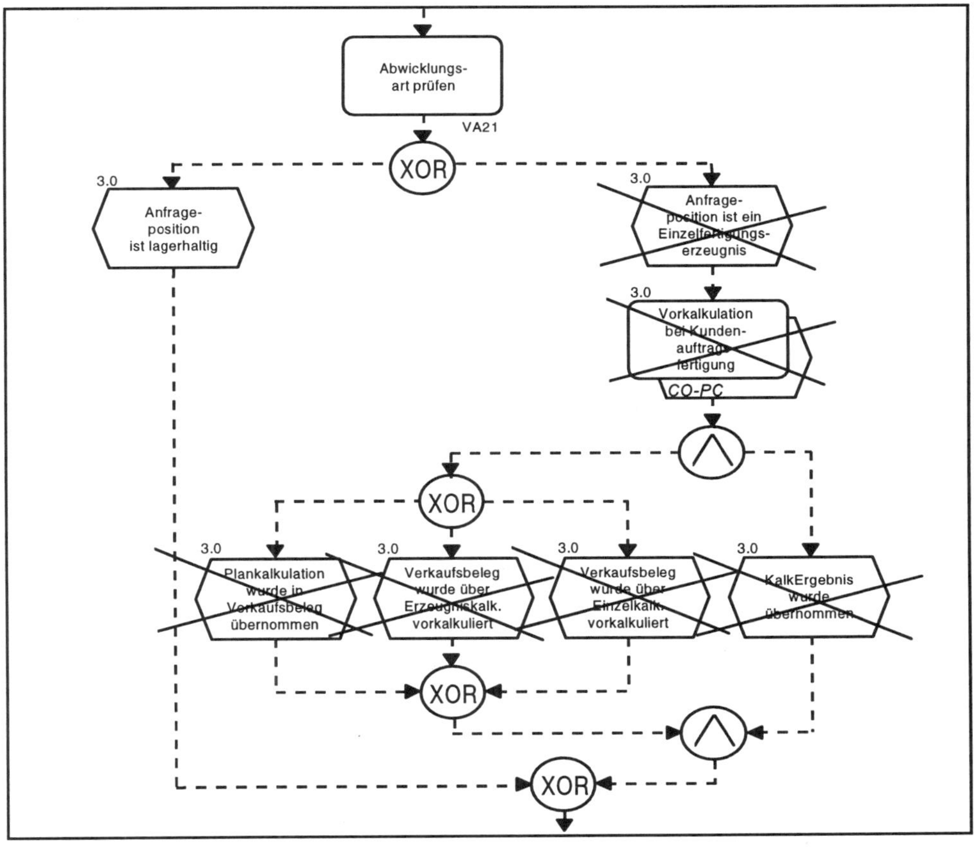

Abb. 6.65: Prozeß „Kundenanfragebearbeitung“ (Ausschnitt D)

In der Funktion *Abwicklungart prüfen* wird entschieden, ob es sich um ein standardisiertes Produkt mit allen vorliegenden Kalkulationsdaten handelt, das in der Regel gelagert wird, und ob der Kunde von dort aus beliefert wird, oder ob es ein kundenindividuelles Produkt ist, zu diesem vor der Produktion die entsprechenden Kalkulationsdaten erstellt werden müssen. Ist das der Fall, entfällt natürlich die im 12. Schritt beschriebene Nettowertermittlung. In dem vorliegendem Fallbeispiel produziert der Kunde ausschließlich lagerhaltiges Material für einen kundenanonymen Markt, d. h., der Kunde kann lediglich zwischen den auf dem Markt angebotenen Produkten auswählen. Deshalb wird im Prozeßmodell der rechte Ast nach der Funktion *Abwicklungsart prüfen* komplett gestrichen.

<u>19. Schritt:</u> Projektaktivitäten zur Funktion *Abwicklungart prüfen* festhalten

Prozeß: "Kundenanfragebearbeitung"							
Funktion	IST/Soll	Offene Punkte	Organisation	Schnittstelle	Verant-wortlicher	Datum	Aufwand
5. Abwicklungsart prüfen	manuelle Entscheidungsfunktion, lagerhaltiges Material ist relevant				H. Stoll	30.05.	Standard

Abb. 6.66: Projektaktivitätenplan (4)

<u>20. Schritt:</u> Funktion *Auftragspreise bestimmen* analysieren

Die Preisermittlung kann im R/3-System durch eine sogenannte Konditionstechnik flexibel gestaltet werden, d. h., es können in Abhängigkeit vom Kunden oder in der Abhängigkeit von einer Kombination von Kunde und Material verschiedene Zu- und Abschläge eingestellt werden. Dies ist nur dann erforderlich, wenn zu der erfolgten automatischen Preisfindung (12. Schritt) Ergänzungen vorgenommen werden sollen.

Frage im Workshop:
Können wir uns die Konditionstechnik im Prototyping anschauen?

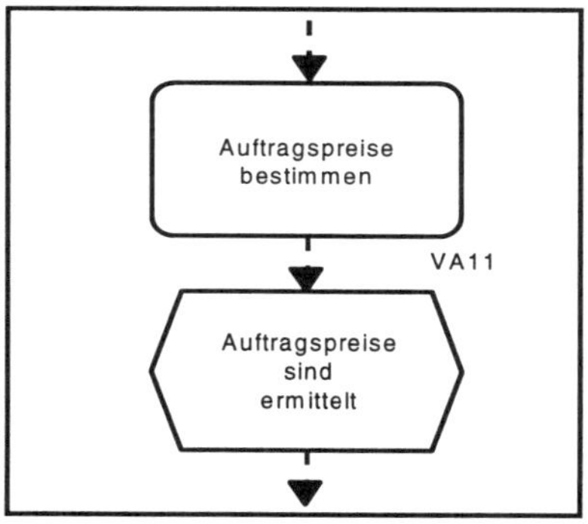

Abb. 6.67: Prozeß „Kundenanfragebearbeitung“ (Ausschnitt E)

Konditionen

KArt	Bezeichnung	Betrag	Währg	pro	ME	KonWert (DEM)
PR00	Preis	1.000,00	DEM	1	ST	18.000,00
UA00	CPU100	400,00	DEM	1	ST	7.200,00
	Brutto	1.400,00	DEM	1	ST	25.200,00
K007	Kundenrabatt	1,000-	%			252,00-
	Rabattbetrag	14,00-	DEM	1	ST	252,00-
	Bonusbasis	1.386,00	DEM	1	ST	24.948,00
	Positionsnetto	1.386,00	DEM	1	ST	24.948,00

Abb. 6.68: „Preisermittlung“ im Prototyping

Mittels Angabe des gewünschten Produkts wird im R/3-System automatisch der Preis über die Konditionstechnik ermittelt. In dem vorliegendem Beispiel wurde noch nachträglich die Konditionsart K007 herangezogen, mit Hilfe dessen dem Kunden auf den Bruttopreis ein einprozentiger Rabatt gewährleistet wird.

Frage im Workshop:
Wie werden die Konditionsarten im Customizing festgelegt?

21. Schritt: Konditionsarten im Customizing analysieren

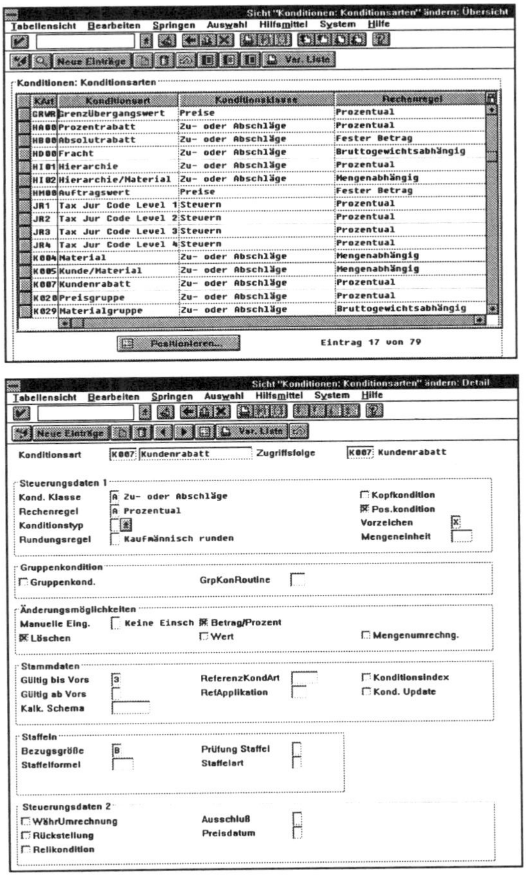

Abb. 6.69: „Konditionsarten" im Customizing

Im R/3-System sind die gängigen Preisarten (Bruttopreis, Nettopreis), Steuern, Zu- und Abschläge im Standard als Konditionsklassen definiert. Die Steuern können z. B. durch verschiedene Konditionsarten differenziert werden, um landesbezogene Steuersätze zu berücksichtigen (lokale Steuern in den USA). Ebenso können in Abhängigkeit des bestellten Materials, des Kunden oder in Kombination der beiden verschiedene Zu- und Abschläge definiert werden. Die gewählte Konditionsart K007 differenziert die Zu- und Abschläge in Abhängigkeit der Vereinbarungen mit dem Kunden. Im Detailbild einer Konditionsart kann durch die Rechenregel bestimmt werden, ob die Zu- und Abschläge jeweils feste Werte sind oder prozentual ermittelt werden. Ebenso kann hier festgelegt werden, daß die Kondition sich nur auf ausgewählte Positionen bezieht.

<u>22. Schritt:</u> Projektaktivitäten zur Funktion *Auftragspreise bestimmen* festhalten

Prozeß: "Kundenanfragebearbeitung"							
Funktion	IST/Soll	Offene Punkte	Organisation	Schnittstelle	Verant-wortlicher	Datum	Aufwand
6. Auftragspreise bestimmen	Verkaufspreis (VPK,PPK,VPRS) und Konditions-arten	Behandlung von Lizengebühren und Transferrisiken klären	Verkaufs-organisation	Konditions-bearbeitung	H. Stoll	30.05.	Standard

Abb. 6.70: Projektaktivitätenplan (5)

<u>23. Schritt:</u> Funktion *Exportkontrolle durchführen* analysieren

Diese Funktion wird im R/3-System genutzt, wenn sich das Land des Warenempfängers vom Land des ausliefernden Werks unterscheidet. Es wird dann festgelegt, ob die Ausführung der Ware genehmigungsfrei ist, nur mit einer bestimmten Genehmigung möglich oder grundsätzlich verboten ist. In dem vorliegenden Beispiel exportiert der Kunde seine Ware in unterschiedliche Länder, in denen teilweise unterschiedliche gesetzliche Vorschriften existieren. Da es sich weder um militärische Ware noch um Auslieferungen in Embargoländer handelt, liegt die Ausfuhrgenehmigung unter Beachtung der gesetzlichen Rahmenbedingungen in der Regel immer vor.

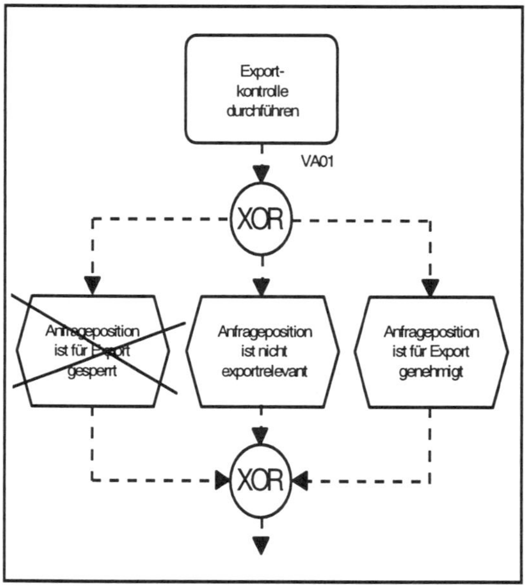

Abb. 6.71: Prozeß „Kundenanfragebearbeitung“ (Ausschnitt F)

Deshalb konnte im Workshop das Ereignis auf der linken Seite gestrichen werden. In einem konkreten Fall wird selbstverständlich immer nur eines von den beiden übrigen Ereignissen angesprochen (XOR-Verzweigung). Die Art der Exportgenehmigung kann abhängig sein von dem Auftraggeber (Kunde), dem Land, in das exportiert werden soll (Warenempfänger) oder der Ware selbst (z. B. Gefahrgut).

Frage im Workshop:
Können wir uns die Parametrisierungsmöglichkeiten *Genehmigungsarten* anschauen?

24. Schritt: *Ausfuhrgenehmigungsarten* im Customizing analysieren

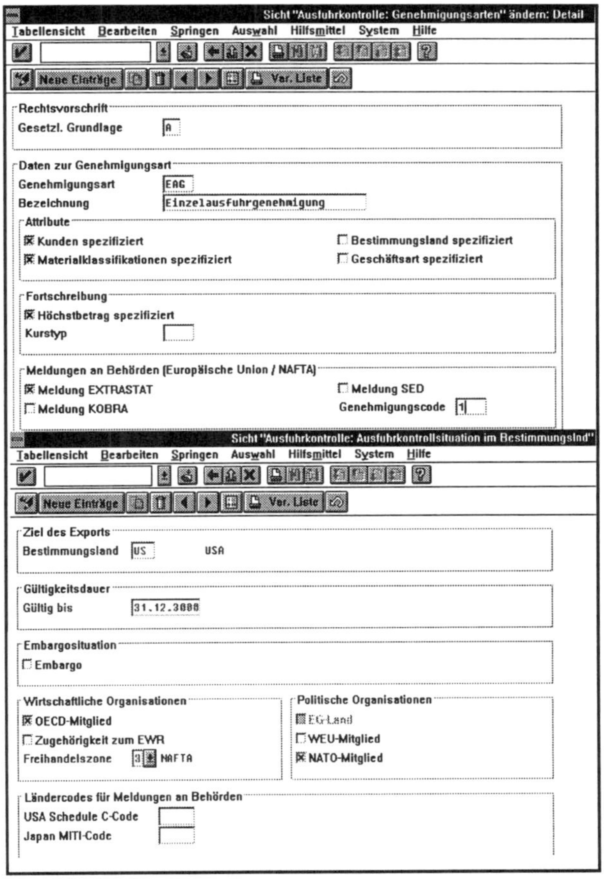

Abb. 6.72: Customizing der „Genehmigungsarten"

Bei der Definition der Genehmigungsarten ist festzuhalten, auf welcher gesetzlichen Grundlage die Exportvorschriften basieren. Für Deutschland sind das Aussenwirtschaftsgesetz (AWG) und die Außenwirtschaftsverordnung (AWV) maßgebend, für die USA der Export Administration Act (EAA) und die Export Administration Regulations (EAR). Im Parameterfeld *Genehmigungsart* wird für die AWV festgelegt, ob es eine allgemeine Genehmigung, Einzelausfuhrgenehmigung oder Sammelausfuhrgenehmigung ist. Ebenso werden zu den Ländern, in die geliefert werden soll die exportrelevanten Informationen definiert. Im Beispiel ist das Bestimmungsland die USA.

25. Schritt: Projektaktivitäten zur Funktion *Exportkontrolle durchführen* festhalten

Prozeß: "Kundenanfragebearbeitung"							
Funktion	IST/Soll	Offene Punkte	Organisation	Schnittstelle	Verant-wortlicher	Datum	Aufwand
7. Exportkontrolle durchführen	Soll: Definition aller Genehmigungsarten zwecks Automatisierung der Exportkontrolle	Exportkontrollen mit Gesetzgeber abklären		Materialstamm Kundenstamm	P. Kuhn (Export)	30.05.	Standard

Abb. 6.73: Projektaktivitätenplan (6)

<u>26. Schritt:</u> Funktion *Auftragstexte bearbeiten/übernehmen* analysieren

Da der Kunde lagerhaltiges Material, das in ausreichendem Maße vorrätig ist, anbietet, können einzelne Aktivitäten in dem Prozeßblock eliminiert werden. Zum einen ist es nicht notwendig, Anfragen bzw. einzelne Positionen abzusagen. Zum anderen muß die Anfrage auch nicht überwacht werden, da sie direkt in eine Auftragsbearbeitung als Vorlagebeleg übernommen wird.

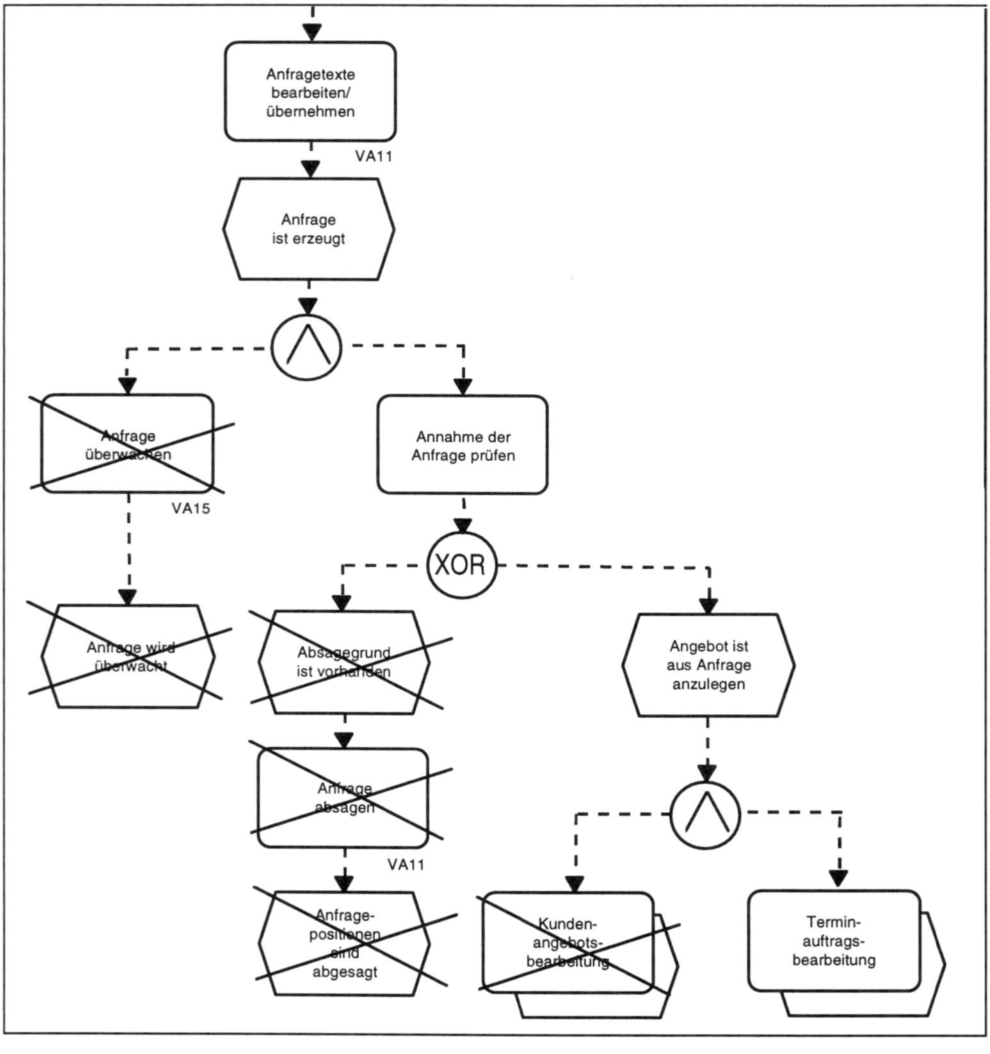

Abb. 6.74: Prozeß „Kundenanfragebearbeitung" (Ausschnitt G)

Bevor eine Anfrage gesichert wird, können noch spezielle Kommentare auf Kopf- oder Positionsebene eingegeben werden. Die Texte können mehrsprachig mit Hilfe der SAP-Textverarbeitung als Textbaustein erstellt sein. Diese können dann in Folgeprozessen automatisch durch Ablage in den entsprechenden Stammsätzen gezogen werden.

Frage im Workshop:
Welche Texttypen gibt es in der Anwendung?

<u>27. Schritt:</u> *Texttypen* in der Anwendung anschauen

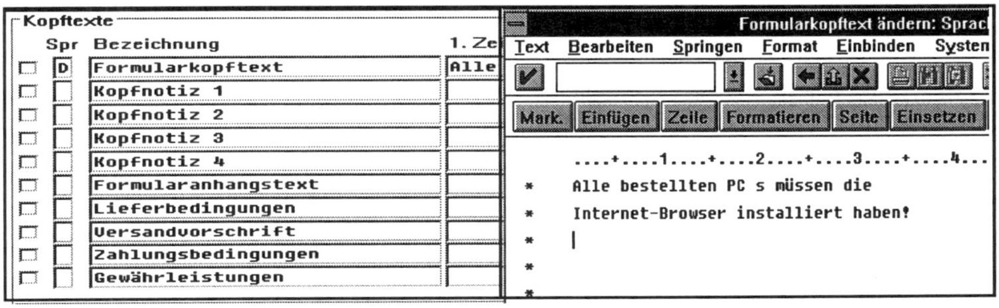

Abb. 6.75: Prototyping der „Texttypen“

Im Standard des R/3-Systems sind für häufig in der Praxis vorkommende Fälle, z. B. für Kopfnotizen, Lieferbedingungen und Versandvorschriften, entsprechende Texttypen vorgesehen.

<u>28. Schritt:</u> Aufnahme des Prozeßbausteins *Terminauftragsbearbeitung*

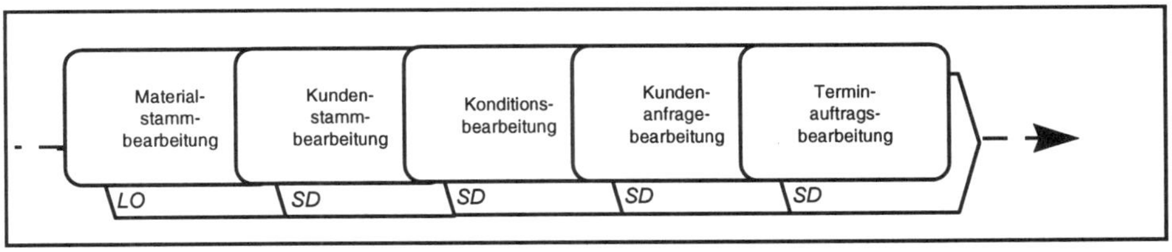

Abb. 6.76: Montage der Wertschöpfungskette

<u>29. Schritt:</u> Projektaktivitäten zur Funktion *Auftragstexte bearbeiten/übernehmen*

Prozeß: "Kundenanfragebearbeitung"							
Funktion	IST/Soll	Offene Punkte	Organisation	Schnittstelle	Verant-wortlicher	Datum	Aufwand
8. Auftragstexte bearbeiten/ übernehmen	Optionale Funktion	Texttypen und Standardtexte festlegen		Terminauftrags-bearbeitung	H. Stoll	30.05.	Standard

Abb. 6.77: Projektaktivitätenplan (7)

Für das gezeigte IPP-Beispiel *Kundenanfragebearbeitung* sind als Zusammenfassung die Schritte der einzelnen Ausschnitte A-G aufgezeigt. Jeder Ausschnitt startet mit dem selektierten R/3-Referenzprozeß und endet mit einer Dokumentation in tabellarischer Form. Mit dem Dokumentationsschritt wird auch wieder an die entsprechende Stelle im Referenzprozeß oder an den Anfang des Nachfolgeprozesses gesprungen. Der betrachtete Referenzprozeß ist in der Wertschöpfungsketten-Darstellung hell visualisiert, und bei Verfolgung der einzelnen Ausschnitte erkennt man, wie die konsistente, kundenorientierte Wertschöpfungskette wächst.

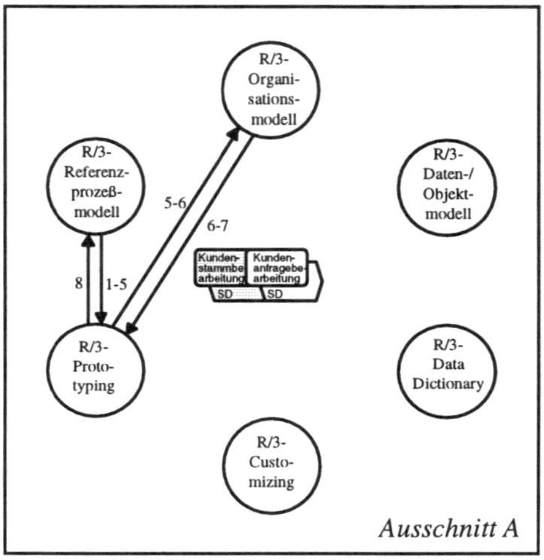

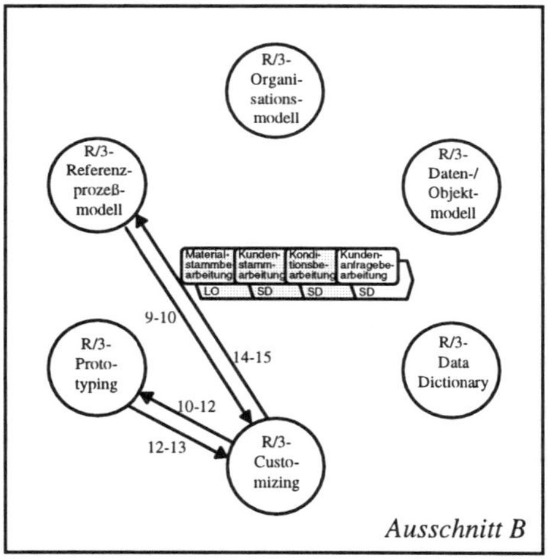

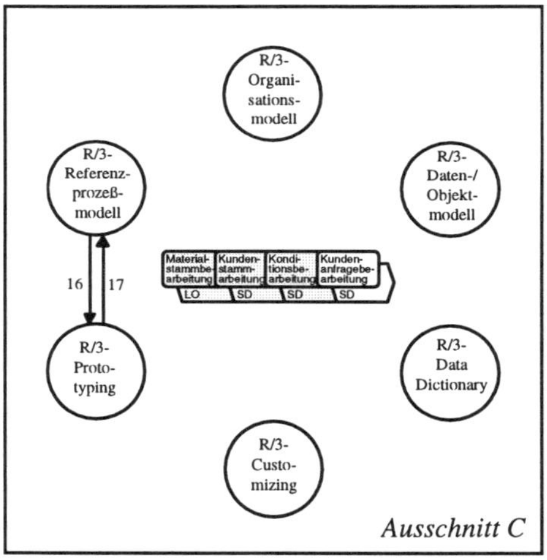

Abb. 6.78a: Iterative Sprünge im Beispiel „Kundenanfragebearbeitung" (I)

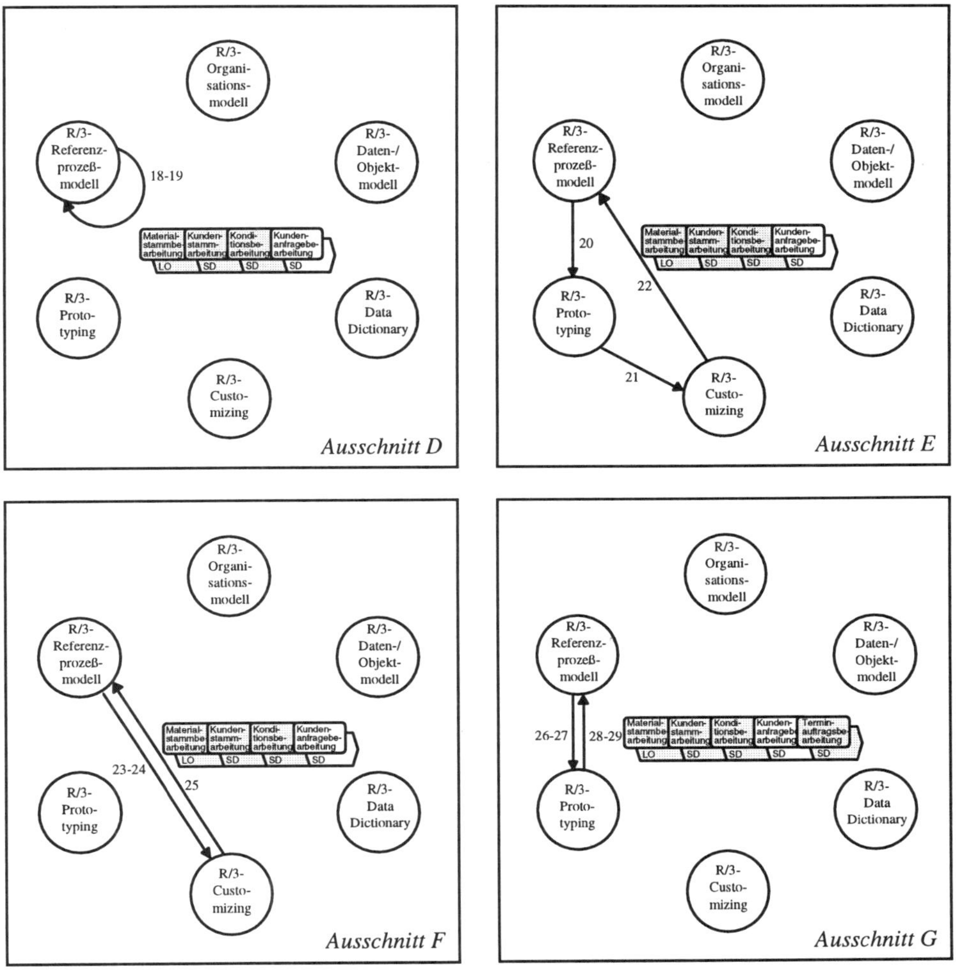

Abb. 6.78b: Iterative Sprünge im Beispiel „Kundenanfragebearbeitung“ (II)

6.3.4 Wertschöpfungskette des Kunden

Die Zielsetzung des Kunden, *Analyse der Auftragsabwicklungsformen unter Verwendung von Standardsoftware*, ergab innerhalb des Workshops folgende empirische Ergebnisse. Die Diskussion erfolgte primär auf der Grundlage der R/3-Referenzprozesse, des R/3-Systems und des R/3-Customizing. Das R/3-Organisationsmodell spielte hier eine nicht so gewichtige Rolle, weil die organisatorischen Rahmenbedingungen weitestgehend vom Kunden vorgegeben und auf ihre Verträglichkeit hin grob geprüft worden waren. Das R/3-Objekt-/Datenmodell und das R/3-Data Dictionary wurden deshalb nicht benötigt, weil sich bei der Einsatzuntersuchung ausschließlich im Rahmen des Lösungsspektrums der Anwendungssoftware des R/3-Systems bewegt wurde. In dem hier beschriebenen Workshop war der häufigste Sprung der vom R/3-Referenzprozeß zum R/3-System, wo die Customizing- und Stammdateneinstellungen der R/3-Modellfirma IDES verwendet wurden. Zusätzlich wurden vereinzelt Customizing-Einstellungen vorgenommen und eigene Bewegungsdaten zur Visualisierung der R/3-Lösung erzeugt.

Innerhalb der Einführung von Standardsoftware können sich bei der Verwendung des R/3-Referenzprozeßmodells, des R/3-Systems (in diesem Fall IDES) und des Customizing unter ähnlichen Rahmenbedingungen Abweichungen von plus/minus 5% ergeben. Die Bedeutung des Organisationsmodells nimmt bei der Analyse von Konzernen oder komplexen Organisationsstrukturen eines Unternehmens zu, die Bedeutung des Datenmodells und des Data Dictionary bei der Neuentwicklung von kundenindividueller Software.

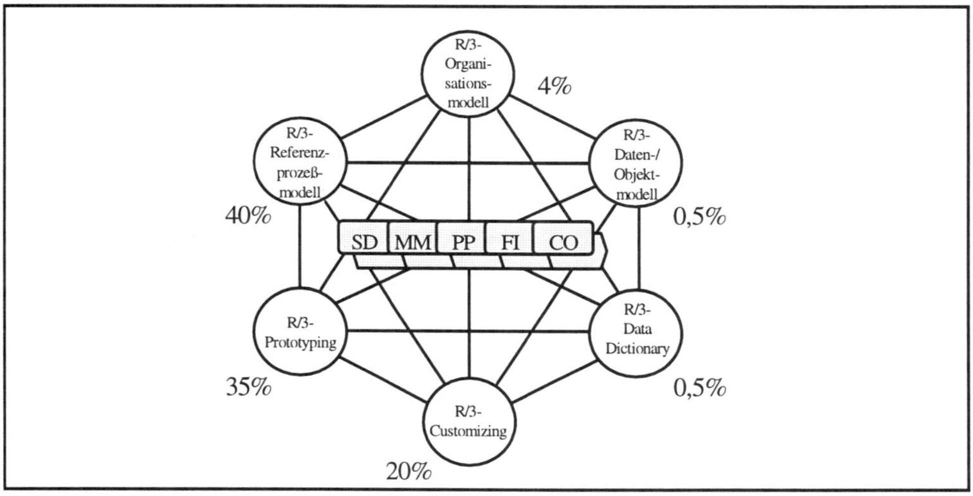

Abb. 6.79: Prozentuale Verwendung der IPP-Hilfsmittel bei der standardsoftwarebasierten Wertschöpfungsketten-Gestaltung des Kunden

Im Rahmen einer Einsatzuntersuchung muß berücksichtigt werden, daß zum einen dem Kunden eine inkrementelle Vorgehensweise beim Ersatz von Altsoftware aufgezeigt werden muß, zum anderen in der Praxis nicht alle Anforderungen mit einer homogenen Anwendungssoftware abgedeckt werden können. Deshalb ist es wichtig, auch fremde Systeme in die Wertschöpfungsketten-Darstellung des Kunden zu integrieren. Ebenso wird deutlich, daß einzelne Prozeßbausteine voneinander abhängig sind und sukzessive ablaufen, andere Prozeßbausteine können parallel (nebenläufig) zueinander ablaufen. Es kann auch sein, daß bestimmte Prozeßbausteine losgelöst vom Hauptgeschäft der Wertschöpfung abgewickelt werden, z. B. die Retourenbearbeitung.

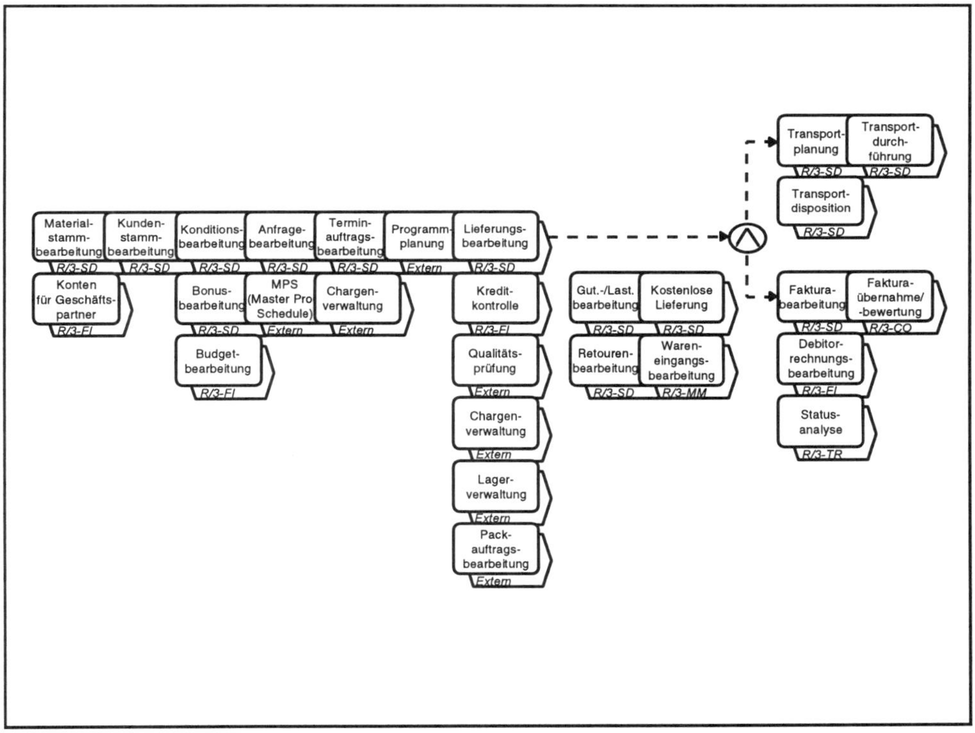

Abb. 6.80: Wertschöpfungskette des Kunden als Ergebnis des IPP-Workshops

Teil D
Wertschöpfungsketten

„Do it once, do it right."

7 Aufbau der Modellfirmen

Iteratives Prozeß-Prototyping (IPP) kann zum einen in der Analyse zum Abgleich der Kundenanforderungen mit den Möglichkeiten eines variantenreichen und offenen Standardsoftwaresystems genutzt werden, zum anderen kann das IPP zur Erklärung von betriebswirtschaftlichen Lösungen und deren Realisierung in einem Softwaresystem dienen.

7.1 IPP für den Modellaufbau

Nutzt man das IPP als Erklärung von in einem Softwaresystem realisierten betriebswirtschaftlichen Inhalten, so konzentriert sich bei der Prozeßgestaltung der Schwerpunkt auf das Referenzprozeßmodell und das Prototyping. Deshalb werden in den folgenden Ausführungen lediglich die Elemente R/3-Referenzprozeßmodell und R/3-Prototyping genutzt und an den entsprechenden Ausführungen die Verbindungen aufgezeigt.

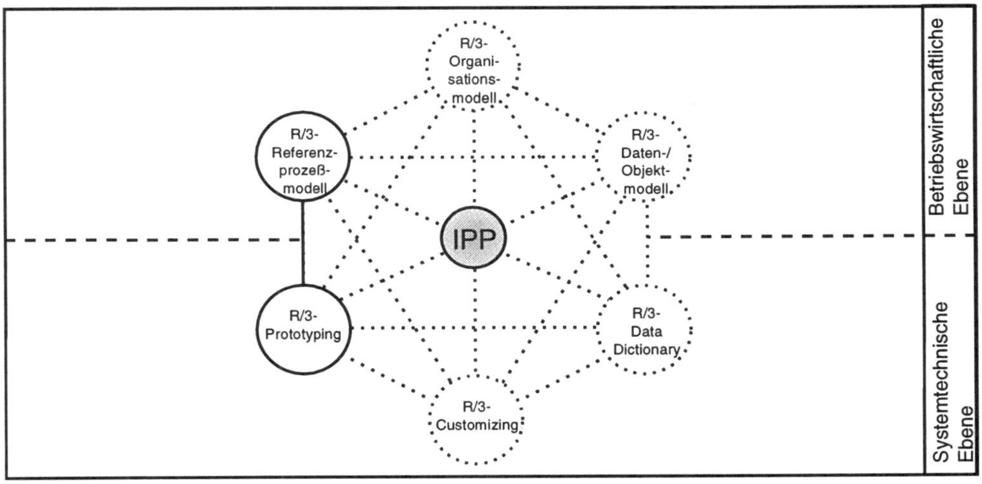

Abb. 7.1: IPP-Weg bei der Darstellung der Modellfirmen

Während im vorangegangenen Kapitel exemplarisch ein kleiner Ausschnitt aus einem Projekt herausgegriffen und anhand eines Beispiels die Anwendung der IPP-Methode aufgezeigt wurde, wird im folgenden jeweils eine Wertschöpfungskette von zwei Modellfirmen dargestellt, die über die betrieblichen Prozeßbereiche hinausgehen. Es werden deshalb zu Beginn von Kapitel 8 und Kapitel 9 die Wertschöpfungsketten im Überblick gezeigt und anschließend jeder verwendete und für die Modellfirmen konfigurierte R/3-Referenzprozeßbaustein beschrieben. Das Konzept zur Erläuterung der einzelnen Prozeßbausteine ist unterteilt in:

- *eine allgemeine, betriebswirtschaftliche Beschreibung*
  Die allgemeine Beschreibung charakterisiert den Prozeß aus der Sicht der Betriebswirtschaftslehre, problematisiert die Bedeutung des Prozesses in der Praxis und verweist auf die entsprechende konzeptionelle Referenzliteratur.
- *eine allgemeine, SAP-orientierte Beschreibung*
  Die SAP-spezifische Beschreibung legt das Lösungsspektrum der SAP-Software R/3 offen und beschreibt die Lösungsvielfalt des im R/3-System abgelegten Prozeßbausteins. Grundlage hierzu sind die R/3-Referenzprozesse und die Anwendungsbeschreibungen zum R/3-System.
- *eine spezifische, prozeßorientierte Beschreibung*
  Ein R/3-Referenzprozeß beinhaltet in der Regel mehrere Lösungswege. Innerhalb dieser Vielfalt kann sich der Anwender für einen oder mehrere Wege entscheiden. Anhand eines praxiserprobten Falles wird ein zielorientierter Lösungsweg aufgezeigt (Redlining) und verbal beschrieben.
- *Navigationsinformationen*
  Vernetztheit ist auch im R/3-System ein zentrales Element zur Unterstützung der unterschiedlichen Navigationsbedürfnisse der Anwender. Ausgewählte Möglichkeiten im R/3-System sind:
  - *der Menüpfad*
    Der Menüpfad zeigt, in welcher Form der Anwender im R/3-System navigieren kann, um an die entsprechende Dialogmaske zu gelangen.
  - *der Transaktionscode*
    Der Transaktionscode ist der Programmname einer SAP-Anwendung.
  - *die in einen Prozeß eingehenden Prozeßwegweiser*
    Die eingehenden Prozeßverbindungen zeigen die möglichen Vorgängerprozesse des aufgezeigten Prozesses auf.
  - *die von einem Prozeß ausgehenden Prozeßwegweiser*
    Die ausgehenden Prozeßverbindungen zeigen die möglichen Nachfolgerprozesse des aufgezeigten Prozesses auf.
- *eine graphische Darstellung des R/3-Referenzprozesses*
  Die Darstellung des betriebswirtschaftlichen Ablaufs der einzelnen R/3-Referenzprozeßbausteine erfolgt in Form von Ereignisgesteuerten Prozeßketten (EPK).

- *in eine graphische Darstellung der R/3-Anwendungssoftware*
  Hier wird die systemtechnische Realisierung in Form von anwenderorientierten Dialogmasken gezeigt.
- *in dem Aufzeigen der Verbindungen*
  Es wird die logische Verbindung von der entsprechenden Stelle des konfigurierten R/3-Referenzprozesses zu der entsprechenden Stelle in dem Eingabebildschirm des R/3-Anwendungssystems dargestellt. Der im R/3-Referenzprozeß aufgezeigte Weg ist mit Daten im R/3-System getestet worden, und alle aufgezeigten Wege sind somit in dieser Form im R/3-System lebensfähig (operativ durchführbarer Prozeß).

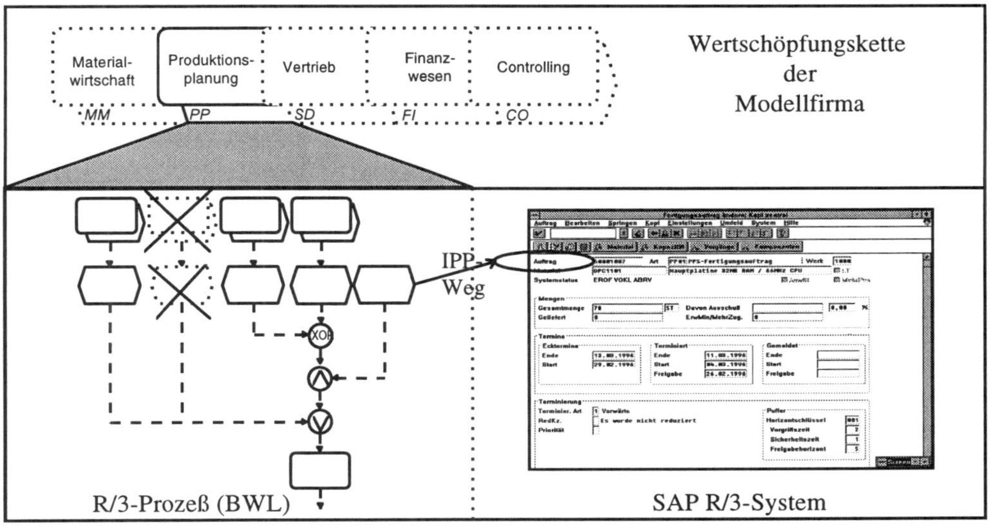

Abb. 7.2: Integration von Betriebswirtschaft und Informationssystemtechnik

Bevor in den Kapiteln 8 und 9 ein Gesamtüberblick der Wertschöpfungsketten und dann die detaillierten Prozeßinhalte gezeigt werden, erfolgt eine grobe Charakterisierung der beiden Modellfirmen und das Aufzeigen der Geschäftsbeziehung zwischen den beiden anhand des Produkts *Hauptplatine.*

7.2 Modellfirma Losfertiger mit Lagerverkauf

Die Modellfirma *Losfertiger mit Lagerverkauf* (Modellfirma A) bietet standardisierte Produkte an, die als Einbauteile in Produkte anderer Hersteller eingehen. Auf dieses standardisierte Produkt und deren Funktionalität, Gestalt und Dimension hat der einzelne Kunde keinen unmittelbaren Einfluß. Das angebotene Produkt wird entscheidend durch den Stand der Technologie geprägt. Absatzzahlen und Produktgestaltung werden von der Geschäftsführung in Abstimmung mit dem technisch kompetenten Personal aus Planung und Fertigung sowie dem betriebswirtschaftlich orientierten Personal aus der Marktforschung und dem Controlling bestimmt und im Bereich Rechnungswesen anhand der Nachfrage auf dem Absatzmarkt festgehalten. Die Modellfirma A definiert somit ihre Produktpalette autonom von einzelnen unternehmensexternen Personen, und es liegt eine kundenanonyme Produktentstehung vor. Die Produktentstehungsphase schließt mit der Freigabe des Einbauteils als verkaufsfähiges Produkt ab. Somit liegen vor Beginn der Produktion des verkaufsfähigen Einbauteils alle für die Fertigung und Montage benötigten Unterlagen vor.

Die zeitliche Entkopplung von Produktentstehungsphase innerhalb der Forschung und Entwicklung und Auftragsabwicklungsphase innerhalb des operativen Tagesgeschäfts hat auch erheblichen Einfluß auf die Gestaltung der Fertigung und Montage. Es werden eine große Menge gleichartiger Produkte hergestellt, und das Produktionsprogramm bleibt über einen längeren Zeitraum gleich. Ablaufänderungen ergeben sich primär durch wesentliche Nachfrageverschiebungen auf den einzelnen Marktsegmenten oder durch technisch bedingte Modelländerungen bzw. Modellerneuerungen.

Die angebotene Produktpalette umfaßt in einem Segment die Herstellung von Hauptplatinen für Personal Computer. Das Produkt ist prinzipiell aufgrund der Vielzahl von eingehenden unterschiedlichen Bauteilen, wie Zentralprozessor, Widerstände, Dioden, Transistoren und Chips, durch eine hohe Produktkomplexität gekennzeichnet. Durch die technisch mögliche Modularisierung des komplexen Produktes kann die Stücklistenstruktur vereinfacht werden, was auch auf den Fertigungsablauf und das Bestellwesen Auswirkungen hat. Die Produktion beinhaltet die Anfertigung der Platine mit ihren entsprechenden Stromleitungen und den Lötpunkten sowie das Anbringen des Prozessors (Central Processing Unit), des Coprozessors, des Arbeitsspeichers, des Bussystems, der Cache-Speicher und sonstigen Prozessoren, Transistoren, Dioden und Widerstände. Die Hauptplatinen werden in größeren Losen hergestellt.

Die eigene mechanische Fertigung ist zur Ausnutzung von Spezialisierungsvorteilen der Maschinen zum einen durch das Werkstattprinzip geprägt, zum anderen werden im Bereich der Montage hochautomatisierte, flexible Fertigungssysteme eingesetzt, die nach dem Produkt- und Produktflußprinzip (fertigungstechnischer Ablauf der Produktherstellung) konzipiert und angeordnet sind. Die Produktionsplanung erfolgt nach dem amerikanischen MRP II-Konzept und umfaßt die Prozesse von der Absatz- und Produktionsgrobplanung, über die Programmplanung bis hin zur Materialbedarfsplanung. Da die Materialbedarfsplanung aufgrund der vielfältig eingehenden Bauteile sehr aufwendig ist, führt das Unternehmen zur groben Planung der Produktionskapazitäten und deren Auslastung eine Leitteileplanung, hier ein zweistufiges Planungsverfahren anhand der CPU und des Arbeitsspeichers (RAM), durch.

Ausgehend von den Ergebnissen der Produktionsplanung werden die Bestellungen für die fremdzubeziehenden Materialien aktiviert. Neben den Transistoren, Widerständen und Dioden werden die diversen Chips von den darauf spezialisierten Herstellern bezogen. Die Beschaffung von hochwertigen elektronischen Bauteilen, deren Qualität unbedingt vollständig gewährleistet sein muß, erfordert entsprechende Sicherheitskontrollen beim Wareneingang. Deshalb findet eine Qualitätskontrolle beim Wareneingang für die kritischen Teile statt. Eine Besonderheit ist, daß Rechnungen der Lieferanten teilweise vor der Ware eintreffen. Diese Rechnungen bleiben dann für die Zahlungen bis zum Wareneingang und einer anschließenden Qualitätsprüfung, die positiv ausfallen muß, gesperrt.

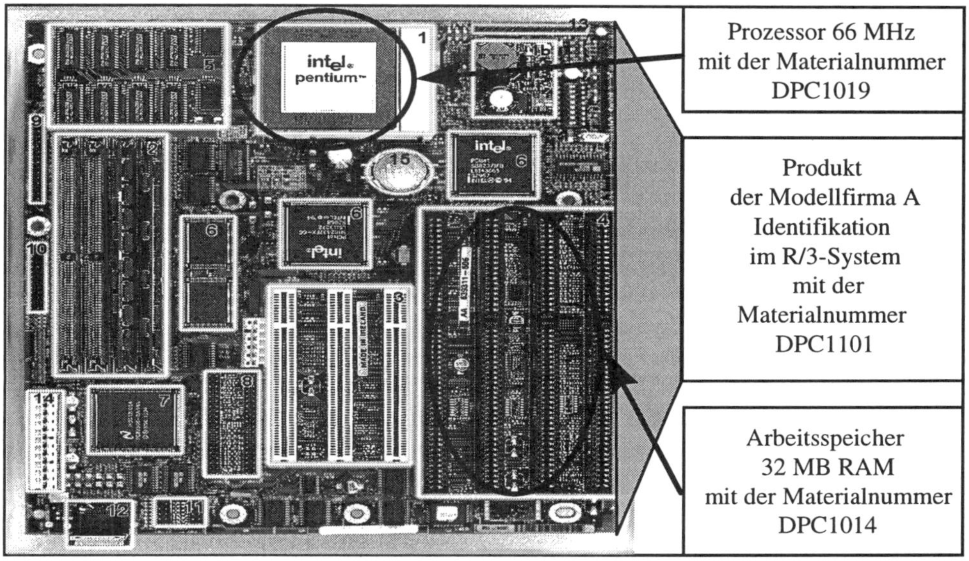

Abb. 7.3: Hauptplatine (aus: Schüller/Veddeler 1996, S. 20)

Das in der Fertigung komplettierte Produkt, die verschiedenen Hauptplatinen, werden im Auslieferungslager abgelegt und der Kunde von dort aus beliefert. Die ausschließliche Auslieferung des Produktes ab Lager bewirkt auch eine zeitliche Entkopplung der Vertriebs- von den Beschaffungs- und Produktionsaktivitäten. So wird ein Auftrag vollständig im Vertrieb abgewickelt, ohne daß hier bei Eingang eines Kundenauftrags konstruktive oder fertigungstechnische Unterlagen erstellt werden müssen. Der dispositive Faktor konzentriert sich primär auf die Kommissionierung und Auslieferung des Produktes, wobei der Schwerpunkt auf der termingerechten Auslieferung der Ware über den verkehrsgünstigsten Auslieferungsweg liegt. Eine weitere Besonderheit in der Geschäftsabwicklung mit den Kunden liegt darin, daß Modellunternehmen A mit seinen verschiedenen Kunden, den Herstellern von Personal-Computern, Kontrakte abgeschlossen hat. In dem Kontrakt sind die geplanten Absatzmengen der einzelnen Hauptplatinen pro Periodenjahr aufgeführt. Abruftermin und -menge ergeben sich allerdings erst konkret in Abhängigkeit der eingehenden PC-Bestellungen durch die Kunden der Modellfirma B. Mit Abruf der Hauptplatinen erfolgt dann neben der Lieferungsbearbeitung im R/3-System direkt die Fakturabearbeitung und die darauffolgende maschinelle Zahlung.

Begleitend zu den Planungs- und Fertigungsschritten wird auch eine Vor- und Nachkalkulation durchgeführt. Hierzu ist der Aufbau einer entsprechenden Unternehmensstruktur mit Festlegung der Kosten- und Leistungsarten sowie den Kostenstellen notwendig. Mit Abschluß der Fertigungstätigkeiten wird ein Kostenstellen- und Profit Center-Bericht erstellt und eine Ergebnisanalyse durchgeführt, die als Basis für die Absatzplanung des folgenden Jahres herangezogen wird.

7.3 Modellfirma Auftragsbezogener Montagefertiger

Die Modellfirma *Auftragsbezogener Montagefertiger* bietet standardisierte Produkte auf dem Absatzmarkt an, die als Endprodukte an Handelsunternehmen oder über den Direktversand an einzelne Kunden gelangen.

Standardisierung bedeutet, daß der einzelne Kunde keinen direkten Einfluß auf die Funktionalität, deren Gestalt und Dimension innerhalb der Produktentwicklung hat. Die Produktentwicklung ist zeitlich entkoppelt von der Auftragsabwicklung und hat das Ziel, auf Basis des aktuellen Technologiestandes das bestmögliche Produkt unter technischen, ökonomischen und ökologischen (unter anderem wegen der Entsorgungskosten) Gesichtspunkten zu entwickeln. Die Produktentstehungsphase schließt mit der Freigabe der Prototypen ab, die hinreichend unter Langzeit-Testbedingungen geprüft worden sind. Das Konzept und Design für ein neues Produkt ist überwiegend durch die technologische Machbarkeit determiniert, Ausgangsbasis für Produktänderungen beruhen in der Regel auf Technologieänderungen und Marktforschungsergebnissen des Unternehmens. Das Produktspektrum wird somit weitestgehend autonom vom Unternehmen festgelegt, daher liegt eine kundenanonyme Produktentstehung vor.

Die zeitliche Entkopplung von Produktentwicklung und Auftragsabwicklung erlaubt einige Standardisierungsmöglichkeiten innerhalb der Fertigung und Montage. So werden in das Endprodukt eingehende Standardteile auf Lager produziert. Das Produktionsprogramm für die Fertigung wird ausschließlich durch unternehmensinterne Aufträge determiniert. Ziel ist es, möglichst lange das Fertigungsgeschehen konstant zu halten. Die Fertigungsunterlagen liegen somit vor der Produktion komplett vor.

Der Kundeneinfluß auf die Auftragsabwicklung kommt erst innerhalb der Montage des Endproduktes zum Tragen. So stellt der kundenbezogene Montierer Personal-Computer in verschiedenen Varianten her. Aufgrund der kombinierbaren Teile, wie Gehäuse, Hauptplatine, Hauptspeicher, Graphikkarte, Festplattenlaufwerk, Diskettenlaufwerk, CD-ROM-Laufwerk, Soundkarte, Maus, Tastatur, Monitor, Lautsprecher, Fax-Modem, verschiedene Kabelverbindungen etc., ist das Endprodukt durch eine hohe Produktkomplexität gekennzeichnet.

Das Unternehmen hat das technisch mögliche Lösungsspektrum zur Reduzierung der Komplexität auf betriebswirtschaftlich, d. h. absatzträchtige, plausibilitätsgestützte Kombinationen beschränkt und damit den Variantenreichtum der Produkttypen reduziert. Dadurch kann der kundenbezogene Montierer die Anweisungen für die Montage vor Erteilung eines Kundenauftrags vollständig vorhalten. Der Kunde kann im Vergleich zur Modellfirma *Losfertiger mit Lagerverkauf* zwischen einer Vielzahl von Varianten wählen und erhält somit das Gefühl, daß aufgrund seiner Anforderungen ein kundenindividuelles Produkt für ihn erstellt wird. Die Auswahlmöglichkeiten des Kunden beruhen allerdings nicht auf den technisch machbaren Kombinationen, sondern bewegen sich ausschließlich innerhalb des angebotenen Variantenspektrums des Herstellers.

Abb. 7.4: Personal-Computer (aus: Schüller/Veddeler 1996, S. 40)

Die Auftragsabwicklung beim kundenbezogenen Auftragsfertiger wird durch eine kundenindividuelle Anfrage gestartet. Hierzu hat die Modellfirma B an die potentiellen Kunden einen Katalog mit den Konfigurationsmöglichkeiten versendet, und der Kunde fragt nach einer spezifischen PC-Konfiguration laut Katalog. Es kommt auch vor, daß von einzelnen Kunden eine direkte Anfrage ohne Bezug auf den Katalog gemacht wird. Innerhalb der Anfragebearbeitung wird geprüft, ob die gewünschte Konfiguration (z. B. Hauptspeicher mit 32 MB RAM oder 40 MB RAM; deutsche, englische oder französische Tastatur; Desktop- oder Tower-Gehäuse; 17″- oder 20″-Monitor) produziert werden kann. Anschließend wird auf Basis des konfigurierten Materials ein Preisangebot mit den entsprechenden Zu- und Abschlägen bzw. Rabatten erstellt sowie ein geschätzter Liefertermin mitgeteilt.

Erteilt der Kunde direkt einen Auftrag aufgrund der im Katalog angegebenen Konfigurationsmöglichkeiten, so wird innerhalb der Auftragsbearbeitung ein Verkaufsantrag mit genauem Liefertermin erzeugt. Hierzu werden die entsprechenden Informationen im Materialstammsatz, in der Stückliste und im Arbeitsplan gezogen. Wenn auch der Kunde keinen Einfluß auf den prinzipiellen Montageablauf hat, so beeinflußt er doch mit seinem Konfigurationswunsch die Einlastungstermine der einzelnen Komponenten der Varianten. Deshalb wird eine Verfügbarkeitsprüfung für die einzelnen Materialien der Stückliste ausgeführt, in der auch die Wiederbeschaffungszeiten der Komponenten abgelegt sind, und es erfolgt eine direkte Umwandlung des Kundenauftrags in einen Fertigungsauftrag für die Montage sowie die Erzeugung der erforderlichen Bestellanforderungen.

Auf Basis des mit der Firma A festgelegten Kontraktes werden die benötigten Hauptplatinen abgerufen. Die Zulieferung der Hauptplatinen erfolgt direkt zur Produktion, wo die Montage mit der Qualitätsprüfung stattfindet. Der Personal-Computer wird vor Auslieferung auf Gesamtfunktionalität (Prozeß Prüflos zum Warenausgang) geprüft, zur Kommissionierung freigegeben und anschließend zum Kunden versendet. Parallel zu den Produktions- und Vertriebsschritten erfolgte eine Kostenträgerrechnung und das Vertriebs-Controlling als Basis für die nächste Planung der Absatz- und Preispolitik.

7.4 Zusammenspiel der beiden Modellfirmen

Ein zentrales Absatzprodukt der Modellfirma A ist die Hauptplatine DPC 1101. Sie ist im Materialstammsatz beschrieben und hat eine mehrstufige Stücklistenstruktur. Einzelne Stücklistenpositionen werden von der Firma selbst hergestellt, die zentralen Leitteile DPC 1014 (32 MB RAM) und DPC 1019 (Prozessor 66 MHz) werden bei Zulieferanten gekauft. Die eingekauften Teile werden innerhalb des Fertigungsauftrags 60001007 in die Hauptplatine DPC 1101 integriert und aus der Produktion in das Auslieferungslager transportiert.

Eine wichtige Produktpalette der Modellfirma B umfaßt Personal-Computer, die im Materialstammsatz beschrieben sind. Ein Produkt hat die Identifkationsnummer DPC 6 (Desktop-PC). Ein Konfigurationswunsch wird als telefonische oder schriftliche Anfrage angenommen und dem Kunden ein Angebot übermittelt. In dem vorliegenden Fall wird anschließend ein Kundenauftrag mit der Nummer 60001012 erzeugt. Zwischen den beiden Modellunternehmen gibt es eine Vereinbarung, in der geregelt ist, daß Modellfirma B (Auftraggeber Nr. 1600) von der Modellfirma A 10000 Hauptplatinen im Zeitraum vom 14.03. bis 21.12. bezieht (Kontraktvereinbarung). Modellfirma A hat in dem Kontrakt zugesichert, zu jedem Zeitpunkt in dem vorgegebenem Rahmen lieferbereit zu sein. Die Vereinbarung bewirkt einen Kontrakt mit der Nr. 40000048 im Vertrieb der Modellfirma A und bei Modellfirma B einen Mengenkontrakt mit der Nr. 460000020. Der erzeugte Kundenauftrag 60001012 bei der Modellfirma B bewirkt unter der Berücksichtigung von Mindestsicherheitsbeständen, daß zu diesem Kundenauftrag für die zu montierenden Personal-Computer direkt ein Fertigungsauftrag (Montageauftrag) und für die fremdzubeziehenden Hauptplatinen eine Bestellanforderung erzeugt wird. Bezugnehmend auf die Bestellanforderung und die Kontraktvereinbarung wird bei Modellfirma B unmittelbar ein Kontraktbestellabruf und daraus resultierend bei Modellfirma A eine Kundenkontrakt-Abrufbearbeitung ausgelöst. Das verbindende Element für diese Interaktionen ist die Bestellung mit der Nummer 10002276. Die gefertigte Hauptplatine DPC 1101 wird über die Warenausgangsbearbeitung für Lagermaterial an die Modellfirma B ausgeliefert und dort direkt in der Produktion weiterbearbeitet, d. h. in den Desktop-PC (DPC 6) eingebaut. Anschließend wird über die Warenausgangsbearbeitung der Modellfirma B der Desktop-PC an den Kunden geliefert. Die wichtigsten Prozeßbausteinstationen sind mit ihren erzeugten Belegen in der folgenden Abbildung dargestellt und zeigen die Geschäftsbeziehungen zwischen den Modellfirmen im Überblick.

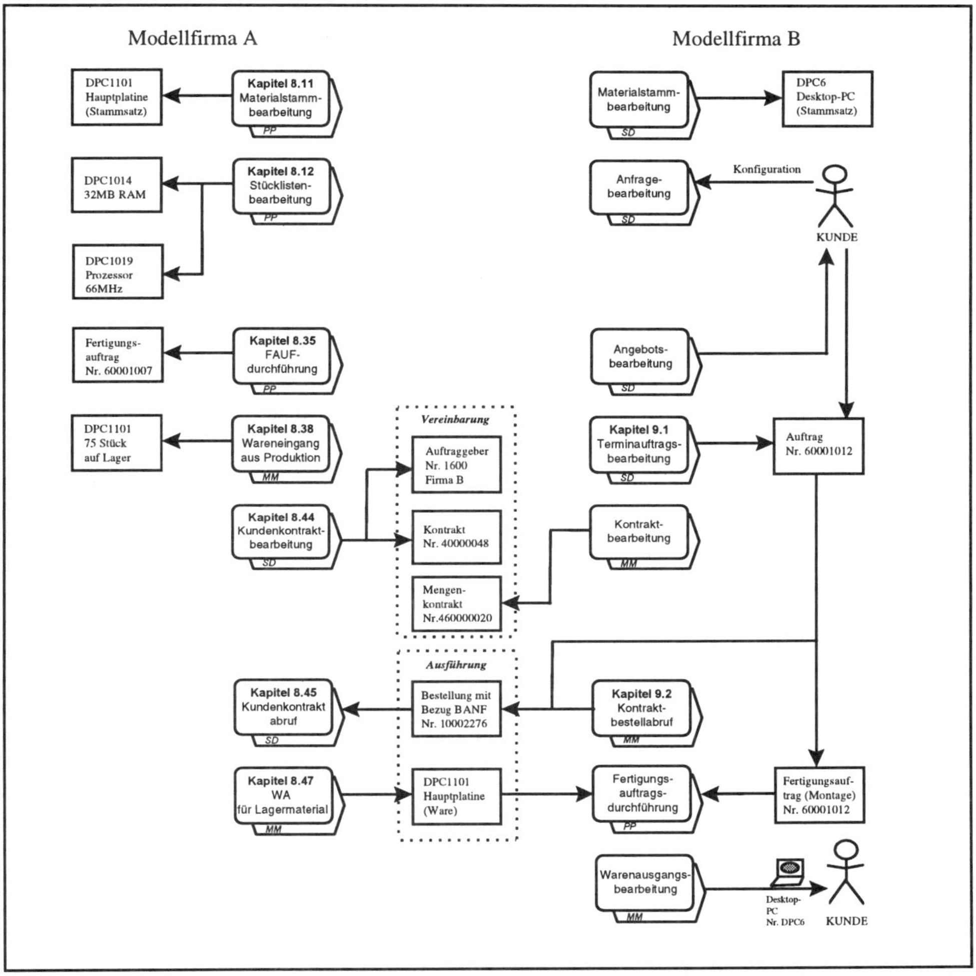

Abb. 7.5: Verbindungen zwischen den Modellfirmen

8 Wertschöpfungskette eines Losfertigers mit Lagerverkauf

„Fortschritte in der Medizin und Chirurgie hängen im wesentlichen von Fortschritten in Technologien ab. Neue Werkstoffe mit neuen Eigenschaften und neue Bauteile, z. B. Implantate, Instrumente oder Geräte, können sich von ihren Vorgängern erfolgreich abheben, wenn sie einen erheblichen medizinischen oder volkswirtschaftlichen Nutzen versprechen" (Wintermantel/Ha 1996, S. IX). Ebenso hängen Fortschritte in der Betriebswirtschaft von technischen Neuerungen ab. So erlaubten das Aufkommen graphischer Benutzeroberflächen die Bearbeitung von komplexeren Aufgaben. Die Entwicklungen in der Client/Server-Technologie sowie dem Internet bzw. Intranet bieten neue Möglichkeiten der Verteilung von Aufgaben.

Das erfolgreiche Umsetzen neuer Technologien in der Medizin erfordert *BIO-kompatible Werkstoffe* (vgl. Wintermantel/Ha 1996, S. 1-24), die erfolgreiche Umsetzung neuer Softwaretechnologien in der Betriebswirtschaftslehre erfordert *BWL-kompatible Software*. So wie in der Medizin das Grundelement allen Lebens die *Zelle* ist, können in der Betriebswirtschaft *Prozeßbausteine* als das wesentliche Grundelement angesehen werden. Denn läuft ein Prozeß im Unternehmen nicht produktiv anhand der vom Markt geforderten Anforderungen, so manövriert das Unternehmen langfristig gesehen in die Insolvenz. Wird ein im Prinzip gut funktionierender Prozeß durch inkompatible Software unterstützt, so führt die Kontraproduktivität unter Umständen ebenso zur Insolvenz. Ist ein Prozeß für die marktinduzierten Anforderungen unzweckmäßig entwickelt worden, so nützt auch die beste Software nichts, bevor das Grundproblem nicht behoben ist. So wie in der Medizin der BIO-kompatible Werkstoff zur Erhaltung des Lebewesens beiträgt, unterstützt BWL-kompatible Software den Erfolg von Unternehmen.

Ausgangsgröße zur Betrachtung von BIO-kompatiblen Werkstoffen ist die Zelle, auf die die Verträglichkeit eines Werkstoffes abgestimmt sein muß, Ausgangsgröße zur Betrachtung von BWL-kompatibler Software ist der Prozeßbaustein. Die Bedeutung eines Prozeßbausteins als existenzerhaltender Einflußfaktor wird deshalb anhand der Dualität zur Zelle aufgezeigt (vgl. Wintermantel/Ha 1996, S. 25-36).

- *Zelle und Prozeßbaustein*
  Die Zelle ist ein *universeller Baustein aller Organismen* und die kleinste selbständig lebensfähige Einheit. Der Prozeßbaustein ist ein *universeller Baustein von sozialen Organismen* und die kleinste selbständig lebensfähige Einheit.

- *Struktur der Zelle und Struktur des Prozeßbausteins*
  Die Zelle besitzt eine charakteristische *molekulare und supramolekulare Struktur*. Gewebe, Organe und ganze Organismen setzen sich aus zellulären Bauelementen (z. B. Zellmembran, Zytoplasma, Zellkern) zusammen. Der Prozeßbaustein besitzt eine *charakteristische singuläre und bauteilorientierte Struktur*. Aufgaben, Bereiche und ganze Unternehmen setzen sich aus prozessualen Bauelementen (z. B. Aktivitäten, Ereignissen, Informationen, organisatorischen Verantwortungen) zusammen.

- *Funktion der Zelle und Funktion des Prozeßbausteins*
  Die Zelle ist ein *offenes System und tauscht ständig Energie und Stoffe* mit ihrer Umwelt aus. Die Zelle bewahrt ein dynamisches Gleichgewicht, sichert die Integrität ihrer Umwelt und ist in der Lage, sich an eine veränderte Umwelt anzupassen. Die Zelle führt einen Stoffwechsel zwecks Energiegewinnung und Wachstum durch und zeigt innere und äußere Bewegungen als Reaktion auf chemische und physikalische Reize der Umgebung. Der Prozeßbaustein ist ein *offenes System und tauscht ständig Informationen und Materialien* mit seiner Umwelt aus. Der Prozeßbaustein wahrt ein dynamisches Gleichgewicht, indem er auf unterschiedlich eingehende Informationen verschiedene Adaptionsmöglichkeiten (Bearbeitungsschritte) anwenden kann. Die innewohnende Varianz eines Prozeßbausteins ermöglicht somit eine Anpassung an unterschiedlich auftretende Unternehmenssituationen. Die Erstellung konsistenter Ergebnisse ermöglicht eine Integrität zur betriebswirtschaftlichen Umwelt.

- *Vermehrung einer Zelle und Vermehrung eines Prozeßbausteins*
  Bei der Zellvermehrung ist zum einen die Vergrößerung von Zellzahl und Zellmasse zu gewährleisten, zum anderen die Weitergabe von Informationen über Struktur, Funktion und Selbstproduktion. Dabei sind die Nachkommen einer Zelle in der Regel zu den gleichen Leistungen wie die Ausgangszelle fähig. Der Träger der genetischen Information ist die *Desoxyribonucleinsäure* bzw. im Amerikanischen *Deoxyribonucleic acid* (DNS bzw. DNA) bei den meisten Lebewesen. Ausnahmen sind z. B. sogenannte RNS-Viren. Die Erbsubstanz liegt meist als Doppelstrang vor. DNA ist vorwiegend im Zellkern (Nukleus) und dort in den Chromosomen lokalisiert. Hinter der DNA verbergen sich drei Grundbausteine, der Zucker Desoxyribose, vier organische Basen (Adenin, Cyclosin, Guanin und Thymin) und Phosphorsäure. Diese Stoffe bilden ein langgestrecktes Kettenmolekül, das von der Struktur her an eine Strickleiter erinnert. Die *Sprossen* werden immer von zwei der organischen Basen gebildet, die Paarung ist jedoch nicht beliebig. Adenin liegt immer Thymin gegenüber, Guanin stets Cyclosin, wobei die Seiten getauscht sein können. Auf der Länge von 10 Basenpaaren ist der Doppelstrang einmal um sich selbst gedreht (360°). Aus der Reihenfolge der Basenpaare können die Zellen das jeweilige *DNA-Rezept* ablesen. Die DNA bildet in den Chromosomen den molekularen Baustoff der Gene, die Erbsubstanz. Durch die Zellteilung wird der gesamte Genbestand auf alle Körperzellen übertragen. Da aber bestimmte Körperzellen verschiedene Gestalt und Funktion haben können (z. B. Muskelzellen, Nervenzellen), muß für die Ausbildung der verschiedenen Zellarten die Wirksamkeit bestimmter Gene aktiviert und die anderer blockiert sein.

  Prozeßbausteine bzw. Prozesse werden von Menschen kreiert. Dabei gehen die Erfahrungen und das Wissen aus der betrieblichen Praxis, der Ausbildung und die in jedem Menschen innewohnende Einstellung zur Führung, d. h. zentraler oder dezentraler Führungsstil, ein. Prozeßbausteine werden in der Regel zu größeren Ablauffolgen zusammengefaßt und müssen aufgrund der vorherrschenden Arbeitsteilung unter Minimierung von Transaktionskosten koordiniert werden. Das zu vererbende Wissen zur Prozeßgestaltung bezieht sich dabei zum einen auf die in einem Prozeßbaustein innewohnende betriebliche Varianz, die in Abhängigkeit des Kunden gezielt für diesen eingestellt bzw. konfiguriert werden muß, zum anderen auf die zeitlich-sachlogische Anordnung der konfigurierten Prozeßbausteine zur Erfüllung der gesamten Unternehmensaufgabe. Die maximalen Vererbungsmöglichkeiten ergeben sich durch die Varianz der Prozeßbausteine sowie durch die Kombinationsmöglichkeiten der Prozeßbausteinkopplung. Die reale Vererbung bildet der konfigurierte Prozeßbaustein und die Anordnung selektierter Prozeßbausteine zu einer Wertschöpfungskette auf Basis der unternehmerischen Zielsetzung.

Als ein Basenpaar könnte man nun die betriebswirtschaftliche Anforderung in Form eines Prozeßbausteins und die dazu entsprechende Softwarefunktionalität im Sinne einer Transaktion, eines Funktionsbausteins oder einer Gruppe von Transaktionen auffassen. Die in der Software beinhalteten Vererbungsmöglichkeiten spiegeln sich somit in den Parametrisierungsmöglichkeiten der Transaktion sowie der möglichen Transaktionskopplungen wider. Die reale Vererbung in der Software besteht nun in der für einen Kunden parametrisierten Transaktion sowie der softwaretechnischen Kopplung zur Unterstützung der Geschäftsabwicklung. Während in die Vererbungsmöglichkeiten eines Prozeßbausteins in erster Linie das Kundenwissen über die betriebliche Praxis, d. h. die Branche, Marktkenntnisse, Produktionsverfahren etc., eingehen, werden die Vererbungsmöglichkeiten zu einer Transaktion weitestgehend durch das angebotene Leistungsangebot des Softwareanbieters und dem Erfahrungsschatz der Mitarbeiter beeinflußt. Die Softwareentwickler der SAP AG greifen zur Erzielung einer hohen Adaptionsmöglichkeit deshalb schon frühzeitig auf die Kenntnisse erfahrener und erfolgreicher Kunden zu.

Bei der realen Vererbung von datenverarbeitungsgestützten Prozessen muß zum einen die Kongruenz zwischen Prozeßbaustein und Transaktion etc. gewährleistet sein, zum anderen müssen aufgrund der betrieblichen Konstellation bestimmte Prozeßpfade und Funktionen aktiviert und andere deaktiviert sein. Kommt es zu unkontrollierten Vorgängen, d. h. in der Medizin zu Mutationen, und meistens damit verbunden zu krankhaften Veränderungen, so dient der betriebliche (vererbte) Prozeß nicht hinreichend der zu erfüllenden Aufgabenstellung. Ebenso wie bei der DNA nur bestimmte Teile zur Vererbung genutzt werden, sind für eine spezifische Unternehmenssituation nur bestimmte (inhaltliche) Prozeßbausteine relevant. Dies wird im folgenden für zwei Modellunternehmen aufgezeigt. Die Kopplung der Prozeßbausteine ist überblicksartig in der folgenden Abbildung dargestellt. In der Mitte eines jeden Symbols befindet sich der Name des Prozeßbausteins, in der unteren Zeile ist die entsprechende Applikation bzw. das Modul im R/3-System angegeben. Dabei wird eine Wertschöpfungskette von dem Controlling, der Produktionsplanung und -steuerung, der Materialwirtschaft, dem Finanzwesen, dem Qualitätsmanagement bis hin zum Vertrieb und der anschließenden Abschlußrechnung im Controlling, d. h. ein gesamter Unternehmenszyklus, durchlaufen. Die konkreten Verbindungen sind in den entsprechenden Kapiteln der Prozeßbausteine dargestellt.

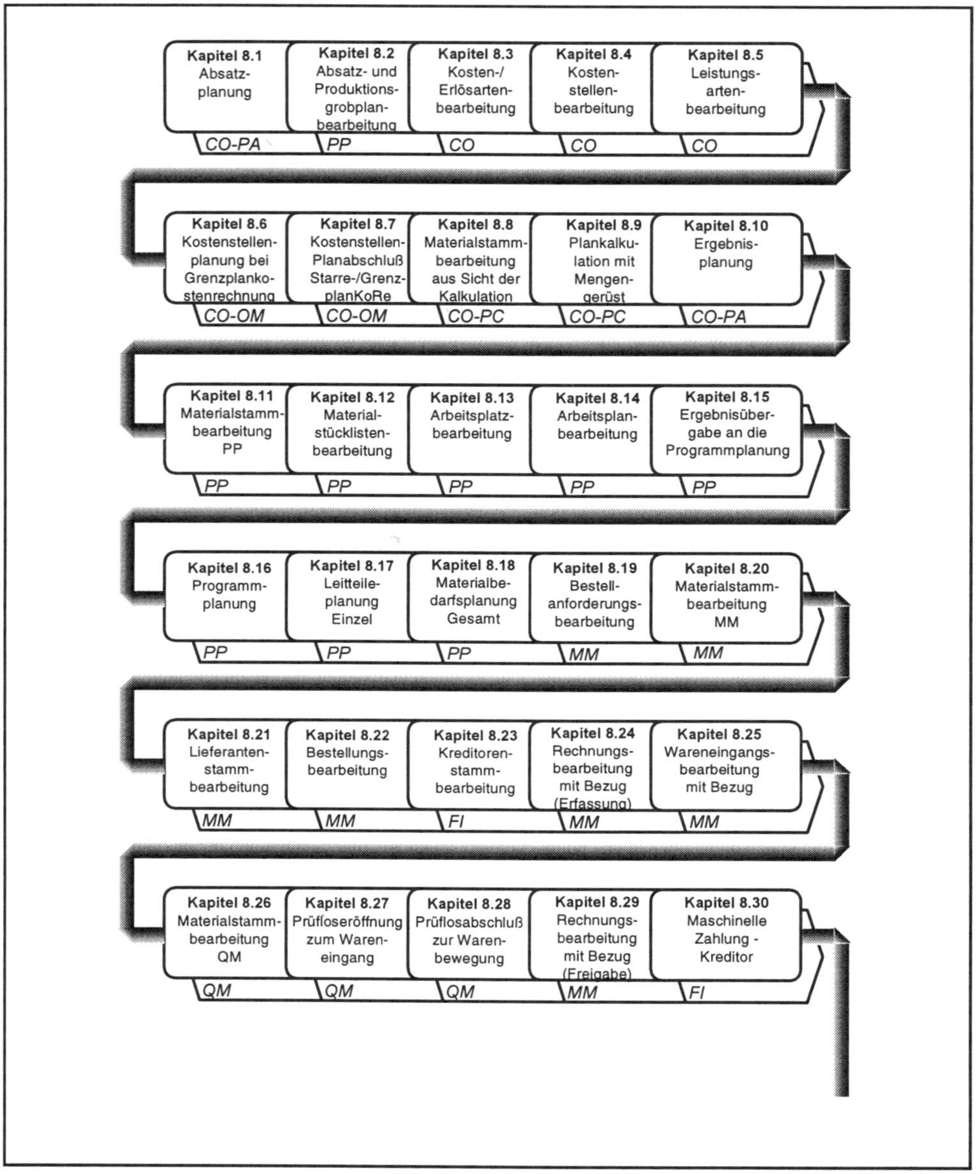

Abb. 8: Die DNA eines Unternehmens – Teil 1

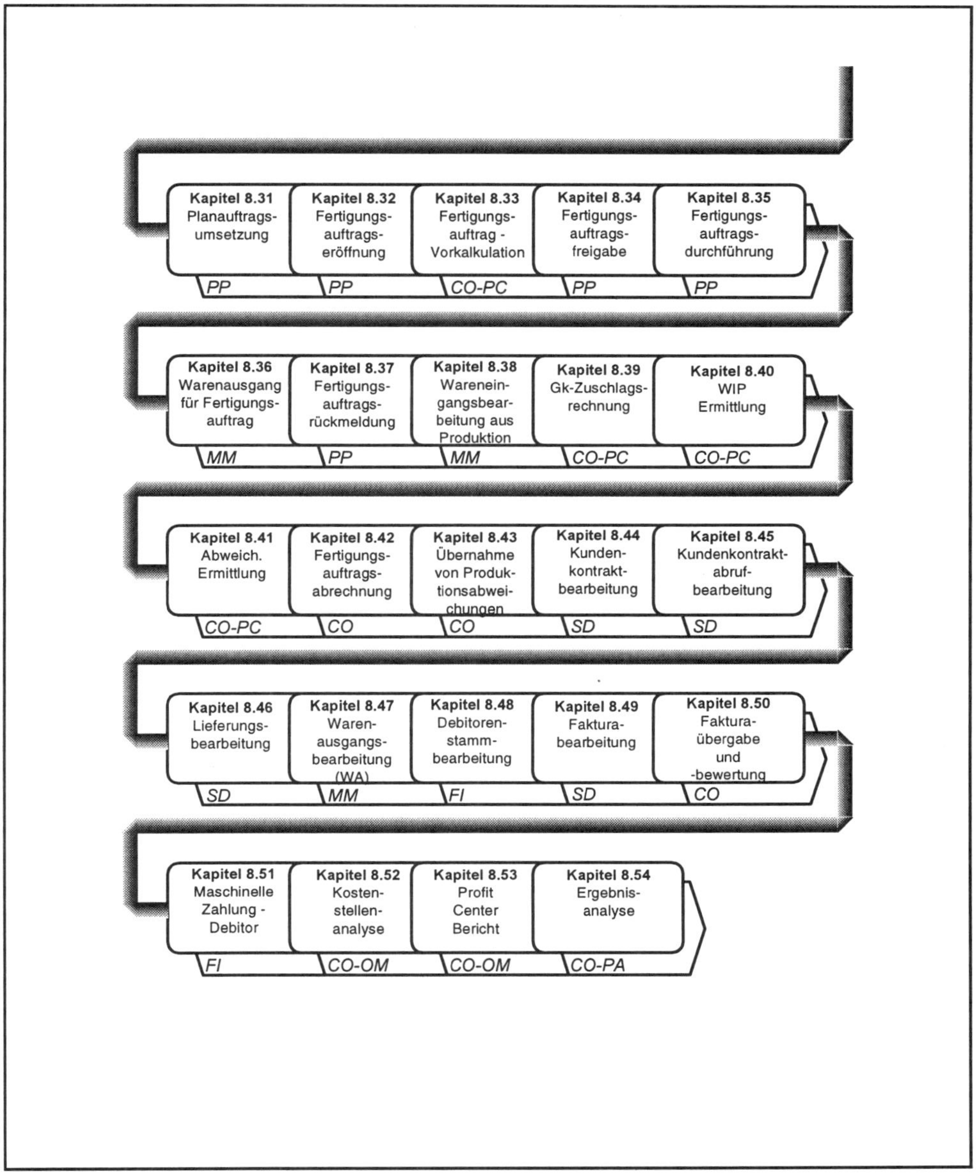

Abb. 8: Die DNA eines Unternehmens – Teil 2

8.1 Prozeß: Absatzplanung

8.1.1 Betriebswirtschaftliche Beschreibung

Die Absatzplanung legt für die nächste Planungsperiode in Abhängigkeit von den Möglichkeiten der Produktion sowie der Produktnachfrage auf dem Absatzmarkt das Sortiment und die Absatzmenge fest (vgl. Meffert 1986, S. 216-240). „Ziel der Absatzplanung ist die Festlegung des Absatzprogramms und die Prognose der Absatzmengen und Absatzpreise" (Wöhe 1996, S. 601). Der Absatzplan bildet die Grundlage für die Ableitung der anderen betrieblichen Funktionspläne, da von den Absatzmöglichkeiten abhängt, wieviel produziert wird. Somit wird der Produktionsplan am Absatzplan ausgerichtet. Ausgehend vom Produktionsplan wird der Beschaffungsplan für die Bereitstellung der Produktionsfaktoren festgelegt (vgl. Wöhe 1996, S. 595-607). Die Absatzplanung liefert die Informationen, die zeitlich, räumlich und sachlich zu differenzieren sind für die Beantwortung der folgenden Fragen:

- Welche Produkte sollen in welcher Menge verkauft werden?
- An wen und zu welchem Preis sollen die Produkte verkauft werden?

8.1.2 SAP-spezifische Beschreibung

Im System R/3 ist die Absatzplanung ein Teil der Unternehmensplanung, die sich aus der Absatz-, Erlös- und Ergebnisplanung zusammensetzt. Der Gesamtumfang der Planung innerhalb der Ergebnisrechnung umfaßt (vgl. SAP – Ergebnis- und Vertriebs-Controlling 1996, S. 4.7-4.15):

- die Absatzplanung eines Ergebnisobjektes (Planungsobjekt), d. h. die Planung auf Produktgruppenebene oder für einzelne Produkte
- die Ermittlung der Planbrutto-/Nettoerlöse durch Bewerten des Absatzes mit den im Vertriebssystem hinterlegten Werten (Erlöse, Rabatte, Boni etc.), d. h. das Unternehmen strebt einen Erlös von DM 2 Millionen für eine Planperiode an und will die Produktionskosten soweit wie möglich reduzieren
- die Ergebnisplanung durch Übernahme der im Controlling geplanten Kosten (z. B. Herstellkosten, Kostenstellen-Gemeinkosten), d. h. aus der Unternehmensplanung wird ein Budget von DM 500.000 vorgegeben
- die stufenweise Planung aller Fixkosten

Vor der Planung wird der Bildschirmaufbau zur Erfassung der Planzahlen (Planungslayout) frei definiert. Dadurch werden die Planungsebene sowie die Wertfelder einer Planungssitzung festgelegt. In einem Planungslayout wird der Aufbau des Erfassungsschirms zur Eingabe der Plandaten sowohl hinsichtlich der Positionierung der Eingabefelder als auch bezüglich der zugehörigen Bedeutung festgelegt. Durch seine Position auf dem Erfassungsbildschirm ist jedem Eingabefeld sowohl eine Zeile als auch eine Spalte fest zugeordnet. Der Inhalt jedes Eingabefeldes wird durch die Angaben bestimmt, die in den zugehörigen Spalten bzw. Zeilen des Planungslayouts hinterlegt sind.

8.1.3 Anwendung des Prozesses

Für die Absatzplanung der Modellfirma A sind folgende Komponenten der Planung hervorzuheben. Bei der manuellen und der maschinellen Überarbeitung der Plandaten können die Planungsebenen frei gewählt werden. Eine einheitliche Planungsebene ist also nicht notwendig. Dennoch liegt ein konsistenter Datenbestand vor. Daher ist eine individuelle Parametrisierung der Planungsszenarien möglich, gleichgültig ob auf einem detaillierten oder einem aggregierten Niveau geplant wird. Da außerdem die Planung nicht an einen bestimmten Zeitraum gebunden ist, lassen sich jahresübergreifende und rollierende Planungen abbilden.

Bei der Modellfirma A wurde bisher nur eine Planversion angelegt. Planungsversionen werden im System R/3 angelegt, um unterschiedliche Plandaten für dasselbe Objekt parallel zu halten. Über verschiedene Prognosemodelle können auf Basis vorhandener Referenzdaten Planwerte prognostiziert werden. Mit Hilfe der Top-down-Verteilung können Daten von einer höheren Planungsebene auf die darunterliegende Ebene verteilt werden, z. B. werden die geplanten Daten auf Artikelgruppenebene auf die Ebene Artikel heruntergebrochen. Die Verteilung der Plandaten erfolgt auf Grundlage selektierter Referenzdaten.

Pro Planversion kann in einer graphischen Definition die Struktur der zu beplanenden Merkmale und Merkmalswerte festgelegt werden. Gegen diese Struktur erfolgt dann bei der Planung eine Prüfung.

Der erstellte Absatzplan kann mit den Absatzmengen pro Artikel oder kumuliert pro Produktgruppe an die Produktionsgrobplanung übergeben werden. Für die Übergabe können beliebige Marktsegmente (z. B. alle Artikel einer Sparte) und Zeiträume (Buchungsperioden und Wochen) ausgesucht werden.

8.1.4 Navigationsinformationen

- *Menüpfad*
  Rechnungswesen –> Controlling –> Ergebnisrechnung –> Planung –> Plandaten

- *Transaktionscode*
  KE11, KE1G, KEPP, KE1E

- *Eingehende Prozeßverbindungen im R/3-Referenzmodell*
  Absatzplanung
  Absatz- und Ergebnisplanungsvorbereitung

- *Ausgehende Prozeßverbindungen im R/3-Referenzmodell*
  Absatzplanung
  Ergebnisplanung
  Absatz- und Produktionsgrobplanbearbeitung

Planungstypen (Planungslayout)
Planungstypen sind Planungstableaus, die Sie mit dem Tableau-Painter erstellen können. Sie erlauben Ihnen Ihre eigene differenzierte Sicht auf Plandaten. Ein Planungstyp basiert auf einer Informationsstruktur. Hierbei kann es sich um eine Standard-Infostruktur oder eine eigendefinierte Infostruktur handeln. Damit haben Sie bezüglich planbarer Daten praktisch unbegrenzte Möglichkeiten. Planungstypen sind daher das geeignete Werkzeug, nahezu sämtliche Daten zu planen, zu speichern und zu analysieren. Ein Planungstyp definiert den Aufbau (Layout) der Zeilen im Planungstableau und die darin geltenden Rechenvorschriften. Die Anzahl möglicher Planungstypen ist unbegrenzt. In einem Planungstyp wird ebenfalls ein Planungshorizont/-zeitraum festgelegt. Sie geben die Anzahl der in der Vergangenheit und Zukunft liegenden Perioden ein, die im Planungstableau abgebildet werden sollen.

Wertspalte
Wertspalten bestehen aus Wertfeldern, Merkmalen, Attributen oder Formeln.
Durch die Auswahl von Merkmalen wird der Rahmen der zu planenden Ergebnisobjekte, der zugehörigen Wertfelder und des gewünschten Zeithorizonts bestimmt.

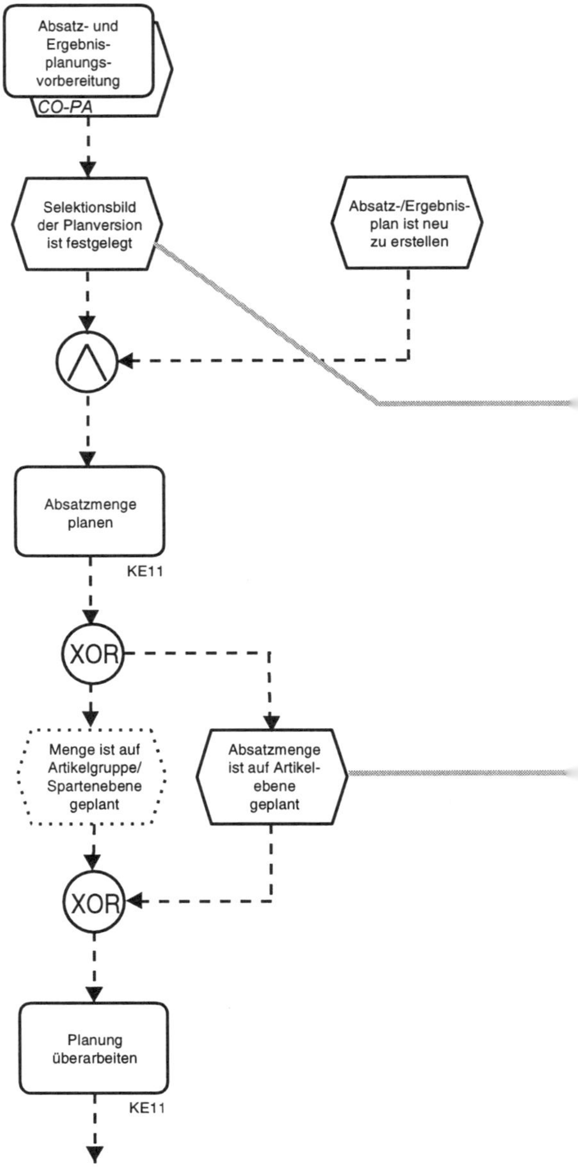

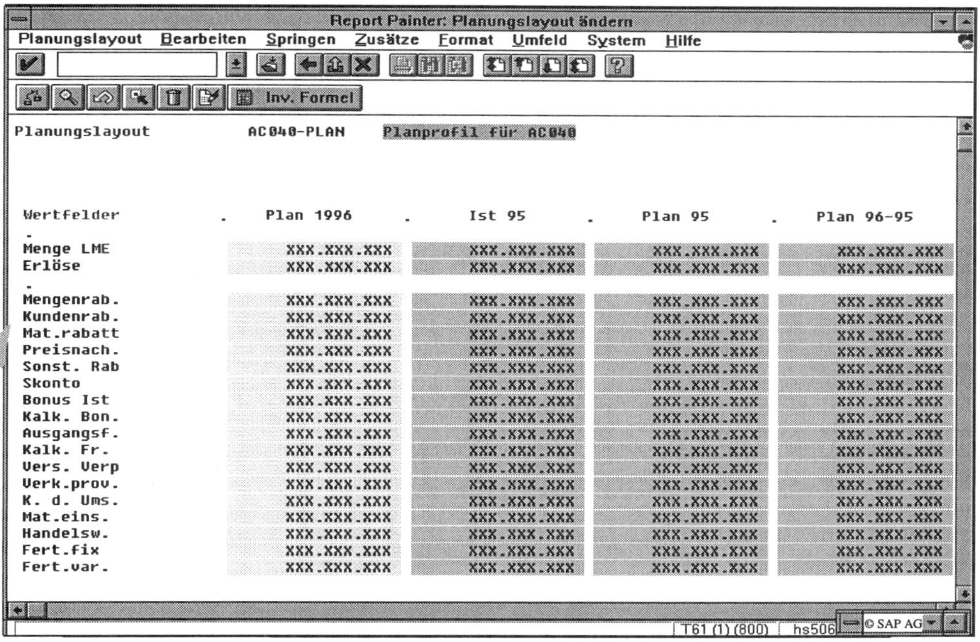

Abb. 8.1-1: Selektionsbild der Absatzplanung

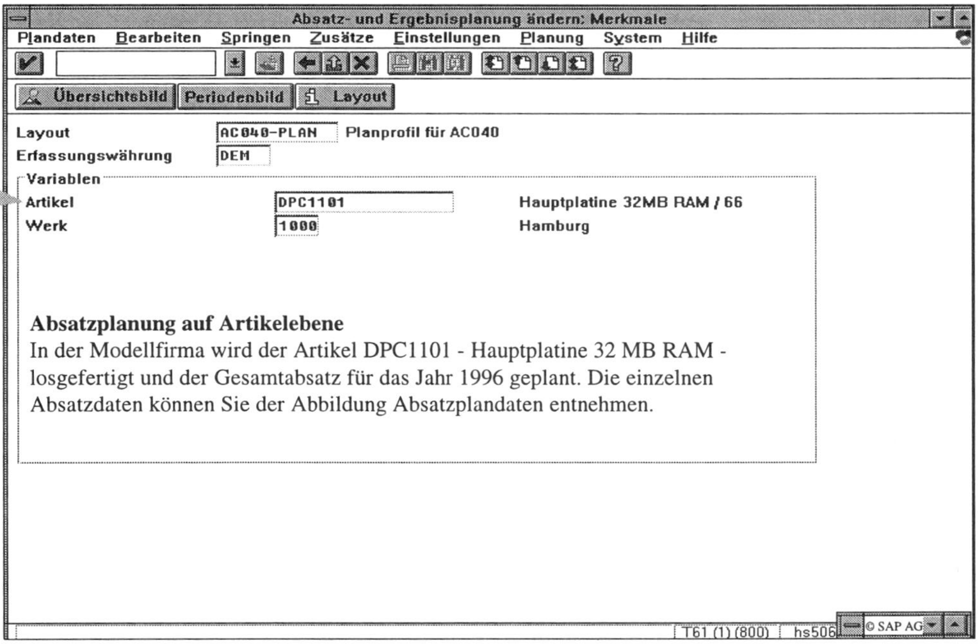

Abb. 8.1-2: Absatzplanung bezogen auf Artikel DPC1101

Aggregation/Disaggregation
Von besonderer Bedeutung ist das Konzept der Mehrstufigkeit. Sie haben die Möglichkeit, in komplexen Planungshierarchien Top-down- und Bottom-up-Planungen durchzuführen. Damit werden zentrale und dezentrale Planungen unterstützt. Die Funktionalität, die Ihnen dies ermöglicht, ist die Aggregation und Disaggregation. Die Aggregation bezeichnet einen Vorgang, bei dem durch das Summieren oder Kopieren von Kennzahlenwerten bzw. durch die Bildung von Durchschnittswerten auf einer Detailebene Plandaten auf einer aggregierten Ebene generiert werden. Dagegen bezeichnet die Disaggregation einen Vorgang, bei dem durch die Verteilung von Kennzahlenwerten einer aggregierten Ebene Plandaten auf einer detaillierteren Ebene erzeugt werden.

Top-Down-Planung
Mit der Top-down-Planung können summarisch geplante Objekte (z. B. Artikelgruppen) auf die einzelnen Artikel bzw. Kunden nach maschinellen Algorithmen verteilt werden (z. B. Ist-Mengen, Ist-Umsätze).

Plandaten in Microsoft Excel
Zum Herunterladen von Plandaten direkt aus dem Planungstableau in Microsoft Excel wählen Sie das Menü *Springen* ->Microsoft-Excel. Ein Dialogfenster wird eingeblendet. Tragen Sie den Pfadnamen ein, der angibt, wo sich die Datei *excel.exe* auf Ihrem System befindet. Excel wird jetzt eröffnet und Ihre Plandaten werden angezeigt. Damit diese Daten als Excel-Datei erhalten bleiben, müssen Sie sie von dieser Applikation aus sichern.

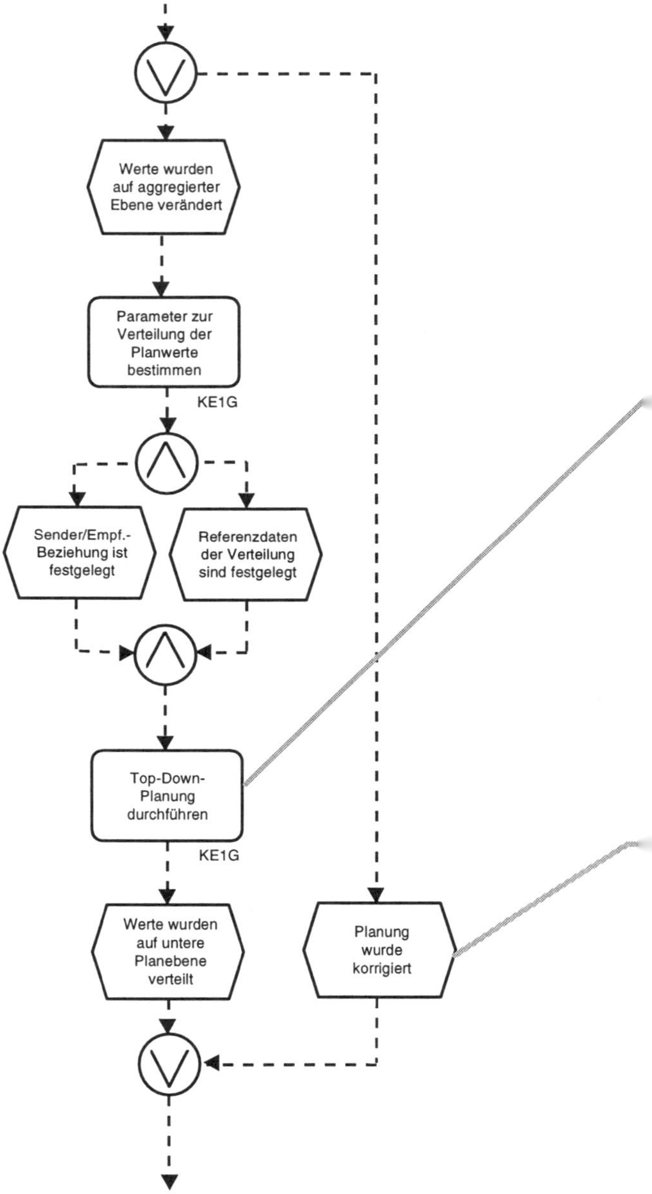

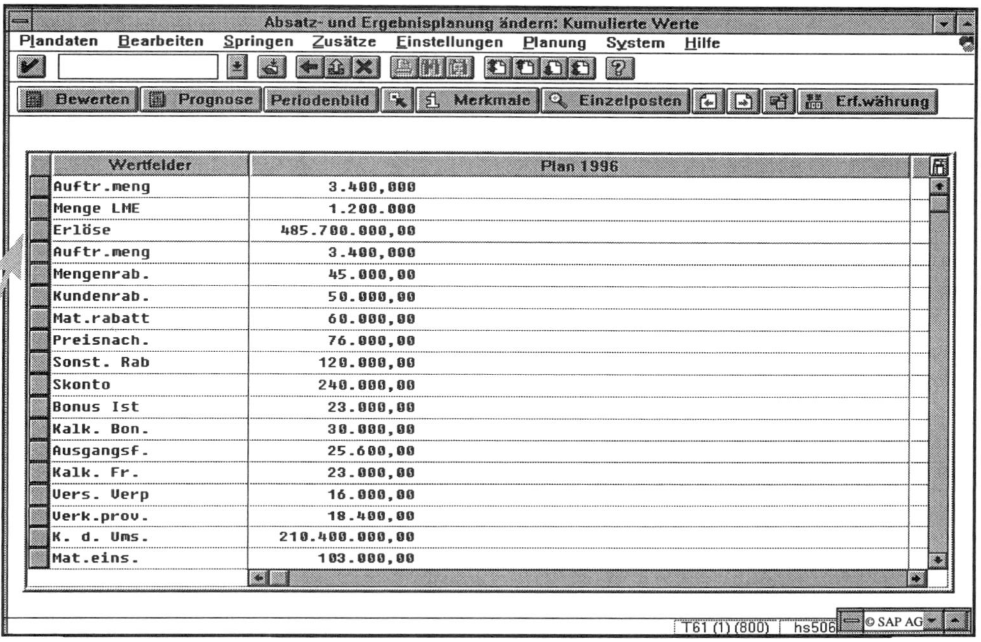

Wertfelder	Plan 1996
Auftr.meng	3.400,000
Menge LME	1.200.000
Erlöse	485.700.000,00
Auftr.meng	3.400,000
Mengenrab.	45.000,00
Kundenrab.	50.000,00
Mat.rabatt	60.000,00
Preisnach.	76.000,00
Sonst. Rab	120.000,00
Skonto	240.000,00
Bonus Ist	23.000,00
Kalk. Bon.	30.000,00
Ausgangsf.	25.600,00
Kalk. Fr.	23.000,00
Vers. Verp	16.000,00
Verk.prov.	18.400,00
K. d. Ums.	210.400.000,00
Mat.eins.	103.000,00

Abb. 8.1-3: Absatzplandaten

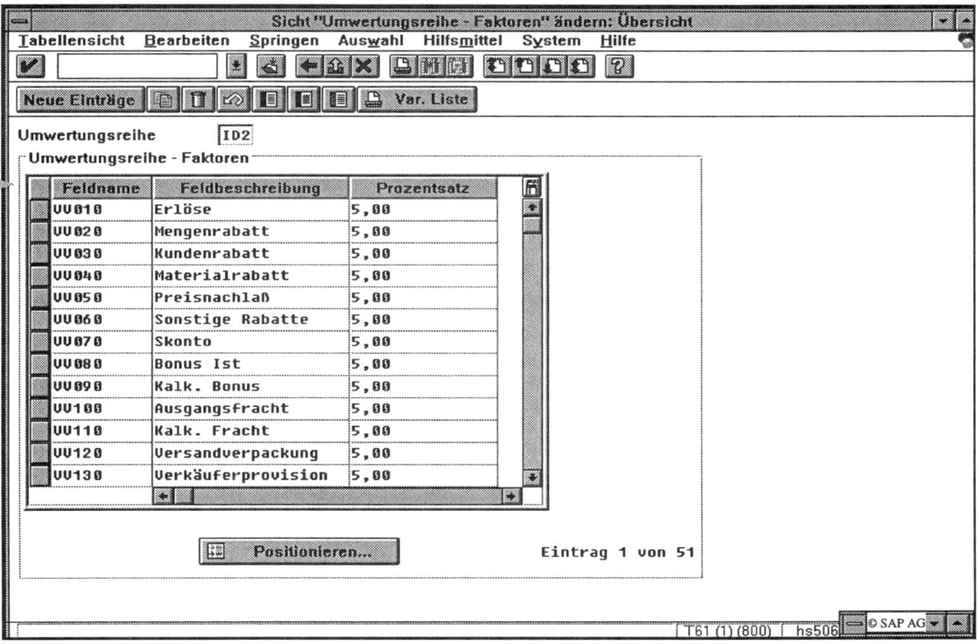

Feldname	Feldbeschreibung	Prozentsatz
VV010	Erlöse	5,00
VV020	Mengenrabatt	5,00
VV030	Kundenrabatt	5,00
VV040	Materialrabatt	5,00
VV050	Preisnachlaß	5,00
VV060	Sonstige Rabatte	5,00
VV070	Skonto	5,00
VV080	Bonus Ist	5,00
VV090	Kalk. Bonus	5,00
VV100	Ausgangsfracht	5,00
VV110	Kalk. Fracht	5,00
VV120	Versandverpackung	5,00
VV130	Verkäuferprovision	5,00

Abb. 8.1-4: Umwertung der Absatzplandaten

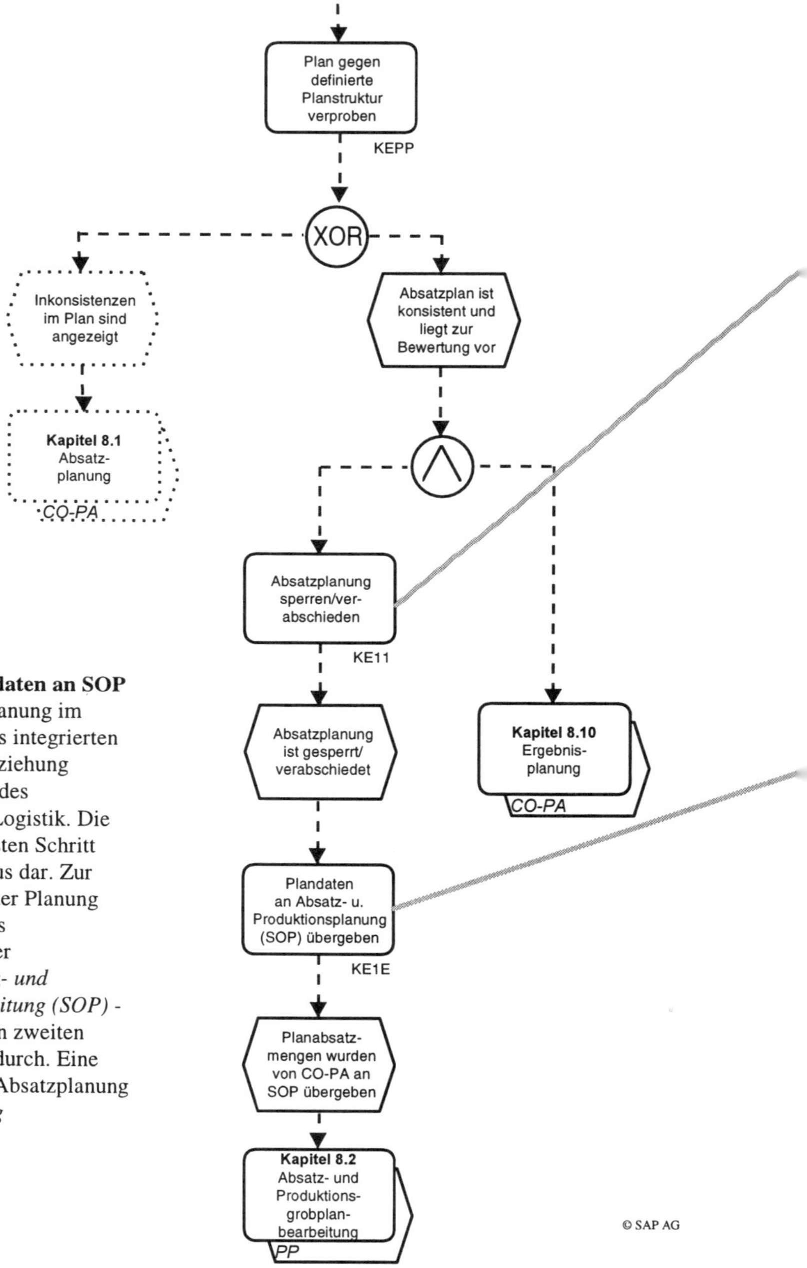

Übergabe der Absatzplandaten an SOP
Die Absatz- und Ergebnisplanung im System CO-PA ist Teil eines integrierten Planungszyklus unter Einbeziehung unterschiedlicher Teilpläne des Rechnungswesens und der Logistik. Die Absatzplanung stellt den ersten Schritt innerhalb des Planungszyklus dar. Zur schrittweisen Präzisierung der Planung sind mehrere Durchläufe des Planungszyklus möglich. Der nachfolgende Prozeß *Absatz- und Produktionsgrobplanbearbeitung (SOP)* - (vgl. Kapitel 8.2) - führt den zweiten Schritt des Planungszyklus durch. Eine weitere Integration aus der Absatzplanung besteht zur *Ergebnisplanung* (vgl. Kapitel 8.10).

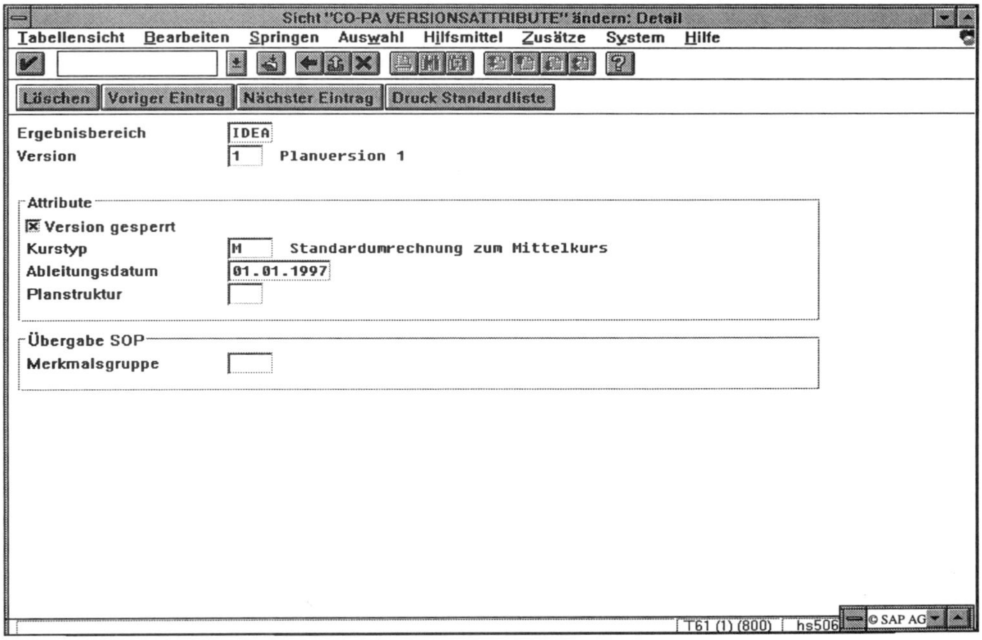

Abb. 8.1-5: Absatzplanung sperren

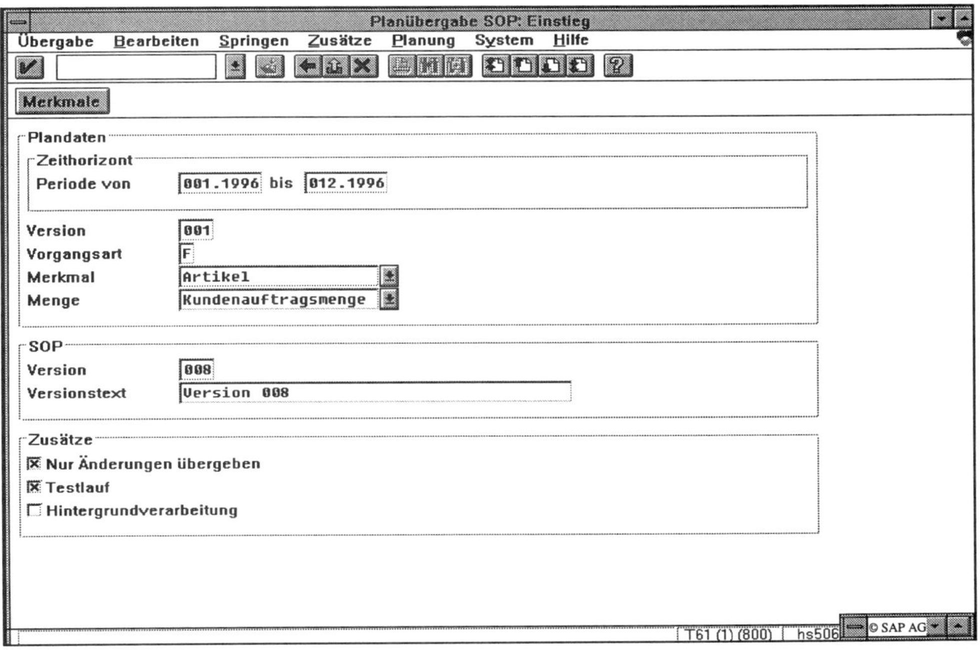

Abb. 8.1-6: Planübergabe an die SOP

8.2 Prozeß: Absatz- und Produktionsgrobplanbearbeitung

8.2.1 Betriebswirtschaftliche Beschreibung

Die Hauptaufgabe der Absatz- und Produktionsgrobplanung liegt darin, die zu verkaufenden Produktarten und Produktmengen für einen mittel- bis langfristigen Planungszeitraum festzulegen. Dies umfaßt die Bedarfszahlen für aggregierte Enderzeugnisse (z. B. Produktgruppen), für Enderzeugnisse und selbständig absetzbare Ersatzteile in Form von Baugruppen (z. B. Elektromotoren) und Einzelteilen (z. B. eine Kupplungsscheibe für ein Schaltgetriebe oder eine Schelle zur Befestigung eines Auspuffs).

Ziel ist es, zum einen die *entsprechenden Plandaten für die Produktion* zu erhalten, z. B. in der Konsumgüterindustrie, in der Nahrungsmittelindustrie oder bei einem Serienhersteller, zum anderen die auf Basis von Marktanalysen oder aufgrund von Vergangenheitsdaten (z. B. vorliegende Kundenaufträge) ermittelten *Planabsatzdaten auf grober Ebene*, d. h. ohne Auflösung von Stücklisten und ohne Arbeitsplanterminierung z. B. auf Werksebene oder Betriebsmittelgruppenebene, *mit den Realisierungsmöglichkeiten der Fertigung abzugleichen.* Die Absatz- und Produktionsgrobplanung ist somit das Bindeglied zwischen der *marktorientierten* Absatzplanung und der *fertigungsorientierten* Programm- bzw. Produktionsprogrammplanung (Produktionsplanung).

Bei nichtintegrierten Konzepten zur Produktionsplanung und -steuerung kann es geschehen, daß die betreffenden Absatzzahlen, die die nachfolgenden Produktionsplanungsgebiete der Material- und Zeitwirtschaft beeinflussen, nicht rechtzeitig mit den Ressourcen der Produktion abgestimmt werden. Dies hat dann häufig zur Folge, daß die angestrebten Plantermine durch die später erfolgende Material- und Termindisposition nicht erreicht werden können (vgl. Glaser et al. 1991, S. 37-44). Die Qualität der gesamten Produktionsplanung hängt somit von den Bedarfswerten der Grobplanung ab, da diese der Ausgangspunkt der nachfolgenden Planungsschritte ist.

8.2.2 SAP-spezifische Beschreibung

Die Absatz- und Produktionsgrobplanung (Kurzform: SOP – für *Sales and Operations Planning*) im R/3-System bietet die Möglichkeit, Daten aus den unterschiedlichsten internen und externen Informationsquellen zu sammeln und als Basis für realistische betriebliche Zielsetzungen zu verwenden. Zur Gewährleistung einer frühzeitigen Abstimmung zwischen den marktorientierten Wunschzahlen und den fertigungsorientierten Machbarkeitszahlen unterstützt die PPS-Lösung des Systems R/3 folgende Verfahren (vgl. SAP – Produktionsplanung 1994, S. 5.1-5.10):

- manuelle Eingabe der Absatzmengen
- maschinelle Prognose der Absatzmengen auf Basis von Vergangenheitswerten

- Übernahme der Absatzmengen aus der monetär orientierten Ergebnis- und Marktsegmentrechnung
- Übernahme der Absatzmengen aus dem Vertriebsinformationssystem
- Übernahme der Absatzmengen aus einem externen System

Liegt der Absatzplan vor, so ist im nächsten Schritt die Erstellung des Produktionsgrobplans mit unterschiedlichen Verfahren möglich.

- Es können analog wie bei der Absatzplanung die zu produzierenden Mengen manuell eingegeben werden.
- Es können direkt die Mengen aus der Absatzplanung in die Produktionsgrobplanung übernommen werden (*absatzsynchrone Produktion*).
- Es können Lagerbestände berücksichtigt werden, d. h. es werden auf Basis der geplanten Absatzzahlen des Marketings, des Vertriebs oder der Unternehmensplanung zunächst die vorhandenen Lagerbestände gegengerechnet. Ist der Lagerbestand aufgebraucht, erfolgt eine Planung der Restmenge nach dem Verfahren der absatzsynchronen Produktion.
- Es können für verschiedenste Produktgruppen oder Produkte sogenannte *Ziellagerbestände* vorgegeben werden, d. h. die Produktionsgrobplanung muß neben den Absatzzahlen einen vorgegebenen Mindestlagerbestand berücksichtigen.
- Es können für verschiedenste Produktgruppen oder Produkte *Zielreichweiten* vorgegeben werden. Hat ein Unternehmen das Ziel, einen sicheren Lieferbestand von 3 Monaten vorzuhalten und setzt es z. B. täglich 50 Stück Fernseher ab, so ist der Bedarf zur Sicherstellung der Zielreichweite 50 Fernseher x 22 Tage, d. h. 1100 Fernseher, die als Mindestmenge im Lager vorhanden sein müssen.

Durch seine hohe Flexibilität kann die SOP sowohl zur Grob- als auch zur Feinplanung von Logistikdaten verwendet werden. Die Funktionalität der SOP basiert auf dem allgemein für die Logistik konzipierten Konzept der Informationsstrukturen. Eine *Informationsstruktur* ist eine Statistikdatei mit operationalen Daten, die auf Vergangenheitswerten (Ist-Daten) oder auf Zukunftswerten beruhen kann. Informationsstrukturen in der Logistik dienen dazu, Daten aus den operativen Anwendungen des Vertriebs, der Beschaffung, der Produktion, der Bestandsführung und des Qualitätswesens zu verdichten und damit die Basis für Analysen und Auswertungen zur Verfügung zu stellen.

Die vorliegenden Daten einer Informationsstruktur können innerhalb der Absatz- und Produktionsgrobplanung mit unterschiedlichen *Planungsmethoden* bearbeitet werden. Während häufig in der Praxis innerhalb der Produktionsgrobplanung die Planung auf Produktgruppenebene durchgeführt wird, die im R/3-System werksübergreifend auf verschiedenen Ebenen einer Produktgruppenhierarchie mit Unterstützung von Aggregations- (z. B. Zusammenfassung der Planzahlen von vier unterschiedlichen Ländern für die Produktgruppe des Fahrzeugs A mit der Leistungsstärke von 70-120 kW) und Disaggregationstechniken (z. B. Aufteilung der erwarteten Verkaufszahlen von 300000 PKWs auf die drei Produktionsstätten Regensburg, München und Spartanburg/New Jersey) durchführbar ist, kann darüber hinaus im R/3-System mit dem Release 3.0 z. B. auch flexibel auf Basis von verschiedenen Merkmalen, wie Verkaufsorganisation, Sparte oder Region, geplant werden. Die materialunabhängige Planung auf Basis eines Merkmals oder einer Merkmalskombination kann natürlich, wie in den vorherigen Releases auch, weiterhin auf eine Materialebene (hier: einzelnes Produkt) heruntergebrochen werden. Die Planungsmethode legt fest, auf welche Weise die existierenden Beziehungen der verschiedenen Planungsstufen einer *Planungshierarchie* konsistent gehalten werden. Die im R/3-System angebotenen Planungsmethoden lauten:

- konsistente Planung
- Stufenplanung
- Deltaplanung

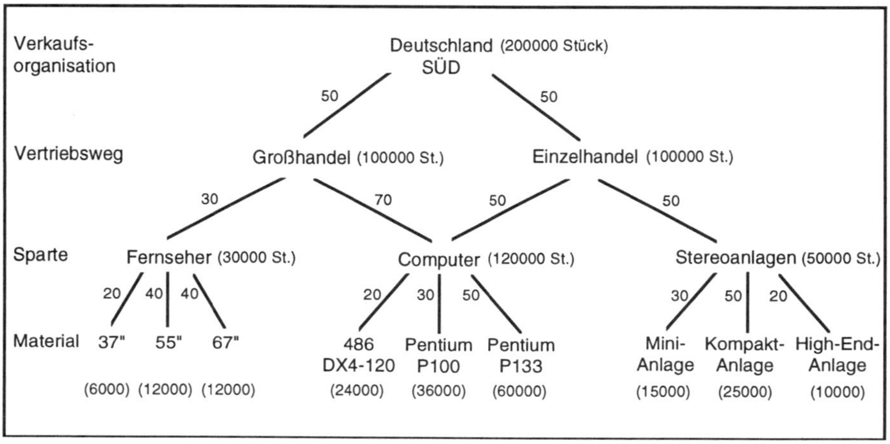

Bild 8.2-1: Planungshierarchie

Bei der *konsistenten Planung* werden die Werte auf der feinsten Detaillierungsebene gespeichert. Die einzelnen Planungsebenen sind über die entsprechenden Anteilsfaktoren miteinander verknüpft, und jede Änderung auf einer Ebene vollzieht automatisch die relevanten Änderungen auf den über- und untergeordneten Ebenen entsprechend dem Anteilsfaktor nach sich. In dem gezeigten Beispiel bewirkt eine Änderung der Planzahlen zum Fernseher innerhalb des Merkmals *Sparte* von 30000 Stück auf 40000 Stück folgende Änderungen. Zum einen werden die Planzahlen im Großhandel auf 110000 Stück erhöht, und die Aggregation mit dem Einzelhandel innerhalb der Verkaufsorganisation *Deutschland Süd* erzeugt dort eine Planzahl von 210000 Stück. Durch die automatische Disaggregation (Aufsplittung) der Planzahlen zum Fernseher entspreched der Anteile der einzelnen Materialien (37cm-, 55cm- und 67cm-Fernseher) erhöhen sich die Planzahlen für den 37er auf 8000 Stück, für den 55er auf 16000 Stück und für den 67er Bildschirm auch auf 16000 Stück.

Bei der *Stufenplanung* werden die Werte zu einem Merkmal auf jeder Stufe gespeichert. Auch hier kann auf jeder Ebene eine Änderung durchgeführt werden. Die Unabhängigkeit der einzelnen Planungsebenen untereinander hat eine schnelle Antwortzeit zur Folge, führt allerdings nicht automatisch zu einer konsistenten Datenhaltung. Die Summe der Werte der einzelnen Mitglieder einer Planungshierarchie kann somit von der Gesamtsumme des obersten Knotens abweichen. Anhand der Anteilsfaktoren muß nach einer Änderung der Daten auf einer Planungsstufe entsprechend der Anteilsfaktoren explizit eine Aggregation zu jeder übergeordneten Ebene und eine Disaggregation zu jeder untergeordneten Ebene gestartet werden. Der Vorteil liegt allerdings darin, daß eingegebene Daten auf einer Ebene nochmals geprüft und gegebenenfalls geändert werden können, bevor sie aggregiert bzw. disaggregiert werden.

Die *Deltaplanung* führt ebenfalls dazu, daß eingegebene Daten auf einer Planungsebene automatisch auf die höheren Ebenen aggregiert werden, Änderungen auf einer übergeordneten Ebene ziehen allerdings keine automatische Disaggregation nach. Die Erhöhung der Planzahlen zum Fernseher von 30000 Stück auf 40000 Stück führt zu einer Erhöhung der Planzahlen im Vertriebsweg Großhandel auf 110000 Stück und in der Verkaufsorganisation *Deutschland Süd* auf 210000 Stück, die einzelnen Materialien (37cm-, 55cm- und 67cm-Fernseher) behalten ihre alten Planzahlen von 6000 Stück für den 37er, von 12000 Stück für den 53er und von 12000 Stück für den 67er Bildschirm. In der Datenbank wird dann auf der Ebene der Sparte die resultierende Differenz von insgesamt 10000 Fernseher, die sich durch die Erhöhung von 30000 Stück auf 40000 Stück ergab, abgespeichert.

8.2.3 Anwendung des Prozesses

Das hier vorliegende Unternehmen startet den Prozeß *Absatz- und Produktionsgrobplanung* mit den Ereignissen *Absatzmengen* bzw. *Produktionsmengen sind lang- oder mittelfristig* zu planen und hat eine Integration zur Absatzplanung des Controlling.

Im ersten Schritt wird zunächst das *Planungsobjekt* definiert. Das Planungsobjekt kann, wie in dem obigen Beispiel aufgeführt, eine Planungshierarchie mit unterschiedlichen Merkmalen (Verkaufsorganisation, Vertriebsweg, Sparte) sein, eine Produktgruppe, d. h. die Zusammenfassung verschiedener, ähnlicher Produkte (z. B. Metallschrauben M5 – M8 oder Waschmaschinen differenziert nach Front- und Toplader), die beliebig hierarchisiert werden können, oder ein einzelnes Material (Enderzeugnis) sein. Eine Produktgruppe ist mehrstufig, wenn sie andere Produktgruppen enthält. Eine Produktgruppe ist einstufig, wenn die zugehörigen, untergeordneten Mitglieder ausschließlich Materialien sind. Die unterste Ebene einer Produktgruppenhierarchie umfaßt immer Materialien, wobei ein einzelnes Material verschiedenen Produktgruppen angehören kann. In dem vorliegenden Fall wird auf Basis des einzelnen Werksmaterials, d. h. der einzelnen, herzustellenden Platinen, geplant.

Im System R/3 ist es möglich, unterschiedliche *Planungsversionen* zu einem Sachverhalt vorzuhalten und mit diesen die Auswirkungen auf die folgenden Produktionsplanungsaktivitäten zu simulieren. Jede Planversion wird dabei unter einer Versionsnummer mit einem entsprechenden Kurztext abgespeichert. Sind mehrere Planungsversionen vorhanden, so wird die zuerst erstellte Planversion automatisch im R/3-System auf aktiv gesetzt und kann von dem Sachbearbeiter auf inaktiv gestellt werden, falls eine andere Planversion relevant wird. Die aktive Planversion enthält die Daten, die im operativen Geschäft zu verwenden sind, die inaktiven Versionen kann der Sachbearbeiter zu Testzwecken für unterschiedliche Ausgangssituationen verwenden. So verfolgt die Firma A zum einen die Strategie, immer eine Zielreichweite von mindestens vier Monaten Lieferfähigkeit zu haben, zum anderen darf der Ziellagerbestand, d. h. die Gesamtzahl der einzelnen zu liefernden Platinen, allgemein nicht unter 10000, teilweise für ausgewählte Kunden nicht unter 25000 Stück liegen.

Sind Planungsobjekt und Planungsversion als Rahmenbedingungen festgelegt, wird im nächsten Schritt mit der operativen Planung begonnen. Die Firma hat festgelegt, die Planzahlen aus der Absatzplanung des Bereichs Controlling (CO) zu übernehmen. Auf Basis der automatisch zur Verfügung gestellten Planabsatzzahlen wird anschließend der Produktionsgrobplan erstellt, d. h. die Produktionsmengen werden *absatzsynchron* zum Absatzplan erzeugt.

Generell können innerhalb der Absatz- und Produktionsgrobplanung mit Hilfe eines *Planungstableaus* die geplanten Produktionszahlen mit den Möglichkeiten der Fertigung abgeglichen werden. Das Planungstableau besteht aus einem Kopf- und einem Eingabebereich. Der Kopfbereich zeigt, welche Stammdaten geplant werden. Es kann sich dabei um eine Planungshierarchie, eine Produktgruppe oder ein Material handeln. Darüber hinaus ist im Kopfteil der Name, Kurztext der Planversion und das Kennzeichen, ob die Version aktiv oder inaktiv ist, angegeben. Der Eingabebereich ist eine Matrix mit Zeilen und Spalten. Die linke Spalte zeigt, welche Kennzahlen (z. B. Umsatz, Bestände, Rechnungsbeträge) geplant werden, die rechte Spalte zeigt die zu den entsprechenden Kennzahlen relevanten Einheiten (z. B. Währung, Menge). In den mittleren Bereichen werden zu jeder Periode die entsprechenden Werte eingegeben bzw. von vorgelagerten Informationssystemen des Vertriebs oder des Controlling gezogen.

Zu der Funktion *Produktionsgrobplan erstellen* verwendet das Unternehmen das im R/3-System angebotene Standard-Planungstableau, das wie folgt aufgebaut ist. In der 1. Zeile werden die geplanten Absatzmengen und in der 2. Zeile die geplanten Produktionsmengen angegeben. Der aus den Absatz- und Produktionszahlen abgeleitete Lagerbestand wird in der dritten Zeile, die erzielbare Reichweite (die Angabe des Zeitraums, wie lange der Markt mit einer definierten Mindestmenge des Lagers befriedigt werden kann) in der fünften Zeile angezeigt. Beide Zeilen sind nicht überschreibbar. Liegen lediglich Absatzzahlen vor, kann durch Angabe des Ziellagerbestands (in Zeile 4) oder der Zielreichweite (in Zeile 6) der Produktionsgrobplan generiert werden.

Mit Release 3.0 kann parallel eine Korrektur des Produktionsgrobplans und eine Anpassung der Kapazitätssituation bis auf Arbeitsplatzebene erfolgen, was auf einem zweigeteilten Planungsbild erfolgt. Dadurch erhält der Planer die Möglichkeit, interaktiv den Absatz- und Produktionsgroblan mit der Kapazitätssituation zu vergleichen. Im oberen Teil werden die Kennzahlen, hier die Menge, ausgewiesen, die geändert werden können, im unteren Teil das Kapazitätsangebot, der Kapazitätsbedarf und die Kapazitätsauslastung für jeden von der Produktion betroffenen Arbeitsplatz angezeigt. Die Gegenüberstellung der Planungs- und Ressourcendaten erfolgt periodenbezogen, und die Kapazitätsauslastung wird als prozentuale Größe ausgewiesen. Von besonderem Interesse ist die Betrachtung der Kapazitätsauslastung deshalb, weil hier eine Gesamtsicht auf die aktuelle Situation präsentiert wird. Es werden dort auch die Kapazitätsbedarfe berücksichtigt, die von anderen, hier nicht zu planenden Materialien oder Produktgruppen verursacht werden. In dem vorliegenden Beispiel dauert die Herstellung einer Platine von der Platinenätzung über die Bauteilebestückung zum Lotbad und abschließender Qualitäts-/Funktionskontrolle eine Stunde. Die ersten drei Schritte werden auf dem Arbeitsplatz 001, der letzte Schritt auf dem Arbeitsplatz 002 durchgeführt. Die Produktion von 100 Stück erfordert somit jeweils eine Bearbeitungszeit von 50 Stunden, was bei einem Kapazitätsangebot von 120 Stunden einer Auslastung von 39 v. H. in der Periode 1 entspricht. In der folgenden Periode sind erst 15 Stück geplant, was aufgerundet einer Bearbeitungszeit von 8 Stunden entspricht. Das Kapazitätsangebot von 336 Stunden führt dabei abgerundet zu einer Auslastung von 2 v. H.

Der Grobplan kann korrigiert werden, was z. B. notwendig ist, wenn die Ressourcenbelastung über 100 % liegt. Als Ergebnis erhält man bei der erfolgreichen Bearbeitung des Absatzprozesses *Produktionsgrobplan ist bearbeitet* und *Kapazitätsabgleich ist durchgeführt.* Kann der Bedarf in einer Produktionsperiode (z. B. trotz Überstunden, durch Fremdvergabe von Aufträgen oder Zukauf bei Mitbewerbern) nicht erfüllt werden, so werden die restlichen Bedarfszahlen in die nächste Periode verschoben und dort berücksichtigt.

Unabhängig von der Auslastungssituation einer Produktionsperiode werden die freigegebenen Ergebnisse des Prozesses *Absatz- und Produktionsgrobplanung* dem folgenden Prozeß *Ergebnisübergabe an die Programmplanung* zugestellt.

8.2.4 Navigationsinformationen

- *Menüpfad*
  Logistik –> Produktion –> Absatz-/Grobplanung
- *Transaktionscode*
  MC 81
- *Eingehende Prozeßverbindungen im R/3-Referenzmodell*
  Absatzplanung
- *Ausgehende Prozeßverbindungen im R/3-Referenzmodell*
  Ergebnisübergabe an die Programmplanung

Voraussetzung zur Übernahme der Daten aus der Absatzplanung (CO-PA)
Es besteht eine Integration der Absatz- und Produktionsgrobplanung (SOP) mit dem Vertriebs- u. Ergebnis-Controlling (CO-PA), so daß Sie von SOP aus direkten Zugang zu den in CO-PA geplanten Mengen haben. Zur Übernahme von Daten aus CO-PA benötigt das System den CO-PA-Feldnamen und die CO-PA-Version. Im Produktgruppen-Stammsatz können Sie für eine Produktgruppe einen CO-PA-Feldnamen pflegen. Dieser ermöglicht die Verbindung zwischen der SOP-Produktgruppe und der gewünschten CO-PA-Hierarchiestufe. Wenn Sie diese Funktion für ein einzelnes Material ausführen, ist der CO-PA-Feldname vorgegeben und nicht änderbar. Ausschließlich mengenbezogene Kennzahlen können kopiert werden. Ist in CO-PA das Werk des Materials oder der Produktgruppe angegeben, so werden die Daten dieses Werks kopiert. Andernfalls verteilt das System die Mengen des Materials bzw. der Produktgruppe werksanteilig, wobei es sich nach den im Customizing enthaltenen Einstellungen richtet.

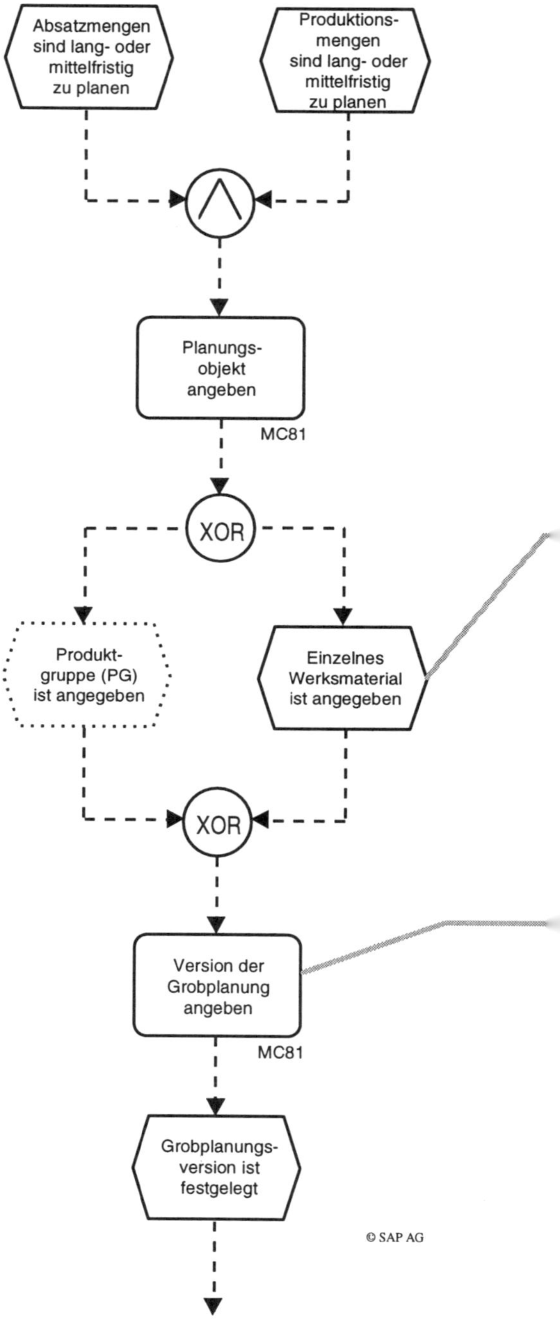

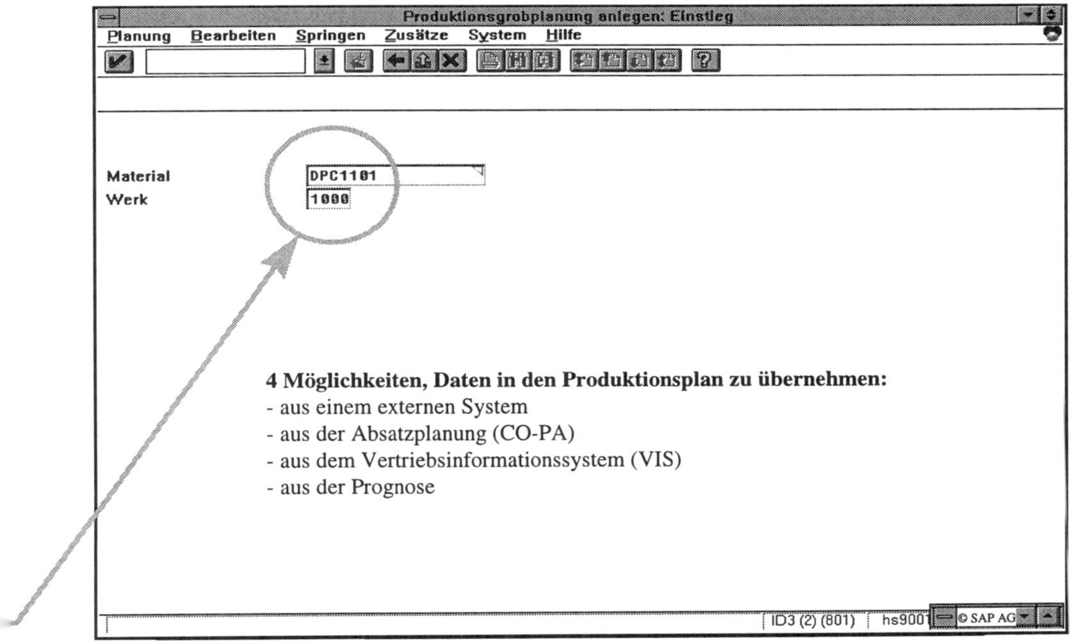

Abb. 8.2-2: Einstiegsbild der SOP

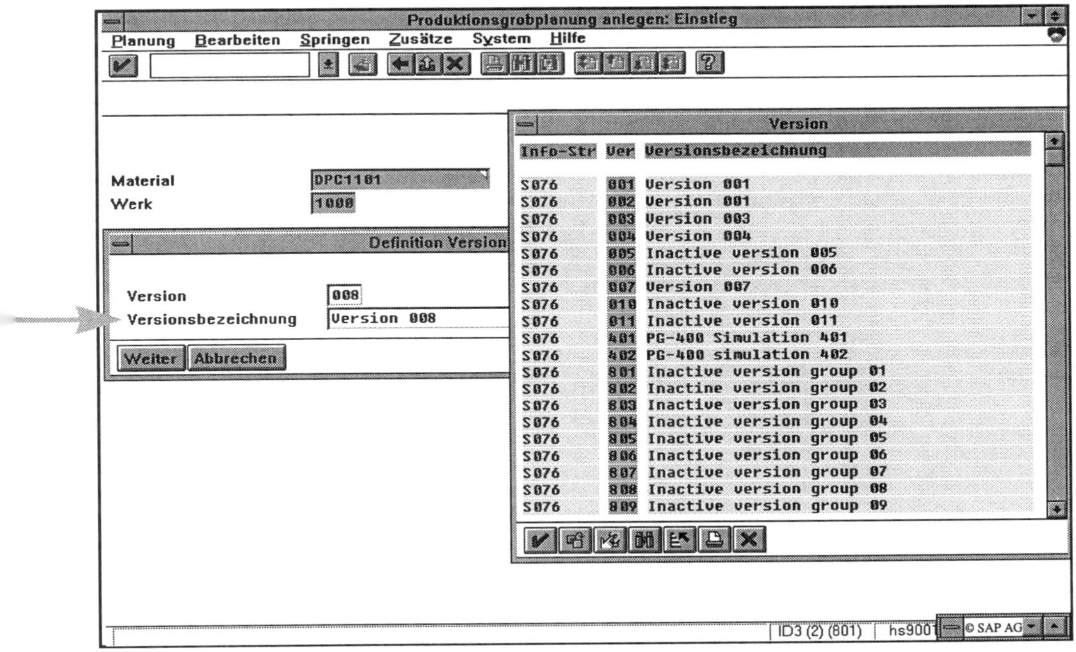

Abb. 8.2-3: Planungsversion der SOP

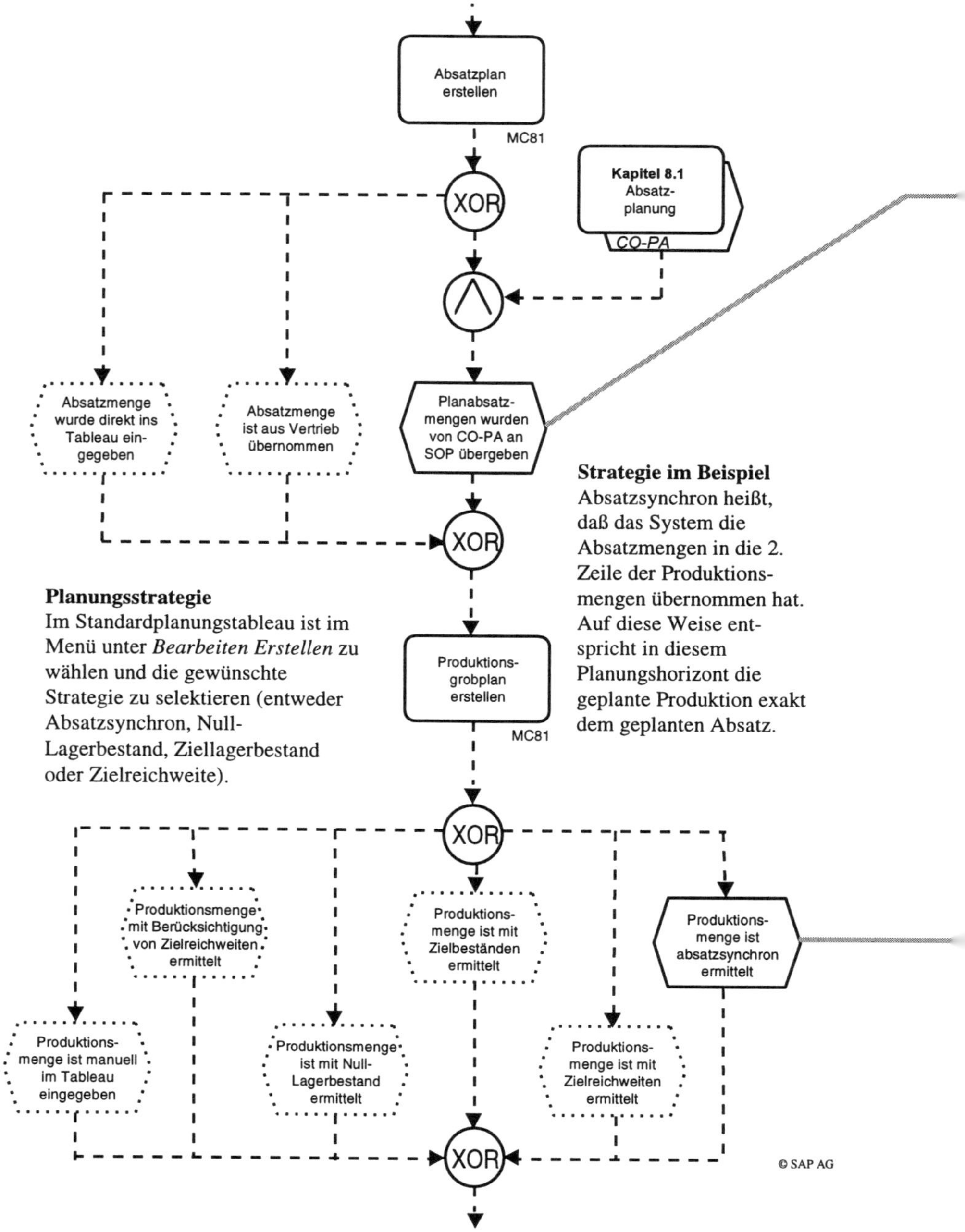

Strategie im Beispiel
Absatzsynchron heißt, daß das System die Absatzmengen in die 2. Zeile der Produktionsmengen übernommen hat. Auf diese Weise entspricht in diesem Planungshorizont die geplante Produktion exakt dem geplanten Absatz.

Planungsstrategie
Im Standardplanungstableau ist im Menü unter *Bearbeiten Erstellen* zu wählen und die gewünschte Strategie zu selektieren (entweder Absatzsynchron, Null-Lagerbestand, Ziellagerbestand oder Zielreichweite).

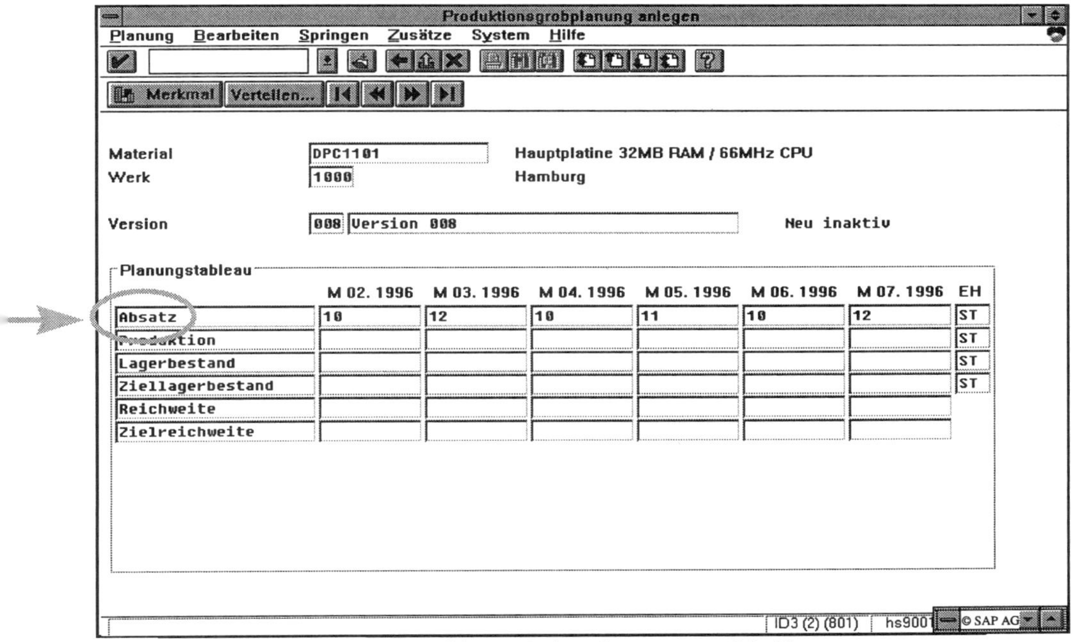

Abb. 8.2-4: Planungstableau mit den übernommen CO-Absatzwerten

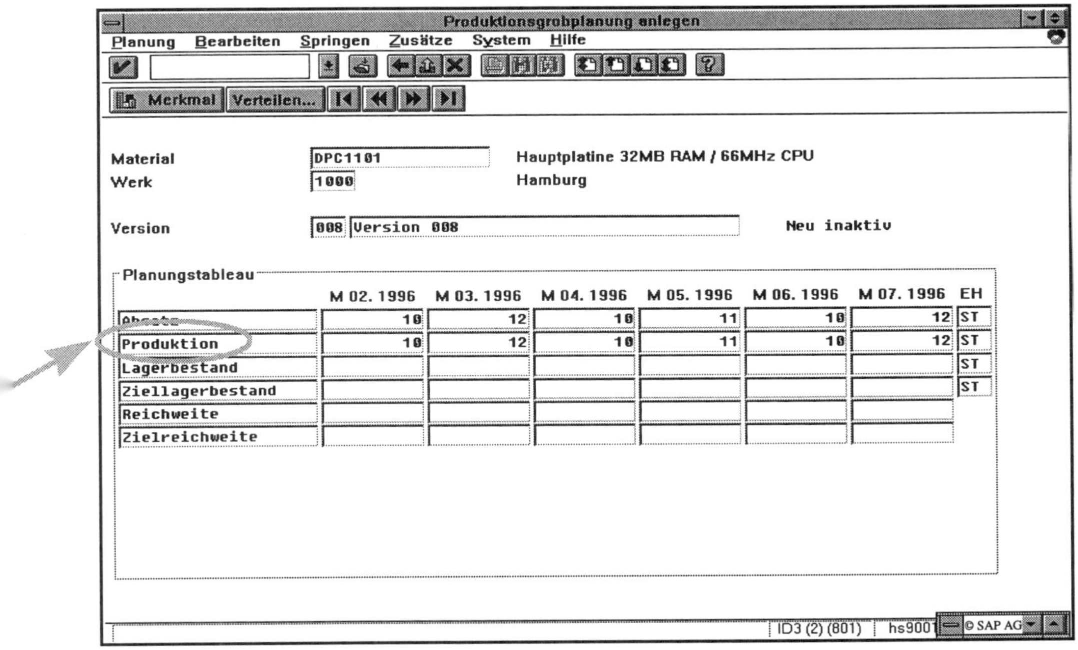

Abb. 8.2-5: Produktionsdaten sind absatzsynchron übernommen

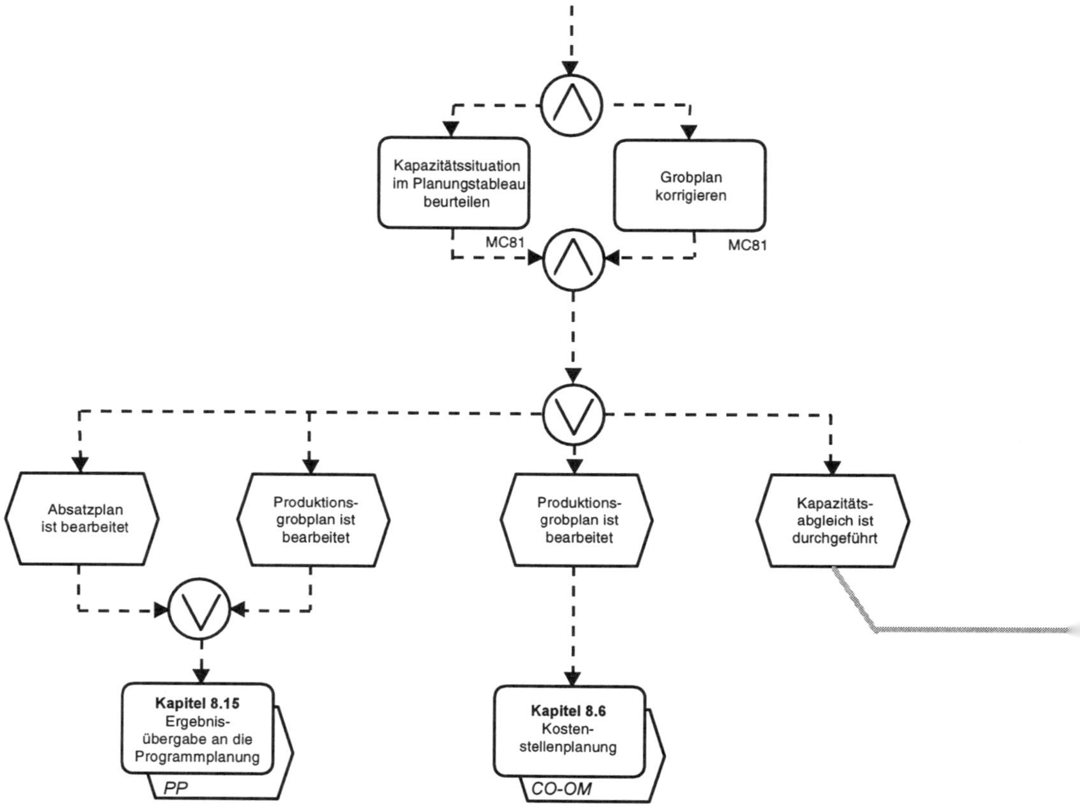

Ressourcenbelastung

Innerhalb der SOP ist es möglich, die geplanten Produktionsbedarfe den vorhandenen Kapazitäten gegenüberzustellen und abzugleichen. Beispielhaft wird gezeigt, wie die Aktivierung dieser Funktionalität im Customizing durchgeführt wird (vgl. Abbildung 8.2-7). Mit der Markierung des Parameters *Kapazitätsbedarf erzeugen* wird die Anwendung *Ressourcenbelastung* aktiviert.

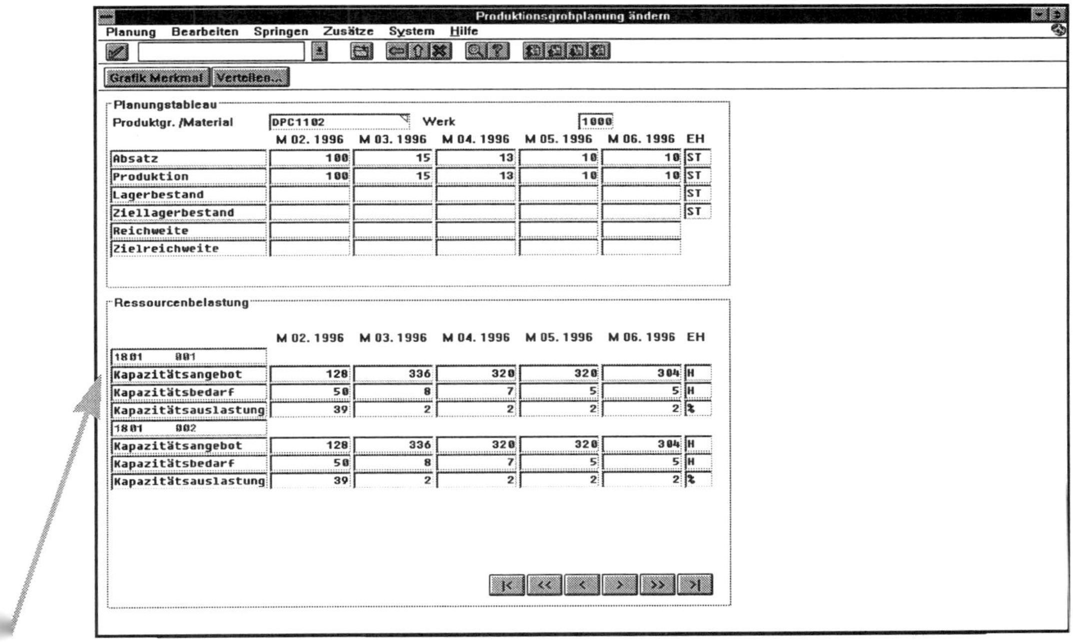

Abb. 8.2-6: Kapazität in Abhängigkeit zu den Plandaten

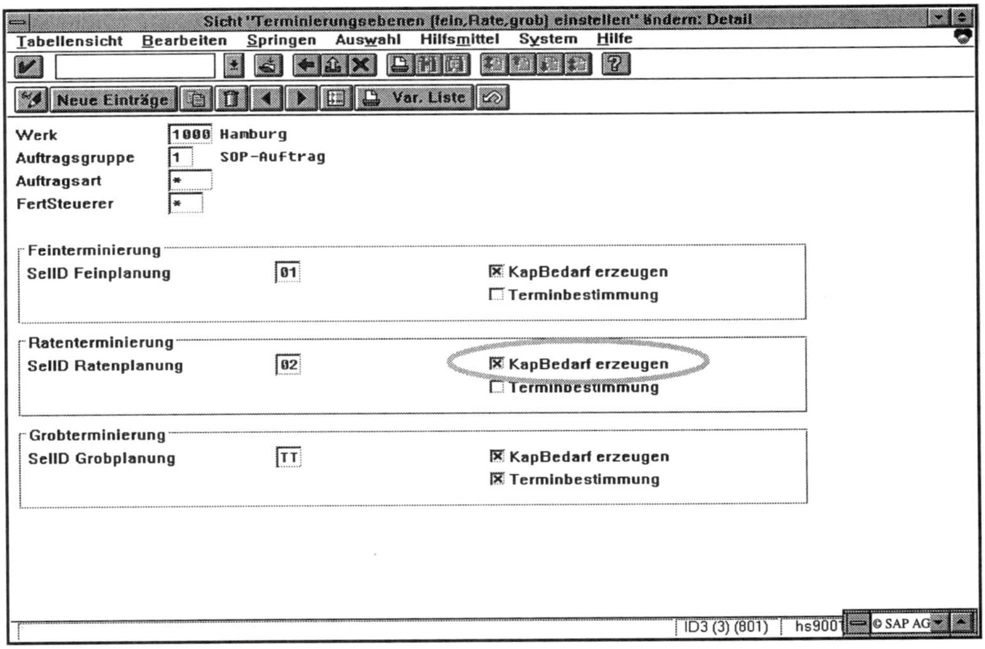

Abb. 8.2-7: Customizing der Kapazitätsplanung

8.3 Prozeß: Kosten-/Erlösartenbearbeitung

8.3.1 Betriebswirtschaftliche Beschreibung

Die Daten des externen und internen Rechnungswesens sollten überschaubar und gegeneinander abgestimmt sein. Hierfür bildet die Kostenartenrechnung das Bindeglied zwischen der Finanz- und Kostenrechnung. Die *Kostenartenrechnung* stellt die Arten der Kosten, die im Betrieb angefallen sind, z. B. Personalkosten, Materialkosten, Abschreibungen und Zinsen, dar. Die Kosten sollen für die Kostenartenrechnung aus sachlichen und wirtschaftlichen Gründen am unmittelbaren Ort ihrer Entstehung und zum frühest möglichen Zeitpunkt erfaßt werden. Dazu müssen die Daten aus der Finanzbuchhaltung, der Nebenbuchhaltungen, wie Lohn- und Gehaltsbuchhaltung, Material- und Anlagenbuchhaltung sowie aller anderen Stellen, die zur Ausstellung von Kostenbelegen berechtigt sind, ermittelt und erfaßt werden (vgl. Kilger 1987, S. 69-153).

8.3.2 SAP-spezifische Beschreibung

Die Kosten- und Erlösartenrechnung im System R/3 erfaßt und gliedert die in einer Abrechnungsperiode angefallenen Kosten als Basis für die Kostenrechnung. Die Kosten müssen nicht separat gebucht werden, sondern beim Buchen von kostenrechnungsrelevanten Geschäftsvorfällen, wie Verbrauchsvorgang in der Materialwirtschaft muß bei der Kontierung ein kostenverursachendes Objekt, z. B. eine Kostenstelle, Auftrag oder Projekt mitangegeben werden. Somit werden alle kostenrelevanten Buchungen, die *primäre Kostenarten* betreffen, automatisch in die Kostenrechnung übernommen. Bei den *sekundären Kostenarten* handelt es sich um Kosten, die nicht in der Finanzbuchhaltung gebucht werden, wie z. B. kalkulatorischer Unternehmerlohn. Diese Kostenarten werden im Kontenplan definiert. Ein *Kontenplan* ist ein geordnetes Verzeichnis aller Sachkontenstammsätze und Kostenarten. Der Kontenplan enthält zu jedem Sachkontenstammsatz die Kontonummer, die Kontobezeichnung und steuernde Informationen. Pro Mandant können mehrere Kontenpläne angelegt werden. Ein Buchungskreis ist jeweils einem Kontenplan zuzuordnen. Darüber hinaus kann im externen Rechnungswesen jeder Buchungskreis einem Landeskontenplan zugeordnet werden. Die Verbindung zwischen Kontenplan und Landeskontenplan wird über die Verwendung alternativer Kontennummern hergestellt. Da die Konten im externen und internen Rechnungswesen in einem Einkreissystem geführt werden, müssen die Kontenpläne der Buchungskreise beim Anlegen des Kostenrechnungskreises berücksichtigt werden. Der Kostenrechnungskreis übernimmt den Kontenplan des zugeordneten Buchungskreises. In einer buchungskreisübergreifenden Kostenrechnung müssen der Kostenrechnungskreis und alle zugeordneten Buchungskreise den gleichen Kontenplan verwenden. Mit Hilfe des Landeskontenplanes ist es jedoch möglich, die landesspezifischen Anforderungen an das externe Rechnungswesen zu erfüllen und gleichzeitig das interne Rechnungswesen einheitlich durchzuführen (vgl. SAP – Gemeinkosten-Controlling 1996, S. 4.1-4.8).

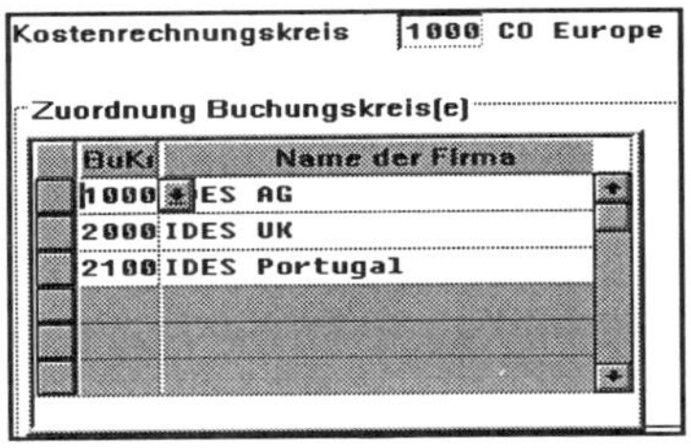

Abb. 8.3-1: Kostenrechnungskreis – Buchungskreis (Customizing)

Beispielsweise sind dem Kostenrechnungskreis 1000 mehrere Buchungskreise 1000, 2000 und 2100 zugeordnet (vgl. Abbildung 8.3-1). Für den Buchungskreis wurde z. B. der Kontenplan *GKR* vereinbart. Der Kontenplan *GKR* wird ebenfalls im Kostenrechnungskreis verwendet.

8.3.3 Anwendung des Prozesses

Das Unternehmen muß zunächst ein Sachkonto im Rechnungswesen anlegen, da jeder primären Kostenart der Kostenrechnung ein Sachkonto im Rechnungswesen gegenüberstehen muß. Dazu müssen für das Sachkonto eine Kontonummer, ein Buchungskreis und eine Bezeichnung angegeben werden. Über die Steuerungsdaten des Sachkontos wird festgelegt, ob es sich um ein Bestands- oder Erfolgskonto handelt, weiteres wird über die Kontengruppe festgelegt. In der Kontensteuerung für das Sachkonto wird hinterlegt, welche Währung für das Konto gewählt wurde, mit welchen Steuerschlüsseln auf dieses Konto gebucht werden kann und ob eine Bebuchung auch ohne Steuer möglich ist. Im Bereich der Kontenverwaltung wird die Verwaltung der offenen Posten, die Möglichkeit der Einzelpostenanzeige und der zuständige Sachberarbeiter hinterlegt. Über die Feldstatusgruppe der Steuerung der Belegerfassung wird festgestellt, welche Felder bei der Belegerfassung gefüllt werden müssen oder gar ausgeblendet werden können. Nachdem das Sachkonto angelegt wurde, kann eine primäre Kostenart im Controlling angelegt werden. Sie muß einem Kostenrechnungskreis zugeordnet werden, mit Gültigkeitszeitraum und Bezeichnung. Beim Kostenartentyp, auf dem Grunddatenbild der Kostenart (vgl. Abbildung 8.3-3), wird zeitabhänig definiert, für welche Vorgänge eine Kostenart verwendet werden kann. Zum Beispiel entspricht der Kostenartentyp *1* einem Kostenartentyp, der bei allen Primärbuchungen, z. B. aus der Finanzbuchhaltung und der Materialwirtschaft, belastet werden kann. Dagegen wird der Kostentyp *11* zum Buchen von Erlösen verwendet.

8.3.4 Navigationsinformationen

- *Menüpfad*
  Rechnungswesen –> Controlling –> Kostenarten –> Stammdaten –> Kostenart
- *Transaktionscode*
  KA01, KS01, OB14, KAH1
- *Eingehende Prozeßverbindungen im R/3-Referenzmodell*
  Sachkontenstammbearbeitung
- *Ausgehende Prozeßverbindungen im R/3-Referenzmodell*
  Kostenstellenplanung bei Kostenumlageverfahren
  Leistungsartenbearbeitung bei GK-Zuschlagsrechnung/Innenauftragsbearbeitung

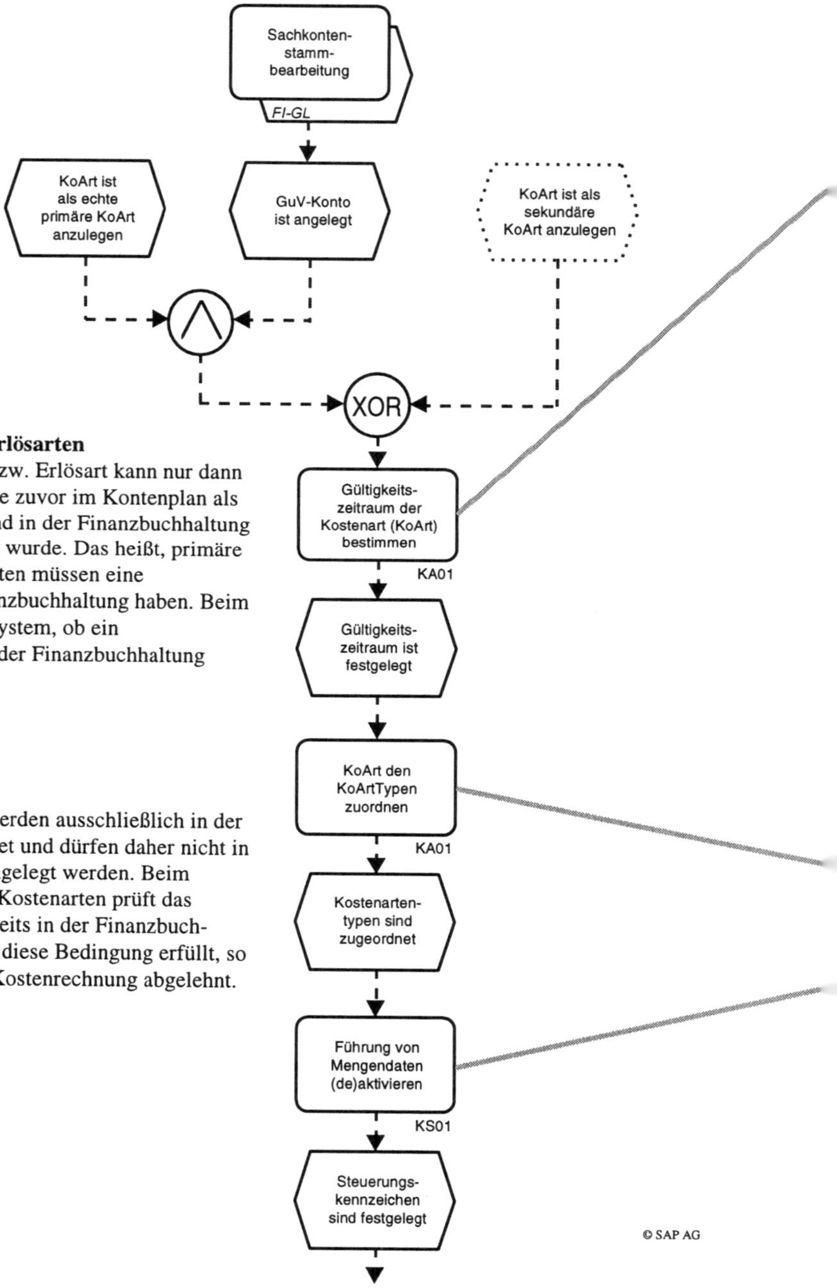

Primäre Kostenarten/Erlösarten
Eine primäre Kostenart bzw. Erlösart kann nur dann angelegt werden, wenn sie zuvor im Kontenplan als Sachkonto verzeichnet und in der Finanzbuchhaltung als Erfolgskonto angelegt wurde. Das heißt, primäre Kostenarten bzw. Erlösarten müssen eine Entsprechung in der Finanzbuchhaltung haben. Beim Anlegen prüft das SAP-System, ob ein entsprechendes Konto in der Finanzbuchhaltung angelegt wurde.

Sekundäre Kostenarten
Sekundäre Kostenarten werden ausschließlich in der Kostenrechnung verwendet und dürfen daher nicht in der Finanzbuchhaltung angelegt werden. Beim Anlegen von sekundären Kostenarten prüft das System, ob das Konto bereits in der Finanzbuchhaltung vorhanden ist. Ist diese Bedingung erfüllt, so wird das Anlegen in der Kostenrechnung abgelehnt.

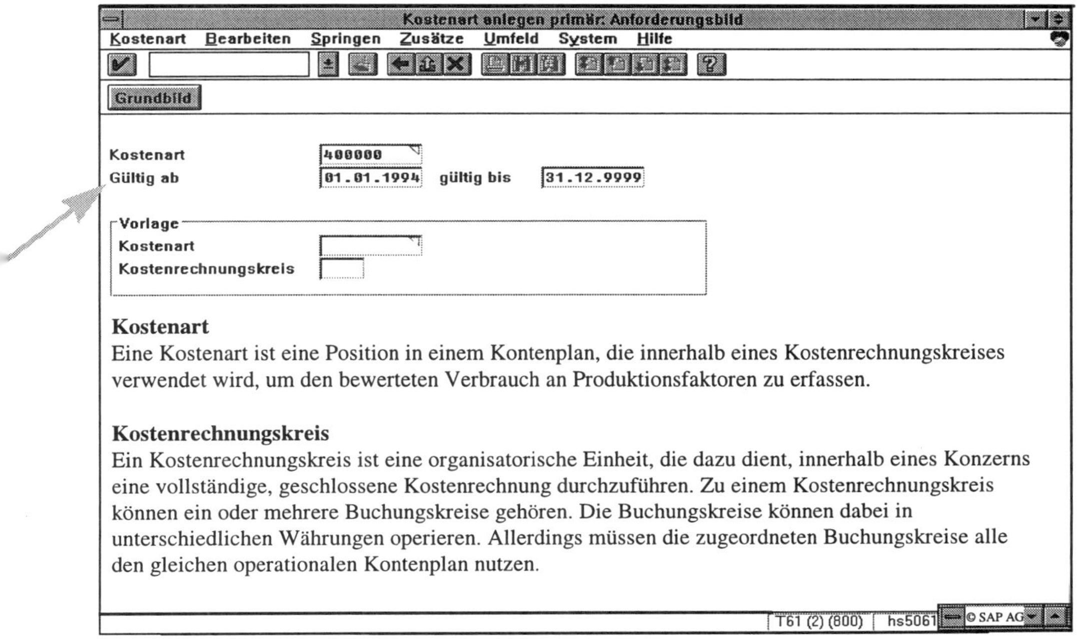

Abb. 8.3-2: Anlegen einer Kostenart

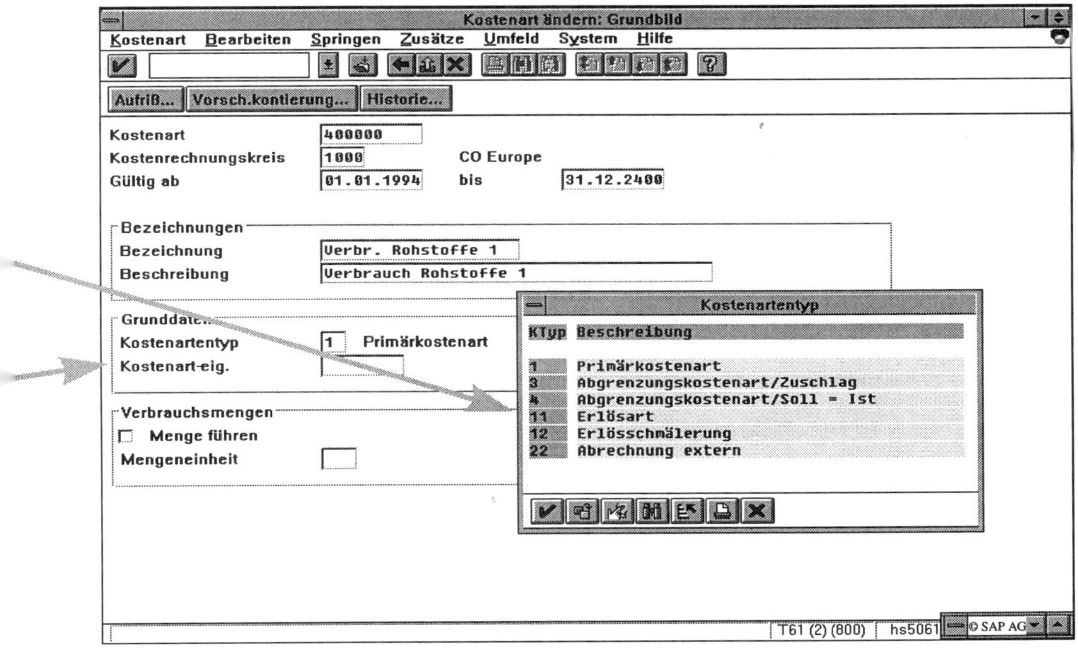

Abb. 8.3-3: Kostenartentyp

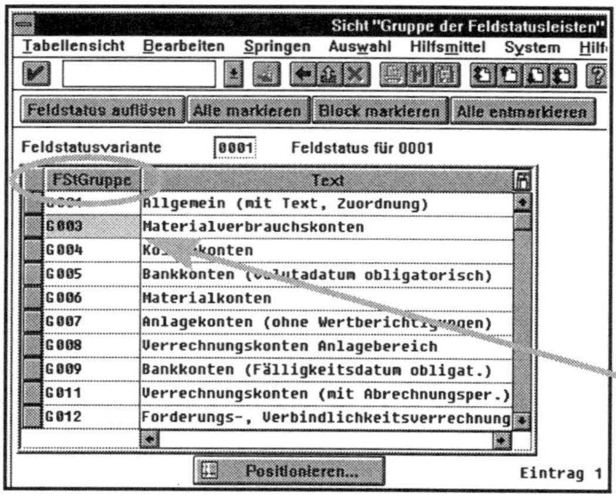

Abb. 8.3-4: Customizing der Feldstatusgruppe

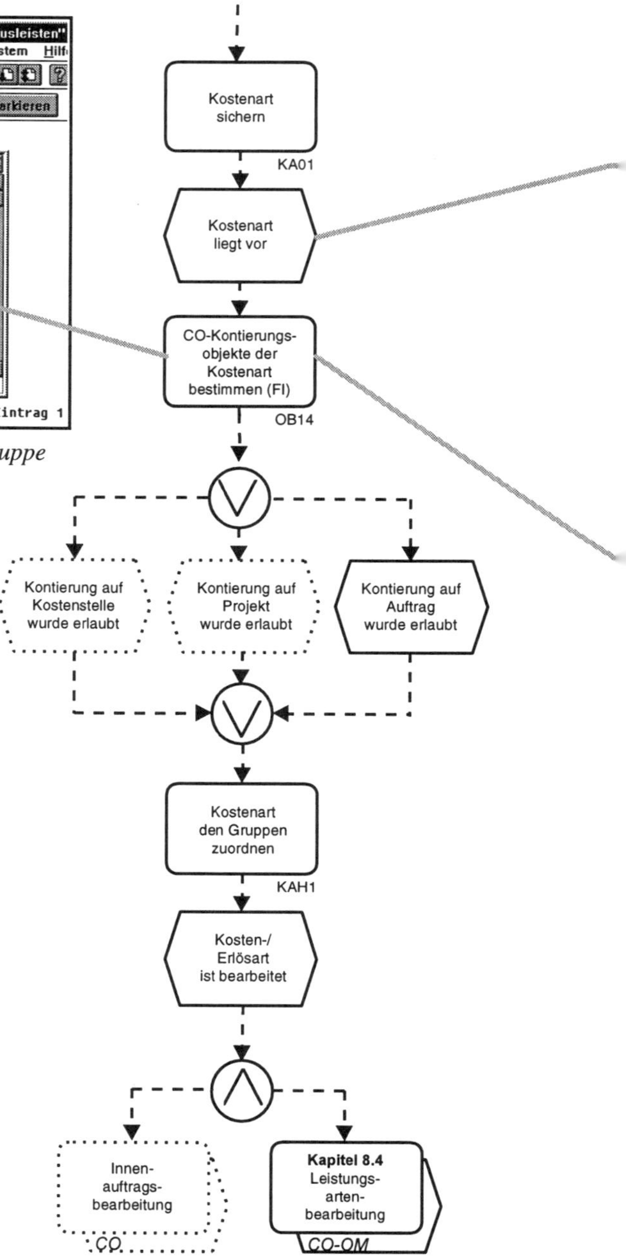

Feldstatusgruppe

Wird eine CO-Kostenart, z. B. *400000 = Verbrauch Rohstoffe*, einem FI-Sachkonto zugeordnet, so muß auf dem Steuerungsbild des FI-Sachkontos der Eintrag der Feldstatusgruppe beachtet werden. Ein Feldstatus ist eine Kennzeichnung, die angibt, ob ein Feld auf den Bildschirmbildern z. B. zwingend zu erfüllen ist. Im Customizing werden die möglichen Feldstatusgruppen zu den verschiedenen FI-Sachkontentypen definiert und vorgegeben (siehe obige Abbildung).

Kostenartengruppen

Gleichartige Kostenarten können in Kostenartengruppen zusammengefaßt werden. Kostenartengruppen können beispielsweise zum Erstellen eines Betriebsabrechnungsbogens verwendet werden. Darüber hinaus können Kostenartengruppen überall dort genutzt werden, wo mehrere Kostenarten in einem Vorgang bearbeitet werden sollen. Dies ist beispielsweise bei der Kostenstellenplanung, bei der Verteilung und Umlage oder im Berichtswesen der Fall.

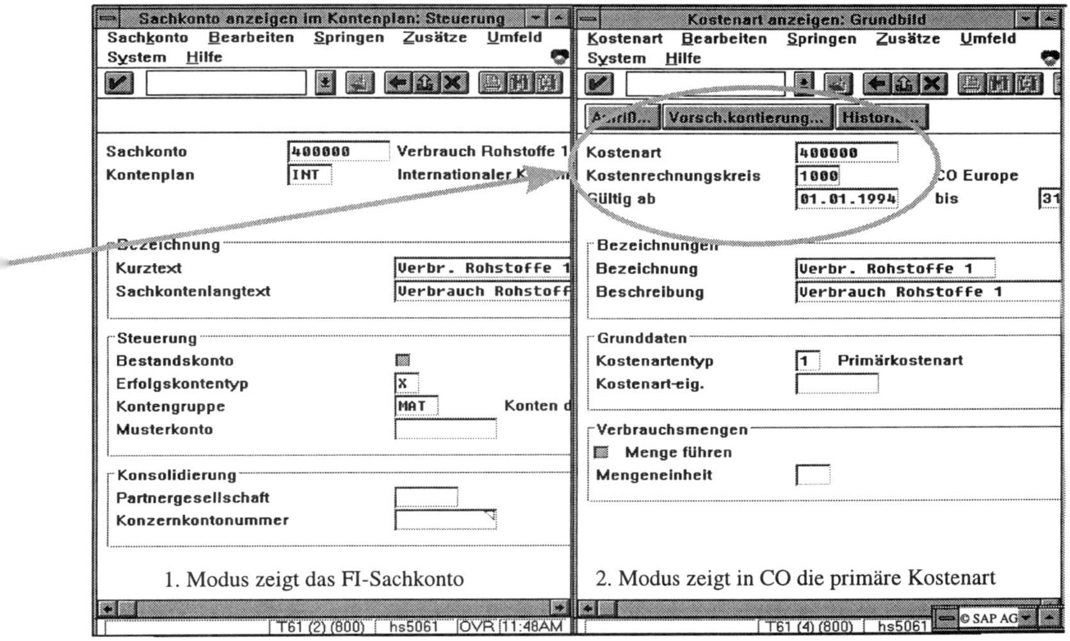

Abb. 8.3-5: Primäre CO-Kostenart und FI-Sachkonto

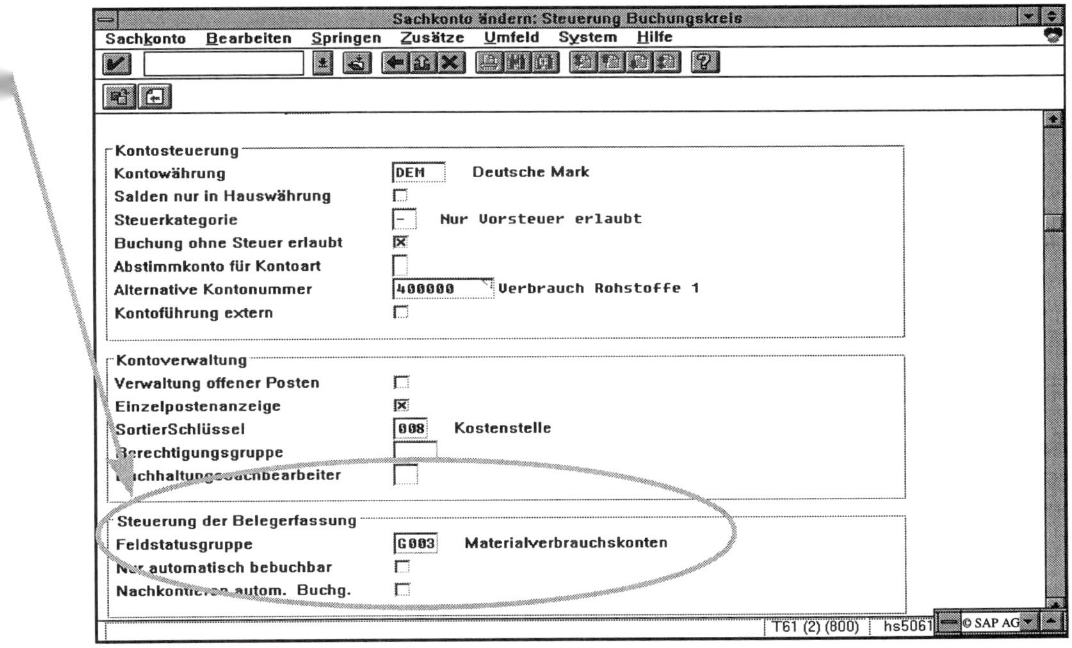

Abb. 8.3-6: Eintrag der Feldstatusgruppe

8.4 Prozeß: Kostenstellenbearbeitung

8.4.1 Betriebswirtschaftliche Beschreibung

Die Kostenstellenrechnung basiert auf der Kostenartenrechnung. Nach der Erfassung der Kostenarten werden die erfaßten Kosten auf die Betriebsbereiche, in denen sie angefallen sind, verrechnet. Man bezeichnet die *Kostenstellen* auch als Kontierungseinheiten, die nicht immer mit der räumlichen, organisatorischen oder funktionellen Gliederung des Betriebes übereinstimmen müssen. Die Kostenstelle sollte ein eigenständiger Verantwortungsbereich sein, um eine wirksame Kostenkontrolle zu gewährleisten. Sie soll möglichst auch eine räumliche Einheit sein, um Kompetenzüberschneidungen zu vermeiden. Die Kostenartenrechnung zeigt, *welche* Kosten angefallen sind und die Kostenstellenrechnung berichtet, *wo* die Kosten verursacht worden sind. Die Verrechnung der Kostenarten auf die Kostenstellen ist aus zwei Gründen erforderlich. Zunächst soll eine genauere Verrechnung der Gemeinkosten auf die Kostenträger, nach der Beanspruchung der einzelnen Kostenstellen durch den Kostenträger ermöglicht werden. Außerdem ist die Überwachung der Wirtschaftlichkeit der einzelnen Verantwortungsbereiche beziehungsweise Kostenstellen und eine Kontrolle der entstandenen Kosten über die Kostenstellenrechnung gewährleistet. Die Gesamtheit der Kostenstellen einer Unternehmung läßt sich in zwei Gruppen unterteilen. Als Hauptkostenstellen, auch *primäre Kostenstellen* genannt, bezeichnet man alle betrieblichen Teilbereiche, deren Kosten auf betriebliche Leistungseinheiten weiterverrechnet werden, die unmittelbar oder nach weiteren Arbeitsgängen für die Absatzmärkte der Unternehmung bestimmt sind. Als Hilfskostenstellen, auch Nebenkostenstellen oder *sekundäre Kostenstellen* genannt, werden alle betrieblichen Teilbereiche bezeichnet, die Leistungseinheiten herstellen, die für den Verbrauch in anderen Kostenstellen bestimmt sind (vgl. Haberstock 1987, S. 118-120; vgl. Kilger 1987, S. 15-19; vgl. Plattner 1983, S. 89-110; vgl. Wöhe 1996, S. 1270-1287).

8.4.2 SAP-spezifische Beschreibung

Die Kostenstellenrechnung zeigt auf, wo im Unternehmen welche Kosten verursacht worden sind. Durch die Erfassung und Zuordnung der angefallenen Kosten im System wird eine Kostenkontrolle möglich, und die erfaßten Daten dienen als Basis für die nachfolgende Weiterverrechnung, z. B. in die Kostenträgerrechnung. Bevor man Kostenstellen anlegen kann, muß eine hierarchische Kostenstellenstruktur angelegt werden, in der die einzelnen Kostenstellen zu übergeordneten Entscheidungs-, Steuerungs- und Verantwortungseinheiten zusammengefaßt werden. Die Kostenstelle stellt in dieser Hierarchiestruktur den kleinsten Verantwortungsbereich im Unternehmen dar. Auf den Kostenstellen werden die Gemeinkosten erfaßt, die später über verschiedene Techniken weiterverrechnet werden (vgl. Gemeinkosten-Controlling 1996, S. 5.1-5.18).

Die Stammsätze für Kostenstellen sowie für Kostenarten und Leistungsarten lassen sich *zeitabhängig* pflegen. Werden Felder geändert, die als zeitabhängig gekennzeichnet sind, so legt das R/3-System für das Bearbeitungsintervall neue Datenbanksätze an und ändert die zeitliche Gültigkeit bereits vorhandener Datenbanksätze entsprechend ab. Beispielsweise wird eine Kostenstelle vom 01.01.1996 bis zum 31.12.1999 angelegt.

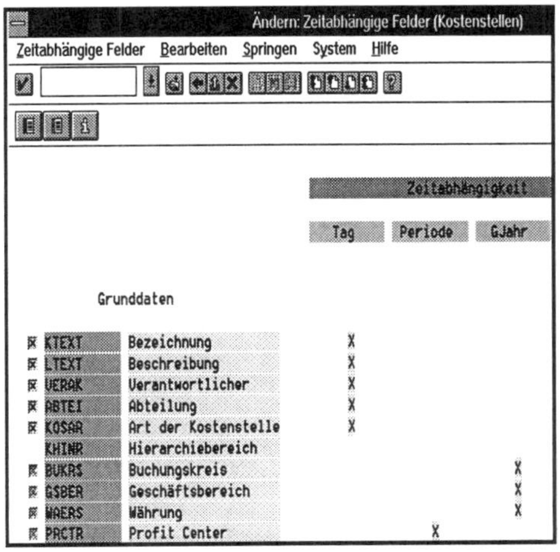

Abb. 8.4-1: Zeitabhängige Felder zur Kostenstelle (Customizing)

Anschließend wird die Kostenstelle abgeändert, indem für den Zeitraum vom 01.01.1999 bis zum 31.12.1999 eine andere Feldausprägung (z. B. ein anderer Kostenstellenverantwortlicher) definiert wird. Das Feld *Verantwortlicher* wurde im Customizing als zeitabhängig definiert (vgl. Abbildung 8.4-1). Im System sind dadurch zwei Datensätze gespeichert, die auch in der Stammdatenpflege sichtbar sind, wenn die Funktion *Aufriß* für das Feld *Verantwortlicher* ausführt wird. Es existiert ein Datensatz für das Intervall vom 01.01.1996 bis zum 31.12.1998, Verantwortlicher Keller, ein Datensatz für das Intervall vom 01.01.1999 bis zum 31.12.1999, Verantwortlicher Schmid.

8.4.3 Anwendung des Prozesses

Zum Anlegen einer Kostenstelle muß die Kostenstelle einem Kostenrechnungskreis zugeordnet werden, und es muß ein Gültigkeitszeitraum sowie eine Bezeichnung hinterlegt werden (vgl. Abbildung 8.4-3). In den Grunddaten der Kostenstelle wird der Verantwortliche und die Abteilung der Kostenstelle gepflegt. Des weiteren wird die Art der Kostenstelle, wie z. B. Fertigung, eingetragen. Dem folgen die Angaben zu dem Hierarchiebereich und dem Buchungskreis, denen die Kostenstelle zugeordnet ist. Über den Button *Kennzeichen* kommt man zu den zugelassenen Verrechnungsmethoden (vgl. Abbildung 8.4-5). Dort wird hinterlegt, ob Verbrauchsmengen mitgeführt werden und ob Sperrkennzeichen für verschiedene Vorgänge gesetzt werden können. Zum Beispiel kann durch Aktivieren des Kennzeichens *Erlöse Ist* die Kostenstelle nicht mit Erlösen bebucht werden.

8.4.4 Navigationsinformationen

- *Menüpfad*
  Rechnungswesen –> Controlling –> Kostenstellen –> Stammdaten –> Kostenstelle
- *Transaktionscode*
  KS01, KSH1
- *Eingehende Prozeßverbindungen im R/3-Referenzmodell*
  keine
- *Ausgehende Prozeßverbindungen im R/3-Referenzmodell*
  Kostenstellenbudgetierung (Etatplanung), Kostenstellenplanung

Kostenstellenstamm
Das System R/3 gliedert die Felder im Kostenstellenstamm nach ihrer Zeitbezogenheit, für periodenbezogene Datenfelder (Geschäftsbereich, Verrechnungsmethoden, Profit-Center und Buchungskreis), für jahresbezogene Datenfelder (die Währung) und für tagesgenaue Datenfelder (Sperrkennzeichen, Bezeichnung, Beschreibung, Verantwortlicher, Anschrift, Kommunikationsdaten, Art der Kostenstelle, Kennzeichen für Mengenführung, Abteilung).

Standardhierarchie
Bevor Sie Kostenstellen anlegen können, müssen Sie eine hierarchische Kostenstellenstruktur (Kostenstellengruppe) definieren. Diese Struktur wird in der Kostenstellenrechnung als Standardhierarchie bezeichnet. Die Standardhierarchie wird dem Kostenrechnungskreis direkt zugeordnet und ist damit gegenüber anderen (alternativen) Kostenstellengruppen ausgezeichnet. Jede Kostenstelle muß beim Anlegen einer Gruppe der Standardhierarchie zugeordnet werden. Somit ist sichergestellt, daß alle Kostenstellen des Kostenrechnungskreises hier zusammengefaßt werden.

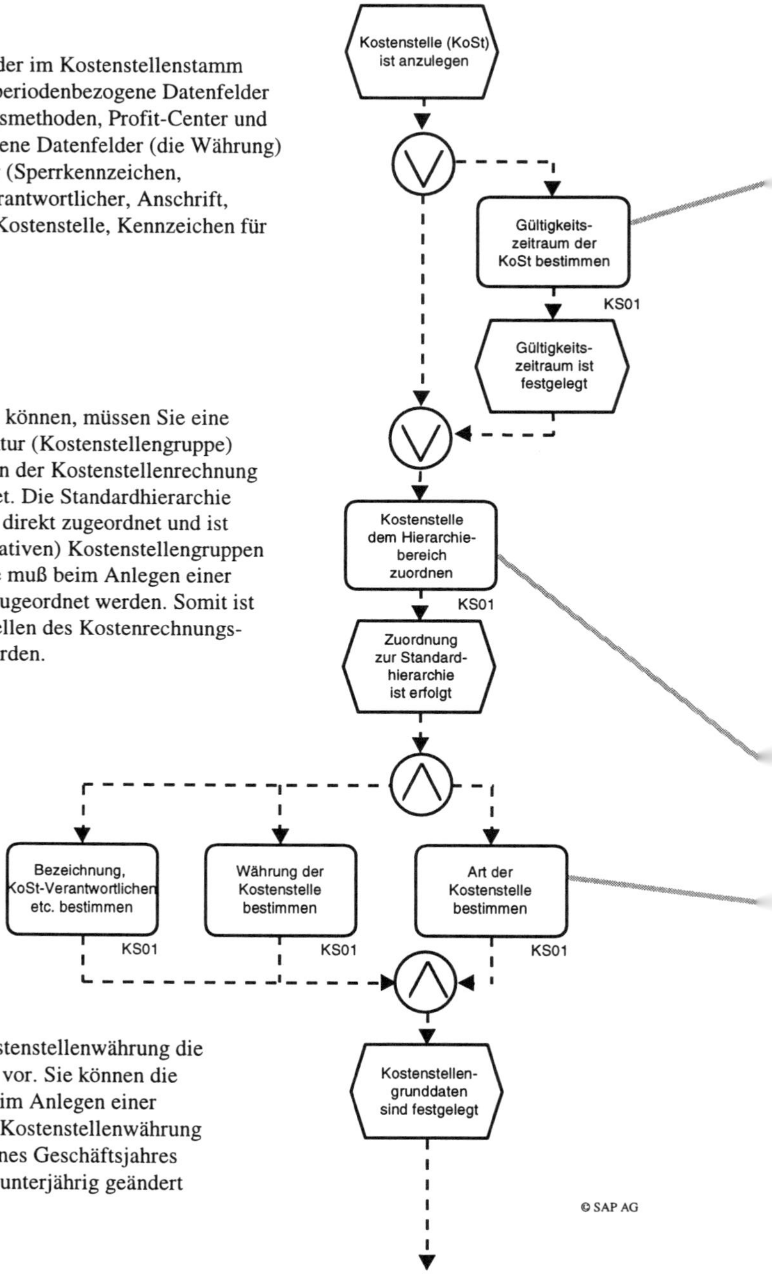

Kostenstellenwährung
Das SAP-System schlägt als Kostenstellenwährung die Kostenrechnungskreis-Währung vor. Sie können die Kostenstellenwährung jedoch beim Anlegen einer Kostenstelle überschreiben. Die Kostenstellenwährung kann immer nur für die Dauer eines Geschäftsjahres definiert werden. Sie kann nicht unterjährig geändert werden.

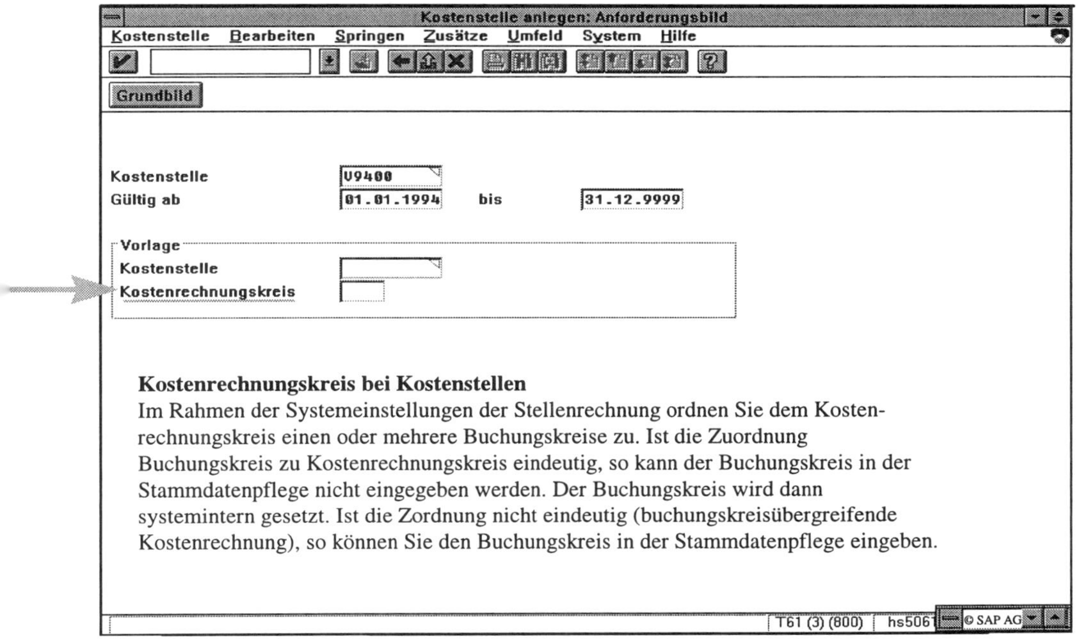

Abb. 8.4-2: Einstiegsbild beim Anlegen einer Kostenstelle

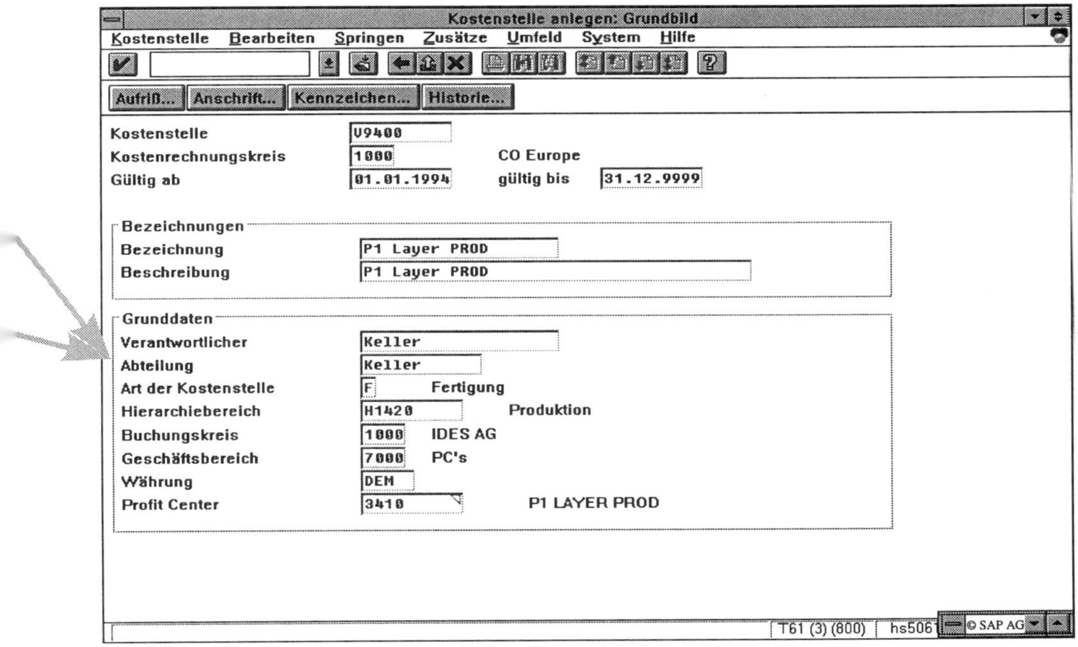

Abb. 8.4-3: Grunddaten der Kostenstellen

Buchungskreis/Geschäftsbereich/Kostenstelle
Bei der Definition eines Buchungskreises kann festgelegt werden, ob eine Bilanz bzw. Gewinn- und Verlustrechnung pro Geschäftsbereich erstellt werden soll. Wird eine Kostenstelle einem solchen Buchungskreis zugeordnet, ist die Zuordnung zu einem Geschäftsbereich im Kostenstellenstamm erforderlich.

Obligofortschreibung
Ein Sperrkennzeichen steuert, ob für die Kostenstelle ein Obligo fortgeschrieben wird. Ist das Kennzeichen aktiv, so können ab diesem Zeitpunkt keine Obligos auf der betreffenden Stelle fortgeschrieben werden.

Kostenstellengruppen
Die Gruppenzuordnung einer Kostenstelle definieren Sie für den gesamten Existenzzeitraum. Sie kann auch nur für den gesamten Existenzzeitraum geändert werden. Dies bedeutet, daß Sie für die Änderung der Gruppenzuordnung den gesamten Existenzzeitraum auswählen müssen, da das System ansonsten eine Änderung abweist. Wenn Sie den Betrachtungszeitraum in mehrere einzelne Zeiträume gesplittet haben, müssen Sie, um den gesamten Betrachtungszeitraum zu analysieren, im Dialogfenster die Betrachtungszeiträume auswählen.

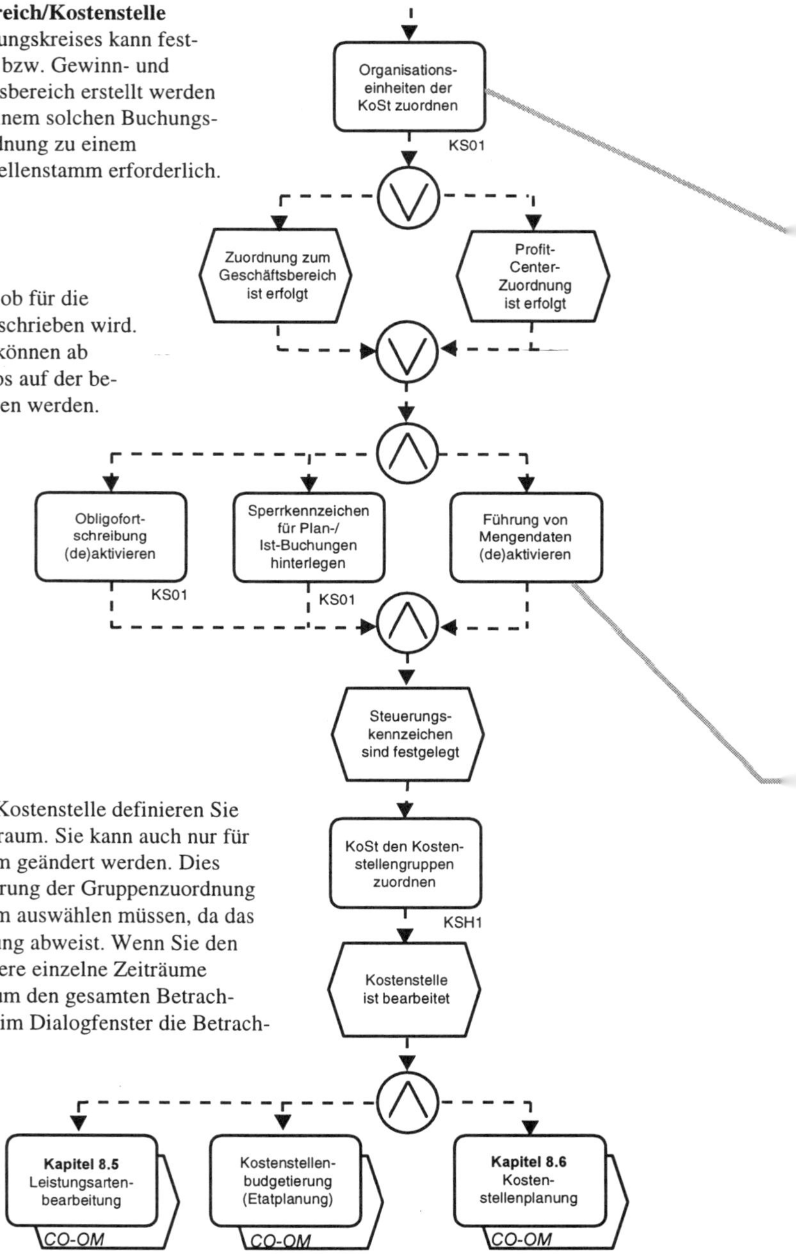

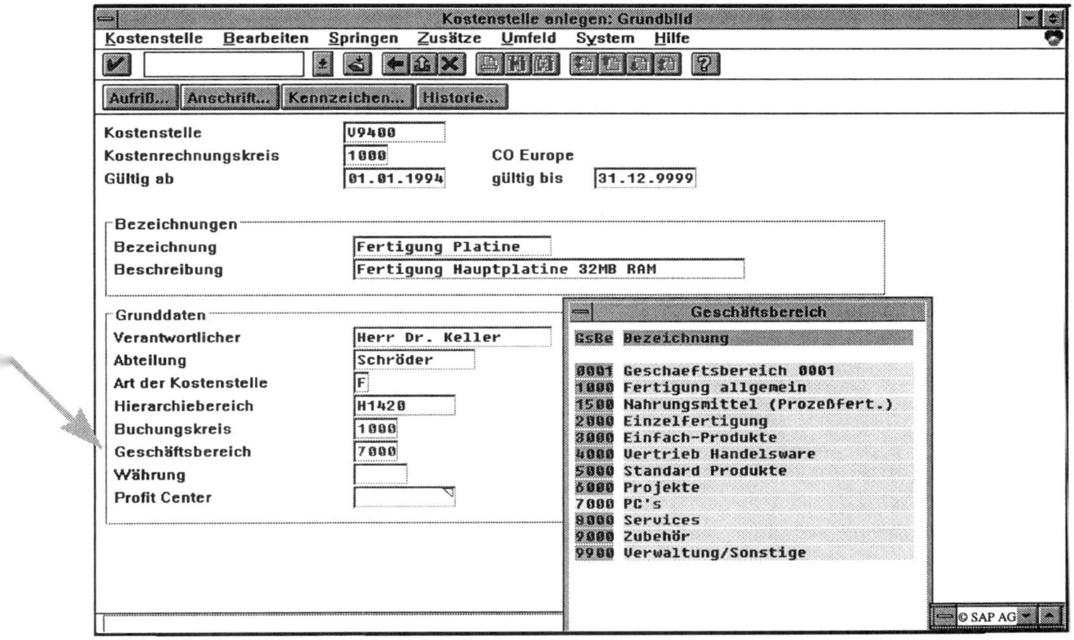

Abb. 8.4-4: Zuordnung des Geschäftsbereichs zur Kostenstelle

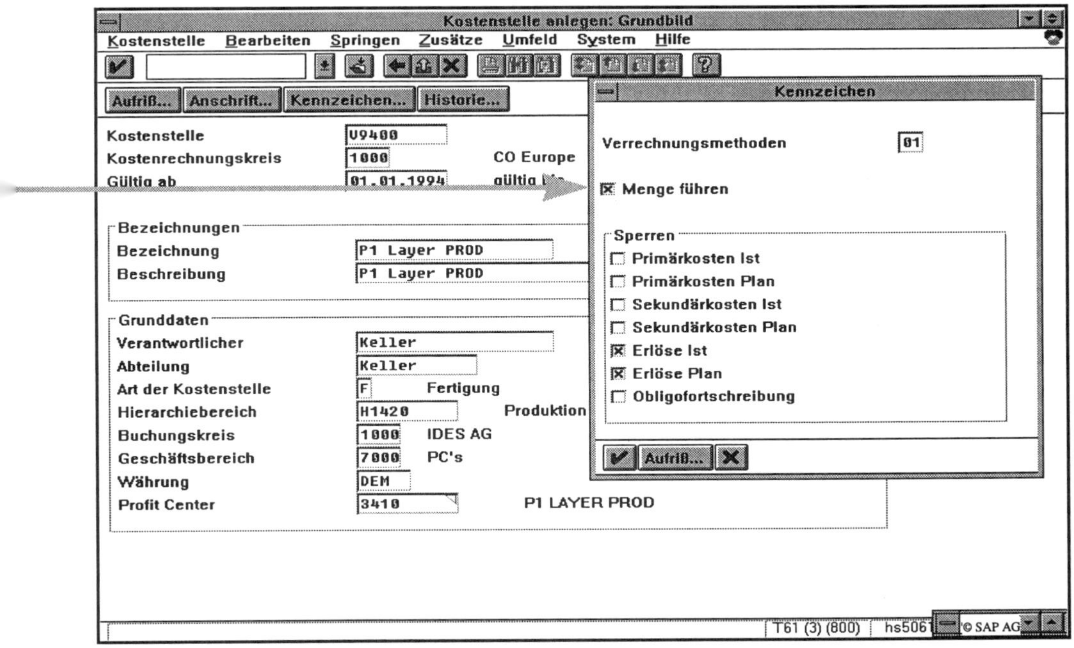

Abb. 8.4-5: Aktivierung von Mengendaten

8.5 Prozeß: Leistungsartenbearbeitung

8.5.1 Betriebswirtschaftliche Beschreibung

Das Problem der Kostenverrechnung im Betrieb ergibt sich dadurch, daß die erstellten Leistungen nicht alle direkt an den Markt abgesetzt werden, sondern auch an Empfänger/ Kostenstellen innerhalb des Betriebes gehen. Leistungen wie selbsterstellte Maschinen, die im Betrieb eingesetzt werden, eigenausgeführte Reparaturen oder innerbetriebliche Transporte sind innerbetriebliche Leistungen, die an eine empfangende Kostenstelle/Auftrag verrechnet werden müssen. In einem Unternehmen herrscht also ein ständiger Leistungsaustausch, und da die Kostenstellen mit denen von ihnen verursachten Kosten belastet werden sollen, ist eine gegenseitige Verrechnung der empfangenen und abgegebenen Leistungen erforderlich.

Diese Aufgabe wird als *innerbetriebliche Leistungsverrechnung* bezeichnet. Im Zuge der innerbetrieblichen Leistungsverrechnung treten neben primären Gemeinkosten neue Kostenarten, die man als sekundäre Kosten bezeichnet. Hierbei handelt es sich um diejenigen Kosten, die den Kostenstellen für die Inanspruchnahme innerbetrieblicher Leistungen belastet werden. Nach Durchführung der innerbetrieblichen Leistungsverrechnung ist die Summe der sekundären Kosten der Hilfskostenstellen auf die Hauptkostenstellen weiterzuverrechnen (vgl. Kilger 1987, S. 15-20).

8.5.2 SAP-spezifische Beschreibung

Im System R/3 besteht die Möglichkeit, Kostenstellen leistungsbezogen zu planen, zu überwachen und abzurechnen. Die Leistungsarten sind die Bezugsgrößen für die Kostenverursachung in der Kostenstellenrechnung. Über die Leistungsarten werden die unterschiedlichen betrieblichen Leistungen einer Kostenstelle gemessen, manuell oder maschinell bzw. retrograd je nach Leistungsartentyp (vgl. Abbildung 8.5-3) erfaßt und verrechnet. Zur Verrechnung wird zu jeder Leistungsart eine Verrechnungskostenart im Stammsatz eintragen. Die Verrechnungsarten mit dem Kostenarttyp *43* für *innerbetriebliche Leistungsverrechnung* können mit dem Customizing gepflegt werden (vgl. Abbildung 8.5-1).

Für die Leistungsplanung werden die anfallenden Kosten einer Kostenstelle durch die geplanten Leistungen der vorhandenen Leistungsarten dividiert und somit ein Plantarif pro Leistungsart ermittelt, der zur späteren innerbetrieblichen Leistungsverrechnung herangezogen wird. Somit bewirken die Leistungsarten durch eine verursachungsgerechte Verrechnung *die kostenmäßige Entlastung* der Kostenstelle (vgl. SAP – Gemeinkosten-Controlling 1996, S. 6.1-6.12).

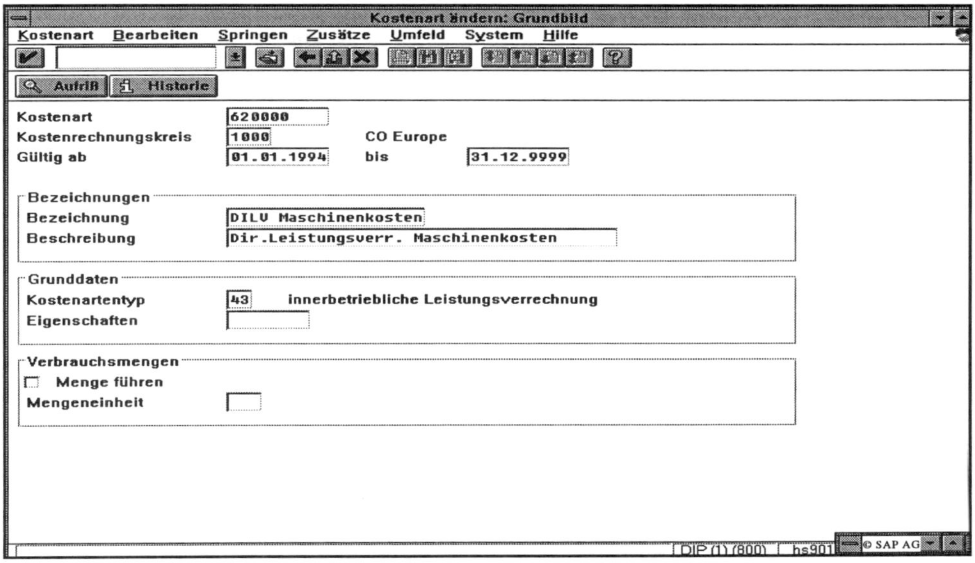

Abb. 8.5-1: Definition der Verrechnungskostenart – Maschinenkosten

8.5.3 Anwendung des Prozesses

Um eine Leistungsart, z. B. Maschinenstunden, in einem bestimmten Gültigkeitszeitraum anzulegen, muß zunächst ein Kostenrechnungskreis bestimmt werden. In den Grunddaten der Leistungsart (vgl. Abbildung 8.5-3) wird die Leistungseinheit *Stunden* als Maßeinheit, in der die Leistung gemessen wird, eingegeben. Im Feld Kostenstellenart kann hinterlegt werden, für welche Kostenstellenart eine Leistungsart zur Planung zugelassen ist und für welche Kostenstellenart eine Leistungsart als Sender innerbetrieblicher Leistungen möglich ist. Der Eintrag eines Sterns (*) ermöglicht allen Kostenstellen den Zugriff auf diese Leistungsart. Es kann festgelegt werden, ob die Leistungsart zur Verrechnung freigegeben wird oder nicht. In den Vorschlagswerten wird der Leistungsartentyp *1* (manuell) mit der Verrechnungskostenart *Maschinenkosten* angegeben.

8.5.4 Navigationsinformationen

- *Menüpfad*
  Rechnungswesen –> Controlling –> Kostenstellen –> Stammdaten –> Leistungsarten
- Transaktionscode
  KL01, KLH1
- *Eingehende Prozeßverbindungen im R/3-Referenzmodell*
  Kosten-/Erlösartenbearbeitung
- *Ausgehende Prozeßverbindungen im R/3-Referenzmodell*
  Kostenstellenplanung

Leistungsartenstamm
Die Datenfelder im Leistungsartenstamm sind nach ihrer Zeitbezogenheit gegliedert. Sind sie jahresbezogen, so werden die Datenfelder Verrechnungskostenart, Leistungseinheit, Ausbringungseinheit u. -faktor und Leistungsartentyp gepflegt. Hat der Leistungsstamm einen tagesgenauen Gültigkeitszeitraum, so müssen die Felder Bezeichnung und Kostenstellenarten gepflegt sein. Eine periodenbezogene Definition erfordert hingegen kein spezielles Datenfeld. Werden Leistungsartenstämme zeitunabhängig angelegt, so sind als Vorschlagswerte die Kostenart mit dem Tarifkennzeichen vorgesehen.

Leistungsartentyp
Der Leistungsartentyp ist ein Steuerkennzeichen, ob und wie eine Leistungsart verrechnet wird. Typ *1* wird als normale Leistungsart bezeichnet, da die Ist-Leistung direkt erfaßt und verrechnet wird.

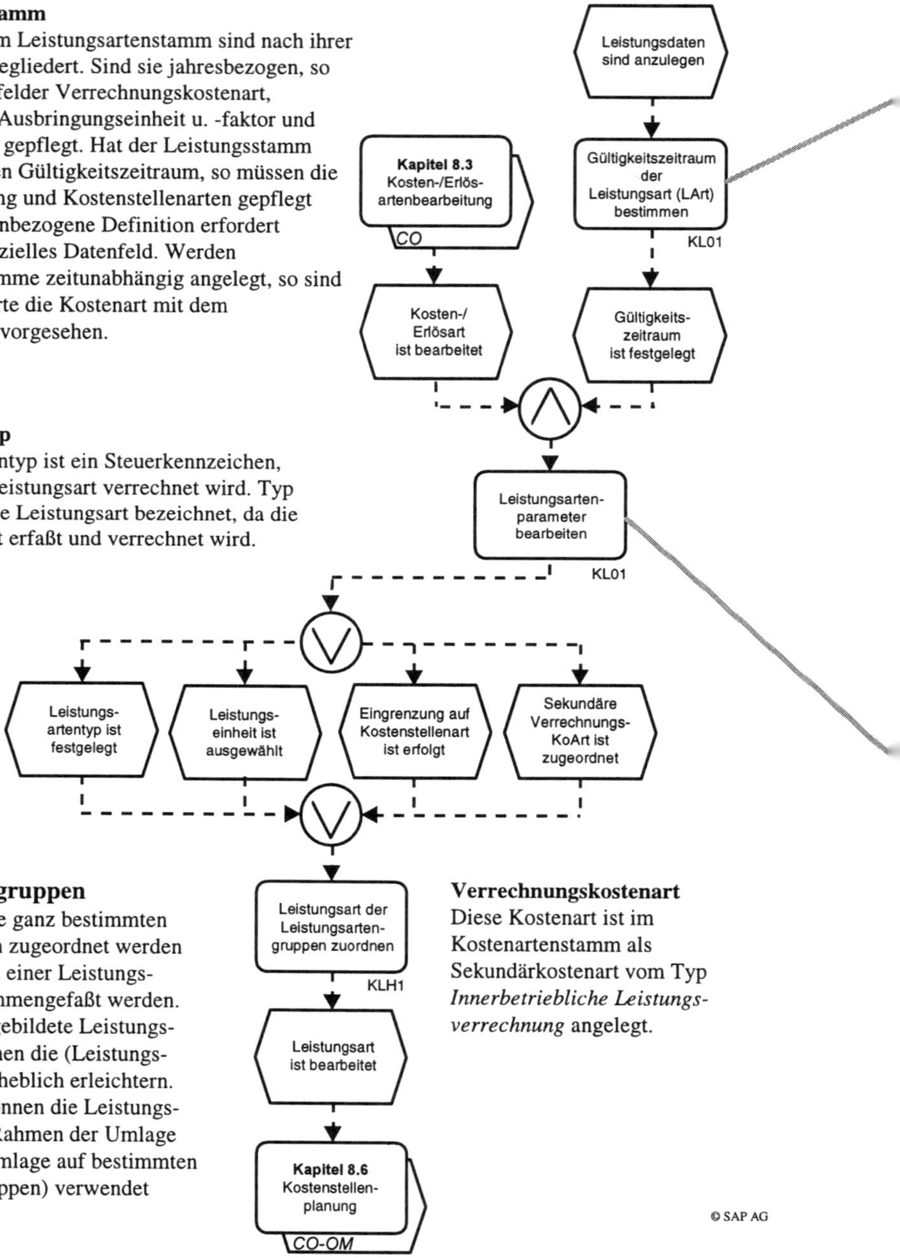

Leistungsartengruppen
Leistungsarten, die ganz bestimmten Kostenstellenarten zugeordnet werden können, können in einer Leistungsartengruppe zusammengefaßt werden. Auf diese Weise gebildete Leistungsartengruppen können die (Leistungsarten-) Planung erheblich erleichtern. Darüber hinaus können die Leistungsartengruppen im Rahmen der Umlage (beispielsweise Umlage auf bestimmten Leistungsartengruppen) verwendet werden.

Verrechnungskostenart
Diese Kostenart ist im Kostenartenstamm als Sekundärkostenart vom Typ *Innerbetriebliche Leistungsverrechnung* angelegt.

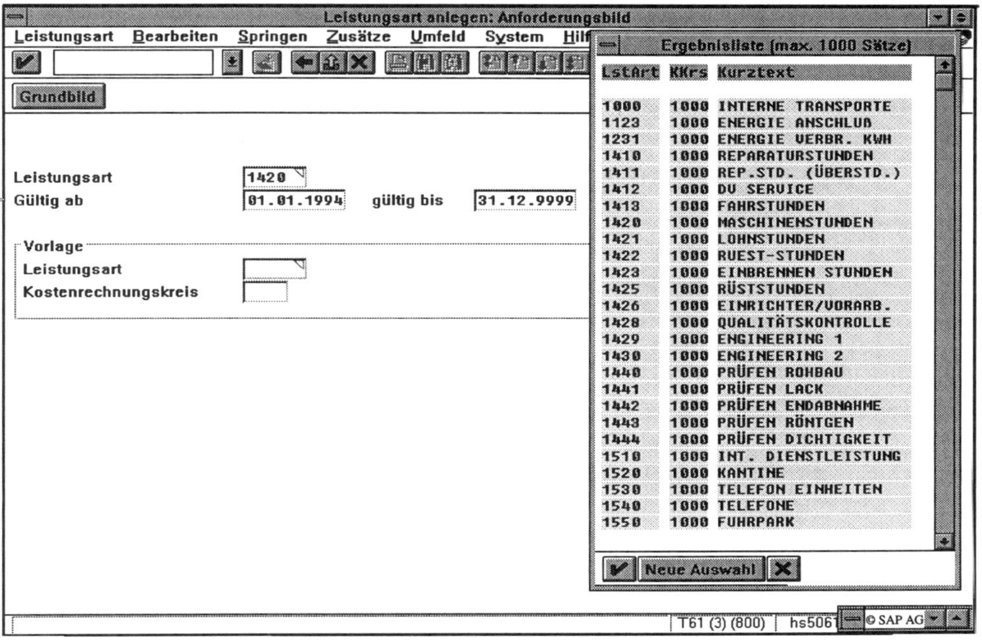

Abb. 8.5-2: Leistungsart anlegen

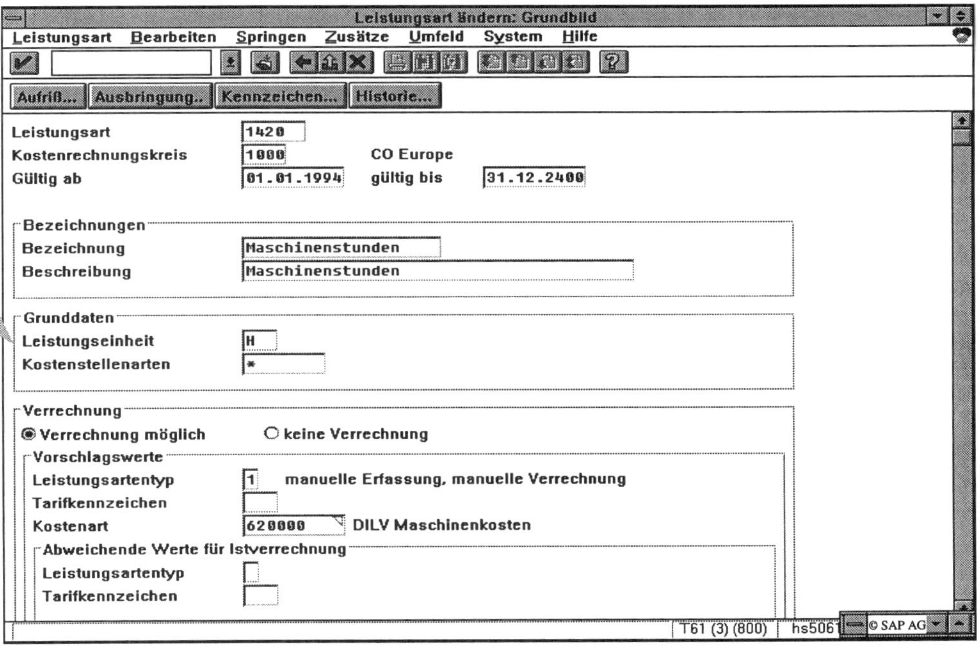

Abb. 8.5-3: Leistungsartenparameter

8.6 Prozeß: Kostenstellenplanung bei Grenzplan-Kostenrechnung

8.6.1 Betriebswirtschaftliche Beschreibung

Im Rahmen der Kostenstellenplanung erfolgt eine flexible Vorgabe von geplanten (Leistungs- und Verbrauchs-) Mengen und daraus abgeleiteten Werten. Die Planung erfolgt für klar definierte Zeiträume (meist ein Jahr). Wird eine Kostenstellenplanung auf Grenzkostenbasis durchgeführt, so werden keine fixen Kosten in die Verrechnungssätze für innerbetriebliche Leistungen und Kalkulationssätze der Hauptkostenstellen einbezogen, sondern nur die nach dem Verursachungsprinzip zurechenbaren proportionalen Kosten. Die fixen Kosten bleiben zunächst auf den Kostenstellen stehen und werden z. B. monatlich in die kurzfristige Erfolgsrechnung ausgebucht. In Deutschland wird eine solche Kostenrechnung als *Grenzplankostenrechnung* bezeichnet, während es in den USA als *direct costing* bekannt ist. J. N. Harris, ein Controller eines Chemieunternehmens, unterstützte schon 1934 das Grenzkostenprinzip, um Fehler der Vollkostenrechnung zu vermeiden.

Durch diese Verfahren werden die funktionalen Beziehungen zwischen Kosten, Umsatz und Gewinn (cost-volume-profit relationships) transparent, so daß Fehlentscheidungen der Produktions- und Absatzplanung verhindert werden können. Diese Verfahren werden nicht nur für die laufende Kontrolle der Kostenwirtschaftlichkeit genutzt, sondern auch für dispositive Aufgaben der Kostenrechnung (vgl. Kilger 1987, S. 65-68).

8.6.2 SAP-spezifische Beschreibung

Die Kostenstellenplanung ist Teil der kurzfristigen Unternehmensplanung und bestimmt das Kostenvolumen eines Planungszeitraums. Meistens bezieht sich der Planungszeitraum einer kurzfristigen Unternehmensplanung auf die Dauer eines Geschäftsjahres. Die Kostenstellenplanung im SAP R/3-System ist ergänzend zur Absatzplanung (vgl. Kapitel 8.1) und Produktionsplanung (vgl. Kapitel 8.2) und stellt somit eine Planungsintegration dar (vgl. Abbildung 8.6-1). Die im Produktionsplan ermittelten Planleistungen werden an die Kostenstellen weitergeleitet, die diese Kapazitäten in Form von Leistungseinheiten (vgl. Kapitel 8.5) bereitstellen müssen. Darüber hinaus müssen die Kostenstellenverantwortlichen auf der Basis der geplanten Kapazitäten und Leistungen die anfallenden Kosten und Leistungsaufnahmen von anderen Hilfskostenstellen planen. Diese Planungsvorgaben dienen als Grundlage für die Bewertung betrieblicher Leistungen, die unabhängig von zufälligen Schwankungen sind. Die Kostenstellenplanung bei Grenzplankostenrechnung ergänzt die Planung der Leistungseinheiten durch die Planung der voraussichtlich entstehenden variablen Kosten. Auf der Basis der geplanten Kosten und Absatzmengen können Erlöse ermittelt und daraus Plandeckungsbeiträge abgeleitet werden. Hierfür werden im Rahmen der Umsatzplanung die Kosten der Kostenstellenplanung und die geplanten Absatzmengen (bewertet mit dem voraussichtlichen Erlös, vgl. Kapitel 8.10) herangezogen. Ergänzend zur dargestellten Planungsintegration kann anschließend zur Kostenstellenplanung ein Finanzplan mit einer Budgetierung erstellt werden. Um der zentralen Bedeutung der Planung gerecht zu werden, steht für die Kostenstellenplanung eine hohe Funktionsvielfalt analog der Ist-Abrechnung zur Verfügung. Somit sind die gesamten im *Ist* anfallenden Prozesse auch planungsseitig abbildbar (vgl. Plattner/Kagermann 1991, S. 137-178; vgl. SAP – Gemeinkosten-Controlling 1996, S. 5.1-5.18).

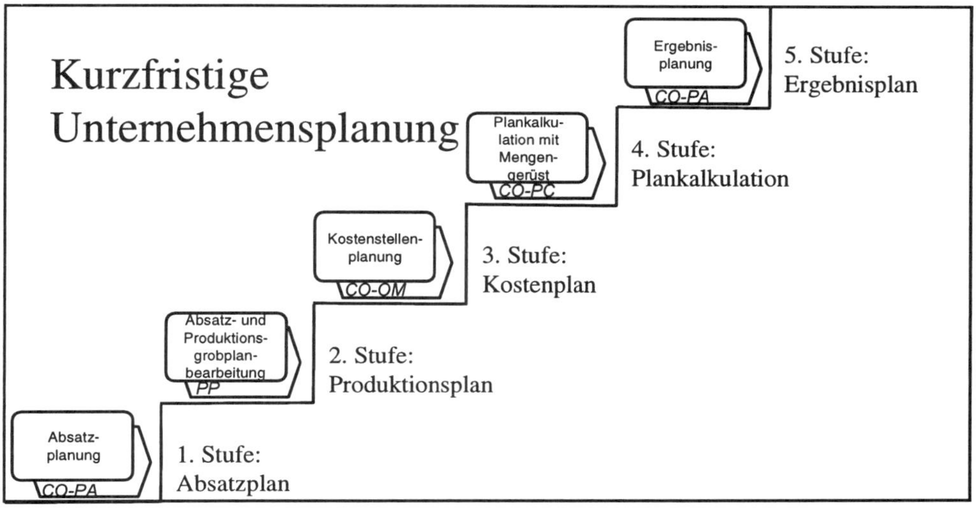

Abb. 8.6-1: Planungsstufen der kurzfristigen Unternehmensplanung

Eine Kostenstellenplanung kann auf unterschiedlichen Planungsgebieten, der Leistungsartenplanung oder der Kostenplanung, stattfinden (vgl. Abbildung 8.6-3). Bei der wertmäßigen Planung primärer und sekundärer Kosten wird der *Input* der Kostenstelle betrachtet, d. h. die primären und sekundären Plankosten bezeichnen die Kosten, die entstehen, um auf der Kostenstelle den geplanten *Output* zu erbringen. Die Leistungsartenplanung beschreibt die zu erwartende Leistung bzw. den Output der Kostenstelle. Über den Beschäftigungsgrad (Verhältnis Ist-Leistung zu Planleistung) erfolgt die Leistungskontrolle einer Kostenstelle. Im folgenden werden die verschiedenen Arten der Kostenstellenplanung aufgeführt.

- *manuelle Kostenplanung*
  Es ist möglich, primäre und sekundäre Kosten sowohl leistungsunabhängig als auch -abhängig zu planen. Zur manuellen Kostenplanung stehen für die unterschiedlichen Planungsgebiete eine Vielzahl von Planerprofilen zur Verfügung, die auf spezielle Planungsvorhaben zugeschnitten sind und entsprechende Planungslayouts (Erfassungsmasken für die Planung) beinhalten. In einem Planerprofil kann man nach verschiedenen Kriterien gruppierte Planungslayouts zusammenfassen. Im SAP R/3-Standardsystem zur Kostenstellenplanung wird pro Planerprofil ein bestimmtes Planungslayout für ein bestimmtes Planungsgebiet ausgeliefert. Das Standard-Planerprofil *SAP101* enthält z. B. ein Planungslayout *1-201* (vgl. Abbildung 8.6-2), das man sowohl für die leistungsunabhängige als auch für die leistungsabhängige Primärkostenplanung verwenden kann.

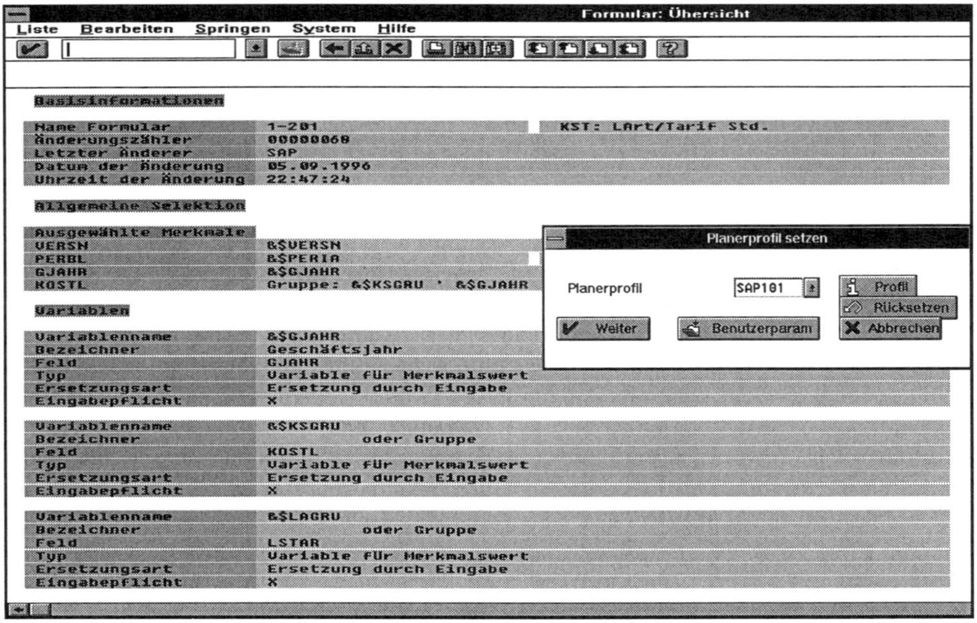

Abb. 8.6-2: Layout 1-201 für leistungsabhängige/-unabhängige Kostenplanung

Mit der *manuellen Planung von Sekundärkosten* kann man in Form von Leistungsaufnahmen auf Empfänger (Kostenstellen oder Aufträge) sekundäre Kosten mengenmäßig planen. Eine Leistungsaufnahme ist lediglich in den betrieblichen Bereichen möglich, für die sich eindeutige Bezugsgrößen, d. h. Leistungsarten, definieren lassen. Im Rahmen der *leistungsunabhängigen* Leistungsaufnahmeplanung wird für eine Empfängerstelle die Aufnahme von Leistungen unabhängig von einer Leistungsart dieser Empfängerstelle geplant. Die Planleistungsmenge, die eine Empfängerkostenstelle aufnimmt, wird mit dem Tarif der Senderstelle/-leistungsart multipliziert und unter einer sekundären Kostenart für innerbetriebliche Leistungsverrechnung gebucht. Das R/3-System entlastet die Senderkostenstelle um den Betrag, der sich aus dem Produkt aus geplanter Leistungsmenge und Tarif ergibt und belastet die Empfängerkostenstelle mit dem Produkt aus empfangener Leistungsmenge und Tarif. Falls nicht für alle Kostenstellen manuelle Tarife gesetzt wurden und eine iterative Tarifermittlung durchgeführt wird, bewertet das R/3-System die Leistungsbeziehungen zwischen den Kostenstellen im Rahmen der Tarifermittlung mit den iterativ ermittelten Tarifen. Der geplanten Leistungsaufnahme stehen die Ist-Leistungsmengen auf den Empfängerkostenstellen gegenüber, die man über die innerbetriebliche Leistungsverrechnung gebucht hat. Durch Bewertung der geplanten Leistungsaufnahmemenge mit dem Plantarif der Leistungsart, manuell oder iterativ, ermittelt das R/3-System auf den Empfängerkostenstellen die geplanten sekundären Kosten. Diese geplanten sekundären Kosten kann man den gebuchten sekundären Ist-Kosten (Produkt aus Ist-Leistungsmenge und Plantarif der Leistungsart) gegenüberstellen und eine Abweichung ermitteln.

Mit der *leistungsabhängigen* Leistungsaufnahmenplanung kann man Sekundärkosten in Abhängigkeit einer Leistungsart des Empfängers planen. Sie planen für die Leistungsart A einer Empfängerstelle die Aufnahme der Leistungsart B einer Senderstelle. Die Leistungsart B dient der Erbringung der Leistungsart A auf der Empfängerstelle. Das R/3-System bucht die geplante Belastung der Empfängerstelle unter einer sekundären Kostenart für innerbetriebliche Leistungsverrechnung. Falls keine manuellen Tarife innerhalb der Leistungsartenplanung vorgesehen sind, zieht das SAP-System zur Ermittlung der Belastung der Empfängerkostenstelle den iterativ errechneten Tarif heran. Das R/3-System entlastet die Senderkostenstelle um den Betrag, der sich aus dem Produkt aus geplanter Leistungsmenge und dem Tarif ergibt, gesplittet in einen gesamten und einen fixen Betrag, und belastet die Empfängerkostenstelle mit dem Produkt aus empfangener Leistungsmenge und Tarif.

- *maschinelle Primärkostenplanung*
  Zur maschinellen Planung primärer Kosten steht eine *Planverteilung* zur Verfügung. Die Verteilung wurde zur primärkostengerechten Verrechnung von Kostenstellen konzipiert. Dies bedeutet, daß die Verteilung nur primäre Kosten verrechnet. Die Sender- und Empfängerinformation (welches ist die sendende und welches ist die empfangende Kostenstelle) wird im Kostenrechnungsbeleg (Einzelposten) dokumentiert. Der buchhalterische Herkunftsnachweis wird nicht mehr im Kostenrechnungsbeleg fortgeschrieben, da in diesem Fall in erster Linie die Information aus der Kostenrechnung weitergeleitet werden soll.

- *maschinelle Sekundärkostenplanung*
  Die maschinelle Sekundärkostenplanung umfaßt die Planung sekundärer Kosten auf der Basis von Schlüsseln, die der Anwender definiert. Im Gegensatz zur manuellen Sekundärkostenplanung ermittelt das R/3-System die Planwerte ausgehend von den vom Anwender vorgegegebenen Rahmenbedingungen.

- *indirekte Leistungsverrechnung*
  Die indirekte Leistungsverrechnung stellt ein Werkzeug zur maschinellen Verrechnung von Leistungen im Ist und Plan dar. Im Gegensatz zur manuellen Leistungsaufnahme im Plan oder der Leistungsverrechnung im Ist kann man hierbei mit Schlüsseln, die man selbst festlegt, Leistungen verrechnen. Darüber hinaus ist es möglich, für Sender, deren Leistungen nicht oder nur mit sehr hohem Aufwand meßbar sind, die Leistungsmenge indirekt aus den Leistungen der Empfänger zu bestimmen. Zur wertmäßigen Planung sekundärer Kosten steht eine *Planumlage* zur Verfügung. Hierfür sind entsprechende Umlageregeln zu definieren. In der Regel ist die Planumlage identisch mit der Ist-Umlage. Dies bedeutet, daß für eine Planumlage die gleichen Sender-Empfänger-Beziehungen verwendet werden, die Umlagewerte und Empfängerbasis auf analoge Weise ermitteln.

- *manuelle Leistungsartenplanung*
  Leistungsarten dienen letztendlich der Leistungskontrolle auf den Kostenstellen, da hierüber der Beschäftigungs- oder Nutzungsgrad einer Kostenstelle gemessen werden kann. Bei der Leistungsartenplanung erzeugt das R/3-System auf der Basis der geplanten Leistungsmenge einer Leistungsart auf der betreffenden Kostenstelle eine Planent-

lastung, die mit einer sekundären Kostenart gebucht wird. Diese Kostenart ist im Leistungsartenstammsatz hinterlegt und kann pro Kostenstelle nochmals überschrieben werden. Durch die Planentlastung wird erreicht, daß die Senderstelle unabhängig von den geplanten Leistungsaufnahmen im Plan vollständig entlastet wird. Die Größen Planleistung und Kapazität werden zur iterativen Tarifermittlung verwendet und können auch im Informationssystem analysiert werden. Zusätzlich wird für jede Leistungsart auch eine Äquivalenzziffer ermittelt. Äquivalenzziffern sind Gewichtungsfaktoren, die zur Aufteilung der leistungsunabhängig geplanten Kosten auf die Leistungsarten herangezogen werden. Die so aufgeteilten leistungsunabhängig geplanten Kosten gehen ebenfalls in die iterative Tarifermittlung ein. Äquivalenzziffern können pro Periode definiert werden. Im Übersichtsbild der Leistungsartenplanung (vgl. Abbildung 8.6-5) werden Durchschnittswerte angezeigt.

- *maschinelle Leistungsartenplanung*
  Die indirekte Leistungsverrechnung stellt ein Werkzeug zur maschinellen Verrechnung von Leistungen im *Ist* und *Plan* dar. Im Gegensatz zur manuellen Leistungsaufnahme im Plan oder der Leistungsverrechnung im Ist kann man hierbei mit Schlüsseln, die selbst festgelegt wurden, Leistungen verrechnen. Darüber hinaus ist es möglich, für Sender, deren Leistungen nicht oder nur mit sehr hohem Aufwand meßbar sind, die Leistungsmenge indirekt aus den Leistungen der Empfänger zu bestimmen.

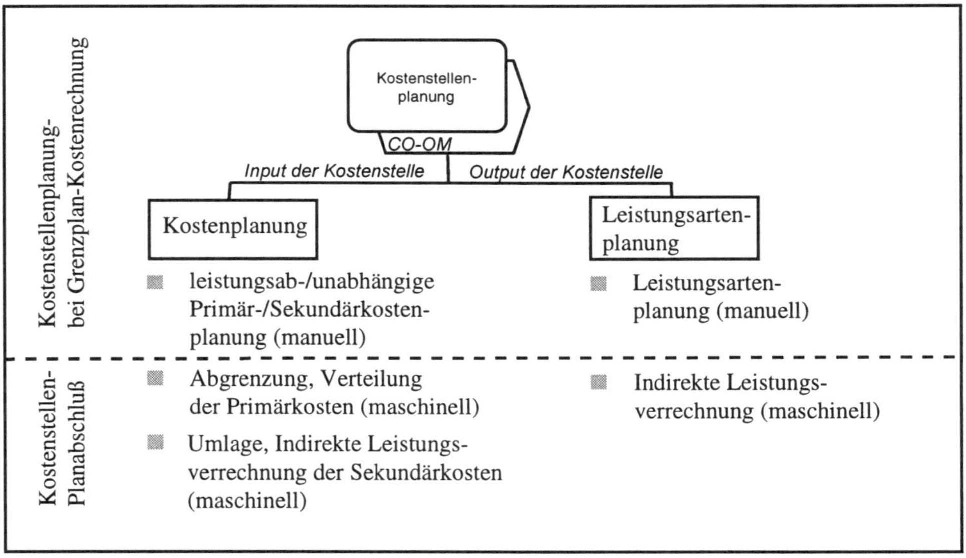

Abb. 8.6-3: Arten der Kostenstellenplanung

8.6.3 Anwendung des Prozesses

Erster Schritt der Kostenstellenplanung ist - nachdem die erforderlichen Stammdaten angelegt und die Planung vorbereitet worden ist - die Planung der Leistungsart 1420 auf der Kostenstelle V9400 (vgl. Abbildung 8.6-4). Im Rahmen der Leistungsartenplanung erfassen Sie dabei eine Planleistung von 1200 Stunden auf der Kostenstelle, was mit dem verwendeten Verteilungsschlüssel 1 einer monatlichen Leistung von 100 Stunden entspricht. Die gleiche periodische Verteilung gilt für die geplanten 1200 Stunden an Kapazität. Die Leistungseinheit Stunden (H) sowie die sekundäre Verrechnungskostenart 620000 werden automatisch aus dem Leistungsartenstamm 1420 gezogen und in die Planungsmaske eingestellt. Das Tarifkennzeichen D ist für die im Prozeß Kostenstellenplanabschluß durchgeführte Planpreisiteration von Bedeutung.

Nach der Planung der Leistungsart 1420 kann die leistunngsabhängige Planung der Primärkosten auf der Kostenstelle V9400 stattfinden. Dabei definieren Sie den fixen und variablen Anteil der Primärkosten auf der Kostenstelle mit Bezug zur Leistunngsart 1420. Die eingegebenen Jahresplanwerte werden dann analog zur Leistungsartenplanung mit dem Verteilungsschlüssel 1 gleichmäßig auf die Monate verteilt. Die Übernahme der Plan-Afa und der Planzinsen aus der Anlagenwirtschaft sowie der Planpersonalkosten aus dem Bereich HR ergänzen die Primärkostenplanung.

Im Zuge der Sekundärkostenplanung wird im Modellbetrieb der Leistungsaustausch zwischen der Leistung abgebenden Senderkostenstelle V9400 und der Leistung empfangenden Kostenstelle V9410 in Form von Maschinenstunden (Leistungsart 1420) geplant. Die Planung erfolgt im Modellbetrieb dabei leistungsunabhängig, d.h. ohne Bezug zu eine Leistungsart auf der Empfängerkostenstelle V9410. Planergebnis sind abgegebene (Kostenstelle V9400) und disponierte (Kostenstelle V9410) Leistungsmengen. Erst nach erfolgter Planpreisiteration werden diese Leistungsmengen mit dem Plantarif zur Leistungsart/Kostenstelle 1420/V9400 bewertet und in geplante Sekundärkosten „umgewandelt".

8.6.4 Navigationsinformationen

- *Menüpfad*
  Rechnungswesen –> Controlling –> Kostenstellen –> Planung
- *Transaktionscode*
  KP26, KP06
- *Eingehende Prozeßverbindungen im R/3-Referenzmodell*
  Kostenstellenbearbeitung, Leistungsartenbearbeitung, Planungsvorbereitung, Bearbeitung statistischer Kennzahlen, Planungsintegration Kostenstellen, Personalkostenplanung, Absatz- und Produktionsgrobplanbearbeitung, Langfristplanung – Gesamt/Einzel, Materialbedarfsplanung – Gesamt/Einzel
- *Ausgehende Prozeßverbindungen im R/3-Referenzmodell*
  Profit Center-Planungsintegration
  Kostenstellen-Planabschluß bei Starrer bzw. Grenzplan-Kostenrechnung

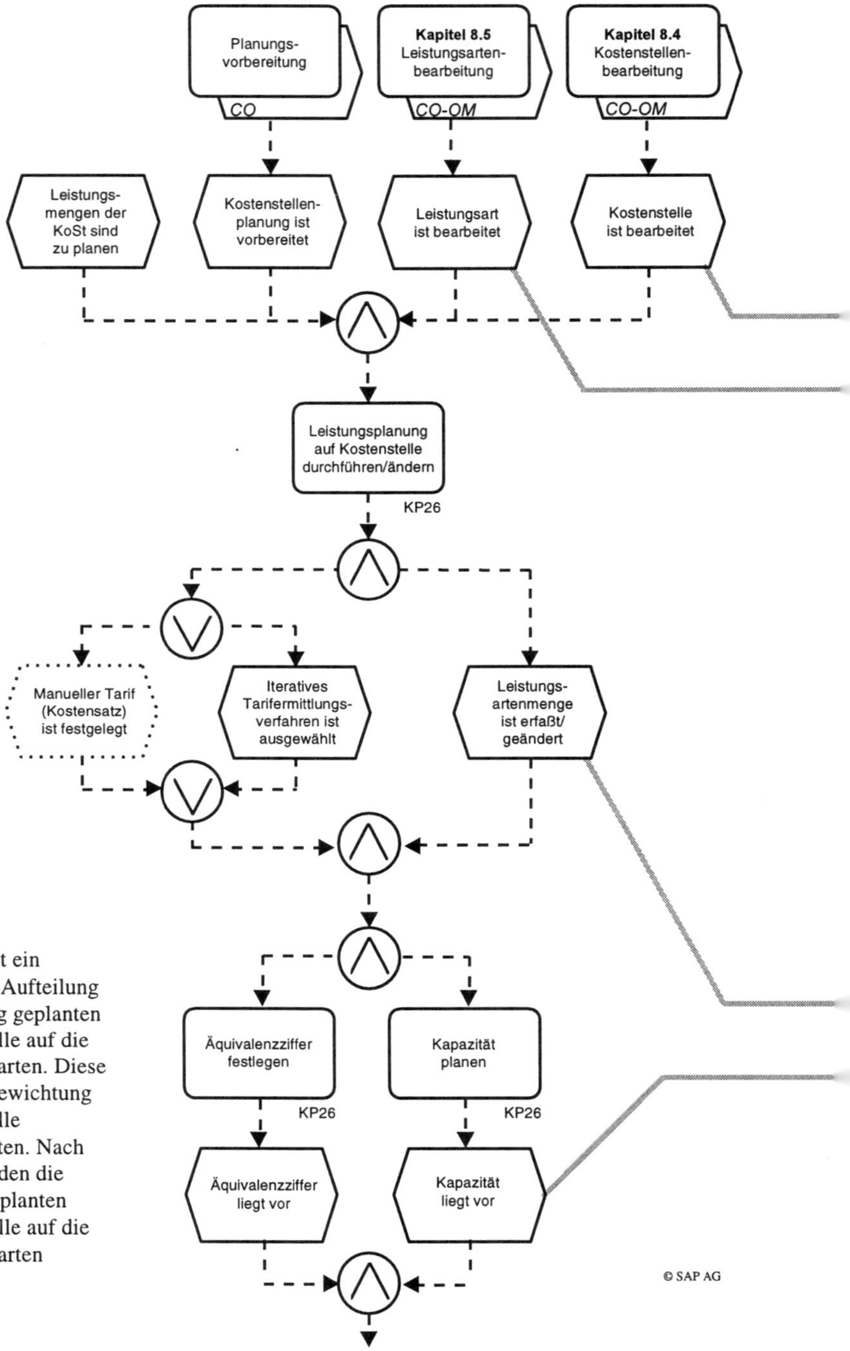

Äquivalenzziffer
Die Äquivalenzziffer ist ein Gewichtungsfaktor zur Aufteilung der leistungsunabhängig geplanten Kosten einer Kostenstelle auf die vorhandenen Leistungsarten. Diese Feldgruppe dient zur Gewichtung der auf einer Kostenstelle angelegten Leistungsarten. Nach dieser Gewichtung werden die leistungsunabhängig geplanten Kosten einer Kostenstelle auf die vorhandenen Leistungsarten aufgeteilt.

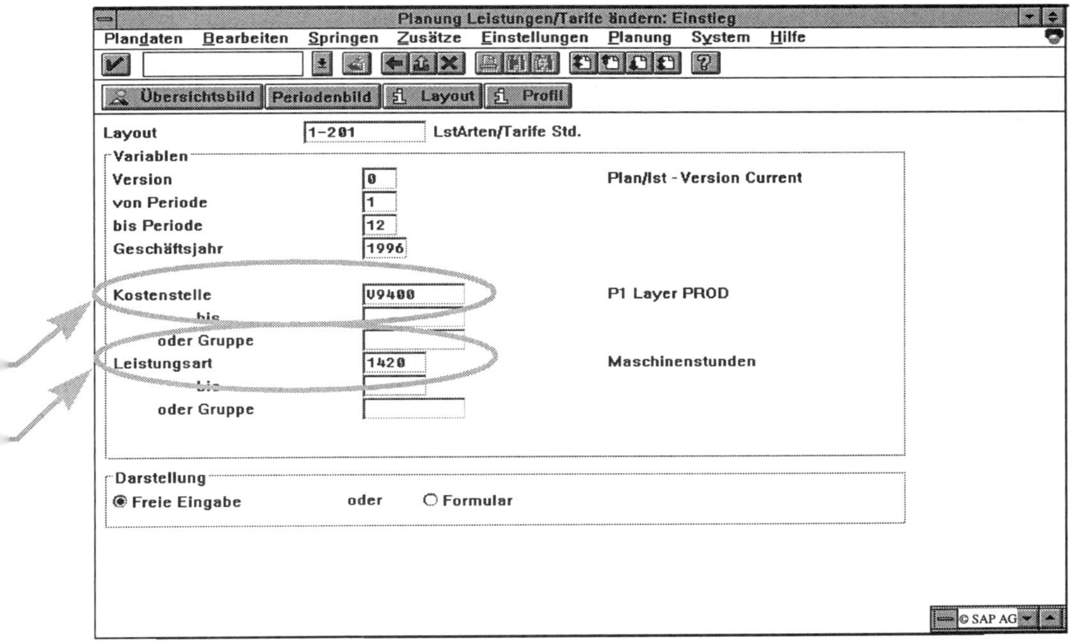

Abb. 8.6-4: Einstiegsbild für die Kostenstellenplanung (Leistungsartenplanung)

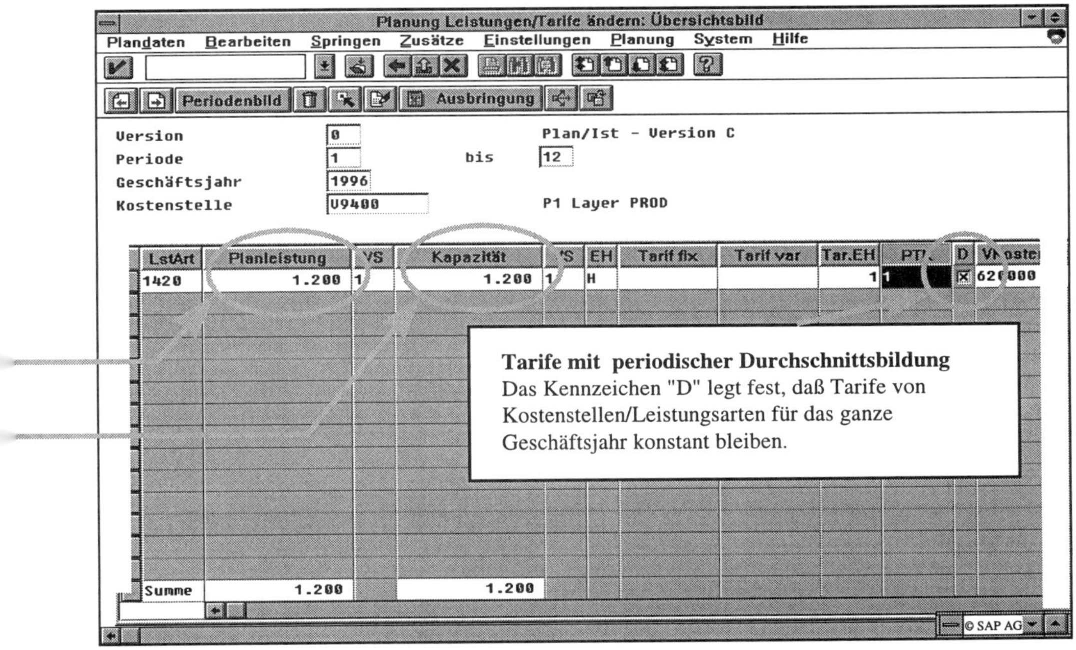

Abb. 8.6-5: Leistungsartenplanung

Zuordnung der Primärkosten zur Leistungsart bestimmen

Die Planung primärer Kosten erfolgt in der Regel nach der Planung der Leistungseinheiten bzw. Kapazitäten, da sie das Leistungsvolumen berücksichtigen müssen. Im Rahmen der Primärkostenplanung werden die (primären, d.h. durch Fremdbezug bzw. durch Materialentnahmen entstehenden) Kosten für die Leistungsmengen/Kapazitäten geplant. Sie werden im Dialog pro Kostenstelle/Kostenart erfaßt. Als Hilfsmittel kann, für eine differenziertere Kostenstellenplanung unterhalb der Kostenartenebene, die Bauteilkalkulation genutzt werden

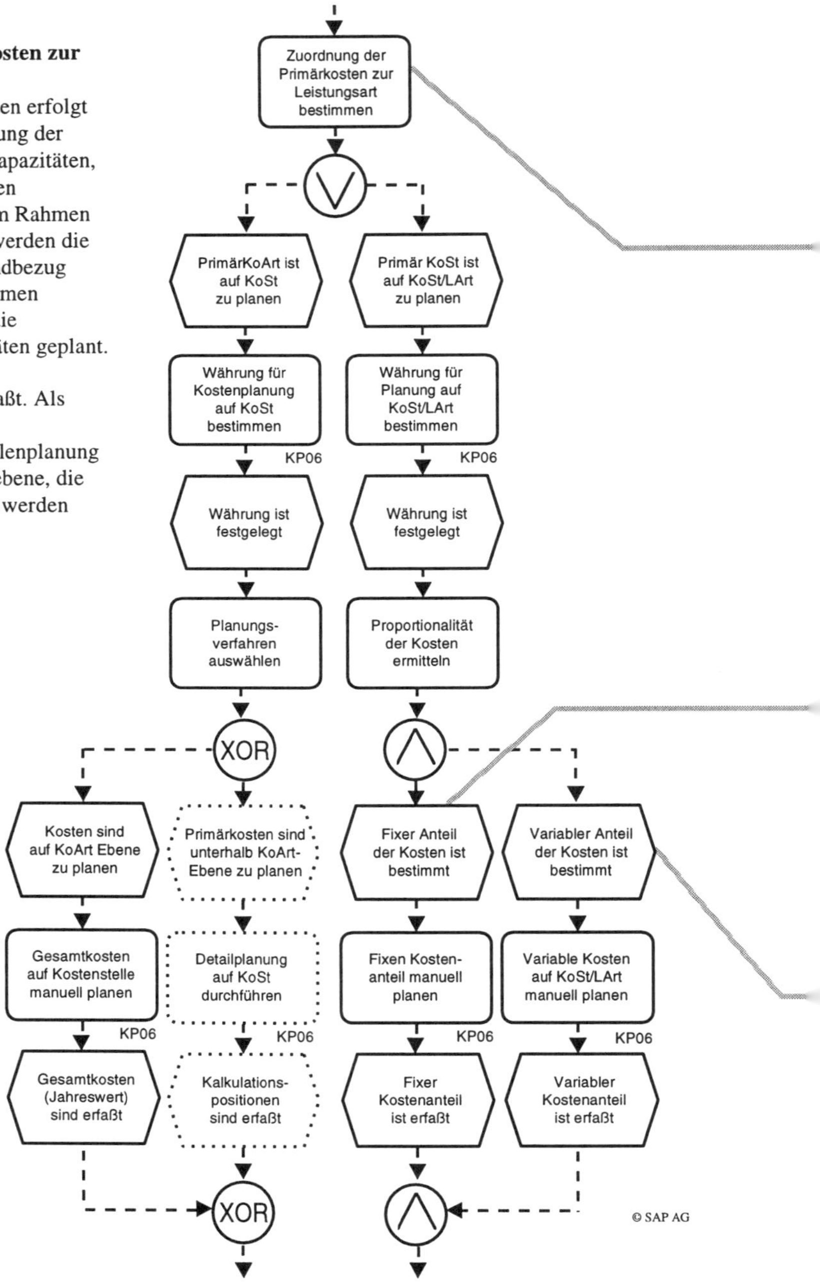

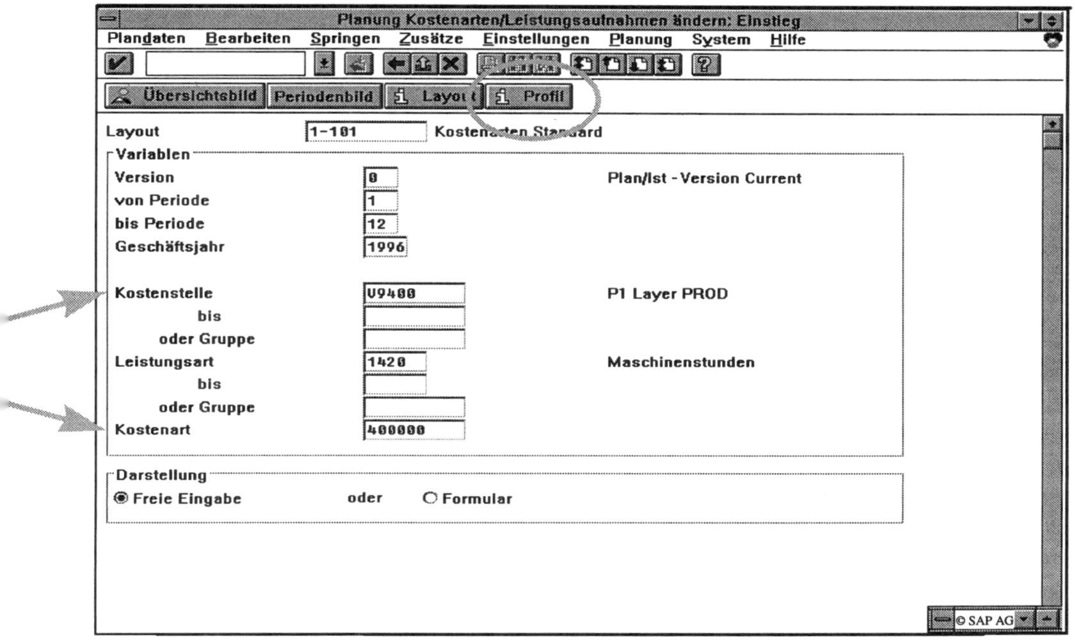

Abb. 8.6-6: Eingabe der Kostenstelle, Leistungsart und Kostenart

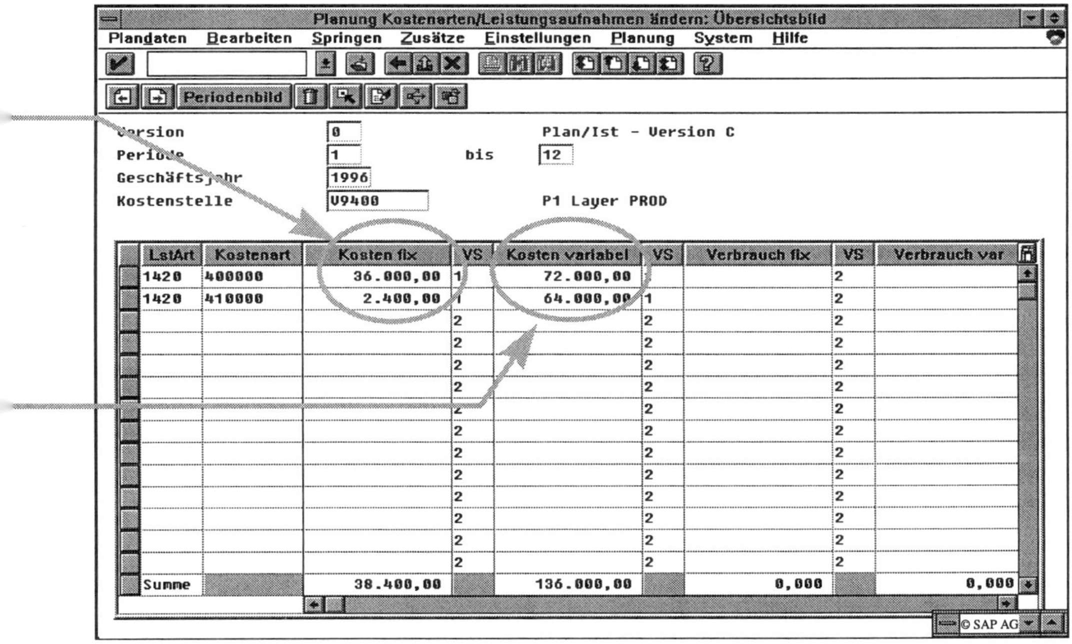

Abb. 8.6-7: Planung der variablen und fixen Primärkosten

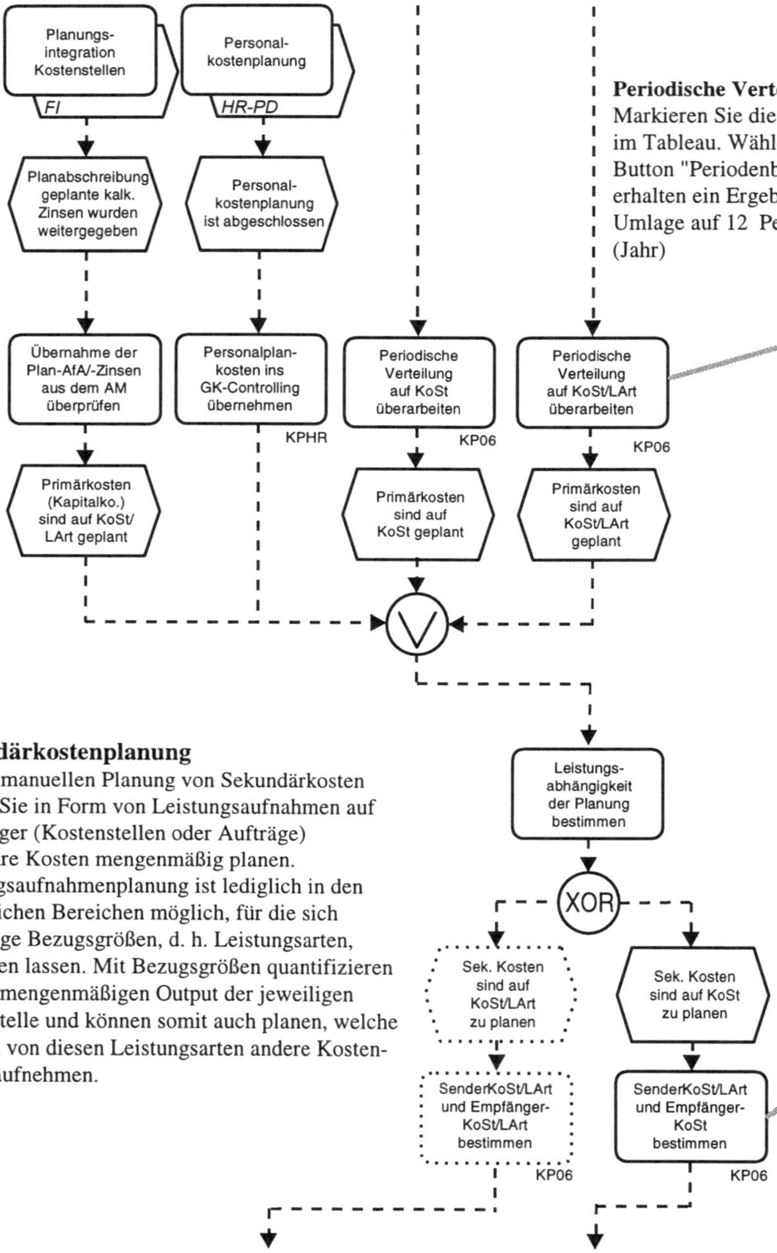

Periodische Verteilung
Markieren Sie die Position im Tableau. Wählen Sie den Button "Periodenbild". Sie erhalten ein Ergebnis mit der Umlage auf 12 Perioden (Jahr)

Sekundärkostenplanung
Mit der manuellen Planung von Sekundärkosten können Sie in Form von Leistungsaufnahmen auf Empfänger (Kostenstellen oder Aufträge) sekundäre Kosten mengenmäßig planen. Leistungsaufnahmenplanung ist lediglich in den betrieblichen Bereichen möglich, für die sich eindeutige Bezugsgrößen, d. h. Leistungsarten, definieren lassen. Mit Bezugsgrößen quantifizieren Sie den mengenmäßigen Output der jeweiligen Kostenstelle und können somit auch planen, welche Mengen von diesen Leistungsarten andere Kostenstellen aufnehmen.

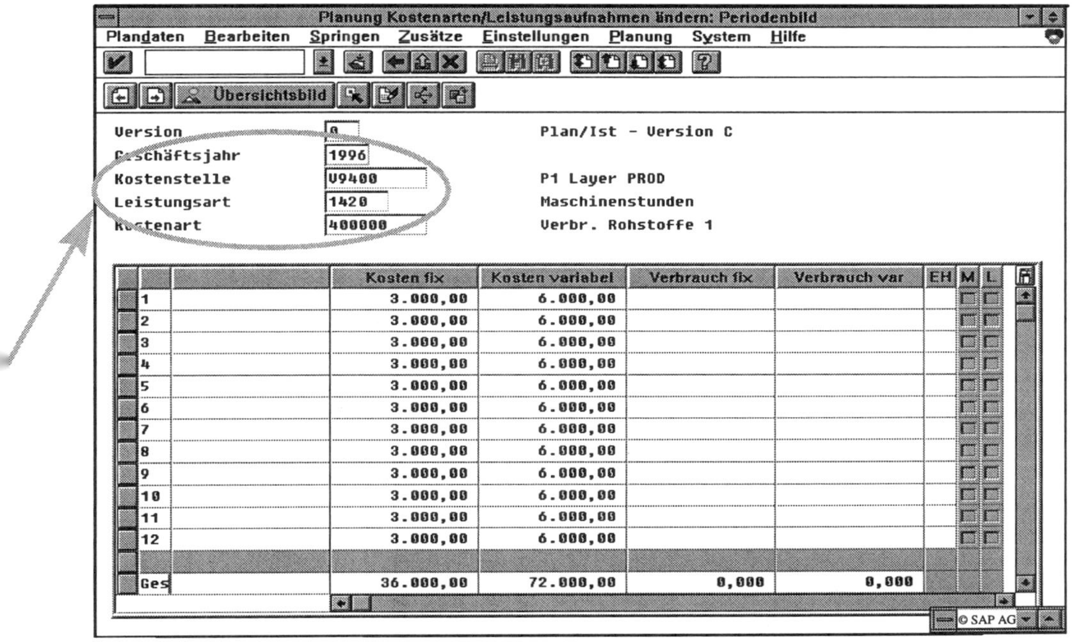

Abb. 8.6-8: Periodenbild

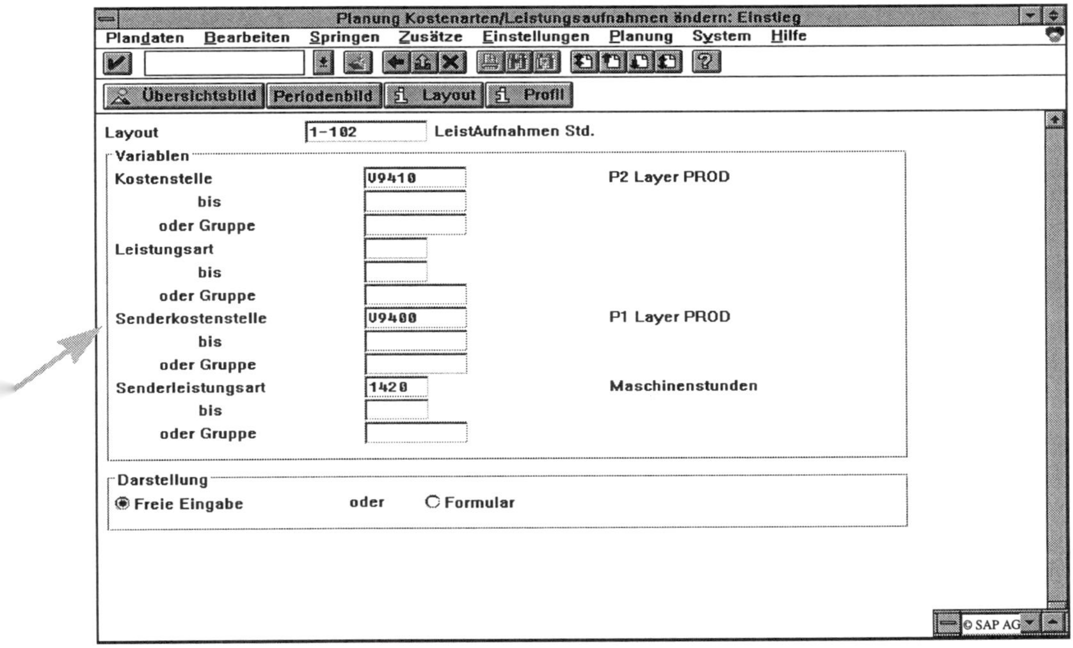

Abb. 8.6-9: Eingabe der Senderkostenstelle

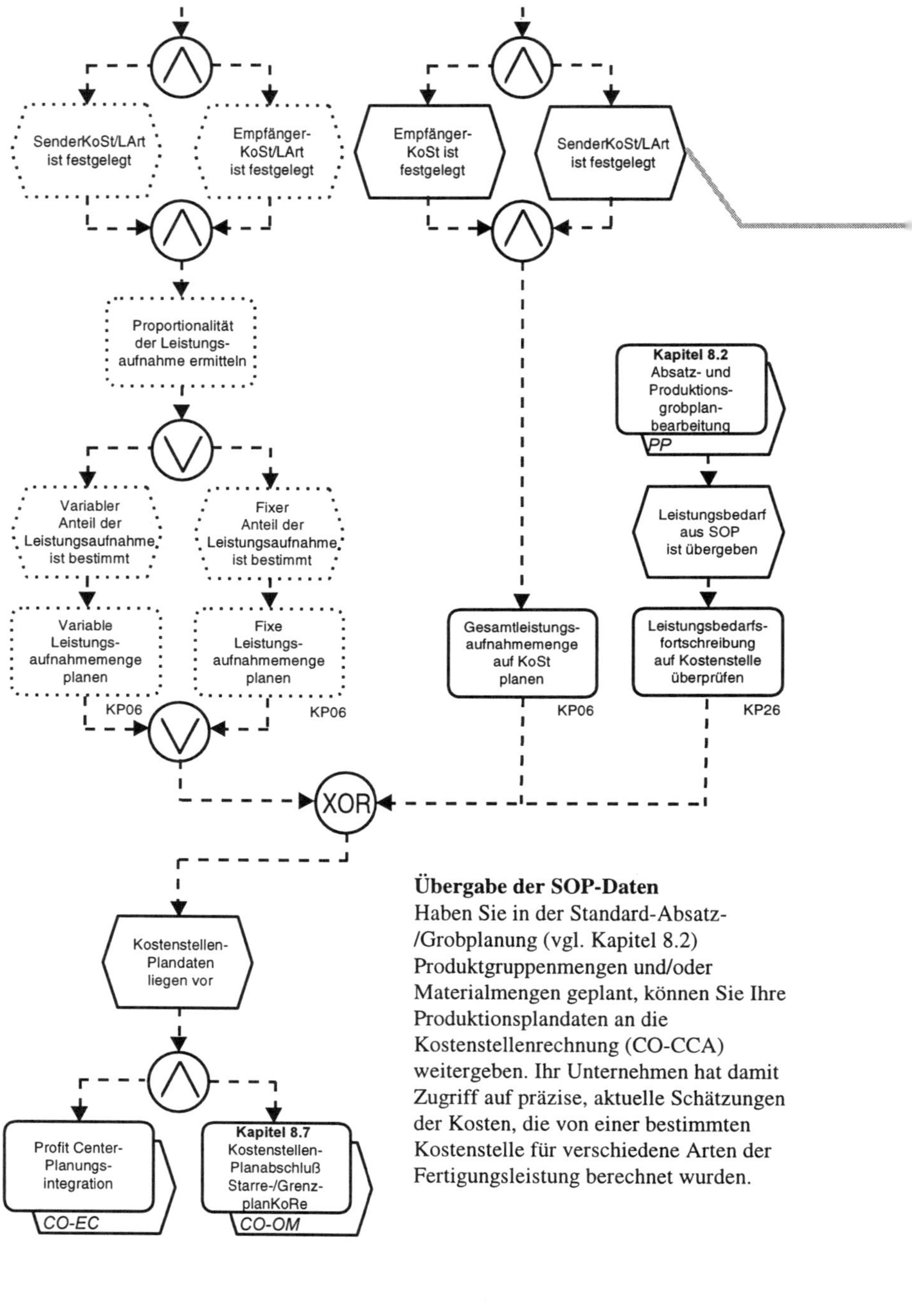

Übergabe der SOP-Daten

Haben Sie in der Standard-Absatz-/Grobplanung (vgl. Kapitel 8.2) Produktgruppenmengen und/oder Materialmengen geplant, können Sie Ihre Produktionsplandaten an die Kostenstellenrechnung (CO-CCA) weitergeben. Ihr Unternehmen hat damit Zugriff auf präzise, aktuelle Schätzungen der Kosten, die von einer bestimmten Kostenstelle für verschiedene Arten der Fertigungsleistung berechnet wurden.

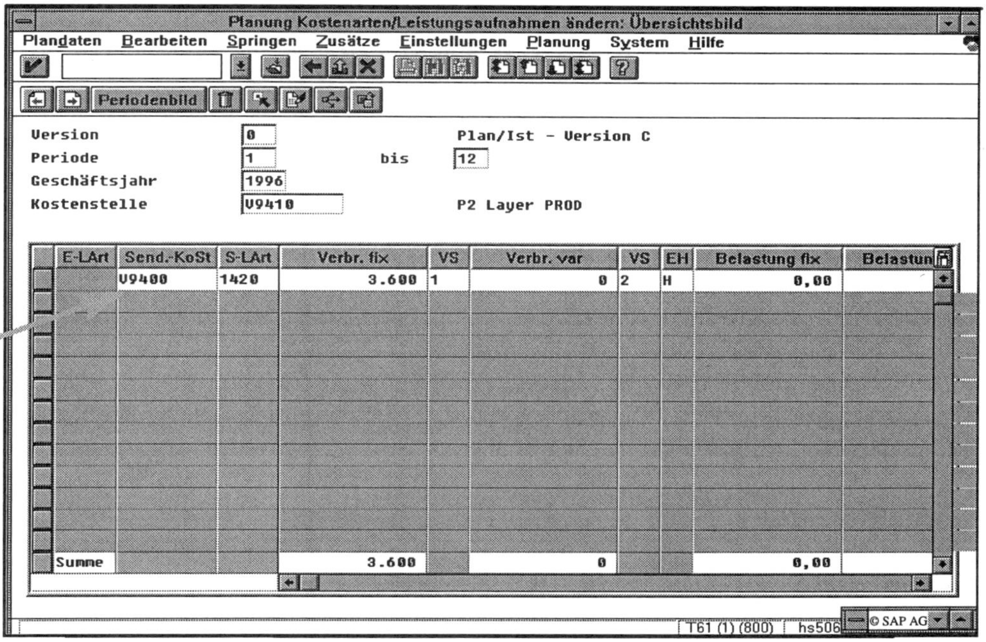

Abb. 8.6-10: Sekundärkostenplanung

Ergebnisse der Kostenstellenplanung

Die primären und sekundären Kosten auf den Kostenstellen ergeben sich abhängig von den geplanten Leistungen und Kapazitäten. Neben den leistungsunabhängigen Plankosten sind auch leistungsabhängige Plankosten das Ergebnis der Kostenplanung. Die zum Produktionsprozeß benötigten (geplanten) Ressourcenverbräuche wurden mit den entsprechenden Tarifen bewertet. Die Ergebnisse der Kostenplanung sind als vorläufige Vorgabewerte zu betrachten, die (möglichst) nicht überschritten werden sollten. Mit Hilfe mehrerer Versionen können optimistische und pessimistische Planansätze abgebildet werden (Erzeugen eines Plankorridors bzw. einer *Schere*), die später mit den Ist-Werten verglichen werden können.

8.7 Prozeß: Kostenstellen-Planabschluß

8.7.1 Betriebswirtschaftliche Beschreibung

Der Kostenstellen-Planabschluß stellt als wesentliche Informationen der Kostenstellenplanung die Kostensätze auf den Kostenstellen für weitere betriebswirtschaftliche Funktionen zur Verfügung.

Sind für alle Bezugsgrößen und Kostenarten die erforderlichen Plandaten pro Monat ermittelt, so werden anschließend bezugsgrößenweise und nach Vollkosten, proportionalen und fixen Kosten getrennt die Plankosten aufsummiert. Als Ergebnis liegt die Plankostensumme für jede Bezugsgröße vor. Bei allen direkten Bezugsgrößen erhält man dann durch Division der proportionalen Plankosten durch die Planbezugsgröße den proportionalen Plankostensatz. Ebenso können auch die Vollkostensätze in dieser Form errechnet werden.

Vor der Ermittlung der Plankostensätze wird die Kostenplanung *abgestimmt.* Dabei wird unter anderem geprüft, ob alle proportionalen Kosten von Stellen mit indirekten Bezugsgrößen ihre Deckung finden und ob die Summe der geplanten proportionalen Transport- und Energiekosten mit der Summe der Transport- und Energiekosten auf den Abnehmerstellen übereinstimmt. Differenzen, die auftreten, müssen untersucht und bereinigt werden. Erst dann ist die Planung als Grundlage für Soll-Ist-Kostenvergleiche und für die Plankalkulation sowie für alle weiteren betriebswirtschaftlichen Überlegungen im *Gleichgewicht* und abgeschlossen (vgl. Konrad 1971, S. 1099-1118).

8.7.2 SAP-spezifische Beschreibung

Im Rahmen des *Planungsabschlusses* werden periodenbezogene betriebswirtschaftliche Vorgänge nach dem Periodenende durchgeführt, d. h. nachdem die Planungsbuchungen der entsprechenden Periode abgeschlossen sind. Solche periodenbezogene betriebswirtschaftliche Vorgänge sind z. B.:

- Abgrenzung
- Verteilung
- Umlage
- Abrechnung planintegrierter Aufträge
- Indirekte Leisungsverrechnung
- Abstimmung des Leistungsnetzes
- Tarifermittlung

Grundsätzlich muß dabei keine feste Reihenfolge im Planungsablauf eingehalten werden. Die Planumlage ist jedoch nach der Abgrenzung und Verteilung durchzuführen. Im Anschluß an die Verrechnungen können die Plantarife vom System ermittelt werden.

8.7.3 Anwendung des Prozesses

Im Anschluß an die Kostenstellenplanung (vgl. Kapitel 8.6) wurde die *Planabgrenzung* durchgeführt. Hierbei werden kalkulatorische Kosten mit Hilfe prozentualer Zuschlagsprozentsätze auf den entsprechenden Kostenstellen, z. B. 4275 automatisch geplant. Für die Planabgrenzung müssen zuvor Abgrenzungsparameter definiert worden sein (vgl. Abbildung 8.7-1). Als nächstes wurde für die Modellfirma A *die Plan(kosten)verteilung* im Rahmen der Primärkostenplanung durchgeführt. Für die Planverteilung müssen zuvor Verteilungsregeln definiert worden sein. Für die Verrechnungsmerkmale wurde die Kostenstelle *3140* als Sender und die Kostenstellen *4275 bis 4278* als Empfänger angegeben (vgl. Abbildung 8.7-2). Bei der *Auftragsabrechnung* im nächsten Schritt werden die auf einem Auftrag angesammelten Kosten auf eine Kostenstelle weitergebucht. Im Beispiel wurde die Kostenstelle *10004275* vom Innenauftrag *800039* belastet (vgl. Abbildung 8.7-4). Bevor aus den geplanten Kosten und Mengen Plantarife ermittelt werden können (vgl. Abbildung 8.7-10) ist das Leistungsnetz entsprechend abzustimmen (vgl. Abbildung 8.7-6). Im Rahmen der *Planabstimmung* ist darauf zu achten, daß Leistungsaufnahmen und -abgaben stimmig sind. Muß die Planung neu abgestimmt werden ist die indirekte Leistungsverrechnung auf Grund der veränderten Bezugsbasen zu wiederholen. Die abgestimmte Planung kann dann durch das Sperren der Leistungsarten *eingefroren* werden (vgl. Abbildung 8.7-7).

8.7.4 Navigationsinformationen

- *Menüpfad*
  1) Rechnungswesen –> Controlling –> Kostenstellen –> Planung
  2) Rechnungswesen –> Controlling –> Aufträge –> Planung

- *Transaktionscode*
  KD9E, KAMN

- *Eingehende Prozeßverbindungen im R/3-Referenzmodell*
  Kostenstellenplanung
  Periodische Umbuchung
  Auftragsplanung bei Starrer Plankostenrechnung bzw. Grenzplan-Kostenrechnung
  Indirekte Leistungsverrechnung

- *Ausgehende Prozeßverbindungen im R/3-Referenzmodell*
  Innenauftragsbearbeitung
  Kostenumlage
  Plankalkulation mit Mengengerüst
  Übernahme von Kostenstellenvollkosten/-salden
  Profit Center-Planungsintegration

Abgrenzung
Nach der Definition eines Zuschlagsschemas sowie der zugehörigen Daten, können Sie die Abgrenzung im Plan ausführen. Nach der Ausführung erhalten Sie ein Protokoll über die erfolgten Buchungen. Die Ergebniskontrolle können Sie mit Hilfe des Berichtwesens in Form von Bereichs- , Kostenstellen- oder Einzelpostenberichten durchführen. Die Detaillisten zeigen die ermittelten Werte pro Kostenstelle, Leistungsart und Abgrenzungskostenart. Zusätzlich können Sie in das Detailbild der Zuschlagsrechnung verzweigen und dort die ermittelten Werte (Basiskostenarten, Zuschlagssätze) genauer analysieren. Für die Abgrenzungs-buchungen werden sender- und empfängerseitig Einzelposten und Summensätze geschrieben. Das Buchungsdatum der Planabgrenzung ist jeweils der erste Tag einer Buchungsperiode.

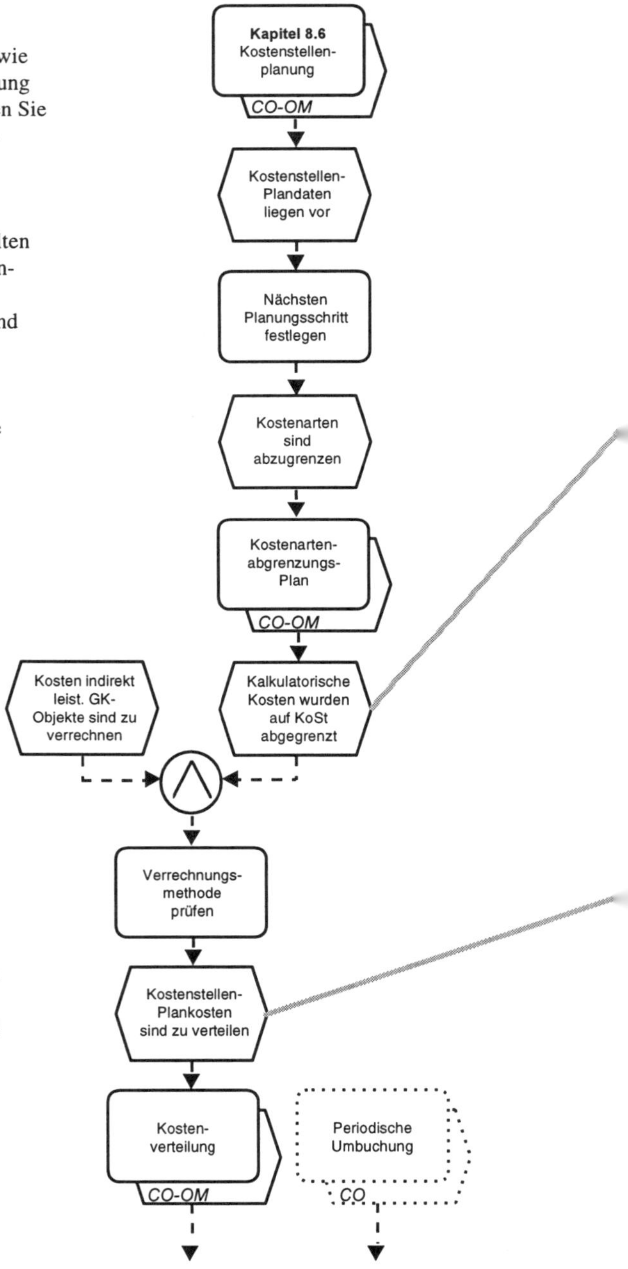

Verteilung
Die Verteilung wurde zur primärkostengerechten Verrechnung von Kostenstellen konzipiert. Dies bedeutet, daß die Verteilung nur primäre Kosten verrechnet. Folgende Informationen werden an die Empfänger weitergeleitet: die Originalkostenart (d. h. die primäre Kostenart) bleibt erhalten, die Sender- und Empfängerinformation (welches ist die sendende und welches ist die empfangende Kostenstelle) wird im Kostenrechnungsbeleg (Einzelposten) dokumentiert. Der buchhalterische Herkunftsnachweis wird nicht mehr im Kostenrechnungsbeleg fortgeschrieben.

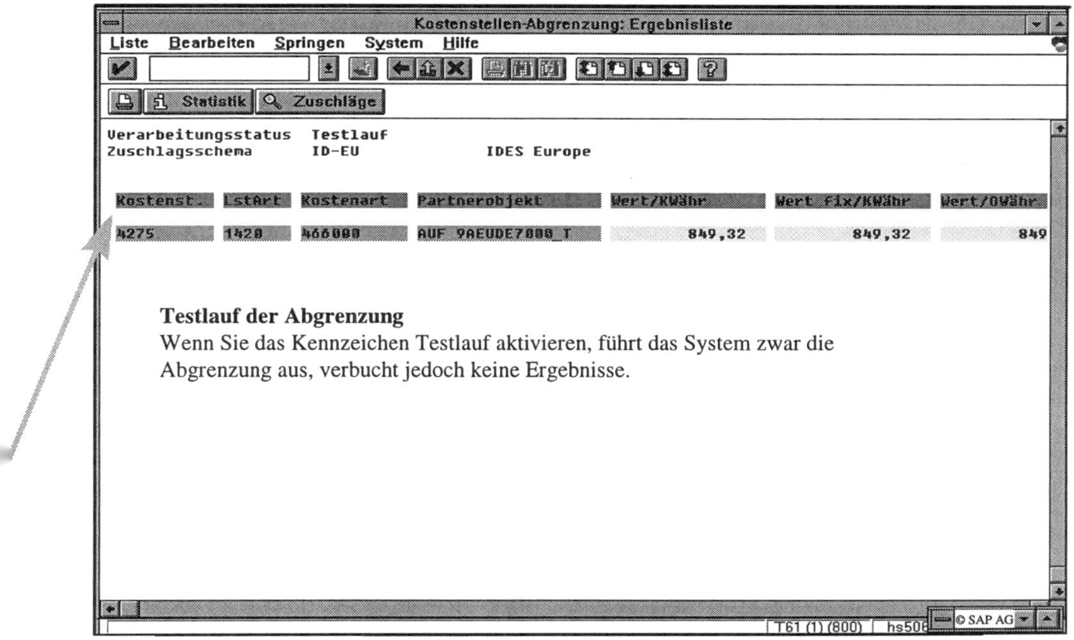

Abb. 8.7-1: Kostenstellen-Abgrenzung

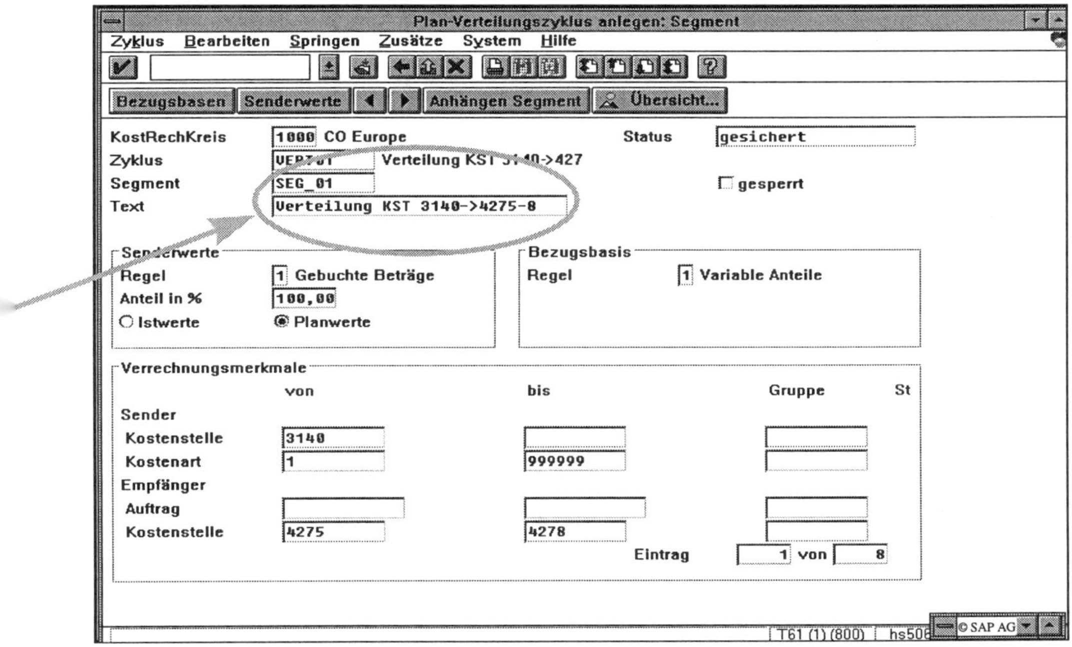

Abb. 8.7-2: Verteilung der Kostenstellen-Plankosten

Planabrechnung
Eine Planabrechnung von Aufträgen an Kostenstellen ist nur möglich, wenn die Planintegration von Aufträgen mit der Stellenrechnung aktiviert ist (Versionen). Bei der Auftragsabrechnung werden die auf einem Auftrag angesammelten Kosten auf eine Kostenstelle weitergebucht. Die von einem Auftrag an eine Kostenstelle abgerechneten Plankosten können Sie nur voll fix auf Leistungsarten splitten, da die Abrechnung der Kosten an die Kostenstelle immer leistungsunabhängig erfolgt. Wenn Sie eine Grenzplan-Kostenrechnung durchführen und auf einem Auftrag Kosten proportional zu einer Leistungsart planen, so müssen Sie diese Kosten zusätzlich manuell auf der empfangenden Kostenstelle planen. Eine Abrechnung im Rahmen der Planintegration ist nicht möglich. Beispielsweise planen Sie auf einem Auftrag die Instandhaltung einer Produktionsanlage. Die Kosten für die Instandhaltung sind proportional zur Ausbringung der Anlage. In diesem Fall aktivieren Sie die Planintegration nicht und planen die Instandhaltungskosten manuell auf der empfangenden Kostenstelle.

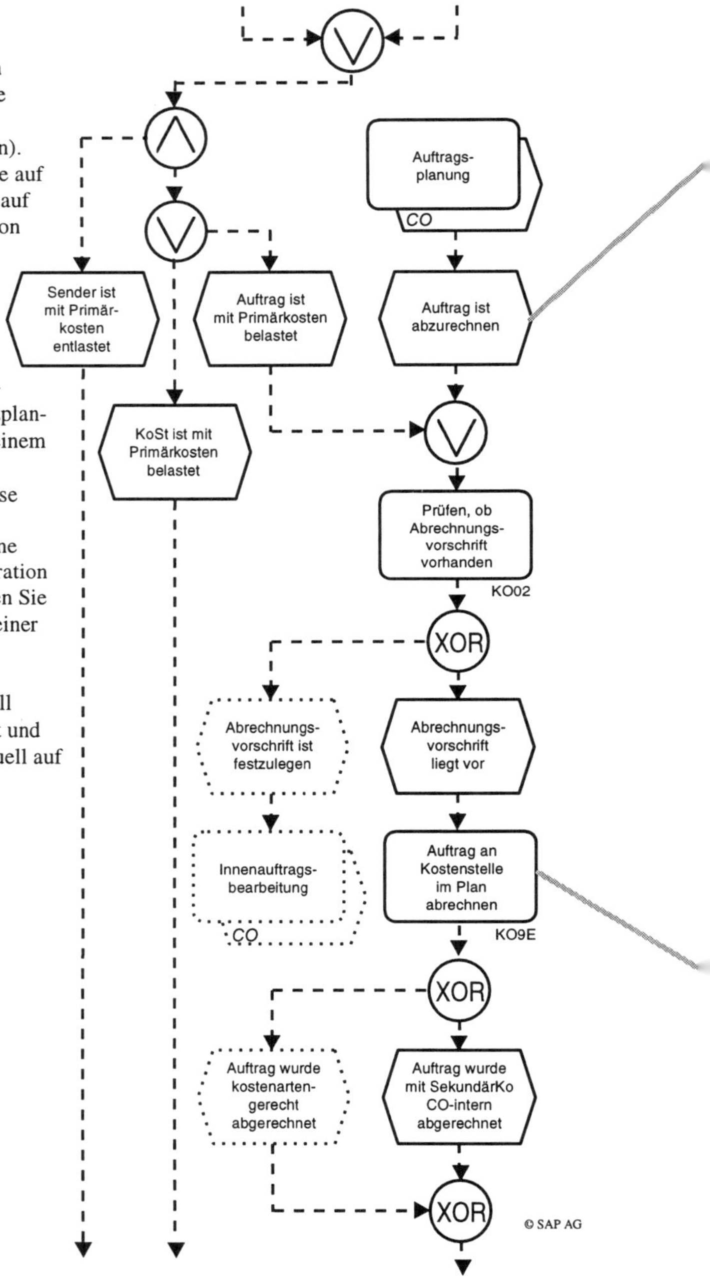

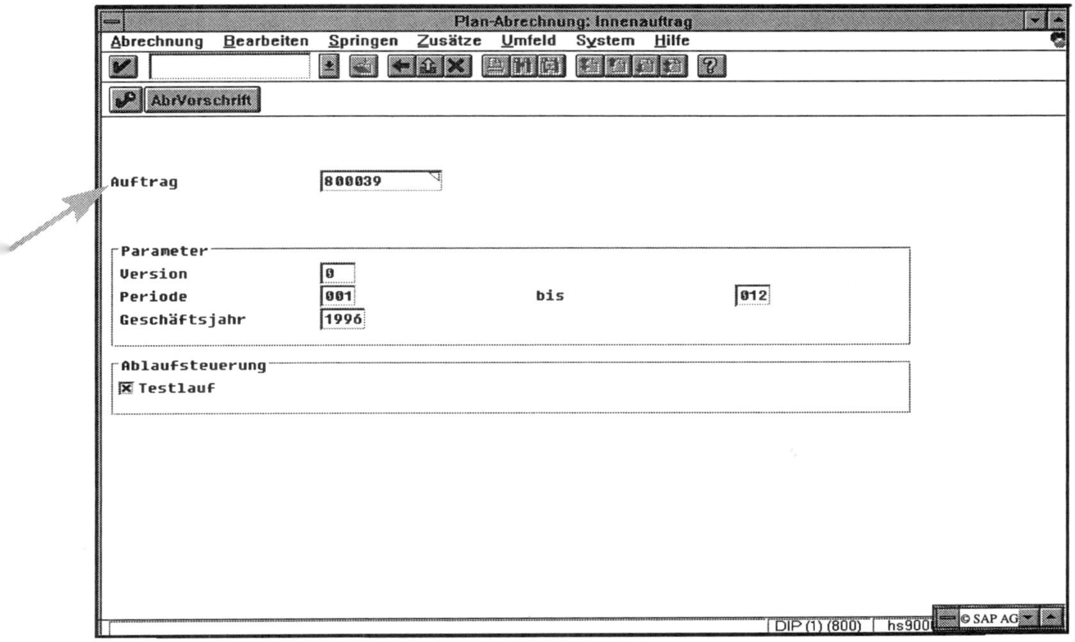

Abb. 8.7-3: Eingabe des Auftrags zur Abrechnung

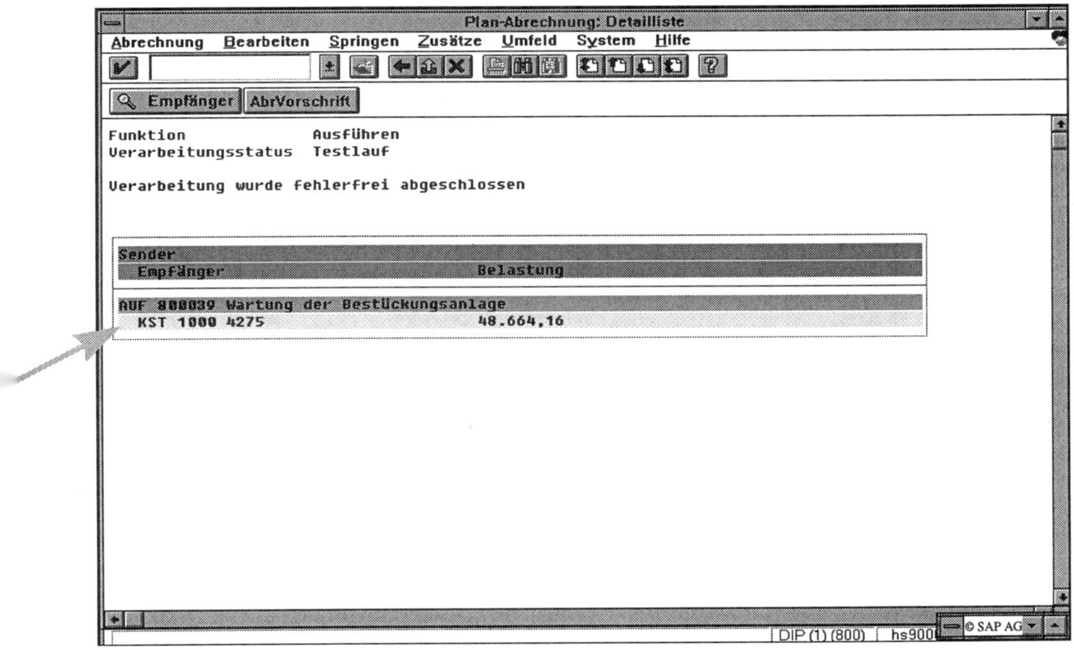

Abb. 8.7-4: Belastung der Kostenstelle

Planabstimmung
Mit Hilfe der Planabstimmung kann der innerbetriebliche Leistungsaustausch geprüft und abgestimmt werden. Kostenstellen können Leistungen von anderen Kostenstellen, planintegrierten Aufträgen und Projekten sowie aus der Produktionsplanung beziehen. Die Abstimmung der innerbetrieblichen Leistungen ist erforderlich, da jede Kostenstelle ihre Leistungserstellung und die dazu erforderlichen Leistungsbezüge unabhängig plant. Dabei kann es zu Differenzen zwischen der Planung auf den sendenden und der Planung auf den empfangenden Kostenstellen kommen. Im Rahmen der Planabstimmung wird die auf einer Kostenstelle geplante Leistungsmenge an die disponierten Leistungen der Empfängerkostenstellen angepaßt. Dabei werden sowohl die variablen Leistungsbezüge als auch die variablen Kosten zur Erbringung der Leistung entsprechend korrigiert. Die fixen Anteile der bezogenen Leistungen und Kosten werden durch die Planabstimmung nicht verändert. Wenn eine Leistungsart nicht disponiert wurde, wird die Leistungsmenge im Rah-men der Planabstimmung nicht verändert. Es ist daher nicht nötig, Dispositionen für die von Endkostenstellen erbrachten Leistungen zu planen. Die Differenz zwischen der geplanten Leistungserstellung einer Kostenstelle und der geplanten Leistungsaufnahme durch andere Kostenstellen wird in einer Liste angezeigt. Nach der Planabstimmung muß die indirekte Leistungsverrechnung wiederholt werden, weil sich die Bezugsbasen geändert haben können, und somit die indirekt zu verrechnende Leistung neu auf die Empfänger aufgeteilt werden muß.

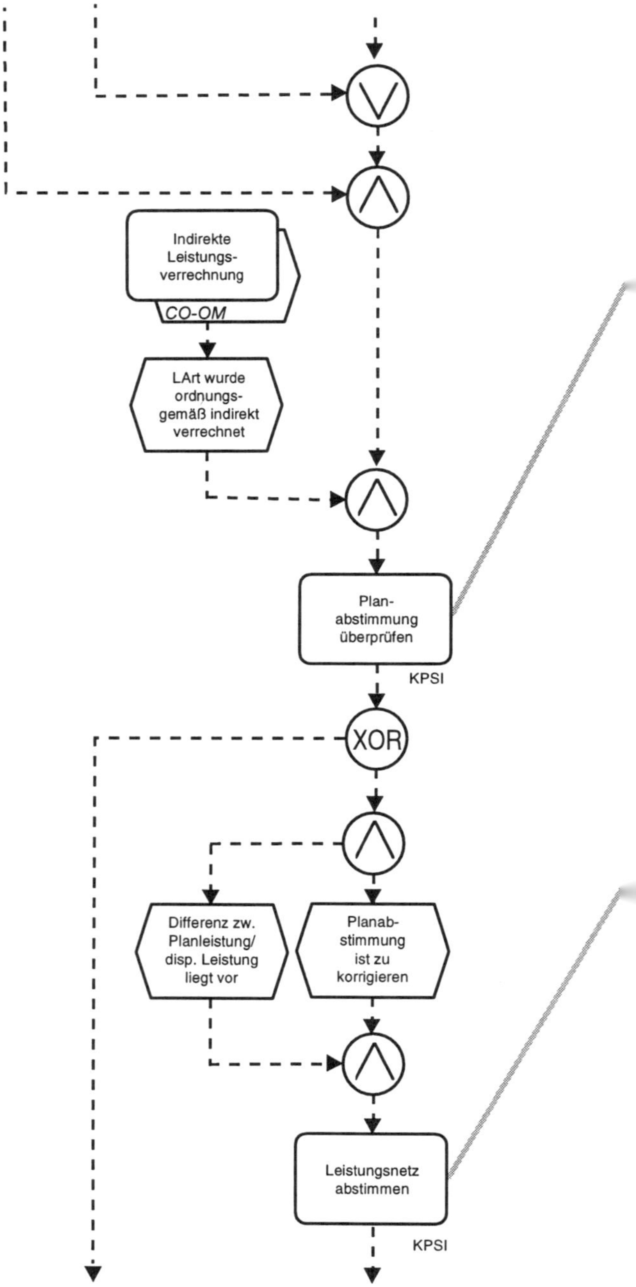

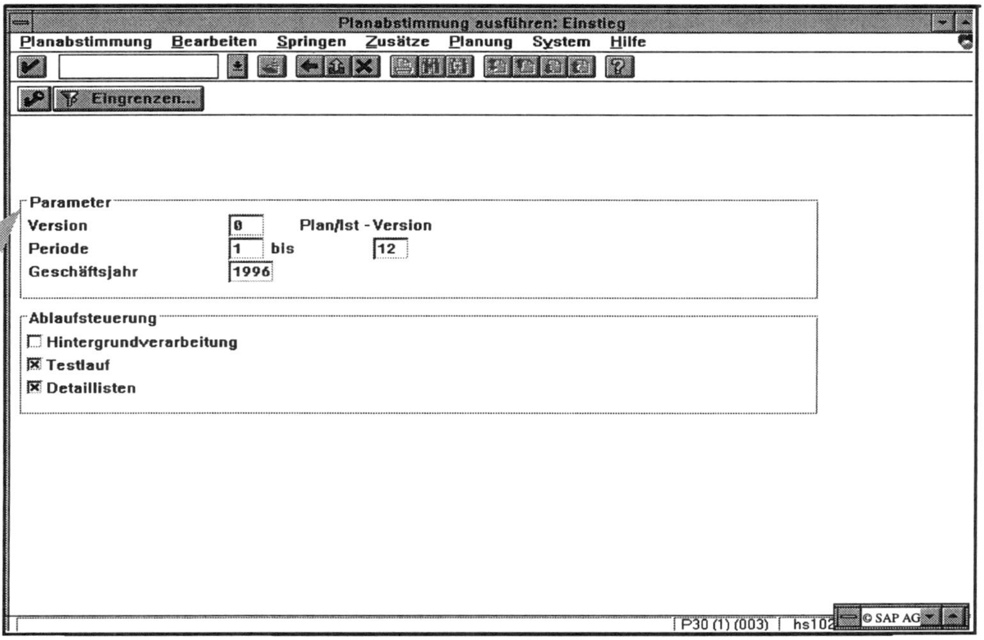

Abb. 8.7-5: Einstiegsbild der Planabstimmung

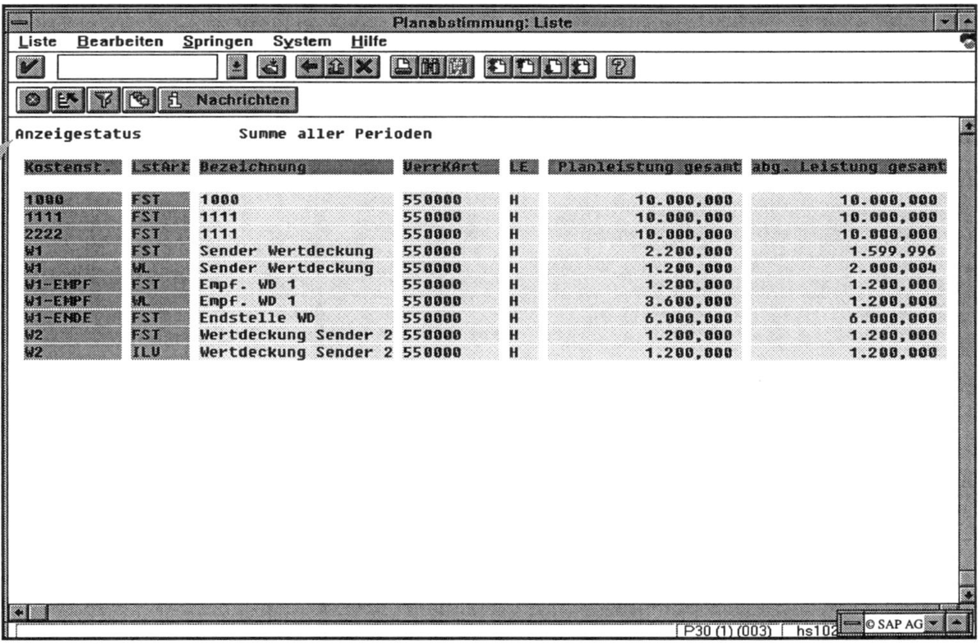

Abb. 8.7-6: Leistungsnetz der Planabstimmung

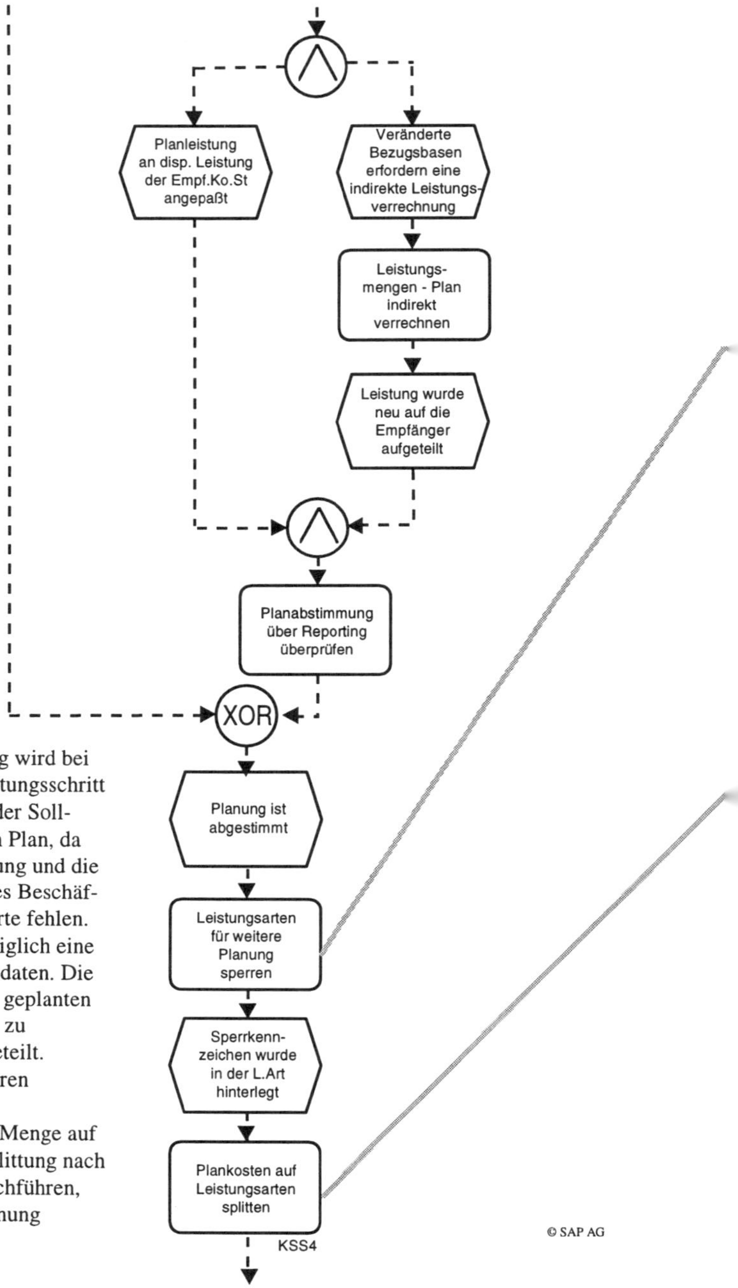

Plankostensplittung
Im Gegensatz zur Ist-Kostensplittung wird bei der Plankostensplittung nur ein Splittungsschritt ausgeführt. Die Splittung auf Basis der Soll-Kosten oder Soll-Mengen entfällt im Plan, da die Istdaten zum Zeitpunkt der Planung und die Ist-Beschäftigung zur Errechnung des Beschäftigungsgrads und damit der Soll-Werte fehlen. Im ersten Splittungschritt erfolgt lediglich eine Anpassung der Ist-Daten an die Plandaten. Die auf einer Stelle leistungsunabhängig geplanten Kosten werden nach vom Anwender zu definierenden Splittungsregeln aufgeteilt. Diesen Regeln sind Splittungsverfahren zugeordnet, wie z. B. Splittung nach Äquivalenzziffern oder disponierter Menge auf die Leistungsarten. Wenn Sie die Splittung nach Äquivalenzziffern oder Mengen durchführen, müssen Sie in der Leistungsartenplanung entsprechende Werte geplant haben.

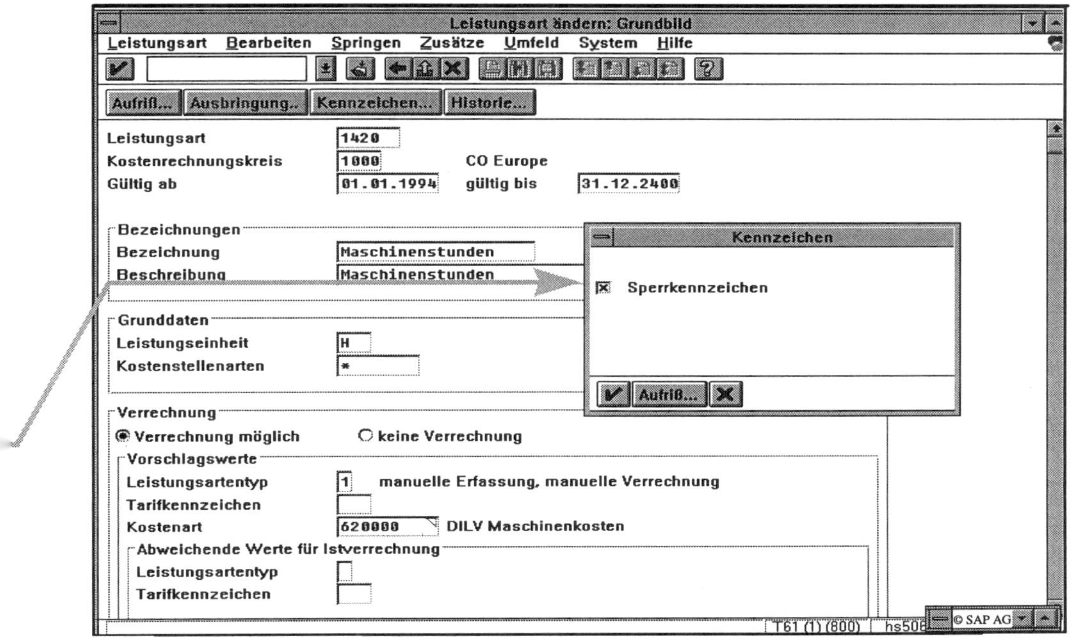

Abb. 8.7-7: Sperren der Leistungsarten für weitere Planungen

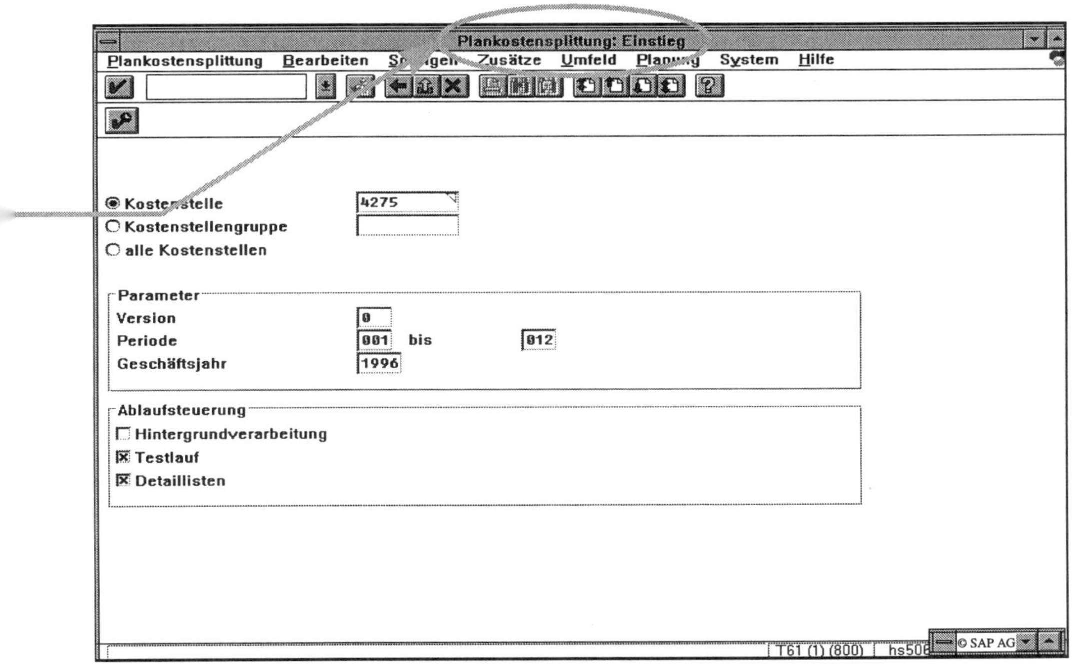

Abb. 8.7-8: Plankostensplittung

Plantarife
Die Plantarifermittlung errechnet Tarife der geplanten Leistungsarten je Kostenstelle und Leistungsart.
Im Plan berücksichtigt das SAP-System alle geplanten Leistungsbeziehungen zwischen den Kostenstellen und errechnet die Tarife iterativ durch Division der Plankosten durch die Planleistung. Der fixe Anteil des Tarifs kann alternativ auch durch den Quotienten aus Planleistung und Kapazität ermittelt werden. Dies ist immer dann sinnvoll, wenn die Kosten der Bereitstellung für die Maximalleistungsmenge die Kalkulation eines Produkts nicht beeinflussen sollen.
Die Tarifermittlung kann nur dann ausgeführt werden, wenn Sie in Ihrer Leistungsartenplanung für die entsprechenden Kostenstellen das Tarifkennzeichen, das den Verrechnungstarif kennzeichnet, auf '1' oder '2' gesetzt haben. '1' bedeutet Tarifermittlung auf Basis der Planleistung und ist voreingestellt, '2' bedeutet Tarifermittlung auf Basis der Kapazität. Damit alle nötigen Daten (die Kosten aller Vorgänge, primäre und sekundäre Kosten, leistungsabhängige und leistungsunabhängige Kosten) für die iterative Tarifermittlung zur Verfügung stehen, müssen folgende Voraussetzungen erfüllt sein: Die Planung muß abgeschlossen sein und, falls Sie planintegriert mit Aufträgen oder Logistik arbeiten, müssen Sie die Aufträge bzw. Projekte an die Kostenstellen abrechnen. Die leistungsunabhängig geplanten Kosten beziehen Sie über Splittungsregeln, die Sie im Rahmen der Plankostensplittung festlegen, in Ihre Tarife ein. Das SAP-System teilt die leistungsunab-hängig geplanten Kosten einer Stelle auf die Leistungs-arten der Stelle auf. Die einfachste Methode hierzu stellt die Aufteilung auf Basis der Äquivalenzziffern dar. Das SAP-System bildet das Verhältnis Äquivalenzziffer einer Leistungsart zur Summe aller Äquivalenzziffern der Leistungsarten dieser Stelle. Mit diesem Gewichtungsfaktor werden die leistungsunabhängig geplanten Kosten multipliziert und den leistungs-abhängig geplanten Kosten hinzugerechnet. Da leistungsunabhängig geplante Kosten immer fix sind, erhöht sich der als fix geplante Anteil der leistungsab-hängig geplanten Kosten um den Betrag, der aus der Verteilung der leistungsunabhängig geplanten Kosten auf Basis der Äquivalenzziffern resultiert.

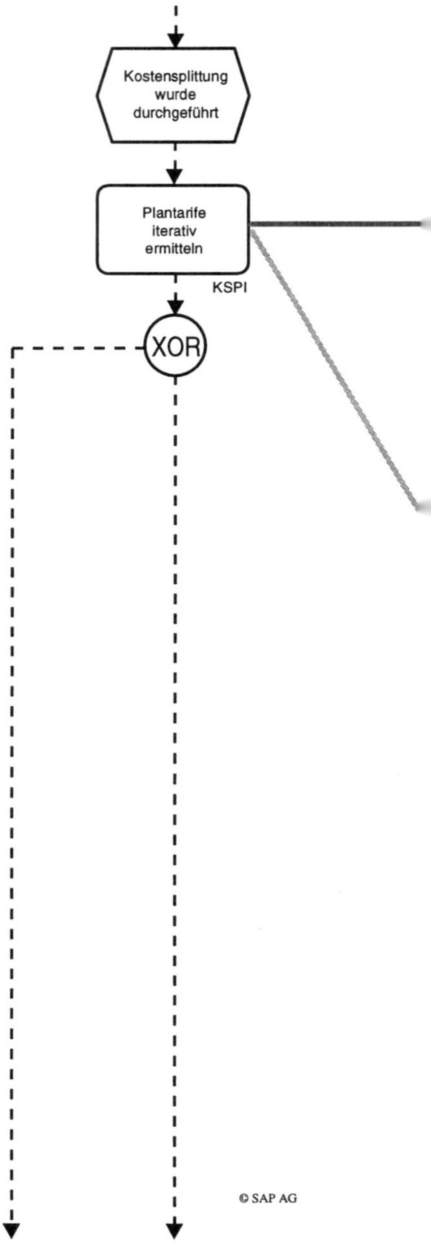

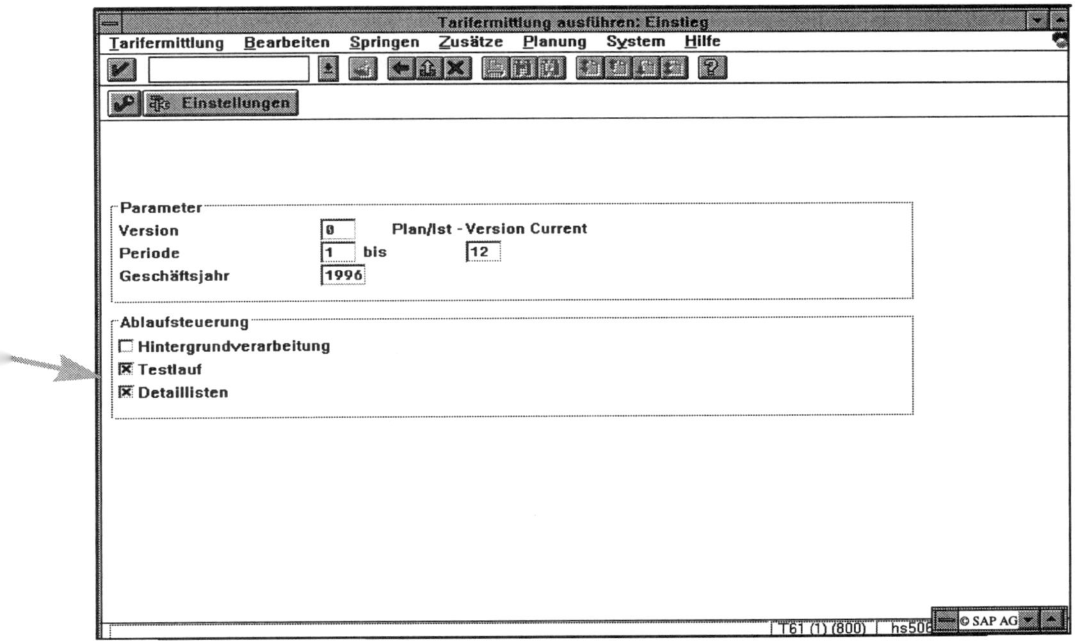

Abb. 8.7-9: Einstiegsbild zu den Plantarifen

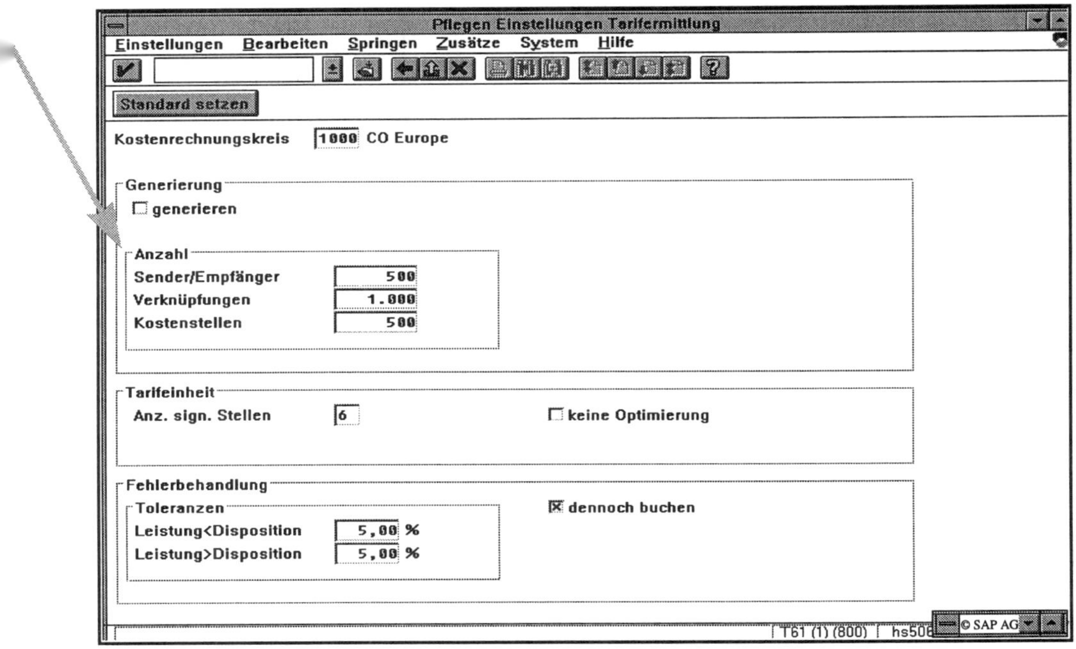

Abb. 8.7-10: Tarifermittlung

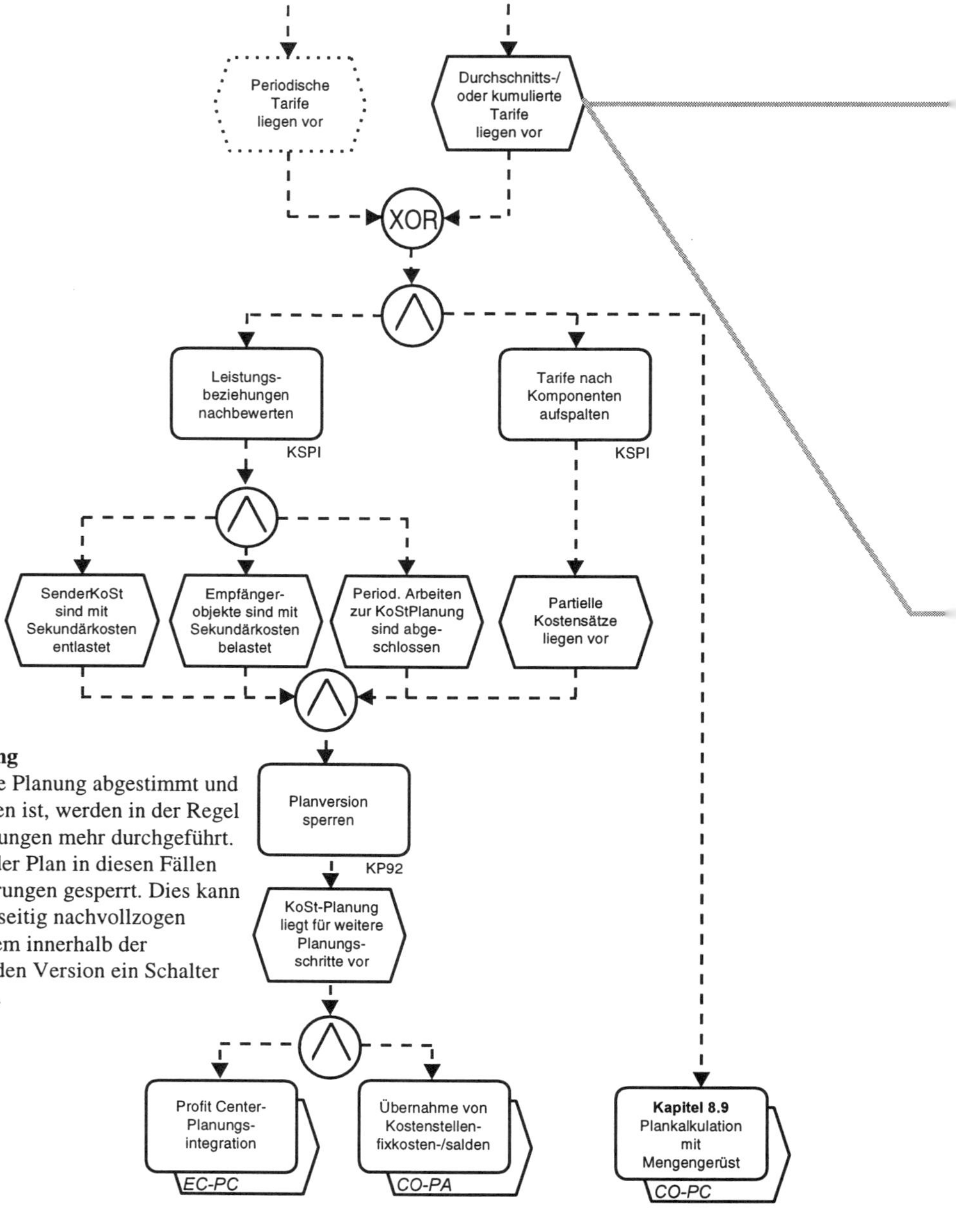

Plansperrung
Nachdem die Planung abgestimmt und abgeschlossen ist, werden in der Regel keine Änderungen mehr durchgeführt. Meist wird der Plan in diesen Fällen gegen Änderungen gesperrt. Dies kann auch systemseitig nachvollzogen werden, indem innerhalb der entsprechenden Version ein Schalter gesetzt wird.

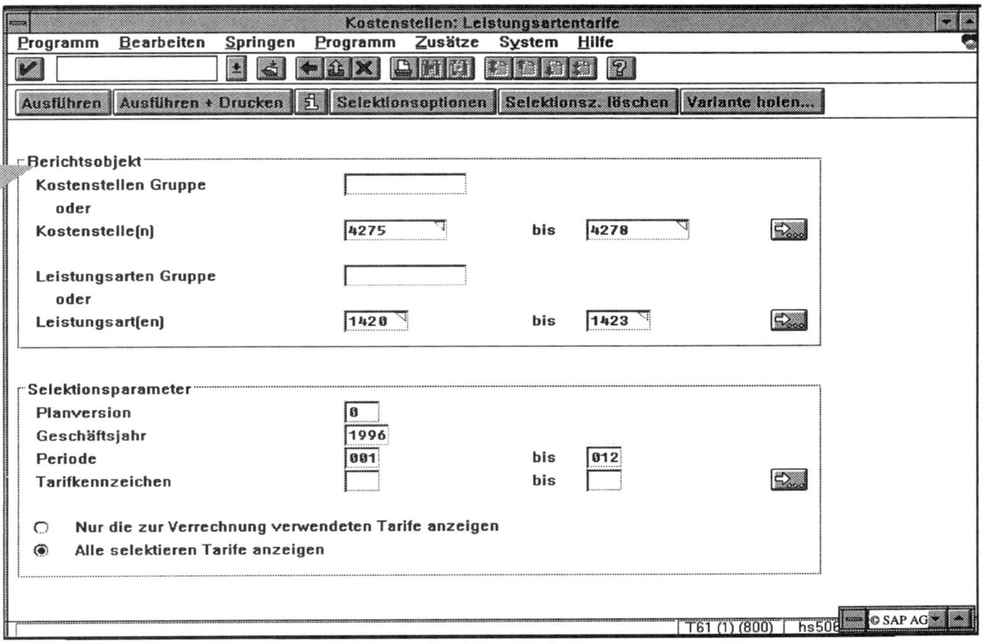

Abb. 8.7-11: Selektionsbild für die Leistungsartentarife

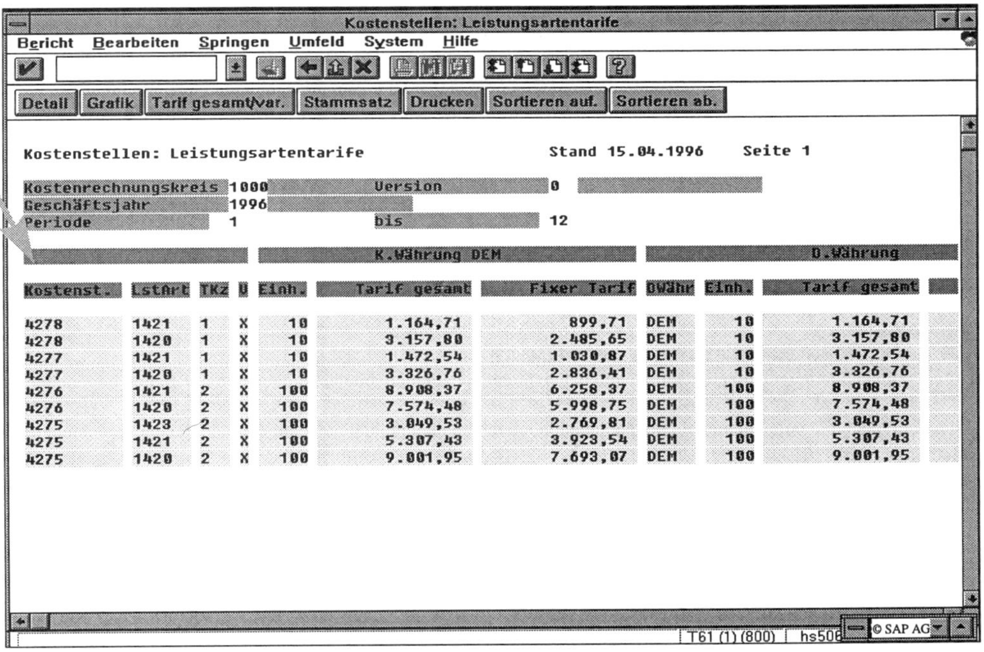

Kostenst.	LstArt	TKz	U	Einh.	Tarif gesamt	Fixer Tarif	OWähr	Einh.	Tarif gesamt
4278	1421	1	X	10	1.164,71	899,71	DEM	10	1.164,71
4278	1420	1	X	10	3.157,80	2.485,65	DEM	10	3.157,80
4277	1421	1	X	10	1.472,54	1.030,87	DEM	10	1.472,54
4277	1420	1	X	10	3.326,76	2.836,41	DEM	10	3.326,76
4276	1421	2	X	100	8.908,37	6.258,37	DEM	100	8.908,37
4276	1420	2	X	100	7.574,48	5.998,75	DEM	100	7.574,48
4275	1423	2	X	100	3.049,53	2.769,81	DEM	100	3.049,53
4275	1421	2	X	100	5.307,43	3.923,54	DEM	100	5.307,43
4275	1420	2	X	100	9.001,95	7.693,07	DEM	100	9.001,95

Abb. 8.7-12: Leistungsartentarife in Berichtsform

8.8 Prozeß: Materialstammbearbeitung aus Sicht der Kalkulation

8.8.1 Betriebswirtschaftliche Beschreibung

Die Behandlung und Abspeicherung von Materialien ist ein weit diskutiertes Gebiet in der Betriebswirtschaft, Industriebetriebslehre, Wirtschaftsinformatik, Maschinenbau sowie in der Praxis in allen industriellen Betrieben. Innerhalb der logistisch orientierten Bereiche wird dabei zum einen differenziert, ob ein Material ein Verkaufs-, Produktions- oder Beschaffungsmaterial ist, zum anderen wird zu Planungszwecken unterschieden, ob ein Material ein Endprodukt, eine Baugruppe oder Eingangsmaterial (Rohstoff) darstellt. Innerhalb des Rechnungswesens ist von Bedeutung, wie ein Material zu kalkulieren und zu bewerten ist. Der Ursprung eines neu zu definierenden Materials kann dabei aus unterschiedlichen Bereichen erfolgen. Es kann z. B. der Einkauf aufgrund eines neugewonnenen Zulieferers ein Einkaufsteil neu definieren, die strategische Planung eines Unternehmens ein neues Verkaufsteil (Artikel) festlegen oder die Produktentwicklung/Konstruktion bzw. die Produktion aufgrund neuer fertigungstechnischer Erkenntnisse die Einführung eines neuen Materials erforderlich machen.

Der Zugriff verschiedener Abteilungen auf das gleiche Material aus unterschiedlichen Zielsetzungen und Sichtweisen heraus erfordert, daß der Aufbau des Materials und der damit verbundenen Informationsstrukturen durch eine logisch zentrale Datenbasis bereichsübergreifend abgestimmt und die verschiedenen Anforderungen koordiniert werden. Da Materialstammdaten in einem integrierten System nicht nur die benötigten Informationen für die Produktions- und Beschaffungslogistik bereitstellen sollen, müssen bei der Pflege der Stammdaten auch Informationen hinterlegt werden, die für die Verarbeitung und für die Auswertung in anderen Unternehmensbereichen benötigt werden. Neben den für alle Bereiche maßgebenden Attributen, wie z. B. Materialart, Branche und Nummernkreis, sind zur Unterstützung buchhalterischer Aspekte die spätere Bestandsbewertungsmethode und zur Unterstützung der Anforderungen des Erlös- und Kosten-Controllings das anzuwendende Kalkulationsverfahren zu hinterlegen (vgl. Kilger 1986, S. 284-296).

8.8.2 SAP-spezifische Beschreibung

Auch im System R/3 enthält der Materialstammsatz alle zur Verwaltung eines Materials notwendigen Informationen. Diese Daten werden nach *Sichten* gegliedert, die den einzelnen Bereichen innerhalb der Firma, in denen das Material verwendet wird, entsprechen können. Festgelegt wird die Nutzungsmöglichkeit im R/3-System durch die Materialart. Die *Materialart* unterteilt zum einen die Materialien in verschiedene Klassen (Rohstoff, Halbfabrikat, Endprodukt etc.), zum anderen legt sie fest, welche Bereiche (über die Sichtenbildung) welche Daten pflegen dürfen. Ebenso wird mit der Angabe der Materialart festgelegt, wie die Nummernvergabe für ein Material (intern und automatisch, extern und manuell, innerhalb eines bestimmten Nummernkreises) erfolgen soll und wie die Reihenfolge der Bildschirmbilder aussieht. Darüber hinaus steuert sie, ob ein Material eigenproduziert, fremdbezogen oder beides ist und legt fest, wie die Art der Bestandsführung erfolgen soll (mengenmäßig oder mengen- und wertmäßig).

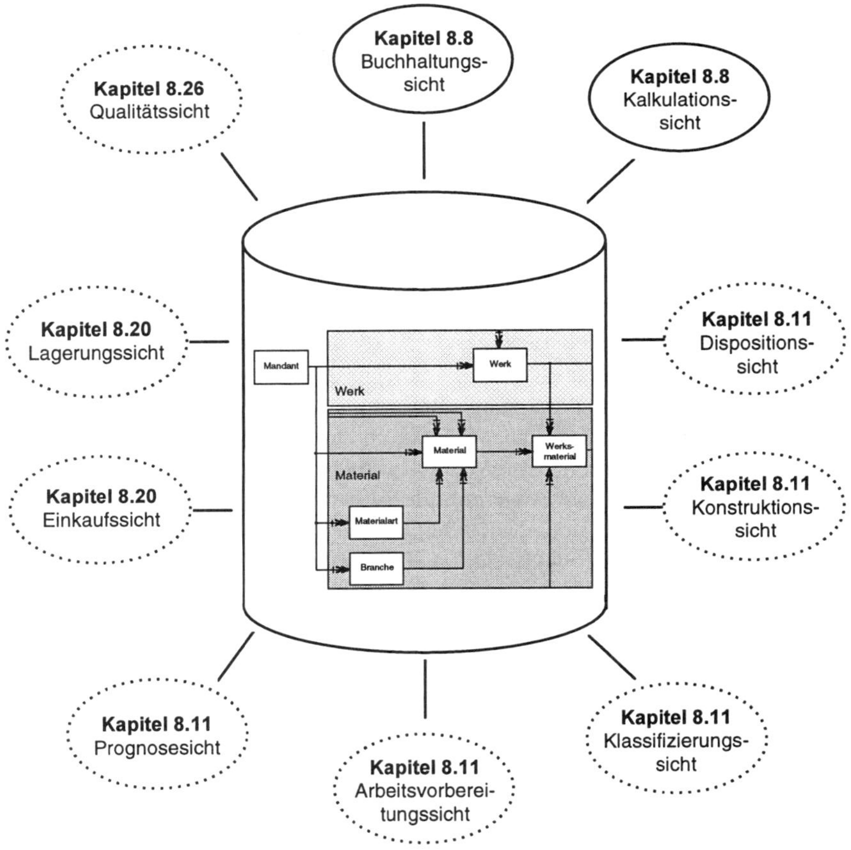

Abb. 8.8-1: Ausgewählte Sichten zum Material für die Modellfirma

Im R/3-System werden u. a. folgende Klassen von Materialien angeboten:

- *Rohstoffe (ROH)*
  Rohstoffe werden fremdbeschafft und gehen in das zu fertigende Produkt ein.
- *Hilfs- und Betriebsstoffe (HIBE)*
  Hilfs- und Betriebsstoffe werden bei der Fertigung eines Produkts verbraucht, gehen aber nicht direkt in die Leistungserstellung mit ein.
- *Halbfabrikate (HALB)*
  Halbfabrikate entsprechen eigengefertigten oder fremdbezogenen Einzelteilen oder Baugruppen, die in das zu fertigende Produkt eingehen.

- *Handelswaren (HAWA)*
  Handelswaren sind fremdbeschaffte Materialien, die nicht im weiteren Leistungserstellungsprozeß benutzt werden, sondern direkt über die Vertriebslogistik am Markt angeboten werden.

- *Fertigerzeugnisse (FERT)*
  Fertigerzeugnisse sind eigengefertigte Produkte, die verkauft werden.

- *Nichtlagermaterial (NLAG)*
  Nichtlagermaterial wird bei der Anlieferung direkt zur Produktionsstätte gebracht und weiterverarbeitet.

Die zentrale Bedeutung der *Materialart* zur eindeutigen Identifizierung von Materialien und zwecks effizienter Nutzung im operativen Geschäft erfordert, daß die Änderung der Materialart sehr restriktiv behandelt werden muß. Da die Materialart Einfluß auf die Abwicklung verschiedenster Geschäftsprozesse in den unterschiedlichen Fachbereichen hat, ist zum einen die Zuordnung eines Materials zu einer Materialart von besonderer Wichtigkeit, zum anderen die Materialänderung nur unter gewissen Bedingungen erlaubt. Eine Änderung der Materialart ist möglich, wenn keine Bestände zu dem Material vorhanden sind, wenn keine Reservierungen zum Material erfolgt sind und wenn keine Bestellungen zu dem Material vorliegen. Eine Änderung der Materialart ist bei Vorliegen von offenen Bestellungen, Reservierungen oder Beständen nur dann möglich, wenn die Bestandswerte der neuen Materialart auf dem Sachkonto der alten Materialart fortgeschrieben werden und wenn für das Material der neuen Materialart die mengen- und wertmäßige Fortschreibung für alle Werke in der gleichen Art und Weise erfolgt wie für das Material in der alten Materialart. Eine Änderung der Materialart bewirkt, daß alle Felder von ehemals erlaubten Fachbereichen, die dann eventuell ausgeschaltet sind, auf ihre Initialwerte zurückgesetzt werden und daß alle Felder, die durch den Materialartwechsel zu Mußeingaben geworden sind, in einer Liste ausgegeben werden. Zur Differenzierung von branchenspezifischen Gegebenheiten muß zu einem Material auch die entsprechende *Branche*, wie z. B. Anlagenbau (Kennzeichen *A*), Maschinenbau (Kennzeichen *M*), Chemie (Kennzeichen *C*) oder Pharmazie (Kennzeichen *P*), zugeordnet werden. Hiermit wird festgelegt, welche branchenspezifische Felder auf den Bildschirmmasken erscheinen sollen und in welcher Reihenfolge die Bildschirmbilder ablaufen. Für die Durchführung einer Kalkulation sind folgende Aspekte von Bedeutung:

- *Die Zuordnung des Materials zu einem Werk*
  Materialien und Materialbestände werden im R/3-System werksbezogen definiert. Materialien unterschiedlichster Werke sind aber auch werksübergreifend planbar.

- *Die Auswahl der Kalkulationssicht*
  Die Nutzung der Kalkulationssicht erfordert die Definition des Materials auf Werksebene, da die Bewertung auf Werksebene erfolgt. Durch Markierung des Feldes Erzeugniskalkulation wird festgelegt, ob das Material an der Erzeugniskalkulation teilnehmen soll. Im anderen Fall kann das Material über das Kalkulationsverfahren der Einzelkalkulation (ohne Bezug auf Stücklisten und Arbeitspläne zu nehmen) kalkuliert werden.

- *Die Auswahl der Buchhaltungssicht*
  Die Buchhaltungssicht beinhaltet relevante Daten für die Buchhaltung, wie z. B. Währung, Preis, Bewertungstyp und -klasse. Der Bewertungstyp differenziert, ob das Material einheitlich oder getrennt bewertet werden soll. So kann z. B. der Materialbestand aus Eigenfertigung anders bewertet sein als beim Fremdbezug oder Preise unterschiedlicher Lieferanten eine unterschiedliche Bewertung erfordern.

8.8.3 Anwendung des Prozesses

Das Unternehmen muß beim Anlegen von Materialstammsätzen aus Sicht der Kalkulation zunächst die Materialart (z. B. Fertigfabrikat, Halbfabrikat oder Rohstoff) für das Material bestimmen, da über die Materialart Steuerungsparameter zur Bearbeitung des Materials festgelegt werden. Um das Material einem Industriezweig zuzuordnen, wird eine Branche im Materialstammsatz hinterlegt. Die Basismengeneinheit, die im Customizing definiert wird, gibt an, in welcher Mengeneinheit ein Material innerhalb der Bestandsführung angegeben wird. Mengen, die innerhalb der operativen Abwicklung in anderen Mengeneinheiten angegeben werden, rechnet das R/3-System automatisch in die Basismengeneinheit um. Für die *Buchhaltungssicht* des Unternehmens sind besonders die Bewertungsklasse und die Preissteuerung von Bedeutung. Die Bewertungsklasse regelt (in Zusammenhang mit der Kontenfindung der Materialwirtschaft), auf welche Sachkonten die Kosten bei einem bewertungsrelevanten betriebswirtschaftlichen Vorgang (z. B. Wareneingang) fortgeschrieben werden (automatische Kontenfindung). Über die Preissteuerung wird festgelegt, ob der Standardpreis (Kennzeichen *S*) oder der gleitende Preis (Kennzeichen *V*) für die Bestandsbewertung relevant ist. Wie das Material kalkuliert wird, regeln die Grunddaten der *Kalkulationssicht*. Über das Ankreuzfeld Erzeugniskalkulation wird festgelegt, ob das Material über die Erzeugniskalkulation mit oder ohne Mengengerüst kalkuliert wird. Die Herkunftgruppe wird benötigt, um Materialien und deren Kosten, die unter derselben Kostenart fortgeschrieben werden, auseinanderzusteuern. Das Ankreuzfeld *Herkunft-Material* wiederum regelt, ob überhaupt die Kosten der Materialnummer im Kostennachweis des Controllings fortgeschrieben werden. Im Feld Kalkulationslosgröße wird ein Vorschlagswert für die Kalkulation hinterlegt.

8.8.4 Navigationsinformationen

- *Menüpfad*
  Logistik –> Materialwirtschaft –> Materialstamm –> Material
- *Transaktionscode*
  MM01
- *Eingehende Prozeßverbindungen im R/3-Referenzmodell*
  keine
- *Ausgehende Prozeßverbindungen im R/3-Referenzmodell*
  Plankalkulation mit/ohne Mengengerüst

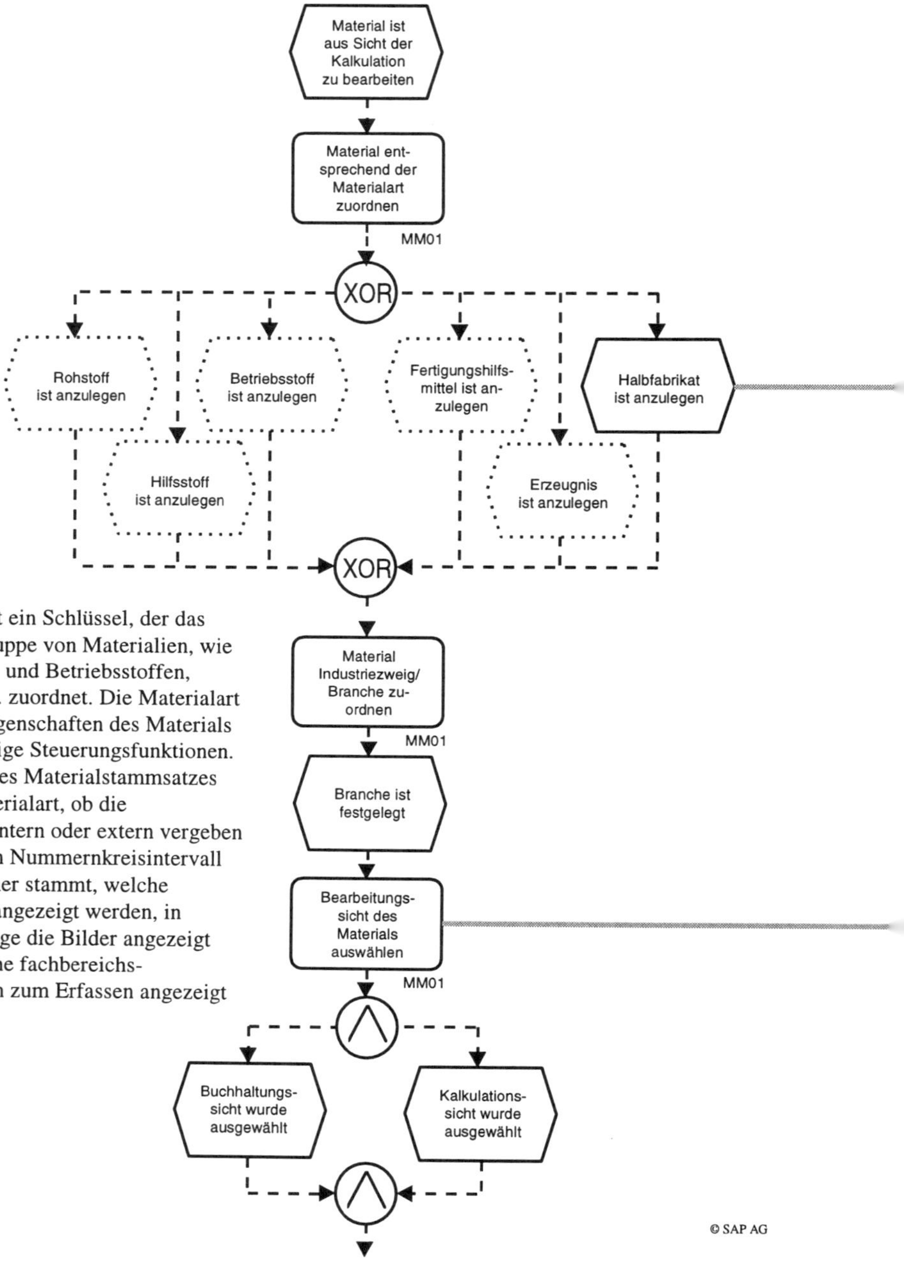

Materialart
Die Materialart ist ein Schlüssel, der das Material einer Gruppe von Materialien, wie Rohstoffen, Hilfs- und Betriebsstoffen, Handelswaren etc. zuordnet. Die Materialart legt bestimmte Eigenschaften des Materials fest und hat wichtige Steuerungsfunktionen. Beim Anlegen eines Materialstammsatzes bestimmt die Materialart, ob die Materialnummer intern oder extern vergeben wird, aus welchem Nummernkreisintervall die Materialnummer stammt, welche Bildschirmbilder angezeigt werden, in welcher Reihenfolge die Bilder angezeigt werden, und welche fachbereichsspezifischen Daten zum Erfassen angezeigt werden.

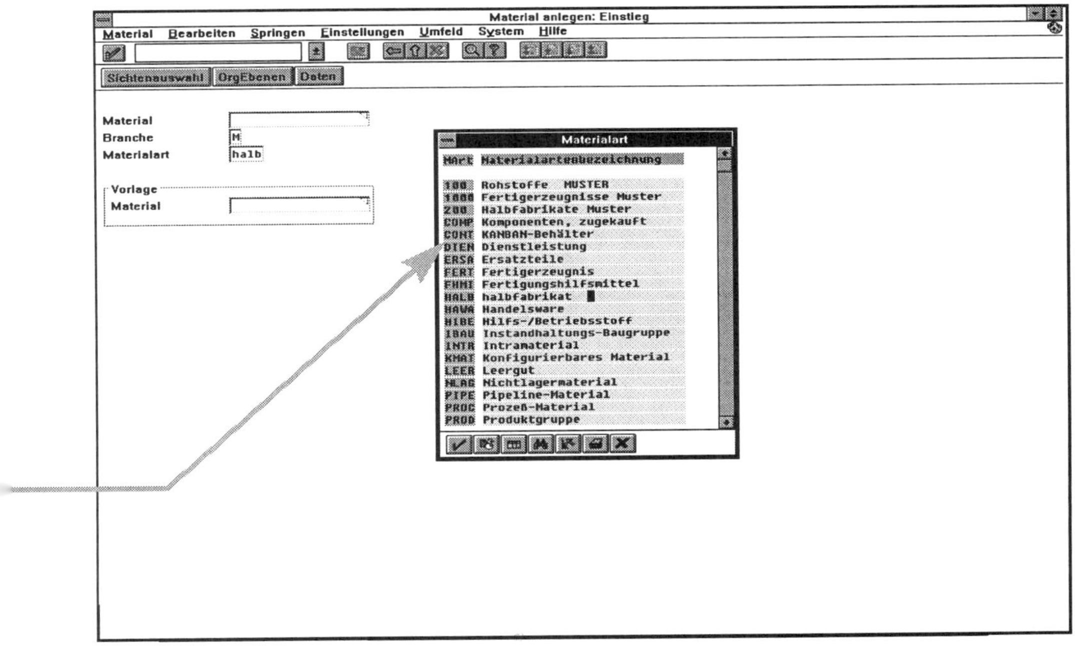

Abb. 8.8-2: Eingabe der Materialart

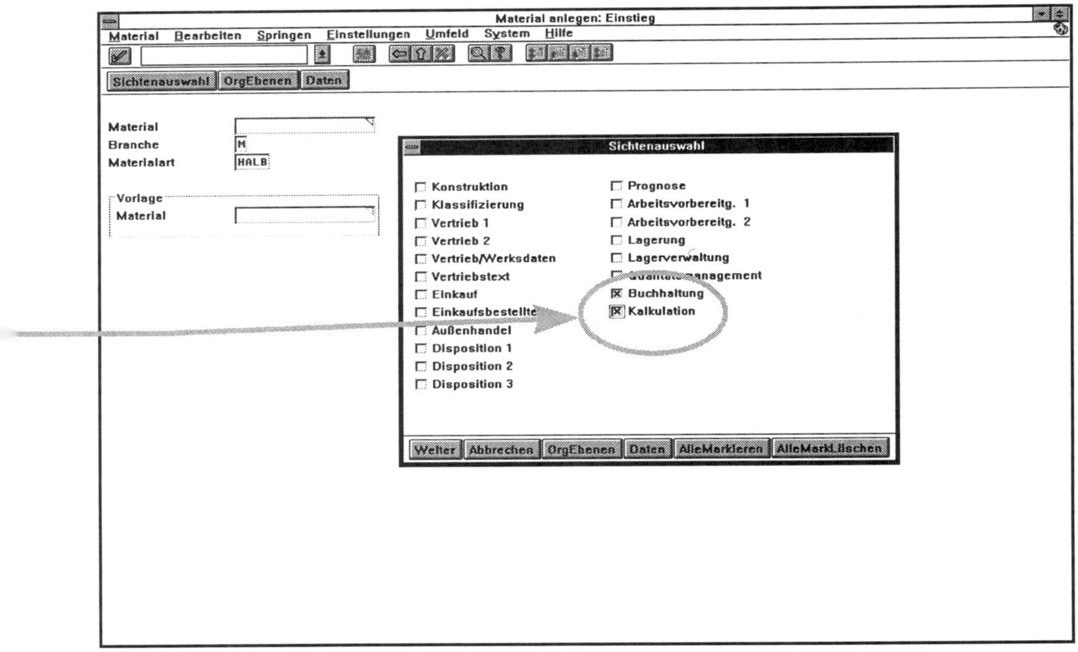

Abb. 8.8-3 : Markierung der CO-Sichten

Standardpreis (S-Preis)
Die Bewertung der Materialbestände zu Standardpreisen bewirkt, daß alle Warenbewegungen über einen längeren Zeitraum hinweg mit dem gleichen Preis bewertet werden. Preisabweichungen beim Waren- oder Rechnungseingang (z. B. Einkaufspreis höher als Standardpreis) bucht das System auf Preisdifferenzkonten. Der Standardpreis wird dadurch nicht beeinflußt.

Gleitender Preis (V-Preis)
Beim gleitenden Preis kann es sich um den gleitenden Durchschnittspreis handeln oder, falls das Material-Ledger für das Material aktiviert ist, den periodischen Verrechnungspreis. Die Bewertung von Beständen zum gleitenden Durchschnittspreis bzw. periodischen Verrechnungspreis bewirkt, daß der Preis des Materials an die ständigen Schwankungen des Beschaffungspreises angepaßt wird. Das System ermittelt den gleitenden Durchschnittspreis automatisch, indem es den Materialwert im Bestandskonto durch die Summe aller Lagerortbestände in einem Werk dividiert. Das System ändert den Preis bei jeder Bewegung, die bewertungsrelevant ist. Das System ändert den periodischen Verrechnungspreis, wenn Sie einen Material-Ledger-Abschluß durchführen und sichern.

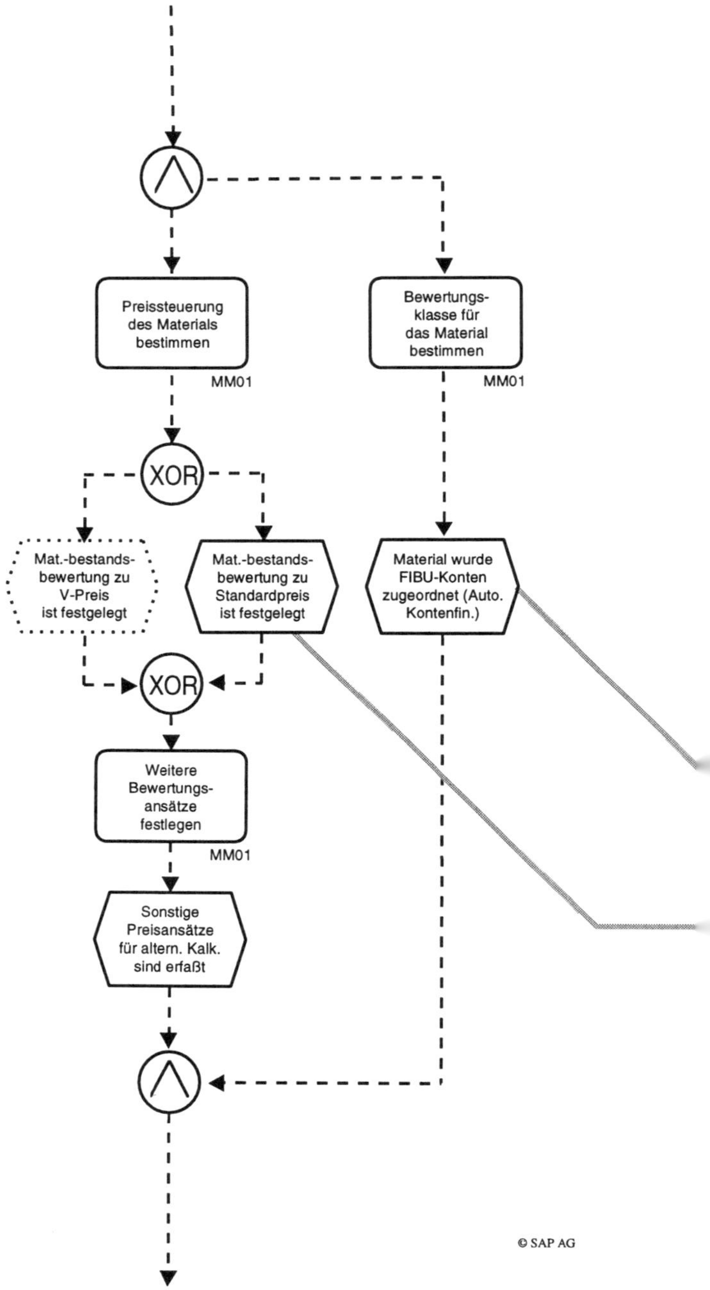

Bewertungsklasse
Die Bewertungsklasse beinhaltet eine Zuordnung des Materials zu einer Gruppe von Sachkonten. Mit der Angabe der Bewertungsklasse ist u. a. die automatische Kontenfindung in der Materialwirtschaft möglich. Die Bewertungsklasse ermöglicht einerseits, daß die Werte von Materialien derselben Materialart auf unterschiedliche Konten gebucht werden können, andererseits, daß die Werte von Materialien unterschiedlicher Materialarten auf dasselbe Konto gebucht werden können. Die Bewertungsklasse bestimmt zusammen mit anderen Faktoren die Sachkonten, die bei einem bewertungsrelevanten Vorgang (z. B. Warenbewegung) fortgeschrieben werden.

Bewertungstyp
Der Bewertungstyp ist ein Kennzeichen, das steuert, ob die Bestände des Materials einheitlich oder getrennt bewertet werden. Liegt eine getrennte Bewertung vor, legt es außerdem fest, welche Bewertungsarten erlaubt sind, d. h. nach welchen Kriterien die Bestände bewertet werden können. Neben den Anschaffungs- und Herstellungskosten und den Normalabschreibungen können in einem Bewertungsbereich spezielle Bewertungsarten, Aufwertungen, Investitionsfördermaßnahmen, Sonderabschreibungen und außerplanmäßige Abschreibungen unterschieden werden.

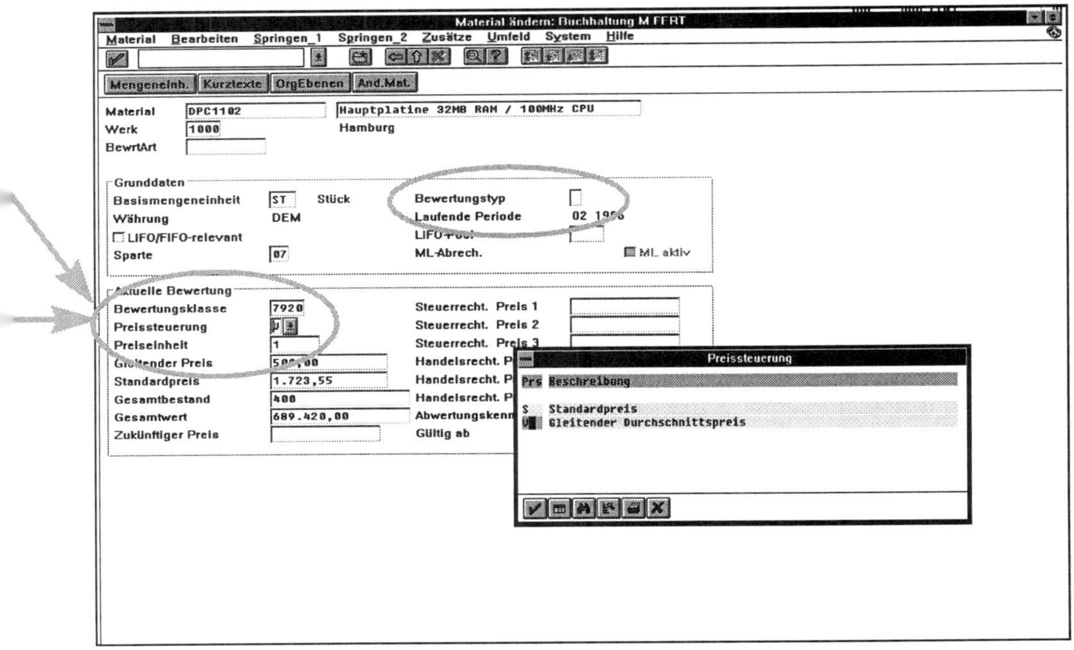

Abb. 8.8-4 : Buchhaltungssicht

Materialherkunft
Durch Markierung dieses Feldes wird die Materialnummer im Kostenartennachweis des CO-Systems fortgeschrieben.

Erzeugniskalkulation
Durch Markierung dieses Feldes nimmt das Material an der Erzeugniskalkulation teil.

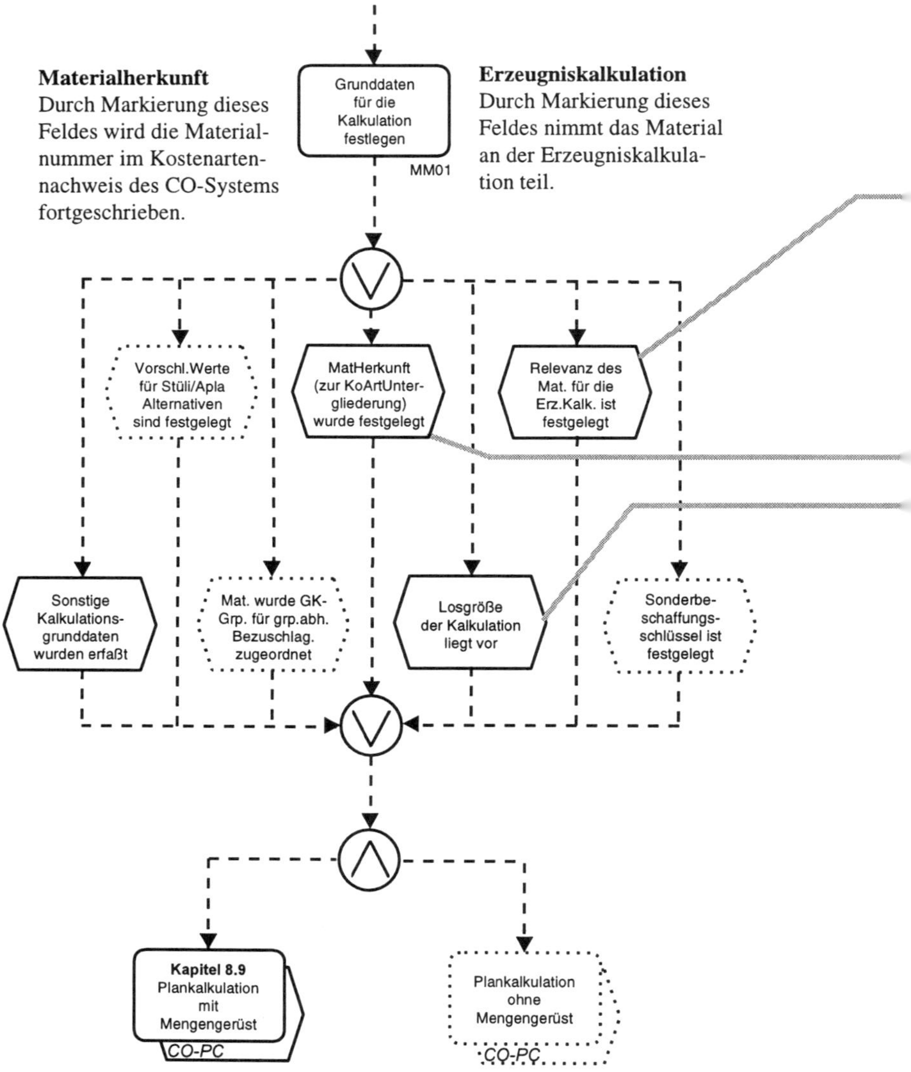

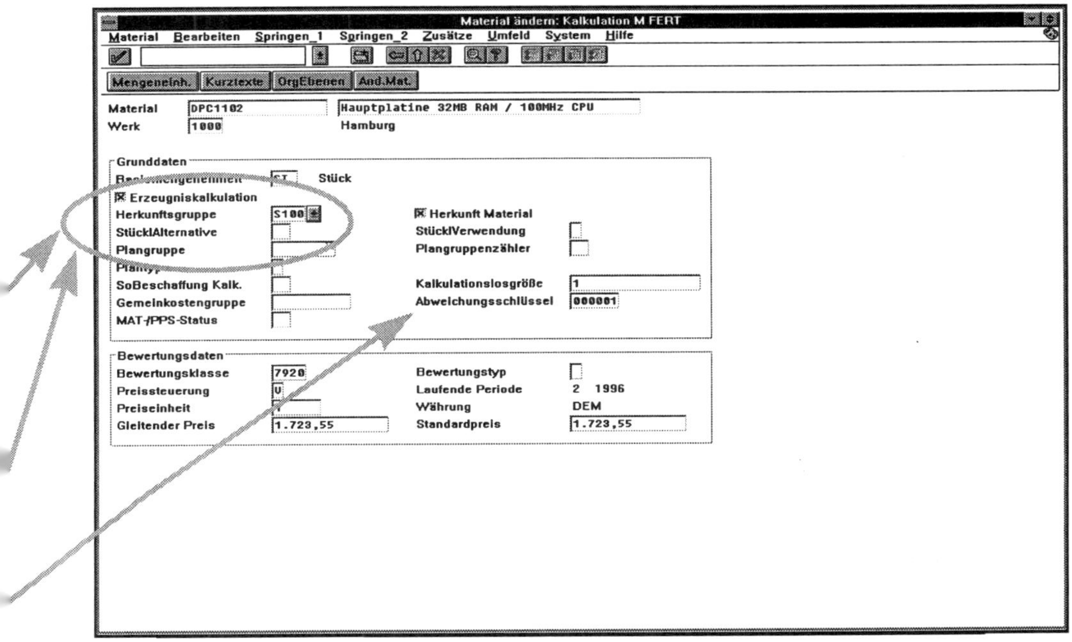

Abb. 8.8-5 : Kalkulationssicht

Kalkulationsdaten

Über die oben angegebenen Daten können Sie weitere für die Kalkulation notwendige Daten eingeben, wie z. B. Kalkulationslosgröße und Gemeinkostengruppe. Sie geben an, welche Stücklistenalternative, Stücklistenverwendung und welcher Plan (Plantyp, Plangruppe, Plangruppenzähler) der Kalkulation zugrundegelegt werden. Ferner können Sie Bewertungsdaten definieren. Diese Daten sind mit denen der Buchhaltung identisch. In der Regel werden die Buchhaltungsdaten eher angelegt als die Kalkulationsdaten. Die Bewertungsdaten auf dem Kalkulationsdatenbild können nicht mehr eingegeben werden, wenn sie bereits von der Buchhaltung angelegt worden sind. Werden die Kalkulationsdaten dagegen vor den Buchhaltungsdaten angelegt, so gelten die Bewertungsdaten lediglich als Vorschlagsdaten für die Buchhaltung.

8.9 Prozeß: Plankalkulation mit Mengengerüst

8.9.1 Betriebswirtschaftliche Beschreibung

Die Kalkulation ermittelt aufbauend auf der Kostenarten- und Kostenstellenrechnung die Herstellkosten für die einzelnen Leistungen, die die Grundlage für die kurzfristige Erfolgsrechnung und die Preispolitik des Unternehmens bilden. Das Besondere der Plankalkulation ist, daß geplante Größen zur Ermittlung der Kosten herangezogen werden. Die Plankalkulation der einzelnen Kostenträger basiert auf geplanten Kostensätzen pro Bezugsgröße und auf geplanten Einzelkosten, die aus geplanten Verbrauchsmengen und geplanten Preisen abgeleitet werden. Die Plankalkulation kann nur in Unternehmen mit standardisierten Erzeugnissen durchgeführt werden, da z. B. bei der Einzelauftragsfertigung meist keine Kenntnis über das genaue Mengengerüst der abzusetzenden Produkte besteht (vgl. Kilger 1988, S. 605-640).

8.9.2 SAP-spezifische Beschreibung

Die Plankalkulation ist *eine Art der Erzeugniskalkulation*, die auf Grundlage der Kostenplanung und Preisbildung für Materialien die *Herstell- und Selbstkosten* pro Erzeugnis ermittelt (vgl. SAP – Produktkosten-Controlling 1996, S. 4.1-4.8).

- *Herstellkosten*
  Die Herstellkosten sind die Kosten, die durch die Herstellung eines Materials entstehen. Sie setzen sich aus Materialeinzelkosten, Materialgemeinkosten, Fertigungseinzelkosten, Fertigungsgemeinkosten und Fertigungssonderkosten zusammen. Die Erzeugniskalkulation ermittelt die *Herstellkosten für jedes eigengefertigtes Material* in der Stücklistenstruktur. Hat das Erzeugnis eine mehrstufige Struktur, dann werden die Kosten für die untergeordneten Materialien ermittelt und bei der Kalkulation des nächsthöheren Materials berücksichtigt. Die Materialien mit der größten Dispositionsstufe (d. h. das unterste Material in der Hierarchie) werden als erstes kalkuliert, dann das Material mit der nächsten Dispositionsstufe usw. Für jedes kalkulierte Material wird eine Kostenschichtung erzeugt, die die Kosten nach Materialkosten, Fertigungskosten, Kosten für Fremdbezug usw. unterscheidet (vgl. Abbildung 8.9-4). Das Kostenelement *Materialeinzelkosten* für das Fertigfabrikat enthält somit alle Materialeinsatzkosten der untergeordneten Materialien. Die Struktur dieser Kostenschichtung wird im Customizing des Produktkosten-Controllings über ein Elementeschema festgelegt.

- *Selbstkosten*
  Die Selbstkosten sind die Kosten, die durch den betrieblichen Leistungsprozeß entstehen. Sie setzen sich aus Herstellkosten und Vertriebs- und Verwaltungskosten zusammen. Im R/3-System können Sie die Vertriebs- und Verwaltungskosten einem Produkt zuordnen, indem Sie im Customizing ein entsprechendes Kalkulationsschema anlegen.

Bei der Erzeugniskalkulation *mit Mengengerüst* erfolgt die Kalkulation auf Basis der Informationen der Produktionsplanung, wie z. B. Daten der *Stückliste* und des *Arbeitsplans.*

Werden die Daten zur Kalkulation der Erzeugnisse manuell eingegeben, handelt es sich um eine Erzeugniskalkulation *ohne Mengengerüst*. Speziell die Plankalkulation dient zur *Ermittlung von Standardpreisen* für Materialien mit dem Preissteuerungskennzeichen *S* (vgl. Abbildung 8.9-7). Nach der Freigabe der Plankalkulation wird der Standardpreis in den Stammsatz des Materials übernommen und ist somit für die interne Materialbewertung gültig.

8.9.3 Anwendung des Prozesses

Für die Erzeugniskalkulation muß zunächst eine Kalkulationsvariante festgelegt werden. Die Kalkulationsvariante bestimmt die Durchführung und Bewertung der Kalkulation, da über die Variante die zu selektierenden Stücklisten, Arbeitspläne, Preise sowie die Gemeinkostenzuschläge ermittelt werden. Anschließend wird das Material mit dem zugehörigen Werk angegeben, für das die Kalkulation erfolgt. Im Feld *Kalkulationslosgröße* kann eine Losgröße für die Kalkulation dieses Materials hinterlegt werden, wenn keine Losgröße angegeben wird, übernimmt das System die Kalkulationslosgröße aus der Kalkulationssicht des Materialstammsatzes. Die Kalkulationsversion dient zur Unterscheidung von Kalkulationen desselben Materials mit unterschiedlichen Mengengerüsten. In den Steuerungsdaten wird der Gültigkeitszeitraum, Auflösungstermin und der Bewertungstermin der Kalkulation bestimmt. Der Auflösungstermin enthält das Datum, zu dem die Stücklisten und die Arbeitspläne selektiert werden. Im Bewertungstermin wird das Datum hinterlegt, mit dem die Materialien und Leistungen in der Kalkulation bewertet werden. Anschließend erfolgt die Aufbereitung der Kalkulation am Bildschirm, von der aus unterschiedliche Berichte gestartet werden können.

8.9.4 Navigationsinformationen

- *Menüpfad*
  Rechnungswesen –> Controlling –> Produktkostenrechnung –> Erzeugniskalkulation –> Kalkulation-mit Mengengerüst

- *Transaktionscode*
  CK11, CK 20, CK21, CK 22, CK 23

- *Eingehende Prozeßverbindungen im R/3-Referenzmodell*
  Vorbereitung der Erzeugniskalkulation
  Vorkalkulation bei Kundenauftragsfertigung
  Materialstammbearbeitung aus Sicht der Kalkulation

- *Ausgehende Prozeßverbindungen im R/3-Referenzmodell*
  Plankalkulationsanalyse
  Ergebnisplanung
  Fakturaübernahme und -bewertung
  Vorkalkulation bei Kundenauftragsfertigung

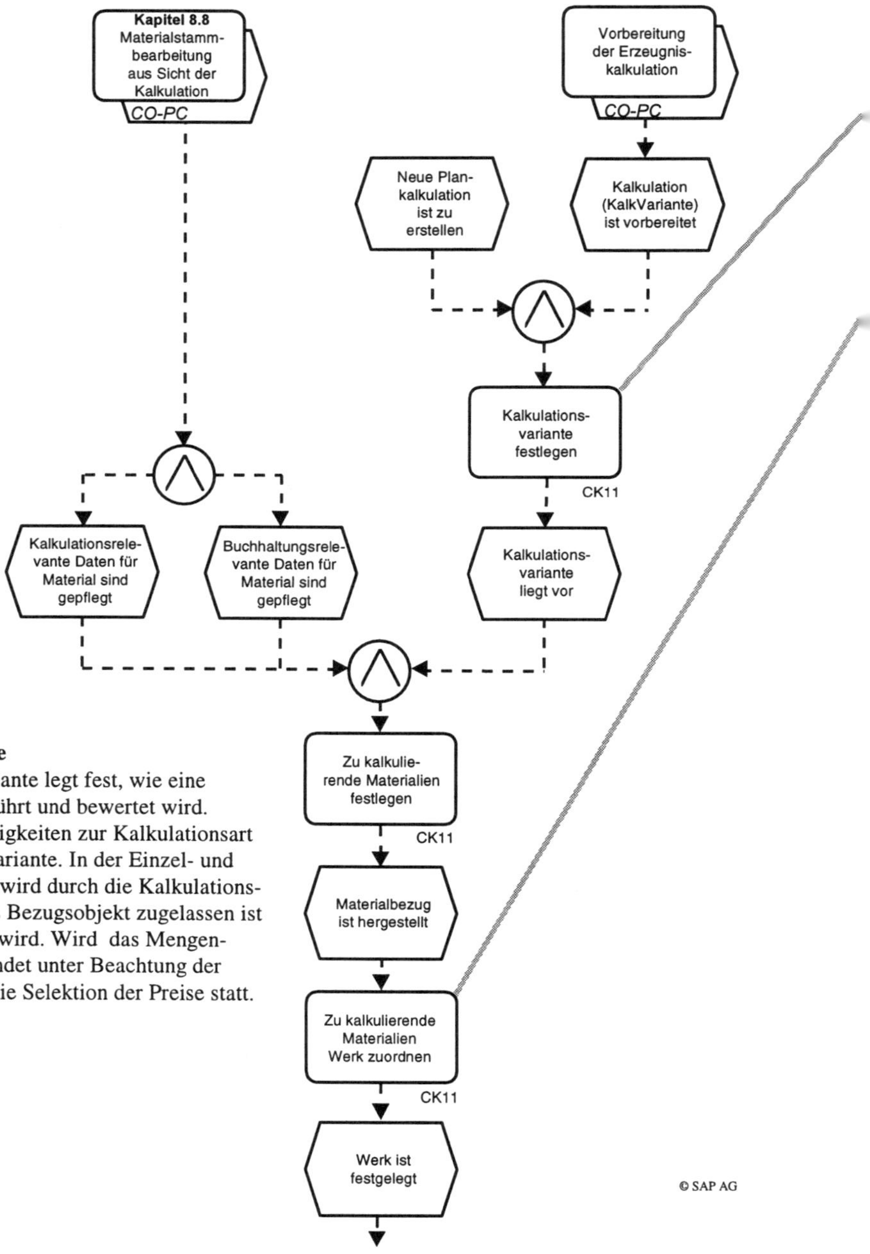

Kalkulationsvariante
Eine Kalkulationsvariante legt fest, wie eine Kalkulation durchgeführt und bewertet wird. Dabei gibt es Abhängigkeiten zur Kalkulationsart und zur Bewertungsvariante. In der Einzel- und Erzeugniskalkulation wird durch die Kalkulationsart bestimmt, welches Bezugsobjekt zugelassen ist bzw. fortgeschrieben wird. Wird das Mengengerüst bewertet, so findet unter Beachtung der Bewertungsvariante die Selektion der Preise statt.

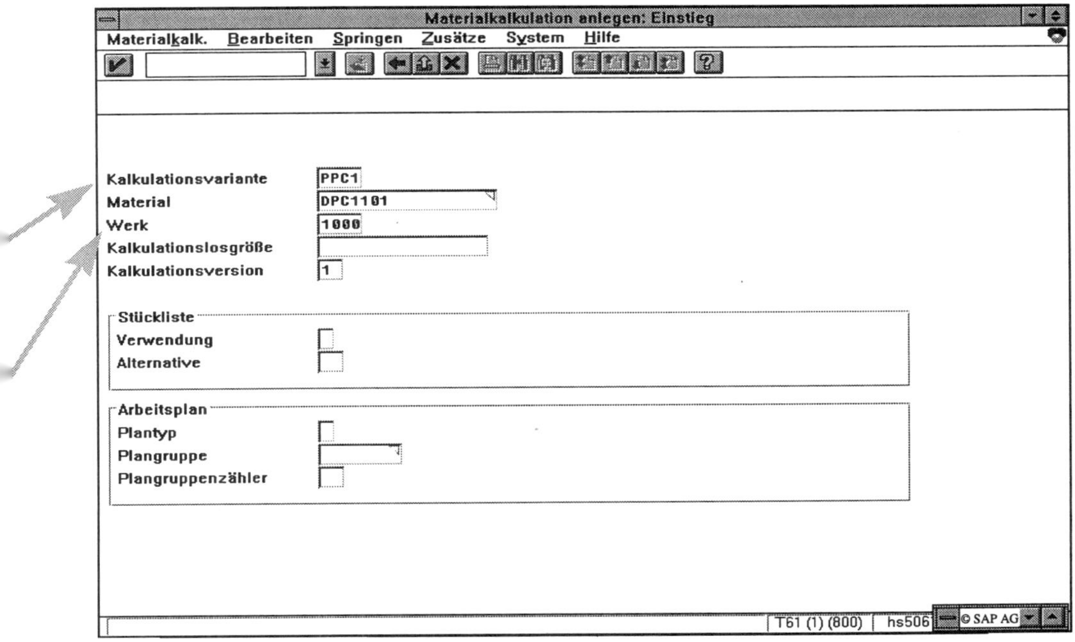

Abb. 8.9-1: Einstiegsbild der Materialkalkulation

Einzel- und Erzeugniskalkulation

Eine Kalkulation kann, abhängig vom Bezugsobjekt, entweder als Einzel- oder Erzeugniskalkulation durchgeführt werden. Sie erstellen eine Erzeugniskalkulation, um die *Plankosten* zur Herstellung *eines Materials* zu ermitteln. In der Erzeugniskalkulation bestimmt die *Kalkulationsvariante*, wie die Stücklisten und Arbeitspläne zum Aufbau des Mengengerüsts selektiert werden, welche Preise selektiert werden, um das Mengengerüst zu bewerten und wie die Gemeinkostenzuschläge ermittelt werden.
Sie erstellen eine Einzelkalkulation, um die Plankosten für folgende Objekte zu ermitteln: Materialien, CO-Fertigungsaufträge, Innenaufträge, PSP-Elemente, Bauteile, Kostenträger-Identnummern und Verkaufsbelege. In der Einzelkalkulation bestimmt die *Kalkulationsvariante*, welche Preise selektiert werden, um die einzelnen Kalkulationspositionen zu bewerten und wie die Gemeinkostenzuschläge ermittelt werden. Kalkulationsvarianten werden außerdem benutzt, um die Kosten für folgende Objekte zu ermitteln: Fertigungsaufträge, Netzpläne, Instandhaltungsaufträge, Serienaufträge und Prozeßaufträge.

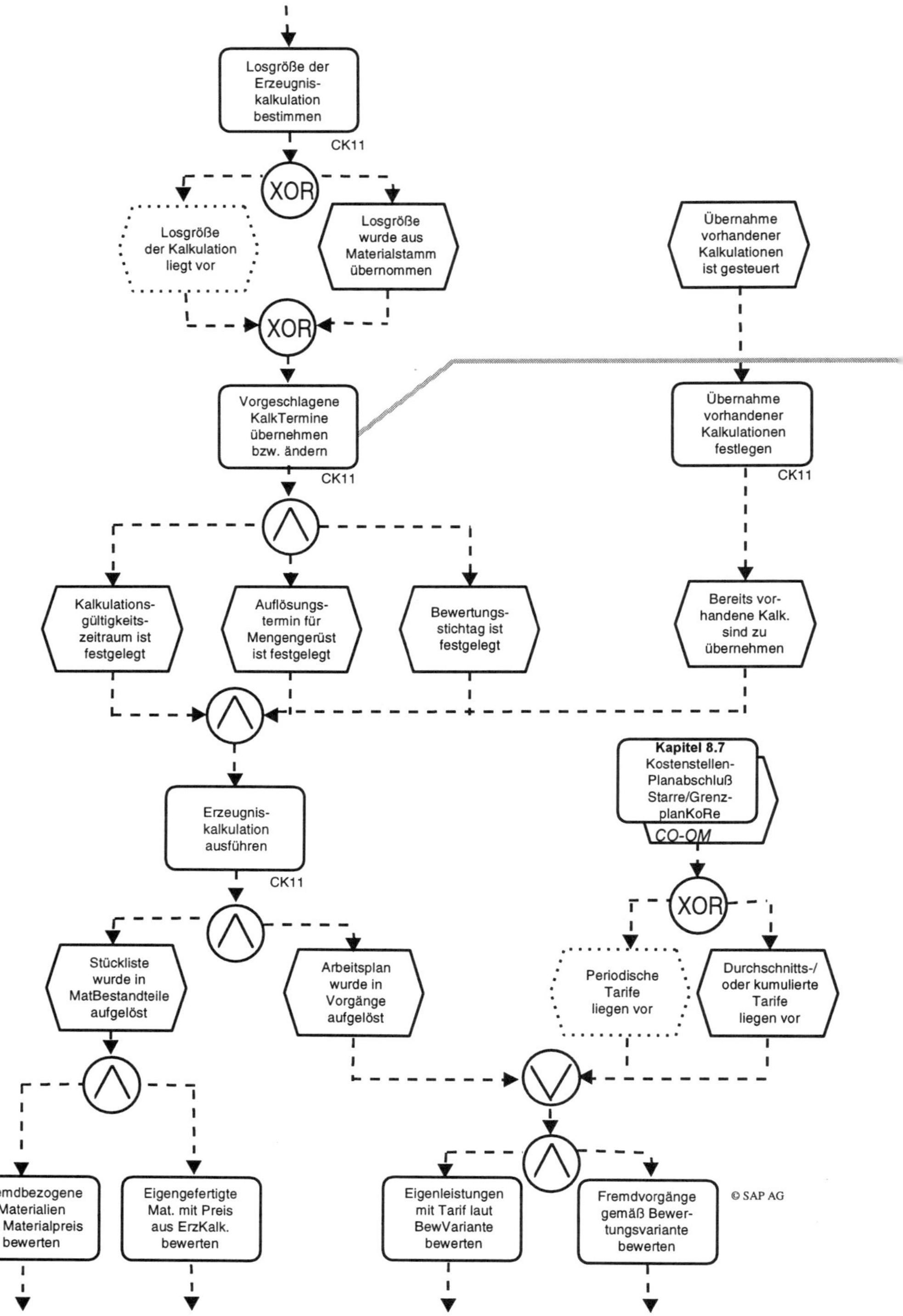
Losgröße der Erzeugnis-kalkulation bestimmen
CK11
XOR
Losgröße der Kalkulation liegt vor
Losgröße wurde aus Materialstamm übernommen
Übernahme vorhandener Kalkulationen ist gesteuert
XOR
Vorgeschlagene KalkTermine übernehmen bzw. ändern
CK11
Übernahme vorhandener Kalkulationen festlegen
CK11
Kalkulations-gültigkeits-zeitraum ist festgelegt
Auflösungs-termin für Mengengerüst ist festgelegt
Bewertungs-stichtag ist festgelegt
Bereits vor-handene Kalk. sind zu übernehmen
Kapitel 8.7
Kostenstellen-Planabschluß Starre/Grenz-planKoRe
CO-OM
Erzeugnis-kalkulation ausführen
CK11
XOR
Stückliste wurde in MatBestandteile aufgelöst
Arbeitsplan wurde in Vorgänge aufgelöst
Periodische Tarife liegen vor
Durchschnitts-/ oder kumulierte Tarife liegen vor
Fremdbezogene Materialien mit Materialpreis bewerten
Eigengefertigte Mat. mit Preis aus ErzKalk. bewerten
Eigenleistungen mit Tarif laut BewVariante bewerten
Fremdvorgänge gemäß Bewer-tungsvariante bewerten
© SAP AG

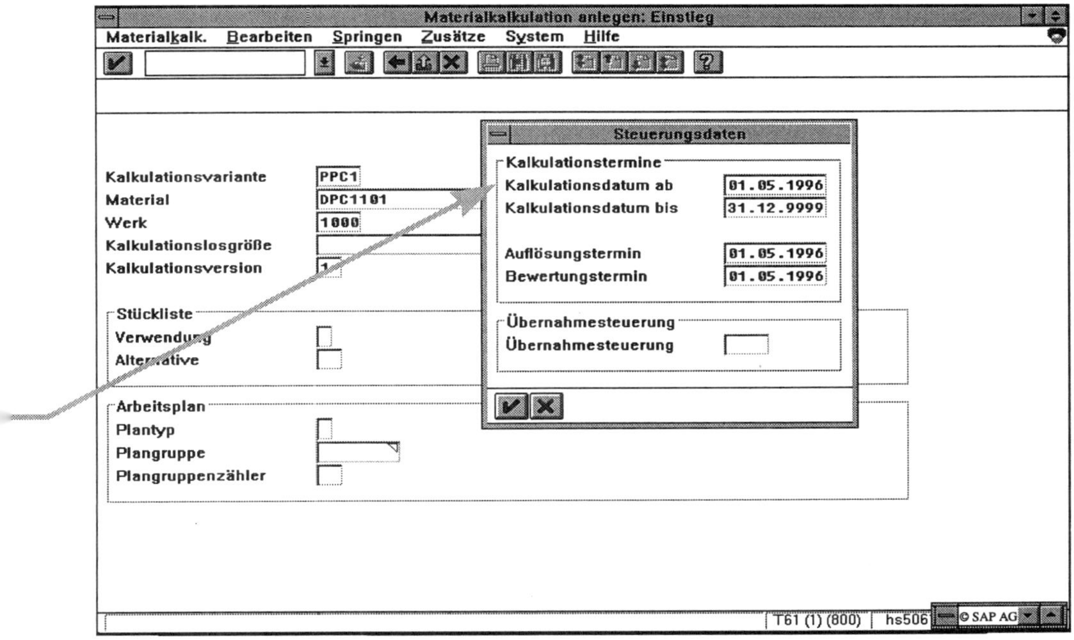

Abb. 8.9-2: Steuerungsdaten der Materialkalkulation

Durchführung einer Erzeugniskalkulation

Wenn Sie eine Erzeugniskalkulation durchführen, baut das System ein Mengengerüst auf, indem es genau eine Stückliste und einen Arbeitsplan selektiert und auflöst.

Das Mengengerüst gibt folgendes an:

- welche Vorgänge und Untervorgänge durchgeführt werden, um das Material zu fertigen
- welche Leistungen bei der Durchführung dieser Vorgänge erbracht werden
- welche Materialkomponenten benötigt werden, um diese Vorgänge durchzuführen
- welche Vorgänge extern bearbeitet werden
- welche Materialien extern bearbeitet werden

Sind verschiedene Fertigungsalternativen in der Produktionsplanung (PP) abgebildet, dann können mehrere Stücklisten und Arbeitspläne zum selben Material im System vorhanden sein.

Kostenelement (KoEl)
Ein Kostenelement ist eine Zusammenfassung von Kostenarten oder Kostenarten und Herkunftsgruppen. Sie können die Herkunftsgruppen in den Materialstammsätzen verwenden, um die Materialkosten innerhalb einer Kostenart zu unterteilen. Sie legen die Kostenelemente für die Erzeugniskalkulation im Customizing des Produktkosten-Controlling an.
Sie können maximal 40 Kostenelemente in einem Elementschema gruppieren. Enthalten die Kostenelemente sowohl die fixen als auch die variablen Kosten, dann können Sie bis zu 20 Kostenelemente in einem Elementschema gruppieren.
Wenn Sie mit einer bestimmten Kalkulationsvariante kalkulieren, ermittelt das System das Elementschema zu dieser Kalkulationsvariante und bildet demnach die Kostenschichtung für die Kalkulationsergebnisse.

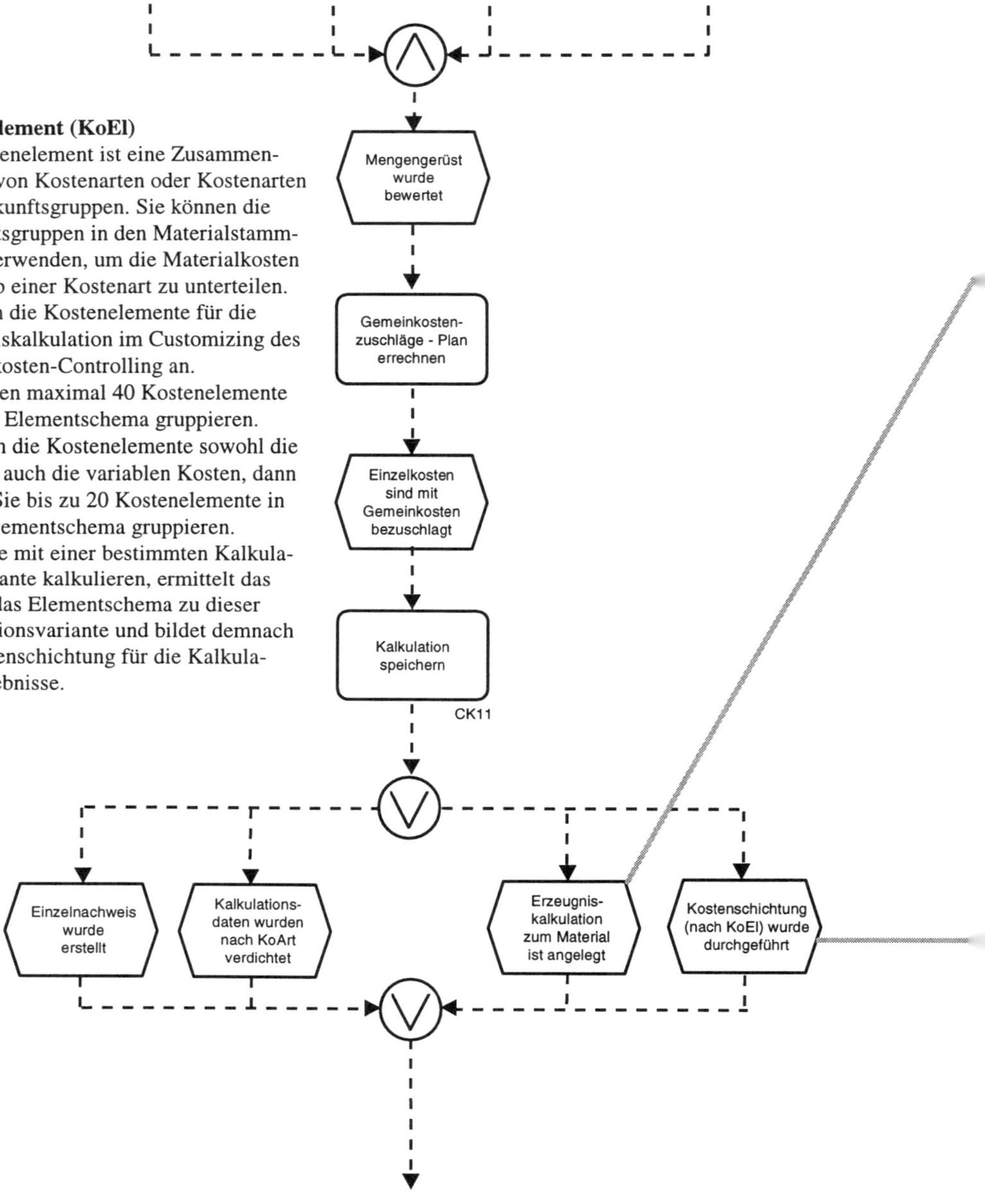

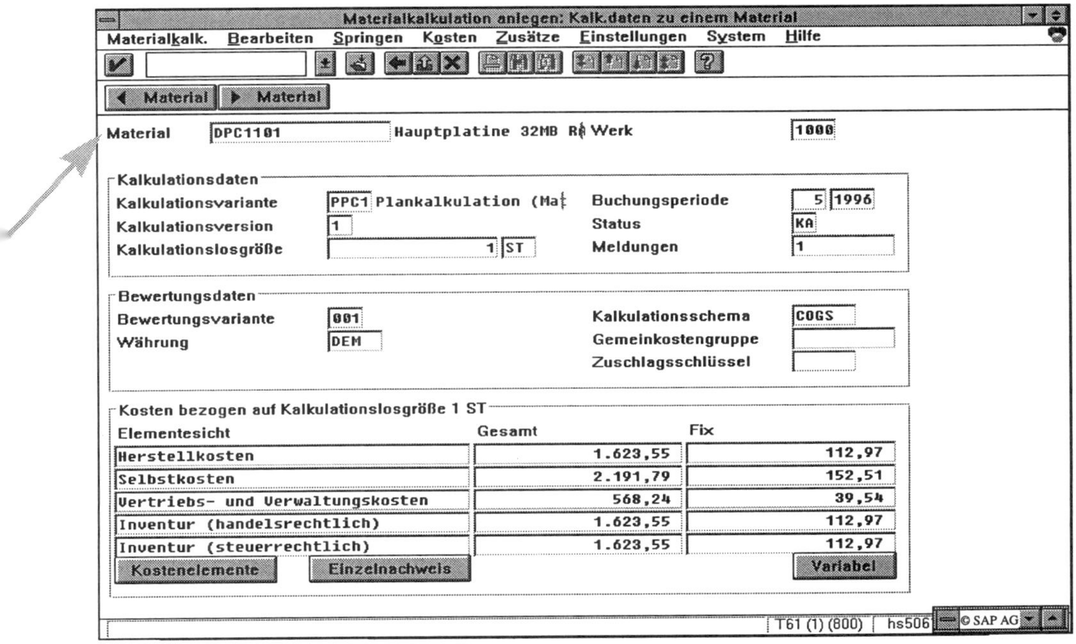

Abb. 8.9-3: Kalkulationsdaten zum Material "DPC1101"

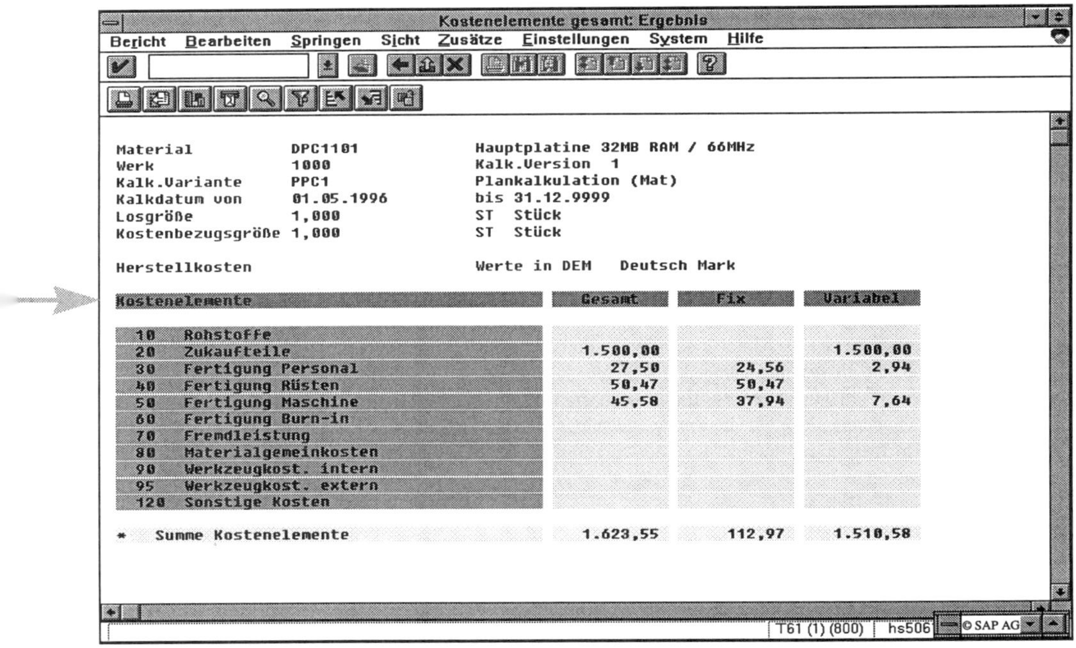

Abb. 8.9-4: Kostenelemente zum Material "DPC1101"

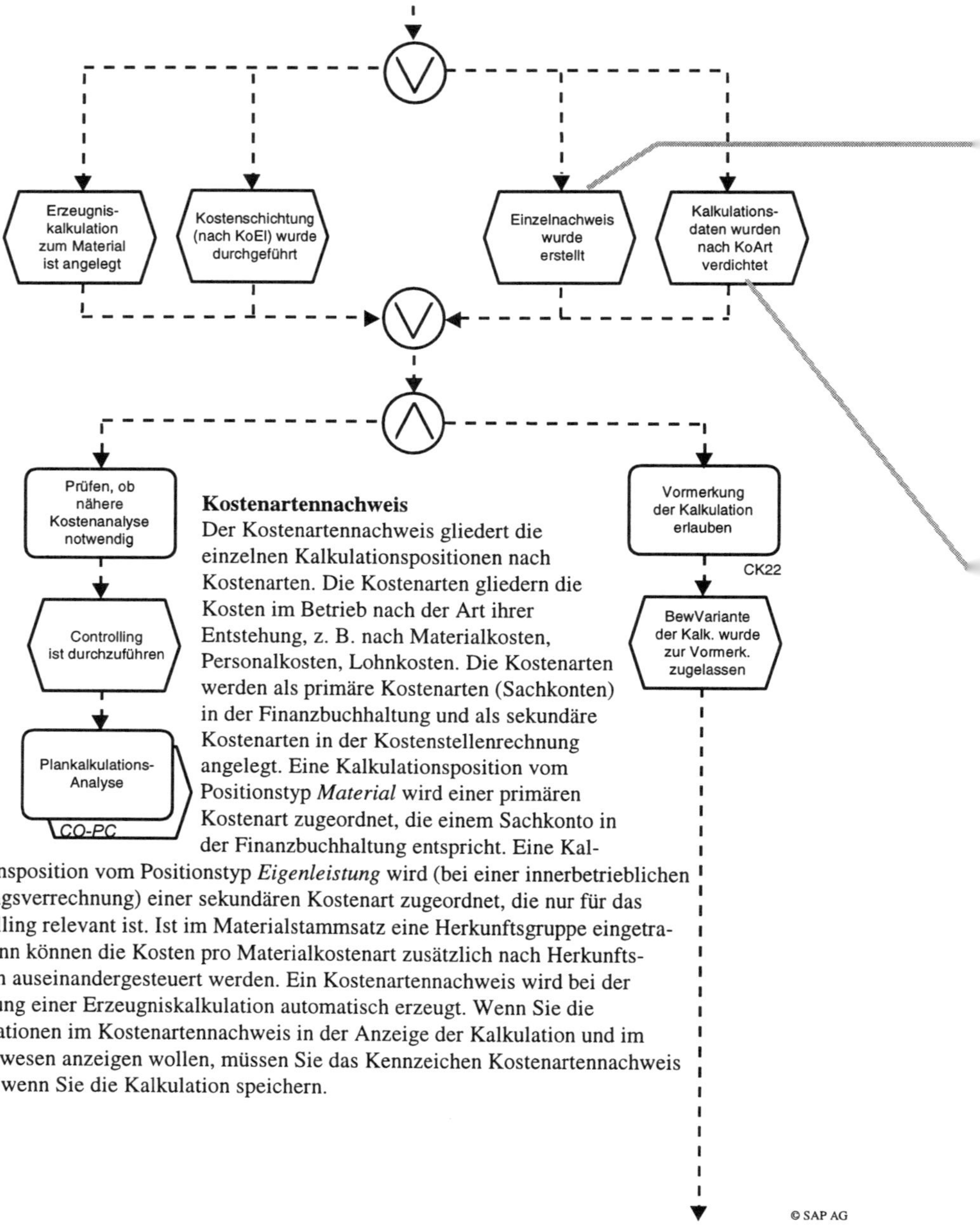

Kostenartennachweis
Der Kostenartennachweis gliedert die einzelnen Kalkulationspositionen nach Kostenarten. Die Kostenarten gliedern die Kosten im Betrieb nach der Art ihrer Entstehung, z. B. nach Materialkosten, Personalkosten, Lohnkosten. Die Kostenarten werden als primäre Kostenarten (Sachkonten) in der Finanzbuchhaltung und als sekundäre Kostenarten in der Kostenstellenrechnung angelegt. Eine Kalkulationsposition vom Positionstyp *Material* wird einer primären Kostenart zugeordnet, die einem Sachkonto in der Finanzbuchhaltung entspricht. Eine Kalkulationsposition vom Positionstyp *Eigenleistung* wird (bei einer innerbetrieblichen Leistungsverrechnung) einer sekundären Kostenart zugeordnet, die nur für das Controlling relevant ist. Ist im Materialstammsatz eine Herkunftsgruppe eingetragen, dann können die Kosten pro Materialkostenart zusätzlich nach Herkunftsgruppen auseinandergesteuert werden. Ein Kostenartennachweis wird bei der Erstellung einer Erzeugniskalkulation automatisch erzeugt. Wenn Sie die Informationen im Kostenartennachweis in der Anzeige der Kalkulation und im Berichtwesen anzeigen wollen, müssen Sie das Kennzeichen Kostenartennachweis setzen, wenn Sie die Kalkulation speichern.

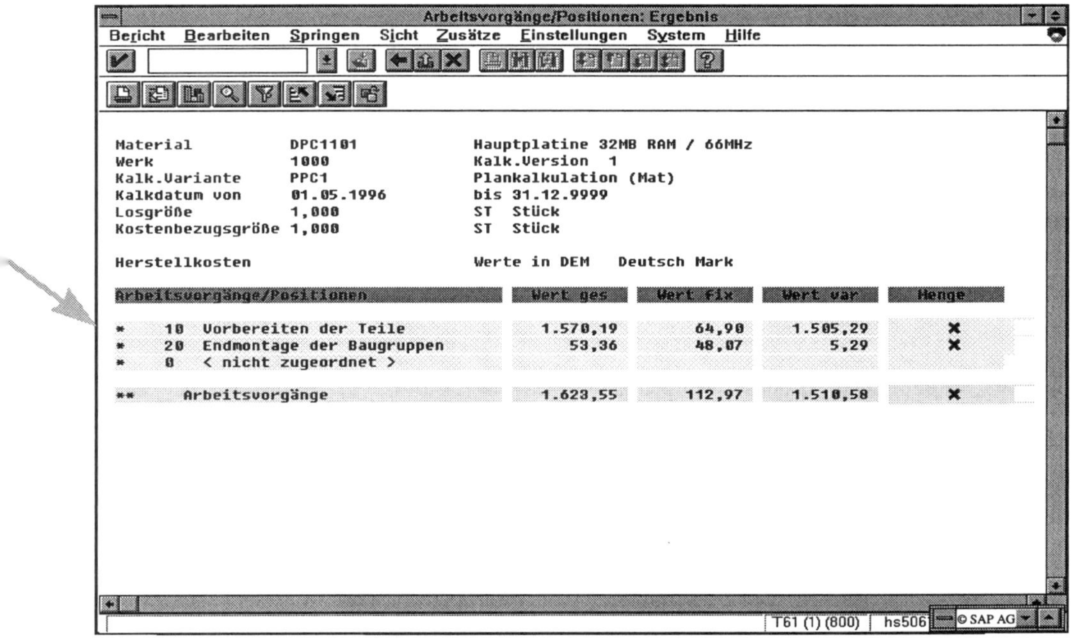

Abb. 8.9-5: Einzelnachweis für das Material "DPC1101"

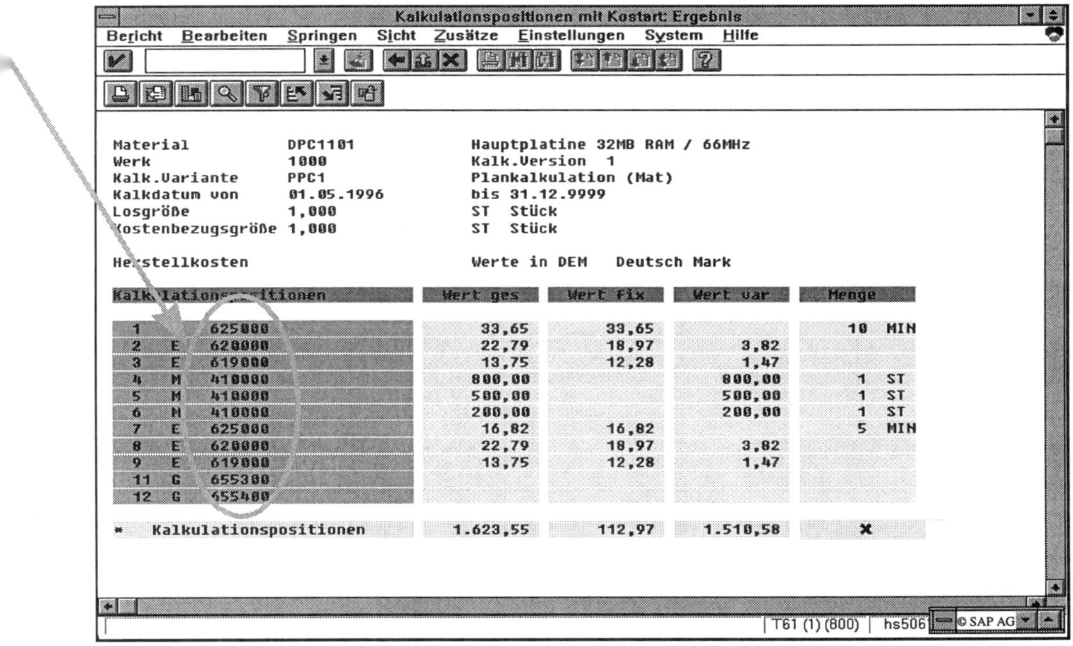

Abb. 8.9-6: Verdichtung der Kalkulationsdaten nach Kostenarten

Vormerkung einer Plankalkulation
Die Erlaubnis der Vormerkung bestimmt, in welchem Buchungskreis und in welcher Periode eine Kalkulation mit einer bestimmten Bewertungsvariante vorgemerkt werden kann. Kalkulationen mit einer anderen Bewertungsvariante können in dieser Periode nicht vorgemerkt werden. Nachdem Sie die Erlaubnis einer Vormerkung erteilt haben, können Sie die entsprechenden Kalkulationsergebnisse als zukünftigen Standardpreis in den Materialstamm übernehmen. Sie können die Kalkulationsergebnisse nur fortschreiben, wenn die Kalkulation mit der hier vereinbarten Bewertungsvariante durchgeführt wurde. Sie können die Vormerkung der Kalkulation so oft wiederholen, bis Sie die Kalkulation freigegeben haben. Haben Sie aus Versehen die Vormerkung für die falsche Bewertungsvariante erlaubt und durchgeführt, so können Sie die Erlaubnis und Ergebnisse der Vormerkung in allen Materialstammsätzen mit einem speziellen Report zurücknehmen.

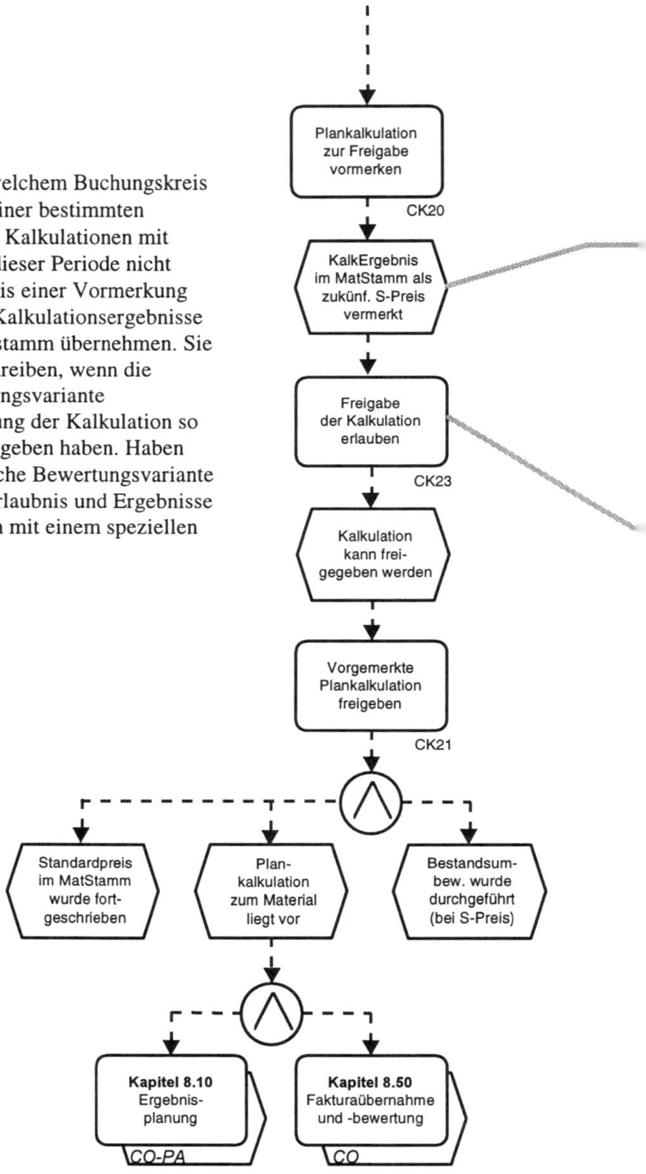

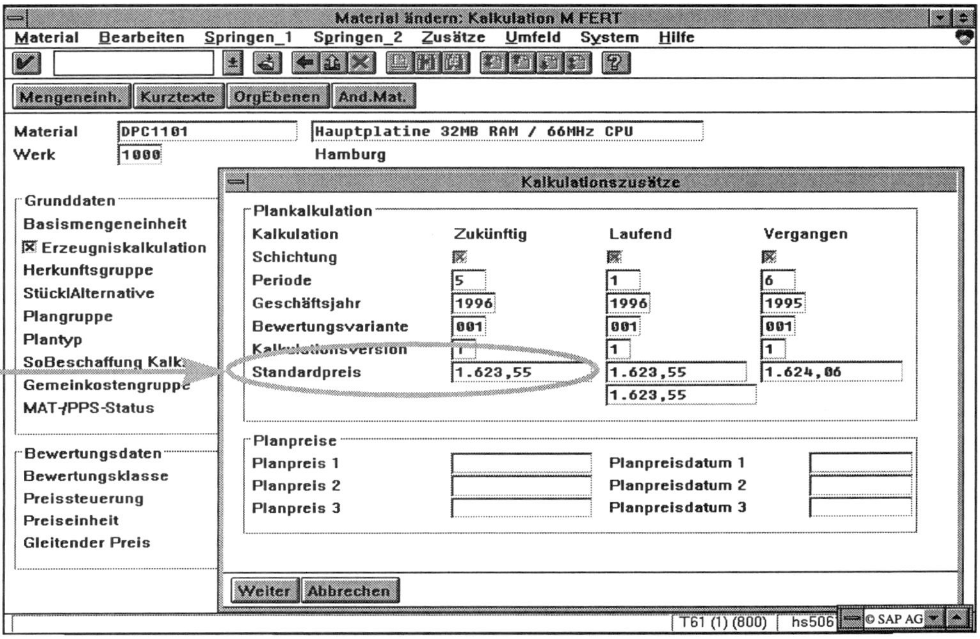

Abb. 8.9-7 : Kalkulationsergebnis mit zukünftigem Standardpreis

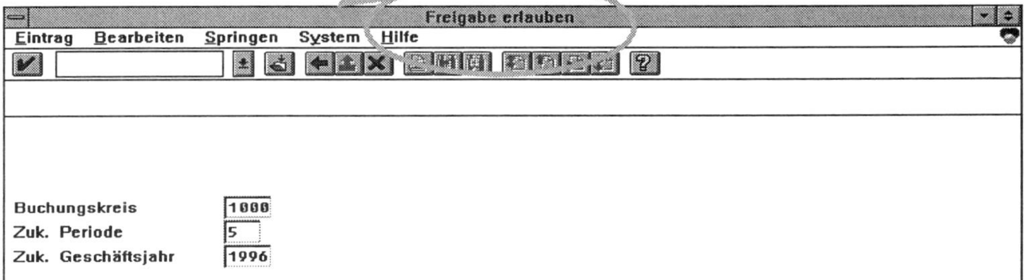

Freigabe des Standardpreises
Bevor Sie den vorgemerkten zukünftigen Standardpreis als Standardpreis in der Buchhaltungssicht des Materialstamms wirksam machen können, müssen Sie die Freigabe erlauben. Diese organisatorische Maßnahme bestimmt, in welchem Buchungskreis und in welcher Geschäftsperiode die Freigabe erfolgen darf. Wie oft Sie eine Plankalkulation freigeben, hängt von der geplanten Gültigkeit dieser Kalkulation ab. Nachdem Sie die Erlaubnis einer Freigabe erteilt haben, können Sie die entsprechenden zukünftigen Standardpreise als Standardpreise fortschreiben. Sie dürfen die Freigabe nur einmal pro Periode durchführen.

T61 (1) (800) hs506 © SAP AG

Abb. 8.9-8 : Freigabe des Standardpreises

8.10 Prozeß: Ergebnisplanung

8.10.1 Betriebswirtschaftliche Beschreibung

Für die operative Ergebnisplanung sind zukunftsorientierte Zielsetzungen maßgebend, die aus der strategischen Planung – eventuell untermauert durch Ergebnisse der Produktkosten- bzw. Leistungsplanung – abgeleitet werden.

Dem Gesichtspunkt der Ergebnis-Verantwortlichkeit kommt dabei überragende Bedeutung zu, so daß die Ergebnisplanung in erster Linie nach Verantwortungsbereichen (Profit Center, Sparten, Regionen etc.) und erst in zweiter Linie nach Kostenträger- bzw. Produktgesichtspunkten aufzubauen ist.

Wesentliche Voraussetzung für die Ergebnisplanung ist die nach Verantwortungsbereichen (Marktsegmenten) und Kostenträgern differenzierte Ermittlung von Planerlösen. Von diesen Planerlösen werden in der ersten Stufe der Deckungsbeitragsrechnung Erlösschmälerungen und direkt zuordenbare Sonderkosten abgesetzt und daraus der Nettoerlös gewonnen. Vom Nettoerlös sind nun die proportionalen (Grenz-)kosten abzusetzen, um den Deckungsbeitrag 1 zu ermitteln. Dabei besteht die Möglichkeit, die proportionalen Planherstellkosten entweder über eine sogenannte Betriebsleistungsrechnung oder über die Plankalkulation anzusetzen. Das zuletzt genannte Verfahren stellt in der industriellen Fertigung sicher den Regelfall dar.

Als nächster Schritt sind vom *Deckungsbeitrag 1* die fixen Kosten der ersten operativen Ebene abzusetzen. In der klassischen Grenzplan-Kostenrechnung wird dabei eine Zuordnung der Fixkosten nach Kostenträgern unterbleiben, da das Prinzip der verursachungsgemäßen Verrechnung nicht mehr eingehalten werden kann. Über eine Parallelrechnung können die Fixkosten jedoch mit allen Einschränkungen im Verhältnis zu den proportionalen Kosten den Kostenträgern (Produkten) zugeteilt werden und damit der *Deckungsbeitrag 2* ausgewiesen werden. Auf dieser Ebene handelt es sich um das sogenannte Planvertriebsergebnis, welches nach Anfall und Verrechnung der Ist-Kosten und -erlöse die Basis für ein Vertriebs-Controlling darstellt.

Ab dieser Ebene ist jedoch eine weitere Kostenzuteilung auf Kostenträgerebene nicht mehr sinnvoll. Die Kosten der weiteren organisatorischen Ebenen sind aus der Gemeinkostenplanung zu entnehmen (stufenweise Fixkostendeckung) und in den folgenden Deckungsbeitragsstufen abzusetzen, so daß zuletzt das Planbetriebsergebnis die Ergebnisplanung abschließt (vgl. Vikas 1988, S. 71-84).

8.10.2 SAP-spezifische Beschreibung

In der Planung im CO-PA kann ein Absatz-/Ergebnisplan erstellt werden. Während bei den Ist-Daten die beiden Formen der Ergebnisrechnung (kalkulatorische und buchhalterische Ergebnisrechnung) parallel versorgt werden, gibt es in der Planung keine gemeinsame Planung für beide Ergebnisrechnungen, d. h. der Anwender plant entweder

- in Kontenform
- oder nach Wertfeldern.

Durch die automatische Bewertung von geplanten Absatzmengen in der Absatzplanung ist es in der kalkulatorischen Ergebnisrechnung möglich, sowohl Planerlöse als auch Planerlösschmälerungen und Planherstellkosten zu ermitteln und so zu einem *Planergebnis* zu gelangen.

Die Dialogplanung unterstützt die freie Definition der Planungsmasken mit Anzeige von Referenzdaten, Formelrechnung, Prognosemethoden und weiteren Funktionen. Die Planung kann auf einem beliebigen Verdichtungslevel erfolgen. Plandaten können automatisch auf niedrigere Ebenen heruntergebrochen werden (Top-down-Verteilung).

Die Planungsebene für die manuelle Erfassung bzw. die maschinelle Überarbeitung von Plandaten können frei gewählt werden. Insbesondere ist eine durchgängige Planungsebene nicht notwendig. Trotzdem existiert auf allen Ebenen ein konsistenter Datenbestand. Dadurch kann die Planung für ein individuelles Planungsszenario parametrisiert werden, ganz gleich, ob zentral oder dezentral bzw. auf aggregiertem Niveau oder sehr detailliert geplant wurde. Beim Beplanen eines Ergebnisobjekts werden die bereits existierenden Plandaten dieses Objekts und der darunterliegenden Objekte bottom-up aufsummiert. Die Planung ist nicht an einen bestimmten Zeitraum gebunden. Damit lassen sich sowohl eine jahresübergreifende als auch eine rollierende Planung abbilden. Darüber hinaus können Planwerte sowohl auf Basis *der Buchungsperioden* des Rechnungswesens als auch auf Basis von Kalenderwochen erfaßt werden.

Wenn ein Jahreswert eingegeben wird, wird dieser intern immer auf *Perioden* verteilt. Standardmäßig wird analog zu den bereits vorhandenen Werten verteilt. Wenn noch keine Werte vorhanden sind, wird gleichmäßig verteilt.

Möchte man eine bestimmte *Saisonverteilung* nutzen, kann man im Anwendungsmenü andere Verteilungsschlüssel definieren. Dabei wird jeder Periode ein relativer Faktor zugeordnet, nach dem die erfaßten Planwerte verteilt werden. Alle Perioden, denen kein Wert zugeordnet wurde, erhalten implizit den Faktor Null. Die Anzahl der Perioden im Jahr wird aus dem Ergebnisbereich, d. h. aus der Geschäftsjahresvariante des Ergebnisbereichs, ermittelt. Falls während der Systemeinstellung die Wochenplanung für den Ergebnisbereich aktiviert ist, muß entschieden werden, ob die Verteilungsreihe für die Periodenplanung oder für die Wochenplanung genutzt werden soll. Wenn eine Saisonverteilung abgebildet wird, die sich jedes Jahr wiederholt, werden die Daten für ein beliebiges Jahr eingegeben, und das Feld *Zyklisch* wird markiert. Dies gilt nur für Verteilungsschlüssel nach Buchungsperioden.

8.10.3 Anwendung des Prozesses

Im Rahmen einer Absatz- und Ergebnisplanungsvorbereitung werden für die einzelnen Planversionen Bewertungsstrategien hinterlegt. Diese sind die steuernden Elemente für die Bewertung der zuvor geplanten Absatzmengen. Es können verschiedene Planversionen beplant werden. Dadurch ist das parallele Führen von unterschiedlichen Daten für das gleiche Objekt möglich.

Die Planung im CO-PA ermöglicht Ihnen sowohl die *manuelle Erfassung* als auch die *maschinelle Bearbeitung* Ihrer Ergebnisplandaten. Insbesondere können Sie die Erlöse und Erlösschmälerungen manuell, maschinell über eine automatische Bewertung, oder retrograd über die Beziehung Plankosten/Deckungsbeitrag planen. Für die maschinelle Bewertung kann dabei sowohl auf ein kalkulatorisches Bewertungsschema des CO-PA als auch auf das im Ist für die Bewertung verwendete Preisfindungsschema aus dem SD zugegriffen werden (vgl. Abbildung 8.10-2).

Auch die Kosten können über ein *Bewertungsschema* ermittelt werden. Steht eine Plankalkulation für die abzusetzenden Artikel zur Verfügung, so können über diese die Kosten des Umsatzes ermittelt werden. Die Kostenelemente aus der Plankalkulation werden im Customizing über Zuordnungen in die Wertfelder der Ergebnisrechnung eingesteuert. So kann im Berichtwesen ein detaillierter Nachweis über die genaue Zusammensetzung der Kosten des Umsatzes erfolgen.

Als Alternative dazu ist die Bewertung der geplanten Absatzmengen mit dem Verrechnungspreis aus dem Materialstamm zu sehen. Je nach Preissteuerung wird dabei auf den Standardpreis oder den gleitenden Durchschnittspreis zugegriffen.

Einen gesamten Plan bzw. Teile eines Plans können Sie maschinell bearbeiten. Unter anderem ist das Kopieren zwischen Planversionen bzw. von Ist-Daten in Plandaten sowie die Top-down-Verteilung der Daten von einer höheren Planungsebene auf eine detailliertere Ebene möglich. Zum Beispiel kann eine Planung zuerst auf Artikelgruppenebene durchgeführt werden und dann auf Artikel heruntergebrochen werden (vgl. Abbildung 8.10-4). Die Plandaten werden analog zu vorhandenen Referenzdaten verteilt. Es können dazu sowohl Plan- als auch Ist-Daten herangezogen werden. Die Verteilung kann periodengenau ausgeführt werden oder, um Schwankungen auszugleichen, nach kumulierten Periodenwerten. Die Verteilung erfolgt entsprechend einem ausgewählten Wertfeld.

Die Funktion *Top-down-Verteilung durchführen* erlaubt eine maschinelle Bearbeitung einer Vielzahl von geplanten Ergebnisobjekten und kann, wie alle Funktionen der Gesamtplanung, sowohl online als auch im Hintergrund ablaufen. Für diese Funktionen ist die entsprechende Berechtigung vorausgesetzt. Die Jobeinplanung für die Hintergrundverarbeitung ist direkt aus der Dialog-Transaktion möglich. Bei eventuell auftretenden Fehlern wird eine Meldung in ein Fehlerprotokoll geschrieben. Dort haben Sie die Möglichkeit, die fehlerhaften Objekte anzuzeigen.

Abschließend kann vor Verabschiedung und Sperren der Ergebnisplan auf die Richtigkeit seiner Struktur geprüft werden. Im Gegensatz zur Online-Verprobung der Planung, die prüft, ob sich ein Planungsobjekt innerhalb der Struktur befindet, wird bei der periodischen

Prüfung eine strengere Prüfung durchgeführt. Alle Plandaten müssen sich nicht nur innerhalb der Struktur, sondern auf den Endknoten (Blättern) der Planstruktur befinden. Die Planung muß also vollständig durchgeführt worden sein (inkl. beispielsweise einer Top-down-Verteilung von Plandaten, die zunächst auf höherem Niveau hinterlegt waren).

Die Verprobung des Planes gegen die Planstruktur wird typischerweise im Hintergrund durchgeführt, bei kleineren Datenmengen (Verprobung eines Teilplans) kann die Funktion aber auch online ausgeführt werden.

Im Online wird im Fehlerfall ein zweistufiges Fehlerprotokoll erzeugt. Die erste Liste ist eine Übersicht über die Struktur der fehlerhaften Plansätze. Von dieser Liste kann in die Grafik verzweigt werden, in der der betroffene Zweig farblich hervorgehoben wird und der aufgetretene Fehler beschrieben wird. Hinter dem gelisteten Fehler (z. B. Sparte XYZ nicht in Struktur vorhanden) können sich verschiedene Ergebnisobjekte verbergen (z. B. Sparte XYZ, Warengruppe A und Sparte XYZ, Warengruppe B). Diese Ergebnisobjekte werden nach Pickup eines Fehlers der ersten Protokollstufe angezeigt.

In der Hintergrundverarbeitung enthält das Fehlerprotokoll beide Listen. Bei mehr als 100 fehlerhaften Ergebnisobjekten wird die Verarbeitung jedoch abgebrochen, weil anzunehmen ist, daß ein systematischer Fehler in der Planstruktur besteht (die gesamte Sparte XYZ ist noch nicht aufgenommen).

Analog zur Umlage von Kostenstellenkosten im Ist können die auf Kostenstellen geplanten Kosten in die Ergebnisrechnung übernommen werden.

8.10.4 Navigationsinformationen

- *Menüpfad*
  Unternehmensplanung und Controlling –> Vertriebs-Controlling bei Grenzplankostenrechnung –> Ergebnisplanung

- *Transaktionscode*
  KE11, KE1G, KEPP

- *Eingehende Prozeßverbindungen im R/3-Referenzmodell*
  Ergebnisplanung
  Absatzplanung
  Absatz- und Ergebnisplanungsvorbereitung
  Plankalkulation mit Mengengerüst
  Übernahme von Kostenstellen-Fixkosten-/saldo
  Übernahme von Kostenstellen-Vollkosten-/saldo

- *Ausgehende Prozeßverbindungen im R/3-Referenzmodell*
  Ergebnisplanung

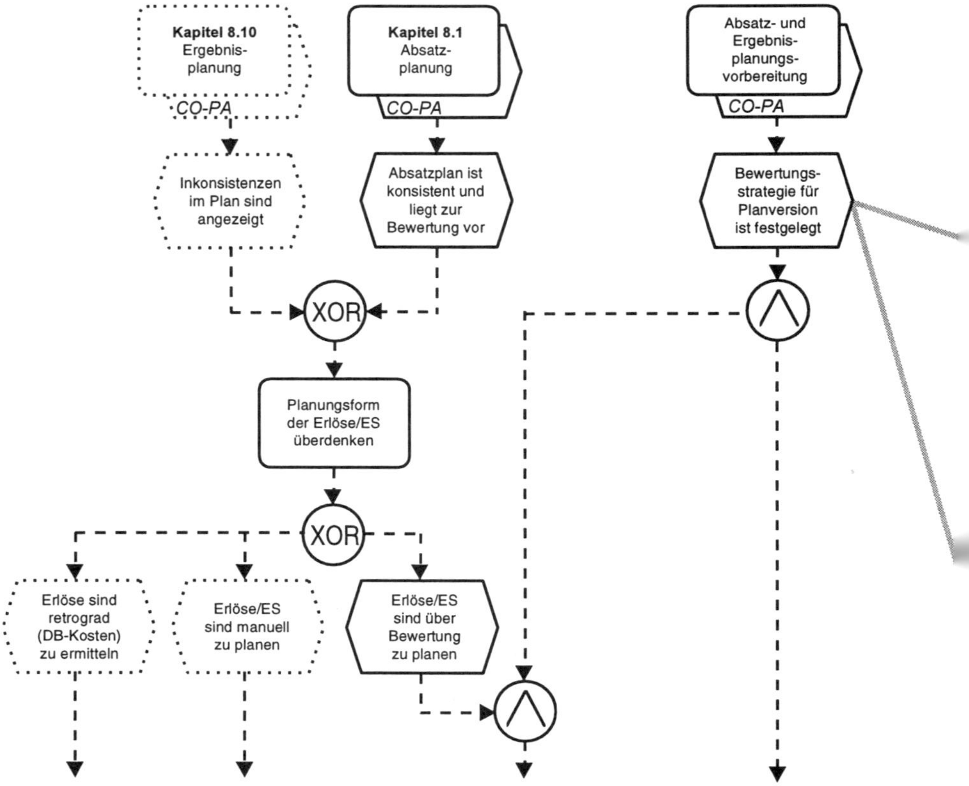

Bewertungsstrategie
Über die Bewertungsstrategie legen Sie die inhaltliche Ausgestaltung der automatischen Bewertung fest, d. h. die Anwendung der Bewertungsmethoden und die Reihenfolge, in der diese Methoden angewendet werden. Die Reihenfolge der Bewertungsmethoden ist nicht fest vorgegeben. Sie können beispielsweise die Werte zuerst über Konditionen, dann über einen User-Exit, anschließend über eine Standardkalkulation und zuletzt über einen zweiten User-Exit berechnen. Werte, die sich aus vorangegangenen Berechnungen ergeben, dürfen auch als Basis für Folgeberechnungen dienen. Um für Ist-Daten eine Bewertung durchführen zu können, ist dem Bewertungszeitpunkt in Verbindung mit der Vorgangsart eine Bewertungsstrategie zuzuordnen. Für eine Bewertung von Plandaten muß dem Bewertungszeitpunkt in Verbindung mit der Vorgangsart und der Planversion eine Bewertungsstrategie zugeordnet werden.

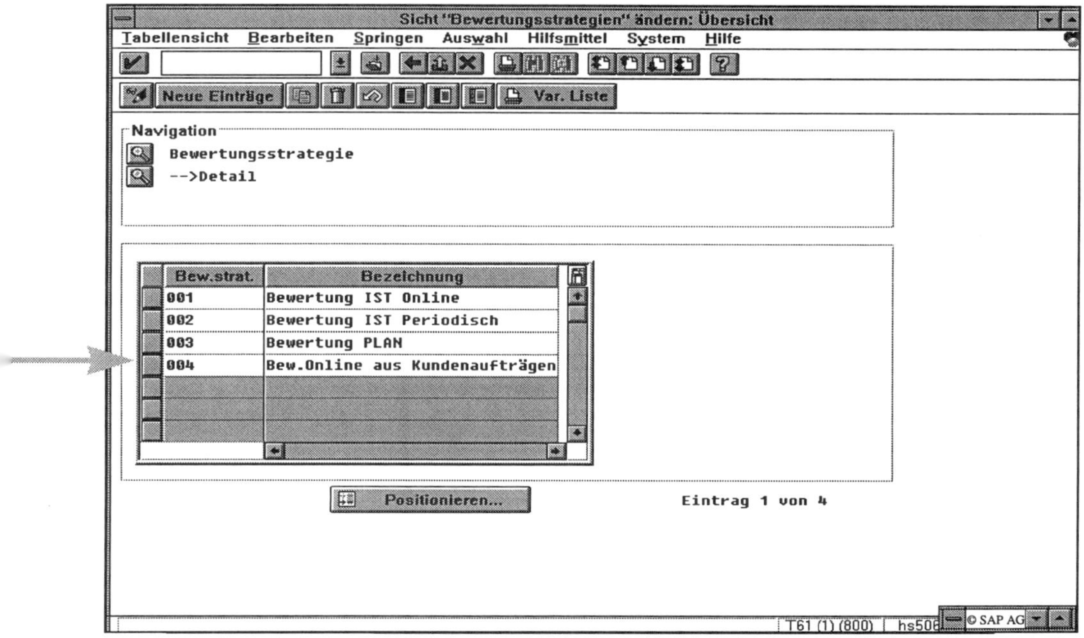

Abb. 8.10-1: Customizing der Bewertungsstrategie

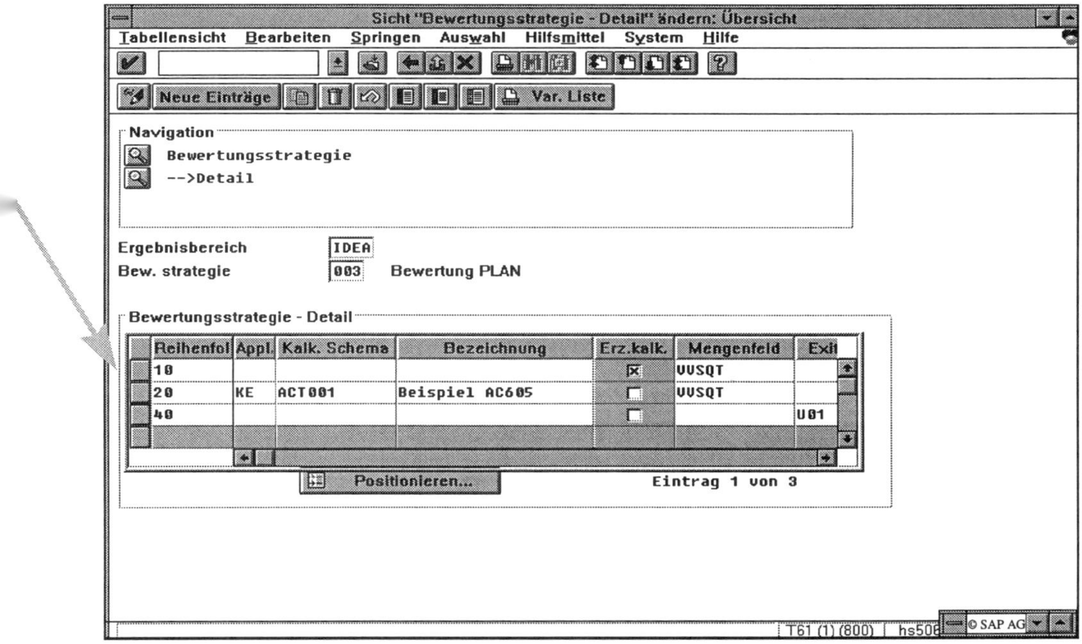

Abb. 8.10-2: Customizing Bewertungsstrategie im Detail

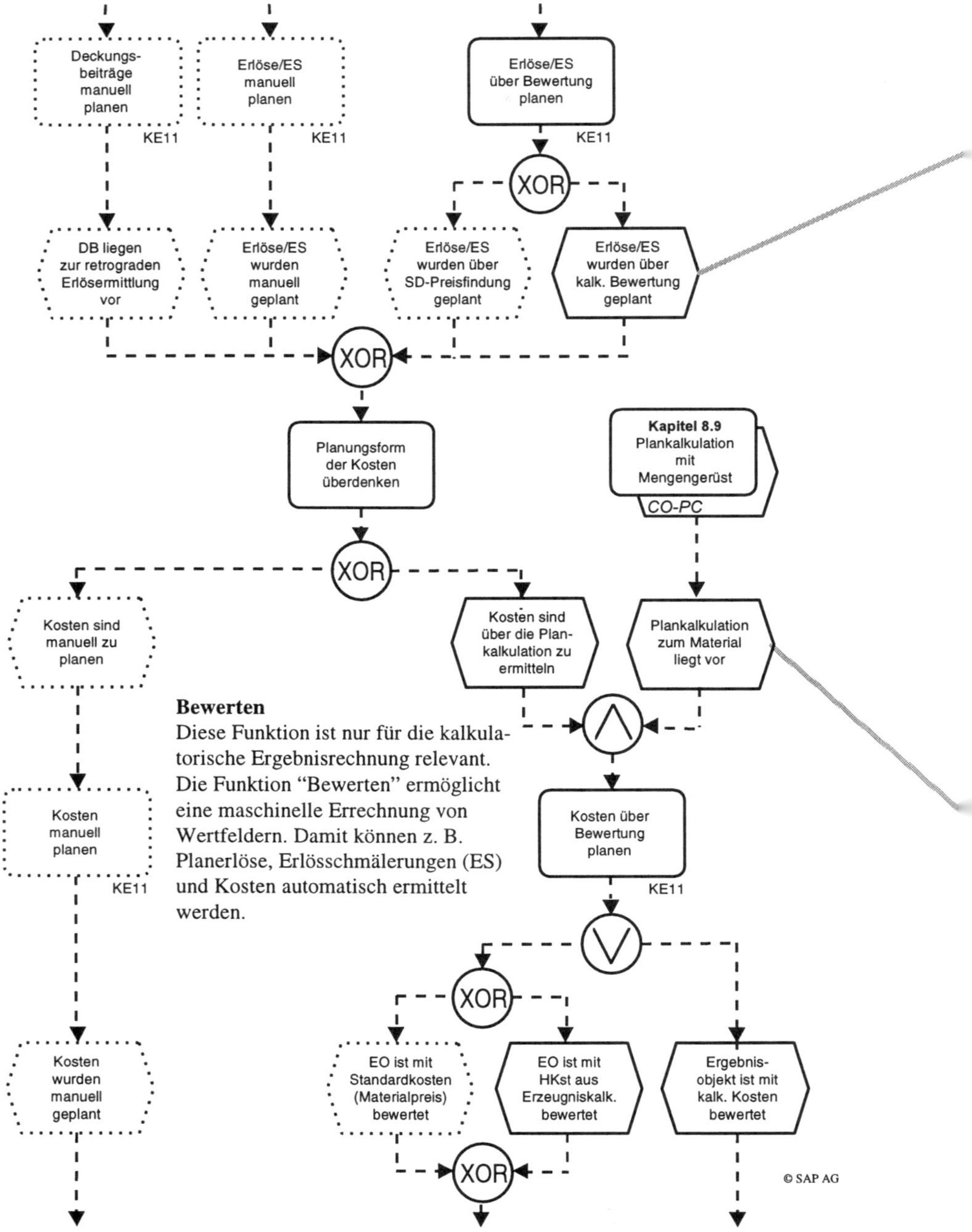

Bewerten
Diese Funktion ist nur für die kalkulatorische Ergebnisrechnung relevant. Die Funktion "Bewerten" ermöglicht eine maschinelle Errechnung von Wertfeldern. Damit können z. B. Planerlöse, Erlösschmälerungen (ES) und Kosten automatisch ermittelt werden.

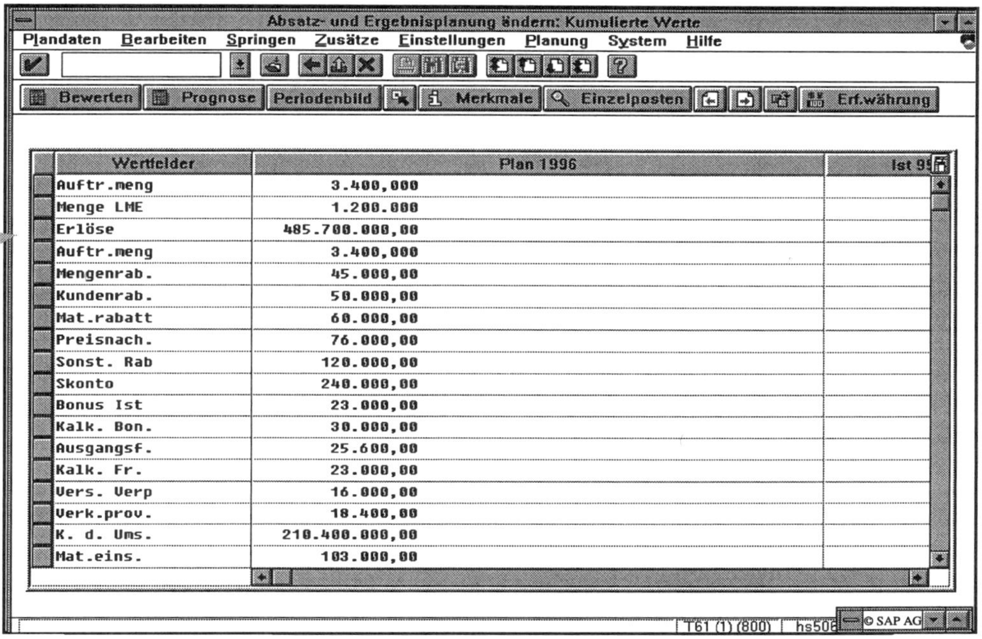

Abb. 8.10-3: Erlöse über kalkulatorische Bewertung

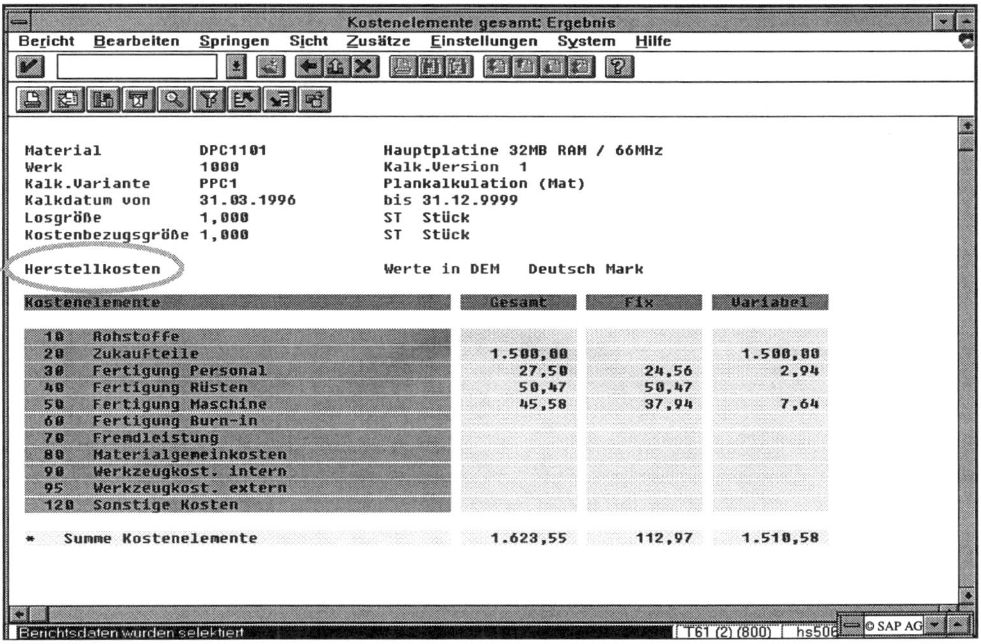

Abb. 8.10-4: Plankalkulation für Material DPC1101"

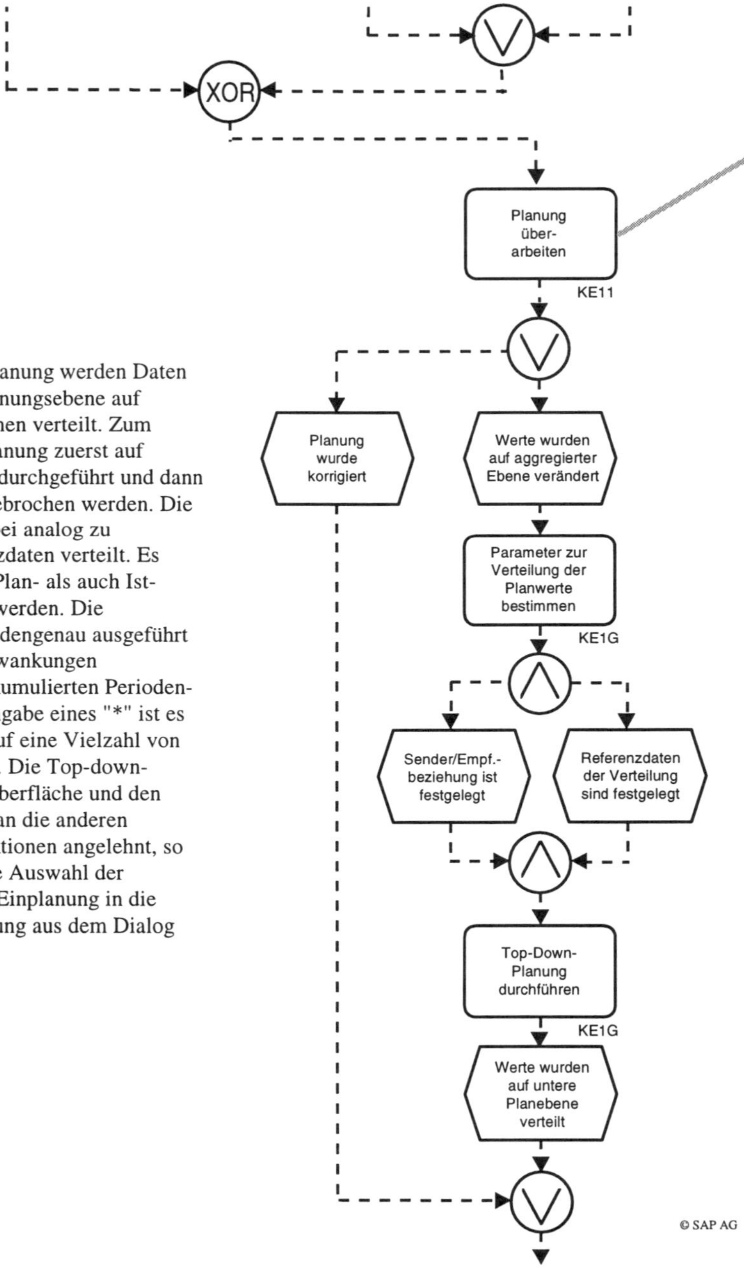

Top-Down-Planung
Mit der Top-Down-Planung werden Daten von einer höheren Planungsebene auf darunterliegende Ebenen verteilt. Zum Beispiel kann eine Planung zuerst auf Artikelgruppenebene durchgeführt und dann auf Artikel heruntergebrochen werden. Die Plandaten werden dabei analog zu vorhandenen Referenzdaten verteilt. Es können dazu sowohl Plan- als auch Ist-Daten herangezogen werden. Die Verteilung kann periodengenau ausgeführt werden oder, um Schwankungen auszugleichen, nach kumulierten Periodenwerten. Durch die Eingabe eines "*" ist es möglich, in einem Lauf eine Vielzahl von Objekten zu verteilen. Die Top-down-Planung ist von der Oberfläche und den Detailfunktionen her an die anderen Gesamt-planungsfunktionen angelehnt, so ist z. B. ebenfalls eine Auswahl der Wertfelder oder eine Einplanung in die Hintergrundverarbeitung aus dem Dialog heraus möglich.

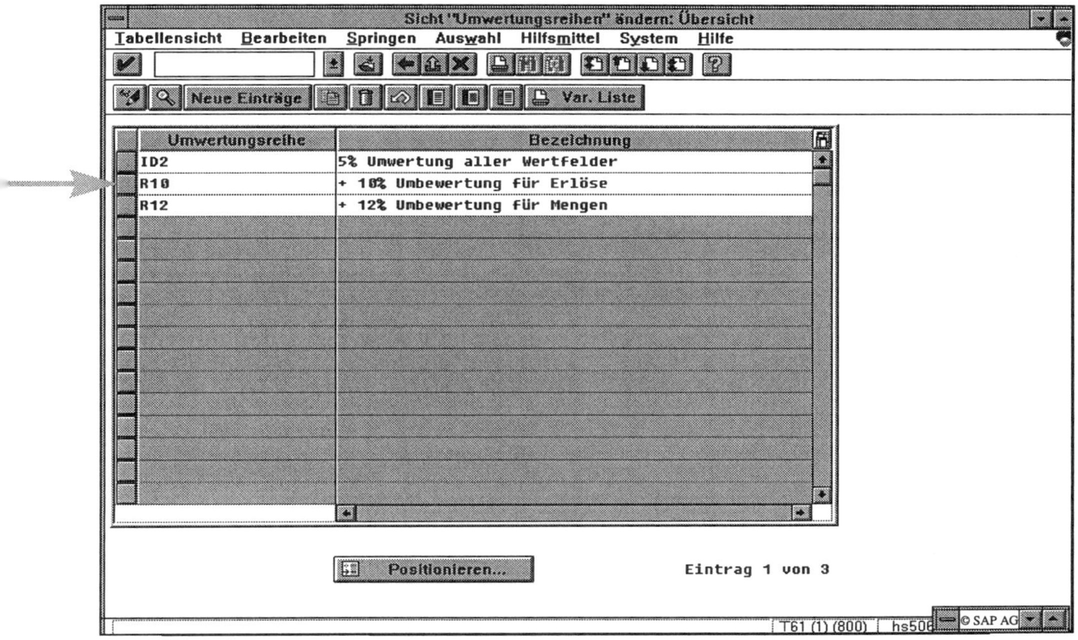

Abb. 8.10-5: Definition der Umwertungsreihen

Umwerten

Diese Funktion ist nur für die kalkulatorische Ergebnisrechnung relevant. Wählen Sie die Funktion *Umwerten*, wenn Sie Zu- bzw. Abschläge auf die Wertfelder errechnen möchten. Analog der Funktion *Bewerten* markieren Sie ebenfalls vorher alle Objekte, die Sie umwerten möchten. In einem Dialogfenster geben Sie die gewünschte Umwertungsreihe ein. Die Nutzung der Funktion *Umwertungsreihen* ist eine optionale Planungshilfe, die zur Erleichterung der Plandatenerfassung dient. Eine Umwertungsreihe definiert Zu- bzw. Abschlagsprozentsätze für die Wertfelder eines Ergebnisbereichs. Bei der Pflege der Umwertungsreihe geben Sie für jedes Wertfeld, das einen Zuschlag erhalten soll, einen Umwertungs-faktor ein. Für jedes Wertfeld, das einen Abschlag erhalten soll, geben Sie einen negativen Umwer-tungsfaktor ein. Beispielsweise soll der Plan für das Jahr 1997 als Vorschlag aus den um *5%* erhöhten Ist-Daten von 1996 aufgebaut werden. Über den Button *Neue Einträge* wählen Sie die entsprechenden Wertfelder aus, für die ein Zuschlag ermittelt werden soll. Geben Sie in jedem Feld z. B. den Prozentsatz *5* ein, und sichern Sie die Eingaben zur Umwertung.

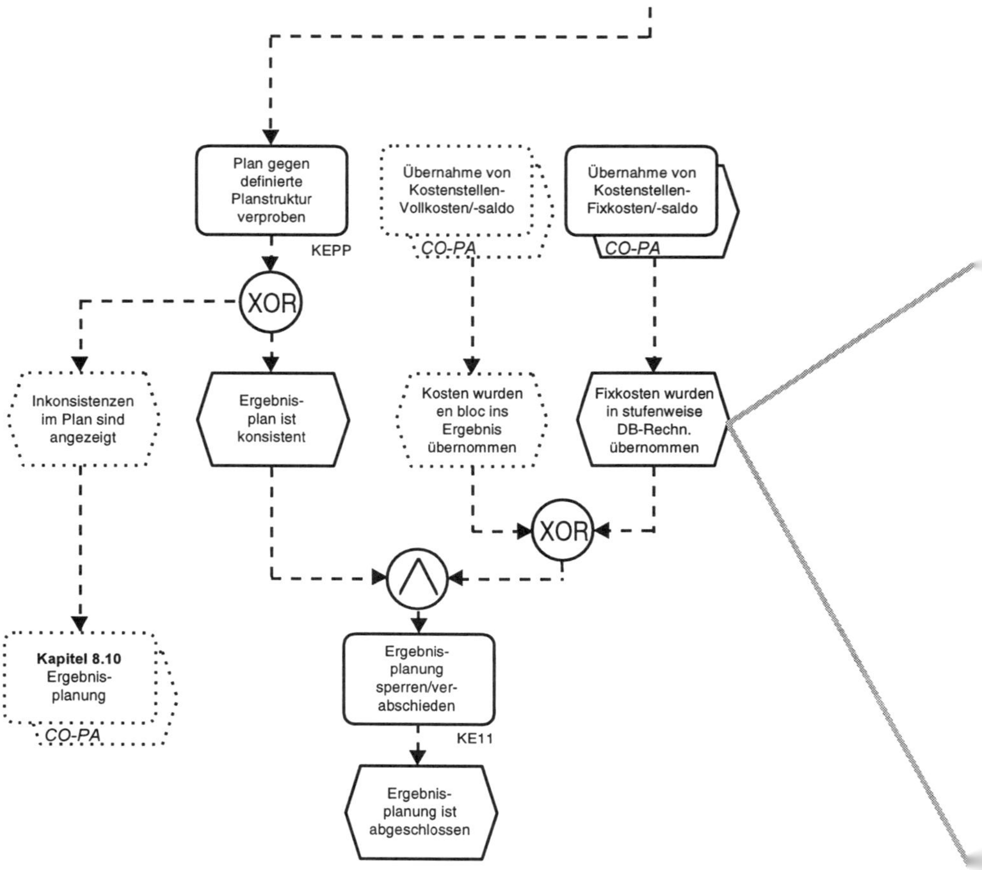

Umlage
Um die in der Kostenstellenrechnung geplanten Kosten vollständig in der Ergebnisrechnung ausweisen zu können (geschlossene Ergebnisrechnung), können fixe Kostenstellenkosten periodisch in die Ergebnisrechnung überführt werden. Die Planübernahme erfolgt auf beliebige Marktsegmente (Ergebnisobjekte) und unterstützt somit eine Zuordnung auf beliebige Stufen der Deckungsbeitragshierarchien (stufenweise Fixkosten-Deckungsrechnung). Technisch werden fixe Kostenstellenkosten mit Hilfe der Umlage ins Ergebnis verrechnet. In der Umlage werden die Kosten berücksichtigt, die nicht unmittelbar an der Wertschöpfung des Produkts beteiligt sind, z. B. die Umlage der Geschäftsleitung.

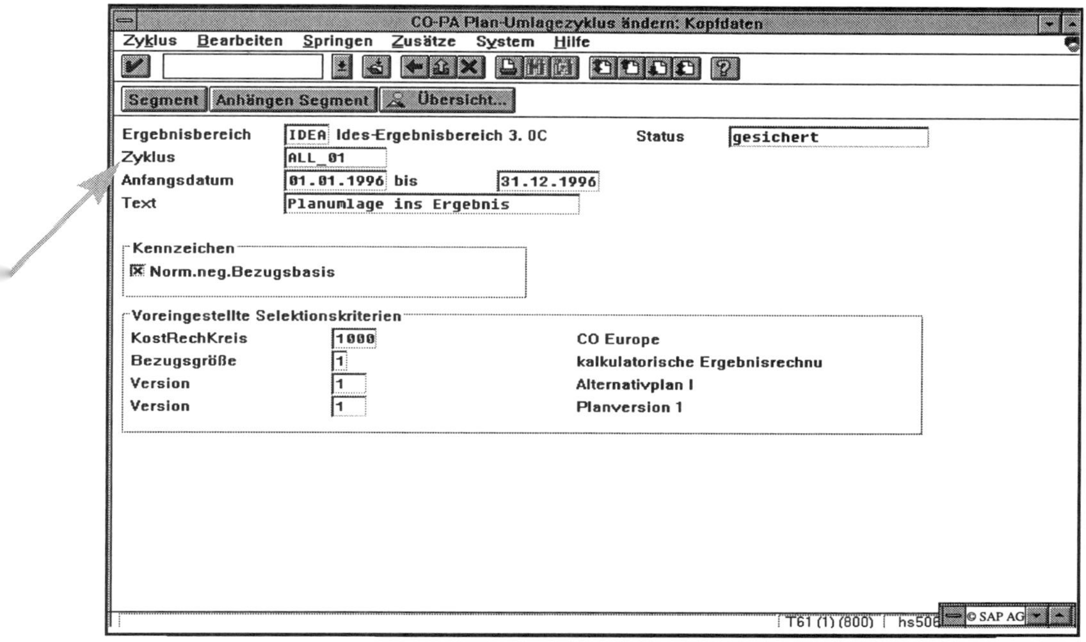

Abb. 8.10-6: Umlagezyklus

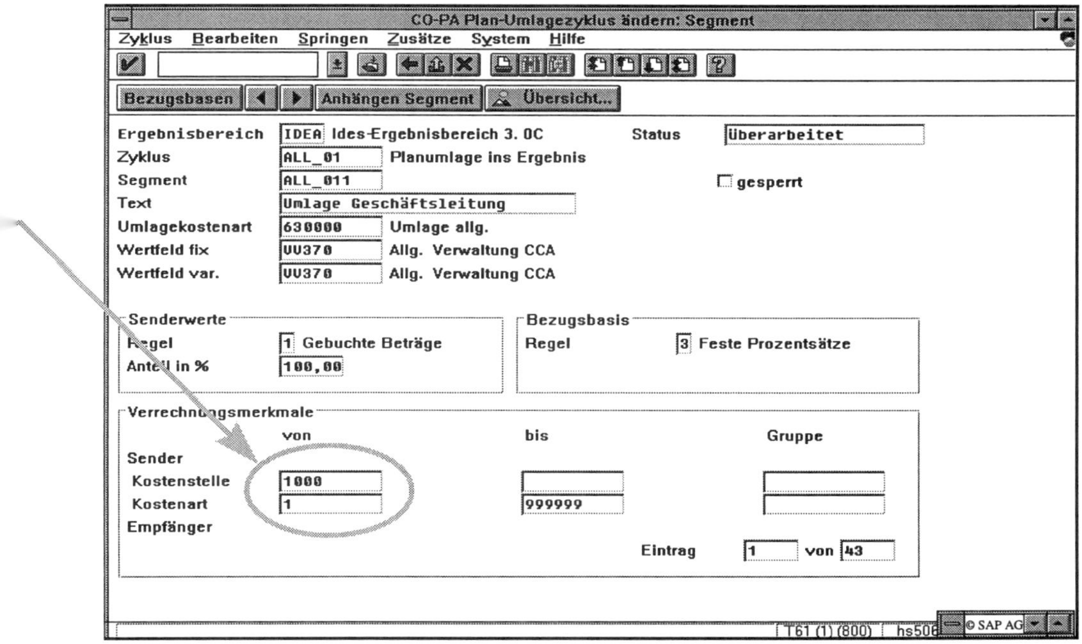

Abb. 8.10-7: Kostenstelle Geschäftsleitung zur Umlage

8.11 Prozeß: Materialstammbearbeitung aus Sicht der Produktionsplanung

8.11.1 Betriebswirtschaftliche Beschreibung

Der Materialstamm ist ein zentrales Grunddatum innerhalb der Produktionslogistik. Dieses Grunddatum hat vielfältige Beziehungen zu anderen wesentlichen Grunddaten, die für eine effiziente und richtige Produktionsplanung notwendig sind. Mit Material werden allgemein alle eingesetzten und erzeugten Leistungen eines Industriebetriebes charakterisiert. Ein Material kann aber auch eine Handelsware, z. B. im Einzel-, Zwischen- (Distributions-) oder Großhandel sein. Identifizierendes Merkmal eines Materials ist die eindeutig vergebene Materialnummer. Neben dem identifizierenden Datum (Sachnummer) werden dem Material beschreibende Informationen beigefügt (vgl. Kilger 1986, S. 284-296). Die Vertriebslogistik interessiert z. B. die Artikelbezeichnung, der Verkaufspreis und teilebezogene Rabattsätze, für die Kalkulation sind z. B. die zugrundeliegenden Kostensätze relevant, und die Beschaffungslogistik benötigt Informationen über die Wiederbeschaffungszeiten und die Bestellmenge zwecks Erzielung des besten Preises und der geringsten Lagerkosten. Die vielfältigen Integrationsbeziehungen des Materials, die innerhalb der Leistungserstellung von Bedeutung sind, werden im folgenden im Überblick dargestellt und auf die entsprechenden betroffenen Prozeßbereiche verwiesen.

Die strukturellen Beziehungen zwischen verschiedenen Materialien, die in eine Baugruppe oder in ein Endprodukt eingehen, werden in der Stückliste abgelegt, die angibt, ob ein Material über- oder untergeordnet zu einem anderen Material bzw. einer Baugruppe ist. Neben den strukturellen Beziehungen sind dort auch die eingehenden Mengen, die für die Produktion eines Enderzeugnisses oder einer Baugruppe benötigt werden, sowie die Angabe von Vorlaufzeiten für die einzelnen Komponenten festgehalten (vgl. Kapitel 8.12). Die geometrischen Zusammenhänge zu einem Material werden in der Zeichnung gespeichert. Daneben können zur Beschreibung eines Materials aber auch weitere Dokumente, wie z. B. eine Patentschrift, vorhanden sein (vgl. Glaser et al. 1991, S. 10-13).

Der Informationsgehalt einer Zeichnung umfaßt:

- *geometrische Angaben*
  Abmessungen, Schnitte, Ansichten
- *technologische Angaben*
  Formtoleranzen, Lagetoleranzen, Oberflächenbeschaffenheit
- *zeichnungsbezogene organisatorische Angaben*
  Zeichnungsnummer, Bearbeiter, Erstellungsdatum, Verweis auf dazugehörige Detailzeichnungen
- *sachbezogene organisatorische Angaben*
  Identifizierungsnummer, Klassifikationsnummer, Bezeichnung

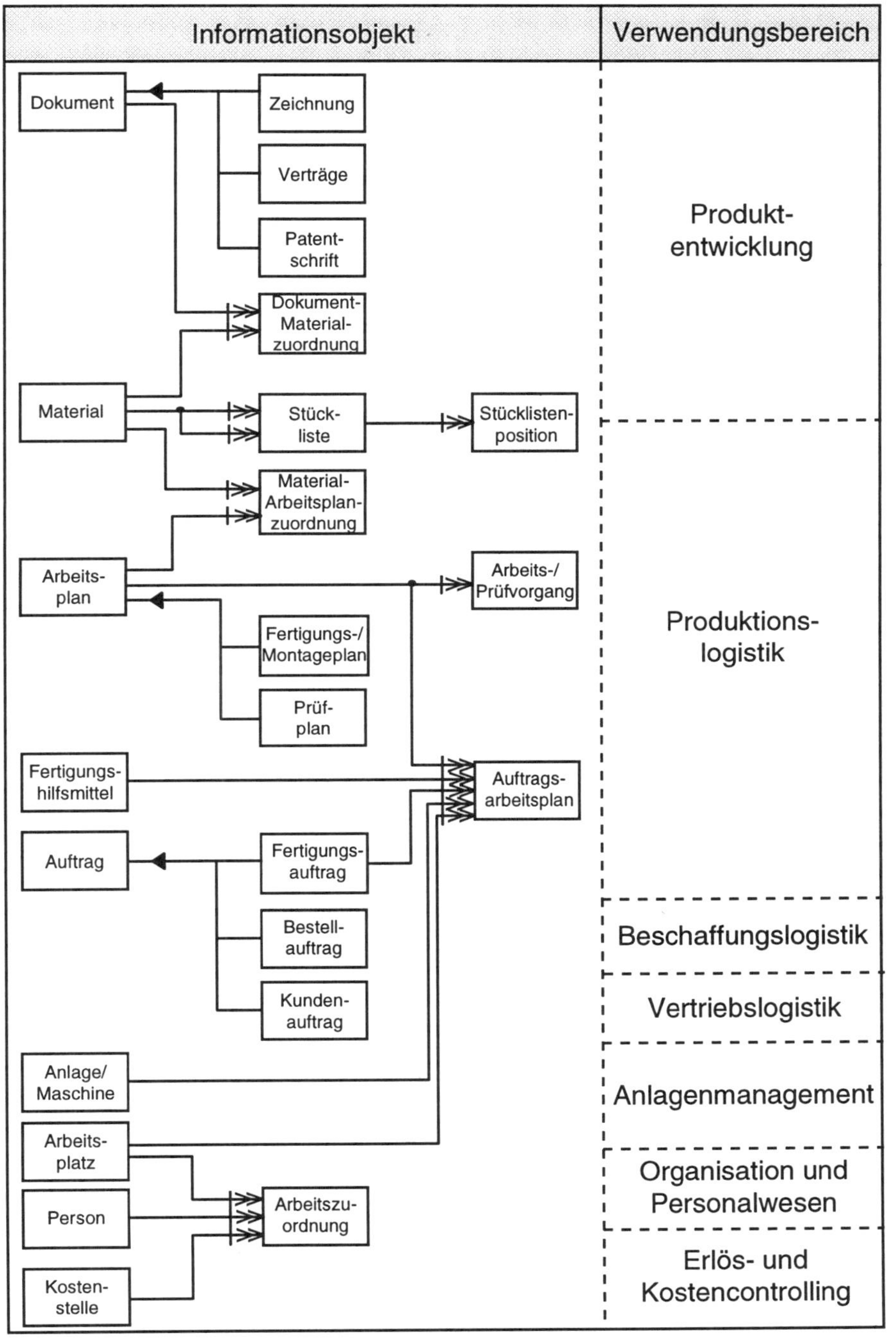

Abb. 8.11-1: Strukturelle Beziehungen von wichtigen Informationsobjekten

Während Material, Stückliste und Zeichnung Eigenschaften eines Materials, einer Baugruppe oder eines Enderzeugnisses beschreiben, ist in dem Arbeitsplan festgelegt, wie ein Werkstück oder Eingangsmaterial von seinem Rohzustand in seinen End- bzw. Fertigzustand umgewandelt wird (vgl. Kapitel 8.14). Bedingt durch die steigenden Anforderungen der Produzentenhaftung gewinnen neben den Fertigungsanweisungen auch zunehmend sowohl die Gewährleistung der technischen Sicherheit des Produkts als auch die Einsatztauglichkeit beim Kunden an Bedeutung. Analog zu den Fertigungsarbeitsplänen werden hierzu spezielle Prüfpläne erstellt. Die Analogien in der Erstellung und den Datenstrukturen erlauben es, Prüfpläne wie Arbeitspläne zu betrachten oder die prüfrelevanten Daten direkt in einem gemeinsamen Arbeitsplan zu führen.

Arbeitspläne können unterschiedlich, z. B. auftragsneutral oder auftragsspezifisch, geführt werden. Vor der Produktion müssen sie im ersten Fall einem konkreten Fertigungsauftrag zugeordnet werden. Dort wird angegeben, mit welchen Maschinen (z. B. Drehmaschine) und Fertigungshilfsmitteln (z. B. Werkzeuge, Vorrichtungen), an welchem Arbeitsplatz (z. B. Fertigungsgruppe Müller) die einzelnen Arbeitsvorgänge des Arbeitsplans durchgeführt werden.

Für einzelne Arbeitsplätze können unterschiedliche Mitarbeiter definiert sein. Zum Beispiel kann ein Mitarbeiter mit der Ausbildung eines Universalfräsers für NC-gesteuerte, CNC-gesteuerte und manuell gesteuerte Fräsmaschinen zuständig sein. Ebenso ist im Mehrschichtbetrieb für einen Arbeitsplatz die Definition und Zuordnung von mehreren Personen erforderlich (vgl. Kapitel 8.13).

Einzelne Arbeitspläne können zu kalkulatorischen und verwaltungstechnischen Zwecken zu Kostenstellen zusammengefaßt werden, z. B. bestimmte Werkstattbereiche (vgl. Kapitel 8.4).

8.11.2 SAP-spezifische Beschreibung

Ein Material wird im R/3-System generell auf Werksebene disponiert, d. h. zum Beispiel für eine Produktionsstätte. Neben den für alle Bereiche maßgebenden Attributen, z. B. Materialart, Branche und Nummernkreis (vgl. Kapitel 8.8), sind zur Unterstützung der Planungszwecke in der Produktionsplanung spezifische Attribute im R/3-System angebbar. Die Vielzahl der aus Sicht der Produktionslogistik durchzuführenden Aufgaben der Planung, Arbeitsvorbereitung und Fertigungsdurchführung unterstützt das R/3-System durch die Angabe unterschiedlichster Attribute. Zur Unterstützung der verschiedenen Tätigkeiten können im R/3-System verschiedene Sichten gebildet werden, und der Anwender erhält lediglich die für sein Aufgabengebiet relevanten Eingabemöglichkeiten. Innerhalb der Produktionsplanung können z. B. die Sichten zur Konstruktion, Disposition, Arbeitsvorbereitung, Kalkulation (vgl. Kapitel 8.8), Prognose und zum Einkauf (vgl. Kapitel 8.20) von Bedeutung sein (vgl. SAP – Materialwirtschaft 1996, S. 3.5-3.8).

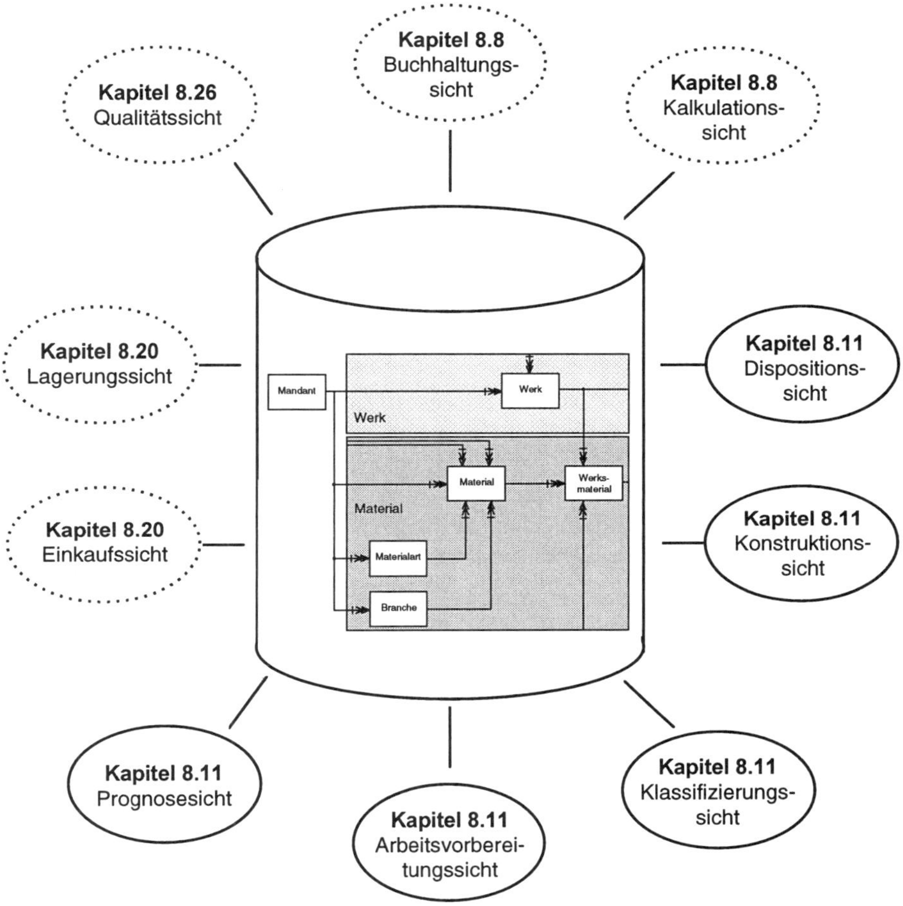

Abb. 8.11-2: Produktionsplanungssicht zum Material

In der *Dispositionssicht* wird bestimmt, wie ein Material beschafft und innerhalb der Produktion geplant und gesteuert wird. Die Definition der *Beschaffungsart* gibt dabei an, ob ein Material fremdbeschafft oder eigenproduziert wird bzw. beide Fälle möglich sind. Mit der Eingabe eines Wertes im Feld Disponent wird die Zuständigkeit zu einem Material festgelegt. Das *Dispositionsmerkmal* gibt an, ob ein Material plan- oder verbrauchsgesteuert (stochastische Disposition, Bestellpunktdisposition) disponiert werden soll (vgl. Kapitel 8.18). Weitere Attribute in der Dispositionssicht sind die Strategiegruppe, die zur Unterstützung von unterschiedlichen Planungsanforderungen auf Endproduktebene für die Unternehmenstypen *Kundeneinzelfertigung*, *Anonyme Lagerfertigung* und *Losfertigung für Kunden- und Lageraufträge* sowie zur Berücksichtigung von Planungsanforderungen auf untergeordneten Stufen (z. B. *Vorplanung mit Endmontage*, *Vorplanung auf Baugruppenebene*) dient. Darüber hinaus kann über das Auslaufkennzeichen gesteuert werden, wann ein Material nicht mehr benutzt werden darf.

Die *Konstruktionssicht* ermöglicht die Angabe von produktbeschreibenden Daten, wie z. B. Bruttogewicht mit Gewichtseinheit, Volumen mit Volumeneinheit sowie einen Verweis zur Konstruktionszeichnung. Mit Hilfe des Dokumentenverwaltungssystems können in dieser Sicht zum einen die Konstruktionszeichnungen verwaltet werden, zum anderen ist es möglich, zu einem Material mehrere Konstruktionszeichnungen zu hinterlegen.

Die *Klassifizierungssicht* dient dazu, bestimmte Materialien mit gleichen oder ähnlichen Eigenschaften in Gruppen zusammenzufassen und diese aufgrund bestimmter Merkmale zu kategorisieren. Die Klassifizierung wird im R/3-System durch ein modul- und fachbereichsübergreifendes Klassifizierungssystem unterstützt, in welchem neben Materialien auch Kunden, Lieferanten etc. klassifiziert werden können. Bei der Klassifizierung von Materialien ist es erlaubt, ein bestimmtes Material mehreren Klassen zuzuordnen.

In der *Arbeitsvorbereitungssicht* können relevante Daten für die Fertigungsdurchführung angegeben werden. Wichtig ist hierbei die Festlegung der Eigenfertigungszeit pro Arbeitsgang, die entweder losgrößenunabhängig als komplette Zeitgröße oder losgrößenabhängig differenziert in den Teilen Rüst-, Übergangs- und Bearbeitungszeit angegeben werden kann. Für den Fall, daß das Material chargenpflichtig ist, wie z. B. in der Chemie und der Nahrungs- und Genußmittelindustrie, kann das Material explizit gekennzeichnet werden. Darüber hinaus sind Toleranzen für erlaubte Über- und Unterlieferungen im Fertigungsbereich angebbar.

In der *Prognosesicht* wird festgelegt, wie die Verbrauchsprognose durchgeführt werden soll. Dabei wird normalerweise bei Entnahmen im Lager der Verbrauch fortgeschrieben. Dieser wird differenziert in einen Gesamtverbrauch und in einen ungeplanten Verbrauch. Bei verbrauchsgesteuerten Materialien wird immer der Gesamtverbrauch fortgeschrieben, d. h. die Summe aus geplantem und ungeplantem Verbrauch. Die Fortschreibung des ungeplanten Verbrauchs erfolgt bei plangesteuerten Materialien in folgenden Fällen:

- wenn Ware vom Lager entnommen wird, ohne daß eine Reservierung vorliegt
- wenn aufgrund einer Reservierung Ware vom Lager entnommen werden soll, die entnommene Menge aber höher als die Reservierung ist

Mit Hilfe des Periodenkennzeichens kann angegeben werden, in welchen Periodenrastern die Prognose- und Verbrauchswerte geführt werden sollen. Mit Hilfe des Prognoseprofils wird festgelegt, wie der Bedarf eines Materials prognostiziert wird. Als Prognosemodelle sind im R/3-System das Konstantmodell, das Trendmodell, das Saisonmodell und das Trendsaisonmodell realisiert (vgl. Kapitel 8.18).

8.11.3 Anwendung des Prozesses

In der Modellfirma werden Materialien für verschiedene Hauptplatinen angelegt. In der ausgewählten Dispositionssicht werden die vorhandenen Grunddaten mit den für die Produktion relevanten Daten ergänzt. Bei der Anlage des Materialstammsatzes können verschiedene Fälle auftreten:

- Der Materialstammsatz wird neu angelegt, wenn für das zu Definierende noch kein Materialstammsatz existiert.
- Der Materialstammsatz wird im Rahmen des Anlegens erweitert, wenn er existiert und um die Daten für einen neuen Fachbereich (Sicht) ergänzt werden soll, die Sicht aber noch nicht vorhanden ist.
- Der Materialstammsatz wird im Rahmen des Anlegens erweitert, wenn die Daten für einen Fachbereich existieren, diese aber für eine neue Organisationseinheit benötigt werden.
- Der Materialstammsatz wird geändert, wenn in einer vorhandenen Sicht neue oder veränderte Daten eingegeben werden müssen.

Darüber hinaus kann bei Vorhandensein eines ähnlichen Materials auf eine Vorlage referenziert, die Daten des vorhandenen Materials als Vorschlagswerte kopiert und die kopierten Daten überschrieben werden. Alle Änderungen im Materialstamm werden protokolliert, z. B. Datum der Änderung oder Name des Änderers. In der in der Modellfirma vorhandenen Dispositionssicht werden die angelegten Grunddaten mit den für die Produktion relevanten Daten ergänzt. Im ersten Bildschirmbild wird unter anderem über das Dispositionsmerkmal festgelegt, nach welchem Verfahren die Hauptplatine DPC 1101 disponiert wird, über das Feld Disponent wird bestimmt, wer für die Disposition des Materials verantwortlich ist, über das Feld Dispolosgröße wird definiert, mit welchem Verfahren die Losgröße für einen Bedarf ermittelt werden soll, und über die Strategiegruppe wird eingestellt, nach welchen Planungsstrategien ein Material geplant werden kann.

Die Hauptplatine wird auf Basis der plangesteuerten Disposition disponiert, weshalb das Dispomerkmal PD eingegeben wird. Da es sich bei der Modellfirma um einen Losfertiger auf Lager handelt, wird in der Dispositionssicht die Strategiegruppe mit dem Parameter 30 eingestellt. Zusätzlich müssen für die spätere Produktion noch einige Daten der Arbeitsvorbereitung belegt werden, speziell für die losgrößenabhängige Fertigungszeit die Angabe der Rüst-, Bearbeitungs- und Übergangszeit.

8.11.4 Navigationsinformationen

- *Menüpfad*
  Logistik -> Materialwirtschaft -> Materialstamm -> Material -> Anlegen -> allgemein-Sichten
- *Transaktionscode*
  MM01
- *Eingehende Prozeßverbindungen im R/3-Referenzmodell*
  Fertigungshilfsmittel-Bearbeitung
- *Ausgehende Prozeßverbindungen im R/3-Referenzmodell*
  Fertigungsversionsbearbeitung

Dispositionsmerkmal
Damit legen Sie fest, wie das Material disponiert wird. In diesem Falle geben Sie das Merkmal für plangesteuerte Disposition ein.

Strategiegruppe
Die Strategiegruppe ist ein Schlüssel, der für das Material die zulässigen Planungsstrategien zusammenfaßt und festlegt.

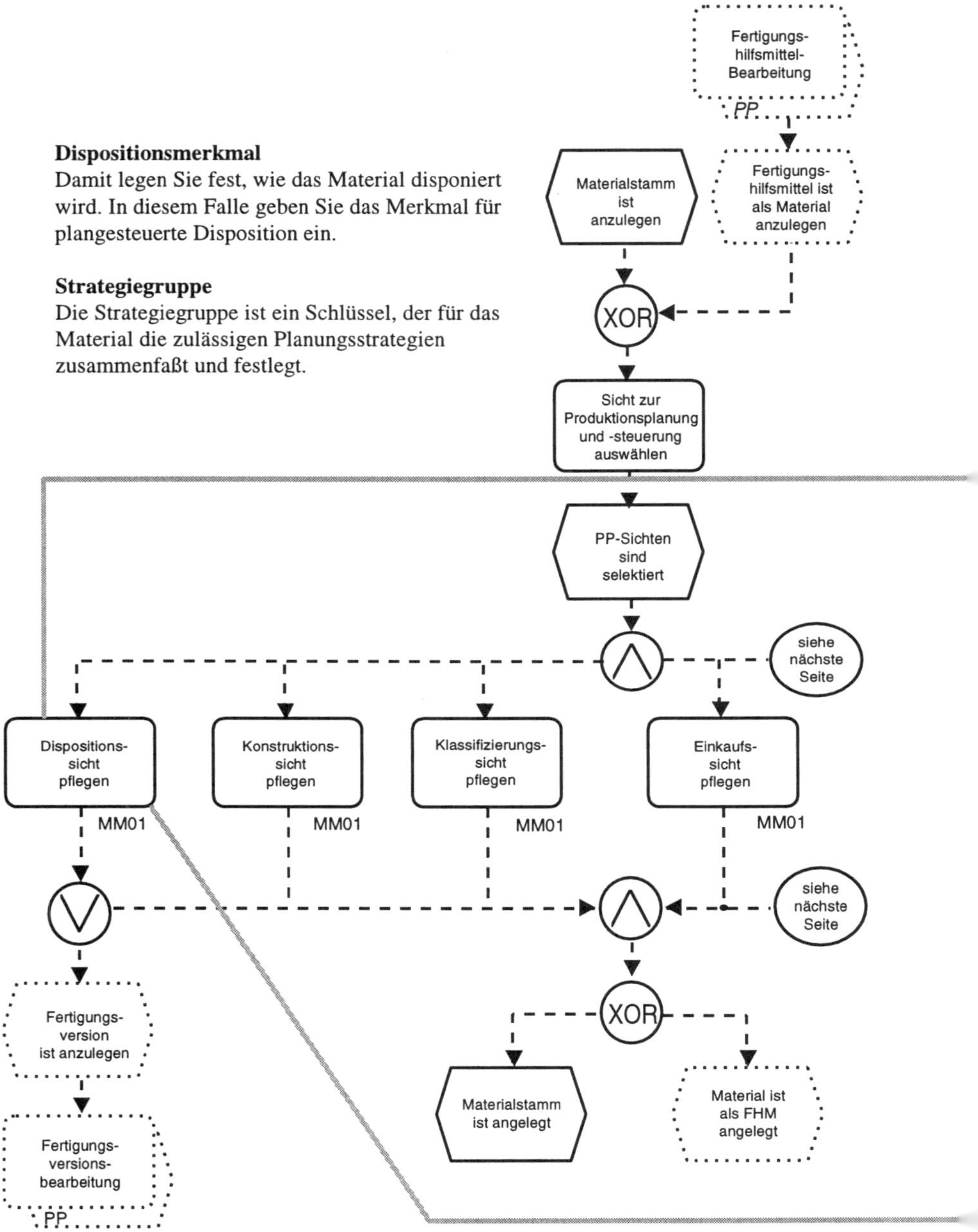

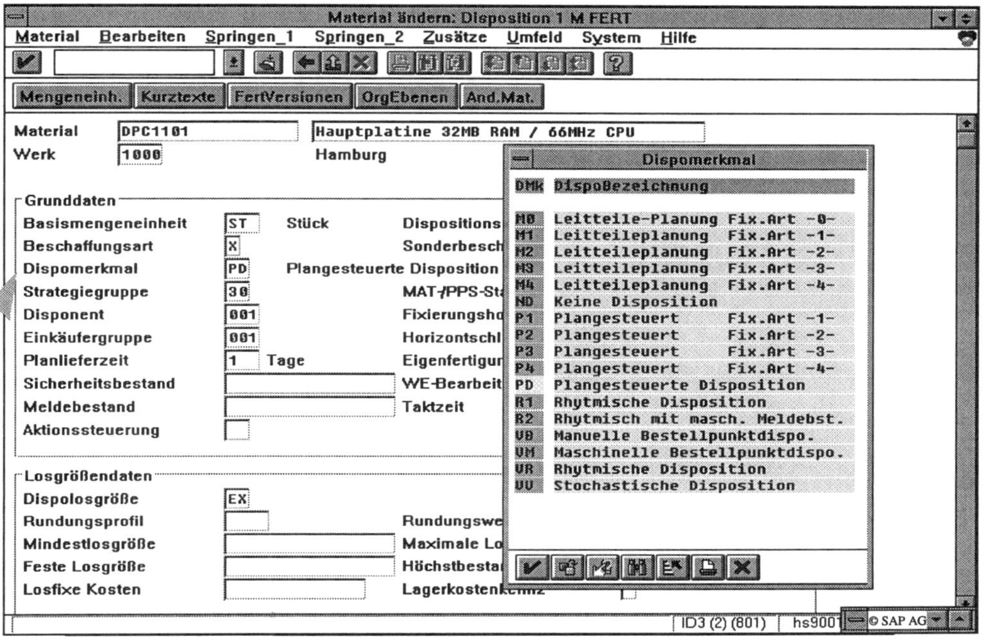

Abb. 8.11-3: Einstellung zu einer plangesteuerten Disposition

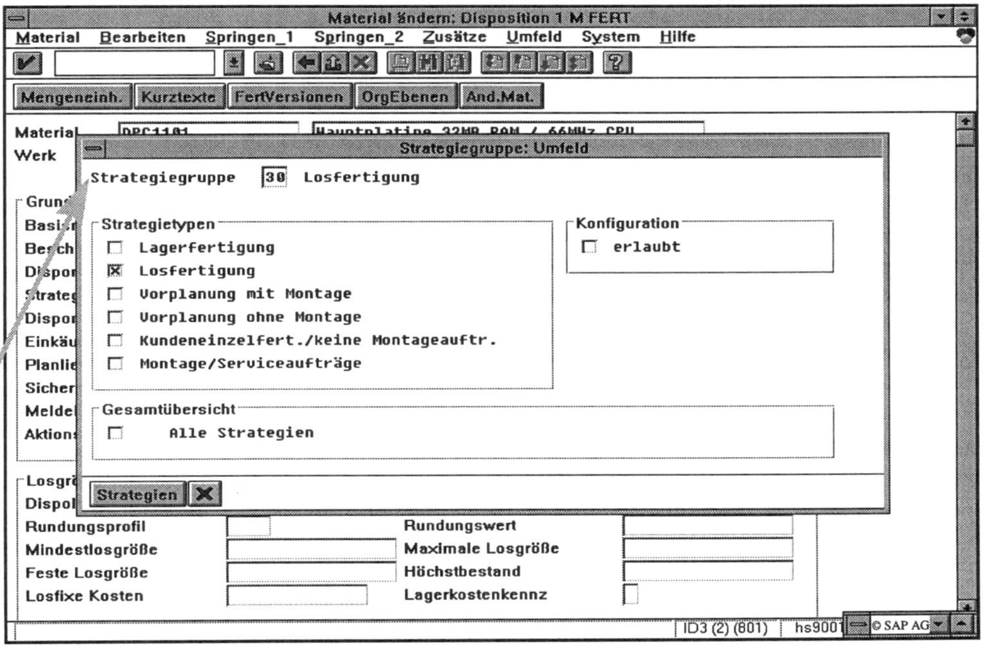

Abb. 8.11-4: Strategiegruppe ist für eine Losfertigung festgelegt

Grunddaten der Arbeitsvorbereitung
Sie können eine von der Basismengeneinheit abweichende Ausgabemengeneinheit und Fertigungsmengeneinheit erfassen, einen Fertigungssteuerer, ein Fertigungssteuererprofil und einen MAT-/PPS-Status. Darüber hinaus können Sie einen Produktionslagerort spezifizieren und das Material als kritisches Teil kennzeichnen.

Chargen
Soll das Material in Chargen geführt werden, müssen Sie das Material als chargenpflichtig kennzeichnen. Nur wenn dieses Kennzeichen gesetzt ist, ist das Anlegen von Chargenstammsätzen möglich.

Toleranzdaten
Sie können die Grenzwerte für Unterlieferungen und Überlieferungen im Fertigungsbereich festlegen.

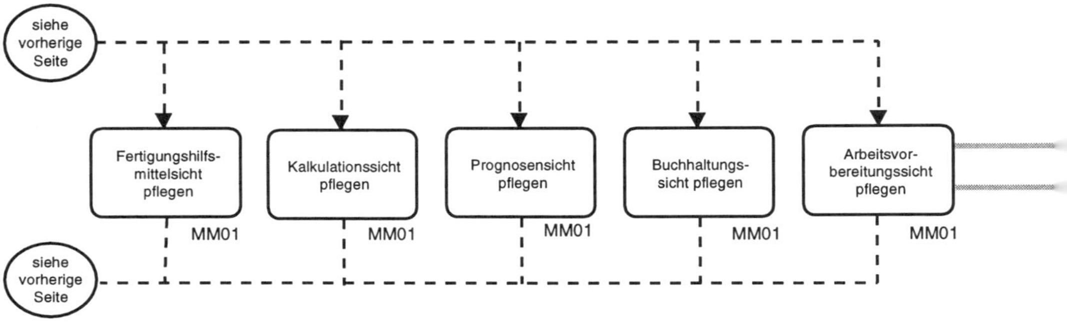

Relevante Zeiten der Arbeitsvorbereitung
Sie haben folgende Möglichkeiten. Entweder erfassen Sie im Bereich Eigenfertigungszeit losgrößenabhängig Rüstzeit, Übergangszeit und Bearbeitungszeit für das Material sowie die Basismenge, auf die sich die Bearbeitungszeit bezieht, oder Sie erfassen im Bereich Eigenfertigungszeit losgrößenunabhängig die komplette Zeitangabe.

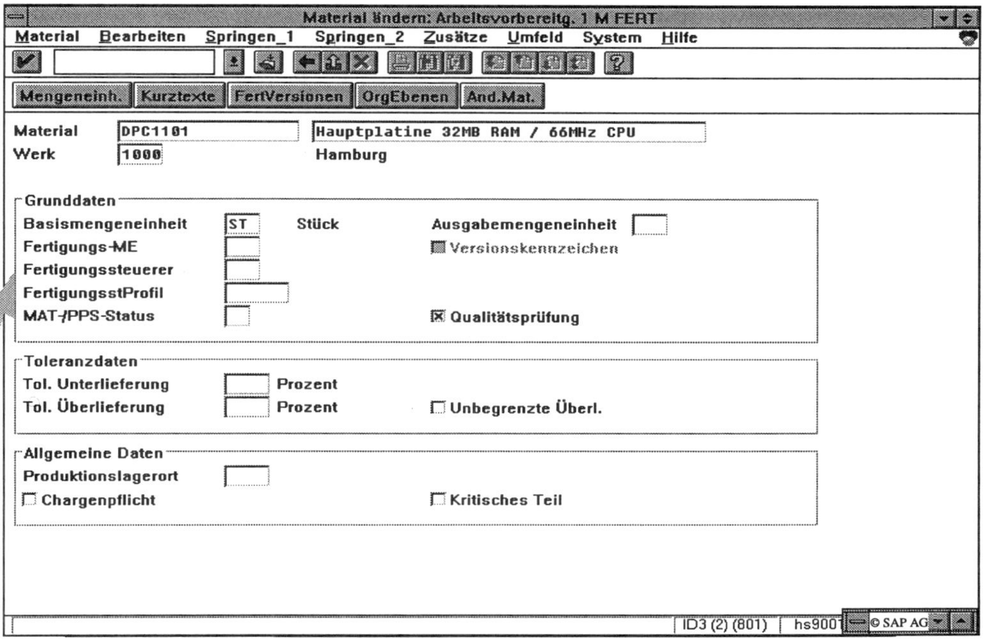

Abb. 8.11-5: Grund- und Toleranzdaten der Arbeitsvorbereitung

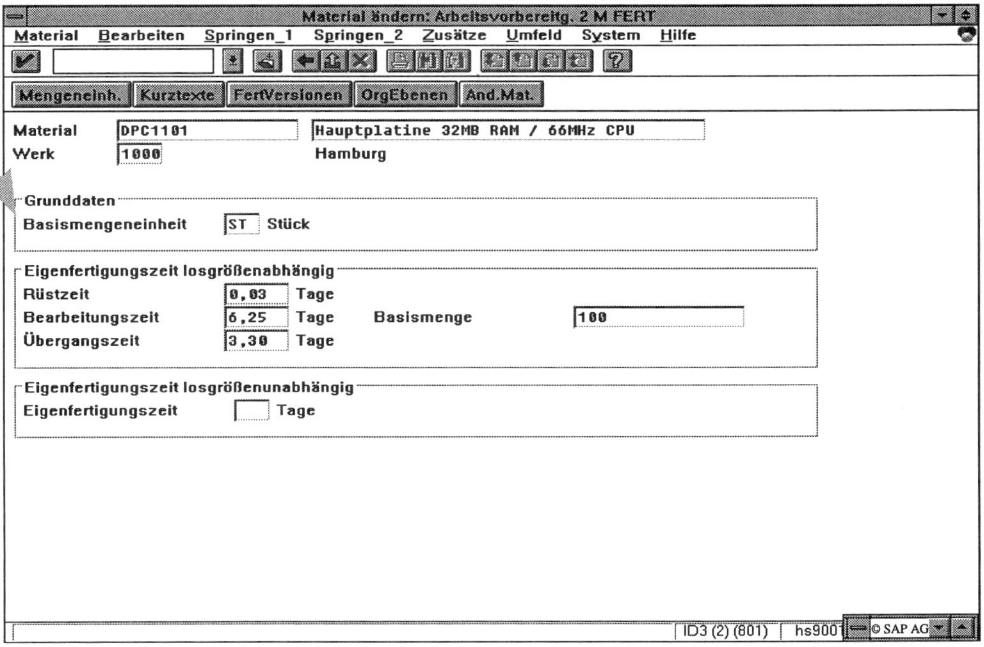

Abb. 8.11-6: Relevante Zeiten der Arbeitsvorbereitung

8.12 Prozeß: Materialstücklistenbearbeitung

8.12.1 Betriebswirtschaftliche Beschreibung

Ebenso wie beim Materialstamm können auch in der Stückliste Informationen für verschiedene Fachbereiche enthalten sein. Die Stückliste enthält die Menge aller Komponenten, wie Baugruppe, Einzelteile und Rohstoffe, die für die Fertigung eines Enderzeugnisses oder einer Baugruppe notwendig sind, sowie in Abhängigkeit von der entsprechenden Stücklistenart die strukturellen Beziehungen der einzelnen Komponenten zueinander (vgl. Eversheim 1989, S. 26). Der Begriff Stückliste findet Anwendung in Industriebetrieben mit stückorientierter Produktion; in Industriebetrieben mit prozeßorientierter Fertigung (z. B. Nahrungs- und Genußmittelindustrie, Chemie, Pharmazie) wird der Begriff Rezept verwendet.

Zur Durchführung der Bedarfsplanung (Stücklistenauflösung) werden z. B. Informationen über die Dispositionsstufe, Menge und Vorlaufverschiebung, für die Arbeitsplanung Mengenangaben bei der Erstellung von Montagearbeitsplänen und für die Kalkulation Mengenangaben zur Kostenermittlung benötigt. Die Konstruktion nutzt Stücklisteninformationen als Grundlage zur Durchführung von Änderungen, und der Vertrieb nutzt sie als Basis für das Ersatzteilegeschäft.

In vielen Industrieunternehmen spielt dabei die Verwaltung und der Abgleich von Konstruktions- und Fertigungsstückliste eine zentrale Rolle. In der Produktentwicklung werden in Anlehnung an die Zeichnung die Erzeugnisse nach funktionalen Gesichtspunkten gegliedert, während für die Fertigungsstückliste eine Gliederung nach dem Fertigungsablauf maßgebend ist. Zum Beispiel kann aus Konstruktionsgesichtspunkten heraus der Auspuff als Bestandteil der Verbrennungsanlage (Motor) angesehen werden, aus Montagegesichtspunkten gehört der Auspuff als Bestandteil zum Karosserieunterteil. „Die konstruktionsimmanente Vorgehensweise nach den Regeln der Morphologie sowie die meist aufgabenspezifische Unterteilung nach z. B. mechanischer, hydraulischer und elektrischer/elektronischer Konstruktion führen zu einer nach funktionalen Kriterien gegliederten Produktstruktur. Diese im Stücklistensystem dokumentierten Stamm- und Strukturinformationen genügen nicht den Strukturinformationen der übrigen an der Auftragsplanung und -durchführung beteiligten Unternehmensbereiche“ (Eversheim 1990, S. 120). Es kann deshalb erforderlich sein, Konstruktions- und Fertigungsstückliste parallel zu führen. Bei Änderungen ist dann allerdings zur Wahrung der Konsistenz eine fachbereichsübergreifende Abstimmung durchzuführen. Stimmen die Stücklisten trotz unterschiedlicher Gliederungskriterien in vielen Teilen überein, so bietet es sich an, sie wie Varianten zu behandeln.

Neben der Differenzierung von Stücklisten nach ihrem Verwendungszweck erfolgt eine Unterscheidung von Stücklisten nach ihrem Aufbau. In ihrem Grundprinzip werden Stücklisten nach ihren Stufen und ihrem Strukturierungsgrad differenziert. In Abhängigkeit der Produktstruktur – häufig auch Erzeugnisstruktur genannt – unterscheidet man ein- und mehrstufige Stücklisten. Bei einstufigen Stücklisten wird die verkaufsfähige Baugruppe oder das Endprodukt direkt aus den Rohmaterialien (z. B. Fertigung von Schrauben) oder Einkaufsteilen (z. B. Bestückung von Leiterplatten) gefertigt. Bei mehrstufigen Stücklisten erfolgt die Produktion über mehrere zu planende Fertigungs- und Montagestufen. Ein Rohmaterial fließt zunächst in eine Baugruppe ein, die dann wiederum in das Endprodukt eingeht. Bei unstrukturierten Stücklisten wird lediglich die Menge der benötigten Komponenten (als Mengenübersichtsstückliste) angegeben. Bei strukturierten Stücklisten werden die Strukturbeziehungen zwischen den einzelnen Komponenten aufgeführt. Auf Basis dieser zwei genannten Grundprinzipien werden unter anderem folgende Stücklistenarten unterschieden (vgl. Eversheim 1989, S. 26-30; vgl. Glaser et al. 1991, S. 13-30; vgl. Hackstein 1989, S. 133-150; vgl. Scheer 1990, S. 79-113):

- *Baukastenstückliste*
  Die Baukastenstückliste beinhaltet Baugruppen und Einzelteile, die der direkt untergeordneten Ebene zugeordnet sind. Die Mengenangaben beziehen sich immer auf die im Stücklistenkopf genannte Baugruppe. Aufgrund der Darstellung der Stückliste auf insgesamt zwei Ebenen bleibt eine einfache Überschaubarkeit gewährleistet. Der Gesamtzusammenhang von mehrteiligen Erzeugnissen, die mehrere Baugruppen auf verschiedenen Dispositionsebenen beinhalten, kann allerdings nur über die Ausgabe in Form einer Strukturstückliste aufgezeigt werden.

- *Strukturstückliste*
  Die Strukturstückliste zeigt den inneren Aufbau eines Erzeugnisses auf, also die logischen Beziehungen einer Erzeugnisstruktur. Die Strukturstückliste zeigt für die im Stücklistenkopf genannte Komponente (Baugruppe oder Enderzeugnis) alle eingehenden Baugruppen und Einzelteile mit der entsprechenden Mengenangabe auf allen Gliederungsebenen auf.

- *Mengenübersichtsstückliste*
  Bei einer Mengenübersichtsstückliste werden für die im Stücklistenkopf genannten Komponenten (Baugruppe oder Enderzeugnis) alle Mengenangaben der eingehenden, untergeordneten Baugruppen und Einzelteile ohne Strukturinformationen aufgeführt.

- *Variantenstückliste*
  Variantenstücklisten dienen zur Abbildung von ähnlichen Erzeugnisstrukturen, bei denen sich die Variantenunterschiede auf wenige Stücklistenpositionen konzentrieren. Ziel ist es, daß nicht für jeden Variantentyp ein kompletter Datensatz angelegt werden muß und somit der Speicher- oder Pflegeaufwand auf ein Mindestmaß reduziert werden kann.

Die Nutzung einer bestimmten Stücklistenart hängt unter anderem von ihrem Verwendungszweck ab. Strukturstücklisten werden primär im Rahmen der Stücklistenauflösung benötigt und finden häufig Anwendung in Maschinenbaubetrieben, wie z. B. dem Sonder- und Großmaschinenbau. Mengenübersichtsstücklisten werden häufig zu Kalkulationszwecken, bei einfachen Fertigungs- und Montagestrukturen sowie bei der Bedarfserzeugung, wo lediglich die Mengen für Einzelteile und Rohstoffe ermittelt werden sollen, angewendet. Baukastenstücklisten finden häufig Anwendung in Maschinenbaubetrieben, wie z. B. Hersteller von teilstandardisierten Produktfamilien, oder bei mehrstufigen Serienerzeugnissen mit hohem Standardisierungsgrad. Variantenstücklisten werden z. B. bei

Maschinenbaubetrieben, deren Produktspektrum auf ähnlichen Erzeugnissen mit hohem Gleichanteil beruht, angewendet. Hierzu zählen Maschinenbaubetriebe mit anbieterspezifischen Varianten.

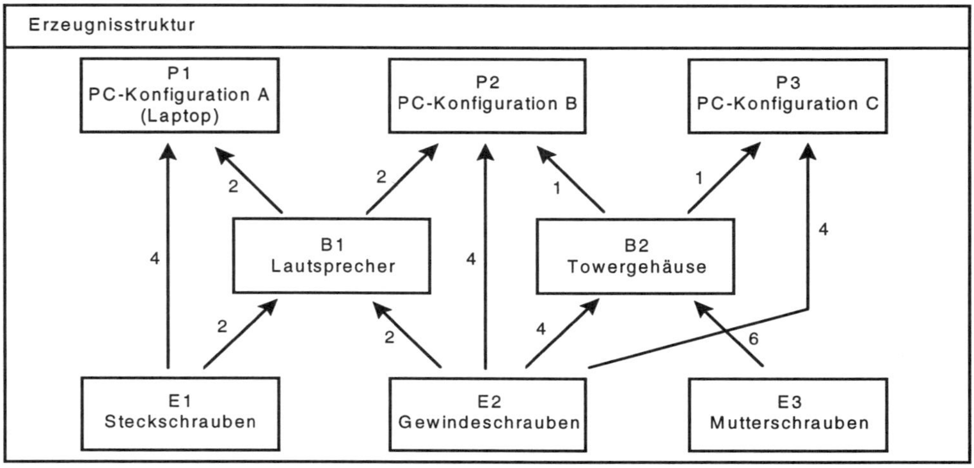

Baukastenstückliste

P1 Material	P1 Menge	P2 Material	P2 Menge	P3 Material	P3 Menge
B1	2	B1	2	B2	1
E1	4	B2	1	E2	4
		E2	4		

Strukturstückliste

P1 Material	P1 Menge	P2 Material	P2 Menge	P3 Material	P3 Menge
.B1	2	.B1	2	.B2	1
..E1	2	..E1	2	..E2	4
..E2	2	..E2	2	..E3	6
.E1	4	.B2	1	.B2	4
		..E2	4		
		..E3	6		
		.E2	4		

Mengenübersichtsstückliste

P1 Material	P1 Menge	P2 Material	P2 Menge	P3 Material	P3 Menge
B1	2	B1	2	B2	1
E1	8	E2	1	E2	8
E2	4	E1	4	E3	6
		E2	12		
		E3	6		

Abb. 8.12-1: Erzeugnisstruktur und Stücklistenarten

Während die Stückliste analysiert, zu welcher im Stücklistenkopf genannten Komponente welche untergeordneten Elemente eingehen, ist es für bestimmte Situationen auch notwendig zu betrachten, welche Komponente in welche übergeordnete Komponente eingeht. Der Teilverwendungsnachweis zeigt auf, welche untergeordneten Teile in welche übergeordneten Teile eingehen. Zum Beispiel benötigt der Konstrukteur bei Änderungen diese Informationen, um abzuschätzen, inwieweit sich eine konstruktive Änderung eines Standardelements auf andere Komponenten auswirkt. Ebenso kann bei Fertigungsschwierigkeiten ermittelt werden, welche übergeordneten Fertigungsprozesse davon betroffen sind, und es können präventive Maßnahmen ergriffen werden.

8.12.2 SAP-spezifische Beschreibung

Die Stücklisten werden im R/3-System in der Produktionsplanung definiert. Der Aufbau der Stückliste besteht aus einem Kopfteil, in dem z. B. die Werkszugehörigkeit, die Gültigkeitsdauer und der Status (freigegeben, gesperrt für Fertigung) angegeben ist, und einem Positionsteil. Der Positionstyp unterteilt die Position in verschiedene Klassen. Einige der Positionstypen sind dabei planungs- und fertigungsrelevant, andere besitzen lediglich informativen Charakter. Stücklisten können im SAP-System verschiedene Objekte (z. B. Material, Equipment, Technische Plätze, Dokumente) abbilden. Wesentliche im R/3-System vordefinierte Positionstypen sind z. B.:

- ***L** für Lagerposition*
  Lagerpositionen beinhalten Komponenten, die gelagert werden können und in die Bestandsführung eingehen. Die Parametrisierung (vgl. Abb. 8.12-1) läßt auch eine Untergliederung der Positionen zu. Zum Beispiel unterscheiden sich Teilmengen einer Stücklistenposition unter Umständen durch ihren Einbauort. Die verschiedenen Einbauorte werden dann in Unterpositionen abgebildet. Unterpositionen haben in der Stückliste keine operative Bedeutung und werden nicht in den Fertigungsauftrag übernommen.

- ***N** für Nichtlagerposition*
  Nichtlagerposition bedeutet, daß das Material am Lager vorbei direkt für einen Fertigungsauftrag beschafft wird. Folglich hat eine Nichtlagerposition immer eine integrative Beziehung zum Einkauf. Enthält die Stückliste eine Nichtlagerposition, zu der eine Kostenart erfaßt wurde, so findet eine Kontenprüfung statt. Handelt es sich bei der Kostenart um Primärkosten, wird überprüft, ob das Sachkonto in dem ermittelten Buchungskreis existiert. Das System findet den Buchungskreis aufgrund der Eingabe für das Werk, dem die Stückliste zugeordnet werden soll, sowie aus dem sich daraus ergebenden Bewertungskreis. Sekundärkosten werden nur in der Kostenrechnung gepflegt.

- ***R** für Rohmaßposition*
  Bei Angabe dieses Positionstyps kann aufgrund der angegeben Rohmaße und einer eventuell abgelegten Berechnungsformel automatisch die benötigte Rohteilmenge ermittelt werden.

- ***I** für IH-Strukturelement*
  In einer Instandhaltungsstückliste gibt es Positionen, die der konstruktiven Strukturie-

rung des Equipments dienen (IH-Baugruppe). Für diese Materialien sind keine Werksdaten erforderlich. Daher wird für Materialien mit dem Positionstyp *IH-Strukturelement* keine Werksprüfung durchgeführt. Positionen mit diesem Positionstyp sollten nur in Instandhaltungsstücklisten (z. B. Equipmentstückliste, instandhaltungsrelevante Materialstückliste, Technische-Platz-Stückliste) verwendet werden.

- ***T** für Textposition*
  Die Textposition hat beschreibenden Charakter. Es können an diesen Typ unterschiedliche Texte angeschlossen werden.

- ***M** für Intramaterial*
  Dieser Positionstyp ist für die Prozeßindustrie (Planungsrezept) von Bedeutung. Materialien, die in einem verfahrenstechnischen Prozeß temporär in Erscheinung treten, werden mit diesem Positionstyp als Komponente erfaßt.

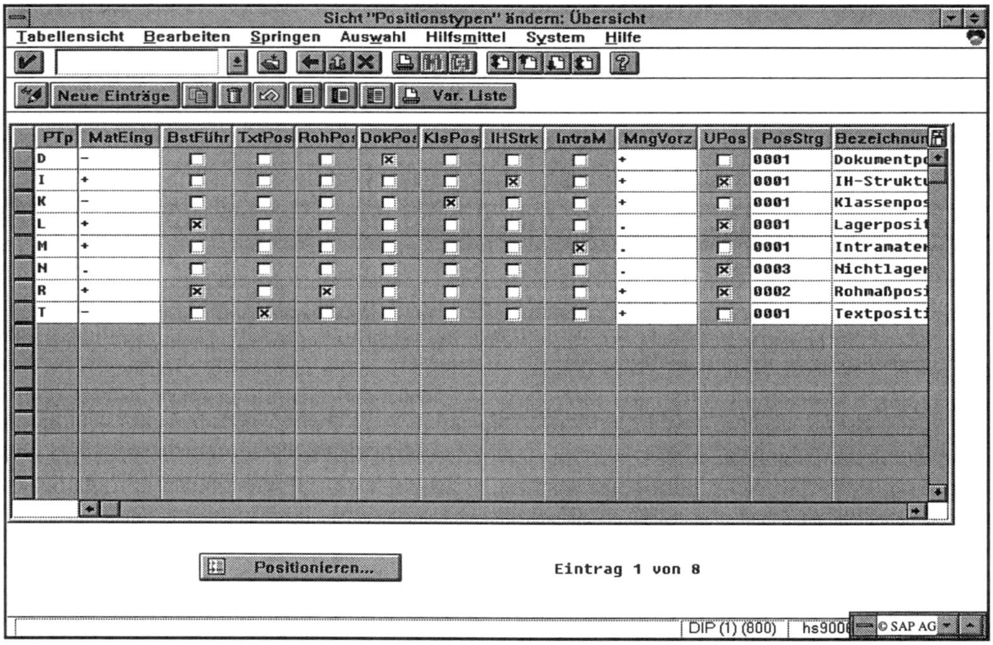

PTp	MatEing	BstFühr	TxtPos	RohPos	DokPos	KlsPos	IHStrk	IntraM	MngVorz	UPos	PosStrg	Bezeichnung
D	-				X				+		0001	Dokumentpo
I	+						X		+	X	0001	IH-Strukt
K	-					X			+		0001	Klassenpos
L	+	X							-	X	0001	Lagerposit
M	+							X	-		0001	Intramater
N	-								-	X	0003	Nichtlager
R	+	X		X					+	X	0002	Rohmaßposi
T	-		X						+		0001	Textpositi

Abb. 8.12-2: Customizing der möglichen Positionstypen zur Stückliste

Im R/3-System werden folgende Stücklistenarten angeboten:

- *Einfache Materialstückliste*
  Die einfache Materialstückliste beschreibt über die einzelnen Positionen für ein fest zugeordnetes Endprodukt oder eine Baugruppe den strukturellen Aufbau. Wenn eine Materialstückliste mit Bezug auf ein Werk angelegt werden soll, finden vielfältige Prüfungen statt. Für das Material des Stücklistenkopfes muß ein Materialstammsatz mit Werksdaten zu dem gewählten Werk existieren. Bei der Positionserfassung prüft das

System, ob auch für die Materialkomponenten Werksdaten vorhanden sind. Das Material, dessen Stückliste einem weiteren Werk zugeordnet werden soll, verfügt in dem ausgewählten Werk über einen Materialstammsatz. Wichtig ist, daß nur eine einfache Materialstückliste zu einer Variantenstückliste erweitert werden kann. Eine Mehrfachstückliste kann somit nicht zu einer Variantenstückliste umgewandelt werden.

- *Variantenstückliste*
Als Variante werden die Veränderungen zu einer Grundausführung eines Erzeugnisses bezeichnet, die durch Weglassen oder Hinzufügen verschiedener Komponenten entstehen. Die Variantenstückliste erlaubt, zu jeder einzelnen Position mehrere Varianten anzulegen. Das ist dann sinnvoll, wenn mehrere ähnliche Erzeugnisse gefertigt werden, deren Bestandteile aber nur geringe Unterschiede aufweisen. Variantenstücklisten werden immer zu einer existierenden Stückliste angelegt. Für folgende Stücklistentypen sind Variantenstücklisten vorgesehen:

  - Materialstücklisten
  - Dokumentstücklisten
  - Equipmentstücklisten
  - Technische-Platz-Stücklisten

  Mehrere Erzeugnisse, die als Varianten einer Variantenstückliste erfaßt sind, werden in einer Stücklistengruppe zusammengefaßt und unter einer internen Stücklistennummer gespeichert. Es können alle Varianten einer Variantenstückliste durch die Stücklistengruppe (Stücklistenkopf) zusammenfassend bezeichnet werden. Daraus folgt:

  - sobald eine Stückliste der Stücklistengruppe bearbeitet wird, sind alle anderen Varianten für die Bearbeitung gesperrt
  - falls eine Variante mit Bezug auf eine Änderungsnummer bearbeitet wird, müssen auch alle anderen Varianten der Stücklistengruppe mit Bezug auf eine Änderungsnummer bearbeitet werden

- *Mehrfachstückliste*
Zwecks Ausnutzung von Kostenvorteilen kann es sinnvoll sein, ein zu fertigendes Produkt durch unterschiedliche Produktionsprozesse herzustellen. In Abhängigkeit der Auftragsgröße ist es unter Umständen zweckmäßig, einen Großauftrag über eine hochintegrierte und automatisierte Fertigungsstraße zu produzieren, einen Kleinauftrag wegen der geringeren Rüstkosten auf herkömmlichen Maschinen zu fertigen. Mehrfachstücklisten erlauben die Zuordnung verschiedener Fertigungsalternativen innerhalb der einzelnen Positionen. Eine Mehrfachstückliste faßt mehrere Stücklisten zusammen, um ein Objekt (z. B. Erzeugnis) in verschiedenen Materialzusammensetzungen für unterschiedliche Produktionsverfahren alternativ beschreiben zu können. Ein Erzeugnis kann dann in Abhängigkeit von der zu fertigenden Menge (Losgröße) in alternativer Zusammensetzung produziert werden. Die Alternativen einer Stückliste unterscheiden sich meist nur geringfügig, häufig durch die Komponentenmenge. Das R/3-System

kann in Abhängigkeit der geplanten Losgröße eine Produktionsalternative vorschlagen. Mehrfachstücklisten sind nur für Materialstücklisten vorgesehen.

- *Konfigurierbare Stückliste*
  Eine konfigurierbare Stückliste bildet ein variantenreiches Produkt über eine Maximalstückliste ab. Ein Beispiel dafür ist die unterschiedliche Ausführung eines Autotyps. Die Maximalstückliste enthält neben den Komponenten, die in allen Varianten enthalten sind, auch alle auswählbaren Teile. Zum Konfigurationszeitpunkt, z. B. bei der Erfassung eines Kundenauftrags, werden für das konfigurierbare Material unter den auswählbaren Teilen die geeigneten Komponenten ausgewählt. Die Stücklistenpflege zu einem konfigurierbaren Material erfolgt wie für eine normale Materialstückliste, wobei jedoch einige Besonderheiten beachtet werden müssen. Die *konfigurierbare Stückliste* wird zu einem *konfigurierbaren Material* angelegt. Die Kennzeichnung, ob ein Material konfigurierbar ist, kann entweder im Customizing der Materialart geschehen (sie gilt dann für *alle* Materialien dieser Materialart) oder sie kann für ein *einzelnes* Material einer beliebigen Materialart im Materialstammsatz durch die entsprechende Einstellung in der *Konstruktionssicht* erfolgen (vgl. Kap. 8.11). Die *Verwendung* der Stückliste beeinflußt die Auflösung für einen definierten Anwendungsbereich. So muß die Verwendung der Stückliste für den Anwendungsbereich vorgesehen sein, in dem die Stückliste aufgelöst werden soll, z. B. eine Kundenauftragsstückliste für den Vertrieb. Zur Definition einer konfigurierbaren Stückliste müssen zunächst *alle* Komponenten, die zur Fertigung jeder möglichen Variante des Produkts notwendig sind (Maximalstückliste), erfaßt werden. Zu den Komponenten (Material, Dokument), die nur für bestimmte Varianten benötigt werden, müssen dann die Auswahlbedingungen angegeben werden. Beispielsweise ist bei bestandsgeführten Materialien eine Stückliste mit Variantenteilen nur dann sinnvoll, wenn im Materialstammsatz eine Bewertung durchgeführt wird und die Variantenteile entsprechend ausgewählt werden. Existiert für das Material keine Bewertung, kann die Stückliste nicht korrekt aufgelöst werden. Die Komponenten mit Auswahlbedingung werden dann nicht berücksichtigt, und das System ermittelt lediglich die Gleichteile. Für ein bestandsgeführtes Material, das im Materialstammsatz noch nicht bewertet wurde, sollte deshalb im ersten Schritt eine Stückliste ohne Variantenteile gepflegt werden. Erst wenn die Varianten angelegt werden sollen, können die Variantenteile für die Stückliste hinzugefügt und mit Beziehungswissen versehen werden. Zur Unterstützung der Konfiguration können im R/3-System sogenannte Konfigurationsprofile definiert werden. Ein Konfigurationsprofil beinhaltet Merkmale, welche Eigenschaften des Materials beschreiben (z. B. zum Auto die Merkmale *Modell, Farbe, Sonderausstattung*), und legt die erlaubten Kombinationen über Beziehungswissen ab. Eine Beziehung könnte lauten, daß zum Modell 815 keine Klimaautomatik eingebaut wird.

8.12.3 Anwendung des Prozesses

In der Modellfirma wird die Struktur der Hauptplatine *DPC1101* über eine einfache Materialstückliste abgebildet. Diese Materialstückliste ist dem Werk *1000* in Hamburg zugeordnet. Sie können die Stückliste unter bestimmten Voraussetzungen weiteren

Werken zuordnen (Funktion *Werkszuordnung anlegen*). Zur Definition der Verwendung sind im R/3-System mittels Customizing verschiedene in der Praxis vorkommende Verwendungsfälle vordefiniert. In dem hier vorgestellten Fall ist die Stückliste lediglich für die Fertigung bestimmt. Wenn das Material, zu dem Sie eine Stückliste anlegen möchten, eine Materialart hat, die in Kombination mit der angegebenen Verwendung für Stücklisten nicht vorgesehen ist, erhalten Sie eine Fehlermeldung. Die Stückliste hat die Gültigkeit ab dem 29.02.1996 bekommen. Wenn Sie die Stückliste *ohne Bezug auf eine Änderungsnummer* anlegen möchten, nehmen Sie keinen Eintrag im Feld *Änderungsnummer* vor. Erfassen Sie im Feld *Gültig ab* das Datum, ab dem die Stückliste im System gültig sein soll. Erfassen Sie eine *Änderungsnummer*, wenn die Stückliste bereits vom Anlegen an *historienpflichtig* bearbeitet werden soll. Die Stückliste kann dann nur noch unter Angabe einer gültigen Änderungsnummer geändert bzw. erweitert werden. In der Regel wird die Stückliste erst nach der Freigabe für die Produktion mit Bezug auf eine Änderungsnummer bearbeitet. Das allgemein verbindliche Gültigkeitsdatum können Sie für die spezielle Änderung eines Objekts durch ein anderes Gültig-ab-Datum ersetzen. Dazu erfassen Sie ein Datumselement und ordnen diesem Datumselement ein oder mehrere Änderungsobjekte zu. Für die Hauptplatine sind in dem Beispiel drei Positionen mit dem Typ *L* vorgesehen, d. h. alle drei Positionen werden bestandsgeführt. Es ist möglich, innerhalb der einzelnen Positionen das Gültigkeitsdatum von dem Gültigkeitsdatum der Gesamtstückliste (Kopf) zu differenzieren. Ebenso können jederzeit für einen geplanten Auslauf einer Position, z. B. durch eine konstruktive Änderung bedingt, vorab der Wechsel und die neudefinierte Position mit ihrem Gültigkeitsdatum aufgeführt werden. Werden gleiche Widerstände einer Platine innerhalb der Leiterplattenfertigung an unterschiedlichen Stellen eingebaut, so können die Informationen über den Einbauort, präzise Koordinaten, die Einbauart sowie die Art der Zusteuerung in den Bestückungsautomaten als Unterpositionen (Feld UPs) angegeben werden. In der Abbildung 8.12-4 wird das Material *DPC1014* als Leitteil deklariert. Dies geschieht, indem im Materialstammsatz in dem Feld Dispomerkmal das Feld *MO für Leitteile* gesetzt ist (vgl. Kap. 8.17, Leitteileplanung). Die beiden rechts aufgeführten Bildschirmausschnitte zeigen den Materialstammsatz mit dem Dispomerkmal. Weiterhin wird aus dem Materialstammsatz die Basismenge *Stück* automatisch übernommen.

8.12.4 Navigationsinformationen

- *Menüpfad*
  Logistik –> Produktion –> Stammdaten –> Stücklisten

- *Transaktionscode*
  CS01

- *Eingehende Prozeßverbindungen im R/3-Referenzmodell*
  keine

- *Ausgehende Prozeßverbindungen im R/3-Referenzmodell*
  keine

Stücklistenverwendung
Viele Unternehmen kennen nur eine universell anwendbare, einheitliche Stücklistenstruktur für alle Bereiche ihres Unternehmens. Sie liegt üblicherweise in der Form kompletter Stücklistenbaukästen vor, wird in der Konstruktionsabteilung erstellt und sowohl in der Materialwirtschaft als auch in der Montagewerkstatt genutzt.
Das SAP-Standardsystem ermöglicht die spezielle Stücklistenpflege für jeden beliebigen Unternehmensbereich. Diese Stücklisten werden unabhängig voneinander gepflegt und erhalten unterschiedliche interne Stücklistennummern. Dadurch ist es möglich, daß jeder Unternehmensbereich nur mit den für ihn relevanten Daten arbeitet.

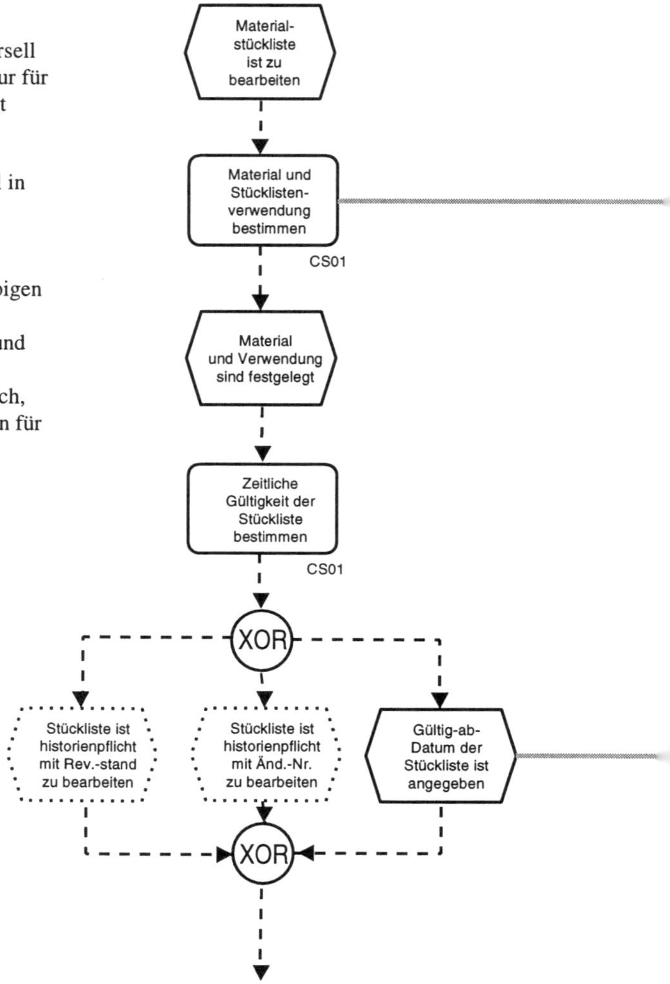

Gültigkeit einer Stückliste
Um genau definieren zu können, unter welchen Bedingungen eine Stückliste für die Unternehmensbereiche verbindlich ist, wird eine räumliche und zeitliche Gültigkeit festgelegt. Die zeitliche Gültigkeit umfaßt den Zeitraum, in dem die Stückliste gültig ist. Dieser Bereich wird durch die Felder "Datum gültig ab" und "Datum gültig bis" im Stücklistenkopf und in der Stücklistenposition begrenzt. Beispielsweise haben Sie in einer Stückliste die Stücklistenposition "A" mit Bezug auf eine Änderungsnummer zu einem bestimmten Gültig-ab-Datum. Das System speichert beide Zustände, den Zustand vor der Änderung mit der alten Komponente *A* und den Zustand nach der Änderung mit der neuen Komponente *B*. Zusätzlich zur zeitlichen Gültigkeit einer Stückliste kann eine räumliche Gültigkeit angegeben werden, indem einem Material in unterschiedlichen Werken die gleiche Stückliste zugeordnet wird.

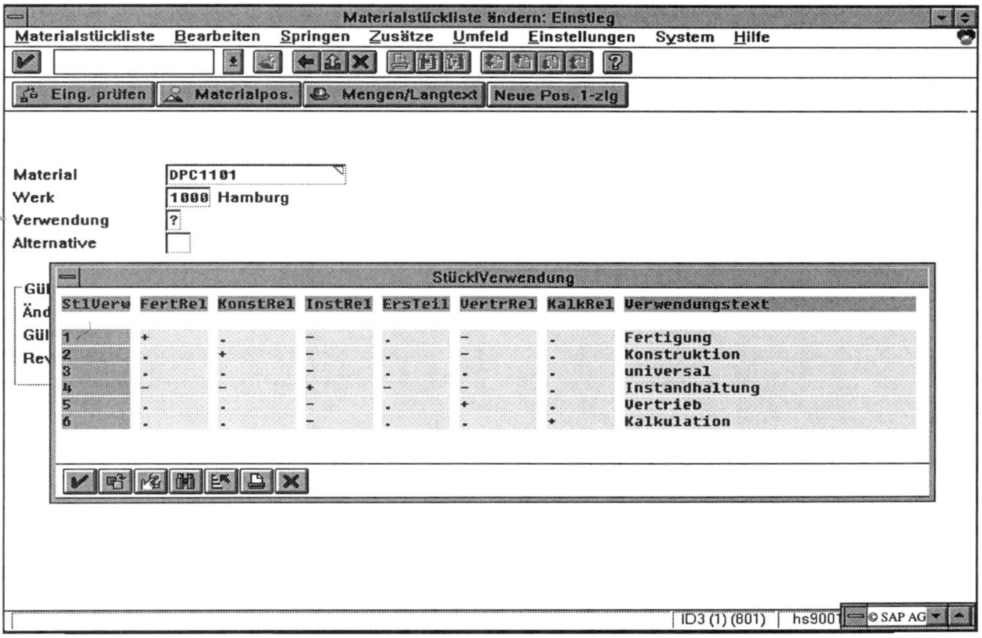

Abb. 8.12-3: Stücklistenverwendung

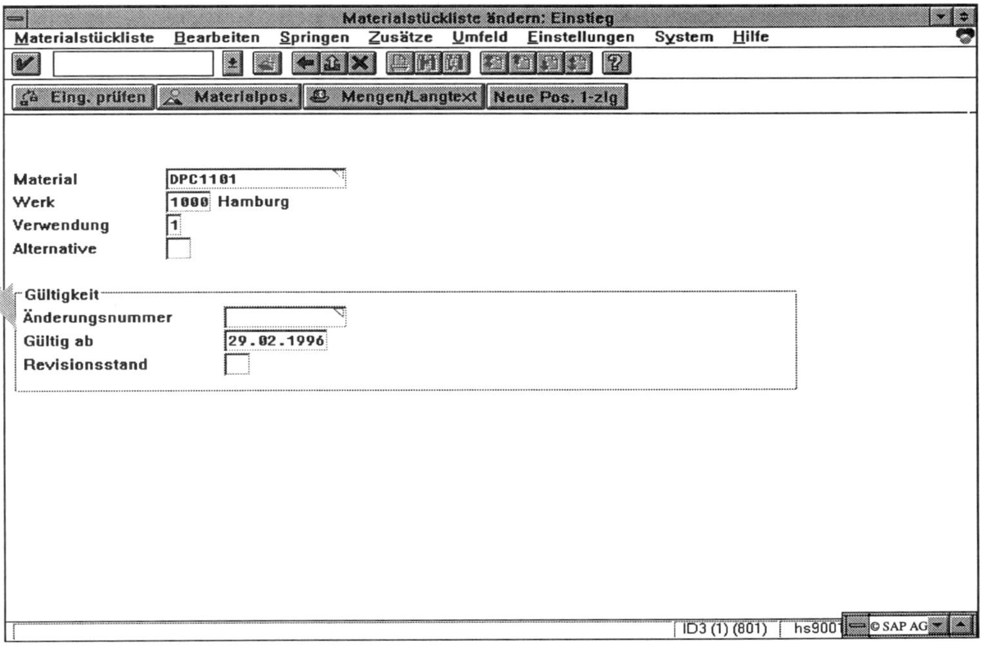

Abb. 8.12-4: Gültigkeit einer Stückliste

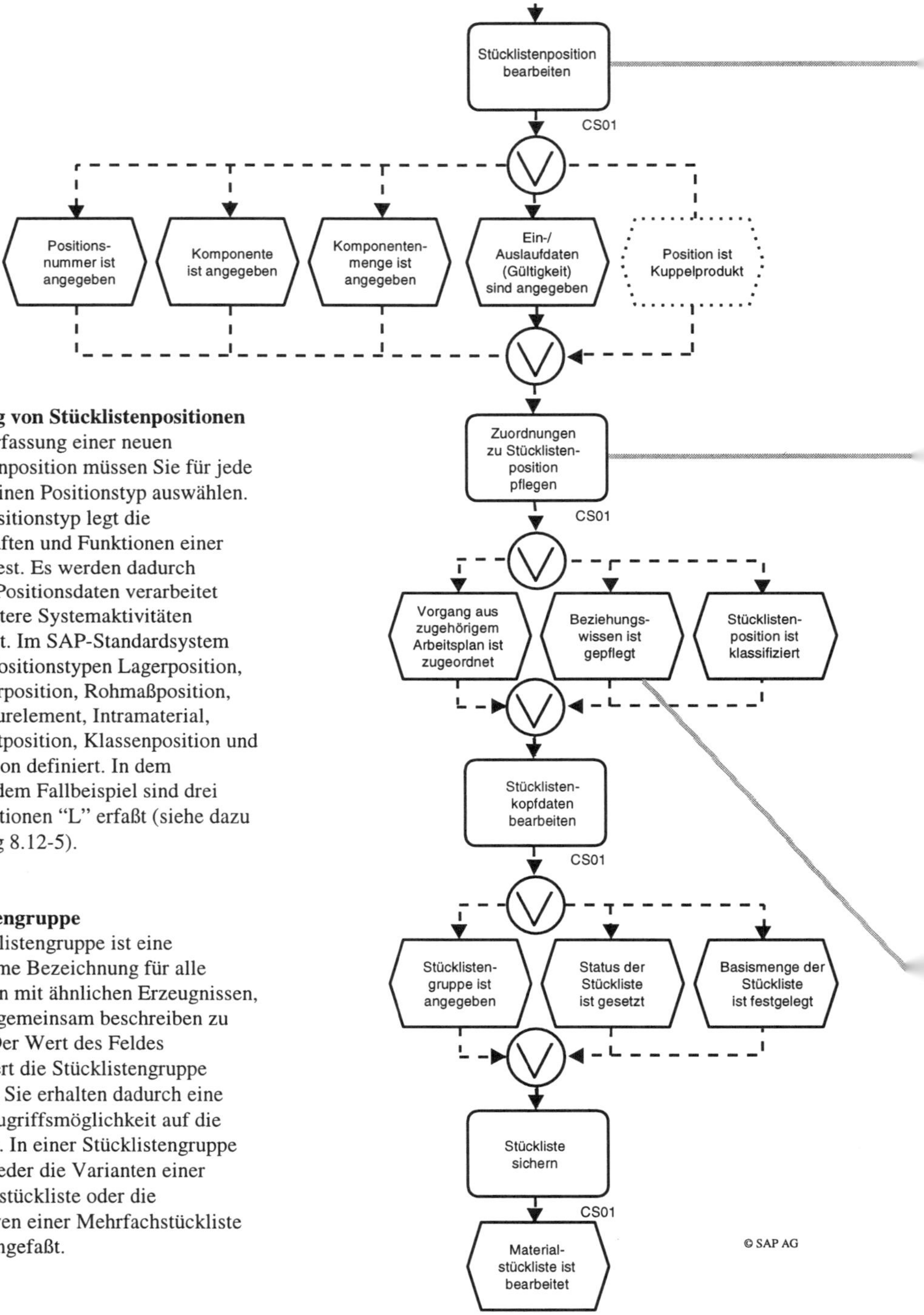

Erfassung von Stücklistenpositionen
Bei der Erfassung einer neuen Stücklistenposition müssen Sie für jede Position einen Positionstyp auswählen. Dieser Positionstyp legt die Eigenschaften und Funktionen einer Position fest. Es werden dadurch spezielle Positionsdaten verarbeitet sowie weitere Systemaktivitäten ermöglicht. Im SAP-Standardsystem sind die Positionstypen Lagerposition, Nichtlagerposition, Rohmaßposition, IH-Strukturelement, Intramaterial, Dokumentposition, Klassenposition und Textposition definiert. In dem vorliegendem Fallbeispiel sind drei Lagerpositionen "L" erfaßt (siehe dazu Abbildung 8.12-5).

Stücklistengruppe
Die Stücklistengruppe ist eine gemeinsame Bezeichnung für alle Stücklisten mit ähnlichen Erzeugnissen, um diese gemeinsam beschreiben zu können. Der Wert des Feldes identifiziert die Stücklistengruppe eindeutig. Sie erhalten dadurch eine weitere Zugriffsmöglichkeit auf die Stückliste. In einer Stücklistengruppe sind entweder die Varianten einer Variantenstückliste oder die Alternativen einer Mehrfachstückliste zusammengefaßt.

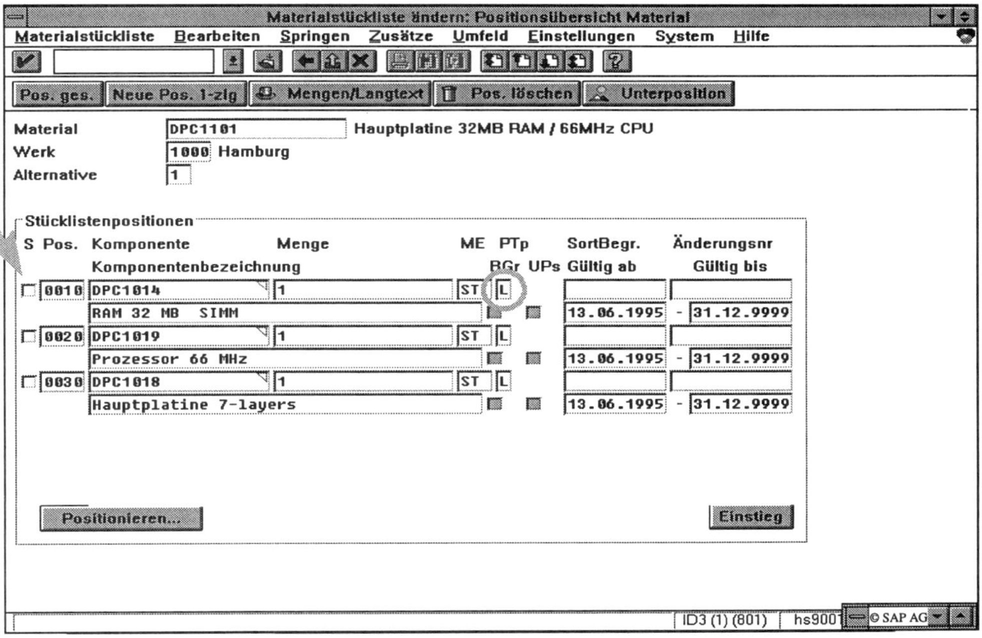

Abb. 8.12-5: Stücklistenpositionen

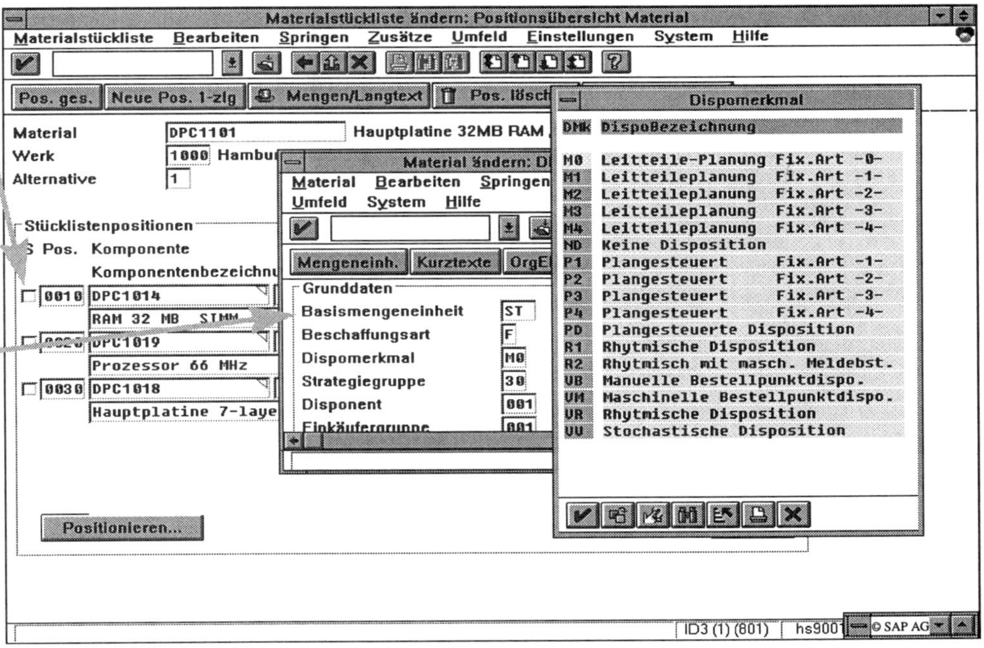

Abb. 8.12-6: Zuordnungen der Stücklistenpositionen

8.13 Prozeß: Arbeitsplatzbearbeitung

8.13.1 Betriebswirtschaftliche Beschreibung

Arbeitsplätze spielen aus zweierlei Gesichtspunkten eine bedeutende Rolle. Zum einen bilden Arbeitsplätze häufig die zentrale kapazitive Größe innerhalb der Produktionsplanung, zum anderen wird durch die Personalplanung bestimmt, welche Mitarbeiter mit welcher Qualifikation sinnvoll an welchen Arten von Arbeitsplätzen eingesetzt werden können. Damit verbunden hat die Definition des Arbeitsplatzes unter anderem Auswirkungen auf die Behandlung der Kosten- und Leistungsarten des Rechnungswesens und auf die Lohn- und Gehaltsabrechnung des Personalwesens.

Im Rahmen der dispositiven Planung werden Arbeitsplatzressourcen nicht selten wie Betriebsmittel, z. B. Maschinen, Werkzeuge, Vorrichtungen und NC-Programme, betrachtet. Während die letztgenannten Punkte allerdings mehr eine technisch-planerische Sichtweise auf die Ressourcenplanung legen, sind Arbeitsplätze mehr durch eine organisatorische Sichtweise geprägt. So kann je nach betrieblicher Organisation ein Arbeitsplatz z. B. einer Maschine, einer Gruppe von Maschinen, einer Person oder einer Gruppe von Personen entsprechen. Innerhalb der technisch orientierten Sichtweise sind die Zuordnungen von Arbeitsplätzen zu Arbeitsvorgängen im Rahmen der Arbeitsplanung sowie die darauf aufbauende Kalkulation, Durchlaufterminierung und Kapazitätsplanung von besonderer Wichtigkeit. Innerhalb der organisatorisch orientierten Sichtweise ist zum einen die Produktionsorganisation, d. h. Werkstattfertigung, Fließfertigung mit und ohne Zeitzwang, zur Fertigungs- und Montageinsel, dispositiven Einplanung von Mitarbeitern unter Berücksichtigung der Qualifikation sowie die Festlegung der Arbeitszeit- (starre und flexible Arbeitszeitregelung, Voll- und Teilarbeitszeit, Schichtregelung) und Lohnformen (Zeit-, Akkord- und Prämienlohn sowie summarische und analytische Arbeitsbewertung) für die Entlohnung des Mitarbeiters von Bedeutung (vgl. Kilger 1986, S. 229-284; vgl. Marr/Stitzel 1979, S. 391-423).

8.13.2 SAP-spezifische Beschreibung

Ein *Arbeitsplatz* ist ein räumlicher Bereich innerhalb eines betrieblichen Arbeitssystems. An ihm wird ein Vorgang eines Auftrags (enthalten im Arbeitsplan – vgl. Kapitel 8.14), mehrere Vorgänge eines Auftrags oder der komplette Auftrag (Werkauftrag) ausgeführt. Ein Arbeitsplatz kann neben einem Arbeitsplan im R/3-System auch einem Instandhaltungsplan, einem Prüfplan oder einem Netzplan zugeordnet sein. Mit Hilfe der im Arbeitsplatz gepflegten Daten kann in den Vorgängen festgelegt werden, welche Maschinen und Personen eingesetzt werden sollen, welche Kosten entstehen, welche Kapazitäten vorhanden sind und wie die Terminierung aussieht (vgl. SAP – Produktionsplanung 1994, S. 3.8)

Arbeitsplätze werden oft zusammen mit Aufgaben und Stellen aus der Personalwirtschaft (HR-PD) benutzt, um umfassende Stellenbeschreibungen zu erstellen. Die Stelle beschreibt die Stellenklassifikation, die Aufgaben beschreiben die Tätigkeiten, die die Stelle umfaßt, und der Arbeitsplatz beschreibt, an welchem Ort die Arbeit ausgeführt wird. Falls Stellenbeschreibungen im Personalwesen erstellt werden, müssen zuerst Stellen, dann Aufgaben und dann Arbeitsplätze angelegt werden (vgl. SAP – Personalwirtschaft 1995, S. 3.3-3.4). Wird eine Integration zwischen den Bereichen Produktion (PP) und Personalwirtschaft (HR-PD) angestrebt, so muß im Customizing der Integrationsschalter auf aktiv gesetzt werden. Zusätzlich müssen die gemeinsamen Kapazitätsarten mit dem Kennzeichen *Kapazitätsart Person* gesetzt werden (vgl. Abbildung 8.13-1).

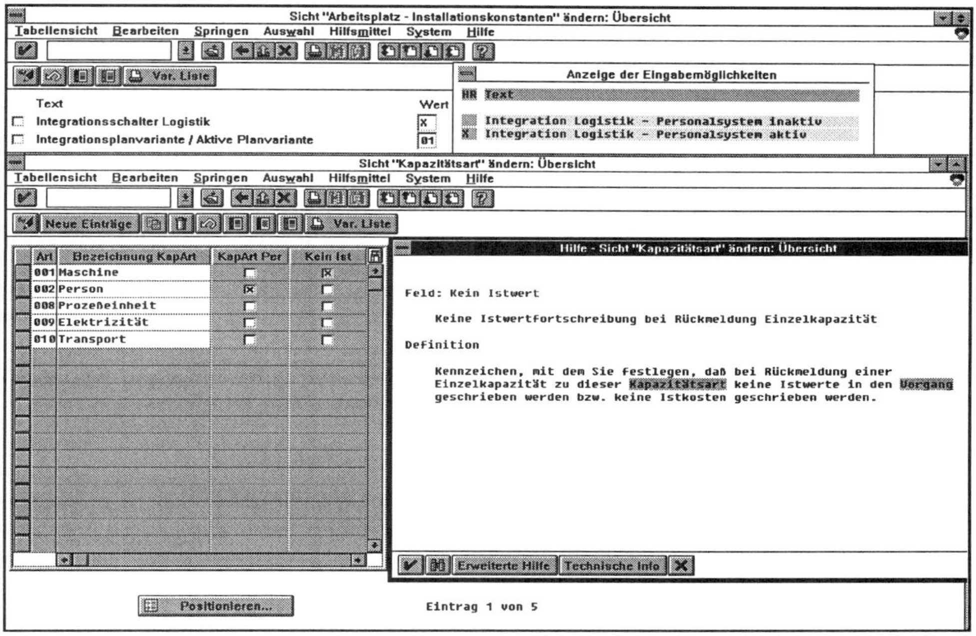

Abb. 8.13-1: Kapazitätsart Person und Integrationsschalter zu HR-PD - Customizing

Arbeitsplätze können hierarchisch angeordnet werden. Die *Arbeitsplatzhierarchie* wird durch die Unterordung bzw. Unterordnung eines Arbeitsplatzes zu einem Arbeitsplatz aufgebaut, wobei ein Arbeitsplatz in mehreren Hierarchien vorkommen kann. Dadurch kann mit aggregierten Daten das Kapazitätsangebot ermittelt werden. Es wird zwischen statistischen Arbeitsplätzen und Produktionsarbeitsplätzen unterschieden. Statistische Arbeitsplätze dienen der Verdichtung von Daten. Produktionsarbeitsplätze werden lediglich in den Vorgängen von Plänen und Werkaufträgen verwendet. Sie beinhalten Daten, die im Vorgang zur Kalkulation, Terminierung und Kapazitätsplanung benötigt werden und darüber hinaus als Information für die Produktion dienen.

- *Kalkulation*
  Mit Hilfe der Kalkulation werden die Kosten für die zu erbringende Eigenleistung bei der Erstellung der betrieblichen Produkte ermittelt. Die Kalkulation verbindet den Vorgang über den Arbeitsplatz durch die Pflege von Kostenstellen (vgl. Kapitel 8.5) und

Leistungsarten (vgl. Kapitel 8.4) mit der Kostenrechnung. Wird der Arbeitsplatz in einem Vorgang verwendet, können Vorgabewerte für die im Arbeitsplatz hinterlegten Leistungsarten eingegeben werden. Die Bewertung der Eigenleistungen greift bei der Erzeugniskalkulation auf die Verrechnungssätze zurück, die für diese Leistungsarten geplant wurden. Mit Leistungsarten wird festgelegt, wie die Vorgabewerte kalkulatorisch verrechnet werden. Eine *Kostenstelle* ist ein Teil eines Unternehmens, der nach Verantwortungsbereich oder nach räumlichen oder abrechnungstechnischen Gesichtspunkten abgegrenzt wurde. Sie ist einem Kostenrechnungskreis zugeordnet. Einer Kostenstelle können Arbeitsplätze unterschiedlicher Werke zugeordnet werden. Das Werk ist dabei eindeutig einem Buchungskreis zugeordnet. Ein Arbeitsplatz ist einer Kostenstelle in einem bestimmten Zeitraum fest zugeordnet. Einer Kostenstelle können mehrere Arbeitsplätze zugeordnet sein. Ein Arbeitsplatz kann jedoch zu einem Zeitpunkt nur einer Kostenstelle zugeordnet sein. In der Kostenstelle werden die Leistungsarten bewertet, die in einem Kostenrechnungskreis definiert sind und auf die im Arbeitsplatz Bezug genommen werden kann. Über *Leistungsarten* werden die unterschiedlichen Arten von Leistungen festgelegt, die innerhalb einer Kostenstelle erbracht werden können. Sie werden im Kostenrechnungskreis definiert. Die Leistungsarten werden pro Kostenstelle und Periode mit einem Verrechnungssatz bewertet, der sich aus einem fixen (arbeitsunabhängigen) Anteil und einem variablen (arbeitsabhängigen) Anteil zusammensetzt. Mit ihrer Hilfe wird festgelegt, mit welchem Tarif Eigenleistungen verrechnet werden sollen (Kalkulation). Im Arbeitsplatz werden nur diejenigen Leistungsarten verwendet, die für die zugeordnete Kostenstelle zugelassen sind.

- *Terminierung*
  Mit Hilfe der Terminierung werden die Termine für die Durchführung der Vorgänge ermittelt. Dazu müssen die Durchführungszeiten berechnet und mit der Einsatzzeit des Arbeitsplatzes in Beziehung gesetzt werden. Grundlage für die Ermittlung der Durchführungszeit sind die Vorgabewerte und Mengen in den Vorgängen. Zur Bestimmung der Durchführungszeit können entsprechende Formeln hinterlegt werden und die Vorgangsabschnitte Rüsten, Bearbeiten und Abrüsten für einen Fertigungsauftrag differenziert berücksichtigt werden.

- *Kapazitätsplanung*
  Eine Kapazität ist das Leistungsvermögen, eine bestimmte Aufgabe zu erfüllen. Im SAP-System definieren Kapazitäten das Leistungsangebot von Personen und Maschinen innerhalb einer bestimmten Zeitspanne. Einem Arbeitsplatz können mehrere Kapazitäten zugeordnet werden, die sich durch ihre Kapazitätsart unterscheiden. Mögliche Arbeitsplatzkapazitäten unterschiedlicher Kapazitätsart sind z. B. Maschinenkapazitäten, Personalkapazitäten, Reservekapazitäten für Eilaufträge und Energiebedarf. In der Kapazitätsplanung wird der Kapazitätsbedarf der Vorgänge in den Aufträgen ermittelt und dem im Arbeitsplatz definierten Kapazitätsangebot gegenübergestellt. Grundlage für die Ermittlung des Kapazitätsbedarfes sind die Vorgabewerte und Mengen in den Vorgängen. Über Formeln in den Arbeitsplätzen wird aus diesen Daten in der Kapazitätsplanung der Kapazitätsbedarf berechnet. Mit Arbeitsplatzhierarchien ist es darüber hinaus möglich, das Kapazitätsangebot und den Kapazitätsbedarf im Rahmen der Ka-

pazitätsplanung von untergeordneten Arbeitsplätzen auf Arbeitsplätze der übergeordneten Hierarchiestufen zu verdichten.

Mit Hilfe der Kapazität werden die Einsatzzeit und das täglich an einem Arbeitsplatz verfügbare Kapazitätsangebot hinterlegt. Die Definition des Kapazitätsangebotes kann sowohl arbeitsplatzbezogen als auch arbeitsplatzübergreifend erfolgen. Ausgangspunkt für die Definition des Kapazitätsangebotes ist die Arbeitszeit am betreffenden Arbeitsplatz. Sie wird durch Arbeitsbeginn und Arbeitsende festgelegt. Die Arbeitszeit ist darüber hinaus auch für die Terminermittlung im Rahmen der Terminierung notwendig, da ein Vorgang an einem Arbeitsplatz nur innerhalb der Arbeitszeit bearbeitet werden kann. Die Arbeitszeit kann jedoch nicht vollständig für die Produktion genutzt werden. Faktoren wie Pausenzeiten, technische und organisatorische Störungen verringern die Arbeitszeit. Um die produktive Arbeitszeit zu bestimmen, werden die Pausenzeiten von der reinen Arbeitszeit abgezogen. Man erhält die theoretisch nutzbare Arbeitszeit. Durch die Subtraktion der technischen und organisatorischen Störungszeiten wird die produktiv nutzbare Arbeitszeit ermittelt. Diese produktiv nutzbare Arbeitszeit wird vom System in der Kapazität als Einsatzzeit ausgegeben. Die technischen und organisatorischen Zeiten, die aus Störungen resultieren, werden in Form eines Nutzungsgrades im Arbeitsplatz bzw. in der Kapazität hinterlegt. Mit Hilfe dieses Nutzungsgrades kann für jede Kapazität festgelegt werden, wieviel Prozent der Einsatzzeit der Schicht die Kapazität produktiv genutzt werden kann.

8.13.3 Anwendung des Prozesses

Im Einstiegsbild wird ein in der Modellfirma bereits angelegter Arbeitsplatz *1801* gezeigt. Deshalb wird die Transaktion im Anzeigemodus gestartet und es muß keine Bestimmung der Arbeitsplatzart mehr erfolgen. Im Grunddatenbild Arbeitsplatz wird der Vorgabewerteschlüssel *SAP02* eingegeben, der die entsprechenden Rüst-, Maschinen- und Personalzeiten mit der Kennung *2* zieht. Mit der Aktivierung der Eingabetaste *Kapazitäten* im oberen Kopfbild wird auf das Datenbild der Kapazitätsübersicht verzweigt (vgl. Abbildung 8.13-4). In der Modellfirma A werden die Kapazitäten zur *Maschine* und zur *Person* gezeigt. Mit der Terminierungstaste, ebenfalls im oberen Kopfbild, können Sie verschiedene Zeitarten zur Produktionsdurchführung angeben (vgl. Abbildung 8.13-5).

8.13.4 Navigationsinformationen

- *Menüpfad*
  Logistik –> Produktion –> Stammdaten –> Arbeitsplätze –> Anlegen
- *Transaktionscode*
  CR01
- *Eingehende Prozeßverbindungen im R/3-Referenzmodell*
  Stellenbeschreibung
- *Ausgehende Prozeßverbindungen im R/3-Referenzmodell*
  Stellenbeschreibung

Integration zum Personalsystem (HR-PD)
Falls Sie einen Arbeitsplatz ändern und die Verbindung der Arbeitsplatzpflege zur Personalplanung (PD) aktiv ist, können Sie über einen Suchbegriff nach bereits in der Personalplanung existierenden Arbeitsplätzen suchen. Vom System werden die Arbeitsplätze aufgelistet, deren Beschreibung den eingegebenen Wortteil beinhalten und die bisher nur in der Personalplanung gepflegt wurden oder die sowohl von PD-Seite als auch von der Seite der Logistik gepflegt wurden. Die PD-seitig gepflegten Daten werden übernommen und können von Ihnen ergänzt werden.

Vorgabewertschlüssel
Auf dem Bildschirmbild Grunddaten (vgl. Abbildung 8.13-3) haben Sie die Möglichkeit, über den Vorgabewertschlüssel maximal sechs Vorgabewerten eines Vorgangs ein Schlüsselwort zuzuordnen. Durch diese Zuordnung wird für jeden der Vorgabewerte eine Dimension festgelegt (z. B. Zeit oder Fläche). Außerdem können Sie die Eingabevorschrift für die Vorgabewerte im Plan festlegen. Mit der Eingabevorschrift steuern Sie, ob ein Vorgabewert im Plan gepflegt werden muß oder nicht.

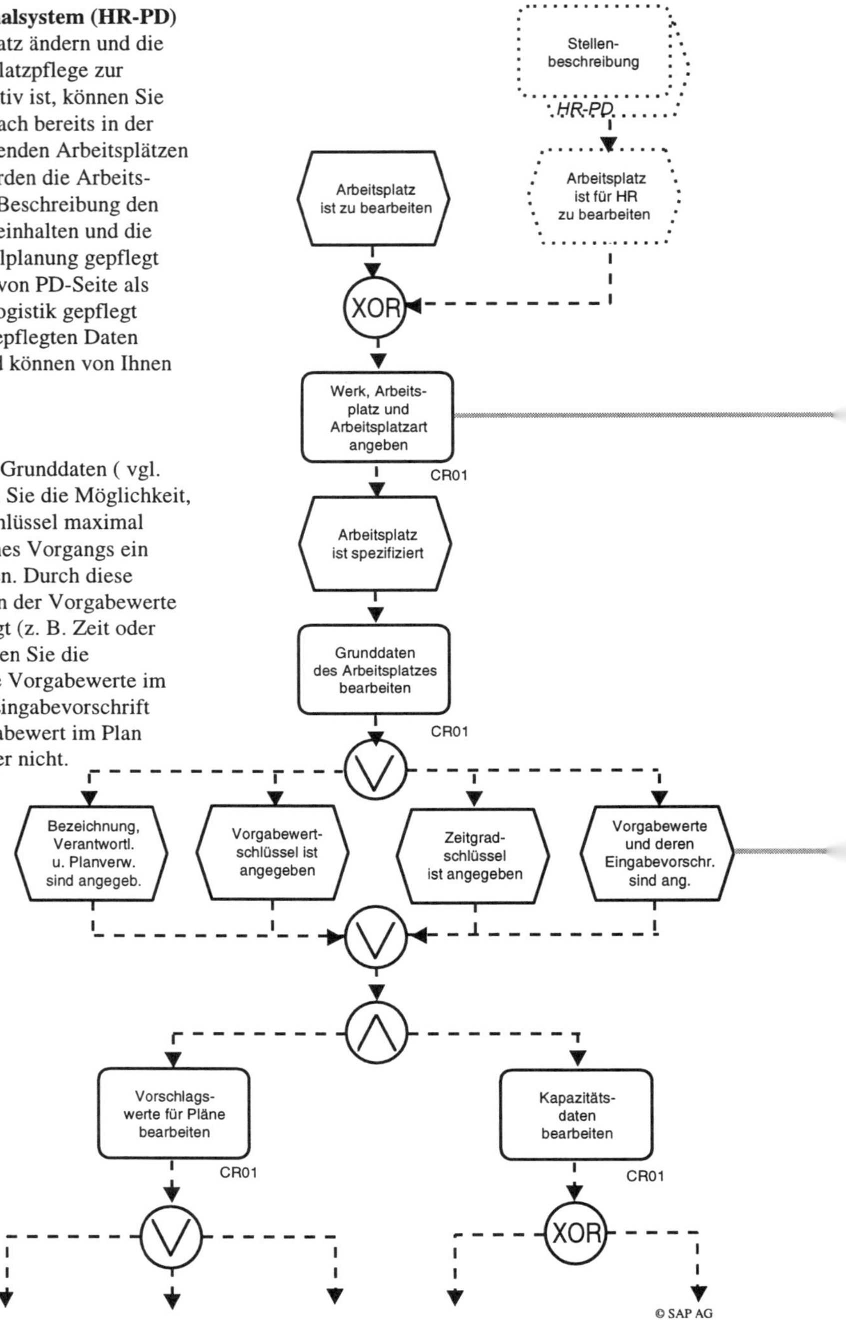

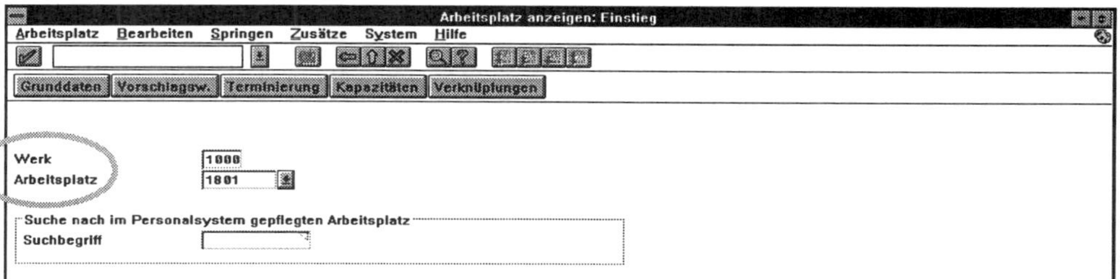

Arbeitsplatzart

Mit der Arbeitsplatzart beeinflussen Sie den Dialogablauf bei der Arbeitsplatzpflege. Die Arbeitsplatzart steuert, welche Bildschirmbilder in welcher Reihenfolge mit welchen Datenfeldern vom System zur Pflege angeboten werden. Die Einstellungen dazu erfolgen im Customizing zum Arbeitsplatz. In den Standardeinstellungen des Systems gibt es z. B. unterschiedliche Arbeitsplatzarten für statistische Arbeitsplätze, Fertigungsarbeitsplätze und Arbeitsplätze der Instandhaltung.

Abb. 8.13-2: Einstiegsbild zur Arbeitsplatzpflege

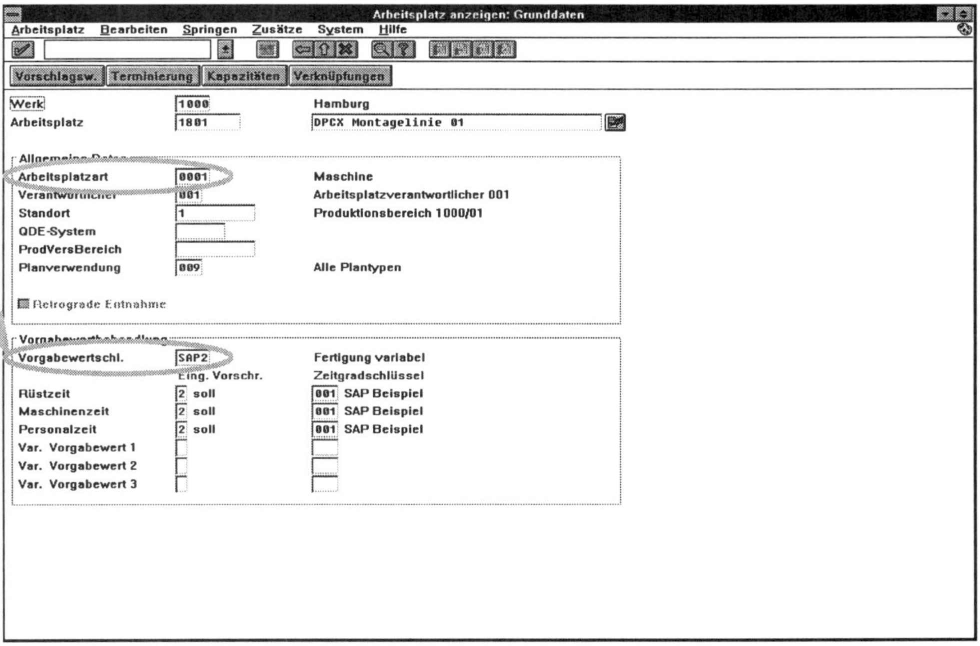

Abb. 8.13-3: Grunddaten eines Arbeitsplatzes

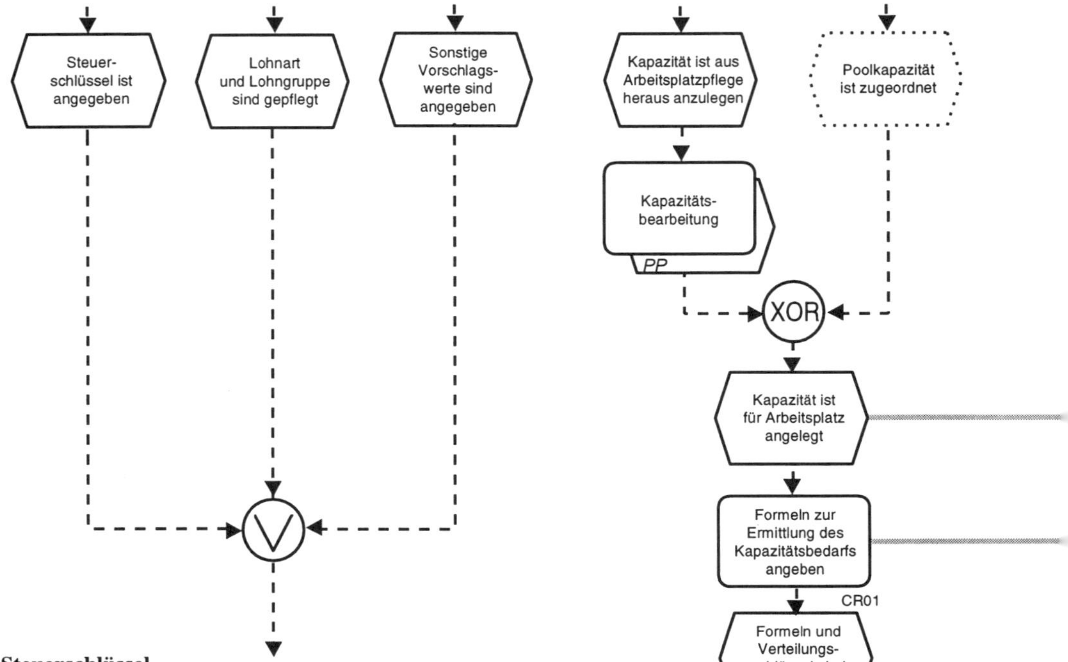

Steuerschlüssel
Über einen Steuerschlüssel wird festgelegt, wie ein Vorgang bzw. ein Untervorgang im Plan oder im Werkauftrag behandelt werden soll. Über das Kennzeichen *Terminierung* steuern Sie, daß ein Vorgang terminert wird bzw. die terminliche Lage eines Untervorganges bestimmt wird. Ist das Kennzeichen nicht gesetzt, wird der Vorgang oder Untervorgang nicht terminiert (z. B. ein Vorgang, der ausschließlich der Dokumentation dient). Seine Dauer wird gleich Null gesetzt. Mit dem Kennzeichen *Kapazitätsplanung* steuern Sie, daß für den Vorgang oder Untervorgang Kapazitätsbedarfssätze erzeugt werden. Haben Sie dieses Kennzeichen für einen Steuerschlüssel gesetzt, müssen Sie das Kennzeichen *Terminierung* ebenfalls setzen. Es werden nur dann Kapazitätsbedarfssätze erzeugt, wenn das Kennzeichen *Kapazitätsplanung* gesetzt ist und die entsprechenden Formeln gepflegt sind. Über das Kennzeichen *Kalkulation* steuern Sie, daß der Vorgang oder Untervorgang bei der Kalkulation berücksichtigt wird. Über den Schlüssel *Rückmelden* steuern Sie, ob und wie der Vorgang oder Untervorgang zurückgemeldet wird. Für die *Lohnscheine* benutzen Sie das Kennzeichen, damit für den Vorgang oder Untervorgang die Lohnscheine gedruckt werden.

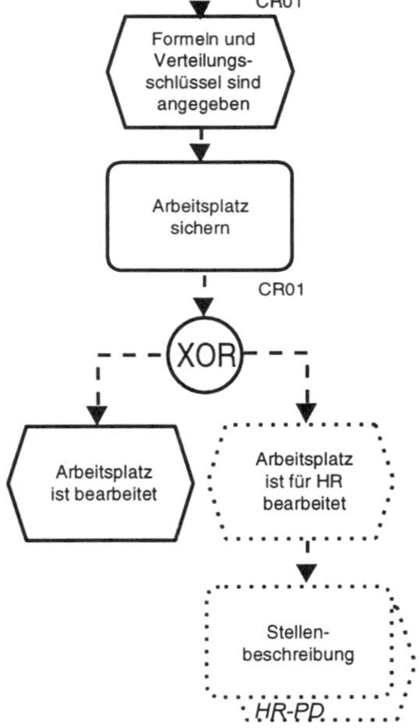

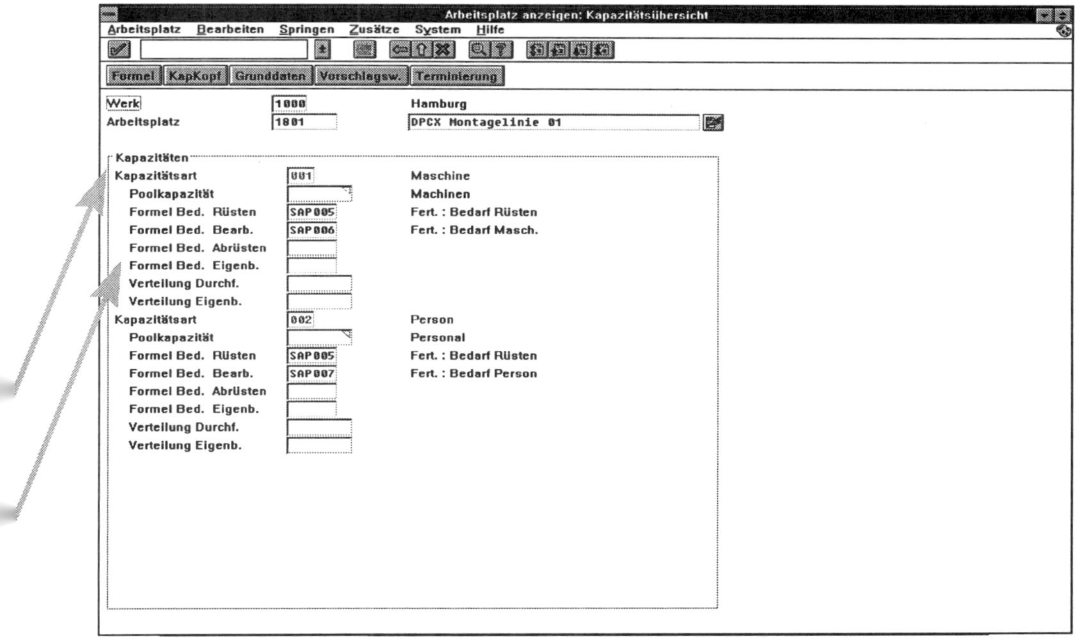

Abb. 8.13-4: Kapazitätsübersicht

Kapazitätsart
Auf dem Bildschirmbild Kapazitätsübersicht können Sie dem Arbeitsplatz Kapazitäten unterschiedlicher Kapazitätsarten zuordnen. Beispiele für Kapazitätsarten sind Maschinenkapazität, Personalkapazität, Reservekapazität für Eilaufträge und Energiebedarf. Daten, die die Kapazität identifizieren, sind die Kapazitätsart und der Schlüssel der Poolkapazität. Wenn Sie der Kapazität keinen Schlüssel zuordnen, wird die Kapazität vom System automatisch ausschließlich dem Arbeitsplatz zugeordnet, in dessen Pflege Sie sich befinden. Wenn Sie der Kapazität einen Schlüssel zuordnen, handelt es sich bei der Kapazität um eine Poolkapazität, die von mehreren Arbeitsplätzen genutzt werden kann. Eine Poolkapazität muß bereits vor der Zuordnung zum Arbeitsplatz angelegt sein.

Verteilung des Kapazitätsbedarfs
Die Verteilung des Kapazitätsbedarfes über die Dauer des Vorganges ist in der Praxis abhängig von der Kapazitätsart. Während die Personalkapazität eines Einrichters zu Beginn des Vorgangs benötigt wird, muß ein Maschinenbediener den Stand der Bearbeitung z. B. alle vier Stunden überprüfen. Eine Maschinenkapazität wird hingegen gleichmäßig über die gesamte Zeit genutzt. Diese unterschiedlichen Arten der Verteilung des Kapazitätsbedarfs werden im Rahmen der Kapazitätsplanung über den Verteilungschlüssel gesteuert.

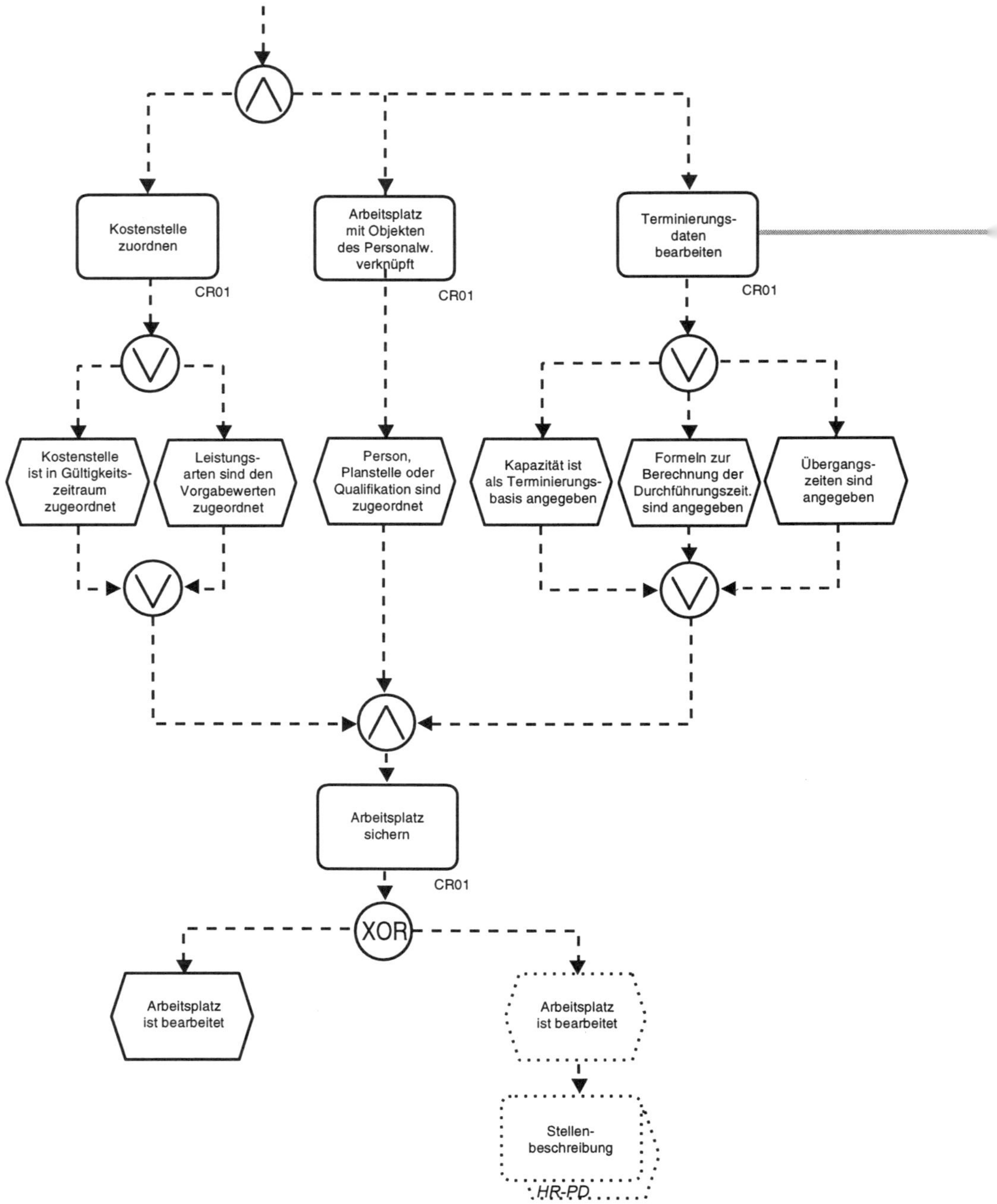
Kostenstelle zuordnen
CR01
Arbeitsplatz mit Objekten des Personalw. verknüpft
CR01
Terminierungs-daten bearbeiten
CR01
Kostenstelle ist in Gültigkeits-zeitraum zugeordnet
Leistungs-arten sind den Vorgabewerten zugeordnet
Person, Planstelle oder Qualifikation sind zugeordnet
Kapazität ist als Terminierungs-basis angegeben
Formeln zur Berechnung der Durchführungszeit. sind angegeben
Übergangs-zeiten sind angegeben
Arbeitsplatz sichern
CR01
XOR
Arbeitsplatz ist bearbeitet
Arbeitsplatz ist bearbeitet
Stellen-beschreibung
HR-PD

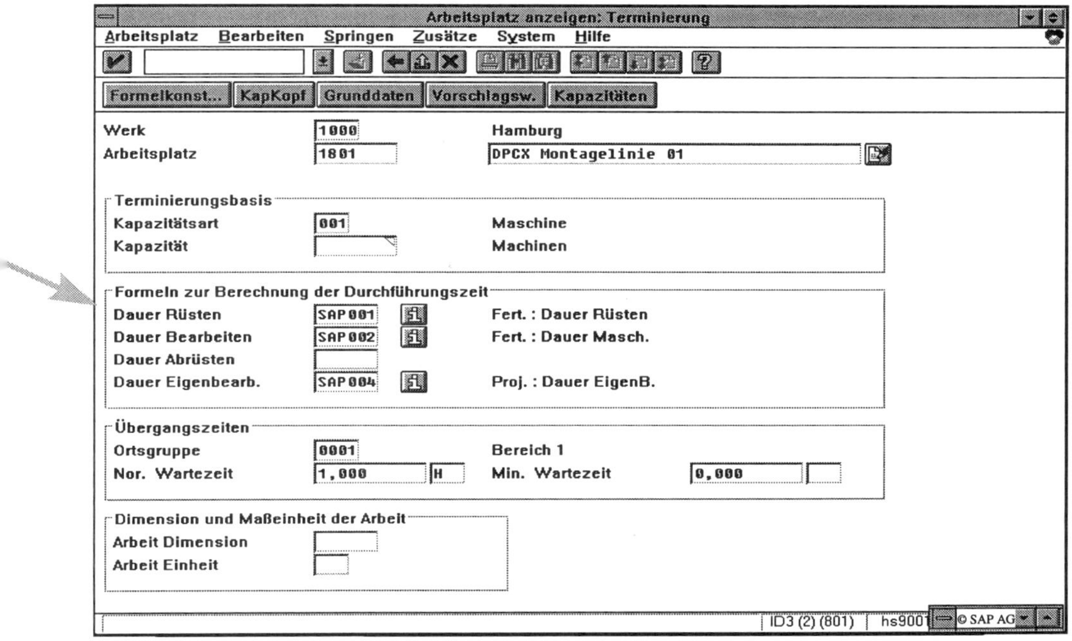

Abb. 8.13-5: Terminierung

Terminierungsbasis
Über die Terminierungsbasis legen Sie fest, welches Kapazitätsangebot die Grundlage für die Terminierung ist. Die Einsatzzeit der Kapazität wird im Rahmen der Terminierung zur Ermittlung der Durchführungszeit (z. B. im Fertigungsauftrag) oder der Eigenbearbeitungszeit (z. B. im Netzplan oder im Instandhaltungsauftrag) genutzt. Als Terminierungsbasis legen Sie pro Arbeitsplatz eine Kapazität mit der dazugehörigen Kapazitätsart fest. Diese Kapazität kann sowohl eine nicht dem Arbeitsplatz zugeordnete Kapazität (z. B. eine Poolkapazität) als auch eine Arbeitsplatzkapazität sein.

Formeln zur Berechnung der Durchführungszeit
Die Durchführungszeit eines Vorgangs an einem Arbeitsplatz wird aus drei Vorgangsabschnitten berechnet, dem Rüsten, Bearbeiten und Abrüsten. Falls Sie in einer Formel eine Splittung berücksichtigen wollen, so muß die Anzahl der Teillose explizit als Formelparameter in die Formel eingehen. Geben Sie bei der Ermittlung der Durchführungszeit keine Formel an, wird die Dauer dieses Vorgangsabschnittes vom System auf Null gesetzt und bei der Berechnung der Durchführungszeit nicht berücksichtigt. Geben Sie keine Formel zur Ermittlung der Eigenbearbeitungszeit an, wird vom System die Dauer genutzt, die Sie bei der Pflege des Vorgangs im Netzplan bzw. Instandhaltungsauftrag eingegeben haben.

Übergangszeiten
Die Übergangszeit ist die Zeitspanne vom Verlassen eines Arbeitsplatzes bis zum Beginn des Vorgangs am nächsten Arbeitsplatz. Sie wird bestimmt durch die Transportzeit und die Wartezeit, die ein Werkstück eines Vorgangs vor der Bearbeitung am Arbeitsplatz liegt.

8.14 Prozeß: Arbeitsplanbearbeitung

8.14.1 Betriebswirtschaftliche Beschreibung

Der Arbeitsplan beschreibt allgemein die Umwandlung eines Materials oder Werkstücks von seinem Eingangszustand zu seinem Zielzustand. Im Rahmen der Arbeitsplanung wird beschrieben, was hergestellt, wie und womit etwas hergestellt werden soll. Ziel ist es, unter ständiger Berücksichtigung der Wirtschaftlichkeit die fertigungsgerechte Herstellung eines Erzeugnisses sicherzustellen (vgl. Eversheim 1989, S. 1-23). Der zunehmende Automatisierungsgrad in den Industriebetrieben hat dazu geführt, daß neben der konventionellen Arbeitsplanung computergestützte Fertigungsanweisungen in Form von Programmen erzeugt werden (NC-Programmierung). Darüber hinaus hat sich im Laufe der Zeit die Produktprüfung zu einer planenden und vorausschauenden Qualitätsprüfung gewandelt. Die daraus entstandenen Prüfanforderungen werden häufig in sogenannten Prüfanweisungen in Form von Prüfplänen beschrieben. Das prinzipielle Vorgehen zwischen der konventionellen Arbeitsplanung, der Programmierung und der Prüfplanung besitzt einige Analogien. Die grundlegenden Schritte werden deshalb anhand der Arbeitsplanerstellung beschrieben. Der Ausgangspunkt der Arbeitsplanung liegt darin, die von der Produktentwicklung und der Konstruktion bereitgestellten Produktinformationen in Anweisungen für die Fertigung und Montage zu bringen. Im Arbeitsplan sind die Arbeitsgänge sowie die Ablauffolge zur Fertigung eines Teils oder zur Montage von verschiedenen Teilen bzw. Baugruppen festgelegt. Zusätzlich sind den einzelnen Positionen, d. h. den Arbeitsgängen, Fertigungsverfahren, Betriebsmittel und deren Kapazitätsbedarf zugeordnet. Die Arbeitsplanerstellung umfaßt folgende Aufgaben (vgl. Eversheim 1989, S. 30-56; vgl. Hüllenkremer 1990, S. 48-57):

- *Bestimmung des Ausgangsteils*
  Die Ausgangsteilbestimmung umfaßt die Festlegung von Rohteilart und Rohteilabmessungen unter Berücksichtigung der Anforderungen des Werkstücks.

- *Arbeitsvorgangsfolgeermittlung*
  Die Bestimmung der Arbeitsvorgangsfolge beinhaltet die Festlegung der Reihenfolge der Arbeitsvorgänge zur Umwandlung eines Werkstücks von seinem Anfangs- in seinen Endzustand.

- *Maschinenauswahl*
  Die Maschinenauswahl umfaßt die Zuordnung bzw. Auswahl der benötigten Maschinen zur Durchführung eines Arbeitsvorgangs.

- *Fertigungshilfsmittelzuordnung*
  Innerhalb der Fertigungshilfsmittelzuordnung werden die Werkzeuge und Vorrichtungen, die kein fester Bestandteil der Maschinen sind, zur Durchführung der Arbeitsvorgänge ausgewählt.

- *Vorgabezeit- bzw. Vorgabewertermittlung*
  Die Hauptaufgabe der Vorgabezeitermittlung ist die Ermittlung von Soll-Zeiten zur Durchführung der jeweiligen Bearbeitungsvorgänge.

Innerhalb der Arbeitsplanerstellung haben sich unterschiedliche Arten herausgebildet. Der Aufwand für die unterschiedlichen Arbeitsplanerstellungsarten wird dabei entscheidend von dem Standardisierungsgrad des zu bearbeitenden Werkstücks beeinflußt.

Bei der *Neuplanung* müssen alle oben genannten Schritte durchgeführt werden. Eine Neuplanung ist immer dann erforderlich, wenn für nichtstandardisierte Werkstücke ein Arbeitsplan erstellt werden muß. Innerhalb der Neuplanung kommt es nicht selten vor, daß neue Vorrichtungen entwickelt und konstruiert werden müssen.

Bei der *Anpassungsplanung* werden durch Hinzufügen oder Löschen von vollständigen Arbeitsgängen oder durch den Austausch von einzelnen Arbeitsanweisungen und Betriebsmitteln Veränderungen vorgenommen. Dieses Verfahren sollte durch eine Ähnlichkeitssuche auf Basis eines Klassifizierungssystems unterstützt werden und setzt ein Produktspektrum, das auf teilstandardisierten Werkstücken beruht, voraus.

Bei der *Variantenplanung* erfolgt eine Anpassung des Arbeitsplans aufgrund der Variation einzelner Parameter. Ein Hinzufügen bzw. Löschen von einzelnen Arbeitsvorgängen ist nicht erlaubt. Voraussetzung für die Anwendung des Variantenplanungsprinzips ist eine Bildung von Teilefamilien, d. h. eine Gruppierung von Teilen mit gleichen oder ähnlichen Geometrieeigenschaften bzw. gleichen oder ähnlichen Fertigungsverfahren. Jede Teilefamilie basiert auf einem standardisierten Grundarbeitsplan, und die zu fertigenden Varianten haben eine hohe Ähnlichkeit.

Bei der *Wiederholungsplanung* erfahren die bereits existierenden Planungsergebnisse eine vollständige Wiederverwendung. Die auftragsneutralen Arbeitspläne werden um dispositive Auftragsdaten wie Termin, Auftragsnummer und Stückzahl ergänzt. Hinsichtlich des Planungsaufwands verursacht die Wiederholungsplanung zwar den geringsten Aufwand, setzt jedoch ein standardisiertes Produktspektrum voraus.

Neben der Differenzierung der Arbeitspläne in Abhängigkeit von dem Erstellungsaufwand können sie auch nach ihrem Verwendungszweck unterschieden werden. Der Begriff *Standardarbeitsplan* bezeichnet einen Arbeitsplan, der fest einem zu fertigenden Material zugeordnet ist und Standardinformationen enthält. *Alternativarbeitspläne* kennzeichnen, daß ein Material auf Basis von unterschiedlichen Arbeitsplänen gefertigt werden kann. *Variantenarbeitspläne* beinhalten alle durchzuführenden Arbeitsvorgänge, und innerhalb der Arbeitsplanerstellung wird die erforderliche Variante aus dem Gesamtspektrum abgeleitet. *Rumpfarbeitspläne* enthalten nur Grobinformationen, eine Detaillierung erfolgt innerhalb der konkreten Fertigung. Sie werden insbesondere bei der Insel- bzw. Gruppenfertigung angewendet, wo der Mitarbeiter in der Fertigung aufgrund seines Wissens den konkreten Arbeitsplan erstellt. Einhergehend mit diesem Prinzip erfolgt in der Regel auch eine Teilefamilienbildung für die einzelnen Inseln, damit der Mitarbeiter vor Ort ein überschaubares Teilespektrum planen kann.

Eine besondere Bedeutung hat die *Arbeitsplanverwaltung*, die neben der Archivierung dem Arbeitsplaner effizient bei der Suche nach vorhandenen bzw. ähnlichen Arbeitsplänen unterstützen soll. Mit Hilfe von Klassifizierungen können beschreibende Informationen zu Werkstückgruppen oder ähnlichen Fertigungsverfahren abgelegt und anhand von Klassifizierungsnummern oder mittels Textsuche schnellstmöglich auf vorhandene Daten zurückgegriffen werden. Ebenso ist die Arbeitsplanhistorie, das Gültigkeitsdatum, das Auslaufdatum, das Ändern und Löschen von Arbeitsplänen eine Grundanforderung für eine effiziente Arbeitsplanverwaltung.

Bei konventioneller Fertigung werden die Produktionsanlagen durch Personen gesteuert. Bei computergestützten Anlagen werden die NC-Maschinen und Roboter durch Programme, die wiederum von Personen erstellt werden, gesteuert. Die Programme enthalten Anweisungen für die Bewegungs- und Schaltfunktionen. Die Werkzeugwegsteuerung erfolgt anhand der Konturen und Flächen des Teils. Daraus ergeben sich im Vergleich zur konventionellen Arbeitsplanerstellung sowohl Unterschiede in der Art der Datenaufbereitung als auch in der Datenübertragung.

Zentrale Ausgangsinformationen bei der *NC-Programmierung* sind die in der Entwicklung/Konstruktion erstellten Unterlagen. In Abhängigkeit des zur Verfügung stehenden Maschinenparks muß zunächst entschieden werden, ob die Programme manuell oder rechnergestützt (maschinell) erstellt werden sollen (vgl. Diedenhoven 1985, S. 58-65). Gleichzeitig wird hier das zu verwendende Fertigungsverfahren und die einzusetzende Werkzeugmaschine bestimmt. Unabhängig von der Art der Programmierung sind im wesentlichen folgende drei Aufgaben zu erfüllen:

- Berechnung von geometrischen Größen
- Festlegung technologischer Daten (Definition des Bearbeitungsablaufs, Bestimmung der Werkzeuge, Werkzeugwegberechnung)
- Verschlüsselung der Informationen und Aufbau des Steuerprogramms

Bei der *manuellen Programmierung* werden auf Basis der in konventioneller Form vorliegenden Arbeitsunterlagen die für das NC-Programm relevanten Daten berechnet, verschlüsselt und in Listen übertragen. So muß z. B. die Werkstückgeometrie der Konstruktionszeichnung maßstabsgetreu vergrößert werden, um Tangentenschnittpunkte für das NC-Programm zu ermitteln. Die Daten des in Listenform erstellten Steuerprogramms werden anschließend manuell oder über einen externen Datenträger, z. B. Diskette oder Magnetband, in die Steuerung eingegeben.

Mit Hilfe der *rechnergestützten Programmierung* kann man den Arbeitsaufwand zur Erstellung eines NC-Programms reduzieren, weil durch das Programm geometrische Berechnungen durchgeführt werden und die NC-Steuerdaten automatisch entstehen. Ziel ist es, hierbei möglichst unabhängig von einer speziellen Wergzeugmaschine das Programm zu erstellen.

Innerhalb der Programmierung sind die Nutzungsmöglichkeiten nicht unabhängig von der technischen Leistungsfähigkeit, hier insbesondere von der Programmierart, zu sehen. So erzeugt bei der manuellen Programmierung der NC-Programmierer an einem alphanumerischen Programmierarbeitsplatz ein steuerungsabhängiges Teileprogramm. Das Programm wird direkt in der Befehlsstruktur und der Verschlüsselung der numerisch gesteuerten Maschine auf Basis der Teilezeichnung erstellt. Bei der halbmaschinellen Programmierung erfolgt ein Teil der Programmerstellung über spezielle, an den CNC-Rechner gebundene Symbol- und Funktionstasten. Durch die enge Anbindung der Programmierung an die maschinenspezifischen Charakteristika sind die genannten Programmierarten nur eingeschränkt anwendbar, da die Nutzung des erstellten Programms durch andere NC-Maschinen eines hohen Änderungsaufwands bedarf.

Der Nachteil der maschinenbezogenen Programmierung kann reduziert werden, wenn das Programmiermodul die Möglichkeiten der maschinellen (textuellen) Programmierung anbietet. Hier wird der Fertigungsprozeß in einzelnen Schritten vom Roh- zum Fertigteil anhand der Teilezeichnung mit einem Teileprogramm, z. B. APT, EXAPT oder COMPACT II, beschrieben. Mittels eines Präprozessorlaufs wird das erstellte Teileprogramm anschließend zunächst in ein werkzeugmaschinenneutrales Format umgewandelt. Geometrische Berechnungen, die sich durch die anhand der Werkstückgeometrie programmierten Fahrwege ergeben, werden anschließend vom Prozessor übernommen. Wesentliches Kennzeichen des durch den Präprozessorlaufs erzeugten CLDATA-Formates (Cutter Location Data) ist, daß die vorher getrennten Geometrie- und Technologiewerte in den Werkzeug- und Schaltanweisungen miteinander verknüpft sind. Mit dem Postprozessor werden die in einem maschinenunabhängigen Format vorliegenden Steuerdaten anschließend in die Steuerdaten der jeweiligen Werkzeugmaschine transformiert.

Bei den oben genannten Programmierarten muß der Programmierer seine alphanumerisch eingegebenen Daten an der Maschine auf ihre Richtigkeit hin überprüfen. Im Fertigungsprozeß selbst stehen aber nicht die alphanumerischen, sondern visuelle Aspekte im Vordergrund. Diese realitätsnahe Art der Programmierung kann durch die grafisch-interaktive Programmierung unterstützt werden. Zunächst wird hier die Geometrie des Objekts erstellt. Anschließend wird nach Festlegung der Bearbeitungsart das Werkzeug ausgewählt und der Ausgangspunkt des Werkzeugs in der Grafik definiert. Mit Angabe des Start- und Endpunktes der Bearbeitung sowie der Technologiedaten wird anschließend der Bearbeitungsverlauf durch das Modul errechnet und das maschinenneutrale Werkzeugformat erzeugt.

Die *Prüfplanung* gehört häufig zu dem Aufgabengebiet der Qualitätsprüfung, die darüber hinaus noch die Prüfausführung, Prüfdatenauswertung und Prüfautragssteuerung umfaßt (vgl. Kapitel 8.26, 8.27 und 8.28). Für die Aufbereitung der entsprechenden Unterlagen zur Qualitätsprüfung in der Fertigung und Montage sind die Aufgaben der Prüfplanung von besonderem Interesse. Ausgangsdaten zur Erstellung eines Prüfplans sind die Produktspezifikation, die Zeichnung und der Arbeitsplan. So werden von der Entwicklung die maximalen Qualitätsvorgaben mitbestimmt, von der Konstruktion die Maßangaben für die Prüfung festgelegt und von der Arbeitsplanung Anforderungen an die Fertigungsmittel und -hilfsmittel sowie die Prüfvorgänge definiert (vgl. DIN 1987, S. 126-128).

Zunächst müssen die zur Prüfung notwendigen Merkmale definiert werden. Ausgehend von den zur Verfügung gestellten Unterlagen, wie Pflichtenheft, Konstruktionszeichnung, Stücklisten, Fertigungsplan und Bestellunterlagen, sind die notwendigen Unterlagen zu extrahieren und auf ihre Richtigkeit hin zu überprüfen. Qualitätsrelevante Merkmale sind die physikalischen und geometrischen Eigenschaften, Vollständigkeit, Aussehen sowie die Funktionalität des Produkts. Innerhalb der Prüfspezifikationserstellung werden die zur Qualitätsvalidierung notwendigen Prüfmerkmale mit ihren Nennmaßen festgelegt und das anzuwendende Prüfverfahren für die durchzuführende Qualitätsprüfung definiert. In der Prüfanweisung wird je Prüfmerkmal die Prüfdurchführung beschrieben. Hier wird neben der Art der Durchführung unter anderem die Menge der Stichproben, der zulässige Fehleranteil pro Stichprobe sowie der zeitliche Abstand zwischen zwei Prüfungen aufgeführt. Durch die Prüfzeichnungserstellung werden die zu prüfenden Stellen an dem Objekt kenntlich gemacht. So ist es z. B. wichtig, im Vorfeld der Fertigung zu erkennen, ob die durchzuführende Prüfung nicht durch die Geometrieelemente des Prüfobjekts behindert wird. Die Prüfablaufplanerstellung hat die Aufgabe, die zeitlich-logische Abfolge der je Prüfmerkmal definierten Prüfschritte zu optimieren. Hier werden somit die einzelnen Prüfzeitpunkte festgelegt. Der letzte Schritt liegt in der Zuordnung der Prüfung zu einer zentralen Prüfstelle oder zu dem Fertigungsarbeitsplatz. Je nach Ort und Art der Prüfung sind hierzu die jeweiligen Prüfvorgabezeiten zu ermitteln.

Da zur Erstellung der Prüfpläne die Produktspezifikation, die Zeichnungen und der Arbeitsplan eine Voraussetzung sind, kann der Aufwand der auftragsabhängigen Prüfplanerstellung ebenso in die Klassen Neu-, Anpassungs-, Varianten- und Wiederholprüfplan unterteilt werden, also in Abhängigkeit der Produktstandardisierung beschrieben werden.

8.14.2 SAP-spezifische Beschreibung

Ein Arbeitsplan beschreibt im R/3-System die Reihenfolge der einzelnen Arbeitsvorgänge, die zur Herstellung eines zu fertigenden Erzeugnisses dienen. Der Arbeitsplan ist werksbezogen, d. h. er wird eindeutig innerhalb eines Werks definiert. Einzelne Vorgänge eines Arbeitsplans können jederzeit aber auch einem anderen Werk zugeordnet werden, wenn das andere Werk zum gleichen Buchungskreis gehört. Der Arbeitsplan wird auftragsneutral definiert und dient als Vorlage für die Kalkulation, für die Durchlauf- und Kapazitätsterminierung, für die Kapazitätsplanung und den Kapazitätsabgleich und als Handlungsanweisung für die konkrete Produktionsdurchführung (vgl. SAP – Produktionsplanung 1994, S. 3.9-3.13). Wesentliche Elemente des Arbeitsplans sind:

- *Material*
  Das Material wird mit seinen charakteristischen physikalischen Eigenschaften beschrieben. Bei der Zuordnung eines Materials zu einem Arbeitsplan gibt es folgende Möglichkeiten:

  – Arbeitspläne können in Plangruppen zusammengefaßt werden. Plangruppen beinhalten Arbeitspläne, die auf ähnlichen Fertigungsabläufen beruhen und/oder zur Fertigung ähnlicher Materialien dienen. Innerhalb einer Plangruppe werden die zugeordneten Arbeitspläne durch Angabe eines Plangruppenzählers eindeutig differenziert.

- Arbeitspläne, die zur Fertigung eines Materials nach unterschiedlichen Fertigungsmethoden dienen, können in unterschiedlichen Plangruppen abgelegt werden.
- Ein Arbeitsplan kann zur Fertigung von unterschiedlichen Materialien dienen (spiegelbildliche Teile, z. B. rechte und linke Schranktür). Die unterschiedlichen Materialien können im R/3-System sogar verschiedenen Werken zugeordnet werden.

▪ *Vorgänge*
Der Vorgang charakterisiert den durchzuführenden Arbeitsschritt, den Vorgabewert (Zeitangabe) zur Durchführung sowie die zu produzierende Menge. Die Durchführungszeit zu einem Vorgang beinhaltet mindestens die Angabe der Aufrüst-, Bearbeitungs- und Abrüstzeit. Sie kann für die Terminierung ergänzt werden durch die Wartezeit, d. h. die Zeitspanne, die das Material am Fertigungsplatz liegt bis zur Durchführung des Vorgangs, durch die Transportzeit, d. h. die Zeitspanne der Bewegung des Materials von einem Fertigungsplatz zu dem nachfolgenden Fertigungsplatz und durch die Liegezeit, d. h. der Zeitspanne nach Beendigung der Fertigung, wo das Material an der Fertigungsstelle bis zum Transportzeitpunkt zwischengelagert wird.

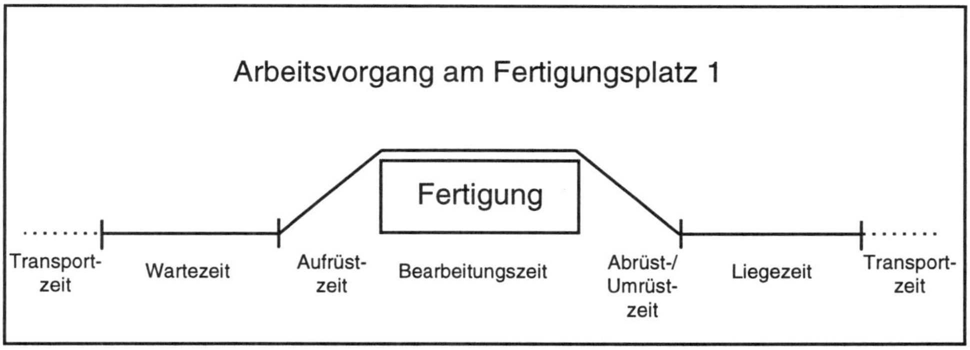

Abb. 8.14-1: Zeitanteile eines Fertigungsauftrags

Warte- und Aufrüstzeit bzw. Liege- und Abrüstzeit können sich dabei überlappen, weil die Schritte parallel durchgeführt werden können.

▪ *Fertigungs- und Fertigungshilfsmittel*
Die Vorgänge müssen zu spezifischen Fertigungsmitteln, z. B. manuell gesteuerte, CNC-gesteuerte, DNC-gesteuerte Maschinen, flexiblen Fertigungszellen zugeordnet werden. Die notwendigen Fertigungshilfsmittel, wie Werkzeuge, Vorrichtungen, NC-Programme, Zeichnungen sowie Meß- und Prüfmittel, müssen geplant werden. Fertigungshilfsmittel sind bewegliche Betriebsmittel, die im Arbeitsplan sowohl eigen- als auch fremdzubearbeitenden Vorgängen zugeordnet werden können. Bei der Zuordnung eines Fertigungshilfsmittels zu einem Vorgang kann angegeben werden, zu welchem Termin welche Menge des Hilfsmittels für welche Zeitdauer benötigt wird. Zu einem Fertigungshilfsmittel kann ein Stammsatz angelegt werden. Fertigungshilfsmittel, zu

denen ein Materialstammsatz angelegt ist, können sowohl eigengefertigt als auch fremdbezogen werden. Zu Fertigungshilfsmitteln kann auch ein spezifischer Fertigungshilfsmittel-Stammsatz angelegt werden. Auf Basis eines fertigungshilfsmittelbezogenen Stammsatzes kann allerdings keine Beschaffung erfolgen. Wichtig ist, daß ein Fertigungshilfsmittel mit Materialstammsatz NST dann einem Vorgang zugeordnet werden kann, wenn im Materialstamm die Sicht Fertigungshilfsmittel gepflegt worden ist und das Statuskennzeichen des Materials die Zuordnung zuläßt.

- *Prüfmerkmale*
  Eng verwandt mit dem Arbeitsplan ist der Prüfplan. Ein Prüfplan enthält die einzelnen Prüfvorgänge, die zu prüfenden Merkmale je Prüfvorgang und die Angabe des zu verwendenden Prüfmittels. Ein Prüfplan kann prinzipiell zu Wareneingangs-, Warenausgangs-, Erstmuster- und fertigungsbegleitenden Prüfungen herangezogen werden. Im R/3-System kann die Erstellung von Prüfplänen entfallen, weil die Prüfmerkmale direkt im Arbeitsplan hinterlegt werden. Die Prüfmerkmale können entweder direkt einem Arbeitsvorgang zugeordnet werden oder ein Arbeitsvorgang wird als Prüfvorgang deklariert und eine Prüfposition im Arbeitsplan definiert. Ein Prüfmerkmal enthält u. a. eine Merkmalsbeschreibung, die Prüfmethode und das Stückprobenverfahren. Qualitätsrelevante Merkmale sind z. B. die Angabe von physikalischen und geometrischen Eigenschaften. Die Prüfmethode legt fest, nach welchem Verfahren die Prüfung durchgeführt werden soll. Das Stichprobenverfahren bestimmt, ob eine hundertprozentige Stichprobe, eine prozentuale Stichprobe, eine feste Stichprobe oder eine Stichprobe nach Stichprobenplan erfolgen soll.

Arbeitspläne können mit und ohne Materialbezug sowie mit und ohne Angabe einer Plangruppe, d. h. ähnliche Arbeitspläne werden in Gruppen zusammengefaßt, angelegt werden. Wird beim Anlegen eines Arbeitsplans im ersten Schritt kein Material angegeben, so kann dies später erfolgen. Wird zu einem vorhandenen Material ein Arbeitsplan angelegt, so werden beim Anlegen alle Pläne aufgelistet, die zu dem Material bereits vorhanden sind. Wird beim Anlegen keine von den vorhandenen Plangruppen angegeben, so ordnet das R/3-System intern eine Plangruppe zu. Im R/3-System werden folgende Arbeitsplantypen unterstützt:

- *Normalarbeitsplan*
  Der Normalarbeitsplan beschreibt den Arbeitsablauf zur Fertigung eines Materials. Zu einem Material können mehrere Normalarbeitspläne angelegt werden, die z. B. in unterschiedlichen Losgrößenbereichen oder zu verschiedenen Verwendungen wie Fertigungsbearbeitung, Nachbearbeitung oder Prototypbearbeitung genutzt werden. Zur Verringerung des Erfassungsaufwands kann man von einem Normalarbeitsplan auf Standardarbeitspläne in beliebiger Reihenfolge und Häufigkeit referieren. Da Materialien, Pläne und Werke beliebig miteinander verknüpft werden können, sind Normalarbeitspläne höchst flexibel verwendbar. So kann man z. B. die Fertigung spiegelbildlicher Teile (z. B. linke und rechte PKW-Tür) über einen einzigen Plan abbilden.

- *Standardarbeitsplan*
  Im Gegensatz zum Normalarbeitsplan ist der Standardarbeitsplan keinem Material zugeordnet. Ein Standardarbeitsplan umfaßt eine Folge von Vorgängen, die sich in einem

Fertigungsablauf häufig wiederholen, und auf die im Bedarfsfall zurückgegriffen wird. Standardarbeitspläne können als *Referenz* oder *Vorlage* in Normalarbeitsplänen oder Werkaufträgen verwendet werden. Dadurch wird der Erfassungsaufwand für Normalarbeitspläne durch den Rückgriff auf bereits vorhandene Datenbestände erheblich verringert. Ebenso bewirkt eine Änderung im Standardarbeitsplan eine automatische Änderung auf alle referierenden Normalarbeitspläne.

- *Linienplan*
  Linienpläne sind für die produktionsratenbezogene Planpflege ausgelegt und können z. B. in der Serienfertigung genutzt werden. Während bei Normalarbeitsplänen die Basismenge im allgemeinen konstant ist (z. B. Stück) und die Zeiten (z. B. die Bearbeitungszeit) über die Vorgabewerte gepflegt werden, ist es beim Linienplan umgekehrt. Die Produktionsmengen werden artikelspezifisch gepflegt, und die Bezugszeit ist konstant. Dadurch beschreibt ein Linienplan, welche Menge eines Artikels in einer vorgegebenen Zeit gefertigt wird. Ein Linienplan enthält *eine* Vorgangsfolge. Über die Produktionsmenge, die Produktionszeit und die dazugehörigen Einheiten wird für jeden Vorgang eine Produktionsrate festgelegt. Dabei wird die Produktionsrate durch den Quotienten aus Produktionsmenge und Produktionszeit bestimmt. So kann z. B. die Produktionsmenge in Tonnen pro Schicht angegeben werden. In allen weiteren Punkten entsprechen sich Funktionalität und Pflege von Linienplänen und Normalarbeitsplänen. Arbeitsplätze, die den Vorgängen in Linienplänen zugeordnet werden, sollten Vorgabewertschlüssel besitzen, in denen die Vorgabewerte Produktionszeit, Rüsten und Abrüsten voreingestellt sind.

- *Standardlinienplan*
  Standardlinienpläne werden als *Referenz* oder *Vorlage* in Linienplänen verwendet. Ein Standardlinienplan umfaßt *eine* Vorgangsfolge. Über Produktionsmenge und Bezugszeit wird, analog zum Linienplan, die Produktionsrate im Vorgang festgelegt. In Funktionalität und Pflege entsprechen sich Standardlinienpläne und Standardarbeitspläne.

Arbeitspläne sind neben der Zeichnung und der Stückliste eine wesentliche Grundlage für die Fertigung und dienen als Fertigungsanweisung zur Durchführung der Produktionsprozesse. Neben der Beschreibung des Produktionsprozesses ist der Arbeitsplan die zentrale Basis zur zeitlichen Planung der Arbeitsschritte. So kann mit Hilfe der im Arbeitsplan angegebenen Zeitgrößen eine auftragsneutrale Vorwärts- oder Rückwärtsterminierung durchgeführt werden. Führen die angegebenen Zeiten zu einer Überschreitung des erlaubten, spätmöglichsten Fertigungstellungstermins, so können folgende drei verschiedene Verfahren zur Reduzierung der Fertigungsauftragszeit vorgenommen werden:

- Reduzierung der Warte-, Liege- und Transportzeit bis auf die minimal notwendige Dauer
- Überlappung von Vorgängen, d. h. bevor ein Arbeitsvorgang vollständig abgeschlossen ist, werden Teilmengen an den nachfolgenden Arbeitsvorgang übergeben
- Splittung eines Vorgangs, d. h. die zu produzierende Menge bezüglich eines Arbeitsvorgangs wird auf verschiedene Kapazitäten (Anlagen oder Maschinen) aufgeteilt und somit der Arbeitsvorgang parallel an einer oder mehreren Maschinen durchgeführt

Eine Entwicklung im Rahmen der computergestützten Arbeitsplanerstellung ist die Erzeugung von Programmieranweisungen für NC-gesteuerte Maschinen, wobei je nach Integrationsgrad auf computergestützt erstellte Geometrie- und Technologieinformationen (CAD/NC-Integration) zurückgegriffen werden kann (vgl. Diedenhoven 1985, S. 58-65). Eine zweite Entwicklung liegt in der teilweisen Automatisierung von herkömmlich erstellten Arbeitsplänen, indem z. B. durch Variantenbildung zu einer Produktfamilie und durch Variation von Parametern aus einem Standardarbeitsplan der variantenbezogene Arbeitsplan erzeugt wird. Ebenso kann durch den Aufbau geeigneter Klassifikationssysteme die Anpassungsplanung durch Nutzung von Rumpf- bzw. Standardarbeitsplänen teilweise automatisiert werden (vgl. Hüllenkremer 1990, S. 48-57). Im R/3-System werden die Anforderungen an eine computergestützte Arbeitsplanung (Computer Aided Planning) zum einem durch die Konfiguration von Arbeitsplänen (vgl. Kapitel 9.3), zum anderen durch die automatische Vorgabewertermittlung unterstützt. Dabei erfolgt die Ermittlung von Vorgabewerten für Rüst-, Maschinenlauf-, Transport-, Prüf- und Wartezeiten auf Basis von hinterlegten Tabellen und Formeln. Neben der Automatisierung der Arbeitsplanerstellung sind darüber hinaus für eine weitere integrierte Bearbeitung die Angabe von bestimmten Informationen für nachfolgende Arbeitsschritte sinnvoll. Dies geschieht im R/3-System über die Zuordnung eines *Steuerschlüssels* zu einem Arbeitsvorgang.

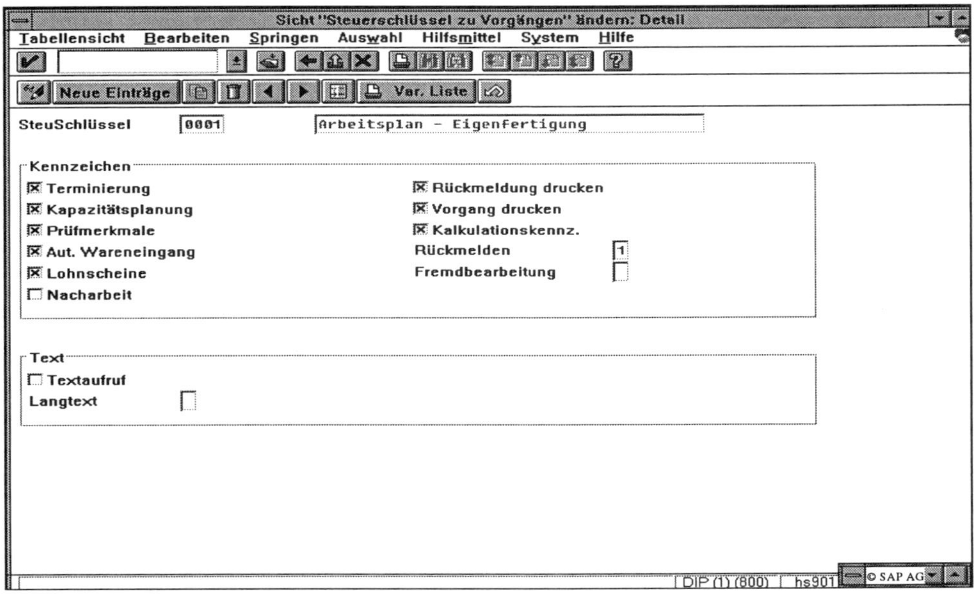

Abb.: 8.14-2: Parameter zum Steuerschlüssel

Der Steuerschlüssel enthält unterschiedliche Kennzeichen, die je nach Steuerschlüssel optional oder obligatorisch sind und im Customizing gepflegt werden.

Es wird z. B. über den Steuerschlüssel festgelegt, wie ein Vorgang oder ein Untervorgang behandelt werden soll. Ebenso wird definiert, ob eine Kalkulation oder eine Kapazitätsplanung für den Vorgang oder die Untervorgänge erfolgen soll. Abhängig vom Steuerschlüssel werden verschiedene Plausibilitätsprüfungen vorgenommen, z. B. sind Splittung und Überlappung nur dann zulässig, wenn der Vorgang auch terminiert wird. Das Kennzeichen Fremdbearbeitung sorgt dafür, daß im Rahmen der Fertigungsauftragseröffnung (vgl. Kapitel 8.32) Bestellanforderungen erzeugt werden.

8.14.3 Anwendung des Prozesses

Im Einstiegsbild muß beim Anlegen eines Normalarbeitsplans zunächst die Materialnummer eingegeben werden. In dem vorliegendem Fall wird die Plangruppe vom R/3-System intern vergeben. Der vorliegende Arbeitsplan für das Material *DPC1101* (Hauptplatine) ist ab dem 14.06.1996 für die Fertigung gültig. Hierzu wurde auf dem Kopfdetailbild (vgl. Abb. 8.14-5) die Verwendung *1* angegeben. Das rechts aufgeblendete Bild zeigt die im Customizing definierten Voreinstellungen zum Feld Verwendung. Es gibt in diesem Fallbeispiel keine losgrößenbezogenen Restriktionen für die Fertigung. Dieser Arbeitsplan wird sofort mit Setzen des Status *4* für die Fertigung freigegeben. Die Vorgänge werden anhand der Folgeart *Stammfolge* abgearbeitet. Beide Vorgänge sind dem Arbeitsplatz *1801* (vgl. Kap. 8.13) zugeordnet. Der erste Arbeitsgang wird über den Steuerschlüssel *PP04* abgewickelt und erfordert nicht unbedingt eine Rückmeldung. Der zweite durchzuführende Arbeitsgang mit dem Parameter *PP01* muß zum Abschluß zurückgemeldet werden.

Auf dem Vorgangsdetailbild (vgl. Abb. 8.14-8) werden die Vorgabewerte zur Fertigung angegeben. Die Endmontage der Hauptplatine (Vorgang 0020) bedarf einer Rüstzeit von 5 Minuten und einer Maschinenlaufzeit von 15 Minuten. Zusätzlich werden den einzelnen Vorgabewerten die entsprechenden Leistungsarten (vgl. Kapitel 8.5, Leistungsartenbearbeitung) zugeordnet. Die Leistungsart *1420* ist für die Maschinenstunden angelegt.

8.14.4 Navigationsinformationen

- *Menüpfad*
  Logistik -> Produktion -> Stammdaten -> Arbeitspläne
- *Transaktionscode*
  CA01
- *Eingehende Prozeßverbindungen im R/3-Referenzmodell*
  keine
- *Ausgehende Prozeßverbindungen im R/3-Referenzmodell*
  keine

Werksmaterial

Der Arbeitsplan ist werksbezogen, d. h. Sie legen ihn für ein Werk an. Wenn jedoch Vorgänge in einem anderen Werk ausgeführt werden als der restliche Arbeitsplan, können Sie jederzeit einzelnen Vorgängen des Arbeitsplans ein anderes Werk zuordnen als das Werk im Arbeitsplankopf, solange die beiden Werke zum selben Buchungskreis gehören. Bei der Zuordnung eines Materials zu einem Plan haben Sie die folgenden drei Möglichkeiten. Sie können Pläne zur Fertigung eines Materials in unterschiedlichen Plangruppen ablegen. Das ist z. B. dann sinnvoll, wenn ein Material nach unterschiedlichen Fertigungsmethoden gefertigt werden kann. Sie können auch Pläne zur Fertigung eines Materials in einer einzigen Plangruppe ablegen, wo sie durch unterschiedliche Plangruppenzähler identifiziert sind. Außerdem kann ein Plan der Fertigung unterschiedlicher Materialien dienen (z. B. spiegelbildliche Teile, linke und rechte Wagentür). Die unterschiedlichen Materialien können sogar unterschiedlichen Werken zugeordnet sein. Beim Anlegen eines Plans werden alle Pläne aufgelistet, die zu einem Material bereits vorhanden sind.
Sie können einen Arbeitsplan jederzeit auch ohne Materialbezug anlegen und erst später diesem Plan ein Material zuordnen.

Plangruppe

Plangruppen fassen Arbeitspläne zusammen, die ähnliche Fertigungsabläufe besitzen oder zur Fertigung ähnlicher Materialien dienen. Sie können in einer Plangruppe z. B. Arbeitspläne für unterschiedliche Losgrößenbereiche oder Fertigungsalternativen zusammenfassen. Wenn Sie z. B. ein Produkt je nach Umständen im Inland oder im Ausland fertigen, können Sie die beiden Arbeitspläne in einer Plangruppe ablegen. Die Pläne einer Plangruppe unterscheiden sich durch ihren Plangruppenzähler, so daß Sie einen Arbeitsplan durch Angabe von Plangruppe und Plangruppenzähler eindeutig identifizieren können. Bei der Bearbeitung von Arbeitsplänen lädt das System alle Pläne einer Plangruppe. Daher ist es aus technischer Sicht vorteilhaft, wenn Sie nicht zu viele Pläne in einer einzigen Plangruppe zusammenfassen.

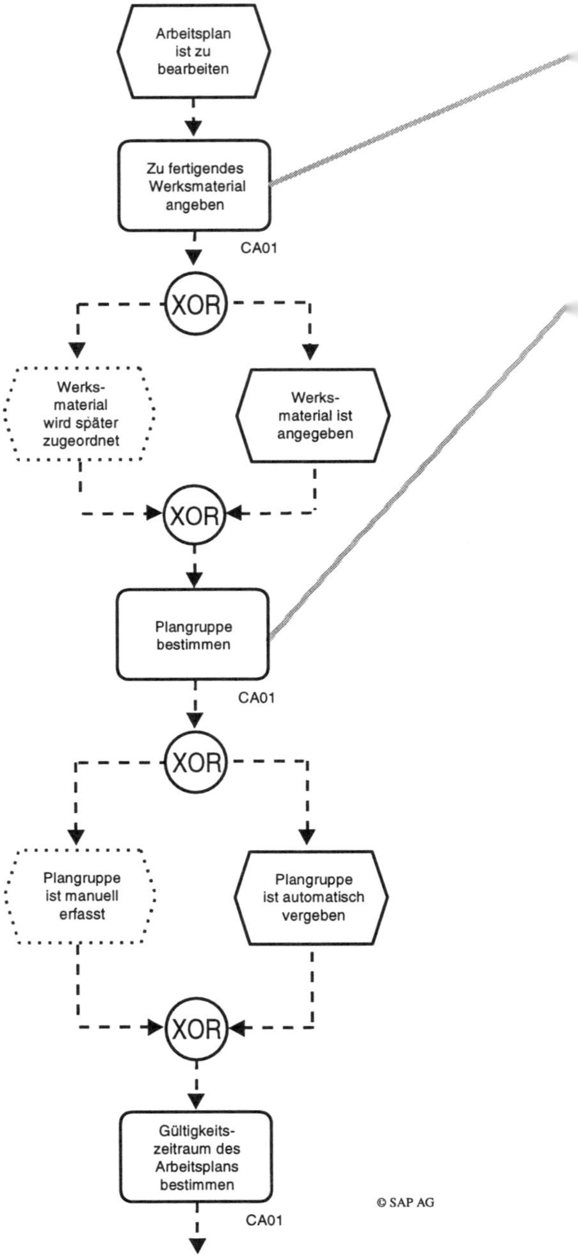

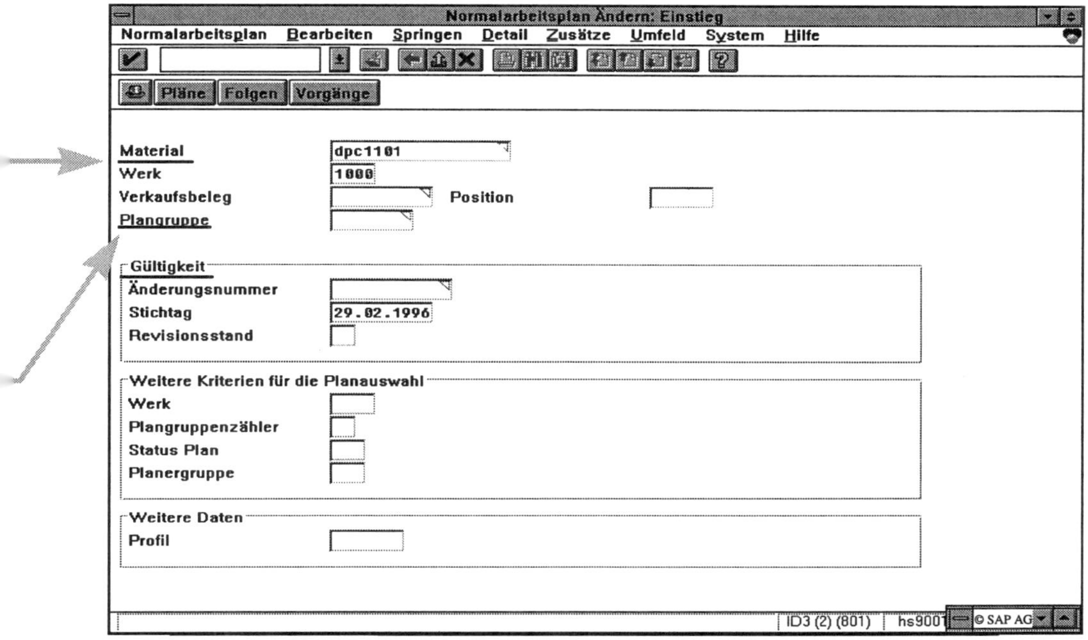

Abb. 8.14-3: Einstiegsbild zum Anlegen eines Arbeitsplans

Änderungsnummer
Mit der Eingabe einer alphanumerischen Änderungsnummer identifizieren Sie einen Änderungsstammsatz. Der Änderungsstammsatz legt fest, wann die Änderung wirksam werden soll und faßt alle Objekte zusammen, die zu einer Änderung gehören. Die Änderungsnummer dokumentiert alle durchgeführten Änderungen und steuert ihre Gültigkeiten.

Stichtag
Über den Stichtag steuern Sie, mit welchem Datum die Arbeitsplanobjekte aus der Datenbank selektiert werden. Wenn Sie einen Arbeitsplan über eine Änderungsnummer mit einem Gültig-ab-Datum ändern, ist der Stichtag gleich dem Gültig-ab-Datum. Neue Objekte werden mit dem Stichtag als Gültig-ab-Datum angelegt.

Profil
Oft werden bestimmte Felder in Arbeitsplänen immer wieder mit den gleichen Werten besetzt. Dann ist es zweckmäßig, diese Felder mit Vorschlagswerten zu besetzen, um den Erfassungsaufwand zu verringern. Ein Profil ist eine Sammlung von Vorschlagswerten für den Plankopf und für Vorgänge. Es wird im Customizing angelegt und gepflegt. Sie können aber auch während der Arbeitsplanpflege Vorschlagswerte ändern.

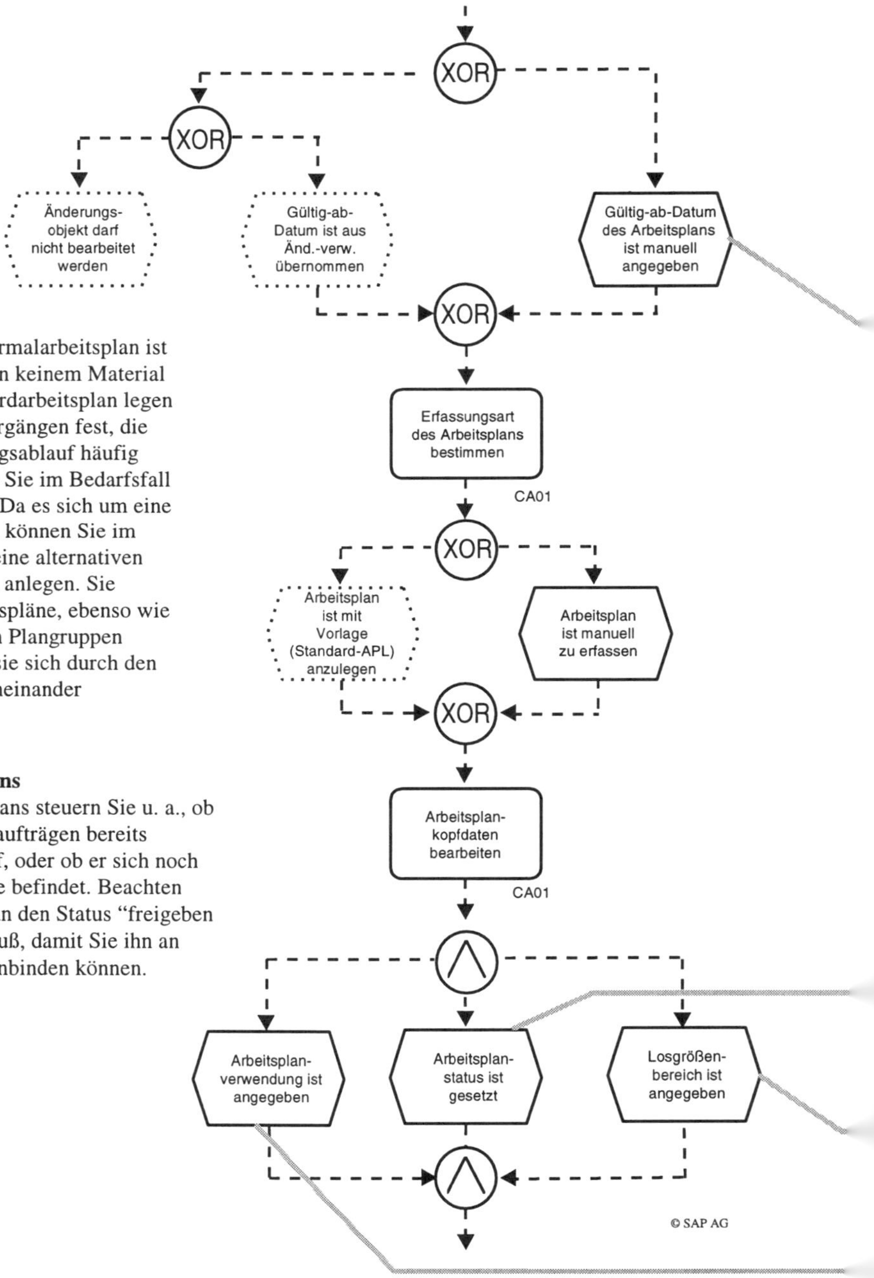

Standardarbeitsplan
Im Gegensatz zum Normalarbeitsplan ist der Standardarbeitsplan keinem Material zugeordnet. Im Standardarbeitsplan legen Sie eine Folge von Vorgängen fest, die sich in einem Fertigungsablauf häufig wiederholt und auf die Sie im Bedarfsfall zurückgreifen wollen. Da es sich um eine Standardfolge handelt, können Sie im Standardarbeitsplan keine alternativen oder parallelen Folgen anlegen. Sie können Standardarbeitspläne, ebenso wie Normalarbeitspläne, in Plangruppen zusammenfassen, wo sie sich durch den Plangruppenzähler voneinander unterscheiden.

Status des Arbeitsplans
Über den Status des Plans steuern Sie u. a., ob der Plan in Fertigungsaufträgen bereits verwendet werden darf, oder ob er sich noch in der Erstellungsphase befindet. Beachten Sie, daß ein Arbeitsplan den Status “freigeben allgemein” besitzen muß, damit Sie ihn an einer anderen Stelle einbinden können.

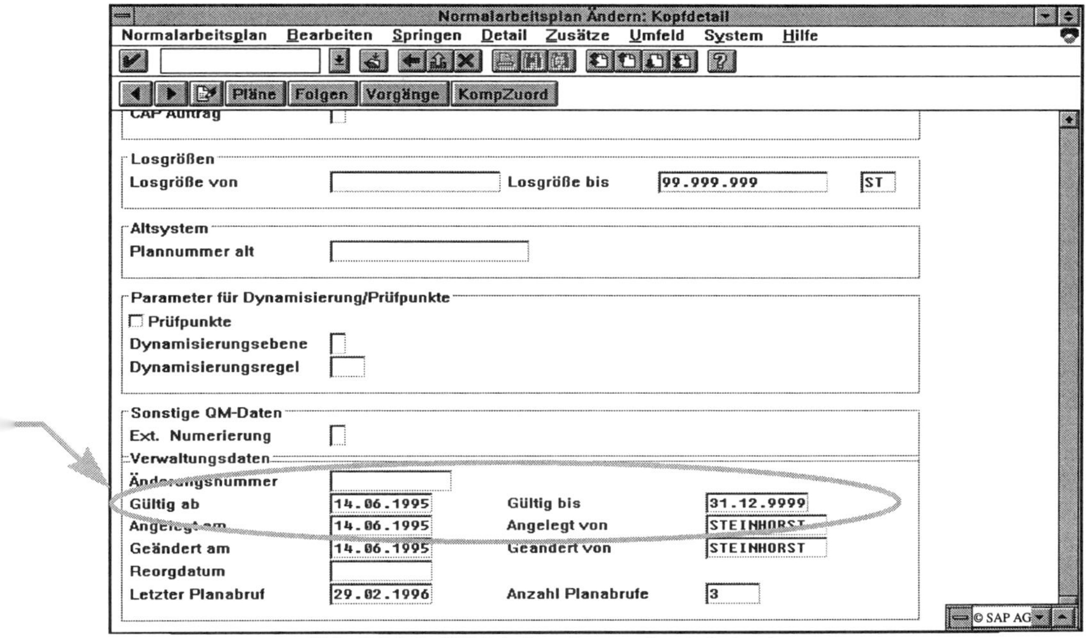

Abb. 8.14-4: Gültigkeitszeitraum des Arbeitsplans

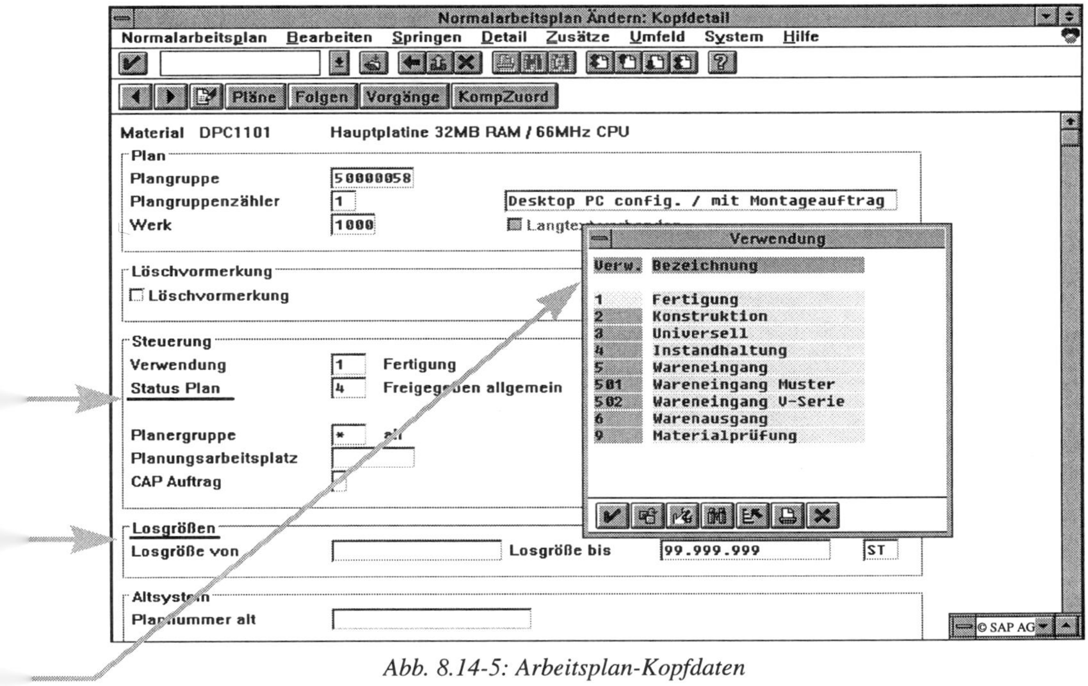

Abb. 8.14-5: Arbeitsplan-Kopfdaten

Arbeitsfolge
Eine Folge faßt im Normalarbeitsplan eine Sequenz von Vorgängen zusammen. Die Vorgänge einer Folge werden nacheinander abgearbeitet. Folgen sind mit Hilfe von Vorgänger- und Nachfolgerbeziehungen verknüpft, so daß Sie damit komplexe Fertigungsprozesse abbilden können.

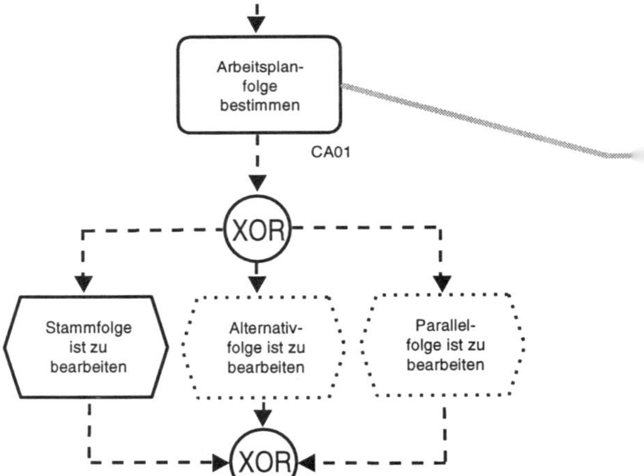

Stammfolge
Die Stammfolge dient als Bezugsfolge, sobald Sie Vorgänge zu einem Arbeitsplan pflegen.

Alternativfolge
Eine alternative Folge ist eine Vorgangsfolge, die unter bestimmten Bedingungen anstelle der Stammfolge durchlaufen werden soll. So sind z. B. zur Erzeugung einer bestimmten Form häufig alternative technische Verfahren verfügbar. Eine ebene Fläche an einem Werkstück kann z. B. gehobelt, gefräst oder geschliffen werden.

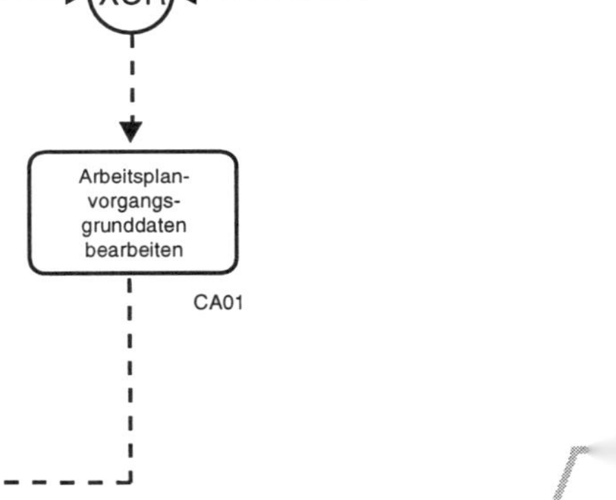

Parallele Folge
Eine parallele Folge ermöglicht es Ihnen, mehrere Vorgänge gleichzeitig zu bearbeiten. Die parallele Vorgangsfolge wird zur gleichen Zeit wie der entsprechende Abschnitt der Stammfolge durchlaufen. Sie ist daher eine spezielle Form der Überlappung von Vorgängen.

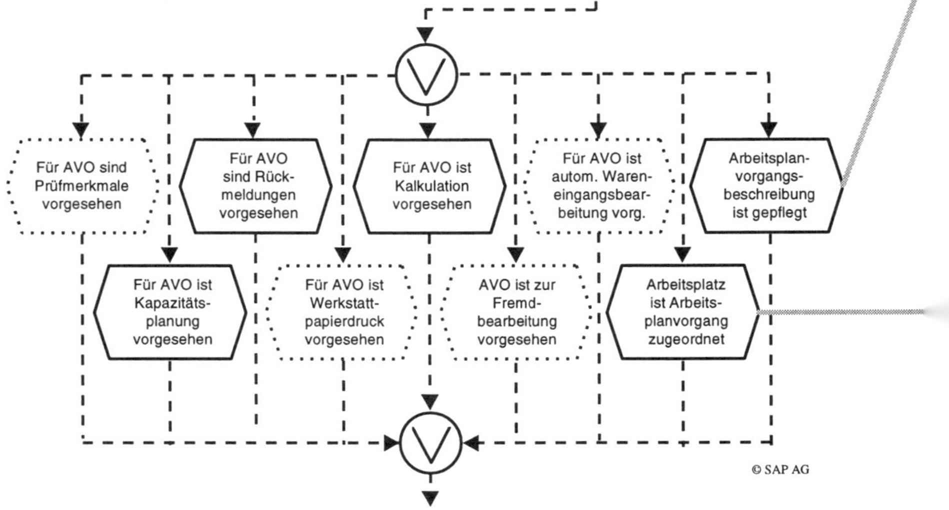

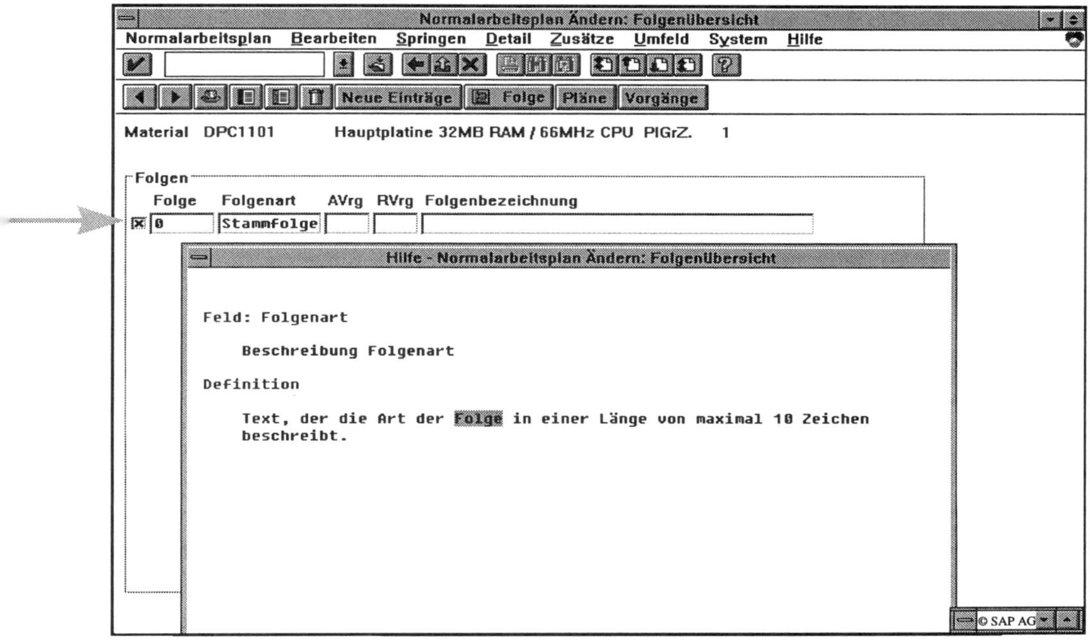

Abb. 8.14-6: Arbeitsplanfolge

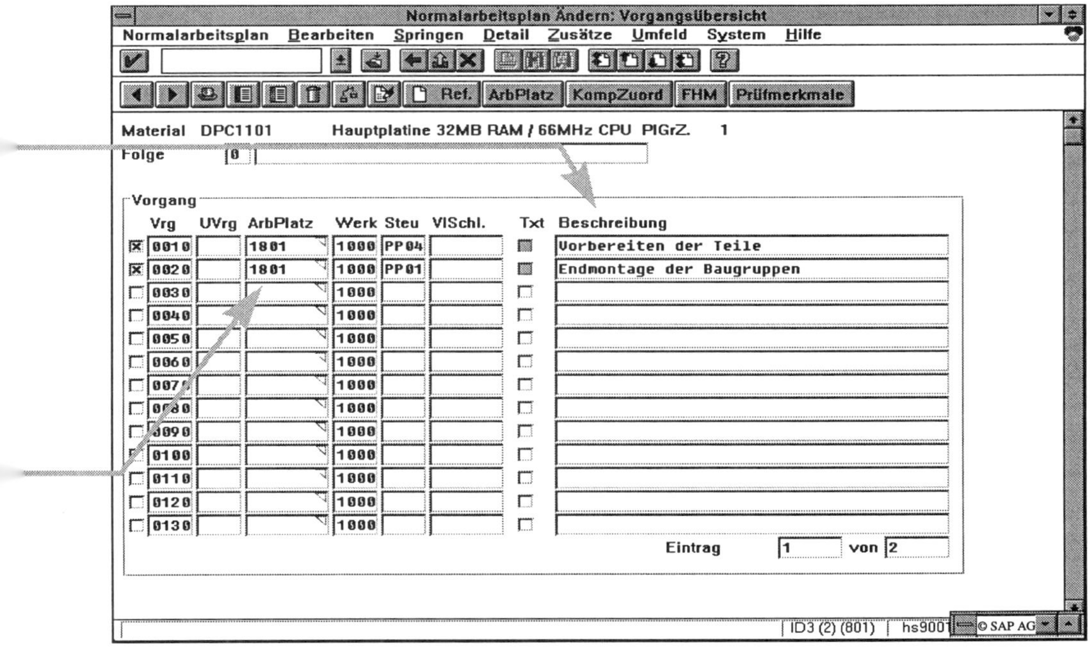

Abb. 8.14-7: Zuordnung des Arbeitsplatzes zum Arbeitsplanvorgang

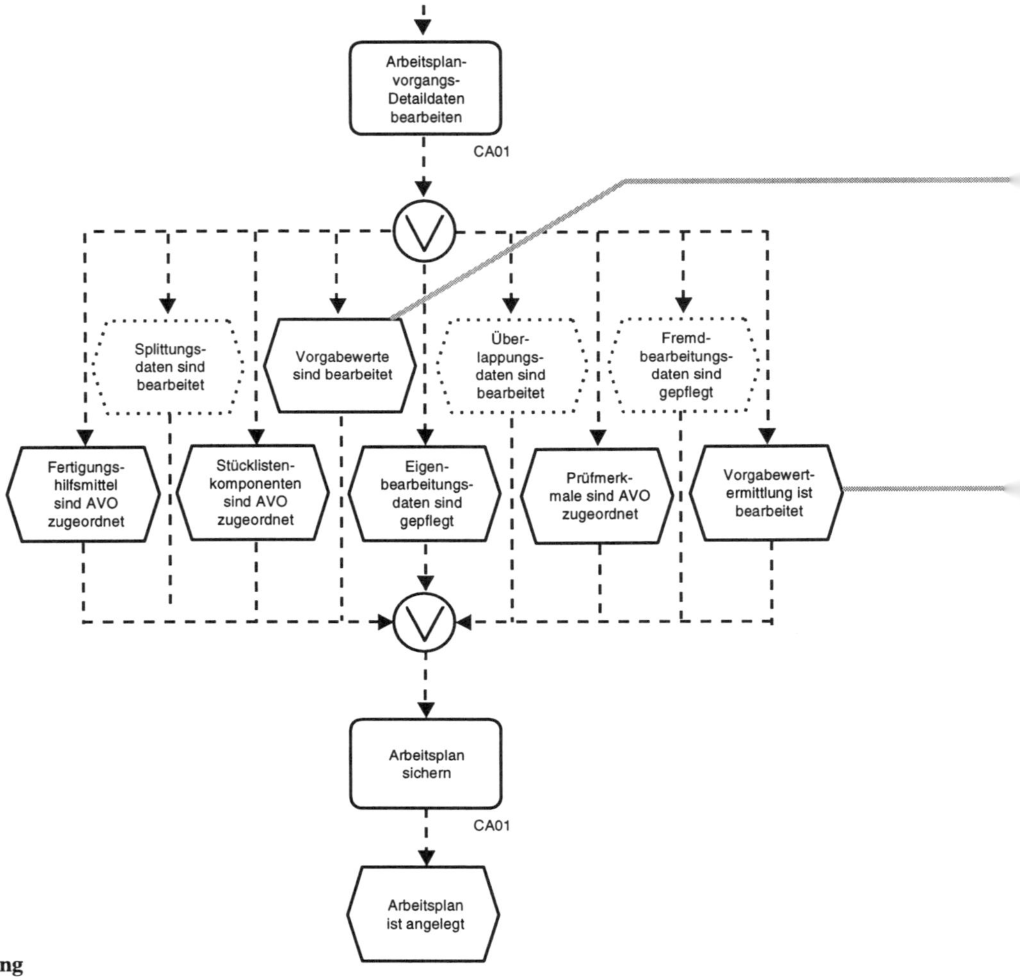

Splittung
Die Daten im Bereich *Splittung* steuern, ob, wie oft und wann ein Vorgang im Rahmen der Terminierung bzw. des Kapazitätsabgleichs gesplittet werden darf bzw. muß. Diese Daten wirken sich auf die Durchführungszeit des Vorgangs und damit auf die Durchlaufzeit im Fertigungsauftrag aus. Gesplittet wird z. B. dann, wenn der Vorgang an drei unterschiedlichen Fertigungseinheiten eines Arbeitsplatzes gefertigt werden soll.

Überlappung
Sie benötigen die Daten im Bereich *Überlappung*, wenn im Rahmen der Terminierung Vorgänge überlappt werden sollen. Diese Daten beeinflussen die Durchlaufzeit im Fertigungsauftrag. Wenn Sie zwei Vorgänge überlappen wollen, müssen Sie die Überlappungsdaten im *ersten* Vorgang pflegen.

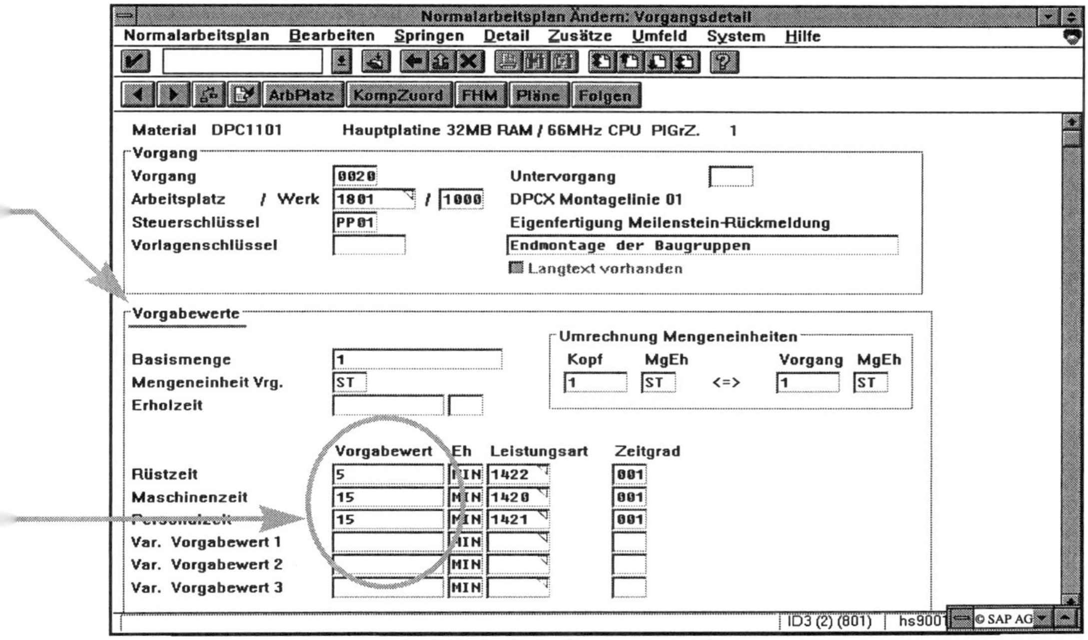

Abb. 8.14-8: Vorgabewerte zum Vorgang 20

Vorgänge

Die Aufgaben, aus denen ein Fertigungsablauf besteht, werden in Vorgängen beschrieben. Ein Vorgang legt fest, an welchem Arbeitsplatz und mit welchen Vorgabewerten eine Arbeitsaufgabe ausgeführt wird. In einem Text zum Vorgang können Sie beschreiben, wie die Arbeitsaufgabe ausgeführt werden soll. Die Reihenfolge der Vorgangsnummern bestimmt die Reihenfolge, in der die Vorgänge eines Arbeitsplans bearbeitet werden. Über den Steuerschlüssel des Vorgangs legen Sie fest, wie der Vorgang verarbeitet wird. Er steuert z. B. die Kalkulation, die Terminierung, die Kapazitätsplanung, die Rückmeldung oder den Druck der Fertigungspapiere. Im Detailbild zum Vorgang können Sie spezielle Daten zum Vorgang festlegen, z. B. zur Fremdbearbeitung, Splittung, Überlappung, zu den Vorgabewerten und der Vorgabewertermittlung. Einem Vorgang können Sie Materialkomponenten, Fertigungshilfsmittel und Prüfmerkmale zuordnen, die zur Ausführung des Vorgangs notwendig sind.

8.15 Prozeß: Ergebnisübergabe an die Programmplanung

8.15.1 Betriebswirtschaftliche Beschreibung

Die kapazitätsmäßig in der Absatz- und Produktionsgrobplanung ermittelten Primärbedarfe müssen an die Programmplanung übergeben werden. Absatz- und Produktionsgrobplan sind somit grobe Vorgaben für die nachfolgenden Planungsebenen der Produktionsplanung, d. h. der Programmplanung, der Leitteileplanung und der Materialbedarfsplanung. Deshalb ist es notwendig, die für Produktgruppen gemachten Pläne auf die einzelnen Mitglieder herunterzubrechen. Entsprechend der angegebenen Anteilsfaktoren einer Planungshierarchie (vgl. Kapitel 8.2) können die Daten auf die einzelnen Mitglieder verteilt werden (Disaggregation).

8.15.2 SAP-spezifische Beschreibung

Bei der Übergabe von Daten der Absatz- und Produktionsgrobplanung an die Programmplanung werden für sämtliche Materialien, zu denen Daten übergeben werden sollen, Primärbedarfe erzeugt. Zur Übergabe der Ergebnisse unterstützt das System R/3 folgende drei Verfahren (vgl. SAP – Produktionsplanung 1994, S. 5.6-5.10):

- Übergabe der Plandaten sämtlicher Mitglieder einer einstufigen Produktgruppe
- Übergabe der zu einem einzelnen Material angelegten Plandaten
- Übergabe der Kennzahlendaten eines Materials aus der flexiblen Planung

Neben der Angabe verschiedener Grunddaten (z. B. Produktgruppe, Material etc.) ist die Definition der Übergabestrategie von besonderer Bedeutung. Bei der Festlegung der Übergabestrategie, die auf Materialebene oder auf Basis einer einstufigen Produktgruppe erfolgen kann, gibt es vier verschiedene Möglichkeiten:

- direkte Übergabe des Absatzplans
- Übergabe der Absatzpläne der betroffenen Materialien entsprechend dem prozentualen Anteil an der jeweiligen Produktgruppe
- direkte Übergabe des Produktionsgrobplans
- Übergabe der Produktionspläne der betroffenen Materialien entsprechend dem prozentualen Anteil an der jeweiligen Produktgruppe

Bei der Übergabe von Daten aus der flexiblen Planung muß die Informationsstruktur gepflegt sein, als ein Merkmal der Informationsstruktur das Werk angegeben sein, und die Daten müssen in Mengeneinheiten übergeben werden.

Die Verbindung zwischen Absatz- bzw. Absatz- und Produktionsgrobplan zur Produktionsplanung kann auf zweierlei Arten im R/3-System erfolgen. Zum einen können sie automatisch übergeben werden, zum anderen können die Daten auch lediglich als Referenz z. B. zur Durchführung der Leitteileplanung genutzt werden. Die Übergabe der Daten kann im R/3-System als verborgene Funktion eingestellt werden, d. h. der Prozeßbaustein kann vollautomatisch im Hintergrund als Massenverarbeitung ablaufen.

Darüber hinaus ist innerhalb der oben beschriebenen Disaggregation neben der sachlichen (mengenmäßige Aufteilung) eine zeitliche Disaggregation möglich. Dadurch können die auf Monats- oder Wochenbasis aufgestellten Pläne auf eine tagesgenaue Planung gebracht werden.

8.15.3 Anwendung des Prozesses

Auslöser dieses Prozesses ist der Sachverhalt, daß Plandaten an die Programmplanung übergeben werden sollen. Diese können wie erwähnt auf Basis des Absatzplans (aus dem Bereich des Controllings) oder des Produktionsgrobplans (aus dem Bereich der Produktionslogistik) übergeben werden. In der Modellfirma werden die Daten vom Produktionsgrobplan an die Programmplanung zum Material übergeben. Dazu wird im R/3-System innerhalb der Absatz- und Produktionsgrobplanung unter dem Punkt Disaggregation die Übergabe der Programmplanung zum Material ausgewählt. Im ersten Schritt werden die Materialdaten *DPC1101*, das Werk *1000* und die Version angegeben. Im zweiten Schritt werden die Übergabestrategie durch Markierung sowie der Übergabezeitraum durch Angabe des Datums festgelegt. Wird, wie in diesem Beispiel, keine Bedarfsart angegeben, so wird aus dem Materialstamm über die Dispositionsgruppe und Strategiegruppe die Bedarfsart zur gewünschten Planungsstrategie ermittelt. Da das Unternehmen (Modellfirma A) seine Produkte weitestgehend autonom aufgrund von Marktanalysen des Marktforschungsbereiches in Abstimmung mit der technischen Leitung aus Planung und Produktion bestimmt, kundenanonym produziert und seine Produkte als Lose fertigt, wurde die Planungsstrategie *Losfertigung für Kunden- und Lageraufträge* im Materialstamm definiert. Weiterhin kann eine ganz bestimmte Version übergeben werden, die als aktive Version gekennzeichnet ist. Wird das Kennzeichen zu dem Feld *Verbuchung dunkel* nicht aktiviert, so werden die Bedarfe zur Kontrolle während der Übernahme angezeigt (vgl. Abbildung 8.15-2).

8.15.4 Navigationsinformationen

- *Menüpfad*
  Logistik –> Produktion –> Absatz-/Grobplanung –> Disaggregation –> Übergabe Programmplanung Material

- *Transaktionscode*
  MC74

- *Eingehende Prozeßverbindungen im R/3-Referenzmodell*
  Absatz- und Produktionsgrobplanbearbeitung

- *Ausgehende Prozeßverbindungen im R/3-Referenzmodell*
  Programmplanung

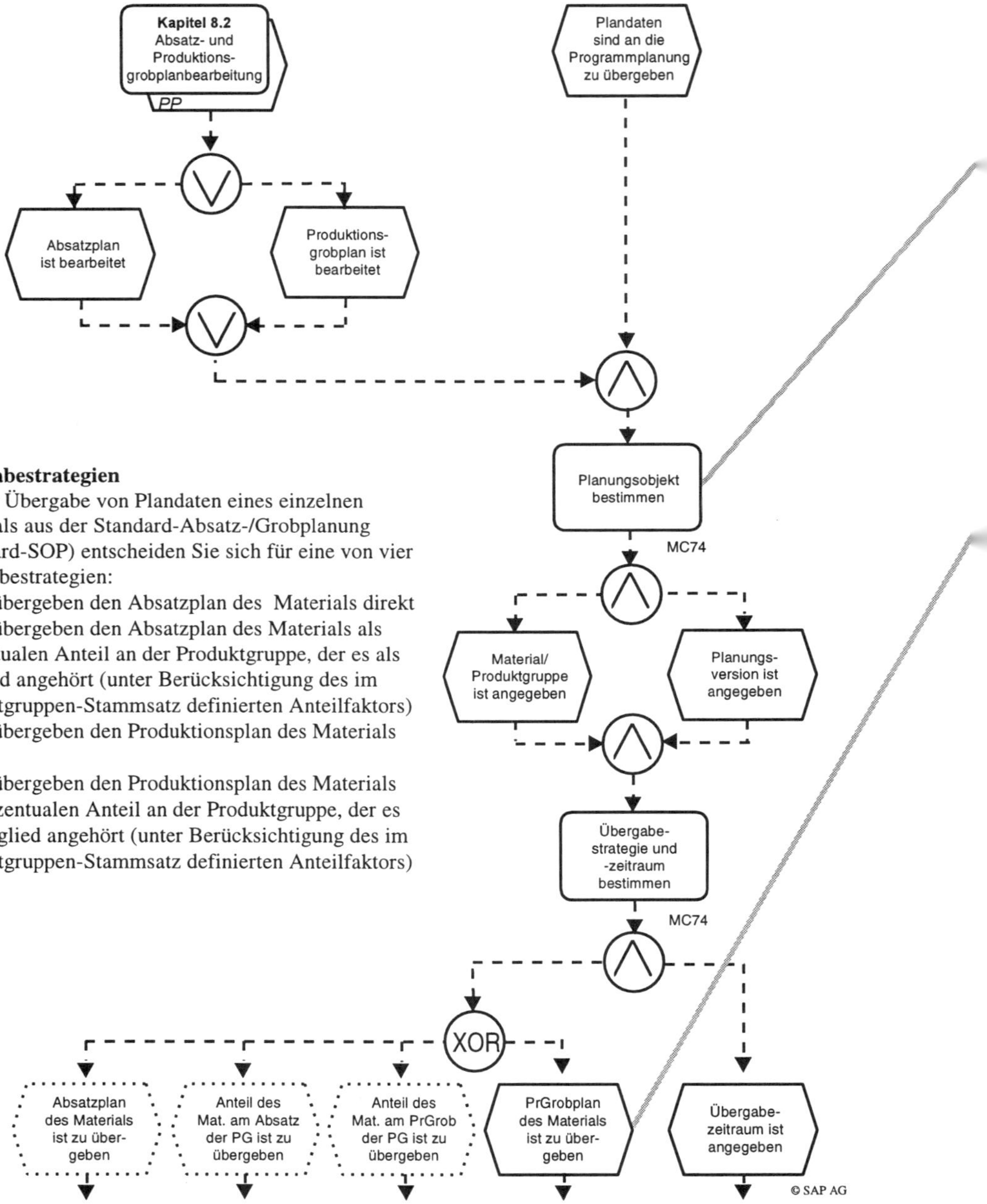

Übergabestrategien

Bei der Übergabe von Plandaten eines einzelnen Materials aus der Standard-Absatz-/Grobplanung (Standard-SOP) entscheiden Sie sich für eine von vier Übergabestrategien:

1) Sie übergeben den Absatzplan des Materials direkt

2) Sie übergeben den Absatzplan des Materials als prozentualen Anteil an der Produktgruppe, der es als Mitglied angehört (unter Berücksichtigung des im Produktgruppen-Stammsatz definierten Anteilfaktors)

3) Sie übergeben den Produktionsplan des Materials direkt

4) Sie übergeben den Produktionsplan des Materials als prozentualen Anteil an der Produktgruppe, der es als Mitglied angehört (unter Berücksichtigung des im Produktgruppen-Stammsatz definierten Anteilfaktors)

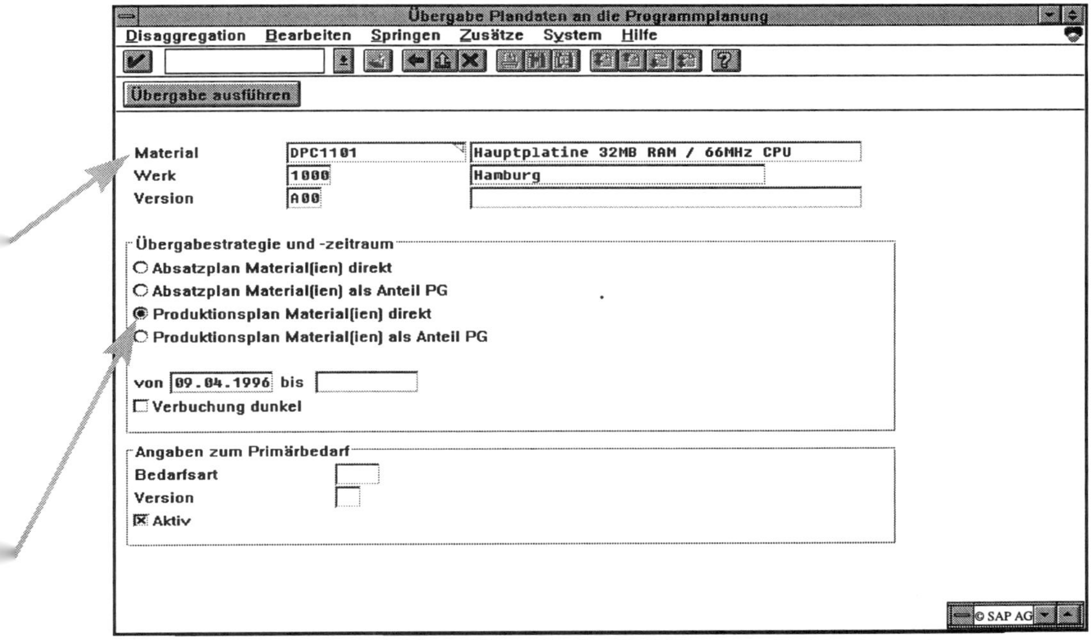

Abb. 8.15-1: Einstiegsbild zur Übergabe der SOP-Werte an die Programmplanung

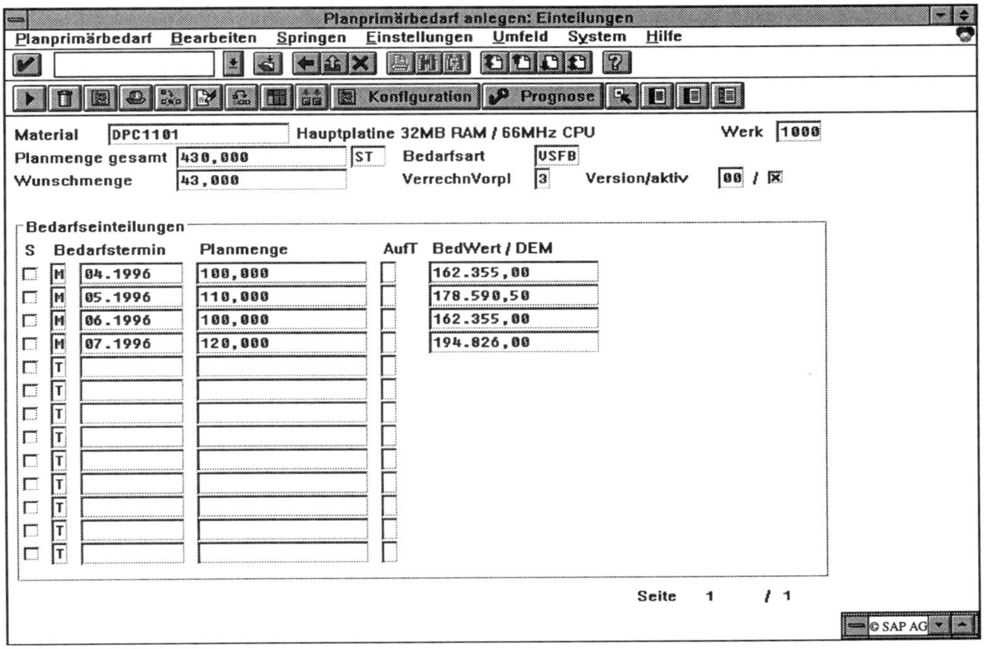

Abb. 8.15-2: Absatzwerte bei der Übernahme

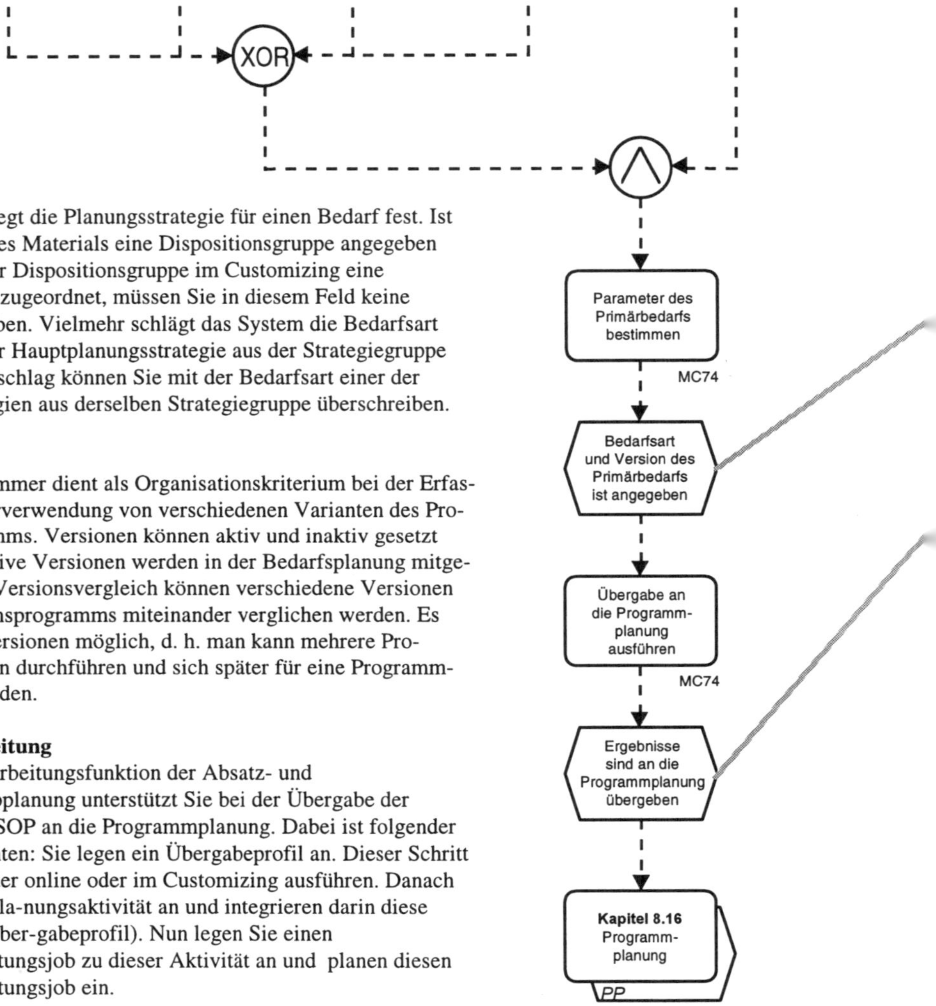

Bedarfsart
Die Bedarfsart legt die Planungsstrategie für einen Bedarf fest. Ist im Stammsatz des Materials eine Dispositionsgruppe angegeben und wurde dieser Dispositionsgruppe im Customizing eine Strategiegruppe zugeordnet, müssen Sie in diesem Feld keine Bedarfsart angeben. Vielmehr schlägt das System die Bedarfsart entsprechend der Hauptplanungsstrategie aus der Strategiegruppe vor. Diesen Vorschlag können Sie mit der Bedarfsart einer der Alternativstrategien aus derselben Strategiegruppe überschreiben.

Version
Die Versionsnummer dient als Organisationskriterium bei der Erfassung und Weiterverwendung von verschiedenen Varianten des Produktionsprogramms. Versionen können aktiv und inaktiv gesetzt werden. Nur aktive Versionen werden in der Bedarfsplanung mitgeplant. Mit dem Versionsvergleich können verschiedene Versionen eines Produktionsprogramms miteinander verglichen werden. Es sind mehrere Versionen möglich, d. h. man kann mehrere Programmplanungen durchführen und sich später für eine Programmversion entscheiden.

Massenverarbeitung
Die Massenverarbeitungsfunktion der Absatz- und Produktionsgrobplanung unterstützt Sie bei der Übergabe der Ergebnisse aus SOP an die Programmplanung. Dabei ist folgender Ablauf zu beachten: Sie legen ein Übergabeprofil an. Dieser Schritt läßt sich entweder online oder im Customizing ausführen. Danach legen Sie eine Pla-nungsaktivität an und integrieren darin diese Aktivität (das Über-gabeprofil). Nun legen Sie einen Massenverarbeitungsjob zu dieser Aktivität an und planen diesen Massenverarbeitungsjob ein.

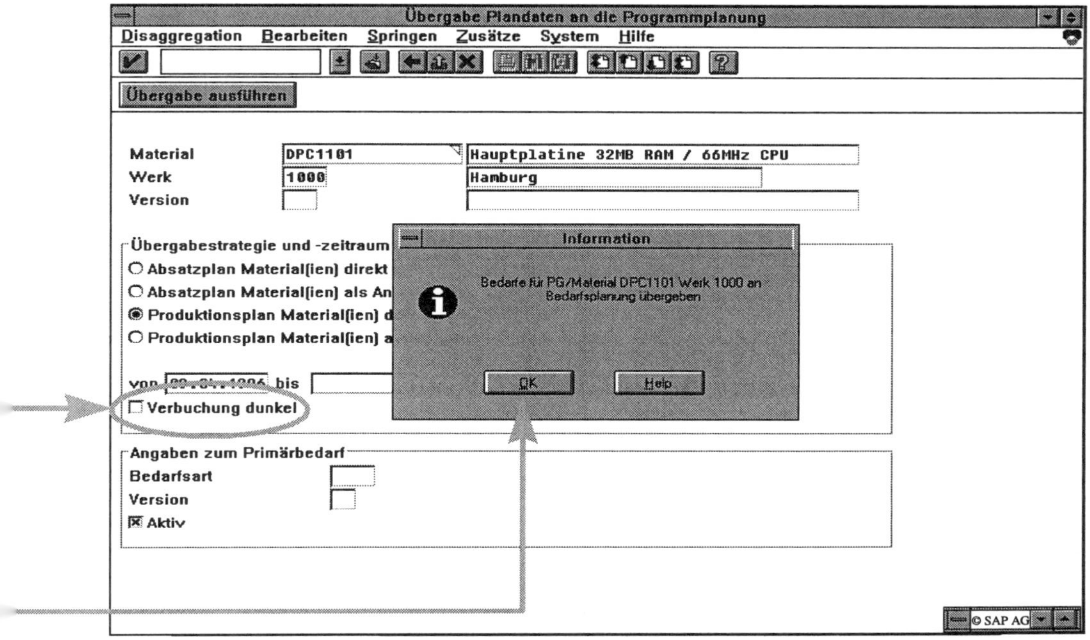

Abb. 8.15-3: Übergabe ist abgeschlossen

Wird das Kennzeichen "Verbuchung dunkel" nicht markiert, so wird die Übergabe der SOP-Werte an die Programmplanung im Vordergrund ablaufen und so eine Kontrolle oder auch Korrektur der Planwerte möglich.

8.16 Prozeß: Programmplanung

8.16.1 Betriebswirtschaftliche Beschreibung

Produktionsplanungs- und Produktionssteuerungssysteme sind zwar in ihrer Grundfunktionalität auf grober Ebene weitestgehend gleich, jedoch erfordern unterschiedliche Unternehmenstypen bzw. daraus resultierend unterschiedliche Planungsstrategien differenzierte Anforderungen. In der Praxis hat sich das sogenannte Sukzessivplanungskonzept etabliert, d. h. ausgehend von der Primärbedarfsplanung, über Materialwirtschaft, Kapazitätsterminierung und -abgleich, Auftragsfreigabe und Fertigungssteuerung werden alle Stufen nacheinander abgewickelt. Kritik an diesem linearen Ablauf haben zur Entwicklung neuerer Ansätze geführt, wie z. B.:

- dem Management Resources Planning (MRP II)
- der simultanen Material- und Zeitwirtschaft
- dem KANBAN-Prinzip
- dem Fortschrittszahlenkonzept
- der belastungsorientierten Auftragsfreigabe

(vgl. Glaser 1994, S. 747-761; Hoitsch 1993, S. 520-530; vgl. Wiendahl 1987; vgl. Zäpfel 1994, S. 719-745).

Eine wesentliche Erweiterung zu den klassischen PPS-Systemen, die in der Regel mit der Materialbedarfsplanung (Material Requirement Planning) starten, wurde mit dem von Wight vorgeschlagenen MRP II-Konzept (vgl. Wight 1983) vorgenommen. Besonderes Kennzeichen des MRP II-Konzeptes ist es, daß hier dem Planer eine Integration des Kapazitätsangebotes der Produktion und des Kapazitätsbedarfs des Vertriebs in einer frühen Planungsphase angeboten wird. Ziel ist es, daß die Unternehmensleitung frühzeitig Informationen erhält, ob das Absatzprogramm zu ändern oder die Kapazitäten durch Sonderschichten etc. zu erweitern sind. Während bei klassischen PPS-Systemen die Planung auf der internen Unternehmenssicht (Produktion) liegt, steht beim MRPII-Konzept somit eine marktorientierte Ausrichtung im Vordergrund.

Im R/3-System ist in dem Modul der Produktionsplanung unter anderem die Planungsreichweite des MRP II-Konzeptes realisiert worden. Mit der Integration zum Vertriebsinformationssystem und zur Absatz- und Marktsegmentrechnung des Controllings hat die SAP AG eine vollständige Durchgängigkeit der Planung ausgehend von der strategischen Planungsebene (Jahresplanung) bis hin zur operativen Fertigungsablauf- und Fertigungsterminplanung entwickelt. Während das MRP II-Konzept allerdings eine simultane Planung von kosten- und gewinnoptimalen Größen für die Planungsebenen anstrebt, ist aufgrund des in der Praxis existierenden hohen Datenvolumens sowie wegen der hohen Anzahl von Entscheidungsvariablen eine von der MRP II-Philosophie abweichende Lösung im R/3-System erstellt worden. In Anlehnung an das Sukzessivplanungskonzept werden die Ergebnisse von einer Planungsstufe an die nachfolgende Planungsstufe übergeben, wobei allerdings interaktive Sprünge zwischen zwei Planungsebenen möglich sind, z. B. der Kapazitätsplanung und dem Kapazitätsabgleich.

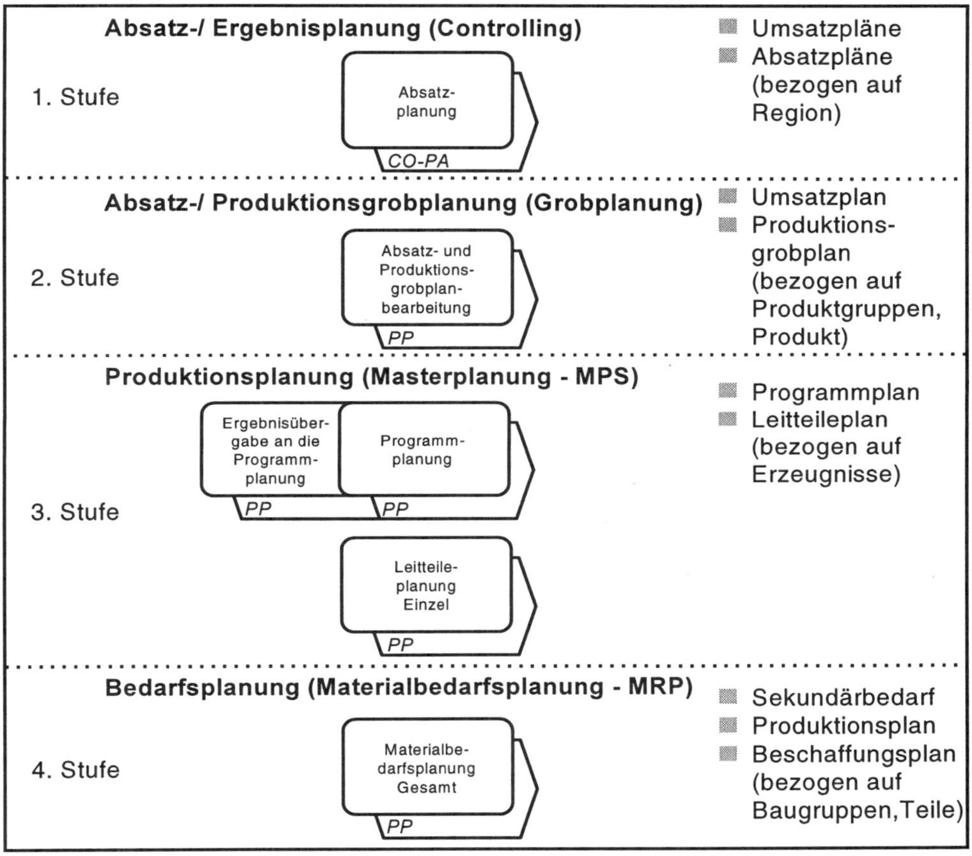

Abb. 8.16-1: Planungsstufen zum MRP II – Konzept der Modellfirma

Generelles Ziel in der Produktionsprogramm- bzw. Programmplanung ist es, für die nächsten Perioden die zu fertigenden Produktmengen (Primärbedarfe) auf der Basis von Endprodukten, Endproduktgruppen und selbständig verkaufbaren Ersatzteilen zu ermitteln. Die Grundlage hierfür können entweder konkret vorliegende Aufträge oder auf Basis von Prognosewerten erwartete Absatzzahlen sein. Der festzulegende Primärbedarf soll unter Beachtung von Kapazitäts-, Material- und Finanzmittelbegrenzungen gewinnoptimal festgelegt werden. Ergebnis dieses Planungslaufs ist ein mit den Ressourcen abgestimmter Produktionsplan, der als Primärbedarf in die nächsten Planungsstufen des Produktionsplanungssystems eingeht und wo dort anschließend die Bedarfe an untergeordneten Baugruppen und Materialien abgeleitet werden (Sekundärbedarfe).

Ein häufig in der Literatur genanntes Kriterium zur Differenzierung der unterschiedlichen Anforderungen an PPS-Systeme ist die Fertigungs- oder Produktionsart (vgl. Glaser et al.

1991; vgl. Große-Oetringhaus 1974; vgl. Schäfer 1969; vgl. Schomburg 1980), welches schon Berücksichtigung innerhalb der Primärbedarfsplanung findet. Das charakteristische Merkmal zur Beschreibung der Produktionsart ist die Häufigkeit der gleichen Leistungserstellung in der Produktion, d. h. der Grad der Bestimmheit der Wiederkehr derselben Leistungsart (vgl. Kilger 1986, S. 29-33). Häufig wird die Produktionsart in Massen-, Großserien-, Mittelserien-, Kleinserien- und Einzelfertigung differenziert (vgl. Keller 1993, S. 246-247; vgl. Schäfer 1969, S. 59-79).

Ist das Unternehmen ein Einzelfertiger, d. h. ein Unternehmen, das aufgrund von konkret vorliegenden Kundenanforderungen bestimmte Produkte plant, entwickelt, konstruiert und fertigt, so ist es schwierig, den Primärbedarf für die folgenden Perioden zu planen. In diesem Fall sind bei Auftragserteilung die zu erstellenden Produkte noch nicht in allen Einzelheiten spezifiziert, und es kann aufgrund von Änderungen innerhalb der Planungs- und Produktionsphase zu Verschiebungen bezüglich des Auslieferungstermins kommen. Typische Beispiele für solche Einzelfertiger sind z. B. Unternehmen des Sondermaschinenbaus.

Damit bei solchen Unternehmenstypen eine einigermaßen zuverlässige Planung durchgeführt werden kann, sollte ein Einzelfertiger zuerst einmal eine Grobplanung hinsichtlich des Absatz- und Produktionsprogrammes unter Beachtung von Kapazitäts-, Material- und Finanzmittelbegrenzungen durchführen und den Produktionsverlauf simulieren können. Als Ausgangsdaten werden Informationen über die momentane Kapazitätsbelastung, über die voraussichtliche Anzahl der zur Produkterstellung benötigten Montage- und Fertigungsschritte, deren jeweilige Fertigungs- und Montagedauer für die Simulation des voraussichtlichen Kapazitätsbedarfs und des voraussichtlichen Auftragsendtermins benötigt. In einer sogenannten Grobplanungsdatei werden diese Informationen abgelegt und durch Fertigmeldungen von Aufträgen bzw. Teilaufträgen fortgeschrieben. Insbesondere bei der Einzelfertigung ist die Primärbedarfsplanung mit großer Sorgfalt durchzuführen, da Fehler in der frühen Phase zu einer ungleichmäßigen Kapazitätsauslastung führen. Fehler oder Irrtümer, die in der Primärbedarfsplanung gemacht werden, führen auch zwangsläufig zu einer schlechten Bedarfsplanung und können zur Vergabe von Fremdaufträgen bei Überlastung oder zur Zahlung von Konventionalstrafen bei Terminverzögerungen führen.

Etwas anders sieht die Primärbedarfsplanung bei einem Serienfertiger aus. Der Primärbedarf eines Serienfertigers kann sich aufgrund von bereits vorliegenden Kundenaufträgen und auf Basis von Prognosezahlen über die zusätzlich absetzbare Menge ergeben. Die Grobplanung beruht hierbei auf teilweise abgesicherten Werten, Prognosezahlen kann das Unternehmen durch Marketingerhebungen erlangen. Allerdings ist in diesem Zusammenhang auf die Prognosequalität zu achten, da aufgrund schlechter Prognosewerte folgende Probleme auftreten können.

- Wenn zu viele Produkte produziert werden, können bestimmte unverkäufliche Produkte auf dem Lager länger liegen bleiben.
- Wenn zuwenig Produkte produziert werden, können Mitbewerber diese Lücken schließen.

Zur Prognoseermittlung werden mittlerweile unterschiedliche Verfahren in PPS-Systemen angeboten (vgl. Hoitsch 1993, S. 372-383; vgl. Kernler 1993, S. 114-140).

- *Methode der exponentiellen Glättung*
  Die Anwendung der Methode der exponentiellen Glättung 1. und 2. Ordnung ist sinnvoll bei einem trendförmigen Verbrauchsverlauf.

- *Methode der Mittelwertbildung*
  Die Anwendung der Mittelwertbildung ist sinnvoll bei einem konstanten Verbrauchsverlauf.

- *Methode der Regressionsanalyse*
  Die Anwendung der Methode der Regressionsanalyse ist sinnvoll bei einem trendförmigen Verbrauchsverlauf.

Einhergehend mit der Fertigungsart wird die Primärbedarfsplanung wesentlich durch die Auftragserteilungsart und durch das Produktspektrum, d. h. der Produktstruktur und der Produktstandardisierung, beeinflußt. Die Auftragserteilungsart gibt an, in welcher Form die Produktion, d. h. die Fertigung und Montage, bei der Auftragsabwicklung angestoßen wird. Die Produktstruktur beschreibt den Aufbau eines Erzeugnisses aus untergeordneten Komponenten. Die Produktstandardisierung gibt an, inwieweit ein Endprodukt einen gewissen Standardisierungsgrad erreicht hat. Dabei kann sich der Standardisierungsgrad auf geometrische, strukturelle oder verfahrenstechnische Aspekte beziehen und im Zusammenspiel mit der Art der Auftragserteilung Auswirkungen haben auf die Tätigkeiten der Konstruktion, der Kalkulation, der Produktions- und der Vertriebslogistik (vgl. Keller 1993, S. 239-306).

Bei der Auftragsauslösungsart *Kundenaufträge als Einzelbestellung* kann das Problem größerer Schwankungen von einer Periode zur anderen auftreten. Gehen mehr Aufträge als geplant ein, kann es zu Überlastungen der Kapazitäten in den einzelnen Planperioden kommen. Bleiben die Auftragseingänge unter den geplanten Werten, müssen entweder die Kapazitätsauslastungen reduziert werden oder Komponenten auf Lager produziert werden. Bei der Auftragsauslösungsart *Kundenaufträge auf Basis von Rahmenverträgen* können das Produkt, der Liefertermin und die Menge fest vereinbart sein, und der Kundenrahmenvertrag entspricht einer Art Grundlast, die aufgrund der vorhandenen Daten gut einplanbar ist. Ist das Produkt definiert, nicht aber die Menge und der Liefertermin, müssen vor dem erwarteten bzw. dem Bereitstellungstermin Endprodukte oder eingehende Baugruppen auf Lager gefertigt werden, um die Liefertermine halten zu können. Ist lediglich die Produktgruppe, z. B. Recarositze, bekannt, aber nicht das genaue Produkt, die Menge und der Liefertermin, kann es zum Abruf verschiedener Aufträge in verschiedenen Varianten zu unregelmäßigen Zeitabständen kommen. Starke Auftragsschwankungen können eventuell durch Vorfertigung von Gleichteilen, d. h. Teilen oder Baugruppen, die in verschiedenen Varianten vorkommen, abgewickelt werden. Die Auftragsauslösung kann auch durch *interne Entwicklungsaufträge* der Entwicklungs- und Konstruktionsabteilung für Produkte erfolgen, die heute noch nicht auf dem Markt abgesetzt werden können. Je nach Dringlichkeit sind diese Aufträge frei disponierbar und können in Perioden geringerer Kapazitätsauslastung ohne Beeinflussung eingeplanter Kundenaufträge vorgezogen oder verschoben werden. Steht ein Entwicklungsauftrag in Zusammenhang zu einem Kundenauftrag, z. B. für die Fertigung von Spezialwerkzeugen, so ist er wie ein Kundenauftrag zu behandeln und zu disponieren.

8.16.2 SAP-spezifische Beschreibung

Für die Erstellung des Produktionsprogramms muß im R/3-System festgelegt werden, mit welcher Planungsstrategie ein bestimmtes Erzeugnis geplant wird. Die Planungsstrategien stellen die betriebswirtschaftlichen sinnvollen Vorgehensweisen für die Planung und Fertigung bzw. Beschaffung eines Erzeugnisses dar. Dabei kann grundsätzlich unterschieden werden, ob die Produktion unmittelbar durch einen Kundenauftrag (Auftragsproduktion) oder ausschließlich kundenauftragsanonym (Lagerproduktion) ausgelöst wird. Ebenso ist es möglich, in das Produktionsprogramm sowohl Kundenaufträge als auch Lageraufträge einfließen zu lassen. Ist die Fertigungszeit im Verhältnis zur marktüblichen Lieferzeit relativ lang, sollten die Erzeugnisse oder bestimmte Baugruppen bereits vorgefertigt werden, bevor Kundenaufträge eintreffen. Hierfür werden die Absatzmengen (z. B. mit Hilfe der Absatzplanung) vorgeplant. Das Produktionsprogramm wird in Form von Primärbedarfen erstellt. Dieses können Planprimärbedarfe oder Kundenprimärbedarfe sein (vgl. SAP – Produktionsplanung, S. 6.1-6.6).

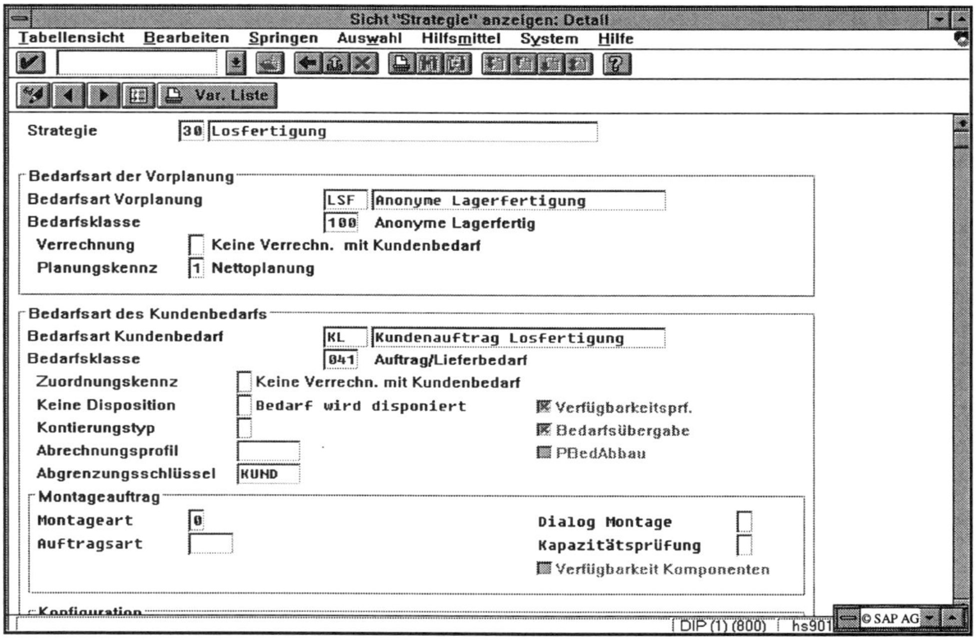

Abb. 8.16-2: Steuerungsparameter zur Festlegung der Planungsstrategie (Customizing)

Planungsstrategien werden über Bedarfsarten festgelegt, die die notwendigen Steuerungsparameter enthalten. Für die Modellfirma A ist eine Bedarfsart *LSF* für die Losfertigung ausgewählt und einer Strategie *30* im Customizing zugeordnet (vgl. Abb. 8.16-2). Als Steuerparameter zur Vorplanung wurden zusätzlich die Bedarfsklasse, d. h. eine Gruppierung von Bedarfsarten, und das Planungskennzeichen definiert. Das Planungskennzeichen gibt an, ob eine Brutto- oder Nettoplanung erfolgen soll. Bei der Bruttoplanung ist der Lagerbestand nicht relevant, und nur die erwarteten Zugänge werden berücksichtigt. Bei der Nettoplanung findet ein Abgleich mit dem Lagerbestand und mit allen in den Planungshorizont fallenden Zu- und Abgänge statt. Die Bedarfsart ist festgelegt, entweder durch eine Bedarfsart aus der Programmplanung oder aus einer Bedarfsart der Kundenauftragsverwaltung oder durch eine sinnvolle Kombination beider Bedarfsarten. Damit wird beispielsweise festgelegt, in welcher Weise die Verrechnung von Kundenprimärbedarf mit Planprimärbedarf stattfindet und ob die Verfügbarkeitsprüfung nach ATP-Logik (available to promise) durchgeführt wird.

Mit der Zuordnung einer Planungsstrategie zu einem Material wird die richtige Bedarfsart (und damit alle Steuerungsparameter der Bedarfsklasse) automatisch beim Anlegen von Planprimärbedarfen bzw. Kundenaufträgen ermittelt. Damit dies erfolgen kann, muß die Planungsstrategie, die Strategiegruppe und die Zuordnung der Strategiegruppe zum Material gepflegt sein. Die Zuordnung der Planungsstrategie zu einer Strategiegruppe ermöglicht, daß ein Material mit mehreren Planungstrategien geplant werden kann. Es können dabei eine Hauptstrategie sowie bis zu sieben alternative Strategien bestimmt werden. Zur Abdeckung der Vielzahl in der Praxis vorkommenden Planungsanforderungen sind im R/3-System unterschiedlichste Planungsstrategien abgelegt worden, die sich auf die Objekte Endprodukt, Baugruppe oder Material oder auf Kombinationen von diesen beziehen können. Ausgewählte Planungsstrategien sind:

- *Kundenauftragsanonyme Lagerfertigung*
  Bei der Planungsstrategie *Kundenauftragsanonyme Lagerfertigung* werden die Produktionsmengen und -termine durch Absatzprognosen vorgegeben. Die Absatzprognose wird als Planprimärbedarf an die Produktion weitergereicht. Kundenaufträge können zu Informationszwecken angezeigt werden, erhöhen jedoch nicht den Produktionsplan. Die Produktionsmengen werden ausschließlich auf Lager gefertigt, und der Verkauf an den Kunden findet bei dieser Strategie ab Lager statt. Wahlweise kann die kundenauftragsanonyme Lagerfertigung als Netto- oder Bruttoplanung erfolgen. Der Abbau des Produktionsprogramms, d. h. der Planprimärbedarfe, erfolgt beim Warenausgang. Dabei wird der zeitlich zum Warenausgangstermin nächstliegende Planprimärbedarf abgebaut. Fragt ein Kunde für einen potentiellen Auftrag an, so wird die Verfügbarkeitsprüfung nach der ATP-Logik durchgeführt und auf den bestehenden Lagerbestand zugegriffen. Die kundenauftragsanonyme Planung des Produktionsprogramms empfiehlt sich z. B. bei der Massenfertigung.

- *Losfertigung für Kunden- und Lageraufträge*
  Bei der Planungsstrategie *Losfertigung für Kunden- und Lageraufträge* können in Abhängigkeit vom Fertigungstermin mehrere Kundenbedarfe zu einem Los zusammengefaßt werden. Die Losgrößenbildung orientiert sich dabei allein an Fertigungsgesichtspunkten. Zur Lagerauffüllung, z. B. für den Verkauf ab Lager, lassen sich zusätzlich Lageraufträge einplanen, die die gesamte Produktionsmenge erhöhen. Eine Verrechnung von Kunden- und Lageraufträgen findet allerdings nicht statt. Der Kundenauf-

tragsbedarf wird durch die Entnahme auf den Kundenauftrag abgebaut, und es ist eine Verfügbarkeitsprüfung nach ATP-Logik möglich. Lageraufträge werden durch den Verkauf ab Lager abgebaut. Diese Strategie bietet sich für Unternehmen an, die im Auftrag für Großkunden produzieren und zusätzlich die Möglichkeit nutzen wollen, kleinere Bedarfe über einen Verkauf ab Lager abzuwickeln.

- *Vorplanung mit Endmontage*
  Die explizite Berücksichtigung von Montagegesichtspunkten trägt den Anforderungen von Unternehmen Rechnung, die neben der eigentlichen Fertigung noch eine Montage besitzen. Die Strategie *Vorplanung mit Endmontage* hat zum Ziel, die Produktion vor dem Eintreffen von konkreten Kundenaufträgen mit Hilfe von Planprimärbedarfen anzustoßen. Im Gegensatz zur kundenanonymen Lagerfertigung werden hier die eintreffenden Kundenaufträge mit den Planaufträgen verrechnet. Mehrbedarf, der sich dadurch ergibt, daß die Kundenauftragsmengen die Planprimärbedarfsmengen übersteigen, erhöht die jeweiligen Produktionsmengen. Nicht ausgeschöpfte Planprimärbedarfsmengen erhöhen den Lagerbestand der Enderzeugnisse. Für die Kundenaufträge kann eine Verfügbarkeitsprüfung entweder nach der ATP-Logik auf den verfügbaren Lagerbestand oder auf die Vorplanungswerte gemacht werden. Bei der letzteren Verfügbarkeitsprüfung wird geprüft, ob zum Zeitpunkt des Kundenauftrags genügend Planprimärbedarfsmengen eingeplant sind. Die Vorplanung mit Endmontage empfiehlt sich, wenn die Produktionsmengen für die Enderzeugnisse gut vorhersagbar sind. Bei dieser Strategie stehen die langfristig konstante kundenanonyme Planung und die kurzfristig flexible Reaktion auf Kundenwünsche im Vordergrund.

- *Vorplanung ohne Endmontage*
  Die Planungsstrategie *Vorplanung ohne Endmontage* dient dazu, Baugruppen zu fertigen bzw. zu beschaffen, bevor der Kundenauftrag für das Enderzeugnis eintrifft. Das Material wird dabei bis zur Fertigungsstufe vor der Endmontage produziert, und die zur Endmontage notwendigen Baugruppen und Komponenten werden bis zum Eintreffen des Kundenauftrags auf Lager gelegt. Während die Fertigung und die Beschaffung durch den Planprimärbedarf ausgelöst werden, wird die Endmontage durch den Kundenauftrag angestoßen. Für die Planprimärbedarfsplanung auf Endproduktebene können deshalb spezielle Planaufträge erzeugt werden, die erst fertigungswirksam werden, wenn der Kundenauftrag für das Endprodukt eintrifft. Für die Kundenaufträge kann deshalb die Verfügbarkeitsprüfung nur als *Prüfung gegen Vorplanung* durchgeführt werden, da auf oberster Fertigungsebene keine umsetzungsfähigen Planaufträge erzeugt werden. Dadurch ist auf der obersten Ebene keine ATP-Prüfung gegen Lagerbestand und Zugänge möglich. Zusätzliche Kundenbedarfe, die die vorgeplanten Produktionsmengen überschreiten, werden durch eine automatische Anpassung des Produktionsplans abgedeckt. Die Planungsstrategie *Vorplanung ohne Endmontage* bietet sich vor allem an, wenn ein Großteil des Wertschöpfungsprozesses bei der Endmontage anfällt.

- *Vorplanung auf Baugruppenebene*
  Bei der Strategie *Vorplanung auf Baugruppenebene* erfolgt die Planung durch die Erzeugung von Planprimärbedarfen auf Baugruppenebene, durch die die Produktion der

Baugruppen angestoßen wird. Treffen Kundenaufträge für das Enderzeugnis ein, werden für die Enderzeugnisebene ebenfalls die Stücklisten aufgelöst. Die hieraus entstehenden Sekundärbedarfe werden auf Baugruppenebene mit den Planprimärbedarfen der Baugruppe verrechnet. Sind die tatsächlichen Sekundärbedarfe höher als die Planprimärbedarfsmenge der Baugruppe, wird der Produktionsplan automatisch angepaßt. Für Materialien, die mit der Planungsstrategie *Vorplanung auf Baugruppenebene* geplant werden, müssen folgende Steuerungsparameter gepflegt sein:

- Im Materialstammsatz (Dispositionsdatenbild 2) muß im Feld *Mischdispositionskennzeichen* das Kennzeichen für *Baugruppenvorplanung* gesetzt sein.
- Das *Verrechnungskennzeichen* im Positionsbild der Programmplanung muß eine Verrechnung gegen Kundenbedarfe, Reservierungen und Sekundärbedarfe zulassen.

Es kann darüber hinaus für Planungszwecke auch eine sogenannte *Dummybaugruppe* im R/3-System angelegt werden, d. h. für Planungszwecke werden bestimmte Baugruppen zusammengefaßt, aber nicht physisch zusammengefügt. Die Planungsstrategie *Vorplanung auf Baugruppenebene* bietet sich zum Beispiel für Variantenfertiger an, wenn für bestimmte Baugruppen eine gesicherte Bedarfsprognose erstellt werden kann, die Variantenvielfalt des Enderzeugnisses eine stabile Planung aber nahezu unmöglich macht.

- *Kundeneinzelfertigung*
  Kundeneinzelfertigung bezeichnet eine Produktion, bei der ein Produkt speziell für einen bestimmten Kunden gefertigt wird. Die Strategie *Kundeneinzelfertigung* repräsentiert ein Fertigungsverfahren, bei dem im Prinzip jedes Produkt nur einmal produziert wird, obwohl sich im Laufe der Zeit gleiche oder ähnliche Fertigungsprozesse wiederholen können. Jedes Produkt wird individuell für einen einzelnen Kunden hergestellt, so daß es bei einzelgefertigten Erzeugnissen in der Regel auch keine Lagerhaltung gibt. Die Kundenaufträge werden unter der Kundenauftragsnummer als Bedarf für die Fertigung eingeplant. Die produzierten Mengen sind unter den einzelnen Kundenaufträgen nicht austauschbar, und die gefertigten Mengen werden bestandsmäßig direkt für den einzelnen Kundenauftrag verwaltet. In der Bedarfsplanung wird ein eigener Planungsabschnitt für die Kundeneinzelfertigung erzeugt. Vom Kundenauftrag ausgehend kann die Einzelplanung beliebig tief in die Stücklistenstruktur hinein zugelassen werden, d. h. auch Baugruppen und Komponenten werden dann gezielt für den bedarfsverursachenden Kundenauftrag beschafft und bestandsmäßig für diesen Kundenauftrag verwaltet. Die Fertigungs- und Beschaffungskosten werden gezielt für den Kundenauftrag in einem Abrechnungsauftrag oder Projekt verwaltet. Damit ist eine ausführliche Analyse der Plan- und Ist-Kosten gewährleistet. Es ist ebenfalls möglich, einen sogenannten Montageauftrag für eine Kundeneinzelfertigungsposition anzulegen (vgl. Kapitel 9.5). Der Montageauftrag initialisiert die automatische Erstellung eines Fertigungsauftrags oder eines Planauftrags und stellt einen genauen Liefertermin zur Verfügung. Der Liefertermin basiert auf der Verfügbarkeit und den Fertigungsbedarfen der relevanten Baugruppen und Komponenten.

- *Kundeneinzelfertigung mit Konfiguration*
  Bei der Strategie *Kundeneinzelfertigung mit Konfiguration* ist das Enderzeugnis in einer Vielzahl von Varianten lieferbar. Die vom Kunden gewünschte Variante wird im Kundenauftrag jeweils einzeln konfiguriert. Innerhalb des konfigurierbaren Endprodukts sind manche Komponenten obligatorisch, andere optional. Anstatt für jede Variante eine eigene Stückliste zu erfassen, werden sämtliche möglichen Komponenten in der sogenannten Maximalstückliste zusammengefaßt. Diese Maximalstückliste enthält alle Gleich- und alle Variantenteile (vgl. Kapitel 8.12). Im Kundenauftrag wird für das zu konfigurierende Material festgelegt, welche Ausführung die Variante haben soll. Diese Produkteigenschaften werden im R/3-System als Merkmale abgebildet und können verschiedene Ausprägungen haben. So kann z. B das Merkmal *Bildschirmgröße* für einen Personal-Computer die Ausprägung 14“, 15“, 17“ oder 20“ haben. Diese Ausprägungen werden als Merkmalswerte abgelegt. Die Beziehungen zwischen den einzelnen Merkmalen und Merkmalswerten und damit die Bedingungen, wann eine konkrete Komponente ausgewählt werden soll, werden im sogenannten Beziehungswissen definiert. Hier wird entweder direkt an der entsprechenden Stückliste oder stücklistenübergreifend festgelegt, welche Merkmale und Merkmalswerte zur Auswahl einer Komponente führen. Außerdem wird über das Beziehungswissen festgelegt, welche Abhängigkeiten bei der Konfiguration zu beachten sind. Eine Beziehung könnte z. B. lauten, daß ein Personal-Computer mit der Spannung von 220 Volt mit 50 Hertz und ein Personal-Computer mit 110 Volt mit 60 Hertz ausgeliefert wird. Bei dieser Planungsstrategie ist keine Vorplanung auf Enderzeugnisebene möglich (vgl. Kapitel 9.1).

8.16.3 Anwendung der Programmplanung

Nach der Übergabe der Ergebnisse aus der Absatz- und Produktionsgrobplanung kann der Planprimärbedarf für das Material *DPC1101* im nächsten Schritt mit der Programmplanung bestimmt werden. Das Beispiel der Modellfirma A zeigt eine Programmplanung zum Material. Alternativ ist eine Planung auf Produktgruppenebene möglich. Auf dem Einstiegsbild (vgl. Abb. 8.16-4) sehen Sie die Selektionsparameter mit der Bedarfsart *LSF* für Losfertigung, die automatisch aus dem Materialstamm *DPC1101* übernommen worden sind. Die gezeigte Programmplanung arbeitet mit der aktiven Version *00*, wobei in der Praxis mehrere Planungsläufe mehrere Versionen bedeuten. Über den Auswahlmenüpunkt *Bedarfsparameter* bekommen Sie die Möglichkeit, die Bedarfsparamter voreinzustellen bzw. zu ändern. Zur Bedarfsart *LSF* wurde eine Periodenaufteilung als Darstellung gewählt (vgl. Abb. 8.16-5). Die nächste Funktion *Herkunft der Bedarfsarten festlegen* im Prozeß ist durch die Vorgabe des Produktionsgrobplans schon ausgeführt und bestimmt. Der gesamte Programmplan umfaßt eine monatliche Aufteilung der Bedarfe von Februar bis Juli, allerdings mit unterschiedlichen Planmengen. Als Ergebnis der Programmplanung können Sie in einem separaten Schritt (vgl. Abb. 8.16-8) über die *Aktuelle Bedarfs-/Bestandsliste* die festgelegten *Dispositionselemente VP-BED*, d. h. in dem Beispiel zur Modellfirma der Planprimärbedarf, prüfen und die Entwicklung der Bestandsmenge betrachten.

Hilfe - Aktuelle Bedarfs-/Bestandsliste: Einzelzeilen

Es kann z.B. folgende Dispositionselemente geben:

Werksbestand	(W-BEST)
Kundeneinzelbestand	(K-BEST)
Projekteinzelbestand	(P-BEST)
Lagerortbestand	(LG-BST)
Kundenauftrag	(KD-AUF)
Kundenbedarf	(KD-BED)
Lieferung	(LIEFER)
Planprimärbedarf	(VP-BED)
Prognosebedarf	(PR-BED)
ungeplanter Zusatzbedarf	(UG-BED)
Sekundärbedarf	(SK-BED)
Abhängige Reservierung	(AR-RES)
Materialreservierung	(MR-RES)
Planauftrag	(PL-AUF)
Bestellanforderung	(BS-ANF)
Fertigungsauftrag	(FE-AUF)
Bestellung	(BS-EIN)
Lieferavis	(BS-AVI)
Lieferplaneinteilung	(LP-EIN)
Abruf zur Umlagerungbestellanforderung	(BA-ABR)
Abruf zur Umlagerungbestellung	(BS-ABR)

Erweiterte Hilfe | Technische Info

Abb. 8.16-3: Standardisierte Dispositionselemente im R/3-System

8.16.4 Navigationsinformationen

- *Menüpfad*

  für die Programmplanung: Logistik –> Produktion –> Produktionsplanung –> Programmplanung –> Planprimärbedarf –> Anlegen

  für die aktuelle Bedarfs-/Bestandsliste: Logistik –> Produktion –> Produktionsplanung –> Programmplanung –> Umfeld –> Akt. Bed./Best.Liste

- *Transaktionscode*

  MD61 (Programmplanung), MD04 (aktuelle Bedarfs-/Bestandsliste)

- *Eingehende Prozeßverbindungen im R/3-Referenzmodell*

  Ergebnisübergabe an die Programmplanung
  Planprimärbedarfsbearbeitung bei Langfristplanung
  Planungsszenarioaktivierung

- *Ausgehende Prozeßverbindungen im R/3-Referenzmodell*

  Planprimärbedarfsbearbeitung bei Langfristplanung
  Materialbedarfsplanung Gesamt/Einzel
  Leitteileplanung Gesamt/Einzel
  Planungsszenariobearbeitung

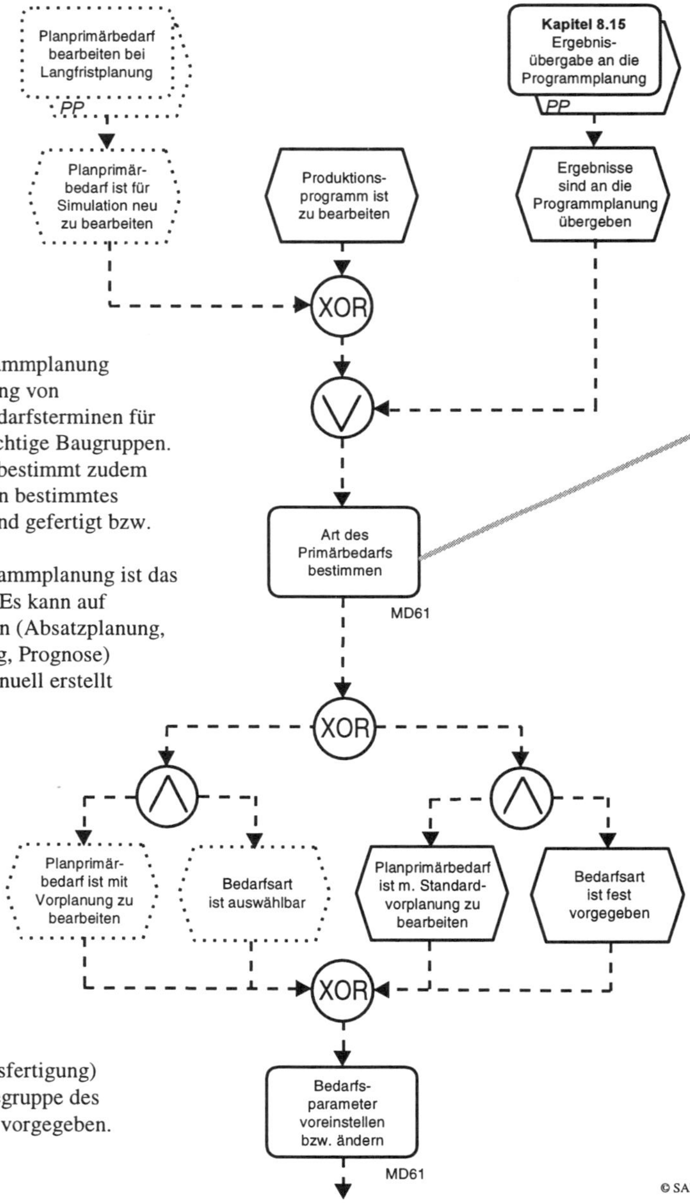

Programmplanung
Die Aufgabe der Programmplanung besteht in der Vorplanung von Bedarfsmengen und Bedarfsterminen für Enderzeugnisse und wichtige Baugruppen. Die Programmplanung bestimmt zudem die Strategie, mit der ein bestimmtes Enderzeugnis geplant und gefertigt bzw. beschafft wird.
Das Ergebnis der Programmplanung ist das Produktionsprogramm. Es kann auf vorgelagerten Planungen (Absatzplanung, Produktionsgrobplanung, Prognose) basieren oder direkt manuell erstellt werden.

Bedarfsart
Die Bedarfsart *LSF* (Losfertigung) ist im Feld der Strategiegruppe des Materialstammsatz fest vorgegeben.

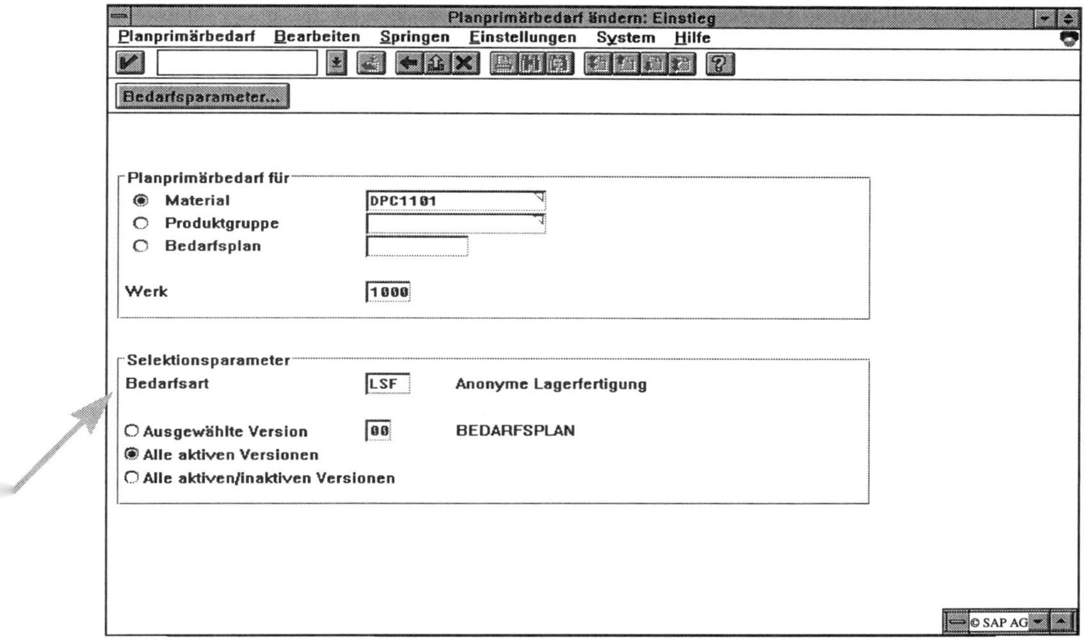

Abb. 8.16-4: Einstiegsbild der Programmplanung

Planungsstrategien/Bedarfsart

Die Planungsstrategien repräsentieren die betriebswirtschaftlichen Vorgehensweisen zur Planung von Produktionsmengen und -terminen. Dabei wird ein breites Spektrum von Produktionsplanungsstrategien angeboten, von der reinen kundenauftragsanonymen Vorplanung bis hin zur Kundeneinzelfertigung. Je nach Strategie bilden z. B. Kundenaufträge ganz oder teilweise die Grundlage für die Erstellung des Produktionsprogramms, oder die Produktion wird z. B. bis zum Eintreffen von konkreten Kundenaufträgen oder auch ausschließlich durch Absatzprognosewerte angestoßen. Die Planungsstrategien können teilweise miteinander kombiniert werden. So ist es beispielsweise möglich, für ein Enderzeugnis die Planungsstrategie *Vorplanung mit Endmontage* zu wählen und für eine wichtige Baugruppe in der Stückliste dieses Enderzeugnisses mit der Strategie *Vorplanung auf Baugruppenebene* zu arbeiten. Die für ein Material möglichen Planungsstrategien werden im Customizing festgelegt und dem Material über die Strategiegruppe im Materialstamm zugeordnet. Für jede der Strategien sind Bedarfsarten definiert, die die notwendigen Steuerungsparameter enthalten. Das SAP-System bietet eine Reihe von Strategien im Standard an, wie hier im Beispiel kundenauftragsanonyme Lagerfertigung oder Losfertigung für Kunden- und Lageraufträge, Vorplanung mit Endmontage, Vorplanung ohne Endmontage, Vorplanung mit Vorplanungsmaterial, Vorplanung auf Baugruppenebene, Vorplanung auf Dummybaugruppenebene, Kundeneinzelfertigung, Kundeneinzelfertigung mit Konfiguration, Kundeneinzelfertigung für eine lagerhaltige Type, Vorplanung einer lagerhaltigen Type ohne Endmontage, Vorplanung einer lagerhaltigen Type mit Vorplanungsmaterial, Typenvorplanung und Standardproduktvorplanung.

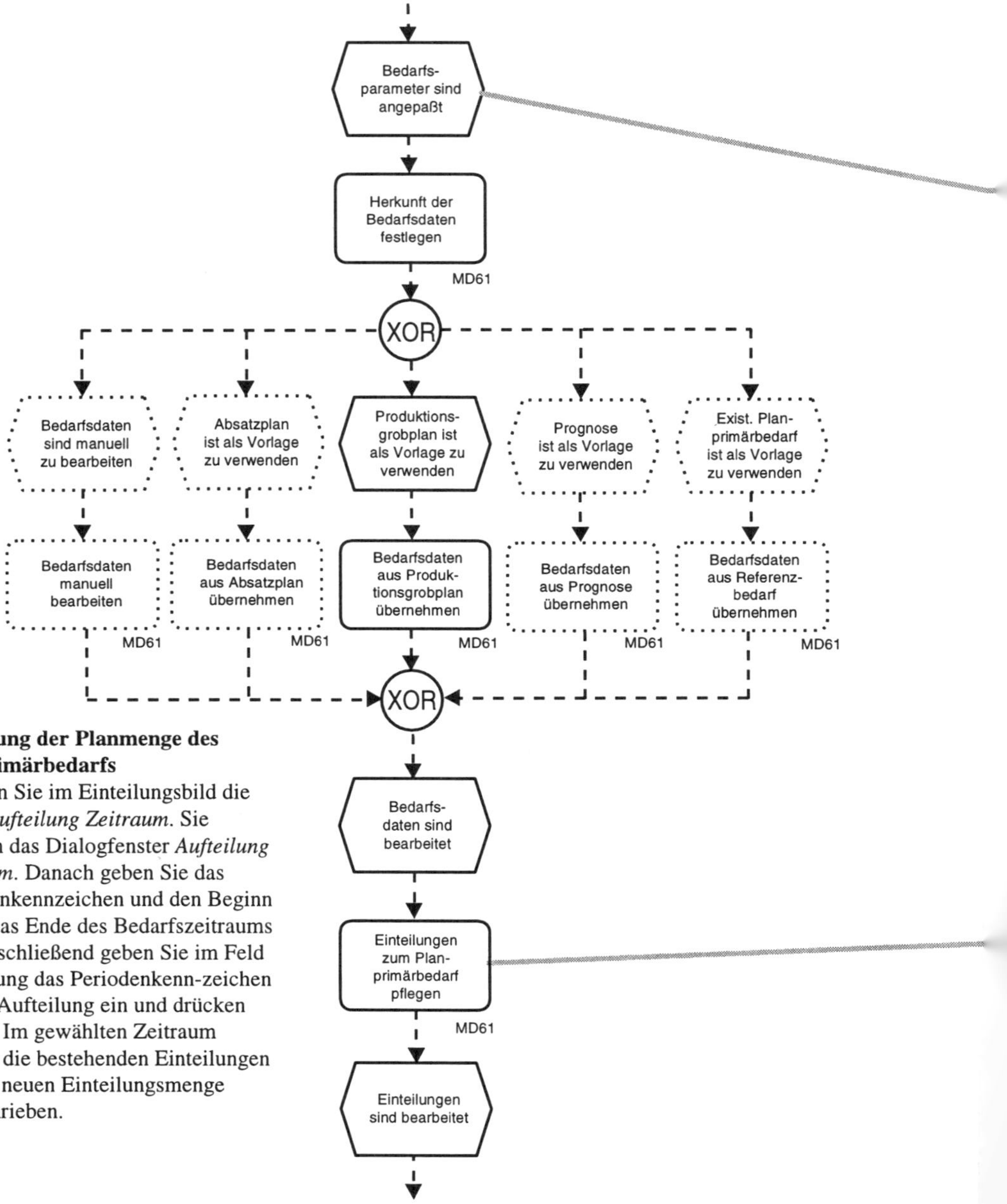

Einteilung der Planmenge des Planprimärbedarfs
Drücken Sie im Einteilungsbild die Taste *Aufteilung Zeitraum*. Sie erhalten das Dialogfenster *Aufteilung Zeitraum*. Danach geben Sie das Periodenkennzeichen und den Beginn sowie das Ende des Bedarfszeitraums ein. Anschließend geben Sie im Feld Aufteilung das Periodenkenn-zeichen für die Aufteilung ein und drücken *Weiter*. Im gewählten Zeitraum werden die bestehenden Einteilungen mit der neuen Einteilungsmenge überschrieben.

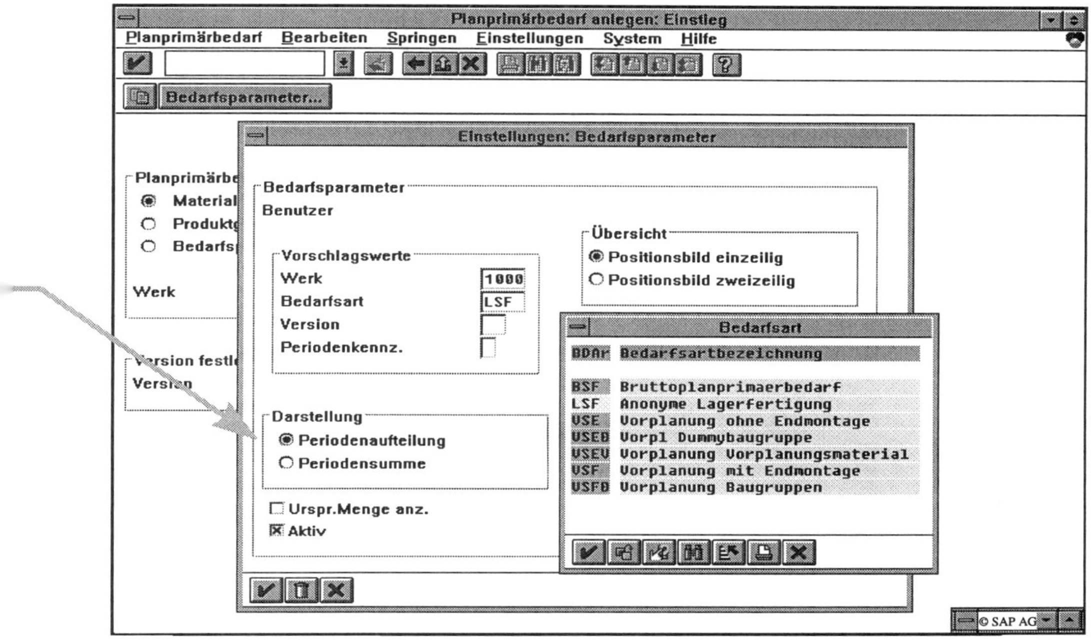

Abb. 8.16-5: Bedarfsparameter der Programmplanung

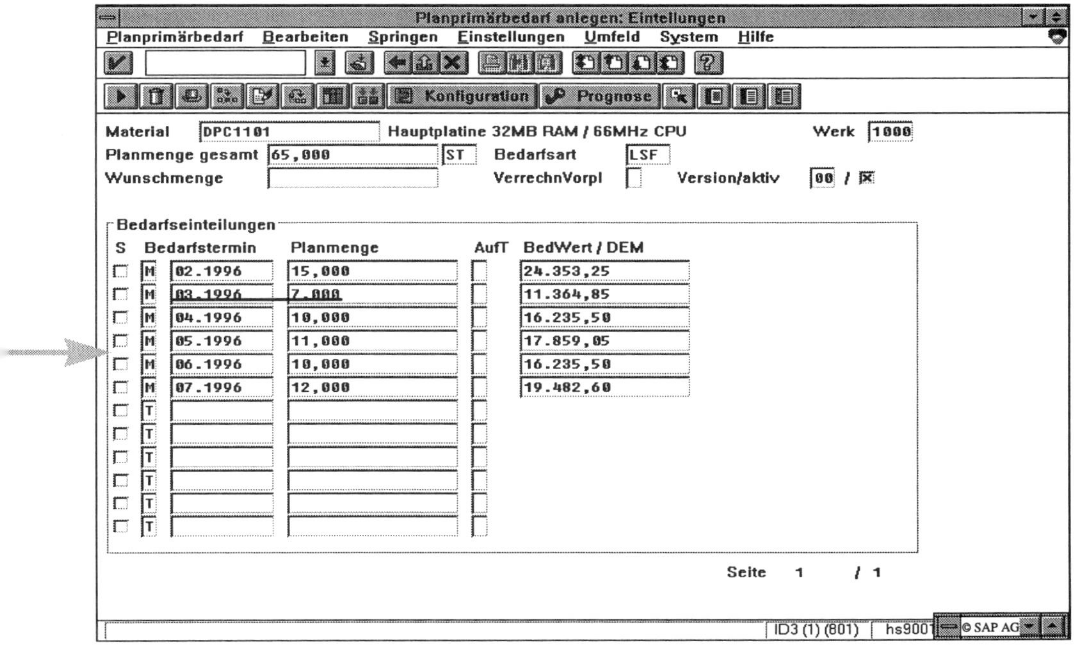

Abb. 8.16-6: Bedarfseinteilungen der Programmplanung

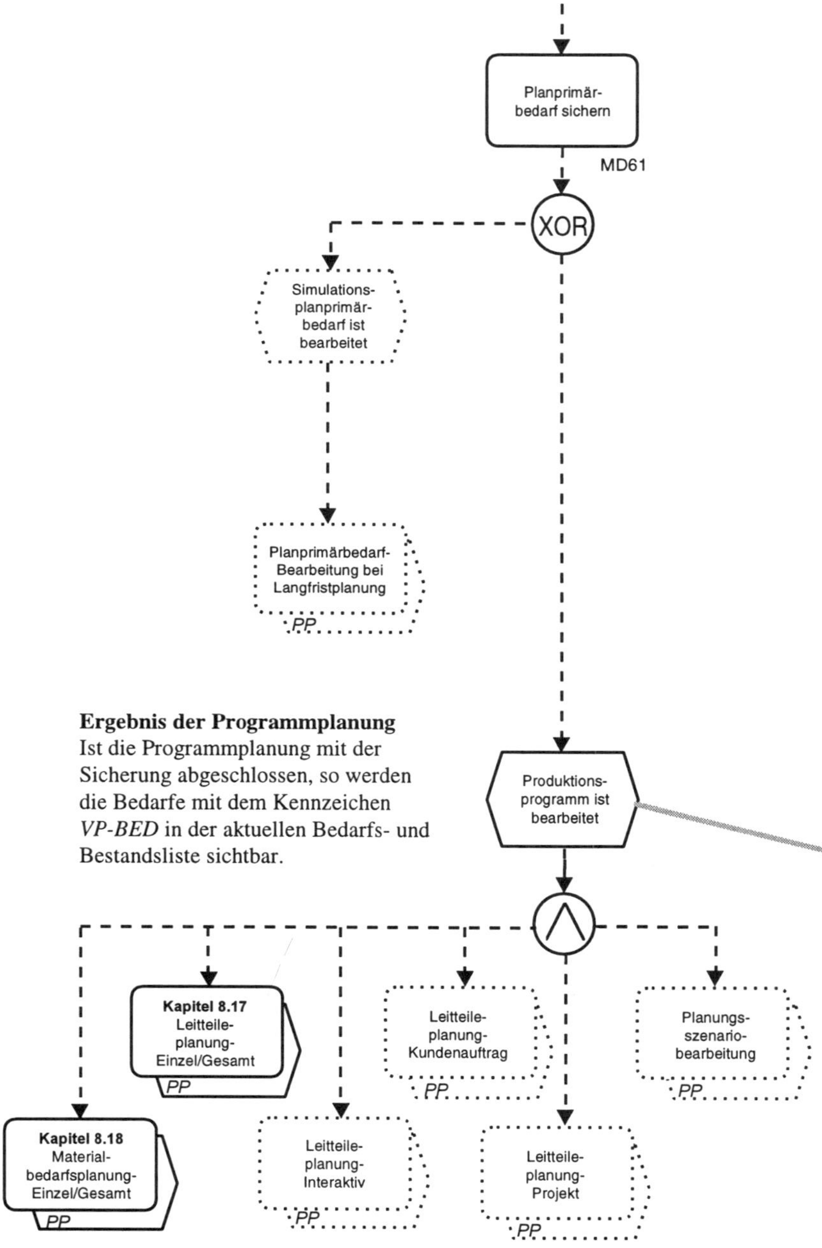

Ergebnis der Programmplanung
Ist die Programmplanung mit der Sicherung abgeschlossen, so werden die Bedarfe mit dem Kennzeichen *VP-BED* in der aktuellen Bedarfs- und Bestandsliste sichtbar.

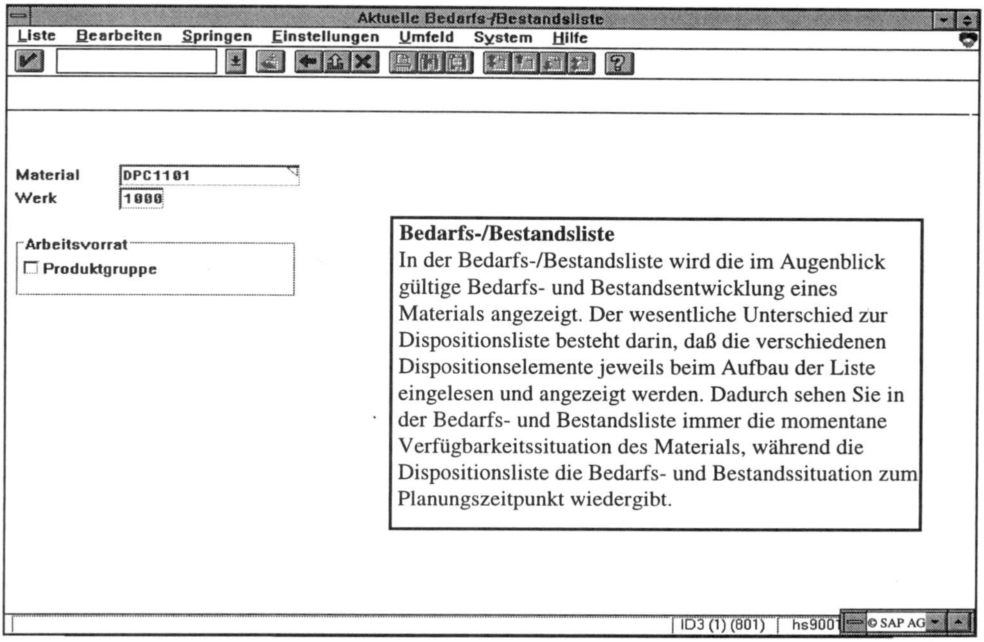

Abb. 8.16-7: Einstiegsbild zur Akt. Bedarfs- und Bestandsliste

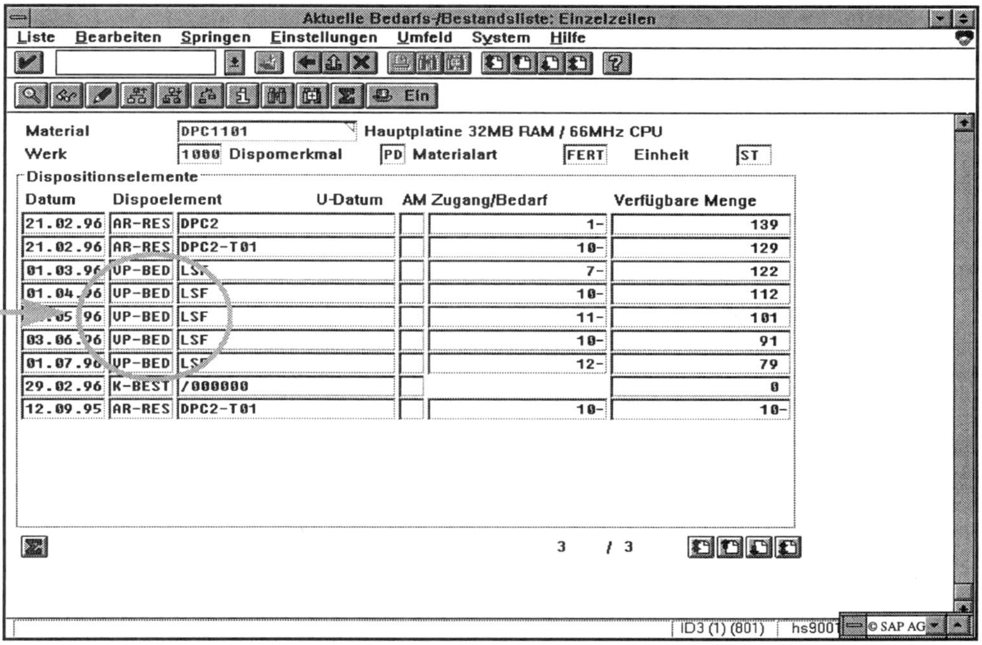

Abb. 8.16-8: Akt. Bedarfs- und Bestandsliste

8.17 Prozeß: Leitteileplanung – Einzel

8.17.1 Betriebswirtschaftliche Beschreibung

Die Bedeutung des Materials als Kostenfaktor innerhalb der betrieblichen Leistungserstellung führte dazu, die Materialplanung frühzeitig in den Mittelpunkt von datenverarbeitungsgestützten Informationsverarbeitungslösungen zu stellen. So gehörte die Behandlung der Stücklistenauflösung frühzeitig zum Kernbestandteil von Produktionsplanungs- und Produktionssteuerungssystemen. Die Durchführung der Stücklistenauflösung innerhalb der Materialbedarfsplanung und die damit verbundene Zuständigkeit ist allerdings in der betriebswirtschaftlichen Literatur und Praxis unterschiedlich eingeordnet. So wird zum einen die Materialbedarfsplanung als eine zentrale Aufgabe der Materialwirtschaft angesehen (vgl. Grochla 1978, S. 33-68), zum anderen werden zumindest Teile der Materialdisposition als Aufgabe der Produktionslogistik bzw. Produktionswirtschaft gesehen (vgl. Schneeweiß 1993, S. 157-185).

Unabhängig von der Zuordnung der Materialdisposition zu einem Fachbereich kann sie als Aufgabe beschrieben werden, die sich mit der Materialbedarfsplanung nach Art, Menge und Zeit befaßt. Ziel ist es, aus dem im Produktionsprogramm ermittelten Primärbedarf (des Vertriebs oder der Marktforschung) den Bedarf an untergeordneten Teilen, den Sekundärbedarf, zu ermitteln. Als Datenstruktur wird hierzu die Stückliste herangezogen, in der die Zusammensetzung der Endprodukte aus ihren Komponenten beschrieben ist. Im einzelnen können zu den Aufgaben der Materialdisposition die Bedarfsplanung mit Stücklistenverwaltung, Bedarfsauflösung und Bedarfsverfolgung sowie die Bestandsführung mit mengen- und wertmäßiger Lagerverwaltung gezählt werden (vgl. Kapitel 8.18). Eine besondere Rolle spielt dabei die Stücklistenauflösung in Industriebetrieben, da aufgrund der Vielzahl der vorkommenden Komponenten eine großes Datenvolumen bearbeitet werden muß und eine hohe Rechenleistung erforderlich ist. Zur Reduzierung dieses Problems ist es möglich, einen Planungslauf nur für kritische Teile, sogenannte *Leitteile*, durchzuführen. Leitteile sind Rohmaterialien, Baugruppen (Halbfabrikate) oder Enderzeugnisse einer Stückliste, die die Wertschöpfungskette im Unternehmen in hohem Maße beeinflussen (A-Teile) oder kritische Produktionsressourcen belegen. Ziel ist es, durch eine gute Planung der Leitteile kostenintensive Ressourcen optimal auszunutzen und Engpässe einer Produktion zu vermeiden. Leitteile sind auf einer hohen Wertschöpfungsstufe angesiedelt und verursachen dadurch eine hohe Kapitalbindung. Um diese Kapitalbindung durch Lagerbestände zu reduzieren und die Stabilität der Planung zu erhöhen, sollte die Planung bestimmter Erzeugnisse und Hauptbaugruppen besonders abgestimmt werden, da der Produktionsplan dieser Erzeugnisse einen gravierenden Einfluß auf den gesamten Produktionsprozeß hat. Eine sorgfältige Planung für diese besonders gekennzeichneten Teile führt zu einer Reduktion der Bestände und gleichzeitig zu mehr Termintreue und zu einer besseren Lieferbereitschaft. Durch die Einschränkung der Planung auf Leitteile kann der Disponent schnelle Planungen durchführen und dadurch alternative Produktionspläne durch mehrere Planungsläufe erstellen und miteinander vergleichen. Zusätzlich kann der Disponent interaktiv die maschinellen Ergebnisse nach Menge und Termin graphisch verändern und die Ergebnisse nochmals berechnen lassen.

8.17.2 SAP-spezifische Beschreibung

Die Kennzeichnung als Leitteil erfolgt mit dem Dispositionsmerkmal. Für die Leitteileplanung stehen eine Reihe von Dispositionsmerkmalen zur Verfügung, mit denen insbesondere die Vorgehensweise für die Leitteileplanung näher definiert werden kann. Im Customizing können verschiedene Parameter zum Dispomerkmal eingestellt werden (vgl. Abb. 8.17-1). Für die Leitteileplanung muß der Parameter *M* als Dispositionsverfahren ausgewählt werden. Weiterhin besteht die Möglichkeit, die Fixierungsart zu ändern, d. h. es wird festgelegt, in welcher Weise Bestellvorschläge während des Planungslaufs innerhalb des Fixierungshorizonts (keine maschinellen Veränderungen an Planaufträgen in diesem Horizont) fixiert und terminlich eingeordnet werden. Im Beispiel wurde das Dispositionsmerkmal *MO* mit der Fixierungsart *0* ausgewählt. Die Fixierungsart *0* für die Leitteileplanung bewirkt, daß Bestellvorschläge nicht automatisch fixiert werden (vgl. SAP – Produktionsplanung 1994, S. 6.9-6.10).

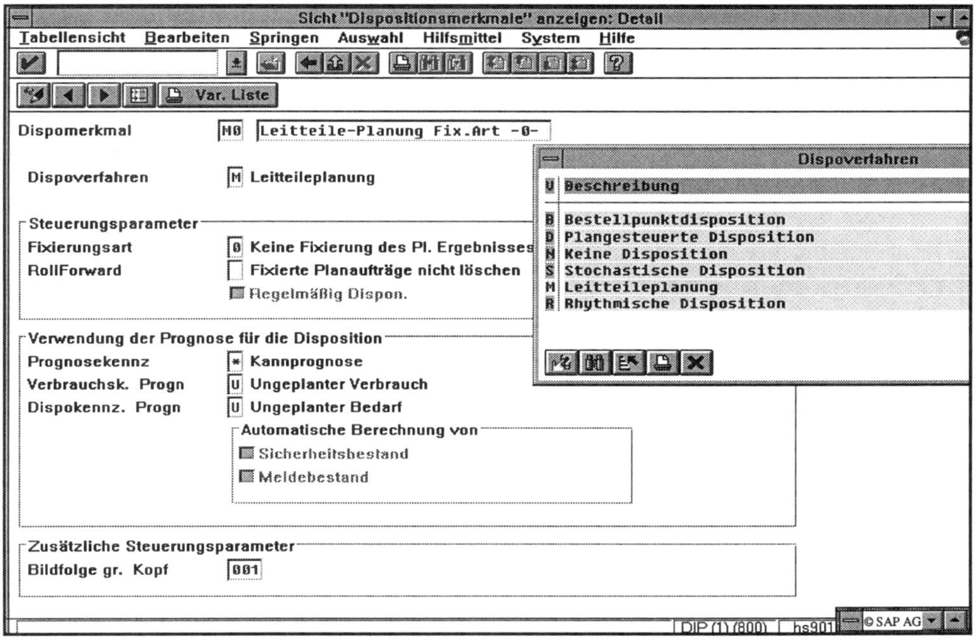

Abb. 8.17-1: Aufbau des Dispomerkmals (Customizing)

Ein weiterer wichtiger Steuerungsparameter zum Dispomerkmal ist das Kennzeichen *Roll-Forward.* Um den fixierten Produktionsplan an eine veränderte Bedarfssituation anzupassen, kann das Kennzeichen zum Löschen veralteter Planaufträge dazu eingestellt werden. Das Kennzeichen bewirkt, daß fixierte Bestellvorschläge, die vor dem sogenannten Roll-

Forward-Horizont liegen, beim Planungslauf gelöscht werden und neue, terminlich passende, Planaufträge erzeugt werden. Im Rahmen der Roll-Forward-Planung kann festgelegt werden, daß der Produktionsplan in einem definierten Zeitraum aktualisiert wird. Der Planungslauf zur Leitteileplanung kann ebenso wie beim nachfolgenden Prozeß der Materialbedarfsplanung (vgl. Kapitel 8.18) auf verschiedene Arten durchgeführt werden. Die Planungslaufarten werden über den Verarbeitungschlüssel gesteuert. Bei der *Neuplanung* werden alle Materialien für ein Werk geplant. Dies ist bei der ersten Durchführung des Planungslaufs sowie beim laufenden Betrieb sinnvoll, wenn durch technische Fehler die Konsistenz der Daten nicht gewährleistet ist. Der Nachteil der Neuplanung liegt in der hohen Rechnerbelastung, da alle Materialien geplant werden, auch die, bei denen sich durch die Planung keine Veränderung ergibt. Um diesem Nachteil entgegenzuwirken, ist es sinnvoll, den Planungslauf im laufenden Betrieb als *Veränderungsplanung* durchzuführen. Die Veränderungsplanung wird auch als Net-Change-Verfahren bezeichnet. Bei dieser Art des Planungslaufs werden nur die Materialien geplant, die eine dispositionsrelevante Änderung erfahren haben, wie Lagerabgänge, Kundenaufträge, Änderungen in der Stücklistenstruktur usw. Die Veränderungsplanung ermöglicht es, den Planungslauf in kurzen Zeitintervallen, z. B. täglich, durchzuführen. Dadurch haben Sie den Vorteil, immer mit dem aktuellen Planungsergebnis arbeiten zu können. Die *Veränderungsplanung im Planungshorizont* ermöglicht es, die Laufzeit des Planungslaufs weiter zu verkürzen. Bei dieser Art des Planungslaufs werden vom System nur Änderungen im Planungshorizont berücksichtigt. Änderungen außerhalb des Planungshorizonts bleiben unberücksichtigt. Dies bedeutet auch, daß nur die Materialien geplant werden, die innerhalb des Planungshorizonts eine dispositive Änderung erfahren haben. Um auch die Änderungen außerhalb des Planungshorizonts zu planen, ist es notwendig, in größeren Zeitabständen eine Veränderungsplanung nach dem Net-Change-Verfahren durchzuführen.

8.17.3 Anwendung des Prozesses

Nachdem die Primärbedarfe mit der Programmplanung (vgl. Kap. 8.16) ermittelt wurden, erfolgt nun eine Stücklistenauflösung für die wichtigsten Teile (Leitteile). Die Leitteile der Modellfirma A sind die zu fertigende Hauptplatine mit der Materialnummer *DPC1101* und das untergeordnete Teil *DPC1019* sowie der Prozessor mit der Taktfrequenz 66 MHz. Diese Materialien müssen mit dem Dispomerkmal *MO* im Materialstammsatz gekennzeichnet werden (vgl. Abb. 8.17-2). Prinzipiell kann der Planungslauf auf zwei Arten durchgeführt werden. Bei der Einzelplanung erfolgt der Planungslauf genau für ein selektiertes Material, bei der Gesamtplanung erfolgt der Planungslauf für alle zu planenden Materialien eines Werks. In dem aufgezeigten Beispiel wird eine einzelne Leitteileplanung durchgeführt, d. h. lediglich für das Produkt *DPC1101* erfolgt der Planungslauf. Auf dem Einstiegsbild werden folgende Steuerungsparameter zu dem Dispositionslauf angegeben. Der Verarbeitungsschlüssel bekommt den Eintrag Net-Change, da nur bei Veränderung ein Planungslauf durchgeführt werden soll. Weitere zentrale Steuerungskennzeichen sind die Felder *BANF erstellen*, *Lieferplaneinteilung*, *Dispoliste erstellen* und *Planungsmodus* festlegen. Mit dem Kennzeichen *BANF erstellen* wird festgelegt, ob Planaufträge oder Bestellanforderungen erzeugt werden sollen. Das Kennzeichen *Lieferplaneinteilung* steuert, ob grundsätzlich Lieferplaneinteilungen, keine Lieferplaneinteilungen oder Lieferplaneinteilungen innerhalb des Eröffnungshorizonts und Bestellanforderungen außerhalb des Eröffnungshorizonts erzeugt werden sollen. Lieferplaneinteilungen können durch die Bedarfsplanung nur dann automatisch erzeugt werden, wenn für das zu beschaffende Material ein Lieferplan und ein gültiger dispositionsrelevanter Eintrag im Orderbuch vorliegt. Das Kennzeichen *Dispoliste* definiert, ob für jedes Material nach einem Lauf eine Dispositionsliste erzeugt werden soll, oder ob grundsätzlich keine Dispositionsliste erstellt werden soll. Der *Planungslauf* paßt den Produktionsplan in der Regel automatisch an Termin- oder Mengenänderungen an. Eine Erhöhung der Bedarfsmenge kann beispielsweise zur mengenmäßigen Korrektur des aus dem Planungslauf erzeugten Bestellvorschlags führen. Das Leitteil *DPC1019* ist als ein fremdzubeschaffendes Material gekennzeichnet und durch den Planungslauf werden mit der Eingabe des Kennzeichens *2* automatische Bestellanforderungen erzeugt. Liegen Materialien noch auf Lager, so wird zunächst auf diese zugegriffen und die entsprechenden Teile werden reserviert. Sind alle Parameter zur Leitteileplanung festgelegt, so kann der Planungslauf gestartet werden. Es ist möglich, den Planungslauf permanent anzuzeigen oder im Hintergrund ablaufen zu lassen. Die Ergebnisse des Planungslaufes können in der Dispositionsliste überprüft werden. Für das Leitteil *DPC1019* sind keine Bestellanforderungen erzeugt worden, sondern es wurde eine Reservierung mit dem Dispoelement *AR-RES* (vgl. Abbildung 8.16-3 u. 8.17-5) durchgeführt.

8.17.4 Navigationsinformationen

- *Menüpfad*
  für die Leitteileplanung: Logistik –> Produktion –> Produktionsplanung –> Leitteileplanung –> Leitteile –> Einzelplanung einstufig
  für die aktuelle Bedarfs-/Bestandsliste: Logistik –> Produktion –> Produktionsplanung –> Leitteileplanung –> Auswertungen –> Bedarfs-/Bestandsliste
  für die Dipositionsliste: Logistik –> Produktion –> Produktionsplanung –> Leitteileplanung –> Auswertungen –> Dispoliste Material

- *Transaktionscode*
  MD01, MD02, MD04 (aktuelle Bedarfs-/Bestandsliste), MD05 (Dispoliste), MD40, MD41, MD42 (Leitteileplanung),

- *Eingehende Prozeßverbindungen im R/3-Referenzmodell*
  Programmplanung
  Auftragsbearbeitungsprozesse, wie Terminauftragsbearbeitung, Kundenabrufbearbeitung zum Lieferplan, Kundenkontrakt-Abrufbearbeitung, Konsignationsbeschickungsbearbeitung, Sofortauftragsbearbeitung, Kostenlose Lieferungsbearbeitung, Kundenlieferplan-Einteilungsbearbeitung, Kostenlose Nachlieferungsbearbeitung, Kundenauftragsbearbeitung mit Projektsystem

- *Ausgehende Prozeßverbindungen im R/3-Referenzmodell*
  Planauftragsumsetzung
  Bestellanforderungszuordnung
  Materialbedarfsplanung Einzel/Gesamt
  Materialbedarfsplanung kundenauftragsbezogen

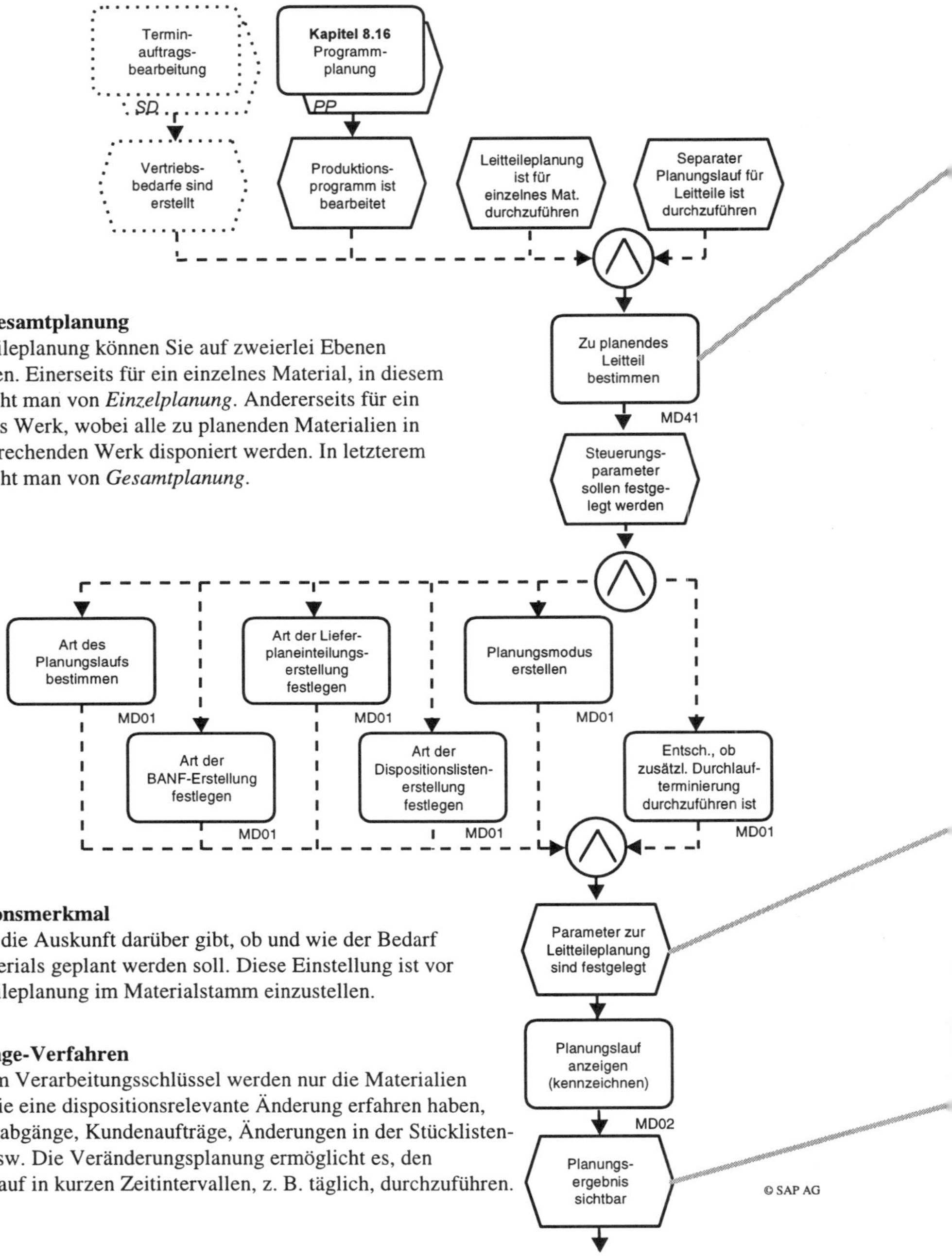

Einzel-/Gesamtplanung
Die Leitteileplanung können Sie auf zweierlei Ebenen durchführen. Einerseits für ein einzelnes Material, in diesem Falle spricht man von *Einzelplanung*. Andererseits für ein bestimmtes Werk, wobei alle zu planenden Materialien in dem entsprechenden Werk disponiert werden. In letzterem Falle spricht man von *Gesamtplanung*.

Dispositionsmerkmal
Kennung, die Auskunft darüber gibt, ob und wie der Bedarf eines Materials geplant werden soll. Diese Einstellung ist vor der Leitteileplanung im Materialstamm einzustellen.

Net-Change-Verfahren
Bei diesem Verarbeitungsschlüssel werden nur die Materialien geplant, die eine dispositionsrelevante Änderung erfahren haben, wie Lagerabgänge, Kundenaufträge, Änderungen in der Stücklistenstruktur usw. Die Veränderungsplanung ermöglicht es, den Planungslauf in kurzen Zeitintervallen, z. B. täglich, durchzuführen.

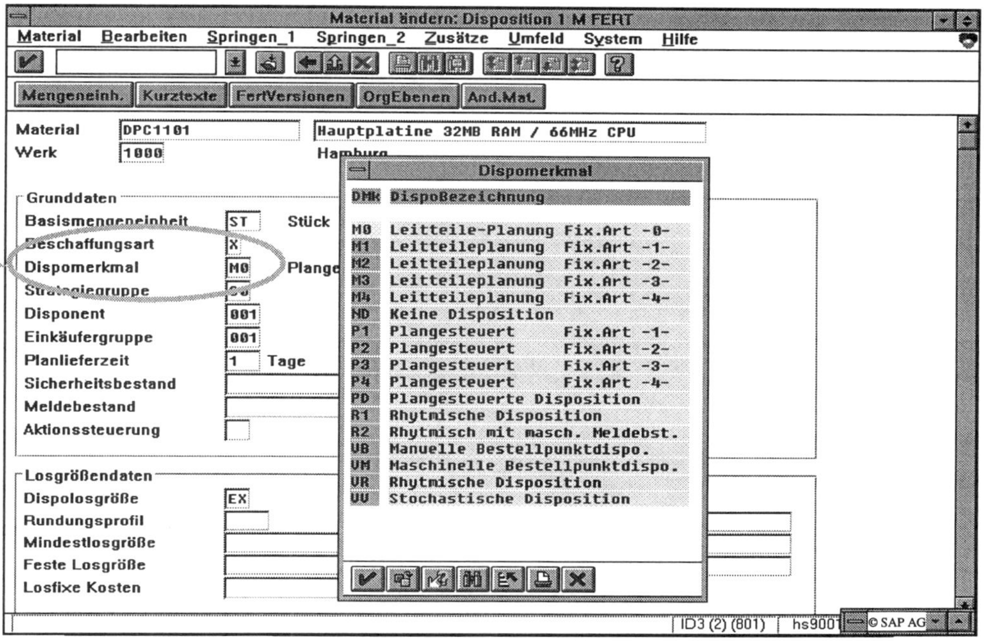

Abb. 8.17-2: Definition des Dispomerkmals für Leitteileplanung im Materialstamm

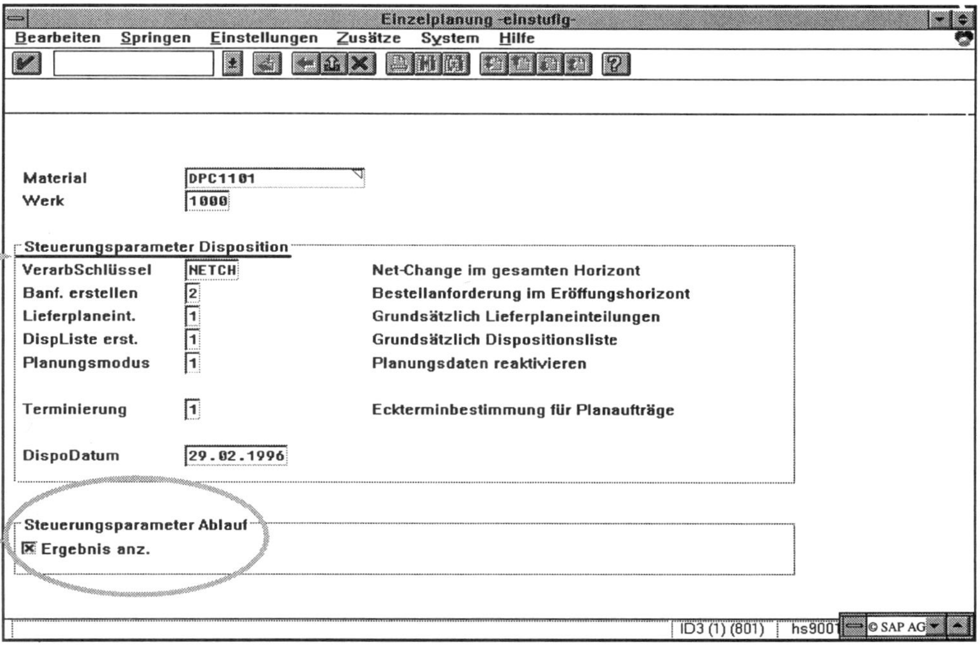

Abb. 8.17-3: Einstiegsbild: Parameter der Planung festlegen

Leitteile über mehrere Planungsstufen
Wenn die Stückliste mehr als ein Leitteil besitzt (wie hier mit *DPC1101*, *DPC1019*), planen Sie über mehrere Planungsstufen. (Dispoelement: *VP-BED* für eine spätere Planauftragsumsetzung, *AR-RES* für eine Reservierung)

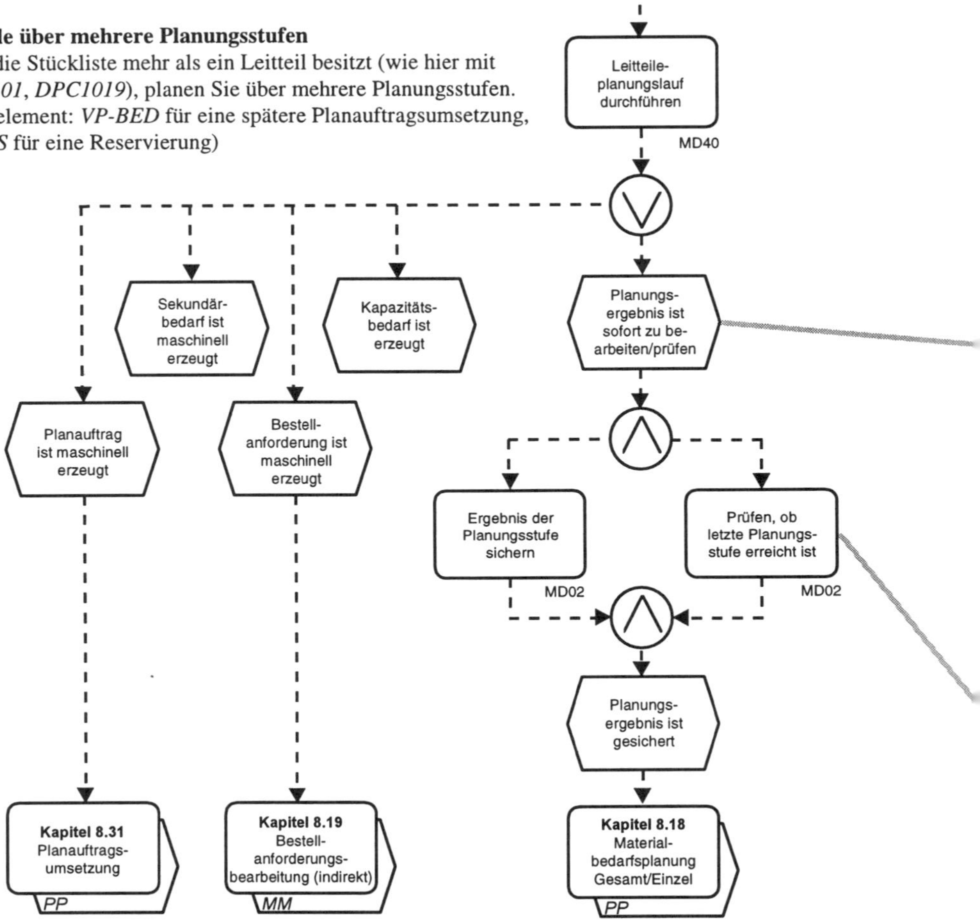

Informationen zur Überprüfung des Planungsergebnisses sind:

- Dispositionsliste
- Aktuelle Bedarfs-/Bestandsliste
- Vergleich Dispoliste/Aktuelle Bedarfs-/Bestandsliste
- Planungssituation
- Planungsergebnis
- Vergleich von Planungssituation und Planungsergebnis
- Bedarfsverursacher
- Kundenauftragsstatusbericht

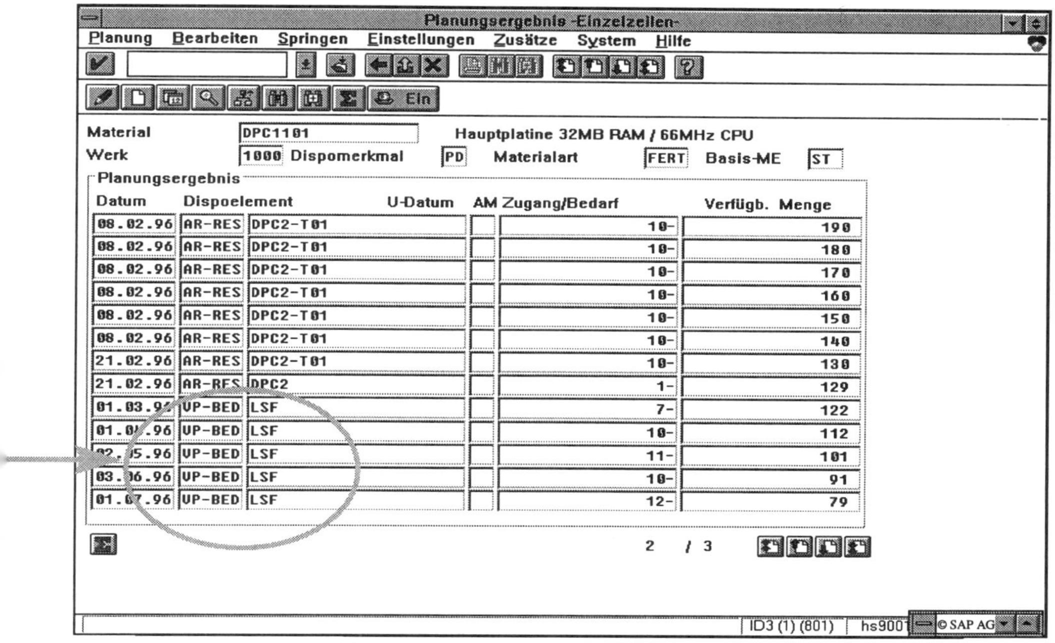

Abb. 8.17-4: Planungsergebnis des Leitteils

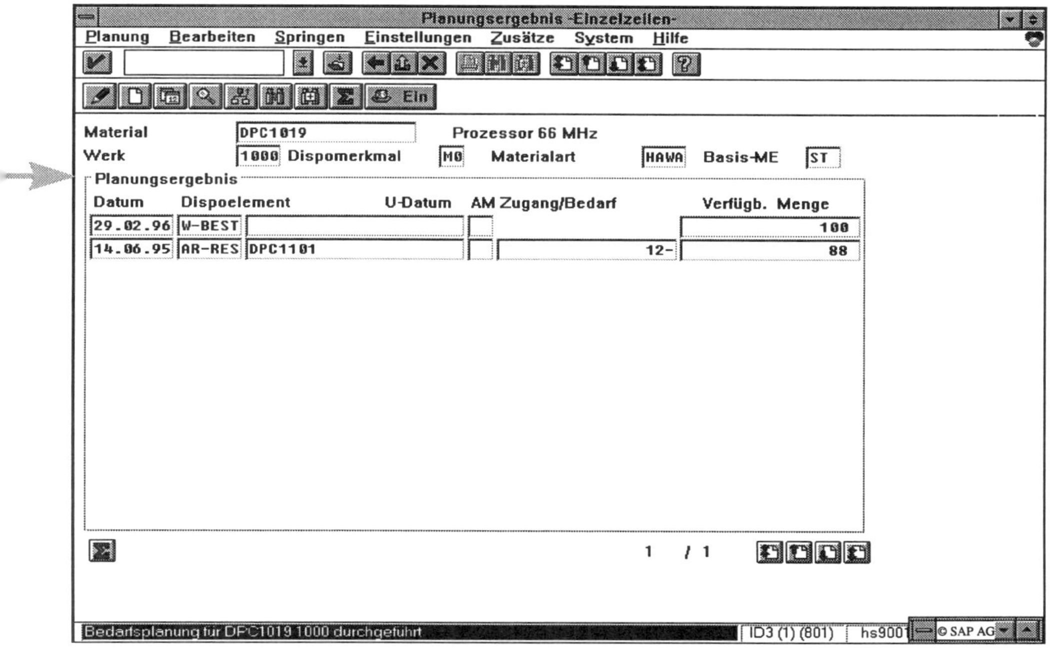

Abb. 8.17-5: Planungsergebnis der letzten Planungsstufe

8.18 Prozeß: Materialbedarfsplanung – Gesamt

8.18.1 Betriebswirtschaftliche Beschreibung

Im Rahmen der *Materialbedarfsplanung* wird der zur Erfüllung des aufgestellten Produktionsprogramms benötigte Bedarf an Baugruppen, Einzelteilen und Rohstoffen bestimmt. Dabei wird sowohl die erforderliche Menge als auch der Termin festgelegt. Die geplanten Bedarfe sind gegen im Lager vorhandene Materialien, Einzelteile und Baugruppen aufzurechnen. Darüber hinaus sind auch die geplanten Bestände einzurechnen, d. h. die Materialien, Einzelteile und Baugruppen, die zwar heute noch nicht, aber zum Bedarfszeitpunkt verfügbar sind. Notwendige Voraussetzung zur Ermittlung dieser Informationen ist, daß der Disponent sowohl auf Daten über Lagerbewegungen und Fertigungszustände als auch auf geplante Aufträge Zugriff hat. Wenn die ermittelten Bedarfe innerhalb der Bedarfsplanung nicht einer wirtschaftlichen Losgröße entsprechen, wird anschließend für die eigenzufertigenden Teile die optimale Losgröße der Fertigungsaufträge bestimmt. Die Fertigungsaufträge werden danach an die Auftragsplanung der *Produktionslogistik* (Zeit-, Kapazitätswirtschaft und Auftragsfreigabe) übergeben. Den Bedarf der fremd zu beziehenden Teile erhält der Einkauf oder die *Beschaffungslogistik* (vgl. Grochla 1978, S. 33-141; vgl. Schneeweiß 1993, S. 157-185).

Als wesentliche Verfahren haben sich dabei zur Materialbedarfsplanung die *verbrauchsgesteuerte* und die *plangesteuerte Disposition* herauskristallisiert. Während bei der verbrauchsgesteuerten Bedarfsrechnung der Bedarf an Baugruppen und Einzelteilen unter Anwendung von Prognoseverfahren ermittelt wird, die auf Teileverbrauchsdaten zurückliegender Perioden beruhen, ist für die durchzuführende bedarfsgesteuerte Bedarfsrechnung, die in der Regel für A- und B-Teile angewendet wird, die Stückliste die Grundlage. Vereinfacht kann man festhalten, daß die verbrauchsgesteuerte Disposition vergangenheitsorientiert ist, da sie auf Verbrauchsverläufen der Vergangenheit aufbaut, und daß die plangesteuerte Diposition zukunftsorientiert ist, da sie auf konkret vorliegenden Bedarfsmengen für einen in der Zukunft liegenden Termin basiert. Einflußfaktoren für die Art der Durchführung der Bedarfsermittlung sind die Produktstruktur, die Art der Auftragserteilung sowie der Wert der zur Disposition stehenden Teile.

Die *verbrauchsgesteuerte Disposition* bzw. *stochastische Bedarfsermittlung* versucht auf Basis von mathematisch-statistischen Berechnungen den benötigten Materialbedarf zu ermitteln. Durch verschiedene statistische Verfahren wird dabei aus den Verbrauchswerten der Vergangenheit auf die zukünftigen Bedarfe geschlossen. In der betriebswirtschaftlichen Literatur wird empfohlen, die verbrauchsgesteuerte Disposition für geringwertige Güter, für Güter mit großen Schwankungen und für Güter, die nicht unmittelbar durch Fertigungsänderungen betroffen sind, durchzuführen. Es wird dabei differenziert in Erzeugnishilfsstoffe, wie z. B. Nägel und Leim, in Betriebsstoffe, wie Schmieröl und Büromaterial und in Erzeugnishauptstoffe, z. B. Stangenmaterial, Bleche, Schrauben, Federn und Dichtungen (vgl. Grochla 1978, S. 58-69). Die unter Umständen hohe Menge der geringwertigen Güter in den Industriebetrieben erfordert trotz der Geringfügigkeit eines einzelnen Gutes eine möglichst genaue Planung. Deshalb ist es notwendig, daß aufbauend auf den erfaßten Materialverbräuchen das geeignetste Extrapolationsverfahren gewählt wird. Der *konstante Materialverbrauch* wird mit den Prognosemethoden der einfachen Mittelwertbildung, der gleitenden Mittelwertbildung und der exponentiellen Glättung erster Ordnung unterstützt. Für den *trendförmigen Materialverbrauch* finden die lineare Trendrechnung (Methode der kleinsten Quadrate), die exponentielle Glättung erster Ordnung mit Trendkorrektur und die exponentielle Glättung zweiter Ordnung Anwendung. *Saisonal schwankende Materialverbräuche* nutzen die exponentielle Glättung erster Ordnung mit Trend sowie die exponentielle Glättung zweiter Ordnung (vgl. Arnolds et al. 1996, S. 95-116; vgl. Hoitsch 1993, S. 372-383).

Die *plangesteuerte Disposition* bzw. *deterministische Bedarfsermittlung* ist durch eine analytische Vorgehensweise geprägt, bei der sukzessive aus dem vorliegenden *Primärbedarf* der *Sekundärbedarf* abgeleitet wird. Mit der Brutto-Netto-Rechnung erfolgt innerhalb der plangesteuerten Disposition eine *Stücklistenauflösung* vom Endprodukt bis zum Einzelteil, und man erhält aus dem vom Vertrieb oder vom Controlling zur Verfügung gestellten Primärbedarf den Sekundärbedarf an Bauteilen. Aus dem Sekundärbedarf wird unter additiver Berücksichtigung des Bedarfs an Ersatzteilen und Ausschußmengen der *Bruttobedarf* an Bauteilen ermittelt. Anschließend wird nach Abzug verfügbarer Lager-, Werkstatt- und Auftragsbestände der *Nettobedarf* errechnet (vgl. Arnolds et al. 1996, S. 81-93; vgl. Hackstein 1989, S. 132-154; vgl. Grochla 1978, S. 37-58; vgl. Hoitsch 1993, S. 360-372; vgl. Scheer 1990, S. 79-130). Es muß möglich sein, für fremd zu beziehende Teile die optimale Bestellmenge und für Eigenfertigungsteile die optimale Losgröße zu bestimmen. Darüber hinaus muß sowohl ein automatisches Auflösen der Stückliste als auch das Eingreifen des Disponenten auf jeder Stufe erlaubt sein. Ein wichtiger Aspekt ist die Berücksichtigung der sogenannten Vorlaufzeit innerhalb der Stücklistenauflösung. Hierdurch wird gewährleistet, daß das untergeordnete Material vor dem Auftragsfertigungstermin des übergeordneten Teils zur Verfügung steht. Diese teilebezogene Vorlaufzeit kann in den Grunddaten Materialstamm, Stückliste oder Arbeitsplan abgelegt sein. Deshalb muß bei der Durchführung der Bedarfsauflösung ein Zugriff auf diese Grunddaten erfolgen. Im Materialstamm wird die teilespezifische Vorlaufzeit geführt, wenn sie unabhängig von dem Eingang in übergeordnete Teile ist. Wenn die Vorlaufzeit nicht nur von dem Material an sich abhängig ist, sondern davon, in welches übergeordnete Teil es eingeht, wird die Vorlaufzeit im Stücklistenstamm abgelegt. Sind zur Fertigung eines Materials mehrere Arbeitsgänge zu durchlaufen, wird durch Addition der Durchlaufzeit der einzelnen Arbeitsgänge die Gesamtdurchlaufzeit ermittelt, im Arbeitsplan festgehalten und damit dem Bauteil die Vorlaufzeit zugeordnet.

Bei der Planung des Primärbedarfs wird der Bezug zwischen Kundenauftrag und periodenbezogenem Sekundärbedarf, der für die Fertigung relevant ist, zerstört, wenn mehrere Kundenaufträge einer Planungsperiode zusammengefaßt werden. Durch die Losbildung und durch die Übertragung von Sekundärbedarfen in andere Perioden gehen innerhalb der Bedarfsermittlung (Bedarfsauflösung) die Informationsbeziehungen zwischen Bedarf und Auftrag verloren. Dadurch ist die Herkunft der einzelnen Materialbedarfe nicht mehr ersichtlich. Diese Information ist aber wichtig, wenn das Unternehmen kundenindividuelle Fertigung durchführt, um dem Kunden über jeden Produktionsstand seines Auftrags Auskunft geben zu können. Ebenso muß bei Verzögerungen eines Loses bekannt sein, welche übergeordneten Aufträge von einer eventuellen Terminverschiebung betroffen sind. Mit Hilfe der *Bedarfsverfolgung* kann jederzeit Auskunft darüber gegeben werden, wie weit der Auftragsfortschritt ist bzw. inwieweit sich aufgetretene Störungen auf den weiteren Produktionsablauf auswirken. Je nach Art der Bedarfsverfolgung (einstufig oder mehrstufig) kann die Verbindung zwischen Endprodukt und untergeordnetem Material bis zur ersten Stufe oder durchgängig bis zum Einzelteil auf der untersten Stufe aufrecht erhalten werden (vgl. Scheer 1990, S. 138-153).

Um eine *exakte Materialdisposition* durchführen zu können, ist es ebenso erforderlich, die Bestände zu erfassen. Neben den im Unternehmen vorhandenen *physischen Lagerbeständen* muß auch die *Berücksichtigung von Bestell- und Fertigungsbeständen* möglich sein, die noch nicht zum Zeitpunkt der Einplanung, aber zum Termin, wenn sie physisch benötigt werden, zur Verfügung stehen. Ebenso müssen Bestände, die im Lager physisch vorhanden und für andere Aufträge reserviert sind, sowie reservierte Bestell- und Fertigungsaufträge in die Berechnung mit einbezogen werden. Eine besondere Rolle spielt innerhalb der Lagerbestandsermittlung die Berücksichtigung von Wareneingangs- und Warenausgangsprüfbeständen. Hierunter sind alle diejenigen Bestände zu verstehen, bei denen zum Zeitpunkt der Einplanung z. B. aufgrund fehlender Qualitätsaussagen die Nutzung nicht mit vollständiger Sicherheit gewährleistet werden kann. Neben der *mengenmäßigen Lagerbestandsermittlung* muß auch eine *wertmäßige Lagerbestandsführung* möglich sein. Diese Informationen werden z. B. für steuer- und handelsrechtliche Aufgaben sowie für das Rechnungswesen benötigt.

8.18.2 SAP-spezifische Beschreibung

Die zentrale Aufgabe der Materialbedarfsplanung ist die Sicherstellung der Materialverfügbarkeit, d. h. innerbetrieblich und für den Verkauf die erforderlichen Bedarfsmengen termingerecht zu beschaffen. Dies beinhaltet die Überwachung der Bestände und insbesondere die Erstellung von Beschaffungsvorschlägen für den Einkauf und die Fertigung. In den Aufgabenbereich der Bedarfsplanung gehören alle Tätigkeiten, um Art, Menge und Zeitpunkt des Bedarfs festzustellen und die notwendigen Mengen sowie Termine zur Bedarfsdeckung zu ermitteln. Für die Ermittlung der Mengen müssen die Bestände, Bestandsreservierungen und der Bestellbestand berücksichtigt werden sowie für die Ermittlung der Termine die Durchlauf- und Beschaffungszeiten. Für die Ermittlung des Beschaffungsvorschlags legt der Disponent materialspezifisch das geeignete Dispositions- und Losgrößenverfahren fest. In Anlehnung an die betriebswirtschaftliche Literatur und den Anforderungen aus der Praxis sind im R/3-System als grundlegende Verfahren die *plangesteuerte* und die *verbrauchsgesteuerte Disposition* realisiert (vgl. SAP – Produktionsplanung 1994, S. 7.1-7.12; vgl. Materialwirtschaft 1996, S. 4.1-4.10).

Innerhalb der *plangesteuerten Disposition* kann differenziert werden, ob und wie die Materialien geplant werden sollen. Ziel der *Leitteileplanung* ist es, die Teile, die einen maßgeblichen Einfluß auf das Produktionsergebnis haben, mit besonderer Sorgfalt zu planen. Dies sind beispielsweise die Erzeugnisse, die einen hohen Anteil am Gesamtumsatz haben oder durch ihre Fertigungstechnologie den gesamten Fertigungsprozeß dominieren (vgl.

Kapitel 8.17). Bei der *plangesteuerten Disposition ohne Stücklistenauflösung* werden die Kundenaufträge und Materialreservierungen direkt in die Planung einbezogen. Sie wird deshalb hier den plangesteuerten Verfahren zugeordnet, weil auf konkret vorliegende Bedarfe Bezug genommen wird. Dabei wird überprüft, ob der Lagerbestand zur Bedarfsdeckung ausreicht und gegebenenfalls ein Beschaffungsvorschlag erzeugt.

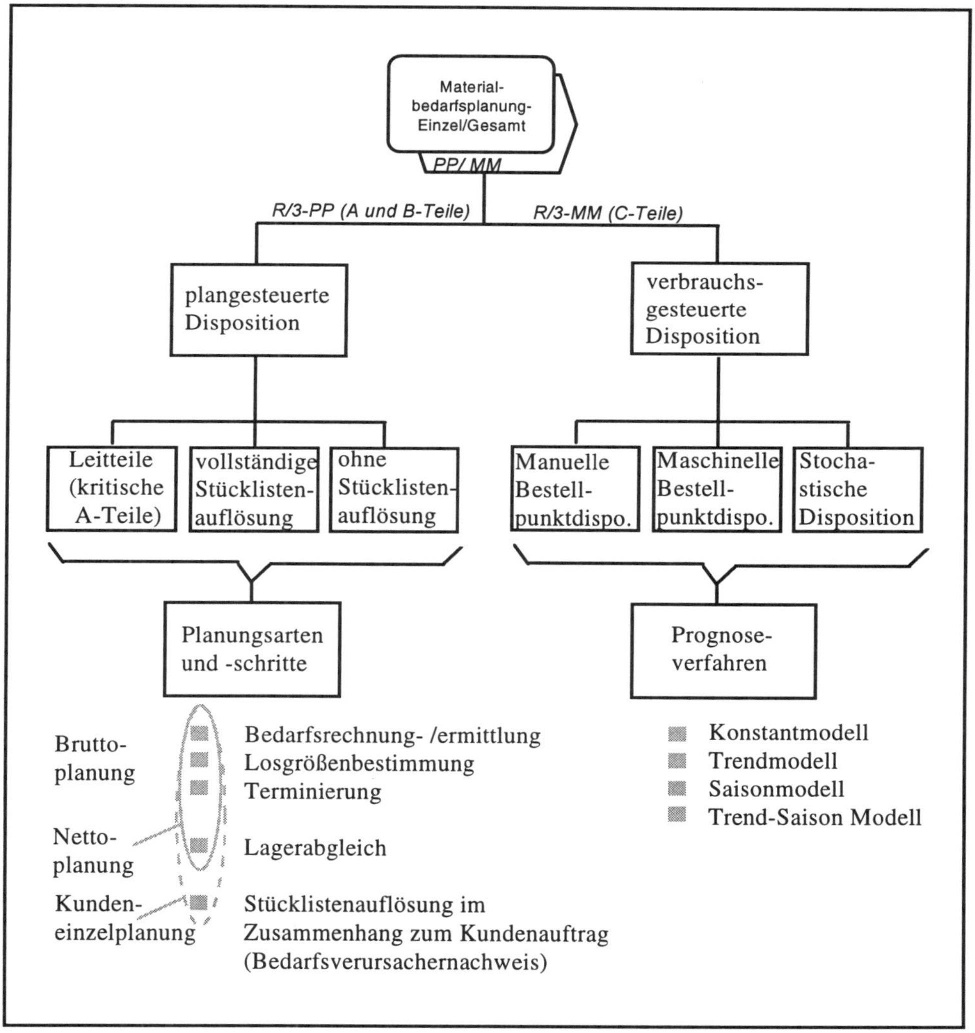

Abb. 8.18-1: Übersicht zur Materialbedarfsplanung

Im Rahmen der *plangesteuerten Disposition mit vollständiger Stücklistenauflösung* führt das R/3-System für alle zu planenden Bedarfsmengen eine Bedarfsrechnung durch. Anschließend werden die Losgrößen bestimmt, d. h. für eigengefertigte Baugruppen die Einsatzmengen festgelegt, und durch die Terminierung die Bereitstellungstermine der benötigten Baugruppen und Komponenten ermittelt. Dabei wird für jeden neuen Beschaffungsvorschlag einer Baugruppe die Stückliste im Planungslauf aufgelöst. Für bestehende Bestellvorschläge wird die Stückliste nur dann neu aufgelöst, wenn sich die Menge oder der Termin des Bestellvorschlags oder die Stücklistenstruktur verändert hat. Falls beim Planungslauf dennoch eine neue Stücklistenauflösung gewünscht wird, kann dies im Einstiegsbild über den *Planungsmodus* gesteuert werden. Für alle zur Fertigung des Erzeugnisses notwendigen Baugruppen werden die Menge und der Termin folgendermaßen beeinflußt. Die Sekundärbedarfsmenge wird ermittelt durch den Mengenfaktor der Stücklistenposition. Der Sekundärbedarfstermin wird ermittelt durch die Eigenfertigungszeit der übergeordneten Komponente, d. h. der Planstarttermin des Planauftrags für die übergeordnete Baugruppe ergibt den Sekundärbedarfstermin der Stücklistenposition. Innerhalb der plangesteuerten Disposition kann im R/3-System zwischen folgenden drei Verfahren ausgewählt werden:

- *Bruttoplanung*
  Bei der Bruttoplanung wird eine Stücklistenauflösung mit Losgrößenrechnung und Terminierung *ohne* Berücksichtigung von Lager- bzw. Werksbeständen durchgeführt. Es werden innerhalb des Planungslaufs lediglich die erwarteten Zugänge (Planaufträge und Bestellanforderungen) berücksichtigt. Für Materialien, für die eine Bruttoplanung durchgeführt werden soll, muß im Materialstammsatz im Feld Mischdisposition das Kennzeichen für die Bruttoplanung angegeben sein.

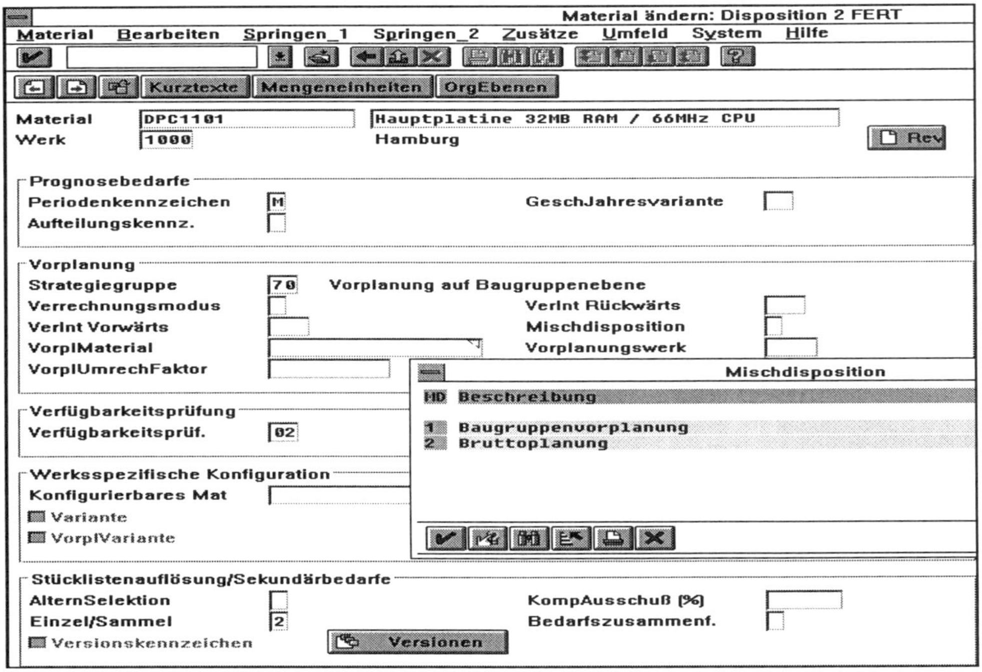

Abb. 8.18-2: Einstellungen zur Materialbedarfsplanung im Materialstamm

- *Nettoplanung*
  Bei der Nettoplanung wird eine Stücklistenauflösung mit Losgrößenrechnung und Terminierung *mit* Berücksichtigung von Lager- bzw. Werksbeständen durchgeführt. Für alle Lagerorte, die zu dem Werk gehören und die nicht von der Disposition ausgeschlossen sind oder separat disponiert werden, werden folgende Bestände zum Werksbestand zusammengefaßt:

  – bewerteter, frei verwendbarer Bestand

  – Qualitätsprüfbestand

  – frei verwendbarer Konsignationslagerbestand

  – Konsignationslagerbestand in Qualitätsprüfung

  Zusätzlich kann über das Customizing eingestellt werden, daß der Umlagerungsbestand und der Sperrbestand ebenfalls in den Werksbestand miteinbezogen werden sollen. Nettobedarfsrechnung heißt, das System prüft für jeden Bedarfsstermin, ob der Bedarf durch den Werksbestand oder einen oder mehrere Zugänge gedeckt ist. Ist dies nicht der Fall, berechnet es die Unterdeckungsmenge. In welcher Höhe der Zugang erfolgen soll, wird bei der Losgrößenberechnung ermittelt. Der verfügbare Bestand ergibt sich bei der Nettobedarfsrechnung aus:

  Werksbestand
  \- *Sicherheitsbestand*
  \+ *Zugänge (Bestellungen, fixierte Bestellvorschläge, Fertigungsaufträge)*
  \- *Bedarfsmenge (z. B. Planprimär-, Kundenbedarfe, Materialreservierungen, Prognosebedarfe für ungeplanten Zusatzbedarf)*

  = *verfügbarer Bestand*

- *Kundeneinzelplanung*
  Für die gezielte Planung von Kundenaufträgen steht ein spezieller Einzelplanungslauf zur Verfügung. Damit ist es möglich, eine gezielte Kundenauftragsverfolgung über mehrere Fertigungsstufen, eine separate Führung von Kundenauftragseinzelbeständen zum Auftrag und eine kundenauftragsbezogene Kostensammlung durchzuführen. Dabei wird für jeden Kundenauftrag ein Beschaffungsvorschlag ohne vorherige Losgrössenberechnung erstellt. Laufende Fertigungsaufträge bzw. Bestellungen für diese Kundenaufträge werden ebenso berücksichtigt wie bereits gefertigte und gelieferte Teilmengen, die als Sonderbestand verwaltet werden. Außerdem kann man sich mit einer speziellen Auswertung ausgehend vom Kundenauftrag einen Überblick über den Fertigungsstand der kompletten Stücklistenstruktur verschaffen.

Generell ist es für die plangesteuerte Disposition möglich, einen Bedarfsverursacher nachzuweisen. Der einstufige Bedarfs- und Auftragsverursachernachweis wird im Planungsergebnis sowie in der *Dispositionsliste* und der *Bedarfs-/Bestandsliste* dargestellt. Für jeden Sekundärbedarf wird die verursachende Materialnummer und die verursachende Planauftragsnummer angegeben. Mit der Auswertung *Bedarfsverursacher*, die als zusätzliche Funktion im Planungsergebnis sowie in der Dispositionsliste und der Bedarfs-/Bestandsliste aufgerufen werden kann, kann von jeder Stücklistenstufe aus mehrstufig zurückverfolgt werden, welche Bedarfe welche Bestellvorschläge verursacht haben und welche Primärbedarfe (insbesondere Kundenaufträge) durch den Wegfall oder die termin- bzw. mengenmäßige Änderung eines Bestellvorschlags auf unteren Stücklistenstufen gefährdet sind.

Innerhalb der *Stücklistenstrukturgestaltung* ist bei der Erzeugnisstrukturbeschreibung zwischen *Fertigungs- und Dispositionsstruktur* zu differenzieren. Während die Fertigungsstruktur die Beantwortung der Frage unterstützt, wann und in welcher Menge ein Material oder eine Baugruppe innerhalb des Fertigungsprozesses vorhanden sein muß (Zuordnung des Materials oder einer Baugruppe zu einer Fertigungsstufe), dient die Betrachtung der Dispositionsstufe zur rechtzeitigen Bereitstellung eines Materials oder einer Baugruppe für die gesamte Produktion. Das *Dispositionsstufenverfahren* berücksichtigt die Tatsache, daß Materialien in mehreren Erzeugnissen und auf mehreren Fertigungsstufen eines Erzeugnisses vorkommen können. Die Dispositionsstufe ist die unterste Auflösungsstufe, in der ein Material innerhalb aller Erzeugnisstrukturen vorkommt. Das Dispositionsstufenverfahren faßt den gesamten Bedarf für ein Material auf der untersten Auflösungsstufe zusammen, auf der das Material verwendet wird.

Die Reihenfolge der zu planenden Materialien nach dem Dispositionsstufenverfahren wird im R/3-System in einer sogenannten *Planungsvormerkdatei* abgelegt. Mit Hilfe der Planungsvormerkdatei kann sich der Disponent den Aufbau der Dispositionsstufen jederzeit anzeigen lassen. Es ist möglich, sich die Planungsvormerkungen für alle Materialien eines Werks anzuschauen, die Planungsvormerkung gezielt für ein Material durch Eingabe der Materialnummer zu betrachten, die Auswahl auf bestimmte Dispositionsstufen zu beschränken oder nur durch Angabe des Kennzeichens *MPS* lediglich die Leitteile zu betrachten. Bei der Durchführung des Planungslaufs kann unterschieden werden, ob alle oder ausgewählte Materialien geplant werden sollen und wie die Art der Planung erfolgen soll. Bei der Gesamtplanung werden alle planungsrelevanten Materialien für ein Werk geplant, bei der Einzelplanung erfolgt der Planungslauf für das ausgewählte Material. Die einstufige Einzelplanung plant nur die Stücklistenstufe des ausgewählten Materials. Die mehrstufige Einzelplanung plant die Stücklistenstufe des ausgewählten Materials sowie alle darunterliegenden Stücklistenstufen. Die Planungsvormerkdatei enthält grundsätzlich alle Materialien, die für einen Planungslauf relevant sind. Das heißt, sobald ein Materialstammsatz mit Dispositionsdatenbildern und gültigem Dispositionsmerkmal angelegt wird, wird dieses Material automatisch in die Planungsvormerkdatei aufgenommen.

Die *Planungsablaufart* wird im R/3-System durch folgende drei Prinzipien unterstützt, die beim Starten eines Planungslaufs unterschieden werden können:

- *Neuplanung*
  Bei der Neuplanung bzw. dem Neuaufwurf-Prinzip werden alle dispositionsrelevanten Materialien geplant. Dabei werden zu einem früheren Planungslauf fest eingeplante Größen wieder freigesetzt und aufgrund der aktuellen Planungssituation komplett neu geplant.

- *Veränderungsplanung*
  Bei der Veränderungsplanung bzw. dem Net-Change-Prinzip werden von den geplanten Größen lediglich diejenigen neu geplant, die aufgrund der vorliegenden Situation von Datenänderungen betroffen sind. Für die Durchführung der Veränderungsplanung erhalten die Materialien in der Planungsvormerkdatei zusätzlich bei jeder dispositiven Änderung ein Gesamtänderungskennzeichen. In der Regel wird das Gesamtänderungskennzeichen automatisch durch das System gesetzt, sobald eine dispositionsrelevante Änderung an der Situation eines Materials eintritt. Diese Änderungen können sein:
  - Bestandsveränderungen, sofern diese die Bestands-/Bedarfssituation des Materials verändern
  - Hinzufügen von Bestellanforderungen, Bestellungen, Planaufträgen, Vertriebsbedarf, Prognosebedarf, Sekundärbedarf oder Reservierungen
  - Ändern von dispositionsrelevanten Feldern dieser Zu- und Abgänge oder des Materialstammsatzes
  - Löschen von Zu- und Abgängen
- *Veränderungsplanung im Planungshorizont*
  Bei der Veränderungsplanung im Planungshorizont werden nur die Materialien geplant, bei denen eine dispositiv relevante Veränderung innerhalb des als Planungshorizont definierten Zeitraums stattgefunden hat. Ist ein Planungshorizont festgelegt, wird für jede dispositive Änderung des Materials innerhalb des Planungshorizontes ein weiteres Kennzeichen, das Aktualitätskennzeichen, vergeben. Kommt es bei der Planung eines Materials zu einem Abbruch, bleibt der Eintrag für dieses Material in der Vormerkdatei enthalten, damit das Material beim nächsten Planungslauf mit Veränderungsplanung wieder berücksichtigt wird. Über das Customizing kann gesteuert werden, ob die Einträge trotz des Abbruchs gelöscht werden sollen (z. B. wenn ein bestimmtes Material im Planungswerk nicht vorhanden ist).

Die *verbrauchsgesteuerte Disposition* basiert auf den Verbrauchswerten der Vergangenheit und schließt mit Hilfe der Prognose oder statistischer Verfahren auf den zukünftigen Bedarf. Die Verfahren der verbrauchsgesteuerten Disposition sind ohne Bezug zum Produktionsplan, d. h. die Nettobedarfsrechnung wird hier nicht durch einen Primär- oder Sekundärbedarf angestoßen. Die Bedarfsermittlung erfolgt entweder durch die Unterschreitung eines festgelegten Bestellpunktes (Meldebestands) oder durch Prognosebedarfe, die aus Vergangenheitsverbräuchen errechnet wurden. Die verbrauchsgesteuerte Disposition setzt eine gut funktionierende und stets aktuelle Bestandsführung voraus.

Die Dispositionsverfahren der verbrauchsgesteuerten Disposition werden vorzugsweise in Bereichen ohne eigene Fertigung oder in Produktionsbetrieben für die Disposition der B- und C-Teile und der Hilfs- und Betriebsstoffe eingesetzt. Die Art des Bestellvorschlags, der bei der Disposition automatisch generiert wird, hängt von der Beschaffungsart des Materials ab. Bei Eigenfertigung wird grundsätzlich ein Planauftrag erzeugt. Bei Fremdbeschaffung kann der Disponent zwischen Planauftrag und Bestellanforderung wählen. Entscheidet er sich für den Planauftrag, muß er diesen in einem weiteren Schritt in eine Bestellanforderung umwandeln und dem Einkauf zur Verfügung stellen. Der Vorteil des letzteren Verfahrens besteht in der zusätzlichen Kontrolle der Bestellvorschläge durch den Disponenten. Der Einkauf kann das Material erst bestellen, wenn der Disponent den Bestellvorschlag überprüft und umgesetzt hat. Im anderen Fall steht der Bestellvorschlag dem Einkauf sofort zur Verfügung, und dieser übernimmt damit die Verantwortung für die Materialverfügbarkeit und die Lagerbestände. Die Dispositionsverfahren zur verbrauchsgesteuerten Disposition sind die *Bestellpunktdisposition*, die *stochastische Disposition* und *rhythmische Disposition.*

- *Bestellpunktdisposition*

  Im Rahmen der Bestellpunktdisposition wird der verfügbare Lagerbestand auf Werksebene mit dem Meldebestand verglichen. Der Meldebestand (auch Bestellpunkt genannt) setzt sich aus dem Sicherheitsbestand und dem zu erwartenden durchschnittlichen Materialbedarf während der Wiederbeschaffungszeit zusammen. Dementsprechend müssen bei der Festlegung des Meldebestands der Sicherheitsbestand, der bisherige Verbrauch oder der zukünftige Bedarf und die Wiederbeschaffungszeit berücksichtigt werden. Der Sicherheitsbestand hat die Aufgabe, sowohl den Materialmehrverbrauch während der Wiederbeschaffungszeit als auch den Zusatzbedarf bei Lieferverzögerungen abzudecken. Entsprechend müssen bei der Festlegung des Sicherheitsbestands der bisherige Verbrauch oder der zukünftige Bedarf und die Termintreue des Lieferanten bzw. der Fertigung berücksichtigt werden.

  Meldebestand und Sicherheitsbestand sind somit zentrale Steuerungsparameter bei der Bestellpunktdisposition und können sowohl manuell vom Disponenten festgelegt als auch maschinell durch das System berechnet werden. Deshalb unterscheidet man bei der Bestellpunktdisposition die zwei Verfahren *manuelle* und *maschinelle Bestellpunktdisposition.* Bei der manuellen Bestellpunktdisposition muß der Anwender den Meldebestand und den Sicherheitsbestand selbst festlegen und in dem jeweiligen Materialstammsatz hinterlegen. Bei der maschinellen Bestellpunktdisposition werden der Meldebestand und der Sicherheitsbestand durch das integrierte Prognoseprogramm bestimmt. Anhand der bisherigen Materialverbrauchswerte ermittelt das Programm die Prognosewerte für den zukünftigen Bedarf. Daraus werden in Abhängigkeit von dem vom Disponenten zu bestimmenden Lieferbereitschaftsgrad und von der Wiederbeschaffungszeit des Materials der Meldebestand und der Sicherheitsbestand errechnet und in den jeweiligen Materialstammsatz übernommen. Da das Prognoseprogramm in regelmäßigen Abständen durchgeführt wird, passen sich Meldebestand und Sicherheitsbestand an die jeweilige Verbrauchs- und Liefersituation an und bilden einen Beitrag zur Bestandsreduzierung.

  Wenn der verfügbare Bestand kleiner als der Meldebestand ist, generiert das System einen Bestellvorschlag. Ist allerdings vom Einkauf oder der Fertigung bereits eine Bestellung bzw. ein Fertigungsauftrag in ausreichender Menge eingeplant, so wird kein Bestellvorschlag erzeugt. Die in dem Bestellvorschlag ausgewiesene Menge berechnet das System nach dem gewählten Losgrößenverfahren. Es kann für jedes Material individuell ein Losgrößenverfahren festgelegt werden. Außerdem wird der Bestellvorschlag terminiert, d. h. es wird der Termin berechnet, zu dem der Lieferant bzw. die Fertigung die entsprechende Menge zu liefern hat.

Die laufende Überwachung des verfügbaren Lagerbestands bei der Bestellpunktdisposition wird durch das Bestandsführungsprogramm wahrgenommen. Bei jeder Materialentnahme wird überprüft, ob durch die Entnahme der Meldebestand unterschritten wird. Ist dies der Fall, wird für den nächsten Planungslauf eine Planungsvormerkung erzeugt. Genauso wird bei einer Materialrückgabe überprüft, ob der verfügbare Lagerbestand den Meldebestand nun wieder überschreitet. Trifft dies zu, wird ebenfalls eine Planungsvormerkung erzeugt, damit das Dispositionsprogramm überflüssige Bestellvorschläge löschen kann. Werden durch Rücklieferungen etc. fest eingeplante Zugänge überflüssig, so werden diese Zugänge vom Dispositionsprogramm zur Stornierung vorgeschlagen. In diesem Fall muß der Disponent in Zusammenarbeit mit dem Einkauf oder der Fertigung überprüfen, ob die Bestellung bzw. der Fertigungsauftrag zurückgezogen werden kann.

Bei der Bestellpunktdisposition wird die Nettobedarfsrechnung nur angestoßen, wenn der Meldebestand unterschritten ist. Abgangselemente wie z. B. Kundenbedarfe, Planprimärbedarfe oder Reservierungen werden bei der Bestellpunktdisposition nur angezeigt und bleiben bei der Nettobedarfsrechnung unberücksichtigt. Der verfügbare Bestand ergibt sich aus der folgenden Rechnung:

Werksbestand
\+ *Bestellbestand (Bestellungen, fixierte Planaufträge, fixierte Bestellanforderungen)*

= *verfügbarer Bestand*

Ist der verfügbare Bestand kleiner als der Meldebestand, ist die Unterdeckungsmenge die Differenz zwischen Meldebestand und verfügbarem Lagerbestand. Als Bedarfstermin legt das System das Datum des Planungslaufs zugrunde. Bei der Berechnung der Unterdeckungsmenge spielt der Sicherheitsbestand keine Rolle. Bei Unterschreitung des Sicherheitsbestands erhält der Disponent jedoch eine Ausnahmemeldung.

- *Stochastische Disposition*
Ebenso wie die Bestellpunktdisposition orientiert sich auch die stochastische Disposition am Materialverbrauch, und es werden durch das integrierte Prognoseprogramm Prognosewerte für den zukünftigen Bedarf ermittelt. Anders als bei der Bestellpunktdisposition bilden diese Werte bei der stochastischen Disposition jedoch die Basis für den Planungslauf. In regelmäßigen Zeitabständen wird die Prognoserechnung durchgeführt, die anhand der Vergangenheitsdaten den zukünftigen Bedarf prognostiziert. Das bietet den Vorteil, daß der maschinell ermittelte Bedarf an das aktuelle Verbrauchsverhalten angepaßt wird. Wurde in der laufenden Periode bereits Material entnommen, wird der Prognosebedarf um diese Materialentnahmen reduziert, damit der schon realisierte Teil des vorhergesagten Bedarfs nicht erneut mitdisponiert wird. Das Zeitraster für die Prognose (Tag, Woche, Monat oder Buchhaltungsperiode) und die Anzahl der Vorhersageperioden kann für jedes Material individuell festgelegt werden. Es kann je-

doch vorkommen, daß das Zeitraster der Prognose für die Disposition zu grob ist. Deshalb kann zu jedem Material definiert werden, daß die Prognosebedarfswerte für die Disposition auf ein feineres Periodenraster aufgeteilt werden.

Die vom System prognostizierten Bedarfsmengen werden bei der Disposition übernommen, und die Nettobedarfsrechnung wird durchgeführt. Bei der Nettobedarfsrechnung wird für jede Periode überprüft, ob der Prognosebedarf durch den verfügbaren Lagerbestand oder die fest eingeplanten Zugänge des Einkaufs oder der Fertigung abgedeckt ist. Bei Unterdeckung eines Prognosebedarfs wird ein Bestellvorschlag generiert. Die in dem Bestellvorschlag ausgewiesene Menge berechnet das System nach dem gewählten Losgrößenverfahren. Je nach Losgrößenverfahren werden mehrere Bedarfsmengen zu einer Losgröße zusammengefaßt. Für jeden Bestellvorschlag wird der Termin berechnet, zu dem er in eine Bestellung oder einen Fertigungsauftrag umgewandelt werden muß, damit die Bestellung rechtzeitig dem Lieferanten zugesandt bzw. der Fertigungsauftrag der Fertigung übergeben werden kann. Denn nur, wenn der Lieferant die Bestellung bzw. die Fertigung den Fertigungsauftrag rechtzeitig erhält, kann die bestellte Menge termingerecht geliefert werden.

Grundlage der Nettobedarfsrechnung bei stochastischer Disposition ist die Prognose des Gesamtbedarfs. Dabei betrachtet das System ausschließlich die prognostizierten Bedarfsmengen als Abgänge. Andere Abgangselemente wie z. B. Kundenbedarfe, Planprimärbedarfe oder Reservierungen werden bei der stochastischen Disposition nur angezeigt und bleiben bei der Nettobedarfsrechnung unberücksichtigt. Für jeden Prognosebedarf wird geprüft, ob er durch Werksbestand und/oder Zugänge (Bestellungen, fixierte Bestellvorschläge) gedeckt ist. Der verfügbare Bestand ergibt sich demnach pro Bedarf aus der folgenden Rechnung:

Werksbestand
\- *Sicherheitsbestand*
\+ *Zugänge (Bestellungen, fixierte Bestellvorschläge)*
\- *Bedarfsmenge (Prognosebedarfe)*

= *verfügbarer Bestand*

Zur Unterdeckung kommt es, wenn der verfügbare Bestand negativ wird, d. h. die Bedarfsmengen größer sind als die Zugänge. Die Unterdeckungsmenge wird vom System gespeichert. Als Bedarfstermin legt das System das Datum des Prognosebedarfs zugrunde. Hierbei wird davon ausgegangen, daß der Prognosebedarf zu Beginn der Periode anfällt. Dies bedeutet, daß der Bedarfstermin der erste Arbeitstag der jeweiligen Periode ist.

- *Rhythmische Disposition*
  Wenn ein Lieferant ein Material immer an einem bestimmten Wochentag liefert, ist es sinnvoll, die Disposition des Materials im gleichen Rhythmus, verschoben um die Lieferzeit, vorzunehmen. Dies wird mit dem Dispositionsverfahren der rhythmischen Disposition ermöglicht. Damit ein Material rhythmisch disponiert werden kann, müssen

im Materialstammsatz das Dispositionsmerkmal für rhythmische Disposition und der Dispositionsrhythmus eingetragen sein.

Rhythmisch disponierte Materialien werden in der Planungsvormerkdatei mit einem Dispositionsdatum versehen. Dieses Datum wird beim Anlegen eines Materialstammsatzes und später nach jedem Planungslauf neu gesetzt. Dieses Datum entspricht dem Tag, an dem das Material zum nächsten Mal disponiert wird. Es berechnet sich auf der Grundlage des im Materialstammsatzes angegebenen Dispositionsrhythmus. Durch dieses Verfahren kann ein Material ausschließlich an bestimmten, vom Anwender vorgegebenen Tagen disponiert werden. Wenn z. B. alle Materialien eines Lieferanten den gleichen Dispositionsrhythmus zugeordnet haben, werden alle diese Materialien immer an den gleichen Tagen disponiert. Die bei Unterdeckung generierten Bestellanforderungen können lieferantenbezogen im Einkaufsmodul des R/3-Systems vom Disponenten bearbeitet werden. Ferner besteht die Möglichkeit, beim Dispositionslauf ein Dispositionsdatum vorzugeben. Dies hat den Vorteil, den Dispositionslauf auf einen früheren Termin vorziehen zu können. Ist der Dispositionslauf beispielsweise für Montag vorgesehen, kann schon am Samstag der Lauf für Montag durchgeführt werden.

Aufbauend auf den unterschiedlichen Verbrauchsstrukturen können im R/3-System verschiedene Prognosemodelle verwendet werden.

- *Konstantmodell bzw. konstanter Bedarfsverlauf*
  Ein konstanter Verbrauchsverlauf liegt vor, wenn der Verbrauch um einen Durchschnittswert statistisch schwankt. Bei einem konstanten Bedarfsverlauf kann man die Modelle *Konstantmodell* und *Konstantmodell mit Anpassung der Glättungsfaktoren* wählen. Die Prognoserechnung beider Modelle wird anhand der exponentiellen Glättung erster Ordnung durchgeführt. Dabei werden bei der Anpassung der Glättungsfaktoren verschiedene Parameterkombinationen durchgerechnet, und es wird die Parameterkombination gewählt, die die geringste mittlere absolute Abweichung aufweist.
- *Trendmodell bzw. trendförmiger Bedarfsverlauf*
  Bei einem trendförmigen Verbrauchsverlauf steigt oder fällt der Verbrauch stetig über einen längeren Zeitraum hinweg, überlagert von zufälligen Schwankungen. Bei einem trendförmigen Bedarfsverlauf ist es sinnvoll, das Trendmodell oder ein Modell der exponentiellen Glättung zweiter Ordnung auszuwählen. Das System berechnet beim Trendmodell die Prognosewerte anhand des Verfahrens der exponentiellen Glättung erster Ordnung. Bei den Modellen der exponentiellen Glättung zweiter Ordnung kann man zwischen einem Modell mit oder ohne Parameteroptimierung wählen.
- *Saisonmodell bzw. saisonaler Bedarfsverlauf*
  Bei einem saisonalen Verbrauchsverlauf treten Abweichungen von einem Grundwert regelmäßig in periodischen Abständen auf. Bei einem saisonalen Bedarfsverlauf kann man das Saisonmodell vorgeben. Das System errechnet beim Saisonmodell die Prognosewerte mit Hilfe der exponentiellen Glättung erster Ordnung.
- *Trendsaisonalmodell bzw. trendsaisonaler Bedarfsverlauf*
  Bei einem trendsaisonalen Verbrauchsverlauf treten saisonale Abweichungen um einen stetig steigenden Durchschnitt auf. Bei einem trendsaisonalen Bedarfsverlauf kann man

das Trendsaisonmodell auswählen. Dabei errechnet das System die Prognosewerte mit Hilfe der exponentiellen Glättung erster Ordnung.

Damit für ein Material eine Prognose durchgeführt werden kann, müssen im Materialstammsatz die Prognoseparameter festgelegt sein. Prinzipiell kann eine manuelle Modellauswahl erfolgen, indem eine Verbrauchsreihe (Bedarfsverlauf) analysiert und auf Basis der analysierten Gesetzesmäßigkeiten ein Prognosemodell zugeordnet wird. Es kann auch eine maschinelle Auswahl erfolgen, indem das R/3-System die Verbrauchsreihen analysiert und dann das entsprechende Modell auswählt. Kann kein Modell eindeutig zugeordnet werden, so wird das Konstantmodell vom R/3-System vorgeschlagen.

Unabhängig vom Dispositionsverfahren, d. h. plan- oder verbrauchsgesteuerter Disposition, kann nach der eigentlichen Bedarfsermittlung eine Losgrößenberechnung und eine Terminierung durchgeführt werden. Als Eingangsgröße zur *Losgrößenrechnung* dienen die mengen- und zeitmäßig ermittelten Bedarfe. Ziel der Bildung von Losgrößen ist es, das betriebswirtschaftliche Optimum zwischen Produktions- und Lagerkosten zu finden. Im R/3-System werden zur Losgrößenberechnung drei unterschiedliche Verfahrensgruppen angeboten. Die Festlegung für ein bestimmtes Losgrößenverfahren erfolgt im Materialstammsatz. Darüber hinaus können im Materialstammsatz noch weitere Angaben, wie die Nennung der Mindestlosgröße oder der maximalen Losgröße, gemacht werden.

- *Statische Losgrößenverfahren*
  Bei den statischen Losgrößenverfahren werden ausschließlich die vom Disponenten festgelegten Mengenkriterien berücksichtigt. Es gibt:

  – *Exakte Losgröße*
    Bei der Unterdeckung eines Materials, für das das Kriterium der exakten Losgröße gilt, setzt das System genau die Unterdeckungsmenge (Bedarf minus verfügbarer Lagerbestand) als Losgröße in seine Berechnung ein. Zu dem entsprechenden Bedarfstermin ist dann der geplante Lagerbestand 0. Dieses Verfahren wird auch als Lot-for-Lot-Verfahren bezeichnet. Die Planung erfolgt tagesgenau. Dies bedeutet, daß Bedarfsmengen, die sich am gleichen Tag ergeben, zu einem Bestellvorschlag zusammengefaßt werden und nicht für jeden Bedarf zum gleichen Termin ein Bestellvorschlag erzeugt wird.

  – *Feste Losgröße*
    Eine feste Losgröße wird sinnvollerweise dann für ein Material gewählt, wenn technische Besonderheiten, wie z. B. Palettengröße oder Tankinhalte, dies erfordern. Bei der Unterdeckung eines Materials, für das das Kriterium der festen Losgröße gilt, übernimmt das System die im Materialstammsatz definierte feste Losgröße in seine Berechnung. Reicht die Menge einer festen Losgröße nicht aus, um die Unterdeckung zu beseitigen, so werden mehrere Lose in Höhe der festen Losgröße zum gleichen Termin eingeplant, bis keine Unterdeckung mehr vorliegt. Im Falle der festen Losgröße kann ein Schwellenwert festgelegt werden, bei dessen Überschreitung ein Material mit einer Abbruchmeldung versehen wird, wenn zu einem Termin und zu einem Material zu viele Bestellvorschläge gebildet werden.

– *Feste Losgröße mit Splittung und Überlappung*
  Bei der festen Losgröße mit Splittung wird die feste Losgröße in Teilmengen unterteilt, die jedoch nicht gleichzeitig, sondern überlappend gefertigt werden. Die Teilmengen, in die das System die Gesamtmenge einteilen soll, werden im Feld *Rundungswert* gepflegt. Die feste Losgröße muß ein Vielfaches des Rundungswertes sein. Die Zeit, um die sich die Bestellvorschläge überlappen sollen, werden im Feld *Taktzeit* gepflegt. Das System erstellt bei diesem Losgrößenverfahren Bestellvorschläge in der Höhe des Rundungswertes, bis die Menge der festen Losgröße erreicht ist. Die Eckendtermine überlappen sich um die Taktzeit. Im Customizing der Bedarfsplanung kann im Menüpunkt *Losgröße* festgelegt werden, ob sich die Bestellvorschläge in die Zukunft oder in die Vergangenheit überlappen sollen. Bei der Vorwärtsüberlappung werden die Planaufträge ausgehend vom Bedarfstermin in die Zukunft terminiert. Der Planstarttermin der einzelnen Planaufträge wird jeweils um die Taktzeit in die Zukunft verschoben. Bei der Rückwärtsüberlappung erzeugt das System, ausgehend vom Bedarfstermin, Planaufträge, die sich in die Vergangenheit überlappen. Der Planstarttermin der einzelnen Planaufträge wird jeweils um die Taktzeit in die Vergangenheit verschoben.

– *Auffüllen bis zum Höchstbestand*
  Bei der Unterdeckung eines Materials, für das das Kriterium *Auffüllen bis zum Höchstbestand* gilt, entspricht die Losgröße, die das System in seine Berechnung einsetzt, der Differenz zwischen dem verfügbaren Lagerbestand und den im Materialstammsatz definierten Höchstbestand. Das Auffüllen bis zum Höchstbestand ist nur für die Bestellpunktdisposition gültig.

■ *Periodische Losgrößenverfahren*
Bei periodischen Losgrößenverfahren faßt das System mehrere Bedarfsmengen innerhalb eines Zeitabschnitts zu einer Losgröße zusammen. Die Periodenlängen können Tage, Wochen, Monate oder eine Periode flexibler Länge analog zu Buchhaltungsperioden sein. Bei einer Tageslosgröße werden alle Bedarfsmengen innerhalb eines Tages oder einer frei wählbaren Anzahl von Tagen zu einer Losgröße zusammengefaßt. Bei einer Losgröße nach flexibler Periodenlänge werden alle Bedarfsmengen innerhalb einer oder einer frei wählbaren Anzahl von flexibel definierbaren Perioden zu einer Losgröße zusammengefaßt. Die Periodenlängen werden dann analog zu den Buchhaltungsperioden festgelegt. Diese Losgröße wird auch Periodenlosgröße genannt.

– *Optimierende Losgrößenverfahren*
  Bei den statischen und periodischen Losgrößenverfahren werden die Kosten, die durch die Lagerhaltung sowie durch das Rüsten oder den Einkaufsvorgang entstehen, nicht berücksichtigt. Die Zielsetzung der optimierenden Losgrößenverfahren dagegen ist es, die Losgröße so zu wählen, daß minimale Gesamtkosten entstehen. Diese setzen sich aus losgrößenfixen Kosten (Rüst- oder Bestellkosten) und Lagerhaltungskosten zusammen. Bestellt man sehr häufig, so hat man zwar geringe Lagerkosten, aber durch die große Anzahl von Bestellvorgängen hohe Bestellkosten. Bestellt man sehr selten, so hat man geringe Bestellkosten, aber hohe Lagerkosten, da der Lagerbestand den Bedarf innerhalb eines großen Zeitraums abdecken muß.

Die verschiedenen optimierenden Losgrößenverfahren unterscheiden sich nur in der Art des Kostenminimums. Es gibt unterschiedliche Verfahren, wie Stück-Perioden-Ausgleich, Verfahren der gleitenden wirtschaftlichen Losgröße, dynamische Planungsrechnung oder Losgrößenverfahren nach Groff.

Liegen die Losgrößen vor, die zur Bedarfsdeckung notwendig sind, sind im letzten Schritt die Termine für die zu fertigenden und fremd zu beschaffenden Materialien festzulegen. Dabei kann zum einen nach der Terminierungsart differenziert werden, d. h. ob eine Vorwärts- oder Rückwärtsterminierung stattfinden soll, und zum anderen nach der Beschaffungsart, d. h. ob eine Eigen- oder Fremdfertigung stattfindet. Ebenso gibt es Abhängigkeiten zu den Dispositionsverfahren, die im folgenden aufgelistet sind:

- Bei *stochastisch und plangesteuert disponierten Materialien* sind die Bedarfstermine in der Zukunft bekannt. Zu diesen Zeitpunkten muß das Material bereitstehen. Die Bestimmung der Ecktermine für die Eigenfertigung und des Freigabetermins für den Einkauf erfolgt deshalb bei diesen beiden Verfahren immer als *Rückwärtsterminierung*. Nur wenn der durch die Terminierung ermittelte Eck- oder Freigabetermin in die Vergangenheit fällt, schaltet das System automatisch auf Vorwärtsterminierung ab dem Planungsdatum um.
- Bei der *Bestellpunktdisposition* werden die Termine durch eine *Vorwärtsterminierung* bestimmt. Der Zeitpunkt einer Unterschreitung des Meldebestands im Planungslauf erfordert die Einleitung der Beschaffungsaktivitäten. Ausgehend vom Unterdeckungstermin wird der Verfügbarkeitstermin für die Materialien ermittelt.

Innerhalb der Eigenfertigung wird im Planungslauf zwischen Eckstart- und Eckendtermin unterschieden. Der Eckendtermin legt das späteste Ende, der Eckstarttermin den frühesten Beginn der Produktion fest. Dabei wird zum einen die Wareneingangsbearbeitungszeit, die im Materialstammsatz festgelegt ist, zum anderen die Eigenfertigungszeit in Arbeitstagen berücksichtigt. Die Eigenfertigungszeit kann als losgrößenab- oder losgrößenunabhängige Eigenfertigungszeit abgelegt sein. Bei Fremdbeschaffung entspricht der Eckendtermin dem Liefertermin, der Eckstarttermin dem Freigabetermin. Dabei werden die Bearbeitungszeit für den Einkauf und die Wareneingangsbearbeitungszeit in Arbeitstagen, die Planlieferzeit des Materials in Kalendertagen berücksichtigt. Im Fall von Eigenfertigung erstellt das System grundsätzlich *Planaufträge*. Diese Planaufträge dienen dazu, die Produktionsmengen zu planen. Ist die Planung abgeschlossen, werden die Planaufträge in Fertigungsaufträge umgesetzt. Im Fall von Fremdbeschaffung erzeugt das System entweder einen *Planauftrag* oder direkt eine *Bestellanforderung*. Bestellvorschläge für die Fremdbeschaffung planen die externe Beschaffungsmenge. Ist die Planung abgeschlossen, wird der Planauftrag in eine Bestellanforderung umgesetzt bzw. die Bestellanforderung in eine Bestellung umgesetzt. Ob direkt Bestellanforderungen oder zunächst Planaufträge erzeugt werden, wird im Einstiegsbild des Planungslaufs anhand des Erstellungskennzeichens für Bestellanforderungen gesteuert. Existiert für ein Material ein Lieferplan und besteht im Orderbuch ein dispositionsrelevanter Eintrag, können auch direkt durch die Bedarfsplanung *Lieferplaneinteilungen* erzeugt werden. Dies erfolgt durch die Angabe des Erstellungskennzeichens für Lieferplaneinteilungen im Einstiegsbild des Planungslaufs.

8.18.3 Anwendung des Prozesses

Nachdem die Primärbedarfe der Programmplanung (Kapitel 8.16) vorliegen und für die kritischen Teile eine einzelbezogene Leitteileplanung (vgl. Kapitel 8.17) durchgeführt worden ist, erfolgt nun eine *Materialbedarfsplanung–Gesamt*. Dieser Planungslauf bezieht sich auf alle Materialien des Werkes, in der Modellfirma Werk 1000 in Hamburg, und erfolgt im Batchbetrieb. Es ist aber möglich, sich im Planungslauf gezielt gewisse Haltepunkte anzeigen zu lassen (vgl. Abbildung 8.18-3). Das Beispiel zeigt einen Haltepunkt für das Material *DPC1014* auf der Dipositionsstufe *3*. Die weiteren Steuerungsdaten (vgl. Abbildung 8.18-4) entsprechen vollständig den beschriebenen Parametern der Leitteileplanung im Einstiegsbild (vgl. Kapitel 8.17). Während bei der Leitteileplanung eine Stücklistenauflösung nur für die kritischen Teile erfolgte, wird in der Materialbedarfsplanung nun eine vollständige Stücklistenauflösung bis zur untersten Stufe durchgeführt. Der Planungslauf erfolgte für die vier Komponenten *DPC1101*, *DPC1014*, *DPC1018* und *DPC1019*. Das Material mit der Nummer DPC1101 ist das Endprodukt der Modellfirma A, die anderen drei Komponenten sind eingehende Baugruppen. Diese Baugruppen werden teilweise fremdbezogen. Das Planungsergebnis zeigt in der Laufzeitstatistik (vgl. Abbildung 8.18-5) die Anzahl der erzeugten Bestellanforderungen sowie die gelöschten Bestellanforderungen, die aufgrund von alten Planungsläufen vorlagen. Ebenso können Ausnahmefälle auftreten, z. B. unvollständige Informationen, die zwar durchgeplant worden sind, aber mit Ausnahmemeldungen ausgewiesen werden. Der Disponent kann sich in einem Protokoll explizit die Ausnahmegründe anzeigen lassen (Aktivierung des Buttons *Ausnahmegrund* in der oberen Kopfzeile). Die Komponenten der Stückliste können nach dem Planungslauf mit der zu beschaffenden Menge in einer Dispositionsliste komplett ausgeliefert werden. Für die einzelnen Sekundärbedarfe (SK-BED) wird aufgezeigt, ob sie fremdzubeschaffen oder eigenzufertigen sind und wieviel Mengeneinheiten für jede Komponente erforderlich sind. In der Modellfirma A werden im gezeigten Beispiel sämtliche Bestellanforderungen (BS-ANF), z. B. Bestellanforderung *00110002230* mit der Position *0010*, ausgewiesen. Ebenso zeigt die Dipositionsliste, wie viele von den fremd zu beschaffenden Materialien noch verfügbar sind und verrechnet diese mit den geplanten Bedarfen.

8.18.4 Navigationsinformationen

- *Menüpfad*
  Logistik –> Produktion –> Bedarfsplanung –> Einzelplanung
- *Transaktionscode*
  MD01
- *Eingehende Prozeßverbindungen im R/3-Referenzmodell*
  Programmplanung
  Leitteileplanung – Einzel/ – Gesamt
- *Ausgehende Prozeßverbindungen im R/3-Referenzmodell*
  Planauftragsumsetzung, Bestellanforderungsbearbeitung
  Ergebnisbearbeitung–Bedarfsplanung

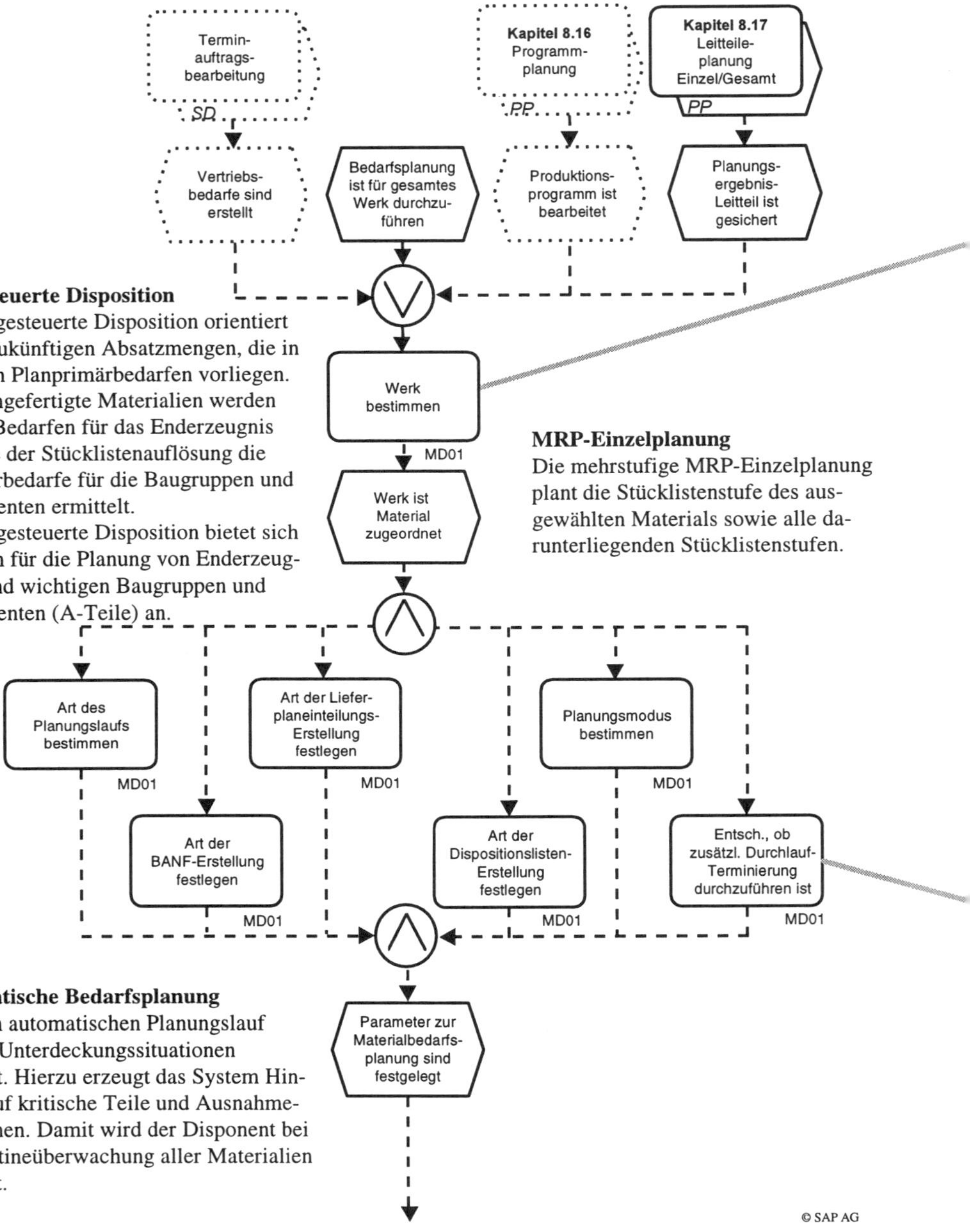

Plangesteuerte Disposition
Die plangesteuerte Disposition orientiert sich an zukünftigen Absatzmengen, die in Form von Planprimärbedarfen vorliegen. Für eigengefertigte Materialien werden aus den Bedarfen für das Enderzeugnis mit Hilfe der Stücklistenauflösung die Sekundärbedarfe für die Baugruppen und Komponenten ermittelt.
Die plangesteuerte Disposition bietet sich vor allem für die Planung von Enderzeugnissen und wichtigen Baugruppen und Komponenten (A-Teile) an.

MRP-Einzelplanung
Die mehrstufige MRP-Einzelplanung plant die Stücklistenstufe des ausgewählten Materials sowie alle darunterliegenden Stücklistenstufen.

Automatische Bedarfsplanung
Mit dem automatischen Planungslauf werden Unterdeckungssituationen ermittelt. Hierzu erzeugt das System Hinweise auf kritische Teile und Ausnahmesituationen. Damit wird der Disponent bei der Routineüberwachung aller Materialien entlastet.

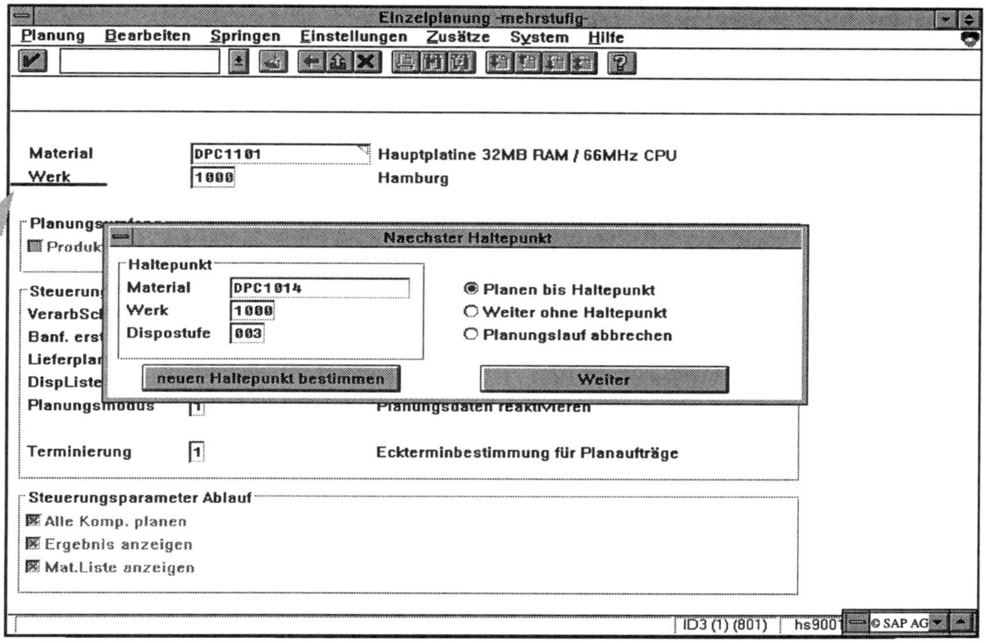

Abb. 8.18-3 : Einstiegsbild - Festlegung des Planungsablaufs

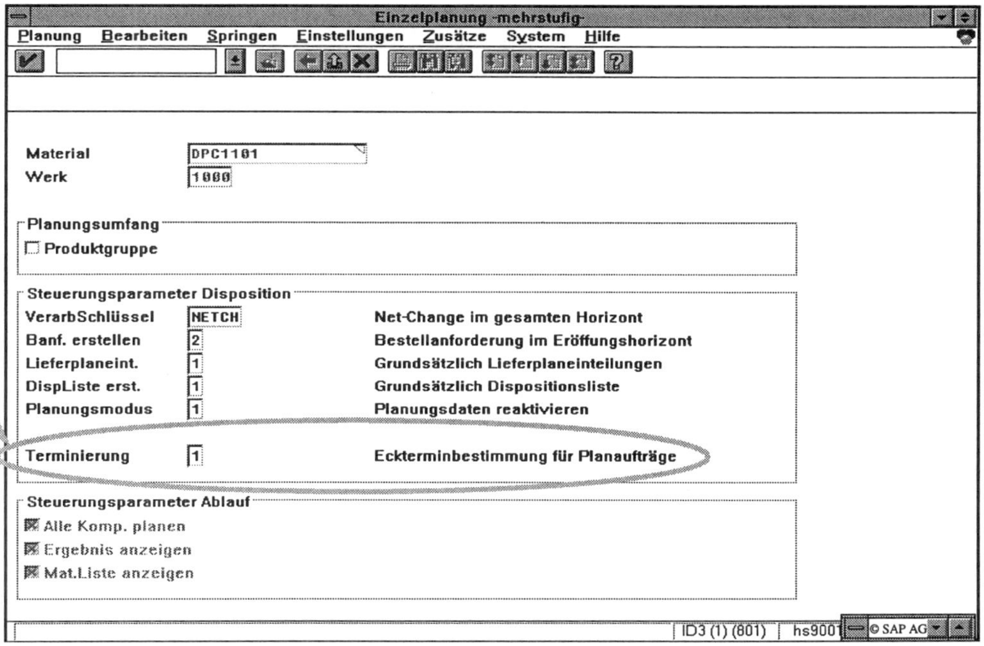

Abb. 8.18-4 : Einstiegsbild - Festlegung des Planungsablaufs

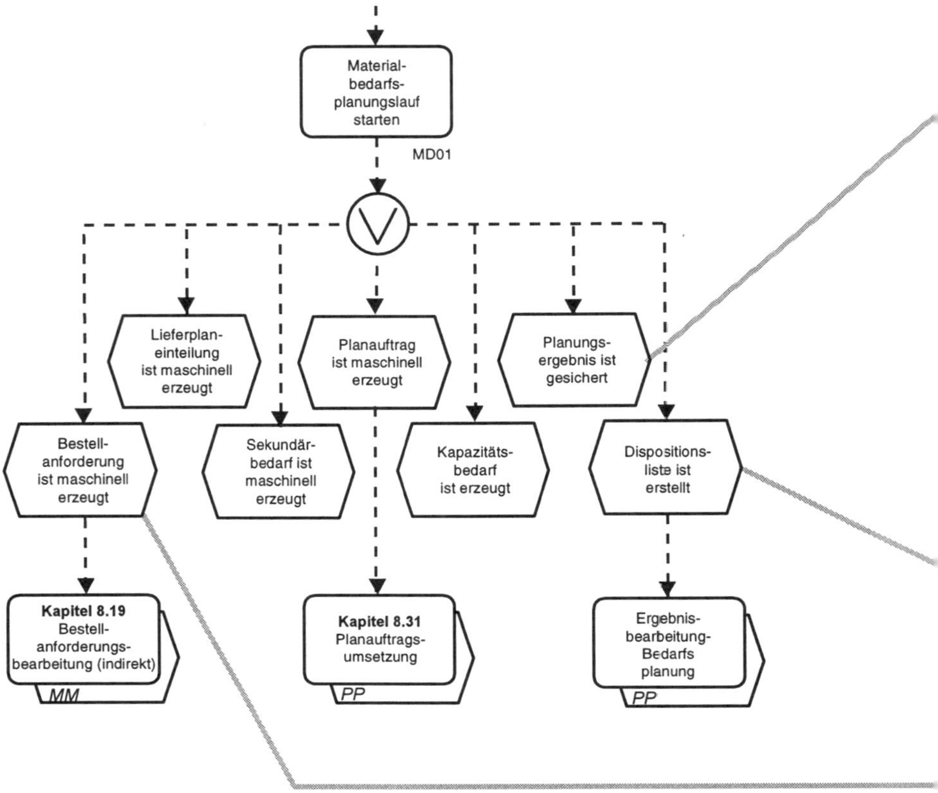

Dispositionsliste
Bei einem Planungslauf erstellt das System in Abhängigkeit von dem Erstellungskennzeichen Dispositionslisten. Diese enthalten das jeweilige Planungsergebnis des Materials. Die Dispositionsliste stellt immer die zukünftige Bedarfs- und Bestandssituation zum Zeitpunkt der letzten Planung dar und bildet die Arbeitsgrundlage für den Disponenten. Jede Dispositionsliste unterteilt sich in einen Kopf und in Positionen. Im Dispositionskopf stehen die Materialdaten, wie beispielsweise Materialnummer, Werk und Dispositionsparameter. Die Positionen dagegen umfassen Informationen zu den einzelnen Dispositionselementen (Planaufträge, Bestellungen, Reservierungen, Kundenaufträge usw.).
Die einzelnen Spalten innerhalb der Positionen enthalten das Dispositionsdatum, Daten zum Dispositionselement (z. B. Kurztext, Nummer, Position usw.), den Schlüssel der Ausnahmemeldung, das Umterminierungsdatum, die Zugänge und Bedarfsmengen sowie die verfügbare Menge, die den geplanten Lagerbestand darstellt.

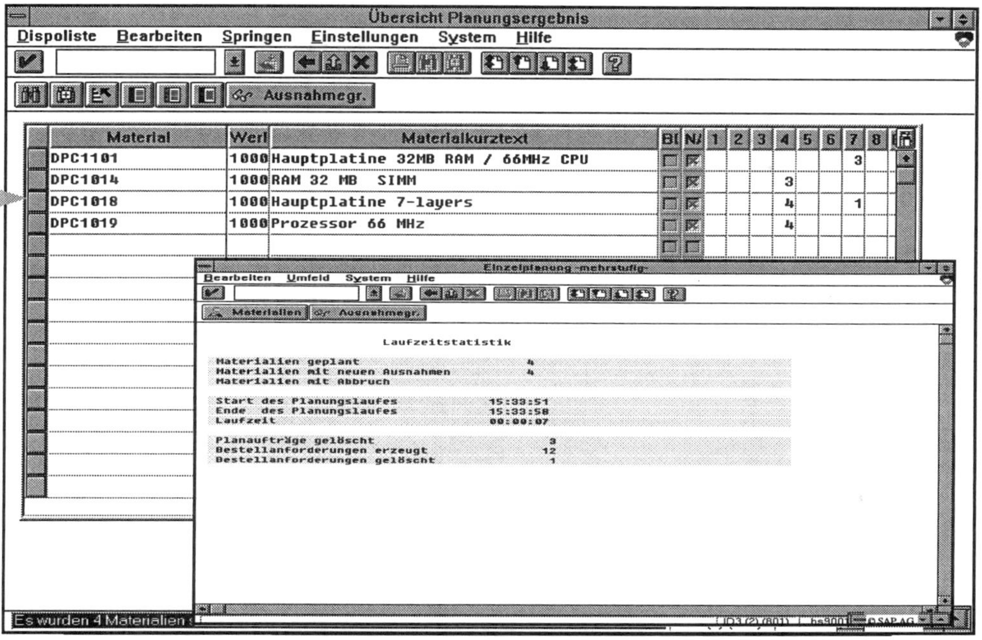

Abb. 8.18-5: Planungsergebnis

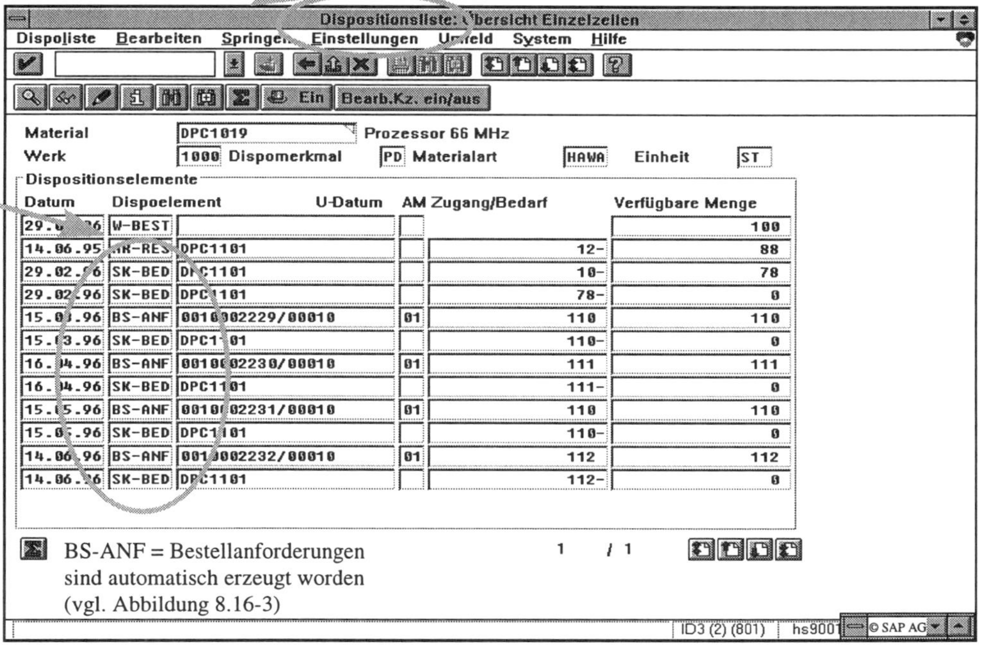

Abb. 8.18-6: Dispositionsliste

8.19 Prozeß: Bestellanforderungsbearbeitung

8.19.1 Betriebswirtschaftliche Beschreibung

Die Aufgabe der Beschaffung liegt darin, die im Materialbedarfsplan festgelegten Materialien in den erforderlichen Mengen, zum richtigen Zeitpunkt und zu günstigen Kosten auf dem Beschaffungsmarkt einzukaufen. Die Beschaffungsplanung umfaßt alle Überlegungen und Entscheidungen, die auf ein wirtschaftliches Einkaufen, Einlagern und Auslagern zur Deckung des erforderlichen Materialbedarfs ausgerichtet sind. Für hochwertige Materialien (insbesondere A-Teile) mit im Zeitablauf schwankenden Bedarfsmengen erweist sich zur Vermeidung umfangreicher Sicherheitbestände und der damit verbundenen hohen Lagerhaltungskosten eine detailliertere Planung der Vorratsergänzung als zweckmäßig. Eine Anforderung an den Einkauf, ein Material zu beschaffen, kann manuell oder im Rahmen einer Materialdisposition erfolgen. Betriebliche Organisationsformen zwischen Produktion und Einkauf erfordern dabei oftmals separate Arbeitsschritte zur Freigabe offener Bestellungen (vgl. Arnolds et al. 1996, S. 225-230; vgl. Hartmann 1993, S. 409-427; vgl. Grochla 1978, S. 69-79).

8.19.2 SAP-spezifische Beschreibung

Anforderungen an den Einkauf, Materialien oder Dienstleistungen zu beschaffen, werden im SAP R/3-System mit dem Beleg einer Bestellanforderung (Abkürzung: BANF) durchgeführt. Die Bestellanforderung dient zur Identifizierung der Materialien, die extern beschafft werden sollen. Der Einkäufer kann die Bestellanforderung freigeben und die Materialien in vorgegebener Menge zum vorgegebenen Termin beschaffen. Der Bestellanforderungsbeleg ist ein interner Beleg, der keine Verwendung außerhalb des Unternehmens findet. Bestellanforderungen werden im SAP-System indirekt über die Disposition, Netzpläne und Instandhaltungsaufträge erzeugt oder direkt über eine manuelle Erfassung des Beleges. Die Person, die die Bestellanforderung anlegt, bestimmt, was in welcher Menge zu welchem Termin bestellt werden soll. Das Erstellungskennzeichen der Bestellanforderung gibt an, ob die Bestellanforderung direkt oder durch die Disposition angelegt wurde. Es wird in Auswertungen zu Bestellanforderungen und in den Statistikdaten einer Bestellanforderungsposition angezeigt. Bestellanforderungen können sich auf Lagermaterialien (Materialstammsatz ohne Kontierung), auf Verbrauchsmaterialien (Materialstammsatz mit Kontierung) oder auf Aufwandsware (kein Materialstammsatz mit Kontierung) beziehen. Existiert kein Materialstammsatz zum angeforderten Material, so muß über den Materialkurztext das Material benannt werden. Zusätzlich sind die Eingaben eines Kontierungstyps mit Kontierungsdaten, die Eingabe einer Einkäufergruppe, die Eingabe eines Bewertungspreises und die Eingabe einer Warengruppe notwendig. Im Normalfall wird beim Anlegen einer Bestellanforderung eine Belegart *NB* (Normalbestellung) als Standard vorgeschlagen. Jede Belegart im R/3-System kennzeichnet den erforderlichen Beleg der entsprechenden Bearbeitung. Für die Belegart der Bestellanforderung sind verschiedene Varianten erlaubt. Durch die Belegart kann man z. B. zwischen einer normalen Bestellanforderung und einer Bestellanforderung zu einer Transportbestellung unterscheiden. Zusätzlich steuert die Belegart die Art der Nummernvergabe (intern, extern) und die Auswahl der zu pflegenden Felder (vgl. SAP – Materialwirtschaft 1996, S. 5.1-5.4).

Ein Dokument *Bestellanforderung* kann mehrere Anforderungen von Materialien beinhalten, die jeweils in Positionen aufgelistet sind (vgl. Abbildung 8.19-3). Bestellanforderungen werden in der Regel positionsweise abgearbeitet, d. h. jede Position einer Bestellanforderung stellt einen eigenen Bedarf dar. Wichtige Steuerfelder einer Position eines Einkaufbelegs sind der Positionstyp und der Kontierungstyp. Der Positionstyp legt fest, wie die Beschaffung für eine Material- bzw. Dienstleistungsposition gesteuert wird. Zusätzlich steuert er die Feldauswahl, und gegebenenfalls werden zusätzliche Datenbilder eingeblendet. Außerdem steuert er, ob ein Waren- bzw. ein Rechnungseingang erfolgt (vgl. Kapitel 8.24 und 8.25). Im R/3-Customizing muß eine Zuordnung der zulässigen Positionstypen definiert werden, z. B. sind für die Belegart *NB* die Positionstypen *Normal*, *Konsignation*, *Lohnbearbeitung*, *Strecke*, *Umlagerung* und *Dienstleitung* vorgesehen (vgl. Abbildung 8.19-1). Jede Position besitzt ein Detailbild mit weiteren Steuerungsmöglichkeiten, so sind z. B. für den Positionstyp *Normal* im Standard Waren- und Rechnungseingänge, für den Positionstyp *Konsignation* Rechnungseingänge hingegen nicht vorgesehen. Beim Positionstyp *Lohnbearbeitung* wird ein zusätzliches Eingabebild mit den beigestellten Komponenten gesteuert und angezeigt. Beim Positionstyp *Strecke* erscheint ein Fenster zur Eingabe der Anlieferadresse auf den Einkaufsbelegen, außer auf dem Beleg der Bestellanforderung. Beim Positionstyp *Dienstleistung* werden Bilder zur Erstellung und Gliederung detaillierter Leistungsverzeichnisse angezeigt. Der Kontierungstyp steuert, ob eine Position auf eine Nebenkontierung abzurechnen ist. Der Kontierungstyp legt fest, welche Kontierungsdaten (z. B. Kostenstelle, Kontonummer usw.) für die Position erforderlich sind (vgl. Abbildung 8.19-1).

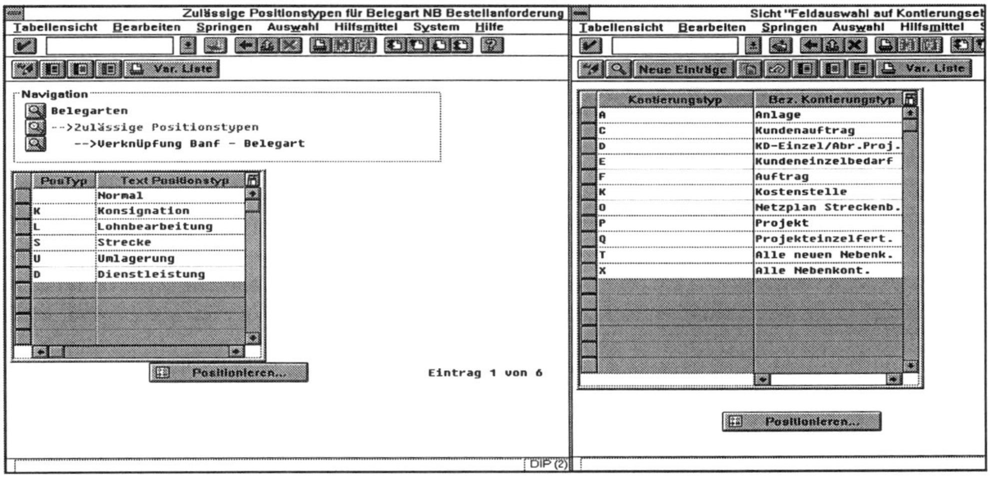

Abb. 8.19-1: Belegart – Positionstyp – Kontierungstyp (Customizing)

Existieren Bestellanforderungen im System durch manuelle Eingabe oder durch Generierung eines Planungslaufs, so müssen diese im nächsten Schritt freigegeben werden, d. h. erst mit einer freigegebenen Bestellanforderung kann eine Bestellung erzeugt werden (vgl. Kapitel 8.22). Im Einkauf werden die Verfahren zur Freigabe von Bestellanforderungen mit und ohne Klassifizierung angewandt. Das Verfahren ohne Klassifizierung steht nur der Freigabe der Bestellanforderungen zur Verfügung und dient als Korrektur- und Genehmigungsverfahren für Bestellanforderungen. Ziel ist es, Material-, Mengen- und Terminangaben auf inhaltliche Richtigkeit zu prüfen sowie die Korrektheit der angegebenen Kontierung und der Bezugsquelle sicherzustellen. Die Bestellanforderung wird positionsweise freigegeben. Für ein Verfahren mit Klassifizierung wird ein manuelles Unterschriftsverfahren durch ein elektronisches ersetzt und das Vier-Augen-Prinzip gewahrt. Die verantwortliche Person bearbeitet den Einkaufsbeleg im System und kennzeichnet es mit *gesehen durch rechtlich Verantwortlichen, i. V. (in Vertretung)* oder *ppa.* Im Unterschied zum Freigabeverfahren ohne Klassifizierung wird der gesamte Beleg freigegeben.

Wird eine Bestellanforderung mit dem Verfahren ohne Klassifizierung freigegeben, so bedürfen die Positionen möglicherweise der Genehmigung, bevor sie bestellt werden können. Dabei werden die *Freigabebedingungen* (zeigen, welche Freigabestrategie einer Bestellanforderung zuzuordnen ist), die *Freigabestrategie* (zeigt, welche Personen in welcher Reihenfolge eine Bestellanforderung freigeben) und das *Freigabekennzeichen* (zeigt, ob eine Position bestellt werden kann, nachdem die Bestellanforderung durch eine Person oder Abteilung freigegeben wurde) berücksichtigt. Freigabebedingungen, Freigabestrategie und Freigabezustand werden über die Customizing-Funktionen eingestellt.

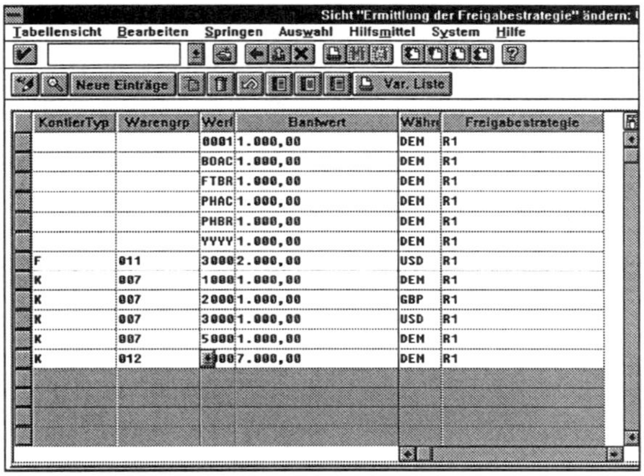

KontierTyp	Warengrp	Werk	Banfwert	Währg	Freigabestrategie
		0001	1.000,00	DEM	R1
		BOAC	1.000,00	DEM	R1
		FTBR	1.000,00	DEM	R1
		PHAC	1.000,00	DEM	R1
		PHBR	1.000,00	DEM	R1
		YYYY	1.000,00	DEM	R1
F	011	3000	2.000,00	USD	R1
K	007	1000	1.000,00	DEM	R1
K	007	2000	1.000,00	GBP	R1
K	007	3000	1.000,00	USD	R1
K	007	5000	1.000,00	DEM	R1
K	012	[illegible]	7.000,00	DEM	R1

Abb. 8.19-2: Customizing der Freigabestrategie

Die Bedingungen zur Freigabe einer Bestellanforderungsposition basieren auf dem Kontierungstyp, der Warengruppe, dem Werk und dem Gesamtwert (vgl. Abbildung 8.19-2). Erfüllt die Bestellanforderung eine der festgelegten Freigabebedingungen (z. B. BANF-Wert größer als 7.000 DM, Warengruppe 012, Werk 1000), so wird beim Anlegen der Bestellanforderung automatisch eine Freigabestrategie zugeordnet. Erfüllt die Bestellanforderung keine dieser Bedingungen, wird sie automatisch freigegeben.

8.19.3 Anwendung des Prozesses

Aus der Materialbedarfsplanung wurde automatisch eine Bestellanforderung *10002229* erstellt (vgl. Abbildung 8.18.-6). Die Bestellanforderung wurde mit der Belegart NB, dem Positionstyp Normal und keiner Kontierung aus dem Planungslauf generiert (vgl. Abbildung 8.19-3). Die Hauptplatine soll in eine Normalbestellung umgewandelt und zum 15. März an das Werk 1000 geliefert werden. Die automatisch erstellte Bestellanforderung wurde durch den Anforderer abgeändert, der aus dem Raum Frankfurt eine Bezugsquelle ausgesucht und den Lieferanten mit der Nummer DE-001 fest vorgegeben hat.

Die Bestellanforderung wird im R/3-System an den zuständigen Einkäufer weitergereicht, der diese prüft und gegebenfalls freigibt. Zur Freigabe muß der Sachbearbeiter die einzelnen Positionen markieren (vgl. Abbildung 8.19-5) und seinen Freigabecode angeben (vgl. Abbildung 8.19-6). Damit kann zu späteren Revisionszwecken festgestellt werden, welcher Mitarbeiter die Bestellung zu verantworten hat. Dieser Freigabeschritt kann durch entsprechende Customizing-Eintragungen auch vollautomatisiert durchgeführt werden (vgl. Abbildung 8.19.-2).

8.19.4 Navigationsinformationen

- *Menüpfad*
  Logistik –> Materialwirtschaft –> Einkauf –> BANF –> Anlegen
- *Transaktionscode*
  ME51, ME52, ME54
- *Eingehende Prozeßverbindungen im R/3-Referenzmodell*
  Planauftragsumsetzung
  Ergebnisbearbeitung Bedarfsplanung
  Ergebnisbearbeitung Leitteileplanung
  Materialbedarfsplanung – Gesamt/ – Einzel
  Leitteileplanung – Gesamt/ – Einzel
  Streckenauftragsbearbeitung
  Fertigungsauftragseröffnung
  Netzplanpflege
  Auftragseröffnung und -bearbeitung
  Serviceauftragseröffnung und -bearbeitung
  Serviceauftragsfreigabe
  Planauftragsbearbeitung
  Bestellanforderungsbearbeitung
- *Ausgehende Prozeßverbindungen im R/3-Referenzmodell*
  Lieferplaneinstellung
  Kontraktbestellabruf für Dienstleistung
  Bestellungsbearbeitung
  Lieferantenanfragebearbeitung

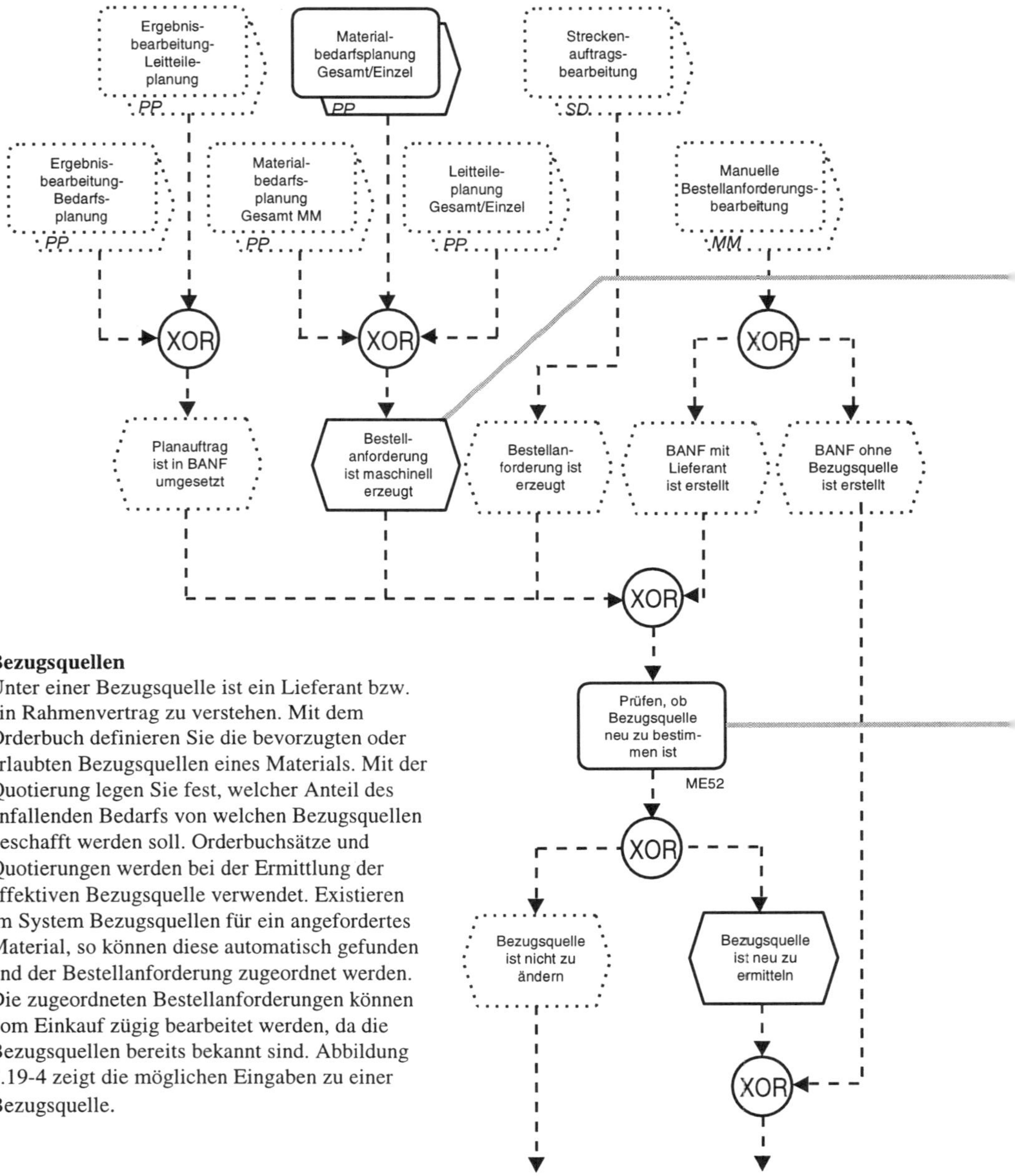

Bezugsquellen

Unter einer Bezugsquelle ist ein Lieferant bzw. ein Rahmenvertrag zu verstehen. Mit dem Orderbuch definieren Sie die bevorzugten oder erlaubten Bezugsquellen eines Materials. Mit der Quotierung legen Sie fest, welcher Anteil des anfallenden Bedarfs von welchen Bezugsquellen beschafft werden soll. Orderbuchsätze und Quotierungen werden bei der Ermittlung der effektiven Bezugsquelle verwendet. Existieren im System Bezugsquellen für ein angefordertes Material, so können diese automatisch gefunden und der Bestellanforderung zugeordnet werden. Die zugeordneten Bestellanforderungen können vom Einkauf zügig bearbeitet werden, da die Bezugsquellen bereits bekannt sind. Abbildung 8.19-4 zeigt die möglichen Eingaben zu einer Bezugsquelle.

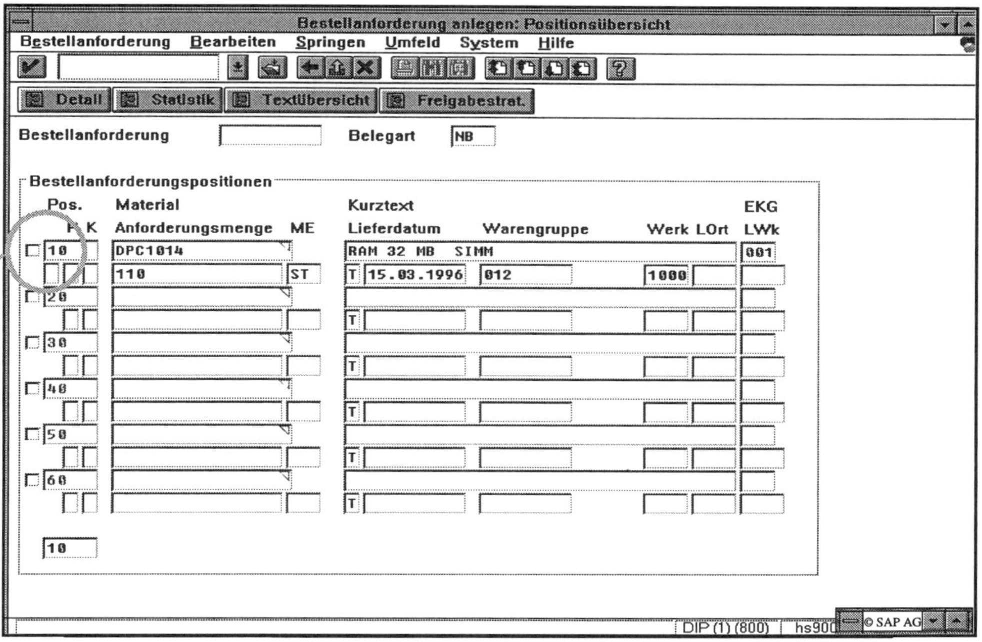

Abb. 8.19-3: Position der Bestellanforderung

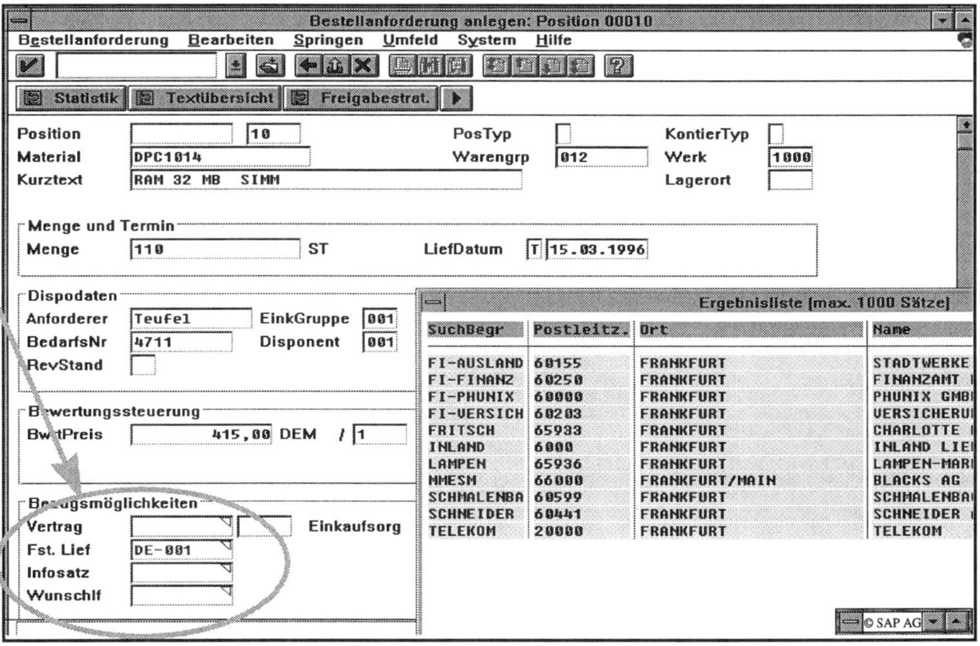

Abb. 8.19-4: Eintrag der Bezugsquelle - Auswahl Lieferanten über Matchcode Frankfurt

Freigabe von Bestellanforderungen
Bestellanfordungen können durch ein Genehmigungsverfahren über Freigabestrategien freigegeben werden. Es wird festgelegt, wer in welcher Reihenfolge die Freigabe bearbeiten muß. Danach kann die Bestellanforderung in eine Bestellung umgewandelt werden (siehe dazu Prozeßwegweiser Bestellungsbearbeitung zu Kapitel 8.22). Freigabestellen sind Personen, Abteilungen oder sonstige organisatorische Einheiten. Die Freigabestrategie wird beim Erzeugen einer Bestellanforderung aufgrund bestimmter Bedingungen, z. B. Wert der Anforderung, Warengruppe des angeforderten Materials usw., automatisch zugeordnet.

Freigabecodes
Die Codes aller Freigabestellen, die die Bestellanforderung freigeben, müssen gesetzt werden, damit sie die Bestellung erstellen können. Wenn Sie alternative Freigabestellen eingerichtet haben, werden die verschiedenen Möglichkeiten angezeigt, wie diese Bestellanforderungsposition die Endfreigabe erhalten kann.

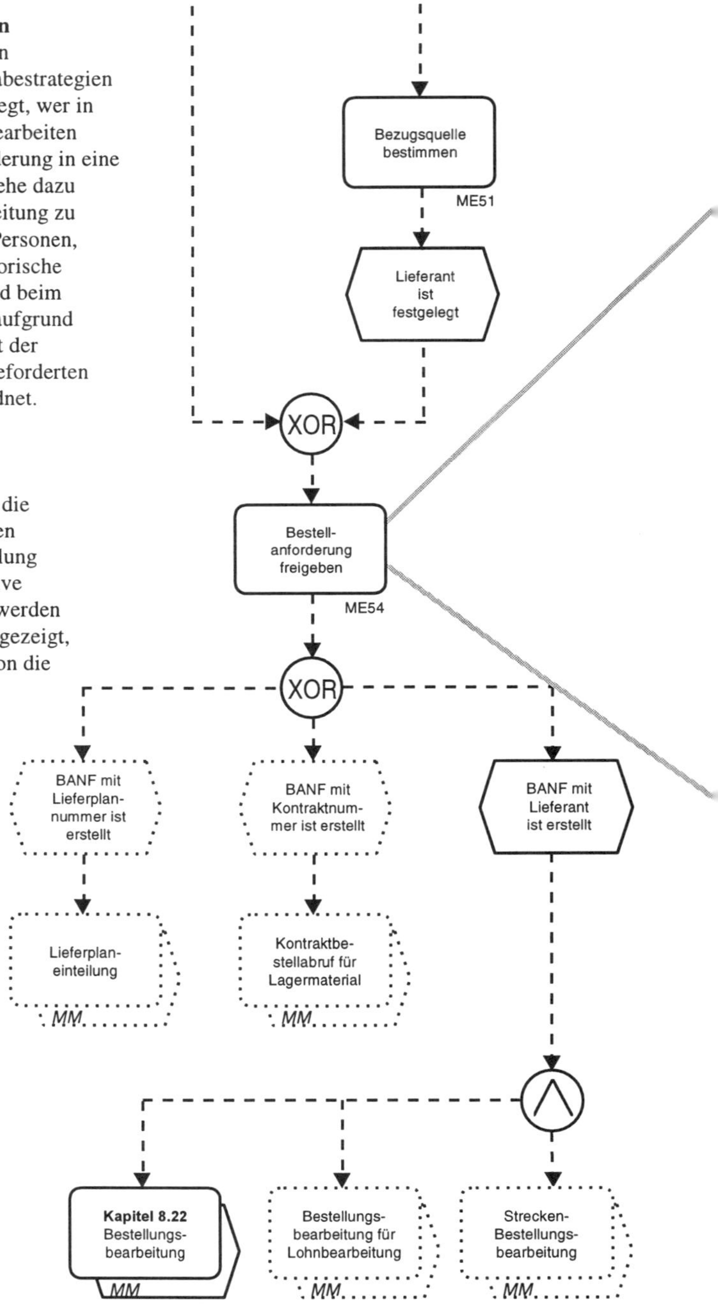

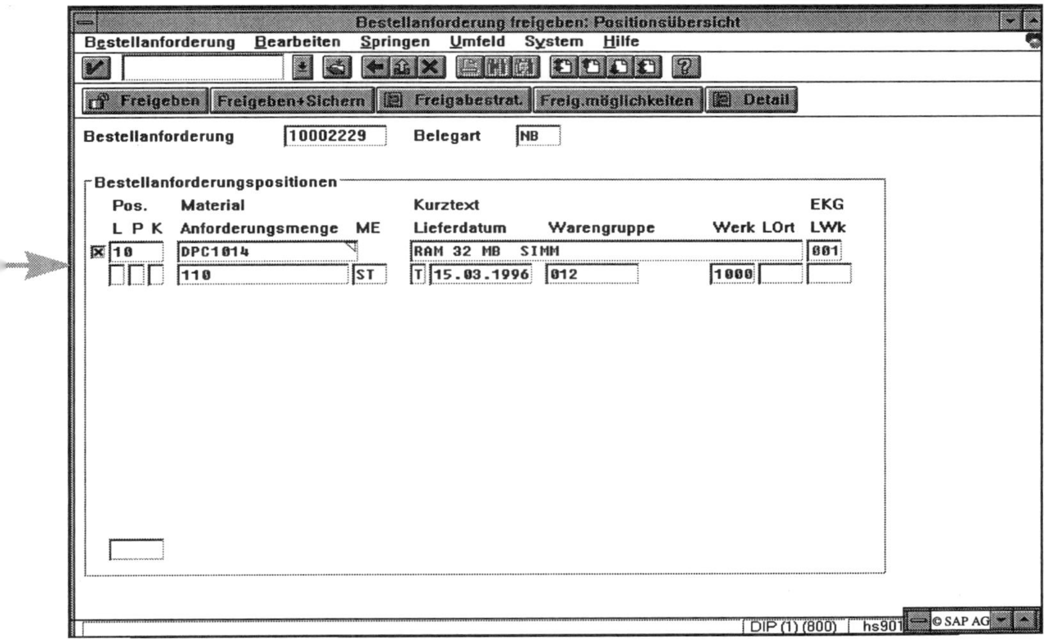

Abb. 8.19-5: Selektion der Position zur Freigabe

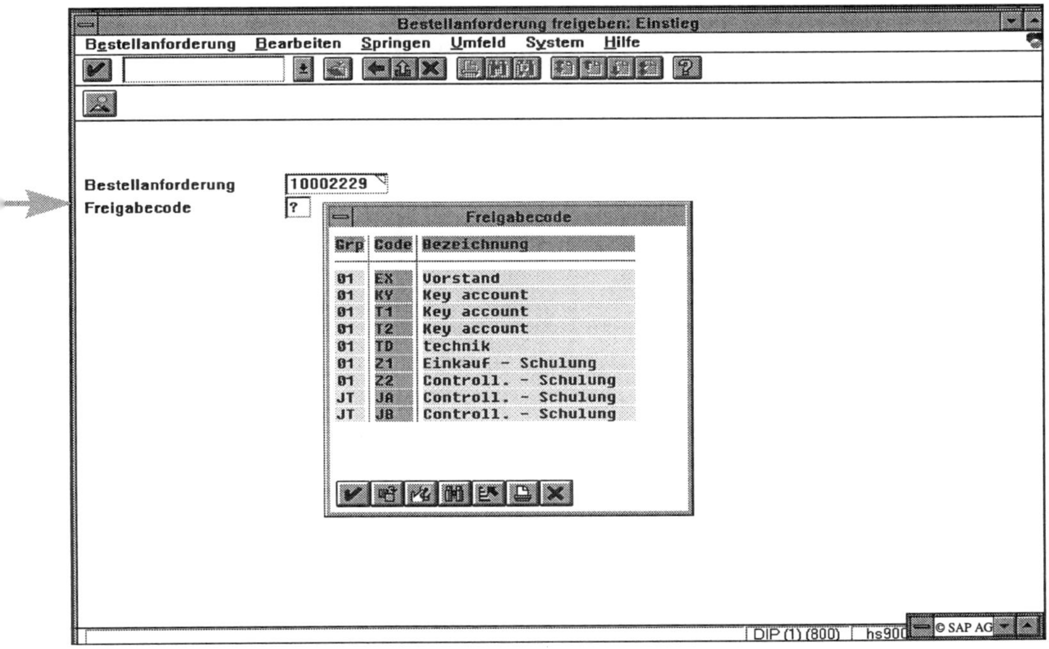

Abb. 8.19-6: Freigabe der Bestellanforderung

8.20 Prozeß: Materialstammbearbeitung aus Sicht der Materialwirtschaft

8.20.1 Betriebswirtschaftliche Beschreibung

„Unter Material (von lateinisch materia = Urstoff, Grundstoff, aus dem etwas gemacht wird) sind alle realen Sachgüter zu verstehen, die im Betriebsprozeß eingesetzt werden und mit diesem Einsatz die Eignung zu einer weiteren, ihrer Zweckbestimmung entsprechenden Verwendung verlieren" (Grochla 1978, S. 13). Aufgabe der Materialwirtschaft ist es, dafür zu sorgen, daß die benötigten Materialien kostengünstig und zur richtigen Zeit in der geforderten Qualität zur Verfügung stehen. Die Bedeutung des Materials in Industrie- und Handelsbetrieben läßt sich zum einen aus seinem Anteil am Wertschöpfungsprozeß ableiten, zum anderen werden in der Materialwirtschaft wesentliche Informationen für den gesamten Leistungserstellungsprozeß erzeugt. Aufgrund des hohen Anteils der Materialkosten an den zu erzielenden Erlösen wird der rationelle Einsatz der Materialien zu einer der wichtigsten Aufgaben in Industriebetrieben. Der Schwerpunkt der Aufgaben kann differenziert werden in dispositiv-interne Aufgaben, d. h. Materialdisposition im Sinne der Planung und Verwaltung, und dispositiv-externe Aufgaben, d. h. Materialdisposition im Sinne der Beschaffung bei Zulieferanten. Um diese Aufgaben erfüllen zu können, ist es notwendig, im Materialstamm entsprechende Informationen abzulegen. So kann im Materialstamm zum Zwecke der deterministischen Bedarfsauflösung innerhalb der Materialdisposition die Angabe von Dispositionsstufe, Vorlaufzeit und Durchlaufzeit von Nutzen sein, zum anderen zur externen Beschaffung die Angabe der Wiederbeschaffungszeit notwendig sein (vgl. Grochla 1978, S. 13-32).

8.20.2 SAP-spezifische Beschreibung

Neben den in Kapitel 8.8 und 8.11 (rechnungswesenrelevanten und produktionsplanerischen) genannten Sichten sind ergänzend dazu für die Aufgaben der Materialwirtschaft die Einkaufs- und die Lagerungssicht von Bedeutung. Wichtige Felder innerhalb der Einkaufssicht sind die Einkäufer- und die Warengruppe. Mit der Einkäufergruppe wird definiert, welcher Einkäufer oder welche Einkäufergruppe für die Beschaffung des Materials verantwortlich ist. Die Warengruppe ermöglicht die Zusammenfassung von Materialien und Dienstleistungen mit gleichen Eigenschaften. Bestellungen können in anderen Einheiten als der Basismengeneinheit durchgeführt werden. Die Festlegung erfolgt im Feld Bestellmengeneinheit. Die Bestellmengeneinheit kann aber auch über den Einkaufsinformationssatz festgelegt sein. Dort sind die Beziehungen zwischen einem Lieferanten und einem Material bzw. einer Dienstleistung abgelegt. Ist ein Einkaufsinformationssatz zu einem Material angelegt, dann werden innerhalb der Bestellungsbearbeitung die Daten aus dem Einkaufsinformationssatz gezogen. Ist in der Einkaufssicht das Feld *Variable Bestellmengeneinheit* gepflegt, kann die Bestellmengeneinheit abweichend vom Vorschlagswert des Einkaufsinformationssatzes eingegeben werden. Das Markierungsfeld *Automatische Bestellung*, das gleichzeitig beim Lieferanten gesetzt sein muß, dient dazu, Bestellanforderungen automatisch in Bestellungen umzusetzen. Mit Hilfe des Einkaufswerteschlüssels können Mahn- und Toleranzdaten, Versandvorschriften und die Auftragsbestätigungspflicht festgelegt werden (vgl. SAP – Materialwirtschaft 1996, S. 3.5-3.8).

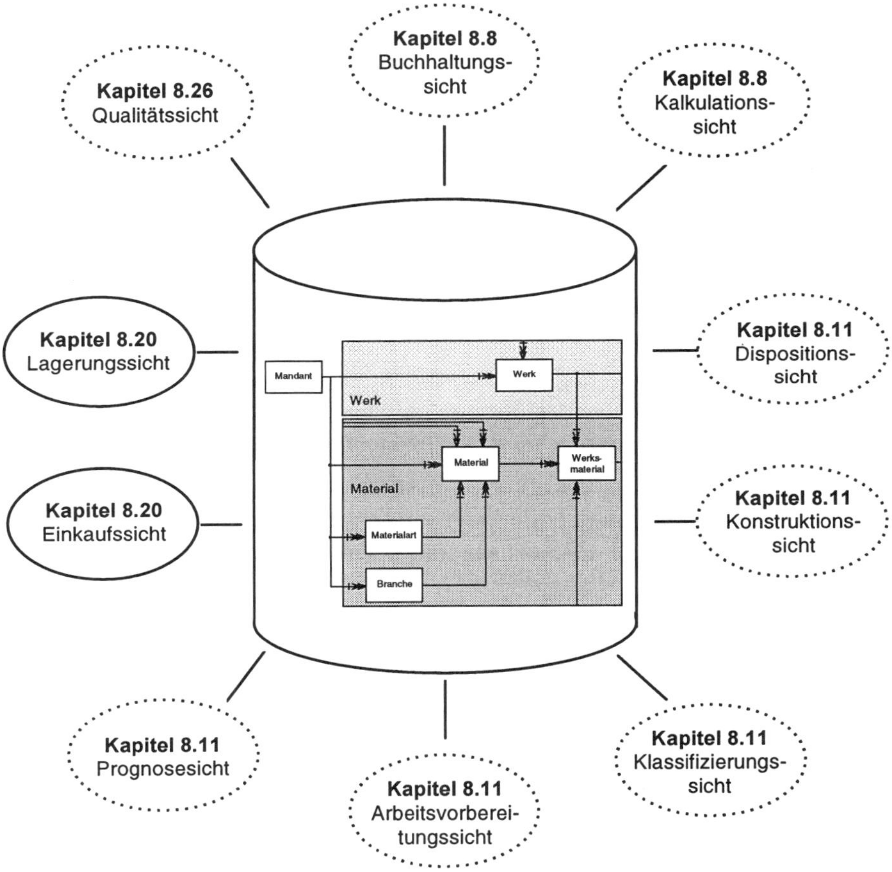

Abb. 8.20-1: Materialwirtschaftssicht zum Material

Die lagerrelevanten Materialstammdaten können im R/3-System aus dem Blickwinkel der Werks- und Lagerortebene oder aus dem Blickwinkel des Lagerverwaltungssystems betrachtet werden. Ist das Lagerverwaltungsmodul (Warehouse Management – WM) im Einsatz, können die Bestände bis auf Lagerplatzebene verfolgt werden. Mit der Lagernummer wird der Typ des Lagers bestimmt, z. B. Zentrallager, Hochregallager, Blocklager oder Kommissionierlager. In der Regel wird die Basismengeneinheit des Materialstammsatzes auch in der Lagerverwaltungssicht geführt. Soll das Material innerhalb des Lagers in einer anderen Einheit geführt werden oder die Ausgabe der Materialien in einer anderen Einheit erfolgen, so kann dies durch eine Eingabe im Feld *WM-Mengeneinheit* oder im Feld *Ausgabemengeneinheit* angegeben werden. Chemische Stoffe können z. B. besonderen gesetzlichen Auflagen oder Sicherheitsauflagen unterliegen, was durch die Angabe einer Gefahrstoffnummer identifiziert werden kann. Mit Hilfe dieser Nummer kann charakterisiert werden, welche gefährlichen Stoffe in einer Materialsubstanz enthalten sind. Materialien können innerhalb eines Lagertyps festen Lagerplätzen zugeordnet sein. Mit der Angabe der maximalen Lagerplatzmenge wird bestimmt, wieviel von dem Material an dem Lagerplatz eingelegt werden darf, mit der Angabe der minimalen Lagerplatzmenge wird festgelegt, wieviel als Mindestbestand auf dem Lagerplatz vorhanden sein muß.

Um den Anwender bei der Suche eines geeigneten Lagerplatzes zu unterstützen, können unterschiedliche Ein- und Auslagerungsstrategien definiert werden. Es kann zum einen bestimmt werden, in welche Lagertypen die Materialien eingelagert werden sollen, zum anderen kann ein Lagertyp in unterschiedliche Lagerbereiche unterteilt sein. In der Praxis ist es dabei häufig erforderlich, daß unterschiedliche Lagereinheitentypen, wie z. B. Gitterboxen, Europaletten etc., an unterschiedlichen Plätzen gelagert werden. Für die Lagerplatzfindung stehen u. a. folgende Einlagerungsstrategien zur Verfügung:

- *Leerplatz*
  Bei dieser Einlagerungsstrategie schlägt das System den nächsten leeren Lagerplatz vor. Mit dieser Strategie werden chaotisch organisierte Läger mit artikelreiner Lagerung unterstützt. Sie eignet sich besonders für Hochregal- und Regalläger.
- *Festplatz*
  Diese Strategie findet Anwendung, wenn ein Artikel in einem Lagertyp auf einem festen Lagerplatz liegen soll. Verwendung findet diese Strategie vor allem in Lagertypen, in denen die Kommissionierung manuell erfolgt.
- *Zulagerung*
  Bei dieser Strategie wird der Lagerplatz gesucht, auf diesem schon Mengen des Artikels liegen und noch genügend Lagerkapazität vorhanden ist.
- *Blocklager*
  Materialien, die in großen Mengen vorkommen und in der Regel dadurch sehr viel Lagerplatz beanspruchen (z. B. Reifen, Glasprodukte, Getränke) werden oft in einem Blocklager gelagert.

Für die Auslagerung werden u. a. folgende Strategien angeboten:

- *FIFO (First In – First Out)*
  Bei dieser Auslagerungsstrategie schlägt das System aus dem Lagertyp, aus dem ausgelagert werden soll, zunächst das jeweils älteste Quant vor. Ein Quant ist eine definierte Mengeneinheit eines Materials auf einem Lagerplatz. Das System errechnet das Alter eines Quants (seine Verweildauer im Lager) in der Regel aus dem Datum der Wareneingangsbuchungen des Bestandsführungssystems. Das Wareneingangsdatum stellt das System automatisch bei jeder Zugangsbuchung im Bestandsführungssystem in das Quant auf der Wareneingangszone bzw. in den Transportbedarf ein.
- *LIFO (Last In – First Out)*
  In der Baustoffbranche wird das neu einzulagernde Material häufig auf bereits gelagertem Material gestapelt (z. B. Sand, Kies). Bei der Strategie FIFO müßten in diesem

Fall bei Entnahmen immer zuerst die oben liegenden Materialien weggeräumt werden, um an das Material mit dem ältesten Wareneingangsdatum heranzukommen. Für solche Fälle bietet sich die Strategie LIFO an. Beim Suchen einer geeigneten Auslagerungsmenge schlägt das System immer zuerst das zuletzt eingelagerte Quant vor.

Ist die Lagerungssicht ausgewählt (ohne Einsatz des Warehouse Management), so können innerhalb von Werken auf Lagerortebene lagerungsrelevante Informationen gepflegt werden. Es können die Lagerungsbedingungen, wie Raum- und Temperaturangaben für das einzulagernde Material, sowie besondere Angaben zu Gefahrstoffen angegeben werden. Mit dem Setzen des Kennzeichens Chargenpflicht kann das Material in Chargen verwaltet und das Anlegen eines Chargenstammsatzes ermöglicht werden. Neben der Angabe von Gewicht, Volumen und Abmessungen eines Materials sind ebenso wie in der Lagerverwaltungssicht abweichende Größen für die Ausgabemengeneinheit möglich.

8.20.3 Anwendung des Prozesses

Die zu fertigenden Hauptprodukte, die Hauptplatine *DPC 1102* und *DPC 1101*, wurden aus Kostenrechnungssicht und aus Produktionssicht in den Prozeßbausteinen zu Kapitel 8.8 und 8.11 beschrieben. Das in die Hauptplatine eingehende Material *DPC 1014*, der Arbeitsspeicher 32 MB RAM und dessen Anlage im Materialstammsatz wird im folgenden dargestellt. Ausgangspunkt ist, daß ein Materialstammsatz für den Arbeitsspeicher angelegt werden soll. Die Eingabe der Materialnummer *DPC 1014* erfolgt in der Modellfirma durch den Sachbearbeiter. Zur Eingabe der Materialart kann eine Auswahlliste der möglichen Materialarten (Definition der erlaubten Materialarten erfolgt über Customizingeinstellungen) aktiviert werden. Die selektierte Materialnummer steuert die Nummernvergabe, in diesem Beispiel ist die externe Nummer *DPC 1014* zugelassen. In dem Beispiel wurde das Material *DPC 1014* der Branche Maschinenbau zugeordnet. Für die Durchführung der Aufgaben in der Materialwirtschaft werden die Sichten der Buchhaltung (vgl. Kapitel 8.8), des Einkaufs, der Klassifizierung (vgl. Kapitel 8.11) und des Lagers markiert. In der Einkaufssicht wurde ein Mahnzyklus mit einem Abstand von 5 Tagen definiert, eine Wareneingangsbearbeitungszeit von einem Tag, und für die INTRASTAT-Abwicklung wurden die Außenhandelsdaten mit der statistischen Warennummer, dem Herkunftsland und der Herkunftsregion festgelegt.

8.20.4 Navigationsinformationen

- *Menüpfad*
  Logistik –> Materialwirtschaft –> Materialstamm –> Anlegen –> allgemein –> Sichten
- *Transaktionscode*
  MM01
- *Eingehende Prozeßverbindungen im R/3-Referenzmodell*
  keine
- *Ausgehende Prozeßverbindungen im R/3-Referenzmodell*
  keine

Branche
Die Branche stellt einen Wirtschaftszweig dar. Sie gruppiert Unternehmen nach dem Schwerpunkt der Unternehmenstätigkeit (z. B. Anlagenbau, Maschinenbau, chemische Industrie, pharmazeutische Industrie). Über die Branche wird eine tabellenunterstützte Programmsteuerung vorgenommen, beispielsweise für die Auswahl von Datenfeldern auf den Bildschirmbildern, für die Abfolge von Bildschirmbildern oder für die Zuordnung einer Materialart. Wenn Materialien immer wieder derselben Branche zugeordnet werden, ist es sinnvoll, dies im System entsprechend vorzudefinieren, d. h. den Wert für die Branche einzustellen. Dieser Wert wird dann beim Anlegen eines Materialstammsatzes immer automatisch in das entsprechende Feld übernommen.

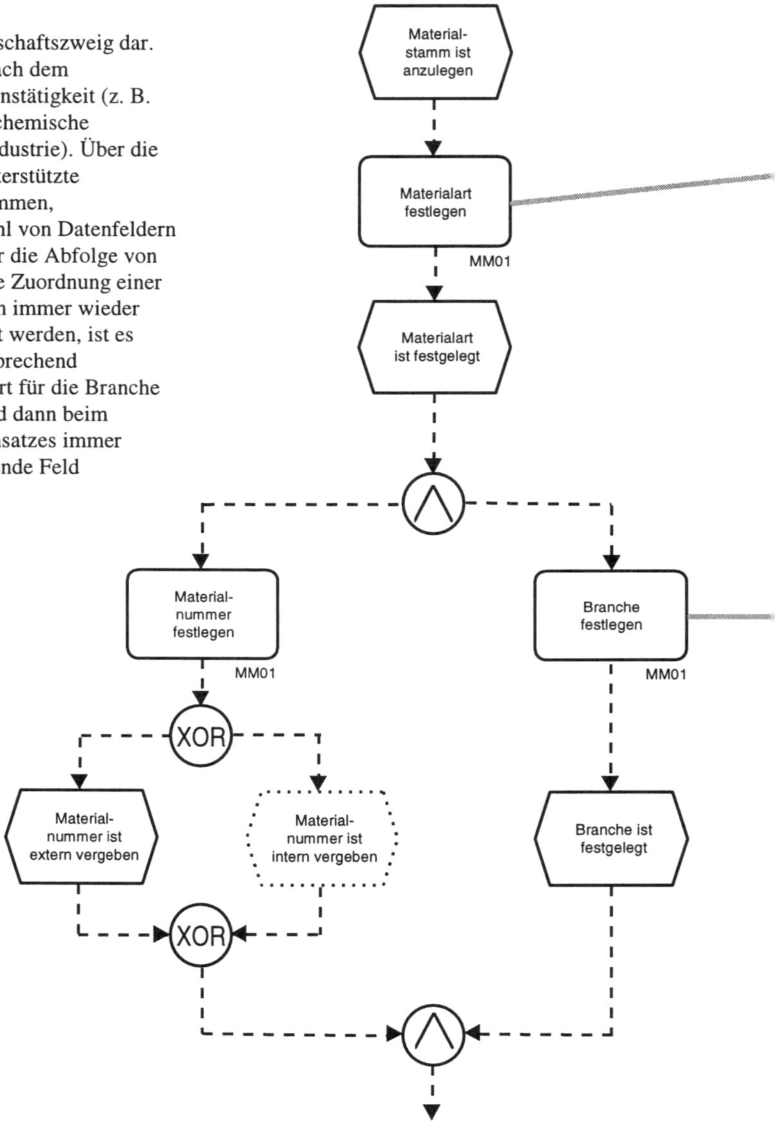

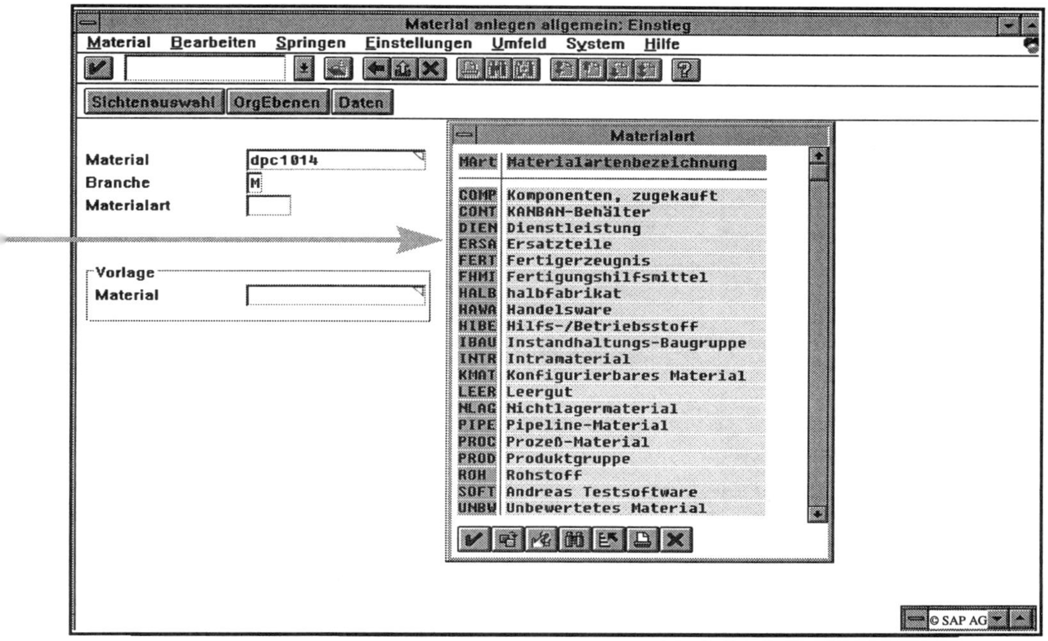

Abb. 8.20-2: Selektion der Materialart aus der Vorschlagsliste

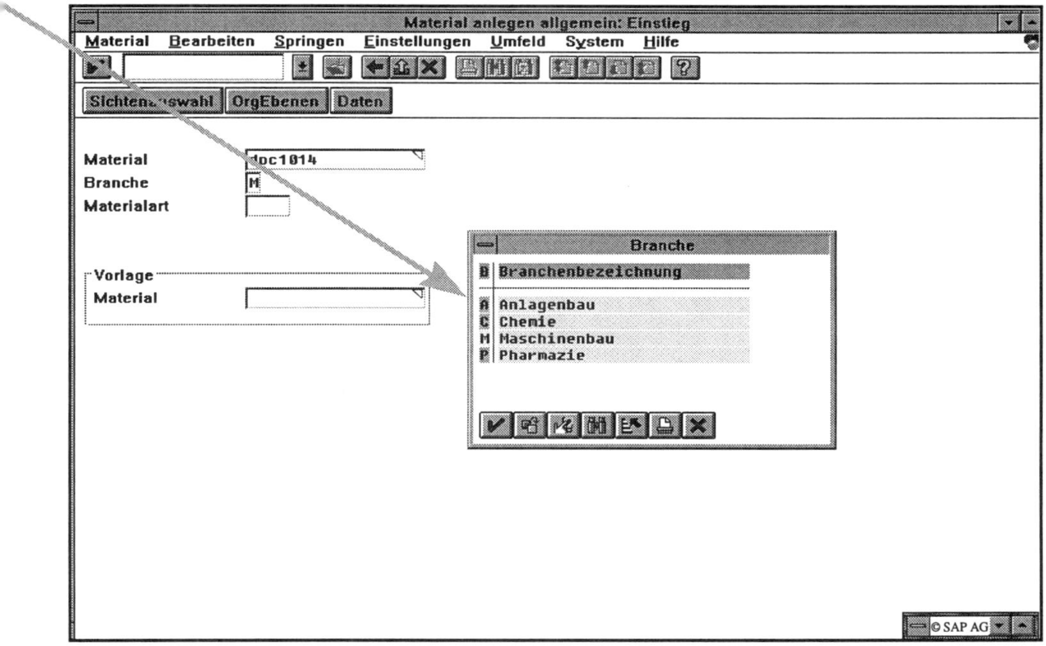

Abb. 8.20-3: Selektion der Branche aus der Vorschlagsliste

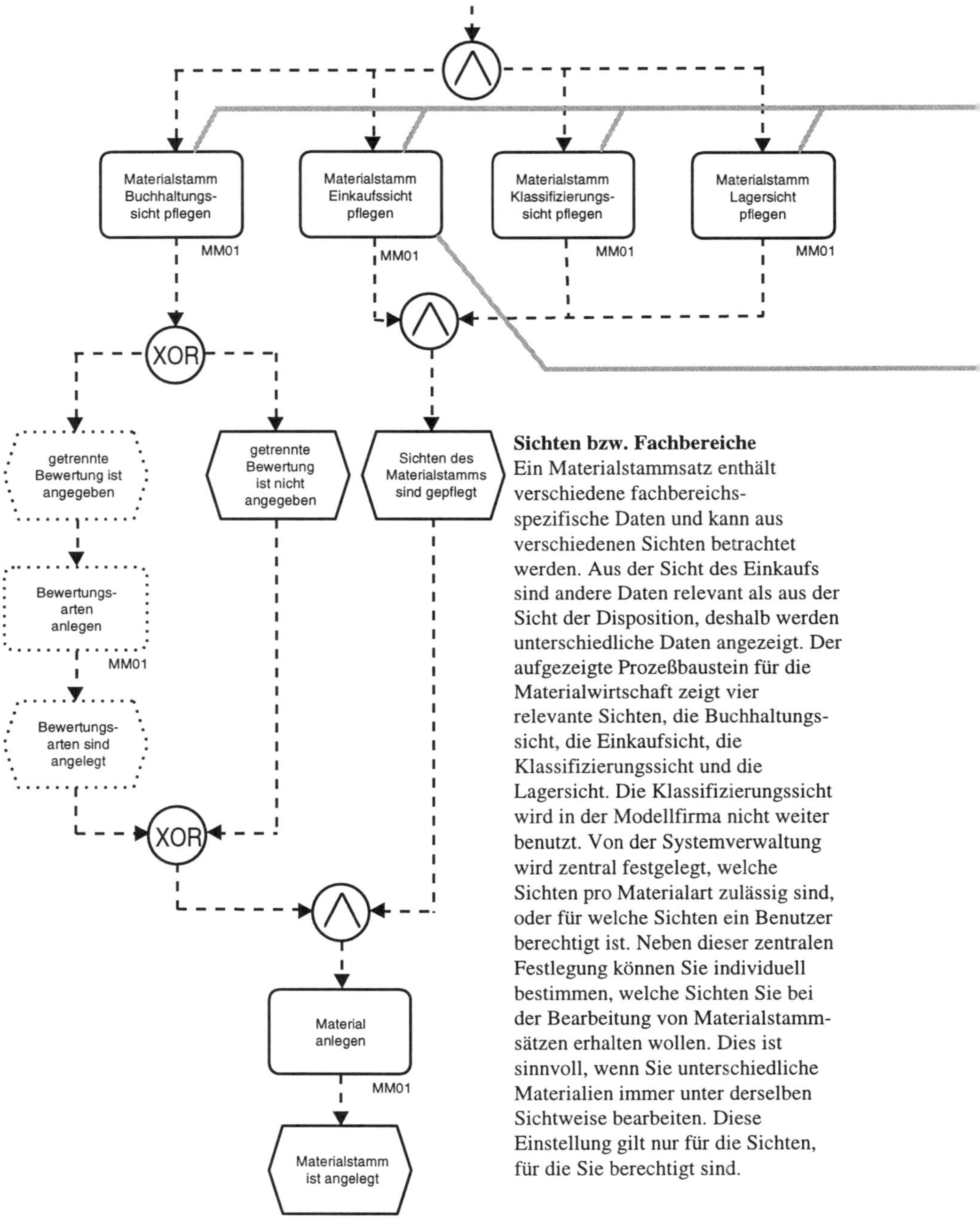

Sichten bzw. Fachbereiche
Ein Materialstammsatz enthält verschiedene fachbereichs-spezifische Daten und kann aus verschiedenen Sichten betrachtet werden. Aus der Sicht des Einkaufs sind andere Daten relevant als aus der Sicht der Disposition, deshalb werden unterschiedliche Daten angezeigt. Der aufgezeigte Prozeßbaustein für die Materialwirtschaft zeigt vier relevante Sichten, die Buchhaltungs-sicht, die Einkaufsicht, die Klassifizierungssicht und die Lagersicht. Die Klassifizierungssicht wird in der Modellfirma nicht weiter benutzt. Von der Systemverwaltung wird zentral festgelegt, welche Sichten pro Materialart zulässig sind, oder für welche Sichten ein Benutzer berechtigt ist. Neben dieser zentralen Festlegung können Sie individuell bestimmen, welche Sichten Sie bei der Bearbeitung von Materialstamm-sätzen erhalten wollen. Dies ist sinnvoll, wenn Sie unterschiedliche Materialien immer unter derselben Sichtweise bearbeiten. Diese Einstellung gilt nur für die Sichten, für die Sie berechtigt sind.

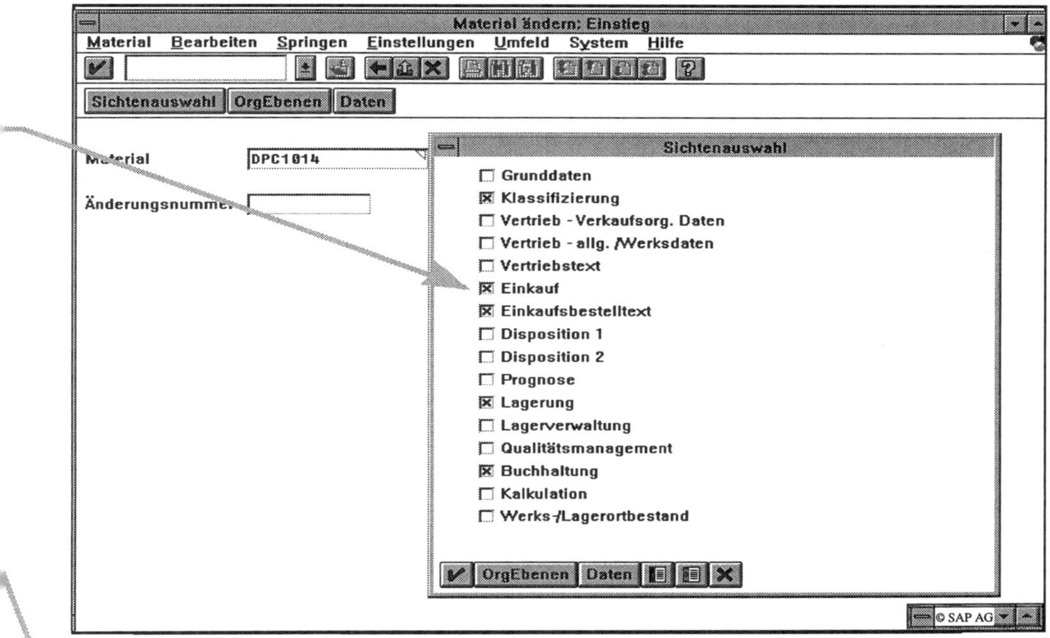

Abb. 8.20-4: Markierung der relevanten Sichten zur Materialwirtschaft

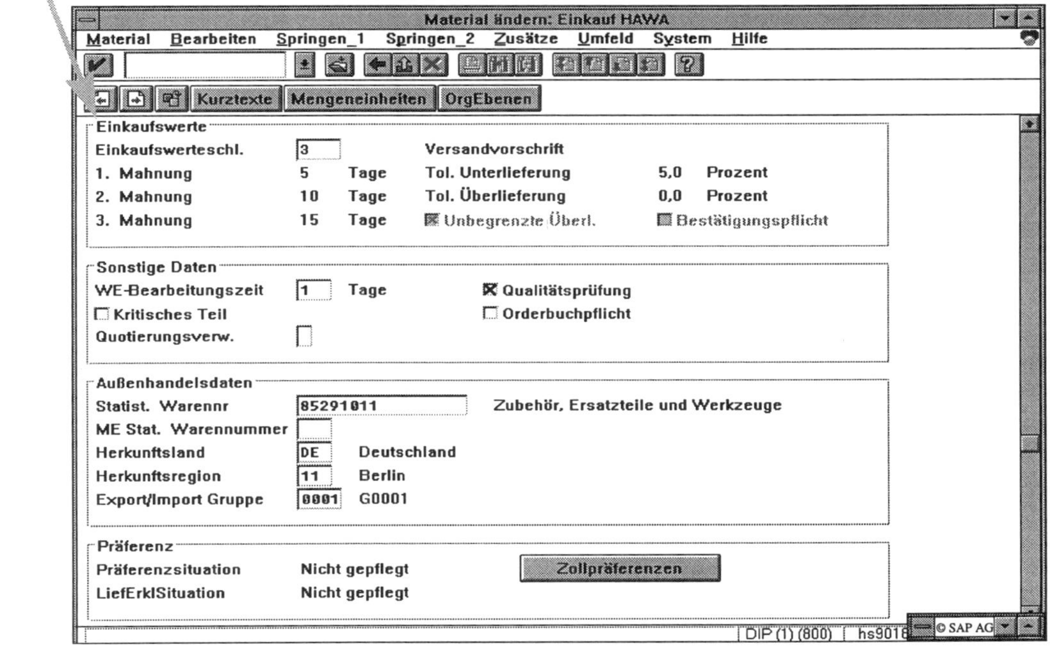

Abb. 8.20-5: Relevante Daten für den Einkauf

8.21 Prozeß: Lieferantenstammbearbeitung

8.21.1 Betriebswirtschaftliche Beschreibung

Die in den vorherigen Kapiteln vorgestellten Grunddaten Material, Stückliste, Arbeitsplan und Arbeitsplatz dienen primär zur Planung der innerbetrieblichen Logistik und konzentrieren sich somit auf den betrieblichen Aspekt der Leistungserstellung. Die Unterstützung der innerbetrieblichen Leistungserstellung benötigt in der Regel auch externe Beschaffungsmaßnahmen, die ihren Ursprung in der Definition des benötigten Materials und der daran anschließenden Identifikation des geeignetsten Lieferanten haben. Die Festlegung der Art und Weise der Leistungsbeschaffung geht somit einher mit der Auswahl und Definition eines Geschäftspartners in der Rolle eines Lieferanten, wenn das benötigte Material nicht innerbetrieblich, z. B. von einem anderen zum Unternehmen gehörenden Werk, besorgt werden kann (vgl. Hartmann 1993, S. 200-208; vgl. Melzer-Ridinger 1994, S. 29-43).

Mit dem Abschluß einer Geschäftsbeziehung zu einem Lieferanten wird neben der Vereinbarung einer mengen- und qualitätsgerechten Lieferung zu einem gewissen Zeitpunkt auch eine rechtliche Vereinbarung über die Zahlungsweise der gelieferten Ware oder Dienstleistung abgeschlossen. Über die Art der Lieferung und der Zahlungsweise hinaus wird auch die Geschäftspartnerrolle, d. h. in welcher Form das Partnerunternehmen auftritt, festgelegt. So kann ein Lieferant auch gleichzeitig Rechnungssteller und Zahlungsempfänger sein, ein Warenlieferant zwar Rechnungssteller, aber nicht Zahlungsempfänger sein, oder die Warenlieferung erfolgt z. B. von einem dezentralen Werk aus und die Rechnungsstellung und Zahlungsabwicklung über eine zentrale Geschäftsstelle.

Die enge Anbindung von mengen- und wertmäßigen Aspekten erfordert, die logistisch orientierten und die finanzwirtschaftlich orientierten Daten integriert zu betrachten. Dies geschieht in der Regel durch den Aufbau eines gemeinsamen Stammsatzes für den Geschäftspartner auf dem Beschaffungsmarkt, in dem sowohl die lieferantenbezogenen als auch kreditorischen Aspekte abgelegt sind. Stehen logistische Aspekte innerhalb der Geschäftsabwicklung im Vordergrund, so wird der Geschäftspartner auf dem Beschaffungsmarkt als *Lieferant* bezeichnet. Stehen finanzwirtschaftliche Transaktionen im Vordergrund, so wird er als *Kreditor* bezeichnet. Lieferant und Kreditor stellen somit häufig lediglich eine unterschiedliche Sichtweise auf ein gemeinsames Objekt, dem Geschäftspartnerstammsatz für eine Geschäftsbeziehung auf dem Beschaffungsmarkt, dar.

Eindeutiges Merkmal zur Identifizierung des Partners ist die Lieferanten- bzw. Kreditorennummer, die durch beschreibende Daten wie Name und Anschrift ergänzt wird. Während Statistikdaten wie Auftragswerte, Anzahl der Lieferungen und Reklamationen für die in der Einkaufsabteilung durchzuführende Lieferantenauswahl wichtig sind, werden zahlungsbezogene Daten wie z. B. Bankverbindung, Kontonummer und Währung für die Kreditorenbuchhaltung sowie Preisinformationen und Menge für die Rechnungsprüfung benötigt. Ebenso führt der Übergang zur einer immer geringer werdenden Fertigungstiefe dazu, daß neben Kosteninformationen über die fremdzubeschaffenden Materialien auch detaillierte Logistikinformationen wie Liefermenge und Lieferzeitpunkt an Bedeutung gewinnen. So benötigen die Auftragsplanung und die Fertigung zur Disposition der Fremdteile diese logistikbezogenen Informationen. Ebenso müssen dem Wareneingang lieferbezogene Qualitätsdaten zur Prüfung der Ware zur Verfügung gestellt werden, welche nach Abschluß der Prüfung wiederum Eingang in die Lieferantenbewertung finden können. Unzureichendes oder korrektes Liefer- und Qualitätsverhalten, was im Lieferanten- bzw. Kreditorenstammsatz Berücksichtigung findet, können dann wiederum als Entscheidungsgrundlage zur Planung für zukünftige Geschäftsvorgänge herangezogen werden.

8.21.2 SAP-spezifische Beschreibung

Der Lieferantenstamm enthält die Informationen über die Lieferanten eines Unternehmens. Diese werden in einzelnen Lieferantenstammsätzen abgelegt. Neben Name und Anschrift des Lieferanten umfaßt ein Lieferantenstammsatz Angaben über die in Verbindung mit dem Lieferanten geltende Währung, Zahlungsbedingungen und Namen wichtiger Kontaktpersonen (Verkäufer bzw. Verkäuferinnen). Der Lieferantenstammsatz wird von der Buchhaltung (vgl. Kapitel 8.23) und vom Einkauf gepflegt. Deshalb besteht ein Stammsatz aus den drei Datenbereichen *allgemeine Daten*, *Buchungskreisdaten* und *Einkaufsorganisationsdaten*. Die allgemeinen Daten sind Inhalte, die für jeden Buchungskreis innerhalb eines Unternehmens gleichermaßen gelten. Einkaufsdaten werden pro Einkaufsorganisation geführt. Es handelt sich dabei um Daten, die für den Einkauf eines Unternehmens wichtig sind, z. B. Ansprechpartner, Lieferkonditionen etc. (vgl. Abbildung 8.21-2). Zusätzlich zu den Daten, die für eine Einkaufsorganisation gelten, können Daten für ein bestimmtes Werk oder Lieferantenteilsortiment (für den Handel wichtig) gepflegt werden, z. B. Zahlungsbedingungen oder Incoterms, die von denen der Einkaufsorganisation abweichen (vgl. SAP – Materialwirtschaft 1996, S. 3.2-3.4).

Zahlungsbedingungen sind die getroffenen Vereinbarungen über den Zahlungszeitpunkt von Forderungen und einen eventuellen Zahlungsnachlaß (z. B. die Klausel *zahlbar in 30 Tagen ohne Abzug* oder *innerhalb 10 Tagen unter Abzug von 2% Skonto*). Das heißt, ein prozentualer Nachlaß wird entsprechend den Zahlungsbedingungen auf der Rechnung innerhalb einer bestimmten Frist gewährt. Die Zahlungsbedingungen, die mit einem Lieferanten vereinbart werden, können im Lieferantenstammsatz festgehalten werden. Beim Anlegen einer Bestellung (vgl. Kapitel 8.22) werden die Bedingungen mit der Aktivierung des Lieferanten vorgeschlagen, sind aber jederzeit änderbar.

Für Lieferanten, von denen nur einmal oder nur selten Material bezogen wird, können spezielle Stammsätze angelegt werden, sogenannte *CpD-Lieferantenstammsätze*. Dies ist z. B. dann sinnvoll, wenn ausnahmsweise von einem anderen Lieferanten Waren beschafft werden soll, da der Hauptlieferant nicht liefern kann. Im Unterschied zu anderen Stammsätzen wird ein CpD-Stammsatz für mehrere Lieferanten benutzt, um nicht unnötig viele Stammsätze anlegen zu müssen. Deshalb dürfen im Stammsatz für CpD-Lieferanten keine lieferantenspezifischen Daten gespeichert werden. Beim Anlegen eines Einkaufsbelegs mit einem CpD-Lieferanten verzweigt das System automatisch auf ein Stammdatenbild. Dort werden die spezifischen Daten wie Name, Anschrift oder Bankverbindung des Lieferanten eingegeben. Sie werden gesondert innerhalb des Belegs gespeichert. CpD-Stammsätze werden wie alle anderen Stammsätze angezeigt, gesperrt oder gelöscht. Beim Anlegen eines CpD-Lieferantenstammsatzes muß eine CpD-Kontengruppe vergeben werden. Über diese Kontengruppe werden die lieferantenspezifischen Felder ausgeblendet. Die Daten werden beim Erfassen des Belegs eingegeben.

Der Geschäftspartner Lieferant kann gegenüber dem Unternehmen in verschiedenen *Rollen* auftreten. So ist ein Lieferant zum Beispiel während eines Beschaffungsvorgangs zuerst der Bestellempfänger des Unternehmens, dann der Warenlieferant, der Rechnungssteller und schließlich der Zahlungsempfänger. Dabei ist es möglich, daß eine oder mehrere dieser Rollen auf abweichende Lieferantenstammsätze verweisen. Aus diesem Grund können dem Lieferanten mehrere Partnerrollen zugewiesen werden. Die abweichenden Daten werden bei den zugehörigen logistischen und buchhalterischen Folgefunktionen verwendet. Auf dem Bildschirmbild *Partnerrollen* werden beim Anlegen die Partnerrollen vorgeschlagen, die im Partnerschema der Kontengruppe als Pflichtrollen gekennzeichnet sind. Im Standard sind die Partnerrollen Lieferant, Bestellempfänger, Warenlieferant, Rechnungssteller und Zahlungsempfänger definiert. Im Customizing wird bestimmt, welche der Partnerrollen optional und welche obligatorisch sind. Außer der Rolle Lieferant sind alle Partnerrollen optional. Wenn keine anderen Rollen gepflegt sind, gelten die Daten der Rolle *Lieferant.*

In bestimmten Fällen möchte man verhindern, daß weiterhin Ware von einem Lieferanten bezogen wird, beispielsweise dann, wenn er Produkte von mangelnder Qualität (vgl. Kapitel 8.28) geliefert hat. Im Lieferantenstammsatz besteht die Möglichkeit, ihn zu sperren. Bestellungen bei Lieferanten sind nicht mehr möglich, sobald das Sperrkennzeichen gesetzt wurde. Die Sperre gilt so lange, bis das Kennzeichen wieder entfernt wird. Wenn man einen Lieferanten für ein einzelnes Material sperren möchte, so ist dies über das Orderbuch (Liste der für ein Material vorgesehenen Bezugsquellen in einem bestimmten Zeitraum) möglich.

8.21.3 Anwendung des Prozesses

Wird ein Lieferantenstamm angelegt, so ist eine Kontengruppe zu bestimmen, da die Nummernvergabe dadurch direkt beeinflußt wird. Im gezeigten Beispiel wurde ein Lieferant *DE-001* im Änderungsmodus gezeigt. In diesem Fall existieren bereits zum Lieferanten Buchungskreisdaten, und deshalb ist eine Bestimmung der Kontengruppe nicht mehr erforderlich. Im Einstiegsbild wird zur Eingabe der Einkaufsorganisation das Selektionsfenster mit der Auswahl der Nummer *0001* aufgeblendet.

Die Ankreuzfelder zu den allgemeinen Daten Anschrift, Steuerung und Zahlungsverkehr wurden nicht markiert, d. h. es wird in diesem Fall ausschließlich eine Pflege der Einkaufsdaten und Partnerrollen vorgenommen.

Wird ein Lieferantenstammsatz neu angelegt, so kann zusätzlich auf dem Einstiegsbild eine Vorlage eines bestehenden Stammsatzes vorgegeben werden, von der dann sämtliche Daten übernommen werden können.

Sind die Einstiegsdaten bestätigt, so erscheint das Einkaufsdatenbild (vgl. Abbildung 8.21-2) mit dem Namen und Ort des Lieferanten und der zugehörigen Einkaufsorganisation im Anzeigemodus. Eingabebereit sind die Datenblöcke der Lieferantenkonditionen, Verkaufs- und Steuerungsdaten.

Die Zahlungskonditionen sind im Customizing eingestellt und durch Codes bereitgestellt. Es wurde in der Modellfirma A die Zahlungskondition *ZB01* eingestellt, d. h. für 14 Tage 3% Skonto. Diese Zahlungskondition wird als Vorschlagswert in die Einkaufsbelege der kommenden Prozesse (vgl. Kapitel 8.24 und im speziellen Abbildung 8.24-2) übernommen und im Rechnungsbeleg fixiert. Für die Lieferkonditionen sind zur Eingabe die Incoterms vorgeschlagen, die eine internationale Norm darstellen (vgl. zur Definition der Incoterms Seite 516). Die Vorgabe einer Mindestbestellmenge veranlaßt das R/3-System dazu, daß bei der Durchführung des Prozesses Bestellungsbearbeitung (vgl. Kapitel 8.22) bei Unterschreitung der definierten Menge eine Meldung erzeugt wird. Über das Customizing in Verbindung mit Benutzerparametern läßt sich diese Meldung in der Art einer Warnung oder Fehlermeldung steuern. Das Feld *Steuerung Preisdatum* im Eingabeblock der Konditionen ist ein Kann-Feld und steuert je nach Datum die Preisermittlung, z. B. das Bestelldatum oder das Lieferdatum. Für den Einkäufer im operativen Alltag eignet sich die Speicherung der Daten der Verkäufernamen und der Telefonnummern sehr gut. Die restlichen Steuerdaten dienen ebenfalls als Vorschlagswerte für nachfolgende Einkaufsbelege, außer dem ABC-Kennzeichen, das die Lieferanten klassifiziert. So kann z. B. für die an eine Bestellung möglicherweise anschließende Wareneingangsbearbeitung und Rechnungsbearbeitung die Art der Durchführung im Lieferantenstamm angegeben werden. So kann organisatorisch festgelegt werden, daß eine wareneingangsbezogene Rechnungsprüfung stattfinden soll (vgl. Kapitel 8.22).

In einem weiteren Eingabebildschirm ist es möglich, Partnerrollen zu differenzieren. Keine Seltenheit ist z. B. die Abweichung der Bestelladresse von der Lieferantenadresse oder der des Rechnungsstellers.

8.21.4 Navigationsinformationen

- *Menüpfad*
  Logistik –> Materialwirtschaft –> Einkauf
  Stammdaten –> Lieferant –> Einkauf –> Anlegen
- *Transaktionscode*
  MK01
- *Eingehende Prozeßverbindungen im R/3-Referenzmodell*
  QM Mängelrüge
- *Ausgehende Prozeßverbindungen im R/3-Referenzmodell*
  keine

Kontengruppe
Wenn Sie einen Lieferantenstammsatz anlegen, müssen Sie eine Kontengruppe angeben.
Die Kontengruppe bestimmt die Art der Nummernvergabe, den Nummernbereich, aus dem die Kontonummer zu vergeben ist, mit der das System den Lieferanten identifiziert, ob es sich um CpD-Lieferanten (Einmallieferant) handelt, welche Felder auf dem Bildschirm vorhanden sind, und ob sie ausgefüllt werden können oder müssen, welche Datenhaltungsebenen unterhalb der Einkaufsorganisation erlaubt sind (z. B. Lieferantenteilsortiment), und welche Partnerschemata gültig sind. Wenn der Lieferantenstammsatz angelegt ist, kann die Kontengruppe definitiv nicht mehr geändert werden.

Einkaufslieferbedingungen - Incoterms
Der Begriff *Incoterm* steht für die Bezeichnung International Commercial Terms. Damit sind internationale Regeln für die Auslegung bestimmter Vertragsformeln, die im internationalen Handel gebräuchlich sind, definiert. Sie sind wichtig für die Verteilung der Kosten auf Käufer und Verkäufer und für den Gefahrenübergang. Beispiele für die Incoterms finden Sie auf der Abbildung 8.21-2.

Lieferantennummer
Jeder Lieferantenstammsatz erhält eine eindeutige Nummer (die Kontonummer des Lieferanten für die spätere Buchhaltung - vgl. Kapitel 8.23). Diese Nummer benötigen Sie, um den Stammsatz aufzurufen oder Bestellungen zu erfassen. Die Nummer kann intern oder extern vergeben werden. *Intern* heißt, daß das System sie vergibt; *extern* bedeutet, daß Sie selbst beim Anlegen eine Nummer vergeben. Bei der externen Nummernvergabe sind auch alphanumerische Nummern zugelassen.

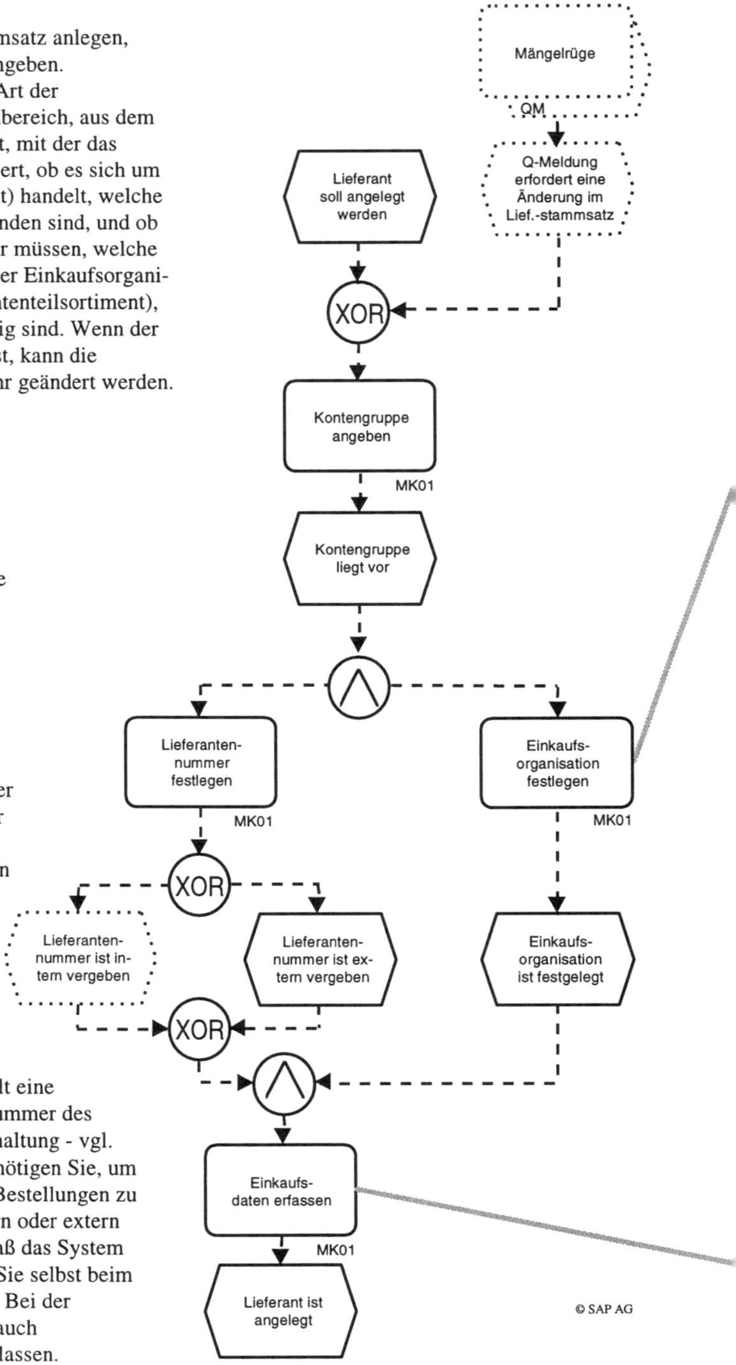

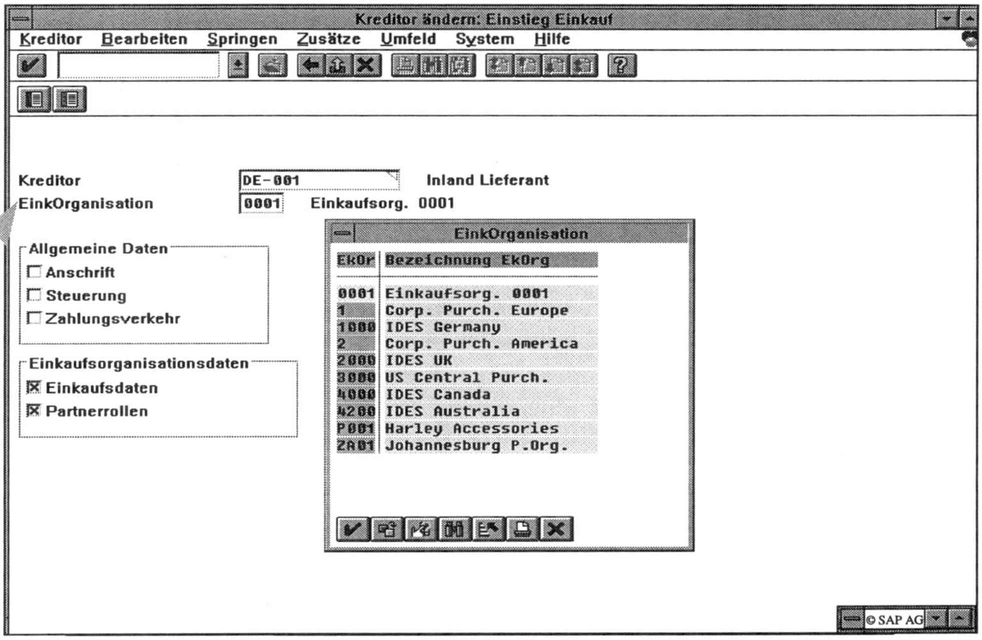

Abb. 8.21-1: Einstiegsbild des Lieferantenstamms

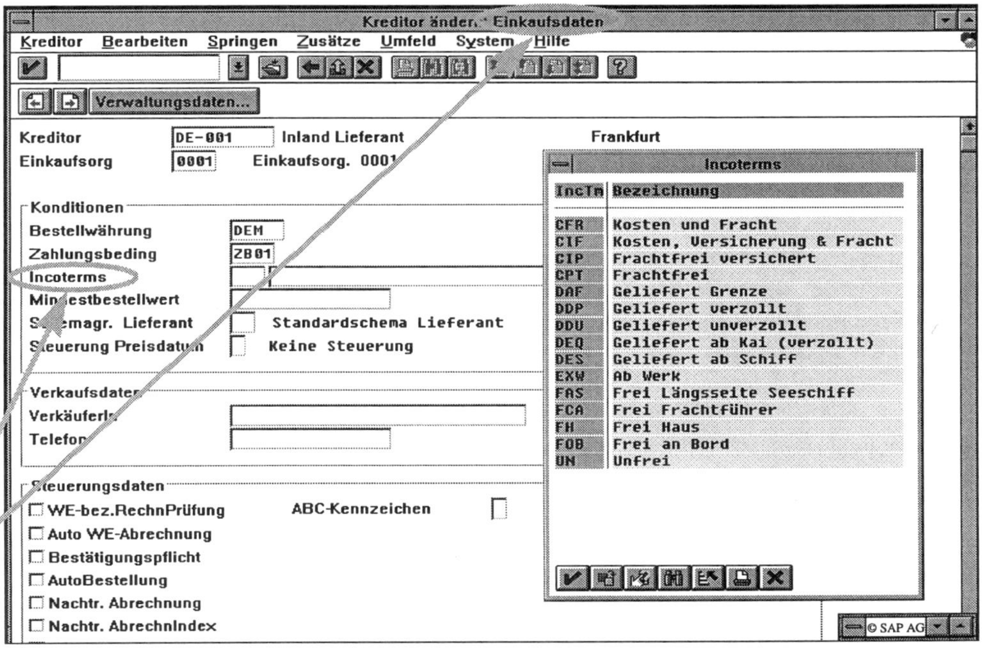

Abb. 8.21-2: Einkaufsdaten des Lieferantenstamms

8.22 Prozeß: Bestellungsbearbeitung

8.22.1 Betriebswirtschaftliche Beschreibung

Aufgrund der Verringerung der Fertigungstiefe, steigender Kosten von Materialressourcen sowie durch die engere Anbindung von Zulieferanten an die Unternehmen zwecks Abbau von Lagerbeständen gewinnt die Planung und Durchführung von Beschaffungsaktivitäten zunehmend an Bedeutung. Der steigende Anteil von Fremdteilen führt darüber hinaus in vielen Unternehmen dazu, daß der Anteil der Materialkosten ein Hauptbestandteil der Herstellungskosten geworden ist und die Ermittlung der optimalen Bestellmengen und Bestellzeitpunkte zu einer zentralen Aufgabe in den Unternehmen wurde. Die *Beschaffung im weiteren Sinne* kann als die Aufgabe angesehen werden, die sich mit der externen Beschaffung von Materialien, Bauteilen oder Endprodukten sowie Betriebsmitteln und Dienstleistungen befaßt. Unter *Beschaffung im engeren Sinne* wird häufig der konkrete Bestellvorgang subsumiert, der in Abhängigkeit der Lieferantenbeziehung einmalig oder auf der Basis von Rahmenverträgen durchgeführt wird (vgl. Arnolds et al 1996, S. 225-261; vgl. Hartmann 1993, S. 460-484; vgl. Melzer-Ridinger 1993, S. 55-74; vgl. Rauh 1992, S. 61-72).

Ausgangspunkt eines Beschaffungs- oder Bestellvorgangs ist häufig eine Anfragebearbeitung, die zum Ziel hat, aus den potentiell in Frage kommenden Lieferanten den optimalen Lieferanten unter Berücksichtigung der Größen *Zuverlässigkeit*, *Lieferbereitschaft*, *Qualitätsgewährleistung* und *Preis* herauszufinden. In der Regel holen die Unternehmen hierzu vor einer Bestellung Angebote ein. Dazu muß zunächst eine Anfrage gestartet werden. Ausgangspunkt zur Durchführung eines Bestellvorgangs ist das Vorliegen eines Bedarfs, der fremd zu beziehen ist. Die Bestellanforderung kann durch die Bedarfsauflösung innerhalb der Bedarfsplanung, durch eine konkrete Anforderung einer Fachabteilung oder durch eine Meldung aus dem Lager bzw. irgend einem anderen Bereich der Produktion erfolgen. Existiert für das zu beschaffende Material ein Lieferant, der die technologisch bedingten Anforderungen an das Material erfüllen kann, so ist unmittelbar mit Vorliegen der Bestellanforderung und ihrer Überprüfung eine Lieferantenanfrage durchführbar. Unter der Voraussetzung, daß die technischen und qualitativen Merkmale des angefragten Lieferteils unverändert sind, werden als wesentliche Größen der Preis, Liefertermin und -menge angefragt. Ist kein Lieferant vorhanden, so muß geprüft werden, welche potentiellen Lieferanten für eine Lieferung in Frage kommen könnten. Sind aus den mit dem Unternehmen in Verbindung stehenden Unternehmen potentielle Lieferanten lokalisiert worden, so sind mittels der Lieferantenbewertung die zuverlässigsten Lieferanten zu bestimmen. Hier ist dann festzulegen, an welche Lieferanten eine Anfrage gesendet werden soll. Ebenso ist natürlich zu prüfen, ob nicht neue Lieferanten für das Unternehmen gewonnen werden können. Hierzu müssen externe Bezugsquellen herangezogen werden. Die Angebotseinholung muß allerdings nicht nur aufgrund einer konkreten Bedarfsanforderung durchgeführt werden, sondern kann auch zur Aktualisierung der Einkaufsinformationen erforderlich sein. Die eingehenden Lieferantenangebote werden erfaßt und ein Angebotsabgleich mit der Anfrage durchgeführt. Im Rahmen der formellen Prüfung wird kontrolliert, inwieweit das Angebot der Anfrage entspricht, vollständig und eindeutig ist. Innerhalb der materiellen Angebotsprüfung werden die Faktoren Preis, Liefertermin, Lieferbedingungen, Qualität, Zahlungsbedingungen usw. analysiert. Durch Vergleich wird das geeignetste Angebot ermittelt, der bzw. die Lieferanten ausgewählt und die Bestellung durchgeführt. Mit der Zusendung der Bestellbestätigung vom Lieferanten ist der Vertrag rechtskräftig, und die in der Bestellung festgehaltenen Liefermodalitäten sind von beiden Vertragsparteien akzeptiert (vgl. Hartmann 1988, S. 384-412).

Mit dem Abschluß des Vertrags wird meistens auch festgelegt, ob ein einmaliger Beschaffungsvorgang geplant ist oder ob die Vertragsparteien eine längerfristige Beziehung eingehen wollen. Während eine einmalige Beschaffung von Materialien bzw. Dienstleistungen zum einen bei Neulieferanten, zum anderen bei unregelmäßigen Bestellungen erfolgt, wird bei wiederholenden Beschaffungsvorgängen mit ausgewählten Lieferanten ein *Rahmenvertrag* abgeschlossen. Ein Beschaffungsrahmenvertrag ist eine für einen definierten Zeitraum festgelegte vertragliche Vereinbarung mit einem Lieferanten (vgl. Kapitel 9.6). Aus Sicht des Unternehmens wird dabei die Verpflichtung eingegangen, eine bestimmte Menge in einem bestimmten Zeitraum zu festgelegten Konditionen abzunehmen. Der Lieferant geht die Verpflichtung ein, zu den entsprechenden Konditionen die vereinbarte Menge in der entsprechneden Qualität zu den gewünschten Terminen zu liefern. Rahmenverträge werden insbesondere zur Unterstützung der *fertigungssynchronen Anlieferung* bzw. zur Realisierung des *Just in Time-Prinzips* abgeschlossen (vgl. Günther 1992, S. 16-24; vgl. Wildemann 1990; vgl. Schulte 1994, S. 189-205). Voraussetzung zur sinnvollen Anwendung ist zum einen ein gut planbares Produktspektrum, zum anderen eine zeitlich einigermaßen homogene Planbarkeit des Produktionsablaufs. Deshalb findet dieses Verfahren häufig bei Unternehmen mit standardisierten bzw. teilstandardisierten Produkten, die in Massen- oder Serienfertigung produziert werden, Anwendung.

Da es aufgrund von unvorhergesehenen Ereignissen innerhalb des Beschaffungsvorganges, d. h. von der Anfrage über die Bestellung bis zum Eintreffen der Ware, immer wieder zu Störungen im Ablauf kommen kann, ist zur Erfüllung der vertraglich vereinbarten Leistungen eine *Bestellüberwachung* notwendig. Zu dieser Bestellüberwachung gehören die Terminüberwachung, die Bestellhistorie und das eventuell notwendige Mahnwesen. Mit Hilfe der Terminüberwachung wird gesteuert, ob der zugesagte Liefertermin eingehalten werden kann, indem zu den definierten Zeitpunkten eine Kontrollanfrage beim Lieferanten über dessen Produktionsstatus gemacht wird. Erfolgt die Lieferung nicht zu dem vereinbarten Termin, kann eine Mahnung erfolgen oder z. B. bei existierenden Rahmenverträgen eine Konventionalstrafe fällig sein. Mit der Angabe der Bestellhistorie kann der Einkäufer verschiedene Informationen zu einer Bestellung festhalten, wie z. B. vorhandene Bestellbestätigungen, gemeldete Terminverzögerungen, offene Bestellungen, stornierte Bestellungen oder angemahnte Lieferungen.

8.22.2 SAP-spezifische Beschreibung

Die Bestellung besteht aus einem Belegkopf und Positionen. Werden auf Bestellkopfebene Daten eingetragen, so beziehen sich die Informationen auf die gesamte Bestellung. Die Zahlungs- und Lieferbedingungen sind beispielsweise Bestandteil des Belegkopfs. Positionen einer Bestellung enthalten die für die bestellte Ware oder Dienstleistung spezifischen Daten, wie Positionstyp, Konditionstyp, Materialnummer, Materialkurztext, Menge, Warengruppe, Liefertermin, Preis und Werk. Über den Positionstyp wird gesteuert, ob das Material der Bestellposition eine Materialnummer erfordert, eine Kontierung verlangt, lagerhaltig geführt werden soll oder einen Wareneingang (WE) und/oder einen Rechnungseingang (RE) erfordert. Es ist möglich, die Kosten einer Bestellung auf eine Kostenstelle oder auf einen Kundenauftrag zu kontieren. Der Kontierungstyp bestimmt den Typ der Kontierung, z. B. Kostenstelle bzw. Kundenauftrag, welche Konten bei Buchung der Rechnung oder des Wareneingangs zu belasten sind und welche Kontierungsdaten bereitgestellt werden müssen. Zusätzlich können pro Position Informationen wie zeitgenaue Liefereinteilungen und positionsbezogene Texte erfaßt werden (vgl. SAP – Materialwirtschaft 1996, S. 5.6-5.9).

Beim Anlegen einer Bestellung kann der Sachbearbeiter im Einkauf *Bezug* auf eine Bestellanforderung nehmen. Er kann Bestellanforderungen aus einer Auswahlliste selektieren und daraus Bestellpositionen generieren. Das Ziel einer Bestellabwicklung ist es, Bestellungen mit möglichst geringem Aufwand zu bearbeiten (vgl. Abbildung 8.22-1).

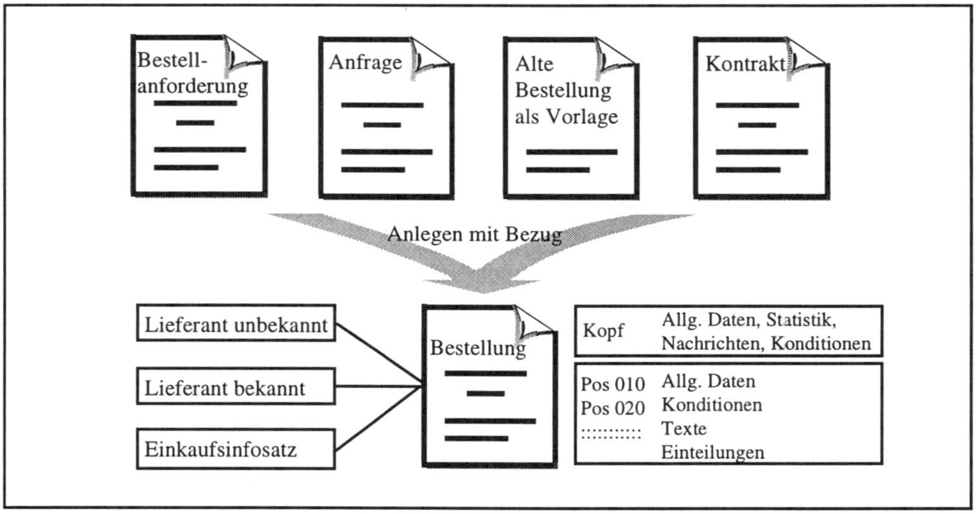

Abb. 8.22-1: Möglichkeiten zum Erzeugen einer Bestellung

Beim Anlegen von Bestellungen stehen drei Möglichkeiten zur Wahl:

- *Lieferant bekannt*
  Der Einkäufer wählt diese Verfahren, wenn er weiß, bei welchem Lieferanten er bestellen möchte.
- *Lieferant unbekannt*
  Nachdem die zu bestellenden Positionen erfaßt sind, werden mögliche Lieferanten für die einzelnen Positionen vom System ermittelt und vorgeschlagen.

- *Zugeordnete Bestellanforderung vorhanden*
  Mit diesem Verfahren werden Bestellanforderungen nach Einkäufergruppe aufgelistet, die bereits einem Lieferanten zugeordnet wurden, d. h. die Bestellanforderungen, die einen Lieferanten, Rahmenvertrag bzw. Einkaufsinfosatz als eine Bezugsmöglichkeit enthalten. Der *Einkaufsinfosatz* kann für den Einkauf eine wichtige Informationsquelle sein. Er stellt die Beziehung zwischen einem Lieferanten und einem Material oder einer Dienstleistung her. Er enthält z. B. die Preise und Konditionen eines Lieferanten für ein Material.

8.22.3 Anwendung des Prozesses

Auf dem *Einstiegsbild* der Bestellung erzeugen Sie einen Bezug zur existierenden Bestellanforderung *0010002220*. Der Lieferant *DE-001* wird automatisch vom System gezogen. Im Beispiel der Modellfirma wird die gängige Belegart NB gezeigt, die automatisch vom System eingetragen wurde. Die beiden organisatorischen Felder *Einkaufsorganisation* mit dem Eintrag *0001* und die *Einkäufergruppe* mit dem Wert *090* wurden ebenfalls automatisch vom System vorgegeben, allerdings speziell über den Benutzerstamm parametrisiert. Bestätigen Sie die Einstiegsdaten mit der Eingabetaste, so gelangen Sie auf das Bildschirmbild der Bestellpositionen. Die Position 10 mit dem Material *DPC1014* ist ein Lagermaterial (Positionstyp enthält keine Eintragung). Die Bestellmenge mit dem Nettopreis, die automatisch aus der Bestellanforderung übernommen worden ist, wird nicht abgeändert und so akzeptiert. Zur Bestellung ist eine Fortschreibung in einen Einkaufsinfosatz geplant, deshalb die Angabe *A* im Feld *InfoUpdate*. Wichtig auf dem Positionsbild ist die Einstellung der Steuerfelder *WE*, *WE-unbew*, *RE* und *WE-bez.RP*. Das erste Feld steuert, ob es einen Wareneingang gibt. In Kombination mit dem zweiten Feld kann ein Wareneingang später unbewertet durchgeführt werden. Das weitere Feld *RE* steuert später den Rechnungseingang mit Bestellbezug, oder Sie bevorzugen eine wareneingangsbezogene Rechnungsprüfung mit der Markierung des letzten Steuerfelds *WE-bez. RP* (vgl. Abbildung 8.22-5). Die beiden Menütasten *Einteilungen* und *Konditionen* im oberen Positionsbild ermöglichen Ihnen eine Einteilung der Liefertermine und eine Ergänzung des Preises mit Bezugsnebenkosten (vgl. Abbildung 8.22-4), wie *Fracht* und *Zoll*.

8.22.4 Navigationsinformationen

- *Menüpfad*
  Logistik -> Materialwirtschaft -> Einkauf -> Bestellung -> Anlegen -> Lieferant bekannt

- *Transaktionscode*
  ME21, ME23, ME25, ME51, ME90

- *Eingehende Prozeßverbindungen im R/3-Referenzmodell*
  Lieferantenangebotsbearbeitung, Bestellanforderungsbearbeitungzuordnung

- *Ausgehende Prozeßverbindungen im R/3-Referenzmodell*
  Bestellüberwachung, Infosatzbearbeitung, Statusanalyse

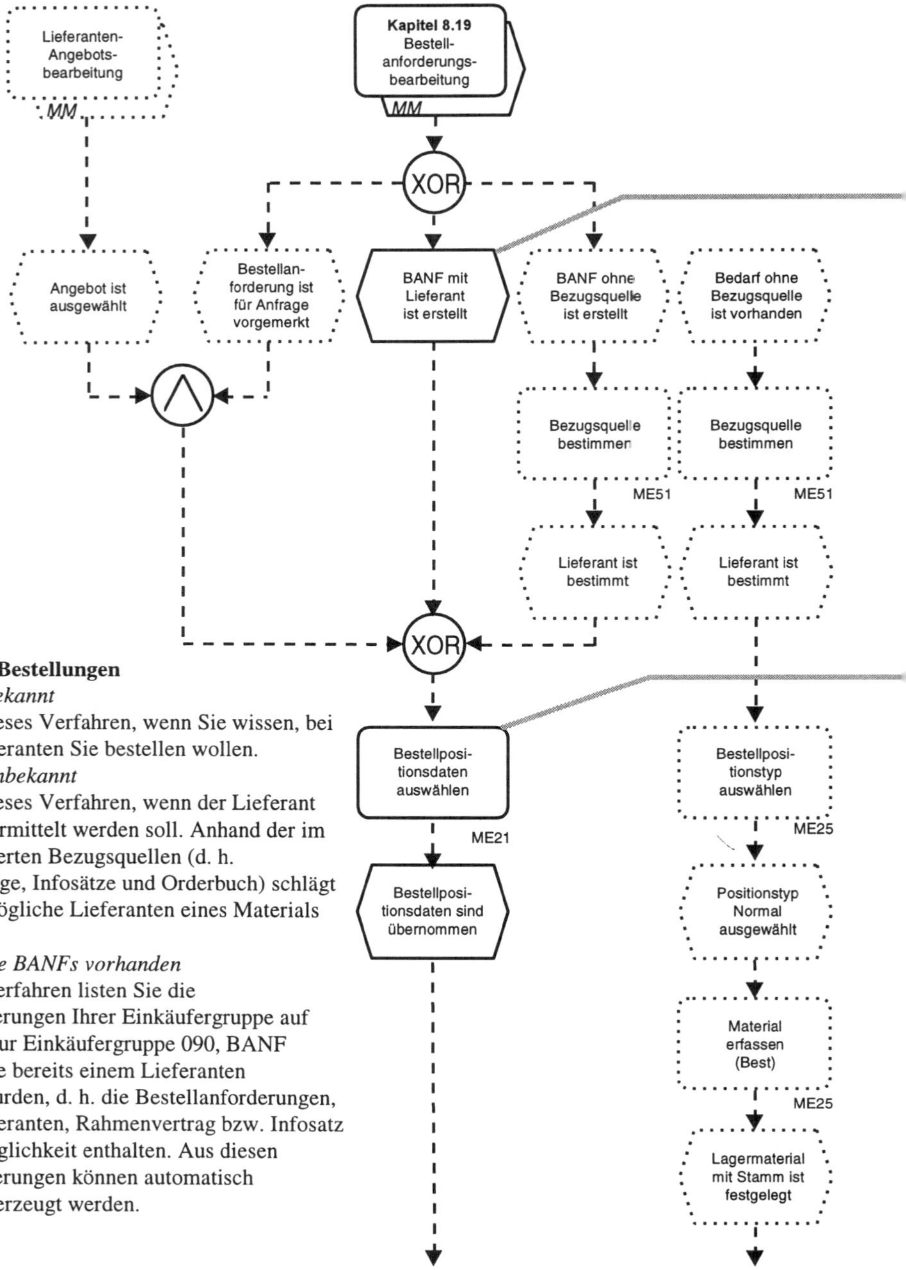

Anlegen von Bestellungen

1. Lieferant bekannt

Sie wählen dieses Verfahren, wenn Sie wissen, bei welchem Lieferanten Sie bestellen wollen.

2. Lieferant unbekannt

Sie wählen dieses Verfahren, wenn der Lieferant vom System ermittelt werden soll. Anhand der im System definierten Bezugsquellen (d. h. Rahmenverträge, Infosätze und Orderbuch) schlägt das System mögliche Lieferanten eines Materials vor.

3. Zugeordnete BANFs vorhanden

Mit diesem Verfahren listen Sie die Bestellanforderungen Ihrer Einkäufergruppe auf (im Beispiel zur Einkäufergruppe 090, BANF 10002220), die bereits einem Lieferanten zugeordnet wurden, d. h. die Bestellanforderungen, die einen Lieferanten, Rahmenvertrag bzw. Infosatz als Bezugsmöglichkeit enthalten. Aus diesen Bestellanforderungen können automatisch Bestellungen erzeugt werden.

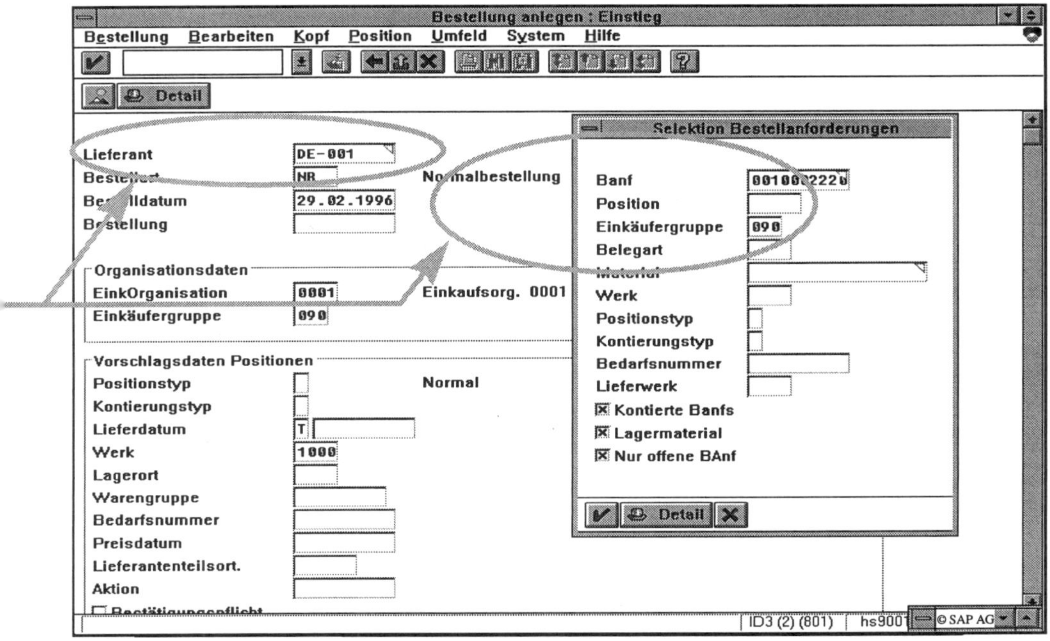

Abb. 8.22-2: Bestellung mit Vorlage einer BANF

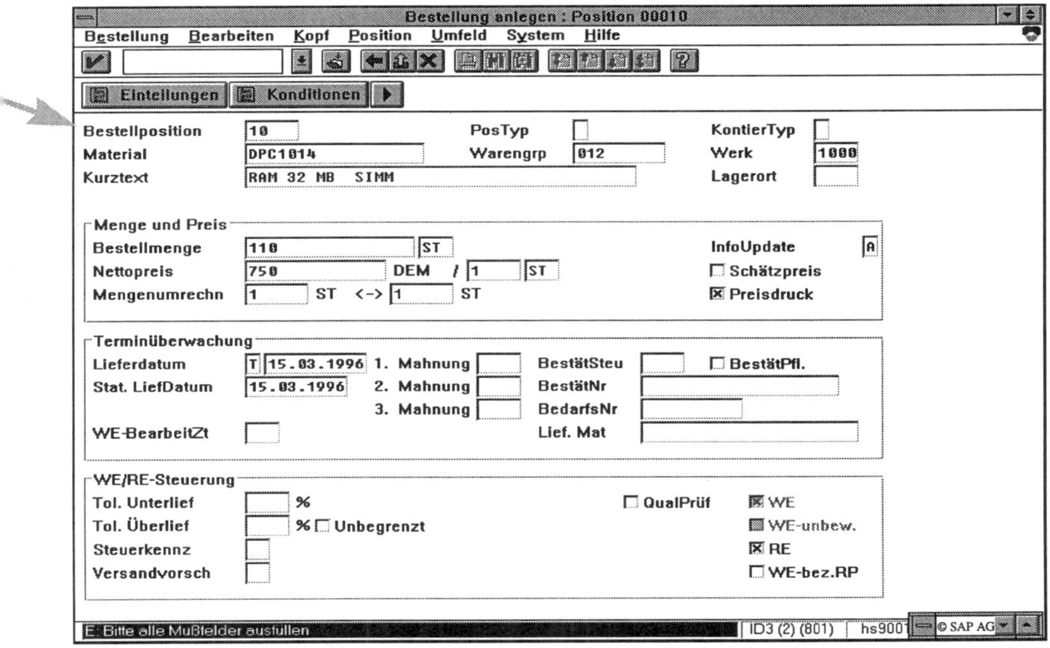

Abb. 8.22-3: Bestellpositionsdaten

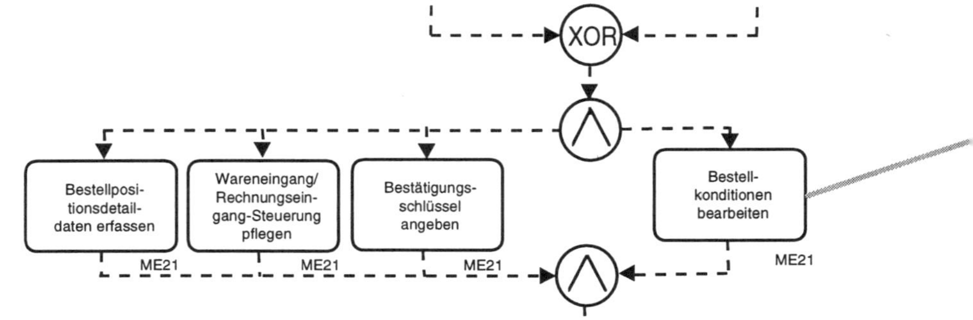

Konditionen bei Bestellungen
Rabatte, Zuschläge und Bezugsnebenkosten erfassen Sie als Konditionen für eine einzelne Position (Positionskonditionen) oder einen ganzen Beleg (Kopfkonditionen). Anhand der hier angegebenen Beträge ermittelt das System automatisch den Effektivpreis der Bestellung. In der Regel werden die preisrelevanten Faktoren aus dem Einkaufsinfosatz vorgeschlagen. In diesem Beispiel wurde eine zusätzliche Kondition "FRA1" für Fracht prozentual als Zuschlag aufgenommen. Es gibt verschiedene Preisarten in einem Kalkulationsschema, der Brutto- bzw. Nettopreis und der Effektivpreis. Der Bruttopreis ist ohne und der Nettopreis mit Berücksichtigung der Zu- und Abschläge. Der Effektivpreis ermittelt sich aus dem Nettopreis abzüglich Bezugsnebenkosten, Skonto und neutraler Rückstellungen.

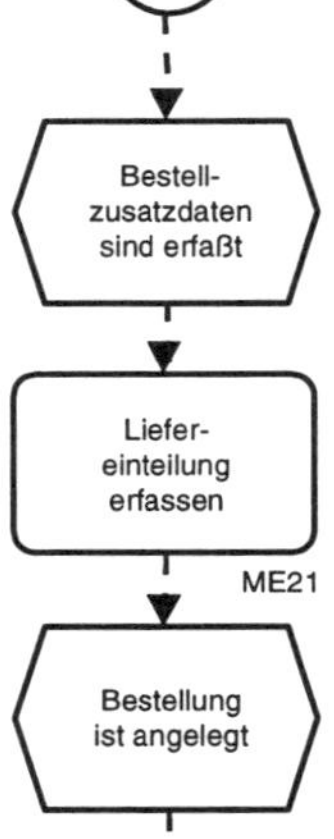

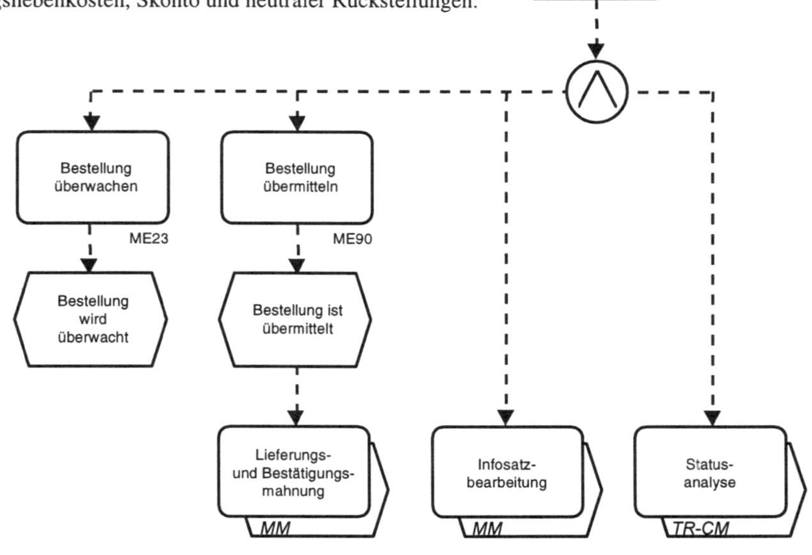

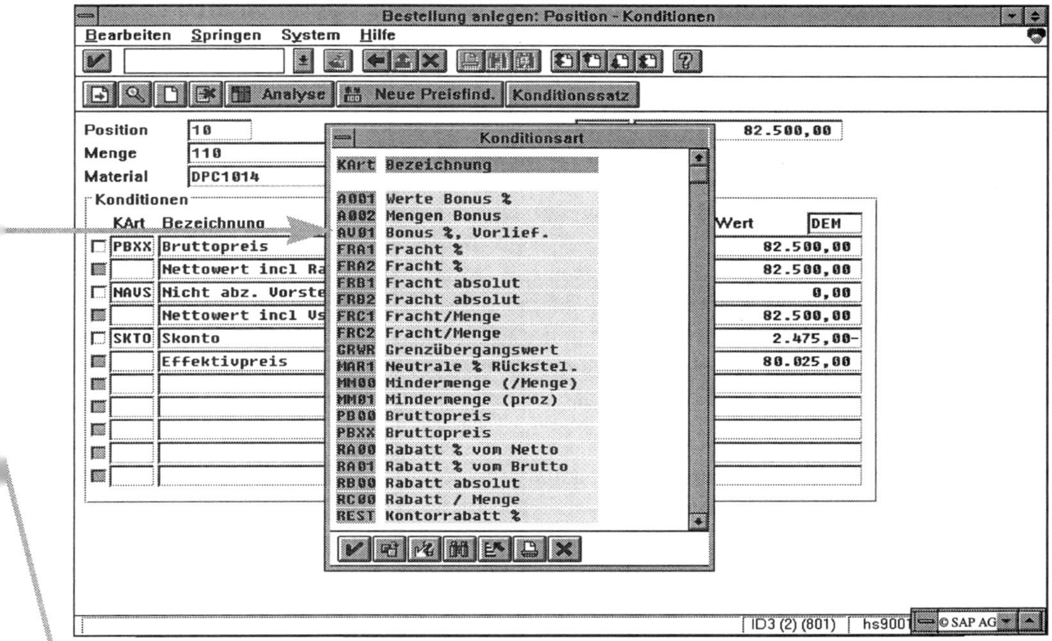

Abb. 8.22-4: Bestellkonditionen

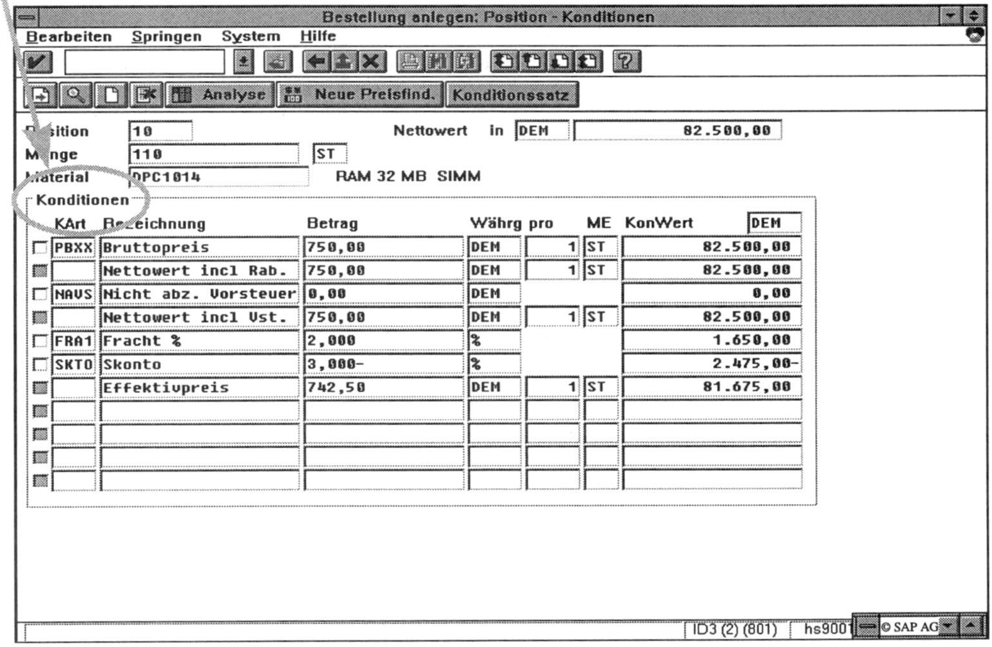

Abb. 8.22-5: Bestellkonditionen im Kalkulationsschema

8.23 Prozeß: Kreditorenstammbearbeitung

8.23.1 Betriebswirtschaftliche Beschreibung

Als Kreditoren werden die Lieferanten eines Unternehmens aus Sicht der Finanzbuchhaltung bezeichnet. Die Internationalisierung der Unternehmen erfordert zum einen, daß unterschiedliche monetäre und fiskalische Aspekte berücksichtigt werden, zum anderen erfordern unterschiedliche Unternehmenstypen und Geschäftsbeziehungen die Abwicklung verschiedenster Zahlungsvorgänge. Ist ein Unternehmen z. B. im Anlagengeschäft tätig, so muß es häufig dem Lieferanten eine Anzahlung leisten, bevor dieser mit der Produktion des zu liefernden Produkts beginnt. Kauft ein Unternehmen bei verschiedenen Lieferanten sporadisch ein, so führt es kein Kreditorenkonto für jeden Lieferanten, sondern ein sogenanntes, gemeinsames CPD-Konto zur Abwicklung der Zahlungsvorgänge.

Der Kreditorenstammsatz ist ein zentrales Hilfsmittel zur Unterstützung der Abwicklung und Verwaltung von buchhalterischen Geschäftsvorgängen in der Finanzwirtschaft. Da Geschäftsvorgänge aus rechtlichen Gründen heraus über Konten gebucht werden müssen, ist es erforderlich, zu jedem Konto, z. B. Debitorenkonto oder Kreditorenkonto, einen entsprechenden Stammsatz anzulegen. Dieser Stammsatz muß zur Abwicklung unterschiedlicher Geschäftsvorgänge aufbauend auf dem vorliegenden Buchungsvorgang die Verarbeitung unterschiedlicher Buchungsdaten steuern. So kann es z. B. erforderlich sein direkt aus der Lieferung heraus, nach der Wareneingangskontrolle oder aufgrund der eingegangenen Rechnung, eine Zahlung anzustoßen, d. h. zunächst eine Verbindlichkeit an den Kreditor zu buchen und diese anschließend über eine Zahlungsprogramm zu regulieren. Neben der Unterstützung unterschiedlicher Buchungsvorgänge können für die einzelnen Lieferanten auch unterschiedliche Zahlwege erforderlich sein. Neben den gängigen Verfahren der Überweisung und Scheckzustellung sind auch länderspezifische Zahlverfahren, wie z. B. Point of Sale, Kreditkartenverfahren und die unter Umständen unterschiedlichen Abrechnungsmodalitäten, zu berücksichtigen.

Während für längerfristige Lieferanten ein gemeinsamer Stammsatz zur Ablage von Lieferanten- und Kreditorendaten, wie z. B. Name, Adresse, Bankverbindungen, Zahlwege und Zahlungsbedingungen (vgl. Kapitel 8.21) aufgebaut wird, werden bei CPD-Kunden Adreß- und Bankdaten bei der Abwicklung einer Rechnung oder Gutschrift mitgegeben.

8.23.2 SAP-spezifische Beschreibung

Da der Lieferant in der Buchhaltung zugleich als kreditorischer Geschäftspartner des Unternehmens gilt, enthält der Lieferantenstammsatz auch buchhalterische Daten, wie z. B. das Abstimmkonto der Hauptbuchhaltung.

Der Stammsatz enthält Daten, die den Buchungsvorgang und die Verarbeitung der Buchungsdaten steuern. Zusätzlich legt man alle Daten im Kreditorenstammsatz ab, die für für die Geschäftsverbindung zum Kreditor benötigt werden. Der Stammsatz wird sowohl von der Buchhaltung als auch von der Materialwirtschaft (vgl. Kapitel 8.21) eines Unternehmens benutzt. Die zentrale Speicherung der Kreditorenstammdaten und die gemeinsame Nutzung haben den Vorteil, daß Daten nicht mehrfach eingegeben werden müssen. Durch die *zentrale Verwaltung* der Stammdaten werden außerdem unterschiedliche Datenstände vermieden. Wenn sich beispielsweise die Adresse eines Kreditors geändert hat, muß man diese Änderung nur einmal erfassen, und sowohl die Buchhaltung als auch die Einkaufsabteilung arbeitet mit den aktuellen Daten. Im Kreditorenstammsatz sind beispielsweise Name, Adresse, Sprache und Telefonnummer des Kreditors, Steuernummern, Bankverbindungen, Kontosteuerungsdaten sowie die Nummer des Abstimmkontos in der Hauptbuchhaltung enthalten (vgl. SAP – Personenkonten 1996, S. 4.1-4.26).

Unabhängig von der Art des Lieferanten ist zum Zwecke der Bilanzerstellung die Angabe des zugehörigen *Abstimmkontos* bei einer Buchung erforderlich. Dadurch wird gewährleistet, daß eine entsprechende Buchung auf einem Nebenkonto, z. B. Kreditorenbuchhaltung, konsistent in der Hauptbuchhaltung mitgeführt wird. Somit sind jederzeit direkt die Verbindlichkeiten aus Lieferungen und Leistungen als kumulierte Werte ersichtlich. Abstimmkonten sind Hauptbuchkonten, die als Saldo immer die Summe der Salden aus den Nebenbuchkonten aufweisen. Sie unterstützen somit die Integration und Konsistenz von Neben- und Hauptbuchhaltung. Beispiele für Abstimmkonten sind Inlandsverbindlichkeiten, Auslandsverbindlichkeiten oder Verbindlichkeiten an verbundene Unternehmen. In jedem Kreditorenstammsatz ist ein Abstimmkonto anzugeben (vgl. 8.23-7). Über das Abstimmkonto werden zusätzlich Vorgaben getroffen, wie z. B. die Gestaltung der Bildschirmbilder (vgl. Abbildung 8.23-1).

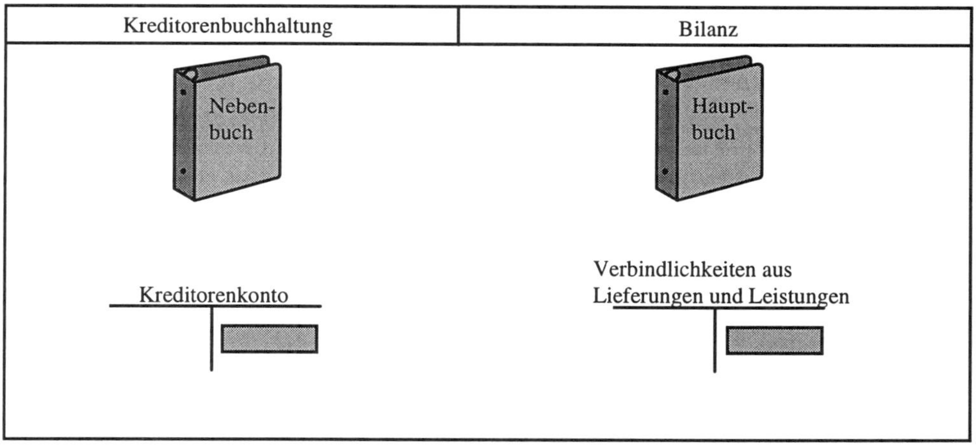

Abb. 8.23-1: Aufgaben des Abstimmkontos

Die Bildschirmbilder zum Erfassen und Pflegen der Kreditorenstammdaten können firmenspezifisch im Customizing angepaßt werden, abhängig von der Art der Daten, die Sie über Ihre Kreditoren ablegen (vgl. Abbildung 8.23-2). Für den Kreditorenstamm ist die Festlegung des Feldstatus für das Abstimmkonto eine Muß-Parametrisierung. Der Status der Felder eines Bildschirmbilds wird durch den Systemverwalter festgelegt. Ein Feld kann folgende Zustände annehmen:

- eingabebereit (Kannfeld)
- Eingabe erforderlich (Mußfeld)
- nur angezeigt (Anzeigefeld)
- ausgeblendet

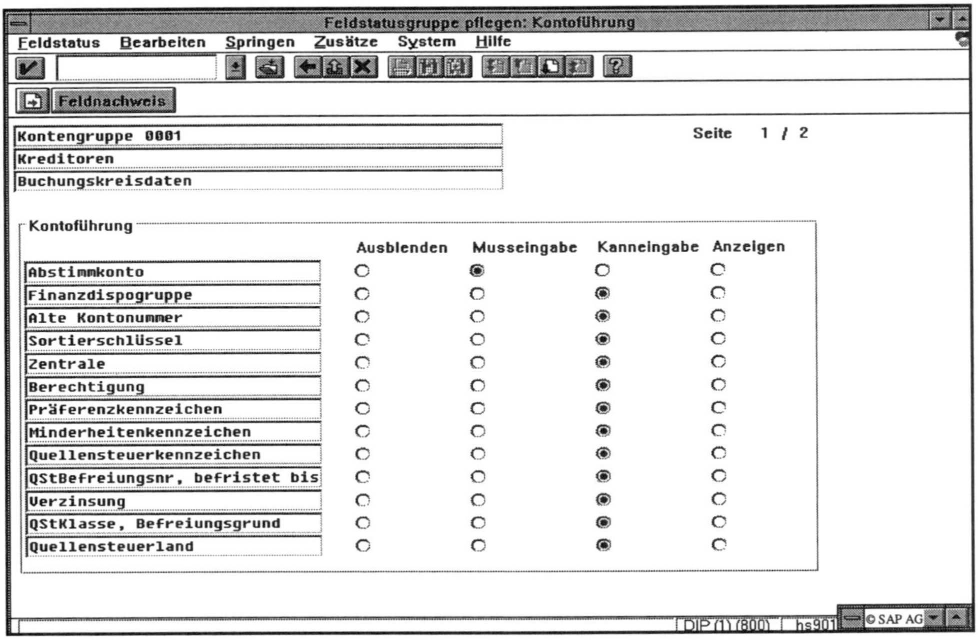

Abb. 8.23-2: Status der Felder für den Kreditorenstamm – Customizing

Die Kontengruppe, z. B. *0001* der Abbildung 8.23-1, bestimmt den Feldstatus für alle möglichen Felder eines Kreditorenstammsatzes. Die Kontengruppe müssen Sie beim Anlegen eines Stammsatzes angeben.

Entsprechend der Organisation der Stammdaten können die Berechtigungen für die Pflege vergeben werden. So kann beispielsweise ein Mitarbeiter der Finanzabteilung Kreditorendaten pflegen, aber für die Einkaufsdaten nur Anzeigerechte besitzen.

8.23.3 Anwendung des Prozesses

Werden Stammdaten von der Einkaufsabteilung und der Finanzabteilung erfaßt, so ist zu Beginn über die Matchcodetechnik zu überprüfen, ob der allgemeine Teil des Lieferantenstamms oder Kreditorenstamms schon existent ist. Dadurch kann eine redundante Erfassung der Stammdaten vermieden werden. Auf dem Einstiegsbild der Kreditorenstammbearbeitung wird die Nummer bei einer externen Vergabe eingegeben. Das Beispiel der Modellfirma A bezieht sich auf einen Kreditor *1000* im Buchungskreis *1000*. Werden danach alle Ankreuzfelder auf dem Einstiegsbild markiert, so werden alle Eingabemasken zum Kreditorenstamm nacheinander aufgerufen (vgl. Abbildung 8.23-3).

Wenn ein Geschäftspartner als Kreditor und Debitor geführt wird, können Sie die offenen Posten durch das Zahlungs- und das Mahnprogramm miteinander verrechnen. Sie können die Debitorenpositionen auswählen, wenn Sie die Kreditorenpositionen des Kontos anzeigen. Eine Verrechnung ist aber nur möglich, wenn Sie auf der Eingabemaske *Steuerung* den Debitor angeben, der gleichzeitig auch als Kreditor geführt wird. Auf dem Eingabebildschirm *Zahlungsverkehr* können Sie mehrere Bankverbindungen eintragen. Ein wichtiges Feld im Zahlungsverkehr kann der *abweichende Zahlungsempfänger* sein. Die Zahlungen laufen dann an die Adresse bzw. über die Bankverbindung dieses Kreditorenkontos (vgl. Abbildung 8.23-5).

Zu den allgemeinen Daten zählen die Anschrift und die Daten für die Telekommunikation, wie Telefon, Telefax und Datenleitung (vgl. Abbildung 8.23-6).

Zu den Buchungskreisdaten gehören firmenspezifische Festlegungen zum Zahlungsverkehr, zum Mahnwesen (vgl. Abbildung 8.23-8) und zur Korrespondenz. Es finden sich hier z. B. die vereinbarten Zahlungsbedingungen und Zahlungsverfahren (Scheck, Überweisung und Wechsel). Außerdem wird durch die Angabe des Abstimmkontos *16000* (Verbindlichkeiten) die Verbindung zum Hauptbuch hergestellt.

8.23.4 Navigationsinformationen

- *Menüpfad*
  Logistik -> Materialwirtschaft -> Einkauf -> Stammdaten -> Lieferant -> Zentral -> Anlegen

- *Transaktionscode*
  FK01

- *Eingehende Prozeßverbindungen im R/3-Referenzmodell*
  Kreditorrechnungsvorerfassung
  Kreditorrechnungsbearbeitung

- *Ausgehende Prozeßverbindungen im R/3-Referenzmodell*
  Kreditorrechnungsvorerfassung
  Kreditorrechnungsbearbeitung

Kontengruppe
Die Kontengruppe bestimmt zum Beispiel die Art der Nummernvergabe, einen Nummernbereich für die Vergabe der Kontonummer, und welche Felder auf den Bildschirmbildern vorhanden sind. Wenn Sie einen Stammsatz anlegen, müssen Sie eine Kontengruppe angeben. Sie kann nach dem Anlegen des Stammsatzes nicht mehr geändert werden. Die oben genannten Festlegungen zur Kontengruppe können jedoch durch den Systemverwalter geändert werden. Dies kann erforderlich sein, wenn Sie Felder hinzufügen wollen, die bisher im Stammsatz ausgeblendet waren. Wenn Sie mit interner Nummernvergabe arbeiten, wird die Nummer vom System vergeben, sobald Sie den Kreditorenstammsatz sichern. Bis dahin erscheint das Wort "INTERN" anstelle der Kontonummer auf dem Bildschirmbild. Wenn Sie mit externer Nummernvergabe arbeiten, geben Sie die Kontonummer des Kreditors ein.

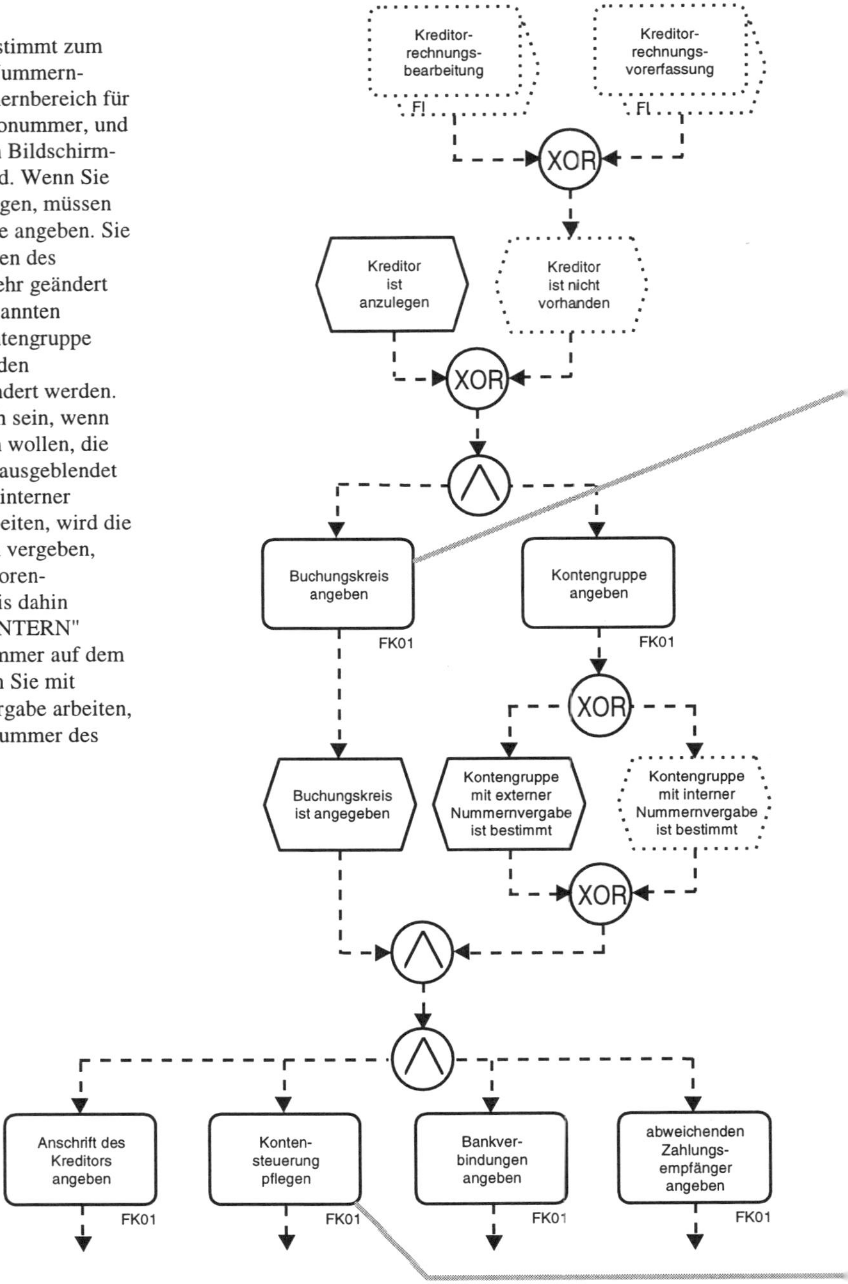

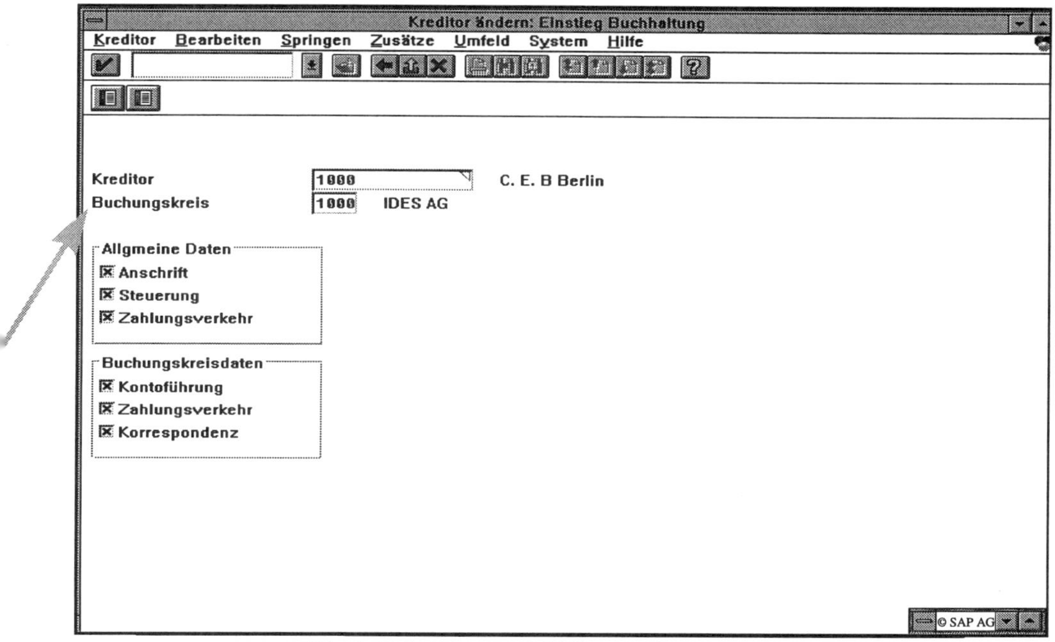

Abb. 8.23-3: Einstiegsbild des Kreditorenstamms

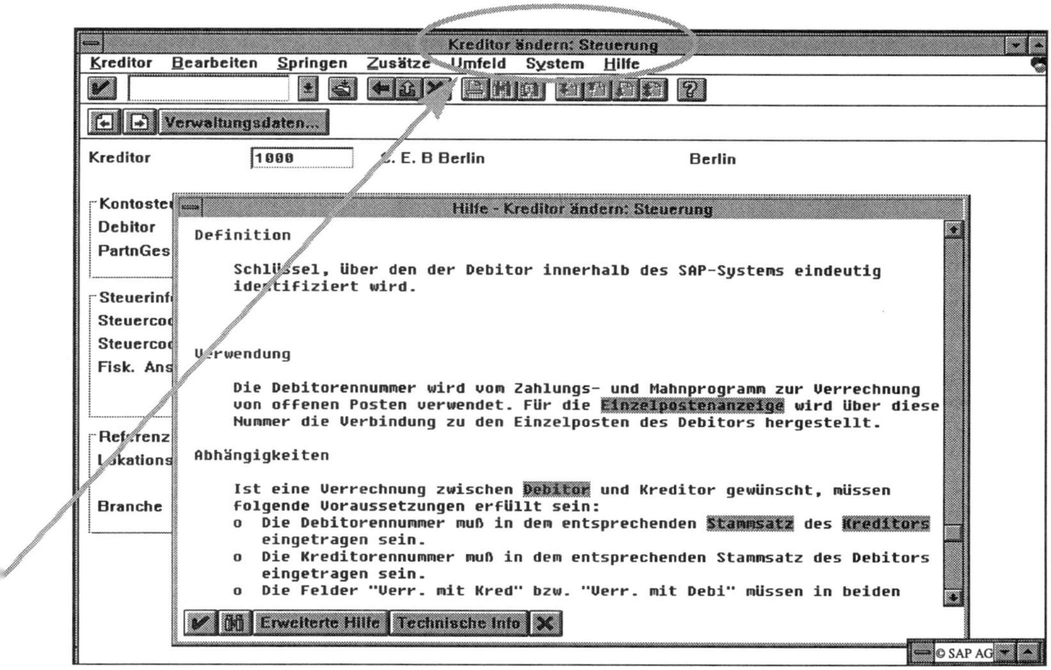

Abb. 8.23-4: Kontosteuerung des Kreditors

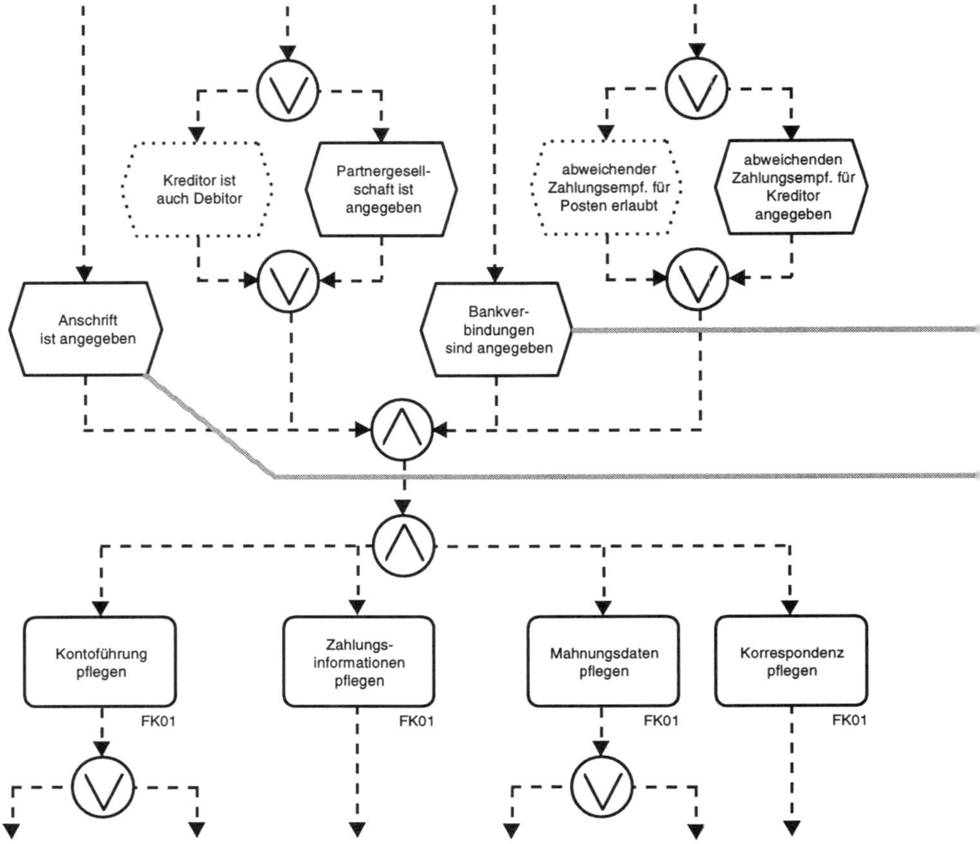

Partner
Der Geschäftspartner Lieferant kann gegenüber dem Unternehmen in verschiedenen Rollen auftreten. So ist ein Lieferant zum Beispiel während eines Beschaffungsvorgangs zuerst der Bestellempfänger des Unternehmens, dann der Warenlieferant, der Rechnungssteller und schließlich der Zahlungsempfänger. Dabei ist es möglich, daß eine oder mehrere dieser Rollen auf abweichende Lieferantenstammsätze verweisen.
Aus diesem Grund können dem Lieferanten mehrere Partnerrollen zugewiesen werden. Die abweichenden Daten werden bei den zugehörigen logistischen und buchhalterischen Folgefunktionen verwendet.

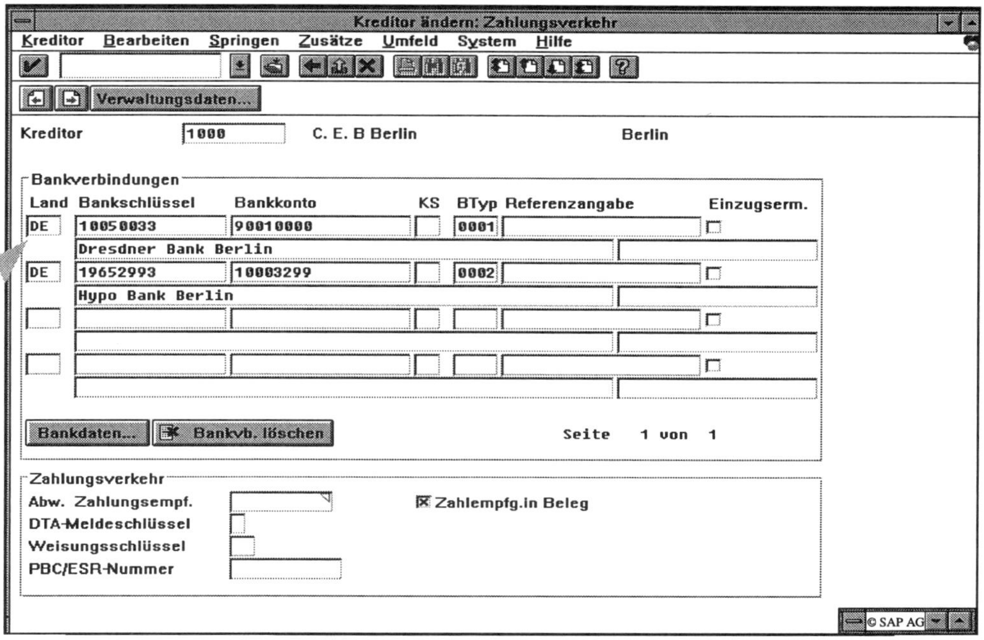

Abb. 8.23-5: Zahlungsverkehr des Kreditors

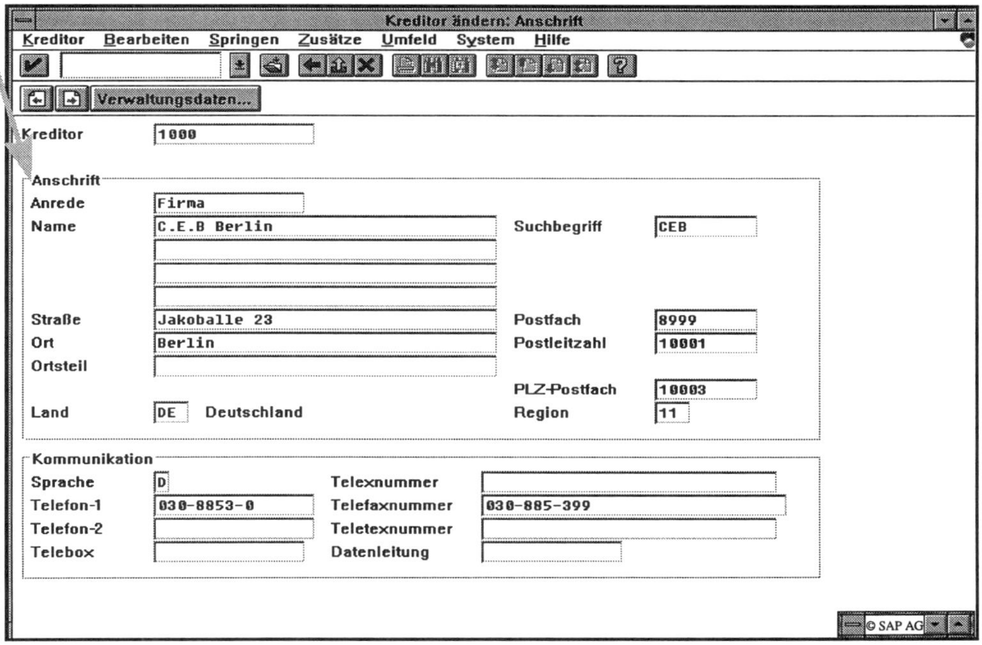

Abb. 8.23-6: Anschrift des Kreditors

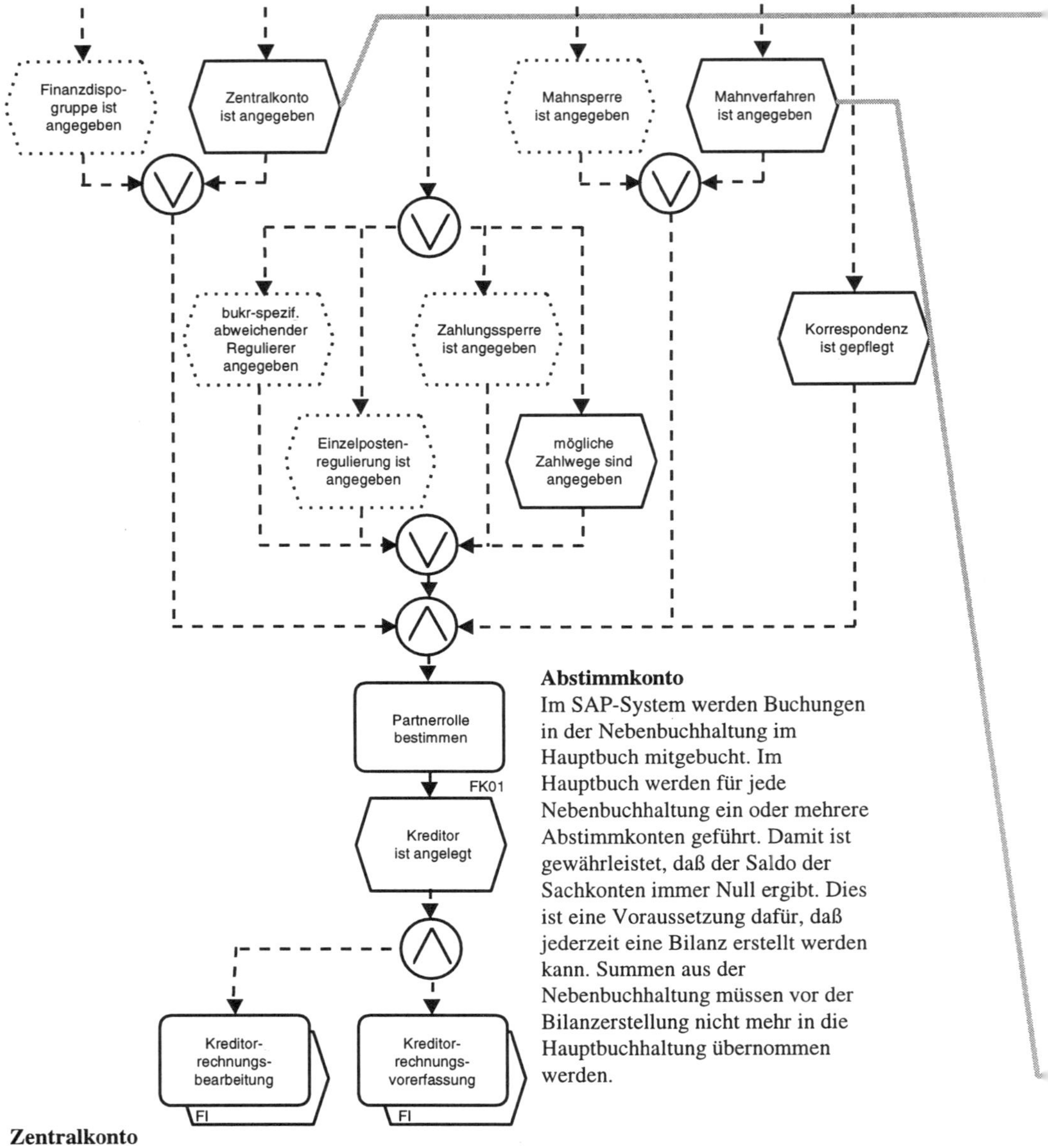

Abstimmkonto
Im SAP-System werden Buchungen in der Nebenbuchhaltung im Hauptbuch mitgebucht. Im Hauptbuch werden für jede Nebenbuchhaltung ein oder mehrere Abstimmkonten geführt. Damit ist gewährleistet, daß der Saldo der Sachkonten immer Null ergibt. Dies ist eine Voraussetzung dafür, daß jederzeit eine Bilanz erstellt werden kann. Summen aus der Nebenbuchhaltung müssen vor der Bilanzerstellung nicht mehr in die Hauptbuchhaltung übernommen werden.

Zentralkonto
In einigen Branchen verkaufen die Filialen einer Firma selbständig, die Buchhaltung wird aber zentral geführt. Mit Hilfe der Zentral- und Filialkonten können Sie diese Struktur im System abbilden. Dazu müssen Sie Filial- und Zentralkonten anlegen. Die Auftragsverwaltung erfolgt über das Filialkonto. Die Umsatz- und Verkehrszahlen werden jedoch nicht auf das Filialkonto, sondern automatisch vom System auf das Zentralkonto gebucht. Der Zahlungsausgleich erfolgt zentral, dadurch können Zahlungsausgänge für mehrere Filialen auf dem Zentralkonto in einem Arbeitsschritt erfolgen.

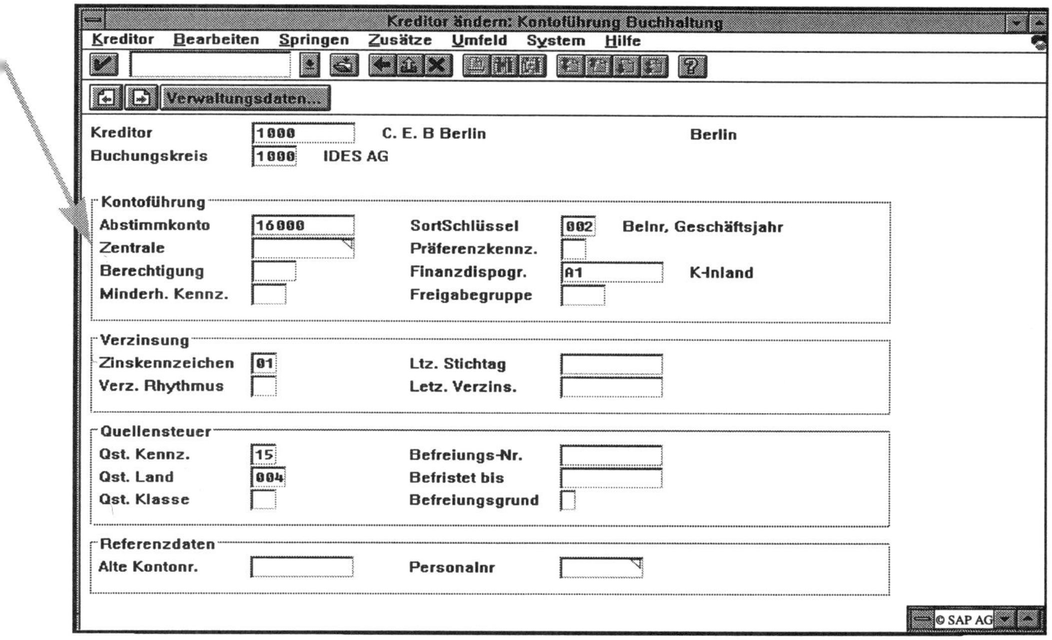

Abb. 8.23-7: Kontoführung des Kreditors

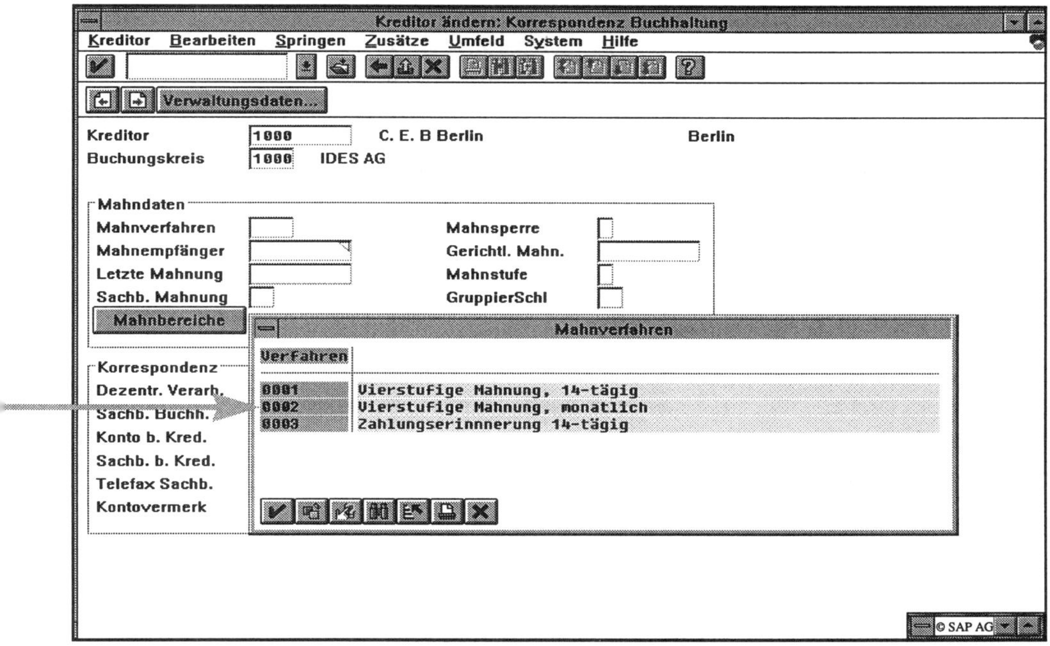

Abb. 8.23-8: Mahndaten des Kreditors

8.24 Prozeß: Rechnungsbearbeitung mit Bezug (Erfassung)

8.24.1 Betriebswirtschaftliche Beschreibung

Die Rechnungsbearbeitung hat zum Ziel, in das Unternehmen eingetroffene Rechnungen zu erfassen und auf Vollständigkeit und Richtigkeit hin zu überprüfen, bevor die Zahlung erfolgt. Da die Vielzahl der eingehenden Rechnungen heute in vielen Unternehmen nicht nur in der Hauswährung, sondern auch in anderen Währungseinheiten (US-Dollar, engl. Pfund, Francs etc.) eingehen, muß zum einen die Erfassung in der jeweiligen Landeswährung unterstützt werden, zum anderen zwecks Erstellung von Controlling- und Bilanzinformationen die unterschiedlichen Währungseinheiten in die entsprechende Landeswährung umgerechnet werden können (vgl. Hartmann 1993, S. 491-493).

Rechnungen können aufgrund einer Bestellung oder aufgrund eines Wareneingangs eingehen, sie können aber in Ausnahmefällen auch ohne jeglichen Bezug eintreffen. Deshalb ist erforderlich, daß eingehende Lieferantenrechnungen anhand der Kriterien *Menge*, *Preis*, *Zahlungsbedingungen*, *Verpackungs-* und *Transportkosten* geprüft, mit den entsprechenden Bestell- und Wareneingangsdaten abgeglichen werden und nach der sachlichen Prüfung die rechnerische Prüfung, d. h. die Kontrolle der Rechnungssumme, durchgeführt wird. Es ist ebenso notwendig, unzulässige Rechnungen oder bei abweichenden Bestell- bzw. Wareneingangsdaten und Rechnungsdaten die Rechnung für die Zahlung zu sperren oder direkt abzulehnen.

Aufgrund von Währungs- und Preisschwankungen zwischen Bestell- und Rechnungseingangsdatum können Abweichungen zwischen dem vereinbarten Bestellpreis und dem Rechnungspreis auftreten. Deshalb müssen zum Lieferanten bezüglich des zu liefernden Materials Toleranzvorgaben definiert werden. Diese geben an, inwieweit die in einer Rechnung enthaltenen Positionen bezüglich des Preises, der Menge, des Liefertermins etc. von den entsprechenden Bestell- und Wareneingangspositionsdaten abweichen dürfen. Werden die Toleranzvorgaben überschritten, so ist im Einzelfall zu prüfen, ob die Rechnung trotzdem freigegeben, vorübergehend gesperrt oder abgelehnt wird. Wird eine Rechnung sachlich und rechnerisch akzeptiert, so kann sie zur Zahlung freigegeben werden (vgl. Kapitel 8.29).

Da die finanziellen Transaktionen für den Gesetzgeber festgehalten werden müssen, ist die freigegebene Rechnung für die Finanzwirtschaft einzubuchen. Dabei sollte die Rechnung zumindest den Rechnungssteller, den Bezug zu einer Bestellung und/oder Wareneingang, den Steuersatz, die zu berechnende Menge, die Zahlungsbedingungen (d. h. Skonto und Bezugsnebenkosten wie z. B. Speditionskosten, Verpackungskosten und Zollgebühren), die Positionsbeträge und den Gesamtbetrag enthalten. Ebenso ist es erforderlich, daß aufgrund von eingehenden Teil- und Sammelrechnungen diese entsprechend der Gesamtbestellung zugeordnet werden können bzw. im zweiten Fall die einzelnen Positionen auf die entsprechenden Bestellungen aufzusplitten. Wichtig ist, daß der Saldo bei der Eingangsrechnung durch den Sachbearbeiter ausgeglichen wird, d. h. der Saldo muß gleich Null sein, damit der Buchungsbeleg erstellt und die ordnungsgemäße Buchung erfolgen kann.

8.24.2 SAP-spezifische Beschreibung

Im allgemeinen bezieht sich jede Rechnung auf einen Vorgang, für den der Rechnungssteller sein Geld fordert. Das R/3-System unterteilt die Rechnungsprüfung nach der Art des Vorgangs (vgl. SAP – Materialwirtschaft 1996, S. 8.1-8.11):

- *bestellbezogene Rechnungen*
  Bei der bestellbezogenen Rechnungsprüfung können alle Positionen einer Bestellung abgerechnet werden. Dabei bleibt unberücksichtigt, ob eine Position in mehreren Teillieferungen eingegangen ist; alle Lieferungen zu einer Position werden aufsummiert in einem Schritt gebucht.
- *wareneingangsbezogene Rechnungen*
  Bei der wareneingangsbezogenen Rechnungsprüfung wird jeder einzelne Wareneingang eigenständig abgerechnet.
- *Rechnungen ohne Bestellbezug*
  Bei der Rechnungsprüfung ohne einen Bestellvorgang kann direkt auf ein Material-, Sach- oder Anlagenkonto gebucht werden.

Liegt eine *bestellbezogene Rechnung* vor, so greift das System auf gespeicherte *Vorkenntnisse* zurück und schlägt die entsprechenden Werte beim Prüfen der Rechnung, wie z. B. die vereinbarten Zahlungsbedingungen, die zu berechnenden Mengen, die zu erwartenden Beträge je Position etc, vor. Diese Vorschlagswerte können Sie überschreiben, wenn in der Rechnung des Lieferanten andere Werte angegeben sind. Das System prüft, ob Ihre Eingaben zulässig sind und gibt gegebenenfalls Warn- oder Fehlermeldungen aus (Warnmeldung auf Abbildung 8.24-6).

Beim Buchen der Rechnung sucht das System die Konten heraus, die bebucht werden müssen. Die *Kontenfindung* basiert zum einen auf Ihren Eingaben bei der Rechnungserfassung, zum anderen auf gespeicherten Informationen. Folgende Fragestellungen sind während der Rechnungsprüfung notwendig:

- *Fragen zur Buchung der Rechnung*
  Wird die Rechnung netto oder brutto gebucht?
  Welches Kreditorenkonto muß bebucht werden?
  Welche Sachkonten müssen bebucht werden?
  Welche Beträge müssen gebucht werden?
- *Fragen zum Material der Rechnung*
  Zu welcher Bewertungsklasse gehört das Material?
  Welcher Preissteuerung unterliegt das Material?
  Welches Konto muß für das Material bebucht werden?
  Ist der vorhandene Bestand kleiner als die Rechnungsmenge?
  Wie hoch ist der Bestellpreis?
  Wurde ein Wareneingang zur Bestellung schon bebucht?

Damit auf Basis dieser Informationen die richtigen Buchungen durchgeführt werden, müssen im Customizing bei der Einführung des R/3-Systems die Konten im Kontenplan definiert werden und die Aktionen bei den verschiedenen Buchungen richtig eingestellt werden (vgl. Abbildung 8.24-1).

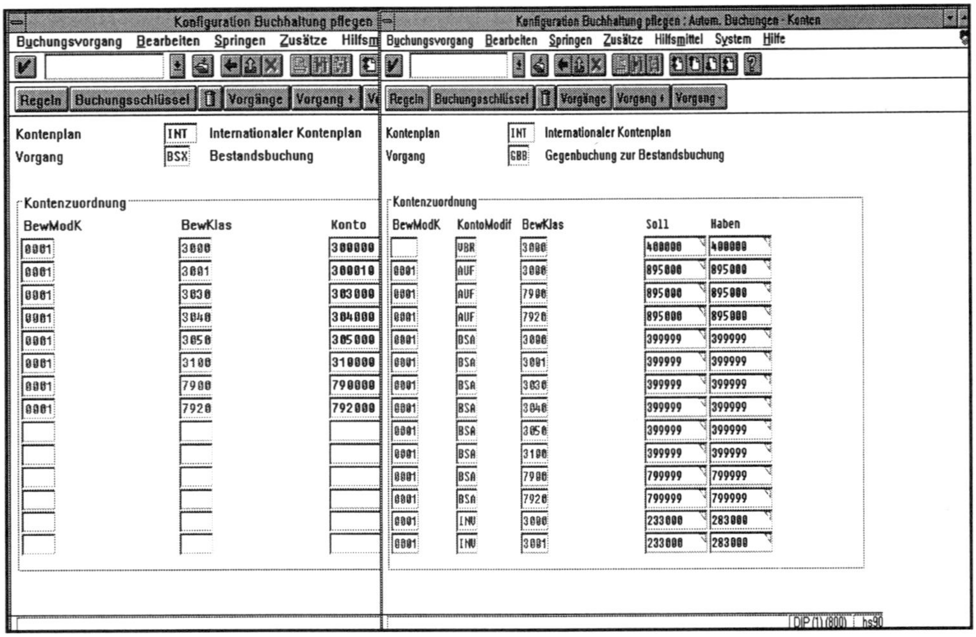

Abb. 8.24-1: Customizing zur automatischen Kontenfindung

Zur automatischen Kontenfindung müssen zunächst zu den einzelnen Buchungsvorgängen, wie z. B. *BSX* für Bestandsbuchung, *GBB* für Gegenbuchung zur Bestandsbuchung, *DIF* für Kleindifferenzen, *FR1* für Frachtverrechnung etc., die Soll- und Habenkonten eingetragen werden (vgl. Abbildung 8.24-1). Dazu einige Definitionen:

- *Vorgang*
  Die Vorgangsschlüssel dienen zur Ermittlung von Konten bzw. Buchungsschlüsseln für die automatische Kontenermittlung.
- *Bewertungsmodifikationskonstante* (BewModifKonst)
  Gruppierung von Bewertungskreisen mit dem Ziel, durch eine minimale Anzahl von Einträgen die Verwaltung der Fixkontentabelle zu vereinfachen. Die Bewertungsmodifikationskonstante bestimmt neben anderen Faktoren Sachkonten, auf die eine Warenbewegung gebucht wird.
- *Kontomodifikationskonstante*
  Schlüssel, der in Abhängigkeit vom Vorgang eine unterschiedliche Bedeutung besitzt und der Differenzierung der Kontenfindung dient.

- *Bewertungsklasse*
  Zuordnung des Materials zu einer Gruppe von Sachkonten. Die Bewertungsklasse ermöglicht einerseits, daß die Werte von Materialien derselben Materialart auf unterschiedliche Konten gebucht werden können, andererseits, daß die Werte von Materialien unterschiedlicher Materialarten auf dasselbe Konto gebucht werden können. Beispiel dazu sind 7900 für Halbfabrikate, 7920 für Fertigerzeugnisse etc.

Beim Buchen eines Wareneingangs führt das System folgende Kontobewegungen durch: Dem Bestandskonto wird der Wert der Lieferung (Bestellnettopreis * Wareneingangsmenge) gutgeschrieben, das WE/RE-Verrechnungskonto wird mit diesem Betrag belastet. Mit dem Buchen der Rechnung wird nun das WE/RE-Verrechnungskonto zu Lasten des Kreditorenkontos ausgeglichen (vgl. Abbildung 8.24-2).

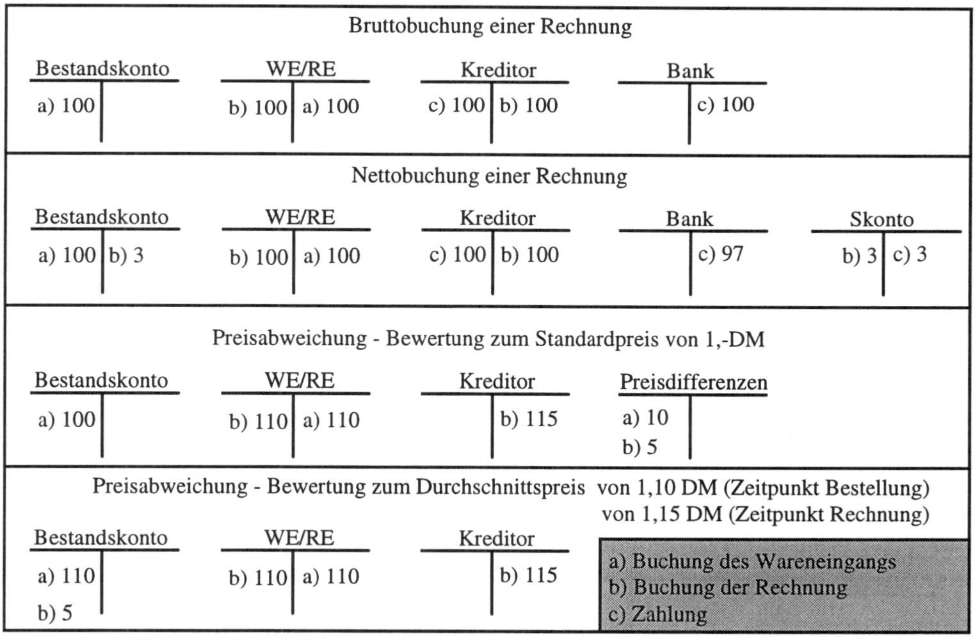

Abb. 8.24-2: Kontobewegungen

Die Skontovereinbarungen werden in der Regel bereits in der Bestellung festgelegt. Beim Erfassen einer Rechnung werden diese Vereinbarungen im Kreditorenbild im Bereich Zahlungssteuerung als Vorschlagswerte angezeigt, sind aber überschreibbar. Der Skontobetrag läßt sich auf zwei Arten buchen, entweder geht der Betrag in das neutrale Ergebnis ein, oder er wird dem Kostenträger (z. B. Bestandskonto oder Kostenstelle) gutgeschrieben. Wie der Skontobetrag gebucht wird, hängt davon ab, mit welcher *Belegart* die Rechnung gebucht wird. Im Standardsystem sind dies die Belegart *RE* für *Brutto* und *RN* für

Netto buchen. Bei der Rechnungserfassung wird im Einstiegsbild festgelegt, ob die Rechnung brutto oder netto gebucht werden soll.

- *Bruttobuchen*
  Beim Buchen der Rechnung bleibt die Skontoverrechnung zunächst unberücksichtigt. Erst im Zahlungsprogramm der Finanzbuchhaltung wird dem Konto *Neutrales Ergebnis* der Skontobetrag zu Lasten des Kreditorenkontos gutgeschrieben; außerdem wird das Vorsteuerkonto korrigiert.

- *Nettobuchen*
  Der zu erwartende Skontobetrag wird bereits beim Buchen der Rechnung berücksichtigt. Der Skontobetrag wird auf ein Skontoverrechnungskonto gebucht; bei Buchungen auf Bestandskonten hängt die Gegenbuchung von der Preissteuerung des Materials ab. Bei einem Material mit gleitendem Durchschnittspreis wird der Skontobetrag dem Bestandskonto zu Lasten des Skontoverrechnungskontos gutgeschrieben. Bei einem Material mit Standardpreis wird der Skontobetrag dem Konto *Ertrag aus Preisdifferenzen* zu Lasten des Skontoverrechnungskontos gutgeschrieben.

Enthält eine Rechnung Skonto und Steuern, so wird beim Buchen der Rechnung zunächst ein zu hoher Steuerbetrag gebucht, da die Steuer den gewährten Skonto nicht berücksichtigt. Dies ist unabhängig davon, ob die Rechnung brutto oder netto gebucht wird. Bei der FI-Zahlung wird die Vorsteuerbuchung automatisch korrigiert, der Steuerbetrag für den Skonto wird dem Vorsteuerkonto gutgeschrieben.

Eine Rechnung läßt sich nur dann buchen, wenn der *Saldo Null* ist. Bestehen *kleine Differenzen* zwischen den Summen der Soll- und Habenbeträge, so ist es eventuell zu aufwendig, die Ursache zu ergründen und einzelne Positionen zu ändern. Statt dessen wird zusätzlich eine neue Position erfaßt, die diese Differenz ausgleicht. Für *kleine Differenzen* kann dies automatisch geschehen. Über das Customizing der Rechnungsprüfung besteht die Möglichkeit, eine Toleranz für Kleindifferenzen einzustellen. Liegt die Differenz *innerhalb* der Toleranzgrenzen, so erzeugt das System beim Simulieren und beim Buchen automatisch eine Buchungszeile, die die Differenz auf ein neutrales Aufwand- oder Ertragskonto bucht. Liegt die Abweichung *außerhalb* der Toleranzen, zeigt das System dies in einer Warnmeldung an. Falls die Eingaben nicht so korrigiert werden, daß die Toleranzgrenzen eingehalten werden, kann dennoch die Rechnung gebucht werden. Wird aber die obere Toleranzgrenze verletzt, *sperrt* das System die Rechnung automatisch zur Zahlung. Die Rechnung kann erst dann von der Finanzbuchhaltung bezahlt werden, nachdem die Rechnung in einem getrennten Arbeitsschritt in der Rechnungsprüfung freigegeben worden ist (vgl. Kapitel 8.29 – Freigabe).

8.24.3 Anwendung des Prozesses

Der hier beschriebene Ablauf bezieht sich ausschließlich auf die Rechnungsprüfung der Logistik. Auf dem Einstiegsbild wird mit der Eintragung der Bestellnummer *450000315* der Bezug zur Rechnung hergestellt. Das Belegkennzeichen RE wurde automatisch als Vorschlagswert vom System vorgegeben und veranlaßt somit eine Bruttobuchung (vgl. Abbildung 8.24-3). Auf dem nächsten Erfassungsbild der Kreditorenposition wird der

Rechnungsendbetrag (Brutto) *82500 DEM* eingegeben. Für die Angabe der Steuer bestehen zwei Möglichkeiten. Entweder wird der Steuerbetrag manuell eingegeben oder mit dem passenden Steuerkennzeichen, z. B. *V1 für 15%*, und dem Ankreuzfeld automatisch errechnet. Die Zahlungsbedingung ZB01 (für 14 Tage 3% Skonto) wurde aus dem Bezugsbeleg Bestellung übernommen und akzeptiert (vgl. Abbildung 8.24-4). Mit der Bestätigungstaste wird anschließend auf das Auswahlbild der Bestellpositionen verzweigt. Es werden die gewünschten Bestellpositionen markiert und gegebenfalls der Betrag beziehungsweise die Menge abgeändert, falls diese von der zu erfassenden Rechnung abweichen. Mit der *Simulieren-Taste* wird eine Belegprüfung angestoßen und der Saldo auf Null geprüft. Werden nicht vorhersehbare Bezugsnebenkosten der Bestellung erst zum Zeitpunkt der Rechnung berechnet, so können diese mit dem Menü *Bearbeiten-Bezugsnebenkosten* in die Belegprüfung mit aufgenommen werden. Ist der Saldo nicht mit Null ausgewiesen, so werden mit der Korrektur-Ein-/Aus-Taste die Beträge eventuell abgeändert. Mit der Sichern-Taste wird eine Rechnung gebucht. Im Beispiel wurde die Rechnung *5100000156* zwar gebucht, aber noch nicht zur Zahlung freigegeben (Sperrgrund Terminabweichung).

8.24.4 Navigationsinformationen

- *Menüpfad*
  Logistik –> Materialwirtschaft –> Rechnungsprüfung –> Rechnung hinzufügen
- *Transaktionscode*
  MRHR
- *Eingehende Prozeßverbindungen im R/3-Referenzmodell*
  Rechnungsvorerfassung
  Leistungserfassung
  WE-Bearbeitung mit Bestellbezug
- *Ausgehende Prozeßverbindungen im R/3-Referenzmodell*
  Rechnungsvorerfassung
  Primärkostenübernahme
  Projektaktualisierung
  Streckenauftragsbearbeitung
  Anzahlungsfreigabe, Kreditoranzahlungsverrechnung
  Maschinelle Zahlung
  Verfügbarkeitskontrolle (Investition)
  Direktkontierung von Sondereinzelkosten

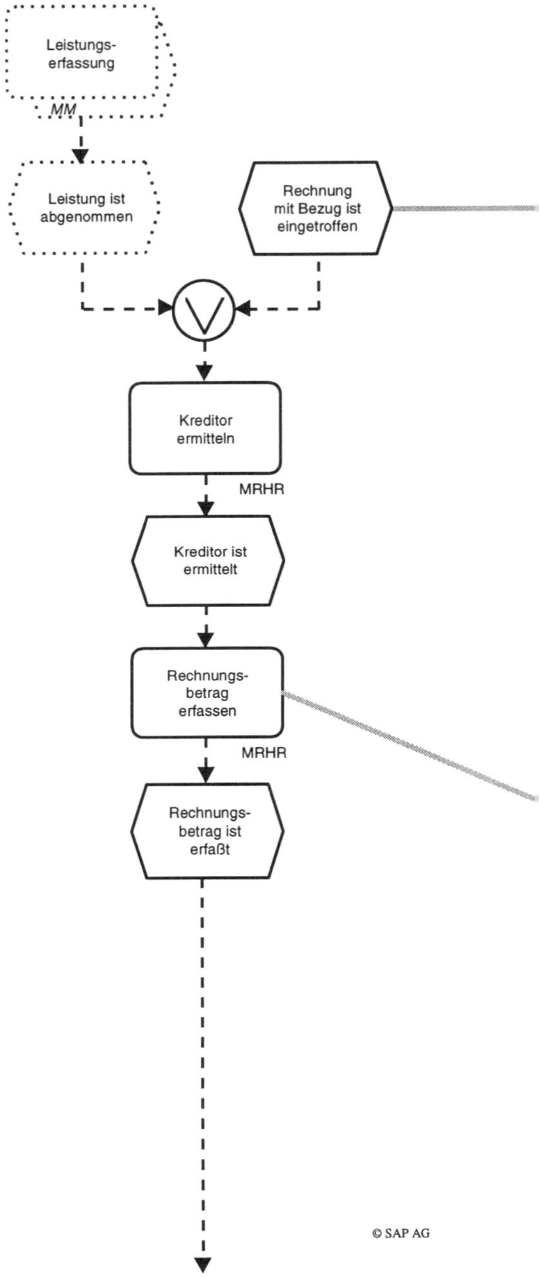

Rechnungsprüfung mit Bezug
Jede Rechnung enthält eine Vielzahl von Informationen; um eine Rechnung zu buchen, muß der Rechnungsprüfer diese Daten im System erfassen. Bei Rechnungen mit Bezug auf einen Vorgang sind bereits viele Informationen im System gespeichert. Diese Daten werden dem Rechnungsprüfer vorgeschlagen, so daß er lediglich vergleichen und gegebenenfalls korrigieren muß, wenn Abweichungen auftreten. Bezieht sich die Rechnung zum Beispiel auf eine Bestellung genügt es, nur die Nummer der Bestellung einzugeben (hier in diesem Beispiel die Nummer 4500000315); das System sucht den entsprechenden Vorgang heraus und schlägt für die Rechnungserfassung die Daten aus dieser Bestellung vor, d. h. Lieferant, Material, Bestellmenge, Lieferbedingungen, Zahlungskonditionen usw. Diese Vorschlagswerte kann der Benutzer natürlich überschreiben, falls Abweichungen vorliegen. Außerdem kann die bisherige Abwicklung des Vorgangs angezeigt werden, also z. B. welche Mengen geliefert wurden, und wieviel bereits berechnet wurde.

Buchungsdatum
Das Datum, das Sie eingeben, muß innerhalb der erlaubten Buchungsperiode liegen. Welche Buchungsperioden erlaubt sind, wird von der Finanzbuchhaltung eingestellt.

Belegnummer
Dieses Feld ist nur dann auszufüllen, wenn die Nummer des Rechnungsbelegs nicht vom System intern vergeben wird.

Belegart zur Rechnung
Der Eintrag in diesem Feld dient zur Steuerung, wie der zu erstellende Beleg aussieht. Die Standardversion kennt in der Rechnungsprüfung zwei Belegarten, RE (die Rechnung wird brutto gebucht) und RN (die Rechnung wird netto gebucht).

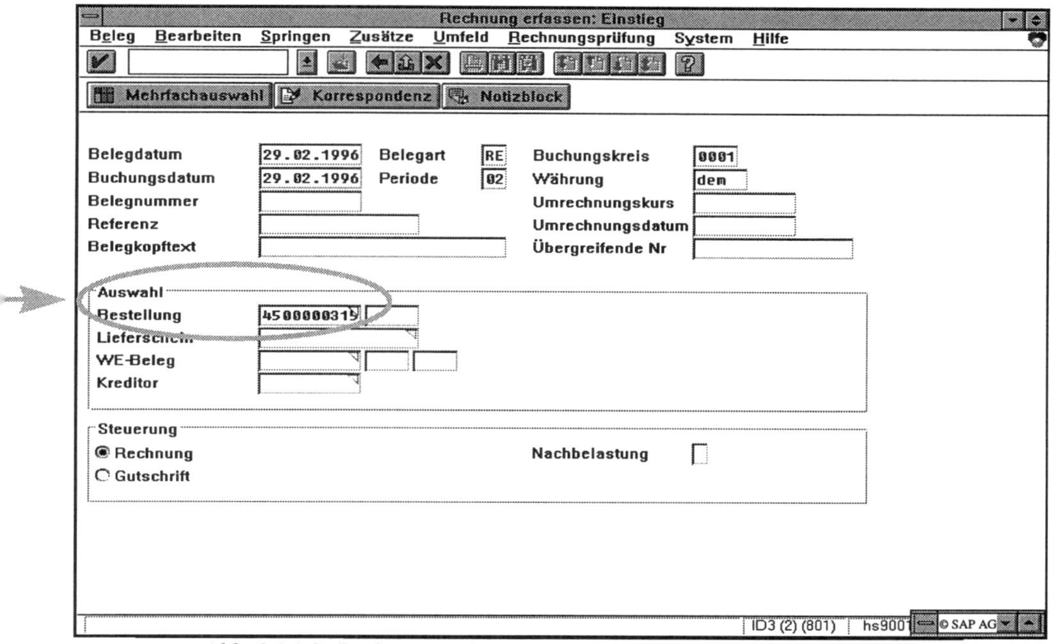

Abb. 8.24-3: Rechnungserfassung mit Bezug auf Bestellung

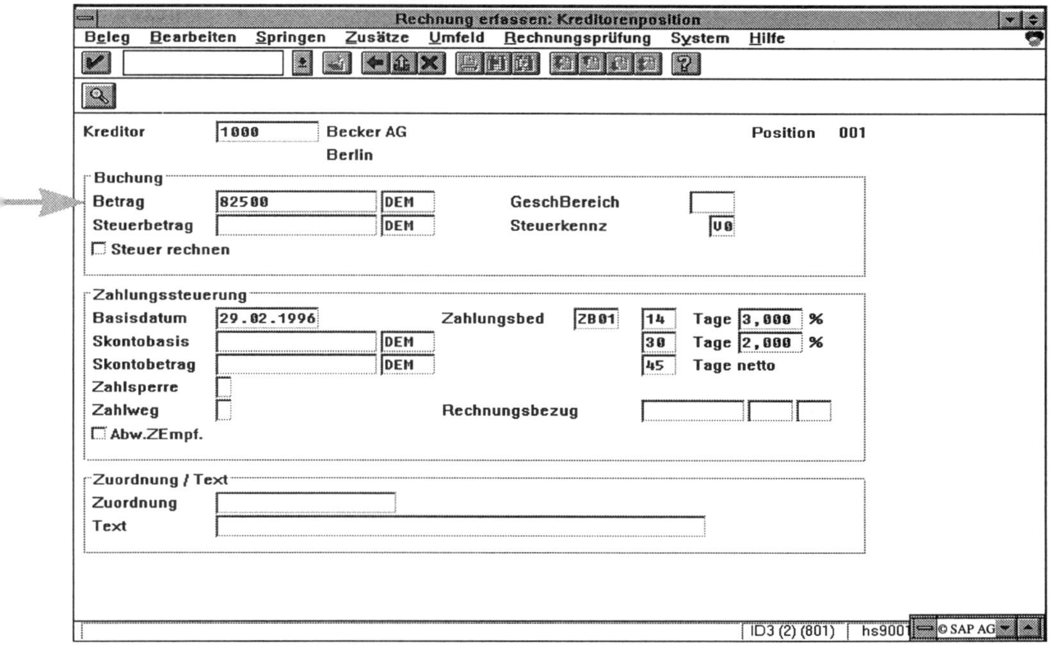

Abb. 8.24-4: Eingabe des Rechnungsbetrags

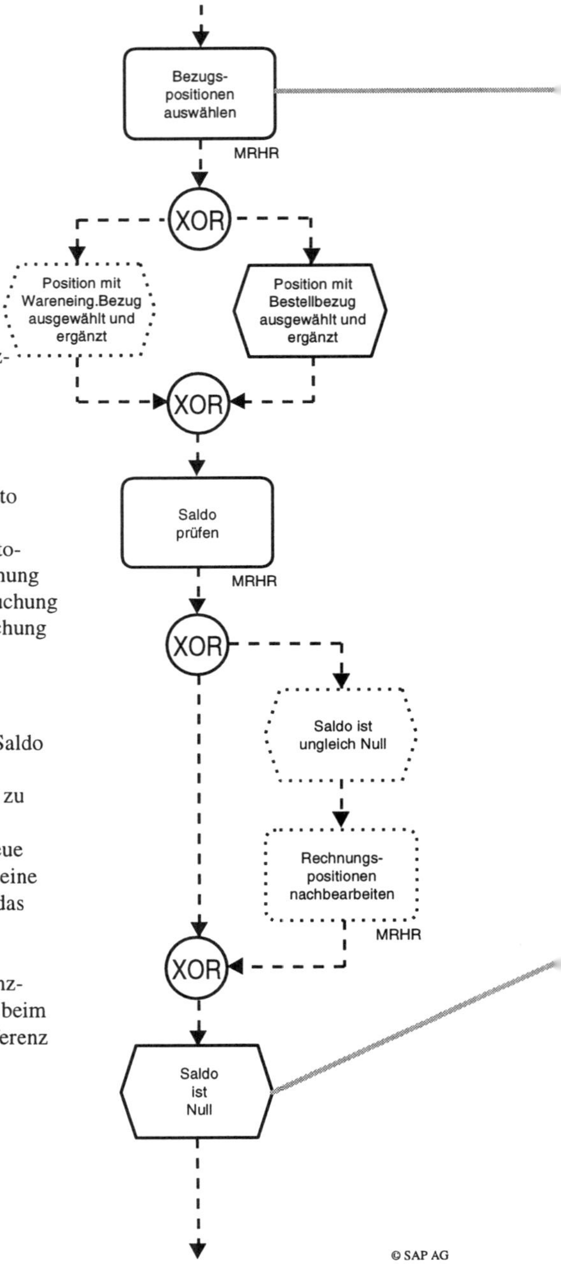

Bestandskonto
Das Bestandskonto führt die Zu- und Abgänge eines Materials. Der Saldo eines Bestandskontos wird am Geschäftsjahresende auf sich selbst vorgetragen.

Kreditorenkonto
Für jeden Kreditor wird in der Nebenbuchhaltung ein eigenes Konto eingerichtet, auf das alle Beträge gebucht werden, die diesen Kreditor betreffen. Eine Buchung auf das Kreditorenkonto ist nicht gleichzusetzen mit einer Zahlung; diese nimmt erst die Finanzbuchhaltung durch die Buchung "Kreditorenkonto an Bank" vor.

WE/RE-Verrechnungskonto
Das WE/RE-Verrechnungskonto ist ein Zwischenkonto zwischen Bestands- und Kreditorenkonto. Beim Wareneingang wird der zu erwartende Rechnungsnettobetrag auf das Bestandskonto gebucht, die Gegenbuchung erfolgt auf das WE/RE-Verrechnungskonto. Diese Buchung wird dann beim Rechnungseingang mit der Gegenbuchung auf das Kreditorenkonto ausgeglichen.

Kleindifferenzen
Eine Rechnung läßt sich nur dann buchen, wenn der Saldo Null ist. Bestehen geringe Differenzen zwischen den Summen der Soll- und Habenbeträge, ist es eventuell zu aufwendig, die Ursache zu ergründen und einzelne Positionen zu ändern. Statt dessen können Sie eine neue Position erfassen, die die Differenz ausgleicht. Für kleine Differenzen kann dies automatisch geschehen: Über das Customizing der Rechnungsprüfung besteht die Möglichkeit, eine Toleranz für Kleindifferenzen einzustellen; liegt die Differenz innerhalb der Toleranzgrenzen, so erzeugt das System beim Simulieren und beim Buchen automatisch eine Buchungszeile, die die Differenz auf ein neutrales Aufwand- oder Ertragskonto bucht.

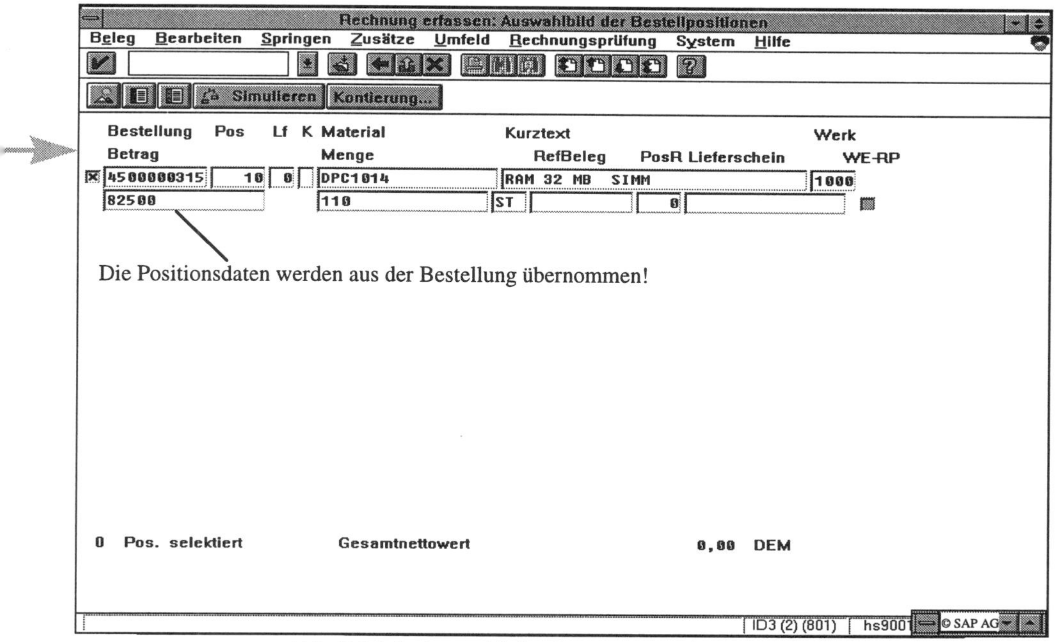

Abb. 8.24-5: Auswahl der Position aus der Bestellung

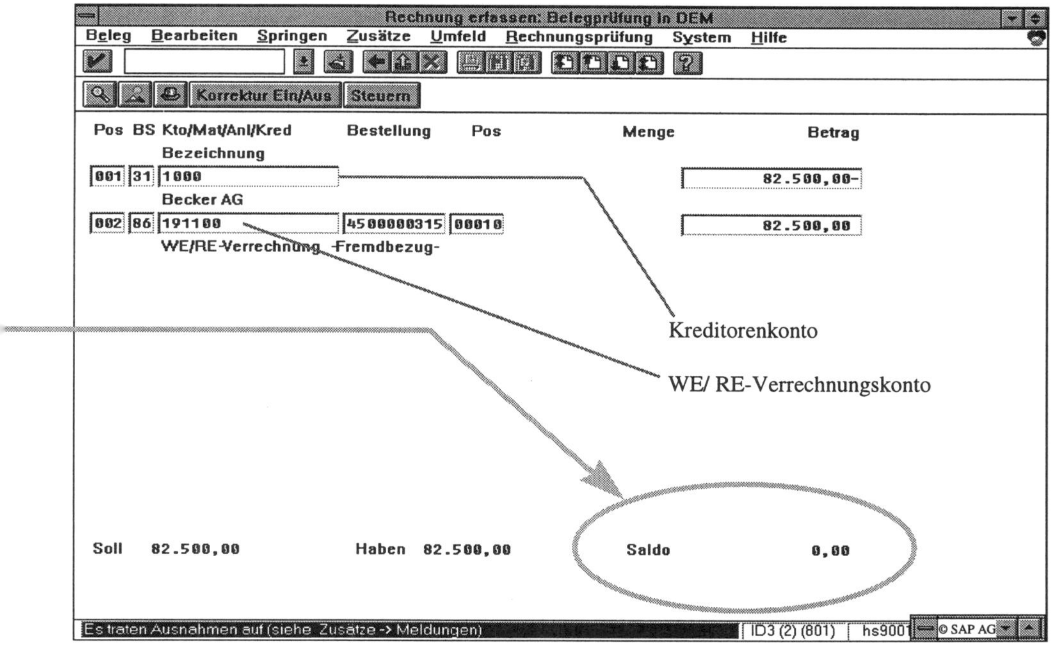

Abb. 8.24-6: Saldoprüfung

Toleranzen
Abweichungen sind im Rahmen von Toleranzgrenzen erlaubt. Liegt die Abweichung außerhalb der Toleranzen, zeigt das System dies in einer Warnmeldung an. Wird die obere Toleranzgrenze verletzt, sperrt das System die Rechnung automatisch zur Zahlung. Liegt die Abweichung innerhalb der Toleranzen, akzeptiert das System die Eingabe und bringt keine Warnmeldung. Die Rechnung ist damit auch nicht zur Zahlung gesperrt.

Mengenabweichung
Zu einer Bestellung ergibt sich aus der gelieferten und der bereits berechneten Menge, welche Menge zur Berechnung offen ist. Eine Mengenabweichung liegt dann vor, wenn die Rechnungsmenge nicht mit dieser offenen Menge übereinstimmt.

Preisabweichung
Eine Preisabweichung liegt dann vor, wenn sich aus der Rechnungsmenge und dem Rechnungsbetrag ein anderer Preis pro Mengeneinheit ergibt als in der Bestellung angegeben wurde.

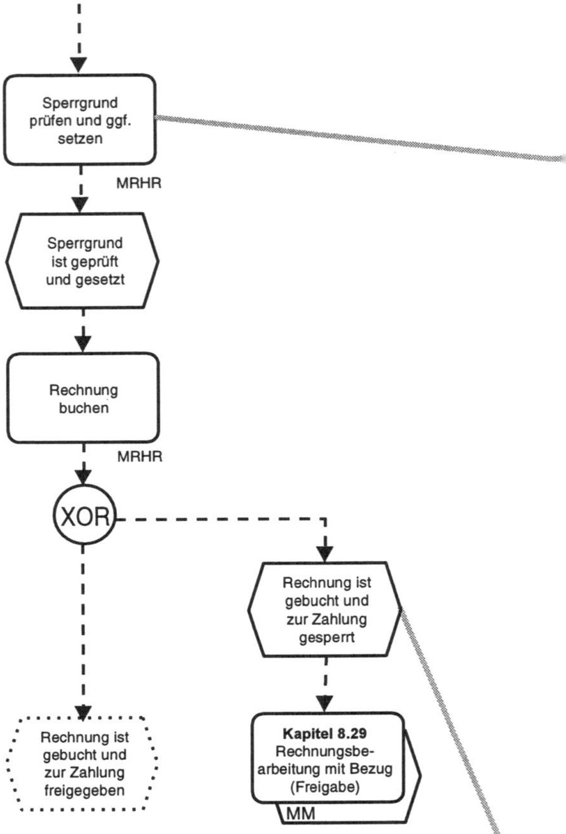

Mengen- und Preisabweichung
Mengen- und Preisabweichungen liegen dann vor, wenn die Rechnung sowohl eine andere Menge aufweist als zur Berechnung offen ist, als auch einen anderen Preis zugrunde legt als der, der in der Bestellung angegeben wurde.

Manuelles Sperren einer Rechnung
Sie haben dazu zwei Möglichkeiten: Entweder Sie sperren eine Rechnung, indem Sie im Kreditorenbild im Feld Zahlsperre ein "R" eintragen, oder Sie sperren bei Rechnungen mit Bezug auf eine Bestellung eine Position, indem Sie auf dem Positionsbild das Feld SpGrd manuell markieren.

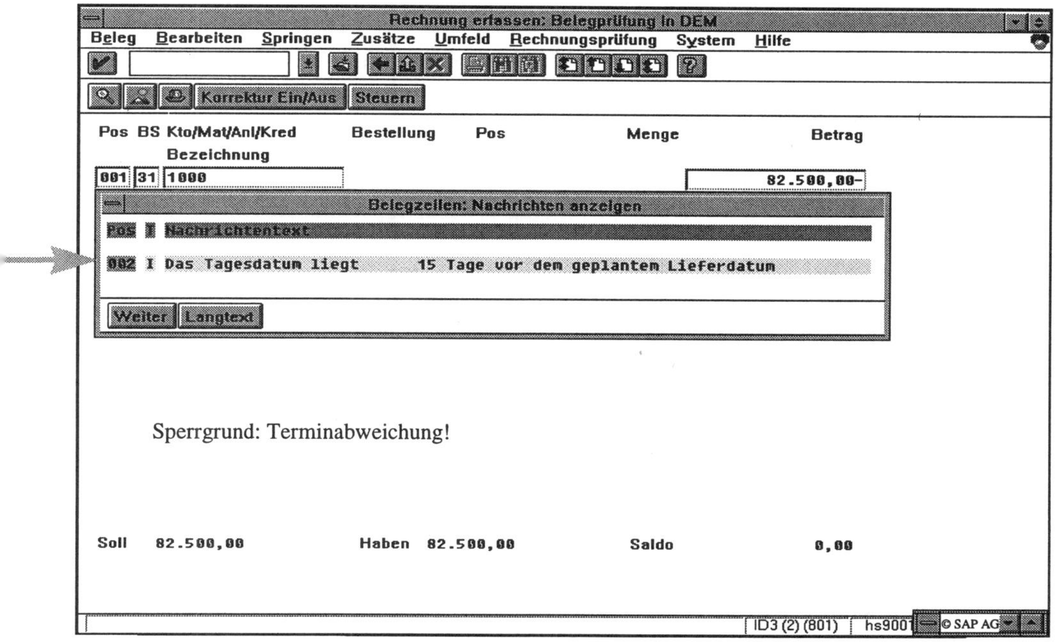

Abb. 8.24-7: Sperrgründe einer Rechnung

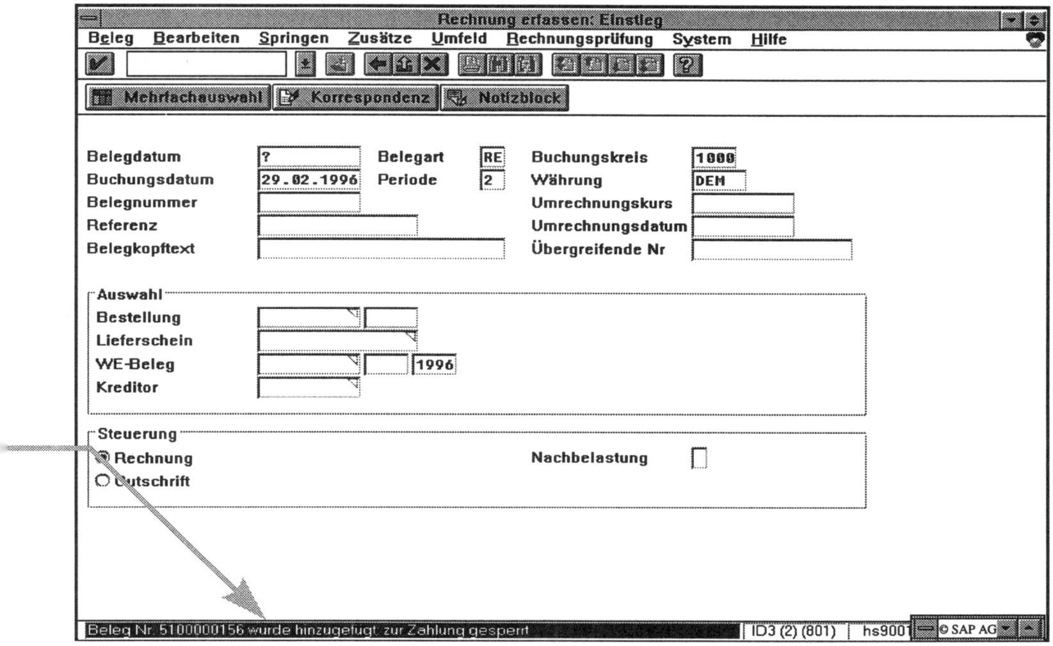

Abb. 8.24-8: Rechnung gebucht und gesperrt

8.25 Prozeß: Wareneingangsbearbeitung mit Bezug

8.25.1 Betriebswirtschaftliche Beschreibung

Je nach betrieblicher Auffassung kann die Wareneingangsbearbeitung als ein Teil des Beschaffungsvorgangs, als eine Aufgabe innerhalb der Bestandsführung oder als eine Aufgabe der Lagerwirtschaft gesehen werden. Ebenso beziehen sich die Aufgaben der Wareneingangsbearbeitung nicht immer nur auf die mengenmäßige Erfassung, sondern es müssen auch qualitätsrelevante und unter Umständen preisrelevante Prüfungen beim Wareneingang durchgeführt werden. Allgemein hat die Wareneingangsbearbeitung zunächst die Aufgabe, die von einem Lieferanten oder Spediteur angelieferte Ware in Empfang zu nehmen, zu quittieren, diese zu erfassen und Prüfungen bezüglich Menge und Qualität sowie sonstigen Bestell- und Wareneingangsdaten einzuleiten bzw. selbst durchzuführen. Während bei sogenannten *geplanten Wareneingängen* in der Regel bei fremd zu beschaffenden Materialien eine Bestellung oder ein Bestellabruf aufgrund eines Rahmenvertrags bzw. ein Fertigungsauftrag bei geplanten Wareneingängen aus der Produktion vorliegt, sind *ungeplante Wareneingänge* genauer auf ihre Rechtmäßigkeit hin zu prüfen. Es können allerdings ungeplante Wareneingänge aufgrund von kostenlosen Lieferungen oder auch aufgrund von Rücklieferungen bzw. Retouren eintreffen (vgl. Arnolds et al. 1996, S. 363-365; vgl. Hartmann 1993, S. 488-490; vgl Pfohl 1996, S. 121-127).

Unabhängig davon, ob geplante oder ungeplante Wareneingänge vorliegen, ist als eine Hauptaufgabe der Wareneingangsbearbeitung die Wareneingangserfassung durchzuführen. Hier werden zum einen die Liefermenge mit der Liefereinheit, die Materialbezeichnung bzw. die Materialbeschreibung, der Preis und der Lieferant erfaßt. Liegt eine Bestellung vor, so werden die Wareneingangsdaten der Lieferung den entsprechenden Daten der Bestellung gegenübergestellt und miteinander abgeglichen. Sind Differenzen dabei aufgetreten, so ist gegebenenfalls eine Meldung an die Bestellüberwachung zu leiten, um dann den Lieferanten, z. B. aufgrund fehlender Materialien, eventuell anzumahnen.

Ebenso wird bei der Wareneingangsbearbeitung festgelegt, ob die angelieferte Ware in eine detaillierte Qualitätsprüfung transportiert, zwischengelagert, ob bis zu einem Abruftermin eingelagert oder direkt an die Produktionsstätte geliefert werden soll. Ebenso kann es möglich sein, daß der Wareneingang auf eine Kostenstelle, einen Auftrag oder ein Projekt kontiert ist und die Lieferung direkt in den Verbrauch eingehen soll. Darüber hinaus muß bei der Wareneingangsbearbeitung geprüft werden, ob die angelieferte Ware überhaupt eingelagert werden kann, d. h. die maximalen Abmessungen und das maximale Gewicht zum innerbetrieblichen Transport und zur Lagerung müssen eingehalten sein.

Der Umfang und Ablauf der Wareneingangserfassung hängt zum einen von den durchzuführenden Prüfmaßnahmen ab, zum anderen davon, ob der Wareneingang extern (von einem Lieferanten) oder intern (von einem anderen Produktionsbereich) erfolgt. Die Prüfmaßnahmen können dabei von einer reinen Sichtkontrolle an einer Wareneingangsstelle (z. B. Laderampe) bis hin zu einer vorläufigen Annahme reichen, die unter Umständen dazu führt, daß die angelieferte Ware zunächst einer speziellen Qualitätsprüfung unterzogen werden muß und erst bei positiver Begutachtung der Wareneingang bestätigt wird. Anschließend wird die Ware für die weiteren Verwendungen freigegeben und die Rechnungsbegleichung angestoßen. Bei externen Lieferungen muß bei Unstimmigkeiten vom Wareneingangsbereich aus Rücksprache mit dem Beschaffungs- bzw. Rechnungsprüfungsbereich gehalten und die Ware unter Umständen zurückgewiesen bzw. die Zahlung gesperrt werden. Bei internen Lieferungen muß bei Unstimmigkeiten Rücksprache mit dem Produktionsbereich gehalten und eventuell eine Nachproduktion der Fehlteile eingeleitet werden. Auf jeden Fall werden die Ergebnisse einer Wareneingangserfassung in einem Beleg, dem *Wareneingangs-* oder *Warenbegleitschein* festgehalten, und mit seiner Unterschrift bestätigt der Warenempfänger die Richtigkeit der auf dem Beleg eingetragenen Daten. Zusätzlich ist aufgrund der unterschiedlich eintretenden Situationen die Angabe des Wareneingangsstatus erforderlich. Beispiele hierfür sind:

- Ware angenommen und frei verfügbar
- Ware angenommen und bis zur Freigabe durch die Qualitätsprüfung gesperrt
- Ware ist in der Qualitätsprüfung
- Ware ist auf dem innerbetrieblichen Transportweg
- Ware ist beschädigt
- Ware ist eingelagert

8.25.2 SAP-spezifische Beschreibung

Bei einem Wareneingang (WE) zu einer Bestellung schlägt das System die *offene Bestellmenge* einer Position für den Wareneingang vor. Beim Erfassen einer WE-Position wird die gelieferte Menge mit der offenen Bestellmenge verglichen. Dadurch kann das System *Unter- und Überlieferungen* gleich feststellen und melden. Die offene Bestellmenge wird bei jedem Wareneingang zu einer Bestellposition oder bei einer Veränderung der Bestellposition automatisch angepaßt (vgl. SAP – Materialwirtschaft 1996, S. 6.4-6.5).

- *Unterlieferungen*
  Unterlieferungen sind im Standardsystem grundsätzlich zugelassen. In der Bestellposition ist es außerdem möglich, eine prozentuale Unterlieferungstoleranz einzugeben. Eine Wareneingangsmenge, die innerhalb der Unterlieferungstoleranz liegt, wird als Teillieferung interpretiert und akzeptiert. Das System gibt keine Warnmeldung aus. Unterschreitet die Unterlieferung die Toleranz, gibt das System eine Warnmeldung aus. Ist die Unterlieferung keine Teillieferung, sondern eine Endlieferung, so muß das Endlieferungskennzeichen gesetzt werden. Im Customizing kann man einstellen, daß das Endlieferungskennzeichen bei einer Unterlieferung innerhalb der Toleranz *automatisch* gesetzt wird. In diesem Fall wird eine Unterlieferung innerhalb der Toleranz als Endlieferung interpretiert.

- *Überlieferungen*
  Im Standardsystem sind keine Überlieferungen zulässig. Das System gibt bei einer Überlieferung eine Fehlermeldung aus. Sollen Überlieferungen zulässig sein, so kann

in der Bestellung das Kennzeichen *Unbegrenzt* gesetzt werden. Damit sind Überlieferungen unbegrenzt zulässig. Das System gibt keine Meldung aus. In der Bestellung kann auch eine prozentuale Überlieferungstoleranz eingegeben werden. Eine Wareneingangsmenge, die größer ist als die Bestellmenge plus Überlieferungstoleranz, wird vom System dann nicht akzeptiert.

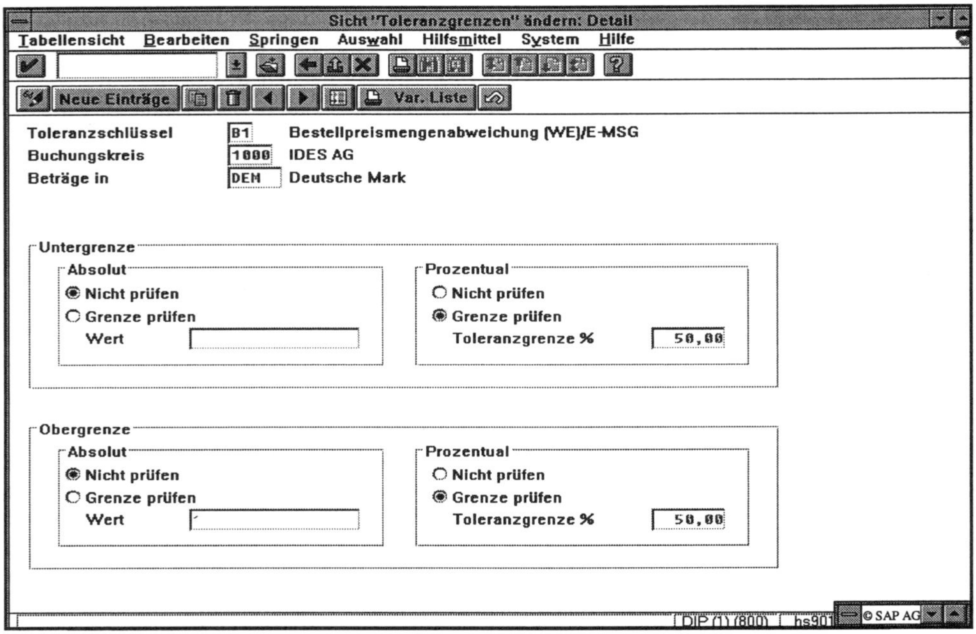

Abb. 8.25-1: Customizing der Toleranzgrenzen

Im Customizing der Bestandsführung ist es möglich, zwei Toleranzen für die Abweichung in der Bestellpreismenge zu definieren.

- *Toleranz für eine Fehlermeldung*
  Ist die Abweichung größer als diese Toleranz, erzeugt das System eine Fehlermeldung, und damit kann der Wareneingang nicht gebucht werden.

- *Toleranz für eine Warnmeldung*
  Erreicht die Abweichung diese Toleranz, so wird eine Warnmeldung beim Wareneingang ausgegeben. Es ist allerdings möglich, den Wareneingang zu buchen. Der Einkauf erhält eine Nachricht, die auf die Abweichung hinweist.

Wenn die Gesamtmenge geliefert wurde, wird bei der Wareneingangsbuchung das *Endlieferungskennzeichen* automatisch in der Bestellung gesetzt. Bei einer Unterlieferung oder Überlieferung innerhalb der Toleranzen wird das Endlieferungskennzeichen *automatisch* gesetzt, wenn dies im Customizing eingestellt ist. Bei einer Unterlieferung außerhalb der Toleranzen kann man das Kennzeichen *manuell* beim Wareneingang oder in der Bestellposition setzen, damit die Bestellposition als endgeliefert gilt. Wenn man eine Rücklieferung zu einer Position mit Endlieferungskennzeichen erfaßt und die gelieferte Menge dadurch die Unterlieferungstoleranz unterschreitet, wird das Endlieferungskennzeichen automatisch zurückgenommen. Auch wenn das Endlieferungskennzeichen nicht gesetzt ist, gilt eine Bestellposition als erledigt, wenn die Gesamtmenge geliefert wurde. Das heißt, das Endlieferungskennzeichen ist in diesem Fall nicht erforderlich.

Die *Materialbewertung* beim Wareneingang wird automatisch mit dem Buchen des Vorgangs durchgeführt. Der Umfang der Bestandswertänderungen hängt davon ab, *in welcher Reihenfolge* Wareneingang und Rechnungseingang gebucht werden.

- *Wareneingang vor Rechnungseingang*
  die Bestellvereinbarungen dienen als Grundlage der Buchungen

- *Rechnungseingang vor Wareneingang*
  die Angaben der Rechnung dienen als Grundlage der Buchungen

Die Materialbewertung hat zunächst die elementare Aufgabe, den Bestandswert eines Materials festzuhalten. Die Berechnung des Bestandswerts ergibt sich aus der einfachen Formel: Bestandswert = Bestandsmenge * Materialpreis. Der Bestandswert ändert sich also, wenn sich die Bestandsmenge oder der Materialpreis ändert.

Bei den meisten Warenbewegungen in der Bestandsführung ändert sich die Bestandsmenge und damit auch der Bestandswert. Bei *Materialien mit gleitendem Durchschnittspreis* kann sich bei Wareneingängen zu Bestellungen zusätzlich der Materialpreis ändern; dies ist dann der Fall, wenn der Bestellpreis vom Materialpreis abweicht. Zu einer Bestellung geplante Bezugsnebenkosten gehen ebenfalls bereits beim Wareneingang in die Bewertung ein. Beim Buchen des Wareneingangs werden für geplante Bezugsnebenkosten Rückstellungen gebildet. So wird das Material sofort den zu erwartenden Kosten gemäß bewertet. Eine Nachbelastung beim Rechnungseingang muß nur dann stattfinden, wenn es zu Abweichungen zwischen den Bestellvereinbarungen und der Rechnung kommt. Weiterhin besteht die Möglichkeit, Wareneingänge netto zu buchen; damit werden vereinbarte Skontobeträge bereits hier für die Bewertung berücksichtigt. Ein Material mit gleitendem Durchschnittspreis wird beim Wareneingang dann nur mit dem um den Skonto verringerten Bestellwert belastet.

Für den Wareneingang existiert eine automatische Kontenfindung, um bei Buchungsvorgängen ohne Eingriff des Benutzers die Konten für die Buchungen in der Finanzbuchhaltung zu finden. Führt die Bewegung zu einer Fortschreibung der Sachkonten, so werden parallel zum *Materialbeleg* ein oder mehrere *Buchhaltungsbelege* erstellt. Die Kombinationen der Parameter von *Bewegungsart*, *Wertestring*, *Vorgangsschlüssel* und eventueller *Kontomodifikation* sind die Grundeinstellungen der automatischen Kontenfindung im Customizing (vgl. Abbildung 8.25-2).

- *Bewegungsart*
  Schlüssel für die Bewegung der Ware, z. B. *101* (Wareneingang auf Lager)

- *Wertestring (Wertestrg)*
  Buchungsregel, die für einen bestimmten Geschäftsvorgang, z. B. Wareneingang, im-

mer die gleichen Kontierungsmerkmale aufweist. Der Buchungsstring wird auf jeden Fall für die maschinelle Zahlung benötigt.

- *Vorgangsschlüssel (Vschl)*
  Mit dem Vorgangsschlüssel ermittelt das System das Sachkonto, auf dem eine Buchungszeile erzeugt wird. Dies bedeutet, daß sich aus jeder Buchung mindestens zwei Vorgangsschlüssel (eine pro Buchungszeile) ergeben.
- *Kontomodifikation*
  Schlüssel, der in Abhängigkeit vom Vorgang eine unterschiedliche Bedeutung besitzt und der Differenzierung der Kontenfindung dient.

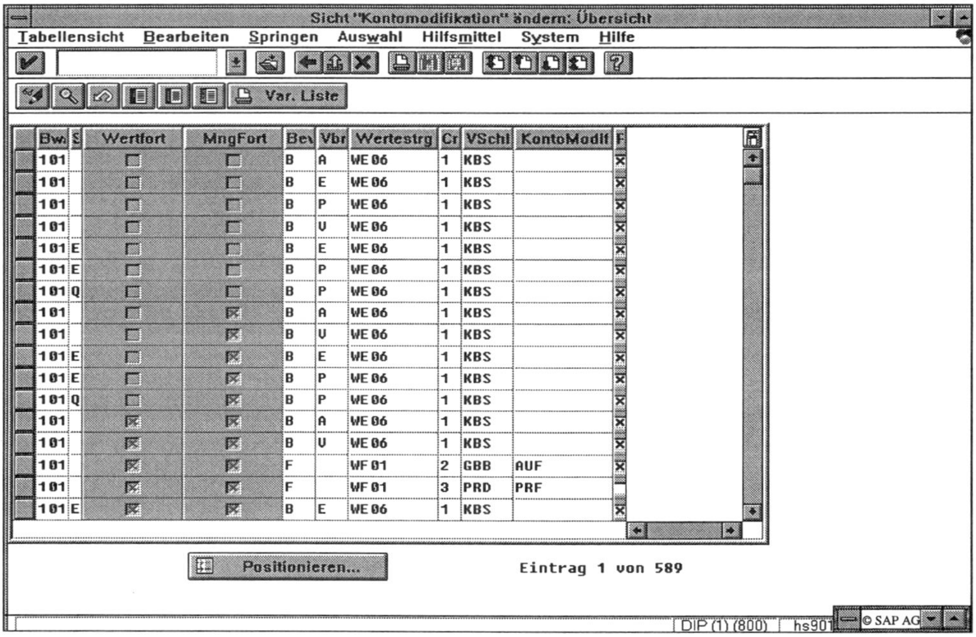

Bw.	S	Wertfort	MngFort	Bev	Vbr	Wertestrg	Cr	VSchl	KontoModif	F
101		☐	☐	B	A	WE 06	1	KBS		☒
101		☐	☐	B	E	WE 06	1	KBS		☒
101		☐	☐	B	P	WE 06	1	KBS		☒
101		☐	☐	B	V	WE 06	1	KBS		☒
101	E	☐	☐	B	E	WE 06	1	KBS		☒
101	E	☐	☐	B	P	WE 06	1	KBS		☒
101	Q	☐	☐	B	P	WE 06	1	KBS		☒
101		☐	☒	B	A	WE 06	1	KBS		☒
101		☐	☒	B	V	WE 06	1	KBS		☒
101	E	☐	☒	B	E	WE 06	1	KBS		☒
101	E	☐	☒	B	P	WE 06	1	KBS		☒
101	Q	☐	☒	B	P	WE 06	1	KBS		☒
101		☒	☒	B	A	WE 06	1	KBS		☒
101		☒	☒	B	V	WE 06	1	KBS		☒
101		☒	☒	F		WF 01	2	GBB	AUF	☒
101		☒	☒	F		WF 01	3	PRD	PRF	
101	E	☒	☒	B	E	WE 06	1	KBS		☒

Abb. 8.25-2: Customizing Bewegungsart zu Wertestring (automatische Kontenfindung)

8.25.3 Anwendung des Prozesses

Haben Sie den Lieferschein vom Lieferanten entgegengenommen und festgestellt, daß die Lieferung aufgrund einer Bestellung erfolgte, können Sie den Wareneingang im R/3-System erfassen. Auf dem Einstiegsbild wird zunächst die Bewegungsart *101* (Wareneingang auf Lager) eingegeben, falls das System dies nicht automatisch vorgeschlagen hat (vgl. Abbildung 8.25-4). Wichtig ist die Eintragung des Bestellbezugs mit der Bestellnummer *4500000315* für das Werk *1000*. Falls die Bestellnummer unbekannt ist, wählen Sie den entsprechenden Menüpfad und können somit auf dem Einstiegsbild Suchkriterien für die Bestellungen eingeben. Sie erhalten die Liste der aktuellen Bestellungen. Es wird die gewünschte Bestellposition markiert, die übernommen werden soll.

Die übrigen Daten auf dem Einstiegsbild können Sie je nach Bedarf ausfüllen, z. B. wenn Sie einen Warenbegleitschein benötigen, eine Nachricht auf Belegkopfebene hinterlassen wollen, die Referenz zur Lieferscheinnummer herstellen etc. Die beiden Daten *Belegdatum* und *Buchungsdatum* werden immer aktuell vorgeschlagen und können nach Abweichung überschrieben werden.

Falls die Positionsdaten auf dem nächsten Bildschirmbild vollständig und richtig sind, kann der Wareneingang gleich gesichert und gebucht werden. Werden die Positionsdaten abgeändert, so wird auf das Positionsdetailbild verzweigt (vgl. Abbildung 8.25-5). Hier werden die Bestelldaten Erfassungsmenge, Lagerort etc. abgeglichen.

Mit einer Buchung des Wareneingangs werden der Materialbestand, der Wert und – aufgrund der Einstellungen zur automatischen Kontenfindung – die entsprechenden Sachkonten, z. B. Bestandskonto, WE/RE-Verrechnungskonto, fortgeschrieben. Zur Dokumentation der Buchungen wird automatisch ein Material- und Buchhaltungsbeleg erzeugt (vgl. Abbildung 8.25-6). Der Aufbau des Anzeigebilds des Materialbelegs ist weitestgehend identisch mit dem Auswahlbild des Wareneingangs zur Bestellung. Sind Warenbewegungen fehlerhaft erfaßt worden, so müssen sie storniert und anschließend korrekt gebucht werden. Wird der Materialbeleg analysiert, können die gebuchte Menge, die Referenzbestellnummer und die Bewegung (+ für Zugang, - für Abgang) kontrolliert werden. Im Hintergrund schreibt das System automatisch die Bestellentwicklung und die Lieferantenbeurteilung fort.

8.25.4 Navigationsinformationen

- *Menüpfad*
  Logistik –> Materialwirtschaft –> Bestandsführung
  Warenbewegung –> Wareneingang –> Zur Bestellung –> Bestell-Nr.bekannt/unbekannt

- *Transaktionscode*
  MB01, MB1C

- *Eingehende Prozeßverbindungen im R/3-Referenzmodell*
  Bestellüberwachung

- *Ausgehende Prozeßverbindungen im R/3-Referenzmodell*
  Prüfloseröffnung zum Wareneingang
  WE-Einlagerungsbearbeitung
  Automatische TA-Erstellung zum Materialbeleg

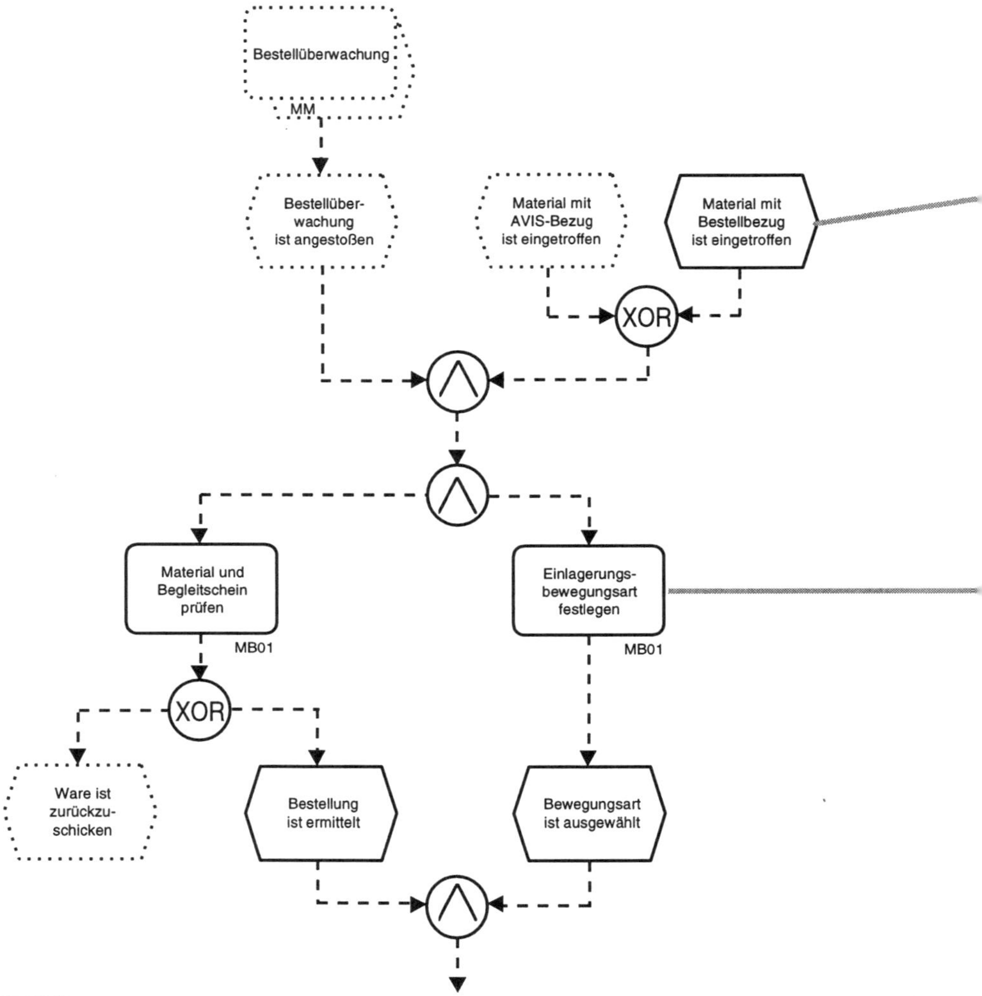

Bewegungsart

Die Bewegungsart hat wichtige Steuerungsfunktionen in der Bestandsführung. Sie spielt u. a. eine zentrale Rolle bei der Fortschreibung der Mengenfelder, der Fortschreibung der Bestands- und Verbrauchskonten und dem Bildaufbau zur Belegerfassung. Zur Unterscheidung der einzelnen Warenbewegungen müssen Sie beim Erfassen eine Bewegungsart eingeben. Die Bewegungsart ist ein dreistelliger Schlüssel zur Identifizierung einer Warenbewegung. Der Schlüssel "101" bedeutet z. B. Wareneingang zur Bestellung in das Lager, "201" Warenausgang für Kostenstelle und "321" Freigabe aus der Qualitätsprüfung.

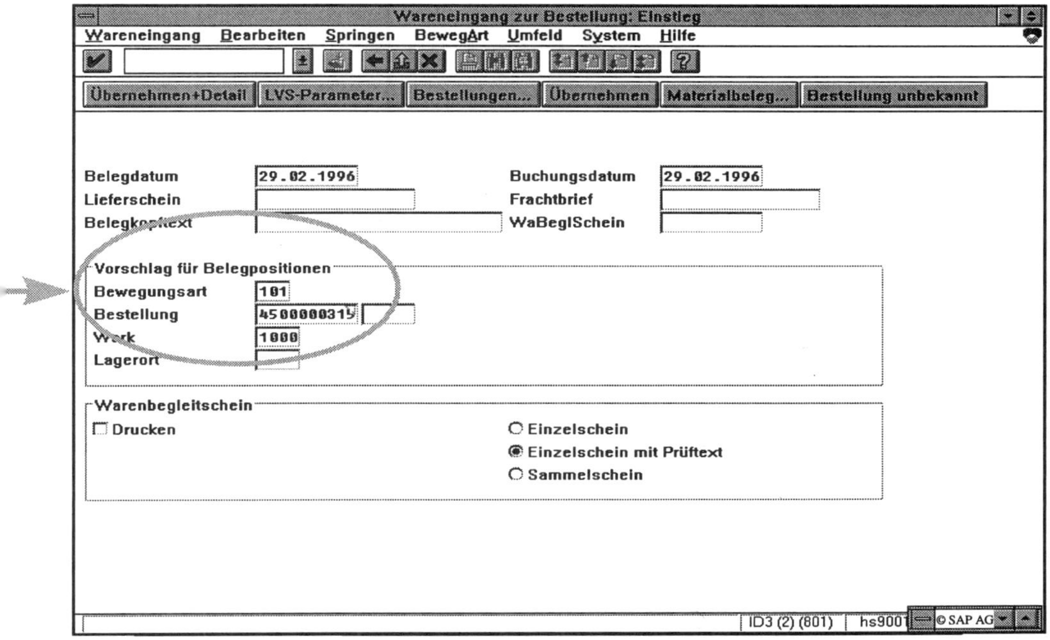

Abb. 8.25-3: Wareneingang mit Bezug zur Bestellung

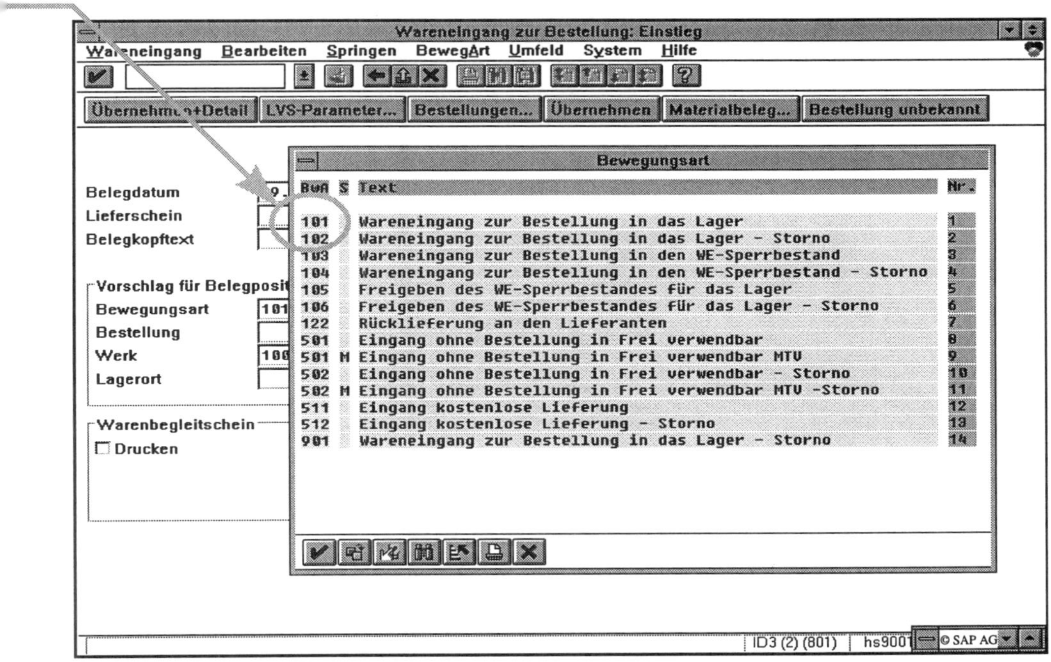

Abb. 8.25-4: Bewegungsarten

Materialbeleg
Ein Materialbeleg wird erzeugt, der als Nachweis für die Bewegung und als Informationsquelle für die beteiligten Anwendungen dient.

Bestandskonto
Im SAP-System wird nicht für jedes Material eigenes ein Konto eingerichtet. Vielmehr werden verschiedene Materialien mit ähnlichen Eigenschaften auf einem gemeinsamen Konto (z. B. Rohstoffe: Säuren) zusammengefaßt. Welches Konto für ein Material relevant ist, wird im Materialstammsatz festgeschrieben.

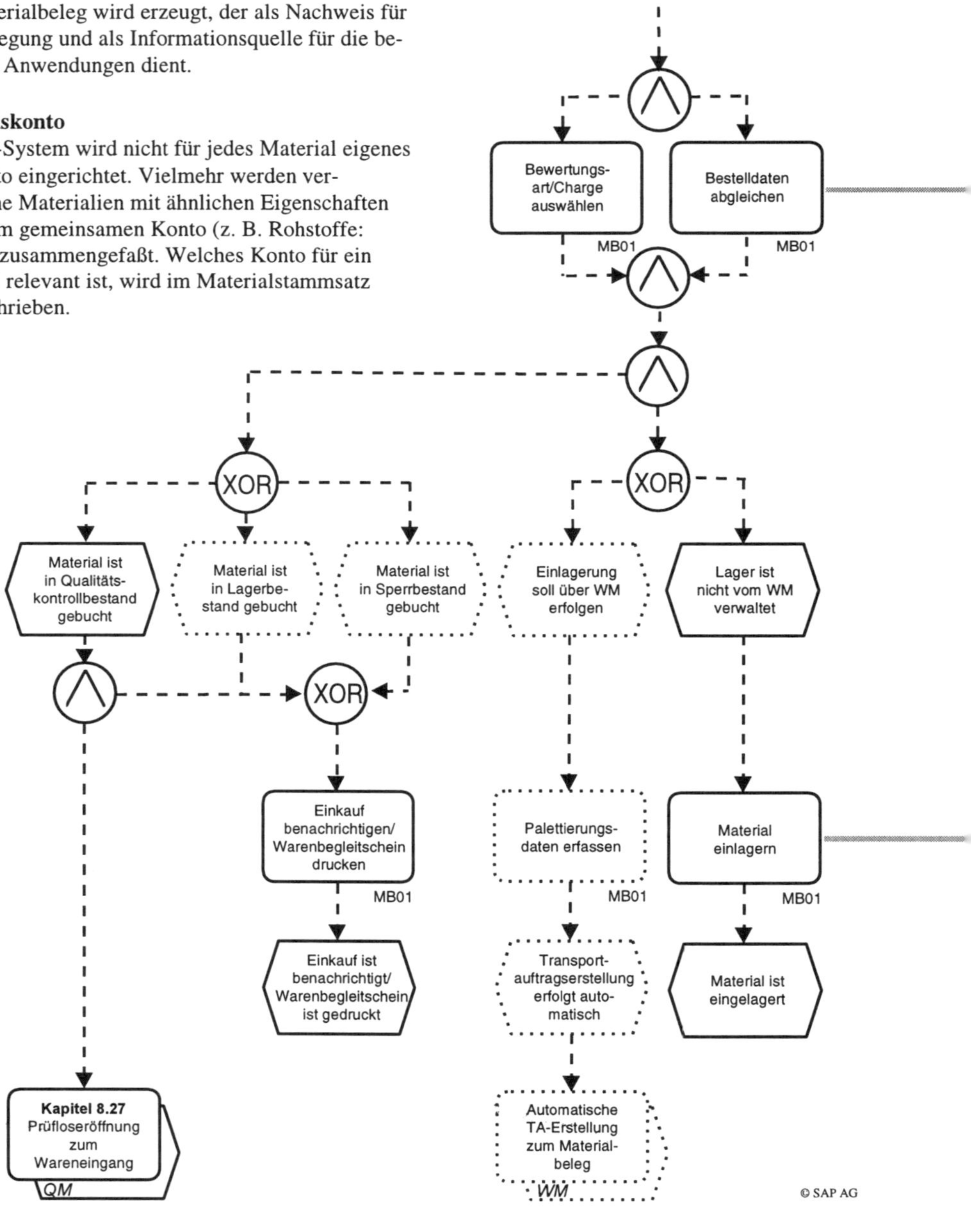

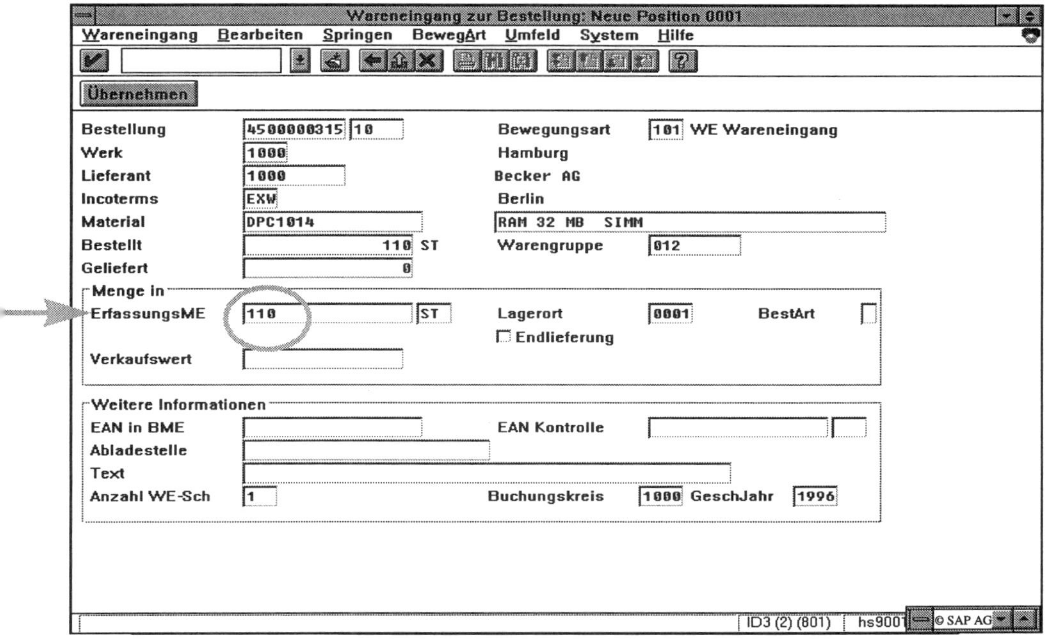

Abb. 8.25-5: Bestelldaten abgleichen

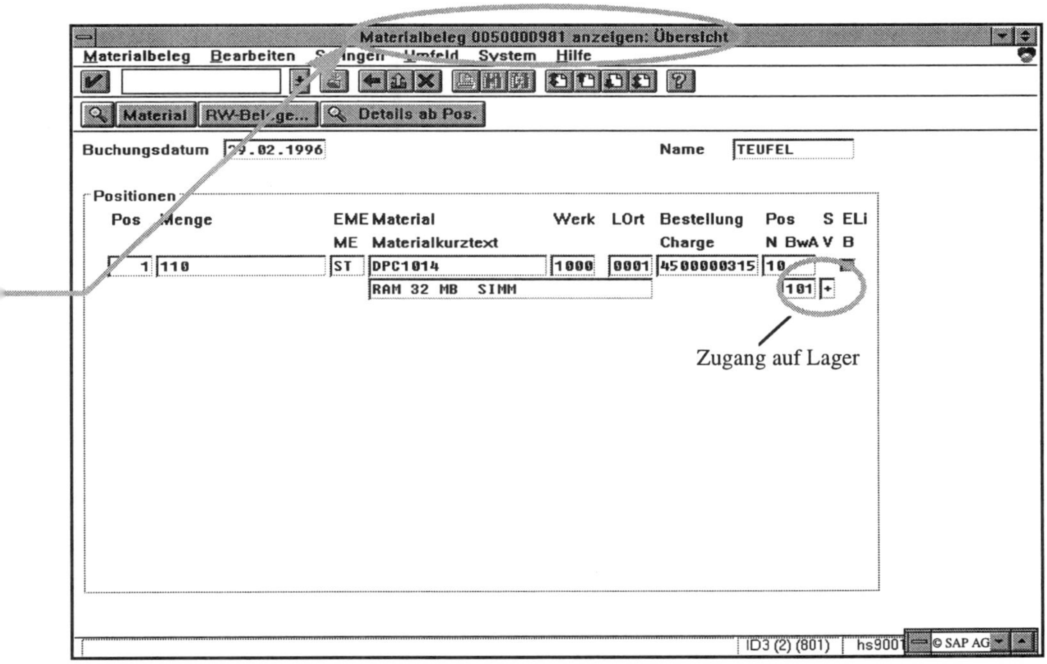

Abb. 8.25-6: Materialbeleg nach Einlagerung

8.26 Prozeß: Materialstammbearbeitung aus Sicht des Qualitätsmanagements

8.26.1 Betriebswirtschaftliche Beschreibung

Das Qualitätswesen erweitert sich zunehmend von der Prüfung des Produkts nach Fertigstellung zu einer planenden und vorausschauenden Qualitätssicherung im gesamten Produktentstehungsprozeß. Dabei muß sowohl die technische Sicherheit des Produkts als auch die Einsatztauglichkeit beim Kunden gewährleistet sein. Die Aufgaben des Qualitätswesens können in die Qualitätsplanung, -lenkung und -prüfung unterteilt werden. Unter die *Qualitätsplanung* fallen alle Maßnahmen der Auswahl, Klassifizierung und Gewichtung von Qualitätsmerkmalen sowie der Ableitung der entsprechenden Prüfmerkmale im Hinblick auf die richtige Messung des Erfüllungsgrades der vom Kunden bzw. Produkt gestellten Anforderungen. Die *Qualitätslenkung* hat die Aufgabe, unter Verwendung der Ergebnisse der Qualitätsprüfung die Einhaltung der Qualitätsvorgaben zu überwachen und gegebenenfalls mit Korrekturmaßnahmen einzugreifen. Die *Qualitätsprüfung* soll die Prüfung bei Herstellung des Produkts kostenoptimal planen, durchführen, die anfallenden Ergebnisse festhalten und diese im Hinblick auf die gestellten Anforderungen hin analysieren. Die Aufgaben der Qualitätsprüfung können wiederum in die Prüfplanung, Prüfdurchführung und in die Prüfdatenauswertung differenziert werden (vgl. Melzer-Ridinger 1995, S. 1-34).

Ausgangspunkt zur Durchführung einer Qualitätsprüfung ist das Vorliegen eines Materials. Es ist möglich, qualitätsrelevante Aspekte direkt dem Material im Stammsatz zuzuordnen, spezielle Prüfanweisungen im Arbeitsplan abzulegen oder für eine durchzuführende Prüfung einen eigenen Prüfplan zu erstellen. Neben dem zu prüfenden Material sind vor allem die Prüfmerkmale, d. h. die Festlegung, was geprüft werden soll (z. B. Messung von physikalischen und geometrischen Eigenschaften), und das Prüfmittel, d. h. das Hilfsmittel, mit dem geprüft werden soll (Meßgerät, Laboreinrichtung), als zentrale Stammdaten des Qualitätswesens zu nennen. Während für das Material im Materialstammsatz zur Unterstützung der qualitätsbezogenen Anforderungen eine spezielle Sicht gebildet werden kann, sind Prüfmerkmale und Prüfmittel als eigene Grunddaten des Qualitätswesens anzusehen und finden Eingang in den zu erstellenden Prüfplan.

Basis für den Prüfplan sind Geometrie-, Technologievorgaben und administrative Angaben. Die Schlüsselinformationen wie Prüfplannummer, Materialbezeichnung, Materialnummer, Erstellungsdatum und Prüfer befinden sich im Kopf des Prüfplans. In den einzelnen Prüfplanpositionen werden die Prüfmerkmale des zu prüfenden Objekts genauer spezifiziert. Im Feld Prüfspezifikation wird für jedes Prüfmerkmal (z. B. Durchmesser, Oberfläche, Bohrung) der obere und der untere Toleranzgrenzwert aufgeführt. Im Feld Prüfanweisung wird das Prüfmittel definiert und für die Prüfung der Prüfumfang und die Prüfhäufigkeit sowie der Prüfort festgelegt. Das Prüfmittel wird durch seine Identifikationsnummer eindeutig bestimmt. Weitere Attribute, die als Stammdaten (der Prüfmittelüberwachung) abgelegt werden, sind die Inventarnummer, die Bezeichnung, die Genauigkeitsklasse, Verwendungszweck, Anschaffungsdatum, -preis und eventuell der Eigentümer. Neben der Festlegung der prüfrelevanten Grunddaten bestimmen auch die Art und der Auslöser der Prüfung den Umfang der Prüfmaßnahmen. So kann die Art der Prüfung z. B. differenziert werden in Versuchstyp, Erstmuster-, Nullserien- oder Serienprüfung. Die Herkunft kann unterschieden werden nach der Prüfung aufgrund eines Wareneingangs von einem Lieferanten, von einem Produktionsbereich, innerhalb des Produktionsprozesses oder in Warenausgang und Lieferung zum Kunden.

8.26.2 SAP-spezifische Beschreibung

Im R/3-System werden qualitätsrelevante Stammdaten zum einen im Materialstamm, zum anderen im Prüfplan durch die Festlegung von Prüfmitteln, Prüfmerkmal und Prüfmethode angegeben. Darüber hinaus nutzt das Modul Qualitätsmangement zur Durchführung der verschiedensten Prüfungen in Beschaffung, Fertigung und Vertrieb noch weitere Informationen über den Materialstamm sowie Lieferanten- und Kundenstammdaten. Der Materialstamm enthält einige grundlegende Daten für das Qualitätsmangement, die die Durchführung der Prüfabwicklung mit beeinflussen. Um für ein Material qualitätsrelevante Daten anlegen zu können, muß zunächst in der Sichtenauswahl das *Qualitätsmanagement* ausgewählt werden. Im Materialstammsatz wird z. B. festgelegt, ob das Qualitätsmanagement für die Beschaffung *aktiv* ist und ob ein Material vor Durchführung der Prüfung in einen Qualitätsprüfbestand gebucht werden soll. Eine Buchung in den Qualitätsprüfbestand kann allerdings nicht bei kontierten Bestellungen oder Warenausgangsbuchungen erfolgen. (vgl. SAP – Qualitätsmanagement 1996, S. 4.1-4.2).

Ein wichtiges Kennzeichen in der Sicht Qualitätsmanagement ist die *Prüfart*. Die Prüfart legt fest, wie die Prüfung für ein Material durchgeführt werden soll (vgl. Abbildung 8.26-2). Im Customizing des R/3-Systems sind gängige, in der Praxis vorkommende Prüfarten mit entsprechenden Vorschlagswerten definierbar. Die dort festgelegten Werte werden dem Sachbearbeiter bei der Durchführung des operativen Geschäfts angezeigt und diesem somit Informationen für die durchzuführende Materialprüfung gegeben. So kann festgelegt werden, ob die Prüfung auf Basis eines Prüfplans oder einer Materialspezifikation erfolgen soll oder ob ohne Prüfplan geprüft wird. Ist die Vorgabenzuordnung gesetzt, versucht das System automatisch eine Prüfvorgabe (Prüfplan oder Materialspezifikation) auszuwählen und sie dem Prüflos, d. h. dem Material und der Menge, die zu prüfen ist, zuzuordnen. Zu jeder Prüfung kann eine Stichprobe angegeben werden, die durch die Setzung des entsprechenden Kennzeichens erfolgt. Es gibt folgende Stichprobenmöglichkeiten:

- *Manuelle Stichprobe vorgeben*
  Bei der Erzeugung eines Prüfloses muß der Stichprobenumfang manuell eingegeben werden.
- *Stichprobenberechnung manuell anstoßen*
  Die Ermittlung des Stichprobenumfangs wird manuell angestoßen. Das System berechnet dann den Stichprobenumfang auf der Basis des Prozentsatzes, der im Feld Prüfprozentsatz angegeben ist. Wird dort keine Angabe gemacht, so ist im Feld 100%-Prüfung ein Kennzeichen zu setzen.

- *100%-Prüfung*
  Der Stichprobenumfang entspricht dem Losumfang.
- *Prüfprozentsatz*
  Das System berechnet den Stichprobenumfang auf Basis des angegebenen Prozentsatzes. Ist z. B. eine Warenlieferung mit der Menge von 10000 Stück eingetroffen und der angegebene Prozentsatz beträgt 2%, so sind 200 Stück in die Stichprobe zu nehmen.
- *Skips erlaubt*
  Skip bedeutet, daß für dieses Material ein Prüfverzicht erfolgen kann.

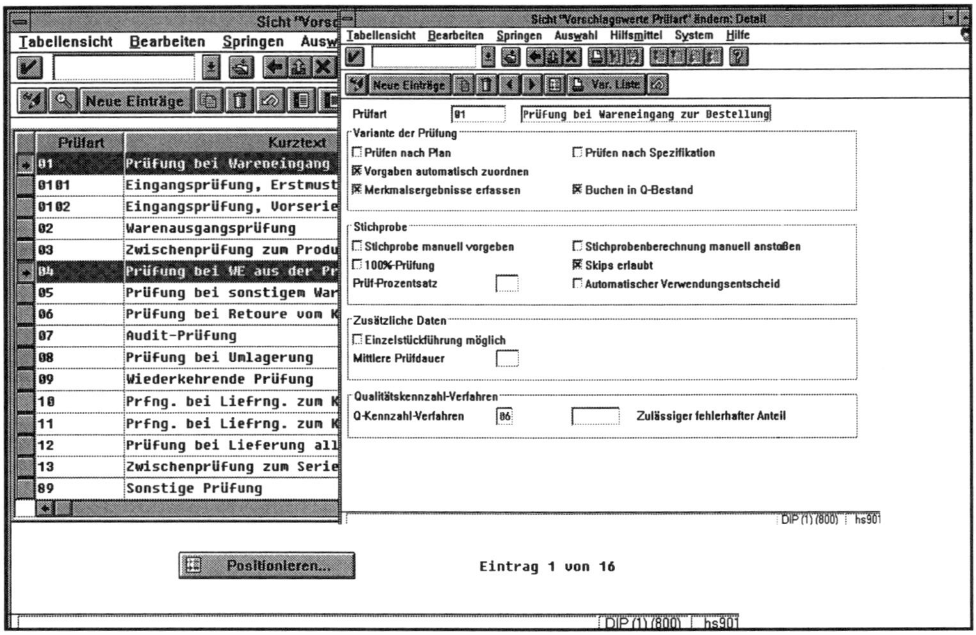

Abb. 8.26-1: Prüfart bei Wareneingang zur Bestellung – Customizing

Darüber hinaus wird hier festgelegt, ob ein automatischer Verwendungsentscheid durchgeführt werden soll. Der *Verwendungsentscheid* gibt an, was mit einem geprüften Material anschließend gemacht werden soll. Als Information zur Materialbestandsführung kann z. B. abgelegt sein, ob ein Material in den frei verfügbaren Bestand, in den gesperrten Bestand oder in die Verschrottung gebucht werden soll. Ist das Kennzeichen für den automatischen Verwendungsentscheid gesetzt und die Ware in einem Prüflos bei der operativen Prüfung als fehlerfrei deklariert worden, so kann das System die Schritte für den Prüfabschluß automatisch ausführen (vgl. Kapitel 8.28). Ebenso werden dann die Bestandsbuchungen vorgenommen und die Ware aus dem Prüfbestand freigegeben. Voraussetzung für die automatische Durchführung der beschriebenen Aktivitäten ist, daß kein Merkmal des Prüfloses zurückgewiesen wurde, alle erforderlichen Merkmale zurückgemeldet und keine Fehlersätze erzeugt wurden. Zum Einsatz des Qualitätsmanagements in der Beschaffung müssen ebenso spezielle Daten im Materialstammsatz gepflegt werden. So muß zumindest das Kennzeichen für QM in der Beschaffung gesetzt sein und ein Steuerschlüssel eingegeben werden. Der *Steuerschlüssel* legt fest, ob eine Vereinbarung über eine technische Lieferbedingung, Qualitätssicherungsvereinbarungen, Lieferantenfreigaben, Qualitätszeugnisse, Dokumentations-pflicht und das Setzen von Rechnungssperren erforderlich ist. Mit der Angabe des Zeugnistyps, der im Customizing definiert wird, kann gesteuert werden, daß zu jeder Bestellposition ein Zeugnis vom Lieferanten angefordert wird. Darüber hinaus kann gesteuert werden, ob bei jedem Wareneingang zu einer Bestellposition ein Zeugnis vorliegen muß, ob beim Wareneingang der Eingang eines Zeugnisses zu jeder Bestellposition geprüft werden soll und welche Meldungsart generiert wird, wenn das geforderte Zeugnis nicht vorliegt.

8.26.3 Anwendung des Prozesses

Das Erweitern des Materialstammsatzes *DPC1101* mit den QM-Stammdaten zu den Daten aus Kapitel 8.08, 8.11 und 8.20 ist keine neue Transaktion, sondern nur ein Hinzufügen einer neuen Sicht im Materialstamm. Deshalb wird der Materialstammsatz nicht mit dem Änderungsmodus, sondern mit dem Menüpunkt *Anlegen* aufgerufen. Es wird direkt auf die Eingabemaske *Qualitätsmanagement* navigiert, wenn in der Sichtenauswahl die entsprechende Markierung gesetzt ist. Mit der Menütaste *QM-Prüfdaten* gelangen Sie auf die Parameterliste für die Prüfarten. Für die Modellfirma A wurde die Prüfart *01* der Wareneingangsprüfung ausgewählt (vgl. Abbildung 8.26-2). Auf der allgemeinen QM-Sicht (vgl. Abbildung 8.26-3) können Sie weitere Grunddaten, wie das Feld der *Wareneingangszeit* und der *Dokumentenpflicht*, pflegen. Das Markierungsfeld *QM-Prüfdaten* wurde automatisch markiert, da die Prüfart im vorherigen Schritt eingestellt wurde. Findet eine Qualitätsprüfung für die Beschaffung statt, wie es für die Modellfirma A vorgesehen ist, so muß zuletzt der Parameter *QM-Beschaffung* aktiviert werden, bevor Sie den Materialstammsatz abspeichern.

8.26.4 Navigationsinformationen

- *Menüpfad*
  Logistik –> Materialwirtschaft –> Materialstamm –> Material –> Anlegen –> allgemein –> Sichten
- *Transaktionscode*
  MM01
- *Eingehende Prozeßverbindungen im R/3-Referenzmodell*
  keine
- *Ausgehende Prozeßverbindungen im R/3-Referenzmodell*
  Prüfplanbearbeitung
  Materialspezifikation
  Stichprobenbearbeitung
  Prüfkostenerfassung (QM-Auftrag)

Prüfart
Für jede Prüfart können Sie über die Customizing-Funktion eine Reihe von Kennzeichen und Feldwerten voreinstellen. Diese Voreinstellungen werden als Vorschlagswerte im Dialogfenster für die QM-Prüfdaten angezeigt. Sie haben die Möglichkeit, diese Voreinstellungen für ein Material individuell zu ändern. Wie Sie bei der Pflege der QM-Prüfdaten die verschiedenen Kennzeichen für die Prüfart setzen, hängt u. a. auch davon ab, ob Sie eine Prüfung bzw. Materialspezifikation mit Plan oder ohne Plan durchführen.

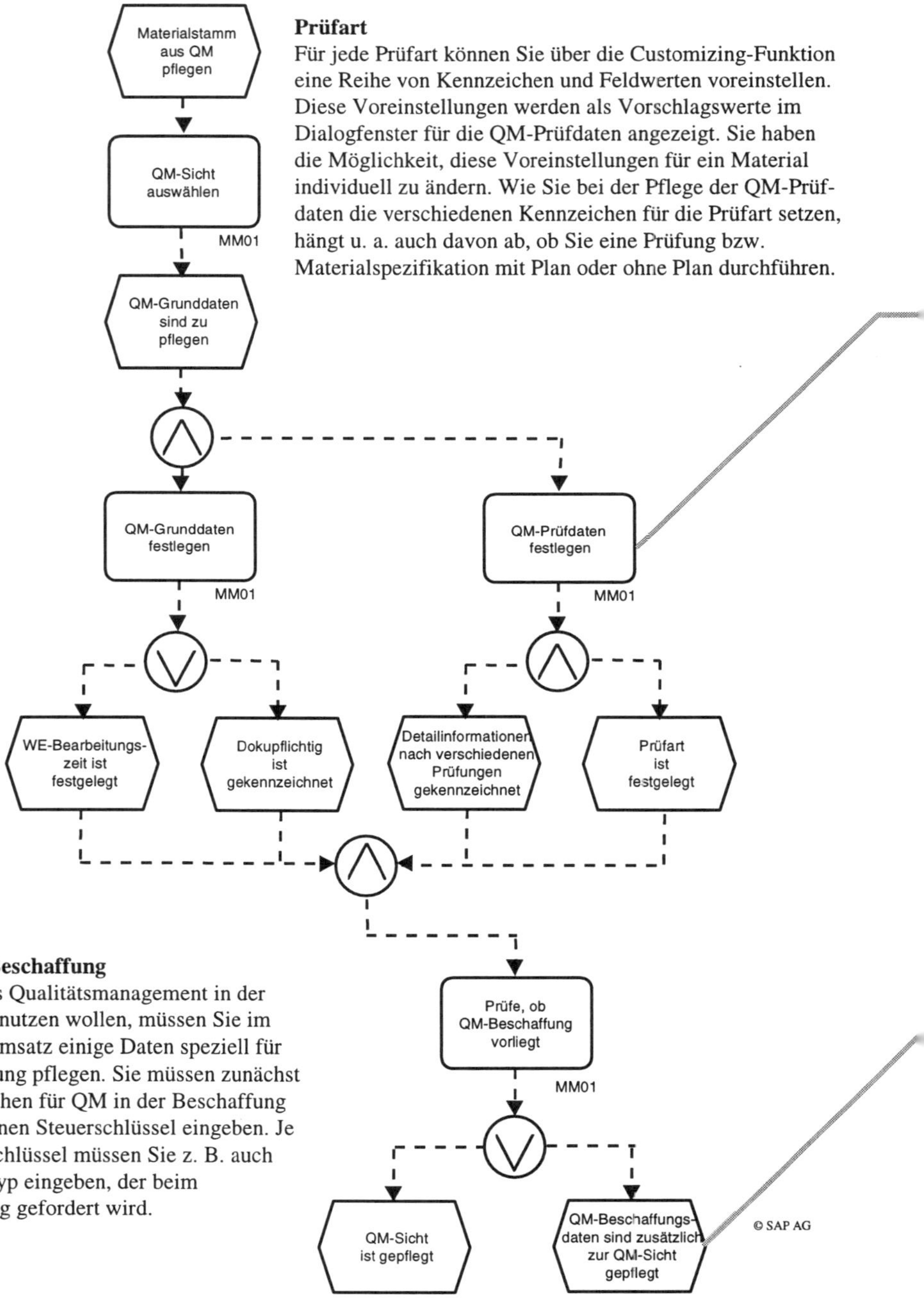

QM in der Beschaffung
Wenn Sie das Qualitätsmanagement in der Beschaffung nutzen wollen, müssen Sie im Materialstammsatz einige Daten speziell für die Beschaffung pflegen. Sie müssen zunächst das Kennzeichen für QM in der Beschaffung setzen und einen Steuerschlüssel eingeben. Je nach Steuerschlüssel müssen Sie z. B. auch den Zeugnistyp eingeben, der beim Wareneingang gefordert wird.

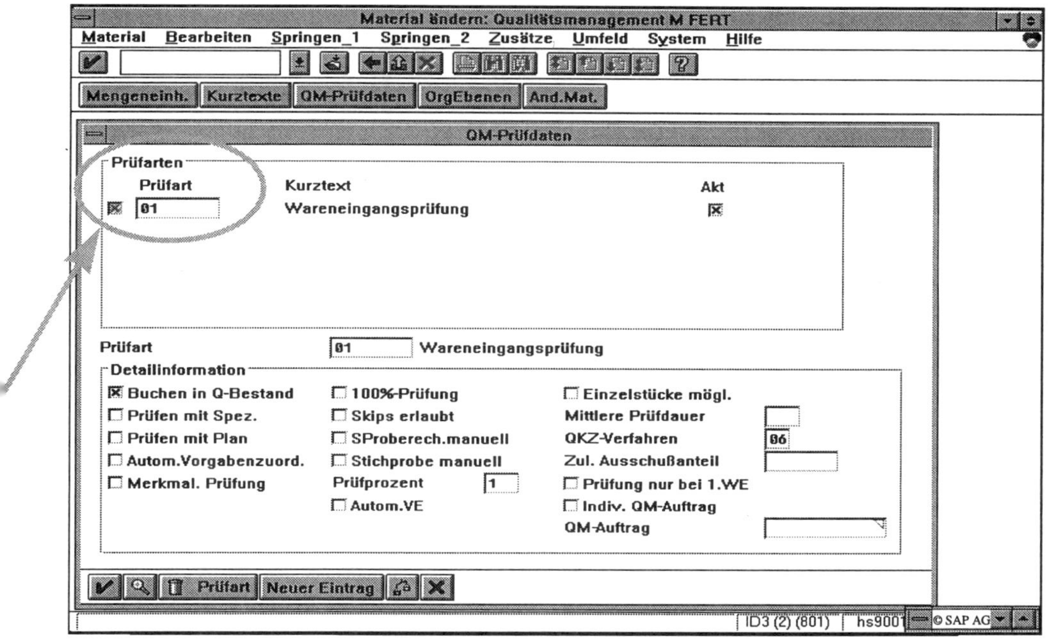

Abb. 8.26-2: Prüfart

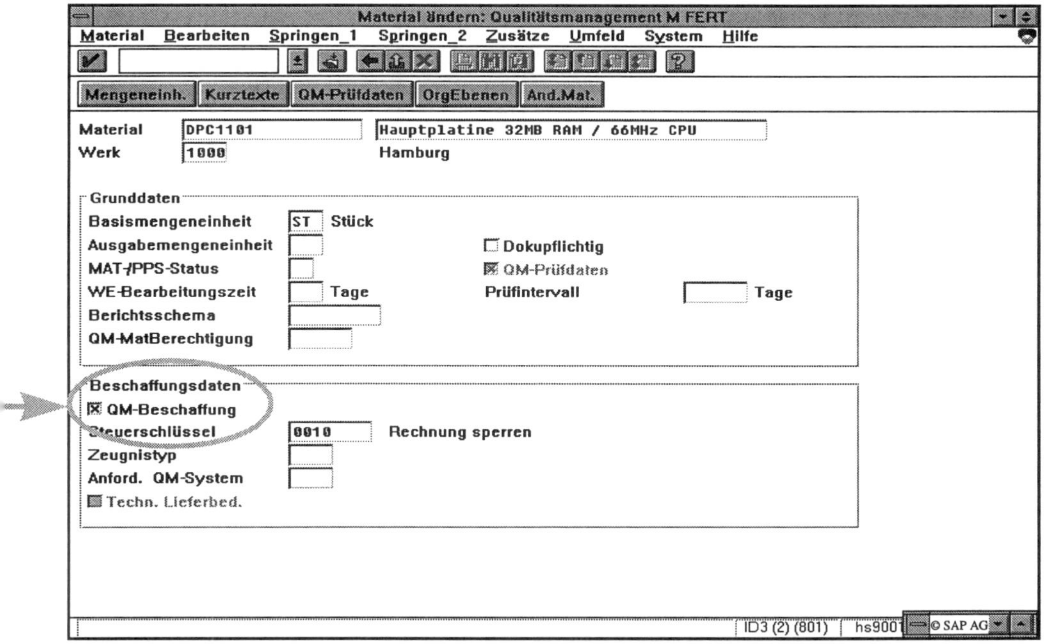

Abb. 8.26-3: QM-Grunddaten und QM-Beschaffungsdaten

8.27 Prozeß: Prüfloseröffnung zum Wareneingang

8.27.1 Betriebswirtschaftliche Beschreibung

Qualitätsprüfungsmaßnahmen wurden in der industriellen Fertigung schon in den zwanziger Jahren vollzogen. Diese beschränkten sich allerdings primär auf die Beurteilung fertigerstellter Erzeugnisse und das Aussortieren fehlerhafter Produkte am Ende des Produktionsprozesses (vgl. Pfeifer 1991, S. 131-153). Die Prüfvorbereitung und -durchführung wurden als Folge der industriellen Arbeitsteilung häufig von darauf spezialisierten Qualitätsabteilungen durchgeführt und der Qualitätsstandard der Produkte durch umfangreiche Kontrollmaßnahmen erreicht. Die Produktion von immer komplexeren Produkten führte einerseits zu einem Anstieg der Prüfkosten, andererseits mußte aufgrund von Qualitätsmängel ein permanenter Überschuß produziert werden. Parallel dazu wurden als Folge zur Sicherstellung der vom Markt geforderten Absatzzahlen hohe Lagerbestände aufgebaut.

Die primäre Orientierung auf die Sicherstellung der Produktqualität blieb bis Ende der siebziger Jahre erhalten, obwohl seit den dreißiger Jahren zunehmend statistische Prüfverfahren zur Überwachung und Kontrolle der Produktionsprozesse entwickelt wurden. Qualitätsverbesserungen wurden in der Regel durch Verfeinerung der Prüfspezifikationen erreicht, was wiederum eine Erhöhung der Qualitätskosten zur Folge hatte. Erst allmählich gingen die Unternehmen von einer Kontrolle nach Abschluß des Fertigungsprozesses (Abnahmeprüfung) zu einer Prüfung während der Fertigung (Fertigungsüberwachung) über. Stand auch hier noch zunächst die Fehlerkontrolle im Vordergrund, so sind seit Ende der siebziger bzw. seit Beginn der achtziger Jahre zunehmend Tendenzen zur Fehlerverhütung zu beobachten. Dies beruht auf der Erkenntnis, daß das *Prüfen von Qualität* innerhalb des Fertigungsprozesses – insbesondere bei zunehmend komplexer werdenden Produkten und eng miteinander verbundenen Produktteilen – nicht die erforderliche Qualität gewährleisten kann. Der Schwerpunkt innerhalb der Qualitätssicherung verlagerte sich deshalb von der *Prüfung* zur *vorausschauenden Planung* zwecks Vermeidung von Fehlern. Ziel ist es, im Vorfeld der Fertigung mögliche Fehlerpotentiale zu entdecken und entsprechende Maßnahmen zur Fehlervermeidung in der Planung zu berücksichtigen. Ein Kennzeichen dieses Ansatzes war das verstärkte Aufkommen von Methoden, wie z. B. Failure Mode and Effects Analysis (FMEA), Fehlerbaumanalyse, Shainin- und Taguchi-Methode.

Neben klassischen CAQ-Systemen, die vor allem die Prüfplanung, die Prüfmittelplanung, die Prüfmittelverwaltung, die Prüfauftragsverwaltung und -durchführung sowie die Prüfdatenauswertung unterstützen, sind im Zuge der datenverarbeitungstechnischen Integration CAE- bzw. CAD-Systeme konzipiert worden, um im Rahmen der Produktplanung und -entwicklung qualitätssichernde Unterstützungsmaßnahmen einzuleiten. Denn Fehler, die der Konstrukteur innerhalb der Entwurfsphase eines Produkts verursacht, führen meistens zu überproportionalen Kosten in der Fertigung. Über die qualitätssichernden Weiterentwicklungen im Rahmen der Produktentstehungskette hinaus führten steigende Anforderungen (bedingt durch Ökologie und Produzentenhaftung) dazu, die qualitätssichernden Maßnahmen auf das gesamte Unternehmen und hier insbesondere auf ein- und ausgehende Material- und Produktflüsse auszudehnen. Warenbezogene Prüfungen beim Wareneingang von einem Lieferanten bzw. beim Warenausgang zum Kunden erlangten somit zunehmende Bedeutung bei den Unternehmen (vgl. Arnolds et al. 1996, S. 377-392; vgl. Dillinger 1994, S. 997-1015; vgl. Herzog 1992, S. 50-60; vgl. Melzer-Ridinger 1994, S. 29-43).

Da Unternehmen zum einen als Lieferanten, zum anderen als Kunden auftreten können, führen Warenausgangskontrollen beim Lieferantenunternehmen und Wareneingangskontrollen beim Kundenunternehmen zu doppelten Prüfkosten. Darüber hinaus müssen zur Prüfdurchführung die Meßgeräte beim Abnehmer und beim Lieferanten vorgehalten werden, was für beide Partner zu unnötig hohen Kapitalbindungen führt. Da der Lieferant aufgrund der gesetzlichen Regelungen zur Produzentenhaftung nicht auf eine Warenausgangsprüfung verzichten kann, ist ein Verzicht der Warenprüfung am ehesten beim Warenabnehmer möglich. Zur Aufrechterhaltung der Gewährleistungsansprüche ist allerdings eigentlich eine Wareneingangsprüfung notwendig. Daher müssen beim Entfall von Wareneingangsprüfungen zwischen Lieferant und Abnehmer vertragliche Regelungen getroffen werden. Zur Abdeckung der unterschiedlich auftretbaren Situationen muß ein Qualitätsmanagementsystem Prüfabwicklungen unterstützen, die sich in Maßnahmen vor Produktionsbeginn, zur Kontrolle von Prototypen und Nullserien und in Maßnahmen zur Serienlieferung untergliedern.

Handelt es sich um die Beschaffung von technisch ausgereiften Standardteilen, so liegen die technischen Qualitäts- und Lieferungsdaten weitestgehend vor. Variable Größen sind dann neben dem Preis und dem Liefertermin zur Aufrechterhaltung der Geschäftsbeziehungen die Einhaltung der standardmäßig geforderten Qualitätskriterien. Je nach Stadium der Geschäftsbeziehung können zu den qualitätssichernden Maßnahmen folgende Aufgaben gehören:

- Lieferantenauswahl
- Abklärung von technischen Produktanforderungen
- Festlegung von Qualitätsvereinbarungen und Haftungsmaßnahmen
- Einsichtnahme in den Produktionsablauf und das Produktionsaudit bei Sicherheitsteilen
- Erbringung eines statistischen Prozeßkontrollnachweises
- Erbringung von Erstmustern und Nullserien

Sind die Eingangshürden für Lieferanten und Abnehmer genommen und erfüllt das Produkt die qualitätsrelevanten Anforderungen, so liegt die zukünftige Aufgabe darin, den erreichten Standard zumindest zu erhalten und oftmals aufgrund von Weiterentwicklungen zu verbessern. Deshalb ist es auch nach Vertragsabschluß notwendig, eine stichprobenartige Prüfung durchzuführen. Beim Lieferanten dienen diese dann vor allem zur Sicherung des Qualitätsstandards, beim Abnehmer zur Aktualisierung der Lieferantenbewertungen.

Eine Qualitätsprüfung im Wareneingang ist notwendig, wenn die Lieferteile einen entscheidenden Einfluß auf die Qualität der Endprodukte haben und nicht vertraglich vereinbart ist, daß der Lieferant sämtliche Gewährleistungsansprüche übernimmt und nicht vollständig die Einhaltung der Qualitätsvereinbarungen sicherstellt. Beim Wareneingang ist dann eine Qualitätsprüfung durchzuführen, zu protokollieren und als Grundlage für die

Lieferantenbeurteilung (vgl. Budde 1992, S. 88-96) und sonstige Folgeaktionen zu verwenden. Die Qualität der zugekauften Teile wird anhand von Qualitätsmerkmalen überprüft, die in den Qualitätsvereinbarungen mit Soll-Werten und Toleranzvorgaben beschrieben sind. Die durchzuführende Qualitätsprüfung kann als Voll- oder Stichprobenkontrolle durchgeführt werden. Erstere findet in der Regel bei Hochsicherheitsteilen Anwendung oder wenn aufgrund einer vorangegangenen Stichprobenkontrolle die Fehlerrate über dem zulässigen Wert lag und vor einer Rücksendung die brauchbaren Teile herausgefiltert werden sollen. Aus wirtschaftlichen und zeitlichen Gründen heraus werden Stichprobenkontrollen häufig bei Anlieferung von großen Produktionslosen aus der Stückgüterfertigung angewendet. „Unter den attributiven Stichprobensystemen hat sich vor allem das AQL-System durchgesetzt. Es basiert auf dem AQL-Wert (Acceptable Quality Level), der den maximal zulässigen Anteil fehlerhafter Einheiten in Prozent des Prüfloses angibt" (Arnolds et al. 1996, S. 389).

Die angelieferte und zu prüfende Menge eines Produkts wird als *Prüflos* (das ist die Grundgesamtheit, an der eine Voll- oder Stichprobenprüfung durchgeführt werden soll) bezeichnet. Zur Erzeugung von konsistenten Prüfergebnissen sollte nach Möglichkeit das Prüflos aus Einheiten des gleichen Typs bestehen, die unter gleichen Fertigungsbedingungen produziert wurden. Homogene Bedingungen sollten dabei bezüglich des Rohmaterials, der Werkzeuge, der eingesetzten Maschinen und der Produktionsverfahren vorliegen.

8.27.2 SAP-spezifische Beschreibung

Das R/3-System berücksichtigt die veränderten Anforderungen an das Qualitätsmanagement, indem es dieses in den betroffenen Anwendungen selbst verankert, wie z. B. in der Beschaffung, in der Lagerwirtschaft, in der Fertigung und im Vertrieb. Ebenso bestitzt das Qualitätsmanagement auch eine Integration zum Controlling, wo z. B. die Prüf- und Fehlerkosten berücksichtigt werden. Auslöser für die Durchführung einer Prüfung können Wareneingänge, Warenausgänge, Lieferungen, Retouren, Umlagerungen etc. sein. Die Prüfabwicklung bzw. die Qualitätsprüfung ist mit die wichtigste Aufgabe innerhalb des Qualitätsmanagements. Sie stützt sich zum einen auf die Vorgaben der Qualitätsplanung, die z. B. im Prüfplan festgehalten sind, und erzeugt zum anderen wesentliche Ergebnisse als Basisinformationen für die Qualitätslenkung, d. h. die Fehleranalyse und Ableitung von Folgeaktivitäten zur Verbesserung der Qualität. Allgemein unterstützt das Qualitätsmanagement im R/3-System die Erfüllung von Qualitätsanforderungen in der Beschaffung, Fertigung und im Vertrieb (vgl. SAP – Qualitätsmanagement 1996, S. 3.1-3.7).

- *Erfüllung von Qualitätsanforderungen in der Beschaffung*
  - *Freigabe von Lieferbeziehungen*
    Das Qualitätswesen erteilt die Freigabe eines Lieferanten für ein bestimmtes Material. Es kann die Freigabe befristen oder auf eine bestimmte Menge einschränken. Hat ein Lieferant schwerwiegende Qualitätsprobleme, so kann sich das Qualitätswesen absichern, indem es Anfragen, Bestellungen oder Wareneingänge für bestimmte Materialien dieses Lieferanten sperrt.

- *Anfrage*
  Als Anlage zur Anfrage kann der Lieferant automatisch die vom Qualitätswesen für das Material festgelegten technischen Lieferbedingungen erhalten. Ist für das Material eine Freigabe durch das Qualitätswesen erforderlich, wird dies dem Einkäufer mitgeteilt.

- *Lieferantenauswahl*
  Die Materialwirtschaft stellt dem Einkäufer bei der Lieferantenbeurteilung Informationen über die Liefertreue und das Preisverhalten der Lieferanten zur Verfügung. Aus dem Modul QM erhält er Auskünfte über die Qualität der bisher gelieferten Waren und das Qualitätsmanagementsystem des Lieferanten. Das System verwaltet zu dem Zweck verdichtete Qualitätskennzahlen und schreibt sie automatisch für die Lieferantenbewertung fort. In manchen Branchen müssen Lieferanten ein Qualitätsmanagementsystem aufrechterhalten, dessen Wirksamkeit – beispielsweise nach ISO-9003 – nachweisen und sich dies durch akkreditierte Stellen in Form von Zertifikaten bescheinigen lassen. Deshalb bietet das Modul QM die Möglichkeit, geforderte Qualitätsmanagementsysteme zu definieren, die bei den Lieferanten tatsächlich vorhandenen zu notieren und zu bewerten und bei der Lieferantenauswahl den Vergleich zu ziehen.

- *Bestellung*
  Zum Zeitpunkt der Bestellung muß der Lieferant, falls dies gefordert war, vom Qualitätswesen für die Lieferung des betreffenden Materials freigegeben sein. Die Freigabe dieser Lieferbeziehung läßt sich auf eine festgelegte Laufzeit und eine maximale Liefermenge einschränken. Mit der Bestellung erhält der Lieferant automatisch Informationen über den neuesten Stand der technischen Lieferbedingungen und die aktuell gültige Qualitätssicherungsvereinbarung sowie gegebenenfalls über die Pflicht, der Warenlieferung ein Zeugnis beizufügen.

- *Abnahmeprüfung*
  Gelegentlich ersetzen Abnahmeprüfungen beim Lieferanten eine Wareneingangsprüfung. In solchen Fällen ermöglicht das System die Überwachung der Soll-Liefertermine und die rechtzeitige Prüfloseröffnung zum Abnahmetermin.

- *Wareneingang*
  Besteht für ein Material Zeugnispflicht, so ist das Vorhandensein des Zeugnisses spätestens beim Wareneingang zu quittieren. Die Zeugnisvorlage kann je Bestellposition, je Charge oder je Wareneingang gefordert sein. Üblicherweise wird die Wareneingangsmenge für die Dauer der Wareneingangsprüfung in den Qualitätsprüfbestand gebucht. Dieser Bestand gilt als nicht verfügbar. Er ist nur noch im Rahmen der Prüflosabwicklung zu beeinflussen; eine manuelle Buchung mit Mitteln der Materialwirtschaft ist nicht möglich. Die geplante Dauer der Wareneingangsprüfung wird in der Disposition berücksichtigt. Beim Wareneingang wird automatisch die Prüflosabwicklung angestoßen. Das System erzeugt zusätzlich zum Wareneingangsbeleg einen Prüflosdatensatz. Es wählt ferner einen geeigneten Prüfplan aus und ermittelt die Stichprobenumfänge entsprechend der Qualitätslage. Danach kann die Prüfung unverzüglich beginnen. Die benötigten Arbeitsunterlagen,

wie Probeziehanweisung und Prüfanweisung, stehen zum sofortigen Druck bereit. Die anschließende Prüflosabwicklung im Modul QM endet nach dem Prüfabschluß mit dem Verwendungsentscheid. In Ausnahmesituationen kann man – mit entsprechender Berechtigung – die Losmenge schon vorzeitig aus dem Qualitätsprüfbestand herausbuchen. Normalerweise geschieht dies aber erst nach dem Prüfabschluß in Verbindung mit dem Verwendungsentscheid.

- *Erfüllung von Qualitätsanforderungen in der Fertigung*

  - *Integrierte Planung*
    Arbeitsvorgänge und Prüfvorgänge innerhalb des Fertigungsprozesses werden mehr und mehr verflochten oder gar verschmolzen. Die Selbstprüfung durch den Werker und die Lenkung von Prozeßmerkmalen, die sich auf die Qualität der Produkte auswirken, lassen eine strenge Trennung nicht mehr zu. Dementsprechend erstellen Teams aus den Bereichen Fertigung und Qualitätsprüfung gemeinsam die Arbeitspläne.

  - *Prüfvorgänge*
    Aus diesem Grund sind die Prüfmerkmale des Moduls QM in die Arbeitsplanung und Fertigungsabwicklung des Moduls PP (Produktionsplanung und -steuerung) integriert. Die Merkmale – es können sowohl Prüfmerkmale als auch Prozeßmerkmale sein – werden zu einem Arbeitsvorgang angelegt. Prüfmittel werden als Fertigungshilfsmittel zugeordnet. Fertigungs- und Prüftätigkeiten dürfen innerhalb eines Arbeitsvorgangs vermischt auftreten. Der Vorgang wird ansonsten wie ein Produktionsvorgang behandelt.

  - *Prüflose*
    Mit der Eröffnung eines Fertigungsauftrags erzeugt das System einen speziellen Prüflosdatensatz für die Verwaltung der Prüfvorgaben und Prüfergebnisse aller Vorgänge.

  - *Rückmeldungen*
    Man kann die Rückmeldung der Prüfergebnisse an das Modul QM mit der Rückmeldung der Arbeitsvorgänge an das Modul PP verbinden.

  - *Prüfrhythmen*
    Arbeitspläne können Prüfrhythmen vorschreiben; dabei sind zeit- oder mengenbezogene Prüfraster innerhalb einer laufenden Fertigung möglich. Mit Hilfe des Prüfrasters im Modul QM kann man den Fertigungsprozeß hinsichtlich der Prozeß- oder Prüfmerkmale fortwährend überwachen.

  - *Teillose*
    Die Gesamtmenge des Fertigungsauftrags läßt sich in Teillose aufspalten, wenn Teilmengen mit unterschiedlichen Eigenschaften auftreten. Wird das Endprodukt in Chargen geführt, kann man die Teillose während oder am Ende des Fertigungsauftrags einzelnen Chargen zuordnen. Die Prüfergebnisse gehen dabei in die Chargenmerkmalswerte ein.

– *Regelkarten*
Die über das Raster gesteuerte Prüfung dient als Grundlage für die statistische Prozeßlenkung mit Hilfe von Regelkarten, einem grafischen Hilfsmittel zur Dokumentation des Qualitätsverlaufs eines Fertigungsprozesses. Das Modul QM unterstützt als Typen von Regelkarten für normalverteilte Prüfmerkmale eine Mittelwertkarte mit Berücksichtigung der Toleranz (Annahmekarte), eine Mittelwertkarte ohne Berücksichtigung der Toleranz (Shewhart-Karte) und eine Standardabweichungskarte. Regelkarten werden bei der Ergebniserfassung fortgeschrieben und angezeigt. Das System errechnet die Eingriffs- und Warngrenzen auf Anforderung aus den aktuellen Prüfergebnissen oder aus den Ergebnissen eines Vorlaufs. Der Verlauf einer Regelkarte darf sich über mehrere Prüflose oder Fertigungsaufträge erstrecken. Die Regelkarten sind zwar hauptsächlich für das Qualitätsmanagement in der Fertigung gedacht, in besonderen Fällen mag aber auch ihre Anwendung bei Prüflosen anderer Herkunft, beispielsweise im Wareneingang, sinnvoll sein.

- *Erfüllung von Qualitätsanforderungen im Vertrieb*

– *Warenprüfung*
Im Rahmen der Vertriebsabwicklung ermöglicht das System die Prüfung von Waren auf der Grundlage des Lieferungsdatensatzes, im folgenden kurz Lieferung genannt. Hierzu wird zum Zeitpunkt der Erstellung der Lieferung ein Prüflos eröffnet und freigegeben. Kommissionierung und Prüfung sind dabei auf flexible Weise zu koordinieren; das System schreibt keine bestimmten Abläufe vor.

– *Chargenspezifikation*
Wenn die Bestände eines Materials nach Chargen verwaltet werden, läßt das Modul QM die Prüfergebnisse in die Spezifikationen einfließen und unterstützt so indirekt die Auswahl geeigneter Chargen.

– *Zeugnisse*
In manchen Branchen ist es üblich, den Lieferungen Qualitätszeugnisse (Zertifikate) beizufügen, in denen die Spezifikationen eines Materials bzw. die Prüfergebnisse einer Charge dokumentiert sind. Der Zeugnisdruck wird parallel zur Erstellung der Versandunterlagen über die zentrale Nachrichtensteuerung des SAP-Systems angestoßen. Um die Zeugnisabwicklung nutzen zu können, muß der Anwender Formulare für das Layout der Zeugnisse entwerfen, Vorlagen für die Festlegung der in den Zeugnissen enthaltenen Merkmale erstellen, Stammdaten, wie beispielsweise Materialien, zuordnen, die Verteilung der Zeugnisse (Empfänger, Sprache, Versandform) festlegen und Mehrsprachigkeit herstellen. Nachdem diese Voraussetzungen geschaffen sind, erzeugt das System automatisch Qualitätszeugnisse und kann sie über Drucker, Telefaxanschluß oder EDI-Schnittstelle ausgeben. Anschließend kann das System die erstellten Qualitätszeugnisse im optischen Archiv mit Hilfe von SAP ArchiveLink ablegen. Bei der Erstellung der Qualitätszeugnisse greift das System auf Informationen aus dem Umfeld zurück. Dazu gehören Daten aus dem Qualitätsmanagement (Prüflos, Verwendungsentscheid, Prüfergebnisse), aus der Materialwirtschaft (Materialstamm, Chargenstamm) und aus dem Vertrieb (Lieferung, Kundenauftrag, Kundenstamm).

Die *Prüfabwicklung* umfaßt die Schritte von der Auslösung, z. B. einem Wareneingang, über die losweise oder kontinuierliche Prüfung mit der Protokollierung der Prüfergebnisse bis hin zur Erstellung des Verwendungsentscheids, d. h. der Einleitung von Folgeaktivitäten aufgrund der Prüfergebnisse. Dies können z. B. die Freigabe oder Sperrung eines Loses sein. Die Prüfabwicklung kann auf Basis eines Prüfplans, einer Materialspezifikation oder auch ohne Plan erfolgen. Eine unabdingbare Voraussetzung für die Prüfung eines Materials ist im R/3-System das Vorhandensein eines Prüfloses.

Ein *Prüflos* ist dabei zunächst die Menge eines Materials, die zu gegebenem Anlaß einer Qualitätsprüfung unterzogen werden soll. Im R/3-System wird ein Prüflos als ein *Prüflosdatensatz* abgelegt, der die Prüfanforderung dokumentiert, die Herkunft der Prüfung beschreibt, den Prüfumfang und den Prüfstatus festhält. Das Prüflos dient außerdem als Grundlage für die Verwaltung der Prüfvorgaben, Prüfergebnisse, Prüfkosten und des Verwendungsentscheids. Die einzelnen Schritte der Prüfabwicklung werden je Prüfart im Materialstamm auf Werksebene vorgegeben. Sie sind weitgehend automatisierbar. Prüflose können *manuell* oder *automatisch* bei Warenbewegungen im Materialwirtschaftssystem (Wareneingang, Warenausgang, Umlagerung) und Lieferungserstellungen im Vertriebssystem angelegt werden. Es besteht außerdem die Möglichkeit, zu einem freigegebenen Fertigungsauftrag ein Prüflos manuell anzulegen. Ferner kann das System zu einem Fertigungsauftrag einen Prüflossatz mit besonderen Eigenschaften erzeugen.

Bei *Prüfarten mit Prüfplan* wählt das System den zum Material und zur Prüflosherkunft passenden Prüfplan aus. Wenn eine Materialspezifikation vorliegt, kann das System auf diese zurückgreifen und so die Prüfvorgaben auch losgelöst vom Prüfplan festlegen. Die Prüfvorgaben bilden zunächst die Grundlage für den Druck der Arbeitspapiere und später für die Erfassung der Prüfergebnisse. Nachdem die Arbeitspapiere gedruckt worden sind, muß das Personal die zur Prüfung benötigten Proben anhand der Probeziehanweisung entnehmen und an den je Vorgang festgelegten Arbeitsplätzen bereitstellen. Anschließend kann die Prüfung beginnen; die Prüfer folgen dabei der Prüfanweisung. Die Prüfanweisung nennt je Prüfvorgang die Prüfmittel und Prüfmerkmale sowie zu jedem Prüfmerkmal die Prüfmethoden, Vorgabewerte und Stichprobenumfänge. Der Prüfer kann auf demselben Papier auch die Prüfergebnisse notieren, wenn das Formular der Prüfanweisung dementsprechend gestaltet wurde. Das System erwartet anschließend die *Rückmeldung der Prüfergebnisse.*

Prüfergebnisse werden in bezug auf ein Prüflos erfaßt. Das Modul QM kennt zwei Formen von Prüfergebnissen: Der Prüfer kann Ergebnisse zu geplanten oder ungeplanten Prüfmerkmalen zurückmelden oder lediglich festgestellte Fehler erfassen. Nach der Prüfergebniserfassung werden die Merkmale durch eine Annahme- oder Rückweisentscheidung bewertet. Dabei vergleicht das System die erfaßten Merkmalswerte mit den quantitativen oder qualitativen Vorgaben sowie mit den Stichprobenanweisungen und entscheidet über Annahme oder Rückweisung. Nachdem die Ergebniserfassung abgeschlossen oder die Prüfung abgebrochen wurde, trifft der Prüfer bzw. ein dazu Berechtigter den Verwendungsentscheid für das Prüflos. Danach sind die Prüfergebnisse nicht mehr änderbar. Unter der Voraussetzung, daß keine Prüfmerkmale rückgewiesen wurden, kann das System den Verwendungsentscheid auch automatisch treffen (vgl. Kapitel 8.28).

8.27.3 Anwendung des Prozesses

Da das Kennzeichen QM in der Beschaffung im Materialstamm *DPC1014* hinterlegt ist, haben wir nach dem Wareneingang (vgl. Kapitel 8.25) den Bestand im Qualitätslager (vgl. Abbildung 8.27-1). Es wurde *automatisch* ein Prüflos mit der Nummer *1563* erzeugt. Im Detailbild des Prüfloses wird die Prüflosmenge von *111* mit der Basismenge *Stück* (hier 100% Prüfung) ausgewiesen. Der Status *STIP* verweist auf die Stichprobenberechnung und die Prüfart *01* auf eine Wareneingangsprüfung (vgl. Abbildung 8.27-2).

8.27.4 Navigationsinformationen

- *Menüpfad*
  Logistik –> Qualitätsmanagement –> Qualitätsprüfung –> Prüflosabwicklung –> Prüflos –> Anzeigen
- *Transaktionscode*
  QA01
- *Eingehende Prozeßverbindungen im R/3-Referenzmodell*
  WE-Bearbeitung mit Bezug
  Warenzugangsbearbeitung
  Prüfplanbearbeitung
  Materialspezifikation
- *Ausgehende Prozeßverbindungen im R/3-Referenzmodell*
  Ergebniserfassung zum Wareneingang
  Fehlerbearbeitung

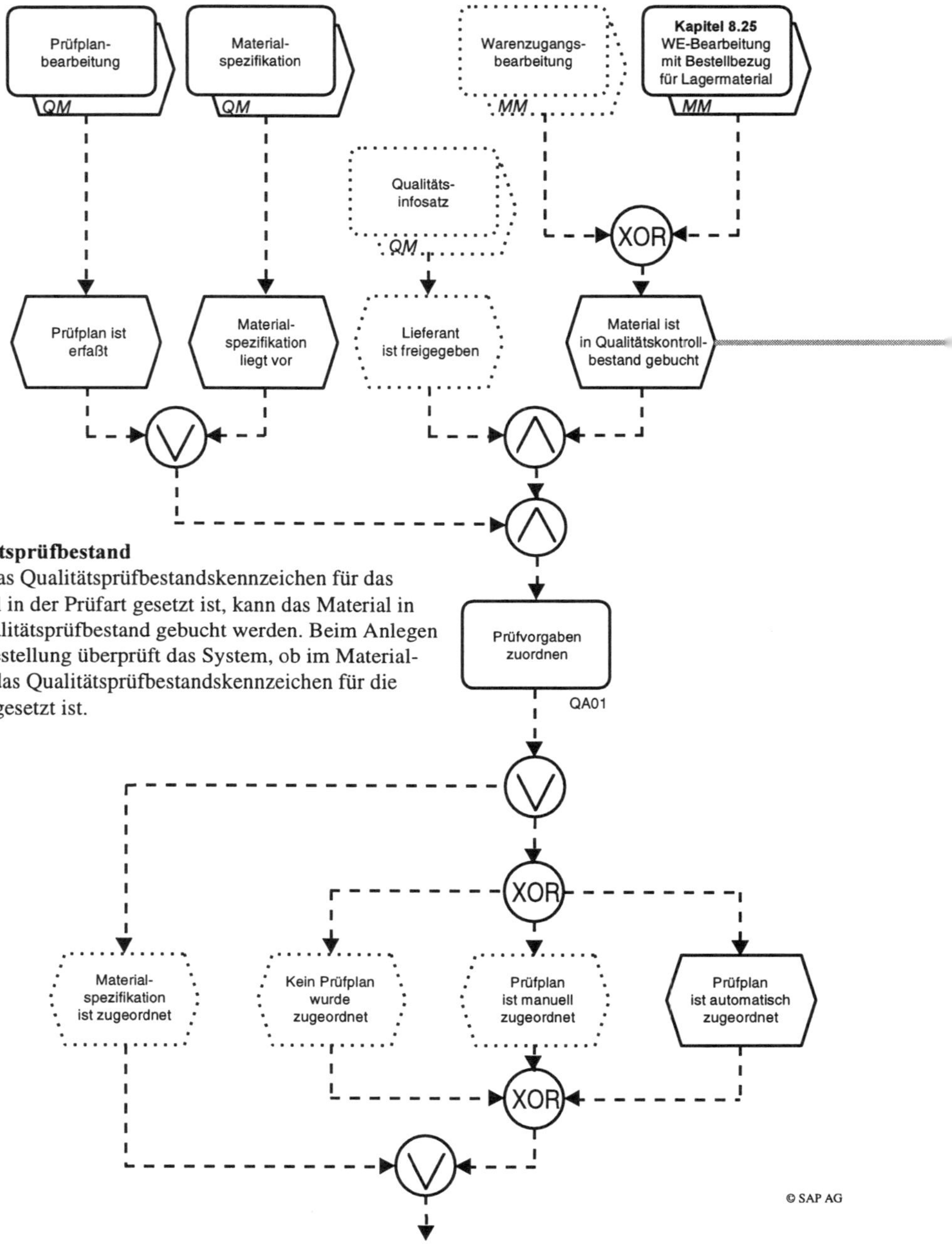

Qualitätsprüfbestand

Wenn das Qualitätsprüfbestandskennzeichen für das Material in der Prüfart gesetzt ist, kann das Material in den Qualitätsprüfbestand gebucht werden. Beim Anlegen einer Bestellung überprüft das System, ob im Materialstamm das Qualitätsprüfbestandskennzeichen für die Prüfart gesetzt ist.

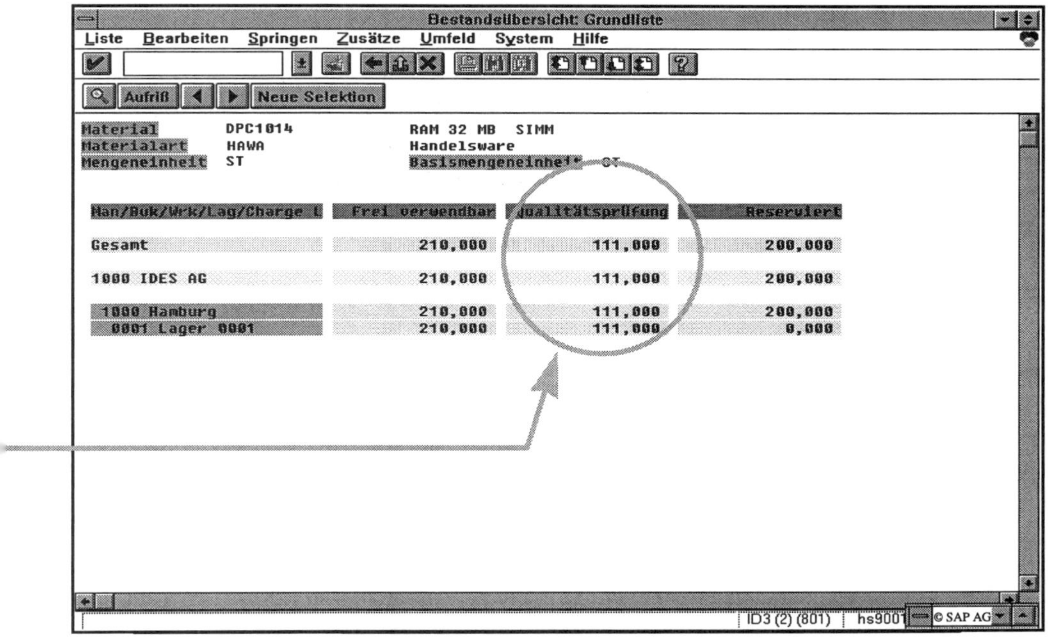

Abb. 8.27-1: Qualitätsbestand

Material, Prüfplan, Prüflos

Ein Prüfplan legt fest, was geprüft wird und, wie die Prüfung durchgeführt werden soll. Bei der Erzeugung eines Prüfloses versucht das System, abhängig von den Voreinstellungen im Materialstamm, einen Prüfplan automatisch zuzuordnen. Ist dies nicht möglich, muß der Prüfplaner entscheiden, welcher Prüfplan zur Prüfung herangezogen werden soll. Vor der Zuordnung eines Prüfplans zu einem Prüflos müssen Sie im Materialstamm die entsprechende Prüfart aktivieren und in der aktivierten Prüfart das Kennzeichen dafür setzen, daß ein Prüfplan erforderlich ist, und daß eine automatische Prüfplanzuordnung erfolgt. Dazu muß das Material dem Prüfplan zugeordnet sein.

Materialspezifikation

Im Qualitätsmanagementmodul können Qualitätsprüfungen nicht nur auf der Grundlage von Prüfplänen, sondern auch auf der Grundlage von unternehmensweit gültigen Materialspezifikationen durchgeführt werden. Die Materialspezifikation stellt ähnlich wie der Prüfplan, jedoch nicht so umfassend, eine Arbeitsvorschrift für die Qualitätsprüfung dar. Die Vorgabewerte in der Materialspezifikation dienen als Prüfvorgaben. Es steht Ihnen somit eine Prüfspezifikation zur Verfügung, die geeignet ist, den auf Werksebene angesiedelten Prüfplan entweder zu ersetzen oder zu ergänzen.

Stichprobenumfang
Wenn Sie die Prüfung mit Prüfplan durchführen, berechnet das System den Stichprobenumfang auf der Grundlage der Stichprobenverfahren, die den Prüfmerkmalen zugeordnet sind. Ist einem Merkmal kein Stichprobenverfahren zugeordnet, dann ist der Stichprobenumfang für das Merkmal von der Basismengeneinheit im Materialstamm abhängig. Im Falle einer Basismengeneinheit, wie z. B. Kilogramm, ist der Stichprobenumfang eine Basismengeneinheit, also 1 Kilogramm. Im Falle einer Basismengeneinheit, wie z. B. Stück, Kiste, Karton oder Flasche, beträgt der Stichprobenumfang 100% des Prüfloses. Wenn Sie die Prüfung ohne Prüfplan durchführen, wird der Stichprobenumfang anhand eines Prüfprozentsatzes (Prozentsatz des Losumfangs) berechnet, der bei der Pflege der Prüfdaten im Materialstamm hinterlegt wird. Anderenfalls beträgt der Stichprobenumfang 100% des Prüfloses. Wenn das entsprechende Kennzeichen im Materialstamm gesetzt ist, müssen Sie die Berechnung des Stichprobenumfangs manuell starten.

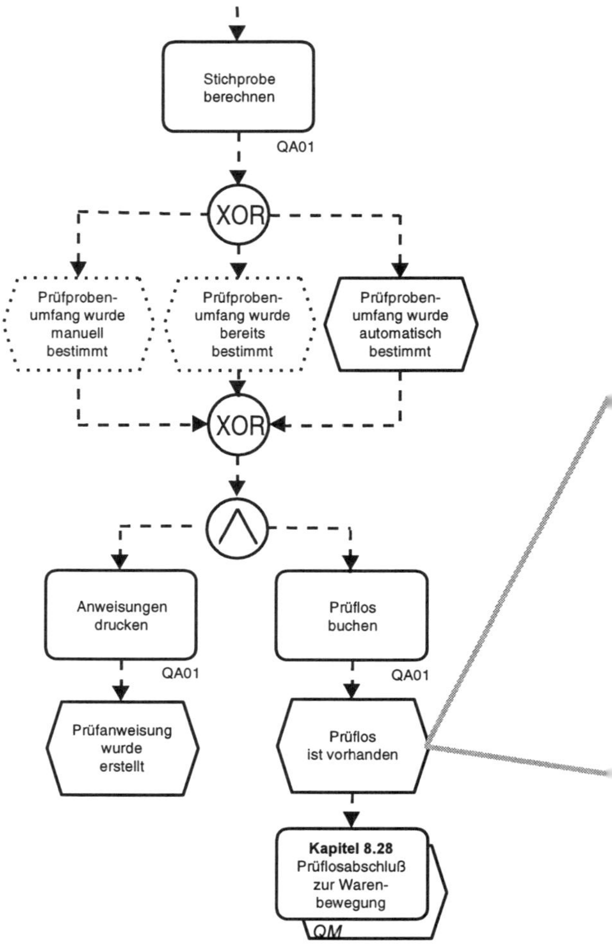

Prüflos
Ein Prüflos wird automatisch erzeugt, wenn eine zu prüfende Fremdlieferung (von einem Lieferanten mit Bestellung) oder eine zu prüfende Eigenlieferung (aus der Fertigung mit Fertigungsauftrag) ansteht. Damit das System ein Prüflos automatisch erzeugen kann, muß QM für das Material aktiv sein. Das entsprechende Kennzeichen muß für die Prüfart gesetzt sein, die Sie im Materialstamm aktivieren. Außerdem muß zur Bewegungsart eine Prüflosherkunft hinterlegt sein (Customizing). Wenn Sie eine Warenbewegung in der Bestandsführung durchführen, stellt das System fest, ob ein Prüflos für die Bewegungsart erstellt werden soll. Dazu überprüft das System, ob zur Bewegungsart eine Prüflosherkunft hinterlegt ist. Ist dies der Fall, überprüft das System, ob die für die Prüflosherkunft definierte Prüfart für das Material aktiviert ist. Ist sowohl eine Prüflosherkunft zur Bewegungsart hinterlegt als auch die entsprechende Prüfart aktiviert, dann wird ein Prüflos automatisch erstellt.

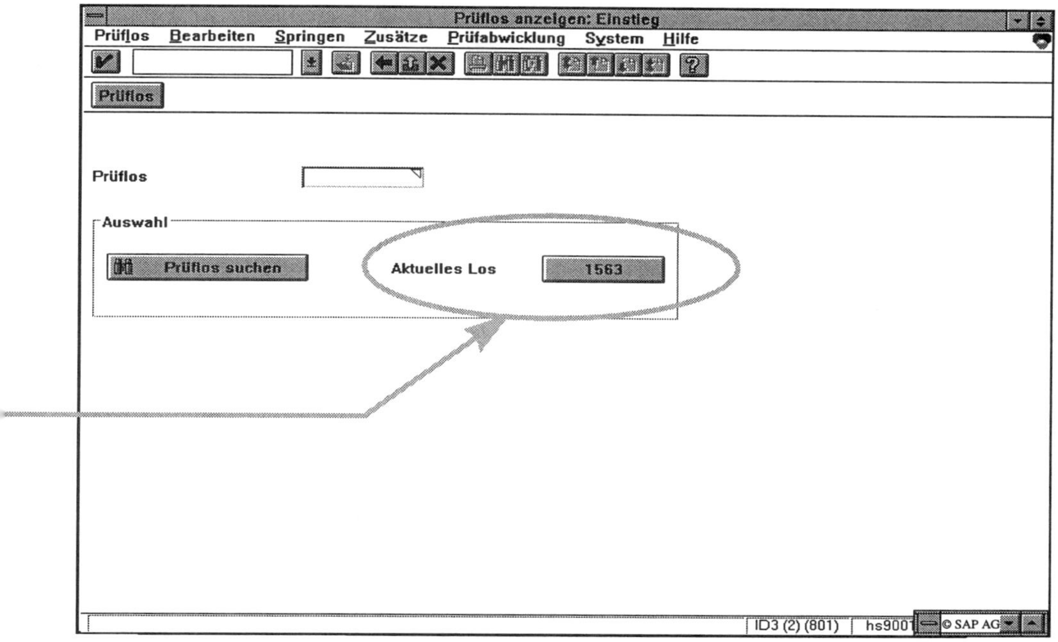

Abb. 8.27-2: Prüflosselektion

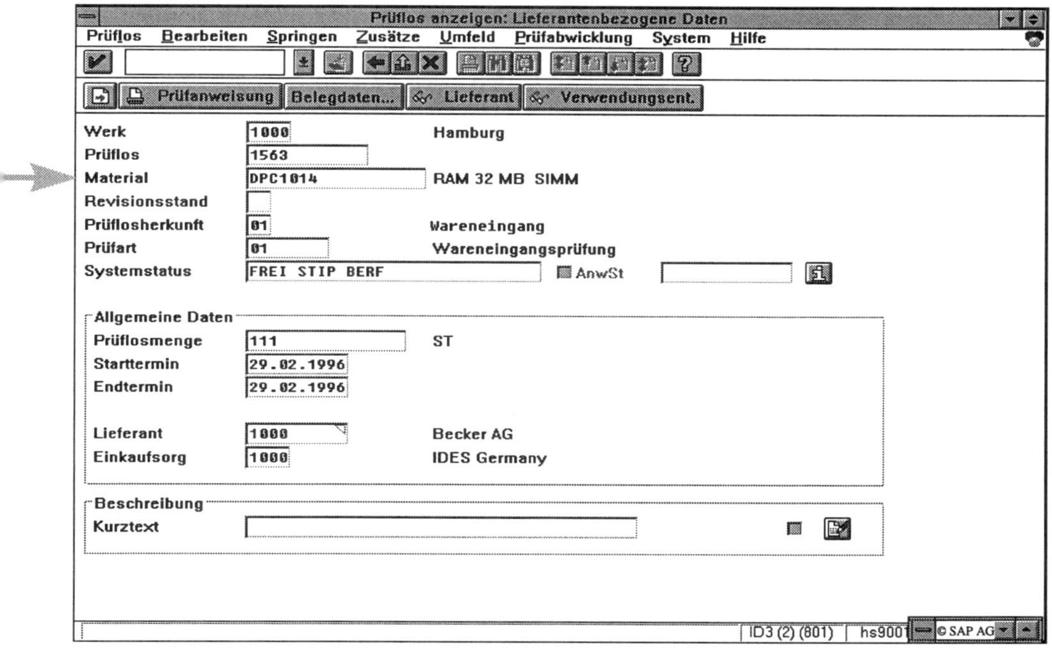

Abb. 8.27-3: Prüflos

8.28 Prozeß: Prüflosabschluß zur Warenbewegung

8.28.1 Betriebswirtschaftliche Beschreibung

Eine Entwicklung zur Gewährleistung der Qualität liegt in der vorbeugenden Planung, beginnend bei der Produktentwicklung und Fertigungsanlagenplanung. Die in diesem Stadium angewendete *Fehlermöglichkeiten- und Einflußanalyse (FMEA)* hat zum Ziel, frühzeitig potentielle Fehlerquellen zu erkennen und dazu Ursachen und Folgen abzuschätzen. Anschließend sollen darauf Maßnahmen bestimmt werden, die das Auftreten von Fehlern verhindern oder verringern können.

Wenn auch der Zulieferant durch den Einbau dieser Maßnahmen einen Großteil der Qualität sicherstellen kann, so muß der damit verbundene Aufwand unter Kosten-Nutzen-Relationen abgeschätzt werden. Häufig erfolgen diese Maßnahmen lediglich für Sicherheitsteile. Eine Wareneingangsprüfung muß deshalb in der Regel in jedem Unternehmen stattfinden, obwohl sie für bestimmte Lieferungen aufgrund vertraglicher Regelungen entfallen kann. Das zentrale Element zur Durchführung ist neben dem Prüfplan vor allem das Prüflos mit der entsprechenden Stichprobe (vgl. Kapitel 8.27), mit dessen Hilfe verläßliche Aussagen über die Qualität eines Produkts gemacht werden sollen.

Da meistens mehrere Merkmale geprüft werden und die Prüfung anhand eines jeden Merkmals zu einer Fehlermeldung führen kann, ist es rein rechnerisch möglich, daß die gefundene Fehleranzahl größer als die Anzahl der kontrollierten Produkte ist. Deshalb ist es sinnvoll, eine *Klassifizierung* von Merkmalen vorzunehmen, um Schwerpunkte bei der Beurteilung bilden zu können. Eine mögliche Differenzierung ist eine Klassifizierung in kritische Fehler, d. h. potentielle Gefährdung des Anwenders, in Hauptfehler, d. h. Funktionstüchtigkeit ist stark beeinträchtigt, und in Nebenfehler, d. h. die Brauchbarkeit ist ein wenig eingeschränkt.

Neben der Klassifizierung ist ein weiteres wichtiges Element zur Beurteilung des geprüften Loses die Angabe, wie viele fehlerhafte Einheiten prozentual innerhalb einer Stichprobe ermittelt werden dürfen, damit die Stichprobenprüfung zur positiven Beurteilung der Herstellqualität führt. Die Beziehung zwischen Losumfang und Prüfumfang wird als *Prüfstufe* oder *Prüfniveau* bezeichnet. Je größer der Stichprobenumfang im Verhältnis zum Losumfang ist, desto wahrscheinlicher werden mehr fehlerhafte Stücke gefunden. Dieses Verhältnis nennt man auch *Trennvermögen.* Hohes Trennvermögen bedeutet somit einen hohen Stichprobenumfang im Verhältnis zum Losumfang. Bei den Prüfniveaus gibt es unterschiedliche Stufen. Die Stufe Sonderniveau bedeutet, daß kleine Stichproben und somit größere Risiken einer Fehlentscheidung in Kauf genommen werden. Die Alternative, auf mehreren Prüfstufen die Prüfung durchzuführen, gibt den Unternehmen die Möglichkeit, individuelle, der Unternehmenssituation angepaßte Prüfungen durchzuführen. Es kann z. B. möglich sein, daß aufgrund von absolut korrekten Lieferungen in der Vergangenheit der Stichprobenumfang bei zukünftigen Lieferungen reduziert oder sogar das Skip-Verfahren, d. h. bei dem nur eine mengenmäßige Prüfung stattfindet, angewendet wird.

Das Erreichen einer bestimmten Prüfstufe oder eines Prüfniveaus wird als Qualitätslage bezeichnet. Eine *Qualitätslage* beschreibt einen Datensatz, in dem die Prüfstufe für die nächste Prüfung abgelegt wird. Der Zeitpunkt, zu dem die Änderung einer Qualitätslage erfolgen soll, nennt man *Dynamisierung*. In der Dynamisierungsregel wird festgelegt, wann welche Merkmale einer Qualitätslage aktualisiert werden sollen. Dies kann z. B. bei der Loseröffnung geschehen oder nach dem Verwendungsentscheid erfolgen.

Ist die Prüfung anhand des Prüfloses, der Stichprobe und eventuell auf Basis des Prüfplans erfolgt, so werden die Ergebnisse festgehalten und es wird wie bereits erwähnt die Qualitätslage aktualisiert. Anschließend ist in Abhängigkeit vom Qualitätsergebnis festzulegen, was mit der geprüften Ware geschehen soll. Die möglichen Folgeaktionen können im voraus geplant und in sogenannten Verwendungsentscheiden abgelegt werden. Es können beispielsweise Lose storniert, zur Verwendung freigegeben oder spezifische Nachrichten versendet werden. Auf jeden Fall sollten die Prüf- und möglichen Fehlerkosten für zukünftige Kalkulationen an das Controlling gemeldet werden (vgl. Arnolds et al. 1996, S. 385-392; vgl. Melzer-Ridinger 1995, S. 127-169).

8.28.2 SAP-spezifische Beschreibung

Um die Prüfung abzuschließen, bewertet der Prüfer im Qualitätsmanagement (QM) zunächst die Prüfergebnisse der Prüfmerkmale. Alle Ergebnisse werden sowohl mit den vordefinierten Grenzen als auch mit den Bewertungskatalogen verglichen. Auf der Grundlage der Stichprobenvorgaben wie Stichprobenumfang und Annahmezahl ermittelt das System, ob ein Prüfmerkmal angenommen oder zurückgewiesen wird. Der Verwendungsentscheid für das Prüflos kann getroffen werden, wenn alle Muß-Merkmale und alle bearbeiteten Kann-Merkmale bewertet und abgeschlossen worden sind (vgl. SAP – Qualitätsmanagement 1996, S. 5.1-5.7).

Nach dem Abschluß der Prüfung können Sie den Verwendungsentscheid für ein Prüflos treffen, sofern alle notwendigen Prüflosdaten vorliegen, d. h.:

- das Los muß freigegeben sein
- zu den Prüfmerkmalen müssen Ergebnisse erfaßt sein
- es ist kein Status aktiv, der zu einer Sperrung des Verwendungsentscheids führt

Über den Prüflosstatus dokumentiert das System, welche Aktivitäten für ein Los noch ausgeführt werden müssen, welche schon ausgeführt wurden und ob der Verwendungsentscheid getroffen werden kann. Je nach Berechtigung können Sie einen Verwendungsentscheid auch dann treffen, wenn keine oder nur unvollständige Ergebnisse zu einem Prüflos erfaßt wurden. Ist für ein Material das Kennzeichen *Dokupflichtig* im Materialstamm gesetzt (vgl. Kapitel 8.26) und wird für ein Prüflos mit diesem Material ein Verwendungsentscheid getroffen, verzweigt das System automatisch zum Langtexteditor. Der Verwendungsentscheid ist abweichend, wenn das Los zurückgewiesen wird, obwohl keines der Merkmale zurückgewiesen wurde, oder wenn das Los angenommen wird, obwohl mindestens ein Merkmal zurückgewiesen wurde. Eine Prüfung wird abgebrochen, wenn beim Prüfabschluß noch offene Merkmale vorhanden sind. Ein Prüflos, zu dem ein Verwendungsentscheid getroffen werden soll, kann durch direkte Eingabe des Prüfloses, durch Matchcodesuche (z. B. Material, Werk oder sonstige Kurztexte) oder durch eine gezielte Prüflossuche nach verschiedenen Kriterien erfolgen. Für die einzelnen Verwendungsentscheide gibt es einen Verwendungsentscheidcode, der in einem Katalog ist und mögliche Folgeaktionen aufzeigt.

Die Ergebnisse zu einem Prüfmerkmal können in summarischer Form aufgezeigt werden. Je nach Einstellung des Einlesemodus zeigt das System nur die Merkmale, die für den Verwendungsentscheid relevant sind oder alle Merkmale im Prüfplan. Zu jedem Merkmal werden die Informationen Merkmalsgewichtung, Fehlerklasse, Kurztext zum Prüfmerkmal, Anzahl der fehlerhaften Stichprobeneinheiten, geschätzter Anteil der fehlerhaften Stichprobeneinheiten, Bearbeitungsstatus des Ergebnissatzes und Merkmalsbewertung angezeigt.

Ist ein Prüflos bestandsrelevant, können über die Funktionen des Verwendungsentscheids die Prüflosbestände manuell gepflegt werden. Anhand der spezifischen Eingaben erzeugt das System die entsprechenden Bestandsbuchungen für die Materialwirtschaft. Sofern noch offene Mengen zu buchen sind, kann bei der Bearbeitung des Verwendungsentscheids jederzeit der Bestand aktualisiert werden, *bevor* der Verwendungsentscheid getroffen worden ist, *wenn* der Verwendungsentscheid getroffen wird oder *nachdem* der Verwendungsentscheid bereits getroffen wurde und die Prüfung abgeschlossen ist. Ebenso ist es möglich, bestimmte Mengen eines Prüfloses auf die Bestände *freier Bestand*, *Schrott*, *Stichprobe*, *neues Material*, *Rücklage* und *Rücklieferung an Lieferanten* zu buchen. Soll darüber hinaus zu einem Prüflos ein *Verwendungsentscheid* getroffen werden, kann die Anzahl der Einheiten, die zurückgewiesen werden soll, erfaßt werden. Diese Menge, auch *Schlechtmenge* genannt, bezieht sich auf die Probemenge (tatsächlich geprüfte Menge). Sie kann in einer Mängelrüge an einen Lieferanten aufgeführt werden, und sie wird im QM-Informationssystem aktualisiert und für Auswertungen verwendet (z. B. Summen der Schlechtmenge und Verhältnis von Schlechtmenge zu Probemenge).

Wenn für ein Wareneingangsprüflos ein Verwendungsentscheid getroffen werden soll, muß für das Prüflos auch die *Qualitätskennzahl* berechnet werden. Die Qualitätskennzahl ist eine Kenngröße, die die Qualität des geprüften Loses beschreibt. Die Qualitätskennzahl kann direkt eingegeben werden oder mit Hilfe von speziellen Verfahren berechnet werden. Verfahren zur Berechnung der Qualitätskennzahlen können für Prüfarten im Materialstamm definiert werden. Die Prüfart mit dem Qualitätskennzahlverfahren wird beim Anlegen oder Ändern eines Materialstammsatzes aktiviert. Die Qualitätskennzahl kann durch den Verwendungsentscheid, durch den Fehleranteil im Los, durch die Fehleranteile der Merkmale und durch die Qualitätskennzahlen der Merkmale bestimmt werden. Im ersten Fall wird dem Material eine Prüfart zugeordnet, die die Qualitätskennzahl aus dem Verwendungsentscheid im Prüfkatalog übernimmt. In allen anderen Fällen enthält die Prüfart ein Verfahren zur Berechnung der Qualitätskennzahl. Um ein Qualitätskennzahlverfahren zu verwenden, das den gewichteten Fehleranteil im Los oder die Qualitätskennzahl der Merkmale verwendet, muß die Prüfung mit einem Plan durchgeführt werden. Im ersten Fall sind darüber hinaus noch die Daten für die Merkmalsgewichtung zu pflegen, im zweiten Fall muß im Falle einer Rückweisung bei der Ergebniserfassung dem Merkmal eine Fehlerklasse zugeordnet werden.

Im Qualitätsmanagement (QM) können die an einem Arbeitsplatz angefallenen *Prüfkosten* in einem Vorgang verfolgt werden. Innerhalb der Funktionen zur Ergebniserfassung und zum Verwendungsentscheid können zu den verschiedenen Aktionsarten für einen Vorgang Werte zurückgemeldet werden (z. B. Rüstzeit, Maschinenzeit oder Personalzeit). Diese Rückmeldewerte werden an das Controlling (CO) übergeben, um die Kosten zu berechnen. Damit dies geschehen kann, muß zunächst im Qualitätsmanagement ein QM-Auftrag angelegt werden. Wenn qualitätsbezogene Fehler rückgemeldet werden, müssen bestimmte korrektive Maßnahmen getroffen werden, um die Ursache des Problems zu beheben. Diese Maßnahmen beinhalten z. B. Modifikationen des Fertigungsprozesses, Änderungen der Zusammensetzung eines Produkts oder neue Vorgehensweisen bei der Beschaffung. Zudem wird die geprüfte Ware manchmal erst freigegeben, nachdem bestimmte Maßnahmen, wie beispielsweise Folgeprüfungen, Nacharbeit bzw. Reparatur oder spezielle Laborprüfungen, durchgeführt worden sind.

8.28.3 Anwendung des Prozesses

Zunächst werden zum Prüflos *1563* die Ergebnisse *109* Stück gut und *2* Stück Schrott erfaßt (vgl. Abbildung 8.28-1). Danach wird der Schalter *Fehlerübersicht* aktiviert, und es wird über die Auswahlliste auf dem nächsten Bildschirmbild der *Code* zum Verwendungsentscheid ausgewählt. In der Modellfirma A wurde zu dieser Prüfung ein VE-Code *A10* für bedingte Annahme ausgewählt (vgl. Abbildung 8.28-2). Mit dem Treffen des Verwendungsentscheids ermittelt das System nach einem im Materialstamm vorgegeben Verfahren (vgl. Abbildung 8.26-2) eine Qualitätskennzahl (vgl. Abbildung 8.28-3) für das Prüflos. Zum Abschluß des Prüfloses wird eine manuelle Folgeaktion angestoßen.

8.28.4 Navigationsinformationen

- *Menüpfad*
  Logistik -> Qualitätsmanagement -> Qualitätsprüfung -> Prüflosabwicklung -> Verwendungsentscheid -> Erfassen
- *Transaktionscode*
  QA11
- *Eingehende Prozeßverbindungen im R/3-Referenzmodell*
  Fehlerbearbeitung
  Ergebniserfassung zum Wareneingang
- *Ausgehende Prozeßverbindungen im R/3-Referenzmodell*
  Warenausgangsbearbeitung
  Qualitätsinfosatz
  Prüfkostenerfassung (QM-Auftrag)
  Fehlerbearbeitung
  Direkte Leistungsverrechnung

Verwendungsentscheid (VE)
Nach dem Abschluß der Prüfung können Sie den Verwendungsentscheid für ein Prüflos treffen, sofern alle notwendigen Prüflosdaten vorliegen. Das Los muß freigegeben sein. Zu den Prüfmerkmalen müssen Ergebnisse erfaßt sein. Es darf kein Status aktiv sein, der zu einer Sperrung des Verwendungsentscheids führt. Nachdem Sie die Funktion zum Treffen des Verwendungsentscheids aufgerufen haben, können Sie, bevor Sie den Verwendungsentscheid treffen, Fehler zum aktuellen Prüflos erfassen und dann eine Qualitätsmeldung zu einem oder mehreren Fehlersätzen aktivieren.

VE-Code
Um zu einem Prüflos einen Verwendungsentscheidcode einzugeben, stellen Sie zuvor sicher, daß entweder die Merkmalsübersicht oder die Fehlerübersicht angezeigt wird. Verwenden Sie die Eingabehilfe zum Verwendungsentscheidcode. Das System blendet ein Dialogfenster ein, in dem der Inhalt des Verwendungsentscheidkatalogs (Katalogart 3) in hierarchischer Form angezeigt wird. Wurden in der Customizing-Anwendung für bestimmte Prüfarten Standardauswahlmengen definiert, enthält das Dialogfenster nur diejenigen Codegruppen und Codes, die in der Auswahlmenge definiert sind. Andernfalls werden alle Codegruppen und Codes angezeigt, die im Verwendungsentscheidkatalog verfügbar sind. Übernehmen Sie den gewünschten Code einer Codegruppe. Der Code wird mit allen relevanten Informationen in die Felder zum Verwendungsentscheidcode übernommen.

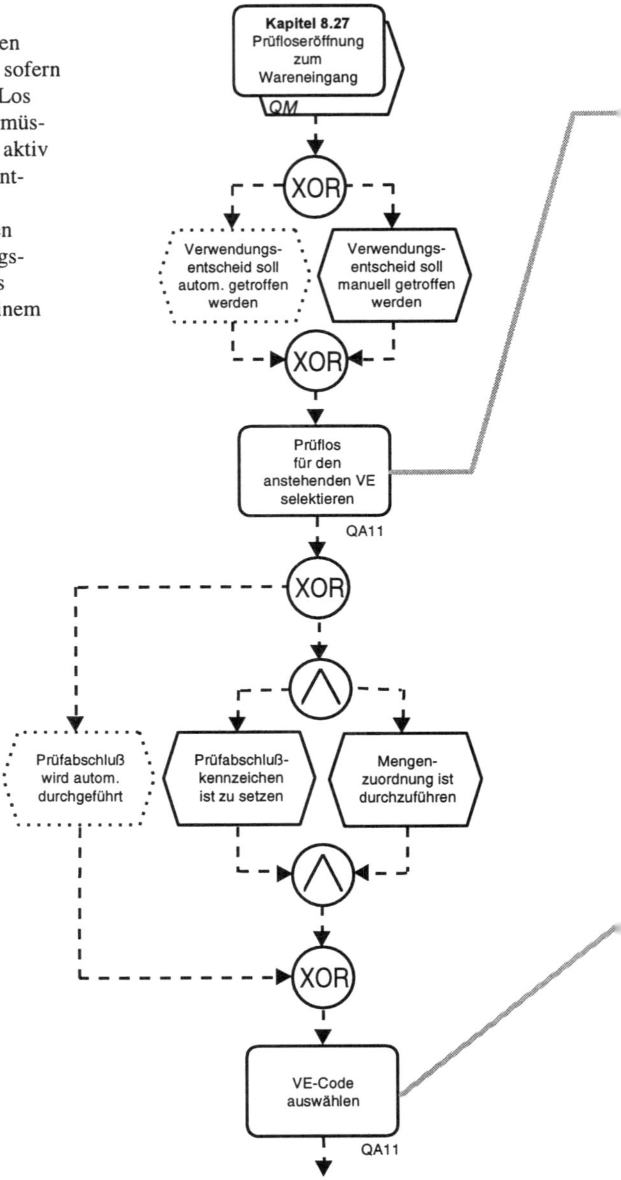

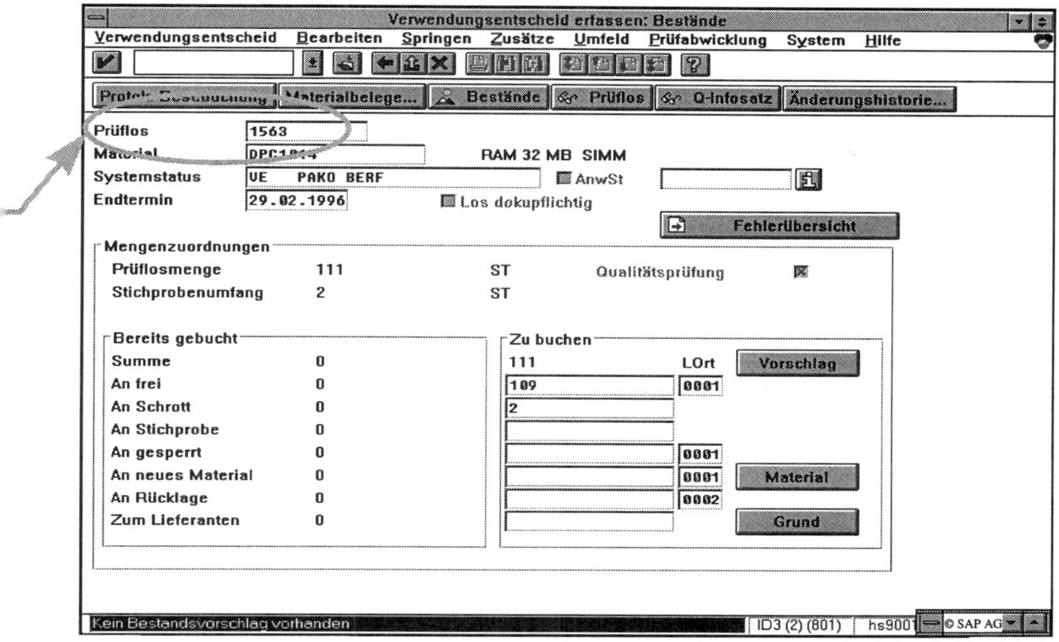

Abb. 8.28-1: Prüflos mit Ergebniserfassung

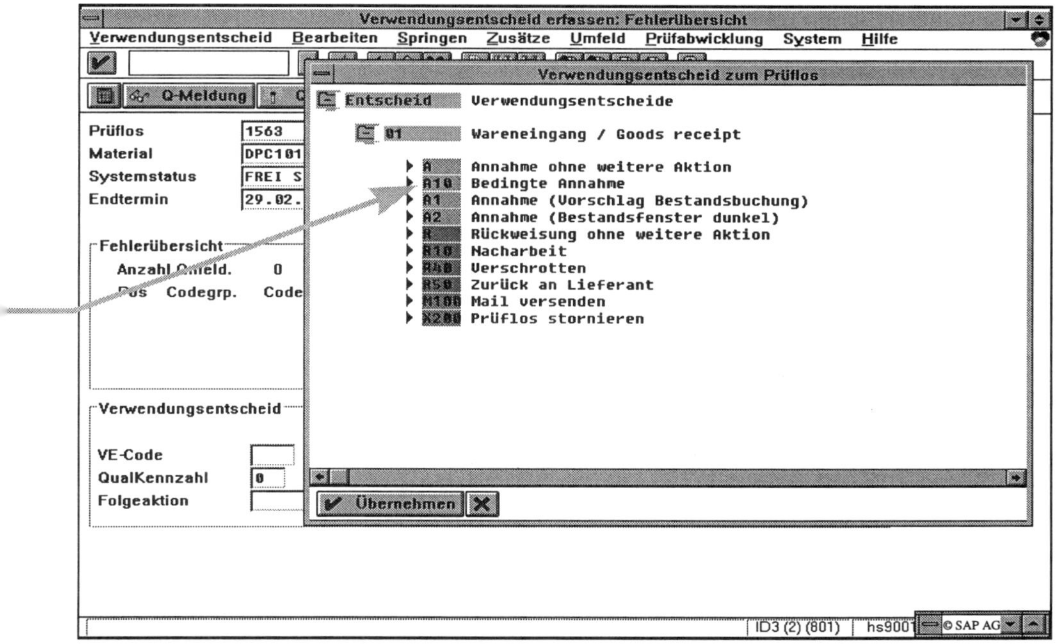

Abb. 8.28-2: Verwendungsentscheid

Qualitätskennzahl
Wenn Sie für ein Wareneingangsprüflos einen Verwendungsentscheid treffen, muß für das Prüflos auch die Qualitätskennzahl berechnet werden. Die Qualitätskennzahl ist eine Kenngröße, die die Qualität des geprüften Loses beschreibt. Sie können die Qualitätskennzahl direkt eingeben oder mit Hilfe von speziellen Verfahren berechnen lassen. Verfahren zur Berechnung der Qualitätskennzahlen können für Prüfarten im Materialstamm definiert werden. Die Prüfart mit dem Qualitätskennzahlverfahren aktivieren Sie beim Anlegen oder Ändern eines Materialstammsatzes. Die Qualitätskennzahl kann für jeden Verwendungsentscheidcode definiert werden und durch das Qualitätskennzahlverfahren berechnet werden. Wenn Sie das Datenbild zur Eingabe des Verwendungsentscheids für das Prüflos aufrufen, kann es sein, daß die Qualitätskennzahl schon berechnet wurde und angezeigt wird. Dies ist der Fall, wenn die Qualitätskennzahl durch das für das Material festgelegte Verfahren ermittelt wird. Diese Qualitätskennzahl wird bei der Auswahl einer Codegruppe und eines Codes für den Verwendungsentscheid nicht überschrieben. Daher kann es sein, daß Sie z. B. über den Verwendungsentscheid eine Qualitätskennzahl von 100 erhalten, obwohl das Prüflos zurückgewiesen wurde. Der obere und untere Grenzwert für die Qualitätskennzahl werden auf Mandantenebene über das Customizing definiert.

Folgeaktion
Wenn qualitätsbezogene Fehler rückgemeldet werden, müssen Sie bestimmte korrektive Maßnahmen treffen, um die Ursache des Problems zu beheben. Diese Maßnahmen beinhalten z. B. Modifikationen des Fertigungsprozesses, Änderungen der Zusammensetzung eines Produkts oder neue Vorgehensweisen bei der Beschaffung.

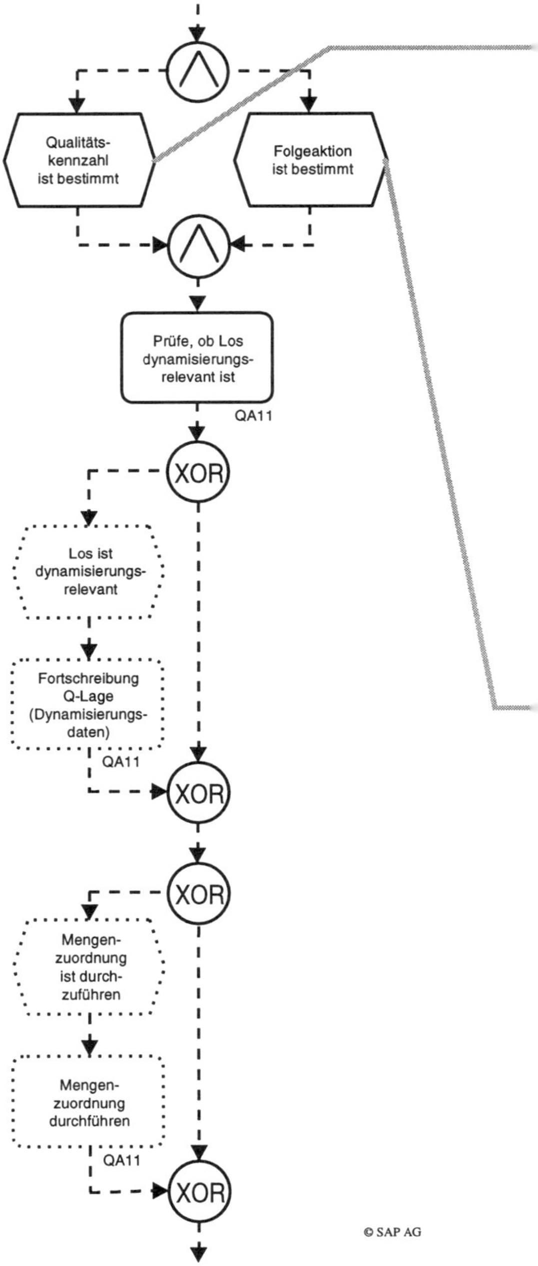

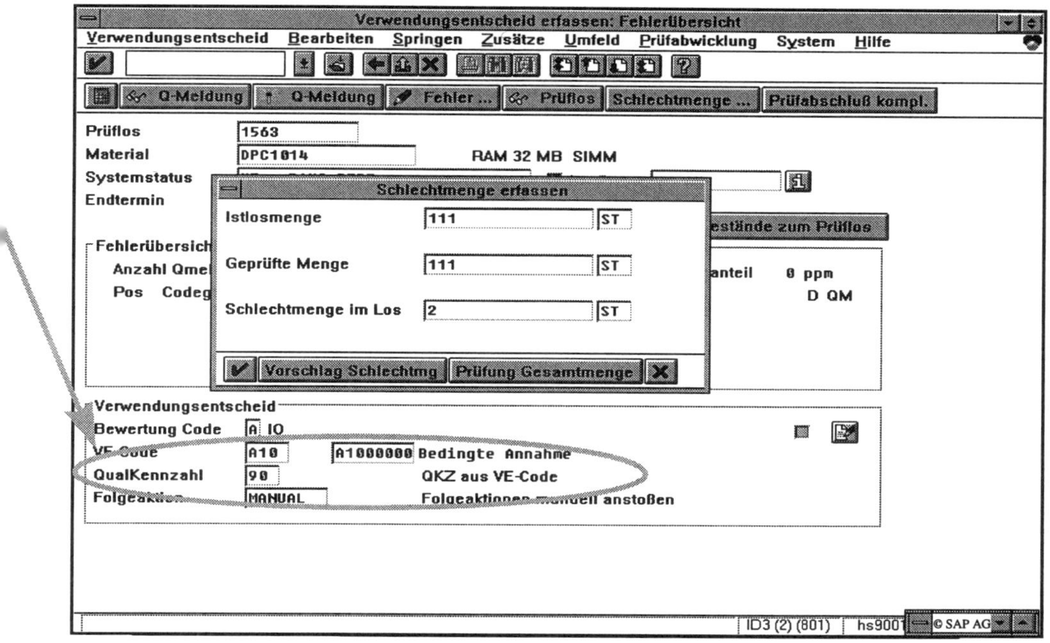

Abb. 8.28-3: Qualitätskennzahl

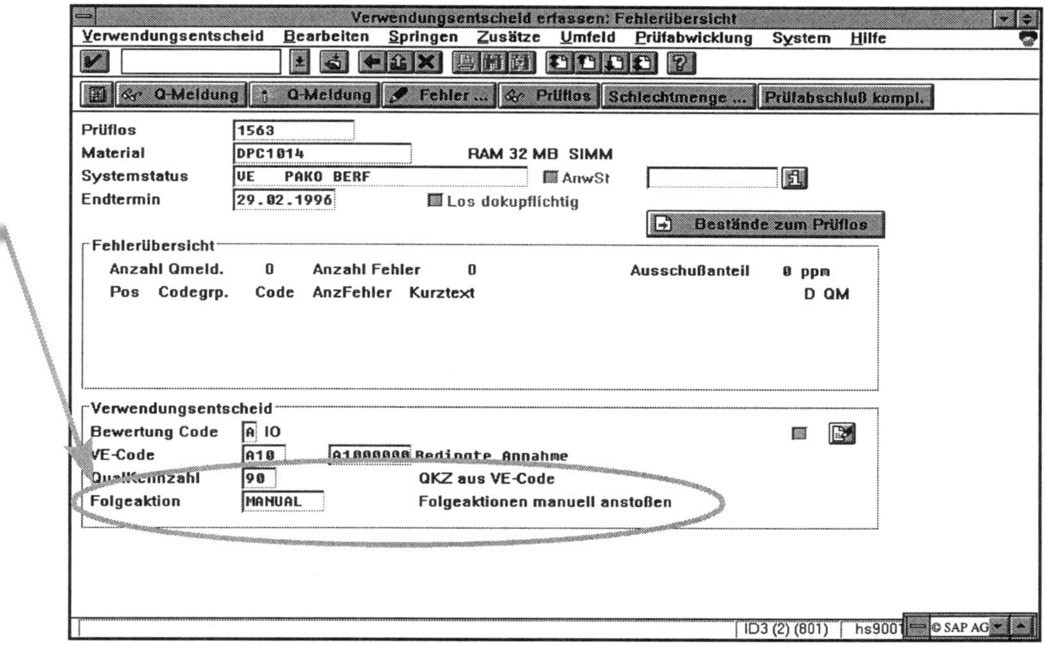

Abb. 8.28-4: Folgeaktion

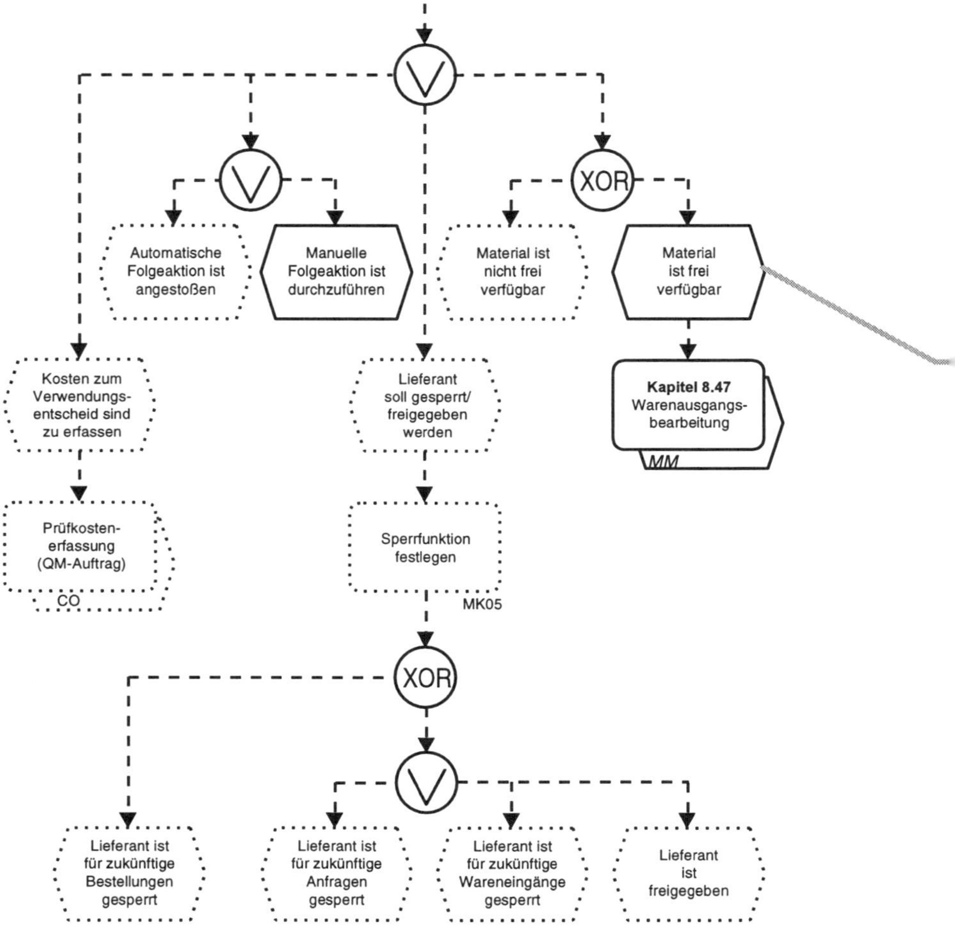

Bestände nach der Qualitätsprüfung
Über die Funktion "Erfassung eines Verwendungsentscheids" wählen Sie ein Prüflos. Auf dem Einstiegsbild zum Verwendungsentscheid können Sie über das Umfeldmenü die Bestandsübersicht aufblenden. Als Informationen stehen z. B. zur Verfügung, eine Übersicht über den Bestand eines Materials, gegliedert nach Werk, Lagerplatz und Charge, die Menge des Materials, die frei verwendbar ist, gegliedert nach Werk, Lagerplatz und Charge, die Menge des Materials, die für die Qualitätsprüfung vorgesehen ist, gegliedert nach Werk, Lagerplatz und Charge oder die Menge des Materials, die reserviert ist, gegliedert nach Werk, Lagerplatz und Charge.

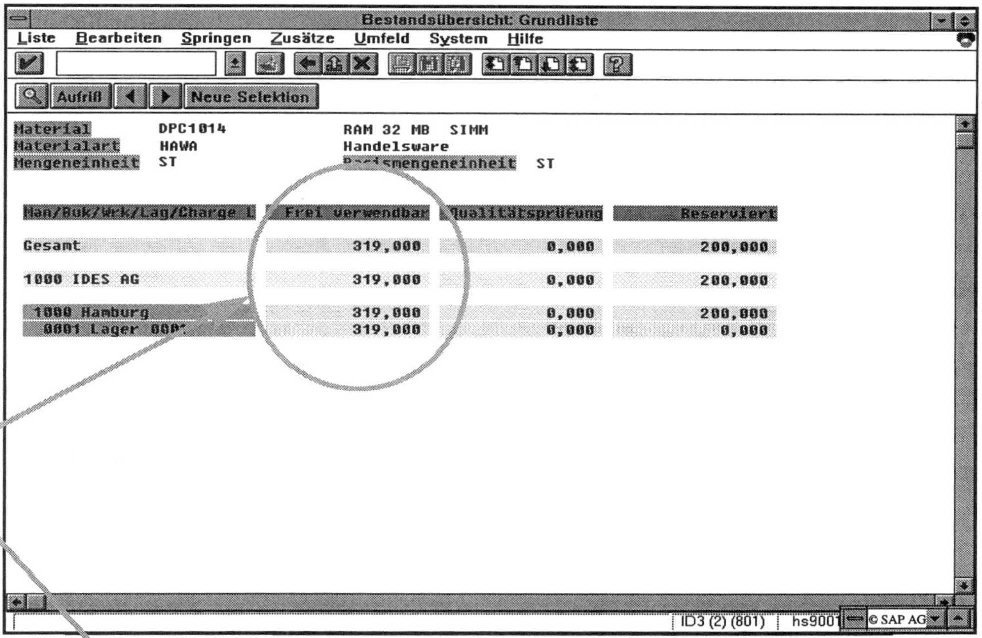

Abb. 8.28-5: Qualitätsbestand in frei verwendbarem Bestand

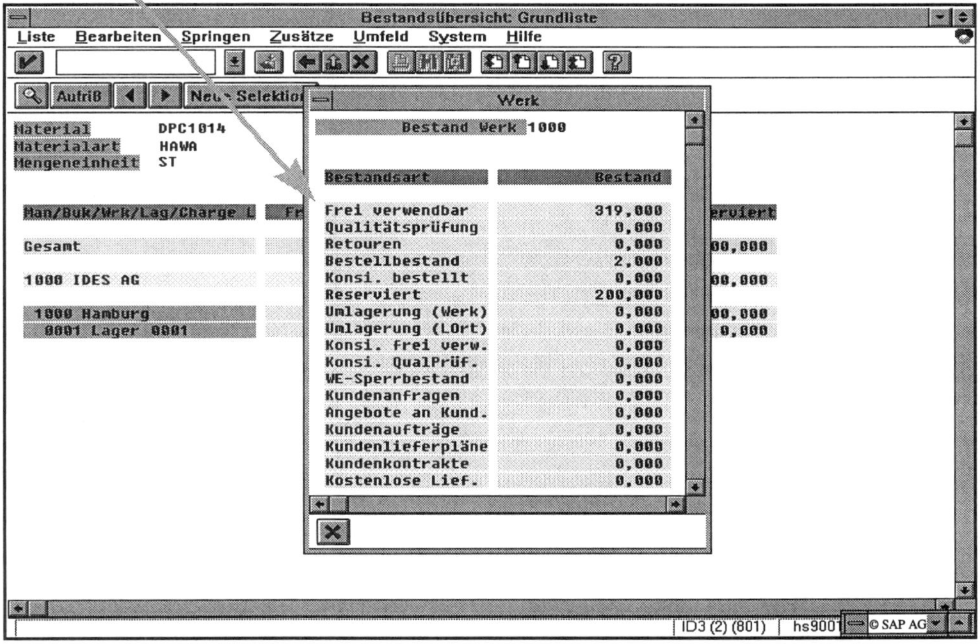

Abb. 8.28-6: Bestandübersicht werksbezogen

8.29 Prozeß: Rechnungsbearbeitung mit Bezug (Freigabe)

8.29.1 Betriebswirtschaftliche Beschreibung

Eingehende Rechnungen müssen vor Zahlungsausgang auf sachliche und rechnerische Korrektheit hin geprüft werden (vgl. Kapitel 8.24). Dabei können unterschiedliche Gründe im Unternehmen auftreten, die zur Sperrung einer Rechnung führen.

- Es kann sein, daß eine Rechnung ohne Bezug zu einer Bestellung oder zu einem Wareneingang erfolgt ist.
- Es kann sein, daß die Rechnungsdaten von den Bestelldaten enorm abweichen, z. B. abweichende Preise.
- Es kann sein, daß die Rechnungsdaten von den Wareneingangsdaten abweichen, z. B. Fehlmengen oder unzureichende Qualität.
- Es kann sein, daß der Rechnungseingang vor dem Wareneingang erfolgt ist.

Liegt eine bestellbezogene Rechnung vor, so ist die Rechnung im ersten Schritt mit den Positionsdaten der Bestellung und im zweiten Schritt mit den Positionsdaten des Wareneingangs abzugleichen. Treten Sperrgründe auf, z. B. Preis-, Qualitäts-, Lieferabweichungen, sollte eine Rechnung zwar gebucht, aber nicht zur Zahlung freigegeben werden, um gegenüber dem Lieferanten eine gewisse Verhandlungsposition zur Erfüllung der in der Bestellung definierten Leistungen zu haben (vgl. Hartmann 1993, S. 491-493).

8.29.2 SAP-spezifische Beschreibung

Wenn eine Rechnung gesperrt ist, so kann die Finanzbuchhaltung diese Rechnung nicht bezahlen. Die Rechnung muß erst in einem gesonderten Arbeitsschritt freigegeben werden, damit die Finanzbuchhaltung auf sie zugreifen kann. Eine Rechnung kann aus folgenden Gründen im R/3-System zur Zahlung gesperrt werden (vgl. SAP – Personenkonten 1996, S. 4.8-4.19).

Abweichungen in einer Rechnungsposition
Beim Erfassen einer Rechnung schlägt Ihnen das System bestimmte Werte vor, die sich aus den Bestellvereinbarungen oder dem Wareneingang erwartungsgemäß ergeben. Weicht eine Rechnungsposition von den Vorschlagswerten ab, so müssen die Ursachen für diese Abweichungen gefunden werden, z. B. durch Rücksprache mit dem Einkauf, dem Wareneingang und eventuell dem Kreditor. Natürlich lohnt es sich nicht, bei sehr kleinen Abweichungen aufwendige Nachforschungen anzustellen. Aus diesem Grund sind im System Toleranzgrenzen eingerichtet (vgl. Abbildung 8.25-1). Liegt eine abweichende Rechnungsposition innerhalb dieser Toleranzgrenzen, so wird sie ohne weiteres akzeptiert. Wird aber eine Toleranzgrenze überschritten, so erhalten Sie eine entsprechende Meldung. Dennoch kann die Rechnung schon im R/3-System gebucht werden, allerdings wird die Rechnung dann automatisch zur Zahlung gesperrt. Das Sperren der Rechnung gilt für alle Rechnungspositionen, auch wenn eine Rechnung nur

in einer Position Abweichungen aufweist. Die gesamte Rechnung wird dann zur Zahlung gesperrt. Wenn eine Rechnung gebucht wird (obwohl Sperrgründe vorliegen), führt das System die Kontobewegungen aus, allerdings wird ein *R* im Feld Zahlsperre gesetzt, damit die Finanzbuchhaltung die Rechnung noch nicht bezahlt (vgl. Abbildung 8.29-1). Für *Abweichungen in Rechnungspositionen* gibt es folgende Sperrgründe (in der Klammer ist jeweils das Sperrkennzeichen angegeben):

- *Mengenabweichung (M)*
  Eine Mengenabweichung liegt vor, wenn die Rechnungsmenge größer ist als die Differenz aus gelieferter und bereits berechneter Menge. Im R/3-System wird eine Mengenabweichung abhängig vom Wert der Abweichung beurteilt. Das Produkt aus dem Bestellpreis und der abweichenden Menge dient als Grundlage zur Beurteilung, ob die Rechnung gesperrt wird. Damit werden preiswerten Positionen relativ große Mengendifferenzen gestattet, teuren dagegen nur sehr kleine.

- *Preisabweichung (P)*
  Eine Preisabweichung liegt vor, wenn der Rechnungspreis (Rechnungsbetrag dividiert durch Rechnungsmenge) ungleich dem Bestellnettopreis ist.

- *Bestellpreismengen-Abweichung (G)*
  Eine Bestellpreismengen-Abweichung liegt vor, wenn das Verhältnis aus Bestellpreismenge und Bestellmenge in der Rechnung anders als beim Wareneingang ist. Wenn noch kein Wareneingang erfolgt ist, bezieht sich die auftretende Abweichung auf die Vereibarungen in der Bestellung vereinbart.

- *Terminabweichung (T)*
  Eine Terminabweichung ist dann gegeben, wenn das Datum der Rechnungserfassung vor dem in der Bestellung vereinbarten Lieferdatum liegt. Im SAP-System ist die Terminabweichung abhängig von der Betragshöhe der Rechnungsposition; das Produkt aus dem Betrag der Rechnungsposition und den abweichenden Tagen dient als Grundlage zur Beurteilung, ob die Rechnung gesperrt wird. Damit werden niedrigen Rechnungspositionen relativ große Termindifferenzen gestattet, hohen Rechnungspositionen dagegen nur sehr kleine. (Bei Rechnungen mit Bezug zu einem Lieferplan findet keine Terminprüfung statt, da im Lieferplan kein eindeutiges geplantes Lieferdatum existiert.)

- *Qualitätsprüfung (I)*
  Ist für ein Material das Qualitätsmanagement aktiv, so wird ein Wareneingang zu diesem Material in den Qualitätsprüfbestand gebucht. Eine Rechnung dazu wird gesperrt, bis der Prüfvorgang erfolgreich abgeschlossen ist. Bei mehreren Wareneingängen zu einer Bestellposition wird pro Wareneingang ein Prüfvorgang durchgeführt. Die Rechnung wird gesperrt, wenn ein beliebiger Prüfvorgang zu den Wareneingängen noch nicht abgeschlossen ist. Wird eine Rechnung aber vor dem Wareneingang gebucht, so wird sie nicht wegen Qualitätsprüfung gesperrt.

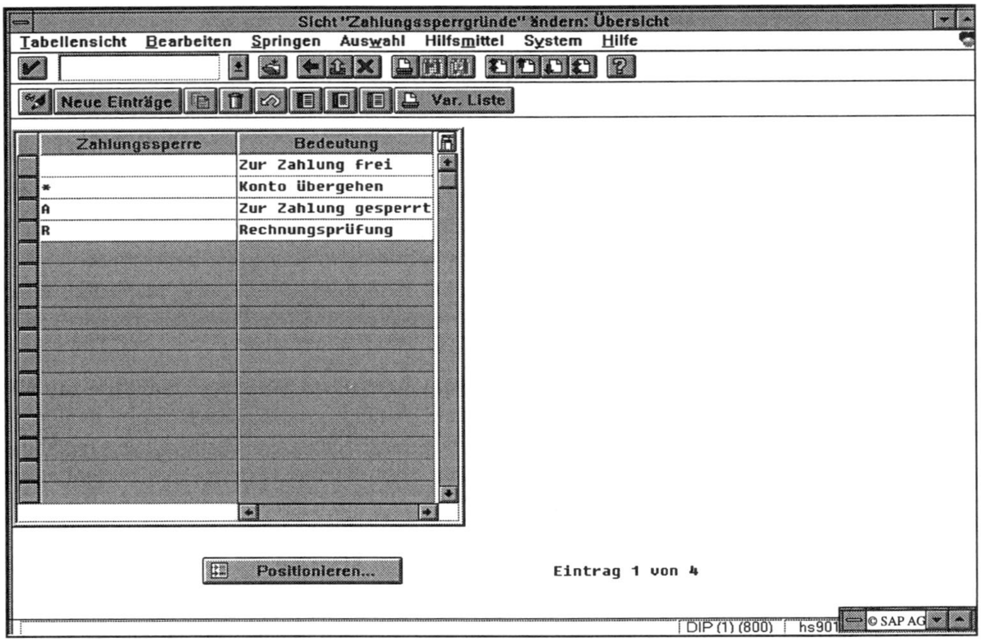

Abb. 8.29-1: Customizing der Kennzeichen zur Zahlungssperre

- *Betragshöhe einer Rechnungsposition*
  Wird eine Rechnungsposition mit einem hohen Betrag erfaßt, so kann es sinnvoll sein, diese Rechnung zunächst einmal zu sperren, um die Rechnung zu überprüfen. Insbesondere bei Rechnungen ohne Bestellbezug empfiehlt sich dieses Vorgehen. Wegen Betragshöhe gesperrte Positionen erhalten den Sperrgrund *Sonstige Abweichungen (S)*. Im Customizing der Rechnungsprüfung läßt sich einstellen, ob die Prüfung auf Betragshöhe generell erfolgen soll oder bei welchen Bestellungen eine Rechnungsposition auf die Betragshöhe hin geprüft werden soll, abhängig vom Positionstyp und Wareneingangskennzeichen der Bestellposition. Über die Toleranzgrenzen wird eingestellt, ab welchem Betrag eine Position gesperrt werden soll, und zwar getrennt nach Rechnungspositionen mit und ohne Bestellbezug.

- *Stochastisches Sperren*
  Neben dem automatischen Sperren von Rechnungen aufgrund von Abweichungen oder der Betragshöhe besteht die Möglichkeit, Rechnungen nach dem Zufallsprinzip auszuwählen und für eine Überprüfung zu sperren. Zu einer solchen stichprobenmäßigen Überprüfung dient das stochastische Sperren. Ist das stochastische Sperren aktiv, so wird beim Buchen einer Rechnung, die sonst keinen Sperrgrund aufweist, ausgelost, ob die Rechnung gesperrt werden soll. Im Customizing der Rechnungsprüfung läßt sich einstellen, ob das stochastische Sperren aktiv ist.

- *Manuelles Sperren*
  Neben den Sperren, die das System automatisch setzt, kann man eine Rechnung ma-

nuell sperren. Eine Rechnung wird gesperrt, indem man im Kreditorenbild im Feld *Zahlsperre* ein *R* eintragen, oder man sperrt bei Rechnungen mit Bezug auf eine Bestellung eine Position, indem auf dem Positionsbild das Feld *SpGrd* manuell markiert wird. Beim Buchen der Rechnung wird in der Kreditorenposition dann das *R* im Feld Zahlsperre automatisch gesetzt. Manuell gesperrte Positionen erhalten den Sperrgrund *manuelle Sperre* (*Q*).

8.29.3 Anwendung des Prozesses

Bevor Sie auf die Grundliste der Rechnungspositionen (vgl. Abbildung 8.29-2) gelangen, müssen Sie zunächst über eine Einstiegsmaske die Auswahl der gesperrten Rechnungen treffen. Es ist eine Einschränkung nach Buchungskreis, Geschäftsjahr, Kreditor, Einkäufergruppe und dem Feld Zahlungssperre möglich, damit für die Freigabe nicht zu viele Rechnungspositionen in der Grundliste erscheinen. Haben Sie das Markierungsfeld *Automatisch freigeben* auf dem Einstiegsfeld angekreuzt, so werden die Rechnungen, deren Sperrgrund hinfällig geworden ist, automatisch freigegeben. Möchten Sie eine *manuelle Freigabe* vornehmen, wie in diesem Beispiel gezeigt, so sehen Sie in der Grundliste zunächst die Nummer der Rechnung und der Position. Zusätzlich werden die Sperrgründe mit einem *X* in der jeweiligen Sperrspalte angezeigt. Die wichtigsten Spalten sind *M* für Mengenabweichung, *P* für Preisabweichung und *T* für Terminabweichung. Im Beispiel werden die Sperrgründe zur Rechnung *5100000156* herausgenommen. Ist das letzte *X* herausgelöscht worden, so erscheint eine Systemmeldung mit der Rechnungsfreigabe.

8.29.4 Navigationsinformationen

- *Menüpfad*
  Logistik –> Materialwirtschaft –> Rechnungsprüfung –> Weiterverarbeitung –> Rechnung freigeben
- *Transaktionscode*
  MR02, MRHR,
- *Eingehende Prozeßverbindungen im R/3-Referenzmodell*
  Leistungserfassung
  WE-Bearbeitung mit Bestellbezug für Anlage
  Rechnungsvorerfassung
- *Ausgehende Prozeßverbindungen im R/3-Referenzmodell*
  Primärkostenübernahme
  Projektaktualisierung
  Streckenauftragsbearbeitung
  Anzahlungsfreigabe
  Maschinelle Zahlung
  Kreditoranzahlungsverrechnung
  Budgetausführungsprüfung

Einzelne Sperrgründe löschen
Bei der Bearbeitung einer gesperrten Rechnungsposition besteht die Möglichkeit, einzelne Sperrgründe zu löschen. Das ist in den Fällen sinnvoll, in denen eine Rechnung mehrere Sperrgründe aufweist. Die Nachforschungen über die Ursachen des Sperrens dauern unterschiedlich lange. Hat sich ein Sperrgrund erledigt, so können Sie diesen löschen, die anderen Sperrgründe bleiben bestehen. In einem Unternehmen können verschiedene Mitarbeiter für die Bearbeitung einzelner Sperrgründe zuständig. Ihre Systemverwaltung kann entsprechende Berechtigungen für das Löschen einzelner Sperrgründe erteilen. So kann jeder Mitarbeiter genau die ihm zugeteilten Sperrgründe löschen. Mit dem Löschen des letzten Sperrgrunds einer Rechnung gibt das System diese automatisch frei.

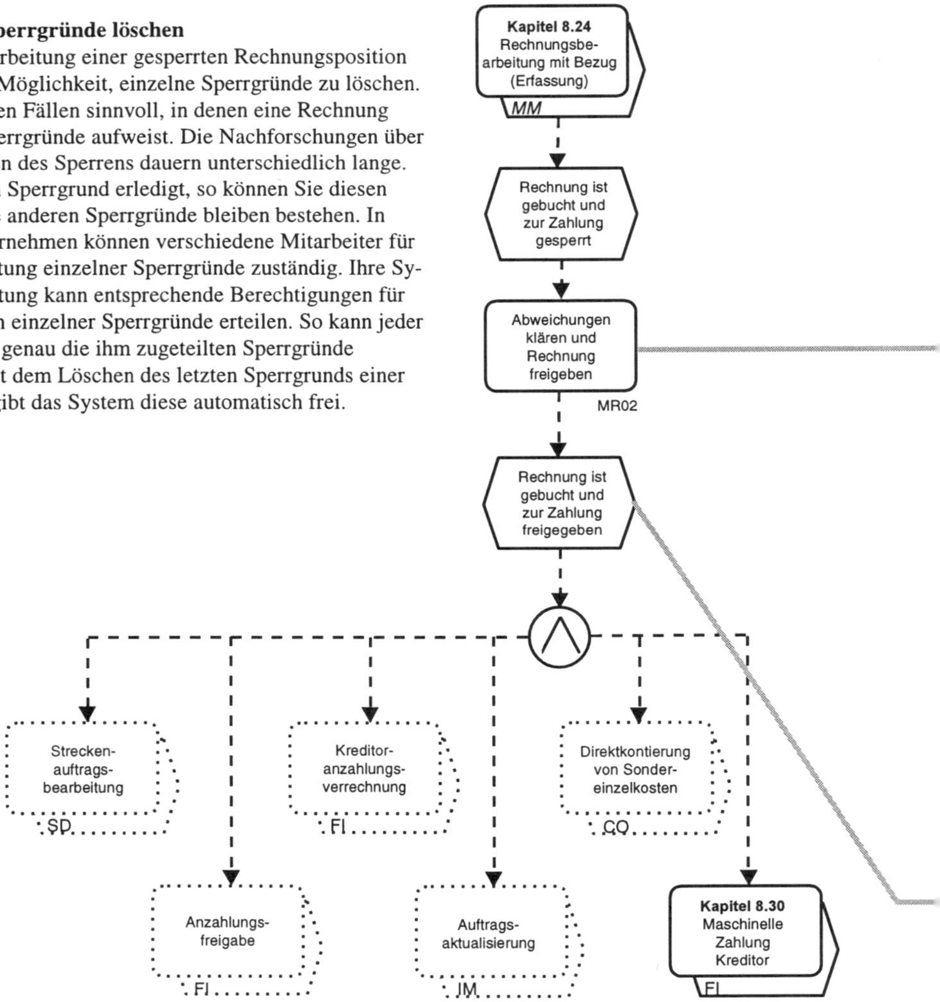

Automatische Freigabe
Das automatische Freigeben ist nur für Rechnungen möglich, für die die Sperrgründe nicht mehr relevant sind; dies kann bei Rechnungen auftreten, die wegen Mengen-, Preis- und Terminabweichung gesperrt sind. Diese Rechnungen bedürfen in der Regel keiner weiteren Bearbeitung mehr und können automatisch freigegeben werden. Markieren Sie dazu auf dem Einstiegsbild der Rechnungsfreigabe das Feld "Automatisch freigeben".

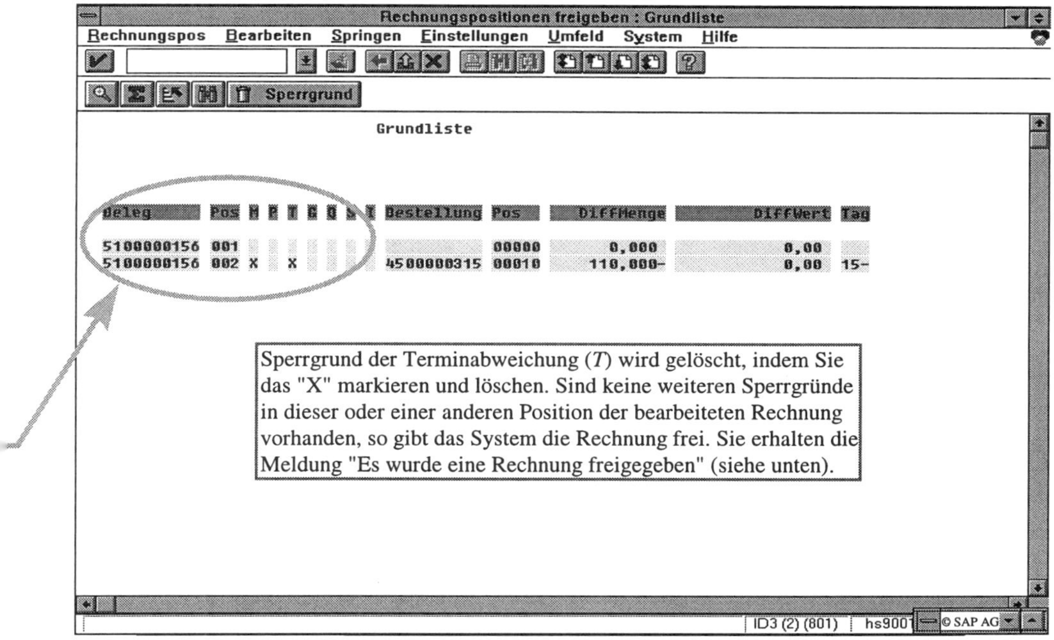

Abb. 8.29-2: Sperrgründe prüfen und löschen

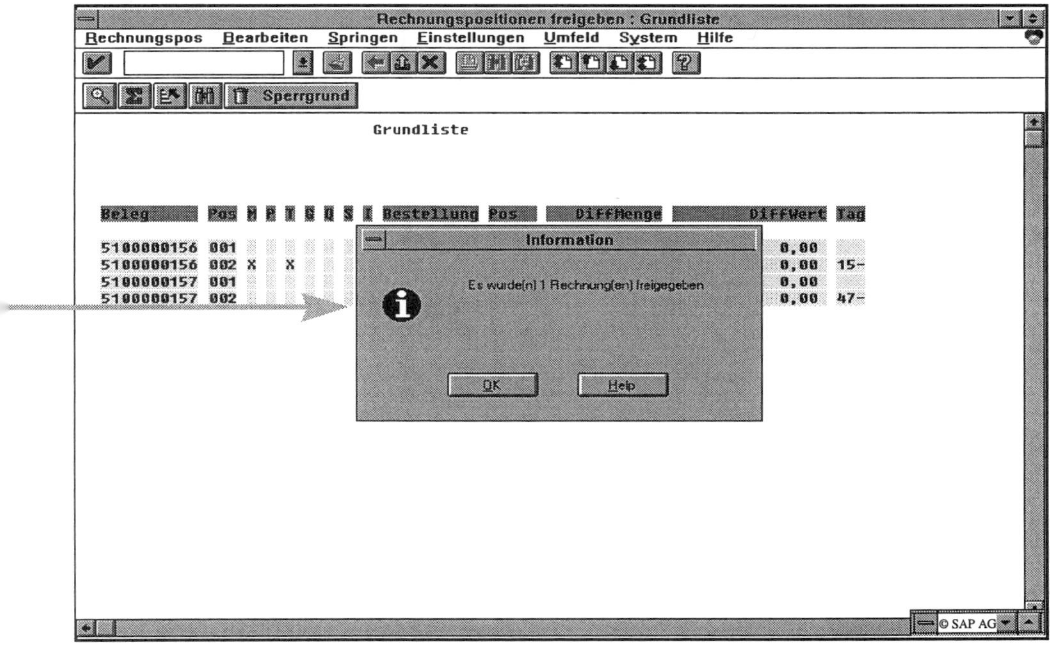

Abb. 8.29-3: Rechnung ist frei zur Zahlung

8.30 Prozeß: Maschinelle Zahlung – Kreditor

8.30.1 Betriebswirtschaftliche Beschreibung

Da die Zahlungs- und Lieferungsbedingungen eines Unternehmens sowie seiner Kunden und Lieferanten direkten Einfluß auf die Liquidität des Unternehmens haben, kommt der Zahlungsabwicklung besondere Bedeutung zu. Ein Unternehmen muß jederzeit in der Lage sein, seine Zahlungsverpflichtungen fristgerecht zu erfüllen. Dazu ist es notwendig, daß die Zahlungseingänge und -ausgänge überwacht werden. Bei der Bezahlung seiner Lieferanten hat ein Unternehmen meist die Auswahl, ob es seine Verbindlichkeiten innerhalb von z. B. 14 Tagen unter Abzug von 3% Skonto zahlt oder ob es einen Lieferantenkredit in Anspruch nimmt und innerhalb von 30 Tagen ohne Abzug zahlt. Wenn ein Unternehmen über ausreichend flüssige Mittel verfügt und auch sonst keine Gründe gegen die Begleichung der Rechnung sprechen, wird es den Ausgleich der Rechnung nach Fälligkeit unter Ausnutzung des Skontos vorziehen. Die EDV-gesteuerte Abwicklung des Zahlungsverkehrs bietet sich besonders für die Kreditorenbuchhaltung an, weil dort der Zahlungszeitpunkt direkt vom Unternehmen bestimmt wird.

8.30.2 SAP-spezifische Beschreibung

Das Zahlungsprogramm wurde für den internationalen Zahlungsverkehr entwickelt. Alle nationalen Besonderheiten, z. B. Festlegungen zu den Zahlwegen, Zahlungsformularen oder Datenträgern, sind frei definierbar (vgl. Abbildung 8.30-1). Das Standardsystem wird mit den gebräuchlichen Zahlwegen und den zugehörigen Formularen ausgeliefert, die für jedes Land gesondert definiert wurden. Die Standardzahlwege sind zum Beispiel *Scheck*, *Überweisung* und *Wechsel* (vgl. SAP – Personenkonten 1996, S. 4.1-4.26).

Die automatische Zahlung läuft in drei Schritten ab:

- *Vorschlagslauf (vgl. Abbildung 8.30-5)*
  Zunächst wird vom Zahlungsprogramm eine Zahlungsvorschlagsliste aufgrund der Angaben in den Belegen, den Stammsätzen, speziellen Tabellen und den Selektionskriterien erstellt. Dazu werden die Fälligkeitstermine der offenen Posten geprüft, Zahlverfahren vorgeschlagen, Bankverbindungen ausgewählt, Zahlungsbelege simuliert und Daten für den Formulardruck oder den Datenträgeraustausch generiert. Die aufgebaute Zahlungsvorschlagsliste kann anschließend im Online bearbeitet werden. Dabei besteht die Möglichkeit, die vorgeschlagenen Zahlverfahren oder Banken durch andere zu ersetzen, einzelne Posten für die Zahlung zu sperren oder andere Posten in die Zahlung aufzunehmen und das Skontorecht der zu bezahlenden Posten abzuändern. Wenn die erste Stufe der Bearbeitung, also die Zahlungsvorschlagsliste, weggelassen wird, können die Zahlungen der fälligen Posten auch direkt ausgelöst werden.

- *Zahlungslauf (vgl. Abbildung 8.30-9)*
  Die Zahlung wird aufgrund der Vorschlagsliste mit dem Zahlungsprogramm durchgeführt. Es werden nur die offenen Posten berücksichtigt, die in der Vorschlagsliste ent-

halten sind. Das Zahlungsprogramm bucht Belege, stellt die Daten für den Formulardruck, zur Erstellung der Datenträger, der Avise und der Zahlungsbegleitlisten bereit.

- *Erzeugung der Zahlungsträger*
  Drucken der Formulare und Erzeugen der Datenträger mit dem Druckprogramm. Das System R/3 erstellt zusätzlich stets ein Protokoll zum Zahlungslauf, damit der Anwender eine Kontrolle über den Zahlungsvorgang hat.

Zahlwege, *Hausbanken* und *Formulare*, die benutzt werden, müssen zuvor im Customizing definiert oder angepaßt werden (vgl. Abbildung 8.30-1). Außerdem besteht die Möglichkeit, wenn für den Zahlungsverkehr mehrere Hausbanken zur Verfügung stehen, eine Reihenfolge, mit der das Zahlungsprogramm auf die Konten zugreift, zu definieren. Banken, bei denen das Unternehmen (Buchungskreis) ein Bankkonto unterhält, werden als Hausbanken bezeichnet. Diese Banken werden im System unter einem Schlüssel für die Hausbank (Bank-Id) definiert. Zu diesen Banken werden die Konten unter einer Konto-Id hinterlegt. Zu jedem Bankkonto ist im R/3-System ein Sachkonto anzulegen.

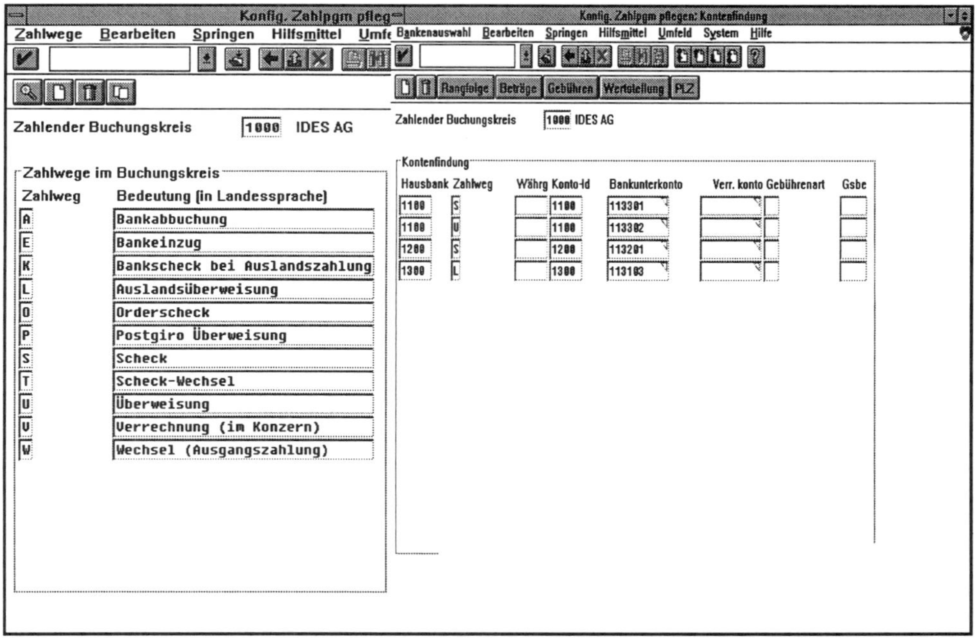

Abb. 8.30-1: Customizing der Zahlwege – Hausbanken – Bankunterkonto

Für jeden *Zahlweg* legt man pro Buchungskreis, wo Zahlungen durchgeführt werden sollen, fest, unter welchen *Bedingungen* der Zahlweg verwendet werden soll. Dazu wird ein *Mindest-* und ein *Höchstbetrag* für eine Zahlung angegeben. Damit ist definiert, innerhalb welcher Betragsgrenzen das Zahlungsprogramm den Zahlweg auswählen kann. Ein *Höchstbetrag* ist immer anzugeben, da anderenfalls der Zahlweg nicht verwendet werden kann. Die Beträge gelten nicht, wenn der Zahlweg explizit im offenen Posten angegeben wird. Zusätzlich wird die Verwendung für den Zahlweg des *Auslandszahlungsverkehrs* definiert. Ein weiteres Kennzeichen auf dem Parameterbild ist, ob der Zahlweg die Eigenschaft *Zahlung pro Fälligkeitstag* erhalten soll. Dieses Kennzeichen bewirkt, daß pro Fälligkeitstag eine Zahlung erzeugt wird. Die zu bezahlenden Posten werden dann nach Fälligkeitstagen gruppiert, und statt einer Zahlung entstehen soviele Zahlungen, wie unterschiedliche Fälligkeitstage auftreten (vgl. Abbildung 8.30-2).

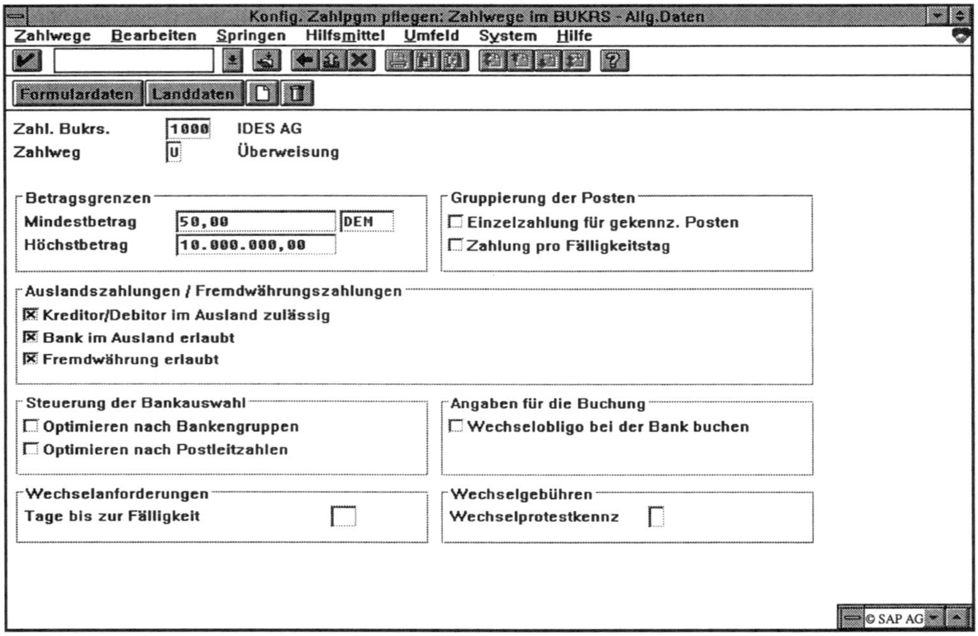

Abb. 8.30-2: Customizing des Buchungskreises mit den Bedingungen des Zahlwegs

8.30.3 Anwendung des Prozesses

Zur Erstellung der Zahlungsvorschlagsliste müssen zuvor die Parameter *Buchungskreis*, *Konto des Kreditors*, *Buchungsdatum* und *Datum des nächsten Zahllaufs* festgelegt werden (vgl. Abbildung 8.30-4). Nachdem die Angaben vollständig sind, kann der Zahlungsvorschlag-Job entweder sofort oder zu einem genau bestimmten Termin eingeplant werden.

Nach Beendigung des Jobs liegt eine *Zahlungsvorschlagsliste* zur Bearbeitung vor (vgl. Abbildung 8.30-5). Bei der Bearbeitung können sowohl Änderungen für die Zahlung (z. B der Zahlweg oder die Hausbank) als auch für die zu zahlenden Posten (z. B. Sperrkennzeichen, Skonto) vorgenommen werden. Die Bestimmung des Zahlwegs kann über den Posten, über den Stammsatz Ihres Geschäftspartners (vgl. Abbildung 8.30-7, *S* für Scheck und *U* für Überweisung) oder mit dem Zahlungsprogramm nach vorgegebenen Regeln bestimmt erfolgen. Zur Angabe der Hausbank können Sie diese explizit im Stammsatz des Geschäftspartners, im Posten oder über das Zahlungsprogramm nach Regeln ermitteln. Nach der Fertigstellung der Vorschlagsliste kann der Zahllauf im System eingeplant werden. Dieser Job beinhaltet entweder nur einen Step, das Zahlungsprogramm oder für jedes benötigte Zahlungsträgerprogramm (Druckprogramm) einen weiteren Step. Die Druckprogramme können aber auch als separater Job zu einem späteren Zeitpunkt ausgeführt werden.

8.30.4 Navigationsinformationen

- *Menüpfad*
  Rechnungswesen –> Finanzwesen –> Kreditoren –> Periodische Arbeiten –> Zahlen
- *Transaktionscode*
  MRHR
- *Eingehende Prozeßverbindungen im R/3-Referenzmodell*
  Reiseantragsbearbeitung, Reisekostenabrechnung
  Rechnungsbearbeitung mit/ohne Bezug
  Konsignation-Rechnungsbearbeitung
  Debitor-/Kreditorrechnungsbearbeitung
  Debitor-/Kreditoranzahlungsanforderung
  Debitor-/Kreditorzahlungsanforderung
  Anlagenzugangsbearbeitung
  Anzahlungsfreigabe
  Leasingzahlung
  Dispositionsdurchführung
  Abrechnung nachträglicher Konditionen
- *Ausgehende Prozeßverbindungen im R/3-Referenzmodell*
  Budgetausführungsprüfung
  Wechseleinreichung
  Projektaktualisierung
  Auftragsaktualisierung
  Anzahlungsfreigabe

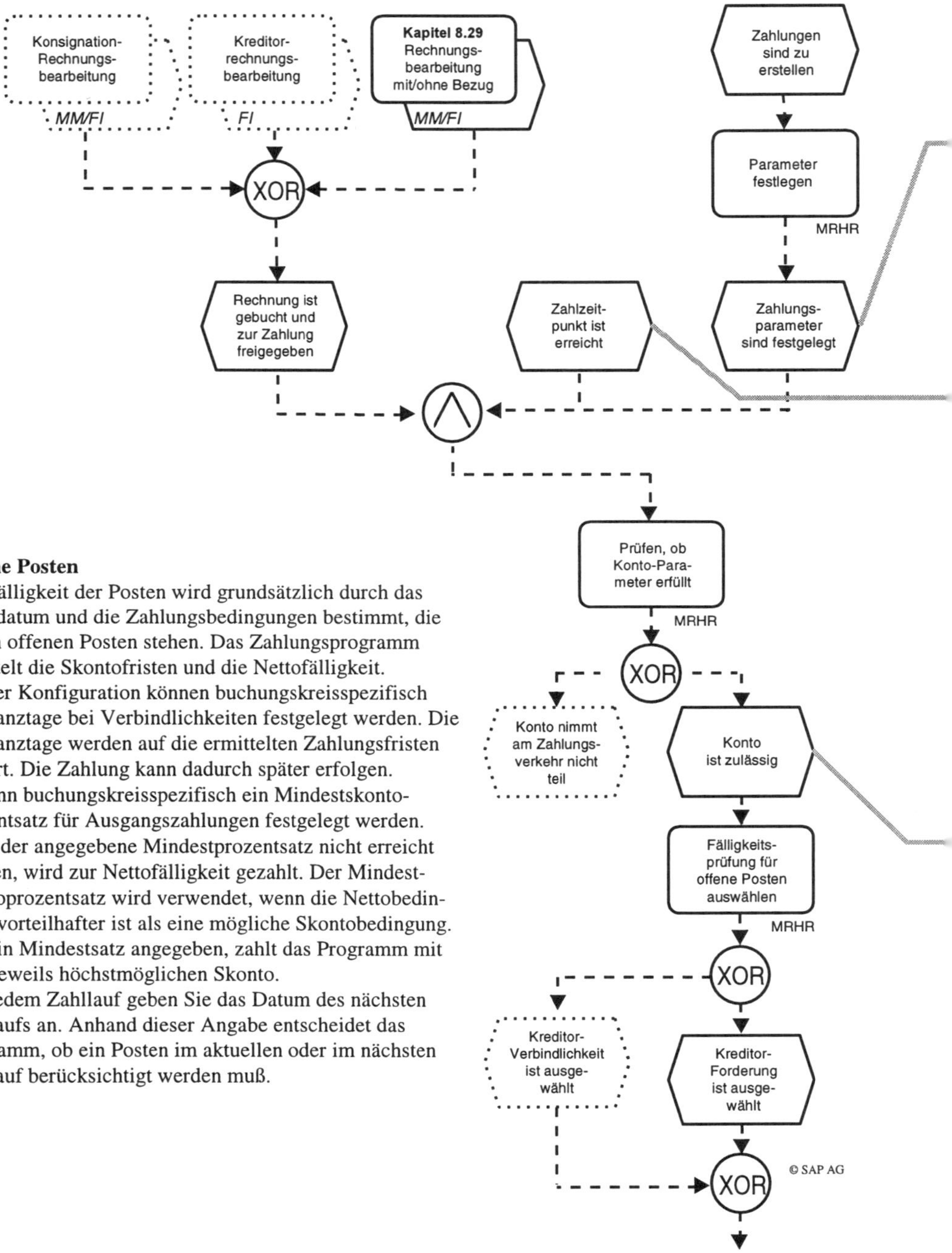

Offene Posten

Die Fälligkeit der Posten wird grundsätzlich durch das Basisdatum und die Zahlungsbedingungen bestimmt, die in den offenen Posten stehen. Das Zahlungsprogramm ermittelt die Skontofristen und die Nettofälligkeit.
Bei der Konfiguration können buchungskreisspezifisch Toleranztage bei Verbindlichkeiten festgelegt werden. Die Toleranztage werden auf die ermittelten Zahlungsfristen addiert. Die Zahlung kann dadurch später erfolgen.
Es kann buchungskreisspezifisch ein Mindestskontoprozentsatz für Ausgangszahlungen festgelegt werden. Kann der angegebene Mindestprozentsatz nicht erreicht werden, wird zur Nettofälligkeit gezahlt. Der Mindestskontoprozentsatz wird verwendet, wenn die Nettobedingung vorteilhafter ist als eine mögliche Skontobedingung. Ist kein Mindestsatz angegeben, zahlt das Programm mit dem jeweils höchstmöglichen Skonto.
Vor jedem Zahllauf geben Sie das Datum des nächsten Zahllaufs an. Anhand dieser Angabe entscheidet das Programm, ob ein Posten im aktuellen oder im nächsten Zahllauf berücksichtigt werden muß.

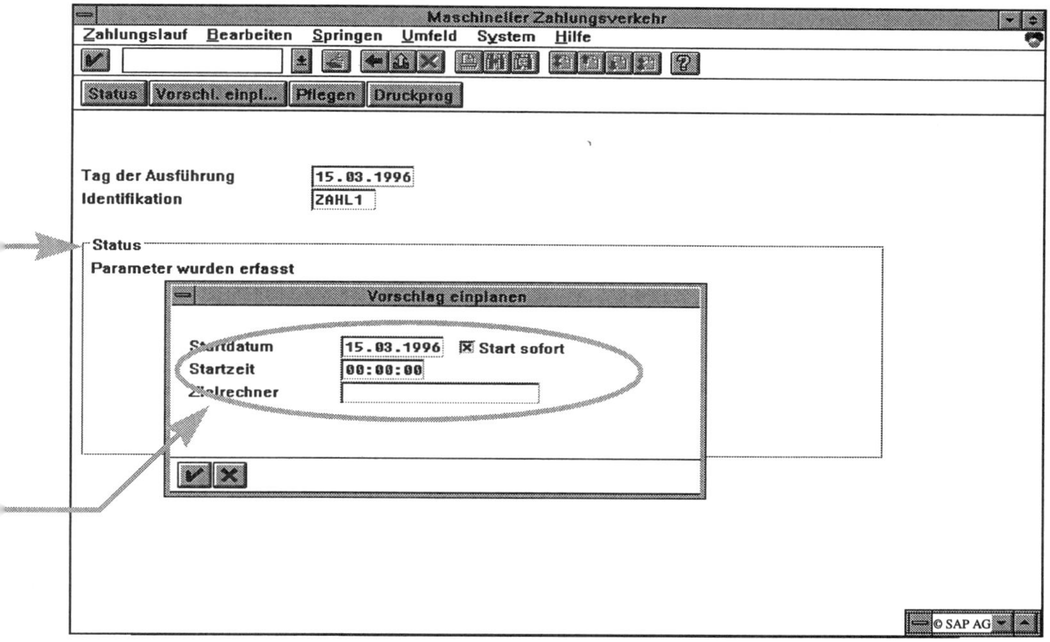

Abb. 8.30-3: Startbild der Maschinellen Zahlung

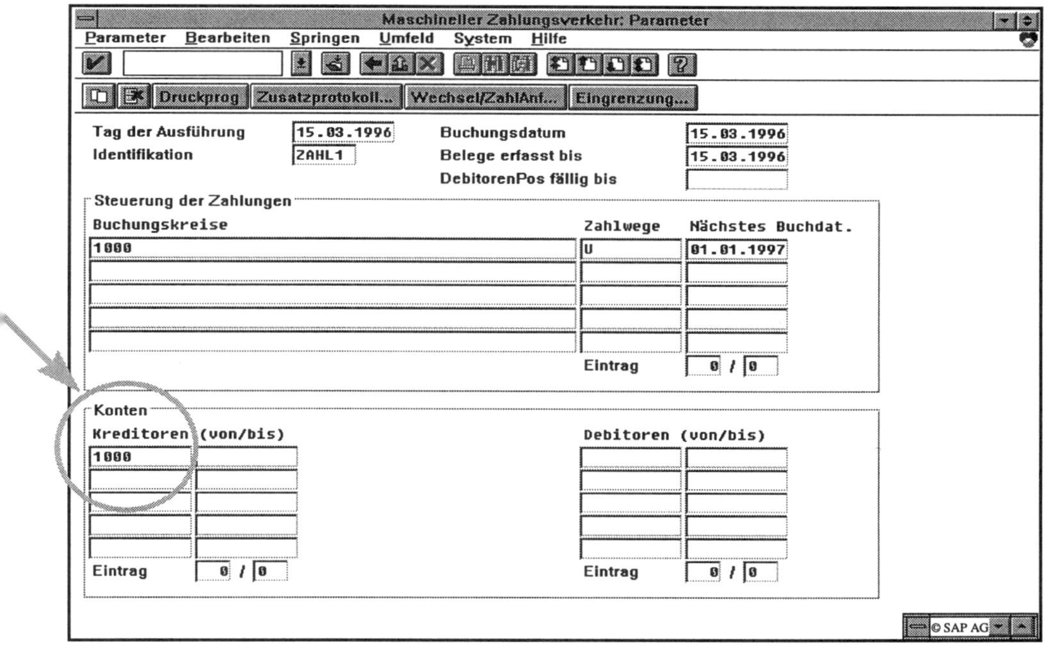

Abb. 8.30-4: Kreditorenkonto

Fälligkeit
Der Zeitpunkt, zu dem ein Posten gezahlt wird, ist von mehreren Faktoren abhängig:
1) Er ist abhängig davon, ob es sich um eine Verbindlichkeit oder Forderung handelt.
2) Er ist abhängig von der Strategie, mit der Sie sich zwischen Skontozahlungen und Nettozahlungen entscheiden.
3) Er ist abhängig davon, ob Sie Wechselzahlungen vor Fälligkeit verwenden.

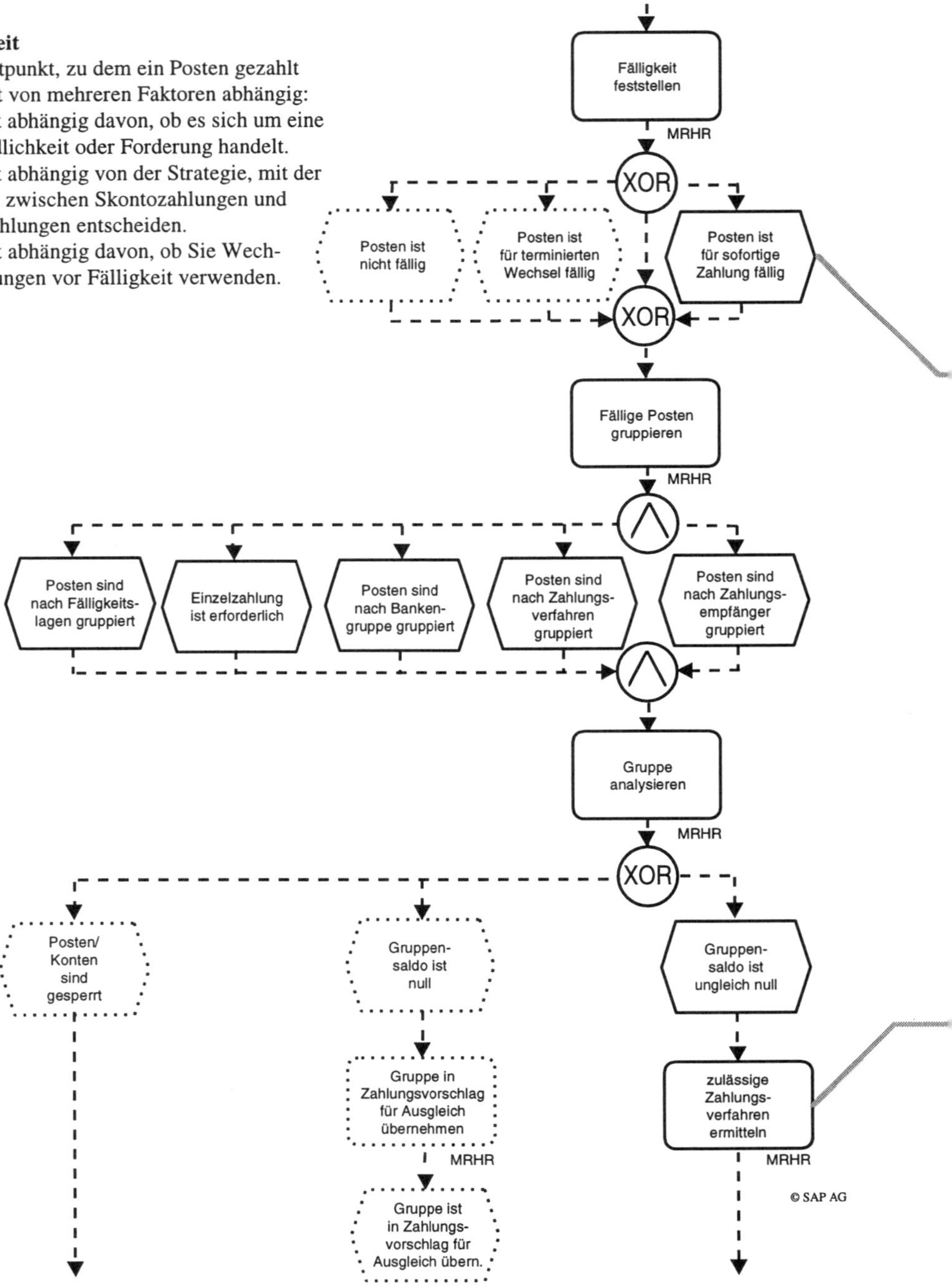

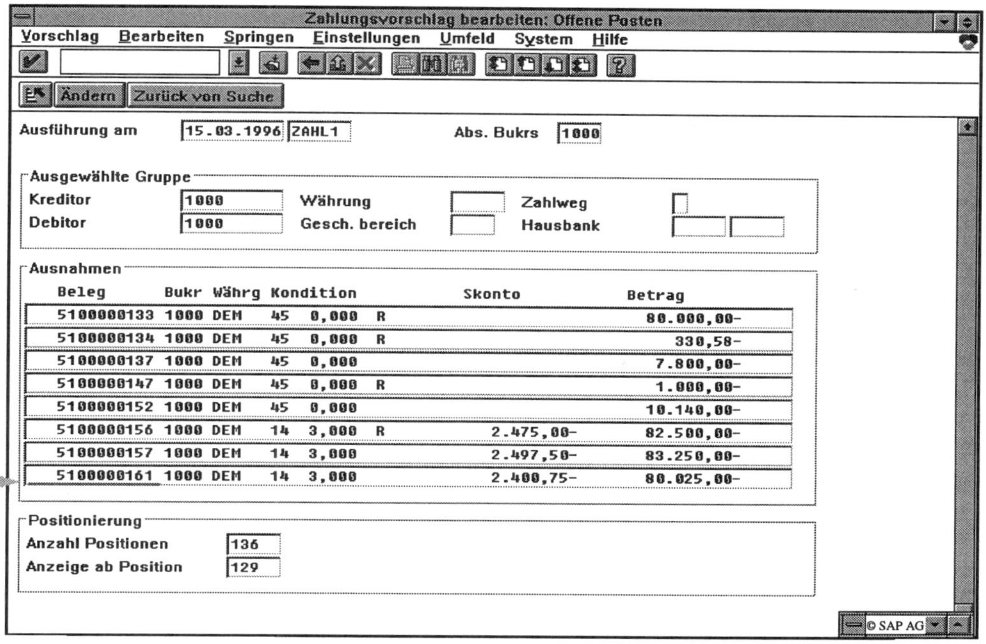

Abb. 8.30-5: Zahlungsvorschlag - Offene Posten

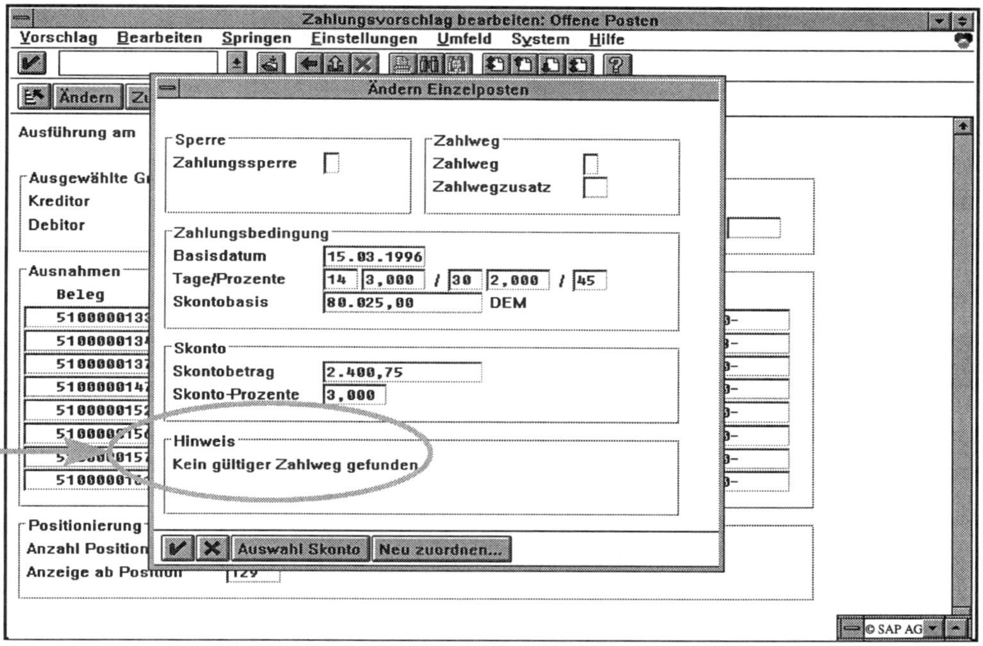

Abb. 8.30-6: Keine Zahlsperre/Zahlung fällig

Zahlungsverfahren
Der Zahlweg gibt an, mit welchem Verfahren, z. B. Scheck, Überweisung oder Wechsel, Zahlungen geleistet werden. Zunächst treffen Sie alle Festlegungen, die landesspezifisch für einen Zahlweg erforderlich sind. Dies ist für alle Zahlwege erforderlich, die in einem Land von Ihrem Unternehmen verwendet werden. Wenn Sie z. B. Firmen (Buchungskreise) in Deutschland, Frankreich und den USA haben, definieren Sie den Zahlweg "Scheck" für jedes Land. Danach definieren Sie pro Buchungskreis die verwendeten Zahlwege. Sie legen dabei fest, unter welchen Bedingungen sie verwendet werden sollen.

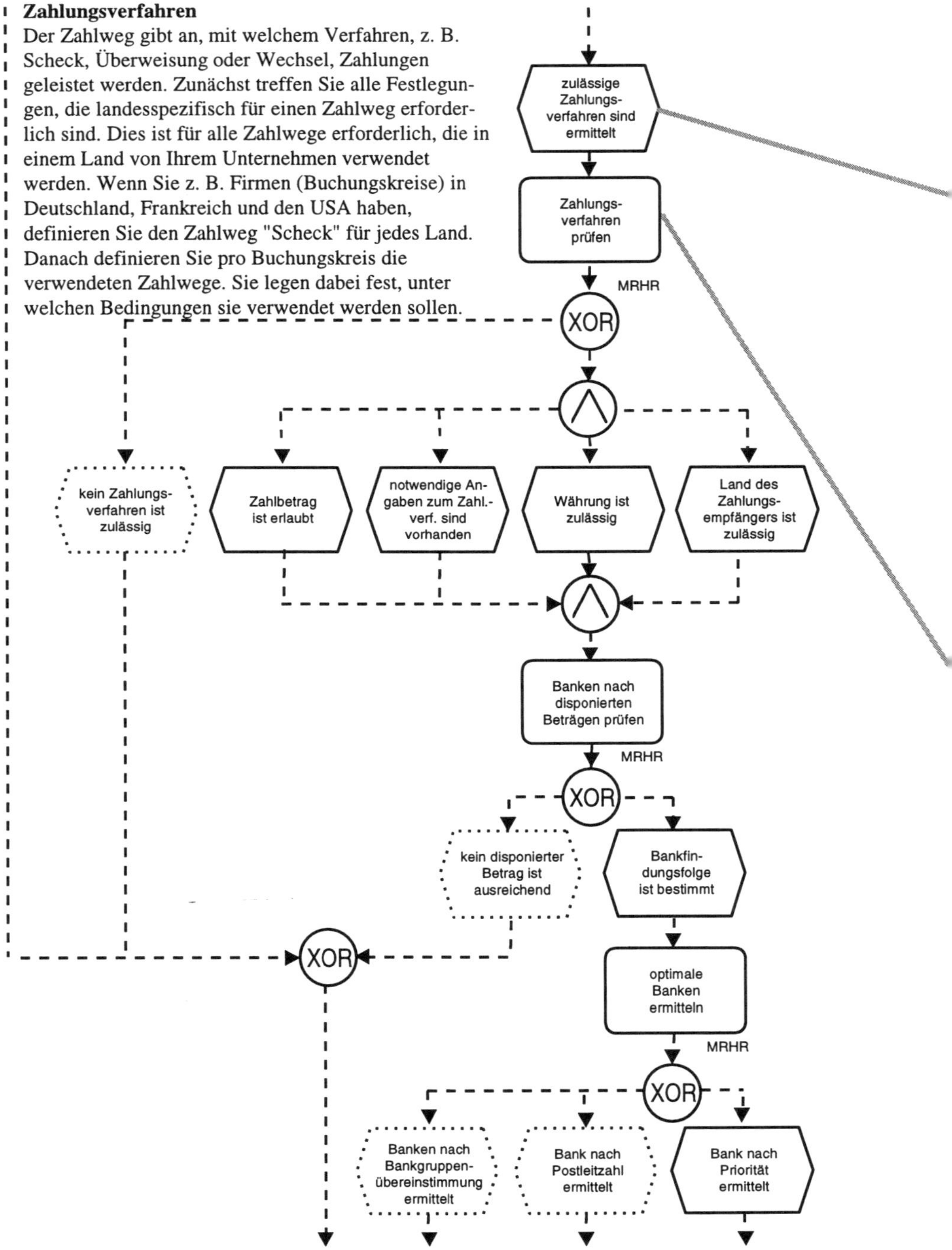

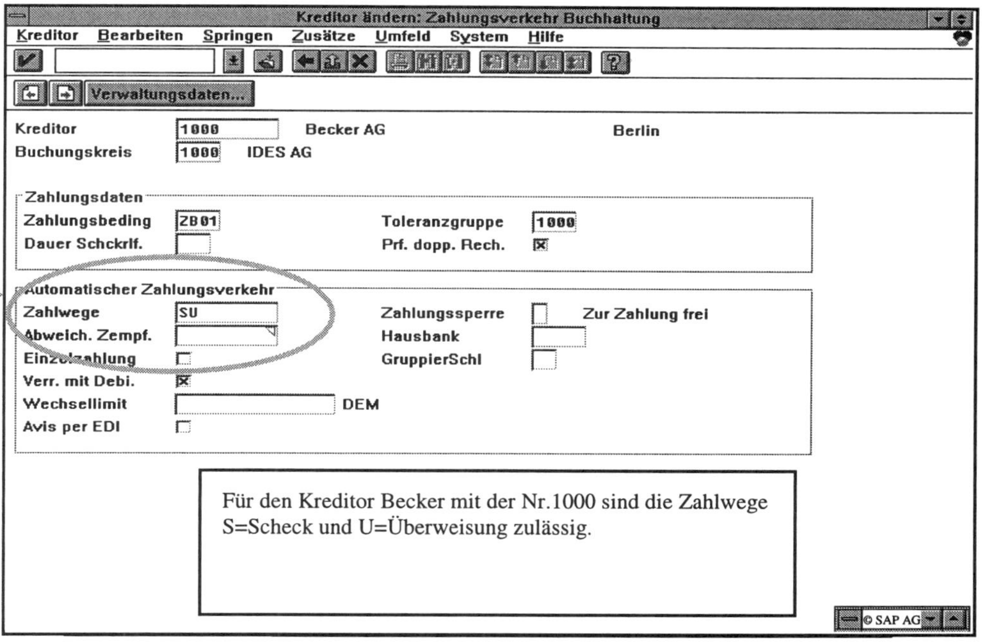

Abb. 8.30-7: Zahlwegeinstellungen im Kreditorenstamm

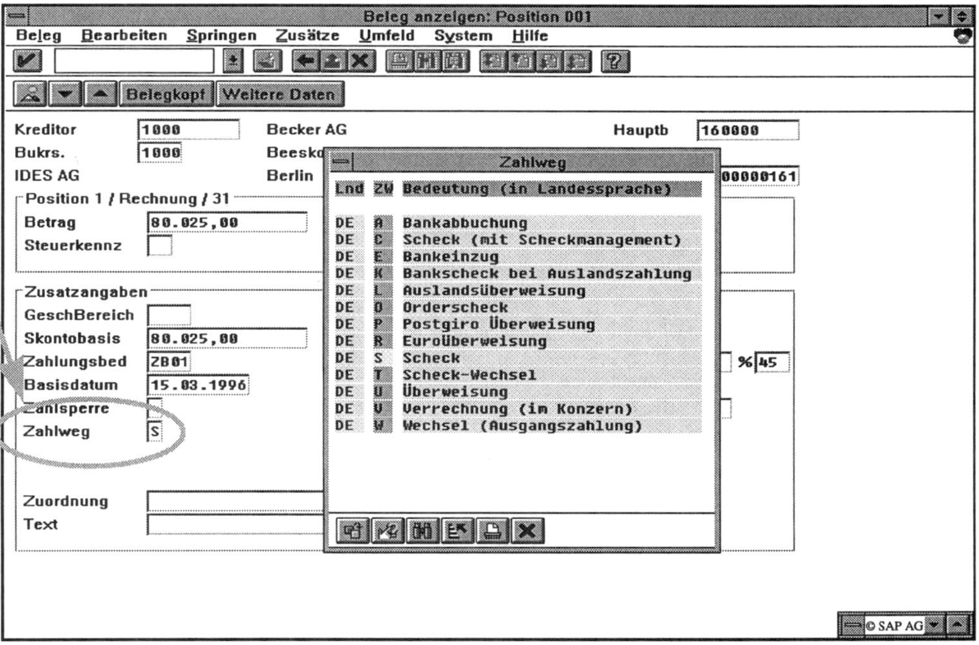

Abb. 8.30-8: Rechnung 5100000161 wird mit Zahlweg S bezahlt

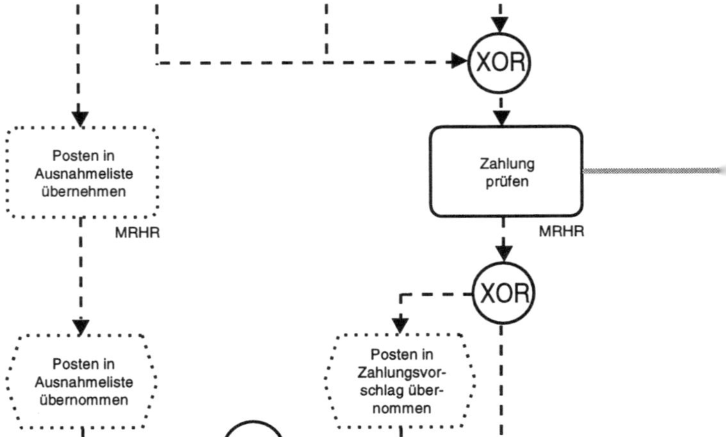

Buchung
Die Buchung der Zahlungen und die daraus resultierenden Buchungen, wie z. B. Steuer, Steuerkorrekturen, Kursdifferenzen oder Skonto, nimmt das Zahlungsprogramm automatisch vor. Dazu müssen Sie folgendes im voraus festlegen: Welche Bank- oder Bankunterkonten bebucht werden, welche Belegart für die Buchung der Zahlungen verwendet werden soll, und ob Kursdifferenzen gebucht werden. Es empfiehlt sich, für die Buchung von Eingangs- und Ausgangszahlungen Bankunterkonten zu verwenden. Wenn Sie die Unterkontentechnik nicht verwenden, setzen Sie in der Konfiguration des Zahlungsprogramms Ihre normalen Bankkonten an. Zu den Unterkonten zählen u. a. die Konten für Ausgangsschecks, Ausgangsüberweisungen, Scheckeingang und Bankeinzug. Die Verwendung solcher Unterkonten bietet einige Vorteile: Sie haben jederzeit die Möglichkeit, den Saldo des Kontos bei Ihrer Bank mit dem Saldo Ihres entsprechenden Sachkontos in der Buchhaltung abzustimmen. Durch die Unterkonten wird sichergestellt, daß alle Eingangs- und Ausgangszahlungen erst auf dem Bankkonto in der Buchhaltung gebucht werden, wenn die Buchung auf dem Konto Ihrer Bank tatsächlich erfolgte. Diese Umbuchung vom Verrechnungskonto auf das Bankkonto wird vorgenommen, wenn Sie den Kontoauszug von Ihrer Bank erhalten.

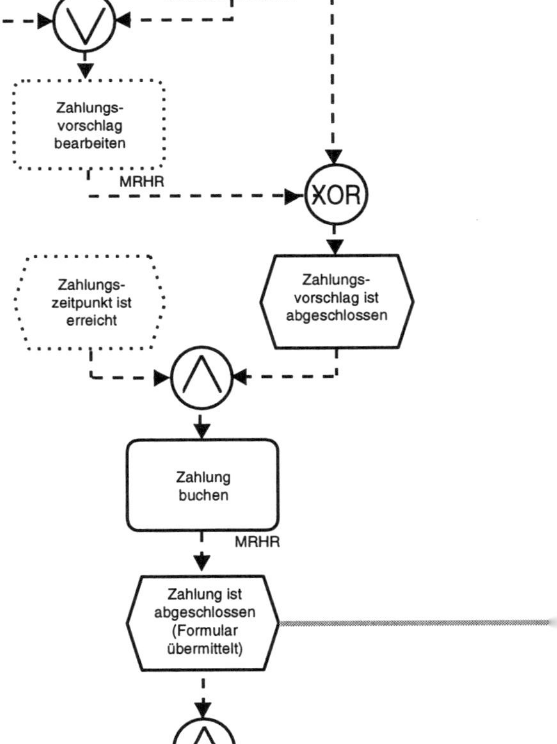

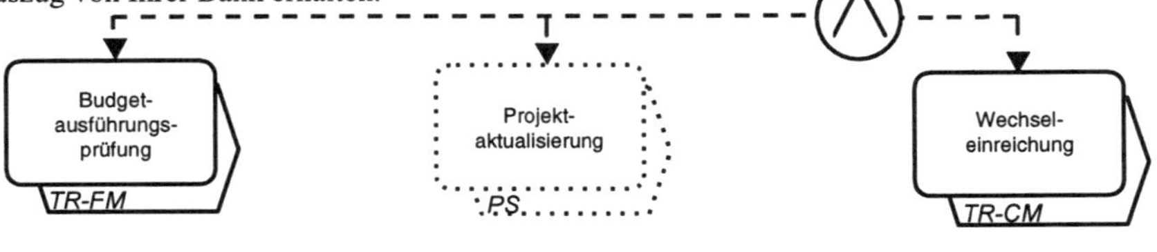

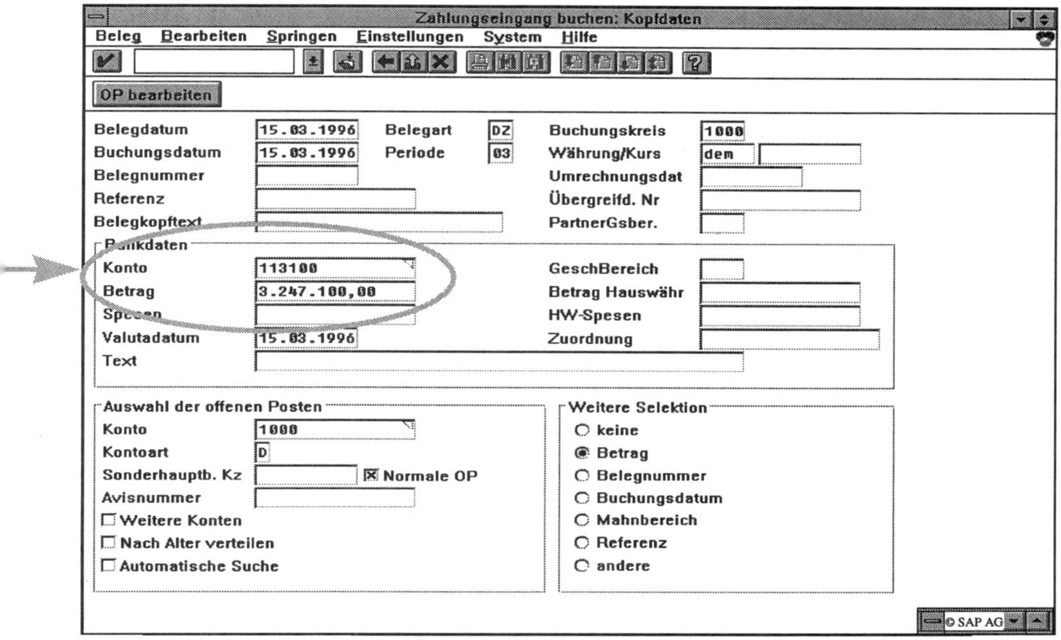

Abb. 8.30-9: Buchen des Zahlungseingangs

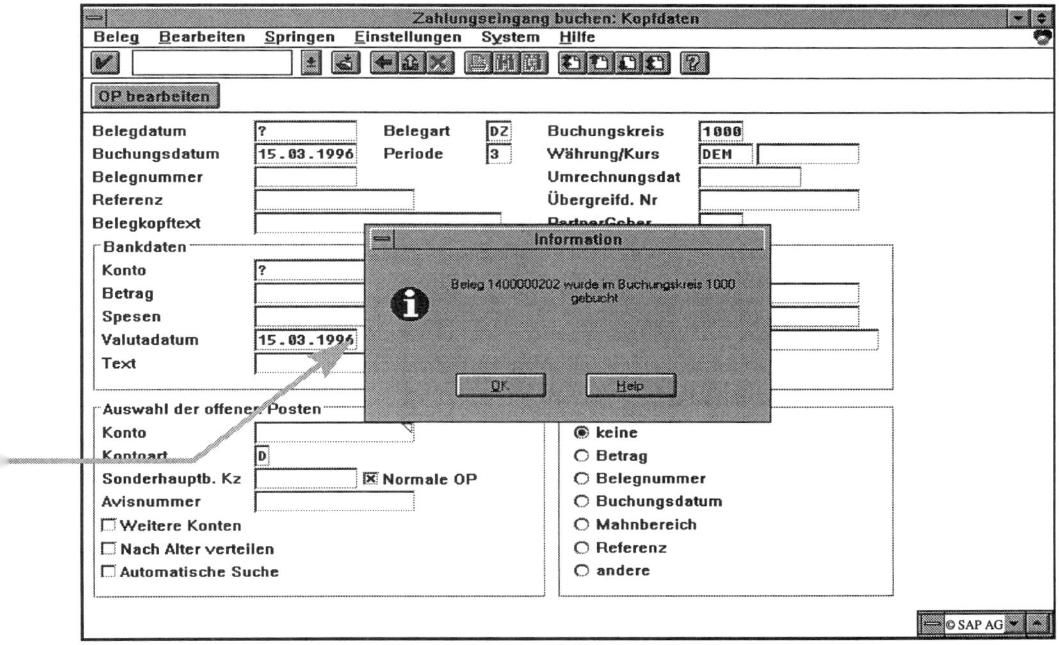

Abb. 8.30-10: Buchung ist abgeschlossen

8.31 Prozeß: Planauftragsumsetzung

8.31.1 Betriebswirtschaftliche Beschreibung

Sind die langfristigen Aufgaben innerhalb der Absatz- und Produktionsplanung, d. h. die Prozesse aus den Kapiteln 8.1, 8.2 und 8.16, sowie die mittelfristig orientierten Aufgaben der Leitteile- und Materialbedarfsplanung, d. h. die Prozesse aus den Kapiteln 8.17 und 8.18, im Zeithorizont abgeschlossen, rückt die Fertigung mit ihren mittel- bis kurzfristigen Aufgaben immer näher. Dies sind die als mittel- bis kurzfristig anzusehenden Prozesse der Planauftragsumsetzung, Fertigungsauftragseröffnung und -vorkalkulation sowie die mehr als kurzfristig anzusehenden Prozesse Fertigungsauftragsfreigabe, Fertigungsdurchführung bis hin zur Fertigungsauftragsabrechnung. Die hier vorgestellten Prozesse können im Planungshorizont in Abhängigkeit der Aufgabenstellung und des Unternehmenstyps variieren. So muß ein Anlagen- oder Sondermaschinenbauer schon vor der gesamten Produktionsplanungsphase ein Angebot mit einer Vorkalkulation erstellen. Ein Serienfertiger kann unter Umständen aufgrund eines stabilen und homogenen Produktionsprogramms eine Auftragsfreigabe schon zwei bis drei Monate vor Produktionsbeginn durchführen. Ein Kleinserienfertiger, der in der Produktion mit der Organisationsform *Fertigungs- bzw. Montageinsel* arbeitet, gibt im Rahmen einer groben Planung komplette Aufträge für die Insel frei und die Mitarbeiter in der Fertigungs- bzw. Montageinsel führen die arbeitsgangbezogene Auftragsfreigabe selbst durch (vgl. Keller/Kern 1991, S. 105-125; vgl. Ruffing 1991, S. 97-172).

Spätestens beim Übergang von der mittelfristigen zur kurzfristigen Planung werden zur dispositiven Einplanung Planaufträge in Fertigungsaufträge bzw. Bestellaufträge umgesetzt. Ein *Planauftrag* ist ein Beschaffungsvorschlag, der durch die Materialdisposition maschinell erzeugt (vgl. Kapitel 8.18) oder durch den Disponenten manuell angelegt wird. Ein *Fertigungsauftrag* legt fest, welches Material an welchem Arbeitsplatz zu welchem Termin bearbeitet, d. h. gefertigt oder montiert, werden soll. Voraussetzung einer *automatischen Planauftragsumsetzung*, die mit dem R/3-System durchführbar ist, ist das Vorliegen der Grunddaten von Stücklisten (vgl. Kapitel 8.12) und Arbeitsplänen (vgl. Kapitel 8.14), sowie die Funktionalität der Materialbedarfsplanung (vgl. Kapitel 8.18).

8.31.2 SAP-spezifische Beschreibung

Im R/3-System können Fertigungsaufträge erzeugt werden aus einer in der Bedarfsplanung erzeugten Anforderung, d. h. durch die Umsetzung eines Planauftrags in einen Fertigungsauftrag, über einen Montageauftrag oder eine vorherige Anforderung, d. h. durch eine manuelle Eröffnung. Dabei werden aus vorgelagerten Planungsstufen (z. B. dem Planungsauftrag) die Informationen übernommen und innerhalb der Fertigungssteuerung (Fertigungsauftragseröffnung etc.) um auftragsrelevante Daten ergänzt. Die Planauftragsumsetzung im R/3-System kann dabei im Hintergrund und vollautomatisch verschiedene Schritte durchführen, wie Arbeitsplan- und Stücklistenermittlung, Terminierung etc. (vgl.

Kapitel 8.32). Um die einzelnen Schritte deutlich zu machen, ist in Kapitel 8.32 explizit die Fertigungsauftragseröffnung aufgezeigt.

Für eine automatische Planauftragsumsetzung enthält ein Planauftrag die Daten Bedarfsmenge, Start- und Liefertermin, Materialnummer und die Materialkomponenten. Die für die Fertigung benötigten Komponenten sind als Positionen im Planauftrag enthalten und werden bei der Umsetzung des Planauftrags direkt in den Fertigungsauftrag übernommen. Es findet keine neue Auflösung der Stückliste statt. Bei der Umsetzung werden die Sekundärbedarfe der Komponenten in Reservierungen umgewandelt. Die Vorgangs- und Fertigungshilfsmitteldaten werden wie üblich aus dem Arbeitsplan des zu fertigenden Materials entnommen. Wenn bei der Umsetzung die aus dem Planauftrag übernommene Bedarfsmenge geändert oder wenn der Eckendtermin geändert wird, dann wird eine Planungsvormerkung erzeugt, die bei der nächsten Materialbedarfsplanung eine Neuplanung des Materials und seiner Komponenten auslöst. Die Planauftragsumsetzung kann als *Einzel-* oder *Sammelumsetzung* erfolgen (vgl. SAP – Produktionsplanung 1994, S. 9.1-9.5).

8.31.3 Anwendung des Prozesses

In der Modellfirma A wird eine Sammelumsetzung durchgeführt. Hierzu müssen zunächst das Werk, der Disponent und die Auftragsart der Fertigungsaufträge angegeben werden. Das vorliegende Beispiel bezieht sich auf Fertigungsaufträge mit interner Nummernvergabe. Die Auftragsart hierzu lautet *PP01*. Soll in einem vorgegeben Planungshorizont der Auftrag umgesetzt werden, so kann dieses Intervall durch Angabe der entsprechenden Daten festgelegt werden (vgl. Abbildung 8.31-1). Anschließend werden die umzusetzenden Planaufträge in einer Sammelliste aufgeführt. Der Disponent markiert die gewünschten Planaufträge, die er in Fertigungsaufträge umsetzen möchte, und mit dem Sichern erfolgt die Umsetzung. Sie können die erstellten Fertigungsaufträge anschließend in der aktuellen Bedarfs- und Bestandsliste an dem Dispomerkmal *FE-AUF* erkennen.

8.31.4 Navigationsinformationen

- *Menüpfad*
  Logistik –> Produktion –> Bedarfsplanung –> Planauftrag –> Umsetzen in Fertigungsauftrag –> Sammelumsetzung

- *Transaktionscode*
  CMRP, CO40, CO41

- *Eingehende Prozeßverbindungen im R/3-Referenzmodell*
  Planauftragsbearbeitung
  Materialbedarfsplanung – Gesamt/ – Einzel
  Leitteileplanung – Gesamt/ – Einzel
  Leitteileplanung kundenauftragsbezogen, Leitteileplanung projektbezogen

- *Ausgehende Prozeßverbindungen im R/3-Referenzmodell*
  Fertigungsauftragseröffnung, Prozeßauftragseröffnung
  Bestellanforderungsbearbeitung

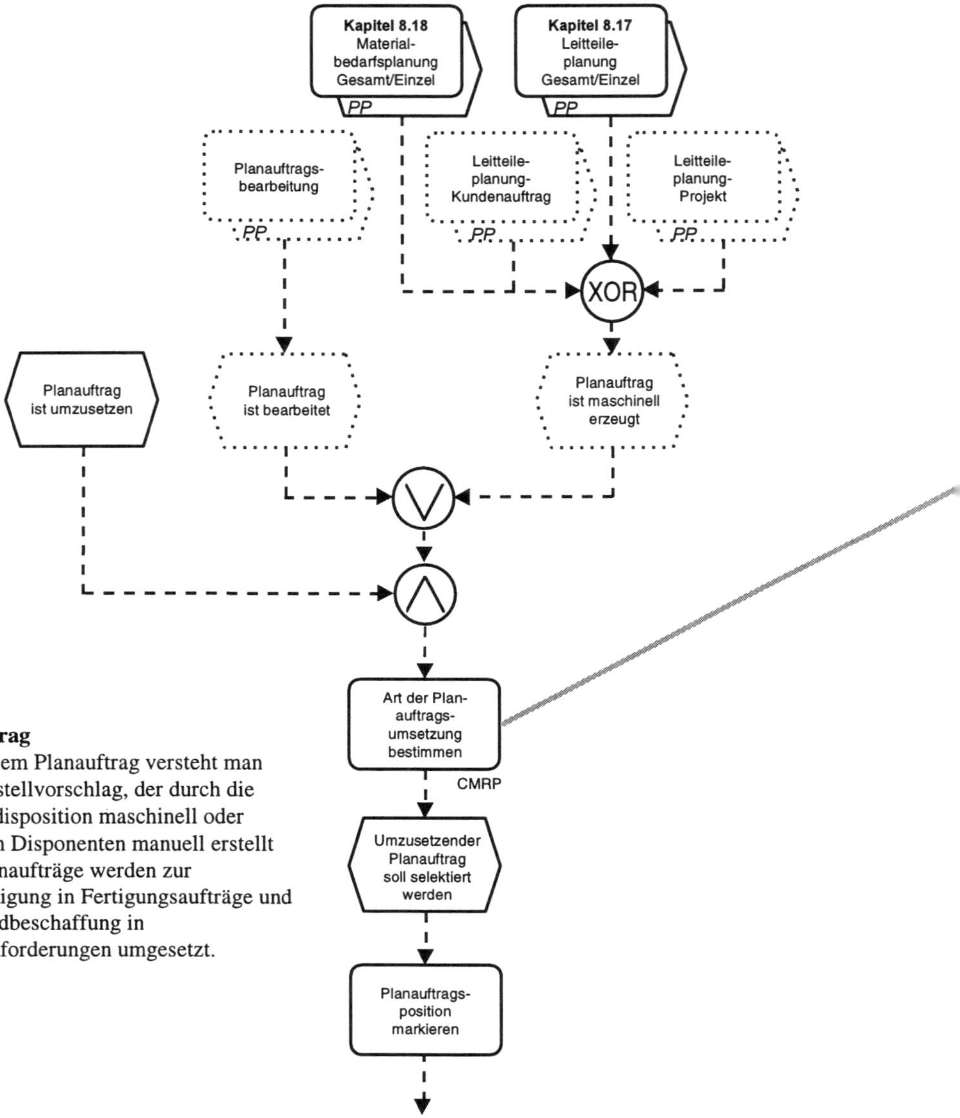

Planauftrag

Unter einem Planauftrag versteht man einen Bestellvorschlag, der durch die Materialdisposition maschinell oder durch den Disponenten manuell erstellt wird. Planaufträge werden zur Eigenfertigung in Fertigungsaufträge und zur Fremdbeschaffung in Bestellanforderungen umgesetzt.

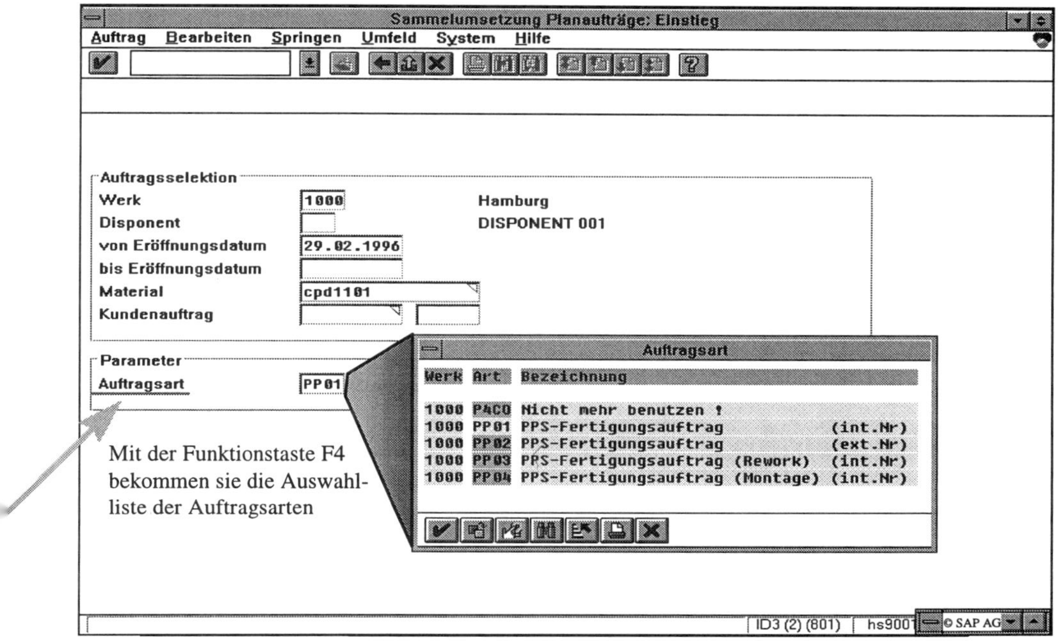

Abb. 8.31-1: Einstiegsbild zur Planauftragsumsetzung

Sie haben zwei Möglichkeiten, Planaufträge in Fertigungsaufträge umzusetzen:

Einzelumsetzung
Bei der Einzelumsetzung wird ein einzelner Planauftrag in einen Fertigungsauftrag umgesetzt. Dabei führt das System eine automatische Suche nach einem Arbeitsplan und einer Stückliste durch. Ist in dem Materialstammsatz des zu fertigenden Materials eine feste Losgröße vorgegeben (vgl. Abbildung 8.11-3), so wird die Losgröße als Gesamtmenge des Planauftrags vorgeschlagen.

Sammelumsetzung
Sie haben die Möglichkeit, mehrere Planaufträge, die in einem Werk der gleichen Disponentengruppe zugeordnet sind, in einer Sammelumsetzung in Fertigungsaufträge umzusetzen. Sie können die Planaufträge, die Sie zusammen umsetzen wollen, nach ihrem Eröffnungstermin selektieren.

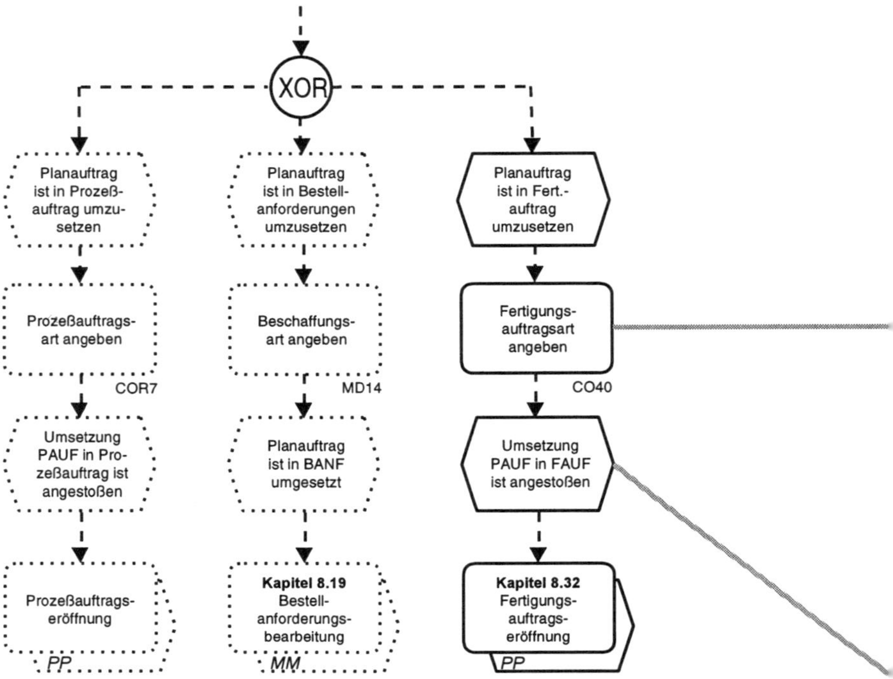

Ergebnis nach der Umsetzung
Hier in diesem Beispiel wurde der Planauftrag *12723* in einen Fertigungsauftrag *60001008* umgesetzt und steht zur Fertigungsauftragseröffnung bereit. Die für die Fertigung benötigten Komponenten wurden aus den Positionen des Planauftrags entnommen und bei der Umsetzung direkt in den Fertigungsauftrag aufgenommen. Bei der Umsetzung wurden die Sekundärbedarfe der Komponenten in Reservierungen (Dispoelement AR-RES) umgewandelt (vgl. Abbildung 8.31-4). Die Vorgangs- und Fertigungshilfsmitteldaten wurden aus dem Arbeitsplan des zu fertigenden Materials entnommen.
Wenn Sie bei der Umsetzung die aus dem Planauftrag übernommene Bedarfsmenge ändern oder wenn der Eckendtermin geändert wird, wird eine Planungsvormerkung erzeugt, die bei der nächsten Materialbedarfsplanung eine Neuplanung des Materials und seiner Komponenten auslöst.

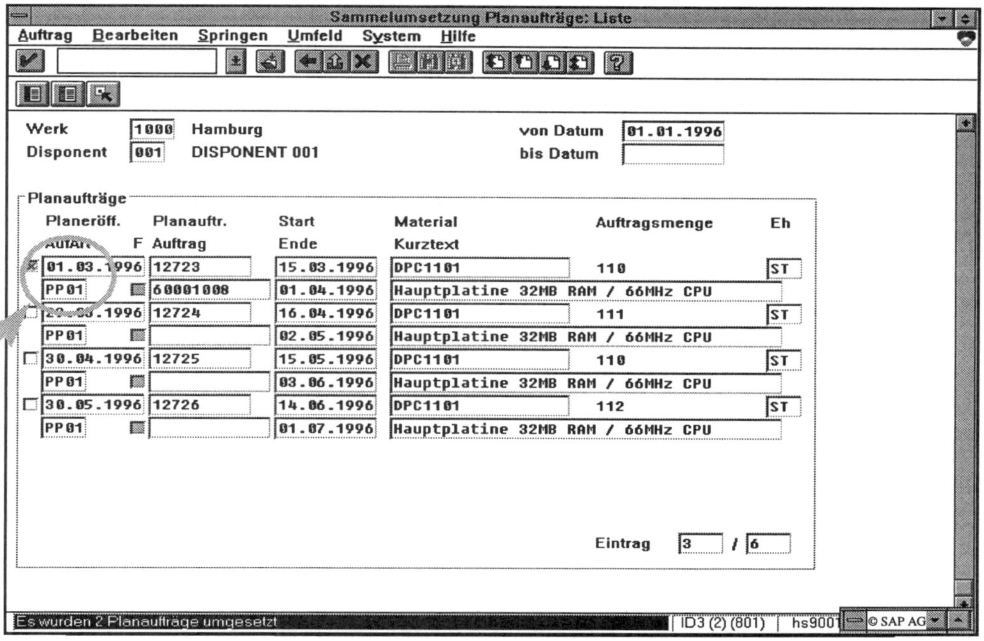

Abb. 8.31-3: Planauftrag markieren zur Fertigungsauftragsumsetzung

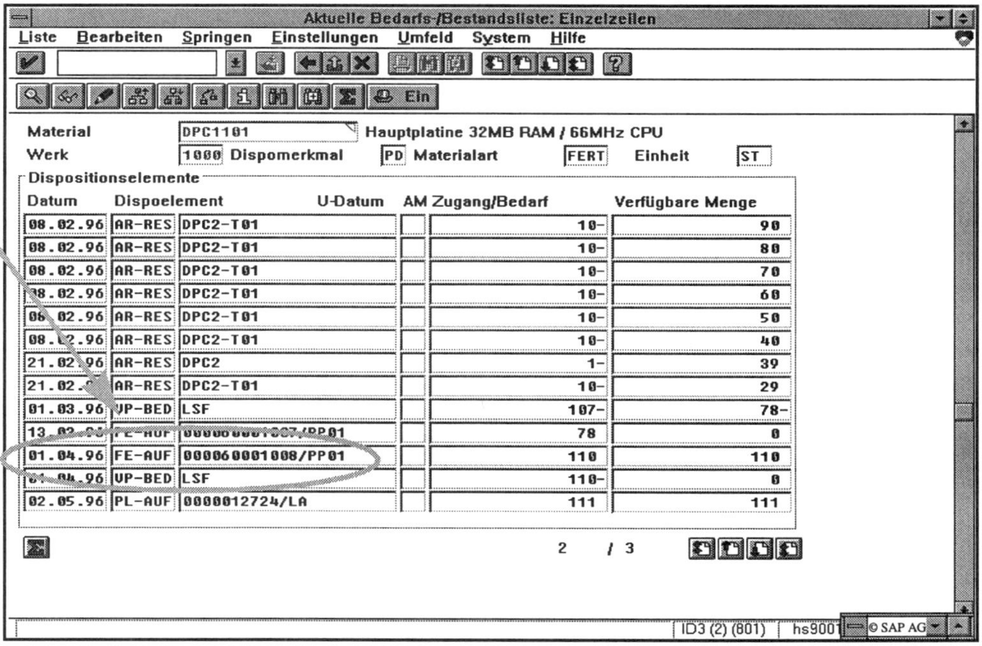

Abb. 8.31-4: Fertigungsauftrag nach der Umsetzung

8.32 Prozeß: Fertigungsauftragseröffnung

8.32.1 Betriebswirtschaftliche Beschreibung

Die Fertigungsauftragseröffnung leitet in die kurzfristigen Aufgaben der Fertigungssteuerung ein. Zur Einplanung der Aufträge ist darüber hinaus in allen Zeithorizonten unter Umständen eine Kapazitätsplanung und ein -abgleich erforderlich. Im Rahmen der *langfristigen Planung* erfolgt der Abgleich grob auf Werksebene. In der *mittelfristigen Planung* der Materialbedarfe werden zunächst die für die Leistungserstellung benötigten Materialien unabhängig von den zur Verfügung stehenden Ressourcen ermittelt und anschließend die ermittelten Bedarfe mit den Kapazitäten der Produktionsstätte in der Regel auf Maschinengruppenebene abgeglichen. Diese Aufgaben werden innerhalb der Planungsstufe von PPS-Konzepten auch als Zeitwirtschaft bezeichnet und umfassen die Aufgaben der Kapazitätsterminierung und des Kapazitätsabgleichs (vgl. Scheer 1990, S. 23-28). In der *kurzfristig orientierten Fertigungssteuerung* steht die arbeitsgangbezogene Einplanung (Terminierung) der einzelnen Aufträge auf Maschinenebene im Vordergrund.

Vor der eigentlichen *Kapazitätsterminierung*, die in Belastungsübersichten dargestellt werden kann, sind noch die *Durchlaufterminierung* und *Durchlaufzeitverkürzung* durchzuführen (vgl. Glaser 1986, S. 69). Dabei werden zunächst die Start- und Endtermine der zu einem Fertigungsauftrag gehörenden Arbeitsgänge ohne Beachtung von Kapazitätsrestriktionen festgelegt, um damit den von der Materialwirtschaft festgelegten Endtermin des Fertigungsauftrags auf seine Durchführbarkeit zu überprüfen. Als Verfahren werden hier die Vorwärts-, Rückwärts- und die Engpaßterminierung eingesetzt. Die Rückwärtsterminierung ermittelt ausgehend vom spätesten Endtermin den spätesten Starttermin. Bei der Vorwärtsterminierung wird ausgehend vom frühesten Starttermin der früheste Endtermin ermittelt. Dabei ist allerdings zu beachten, daß innerhalb der Vorwärtsterminierung der Plantermin nur realistisch ist, wenn alle geplanten Materialien zum Starttermin zur Verfügung stehen. Die Engpaß- oder Mittelpunktsterminierung hat als Ausgangspunkt ein im Unternehmen vorliegendes Engpaßaggregat und berechnet die Zeiten der davorliegenden und nachfolgenden Arbeitsschritte. Die Durchlaufterminierung erfolgt für jeden Auftrag isoliert, d. h. es werden keine Interdependenzen verschiedener Aufträge betrachtet. Kann der Termin nicht eingehalten werden, so bieten sich zur Durchlaufzeitreduzierung das Überlappen, das Splitten, das Raffen und die Reduzierung der Übergangszeiten an. Durch das Splitten kann ein Fertigungslos in mehrere Teillose aufgespaltet werden, die dann zeitgleich auf alternativen Maschinen gefertigt werden. Beim Überlappen werden bearbeitete Teile des Gesamtloses an die nachfolgende Maschine direkt weitergeleitet. Beim Raffen werden mehrere Teile des Fertigungsauftrags zusammengefaßt. Mit Hilfe der Übergangszeitenreduzierung können nicht zur Bearbeitungszeit gehörende Durchlaufzeitanteile vermindert werden. Die Ausführung der Aufgaben *Durchlaufterminierung* und *-verkürzung* sind dabei u. a. abhängig von der Fertigungsorganisation. So sind insbesondere bei der Werkstattfertigung aufgrund der hohen Liegezeiten Maßnahmen der Durchlaufzeitreduzierung möglich. Im Rahmen der Kapazitätsterminierung werden die Kapazitätsnachfrage und das -angebot in einer Belastungsübersicht graphisch oder tabellarisch gegenübergestellt. Dies geschieht dadurch, daß die einzelnen Arbeitsgänge bzw. Arbeitsfolgen den verschiedenen Arbeitsstationen zugeordnet werden. Ist das Unternehmen ein kundenspezifischer Auftragsfertiger, so ist darüber hinaus ein Bedarfsverursachungsnachweis notwendig. Die Aufgabe des *Kapazitätsabgleichs* ist es, die Abweichungen von Angebot und Nachfrage zu korrigieren, um damit eine möglichst gleichmäßige Auslastung zu gewinnen.

Die durchzuführenden Schritte bei der Einplanung von Fertigungsaufträgen sind in der mittel- und kurzfristigen Planung weitestgehend übereinstimmend, Unterschiede ergeben sich bei den zu betrachtenden Objekten. Innerhalb der mittelfristigen Planung ist der *Planungsgegenstand* der Auftrag oder Auftragsteile, der *Planungshorizont* Monate oder Wochen und die *Planungskapazität* die Betriebsmittel- bzw. Maschinengruppe. Innerhalb der kurzfristigen Planung ist der *Planungsgegenstand* der Arbeitsgang, der *Planungshorizont* Tage oder Minuten und die *Planungskapazität* das Betriebsmittel bzw. die einzelne Maschine. Der Grund für die Durchführung einer mittel- und kurzfristigen Planung liegt darin, daß zwischen den Planungsterminen durch unvorhergesehene Ereignisse Produktionsstörungen, wie z. B. Maschinen-, Personal-, Werkzeugausfall sowie kurzfristig eingegangene Eilaufträge, auftreten können. Die Art der Durchführung einzelner Aufgaben hängt wiederum von der Fertigungsart und der Fertigungsorganisation ab. So muß ein Einzelfertiger die Durchlaufterminierung sowohl auf Basis von Vorlaufzeiten als auch auf der Grundlage von Arbeitsplandaten (vgl. Kapitel 8.14) durchführen können. Dies ist erforderlich, weil er zu Beginn einer Planung keine vollständigen Stücklisten und Arbeitspläne vorliegen hat, im Rahmen der Angebotsdurchführung aber schon grobe Terminzusagen abgeben muß. Erst im Zuge des Auftragsfortschritts werden Stücklisten- und Arbeitsplandaten sukzessive bis zu einem gewissen Grad vervollständigt. Die Planungsdaten sind dann im Hinblick auf den Endtermin zu überprüfen und die Termine aufgrund vorliegender Arbeitsplandaten zu korrigieren. Der Großserien- oder Massenfertiger hat dagegen vor Serienproduktionsbeginn alle Planungsdaten vorliegen. Die Terminierung kann deshalb vollständig aufgrund von Arbeitsplänen durchgeführt werden. Hat ein Unternehmen in der Fertigungsorganisation eine Fließfertigung mit Zeitzwang, so ist das Terminierungsverfahren Mittelpunktsterminierung nicht erforderlich, da die Betriebsmittel technologisch bedingt verkettet sind und somit eine einzelne Maschine keine Engpaßeinheit darstellt. Dagegen kann bei einer Werkstattfertigung die Anwendung aller drei genannten Verfahren sinnvoll sein.

8.32.2 SAP-spezifische Beschreibung

Es gibt drei Möglichkeiten, um einen Fertigungsauftrag anzulegen bzw. zu eröffnen:

- *mit Bezug auf ein Material*
  Der Fertigungsauftrag bezieht sich speziell auf ein Material, das mit der Angabe eines Werks gefertigt werden soll. Ein wichtiges Steuerfeld für den Beleg Fertigungsauftrag ist die *Auftragsart* auf dem Einstiegsbild. Dieses Kennzeichen steuert nicht nur die interne und externe Nummernvergabe, sondern auch Bereiche der Klassifizierung, der Obligoverwaltung oder der Statusverwaltung für die verschiedenen Fertigungszustände

(vgl. Abbildung 8.32-2). Auf dem Vorgangsübersichtsbild sind alle aus dem Arbeitsplan übernommenen und für den Auftrag terminierten *Vorgänge* aufgelistet.

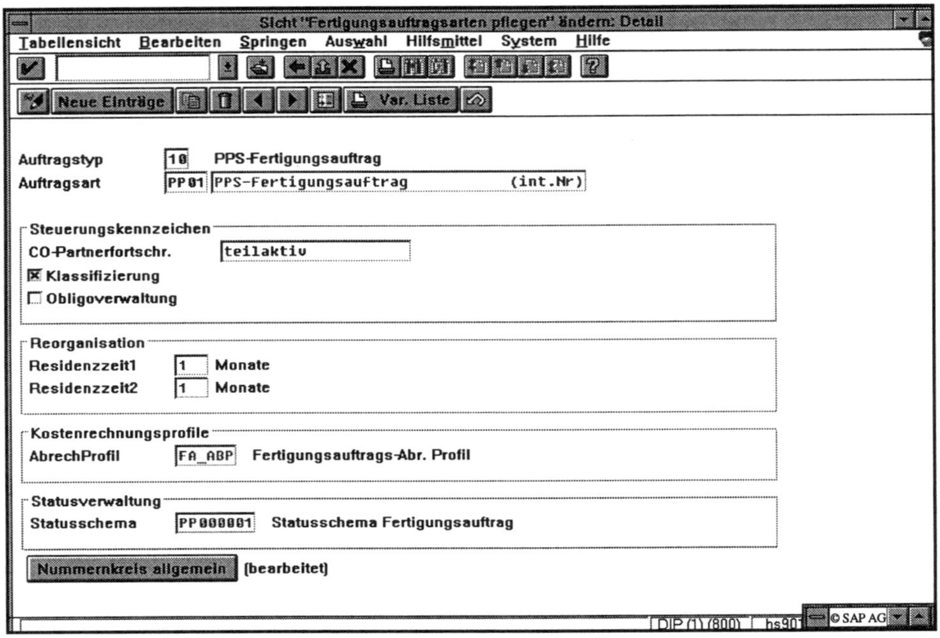

Abb. 8.32-1: Customizing der Auftragsart

- *ohne Bezug zum Material*
  Der Fertigungsauftrag erfordert auf dem Kopfbild eine Mußeingabe eines Kurztextes, als Ersatz für die Materialnummer. Dann muß entschieden werden, ob die Bearbeitung mit einem Standardarbeitsplan erfolgen soll oder nicht. Wenn kein Standardplan vorgesehen ist, wird automatisch eine Stammfolge mit einem Vorgang vom System generiert. Sind in dem ausgewählten Arbeitsplan alternative Folgen vorhanden, so können diese nur in den Fertigungsauftrag übernommen werden, wenn im Customizing alternative Folgen für die Auftragsart zugelassen sind. Das System sucht nach einem gültigen Arbeitsplan und einer gültigen Stückliste. Sind mehrere Stücklisten vorhanden, wird versucht, anhand der Kriterien Gültigkeitstermin, Losgröße, Status und Verwendung zu einer eindeutigen Auswahl zu kommen. Ist dies nicht möglich, muß der Fertigungssteuerer eine manuelle Auswahl treffen. Ergänzend zum Fertigungsauftrag wird zur Abrechnungsvorschrift der gewünschte Abrechnungsempfänger mit den notwendigen Daten bestimmt.

- *mit Bezug auf einen Planauftrag*
  Haben Sie die Komponenten Materialbedarfsplanung, Arbeitspläne, und Stücklisten im Einsatz, so ist es möglich, Planaufträge anzulegen, die fast alle Daten beinhalten, die für die Eröffnung eines Fertigungsauftrags benötigt werden. Ein Planauftrag enthält die

Bedarfsmenge, Start- und Liefertermin, Materialnummer und die Materialkomponenten. Die für die Fertigung benötigten Komponenten sind als Positionen im Planauftrag enthalten und werden bei der Umsetzung des Planauftrags direkt in den Fertigungsauftrag übernommen. Es findet keine neue Auflösung der Stückliste statt. Bei der Umsetzung werden die Sekundärbedarfe der Komponenten in Reservierungen umgewandelt. Die Vorgangs- und Fertigungshilfsmitteldaten werden wie üblich aus dem Arbeitsplan des zu fertigenden Materials entnommen.

Eines der wichtigsten Bildschirmbilder eines Fertigungsauftrags ist das *Vorgangsübersichtsbild.* Auf diesem Bild sind die aus dem Arbeitsplan übernommenen und für den Auftrag terminierten Vorgänge aufgelistet (vgl. Abbildung 8.32-4). Zu jedem *Vorgang* gibt es eine *Vorgangsnummer*, eine eventuelle *Untervorgangsnummer*, die Angabe des *Arbeitsplatzes*, den *Steuerschlüssel*, der bestimmt, wie der Vorgang behandelt werden soll (z. B. ob er rückgemeldet werden muß, ob er terminiert werden kann, ob er gedruckt werden kann etc.), den *Status* des Vorgangs, ob er schon eröffnet oder bereits freigegeben ist, den *Start- und Endtermin* des Vorgangs, die *Kurzbezeichnung* und die *Zurordnungskennzeichen* zu Materialkomponenten, FHM und Ereignispunkte. Existieren *Komponenten* im Arbeitsplan, so müssen sie im Fertigungsauftrag immer einem Vorgang zugeordnet werden. Die Komponenten, die nicht bereits im Arbeitsplan einem bestimmten Vorgang zugeordnet wurden, werden vom System bei der Eröffnung des Fertigungsauftrags automatisch dem ersten Vorgang zugeordnet. Man hat jedoch jederzeit die Möglichkeit, Komponenten von einem Vorgang auf einen anderen umzuhängen. Komponenten, die auftragsspezifisch beschafft werden sollen, können in der Stückliste mit einem Kennzeichen versehen werden. Bei der Auftragseröffnung werden für diese Materialien automatisch Bestellanforderungen erzeugt. Über die Einkaufsfunktionen der Materialwirtschaft werden die Komponenten auftragsspezifisch bestellt und für den Fertigungsauftrag bereitgestellt. Für Vorgänge, die von einem anderen Unternehmen durchgeführt werden (Fremdbearbeitung), werden ebenfalls Bestellanforderungen für den Einkauf erzeugt. Die enge Integration mit den Einkaufsfunktionen gewährleistet auch hier eine reibungslose Vorgangsbearbeitung (vgl. SAP – Produktionsplanung 1994, S. 9.1-9.5). Von dem Vorgangsübersichtsbild aus kann man je nach Anwendung und Notwendigkeit in die einzelnen Detailbilder verzweigen. Die wichtigsten Detailbilder werden hier kurz beschrieben.

- *Allgemeine Sicht*
  Auf diesem Bildschirmbild sind allgemeine Informationen zum Vorgang enthalten, wie z. B. prozentualer Ausschuß, Anzahl der zu druckenden Arbeitspapiere, Lohngruppe und Rüstartenschlüssel. Es enthält auch das Kalkulationsrelevanzkennzeichen, das angibt, ob der Vorgang in die Kalkulation eingeht.

- *Vorgabewerte*
  Auf diesem Bildschirmbild sind die Vorgabewerte, d. h. Planwerte für die Durchführung des Vorgangs, und die dazugehörigen Einheiten angegeben. Mit Hilfe der Vorgabewerte werden Kosten, Durchführungszeiten und Kapazitätsbedarfe berechnet.

- *Übergangszeiten*
  Auf dem Vorgangsdetailbild Übergangszeiten können Terminierungsdaten gepflegt werden, die die Vorgangsabschnitte außerhalb der Durchführungszeit beeinflussen.

Dieses Bildschirmbild ist nur relevant für Vorgänge, die laut Steuerschlüssel terminiert werden können.

- *Fremdbearbeitung*
  Dieses Bildschirmbild enthält Daten für fremdbearbeitete Vorgänge, d. h. für Vorgänge, die bei einem Lieferanten bearbeitet werden. Es ist nur relevant für Vorgänge, die laut Steuerschlüssel fremdbearbeitet werden.

- *Vorgabewertermittlung*
  Außer der Möglichkeit, Vorgabewerte manuell vorzugeben, können Sie Vorgabewerte über das System ermitteln. Auf diesem Bildschirmbild können Sie Daten pflegen, die festlegen, wie die Vorgabewerte ermittelt werden (z. B. über CAP oder durch Schätzen), in welchem Jahr die Vorgabewerte ermittelt wurden, welche Unterlage zur Ermittlung der Vorgabewerte benutzt wurde und über welchen Vorgabewertcode die Vorgabewerte berechnet wurden (z. B. Planzeittabelle).

- *Splittung*
  Auf dem Vorgangsdetailbild Splittung können Daten gepflegt werden, die steuern, ob, wie und wann ein Vorgang im Rahmen der Terminierung gesplittet werden darf bzw. muß. Diese Daten wirken sich auf die Durchführungszeit des Vorgangs und damit auf die Durchlaufzeit im Fertigungsauftrag aus. Dieses Bildschirmbild ist nur relevant für Vorgänge, die laut Steuerschlüssel terminiert werden können.

- *Überlappung*
  Auf dem Vorgangsdetailbild Überlappung können Daten zu Vorgängen gepflegt werden, die im Rahmen der Terminierung überlappt werden sollen. Diese Daten beeinflussen die Durchlaufzeit im Fertigungsauftrag. Dieses Bildschirmbild ist nur relevant für Vorgänge, die laut Steuerschlüssel terminiert werden können.

- *Vorgangstermine*
  Dieses Bildschirmbild enthält die Ergebnisse der Durchlaufterminierung für den Vorgang. Es ist nur relevant für Vorgänge, die laut Steuerschlüssel terminiert werden können. Die Terminierung ermittelt Termine für die Vorgangsabschnitte Rüstzeit, Bearbeitungszeit, Abrüstzeit und Liegezeit. Für jeden dieser Vorgangsabschnitte werden die Dauer sowie das früheste/späteste Datum mit Uhrzeit ermittelt. Bei der Ermittlung der frühesten Termine und Uhrzeiten geht das System davon aus, daß nur die minimale Wartezeit genutzt wird. Bei der Ermittlung der spätesten Termine und Uhrzeiten geht das System davon aus, daß die normale Wartezeit genutzt wird.

- *Kapazitätsbedarfszuordnung*
  Auf diesem Bildschirmbild kann man den Gesamtbedarf des Vorgangs in Teilbedarfe splitten. Dabei kann es sich um einen Mengensplitt und/oder um einen Vorgabewertsplitt handeln.

8.32.3 Anwendung des Prozesses

Für die Modellfirma A wurde auf der Grundlage eines Planauftrags ein Fertigungsauftrag erzeugt. Auf dem Einstiegsbild wurde die Referenznummer des Planauftrags, *15871*, eingegeben. Die Auftragsart *PP01* (vgl. Abbildung 8.32-1) wurde vom System vorgeschlagen (interne Belegnummernvergabe). Auf dem Fertigungsauftragskopfbild wurden die Terminierungsdaten aus dem Planauftrag übernommen. In der Modellfirma A besteht eine Rückwärtsterminierung. Es wird eine Fertigung mit einer Gesamtmenge von 110 Stück vorgesehen (vgl. Abbildung 8.32-3).

Auf dem Vorgangsübersichtsbild sehen Sie die erforderlichen Vorgänge zum Fertigungserzeugnis *DPC1101*. Zum Vorgang *0010* wurde ein Kennzeichen *KOMP* angekreuzt (vgl. Abbildung 8.32-4). Dieses Kennzeichen weist auf Materialkomponenten hin, die zu diesem Vorgang erforderlich sind. Sie können die Komponenten separat auflisten, indem Sie den Vorgang *0010* markieren und den Schalter *Komponenten* drücken (vgl. Abbildung 8.32-5). Zusätzlich gibt es die Spalten FHM und EPK auf dem Vorgangsübersichtsbild. Enthält die Spalte FHM ein Kennzeichen, so sind dem Vorgang Fertigungshilfsmittel zugeordnet. Existiert ein Kennzeichen in der Spalte EPK, so sind dem Vorgang Ereignispunkte zugeordnet. Zur Fertigungsauftragseröffnung wird eine *Terminierung* durchgeführt. Die Ergebnisse sehen Sie im Vorgangsvorgabebild. Sie können aus dem Vorgangsübersichtsbild mit dem Schalter *Vorgabe* zu den Terminierungsdaten gelangen. Als *Rüstzeit* z. B. sind für den Vorgang *0010 10* Minuten vorgesehen (vgl. Abbildung 8.32-6). Abschließend sichern Sie den Fertigungsauftrag und erreichen für die benötigten Komponenten eine Reservierung. Den neu erstellten Fertigungsauftrag mit der Belegnummer *60001182* können Sie in der aktuellen Bedarfs- und Bestandsliste sehen.

8.32.4 Navigationsinformationen

- *Menüpfad*
  Logistik -> Produktion -> Fertigungssteuerung -> Auftrag -> Anlegen -> Mit Planauftrag

- *Transaktionscode*
  CO01

- *Eingehende Prozeßverbindungen im R/3-Referenzmodell*
  Planauftragsumsetzung
  Ergebnisbearbeitung-Bedarfsplanung/Leitteileplanung
  Terminauftragsbearbeitung
  Kundenkontrakt-Abrufbearbeitung

- *Ausgehende Prozeßverbindungen im R/3-Referenzmodell*
  Rückstandsbearbeitung
  Fertigungsauftragsfreigabe
  Bestallanforderungsbearbeitung
  Fertigungsauftragsvorkalkulation
  Terminauftragsbearbeitung
  Kundenkontrakt-Abrufbearbeitung

Terminierung
In der Auftragsabwicklung ermittelt die Terminierung die Fertigungstermine und Kapazitätsbedarfe für alle Vorgänge. Die Terminierung geht von den Eckterminen aus.
Die Ecktermine werden in Eckstarttermin und Eckendtermin unterschieden. Sie werden entweder aus dem Planauftrag übernommen oder von Ihnen auf dem Kopfbild des Fertigungsauftrags eingegeben (vgl. Abbildung 8.32-3).

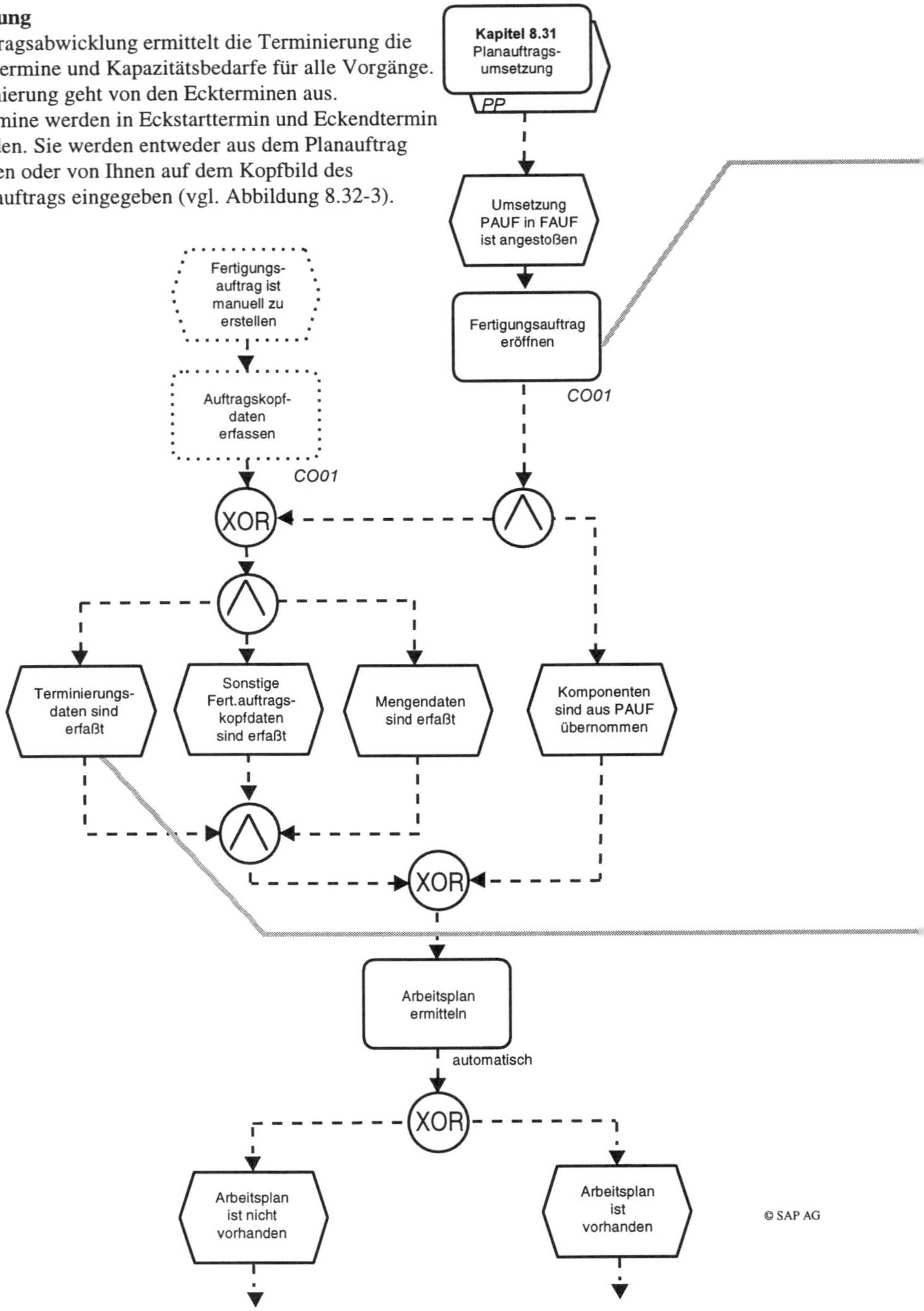

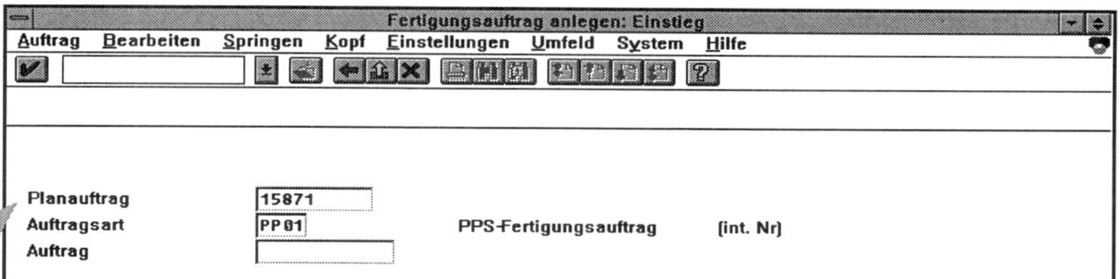

Auftragsnummer

Wird eine Auftragsart mit einer externen Nummernvergabe verwendet, so muß zusätzlich zu Beginn eine Auftragsnummer in das Feld *Auftrag* eingegeben werden. Bei einer internen Nummernvergabe vergibt das System am Ende (beim Sichern) die Auftragsnummer. Hier in diesem Beispiel steuert die Auftragsart *PP01* eine interne Nummernvergabe.

Abb. 8.32-2: Einstiegsbild zur Fertigungsauftragseröffnung

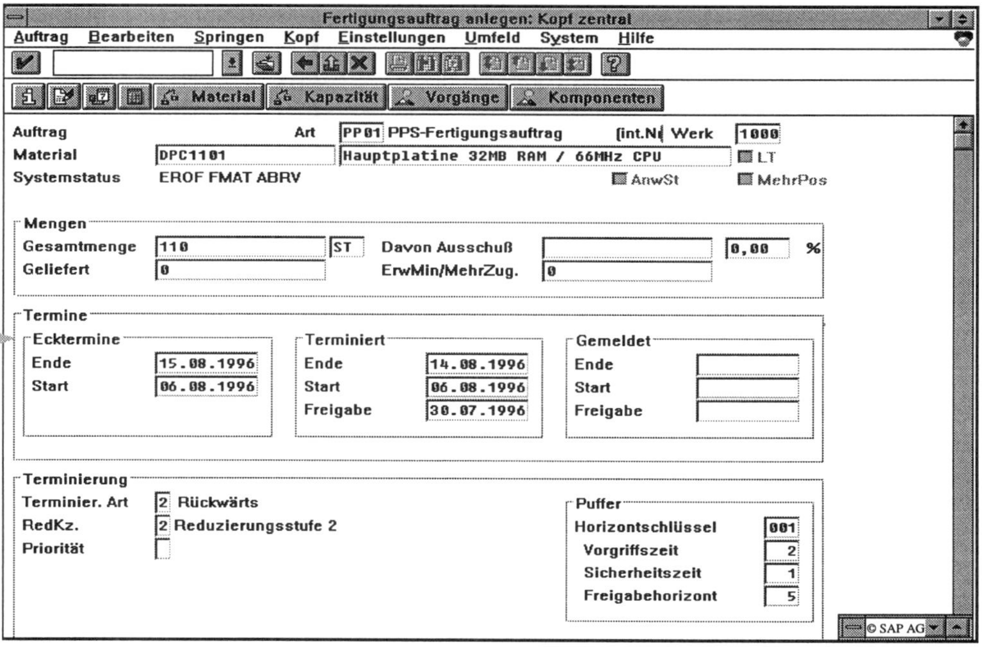

Abb. 8.32-3: Terminierung

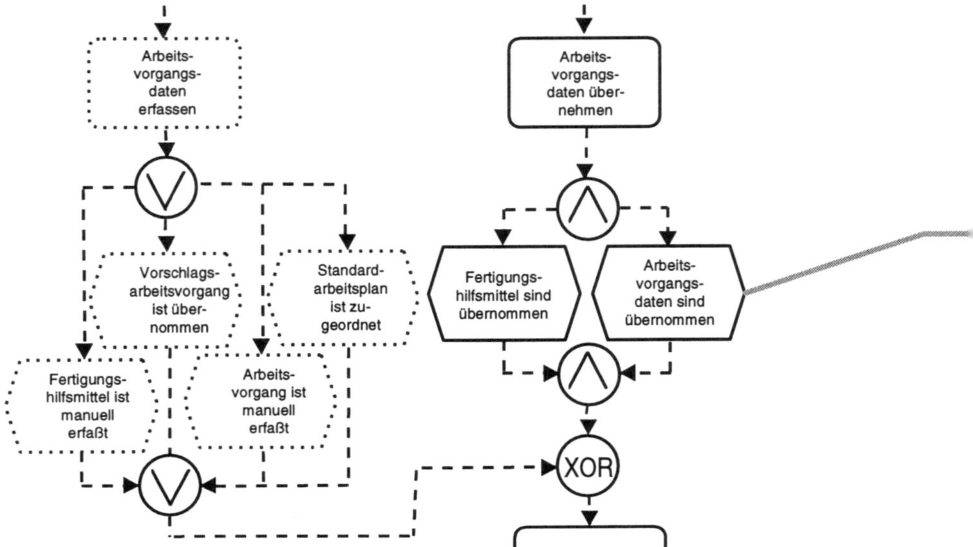

Materialverfügbarkeit
Sind die Komponenten aus der Stückliste übernommen, wird die Materialverfügung geprüft.

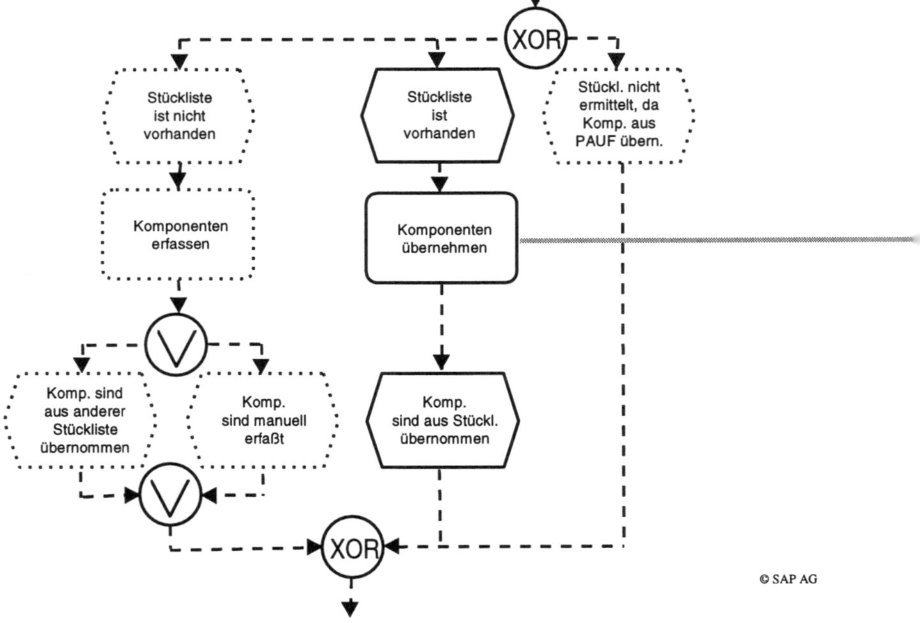

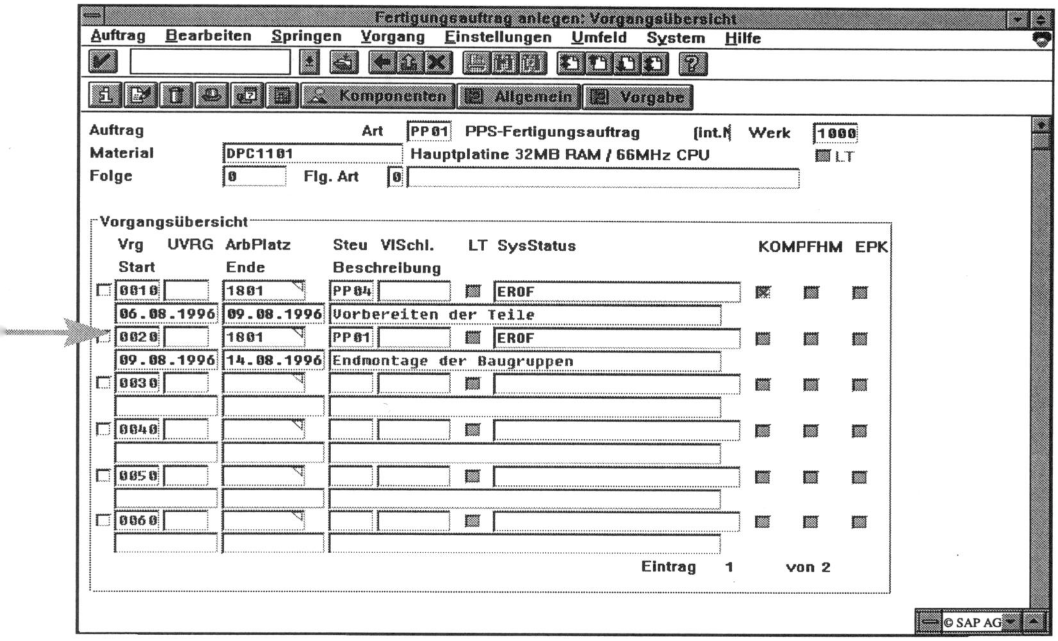

Abb. 8.32-4: Arbeitsvorgangsdaten

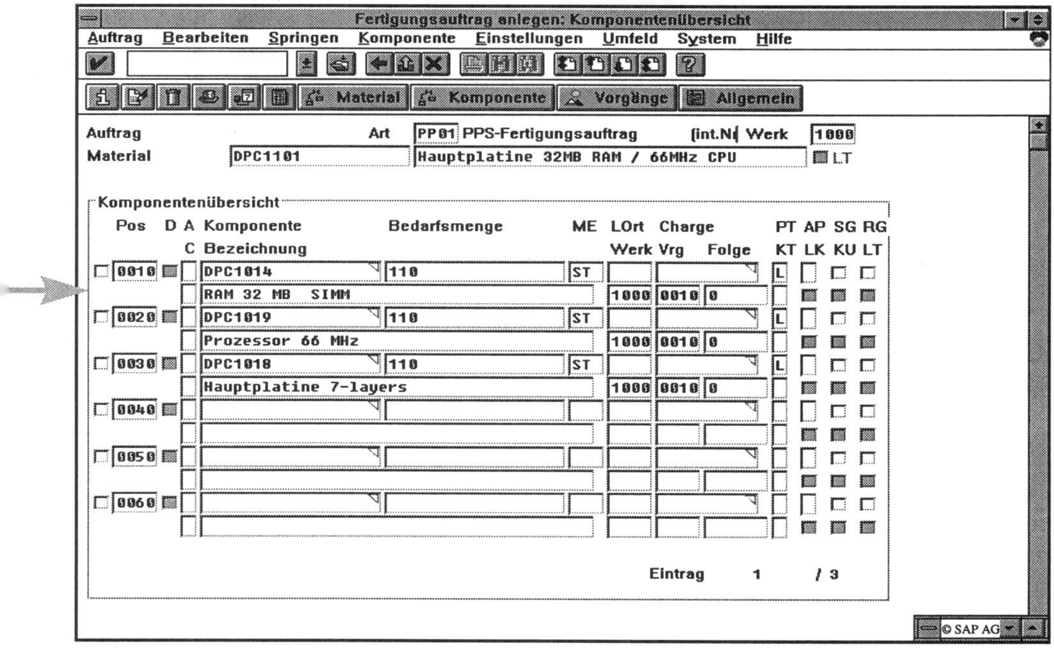

Abb. 8.32-5: Komponentenübersicht

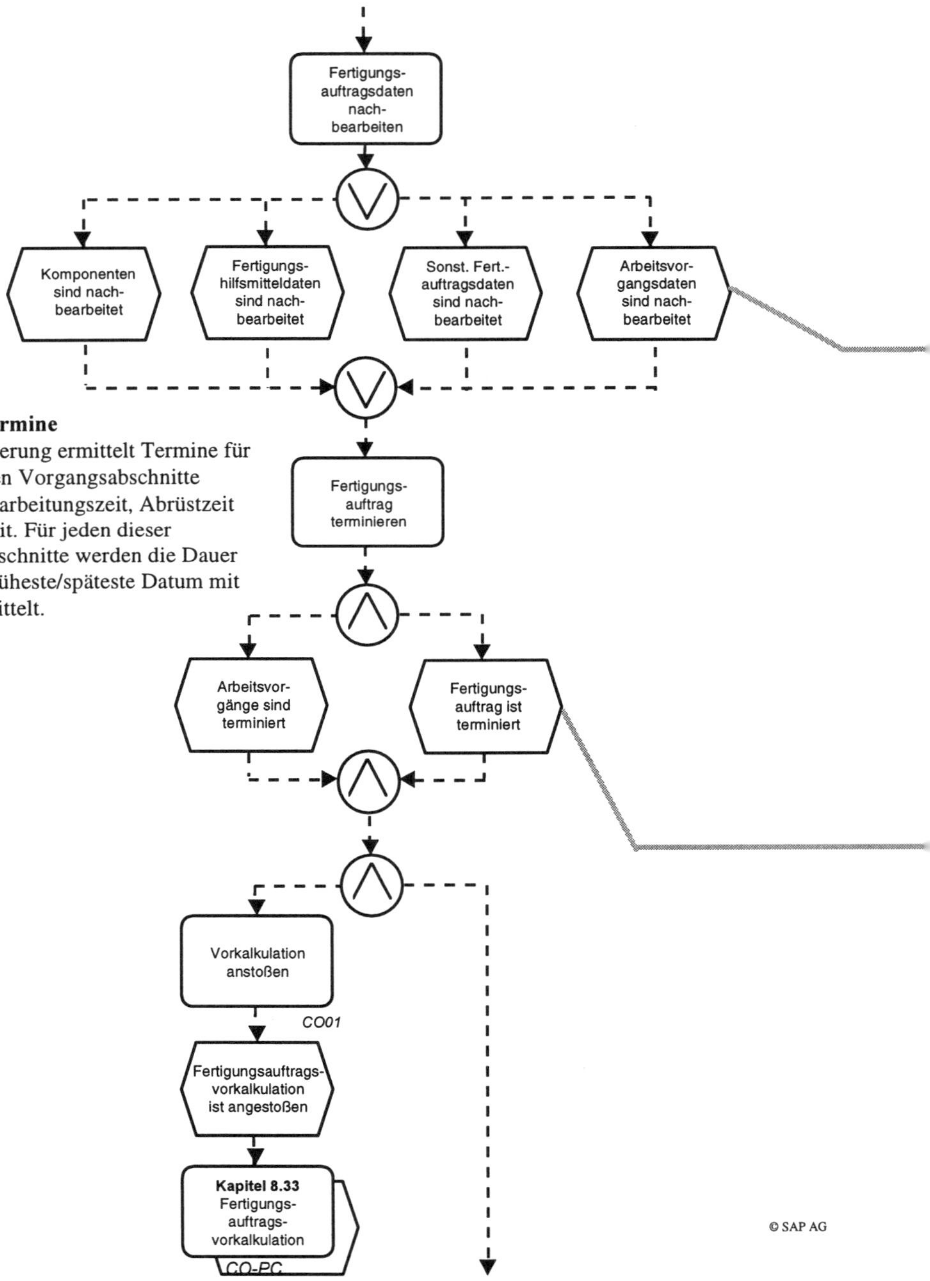

Vorgangstermine
Die Terminierung ermittelt Termine für die folgenden Vorgangsabschnitte Rüstzeit, Bearbeitungszeit, Abrüstzeit und Liegezeit. Für jeden dieser Vorgangsabschnitte werden die Dauer sowie das früheste/späteste Datum mit Uhrzeit ermittelt.

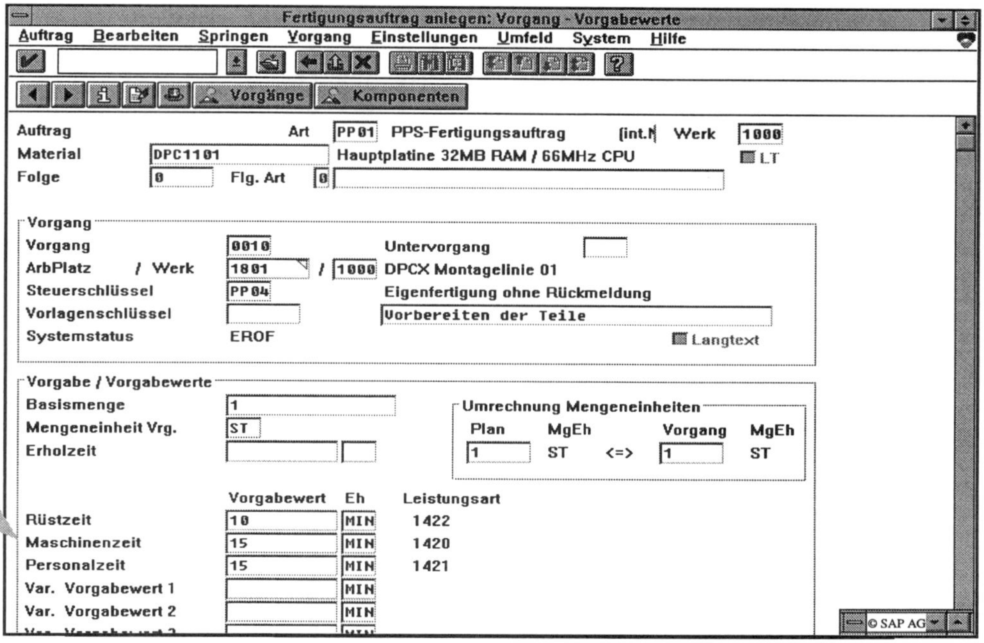

Abb. 8.32-6: Änderung der Maschinen-Vorgabezeit

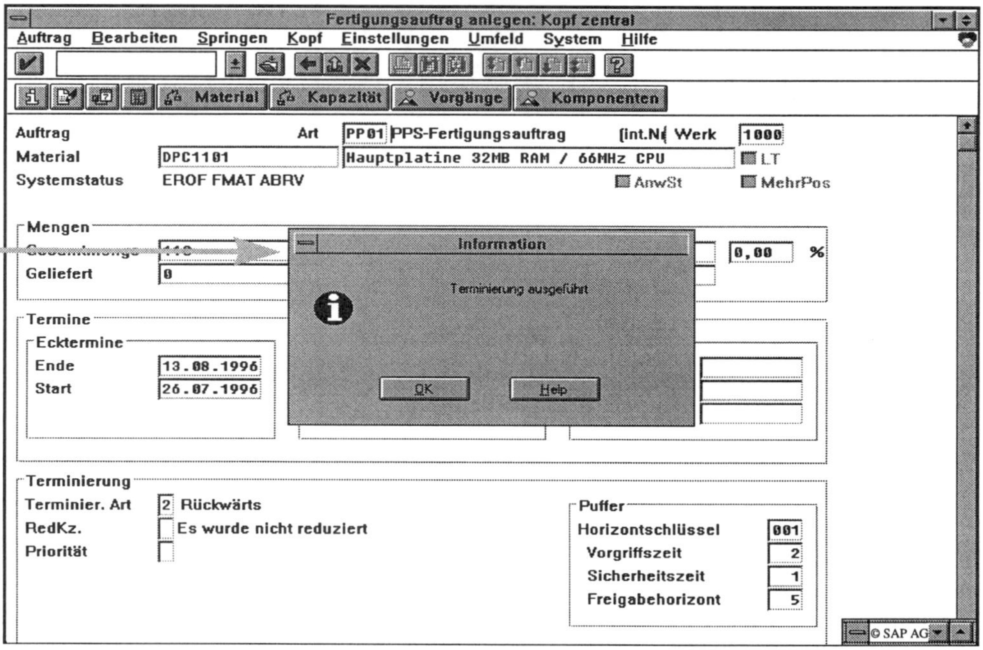

Abb. 8.32-7: Fertigungsauftrag ist terminiert

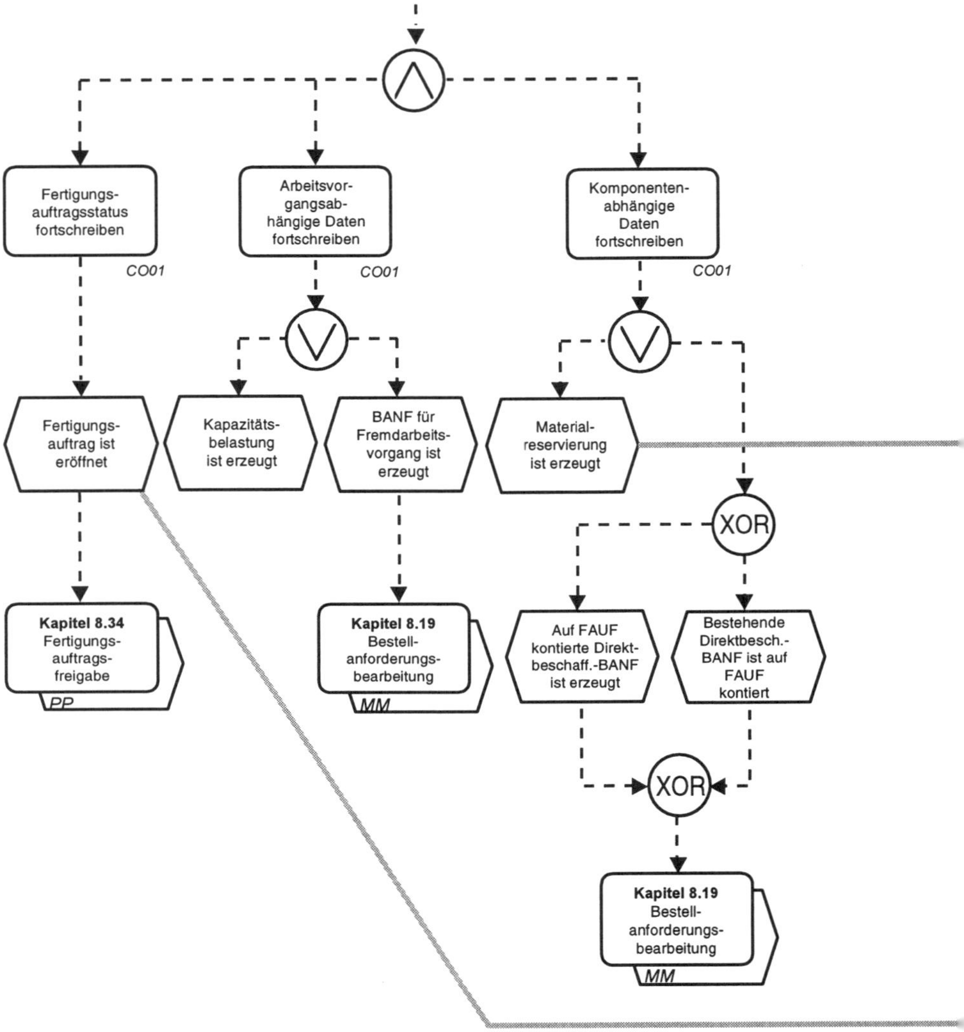
Fertigungs-auftragsstatus fortschreiben
CO01
Arbeitsvor-gangsab-hängige Daten fortschreiben
CO01
Komponenten-abhängige Daten fortschreiben
CO01
Fertigungs-auftrag ist eröffnet
Kapazitäts-belastung ist erzeugt
BANF für Fremdarbeits-vorgang ist erzeugt
Material-reservierung ist erzeugt
XOR
Kapitel 8.34
Fertigungs-auftrags-freigabe
PP
Kapitel 8.19
Bestell-anforderungs-bearbeitung
MM
Auf FAUF kontierte Direkt-beschaff.-BANF ist erzeugt
Bestehende Direktbesch.-BANF ist auf FAUF kontiert
XOR
Kapitel 8.19
Bestell-anforderungs-bearbeitung
MM

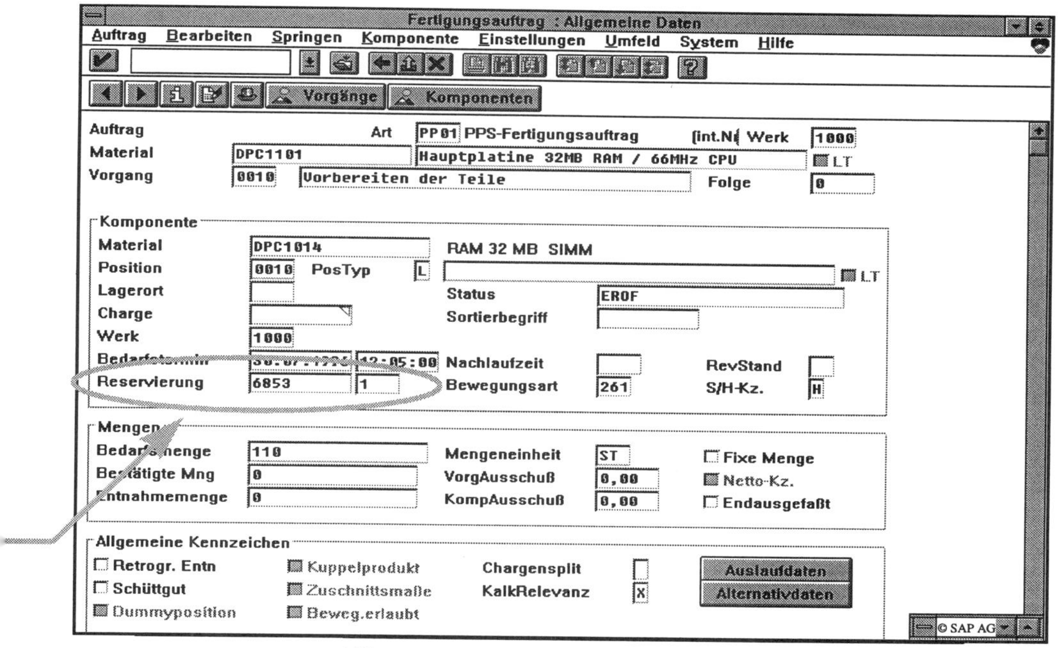

Abb. 8.32-8: Materialreservierung

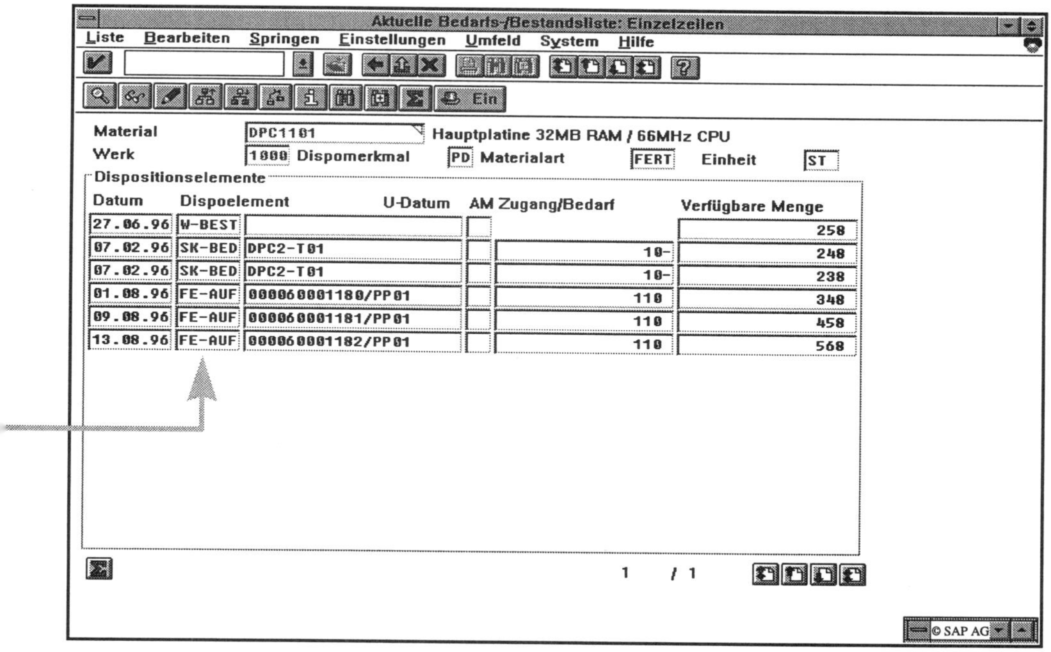

Abb. 8.32-9: Fertigungsauftrag ist eröffnet

8.33 Prozeß: Fertigungsauftragsvorkalkulation

8.33.1 Betriebswirtschaftliche Beschreibung

Die Kalkulation hat die Aufgabe, die Herstellkosten und die Selbstkosten des herzustellenden Produkts bereitzustellen. Zur Ermittlung der Herstellkosten ist ein Zugriff auf die Material- und Fertigungskosten notwendig. Dabei werden beide Kostenarten in Einzel- und Gemeinkosten unterschieden. Während die Einzelkosten den erstellten Gütern einzeln und ohne Verrechnung direkt zugeordnet werden können, sind die Gemeinkosten eine zuschlagsbedingte Größe. Aber auch bei den Einzelkosten ist nicht immer gewährleistet, daß zum Zeitpunkt der Kalkulationserstellung alle notwendigen Unterlagen vorliegen. Nach dem Zeitpunkt der Durchführung vor, während oder nach der Produkterstellung differenziert man deshalb die Kalkulation in Plankalkulation, Vorkalkulation, mitlaufende Kalkulation und Nachkalkulation.

Die *Vorkalkulation* ist eine Kalkulationsart, die vor der Produkterstellung im Unternehmen durchgeführt wird und daher auf geplanten Kosten basiert. Sie erfolgt aufgrund konkreter Aufträge bzw. auf Kundenanfragen für einzelne Erzeugnisse. Die Vorkalkulation ist dadurch gekennzeichnet, daß auf Basis unvollständiger Daten vor der Fertigung eine Kalkulation durchgeführt wird, wodurch das Ergebnis mit Unsicherheiten behaftet ist. Sie findet in der Praxis sowohl im Rahmen der Angebotserstellung als auch innerhalb der Auftragsabwicklung statt. Kilger unterscheidet sie deshalb in die Angebots- und in die Auftragsvorkalkulation. Die *Angebotsvorkalkulation* erfolgt vor der Auftragserteilung und dient einerseits zu Preisverhandlungen, andererseits zur Ausschaltung von Konkurrenten. Die *Auftragskalkulation* erfolgt nach der Auftragserteilung und ermittelt exaktere Plandaten auf der Basis von konkret geplanten Mengendaten. Sie erfolgt in der Regel nach der Arbeitsplanung. Der Aufwand bei der Kalkulation wird durch den Grad der Produktstandardisierung determiniert. So können für standardisierte Produkte beziehungsweise bei teilstandardisierten Produkten teilweise auf exakte Daten aus der Nachkalkulation zurückgegriffen werden. Ebenso können bei fremdbezogenen, nicht neu zu erstellenden Teilen die Planpreise der Lieferanten herangezogen werden. Ein Problem innerhalb der Vorkalkulation stellen die neu zu entwickelnden, zu konstruierenden und zu fertigenden Teile dar. Diese haben wie erwähnt ihren originären Ausgangspunkt in der Entwicklung/Konstruktion. Da hier mit der Erstellung der Konstruktion auch die Fertigungsmaterialien, die Stücklisten und die Fertigungsverfahren weitestgehend beeinflußt werden, ist es notwendig, daß frühzeitig die kostenmäßigen Konsequenzen aus dem Entwurfs- und Konstruktionsprozeß erkannt werden. Hierzu gibt es verschiedene Kurzkalkulationsverfahren, d. h. pauschale und analytische Verfahren, die im Rahmen des Konstruktionsprozesses eingesetzt werden können. Das größte Risiko einer *Fehlkalkulation* ist im Rahmen einer Vorkalkulation für den Anlagen- oder Sondermaschinenbau zu sehen, da dort nur wenige vergleichbare Werte vorliegen. Dagegen kann ein hoher *Genauigkeitsgrad* innerhalb der Vorkalkulation bei Verfahrensänderungen oder bei Substitutionsprodukten erzielt werden (vgl. Kilger 1988, S. 650-655).

8.33.2 SAP-spezifische Beschreibung

Bei der Eröffnung eines Fertigungsauftrags (vgl. Kapitel 8.32) und bei jeder nachfolgenden Änderung ermittelt das System die Plankosten, die voraussichtlich bei der Fertigung anfallen werden. Diese Plankosten werden über primäre und sekundäre Kostenarten dem Fertigungsauftrag zugeordnet. Die Materialkosten und Kosten der Fremdbeschaffung (primäre Kostenarten) werden dem Auftrag zum Beispiel über Primärbuchungen wie Materialentnahmen oder Einkauf von Fremdteilen zugeordnet. Kosten, wie Fertigungskosten, Materialgemeinkosten und Fertigungsgemeinkosten (sekundäre Kostenarten), werden über eine interne Leistungsverrechnung dem Auftrag zugeordnet. Die Kostenarten sind in Kostensegmenten, die pro Geschäftsjahr geführt werden, festgehalten. Um zu ermitteln, in welcher Periode welches Geschäftsjahres die Plankosten eines Auftrags anfallen, wird der späteste Starttermin des Vorgangs bzw. der Bedarfstermin des Materials herangezogen. Sowohl die Plan- als auch die Ist-Kosten werden in den Kostensegmenten geführt. Ist-Kosten werden bei Entnahmen für den Auftrag, bei Rückmeldungen und bei sonstigen Buchungen auf den Auftrag, z. B. Wareneingang für Fremdbeschaffung, fortgeschrieben. Somit kann jederzeit ein Plan-/Ist-Kostenvergleich durchgeführt werden (vgl. SAP – Produktionsplanung 1994, S. 12.1-12.8).

8.33.3 Anwendung des Prozesses

Ausgelöst durch den Prozeß *Fertigungsauftragseröffnung* wird der entsprechende Fertigungsauftrag automatisch vorkalkuliert. Die *Fertigungsauftragsvorkalkulation* führt dazu, daß auf Basis des aufgelösten Mengengerüsts eine Bewertung der Arbeitsvorgänge des Arbeitsplans mit Kostensätzen aus dem Gemeinkosten-Controlling und der Stücklistenpositionen mit den Materialpreisen aus der Materialwirtschaft durchgeführt wird (vgl. Abbildung 8.33-2). Auf Basis der Plankosten des vorkalkulierten Fertigungsauftrages (vgl. Abbildung 8.33-4) kann nun entschieden werden, ob der Fertigungsauftrag durchzuführen ist oder nicht. Deuten die vorkalkulierten Kosten des Fertigungsauftrags auf ein rentables Unterfangen hin, so kann der Logistikprozeß *Fertigungsauftragsfreigabe* gestartet werden, der wiederum den Logistikprozeß *Fertigungsauftragsdurchführung* anstößt.

8.33.4 Navigationsinformationen

- *Menüpfad*
  Rechnungswesen –> Controlling –> Produktkostenrechnung –> Werkstattfertigung –> Planung –> Fertigungsauftrag CO
- *Transaktionscode*
  KKF4, KKE2, VA02
- *Eingehende Prozeßverbindungen im R/3-Referenzmodell*
  Vorkalkulationsvorbereitung, Fertigungsauftragseröffnung, Fertigungsauftragsbearbeitung (ohne Mengengerüst)
- *Ausgehende Prozeßverbindungen im R/3-Referenzmodell*
  Fertigungsauftragsdurchführung, Fertigungsauftrag – Mitlaufende Kalkulation

Bei der Eröffnung des Fertigungsauftrags ermittelt das System die Plankosten, die voraussichtlich bei der Fertigung anfallen werden.

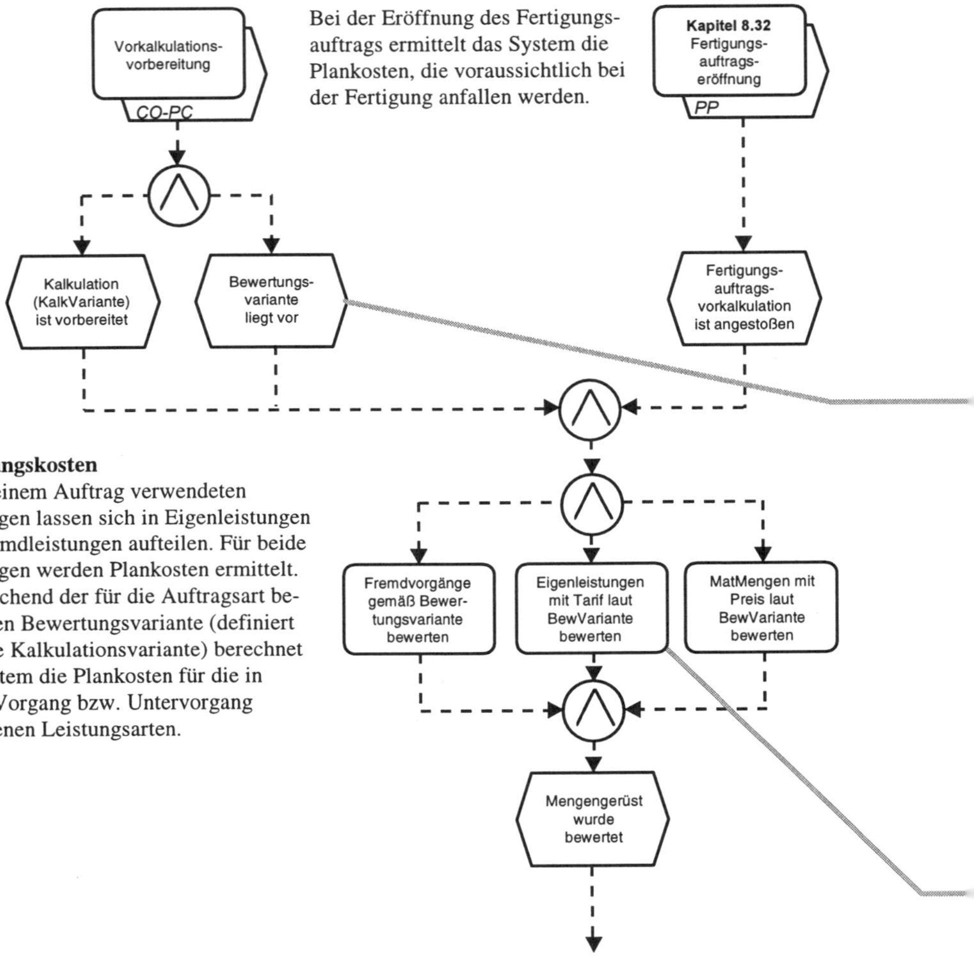

Fertigungskosten

Die in einem Auftrag verwendeten Leistungen lassen sich in Eigenleistungen und Fremdleistungen aufteilen. Für beide Leistungen werden Plankosten ermittelt. Entsprechend der für die Auftragsart bestimmten Bewertungsvariante (definiert über die Kalkulationsvariante) berechnet das System die Plankosten für die in einem Vorgang bzw. Untervorgang enthaltenen Leistungsarten.

Plankosten für Eigenleistung

Um die Plankosten für die Durchführung eines Vorgangs zu ermitteln, baut das System ein Mengengerüst für die erbrachten Leistungen auf. Das Mengengerüst wird in einem zweiten Schritt mit einem Preis bewertet. Die wichtigsten Daten zum Aufbau des Mengengerüsts für eine Leistung sind im Arbeitsplatz vorhanden: Leistungsarten und Formeln. Jede Leistung, die kalkuliert wird, ist einer Leistungsart zugeordnet. Jeder Leistungsart wiederum ist im Arbeitsplatz eine Formel zugeordnet. Unter Verwendung dieser Formel und der Vorgabezeiten im Vorgang wird errechnet, wieviel Leistung für eine bestimmte Leistungsart in einem bestimmten Vorgang erwartet wird. Sobald das System errechnet hat, wieviel Leistung für eine bestimmte Leistungsart erwartet wird, kann die pro Leistungsart zu erbringende Leistung bewertet werden.

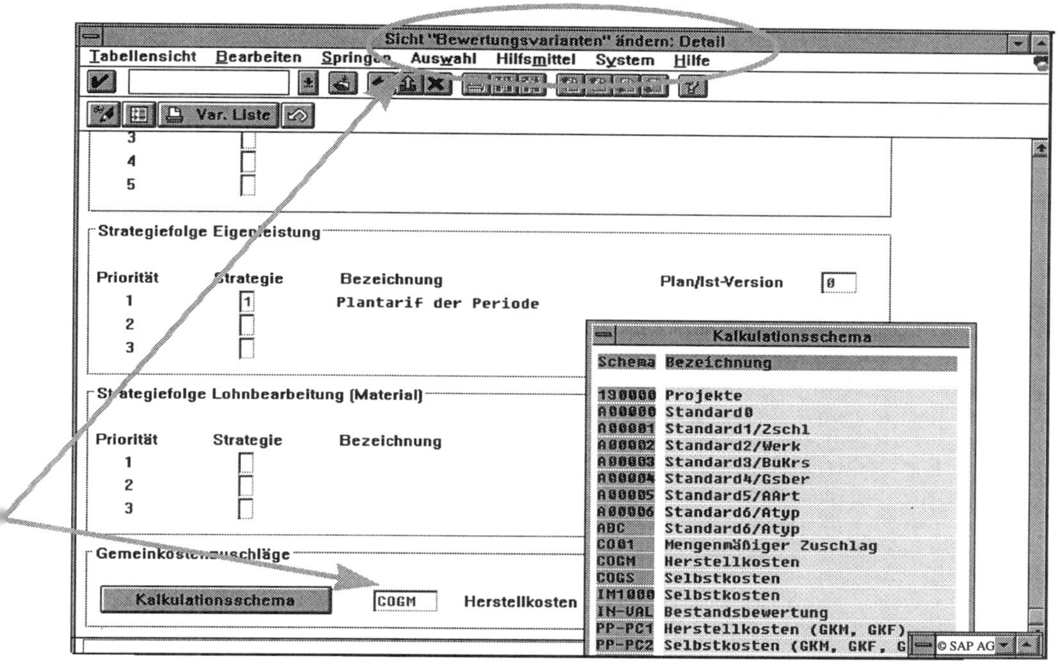

Abb. 8.33-1: Voreinstellung der Bewertungsvarianten

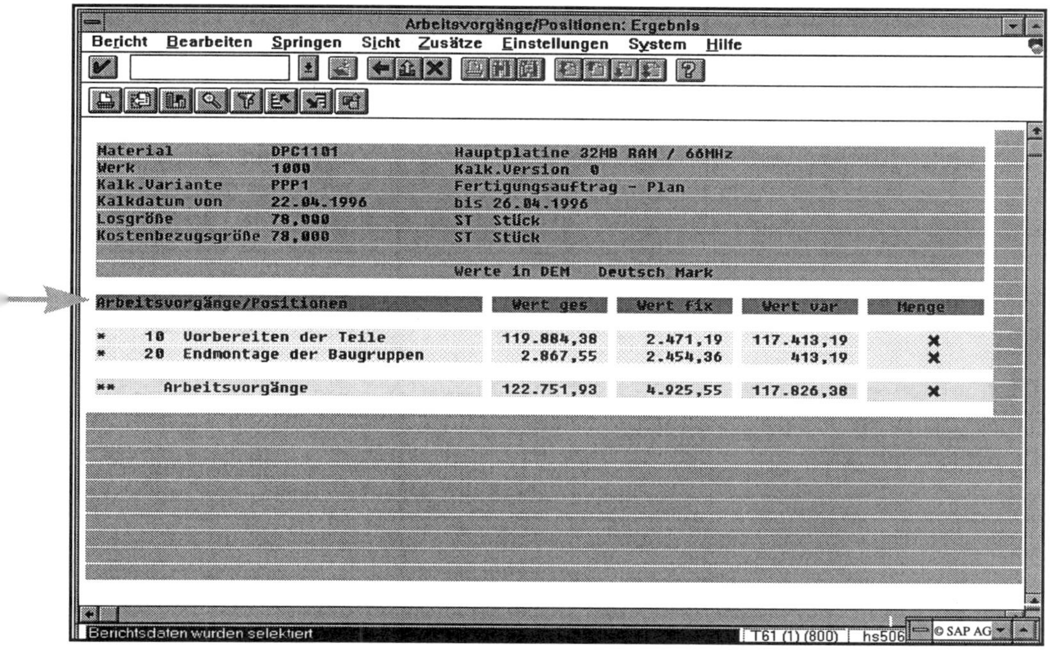

Abb. 8.33-2: Vorkalkulation der Arbeitsvorgänge

Gemeinkostenzuschlag
Gemeinkosten sind Kosten, die dem Fertigungsauftrag nur indirekt zugerechnet werden können, wie zum Beispiel Stromkosten oder allgemeine Lagerkosten. Gemeinkosten werden über Gemeinkostenzuschläge auf den Fertigungsauftrag berechnet. Sie werden auf den Auftrag unter den im Kalkulationsschema definierten Kostenarten fortgeschrieben. Die im Customizing pro Auftragsart und Werk definierte Kalkulationsvariante verweist auf eine Bewertungsvariante, die wiederum auf ein Kalkulationsschema verweist. Über das Kalkulationsschema wird die Höhe der Gemeinkostenzuschläge festgelegt. Das Kalkulationsschema legt fest, welche Einzelkosten bezuschlagt werden, unter welchen Bedingungen ein Zuschlag berechnet wird, wie hoch der prozentuale Zuschlag, abhängig von diesen Bedingungen, ist, und welches Objekt (z. B. eine Kostenstelle) bei Ist-Buchungen unter welcher Kostenart entlastet wird.

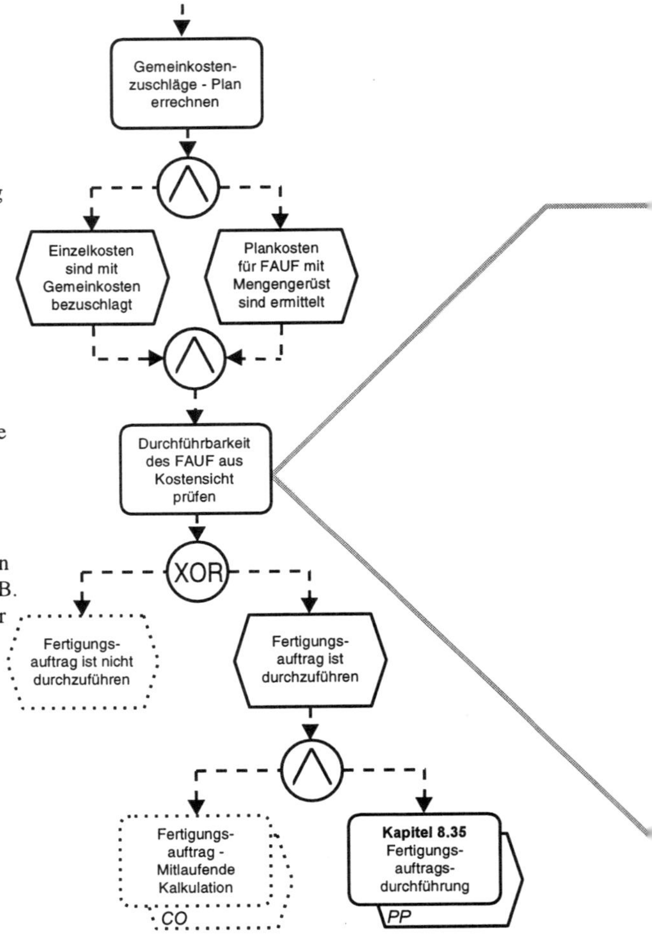

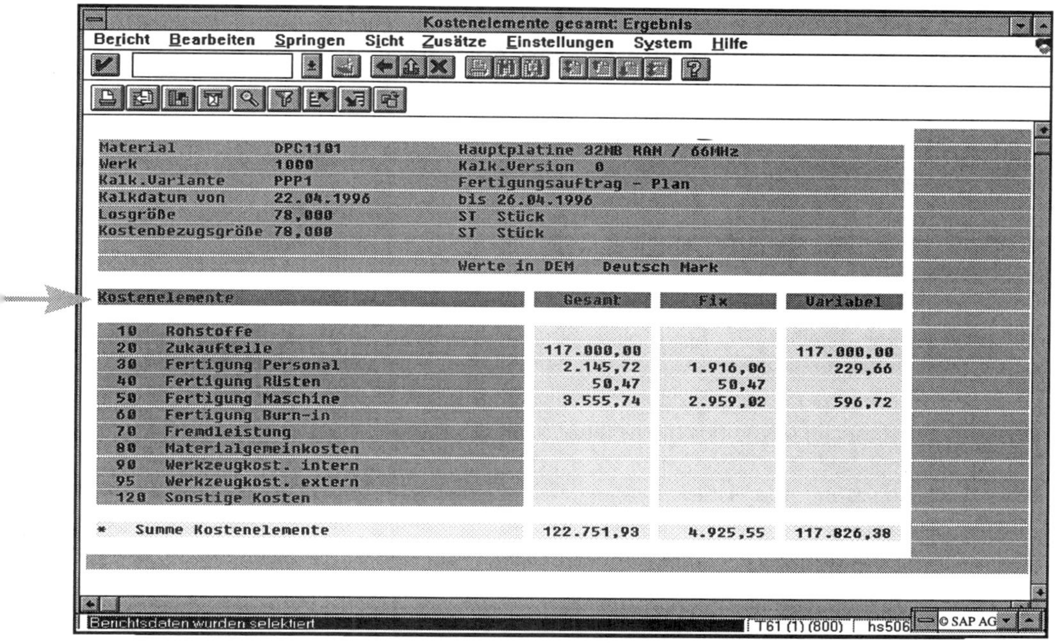

Abb. 8.33-3: Kostenelemente

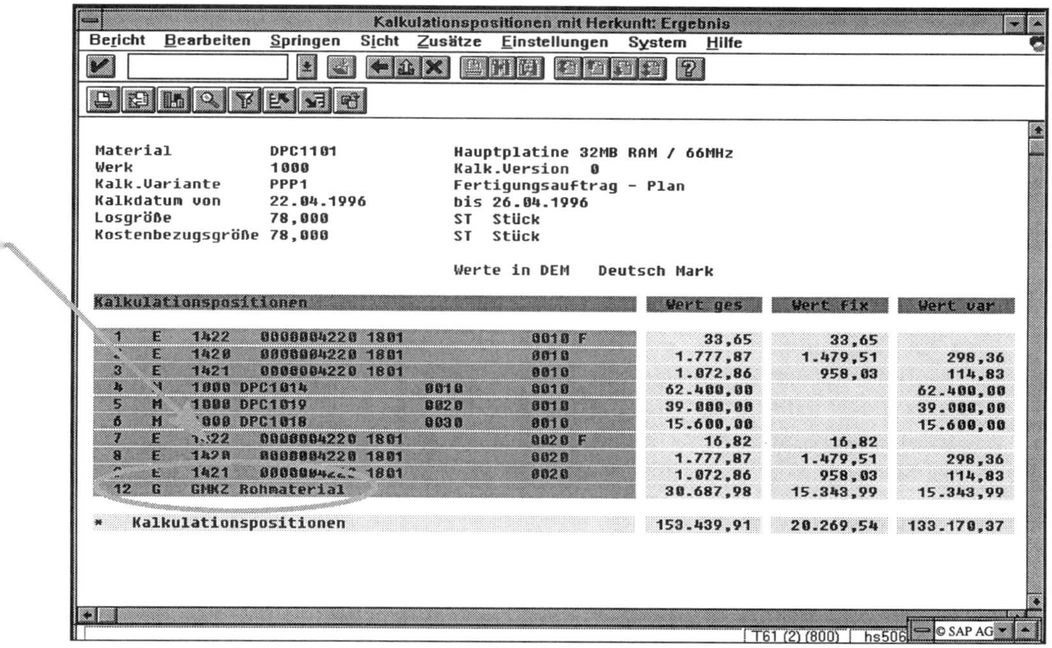

Abb. 8.33-4: Gemeinkostenzuschlag (GMKZ)

8.34 Prozeß: Fertigungsauftragsfreigabe

8.34.1 Betriebswirtschaftliche Beschreibung

Nach Abschluß der Einplanung werden die Fertigungsaufträge von der Planungs- in die Realisierungsphase überführt. Bevor sie zur Realisierung freigegeben werden können, muß überprüft werden, ob alle erforderlichen Hilfsobjekte für die eingeplanten Aufträge zeit- und mengenmäßig zum geplanten Termin zur Verfügung stehen. Die Prüfung umfaßt z. B. die Ressourcen Material, Betriebsmittel, Werkzeuge und NC-Programme. Die eingeplanten Komponenten können zum Freigabezeitpunkt gesperrt sein, müssen aber zum vorgesehenen Bedarfszeitpunkt fertiggestellt bzw. beschafft sein. Durch die Überprüfung soll sichergestellt werden, daß zur Produktionsdurchführung nicht unnötig der Fertigungsprozeß aufgrund fehlender Komponenten unterbrochen werden muß und sich die Produktionsdurchlaufzeit und -kosten erhöhen. Ist die Verfügbarkeit einer Komponente nicht gewährleistet, so erfolgt eine Fehlermeldung. Die verfügbaren Hilfsmittel können für den Auftrag reserviert werden und sind somit für die Einplanung anderer Aufträge gesperrt (vgl. Scheer 1990, S. 203-215). Sind alle benötigten Mittel laut Planung zum Fertigungsstarttermin vorhanden, so kann die Auftragsfreigabe durchgeführt werden. Innerhalb der Auftragsfreigabe können unterschiedliche Strategien verfolgt werden. Die Freigabe kann in Abhängigkeit von den einzelnen Aufträgen aufgrund von zugeordneten Prioritätskennzahlen, anhand des Auftragsstatus oder aufgrund von Terminen, die in einen bestimmten Planungshorizont fallen, erfolgen. Werden zu viele Aufträge freigegeben, so kann es zu einer Überlastung der Produktion kommen und in Folge dessen zu unnötigen Kapitalbindungskosten. Deshalb sollte sich die Freigabe an der Kapazitätsbelastung der Produktion orientieren.

8.34.2 SAP-spezifische Beschreibung

Man kann einen Fertigungsauftrag im Anlege- und Änderungsmodus freigeben (vgl. SAP – Produktionsplanung 1996, S. 9.6-9.7). Es gibt:

- *Automatische Freigabe*
  Über ein *Fertigungssteuerungsprofil* kann festgelegt werden, daß ein eröffneter Fertigungsauftrag automatisch freigegeben wird (vgl. Abbildung 8.34-1). Das Fertigungssteuerungsprofil wird im Customizing definiert. Die Zuordnung des Profils zum Auftrag kann entweder über den Materialstammsatz (vgl. Abbildung 8.11-5) des zu fertigenden Materials, oder über den Fertigungssteuerer (Customizing) erfolgen.

Sammelfreigabe
Fertigungsaufträge mit gleicher Auftragsart, gleichem Werk und Disponenten können gemeinsam selektiert und gleichzeitig freigegeben werden. Die Auswahl der Fertigungsaufträge kann zusätzlich nach Materialnummer, Auftragsnummer (Intervall), Freigabetermin (Intervall), Selektionsschema und Status eingeschränkt werden. Soll nur ein spezieller Fertigungsauftrag freigegeben werden, so wird in der Sammelliste nur dieser markiert und freigegeben.

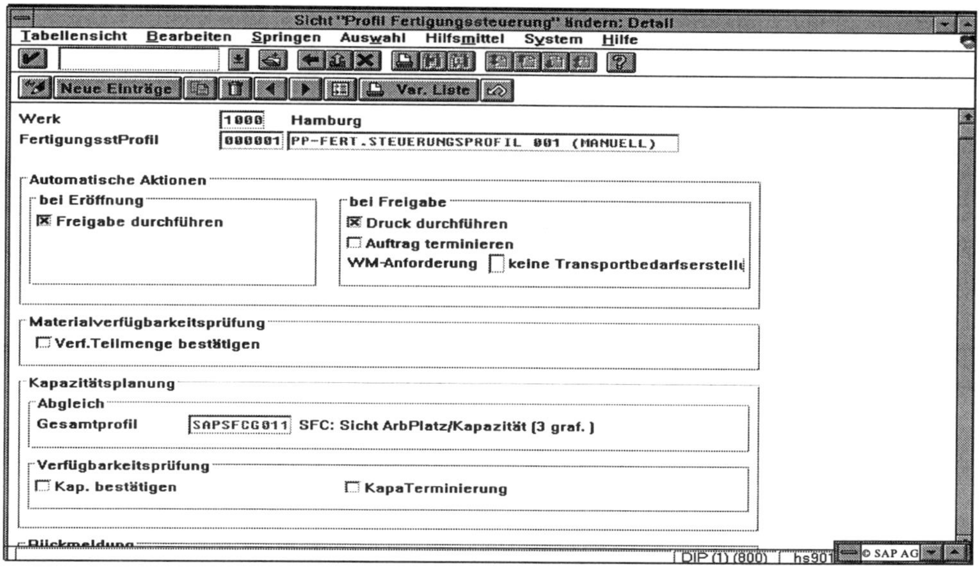

Abb. 8.34-1: Customizing der automatischen Freigabe bei der Eröffnung

8.34.3 Anwendung des Prozesses

Das Einstiegsbild dient zur Selektion der Fertigungsaufträge, die Sie freigeben möchten. Im Beispiel der Modellfirma A wurde der spezielle Auftrag *60001007* eingegeben. Die Auftragsliste (vgl. Abbildung 8.34-3) schlägt die Aufträge zur Freigabe vor. Durch Markierung der entsprechenden Position und Drücken der Freigabe-Taste im oberen Kopfbild wird der Auftrag freigegeben. Leider wurde im ersten Durchgang des Beispiels die Freigabe des Fertigungsauftrags abgelehnt, da die Materialverfügbarkeit nicht gegeben war (vgl. Abbildung 8.34-4).

8.34.4 Navigationsinformationen

- *Menüpfad*
  Logistik –> Produktion –> Fertigungssteuerung –> Auftrag –> Funktionen –> Freigeben

- *Transaktionscode*
  CO01, CO02, CO05

- *Eingehende Prozeßverbindungen im R/3-Referenzmodell*
  Fertigungsauftragseröffnung

- *Ausgehende Prozeßverbindungen im R/3-Referenzmodell*
  Rückstandsbearbeitung, Fertigungsauftragsdurchführung, Fertigungsauftragsdruck
  Fertigungsauftrag – Mitlaufende Kalkulation,
  Prüfloseröffnung zur Produktion

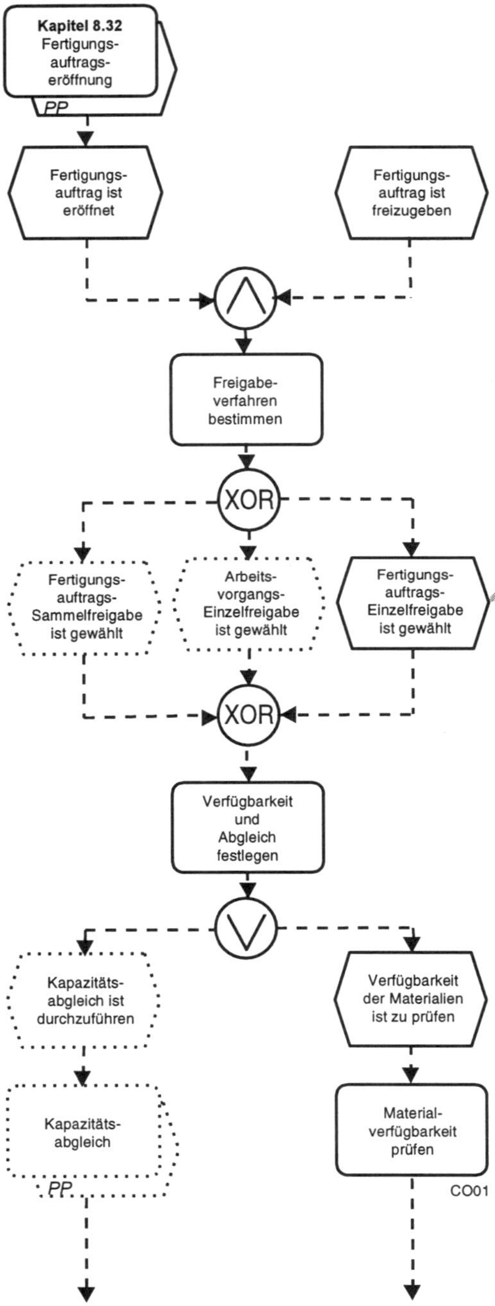

Freigabe pro Vorgang (Teilfreigabe)
Sie haben die Möglichkeit, einzelne Vorgänge innerhalb eines Fertigungsauftrags freizugeben. Wenn Sie einen oder mehrere Vorgänge innerhalb eines Fertigungsauftrags freigeben, so erhalten diese Vorgänge den Status "freigegeben" und der Fertigungsauftrag den Status "teilfreigegeben". Sobald Sie alle Vorgänge eines Fertigungsauftrags nacheinander freigegeben haben, erhält der Auftrag automatisch den Status "freigegeben". Ein Vorgang kann nur freigegeben werden, wenn der vorhergehende Vorgang freigegeben ist. Außerdem besteht auch die Möglichkeit, im Arbeitsplan bzw. im Fertigungsauftrag einem Vorgang Ereignispunkte zuzuordnen. Über die Ereignispunkte können Sie einen bzw. mehrere aufeinanderfolgende Vorgänge freigeben.

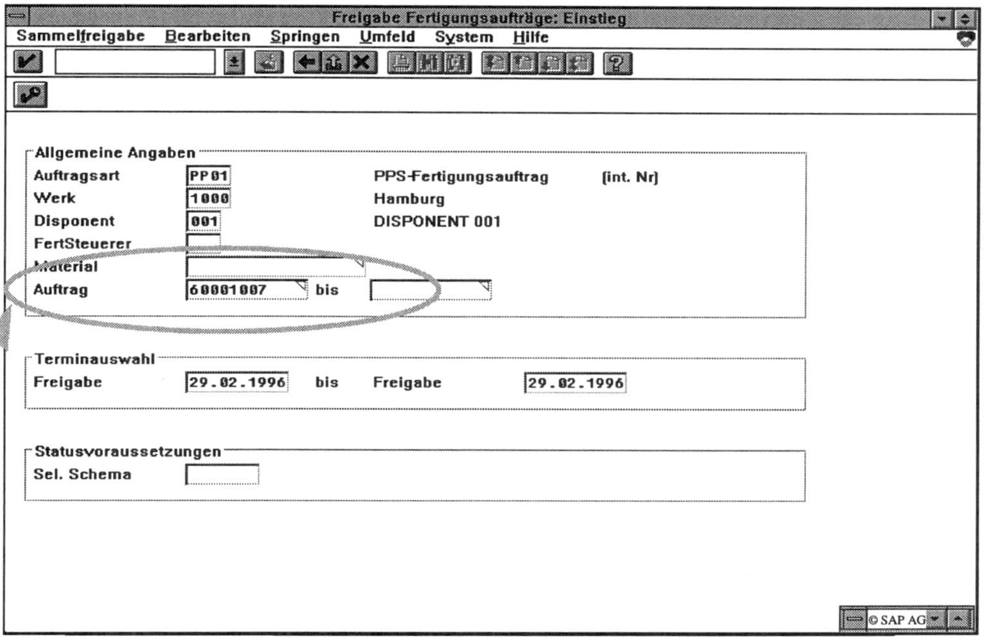

Abb. 8.34-2: Einzelfertigungsauftragsfreigabe

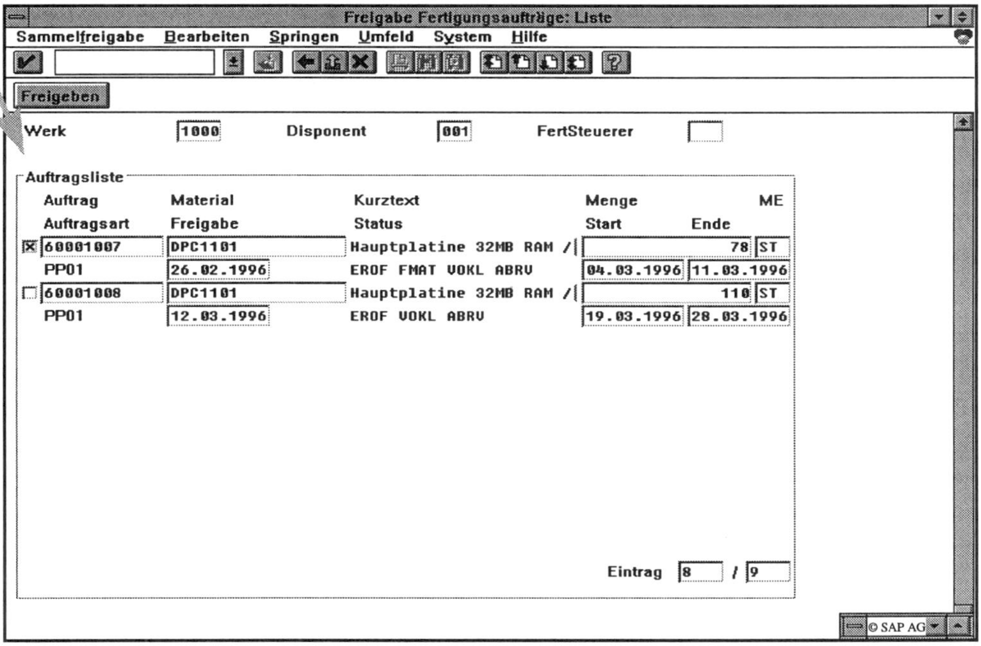

Abb. 8.34-3: Selektion zur Fertigungsauftragsfreigabe

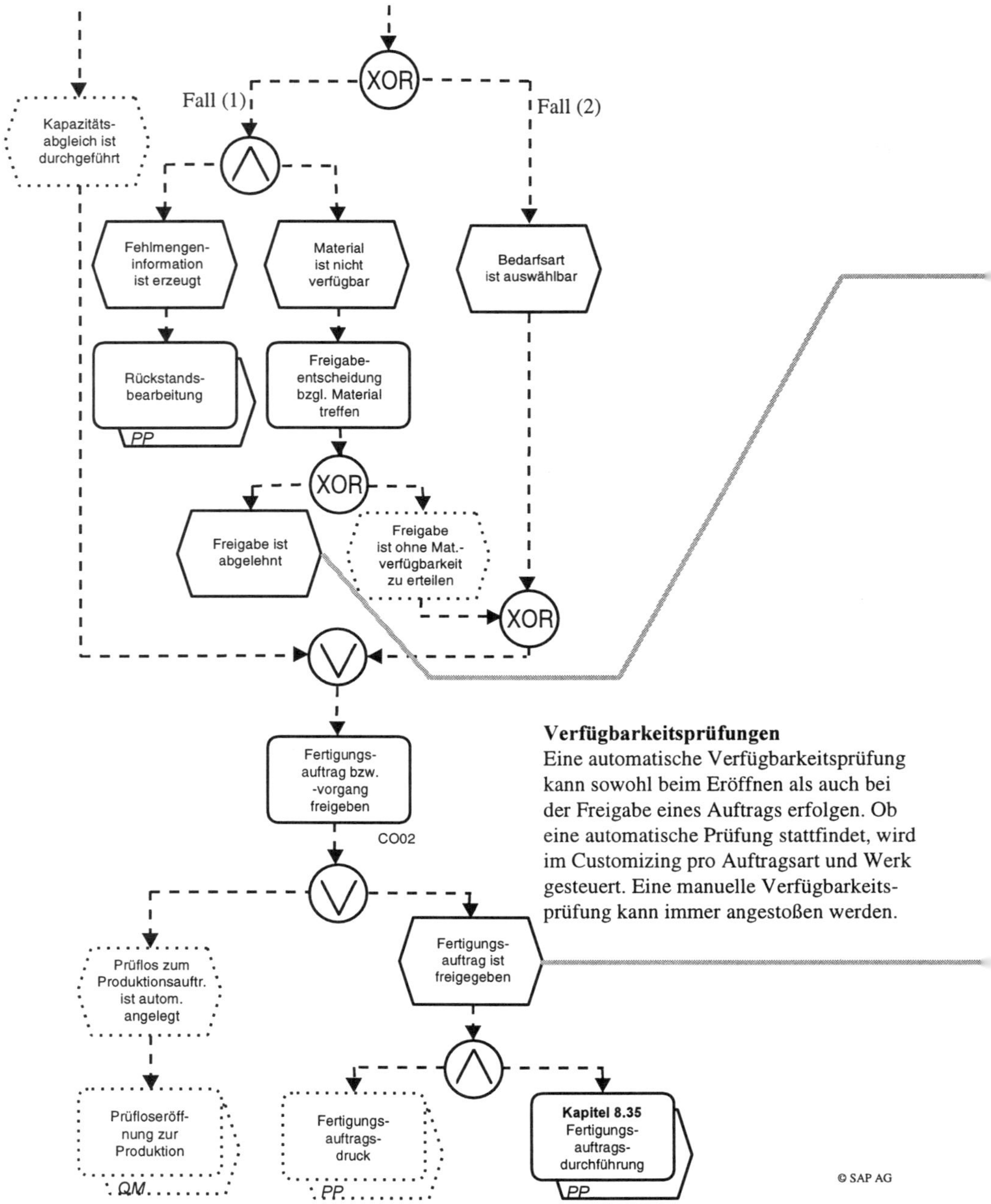

Verfügbarkeitsprüfungen
Eine automatische Verfügbarkeitsprüfung kann sowohl beim Eröffnen als auch bei der Freigabe eines Auftrags erfolgen. Ob eine automatische Prüfung stattfindet, wird im Customizing pro Auftragsart und Werk gesteuert. Eine manuelle Verfügbarkeitsprüfung kann immer angestoßen werden.

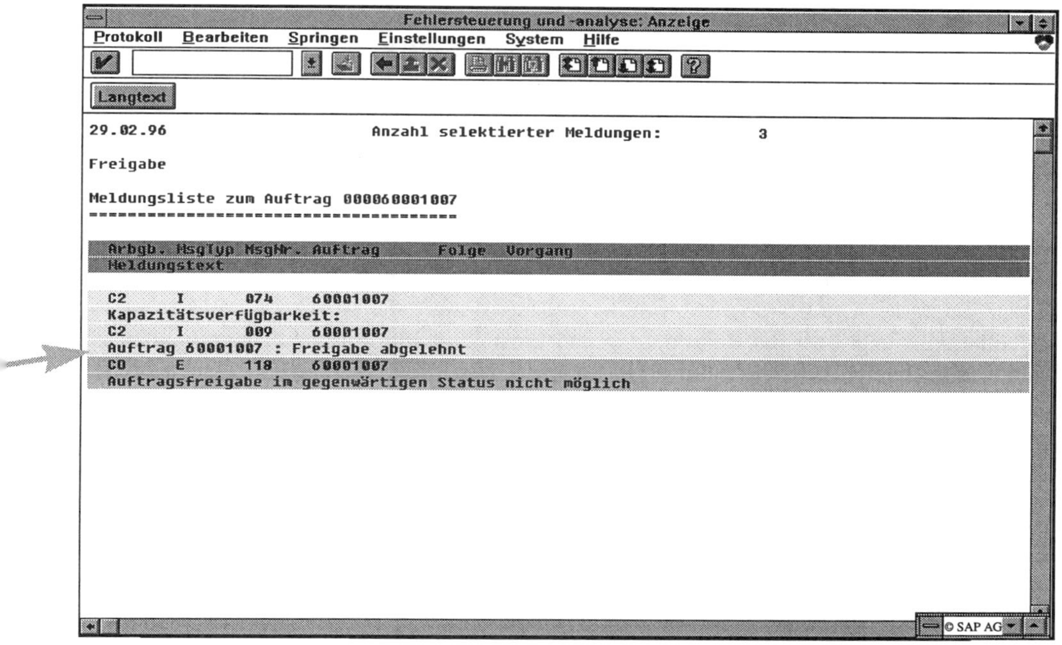

Abb. 8.34-4: Materialverfügbarkeit negativ (Fall 1) - Freigabe abgelehnt

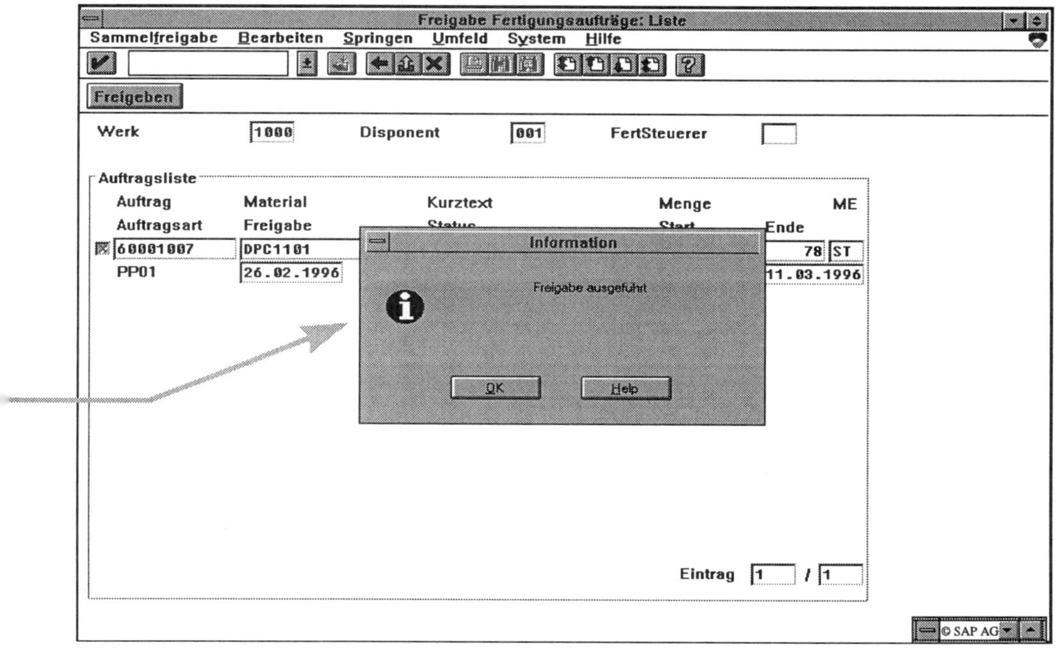

Abb. 8.34-5: Fertigungsauftrag ist freigegeben

8.35 Prozeß: Fertigungsauftragsdurchführung

8.35.1 Betriebswirtschaftliche Beschreibung

Neben den bisher vorgestellten Aspekten innerhalb der Abarbeitung einer Wertschöpfungskette (*planerisch-logistische* und *wertmäßige Aspekte),* ist darüber hinaus in industriellen Unternehmen die Betrachtung der *personalwirtschaftlichen Aspekte* sowie die Gestaltung der *geometrisch-verfahrenstechnischen* und der *produktionstechnischen Abläufe* von Interesse. Die personalwirtschaftliche Kette umfaßt die Aufgaben von der Personalbedarfsplanung, über die Rekrutierung und Einstellung, die Einsatzplanung bis hin zur Gehaltsabrechnung. Begleitet wird diese Kette von der Mitarbeiterkarriereplanung bis zur Pensionierung. Die geometrisch-verfahrenstechnische Kette umfaßt die Erstellung der technischen Planungsentwürfe, ausgehend von den ersten Entwürfen in der Entwicklung und Konstruktion bis hin zur Erstellung der technischen Fertigungsanweisungen, wie Arbeitsplan, Prüfplan und NC-Programm (vgl. Venitz 1990, S. 90-119). Arbeitspläne und Prüfpläne sind wiederum je nach Betrachtungsweise und Unternehmenstyp auch Bestandteile der planerisch-logistischen Abwicklungskette. Die produktionstechnische Kette umfaßt die konkrete Auftragsabwicklung in der Produktion. Sie kann von einfachen Dreh- und Fräsmaschinen, angeordnet nach dem Werkstattprizip, bis hin zu hochintegrierten Fertigungssystemen oder Transferstraßen, die am Fließprinzip ausgerichtet sind, reichen (vgl. Venitz 1990, S. 65-89). Während bei der Gestaltung des planerisch-logistischen Aspekts vor allem die zeitliche und mengenmäßige Einplanung von Materialien und Aufträgen im Vordergrund steht, hat die Gestaltung der geometrisch-verfahrenstechni-schen Kette zum Ziel, die bestmöglichen technischen Fertigungsanweisungen, wie z. B. Konstruktions-, Anlagen- und Werkzeugpläne, zur Verfügung zu stellen. Bei der Planung und Realisierung der produktionstechnischen Kette steht die Gestaltung des bestmöglichen Produktions- und Materialflusses mit den entsprechenden Qualitätssicherungsmaßnahmen im Mittelpunkt der Betrachtung.

Im Produktionsbereich treffen sich nun innerhalb der Fertigungsauftragsdurchführung die verschiedenen Teilketten, und der bisher teilweise unterschiedlich verlaufende Informations- und Materialfluß vereinigt sich hier bei der Fertigung und der Montage. Liegen sämtliche für die Produktion benötigten Unterlagen, wie z. B. Zeichnung, Stückliste, Arbeitsplan mit seinen Kalkulationswerten, Fertigungsauftrag und Personalressourcen, vor und ist der Fertigungstermin unmittelbar vor dem Eintreten, so ist dafür Sorge zu tragen, daß die fremd- und eigenbeschafften Rohmaterialien und Einbauteile physisch vorhanden, für die Produktion freigegeben und zur Produktionsstätte angeliefert sind. Sind die Materialien, die Fertigungs- und Fertigungshilfsmittel sowie das Personal vorhanden, so kann mit der physischen Produkterstellung begonnen werden. Der Aufwand und die Art der Durchführung wird entscheidend durch die Fertigungsart, die Fertigungsorganisation mit dem Grad der Automatisierung und durch das Fertigungsverfahren beeinflußt. So wird mit dem Werkstattprinzip eine Ausweichflexibilität erreicht und eine möglichst hohe Auslastung der Maschinen angestrebt. Die Einplanung eines Auftrags, der in der Regel über mehrere Maschinen unterschiedlicher Werkstätten läuft, erfordert umfangreiche Maßnahmen zur

Koordination der einzelnen Produktions- und Transportvorgänge. Eine Orientierung der Maschinenanordnung am Produktionsfluß vereinfacht zwar diese Koordinationsaufwände, bringt aber dafür unter Umständen Rückschritte in der Produktionsflexibilität (Transferstraßen), oder die Vollauslastung ist nicht erreichbar (Fertigungsinsel).

8.35.2 SAP-spezifische Beschreibung

Nach der Auftragsfreigabe (vgl. Kapitel 8.34) finden jetzt die physischen Materialentnahmen zur Produktionsdurchführung statt. Die auftragsbegleitende Statusverwaltung gibt dem Fertigungssteuerer einen ständigen Überblick über den aktuellen Stand eines Auftrags. Ein Status *dokumentiert* den aktuellen Bearbeitungsstand. Je nachdem, welche betriebswirtschaftlichen Vorgänge zu einem Objekt (z. B. zu einem Fertigungsauftrag, einem Vorgang oder einer Komponente) ausgeführt werden, ändert sich der Status des Objektes. Ein gesetzter Status beeinflußt wiederum, welche betriebswirtschaftlichen Vorgänge zu einem Objekt ausgeführt werden können. Im R/3-System unterscheidet man zwischen Systemstatus und Anwenderstatus.

- *Systemstatus*
  Ein Systemstatus ist ein vom System gesetzter Status, der den Anwender darüber informiert, daß eine bestimmte Funktion an einem Objekt ausgeführt wurde. Ein Systemstatus kann in keiner Weise beeinflußt werden, d. h. er kann weder direkt gelöscht noch verändert werden. Wenn ein Fertigungsauftrag freigegeben wird, setzt das System automatisch den Systemstatus *freigegeben*. Dieser Status kann nicht beeinflußt werden, es sei denn man führt einen Vorgang aus, der zu einer Änderung des Systemstatus führt.

- *Anwenderstatus*
  Ein Anwenderstatus ist ein gesetzter Status, der als Ergänzung zum vorhandenen Systemstatus angelegt werden kann. Man kann beliebig viele Anwenderstati definieren und aktivieren. Voraussetzung für die Definition des Anwenderstatus ist ein *Statusschema*, das im Customizing pro Auftragsart angelegt wird (vgl. Abbildung 8.35-1). In einem Fertigungsauftrag können beliebig viele Stati gesetzt sein. In einem Auftrag können gleichzeitig die Stati *freigegeben*, *vorkalkuliert*, *gedruckt* und *rückgemeldet* gesetzt sein. Innerhalb eines Statusschemas werden die Anwenderstati definiert und deren Funktion über einen zugehörigen Langtext dokumentiert, einem Anwenderstatus eine Ordnungsnummer zugeordnet, die die erwartete Reihenfolge des Durchlaufens des Anwenderstatus vorgibt, ein Initialstatus definiert, der beim Anlegen des Objekts automatisch gesetzt wird und festgelegt, daß bei der Durchführung eines betriebswirtschaftlichen Vorgangs ein Anwenderstatus automatisch gesetzt wird.

Statusänderungen, die in der Bearbeitung von Fertigungsaufträgen erfolgten, kann man in Form von Statusänderungsbelegen aufzeichnen. Ein Statusänderungsbeleg dokumentiert, welcher Status geändert wurde, wer den Status eines Objekts geändert hat, wann der Status geändert wurde, ob der Status aktiviert oder deaktiviert wurde und in welcher Transaktion die Statusänderung durchgeführt wurde. Aus Performance-Gründen wird empfohlen, Statusänderungsbelege nur auf Auftragskopfebene zu aktivieren.

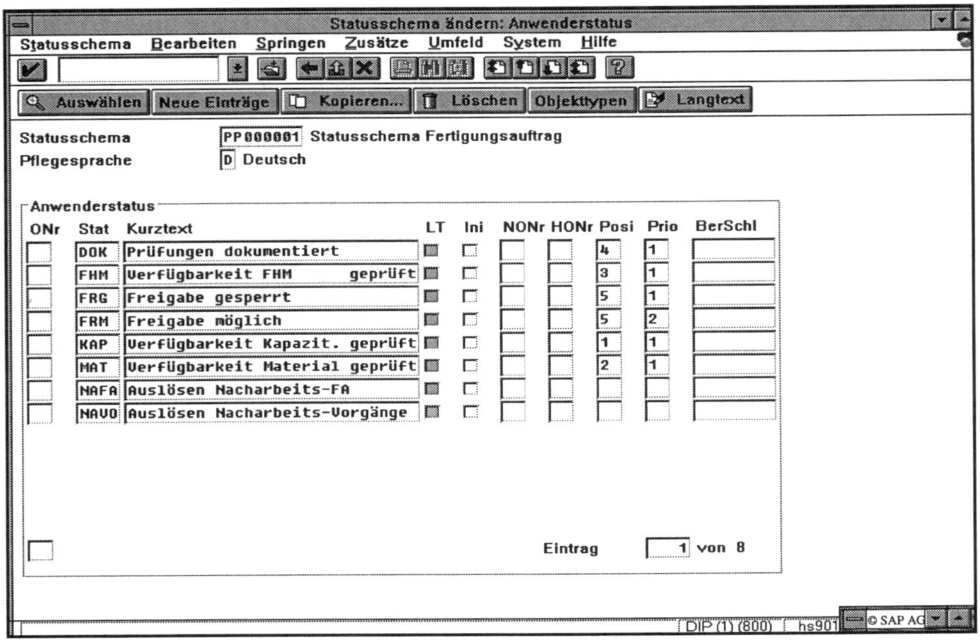

Abb. 8.35-1: Customizing des Statusschemas

- *Einsatzzeit*
  Wichtig für die Auftragsdurchführung ist die Ermittlung der *Einsatzzeit.* Die Einsatzzeit gibt an, *wann* gearbeitet wird. Der zugrundeliegende Kalender legt die Arbeitstage und Feiertage fest. Man kann die Einsatzzeit im System definieren, indem pro Arbeitstag Arbeitsbeginn, Arbeitsende und Pausen angegeben werden. Für die Vorgangsabschnitte Warten, Rüsten, Bearbeiten und Abrüsten gilt die im Arbeitsplatz definierte Einsatzzeit pro Arbeitstag sowie der Kalender des Arbeitsplatzes oder des Vorgangs (vgl. Abbildung 8.35-5). Für die Berechnung der Einsatzzeit pro Arbeitstag werden zusätzlich zu Arbeitsbeginn, Arbeitsende und Pausenzeiten bei der Ermittlung der Einsatzzeit noch der *Nutzungsgrad* des Arbeitsplatzes berücksichtigt. Der *Nutzungsgrad* stellt das prozentuale Verhältnis aus tatsächlicher produktiver Einsatzzeit und theoretisch verfügbarer Einsatzzeit dar. Über ihn werden technische und organisatorische Störungen abgebildet. Der für die Terminierung relevante Nutzungsgrad wird im Rahmen der Kapazitätspflege für die Kapazitätsart definiert, die Terminierungsbasis ist. Die Einsatzzeit des Arbeitsplatzes wird für die Kapazitätsart definiert, die auf dem Terminierungsbild angegeben ist. Der Kalender des Arbeitsplatzes hat höchste Priorität. Ist im Arbeitsplatz kein Kalender gepflegt, gilt der Kalender des Vorgangs. Ist dort auch kein Kalender gepflegt, gilt der Gregorianische Kalender. Die *Liegezeit* wird unabhängig vom Fabrikkalender terminiert; sie kann jeden Tag von 0.00 bis 24.00 terminiert werden. Die *Einsatzzeit des Transports* wird über die Parameter in der Transportzeitmatrix bestimmt. Die *Einsatzzeit pro Arbeitstag* wird in der Transportzeitmatrix durch Arbeitsbeginn und -ende angegeben. Für fremdbearbeitete Vorgänge ist die Lie-

ferzeit in Tagen angegeben. Die Terminierung dieser Vorgänge erfolgt auf Basis des Gregorianischen Kalenders.

8.35.3 Anwendung des Prozesses

In der Modellfirma A wird der Fertigungsauftrag mit der Nummer *60001007* für die Durchführung gezeigt. Das Kopfbild (vgl. Abbildung 8.35-2) zeigt die Ecktermine und die Terminierung geplanten Fertigungsauftragstermine. Unter Berücksichtigung des Eckendtermins und des Horizontenschlüssels errechnete die Auftragsterminierung als geplanten Freigabetermin den 26.02.1996, als geplanten Auftragstart den 04.03.1996 und als geplantes Auftragsende den 11.03.1996. Der Status VOKL deutet darauf hin, daß dieser eröffnete Fertigungsauftrag schon vorkalkuliert wurde (vgl. Kapitel 8.33). Abbildung 8.35-3 zeigt die im Rahmen der Fertigungsauftragsabwicklung mögliche Verfügbarkeitsprüfung für Komponenten nach der ATP-Methode (ATP – available to promise). Zum Bedarfstermin sind wir 19 Stück verfügbar.

Während der Produktion können Sie eine Terminübersicht der Vorgänge mit den genauen Warte-, Rüst-, Bearbeitungs-, Abrüst- und Liegezeiten aufrufen. In einem Gantt-Diagramm können Sie die Fertigungsdurchführung graphisch betrachten (vgl. Abbildung 8.35-4). Auf dem Vorgangsübersichtsbild des Fertigungsauftrags können Sie den Status der einzelnen Vorgänge ablesen und die Beendigungstermine (Feld *Ende*) verfolgen. Geplantes Ende von 0010 ist der 06.03.1996 und von Vorgang 0020 der 11.03.1996 (vgl. Abbildung 8.35-5).

8.35.4 Navigationsinformationen

- *Menüpfad*
  Logistik –> Produktion –> Fertigungsaufträge
  Springen –> Vorgangsübersicht
  Springen –> Grafik –> Gantt-Grafik

- *Transaktionscode*
  MRHR

- *Eingehende Prozeßverbindungen im R/3-Referenzmodell*
  Fertigungsauftragsfreigabe
  KANBAN-Wiederbeschaffung
  Kapazitätsabgleich
  Fertigungsauftragsdruck
  Fertigungsauftragsvorkalkulation

- *Ausgehende Prozeßverbindungen im R/3-Referenzmodell*
  Fertigungsauftragsrückmeldung
  Warenausgang für Fertigungsauftrag
  Wareneingangsbearbeitung aus Produktion
  KANBAN-Impuls
  KANBAN-WE bei Eigenfertigung

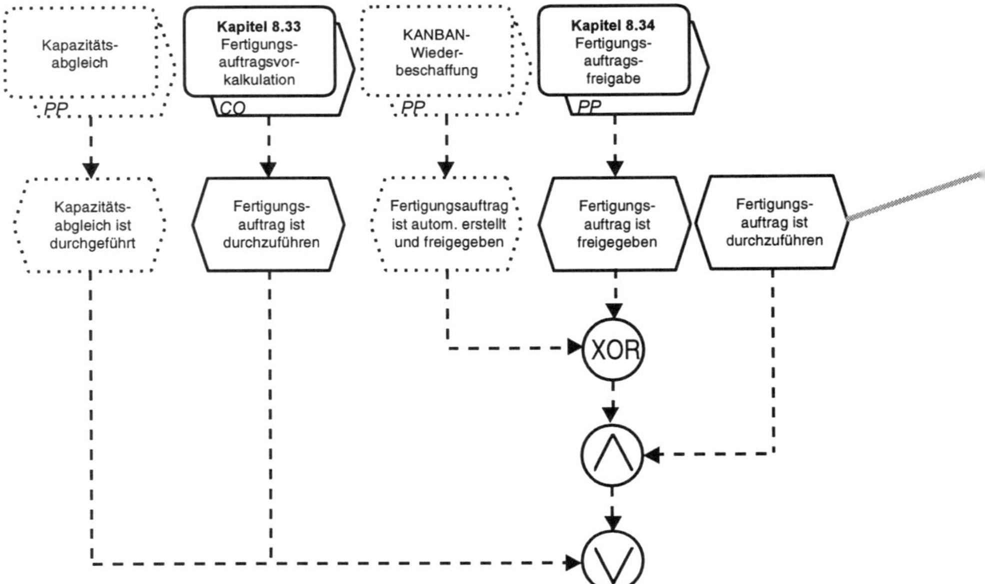

Entnahme der Materialkomponenten

Bei der Erstellung eines Fertigungsauftrags erzeugt das System automatisch eine Reservierung für die benötigten Materialkomponenten. Jede Materialkomponente des Auftrags erhält dabei eine separate Positionsnummer innerhalb der Reservierung. Die reservierten Materialien können erst dann aus dem Lager entnommen werden, wenn der Vorgang, dem sie im Auftrag zugeordnet sind, bereits freigegeben wurde. Durch die Entnahme der Materialkomponenten werden die Werte der entnommenen Materialkomponenten im Auftrag als Ist-Kosten nach Kostenart und Herkunft fortgeschrieben. Bei der Entnahme von Materialkomponenten aus dem Lager können Sie sich entweder auf die Auftragsnummer oder auf die Reservierungsnummer beziehen. Die Reservierungsnummer ist auf dem allgemeinen Datenbild der Komponenten angezeigt.

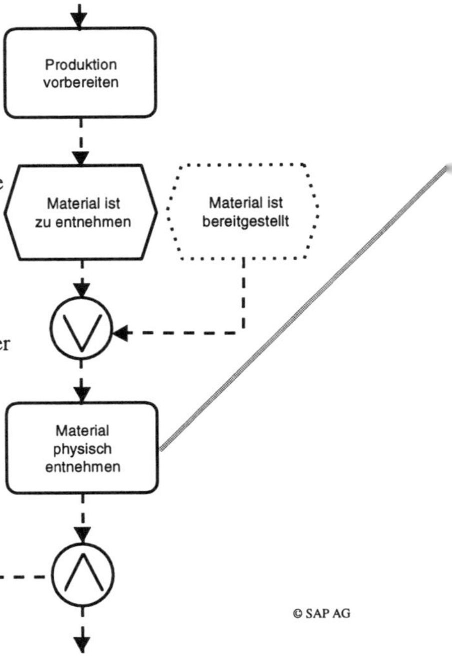

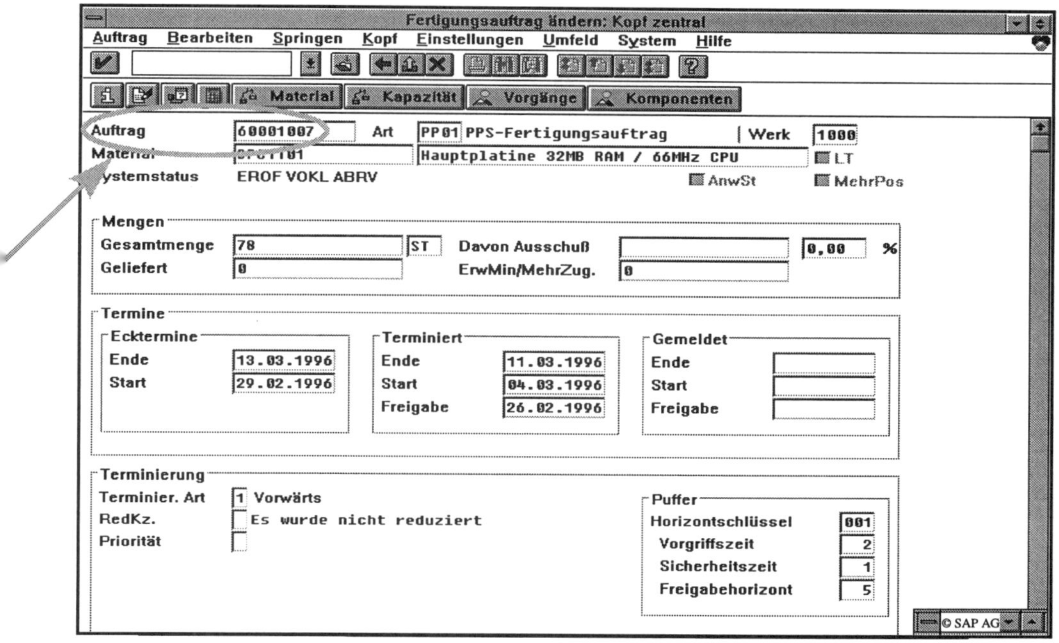

Abb. 8.35-2: Fertigungsauftrag – Kopfdaten

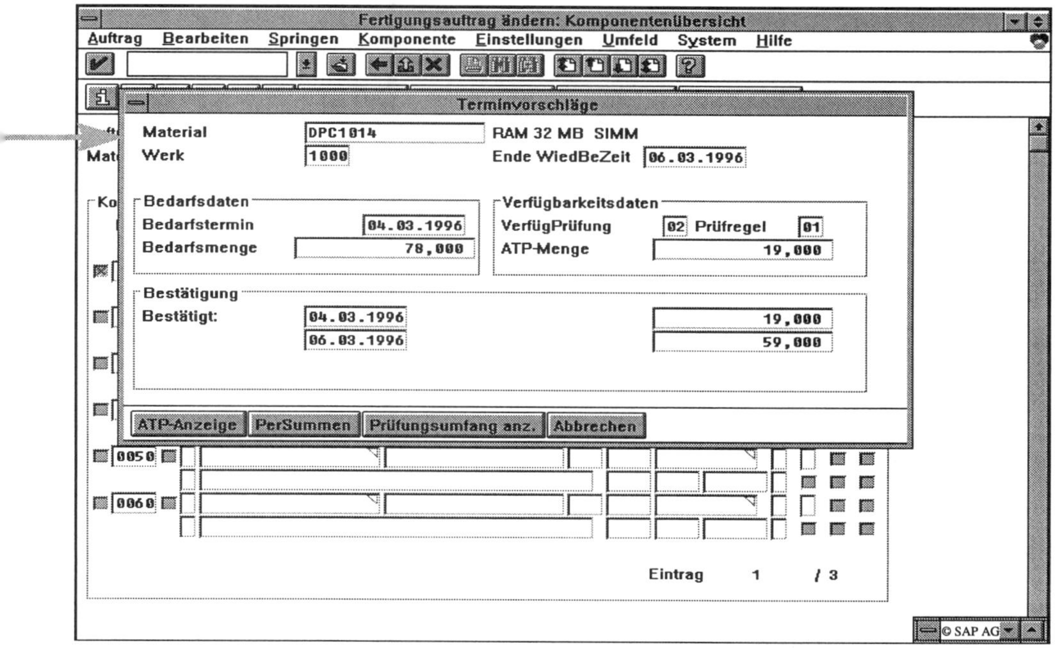

Abb. 8.35-3: Fertigungsauftrag – Terminvorschläge

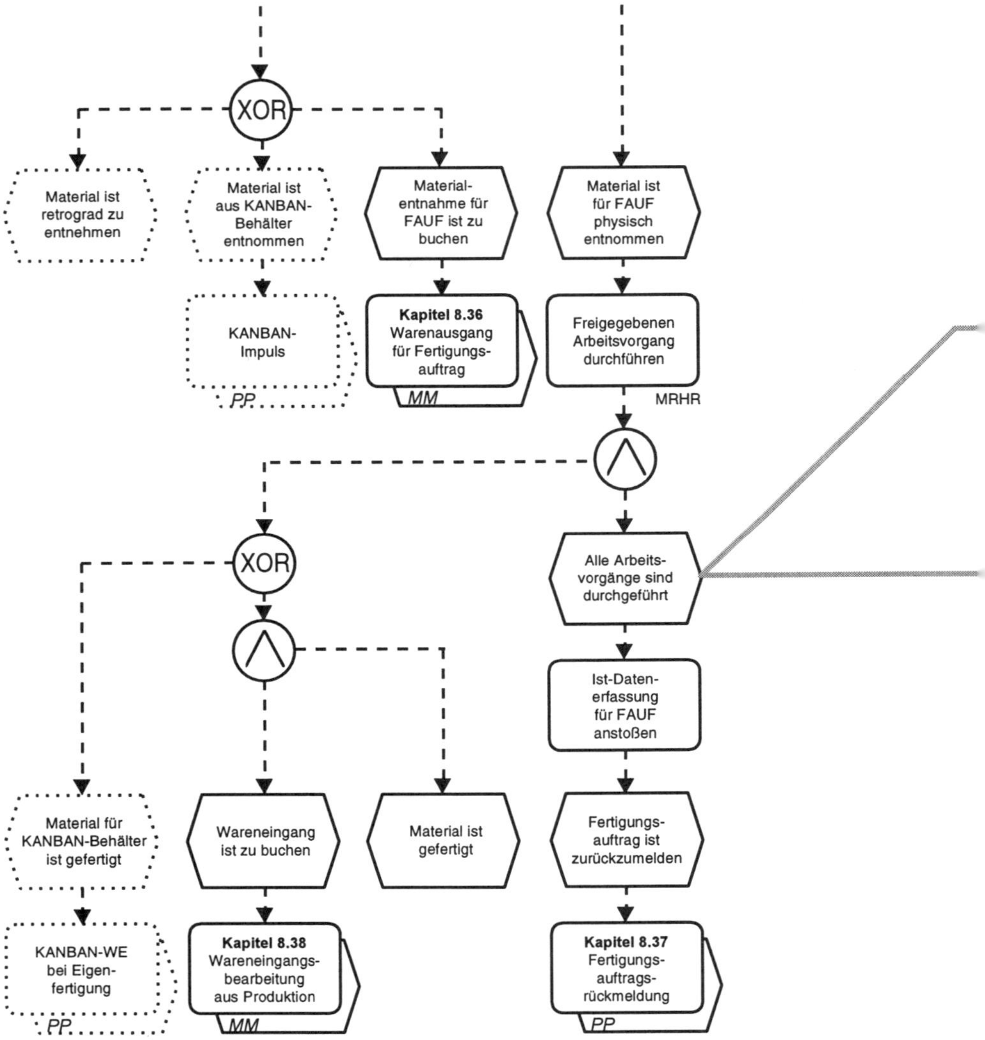
XOR
Material ist retrograd zu entnehmen
Material ist aus KANBAN-Behälter entnommen
Material-entnahme für FAUF ist zu buchen
Material ist für FAUF physisch entnommen
KANBAN-Impuls
PP
Kapitel 8.36 Warenausgang für Fertigungs-auftrag
MM
Freigegebenen Arbeitsvorgang durchführen
MRHR
XOR
Alle Arbeits-vorgänge sind durchgeführt
Ist-Daten-erfassung für FAUF anstoßen
Material für KANBAN-Behälter ist gefertigt
Wareneingang ist zu buchen
Material ist gefertigt
Fertigungs-auftrag ist zurückzumelden
KANBAN-WE bei Eigen-fertigung
PP
Kapitel 8.38 Wareneingangs-bearbeitung aus Produktion
MM
Kapitel 8.37 Fertigungs-auftrags-rückmeldung
PP

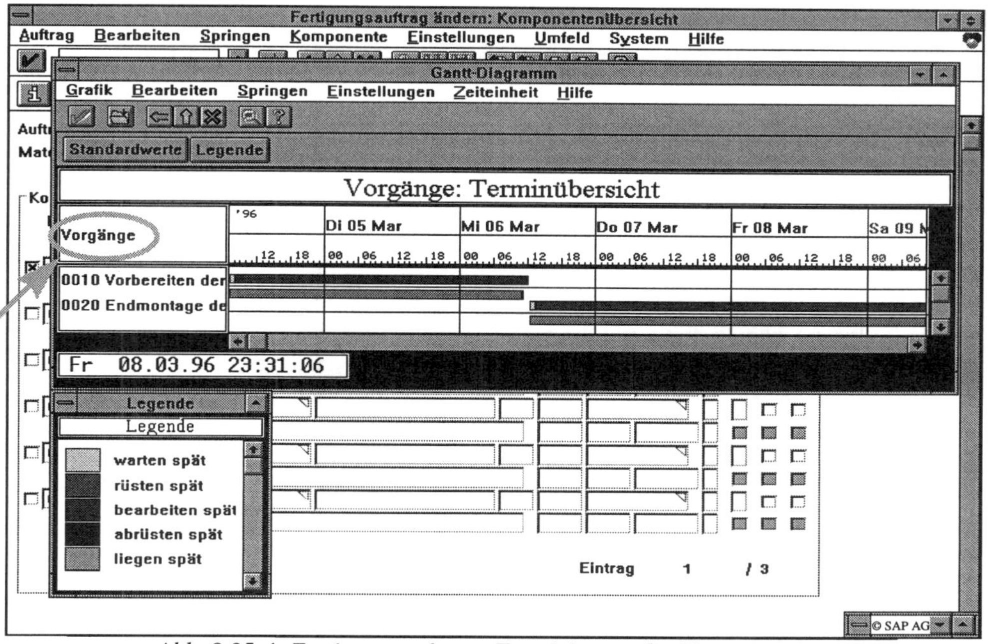

Abb. 8.35-4: Fertigungsauftrag - Terminierung der Vorgänge

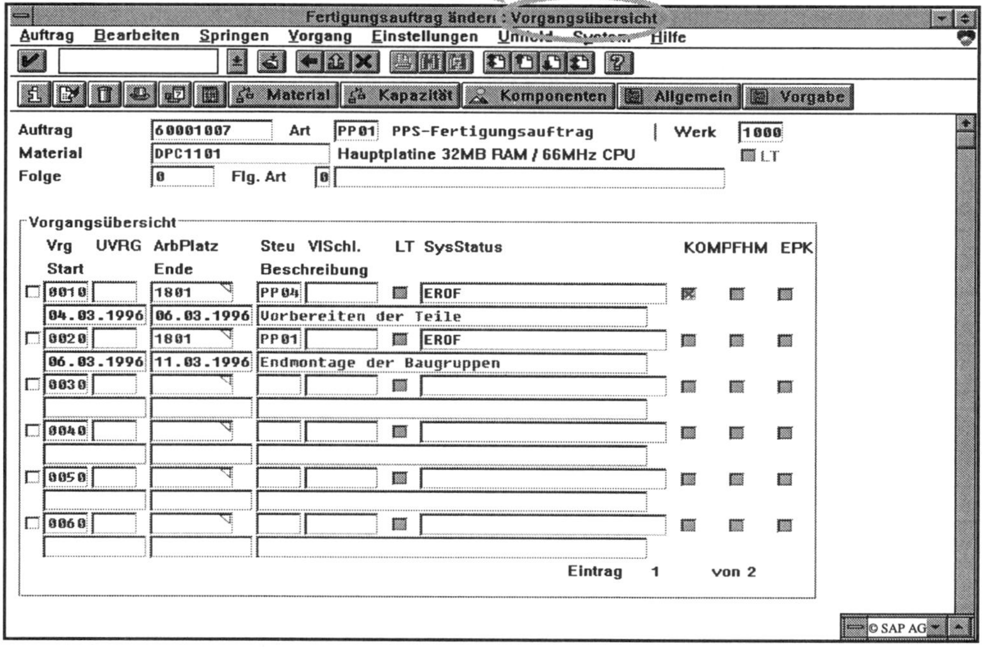

Abb. 8.35-5: Fertigungsauftrag - Vorgänge mit Bearbeitungsstatus

8.36 Prozeß: Warenausgang für Fertigungsauftrag

8.36.1 Betriebswirtschaftliche Beschreibung

Die Bearbeitung von Warenausgängen ist eine zentrale Aufgabe innerhalb der Bestandsführung oder der Lagerwirtschaft. Reservierte Materialien, z. B. für einen Fertigungsauftrag, vermindern den verfügbaren Bestand. Eine *Reservierung* kann somit als Aufforderung angesehen werden, ein bestimmtes Material zu einem bestimmten Zeitpunkt in einer bestimmten Menge zur Verfügung zu stellen. Warenausgänge mindern den Bestand und können aufgrund von Fertigungsaufträgen, Kundenaufträgen oder sonstigen Anforderungen (Austauschmaterial, Verbrauchsmaterial) entstehen. Je nach Betrachtungweise umfaßt die Warenausgangsbearbeitung folgendes: *Die physische Entnahme* des benötigten Materials von einem Lagerplatz und unter Umständen *die Kommissionierung* (d. h. die Zusammenstellung unterschiedlichster Materialien an einem Platz z. B. für einen Kunden- oder Fertigungsauftrag) oder lediglich *die Warenausgangsplanung* und die Auslieferung von einem zentralen Ausgangsort aus. Neben der mengenmäßigen Änderung führen Warenausgänge auch zu wertmäßigen Bestandsveränderungen. Je nach betrieblicher Aufgabenstellung wird die Ware im Zeitraum von Warenein- und Warenausgang unterschiedlich gelagert (vgl. Pfohl 1996, S. 92-140). Ein Vorratslager dient dazu, Bedarfsschwankungen zwischen Ein- und Ausgangsbearbeitung auszugleichen. Ein Pufferlager hat eher kurzfristigen Charakter, dient ebenso zum Ausgleich von Bedarfsschwankungen und wird häufig für Zwischenlagerungen in der Produktion eingesetzt. Ein Verteil- oder Distributionslager kann als zentrale Stelle angesehen werden, an der verschiedene Waren bzw. Materialien unterschiedlichster Lieferanten und Fertigungsstätten angeliefert, häufig neu zusammengestellt und anschließend an die verschiedenen Verkaufs- und Fertigungsstätten verteilt werden.

8.36.2 SAP-spezifische Beschreibung

Bei der Entnahme der Komponenten für einen Auftrag sind verschiedene Warenausgangsarten möglich. Es ist möglich, einen *geplanten Warenausgang* zu einer Reservierung bzw. Auftrag durchzuführen, einen *ungeplanten Warenausgang* vorzunehmen oder eine *retrograde Entnahme* auf verbrauchte Mengen durchzuführen. Wenn ein Warenausgang gebucht wird, so hat dies bestimmte Auswirkungen im System. Es wird ein *Materialbeleg*, ein *Buchhaltungsbeleg* und ein *Warenbegleitschein* erzeugt. Außerdem werden die *Bestandskonten*, die *Sachkonten*, die *Verbrauchskonten* und die *Reservierungen* im Auftrag fortgeschrieben (vgl. SAP – Materialwirtschaft 1996, S. 6.7 und 6.9).

- *Materialbeleg, Buchhaltungsbeleg, Warenbegleitschein*
  Wird ein Warenausgang gebucht wird, erzeugt das System einen Materialbeleg, der *Nachweis* für die Bewegung ist. Parallel zum Materialbeleg wird ein Buchhaltungsbeleg erstellt, der die für die Bewegung notwendigen Buchungszeilen auf den Konten der Buchhaltung enthält. Wenn ein Warenausgang erfaßt wird, kann gleichzeitig ein Warenbegleitschein gedruckt werden.

- *Sachkonto, Verbrauchskonto, Reservierung im Auftrag*
  Mit der Warenausgangsbuchung erzeugt das System automatisch Buchungszeilen auf den Konten der Buchhaltung. Sowohl bei Material mit Standardpreis als auch bei Material mit gleitendem Durchschnittspreis werden Warenausgänge stets zum aktuellen Preis bewertet. Ein Warenausgang reduziert also den Gesamtwert und die Gesamtmenge proportional zum Preis. Damit bleibt der Preis unverändert. Neben der Bestandsfortschreibung im Materialstammsatz findet bei einer Warenausgangsbuchung auch eine Fortschreibung der Verbrauchsstatistik statt, wenn das Material disponiert wird. Der Verbrauch eines Materials wird von der Materialdisposition für die Erstellung von Prognosen verwendet. Bei einem Warenausgang mit Bezug auf eine Reservierung oder einen Auftrag wird die entnommene Menge in der Reservierungsposition fortgeschrieben. Die Reservierungsposition ist erledigt, wenn die gesamte Reservierungsmenge entnommen wird oder wenn bei der Warenausgangsbuchung das Endausfassungskennzeichen manuell gesetzt wird. Eine *Reservierung* ist eine Anforderung an das Lager, Materialien für den Abgang zu einem späteren Termin und zu einem bestimmten Zweck bereitzuhalten.

8.36.3 Anwendung des Prozesses

In der Modellfirma A handelt es sich um einen *geplanten* Warenausgang zum Fertigungsauftrag. Auf dem Kopfbild müssen Sie weder die Bewegungsart *261* (wird aus dem Menüpfad gezogen) noch das Werk *1000* eingeben. Mit *Enter* erreichen Sie sofort das Bild zum Wareneingang und stellen die Verbindung *zum Auftrag* her. Es erscheint ein Popup-Fenster, in dem die konkrete Fertigungsauftragsnummer *60001007* eingegeben wurde (vgl. Abbildung 8.36-1). Ist Ihnen die Auftragsnummer nicht bekannt, so können Sie die Reservierung zum Auftrag nach verschiedenen Kriterien suchen. Auf dem nächsten Bildschirmbild markieren Sie die Materialpositionen, die Sie übernehmen wollen (vgl. Abbildung 8.36-2). Die Daten werden vor dem Buchen auf dem Übersichtsbild nochmals geprüft (vgl. Abbildung 8.36-3). Der Materialbeleg *49002181* wurde erstellt.

8.36.4 Navigationsinformationen

- *Menüpfad*
  Logistik –> Materialwirtschaft –> Bestandsführung –> Warenbewegung –> Warenausgang

- *Transaktionscode*
  MB1A

- *Eingehende Prozeßverbindungen im R/3-Referenzmodell*
  Fertigungsauftragsdurchführung

- *Ausgehende Prozeßverbindungen im R/3-Referenzmodell*
  Auslagerungsbearbeitung
  Automatische TA-Erstellung zum Materialbeleg

WA mit Bezug zum Auftrag
Für die im Auftrag geplanten Komponenten wird automatisch eine Reservierung erzeugt. Bei der Erfassung des Warenausgangs können Sie sich auf den Auftrag oder auf die Reservierung beziehen. Das System ermittelt alle Komponenten, die zu entnehmen sind. Sie brauchen weder die Bewegungsart noch das Werk einzugeben, sie werden aus der Reservierung übernommen. Ist Ihnen die Auftragsnummer bekannt, geben Sie sie direkt ein.
Ist Ihnen die Auftragsnummer nicht bekannt, können Sie die Reservierung zum Auftrag nach verschiedenen Kriterien (z. B. Material, Werk) suchen.

Ungeplanter WA
Während des Produktionsprozesses wird festgestellt, daß für einen Auftrag ein zusätzliches Material oder eine weitere Menge einer bereits entnommenen Komponente benötigt wird. Diese Entnahme erfolgt ungeplant, da sie sich auf keine Reservierung bezieht. Sie ist als Warenausgang ohne Bezug zu buchen.

Retrograde Entnahme
Bei dieser Art der Entnahme befinden sich die Komponenten schon an der Produktionsstätte. Sie werden physisch im Laufe des Produktionsprozesses verbraucht, der Verbrauch wird aber erst dann gemeldet, wenn die verbrauchte Menge bekannt ist, d. h., wenn der Auftrag zurückgemeldet wird. Für diese Komponenten brauchen Sie keine Warenbewegung in der Bestandsführung erfassen.

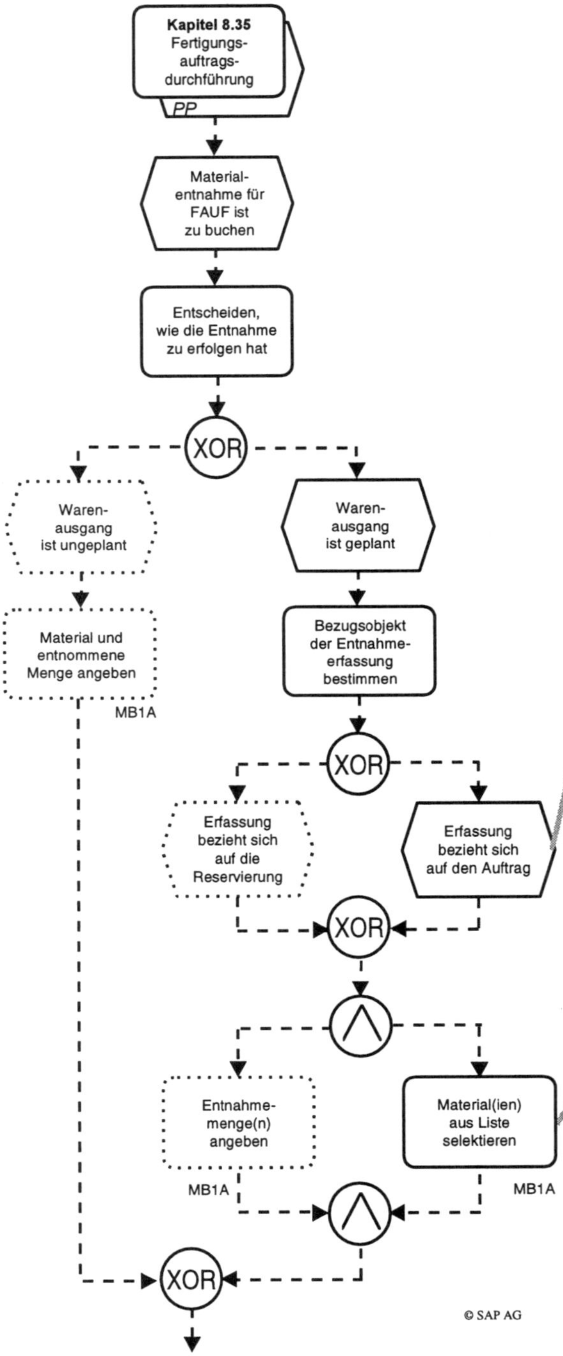

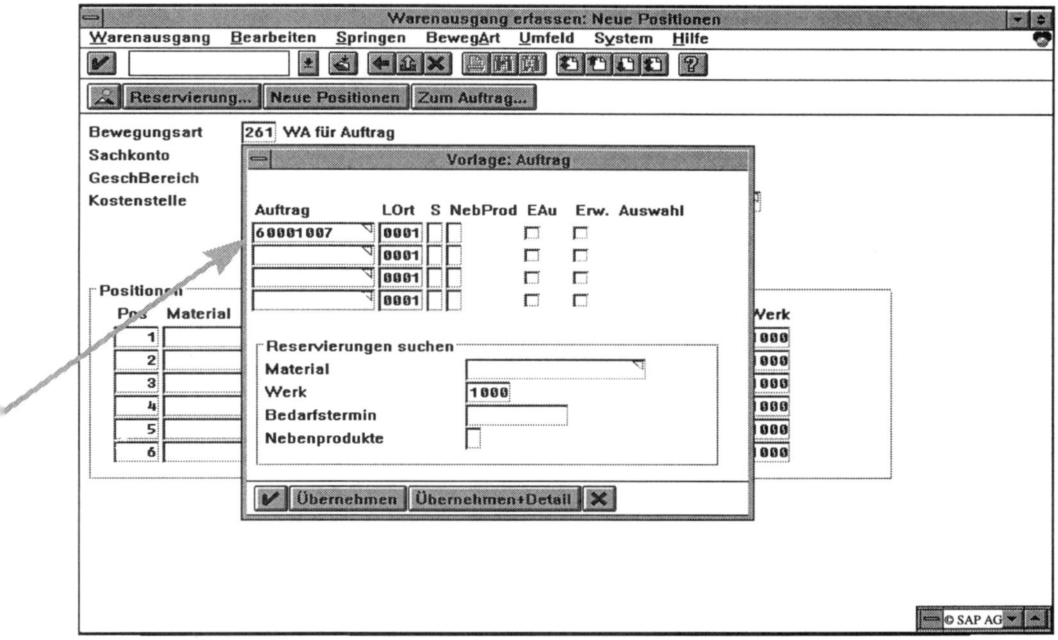

Abb. 8.36-1: Warenausgang mit Bezug auf Auftrag

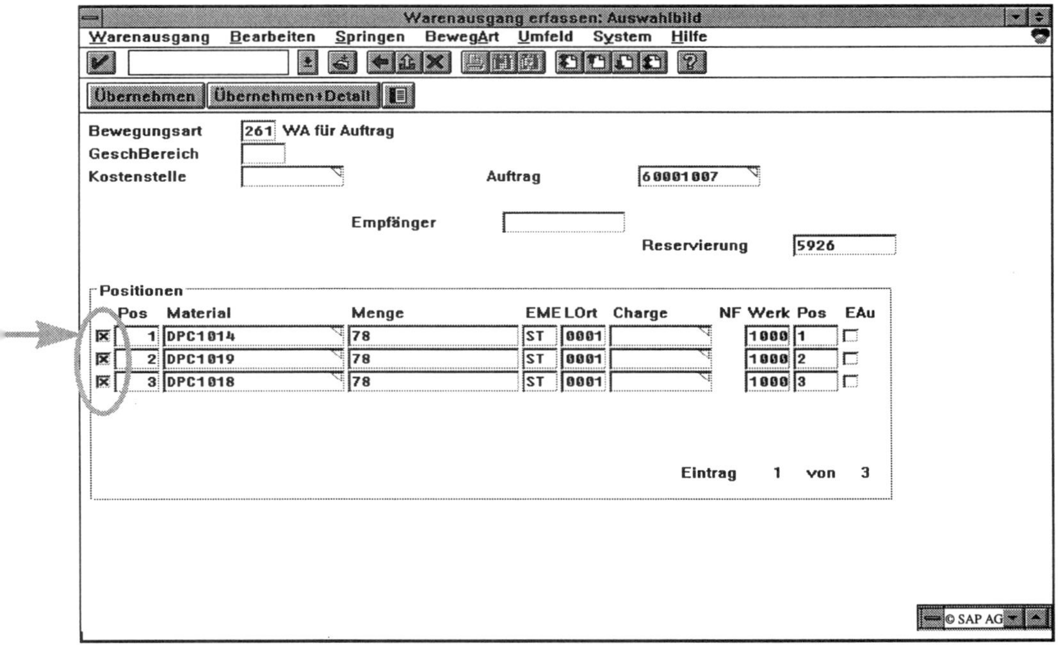

Abb. 8.36-2: Selektion der Materialien für den WA

Materialverfügbarkeitsprüfung
Bei jeder Warenbewegung erfolgt automatisch eine Verfügbarkeitsprüfung der Bestände, wenn dies für ein Material vorgesehen ist. Die Verfügbarkeitsprüfung verhindert, daß der Buchbestand physischer Bestandsarten (z. B. frei verwendbarer Bestand) negativ wird. Werden mehrere Materialentnahmen in einem Beleg erfaßt (z. B. für unterschiedliche Kontierungen), prüft das System beim Erfassen jeder Position auf die Verfügbarkeit des Materials hin. Es wird geprüft, ob die gewünschte Menge entnommen werden kann. Dabei werden die bereits für den Beleg erfaßten, aber noch nicht gebuchten Positionen mitberücksichtigt. Reicht der Bestand nicht, gibt das System eine Fehlermeldung aus. Die Prüfung erstreckt sich auf den jeweils betroffenen Bestand, auf Werks-, Lagerort- und Sonderbestandsebene.

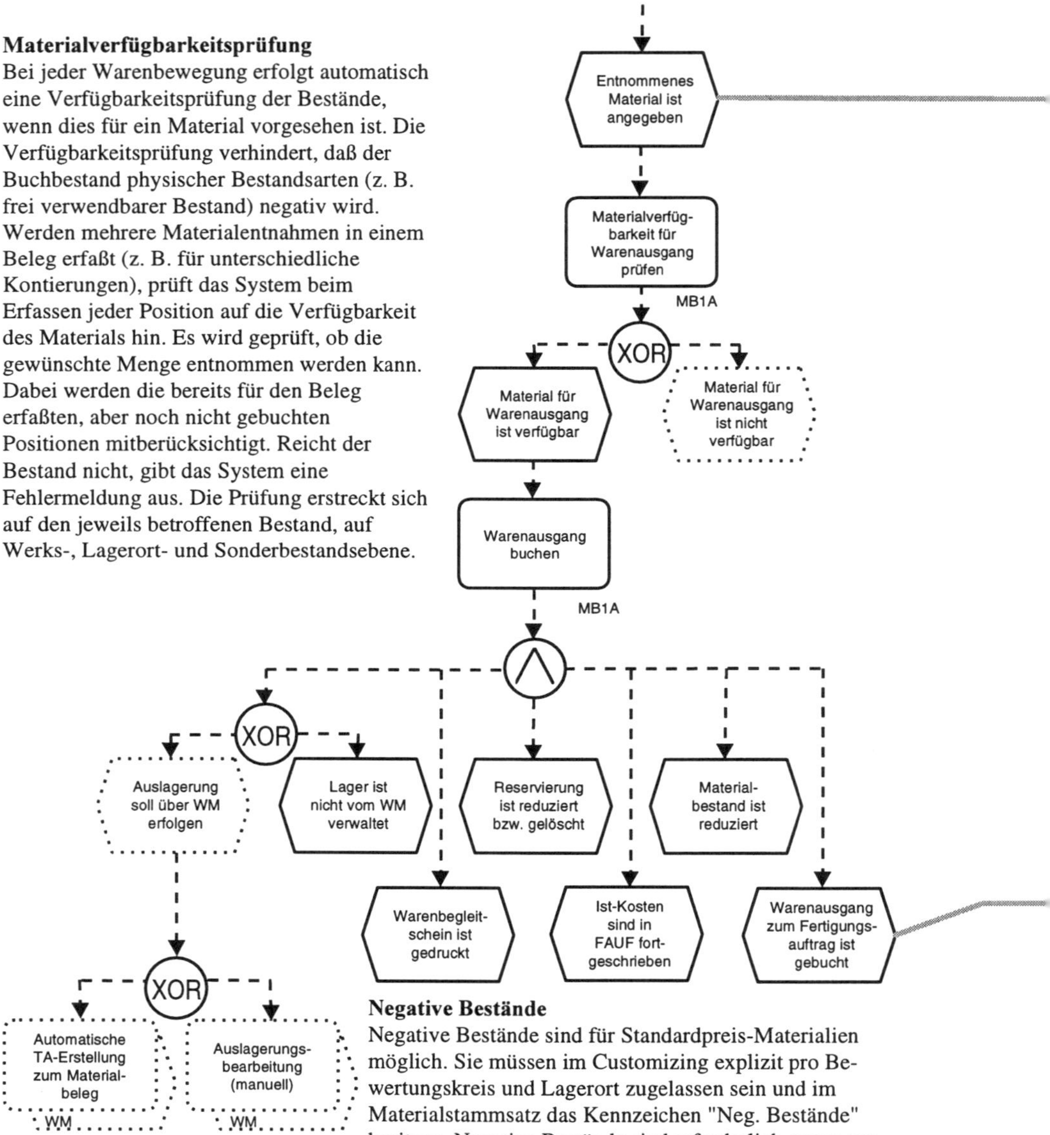

Negative Bestände
Negative Bestände sind für Standardpreis-Materialien möglich. Sie müssen im Customizing explizit pro Bewertungskreis und Lagerort zugelassen sein und im Materialstammsatz das Kennzeichen "Neg. Bestände" besitzen. Negative Bestände sind erforderlich, wenn aus organisatorischen Gründen Warenausgänge vor den entsprechenden Wareneingängen erfaßt werden und das Material sich physisch bereits im Lager befindet.

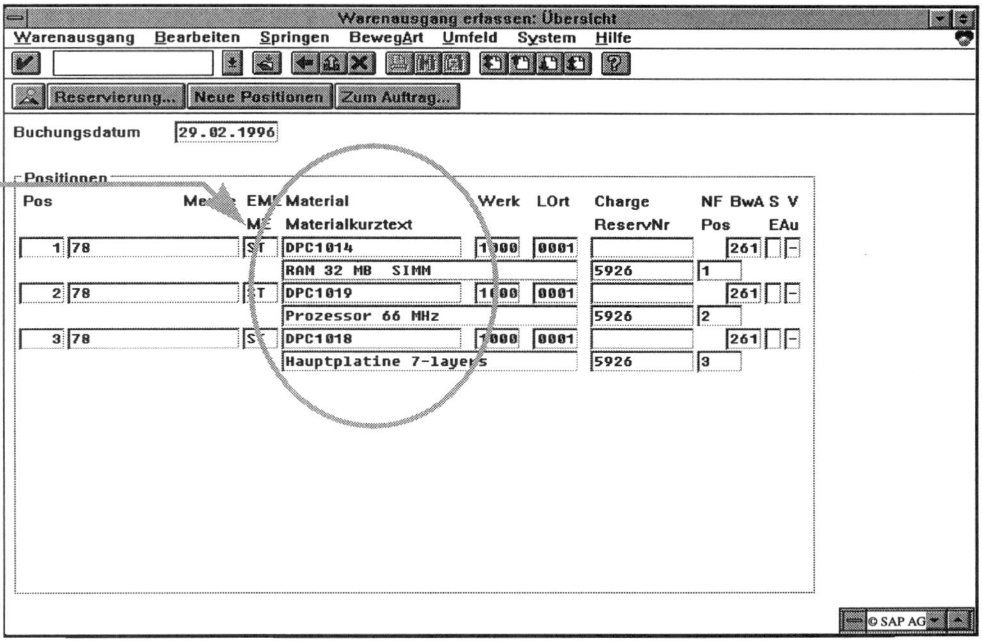

Abb. 8.36-3: Materialentnahmeliste mit Angabe der Reservierung

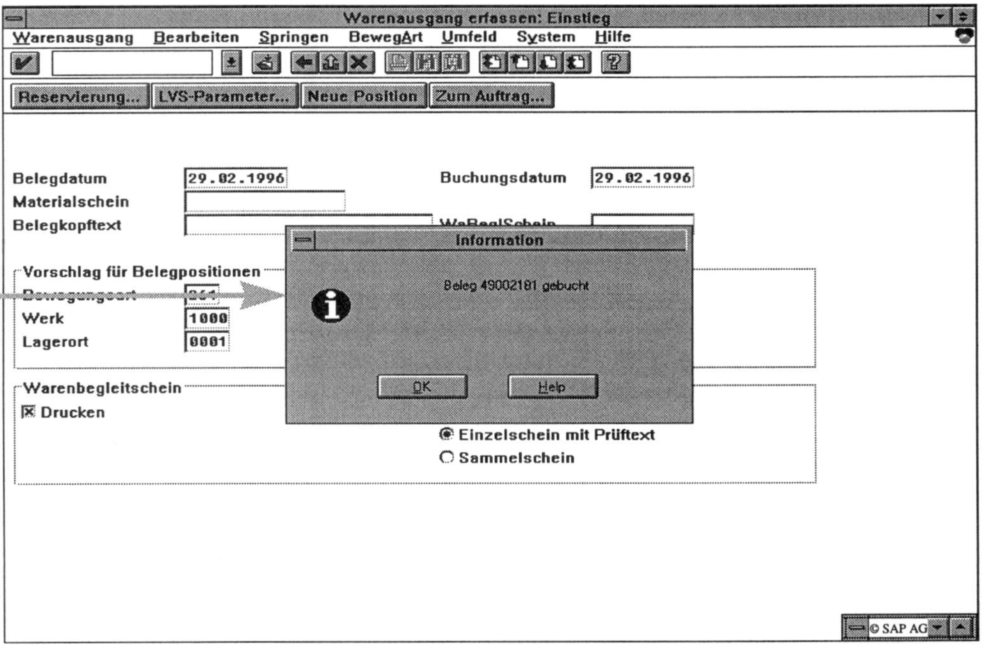

Abb. 8.36-4: WA für den Fertigungsauftrag ist gebucht

8.37 Prozeß: Fertigungsauftragsrückmeldung

8.37.1 Betriebswirtschaftliche Beschreibung

Zur Planung der zukünftigen Fertigungsabläufe ist neben dem Vorliegen von Plan- oder Kundenaufträgen die Erfassung von Zeit- und Kostendaten aus den abgeschlossenen Aufträgen erforderlich. Die Aktualität der Maschinen- und Betriebsdaten und deren anschließende Analyse, z. B. durch Soll/Ist-Vergleiche, beeinflußt die Entscheidungen zur Durchführung von Folgeaufträgen. Rückmeldungsdaten können benötigt werden für die Kalkulation zur zukünftigen Kostenermittlung, für die Personalwirtschaft zur Abrechnung der Gehälter und der Ermittlung des Überstundenausgleichs, für die Instandhaltung zur Durchführung von Wartungsmaßnahmen, für den Vertrieb zur Übermittlung des Auftragsstatus an den Kunden, für die Lagerwirtschaft zur Aktualisierung der Bestandsdaten und für die Qualitätssicherung zur Lenkung der Qualitätssicherungsmaßnahmen.

Zur Abdeckung der unterschiedlichen Anforderungen können die Rückmeldedaten in folgende Klassen eingeteilt werden (vgl. Kraemer/Wiechmann 1990, S. 10-21; vgl. Scheer 1990, S. 235-240):

- *Auftragsbezogene Daten*
  Auftragsbezogene Daten dienen zur Auftragsfortschrittserfassung. Sie geben an, wie lange die Maschine gelaufen ist, wie lange ein Arbeitsvorgang gedauert hat, wie viele Mengeneinheiten produziert worden sind und welcher Ausschuß vorlag.
- *Mitarbeiterbezogene Daten*
  Mitarbeiterbezogene Daten dienen zur Ermittlung des Lohns bzw. Gehalts. Dies sind die Anwesenheitsbestimmung, die Ermittlung der Leistung, d. h. der Menge und der Qualität (z. B. beim Akkord- oder Prämienlohn) und der benötigte Materialverbrauch (z. B. beim Prämienlohn).
- *Betriebsmittelbezogene Daten*
  Betriebsmittelbezogene Daten umfassen die Maschinenlaufzeiten sowie die Nutzungszeiten der Werkzeuge und Vorrichtungen. Hier ist es wichtig, Anzahl und Ursache von Störungen festzuhalten (Maschinenausfall, Werkzeugbruch). Die Werkzeugdaten beinhalten darüber hinaus noch den Einsatzort, die Einsatzdauer und das geplante Auslauf- bzw. Wartungskennzeichen.
- *Materialdaten*
  Materialdaten beschreiben die benötigte Menge der Durchführung eines Fertigungsauftrags. Aufgrund der zu einem Fertigungsauftrag festgehaltenen Werte können dann zukünftige Aufträge besser geplant und entsprechende Materialreservierungen vorgenommen werden.

Die Fertigungsauftragsrückmeldung kann periodisch oder ereignisorientiert durchgeführt werden. Bei einer periodischen Rückmeldung werden die Betriebsdaten für einen definierten Zeitraum erfaßt, gesammelt und gemeinsam zurückgemeldet. Bei einer ereignisorientierten Rückmeldung werden die Daten unmittelbar nach ihrer Entstehung zurückgemeldet.

Die Erfassung der zurückzumeldenden Daten kann manuell durch den Mitarbeiter durch Ausfüllen eines Abrechnungsscheins bzw. durch Eingabe von Zeiten, Mengen und Ausschüssen an einer Erfassungsstation erfolgen oder maschinell durch direktes Festhalten der Maschinendaten in der Fertigung und anschließender Übertragung zum PPS-System sowie den entsprechenden Auswertungssystemen geschehen.

8.37.2 SAP-spezifische Beschreibung

Eine Rückmeldung dokumentiert den Stand der Bearbeitung von Aufträgen, Vorgängen, Untervorgängen und Einzelkapazitäten. Sie ist somit ein Instrument der Auftragsüberwachung. Eine Rückmeldung stellt fest, welche Menge in einem Vorgang als Gutmenge und als Ausschußmenge produziert wurde, wie groß die im Ist benötigten Leistungen waren, an welchem Arbeitsplatz der Vorgang durchgeführt wurde und wer den Vorgang durchgeführt hat. Es ist möglich, Rückmeldungen zu einem Auftrag, einem Vorgang, einem Untervorgang, einer Einzelkapazität eines Vorgangs oder einer Einzelkapazität eines Untervorgangs zu erfassen. Vorgänge und Untervorgänge und Einzelkapazitäten werden in der Rückmeldung in der Regel gleich behandelt. Folgende Daten werden im R/3-System zu einem Vorgang zurückgemeldet (vgl. SAP – Produktionsplanung 1994, S. 9.8):

- *Mengen*
  Die gefertigte Gutmenge und den zu einem Vorgang angefallenen Ausschuß können rückgemeldet werden (diese Funktion ist für Untervorgänge nicht vorgesehen).

- *Leistungsdaten*
  Die erbrachten Leistungen, wie z. B. Dauer des Rüstens oder Dauer der Maschinenzeit, können rückgemeldet werden. Zusätzlich kann man geschätzte, für die Terminierung und Kapazitätsplanung relevante Leistungsdaten zur Anpassung der Vorgabewerte erfassen.

- *Termine*
  Man kann rückmelden, wann das Rüsten, Bearbeiten oder Abrüsten des Vorgangs begonnen bzw. beendet wurde.

- *Personaldaten*
  Man kann z. B. die Personalnummer des Mitarbeiters rückmelden, der den Vorgang ausgeführt hat, oder die Anzahl der Mitarbeiter, die den Vorgang ausgeführt haben.

- *Arbeitsplatz*
  Man kann rückmelden, an welchem Arbeitsplatz der Vorgang durchgeführt wurde.

- *Buchungsdatum*
  Zu jeder Rückmeldung wird ein Buchungsdatum erfaßt. Das System schlägt automatisch das Tagesdatum als Buchungsdatum vor. Es kann jedoch auch ein anderes Datum eingegeben werden.

- *Warenbewegungen*
  Man kann zu jeder Rückmeldung geplante und ungeplante Warenbewegungen erfassen.

- *Ursache der Abweichung*
  Wenn die Rückmeldung durch unvorhergesehene Ereignisse (z. B. Maschinenschaden) von den vorgegebenen Planwerten abweicht, dann kann im Feld *Ursache* ein Schlüssel eingegeben werden, der den Grund für die Abweichung dokumentiert.

Im Customizing (vgl. Abbildung 8.37-1) wird für die Rückmeldung festgelegt, ob grundsätzlich eine Teil- bzw. eine Endrückmeldung vorgeschlagen wird oder ob automatisch über die Unterlieferungstoleranz bestimmt wird, ob eine Teil- oder Endrückmeldung erfaßt wird. Liegt die rückgemeldete Menge (Gut- + Nacharbeits- + Ausschußmenge) unter der Unterlieferungstoleranz, so wird das Kennzeichen auf Teilrückmeldung gesetzt. Liegt die rückgemeldete Menge über (d. h. größer oder gleich) der Unterlieferungstoleranz, so wird das Kennzeichen auf Endrückmeldung gesetzt.

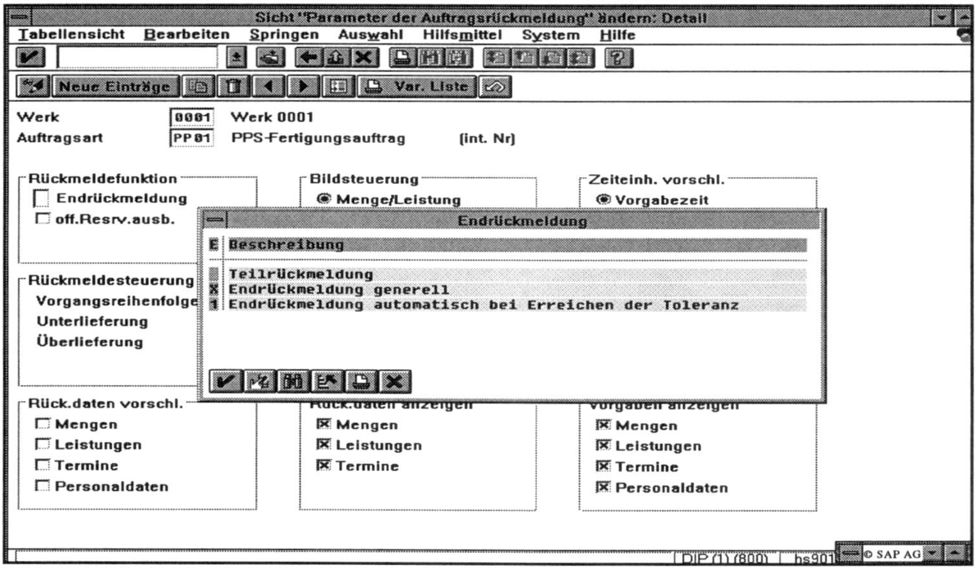

Abb. 8.37-1: Customizing der Rückmeldefunktion zur Auftragsart

Eine Rückmeldung kann zu einem *Vorgang* oder zu einem *Auftrag* erfolgen.

- *Rückmeldung zum Vorgang*
  - *Lohn-Rückmeldeschein*
    Um Mengen, Dauer, Leistungen oder Personaldaten rückzumelden, wird eine Rückmeldung zum *Lohn-Rückmeldeschein* erfaßt.
  - *Zeitereignis*
    Um zeitpunktorientiert rückzumelden (z. B. Rüststart oder Bearbeitungsende), wird eine Rückmeldung zum *Zeitereignis* erfaßt. Bei der Rückmeldung von Zeitereignissen berechnet das System intern die rückgemeldete Dauer (z. B. ist die Zeit

zwischen dem Rüststart und dem Rüstende die rückgemeldete Rüstdauer). Jedes rückgemeldete Zeitereignis ist einer *Satzartgruppe* zugeordnet. Rüstzeitpunkte sind der Satzartgruppe *1* zugeordnet, Bearbeitungszeitpunkte sind der Satzartgruppe *2* zugeordnet und Abrüstzeitpunkte sind der Satzartgruppe *3* zugeordnet (vgl. Abbildung 8.37-5).

- *Rückmeldung zum Auftrag*
  Wenn auf *Auftragskopfebene* eine Rückmeldung erfaßt wird, meldet das System alle Vorgänge zurück, deren Steuerschlüssel angeben, daß sie rückgemeldet werden können oder müssen. Die Vorgänge werden rückgemeldet im Verhältnis zur rückgemeldeten Menge des Auftragskopfes.

8.37.3 Anwendung des Prozesses

In der Modellfirma *A* handelt es sich um eine Rückmeldung auf Vorgangsebene. Auf dem Einstiegsbild wurde der Schalter *Selektion* gedrückt und über das Material *DPC1101* alle betroffenen Fertigungsaufträge aufgerufen (vgl. Abbildung 8.37-1). Nach Auswahl des gewünschten Auftrags gelangen Sie mit dem Menü *Springen-Menge/Leistung* auf das Erfassungsbild zum Vorgang (vgl. Abbildung 8.37-4). Alternativ bzw. zusätzlich könnten Sie auch eine Erfassung nach Terminen und Personaldaten vornehmen. Wenn der Vorgang nur teilweise bearbeitet ist, können Sie trotzdem Rückmeldedaten erfassen, um den aktuellen Fortschritt des Vorgangs zu dokumentieren. Setzen Sie in diesem Fall das Kennzeichen *Teilrückmeldung*. Wenn der Vorgang schon vollständig bearbeitet ist, setzen Sie das Kennzeichen *Endrückmeldung*. Im Beispiel der Modellfirma A wurde eine Teilrückmeldung von *50* Stück ausgeführt und danach der Beleg gesichert.

8.37.4 Navigationsinformationen

- *Menüpfad*
  Logistik –> Produktion –> Fertigungssteuerung –> Rückmeldung –> Erfassen
- *Transaktionscode*
  CO11, CO15
- *Eingehende Prozeßverbindungen im R/3-Referenzmodell*
  Fertigungsauftragsdurchführung
  Prüfpunktbewertung
  Betriebsdaten- und Personenzeiterfassung
- *Ausgehende Prozeßverbindungen im R/3-Referenzmodell*
  Leistungslohnerfassung und -verwaltung
  Prüfpunktbewertung
  Nachbearbeitung retrograder Entnahmepositionen
  Gemeinkostenzuschlagsrechnung

Rückmeldung von Einzelkapazitäten
Sie können auch Rückmeldungen für *Einzelkapazitäten* erfassen. Eine Einzelkapazität ist eine Unterteilung des Kapazitätsbedarfs eines Vorgangs (z. B. auf mehrere Maschinen bzw. Personen). Jede Einzelkapazität, die Sie für einen Vorgang anlegen, erhält eine Splittnummer (vgl. Abbildung 8.37-2). Sie können Einzelkapazitäten auf zwei verschiedene Weisen rückmelden. Sie können mit Bezug auf eine Kapazitätsart und Splittnummer sowohl Mengen als auch Leistungen zu einer Einzelkapazität manuell rückmelden, oder Sie können über eine Summenrückmeldung einen Abarbeitungsgrad für alle Einzelkapazitäten rückmelden. Über den Abarbeitungsgrad werden alle geplanten Leistungen anteilig rückgemeldet. Bereits manuell rückgemeldete Untervorgänge werden von einer Summenrückmeldung nur beeinflußt, wenn bei der Summenrückmeldung das Kennzeichen *Endrückmeldung* gesetzt wird. In diesem Fall erhält die Einzelkapazität den Status *Endrückgemeldet*. Ihre offenen Kapazitätsbedarfe werden dabei gelöscht.

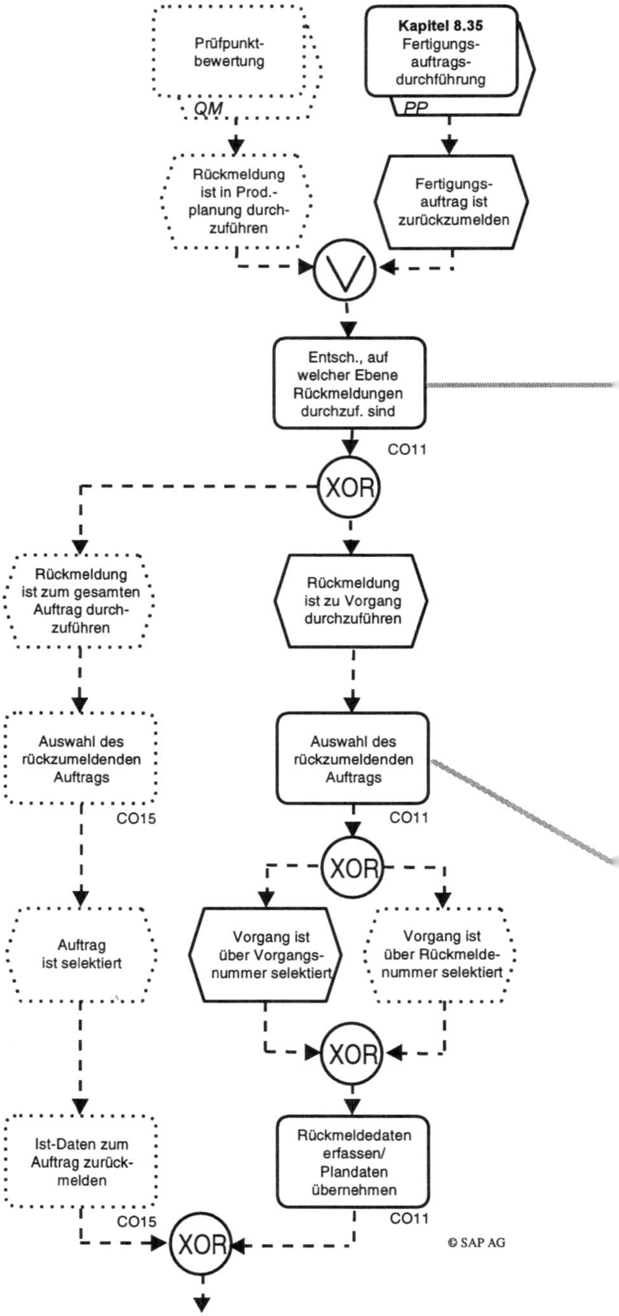

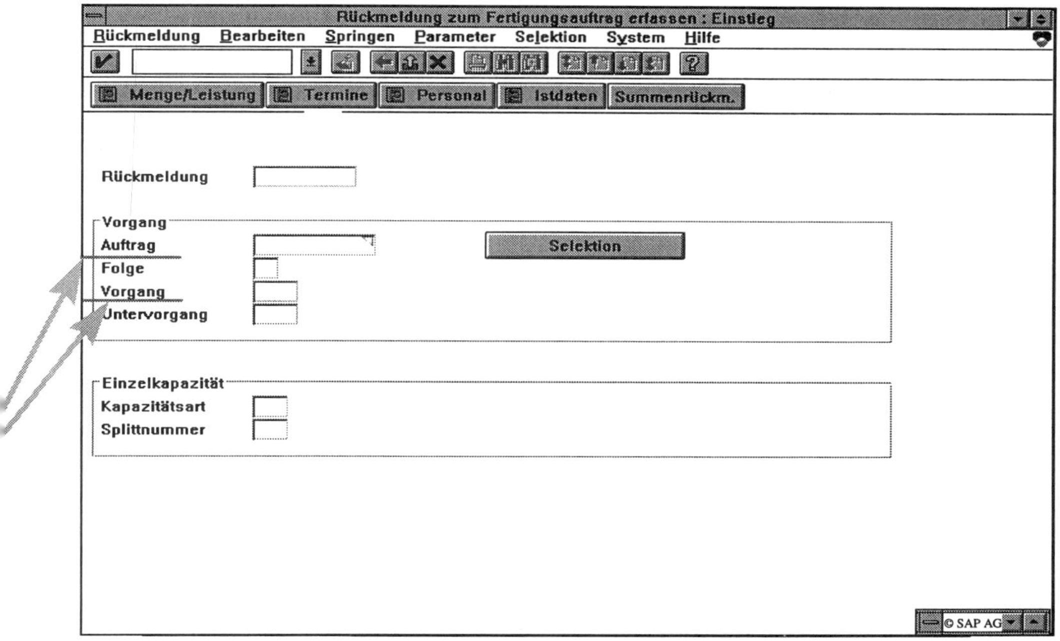

Abb. 8.37-2: Einstiegsbild der Fertigungsauftragsrückmeldung

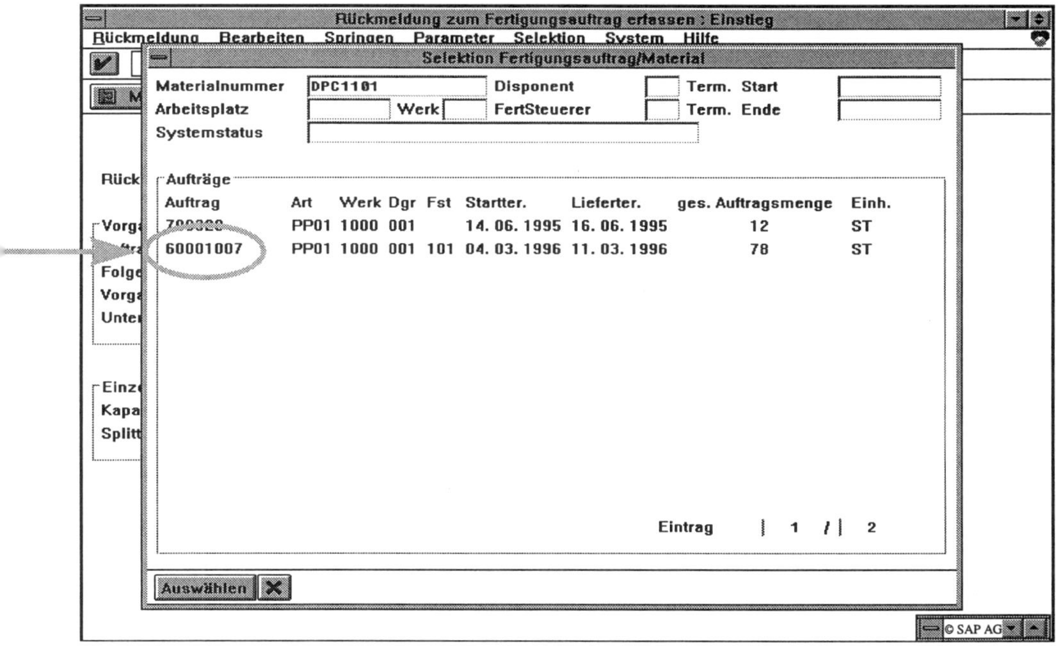

Abb. 8.37-3: Auswahl des rückzumeldenden Auftrags

Warenbewegungen bei der Rückmeldung
Sie können bei der Rückmeldung sowohl geplante als auch ungeplante Warenbewegungen buchen. Sie haben zwei Möglichkeiten, geplante Warenbewegungen bei der Rückmeldung zu erfassen. Bei der retrograden Entnahme (d. h. wenn Sie einen Auftrag bzw. Vorgang rückmelden, dem Komponenten mit dem Kennzeichen "Retrograde Entnahme" zugeordnet sind) bucht das System automatisch eine Warenentnahme für diese Komponenten. Die zweite Möglichkeit bezieht sich auf den automatischen Wareneingang, d. h. wenn der Steuerschlüssel des Vorgangs, den Sie rückmelden, automatischen Wareneingang vorschreibt, wird automatisch die Ablieferung des gefertigten Materials ans Lager gebucht. Automatische Warenbewegungen sind für Materialien mit Serialnummernpflicht nicht erlaubt. Bei ungeplanten Warenbewegungen haben Sie die Möglichkeit, aus der Rückmeldung auf eine Materialübersicht zu verzweigen. Sie können auf dieser Materialübersicht beliebig viele ungeplante Warenbewegungen erfassen bzw. die geplanten Warenbewegungen abändern.

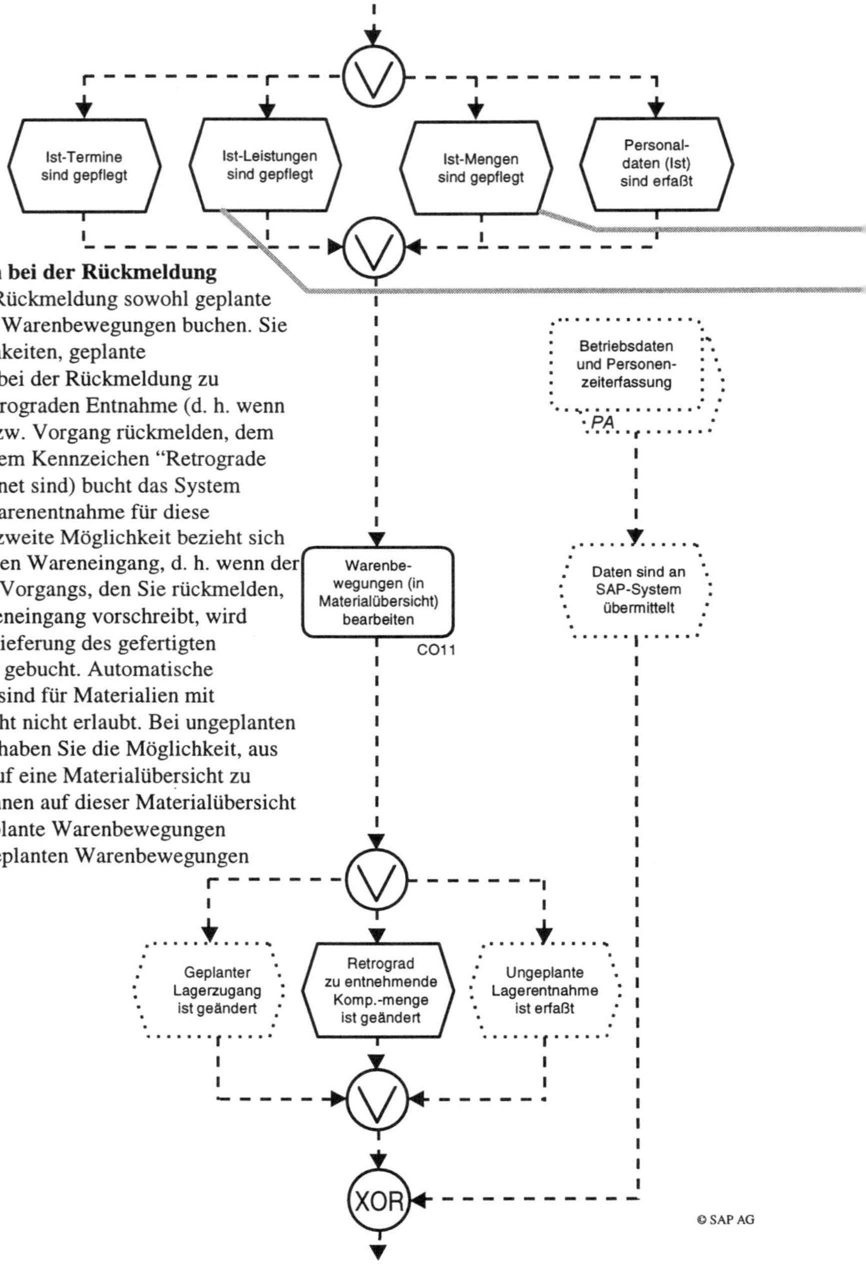

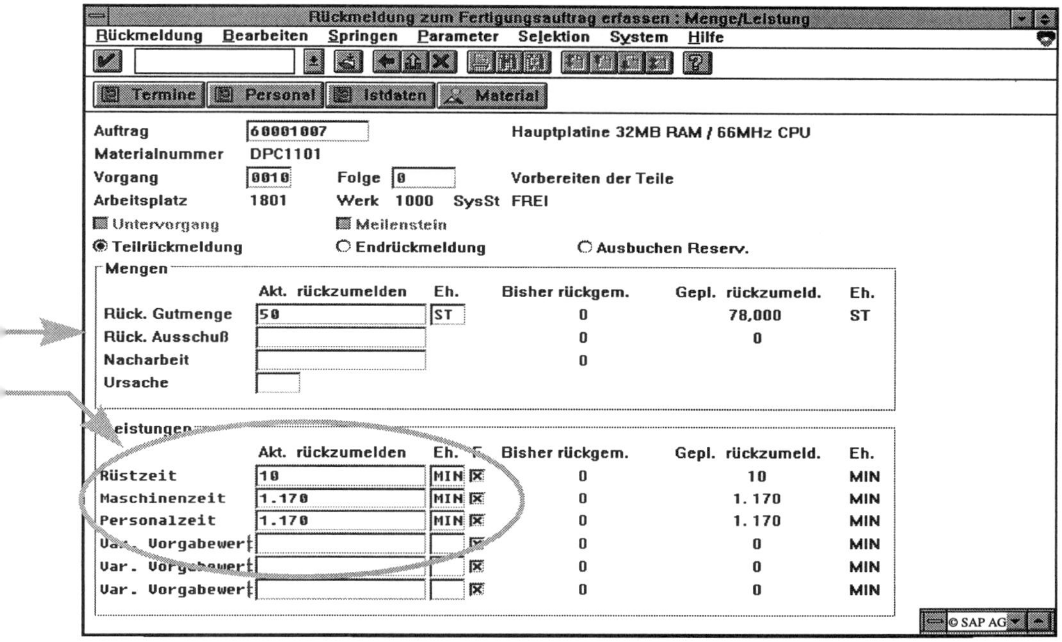

Abb. 8.37-4: Aktuelle Rückmeldung

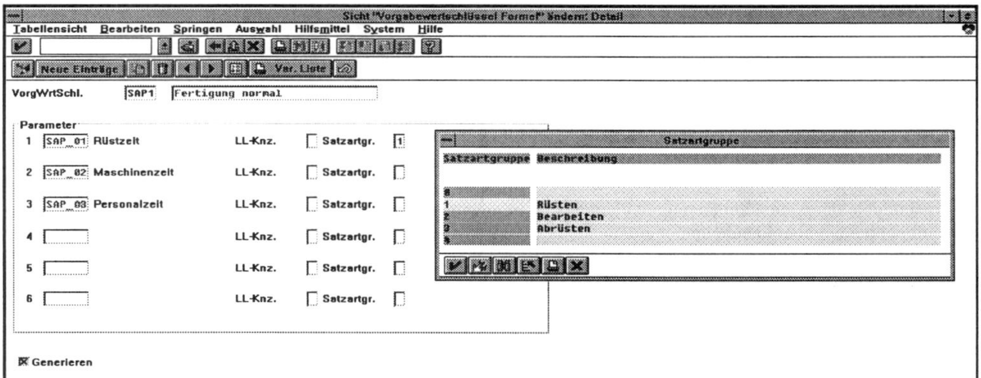

Vorgabewertschlüssel (VorgWrtSchl.)
Wenn bei einer Bearbeitung eines Vorgangs Maschinenzeit und Personenzeit beansprucht werden, muß gewährleistet sein, daß sich die Zeitereignis-Rückmeldung für die Bearbeitungsphase des Vorgangs auf die Leistungen Maschinenzeit und Personenzeit auswirkt, d. h., es muß im Vorgabewertschlüssel bei den Parametern Maschine und Personal jeweils die Satzartgruppe *2* eintragen sein.

Abb. 8.37-5: Customizing des Vorgabewertschlüssels

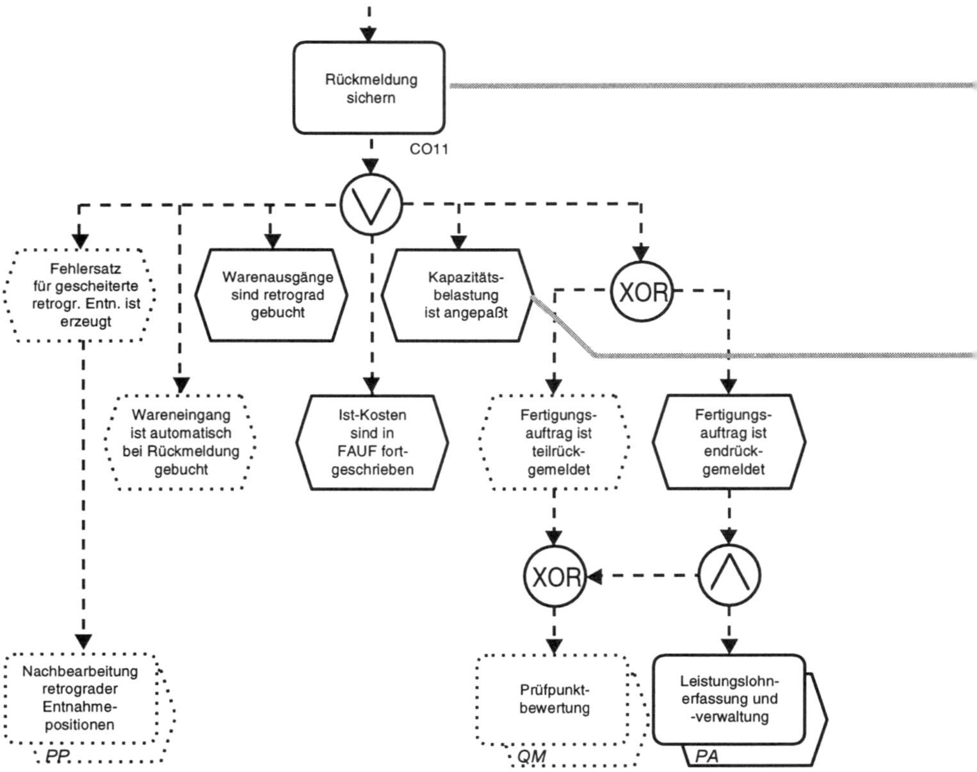

Nacharbeit und Rückmeldung

Sie können *Nacharbeit* auf Vorgangsebene und auf Auftragsebene rückmelden. Bei der Rückmeldung auf Auftragsebene wird davon ausgegangen, daß die Nacharbeit im letzten Vorgang angefallen ist. Bei einer Rückmeldung können Sie direkt eine Nacharbeitsmenge angeben. Die Nacharbeitsmenge ist die Menge, die nach Ausführung des Ursprungsvorgangs nicht weiterverarbeitet werden kann bzw. nicht den Qualitätsanforderungen entspricht. Bei der Nacharbeitsmenge wird davon ausgegangen, daß sie durch Nachbearbeitung wieder als Gutmenge verwendet werden kann. Bei der Bestimmung der erwarteten *Mehr-/Minderlieferung* wird die rückgemeldete Nacharbeitsmenge zur rückgemeldeten Gutmenge hinzugerechnet.

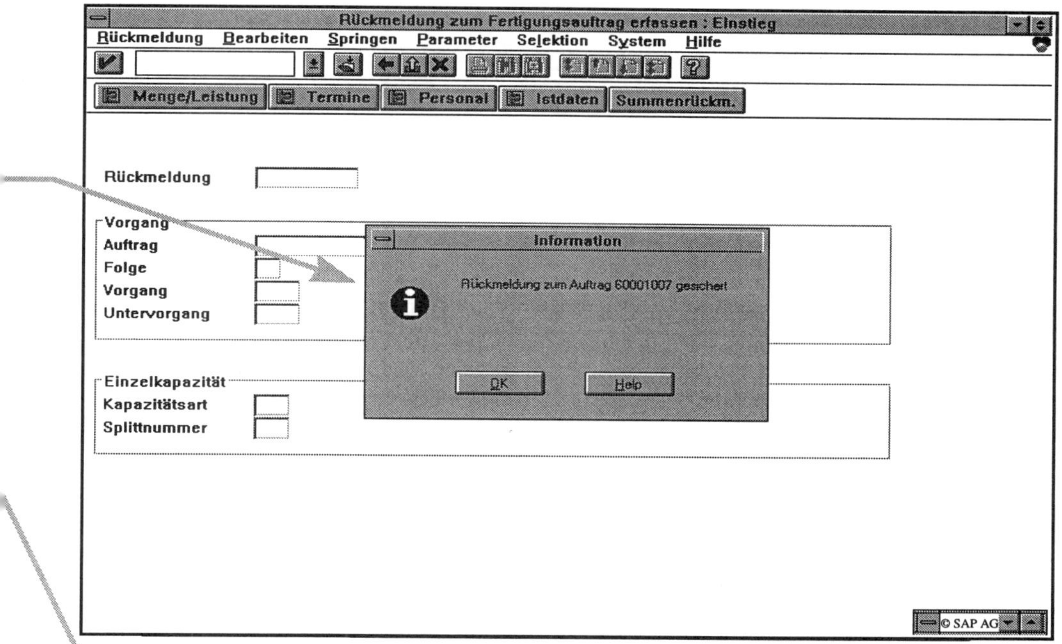

Abb. 8.37-6: Rückmeldung ist abgeschlossen

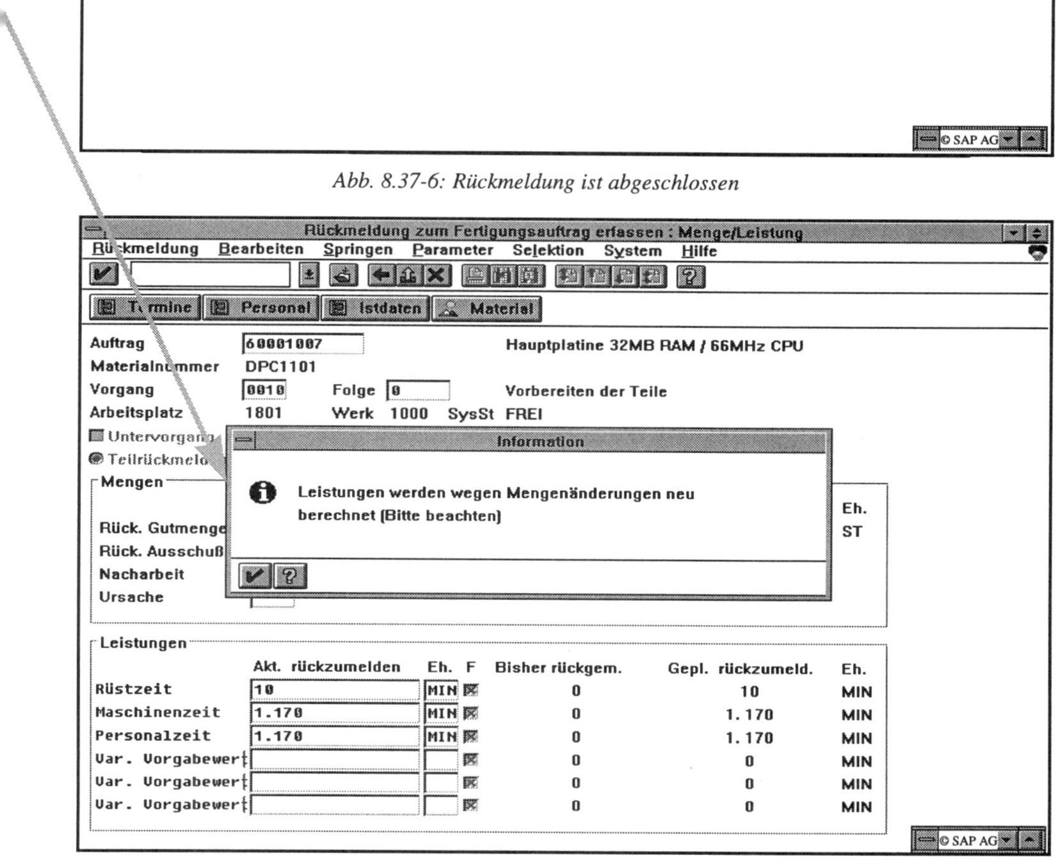

Abb. 8.37-7: Kapazitätsbelastungen sind angepaßt

8.38 Prozeß: Wareneingangsbearbeitung aus Produktion

8.38.1 Betriebswirtschaftliche Beschreibung

Nach dem Abschluß der Fertigungsauftragsdurchführung wird die produzierte Ware entweder direkt für einen Folgeauftrag zur Verfügung gestellt oder bis zum Abruf eingelagert. Die durchzuführenden Wareneingangsbearbeitungsschritte umfassen die Überprüfung der Menge und der Qualität im Rahmen der Wareneingangserfassung sowie die Einlagerung (vgl. Kapitel 8.25). Da es sich um einen internen Wareneingang handelt, müssen bei mengen- und/oder qualitätsbezogenen Abweichungen vom Produktionsplan entsprechende Rücksprachen mit der Produktion erfolgen. Da dies in der Regel schon mit der Fertigungsauftragsrückmeldung geschehen ist, sind in der Wareneingangsbearbeitung festgestellte Fehlmengen auf Verluste im innerbetrieblichen Transport zurückzuführen. Die Wareneingangsprüfung kann dabei entweder in einem speziellen, dafür hergerichteten Bereich stattfinden, und die Ware wird mit einem Qualitätskennzeichen versehen, oder die Ware wird direkt eingelagert, und die Prüfung erfolgt am Lagerplatz. Neben der räumlichen Zuordnung der durchzuführenden Aufgaben ist die zeitliche Dimension von Interesse. Hier ist zu entscheiden, ob ein gefertigtes Material zunächst wegen der Prüfung für einen oder mehrere Tage blockiert ist oder ob der Materialfluß so gestaltet ist, daß außerhalb der normalen Produktionszeiten die Kontrollen durchgeführt werden und das Material am nächsten Tag zur Verfügung steht.

Die von der Produktion angelieferten Waren sind im Rahmen der Wareneingangserfassung auf jeden Fall einzubuchen und der Wareneingangsschein ist als Bestätigung für die angelieferte Ware gegenzuzeichnen. Die Prüfung der Ware erfolgt auf Basis des die Ware begleitenden Transportscheins und der darin angegebenen Daten, wie z. B. Materialbezeichnung und Materialnummer. Stimmt die angegebene Menge nicht mit der angelieferten Menge überein, so muß die Ware entweder bis zur Überprüfung im Wareneingangsbereich gesperrt werden oder mit der Einlagerung eine Fehlmeldung erfolgen. Bevor das Material eingelagert werden kann, ist ebenso zu prüfen, ob die angelieferte Ware eventuell schon für andere Verwendungszwecke reserviert ist. Ist dies z. B. für einen Kundenauftrag der Fall, so kann die benötigte Menge hier entnommen und auf den Kundenauftrag gebucht werden. Gleichzeitig wird der geplante Wareneingang und damit der Lagerbestand verringert, und die Anzahl der zur Verfügung zu stellenden Lagereinheiten (Lagerbereiche oder Lagerplätze) kann korrigiert werden. Anschließend ist die Ware physisch einzulagern oder – falls erforderlich – für den innerbetrieblichen Lagertransport ein Transportauftrag zu erzeugen (vgl. Hartmann 1993, S. 528-541; vgl. Pfohl 1996, S. 117-140).

8.38.2 SAP-spezifische Beschreibung

Der Fertigungsauftrag ist nicht nur der Beleg, mit dem ein Material gefertigt wird, sondern auch ein wichtiges Planungs- und Überwachungsinstrument für die Disposition und die Bestandsführung. Wird eine Ware aufgrund eines Auftrags geliefert, ist es für alle betroffenen Abteilungen wichtig, daß der Wareneingang sich auf diesen Auftrag bezieht, denn die Wareneingangsstelle kann überprüfen, ob tatsächlich geliefert wird, was geplant wurde. Das System kann beim Erfassen des Wareneingangs Daten aus dem Auftrag (z. B. gefertigtes Material, Menge) vorschlagen, was sowohl die Erfassung als auch die Kontrolle (Über- und Unterlieferungen) beim Wareneingang erleichtert. Die gelieferte Menge und das Lieferdatum werden im Auftrag fortgeschrieben. Ist das Material für das Lager bestimmt, kann im Auftrag ein Lagerort definiert werden. Der Lagerort wird bei der Wareneingangserfassung vom System vorgeschlagen und kann angenommen oder geändert werden. Wurde im Auftrag kein Lagerort eingegeben, muß beim Wareneingang einen Lagerort definiert werden. Der Wareneingang kann in drei Bestandsarten gebucht werden: in den frei verwendbaren Bestand, in den Qualitätsprüfbestand oder in den gesperrten Bestand. Im Auftrag kann vorgeplant werden, ob das Material in den Qualitätsprüfbestand zu buchen ist. Zuletzt wird aber beim Wareneingang entschieden, in welcher Bestandsart das Material gebucht wird (vgl. SAP - Materialwirtschaft 1996, S. 6.9).

8.38.3 Anwendung des Prozesses

Für das Material *DPC1101* existiert ein Fertigungsauftrag mit der Nummer *60001007.* Die Hauptplatinen der Modellfirma A sind gefertigt, davon sind 3 Stück unbrauchbar (vgl. Abbildung 8.38-1). Auf dem Einstiegsbild *Wareneingang zum Auftrag* erfassen Sie die Belegnummer des Fertigungsauftrags. Für dieses Beispiel wurde die Einlagerungsbelegart *101* (Zugang Lager) gewählt (vgl. Abbildung 8.38-2). Im nächsten Bearbeitungsschritt bekommen Sie ein Auswahlbild angezeigt mit den möglichen Positionen eines Fertigungsauftrags angezeigt, für die ein Wareneingang aus der Produktion stattfinden kann. Das Beispiel zeigt eine markierte Position mit 75 Stück, die übernommen und gebucht werden (Übernehmen-Taste im oberen Kopfbild). Der Materialbeleg ist erzeugt und die Warenbegleitscheine gedruckt.

8.38.4 Navigationsinformationen

- *Menüpfad*
  Logistik –> Materialwirtschaft –> Bestandsführung –> Warenbewegung –> Warenausgang –> Zum Auftrag
- *Transaktionscode*
  MB01, MB1C, MB31
- *Eingehende Prozeßverbindungen im R/3-Referenzmodell*
  Bewertungssteuerung bei Lagerzugang
  Prozeßmeldungsempfang und -versand
  Fertigungsauftragsdurchführung
- *Ausgehende Prozeßverbindungen im R/3-Referenzmodell*
  Fertigungsauftragsabrechnung
  Prüfloseröffnung zum Wareneingang aus Produktion
  Einlagerungsbearbeitung, Automatische TA-Erstellung zum Materialbeleg
  Prozeßauftragsabrechnung, Prozeßprotokollarchivierung

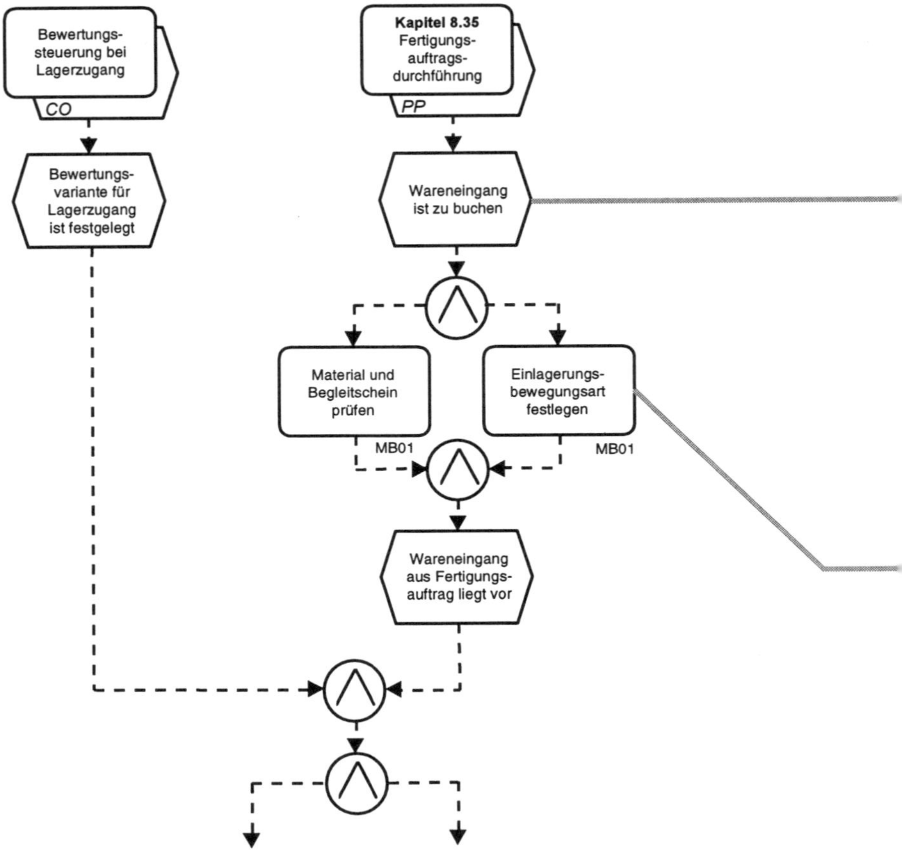

Warenbegleitschein

Wenn Sie den Wareneingang erfassen, können Sie gleichzeitig den Warenbegleitschein (Wareneingangsschein, Palettenschein) drucken. Die Druckausgabe eines Warenbegleitscheins ist in drei Versionen möglich. Wird die Version des *Einzelscheins* gewählt, so wird ein Warenbegleitschein pro Materialbelegposition gedruckt. Der *Einzelschein mit Qualitätsprüftext* erzeugt einen Einzelschein mit dem zusätzlichen Ausdruck eines Qualitätsprüftextes, falls dieser im Materialstammsatz vorhanden ist. Die dritte Version erzeugt einen *Sammelbegleitschein* für alle Positionen des Materialbelegs. Bei der Erfassung einer Warenbewegung können Sie die gewünschte Version markieren.

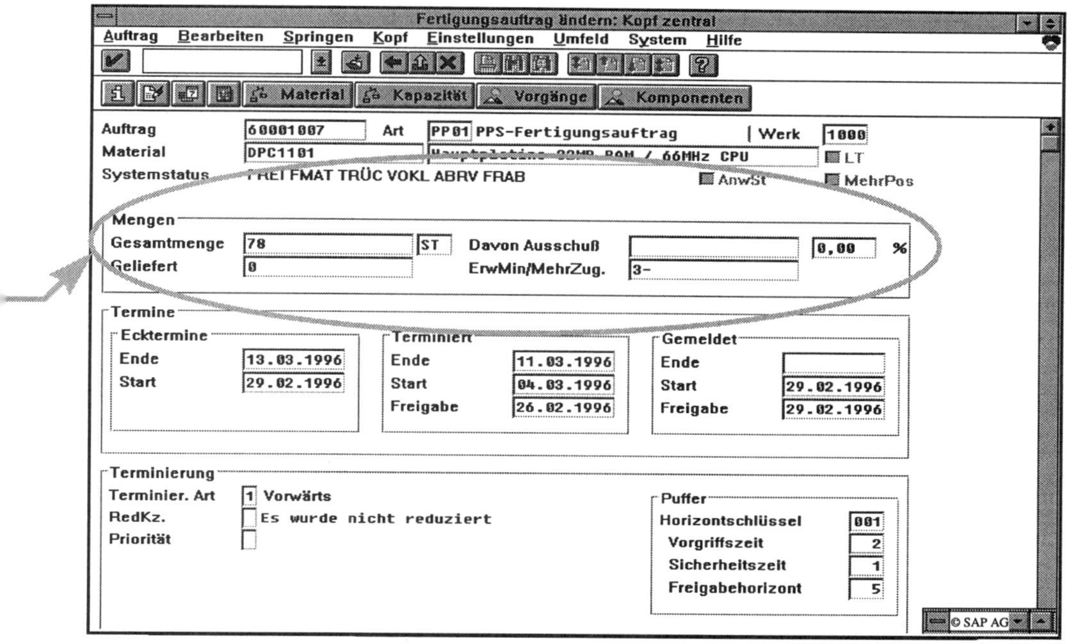

Abb. 8.38-1: Wareneingangsmenge aus Produktion liegt vor

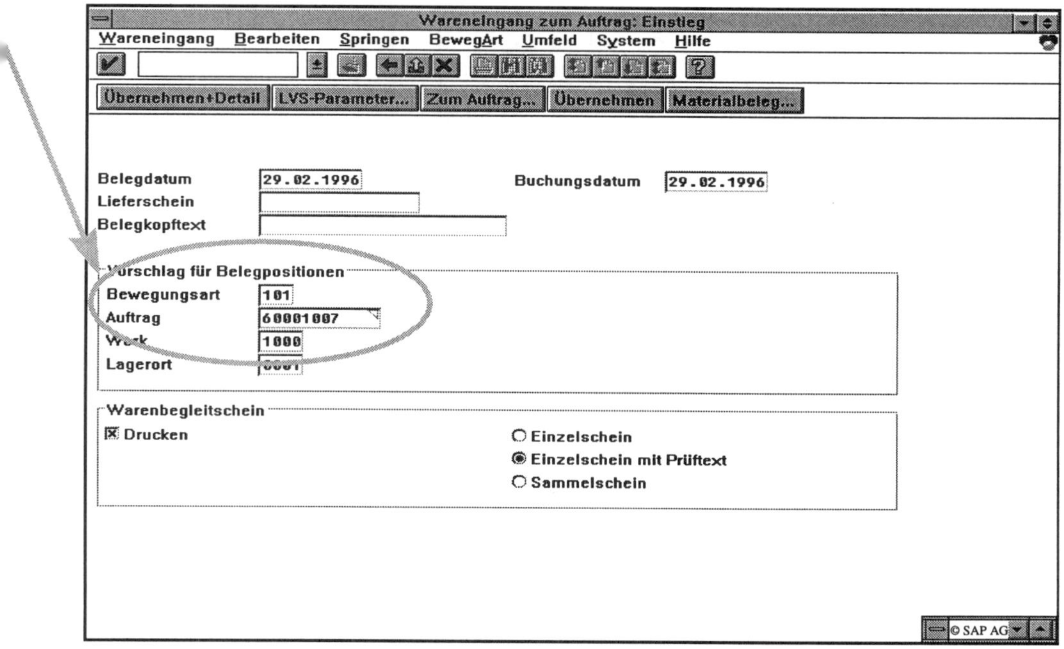

Abb. 8.38-2: Einstiegsbild zum WE aus Produktion

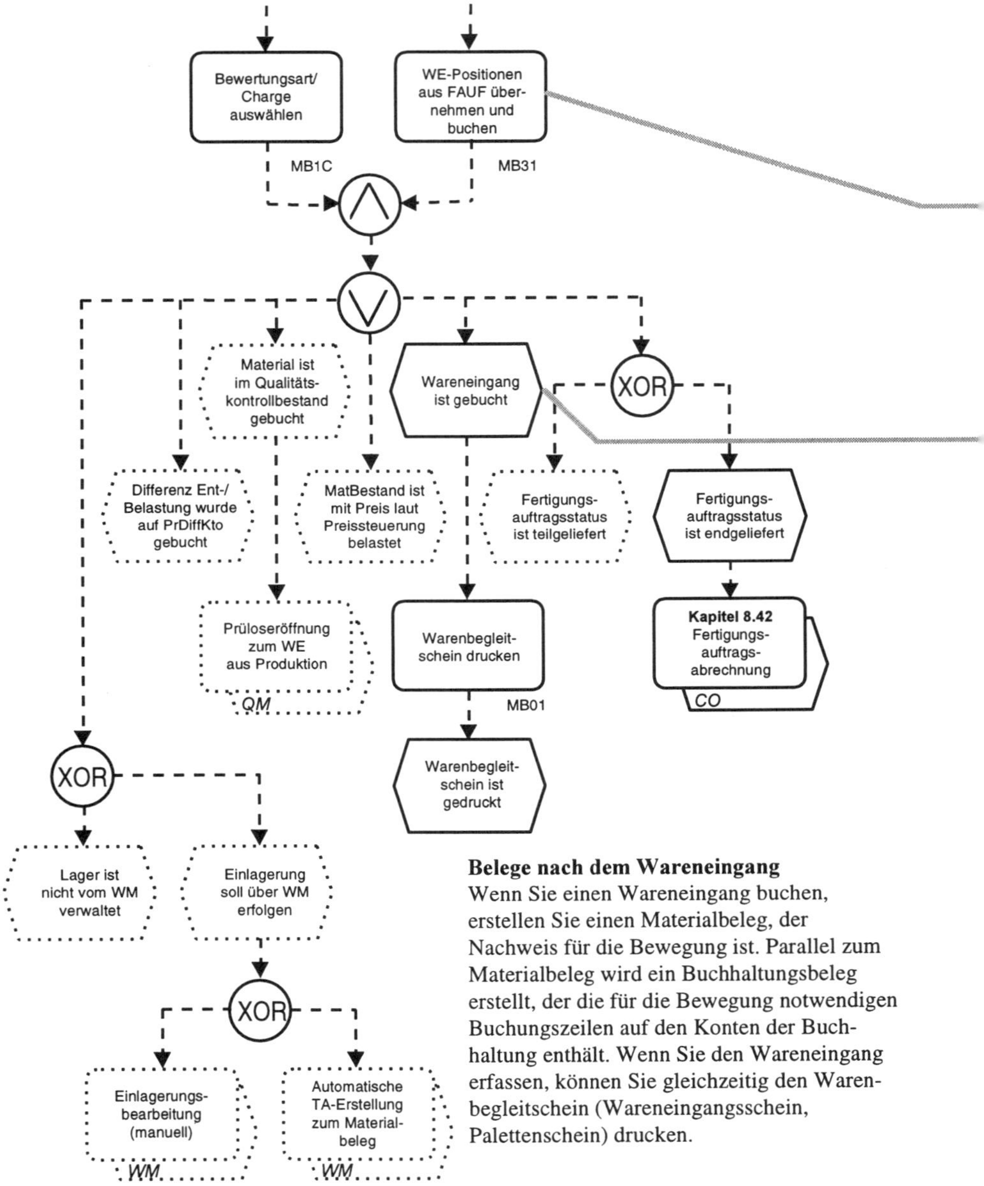

Belege nach dem Wareneingang
Wenn Sie einen Wareneingang buchen, erstellen Sie einen Materialbeleg, der Nachweis für die Bewegung ist. Parallel zum Materialbeleg wird ein Buchhaltungsbeleg erstellt, der die für die Bewegung notwendigen Buchungszeilen auf den Konten der Buchhaltung enthält. Wenn Sie den Wareneingang erfassen, können Sie gleichzeitig den Warenbegleitschein (Wareneingangsschein, Palettenschein) drucken.

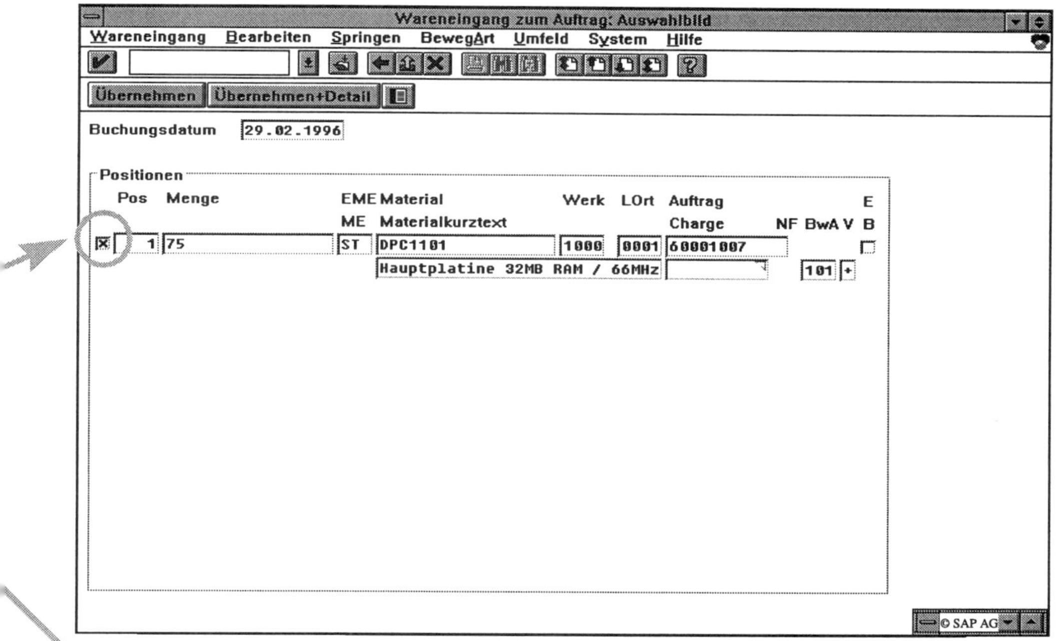

Abb. 8.38-3: Übernahme der WE-Position aus Fertigungsauftrag

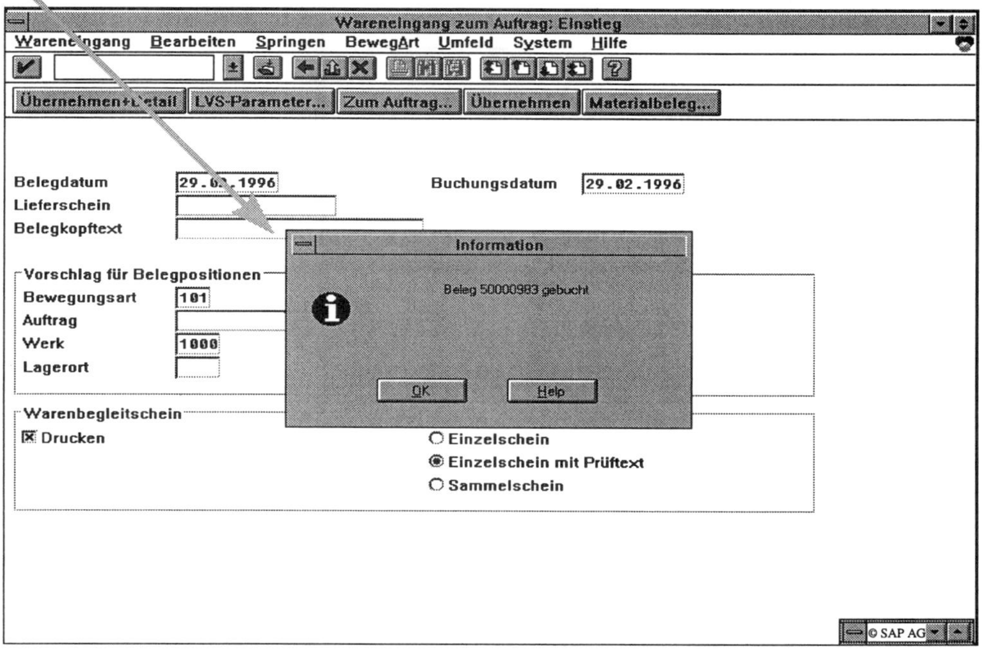

Abb. 8.38-4: Wareneingang aus Produktion ist abgeschlossen

8.39 Prozeß: Gemeinkostenzuschlagsrechnung

8.39.1 Betriebswirtschaftliche Beschreibung

Die Zuschlagskalkulation definiert eine Trennung der Kosten in Einzel- und Gemeinkosten. Gemeinkosten sind Kosten, wie zum Beispiel Stromkosten oder allgemeine Lagerkosten, die dem Produkt nur indirekt zugerechnet werden können. Direkt werden die Einzelkosten den Leistungen verursachungsgemäß zugerechnet, während die Gemeinkosten mit Hilfe von Kalkulationssätzen zugerechnet werden. In Unternehmen, die in mehrstufigen Produktionsabläufen bei heterogener Kostenverursachung und laufender Veränderung der Fabrikate ihre Leistung erstellen, bietet sich eine Anwendung der Zuschlagskalkulation an. Meistens sind dies Serien- und Einzelfertiger, da die Serie oder der Auftrag den Ausgangspunkt darstellt. Man unterscheidet zwei verschiedene Formen der Zuschlagskalkulation (vgl. Haberstock 1985, S. 177-1??):

- *Summarische Zuschlagskalkulation*
  Die gesamten Gemeinkosten eines Betriebs werden als ein, summarischer Zuschlag berechnet. Als Bezugsgröße verwendet man entweder die Materialeinzelkosten oder die Fertigungseinzelkosten (Lohneinzelkosten). Wichtig dabei ist die Verrechnung der Fertigungsgemeinkosten *ohne* Kostenstellunterteilung. Sie werden als *ein* Gesamtzuschlag den Lohneinzelkosten hinzugerechnet (vgl. Abbildung 8.39-1).

Materialeinzelkosten	
+ Materialgemeinkosten	= Materialkosten
+ gesamte Lohneinzelkosten	
+ gesamte Fertigungsgemeinkosten	
+ Sondereinzelkosten der Fertigung	+ Fertigungskosten
	= Herstellkosten
+ administrative Gemeinkosten	
+ Vertriebsgemeinkosten	
+ Sondereinzelkosten des Vertriebs	+ Admin.-/ u. Vertriebskosten
	= Selbstkosten

Abb. 8.39-1: Kalkulationsschema für die summarische Zuschlagskalkulation

- *Differenzierende Zuschlagskalkulation*
  Bei diesem Verfahren versucht man eine Differenzierung der Gemeinkosten nach den Kostenstellen zu erreichen. Es liegen unterschiedliche Bezugsgrößen vor, um diese Gemeinkostenzuschläge zu berücksichtigen. Man versucht jene Bezugsgrößen auszuwählen, die in einer verursachnungsgerechten Beziehung zu den Gemeinkosten stehen.

Entsprechend dem Kalkulationsschema versucht man die Fertigungsgemeinkosten nach den Kostenstellen zu differenzieren und auf die dazugehörigen Fertigungseinzellöhne zu verrechnen. Die differenzierende Zuschlagskalkulation wird deshalb auch als selektive Lohnzuschlagskalkulation bezeichnet.

8.39.2 SAP-spezifische Beschreibung

Zur Durchführung einer Zuschlagsberechnung müssen Steuerungsdaten im SAP R/3-System definiert und mit einem *Kalkulationsschema* verbunden werden. Ein Kalkulationsschema verbindet alle Teile der Zuschlagskalkulation. Das Kalkulationsschema wird im Customizing des Produktkosten-Controllings definiert und hat folgende Zeilen im Aufbau (vgl. Abbildung 8.39-2):

- *Basiszeilen*
  Diese Zeilen sind einer Berechnungsbasis zugeordnet. Eine Berechnungsbasis bezeichnet eine Gruppe von Kostenarten, die nach denselben Bedingungen bezuschlagt werden sollen. Den Berechnungsbasen werden pro Kostenrechnungskreis einzelne Kostenarten oder Kostenartenintervalle zugeordnet (vgl. Abbildung 8.39-3). Alle Materialkosten oder alle Fertigungskosten werden beispielsweise gruppiert, indem die entsprechenden Kostenarten zwei Berechnungsbasen zugeordnet werden. Ab Release 3.0 ist es möglich, die gesamten fixen und variablen Kostenanteile der gleichen Basiskostenart unterschiedlich zu bezuschlagen. Die Höhe der Gemeinkostenzuschläge kann sowohl von den Einzelkosten (z. B. Kosten der eingesetzten Materialien, Kosten der erbrachten Leistungen) als auch vom Material selbst abhängen. Es ist möglich, materialbezogene Berechnungsbasen zu definieren, indem die Herkunftsgruppen in den Materialstammsätzen der eingesetzten Materialien eingetragen und diese Herkunftsgruppen in den Berechnungsbasen angegeben werden.

- *Zuschlag*
  Für einen Zuschlag legt man fest, unter welchen Bedingungen der Zuschlag berechnet werden soll, wie hoch der prozentuale Zuschlag ist, bzw. welcher Betrag pro Mengeneinheit erhoben wird, und für welchen Zeitraum der Zuschlag gelten soll. Im R/3-System unterscheidet man zwischen prozentualen und mengenbezogenen Zuschlägen. Definiert man einen prozentualen Zuschlag, so wird unter bestimmten Bedingungen ein *Prozentsatz* auf die entsprechenden Basiskosten erhoben. Auf diese Weise kann beispielsweise festgelegt werden, daß ein prozentualer Zuschlag von 10% auf alle Materialkosten erhoben wird. Wird hingegen ein *mengenbezogener* Zuschlag definiert, so wird unter bestimmten Bedingungen ein *fester Betrag* auf die entsprechenden Basiskosten erhoben. Auf diese Weise kann beispielsweise festgelegt werden, daß 10 DM pro Mengeneinheit eines Materials, das vom Lager entnommen ist, auf alle Materialkosten erhoben wird. Um mit einem mengenbezogenen Zuschlag rechnen zu können, muß das Kennzeichen *Herkunft Material* im Materialstammsatz des Einsatzmaterials gesetzt sein. Über dieses Kennzeichen wird festgelegt, daß die Materialkosten im Controlling mit Bezug auf die Materialnummer fortgeschrieben werden. Auf diese Weise wird sichergestellt, daß die Mengeneinheit des Materials dem System bekannt ist.

- *Summenzeilen*
  Diese Zeilen dienen als Zwischensummen. Sie können auch als Bezug für eine Zuschlagszeile verwendet werden. In diesem Fall enthält man einen Entlastungsschlüssel.

Gemeinkosten werden auf dem Produkt über Gemeinkostenzuschläge verrechnet. Es wird im R/3-System zwischen Gemeinkosten in der *Erzeugniskalkulation* und Gemeinkosten in der *Bauteilkalkulation* unterschieden.

Um Gemeinkostenzuschläge in der *Erzeugniskalkulation* (mit und ohne Mengengerüst) ermitteln zu können, muß im Customizing des Produktkosten-Controlling der Schlüssel des Kalkulationsschemas in der Bewertungsvariante eingetragen sein und im Einstiegsbild der Kalkulation eine Kalkulationsvariante eingeben werden, die diese Bewertungsvariante enthält. Bei einer Erzeugniskalkulation bzw. einem Kalkulationslauf werden Gemeinkostenzuschläge auf Basis des eingetragenen Kalkulationsschemas *automatisch* ermittelt. Die Gemeinkostenzuschläge werden auf Basis der Informationen im Einzelnachweis zum kalkulierten Material ermittelt. Weil das System einen Einzelnachweis für jede Elementesicht fortschreibt, können die Gemeinkostenzuschläge für eine bestimmte Elementesicht ermittelt werden. Dazu wird im Customizing des Produktkosten-Controlling in der Kalkulationsart eine Zuschlagsbasis angegeben, die die Elementesicht bestimmt, die als Basis für die Ermittlung von Gemeinkostenzuschlägen verwendet wird. Die höchste Detaillierung bei der Analyse von Gemeinkostenzuschlägen in einer Erzeugniskalkulation ohne Mengengerüst ist die Kostenart. Es ist nicht möglich, die Kosten auf Ebene der Herkunftsgruppe zu analysieren.

Um Gemeinkostenzuschläge in der *Bauteilkalkulation* ermitteln zu können, muß der Schlüssel des Kalkulationsschemas im Bauteilstammsatz eintragen sein. Um eigene Zuschlagsbedingungen für bestimmte Bauteile festzulegen, muß ein Kalkulationsschema ausgewählt werden, das diesen Zuschlagsschlüssel enthält. Gemeinkosten werden nur für die Kalkulationspositionen ermittelt, die einer Kostenart zugeordnet sind. Die höchste Detaillierung bei der Analyse von Gemeinkostenzuschlägen in einer Bauteilkalkulation ist ebenfalls die Kostenart.

Der *Zeitpunkt* der Zuschlagsrechnung orientiert sich am Mengengerüst. In der *Erzeugniskalkulation mit Mengengerüst* werden Zuschläge ermittelt, wenn die Kalkulation durchgeführt wird. In der *Erzeugniskalkulation ohne Mengengerüst* und in der *Bauteilkalkulation* werden Zuschläge ermittelt, wenn die Kalkulation gesichert wird und die Kalkulation eine Kalkulationsposition vom Positionstyp *G* besitzt. Die Gemeinkostenzuschläge werden unter den Kostenarten fortgeschrieben, die im Kalkulationsschema festgelegt wurden. Neben diesen beiden Anwendungsgebieten kann die Gemeinkostenzuschlagsrechnung auch mit Bezug zu jedem Kostenträger (Fertigungs-, Serien-, Prozeß,- Kundenauftrag, Projekt, etc.) durchgeführt werden.

8.39.3 Anwendung des Prozesses

Bevor die Gemeinkostenzuschlagsrechnung gestartet werden kann (vgl. Abbildung 8.39-6) müssen einige Parameter eingestellt werden. Das Kalkulationsschema (vgl. Abbildung 8.39-2) beinhaltet die Parameter, die sie frei wählen und somit flexibel aufbauen können. Dieses Schema besteht aus mehreren Zeilen, die bei der Zuschlagsberechnung von oben nach unten abgearbeitet werden. Zunächst aktualisieren Sie die Berechnungsbasen. In der Modellfirma A wurden die Basissätze von der Kostenart 400 000 bis 419 999 eingestellt (vgl. Abbildung 8.39-3). Die dazugehörigen Zuschlagsarten, z. B. C000 für Gemeinkosten-Material wurden im Schema angegeben. Zuschlagszeilen enthalten Zuschlagsprozentsätze. Diese werden in einer separaten Detailmaske eingetragen. Für die Modellfirma A wurden pro Kostenrechnungskreis 1000 und 2000 für den Zuschlag C000 ein Prozentsatz von 20% eingetragen (vgl. Abbildung 8.39-4). In den Zuschlagszeilen muß ein Entlastungsschlüssel eingetragen werden. Dieser enthält die Vorschriften für die Entlastung (Entlastungskostenart, Entlastungsobjekt *Kostenstelle* bzw. *Auftrag* und Gültigkeitszeitraum). Für die Modellfirma A wurde eine Entlastungskostenart 655 110 mit der betroffenen Kostenstelle 4130 angegeben. Bevor Sie die Zuschlagsrechnung endgültig ausführen, können Sie zunächst einen Testlauf veranlassen (vgl. Abbildung 8.39-6).

8.39.4 Navigationsinformationen

- *Menüpfad*
  1) Controlling -> Produktkosten -> Controlling -> Produktkalkulation -> Grundeinstellungen
  2) Rechnungswesen -> Controlling -> Werkstattfertigung -> Periodenabschluß -> Zuschläge

- *Transaktionscode*
  KZS2, KZE2, KGP2, KGI2

- *Eingehende Prozeßverbindungen im R/3-Referenzmodell*
  Primärkostenübernahme
  Mitlaufende Kostenträgerkalkulation
  IM Auftragsfreigabe (Investition), Projektfreigabe (Investition)
  Auftragsplanung bei Kostenumlageverfahren GK Zuschlagsrechnung/bei starrer Plan-KoRe/Grenzplankostenrechnung
  Fertigungsauftragsabrechnung
  Projektkosten- und -erlösplanung

- *Ausgehende Prozeßverbindungen im R/3-Referenzmodell*
  Auftragsbudgetierung
  Projektkosten- und -erlösplanung, Projektergebnisermittlung
  Innenauftragsabrechnung, Fertigungsauftragsabrechnung, Periodische Abrechnung
  Kostenträgerabrechnung, Periodische Abrechnung
  WIP-Ermittlung, Mitlaufende Kalkulation
  Kundenauftragsergebnisermittlung

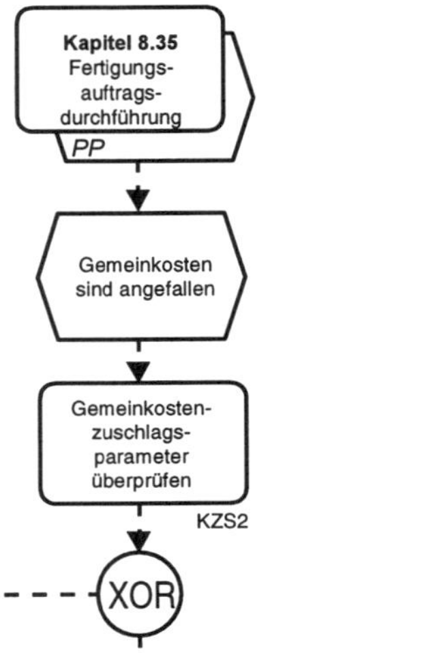

Zuschlagskalkulation
Die Zuschlagskalkulation dient dazu, die Gemeinkosten durch Gemeinkostenzuschläge zu verrechnen. Die Grundlage für die Verrechnung sind diejenigen Einzelkostenarten, von denen die Gemeinkosten hauptsächlich beeinflußt werden. In einem Industriebetrieb beispielsweise sind dies normalerweise die Lohn- und Materialeinzelkosten. Um eine Zuschlagsberechnung durchführen zu können, müssen folgende Steuerungsdaten definiert und in einem Kalkulationsschema verbunden werden: Berechnungsbasis, Zuschlag und Entlastung. Um auf einen Auftrag Zuschläge rechnen zu können, müssen Sie den Schlüssel des Kalkulationsschemas, das Sie für Ihre Gemeinkostenzuschläge verwenden wollen, in Ihrem Objekt (Auftrag, Projekt, Bezugsobjekt der Kalkulation usw.) eintragen.

Kalkulationsschema
Ein Kalkulationsschema verbindet alle Teile der Zuschlagskalkulation (Basis, Zuschlag und Entlastung). Basiszeilen sind definiert durch die Zuordnung einer Berechnungsbasis und beinhalten daher bei der Zuschlagsberechnung die zu bezuschlagenden Einzelkosten. Eine Zuschlagszeile bezieht sich auf eine Basis- oder eine Summenzeile. Summenzeilen sind keine Berechnungsbasen oder Zuschläge zugeordnet. Sie dienen zur Bildung von Zwischensummen.

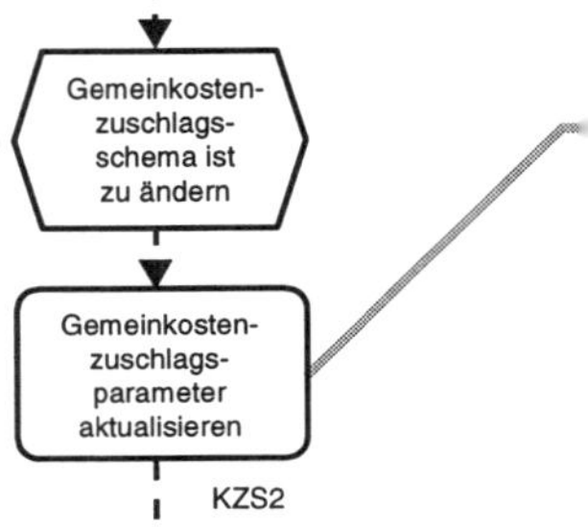

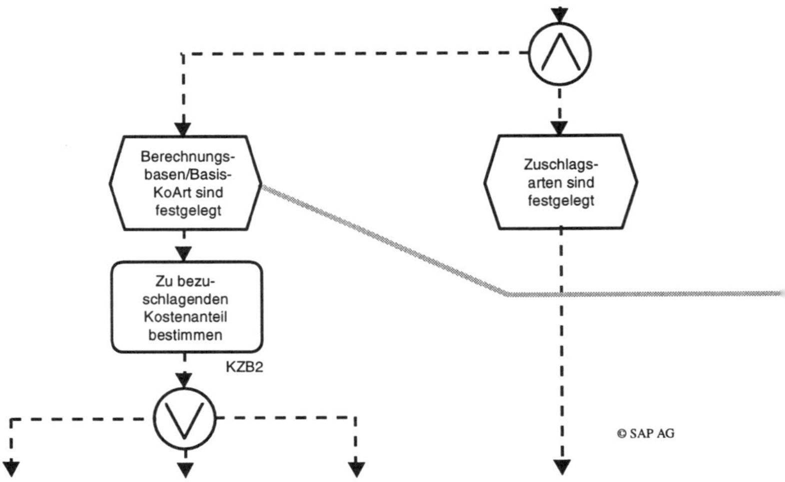

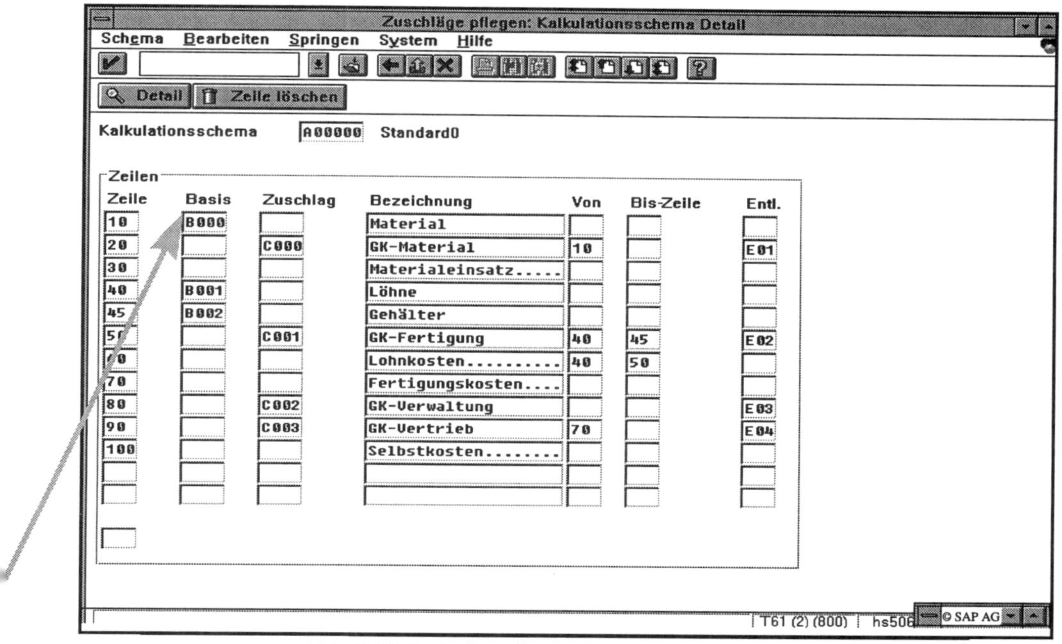

Abb. 8.39-2: Aufbau des Kalkulationsschemas

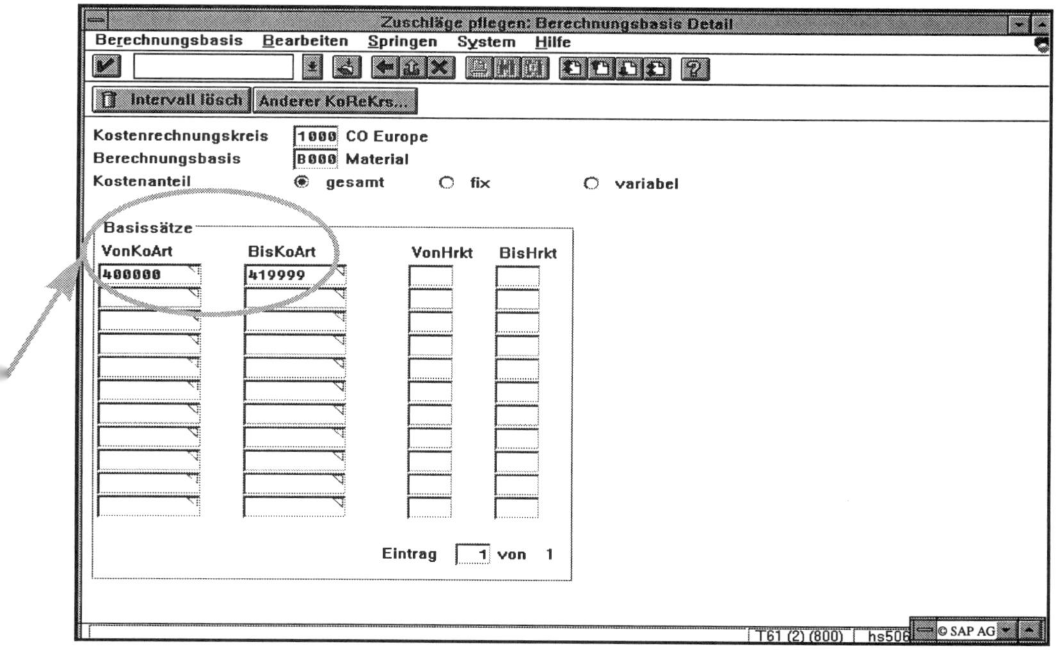

Abb. 8.39-3: Basissätze

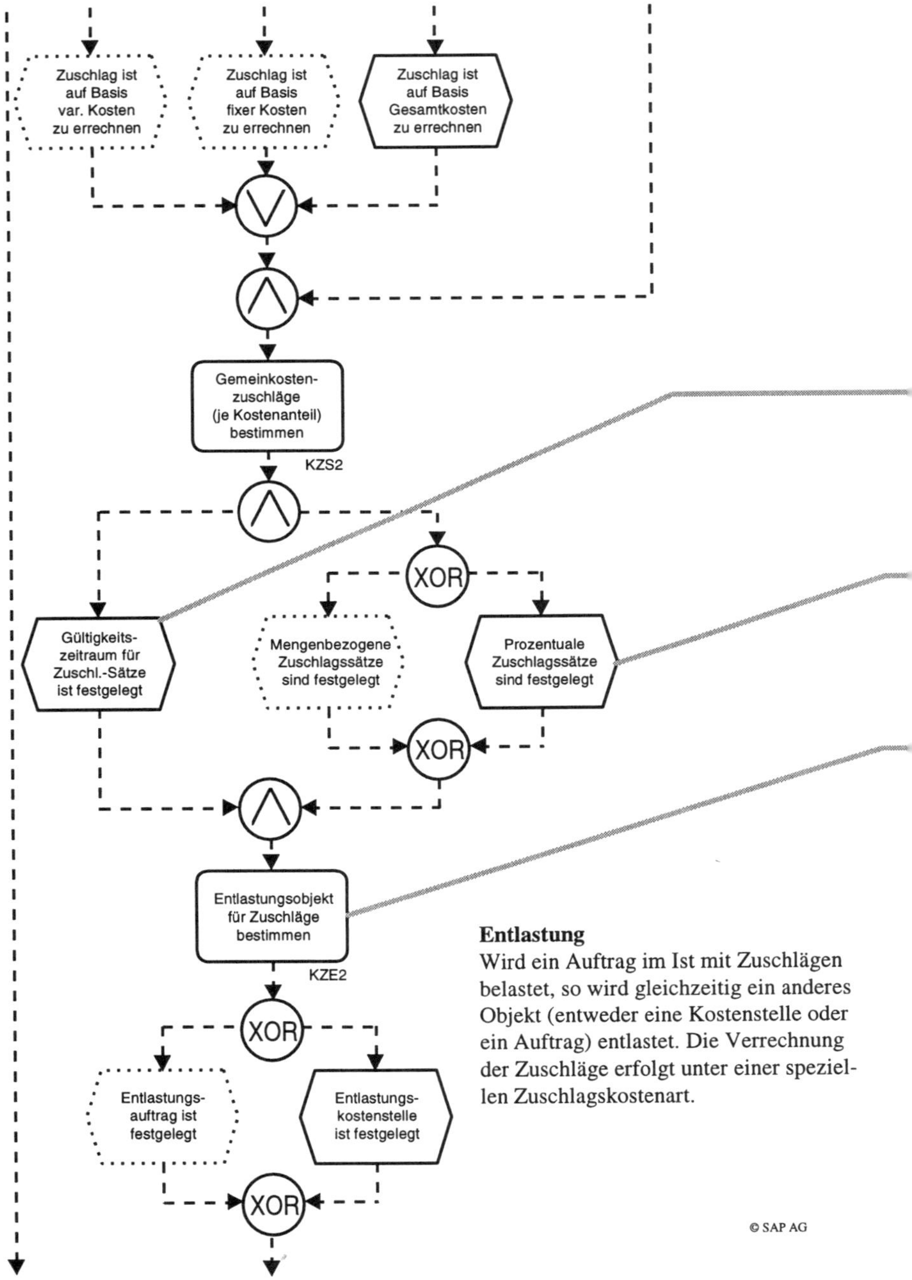

Entlastung
Wird ein Auftrag im Ist mit Zuschlägen belastet, so wird gleichzeitig ein anderes Objekt (entweder eine Kostenstelle oder ein Auftrag) entlastet. Die Verrechnung der Zuschläge erfolgt unter einer speziellen Zuschlagskostenart.

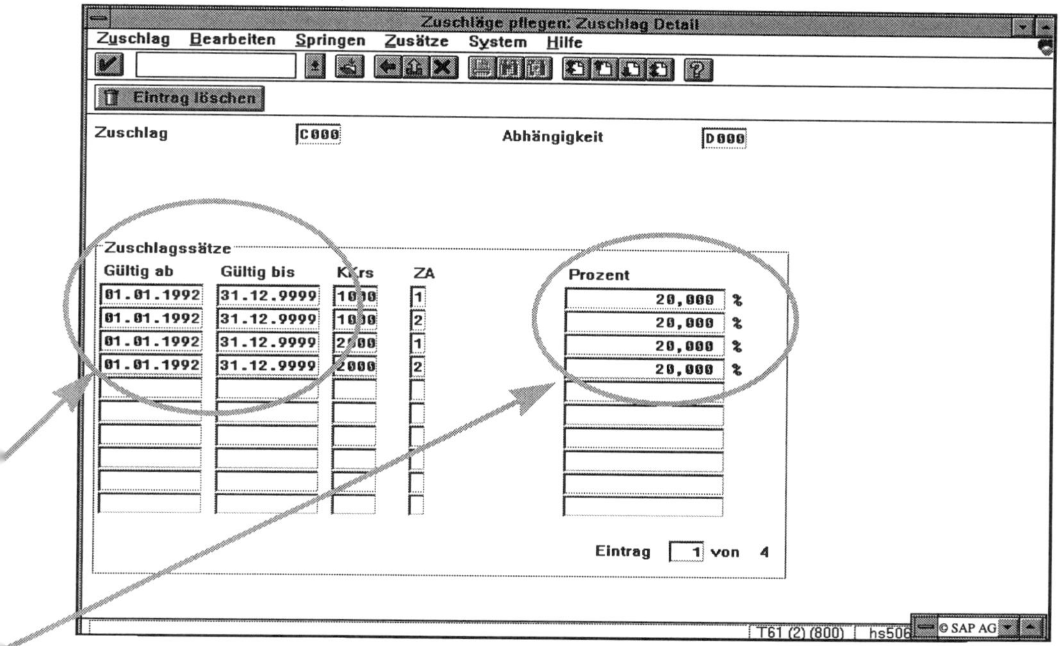

Abb. 8.39-4: Gültigkeitszeitraum für Zuschlagssätze

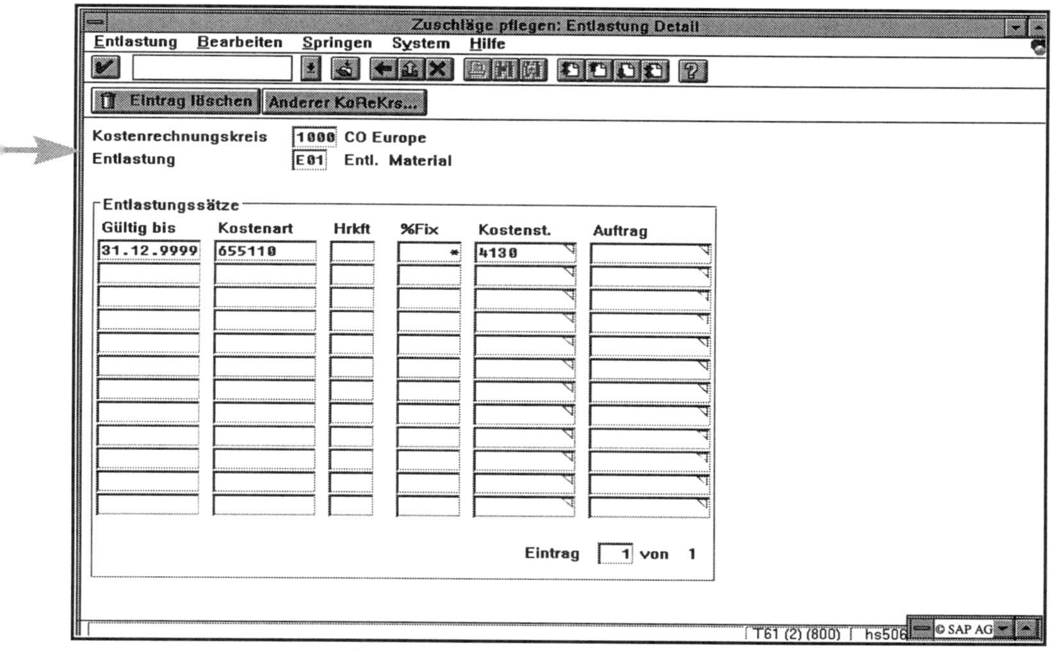

Abb. 8.39-5: Entlastungsobjekt

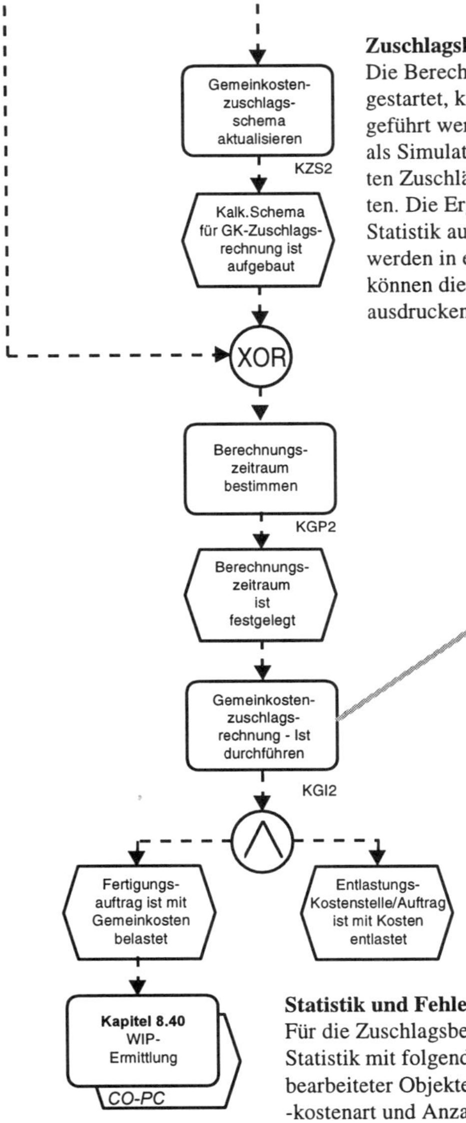

Zuschlagskalkulation ausführen

Die Berechnung wird über eine eigene Transaktion gestartet, kann also nicht vorgangsbezogen durchgeführt werden. Sie können die Berechnung auch als Simulation, d. h. ohne Verbuchen der errechneten Zuschläge, zu Test- und Prognosezwecken starten. Die Ergebnisse der Berechnung werden in einer Statistik ausgewiesen. Eventuell aufgetretene Fehler werden in einem Fehlerprotokoll festgehalten. Sie können die Statistik und das Fehlerprotokoll ausdrucken.

Statistik und Fehlerprotokoll

Für die Zuschlagsberechnung und Simulation wird eine Statistik mit folgenden Informationen erstellt: Anzahl bearbeiteter Objekte, Betrag pro Entlastungskostenstelle/-kostenart und Anzahl Empfänger. Falls während der Verarbeitung Fehler auftreten, werden Sie auf ein Fehlerprotokoll verwiesen, das eine Liste der Fehler enthält.

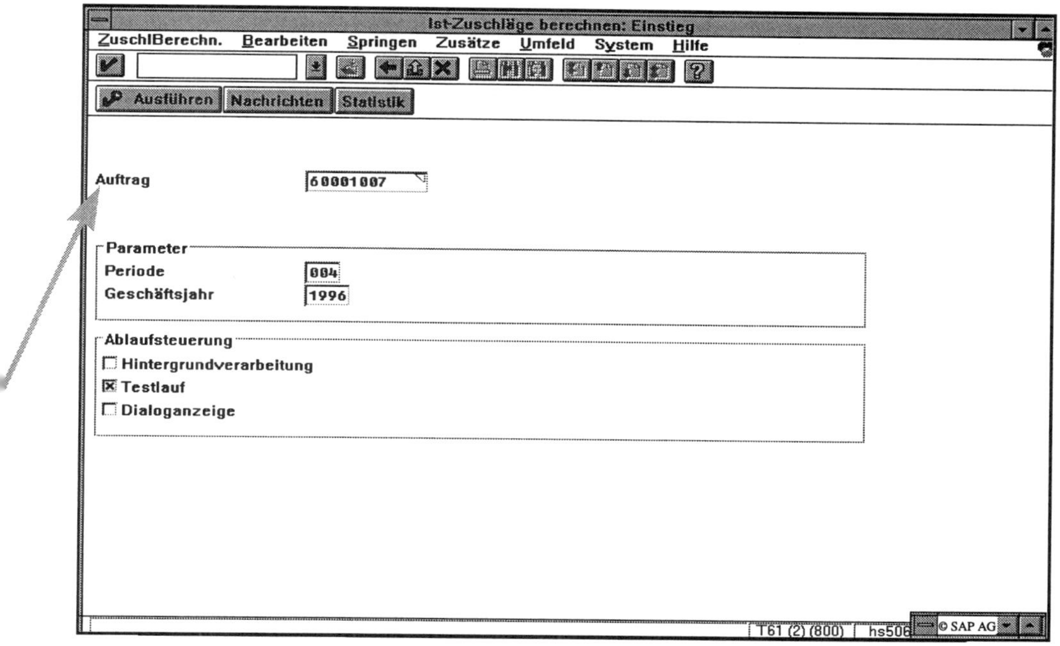

Abb. 8.39-6: Einstiegsbild für die Durchführung der Gemeinkostenzuschlagsrechnung IST

Hinweis

Sie können die Zuschlagsberechnung für jede Periode beliebig oft wiederholen. Falls sich die Werte im Auftrag oder in der Zuschlagsermittlung verändert haben, wird lediglich die Differenz fortgeschrieben. Dies kann ein positiver oder negativer Wert sein.

8.40 Prozeß: WIP-Ermittlung

8.40.1 Betriebswirtschaftliche Beschreibung

Über die Bestandskonten des Eingangsmaterials, der unfertigen Produkte und der Fertigprodukte wird die zunehmende Aggregation der zu veräußernden Produkte buchhalterisch festgehalten. Auf dem Bestandskonto Eingangsmaterialien werden alle extern beschafften Umlaufgüter erfaßt, die Eingang in die Fertigung finden. Auf dem Konto *unfertige Produkte* wird der Bestand an unfertigen Produkten festgehalten, die sich zum Bilanzstichtag in der Fertigung befinden (Ware in Arbeit). Im Bestandskonto Fertigprodukte werden alle verkaufsbereiten Güter erfaßt.

8.40.2 SAP-spezifische Beschreibung

Im System R/3 wird der Wert aller im Fertigungsprozeß befindlichen Halb- und Fertigfabrikate als Ware in Arbeit oder *Work in Process (WIP)* bezeichnet, was in der allgemeinen Betriebswirtschaftslehre als *Bestand an unfertigen Erzeugnissen* bekannt ist. Im System wird die Ware in Arbeit ermittelt, um festzustellen, welche *Kosten* für noch nicht endgelieferte Fertigungsaufträge angefallen sind. Folgende Varianten sind möglich:

- *die Ware in Arbeit pro Auftrag zu ermitteln*
  Diese Funktion wird im Rahmen des Periodenabschlusses für die Kostenträgerrechnung bei Werkstattfertigung unterstützt.

- *die Ware in Arbeit für alle Fertigungsaufträge zu ermitteln*
  Diese Funktion wird über den Abstimm-Ledger für alle Aufträge der Objektklasse *Produktion* durchgeführt.

Die ermittelte *Ware in Arbeit* wird periodisch an die Finanzbuchhaltung weitergeleitet. Im Customizing des Produktkosten-Controllings definieren Sie eine Buchungsregel, die die aktivierungspflichtige Ware in Arbeit mit zwei Sachkonten, z. B. *Bestand an unfertigen Erzeugnissen* (Bilanz) und *Bestandsveränderungen (GuV),* verknüpft.

Zusätzlich wird im Customizing des Produktkosten-Controlling einen Abgrenzungsschlüssel definiert (vgl. Abbildung 8.40-1). Der Abgrenzungsschlüssel faßt Steuerungsparameter für die WIP-Ermittlung zusammen. Danach wird die Verbindung zwischen dem Abgrenzungsschlüssel und dem Systemstatus des Auftrags hergestellt (Arbeitsschritt *Bewertungsmethode*).

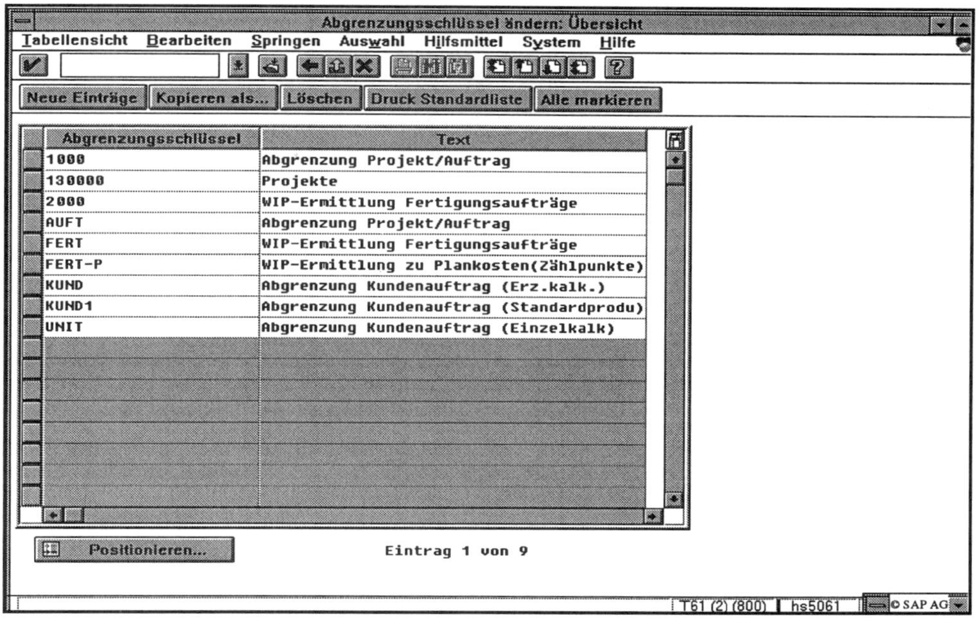

Abb. 8.40-1: Customizing des Abgrenzungsschlüssels

8.40.3 Anwendung des Prozesses

Um im System die Ermittlung der Ware in Arbeit zu starten, müssen zunächst ein Kostenrechnungskreis und ein Auftrag angegeben werden, für den die Berechnung durchgeführt werden soll. Des weiteren müssen die Periode und das Geschäftsjahr hinterlegt werden; d. h. bis zu welchem Monat die WIP-Ermittlung durchgeführt wird. Über die Auswahl der Abgrenzungsversion wird festgelegt, ob z. B. die ermittelten Daten in die Finanzbuchhaltung übernommen werden, ob eine buchungskreisübergreifende Bewertung durchgeführt werden kann, oder ob eine Bewertung simuliert werden kann.

8.40.4 Navigationsinformationen

- *Menüpfad*
  Rechnungswesen –> Controlling –> Produktkostenrechnung –> Werkstattfertigung –> Periodenabschluß –> Ware in Arbeit
- *Transaktionscode*
  KKAX
- *Eingehende Prozeßverbindungen im R/3-Referenzmodell*
  Gemeinkosten-Zuschlagsrechnung
- *Ausgehende Prozeßverbindungen im R/3-Referenzmodell*
  Abweichungsermittlung, Fertigungsauftragsrechnung, Produktkostenanalyse

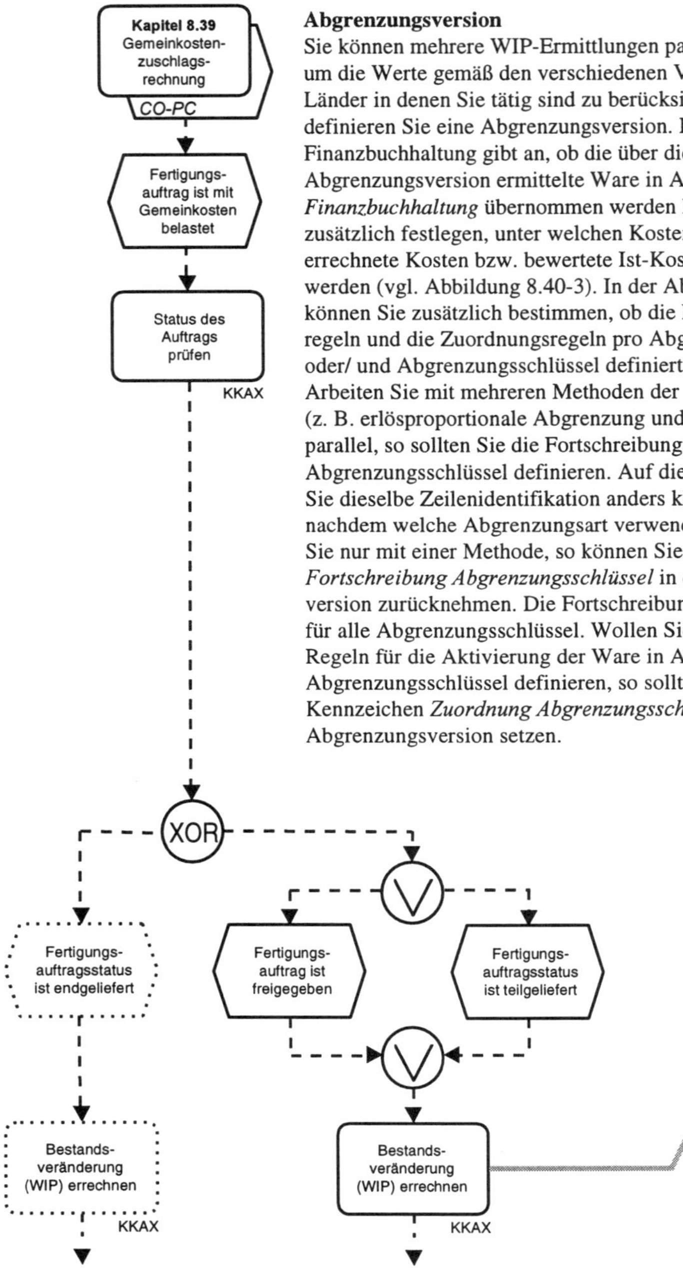

Abgrenzungsversion
Sie können mehrere WIP-Ermittlungen parallel durchführen, um die Werte gemäß den verschiedenen Vorschriften der Länder in denen Sie tätig sind zu berücksichtigen. Pro Land definieren Sie eine Abgrenzungsversion. Das Kennzeichen Finanzbuchhaltung gibt an, ob die über diese Abgrenzungsversion ermittelte Ware in Arbeit in die *Finanzbuchhaltung* übernommen werden kann. Sie müssen zusätzlich festlegen, unter welchen Kostenarten die Daten errechnete Kosten bzw. bewertete Ist-Kosten fortgeschrieben werden (vgl. Abbildung 8.40-3). In der Abgrenzungsversion können Sie zusätzlich bestimmen, ob die Fortschreibungs-regeln und die Zuordnungsregeln pro Abgrenzungsversion oder/ und Abgrenzungsschlüssel definiert werden sollen. Arbeiten Sie mit mehreren Methoden der Ergebnisermittlung (z. B. erlösproportionale Abgrenzung und WIP-Ermittlung) parallel, so sollten Sie die Fortschreibungsregeln pro Abgrenzungsschlüssel definieren. Auf diese Weise können Sie dieselbe Zeilenidentifikation anders klassifizieren, je nachdem welche Abgrenzungsart verwendet wird. Arbeiten Sie nur mit einer Methode, so können Sie das Kennzeichen *Fortschreibung Abgrenzungsschlüssel* in der Abgrenzungs-version zurücknehmen. Die Fortschreibungsregel gilt dann für alle Abgrenzungsschlüssel. Wollen Sie unterschiedliche Regeln für die Aktivierung der Ware in Arbeit für jeden Abgrenzungsschlüssel definieren, so sollten Sie das Kennzeichen *Zuordnung Abgrenzungsschlüssel* in der Abgrenzungsversion setzen.

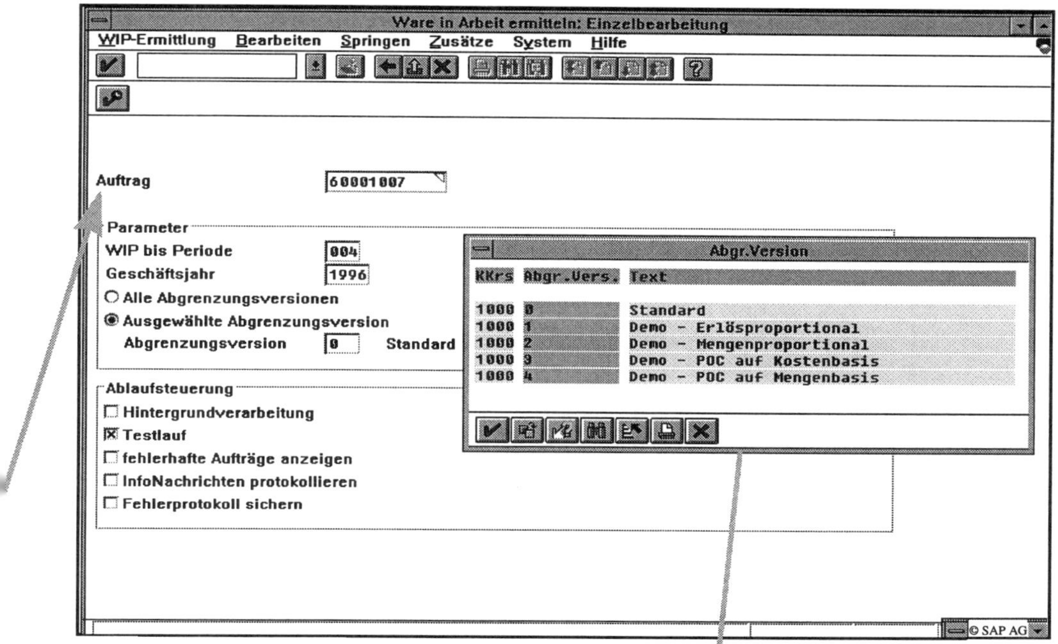

Abb. 8.40-2: WIP-Errechnung

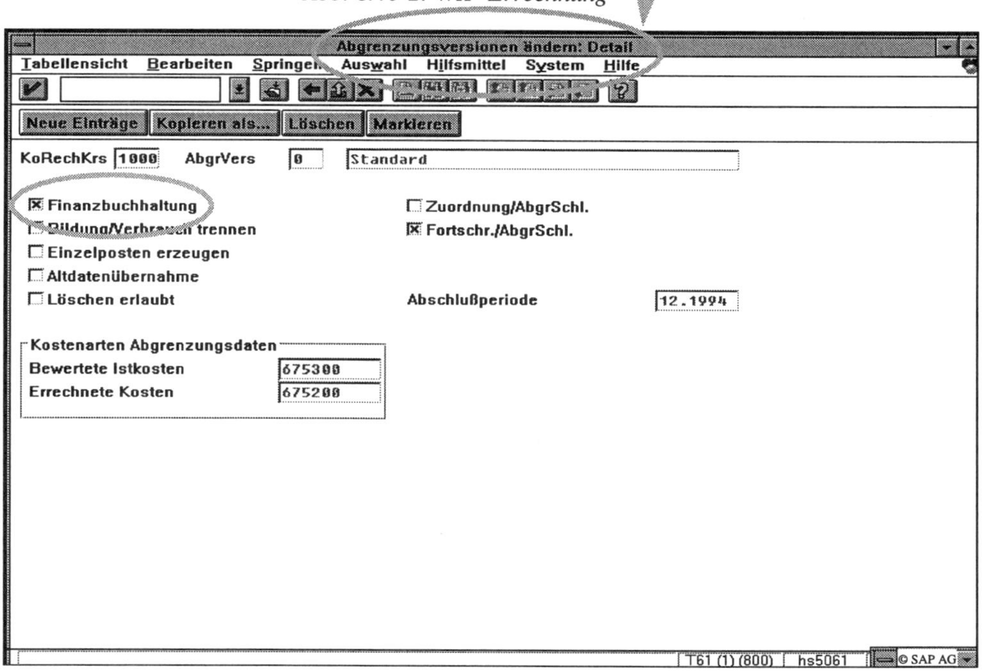

Abb. 8.40-3: Customizing der Abgrenzungsversionen

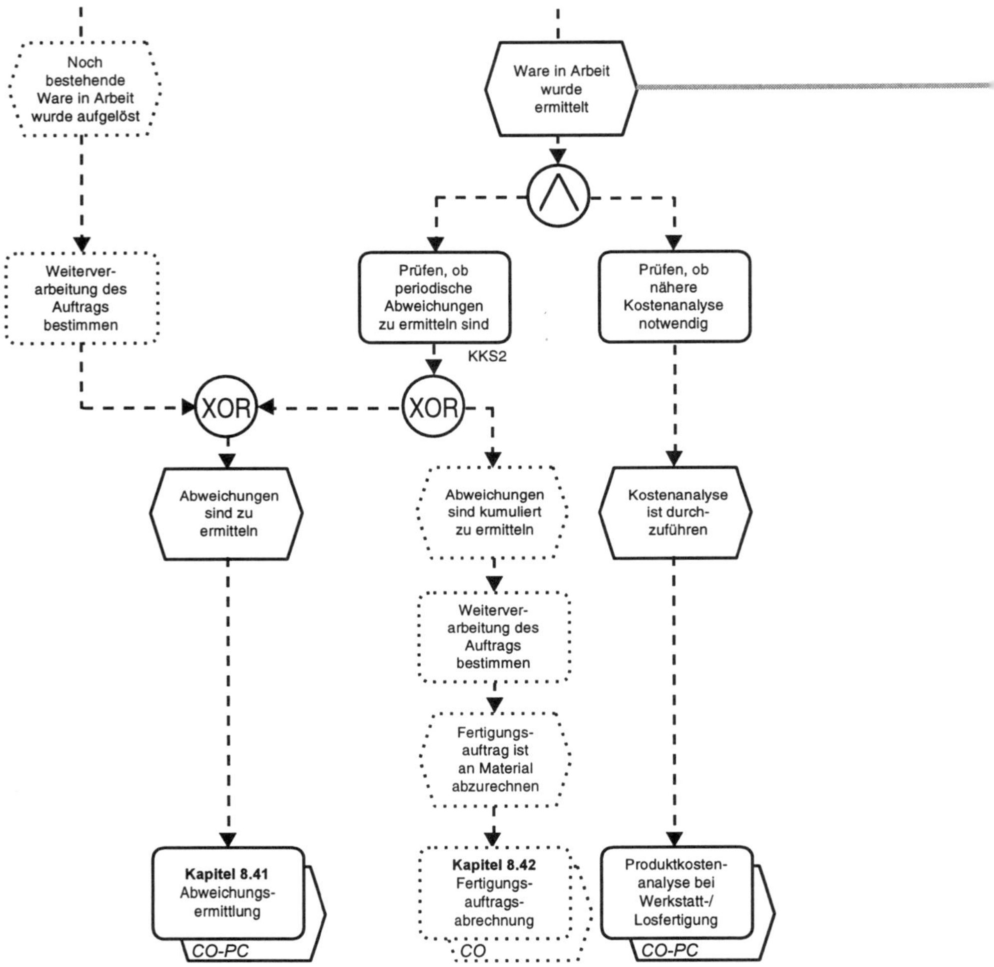
Noch bestehende Ware in Arbeit wurde aufgelöst
Ware in Arbeit wurde ermittelt
Weiterverarbeitung des Auftrags bestimmen
Prüfen, ob periodische Abweichungen zu ermitteln sind
Prüfen, ob nähere Kostenanalyse notwendig
KKS2
XOR
XOR
Abweichungen sind zu ermitteln
Abweichungen sind kumuliert zu ermitteln
Kostenanalyse ist durchzuführen
Weiterverarbeitung des Auftrags bestimmen
Fertigungsauftrag ist an Material abzurechnen
Kapitel 8.41 Abweichungsermittlung
CO-PC
Kapitel 8.42 Fertigungsauftragsabrechnung
CO
Produktkostenanalyse bei Werkstatt-/Losfertigung
CO-PC

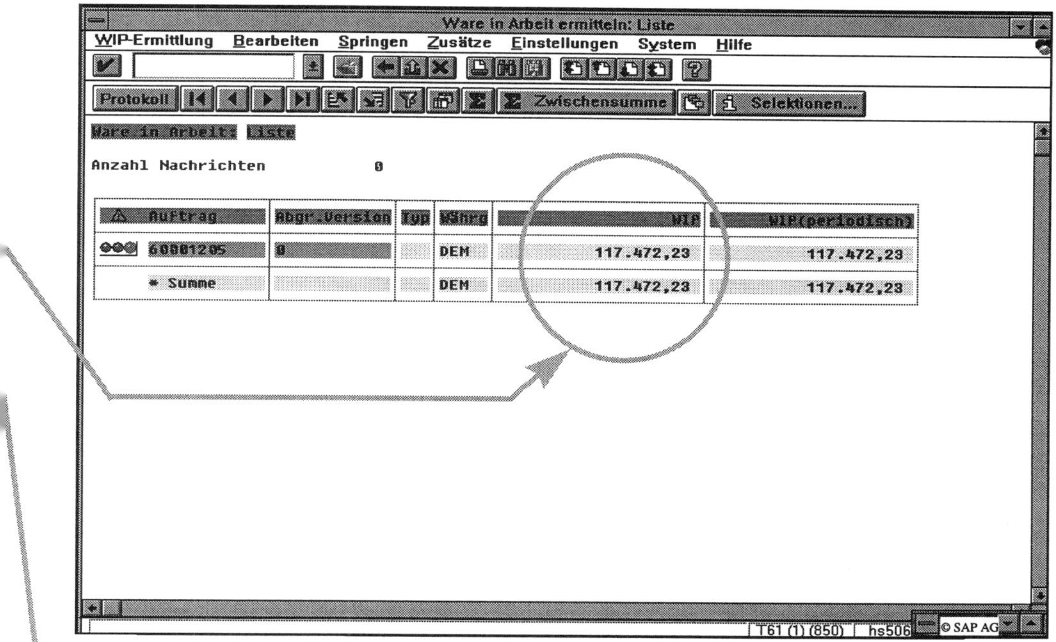

Abb. 8.40-4: Liste der Ware in Arbeit

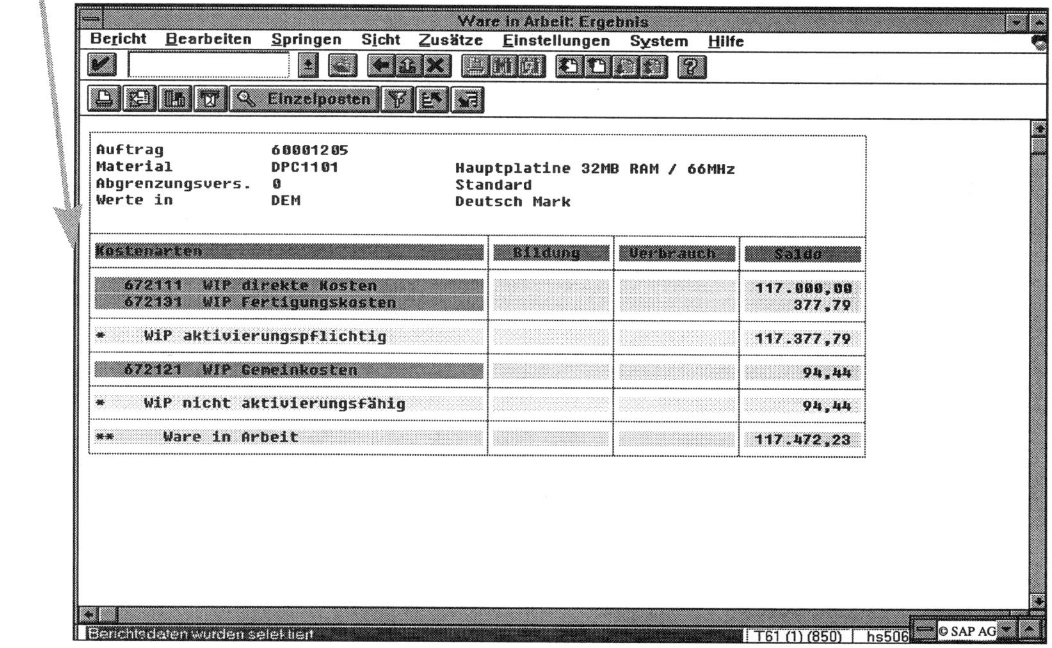

Abb. 8.40-5: Standardbericht aus dem Infosystem zu Kostenarten/Aufträge/WIP

8.41 Prozeß: Abweichungsermittlung

8.41.1 Betriebswirtschaftliche Beschreibung

Die *Abweichungsermittlung* zwischen den geplanten und tatsächlichen angefallenen Kosten dient zur Kontrolle der Kosten. Die positiven wie negativen Planabweichungen können verschiedene Ursachen haben. Zunächst ist es möglich, daß die Planung von zu optimistischen oder pessimistischen Informationen ausgegangen ist oder daß einfach unvorhersehbare Ereignisse die Planung umgeworfen haben. Eine weitere Ursache kann die Differenz zwischen den geplanten und den tatsächlich verbrauchten Mengen an Kostengütern sein, die als Verbrauchsabweichung bezeichnet wird. Durch den Vergleich der Soll-Kosten mit den verrechneten Plankosten ergeben sich die Beschäftigungsabweichungen, die durch eine Abweichung zwischen der geplanten und tatsächlichen Beschäftigung entstehen.

8.41.2 SAP-spezifische Beschreibung

Im System R/3 werden die Abweichungen *pro Kostenart* festgestellt und verschiedenen Abweichungskategorien zugeordnet. Die *Abweichungskategorien* geben die Ursache der Abweichung, wie Preisänderungen oder Losgrößenabweichung, an. Im System stehen zwei Methoden zur Abweichungsermittlung zur Verfügung:

- *Die kumulierte Abweichungsermittlung*
  Für Aufträge mit dem Status *geliefert* oder *technisch abgeschlossen* ermittelt das System, welche Abweichungen zwischen der Plankalkulation und den gesamten Ist-Kosten im Fertigungsauftrag aufgetreten sind. Weicht die Kalkulationslosgröße von der produzierten Menge ab, so werden die Werte in der Plankalkulation auf die produzierte Menge umgerechnet.

- *Die periodische Abweichungsermittlung*
  Für Aufträge, für die ein Wareneingang in der Periode gebucht wurde, ermittelt das System, welche Abweichungen zwischen der Plankalkulation und den in der Periode angefallenen Ist-Kosten für den Fertigungsauftrag aufgetreten sind. Weicht die Kalkulationslosgröße von der in der relevanten Periode produzierten Menge ab, so werden die Werte in der Plankalkulation auf die in der Periode produzierte Menge umgerechnet.

Wenn der endgelieferte Fertigungsauftrag abgerechnet wird, werden die folgenden Buchungen durchgeführt (vgl. Abbildung 8.41-1). Der *Auftragssaldo*, d. h. der Unterschied zwischen den Kosten laut Plankalkulation und den Kosten laut Fertigungsauftrag, wird gemäß der Steuerungsparameter im Abrechnungsschema abgerechnet. Das *Preisdifferenzkonto* wird bei einer Standardpreisvoraussetzung belastet. Bei einer Preissteuerung zu gleitenden Durchschnittspreis werden die Abweichungen dem *Materialbestand* belastet. Die einzelnen Abweichungskategorien werden gemäß der Steuerungsparameter im Ergebnisschema an das Ergebnisobjekt für das gefertigte Material abgerechnet. Das Ergebnisschema ordnet die einzelnen Abweichungskategorien den Wertfeldern eines Ergebnisbereichs zu.

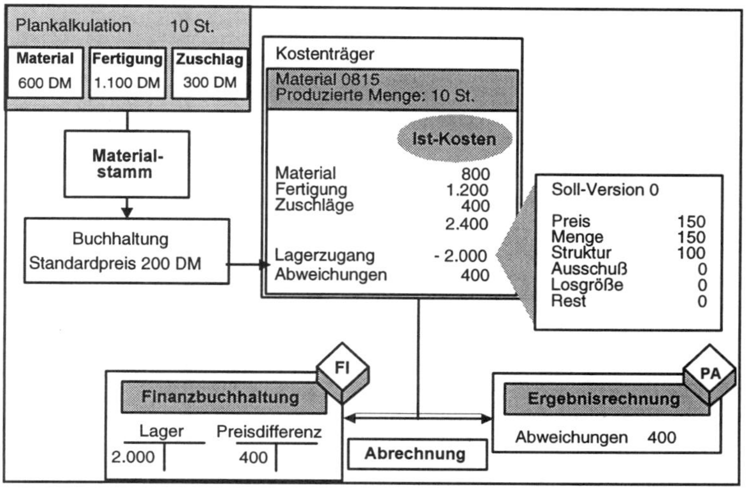

Abb. 8.41-1: Zusammenhänge zur Abweichungsermittlung (aus: SAP-Produktkosten-Controlling 1996, S.5-10)

8.41.3 Anwendung des Prozesses

Um die Abweichungsermittlung im System R/3 auszuführen, müssen ein Auftrag, eine Periode und ein Geschäftsjahr eingegeben werden, für die die Berechnung durchgeführt werden soll. Durch die Auswahl *Alle Soll-Versionen* wird festgelegt, daß die Abweichungen über alle Soll-Versionen im Kostenrechnungskreis ermittelt werden. Die Soll-Versionen legen fest, welche Werte zur Abweichungsermittlung miteinander verglichen werden, welche Abweichungskategorien ermittelt werden, und wie die Ist-Kosten innerhalb einer Kostenträgerhierarchie verteilt werden.

8.41.4 Navigationsinformationen

- *Menüpfad*
  Rechnungswesen –> Controlling –> Produktkostenrechnung –> Werkstattfertigung –> Periodenabschluß –> Abweichung –> Einzelbearbeitung
- *Transaktionscode*
  KKS2
- *Eingehende Prozeßverbindungen im R/3-Referenzmodell*
  WIP-Ermittlung bei Prozeßfertigung, Werkstattfertigung und Losfertigung
- *Ausgehende Prozeßverbindungen im R/3-Referenzmodell*
  Produktkostenanalyse, Prozeßauftragsabrechnung, Fertigungsauftragsabrechnung

Abweichungsermittlung
Während der Abweichungsermittlung führt das System einige Arbeitsschritte durch, die kurz erläutert werden. Es selektiert die zu bearbeitenden Objekte. Danach werden die Soll-Kosten pro Objekt ermittelt, damit die Ermittlung der Abweichungen zwischen den Ist-Kosten und den Plankosten der gleichen Bezugsbasis zugrundeliegt. Die Anpassung der Plankosten an die Ist-Kosten erfolgt über den Quotienten aus Ist-Menge und Planmenge. Der nächste Schritt ist die Ermittlung des Ausschusses pro Objekt. Die Kosten für den Ausschuß werden von den gesamten Ist-Kosten abgezogen. Auf diese Weise stellt das System sicher, daß nur die Ist-Kosten berücksichtigt werden, die sich auf die Gutmenge beziehen. Als nächstes ermittelt das System die zu kontrollierenden Kosten pro Objekt. Das System ermittelt die zu kontrollierenden Kosten, damit die Abweichungsermittlung nur echte Abweichungen ausweist und die angefallenen Kosten für Ware in Arbeit und Ausschuß ignoriert. Das System subtrahiert den Wert der Ware in Arbeit und des Ausschusses von den Ist-Kosten. Anschließend vergleicht es die Soll-Kosten pro Kostenart bzw. Kostenart und Herkunftsgruppe mit den zu kontrollierenden Kosten und ordnet die ermittelten Abweichungen Abweichungskategorien zu. Zuletzt schreibt das System einen Betrag für jede ermittelte Abweichungskategorie zu jeder Kostenart bzw. Kostenart und Herkunftsgruppe fort.

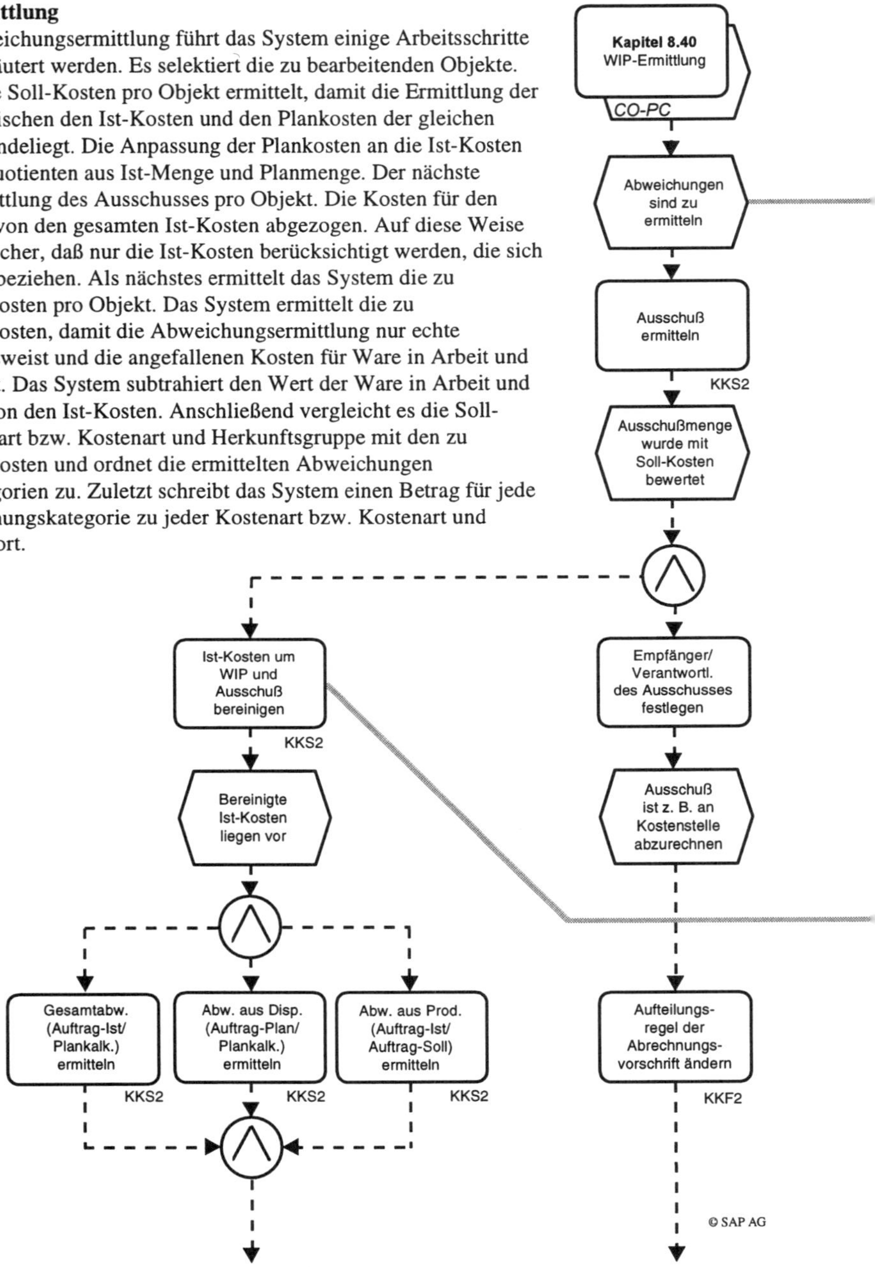

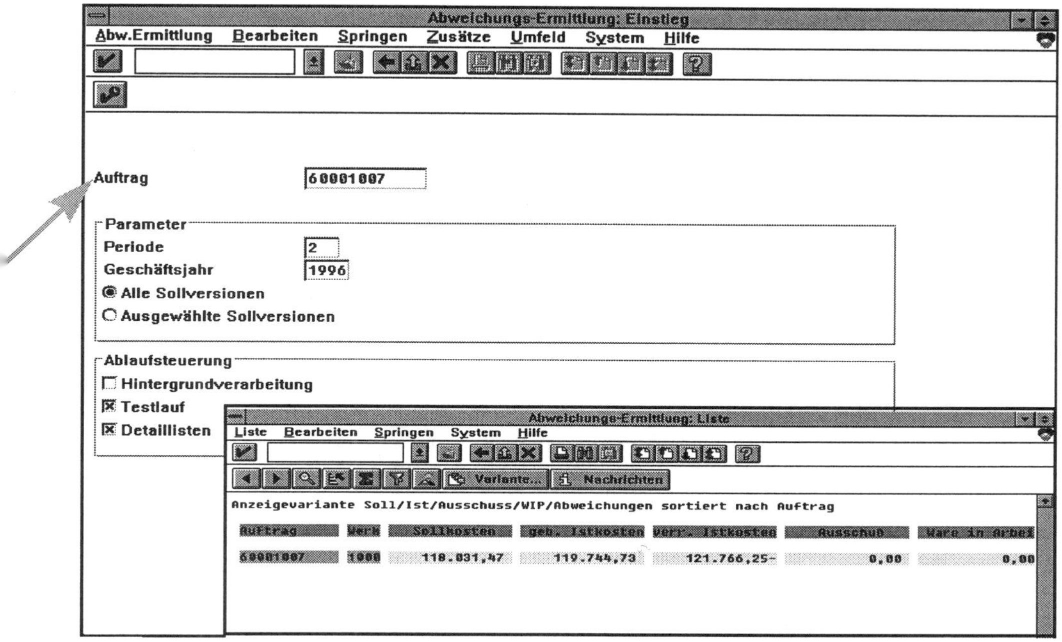

Abb. 8.41-2: Start der Abweichungsermittlung

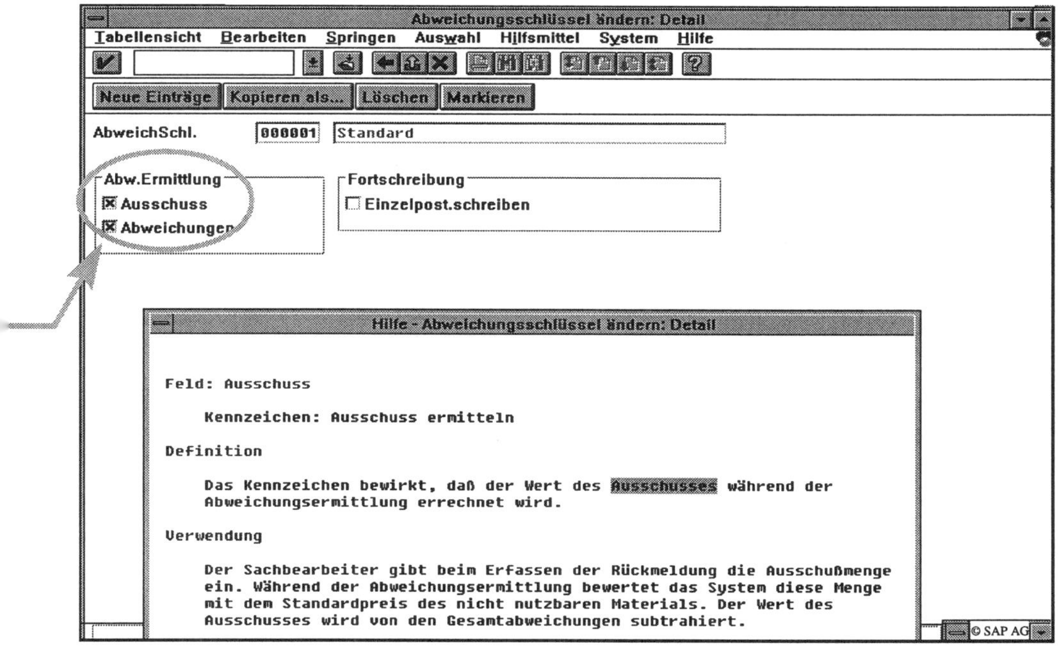

Abb. 8.41-3: Einstellungen zum Abweichungsschlüssel

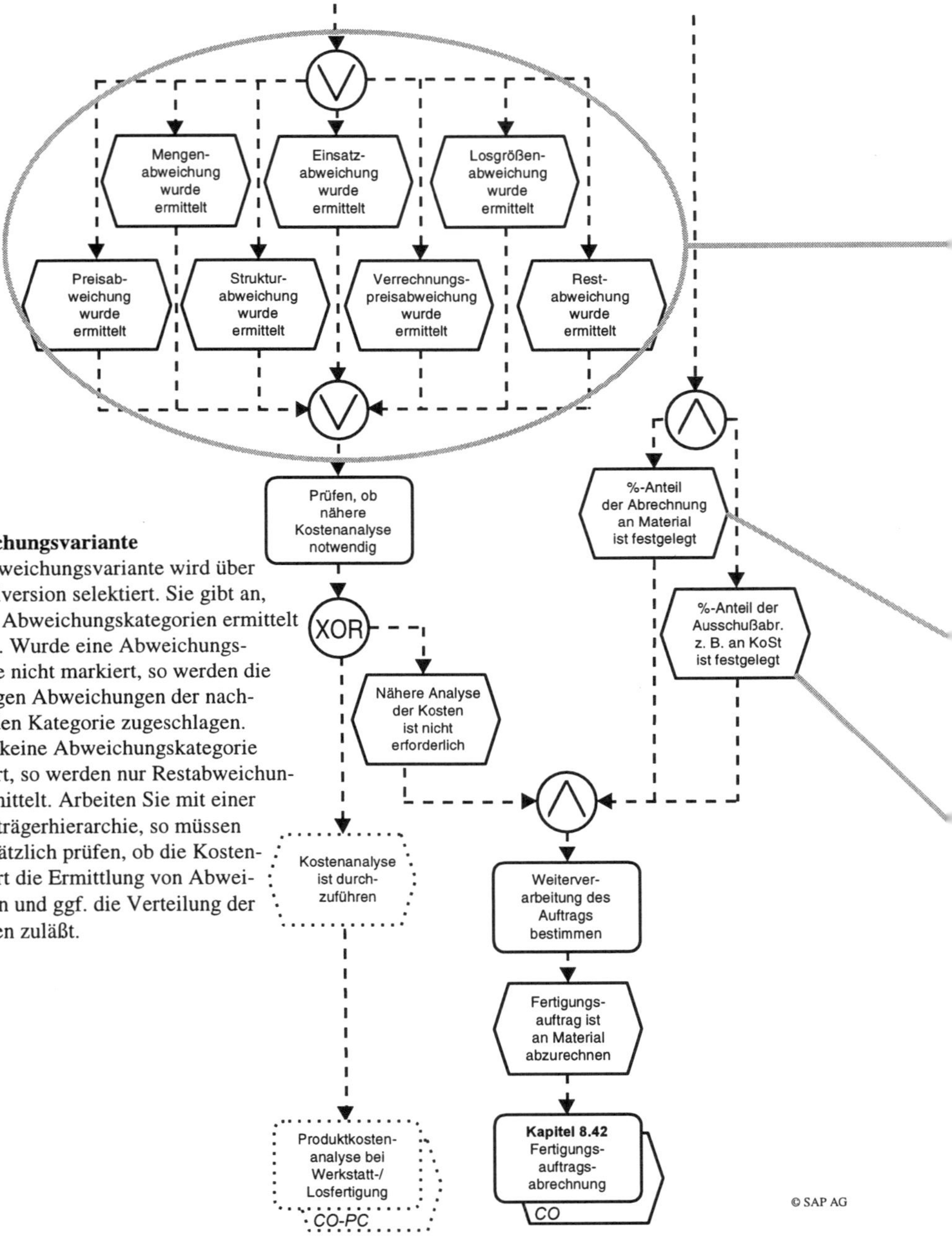

Abweichungsvariante

Die Abweichungsvariante wird über die Sollversion selektiert. Sie gibt an, welche Abweichungskategorien ermittelt werden. Wurde eine Abweichungsvariante nicht markiert, so werden die jeweiligen Abweichungen der nachfolgenden Kategorie zugeschlagen. Wurde keine Abweichungskategorie markiert, so werden nur Restabweichungen ermittelt. Arbeiten Sie mit einer Kostenträgerhierarchie, so müssen Sie zusätzlich prüfen, ob die Kostenträgerart die Ermittlung von Abweichungen und ggf. die Verteilung der Istkosten zuläßt.

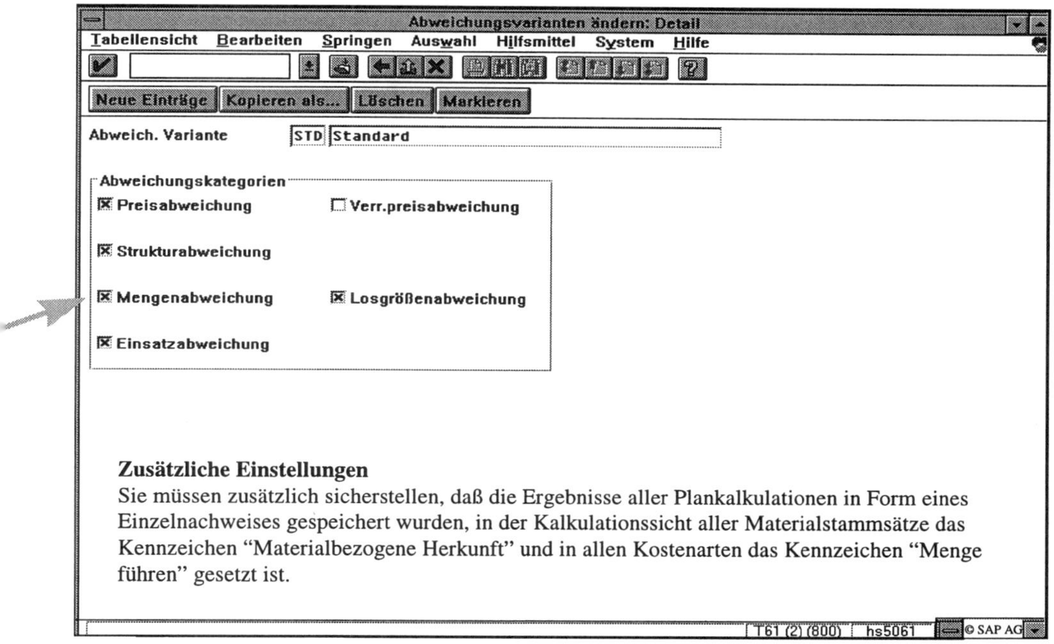

Abb. 8.41-4: Einstellungen der Abweichungsvariante

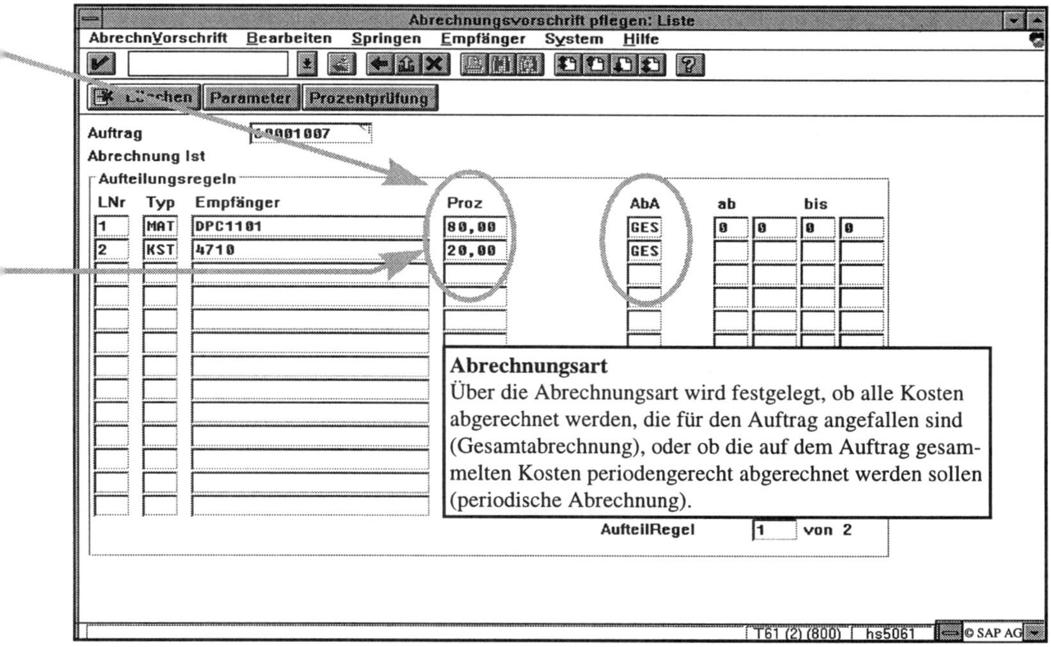

Abb. 8.41-5: Abrechnungsvorschrift

8.42 Prozeß: Fertigungsauftragsabrechnung

8.42.1 Betriebswirtschaftliche Beschreibung

Mit Abschluß der Produktionserstellung in der Fertigung und/oder Montage erfolgt die Abrechnung des kompletten Auftrags. Zum einen wird festgehalten, welche wertmäßigen Auftragsbelastungen, z. B. durch Entnahmen oder durch erbrachte Fremdleistungen, vorliegen, zum anderen werden die wertmäßigen Zugänge gebucht, die durch den Produktionseingang der fertiggestellten Ware z. B. in das Lager erfolgen. Entsprechend der Kontierung, z. B. Projekt, Kostenstelle oder Kundenauftrag wird dabei der Fertigungsauftrag be- oder entlastet (vgl. Nuppeney/Raps 1993, S. 110-120).

8.42.2 SAP-spezifische Beschreibung

Bei der Abrechnung werden die auf dem Fertigungsauftrag angefallenen *Istkosten* an ein oder mehrere Empfängerobjekte, z. B. an das zu fertigende Material oder an den Kundenauftrag, abgerechnet. Hierbei werden automatisch Gegenbuchungen zur Entlastung des Fertigungsauftrags erzeugt. Wird der Auftrag auf ein *Material* kontiert, wird er bei jeder Lieferung ans Lager entlastet. Das Bestandskonto des Materials wird entsprechend belastet. Restkosten, d. h. die Differenz zwischen den tatsächlich angefallenen Istkosten der Produktion und den durch Warenzugang auf dem Auftrag entlasteten Kosten, werden bei Abrechnung je nach Preissteuerung des Materials entweder in den Bestand oder auf Preisdifferenzkonten beziehungsweise ins Ergebnis gebucht. Die Belastungsbuchungen bleiben auch nach der Abrechnung im Fertigungsauftrag bestehen und können immer angezeigt werden. Die abgerechneten Kosten werden auf dem jeweiligen Empfängerobjekt fortgeschrieben und im Berichtswesen ausgewiesen.

Damit ein Fertigungsauftrag abgerechnet werden kann, müssen für den Auftrag gültige Abrechnungsparameter gepflegt sein. Zu den Abrechnungsparametern gehören ein *Abrechnungsprofil* und ein *Abrechnungsschema.*

- *Abrechnungsprofil*
  Das Abrechnungsprofil ist im Customizing pro Auftragsart festgelegt (vgl. Abbildung 8.42-1). Über das Abrechnungsprofil werden Daten festgelegt, z. B. an welche Abrechnungsempfänger der Auftrag abgerechnet werden kann, eine maximale Anzahl von Aufteilungsregeln, ob der Abrechnungsanteil in Prozent bzw. Äquivalenzziffern berechnet werden soll (*Abrechnungsvorschrift*) und ein Abrechnungsschema als Vorschlagswert. Das System ordnet dem Fertigungsauftrag bei der Eröffnung automatisch eine *Abrechnungsvorschrift* zu. Diese Zuordnung erfolgt über die im Customizing definierte Defaultregel (vgl. Abbildung 8.42-1).

- *Abrechnungsschema*
  Über das Abrechnungsschema erfolgt die eigentliche Zuordnung von Belastungskostenarten zu Abrechnungskostenarten. Bei dieser Zuordnung darf jede Belastungskostenart nur einer Abrechnungkostenart zugeordnet sein.

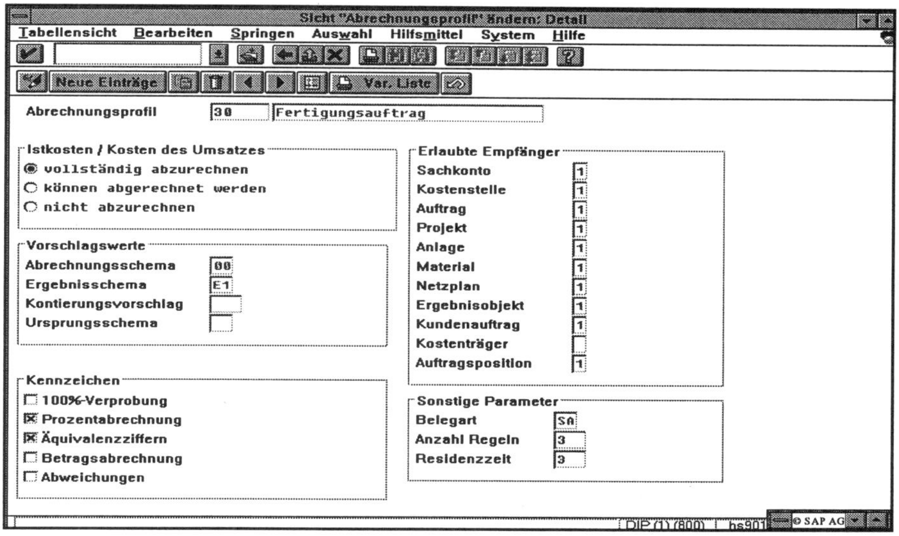

Abb. 8.42-1: Customizing des Abrechnungsprofils

8.42.3 Anwendung des Prozesses

Die Abrechnung eines Auftrags dient der Weitergabe der Kosten des Auftrags an bestands- oder ergebniswirksame Zielobjekte. In der Modellfirma *A* wird der Auftrag *60001007* an das Material *DPC1101* abgerechnet (vgl. Abbildung 8.42-2). Die Abrechnungsart *GES* für Gesamtabrechnung wurde in der Modellfirma auf die Periodische Abrechnung *PER* umgestellt. Im Einstiegsbild geben Sie die Periode ein und die Auftragsnummer (vgl. Abbildung 8.42-3). Das Ergebnis, die Entlastung des Auftrags, sehen Sie aufgeschlüsselt nach den verschiedenen Kostenarten (vgl. Abbildung 8.42-4). Das Ist-Ergebnis weicht von den Planzahlen ab, da die Herstellungsmengen geringer sind. Der Status im Fertigungsauftrag *FRAB* dokumentiert die Abrechnung nach der Ausführung (vgl. Abbildung 8.42-5).

8.42.4 Navigationsinformationen

- *Menüpfad*
  Logistik –> Produktion –> Fertigungssteuerung –> Auftrag –> Umfeld –> Abrechnen
- *Transaktionscode*
  KO88
- *Eingehende Prozeßverbindungen im R/3-Referenzmodell*
  Abweichungsermittlung, WIP-Ermittlung, Wareneingangsbearbeitung aus Produktion
- *Ausgehende Prozeßverbindungen im R/3-Referenzmodell*
  Fertigungsauftragsorganisation, Übernahme von Produktionsabweichungen, Fertigungsauftragsreorganisation

Abrechnungsvorschrift
Die Abrechnungsvorschrift umfaßt eine oder mehrere Aufteilungsregeln für den Fertigungsauftrag. Die Aufteilungsregel setzt sich aus einem Abrechnungsempfänger, einem Abrechnungsanteil und einer Verabeitungsart zusammen. Über den Abrechnungsempfänger wird festgelegt, an welches Objekt die Istkosten des Fertigungsauftrags abgerechnet werden sollen. Für den Fertigungsauftrag typische Empfänger sind das Material, und der Kundenauftrag. Über den Abrechnungsanteil wird festgelegt, mit welchem Prozentsatz, bzw. mit welcher Äquivalenzziffer die Kosten auf einzelne Abrechnungsempfänger verteilt werden. Über die Verarbeitungsart wird festgelegt, wie die Kosten, die auf den Auftrag angefallen sind, abgerechnet werden sollen (Gesamtabrechnung).

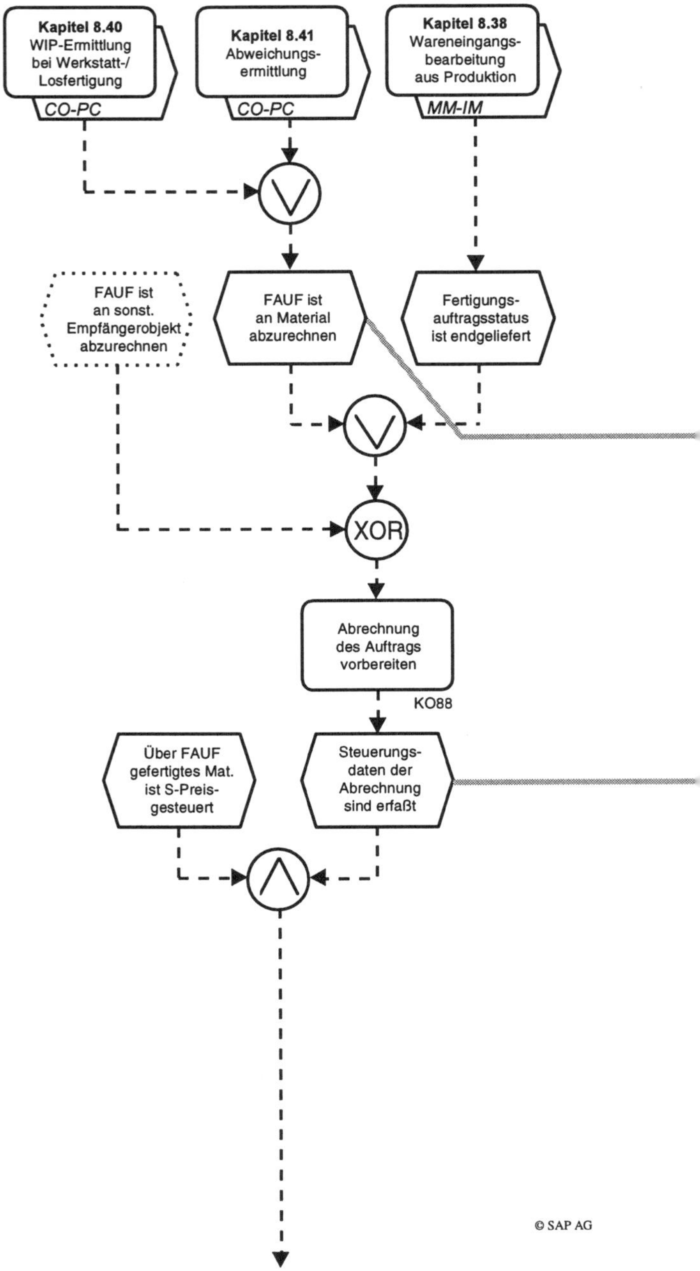

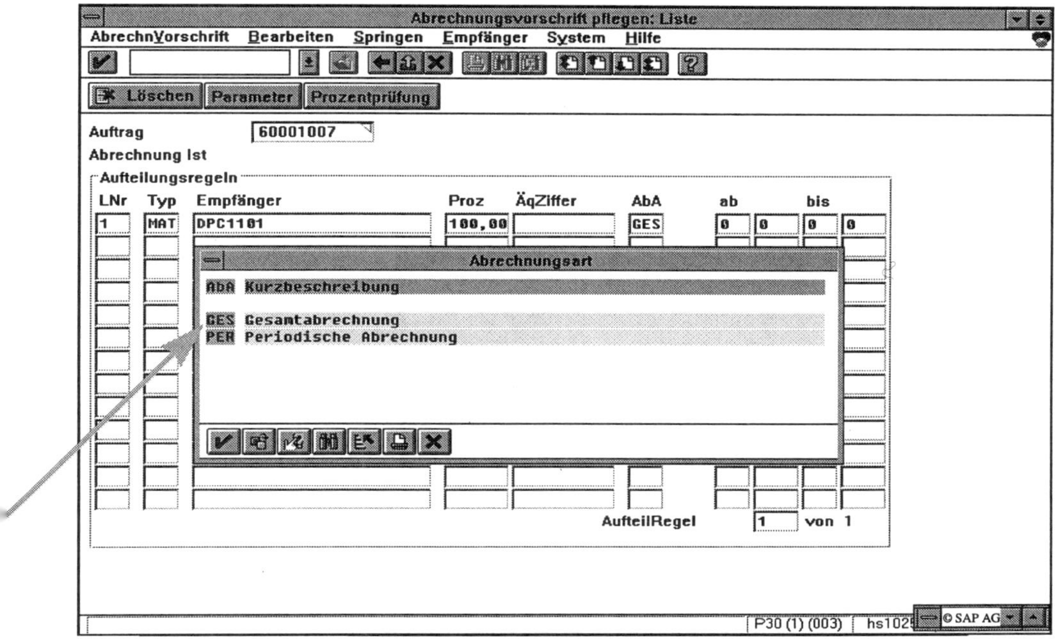

Abb. 8.42-2: Abrechnungsvorschrift

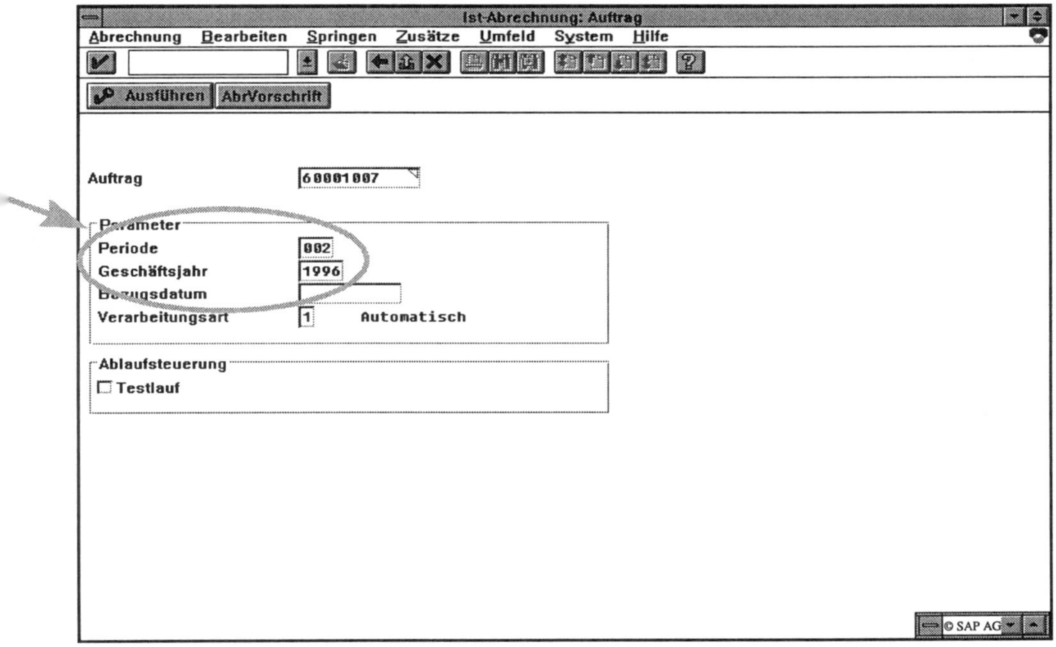

Abb. 8.42-3: Einstiegsbild der Fertigungsauftragsabrechnung

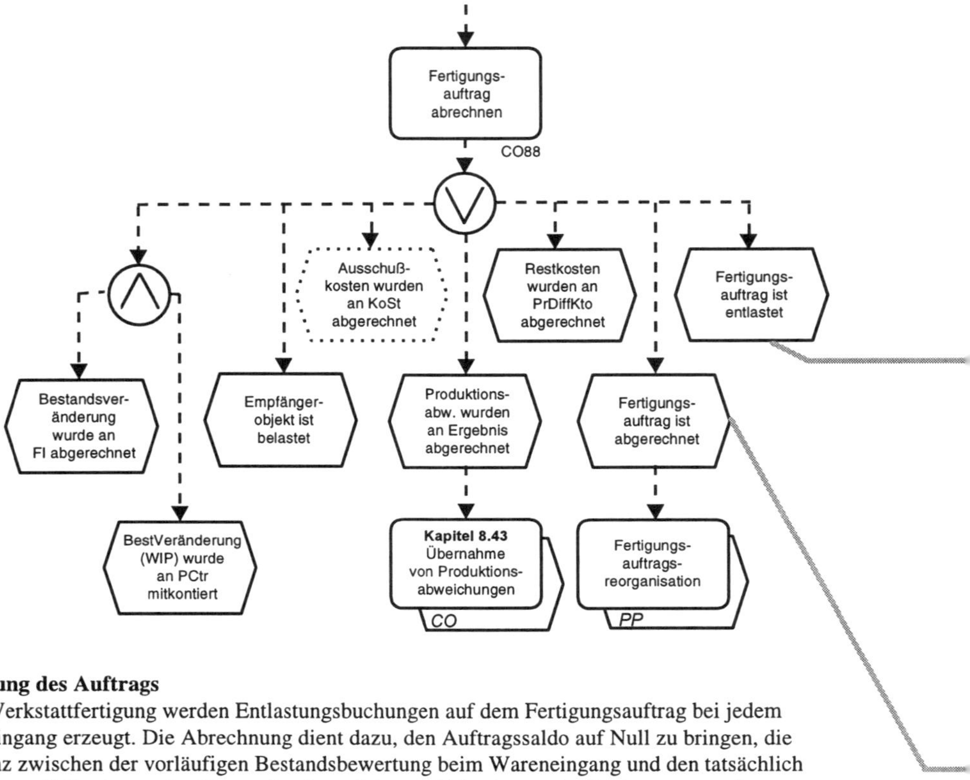

Entlastung des Auftrags

In der Werkstattfertigung werden Entlastungsbuchungen auf dem Fertigungsauftrag bei jedem Wareneingang erzeugt. Die Abrechnung dient dazu, den Auftragssaldo auf Null zu bringen, die Differenz zwischen der vorläufigen Bestandsbewertung beim Wareneingang und den tatsächlich angefallenen Istkosten an den Bestand weiterzuleiten. Abhängig von der Preissteuerung des Materials erzeugt die Abrechnung die Buchung. Ist im Materialstammsatz das Preissteuerungskennzeichen *S* gesetzt, so wird ein *Preisdifferenzkonto* mit der Differenz zwischen den angefallenen Istkosten und den Entlastungsbuchungen für die Wareneingänge belastet. Der gleitende Durchschnittspreis wird neu berechnet. Ist im Materialstammsatz das Preissteuerungskennzeichen *V* gesetzt, so wird das *Bestandskonto* für das gefertigte Material mit der Differenz zwischen den angefallenen Istkosten und den Entlastungsbuchungen für die Wareneingänge belastet. Der Gesamtwert des Bestands und der gleitende Durchschnittspreis werden neu berechnet. Wurden die Abweichungen ermittelt und das Kennzeichen Abweichungen im Abrechnungsprofil gesetzt, so werden diese Daten an die Ergebnisrechnung gemäß dem im Customizing festgelegten Ergebnisschema abgerechnet (vgl. Kapitel 8.43).

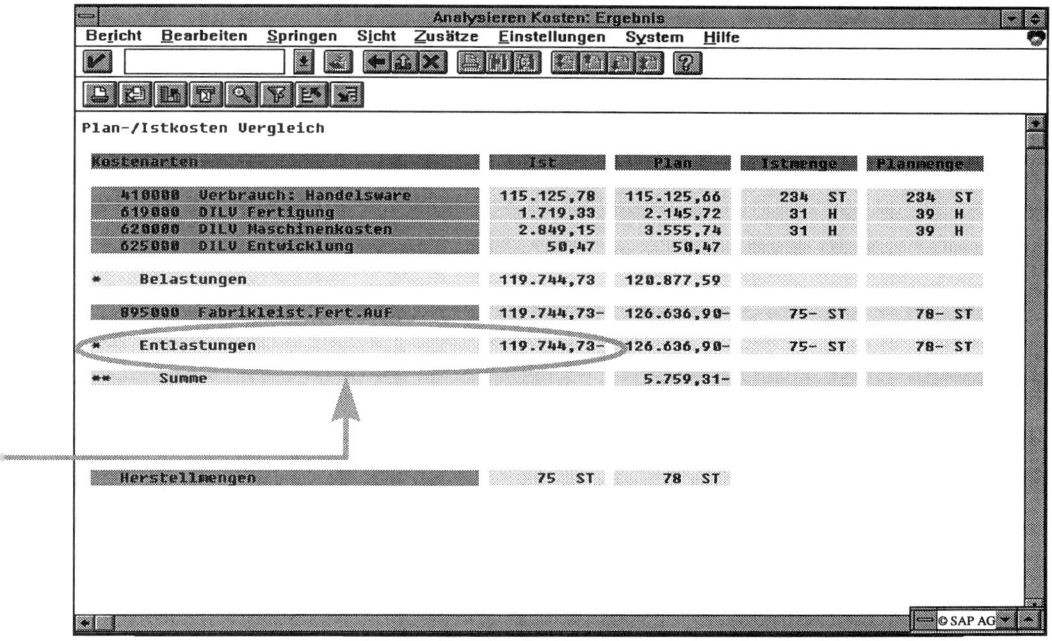

Abb. 8.42-4: Entlastung des Fertigungauftrags

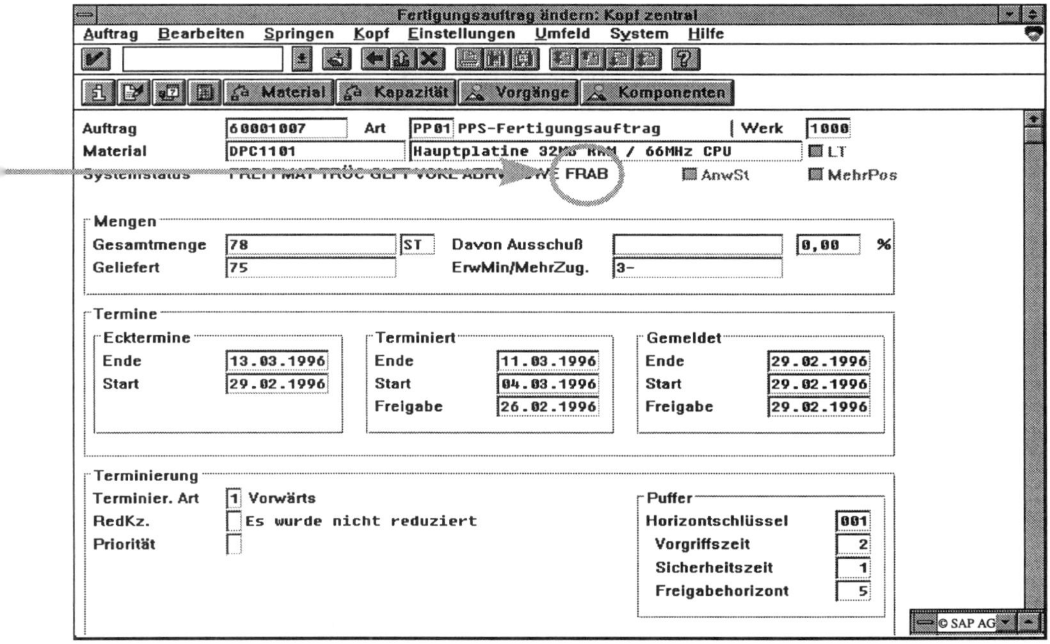

Abb. 8.42-5: Fertigungsauftrag ist abgerechnet

8.43 Prozeß: Übernahme von Produktionsabweichungen

8.43.1 Betriebswirtschaftliche Beschreibung

Die Fertigungsauftragsabrechnung kann als der letzte Schritt innerhalb der Fertigungsauftragsabwicklung angesehen werden. Mit der Ermittlung der Kostenfaktoren werden die Daten für die Nachkalkulation ermittelt, die Nachkalkulation wird durchgeführt und die Abweichungen in die Finanzbuchhaltung gebucht. Bei einer Bestandsbewertung zu Durchschnittspreisen, welche nach den jeweiligen Kostenelementen differenziert wird, werden die für den Fertigungsauftrag ermittelten Abweichungen in die Bestandsrechnung übernommen. Bei einer Bestandsbewertung zu Fest-/Standardwerten werden die ermittelten Abweichungen in die Ergebnisrechnung der Periode ausgebucht (vgl. Nuppeney/Raps 1993, S. 110-120).

8.43.2 SAP-spezifische Beschreibung

Im SAP R/3-System können Innenaufträge, Kundenaufträge, Projekte sowie *Fertigungs-, Prozeß- und Serienaufträge* mit Produktionskostensammlern auf Ergebnisobjekte abgerechnet werden und . Diese können für unterschiedliche Funktionen verwendet werden, die für die *Ergebnisrechnung* relevant sind. In der Fertigung kann es sinnvoll sein, die im CO-PC-System ermittelten Produktionsabweichungen auf Fertigungsaufträge ins Ergebnis weiterzuleiten. Dabei können die einzelnen Abweichungskategorien getrennt übernommen werden. Die Abrechnung wird über verschiedene Parameter gesteuert. Dazu gehören Abrechnungsprofil, Abrechnungsschema, *Ergebnisrechnungsschema* (vgl. Abbildung 8.43-1) und Ursprungsschema (vgl. SAP – Produktkosten-Controlling 1996, S. 5.7-5.9).

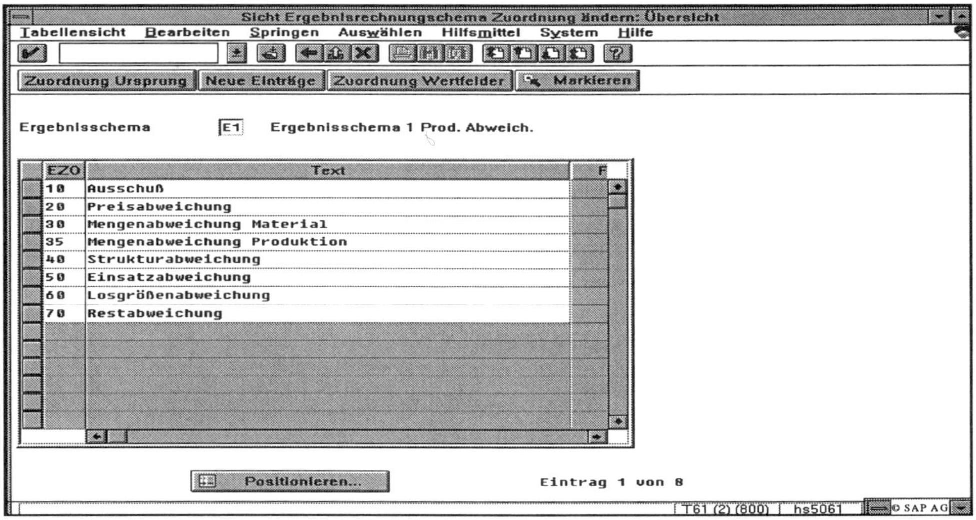

Abb. 8.43-1: Customizing des Ergebnisschemas

8.43.3 Anwendung des Prozesses

Bei der Abrechnung wird im System CO-PA für jede auf ein Ergebnisobjekt kontierte Position der Abrechnungsvorschrift ein Einzelposten erzeugt und die betroffene Objektebene fortgeschrieben. Dabei wird der gebuchte Betrag dem im Ergebnisschema bei der Systemeinstellung festgelegten Wertfeld zugewiesen (vgl. Abbildung 8.43-1). In diesem Schritt ordnen Sie die Abweichungskategorien (eventuell noch kostenartenbezogen) den Wertfeldern eines Ergebnisbereichs zu (vgl. Abbildung 8.43-2). In der Modellfirma *A* wurde das Wertfeld *VV300* (Materialabweichungen) dem Ergebnisschema *E1* mit der Ergebnisrechnungszuordnung *30* (Mengenabweichung Material) zugeordnet. Sie können auch mehrere Abweichungskategorien einem Wertfeld zuordnen.

Die Abrechnung der Aufträge können Sie in den einzelnen Anwendungen im Dialog oder im Hintergrund durchführen. Das Ergebnis der Abrechnung wird in einem Protokoll aufbereitet (vgl. Abbildung 8.43-3).

8.43.4 Navigationsinformationen

- *Menüpfad*
  Rechnungswesen -> Controlling -> Produktkost.Rechnung -> Werkstattfertigung -> Periodenabschluß -> Abrechnung
- *Transaktionscode*
  KO88
- *Eingehende Prozeßverbindungen im R/3-Referenzmodell*
  Prozeßauftragsabrechnung
  Periodische Serienauftragsabrechnung
  Fertigungsauftragsabrechnung
  Wertflußsteuerung bei GK-Zuschlagsrechnung
  Wertflußsteuerung bei starrer Plankostenrechnung
  Wertflußsteuerung bei Grenzplan-Kostenrechnung
- *Ausgehende Prozeßverbindungen im R/3-Referenzmodell*
  keine

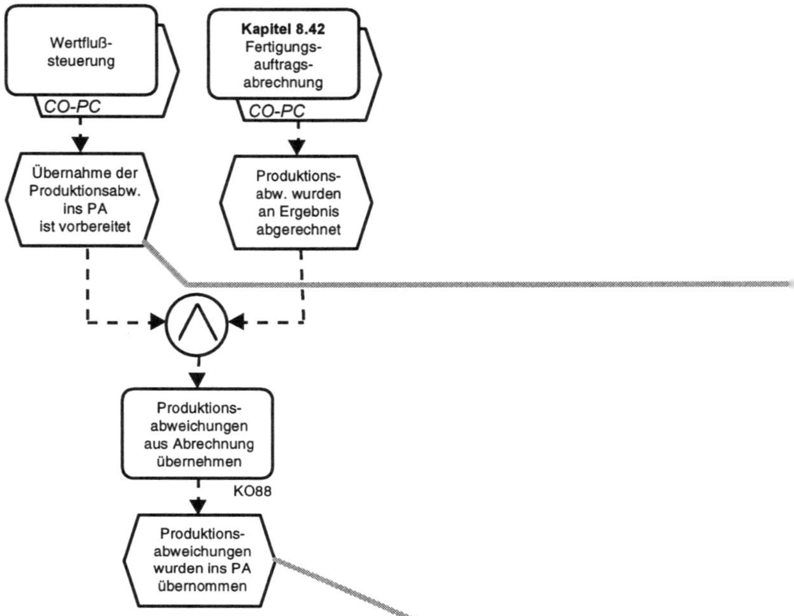

Produktionsabweichungen
Im SAP-R/3-System können Fertigungs-/Prozeßaufträgen und Serienaufträge mit *Produktionskostensammlern* (PP) auf Ergebnisobjekte abgerechnet werden. Sind die produzierten Fertigungsfabrikate Stnadardpreis (S) gesteuert, so macht es Sinn, die im CO-PC-System ermittelten *Produktionsabweichungen* sowohl auf teil-/endgelieferten Fertigungs-/Prozeßaufträgen als auch periodisch abgerechneten Serienaufträgen ins Ergebnis weiterzuleiten. Dabei können die einzelnen Abweichungskategorien getrennt übernommen werden.

Ergebnisrechnungsschema
Das Ergebnisrechnungsschema wird für die Abrechnung der Produktionsabweichung an die Ergebnisrechnung benötigt. Die unter einer Kostenart angefallenen fixen und variablen Kosten können dabei unterschiedlichen Wertfeldern des Ergebnisbereichs zugewiesen werden. Sie ordnen das Ergebnisschema einem Abrechnungsprofil zu. Im Ergebnisschema ordnen Sie die einzelnen Abweichungskategorien, z.B. Preisabweichung, Mengenabweichung, usw. kostenartenbezogen Ergebniszuordnungen zu. Die Ergebniszuordnungen ordnen Sie den Wertfeldern eines Ergebnisbereichs zu.

Wertfeld
In Wertfeldern werden die abgerechneten Produktionsabweichungen gespeichert. Diese Daten werden beim Aufrufen des Deckungsbeitrags-Berichts (vgl. Kapitel 8.54) in den entsprechenden Zeilen der stufenweisen Deckungsrechnung ausgewiesen. Das Ergebnisschema besteht aus einer oder mehreren Positionen, sog. Ergebniszuordnungen. Darin weisen Sie eine Kostenartengruppe und eine Abweichungskategorie einem Wertfeld des Ergebnisbereichs zu.

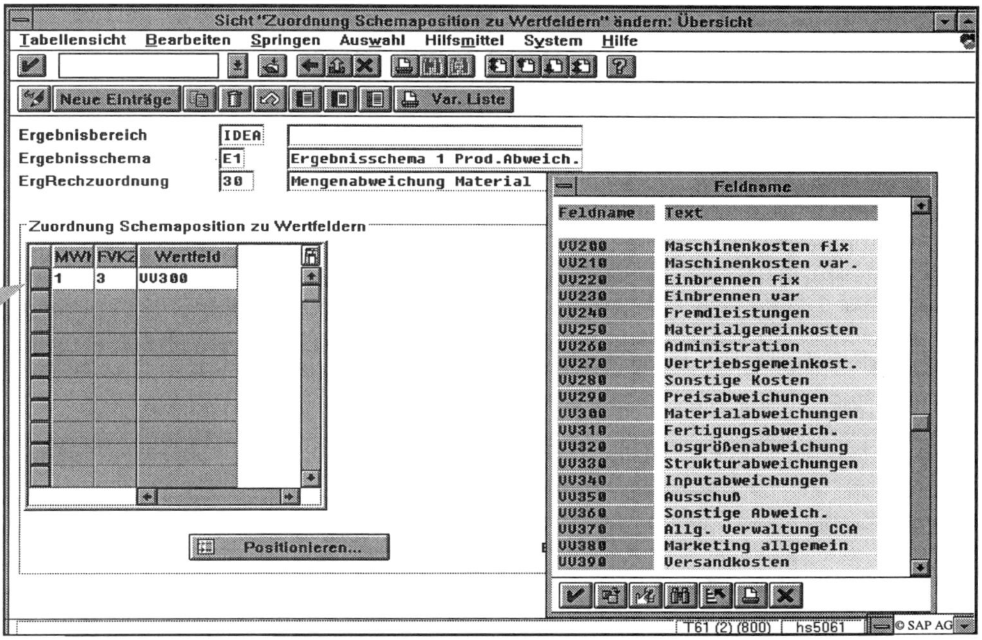

Abb. 8.43-2: Zuordnung der Abweichungskategorie zum Wertfeld

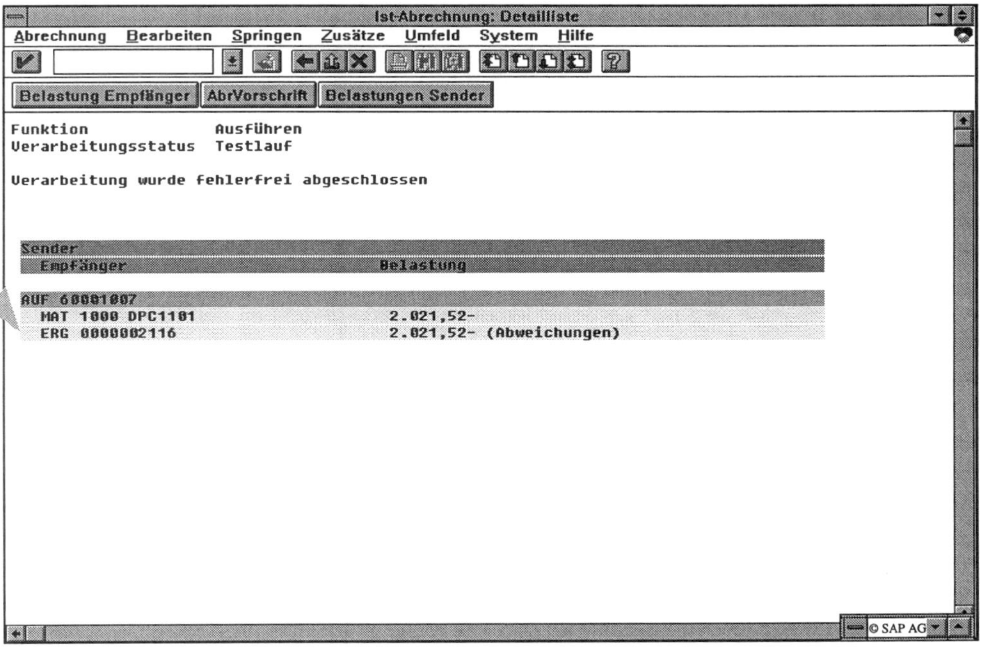

Abb. 8.43-3: Ist-Abrechnung mit Abweichungen

8.44 Prozeß: Kundenkontraktbearbeitung

8.44.1 Betriebswirtschaftliche Beschreibung

Der Absatz von Produkten und Dienstleistungen wird häufig auch als Vertrieb bezeichnet und umfaßt alle Aufgaben, die dazu dienen, dem Kunden die erstellten Leistungen zukommen zu lassen (vgl. Gutenberg 1984, S. 1-6). Als kennzeichnende Aufgabe des Absatzes in Industriebetrieben kann die Versorgung des Kunden mit den in dem Unternehmen hergestellten Gütern angesehen werden. Damit das Unternehmen das Produkt anbietet, muß ein Bedarf vorliegen bzw. geweckt worden sein. Die Auftragsabwicklung umfaßt deshalb allgemein sämtliche Tätigkeiten von der Kundenakquisition, über die Anfrage-/Angebotsbearbeitung zur eigentlichen Auftragsbearbeitung bis hin zur Lieferungs- und Versandabwicklung sowie der anschließenden Fakturabearbeitung. Das Auslösen eines Auftrags und der damit verbundene Aufwand zur Auftragsbearbeitung hängen entscheidend von der *Art der angebotenen Leistung* auf dem Absatzmarkt ab, z. B. Konsumenten- oder Produzentenmarkt, und damit von der *Art der Auftragserteilung*, z. B. kundenbezogene oder kundenanonyme Auftragsauslösung (vgl. Riebel 1965, S. 663-685). Ebenso können die durchzuführenden Tätigkeiten innerhalb der Auftragsabwicklung differenziert werden in Tätigkeiten vor der physischen Produkterstellung, wie z. B. Kontakt-, Anfrage- und Angebotsbearbeitung, in Tätigkeiten während der physischen Produkterstellung, wie z. B. Auftragsfortschrittskontrolle im Sondermaschinen- und Anlagenbau oder die Sollkostenkontrolle in der Bauwirtschaft und in Tätigkeiten nach der physischen Produkterstellung, wie z. B. Projektabschlußrechnung, Lieferungsbearbeitung und Fakturierung (vgl. VDI 1991, S. 10-90; vgl. Pfohl 1996, S. 69-170).

Wird das Produkt für einen kundenanonymen Markt produziert, so gehen die Impulse für einen neuen Auftrag in der Regel von der Marktforschung aus. Fertigt das Unternehmen nach Auftragserteilung durch einen spezifischen Kunden, kommt der Anstoß häufig über die Vertriebsabteilung. Folglich gibt es auch Unterschiede in den Vertriebsaufgaben einerseits bei kurzlebigen Konsumgütern und andererseits bei langlebigen Konsum- und Investitionsgütern. Bei kurzlebigen Konsumgütern ist eine zentrale Aufgabe des Vertriebs der Verkauf des Produkts an einen Zwischenhändler, der das Produkt an den oder die Endverbraucher weiterleitet. Langlebige Konsumgüter bedingen u. a. durch eine höhere technische Komplexität in der Regel eine persönliche Beratung. Die persönliche Beratung, insbesondere die technische Beratung, verstärkt sich nochmals in der Investitionsgüterindustrie, in der Güter zur Weiterverwertung oder zur Erstellung von Erzeugnissen gefertigt werden. Hier ist in der Regel der Kunde ein Unternehmen, das spezifische Anforderungen an die Funktionalität des Produktes stellt. Die hohe Komplexität der Produkte und die technischen Anforderungen verlangen sowohl auf der Seite des Kunden als auch vom Anbieter hohes technisches Fachwissen. Deshalb hat bei Investitionsgüterbetrieben im Rahmen der Auftragsabwicklung die technische Beratung eine hohe Bedeutung. Neben der allgemeinen Kundenbetreuung können noch folgende Aufgaben primär als Vertriebsleistungen betrachtet werden. Wenn das Unternehmen seine Produkte aufgrund von Kundenaufträgen anbietet, ist in der Regel vorher eine Angebotsbearbeitung erforderlich (vgl.

Kapitel 9.4). Bevor ein Angebot erstellt wird, liegt in der Regel eine Kundenanfrage vor. Je nach Häufigkeit der eingehenden Anfragen wird zur Selektierung deshalb häufig eine Anfragenbewertung durchgeführt. Die Angebotserstellung kann je nach Unternehmenstyp folgende Aufgaben umfassen (vgl. Backhaus 1984, S. 113-152; vgl. VDI 1983, S. 3-43):

- Überprüfung der vom Kunden gestellten Anforderungen auf technische Machbarkeit
- Preisfindung (Bestimmung der Herstellkosten und des Verkaufspreises)
- Lieferterminbestimmung
- Verfügbarkeitsprüfung und Reservierung

Wie die aufgeführten Aufgaben zeigen, sind bei der Angebotserstellung einerseits Zugriffe auf Daten anderer Bereiche notwendig, andererseits können hierdurch umfangreiche Aktivitäten im Unternehmen angestoßen werden. So müssen bei kundenwunschorientierter Fertigung im Rahmen der Angebotserstellung Kosteninformationen ermittelt werden. Bei dieser Vorkalkulation muß ein Zugriff auf die Grunddaten der Fertigung (Stücklisten, Arbeitspläne, Betriebsmittel) möglich sein. Der Umfang der Angebotserstellung, die eine mögliche Auftragserteilung und Auftragsabwicklung nach sich ziehen kann, hängt vom Standardisierungsgrad des Produkts, dem damit verbundenen Kundeneinfluß und der Produktstruktur ab. So müssen z. B. bei einer kundenindividuellen Entwicklung und Fertigung, d. h. wenn nichtstandardisierte oder teilstandardisierte Produkte angeboten, die im Vertrieb erfaßten Auftragsdaten an die Entwicklung/Konstruktion weitergereicht werden. Hier werden dann anhand der technischen Spezifikation die notwendigen Konstruktionsunterlagen erstellt. Der Aufwand richtet sich wiederum nach der Konstruktionsart (Neu-, Anpassungs-, Variantenkonstruktion oder Konstruktion mit festem Prinzip).

Erstellt das Unternehmen Produkte für kundenanonyme Märkte, gehen die Impulse zur Planung des Absatzprogramms nicht von konkreten Kundenaufträgen aus. So muß das Unternehmen bei einer Neueinführung von Produkten auf der Basis von Marktanalysen den Absatz prognostizieren. Handelt es sich um Standardprodukte, die seit einem gewissen Zeitraum schon verkauft werden, kann mittels Vergangenheitsdaten unter Berücksichtigung zukünftig zu erwartender Einflüsse der Bedarf prognostiziert werden. Aufgrund des mittel- bis langfristigen Charakters der Planung kann hier die Bedarfsvorhersage auf der Grundlage von Produktgruppen erfolgen.

Kommt ein Auftrag zustande, so muß die Art der Auftragsabwicklung festgelegt werden. Produziert das Unternehmen für einen kundenanonymen Markt, beschränkt sich die Auftragsabwicklung auf die Versandabwicklung ab Lager, die Lieferscheinerstellung und die Fakturierung. Fertigt das Unternehmen kundenbezogene Produkte, so müssen innerbetriebliche Arbeitsschritte für Produktion und Verwaltung festgelegt und überwacht werden.

Aufträge können ebenso wie Bestellungen einmalig erfolgen oder es kann sich um wiederholende Aufträge handeln, die häufig in der Praxis als langfristige Verträge abgeschlossen werden. Sie lassen sich unterteilen in die Phase der Vertragsgestaltung, in der die Lieferungs- und Zahlungsmodalitäten meistens einmalig für einen Zeitraum festgelegt werden, und die Phase der Vertragsdurchführung, in der die Ware mehrmalig in einem Zeitraum geliefert und abgerechnet wird. Eine solche Vereinbarung, in der ein Kunde die Abnahme eines bestimmten Produkts in einer bestimmten Menge innerhalb eines Zeitraums verspricht, nennt man *Rahmenvertrag*. Innerhalb von Rahmenverträgen unterscheidet man zwischen Kontrakten und Lieferplänen. In einem *Kontrakt* wird eine Absatzmenge (Mengenkontrakt) oder ein Absatzwert (Wertkontrakt) für einen bestimmten Zeitraum festgelegt, die einzelnen Liefertermine und Liefermengen sind bei Vertragsabschluß jedoch noch offen. Ebenso wie der Kontrakt kann auch der Lieferplan als eine Sonderform der Auftragsabwicklung angesehen werden. Während beim Kontrakt lediglich Menge bzw. Wert und Zeitraum festliegen, sind darüber hinaus im *Lieferplan* noch Abnahmetermin und -menge aufgrund fester Vereinbarungen vorgegeben.

Rahmenverträge sind dort sinnvoll einsetzbar, wo zum einen die Absatzmengen relativ gut prognostizierbar sind, zum anderen sollte das Produktspektrum zur besseren Planbarkeit auf gleichen oder ähnlichen Produkten bzw. Produktgruppen aufbauen. Der Einsatz von Rahmenverträgen findet deshalb häufig in Zulieferbetrieben der Automobilindustrie Anwendung, wo oftmals gleiche oder ähnliche Teile in die verschiedenen Produkttypen eingebaut werden (z. B. Sitze, Radios, Felgen).

8.44.2 SAP-spezifische Beschreibung

Im R/3-System können Lieferpläne, Mengenkontrakte und Wertkontrakte abgewickelt werden. Der Mengenkontrakt im R/3-System beinhaltet grundsätzliche Mengen- und Preisinformationen, jedoch keine Festlegung der Liefertermine und Liefermengen. Der Kunde erfüllt einen Kontrakt, indem er aus dem Kontrakt Aufträge erteilt, welche Abrufe genannt werden (vgl. Kapitel 8.45).

Um einen Mengenkontrakt anzulegen, muß zunächst die Verkaufsbelegart eingegeben und, falls notwendig, die entsprechenden Organisationsdaten gepflegt werden. Die Werte zur Verkaufsorganisation, zum Vertriebsweg und der Sparte werden normalerweise aus den benutzerspezifischen Parametern vorgeschlagen. Die Eingabe des Verkaufsbüros und der Verkäufergruppe sind optional. Anschließend sind die kontraktspezifischen Daten, wie z. B. Kundennummer des Auftraggebers, Bestellnummer des Kunden und die Zielmengen einzugeben (vgl. SAP – Vertriebssystem 1994, S. 6.8-6.9).

Ein Mengenkontrakt kann geändert werden, indem im Feld *Kontrakt* die Belegnummer eingegeben oder diese mit Hilfe des Matchcodes ermittelt wird. Wenn zu einem Kontrakt bereits Abrufe angelegt wurden, erzeugt das R/3-System die Meldung, daß Folgebelege beachtet werden müssen und bietet die Möglichkeit, sich diese anzuschauen. Darüber hinaus können zu den Positionen der einzelnen Abrufaufträge folgende Informationen angezeigt werden:

- die Lieferübersicht, in der die bestellten, bestätigten, gelieferten und fakturierten Mengen angezeigt werden
- die Statusübersicht, die die verschiedenen Statuseigenschaften der Belegpositionen aufzeigt
- die Abrufübersicht, in der die Abrufe mit den einzelnen Abrufmengen sowie der Gesamtabrufmenge angezeigt werden

Ebenso können eine oder mehrere Kontrakte jederzeit angezeigt werden, um z. B. aufgrund einer Kundenanfrage, Informationen über einen bestehenden Kontrakt zu beschaffen, um sich Kontrakte anzeigen zu lassen, deren Daten noch unvollständig sind oder wenn zur Durchführung von Auswertungen alle Kontrakte zu einem bestimmten Material oder einem Geschäftspartner benötigt werden. Ein Mengenkontrakt ist erledigt, wenn er keine zu beliefernde Position mehr enthält. Wenn sich zwar noch offene Positionen im Kontrakt befinden, dieser aber trotzdem abgeschlossen werden sollen, kann den offenen Positionen ein Absagegrund zugeordnet werden. Das System setzt den Status des Kontrakts dann auf erledigt.

8.44.3 Anwendung des Prozesses

Um einen Mengenkontrakt anzulegen hat die Modellfirma *A* unter Rahmenverträgen die Auftragsart *KM* für Mengenkontrakt ausgewählt. Zu der Kontraktart müssen noch Organisationsdaten, wie Verkaufsorganisation (d. h. Kürzel einer organisatorischen Einheit, die für den Vertrieb bestimmter Produkte oder Dienstleistungen verantwortlich ist), Vertriebsweg (d. h. Kürzel für den Weg, auf dem die Waren oder Dienstleistungen zum Kunden gelangen) und Sparte (d. h. Kürzel für die Gruppierung von Materialien, Produkten und Dienstleistungen) für den Vertrieb gepflegt werden (vgl. Abbildung 8.44-1). Für den Kontrakt müssen anschließend die kaufmännischen Daten auf dem Kopfbild eingegeben werden. Dazu zählen der Auftraggeber, der die Ware oder Dienstleistung bestellt, d. h. die Kundennummer der Modellfirma *B*, und die Datumsangaben für den Gültigkeitszeitraum (Gültig ab und Gültigkeitsende). Die Geschäftspartner *Auftraggeber*, *Warenempfänger* und *Regulierer* können unterschiedlich sein, sind aber in dem gezeigten Beispiel die gleiche juristische Person (West Coast Computer Center).

Anschließend werden die Positionen des Kontrakts mit Material (*DPC1101 Hauptplatine*), Zielmenge und Mengeneinheit aufgenommen, wobei das Material ein alphanumerischer Schlüssel ist, der das Material eindeutig identifiziert. Die Zielmenge ist die Gesamtmenge, die der Kunde innerhalb des oben definierten Gültigkeitszeitraums abnehmen möchte. Die Mengeneinheit legt die Einheiten wie Stück, Liter, Kilogramm der Zielmenge fest (vgl. Abbildung 8.44-3).

8.44.4 Navigationsinformationen

- *Menüpfad*
  Logistik –> Vertrieb –> Verkauf –> Rahmenvertrag –> Kontrakt
- *Transaktionscode*
  VA41
- *Eingehende Prozeßverbindungen im R/3-Referenzmodell*
  Kundenangebotsbearbeitung
- *Ausgehende Prozeßverbindungen im R/3-Referenzmodell*
  Kundenkontraktabrufbearbeitung

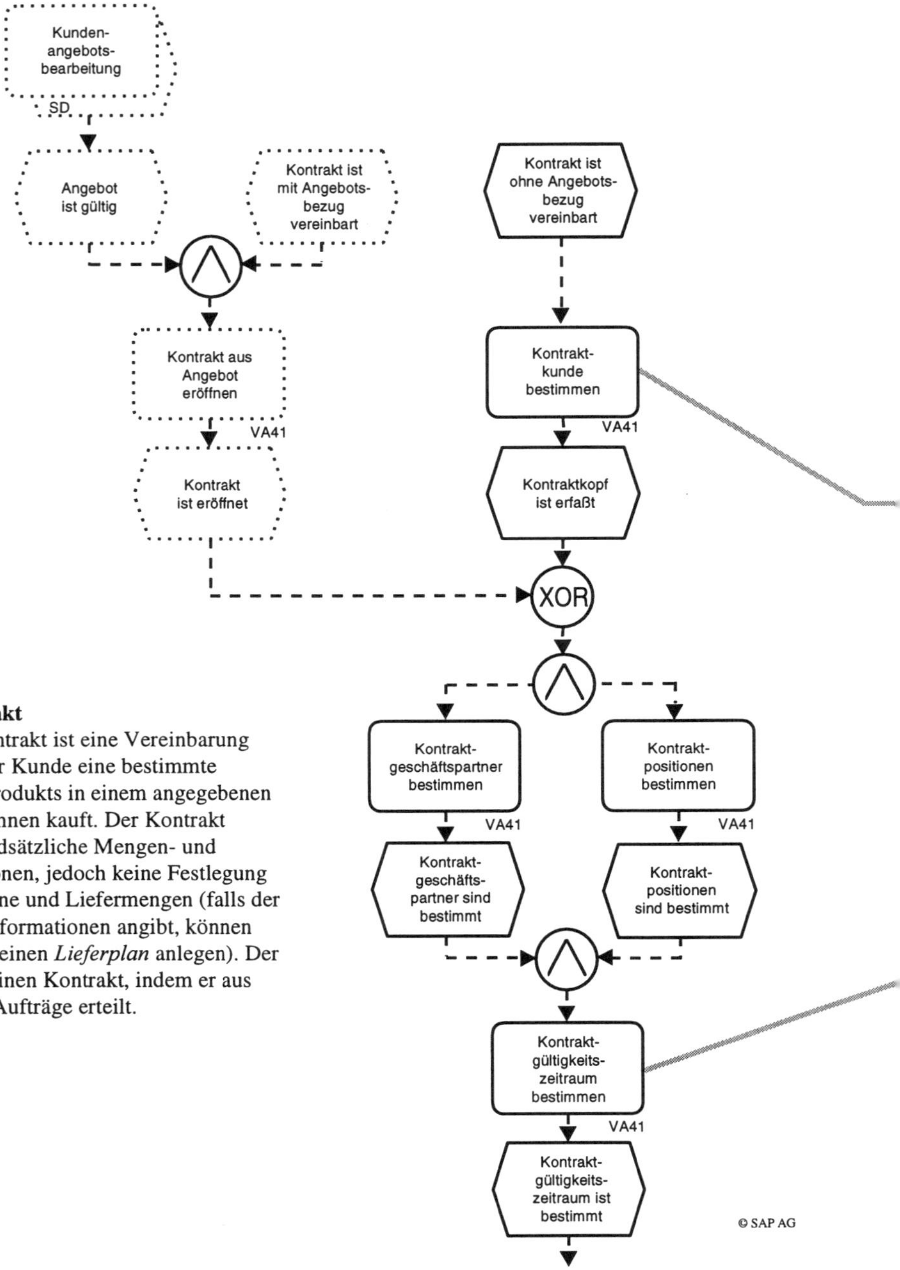

Mengenkontrakt
Ein Mengenkontrakt ist eine Vereinbarung darüber, daß Ihr Kunde eine bestimmte Menge eines Produkts in einem angegebenen Zeitraum von Ihnen kauft. Der Kontrakt beinhaltet grundsätzliche Mengen- und Preisinformationen, jedoch keine Festlegung der Liefertermine und Liefermengen (falls der Kunde Lieferinformationen angibt, können Sie stattdessen einen *Lieferplan* anlegen). Der Kunde erfüllt einen Kontrakt, indem er aus dem Kontrakt Aufträge erteilt.

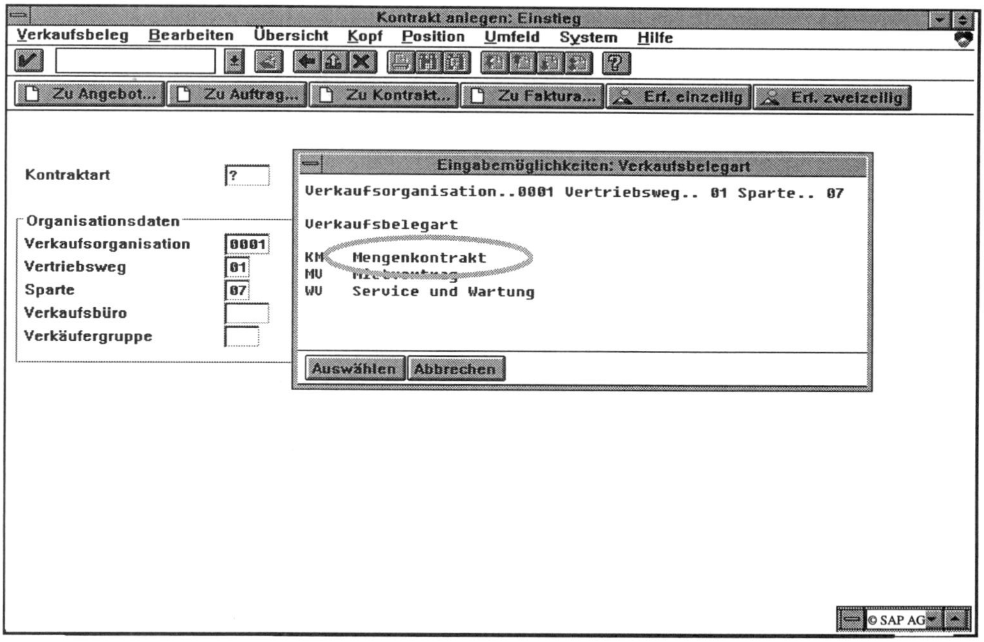

Abb. 8.44-1: Einstiegsbild - Kundenkontrakt

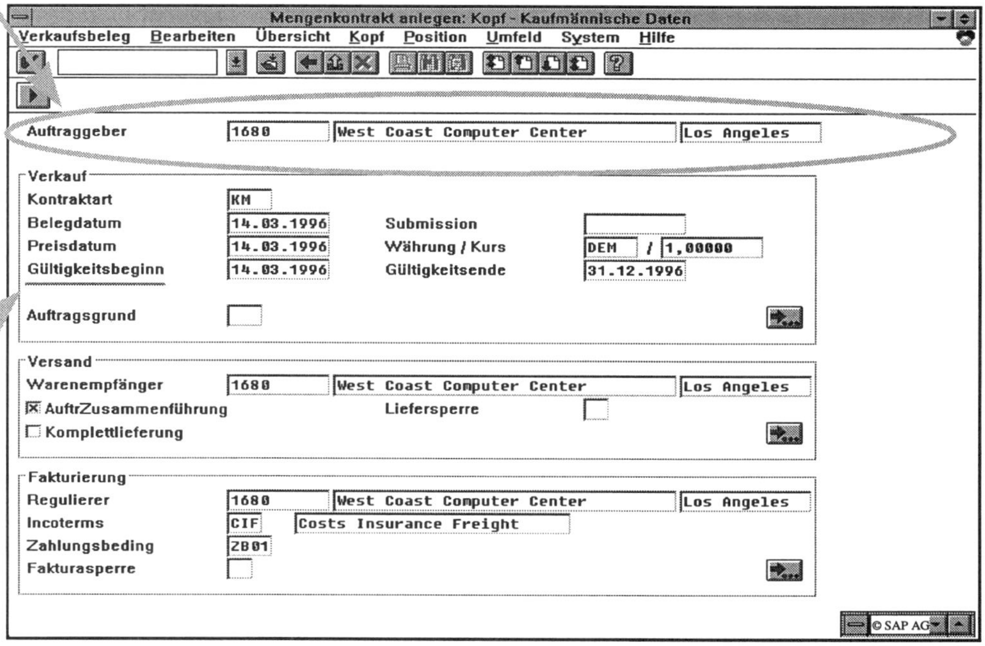

Abb. 8.44-2: Kopfdaten - Kundenkontrakt

Konditionen
Unter Konditionen versteht man alle Preiselemente, die zur Preisfindung auf Kopf- und auf Positionsebene herangezogen werden. Die Konditionen auf Kopfebene gelten für den gesamten Beleg, auf Positionsebene jeweils für eine Position.

Preisänderungen
Sie können in einem Vertrag die Preise ändern, solange die entsprechenden Zeiträume noch nicht fakturiert wurden. Um die Preise für einen Zeitraum, der schon fakturiert wurde, rückwirkend zu ändern, müssen Sie die entsprechenden Rechnungen manuell stornieren. Die Preisänderungen können dann mit einer neu angelegten Rechnung durchgeführt werden.

Aufhebung des Mengenkontrakts
Ein Mengenkontrakt ist erledigt, wenn er keine zu beliefernde Positionen mehr enthält. Wenn sich zwar noch offene Positionen im Kontrakt befinden, sie ihn aber trotzdem schließen möchten, können Sie diesen Positionen einen Absagegrund zuordnen. Das System setzt den Status des Kontrakts dann auf erledigt. Die Vorgehensweise für das Absagen von Positionen im Lieferplan ist identisch mit der Vorgehensweise für das Absagen von Positionen in Kundenaufträgen.

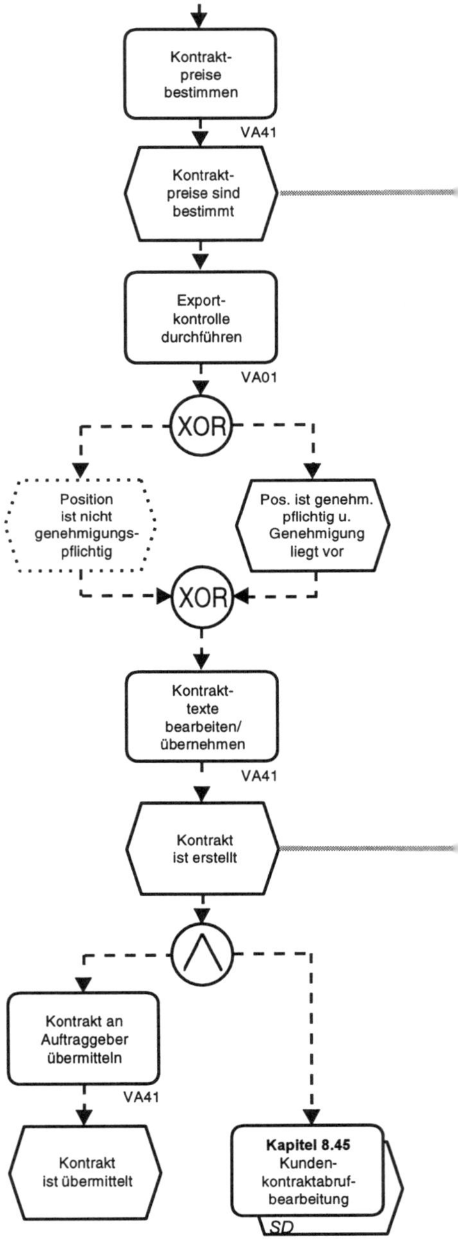

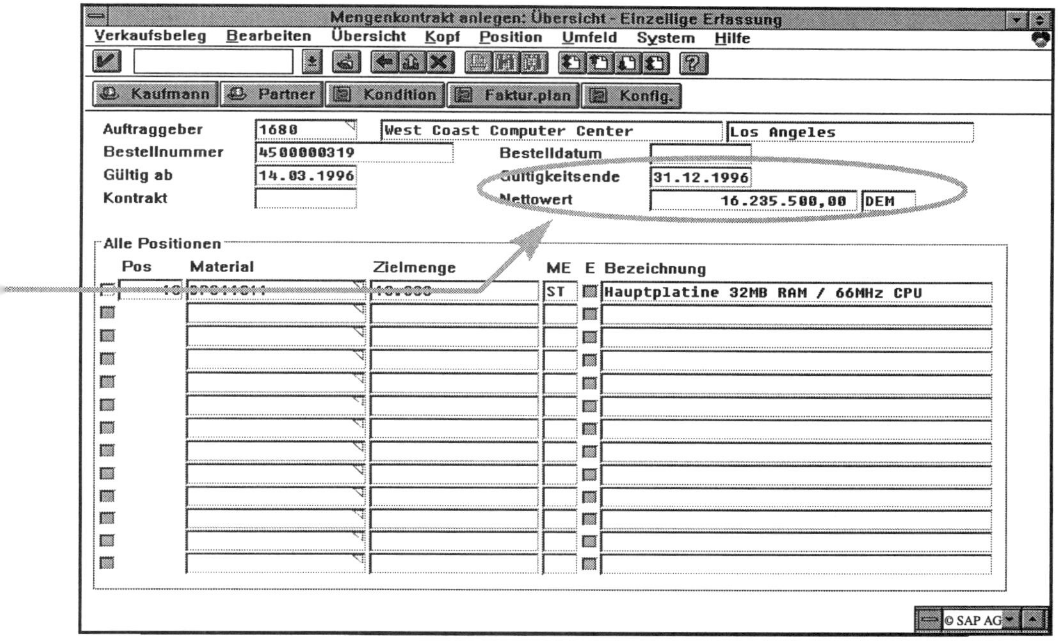

Abb. 8.44-3: Positionsbild - Kundenkontrakt

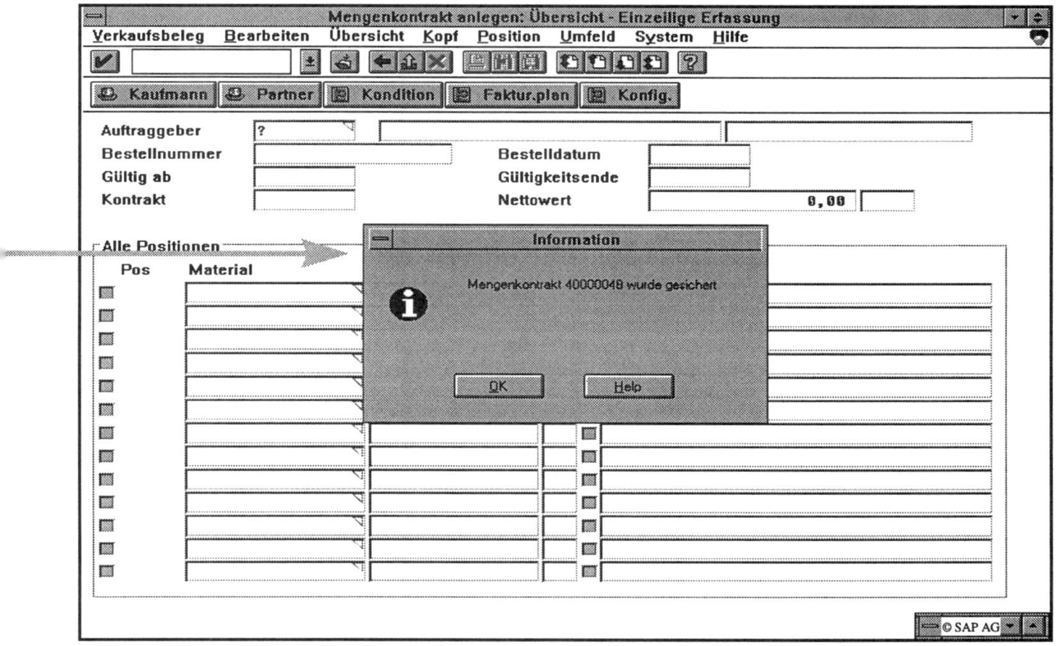

Abb. 8.44-4: Kundenkontrakt

8.45 Prozeß: Kundenkontraktabrufbearbeitung

8.45.1 Betriebswirtschaftliche Beschreibung

Zur Erfüllung des Kontrakts, d. h. der Abnahme der vereinbarten Menge oder des Wertes, werden aus dem Kontrakt Abrufe erzeugt. Der Abruf ist zwar eine Aufforderung eines Kunden an einen Lieferanten, daß dieser eine bestimmte Menge liefert, gleichzeitig wird jedoch mit einem Abruf ein Beitrag zur Erfüllung der zugesagten Abnahmemenge bzw. des Abnahmewerts geleistet. Zu einer Kontraktposition kann es mehrere Abrufe (Aufträge) geben. Ein Kontraktabruf kann dabei weitestgehend auf vorher festgelegte Daten beruhen. Deshalb ist es sinnvoll, daß Kopf- und Positionsdaten soweit wie möglich aus dem vereinbarten Kontrakt übernommen werden. So können unnötige Doppelarbeiten vermieden und potentielle Fehlerquellen auf ein Mindestmaß reduziert werden. Eine besondere Bedeutung erlangte dieses Prinzip bei der Realisierung der fertigungssynchronen Beschaffung bzw. dem Just-in-Time, bei dem die Abrufe so erfolgen, daß die Ware möglichst ohne Zwischenlagerung direkt in den Produktionsprozeß des Kunden angeliefert wird.

8.45.2 SAP-spezifische Beschreibung

Da der Kontrakt keine Einteilung mit Lieferdaten enthält, wird er durch einen Auftrag abgerufen. Um einen Kontraktabruf zu erzeugen, muß zunächst die *Vertriebsbelegart* eingestellt und die Nummernkreise, Bildschirmfolge und Vertriebsbelegtyp zugeordnet werden (vgl. SAP – Vertriebssystem 1994, S. 6.8-6.9).

Abb. 8.45-1: Customizing der Verkaufsbelegart Mengenkontrakt

Die Vertriebsbelegart dient zur Klassifizierung der verschiedenen Arten von Verkaufsbelegen, wie z. B. Angebot und Auftrag. Im Customizing wird definiert, mit welchen Auftragsarten die Abrufe erfolgen sollen. Die weiteren Schritte im Abruf, wie z. B. Preisübernahme, Kreditkontrolle, Versandterminierung und Routenbestimmung, erfolgen analog der Auftragsbearbeitung bei der Durchführung eines Terminauftrags (vgl. Kapitel 9.1).

8.45.3 Anwendung des Prozesses

Der Kundenabruf, der innerhalb der Kontraktbearbeitung als ein Rahmenvertrag in Form eines Mengenkontrakts (KM) vereinbart wurde, erfolgt bei der Modellfirma *A* mit der Auftragsart *TA* für Terminauftrag. Damit dies geschehen kann, muß der Kontrakt im Gültigkeitszeitraum liegen. Die Organisationsdaten (Verkaufsorganisation, Vertriebsweg und Sparte) sind die gleichen wie beim Anlegen des Rahmenvertrags. Anschließend muß die Rahmenvertragsnummer angegeben werden, auf die sich der Abruf beziehen soll. Über die Drucktasten *Übernehmen* und *Positionsauswahl* steht dem Anwender die Möglichkeit offen, entweder alle Positionen oder nur eine Auswahl der Posten des Rahmenvertrags in den Auftrag (Abruf) zu übernehmen (vgl. Abbildung 8.45-2). Mit der Positionsauswahl werden die noch nicht abgerufenen Mengen für die Kontraktpositionen angezeigt und die abzurufenden Mengen sind dann pro Position einzutragen. Im Konditionsübersichtsbild pro Position können Sie die Auftragspreise bzw. Steuern bestimmen und abändern (vgl. Abbildung 8.45-3). Zur nächsten Funktion *Positionseinteilungen* können Sie auf ein separates Bildschirmbild verzweigen und die Auftragsmenge nach Perioden splitten (vgl. Abbildung 8.45-4). Auf dem Bildschirmbild der kaufmännischen Daten bestimmen Sie anschließend die Versandtermine, Versandstelle und die Route. Die möglichen Routen sind im Beispiel mit einem Pop-Up Window angezeigt, das zur Auswahl dient (vgl. Abbildung 8.45-5). Ebenso finden Sie auf dem Bild der kaufmännischen Daten das Feld *Liefersperre*, das aus verschiedenen Gründen ein Sperrkennzeichen zuläßt (vgl. Abbildung 8.45-7). Dies kann z. B. nach einer Kreditlimitprüfung geschehen. Auf dem Debitor Kreditmanagementbild können Sie die Festlegung des Kreditlimits sehen und zur Kreditlimitprüfung einsetzen (vgl. Abbildung 8.45-6).

8.45.4 Navigationsinformationen

- *Menüpfad*
  Logistik -> Vertrieb -> Verkauf -> Auftrag -> Anlegen -> Verkaufsbeleg -> Anlegen Bezug Kontrakt
- *Transaktionscode*
  VA01
- *Eingehende Prozeßverbindungen im R/3-Referenzmodell*
  Kundenkontraktbearbeitung
- *Ausgehende Prozeßverbindungen im R/3-Referenzmodell*
  Programmplanung, Planauftragsbearbeitung, Fertigungsauftragseröffnung
  Lieferungsbearbeitung, Kreditkontrolle

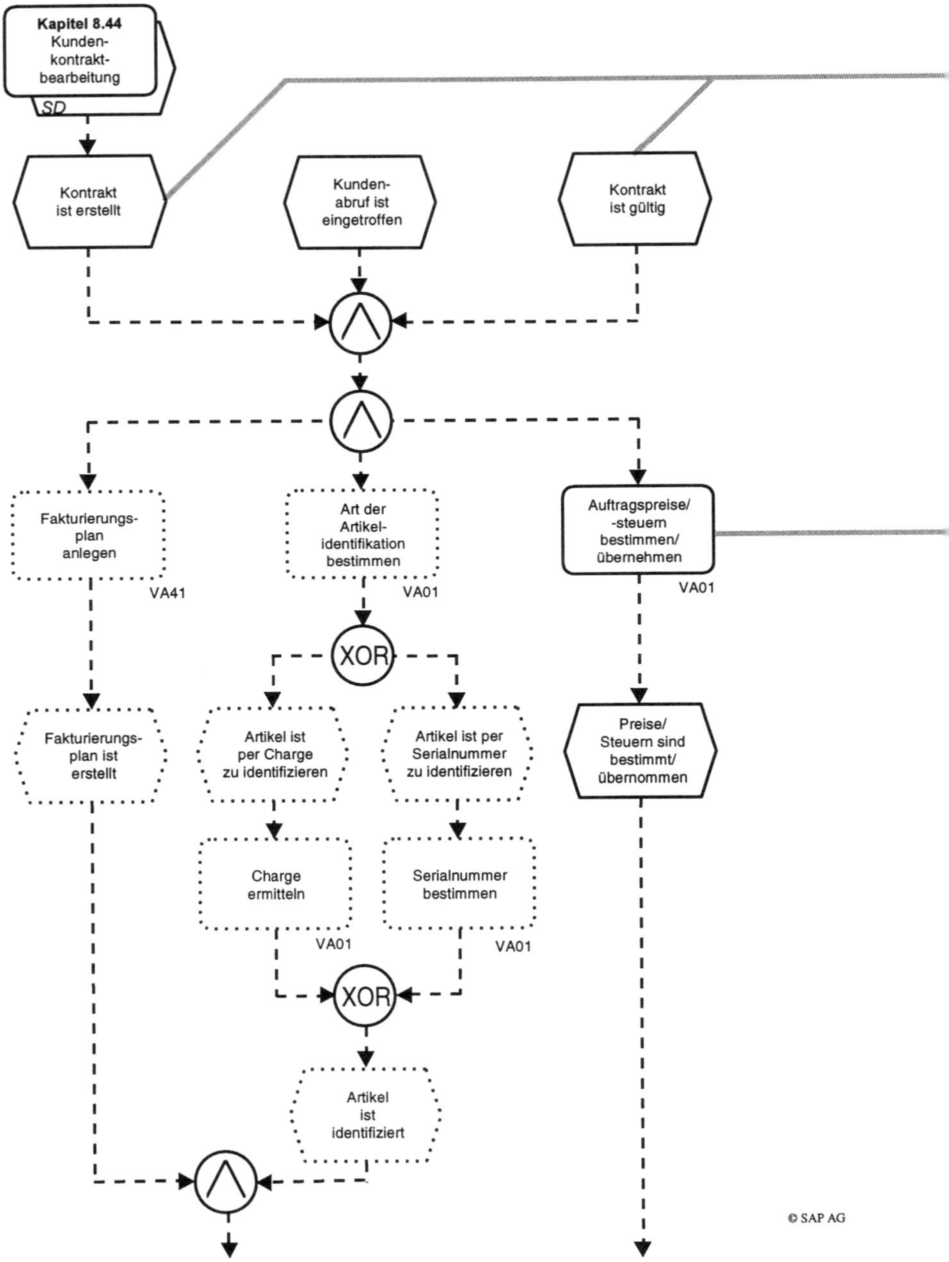
Kapitel 8.44
Kunden-
kontrakt-
bearbeitung
SD
Kontrakt
ist erstellt
Kunden-
abruf ist
eingetroffen
Kontrakt
ist gültig
Fakturierungs-
plan
anlegen
VA41
Art der
Artikel-
identifikation
bestimmen
VA01
Auftragspreise/
-steuern
bestimmen/
übernehmen
VA01
XOR
Fakturierungs-
plan ist
erstellt
Artikel ist
per Charge
zu identifizieren
Artikel ist per
Serialnummer
zu identifizieren
Preise/
Steuern sind
bestimmt/
übernommen
Charge
ermitteln
VA01
Serialnummer
bestimmen
VA01
XOR
Artikel
ist
identifiziert

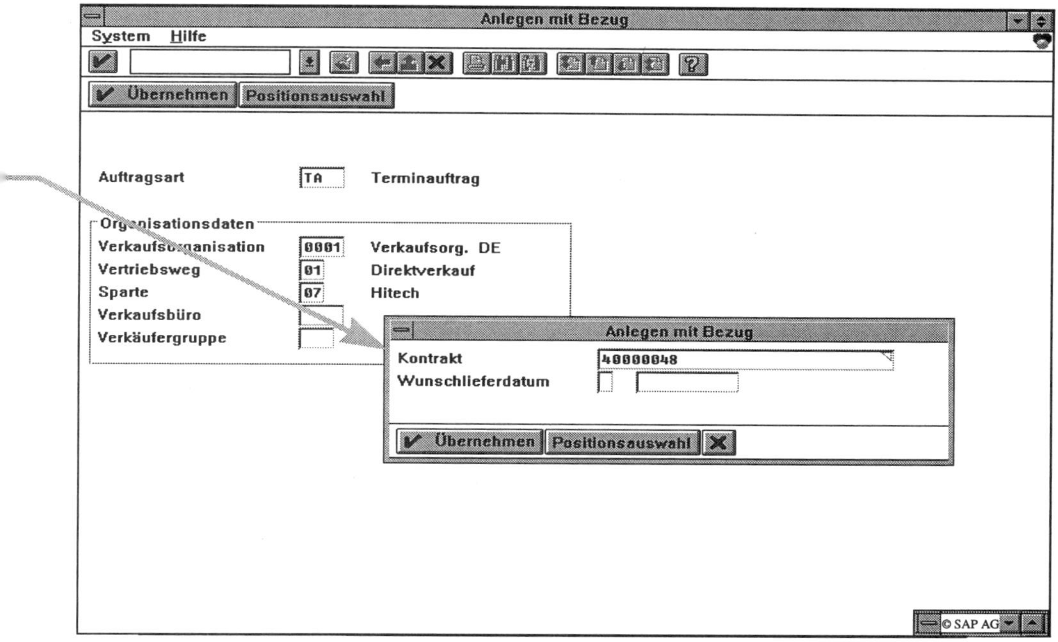

Abb. 8.45-2: Einstieg zum Kontraktabruf

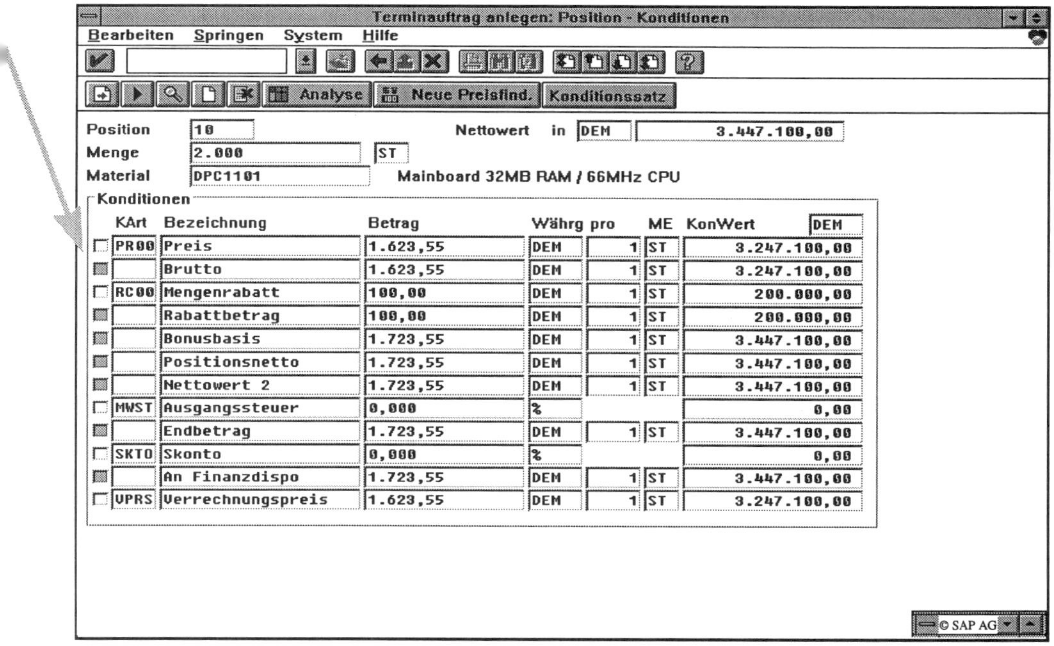

Abb. 8.45-3: Auftragspreise/-steuern

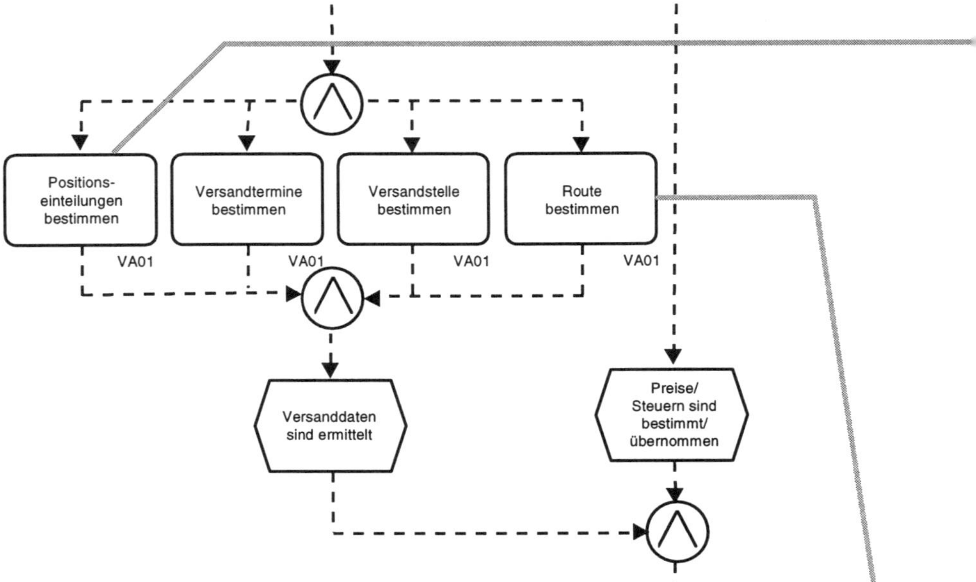

Kontraktabruf

Der Kontrakt enthält keine Einteilungen mit Lieferdaten und muß daher durch einen Auftrag abgerufen werden. Um einen Kontraktabruf zu erzeugen, geben Sie die Auftragsart und die Organisationsdaten Verkaufsorganisation, Vertriebsweg und die Sparte ein. Die Eingabe des Verkaufsbüros und der Verkäufergruppe ist optional. Geben Sie die Kontrakt-Nummer ein und wählen Sie Positionsauswahl. Hier werden die noch nicht abgerufenen Mengen für die Kontraktpositionen angezeigt. Verändern Sie die Mengen für diesen Abruf. Falls Kontraktpositionen nicht in diesen Abruf übernommen werden sollen, entfernen Sie die Markierung für die entsprechenden Positionen. Als Referenz können Sie noch die Bestellnummer des Kunden eingeben. Haben Sie schon Informationen über die Verpackung, so können Sie einen Verpackungsvorschlag im Kontraktabruf angeben. Sie können festlegen, wie die einzelnen Positionen zur Lieferung verpackt werden sollen. Diese Information wird dann während der Lieferbearbeitung (Prozeßbaustein 8.46) in die Lieferung übernommen und kann, falls erwünscht, dort geändert werden.

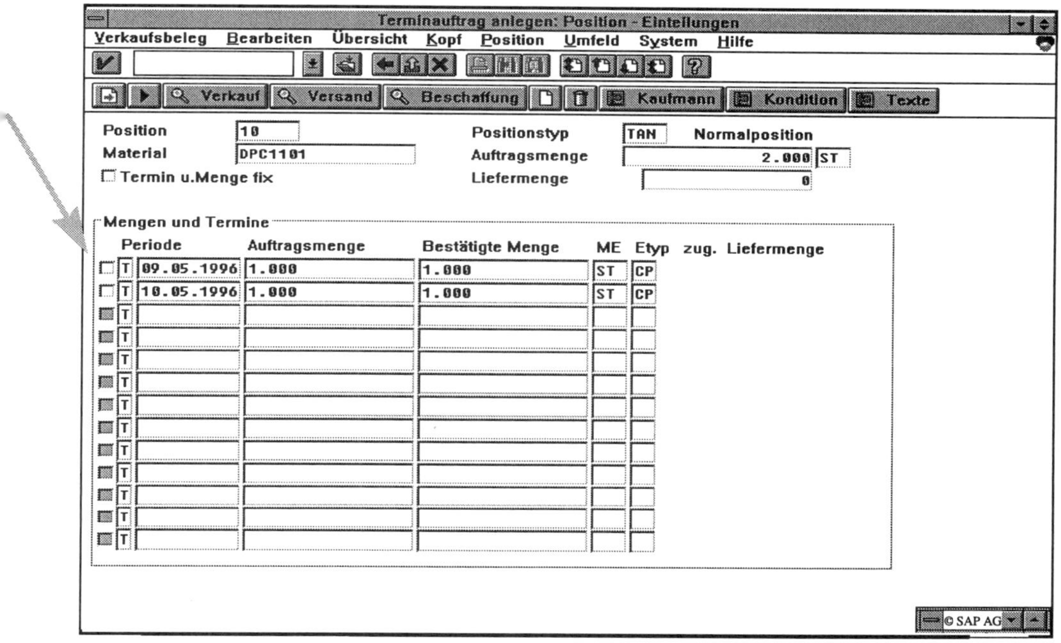

Abb. 8.45-4: Einteilungen

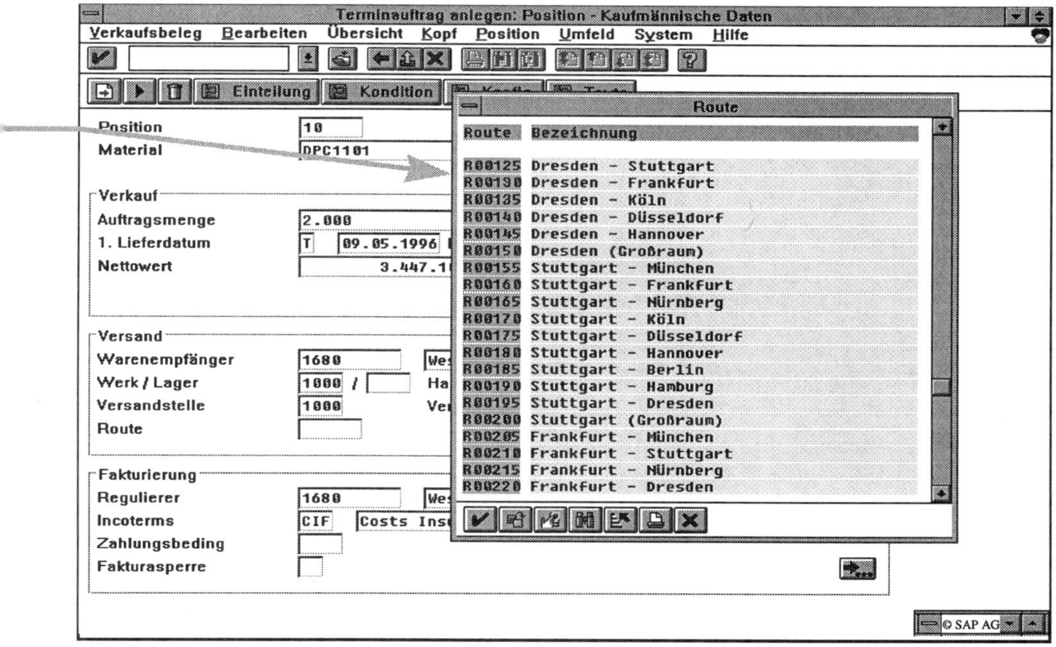

Abb. 8.45-5: Route

Kreditmanagement
Kunden weisen eine unterschiedliche Bonität auf. Von Ihrer Einschätzung des Kunden wollen Sie möglicherweise die Annahme von Aufträgen abhängig machen. Das System FI bietet Ihnen die Möglichkeit, für jeden Debitor ein Kreditlimit zu vergeben. Dieses Limit wird in der Finanzbuchhaltung und im Vertrieb beim Buchen geprüft. Wird das Limit überschritten, gibt das System eine Warnung aus. Sie legen die Kreditlimits auf unterschiedlichen Ebenen immer bezogen auf einen Debitor fest. Ein Gesamtkreditlimit legt das Kreditlimit eines Debitors über alle Kreditkontrollbereiche hinweg fest. Die Summe aller in einem Kontrollbereich vergebenen Kreditlimits darf nicht größer sein als dieses Gesamtkreditlimit. Mit dem individuellen Kreditlimit bestimmen Sie das tatsächliche Kreditlimit des Debitors im Kontrollbereich. Das gewährte individuelle Limit muß unter dem maximalen Einzelkreditlimit liegen.

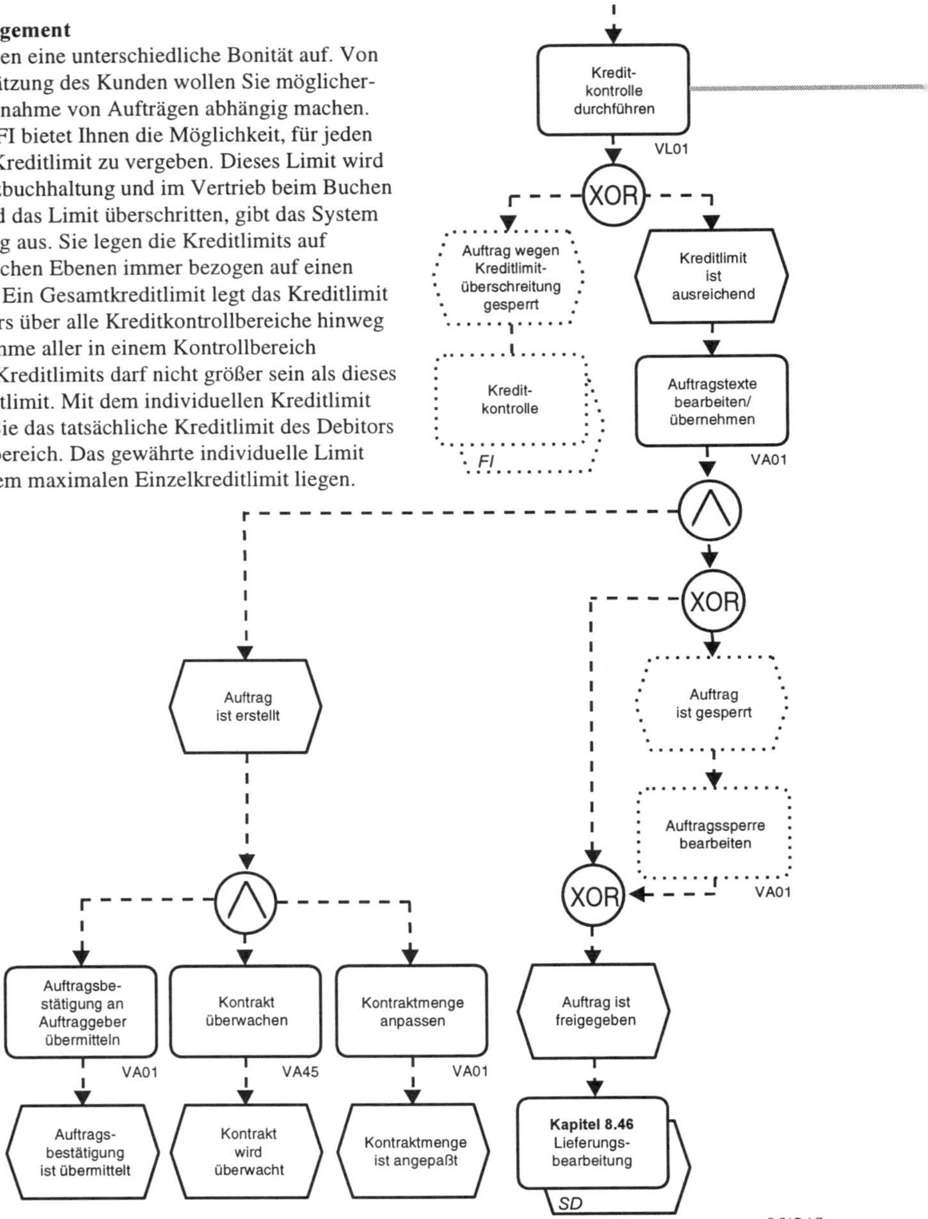

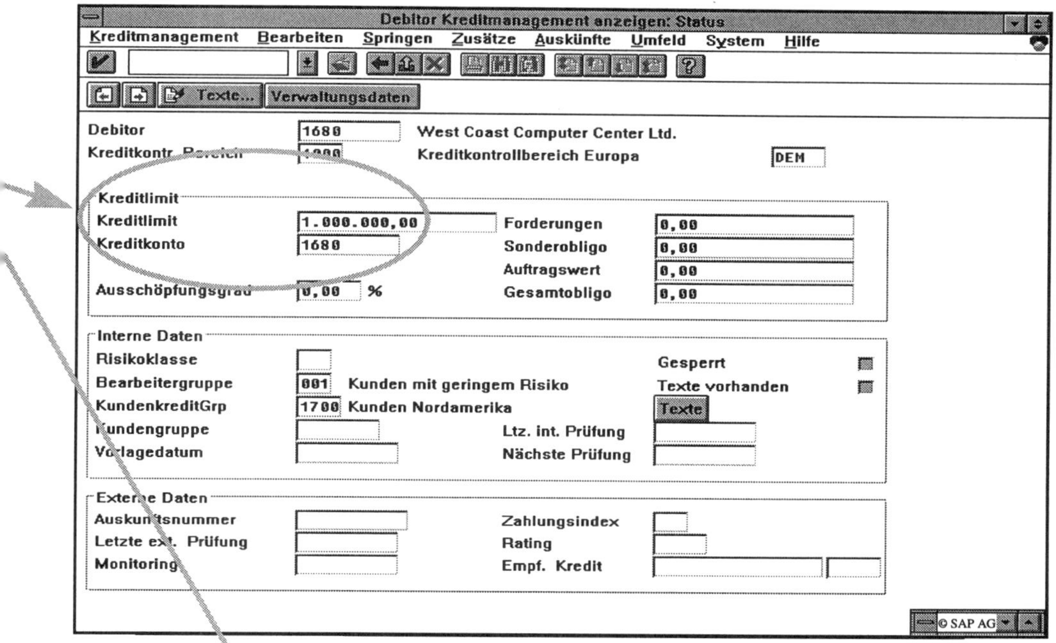

Abb. 8.45-6: Kreditlimitprüfung beim Kontraktabruf

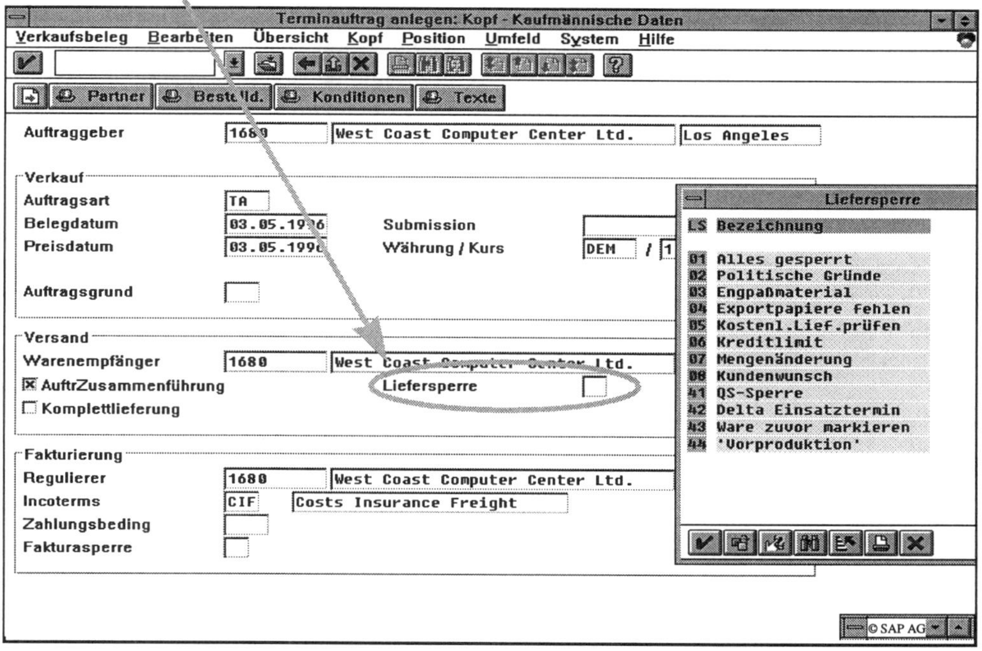

Abb. 8.45-7: Auftragssperre

8.46 Prozeß: Lieferungsbearbeitung

8.46.1 Betriebswirtschaftliche Beschreibung

Die Versand- bzw. Lieferungsbearbeitung umfaßt alle Aufgaben, die sich mit der Planung und Steuerung der Warenbewegung ausgehend vom Unternehmen zum Kunden befassen. Die Versandabwicklung reicht im einfachsten Fall, d. h. dem Barverkauf, von der Ausgabe der Ware an einem Warenausgangspunkt, bis hin zu umfassenden Tätigkeiten der Lieferscheinerstellung, Kommissionierung, Verpackungsplanung, Transport- bzw. Tourenplanung und Kontrolle von Teillieferungen sowie der Einhaltung von Qualitätsmerkmalen und Prüfung der Qualität beim Warenausgang (vgl. Kapitel 8.47).

Zentrales Dokument in der Versandabwicklung ist der *Lieferschein*, der neben der Adresse des Warenempfängers die einzelnen Positionen mit der Warenbezeichnung, Liefermenge und Preis enthält. Erfolgt die Lieferung über einen Dritten, so müssen Speditionsfrachtbriefe und eventuell Meldelisten für den Werksverkehr erstellt werden. Wird darüber hinaus die Ware an ausländische Kunden geliefert, sind zusätzlich zu den Frachtpapieren noch die Exportpapiere zu erstellen, bei Gefahrgütern sind unter Umständen spezielle Gefahrgutvorschriften für die Ladung und dem Transport beizufügen.

Die *Kommissionierung* hat das Ziel unterschiedliche Teilmengen zu einem Auftrag zusammenzustellen. Die Kommissionierung kann nach der Art der Bereitstellung in zentrale und dezentrale Kommissionierung differenziert werden, nach der Art des Objektes und des Ablaufs wird in auftrags- und artikelorientierte Kommissionierung sowie sequentielle und parallele Kommissionierung unterschieden. Bei dezentraler Kommissionierung muß der Kommissionierer die Ware abholen, bei zentraler Kommissionierung wird die Ware an einem zentralen Kommissionierpunkt bereitgestellt. Bei der auftragsorientiert-sequentiellen Kommissionierung wird der Auftrag an die Kommissionierung gegeben, die verschiedenen Produkte im Lager zusammengestellt und der Auftrag komplett an die Warenausgangsstelle geliefert. Bei der auftragsorientiert-parallelen Kommissionierung wird der an die Kommissionierung übergebene Auftrag entsprechend der Lagerbereiche gesplittet, an verschiedene Kommissionierer aufgeteilt und parallel bearbeitet. Die artikelorientierte Kommissionierung faßt verschiedene Aufträge einer Periode zusammen, z. B. sämtliche Aufträge des vorangegangenen Nachmittags, und aus den verschiedenen Lieferungsaufträgen werden interne Kommissionieraufträge erstellt. Dieses Verfahren wird auch als mehrstufige Kommissionierung bezeichnet und eignet sich besonders für Unternehmen, die ein großes Produktionssortiment und kleine Kundenaufträge haben, um unnötige Arbeitsschritte zu ersparen. Die artikelorientierte Kommissionierung kann wiederum in eine artikel-sequentielle und in eine artikel-parallele Kommissionierung differenziert werden. Mit der artikel-parallelen Kommissionierung versucht man durch die Zusammenfassung von Aufträgen innerhalb einer Periode die Wegezeiten zu reduzieren, durch die Parallelisierung der Tätigkeiten wird die Gesamtbearbeitungszeit reduziert (vgl. Jansen/Grünberg 1992, S. 4-15).

Bestimmte Materialien, wie z. B. Maschinen oder Sicherheitsteile, müssen unter Umständen in spezifischen Behältern, Kisten, Paletten, Gitterboxen oder Containern verpackt und versendet werden. Die *Verpackungsplanung* dient dazu, die einzelnen Positionen den richtigen Packstücken zuzuordnen, damit zum einen während des Transports die Ware nicht beschädigt wird, zum anderen die relevanten Anforderungen der Transport- und eventuell der Exportvorschriften berücksichtigt werden.

Die *Transport- und Tourenplanung* hat dafür Sorge zu tragen, daß die gewünschte Ware planmäßig beim Kunden eintrifft und unter Einhaltung des bestmöglichen Wegs unter Kosten- und Zeitgesichtspunkten erfolgt. Dies kann z. B. bei einem Transport mittels LKW die Planung der einzelnen anzufahrenden Lieferstationen sein, bei einem Wechsel ausgehend vom LKW zur Bahnstation und wieder zum LKW am Zielort die Bestimmung der Anlieferungs- und Abholungszeiten. Aufgrund nicht ausreichender Bestände bzw. aufgrund begrenzter Transportkapazitäten kommt es in der Praxis nicht selten vor, daß Teillieferungen an den Kunden durchgeführt werden. Bei Teillieferungen muß der Gesamtzusammenhang zum Auftrag erhalten bleiben und eine Ermittlung der offenen Positionen möglich sein.

8.46.2 SAP-spezifische Beschreibung

Die Abwicklung des Versands wird mit Hilfe der Versandbelege *Lieferung* und *Warenausgang* (vgl. Kapitel 8.47) im R/3-System abgebildet. Der zentrale Beleg des Versands ist die Lieferung, mit deren Erstellung die Versandaktivitäten für die fälligen Aufträge eingeleitet werden. Wird eine Lieferung auf der Basis eines Auftrags erstellt, werden die versandrelevanten Daten aus dem Auftrag oder einem Rahmenvertrag in die Lieferung übernommen. Wird eine Lieferung ohne Bezug zu einem Auftrag erstellt, müssen alle Daten für die Lieferung manuell erfaßt werden. Aus dem Kundenstammsatz sind die Daten zum Warenempfänger und aus dem Materialstammsatz die Daten zu den Lieferpositionen zu übernehmen (vgl. SAP – Vertriebssystem 1994, S. 7.1-7.7).

Die Lieferungen sind die Grundlage für die Folgefunktionen, wie z. B. der Warenausgang, der Druck der Versandpapiere und die Fakturierung. Mit dem Warenausgang gilt der Vorgang im Versand als erledigt und kann fakturiert werden. Die Lieferung setzt sich aus einem Belegkopf und beliebig vielen Belegpositionen zusammen. Im Belegkopf werden die allgemeinen, für den Versand relevanten Daten festgehalten. Sie haben Gültigkeit für den gesamten Beleg. Dazu gehören z. B. die Versandstelle, Daten zur Versand- und Transportterminierung (z. B. das Warenausgangsdatum oder das Anlieferdatum beim Warenempfänger), Gewichte und Volumina der gesamten Lieferung sowie die Nummer des Auftraggebers und des Warenempfängers. In den Belegpositionen sind z. B. die Materialnummer, die Liefermenge, Werks- und Lagerortangaben, das Kommissionierdatum, Gewichte und Volumina der einzelnen Positionen sowie Toleranzen für Unter- oder Überlieferungen angegeben.

Zur Abdeckung der verschiedenen unternehmerischen Anforderungen kann die Versandabwicklung im R/3-System mit Hilfe von *Versandbelegarten* und durch verschiedene

Positionstypen unterschiedlich gestaltet werden. Im R/3-System sind als Standard folgende Versandbelegarten definiert:

- Lieferung (LF)
- Lieferung ohne Referenz (LO)
- Retourenlieferung (LR)
- Nachschublieferung (NL)

Beim Erfassen einer Lieferung mit Bezug auf einen Auftrag wird aufgrund des zugrundeliegenden Auftrags die Versandbelegart automatisch vorgeschlagen. Die Lieferung ohne Referenz wird nicht auf der Basis eines Auftrags erfaßt und ist für den dezentralen Versand vorgesehen. Beim Erfassen einer solchen Lieferung muß die Versandbelegart explizit angegeben werden. Über Steuerungselemente, die in Tabellen festgelegt sind, kann jede Versandbelegart so eingestellt werden, daß sie einen eigenen Funktionsumfang enthält. Die Belegarten können den Anforderungen des Kunden angepaßt werden. Außerdem können neue Belegarten definiert werden. Die Versandbelegarten können z. B. zur Festlegung folgender Sachverhalte dienen:

- Aus welchem Nummernkreis stammt die Belegnummer bei interner und externer Nummernvergabe?
- Welche Partnerrollen sind zulässig und welche müssen erfaßt werden?
- Muß der Lieferung ein Auftrag zugrundeliegen oder kann die Lieferung auch ohne Bezug zu einem Auftrag erfaßt werden?
- Welche Bedingungen müssen auftragsunabhängige Positionen erfüllen, die in die Lieferung aufgenommen werden sollen?
- Soll eine Routenermittlung durchgeführt werden und diese gegebenenfalls auf Zulässigkeit hin geprüft werden?
- Nach welcher Regel soll der Lagerort für eine Position ermittelt werden, falls keine Angabe gemacht wurde?
- Welche Nachrichtenarten sind für den Vorgang erlaubt und nach welchem Schema werden sie vorgeschlagen?

Um eine weitere Steuerung in den Lieferungen für die einzelnen Artikel zu ermöglichen werden Positionstypen definiert (vgl. Abbildung 8.46-1). Der Positionstyp wird aus der Auftragsposition übernommen. Eine Normalposition in einem Terminauftrag wird zu einer Normalposition in der Lieferung. Wird eine Lieferung ohne Bezug auf einen Auftrag erfaßt, so wird der Positionstyp in Abhängigkeit von der Versandbelegart und der Positionstypengruppe des Materials vorgeschlagen.

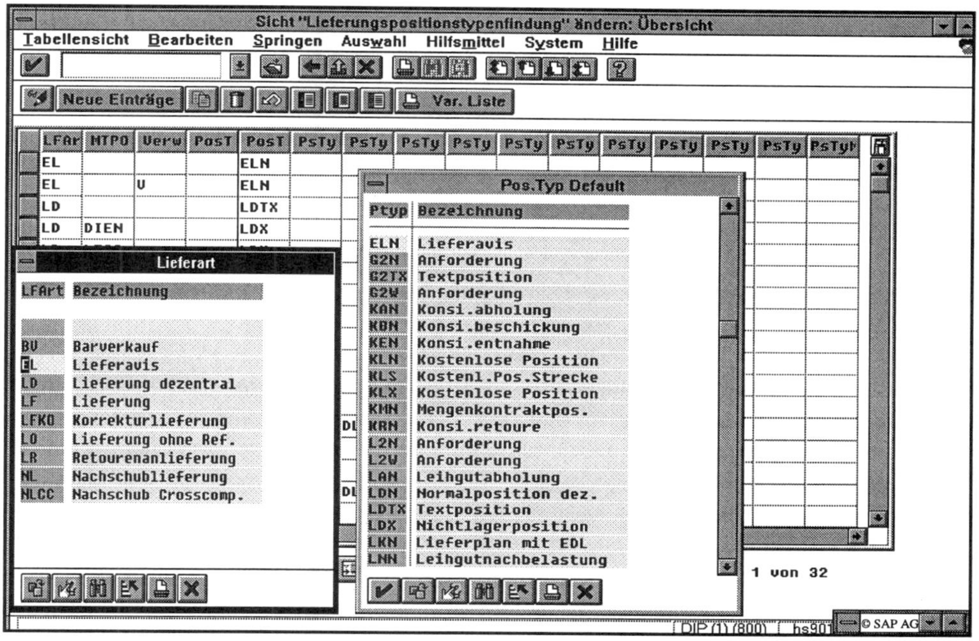

Abb. 8.46-1: Customizing der Lieferungspositionstypenfindung

Ebenso wie die Versandbelegarten können auch die Positionstypen angepaßt und über das Customizing neue Positionstypen definiert werden. Die Positionstypen dienen zur Beantwortung folgender Fragen:

- Muß für eine Position eine Materialnummer angegeben werden?
- Ist die Liefermenge 0 erlaubt?
- Soll geprüft werden, ob die Liefermenge die materialabhängige Mindestmenge überschreitet?
- Soll geprüft werden, ob die Lieferung die angeforderte Liefermenge überschreitet und ob diese Überlieferung erlaubt ist?
- Ist die Position relevant für die Kommissionierung?
- Ist die Angabe eines Lagerorts für die Position erforderlich?
- Soll der Lagerort automatisch ermittelt werden?

Bei der Erstellung der Lieferung wird automatisch der zugrundeliegende Auftrag fortgeschrieben. Darüber hinaus können Vereinbarungen über Komplett- und Teillieferungen getroffen sein. Ebenso ist es möglich, verschiedene Aufträge zu einer Lieferung zusammenzufassen. Sobald für eine Einteilung das Materialbereitstellungsdatum oder das Transportdispositionsdatum erreicht ist, wird sie für den Versand fällig. Mit der Erstellung der Lieferung werden die Versandaktivitäten, wie die Kommissionierung und die Transportdisposition, eingeleitet.

Für die Bearbeitung einer Lieferung ist jeweils eine Versandstelle zuständig. *Versandstellen* sind eigenständige organisatorische Einheiten, innerhalb derer die Bearbeitung und Überwachung der Lieferungen sowie die anschließende Warenausgabe erfolgen. Für jede Auftragsposition kann eine Versandstelle ermittelt werden. Welche Versandstelle für eine Lieferung zuständig ist, kann bei der Auftragsabwicklung automatisch ermittelt werden oder sie muß manuell eingegeben werden. Bei der Erstellung einer Lieferung laufen verschiedene Automatismen ab, um die Daten in der Lieferung zu ergänzen und ihre Richtigkeit sicherzustellen. Es werden beispielsweise die Liefermenge einer Position ermittelt und die Verfügbarkeit des Materials geprüft, die Gewichte und das Volumen der Lieferung berechnet und die Liefersituation des Auftrags sowie die getroffenen Teillieferungsvereinbarungen überprüft. Die Ermittlung der Versandstelle im Auftrag ist abhängig von der Versandbedingung aus dem Debitorenstammsatz, der Ladegruppe aus dem Materialstammsatz und dem Auslieferungswerk. Im Debitorenstammsatz kann z. B. definiert sein, daß die Ware dem Kunden möglichst schnell zugestellt werden soll, im Materialstammsatz kann z. B. für die Ladegruppe festgelegt sein, daß die Ware immer mit einem Kran oder dem Gabelstapler verladen werden muß. Das Werk wird entweder aus dem Debitorenstammsatz oder aus dem Materialstammsatz pro Auftragsposition ermittelt oder manuell für jede Auftragsposition eingegeben. Wenn eine Lieferung zu einem Auftrag erfaßt werden soll, muß die Versandstelle angegeben werden, von der aus der Auftrag beliefert werden soll. Die Versandstelle kann in der Lieferung nicht mehr geändert werden. Bei der Belieferung eines Auftrags werden nur die Auftragspositionen beliefert, die auch für die eingegebene Versandstelle vorgesehen sind. Sind im Auftrag für die Positionen verschiedene Versandstellen vergeben worden, so muß für jede Versandstelle eine neue Lieferung mit den zur Versandstelle gehörenden Positionen erstellt werden. Wünscht der Kunde eine Komplettlieferung für den Auftrag, so ist es nicht sinnvoll, verschiedene Versandstellen für die Auftragspositionen zu definieren, da dies zu einem Split des Auftrags in mehrere Lieferungen führen würde.

An einer Lieferung können nachträglich Änderungen vorgenommen werden, falls sich an der Versandsituation etwas geändert hat oder die kommissionierte Menge abweichend von der geforderten Menge zurückgemeldet wurde. Auftragspositionen oder Einteilungen eines Auftrags, die in ihren Versandkriterien übereinstimmen, gehen zusammen in eine Lieferung ein. Weichen die Daten voneinander ab, wenn z. B. verschiedene Warenempfänger für zwei Positionen definiert sind, müssen zwei Lieferungen für den Auftrag erzeugt werden. Außerdem können die Auftragspositionen verschiedener Aufträge in einer Lieferung zusammengefaßt werden, sofern sie in ihren Versandkriterien übereinstimmen und der Auftraggeber dies zuläßt. Sowohl der gesamte Auftrag als die Auftragspositionen und die Einteilungen zu einer Position müssen bestimmte Voraussetzungen erfüllen, damit eine Lieferung erstellt werden kann. Auf Kopfebene darf keine Liefersperre gesetzt sein und der Verkaufsbeleg muß mindestens eine lieferbare Position enthalten, d. h. es muß mindestens eine lieferrelevante Position fällig sein, damit der Auftrag beliefert werden kann. Die Liefersperre kann z. B. wegen einer Überschreitung des Kreditlimits automatisch gesetzt oder manuell im Verkaufsbeleg angegeben werden. Die Liefersperre ist allerdings nur dann wirksam, wenn die Liefersperre im Customizing der entsprechenden Lieferungsart zugeordnet ist. Auf Positions- und Einteilungsebene muß die Einteilung zum angegebenen Selektionsdatum fällig sein und es darf keine Liefersperre für die Einteilung gesetzt sein. Eine Einteilung wird für den Versand fällig, sobald sie das Materialbereitstellungsdatum oder das Transportdispositionsdatum erreicht. Die Liefersperre auf Einteilungsebene ist im Gegensatz zur Liefersperre auf Kopfebene auch ohne entsprechende Zuordnung im Customizing immer wirksam. Darüber hinaus muß die noch zu liefernde Menge größer null sein, die lieferrelevanten Positionsangaben im Auftrag müssen vollständig sein, der Produktstatus des Materials muß eine Lieferung zulassen und die Ware muß verfügbar sein, falls die Verfügbarkeit geprüft wird. Erfolgt die Erstellung der Lieferung, so wird der Auftrag aktualisiert und der Lieferstatus auf Kopf- und Positionsebene fortgeschrieben.

Die *Route* legt den Transportweg und die Transportmittel fest und hat einen Einfluß auf die Transportterminierung. Über die Route kann z. B. festgelegt sein, daß die Ware mit der Bahn nach Nürnberg verschickt wird. Für die Transportterminierung dies, daß die Reservierungszeit von Laderaum im Güterwagen der Bahn mit berücksichtigt werden muß. Für jede Auftragsposition kann eine Route ermittelt werden. Diese Routenermittlung im Auftrag hängt vom Land und der Abgangszone der Versandstelle, von den Versandbedingungen aus dem Auftrag, von der Transportgruppe aus dem Materialstammsatz und von dem Land sowie der Transportzone des Warenempfängers ab. Wenn im Auftrag der Warenempfänger geändert wird, wird die Route pro Position neu bestimmt. Die Versandbelegart legt fest, ob in der Lieferung eine Neuermittlung der Route vorgenommen wird. Da erst zu diesem Zeitpunkt das exakte Gewicht der Lieferung bekannt ist, kann eine solche Neuermittlung sinnvoll sein. Ist die Ware z. B. bei Überlieferung zu schwer für Luftfracht, muß sie mit der Bahn befördert werden. Es ist auch möglich, daß für einen Auftrag Teillieferungen vorgenommen werden, so daß das Gesamtgewicht der Lieferung niedriger ist als das im Auftrag registrierte Gewicht. Dadurch kann ein kleinerer LKW als ursprünglich geplant für die Lieferung verwendet werden. Aus diesem Grund wird in der Lieferung neben den bereits erwähnten Kriterien auch eine Gewichtsgruppe für die Neuermittlung der Route verwendet. Die Gewichtsgruppe wird aufgrund des Gesamtgewichts der Lieferung ermittelt. Die vom System ermittelte Route kann in der Lieferung manuell überschrieben werden. Im Gegensatz zum Auftrag, in dem eine Route pro Auftragsposition möglich ist, gilt die Route in der Lieferung für alle Lieferpositionen. Bei einer Neuermittlung der Route in der Lieferung kann das System überprüfen, ob die in der Auftragsposition ermittelte Route und die für die Lieferung gefundene Route noch konsistent sind. Eine solche Konsistenzprüfung kann für jede Versandbelegart im Customizing definiert werden.

Bei der Auftragserfassung kann für jede Einteilung einer Position ein Wunschlieferdatum angegeben werden. Das System kann bei der Auftragsbearbeitung automatisch terminieren, wann die erforderlichen Versandaktivitäten, wie Kommissionieren, Laden und Transportieren, begonnen werden müssen, damit der Wunschliefertermin eingehalten werden kann. Man unterscheidet hierbei zwischen *Zeiten*, die benötigt werden, um bestimmte Aktivitäten durchzuführen und *Terminen*, die anhand dieser Zeiten berechnet werden. Zur Berechnung der Versandtermine benötigt das System Erfahrungswerte aus der Versandabteilung, die in Form von Transitzeit, Ladezeit, Richtzeit und Transportdispositionsvorlaufzeit hinterlegt werden.

- Die *Transitzeit* ist die Zeit, die benötigt wird, um eine Ware zum Kunden zu transportieren. Sie wird für eine Route definiert. Bei der Definition der Transitzeit kann für die Route auch gleichzeitig der Fabrikkalender des Spediteurs angegeben werden. Dieser Fabrikkalender kann vom Kalender der Firma abweichen. Hier kann z. B. definiert sein, daß beim Spediteur die 6-Tage-Woche gilt.
- Die *Ladezeit* ist die Zeit, die zum Verladen der Ware benötigt wird. Sie wird über die Versandstelle, die Route und die Ladegruppe des Materials ermittelt.
- Die *Richtzeit* umfaßt die Zeit, die zum Zuordnen einer Ware zu einer Sendung, zum Kommissionieren und Verpacken benötigt wird. Sie wird anhand der Versandstelle, der Route und der Gewichtsgruppe der Auftragsposition berechnet.
- Unter der *Transportdispositionsvorlaufzeit* versteht man die Zeit, die benötigt wird, um den Transport zu organisieren. Hierzu zählen z. B. das Buchen eines Schiffes und das Reservieren eines LKWs bei einer Spedition. Sie wird für eine Route definiert.

Wichtige Termine zur rechtzeitigen Zusendung der Ware sind das Materialbereitstellungs-, das Transportdispositions-, das Lade-, das Warenausgangs- und das Lieferdatum.

- Am *Materialbereitstellungsdatum* muß damit begonnen werden, die während der Richtzeit anfallenden Aktivitäten (z. B. Kommissionieren, Verpacken) vorzunehmen.
- Das *Transportdispositionsdatum* ist das Datum, ab dem die Organisation des Warentransports beginnen muß.
- Das *Ladedatum* ist das Datum, ab dem die Ware verladefertig sein muß und an dem alle für den Transport benötigten Fahrzeuge zum Verladen bereitstehen müssen.
- Das *Warenausgangsdatum* ist das Datum, an dem die Ware das Haus verlassen muß, um rechtzeitig zum Liefertermin beim Kunden einzutreffen.
- Das *Lieferdatum* ist das Datum, zu dem die Ware beim Kunden eintreffen soll. Die Differenz zwischen dem Warenausgangsdatum und dem Lieferdatum ergibt sich aus der Transitzeit zwischen dem liefernden Werk und der Firma des Kunden für die gewählte Route. Bei dem Lieferdatum kann es sich um das Wunschlieferdatum des Kunden handeln oder um das bestätigte Lieferdatum.

8.46.3 Anwendung des Prozesses

Eine Lieferung kann mit oder ohne Bezug zu einem Kundenauftrag erfolgen. Der Auftrag 1050 der Modellfirma *A* ist zur Lieferung freigegeben und wird als Referenz auf dem Einstiegsbild zur Lieferung angegeben. Des weiteren ist die gesamte Lieferung oder ein Teil davon zum Versand fällig, d. h. das Materialbereitstellungsdatum (Zeitpunkt an dem die Kommissionierung und Verpackung der Ware beginnen muß) oder das Transportdispositionsdatum (Zeitpunkt, zu dem die Organisation des Warentransports beginnen muß) ist erreicht für diese Position. Die Eingabe der Versandstelle kann manuell eingegeben werden oder wird aus den Daten des Auftrags automatisch übernommen (vgl. Abbildung 8.46-1).

Auf dem Mengenbild erscheinen die erzeugten Lieferpositionen, wie z. B. für die Modellfirma *A* die Hauptplatine DPC1101. Eventuelle Fehler bei der Lieferungserstellung können Sie mit dem Protokoll-Button abrufen. Im vorliegendem Beispiel der Firma *A* wird im nächsten Bearbeitungsschritt die Kommissionierung erstellt. Möglich wäre z. B. auch eine Sicherung der bisherigen Eingabedaten und eine spätere Weiterbearbeitung nachdem der Warenausgang erfolgt ist. In unserem Fall wird die Lieferung mit der Kommisionierung (vgl. Abbildung 8.46-3) abgeschlossen und gleichzeitig in die Warenausgangsbearbeitung verzweigt. Ein wichtiges Feld auf dem Kommisionierungsbild ist die *Pick-Menge*. Stimmt die kommisionierte Menge mit der vorgeschlagenen Lieferungsmenge überein (Modellfirma *A* mit 2000 Stück Lieferungsmenge und Pick-Menge), so erhält die Position zur Lieferung den Systemstatus *Vollständig kommisioniert* und ermöglicht somit eine Buchung des bevorstehenden Warenausgangs.

Die *Überwachnung* der Lieferung ist beendet, wenn der Warenausgang im Versand gebucht wird und die Fakturabearbeitung stattgefunden hat. Der Materialbestand wird um die Ausgangsmenge reduziert (vgl. Kapitel 8.47) und gleichzeitig werden die entsprechenden Wertänderungen übernommen (vgl. Kapitel 8.49).

8.46.4 Navigationsinformationen

- *Menüpfad*
  Logistik –> Vertrieb –> Versand –> Lieferung –> Anlegen
- *Transaktionscode*
  VL01
- *Eingehende Prozeßverbindungen im R/3-Referenzmodell*
  Terminauftragsbearbeitung
  kostenlose Lieferungsbearbeitung
  kostenlose Nachlieferungsbearbeitung
  Kundenkontraktabrufbearbeitung
  Kundenlieferplaneinteilungsbearbeitung
  Kundenabrufbearbeitung zum Lieferplan
  Bestellungsbearbeitung für Umlagerung
  Zeugnisempfängerbearbeitung
- *Ausgehende Prozeßverbindungen im R/3-Referenzmodell*
  Prüfloseröffnung zur Lieferung/Auftrag im Vertrieb
  Kreditkontrolle
  Kommissionierung
  Fakturabearbeitung
  Transportplanung
  Warenausgangsbearbeitung für Lagermaterial
  Konsignationswarenausgangsbearbeitung

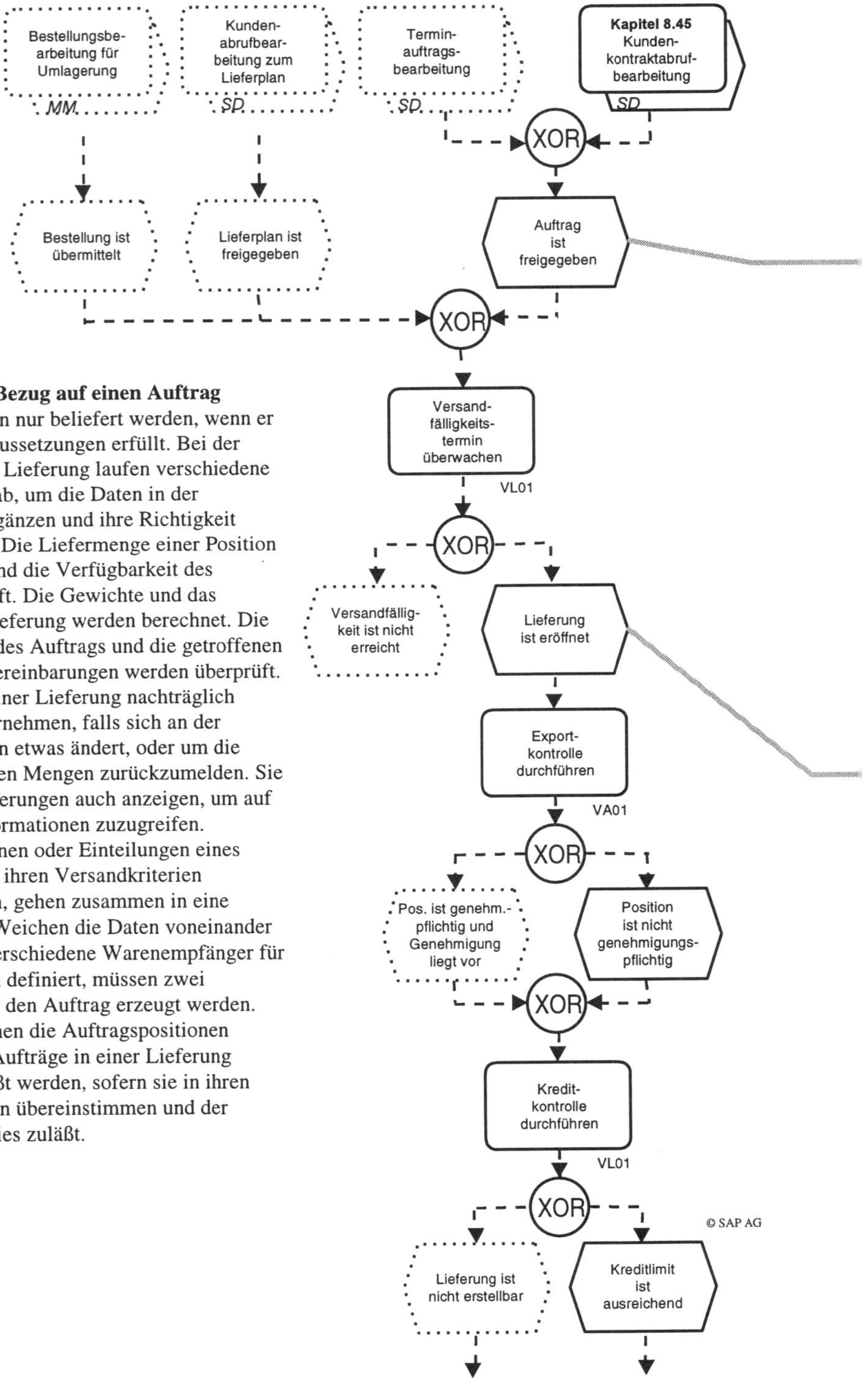

Lieferung mit Bezug auf einen Auftrag
Ein Auftrag kann nur beliefert werden, wenn er bestimmte Voraussetzungen erfüllt. Bei der Erstellung einer Lieferung laufen verschiedene Automatismen ab, um die Daten in der Lieferung zu ergänzen und ihre Richtigkeit sicherzustellen. Die Liefermenge einer Position wird ermittelt und die Verfügbarkeit des Materials geprüft. Die Gewichte und das Volumen der Lieferung werden berechnet. Die Liefersituation des Auftrags und die getroffenen Teillieferungsvereinbarungen werden überprüft. Sie können in einer Lieferung nachträglich Änderungen vornehmen, falls sich an der Versandsituation etwas ändert, oder um die kommissionierten Mengen zurückzumelden. Sie können die Lieferungen auch anzeigen, um auf die Versandinformationen zuzugreifen. Auftragspositionen oder Einteilungen eines Auftrags, die in ihren Versandkriterien übereinstimmen, gehen zusammen in eine Lieferung ein. Weichen die Daten voneinander ab, sind z. B. verschiedene Warenempfänger für zwei Positionen definiert, müssen zwei Lieferungen für den Auftrag erzeugt werden. Außerdem können die Auftragspositionen verschiedener Aufträge in einer Lieferung zusammengefaßt werden, sofern sie in ihren Versandkriterien übereinstimmen und der Auftraggeber dies zuläßt.

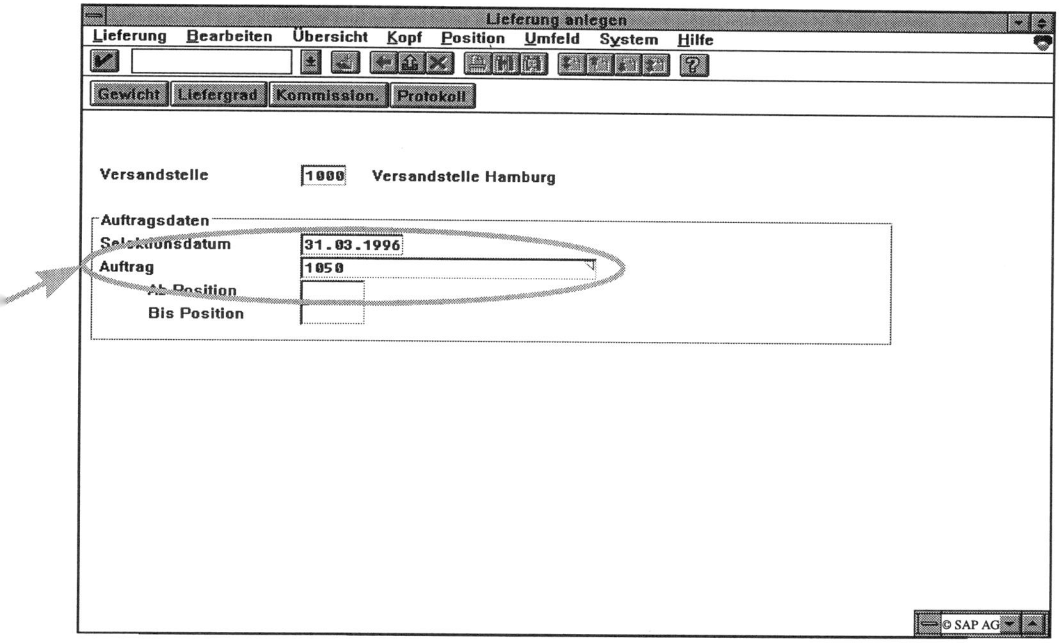

Abb. 8.46-2: Einstieg zur Lieferungsbearbeitung

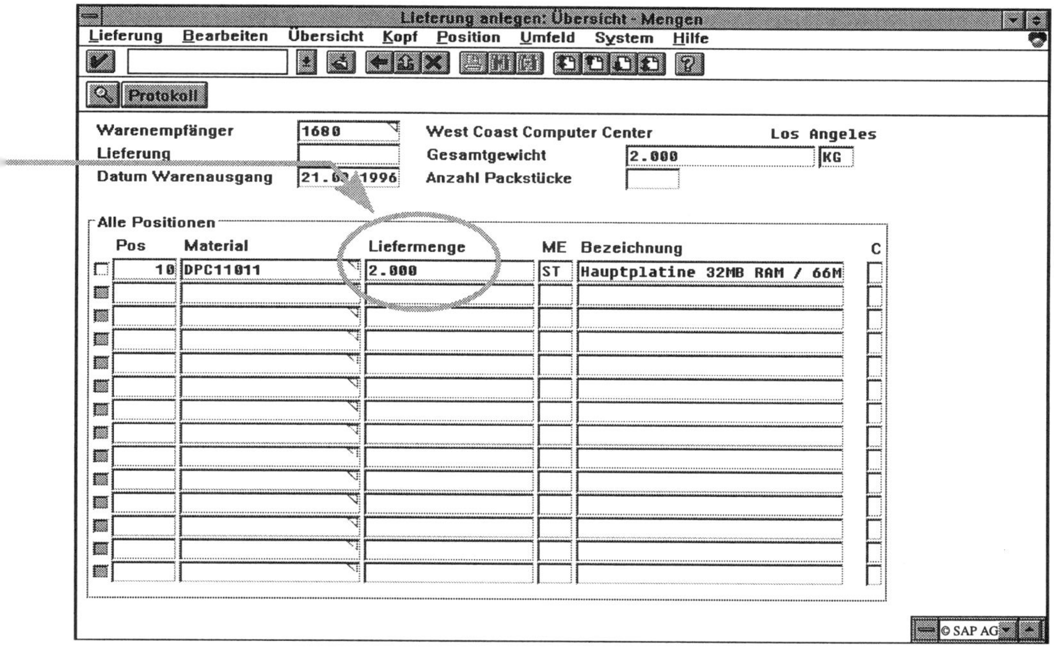

Abb. 8.46-3: Eintrag der Liefermenge

Lieferroute
Die Route legt den Transportweg und die Transportmittel fest und hat einen Einfluß auf die Transportterminierung. Über die Route kann z. B. festgelegt sein, daß die Ware mit der Bahn nach Nürnberg verschickt wird. Für die Transportterminierung bedeutet das zum Beispiel, daß die Reservierungszeit von Laderaum im Güterwagen der Bahn mit berücksichtigt werden muß. Für jede Auftragsposition kann eine Route ermittelt werden. Diese Routenermittlung im Auftrag hängt von einigen Einflußfaktoren ab, z. B. Land und Abgangszone der Versandstelle, Versandbedingung aus dem Auftrag (hier kann z. B. definiert sein, daß die Ware dem Kunden möglichst schnell zugestellt werden soll), Transportgruppe aus dem Materialstammsatz (in der Transportgruppe können Eigenschaften wie z. B. "sperrige Ware" oder "gekühlt zu transportieren" zusammengefaßt werden) und Land und Transportzone des Warenempfängers. Wenn im Auftrag der Warenempfänger geändert wird, wird die Route pro Position neu bestimmt.

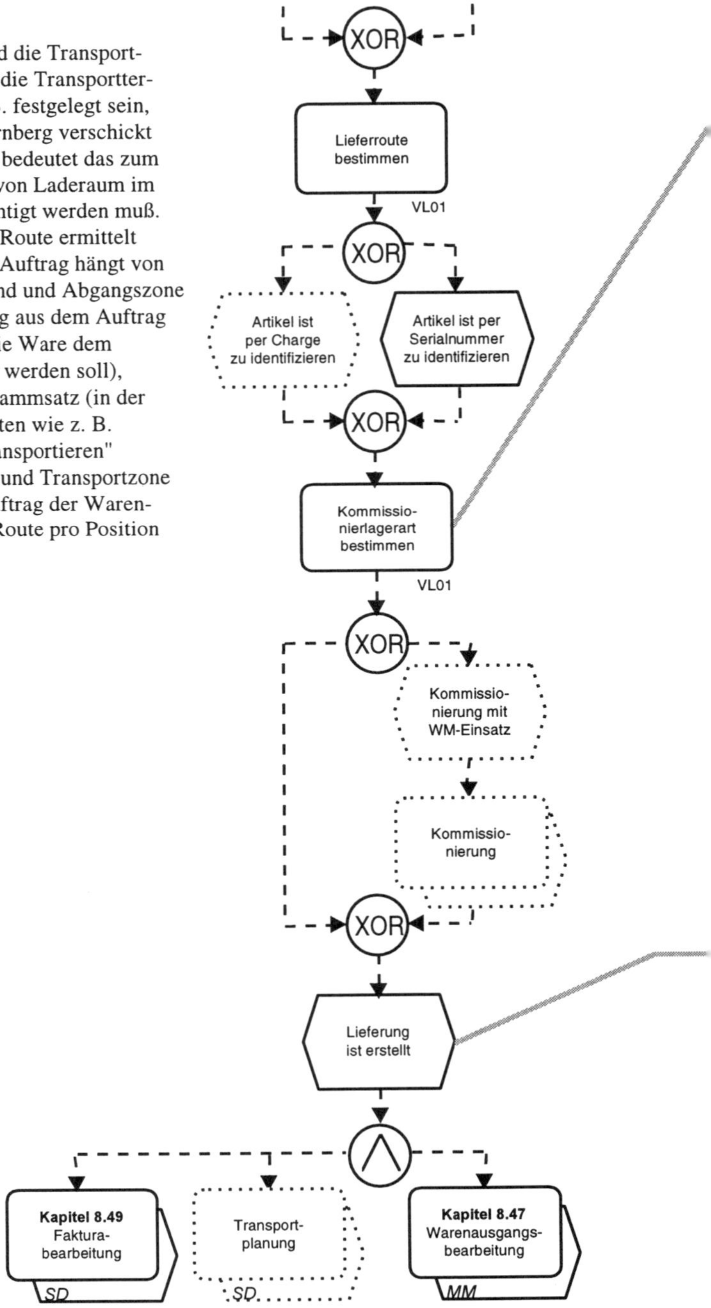

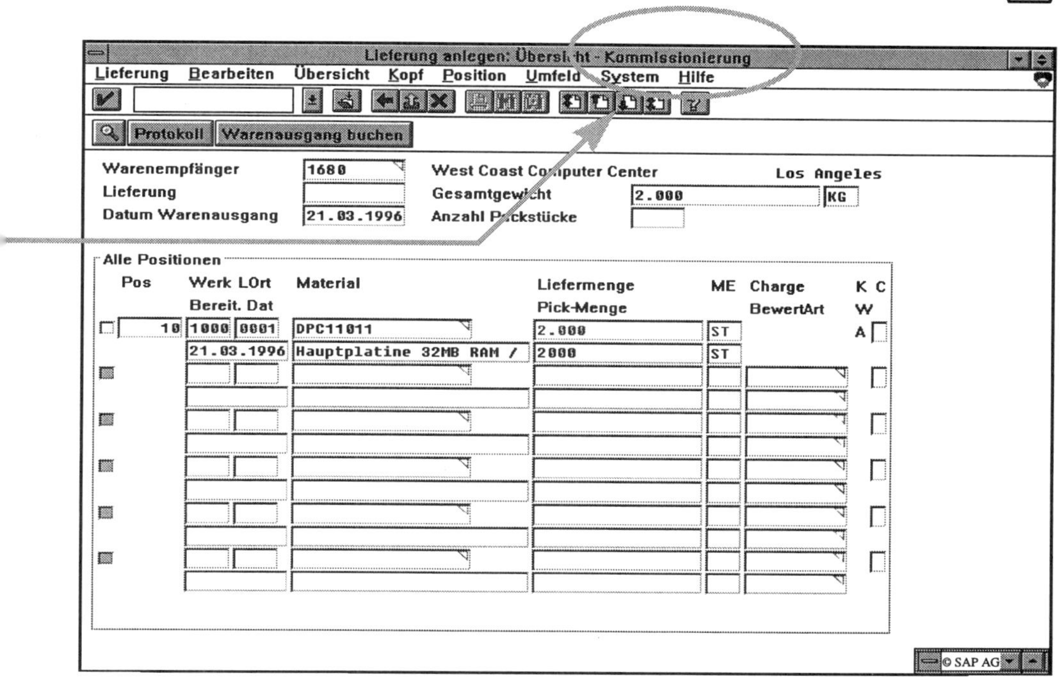

Abb. 8.46-4: Kommissionierung

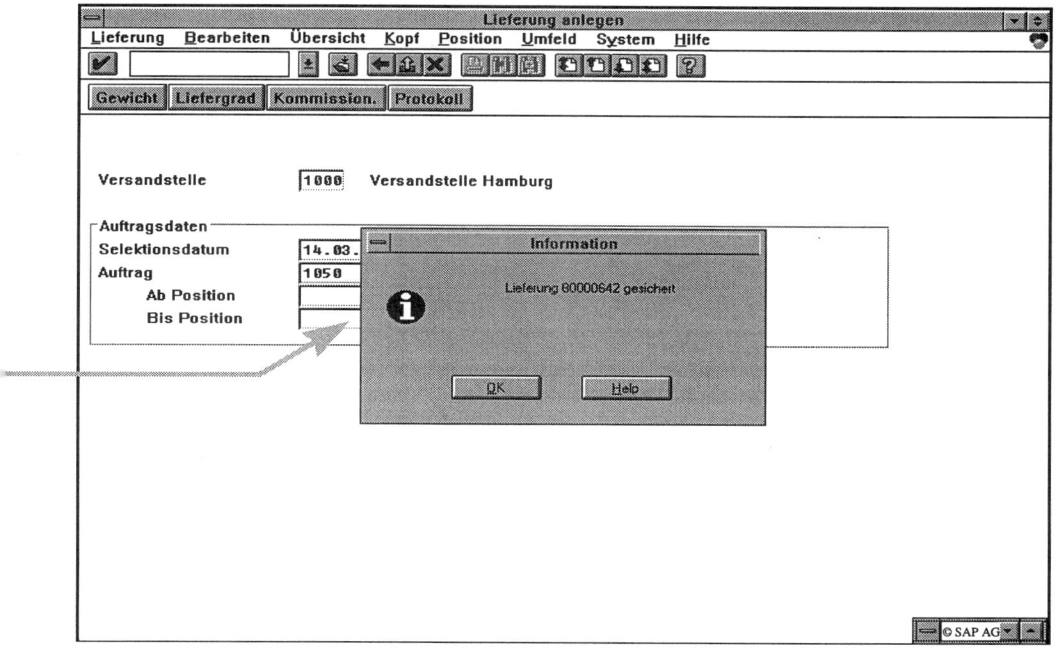

Abb. 8.46-5: Lieferung ist gebucht

8.47 Prozeß: Warenausgangsbearbeitung

8.47.1 Betriebswirtschaftliche Beschreibung

Die Warenausgangsbearbeitung beinhaltet die physische Auslieferung einer Ware an einen Kunden. Ebenso wie beim Prozeß *Warenausgangsbearbeitung für Fertigungsauftrag* ist die auszuliefernde Ware mengen- und/oder qualitätsmäßig zu prüfen (vgl. Kapitel 8.36). Neben der Endkontrolle und der ordnungsgemäßen Verpackung der Ware sind hier die im Rahmen der Lieferungsbearbeitung erstellten Versandpapiere abzugleichen und die Maßnahmen für eine eventuelle Verladung einzuleiten. Die Auftragsendkontrolle hat dafür Sorge zu tragen, daß die bestellte Ware in der richtigen Menge auf den richtigen Lademitteln (z. B. Paletten, Gitterboxen, Container) mit den richtigen Versandanschriften zusammengestellt wird. Ebenso ist zu prüfen, ob sämtliche Versandpapiere, die für den Transport, der unter Umständen über einen Spediteur, Bahn- oder Schiffsverkehr erfolgt und die für die Empfangsbestätigung beim kundenseitigen Wareneingang erforderlich sind, vorliegen. Im einzelnen können mit der Ware der Lieferschein, vorgedruckte Wareneingangsscheine für den Kunden, Speditionsfrachtbriefe, spezielle Zoll- und Meldepapiere sowie besondere Gefahrgutvorschriften erforderlich sein. Erfolgt die Gesamtlieferung in mehreren Teillieferungen, so muß darüber hinaus gewährleistet sein, daß der Zusammenhang der einzelnen Teillieferungen und damit verbunden der verschiedenen Touren erhalten bleibt. Vereinfacht wird die Warenausgangsbearbeitung, wenn es sich um einen Barverkauf handelt. Er wird sofort durchgeführt, da der Kunde vor Ort wartet und Erfassung, Übergabe, Rechnungsstellung und Zahlung zu einem Termin erfolgen. Mit der Bezahlung der Ware erhält der Kunde eine quittierte Rechnung und die Ware oder er muß anschließend gegen Vorlage des Belegs die Ware an der Warenausgangsstelle in Empfang nehmen. Da der Kunde den Transport selbst übernimmt entfällt hier die Erstellung und Kontrolle von umfassenden Versand- und Transportpapieren.

8.47.2 SAP-spezifische Beschreibung

Warenausgänge führen zur einer mengen- und wertmäßigen Reduzierung des Bestands, können geplant oder ungeplant sein und durch unterschiedlichste Situationen ausgelöst werden. Im R/3-System werden folgende Arten von Warenausgängen unterstützt (vgl. SAP – Vertriebssystem 1994, S. 7.8-7.10):

Lieferungen an Kunden

Grundlage für diese Art des Warenausgangs ist die Lieferung. Für die Warenausgangsbuchung werden die nötigen Daten aus der Lieferung in den Warenausgangsbeleg übernommen und mit dem Buchen des Warenausgangs aus Sicht des Versands wird der Vorgang abgeschlossen. Änderungen für die Warenausgangsbuchung sind dann nicht mehr möglich und notwendige Korrekturen müssen in der Lieferung selbst vorgenommen werden. Somit ist sichergestellt, daß der Warenausgangsbeleg die wirkliche Lieferung repräsentiert und daß damit genau das fakturiert wird, was geliefert wurde. Mit dem Buchen des Warenausgangs für eine Lieferung werden über den Warenausgangsbeleg verschiedene Funktionen unterstützt. Dies sind die *mengenmäßige Fortschreibung der Bestände*, wo der Lagerbestand des Artikels um die Liefermenge reduziert wird, die *Wertermittlung und wertmäßige Fortschreibung der Bestandskonten*, wo beim Buchen des Warenausgangs automatisch die wertmäßigen Veränderungen auf den entsprechenden Bestands- und Bestandsveränderungskonten in der Finanzbuchhaltung vorgenommen werden, der *Abbau der Vertriebsbedarfe*, die aufgrund des Auftrags oder der Lieferung übergeben wurden, die *Fortschreibung der Vorgängerbelege* und die Aktualisierung des *Arbeitsvorrats für die Fakturierung*. Der Warenausgang einer Lieferung kann nur dann gebucht werden, wenn die Daten in der Lieferung vollständig sind. Es müssen z. B. alle Angaben zum Lagerort, zur Charge oder der Bewertungsart in der Lieferung vorliegen. Darüber hinaus muß der Kommissionierstatus aller Lieferpositionen vollständig erfüllt sein, d. h. es kann nur für die kommissionierte Menge der Warenausgang gebucht werden, und falls eine Lieferposition im Lagerverwaltungssystem (Warehouse management) kommissioniert wurde, muß auch der Status dort vollständig erfüllt sein (z. B. müssen sämtliche Transportaufträge zu einer Lieferung quittiert werden). Der Warenausgangsbeleg ist kein Vertriebsbeleg, sondern gehört zur Materialwirtschaft (Modul MM) und zur Finanzbuchhaltung (Modul FI). Aus der Vertriebsabwicklung heraus kann der Warenausgangsbeleg angezeigt und so somit ein Überblick über die mengen- und wertmäßige Fortschreibung der Bestände verschafft werden. Ist die Komponente Vertrieb (Modul SD) nicht im Einsatz, so können über das Bestandsführungssystem im MM die Bewegungsarten *Verbrauch an Kundenauftrag* und *Verbrauch an Verkauf* genutzt werden, um eine Warenausgabe für einen Kunden zu buchen.

- *Materialentnahmen für Fertigungsaufträge*
  Eine Warenabgabe an die Produktion wird mit Bezug auf die Fertigungsaufträge, für die die Komponenten gebraucht wird, erfaßt. Dabei kann es sich um einen geplanten Warenausgang mit Bezug zum Fertigungsauftrag oder zur Reservierung, um einen ungeplanten Warenausgang oder um eine retrograde Entnahme handeln. Im ersten Fall werden vom R/3-System alle zu entnehmenden Komponenten aus dem Auftrag oder der Reservierung heraus ermittelt und mit Bezug auf diese gebucht. Ist eine zusätzliche, ungeplante Entnahme eines Materials erforderlich, so ist eine Buchung ohne Bezug durchzuführen. Bei der retrograden Entnahme befinden sich die Komponenten schon an der Produktionsstätte. Sie werden physisch im Laufe des Produktionsprozesses verbraucht, der Verbrauch wird aber erst dann gemeldet, wenn die verbrauchte Menge bekannt ist, d. h. wenn der Auftrag zurückgemeldet wird. Für diese Komponenten ist dann keine Warenbewegung in der Bestandsführung zu erfassen, weil sie automatisch mit der Rückmeldung erfolgt.

- *Sonstige interne Bereitstellungen*
  Materialentnahmen können nicht nur für die Produktion, sondern auch für andere Verwendungszwecke (z. B. Kostenstellen, CO-Auftrag, Instandhaltungsauftrag, Projekte, Anlagen) stattfinden und für diese reserviert sein. Dabei werden bei der Warenausgangsbearbeitung bestimmte Daten, z. B. die Bewegungsart, das Werk und das zu kontierende Objekt aus der Reservierung übernommen und der Beleg mit Bezug zur Reservierung gebucht. Die vor der Warenausgangsbearbeitung erfolgte Reservierung

kann im R/3-System auf Werks- oder Lagerortebene durchgeführt werden und hat zur Folge, daß in der Materialdisposition der verfügbare Bestand sich um die reservierte Menge vermindert.

- *Rücklieferungen an Lieferanten*
  Soll die gelieferte Ware aus irgendeinem Grund (z. B. mangelhafte oder falsche Ware) an den Lieferanten zurückgesandt werden, ist dies ohne weiteres möglich, auch wenn der Wareneingang schon gebucht worden ist. Bei der Rücklieferung sollte auf die *Bestellung*, auf die sich der Wareneingang bezogen hat, oder auf den *Materialbeleg*, mit dem der Wareneingang gebucht worden ist, Bezug genommen werden, damit das System als Erfassungshilfe Daten (z. B. Lagerort) vorschlagen kann, Prüfungen durchführen (die zurückgelieferte Menge darf die gelieferte Menge nicht überschreiten), die bisher gelieferte Menge vermindern kann und andere Fortschreibungen, die beim Wareneingang stattfanden, rückgängig machen kann (z. B. bei einem Wareneingang in den Verbrauch). Um eine Rücklieferung zu erfassen, sollte zunächst festgestellt werden, ob die Ware ins Lager bzw. in den Verbrauch einerseits oder in den WE-Sperrbestand andererseits gebucht worden ist. Wenn als Vorlage der Materialbeleg genutzt werden soll, der für die Wareneingangsbuchung erstellt wurde, werden nur die Positionen dieses Materialbelegs für die Rücklieferung vorgeschlagen. Positionen, die in den WE-Sperrbestand gebucht worden sind, werden nicht vorgeschlagen. Wenn als Vorlage die Bestellung dient, werden alle Positionen zum erfolgten Wareneingang angezeigt. Die Rücklieferung wird wie ein normaler Wareneingang zu einer Bestellung gebucht mit der Bewegungsart 122 (Rücklieferung an Lieferant) anstatt der Bewegungsart 101 (Bestellung an Lager). Zu einer Rücklieferung aus dem Lager oder dem Verbrauch wird ein Materialbeleg erstellt, der als Rücklieferschein gedruckt werden kann und ein Buchhaltungsbeleg erzeugt, da die Lieferung bewertet ist. Ebenso werden bei einer Rücklieferung alle Bestands- und Sachkontenfortschreibungen zurückgenommen, die bei der Wareneingangsbuchung erfolgten, und die offene Bestellmenge wird um die zurückgelieferte Menge erhöht. Ist die Ware im WE-Sperrbestand und wird noch nicht im eigenen Bestand geführt, bewirkt die Rücklieferung lediglich, daß der WE-Sperrbestand in der Bestellentwicklung verringert wird. Als Nachweis für die Rücklieferung wird dann lediglich ein Materialbeleg erstellt.

- *Verschrottung*
  Kann von einem Material kein Gebrauch mehr gemacht werden, so ist das Material zu verschrotten. Eine Verschrottung kann erforderlich sein, wenn von einem Material kein Gebrauch mehr gemacht werden kann, weil es z. B. infolge einer zu langen Lagerung an Qualität verloren hat, veraltet ist oder weil Teile, z. B. Kristallgläser, zerstört worden sind. Verschrottung und Vernichtung wird im R/3-System wie ein Warenausgang ohne Bezug gebucht. Verschrottungen können durchgeführt werden, wenn das Material sich im frei verwendbaren Bestand, im Qualitätsprüfbestand oder im gesperrten Bestand befunden hat. Die Buchung bewirkt, daß der entsprechende Bestand vermindert wird, der Wert des verschrottenen Materials vom Bestandskonto auf ein Verschrottungskonto gebucht und die entsprechende Kostenstelle belastet wird. Die wertmäßige Buchung erfolgt auf der Grundlage des Werts aus dem Materialstammsatz zum Zeitpunkt der Buchung.

Bei geplanten Warenausgängen sollte immer auf einen Vorlagebeleg bzw. Vorlagedaten des R/3-Systems, z. B. Reservierungen, Fertigungsaufträge, zurückgegriffen werden. Das System kann dann beim Erfassen des Warenausgangs Daten aus der Vorlage (z. B. Kontierung, angefordertes Material, Menge) vorschlagen, was sowohl die Erfassung als auch die Kontrolle (Über- und Unterlieferungen) beim Warenausgang erleichtert. Darüber hinaus wird die entnommene Menge im Vorlagebeleg fortgeschrieben und die reservierte Menge vermindert sich nach jeder Entnahme. Somit kann die Bestandsführung den Entnahmevorgang verfolgen, und die Disposition die Bedarfs-/Bestandsliste aktualisieren. Ist die Nummer des Vorlagebelegs nicht bekannt, so kann sie über die Materialnummer oder die Kontierung im R/3-System gefunden werden. Bei jeder Warenbewegung erfolgt automatisch eine *Verfügbarkeitsprüfung* der Bestände, wenn dies für ein Material vorgesehen ist. Die Verfügbarkeitsprüfung verhindert, daß der Buchbestand physischer Bestandsarten (z. B. frei verwendbarer Bestand) negativ wird. Werden mehrere Materialentnahmen in einem Beleg erfaßt (z. B. für unterschiedliche Kontierungen), prüft das System *beim Erfassen jeder Position* die Verfügbarkeit des Materials. Es wird geprüft, ob die gewünschte Menge entnommen werden kann. Dabei werden die bereits für den Beleg erfaßten, aber noch nicht gebuchten Positionen mitberücksichtigt. Reicht der Bestand nicht, gibt das System eine Fehlermeldung aus. Die Prüfung erstreckt sich auf den jeweils betroffenen Bestand auf Werks-, Lagerort- und Sonderbestandsebene für den laufenden Monat und gegebenenfalls für den Vormonat. Je nach Bewegungsart werden unterschiedliche Bestände geprüft.

- Bei einer Warenentnahme für den Verbrauch wird der frei verwendbare Bestand geprüft.
- Bei einer Freigabe aus dem Qualitätsprüfbestand wird der Qualitätsprüfbestand geprüft.
- Bei einem Verbrauch von Konsignationsmaterial wird der frei verwendbare Konsignationsbestand geprüft.

Zusätzlich zur Prüfung der physischen Bestandsarten kann auch eine Prüfung des verfügbaren Bestands aus der Sicht der Disposition erfolgen. Mit dieser Prüfung können Sie beispielsweise verhindern, daß eine bereits reservierte Menge für einen anderen Zweck entnommen wird. Die Verfügbarkeitsprüfung der Bestandsarten erfolgt automatisch und kann im System nicht eingestellt werden. Eine Nichtverfügbarkeit führt zu einer Fehlermeldung. Die Prüfung des verfügbaren Bestands in der Disposition wird im Materialstammsatz aktiviert und ist im Customizing einstellbar. Die Systemverwaltung kann festlegen, ob eine Verfügbarkeitsprüfung stattfinden soll und ob eine Nichtverfügbarkeit zu einer Warn- oder einer Fehlermeldung führt. Deutlich wird anhand der Warenausgangsbuchung im R/3-System, wie eine einfache Auslieferung einer Ware zu umfangreichen betriebswirtschaftlichen Auswirkungen führen kann. Ausgehend von einer Warenausgangsbuchung können in Abhängigkeit des betriebswirtschaftlichen Anwendungsfelds und der Nutzung von bestimmten Modulen, z. B. Lagerverwaltung oder Qualitätsmanagement, folgende Integrationsschritte ablaufen:

- *Erzeugen eines Materialbelegs*
  Der Materialbeleg ist der Nachweis für die Bewegung.

- *Erzeugen eines Buchhaltungsbelegs*
  Der Buchhaltungsbeleg wird parallel zum Materialbeleg erstellt und enthält die für die Bewegung notwendigen Buchungszeilen der Buchhaltungskonten.

- *Erzeugen eines Warenbegleitscheins*
  Mit der Erfassung des Warenausgangs kann gleichzeitig der Warenbegleitschein (Warenausgangsschein) gedruckt werden.

- *Fortschreibung des Bestands*
  Mit der Warenausgabe werden der gesamte bewertete Bestand, der frei verwendbare Bestand und oder der reservierte Bestand, wenn der Warenausgang mit Bezug auf eine Reservierung oder einen Auftrag gebucht wird, um die ausgegebene Menge vermindert.

- *Fortschreibung der Sachkonten*
  Mit der Warenausgangsbuchung erzeugt das System automatisch Buchungszeilen auf den Konten der Buchhaltung.

- *Fortschreibung des Verbrauchs*
  Neben der Bestandsfortschreibung im Materialstammsatz findet bei einer Warenausgangsbuchung auch eine Fortschreibung der Verbrauchsstatistik statt, wenn das Material disponiert wird. Der Verbrauch eines Materials wird von der Materialdisposition für die Erstellung von Prognosen verwendet. Die Disposition unterscheidet dabei die geplanten und die ungeplanten Entnahmen. Ist die Entnahme geplant, wird der Gesamtverbrauch fortgeschrieben. Bei einer ungeplanten Entnahme werden der gesamte Verbrauch und der ungeplante Verbrauch fortgeschrieben.

- *Fortschreibung der Reservierung*
  Bei einem Warenausgang mit Bezug auf eine Reservierung oder einen Auftrag wird die entnommene Menge in der Reservierungsposition fortgeschrieben. Die Reservierungsposition ist erledigt, wenn die gesamte Reservierungsmenge entnommen wird oder wenn bei der Warenausgangsbuchung das Endausfassungskennzeichen manuell gesetzt wird.

- *Fortschreibung im Auftrag*
  Bei einem Warenausgang mit Bezug auf einen Auftrag wird die Entnahmemenge der Komponenten im Auftrag fortgeschrieben.

- *Fortschreibung in den nachgelagerten Anwendungen*
  Andere Fortschreibungen können auch in den nachgelagerten Anwendungen stattfinden. So wird z. B. bei einem Warenausgang für den internen Verbrauch die Verbrauchsstelle (z. B. Kostenstelle, Auftrag, Anlage) belastet.

- *Erzeugen eines Transportbedarfs bei Anschluß an MM-WM*
  Wird der Lagerort mit dem Lagerverwaltungssystem MM-WM verwaltet, so wird mit der Warenausgangsbuchung auch ein Transportbedarf erzeugt.

- *Erzeugen eines Prüfloses bei Anschluß an QM*
  Ist die Prüfabwicklung im Qualitätsmanagement-System (QM) aktiv, so wird beim

Warenausgang ein Prüflos erzeugt, mit dem das Qualitätsmanagement die Prüfung durchführt.

8.47.3 Anwendung des Prozesses

Der physische Warenausgang wird mit Beendigung der Lieferungsbearbeitung und einer vorausgehenden Kreditlimitprüfung angestoßen. Nach einer erfolgreichen Kreditkontrolle kann der Warenausgang ausgeführt werden und das Material physisch entnommen werden. Dazu müssen Sie auf dem Einstiegsbild die entsprechende Bewegungsart wählen. In der Modellfirma möchten Sie die Ware zum Auftrag entnehmen. Daher wurde die Bewegungsart 261 eingetragen. Auf dem Einstiegsbild kann der Anwender zusätzlich eine kurze Notiz im Feld Belegkopftext eintragen, z. B. *Vorsicht zerbrechliche Ware*. Die organisatorischen Felder Werk und Lagerort sind Mußeingaben, während das Markierungsfeld zum Drucken des Warenbegleitscheins optional angewählt werden kann. Das Belegdatum und das Buchungsdatum wurde automatisch auf das Tagesdatum gestellt und im Beispiel nicht abgeändert (vgl. Abbildung 8.47-1). Die Nummer des Materialscheins wurde automatisch intern vom System vergeben. Aus diesem Grund ist für dieses Feld kein Eintrag gemacht worden. Bevor Sie in das Materialdispositionsbild verzweigen, müssen Sie das Werk und das Lager der Entnahme angeben. Für die Modellfirma *A* wurde die Hauptplatine DPC1101 mit einer Menge von 2000 Stück als Warenausgang zum Auftrag angegeben (vgl. Abbildung 8.47-2). Ist die Firma gezwungen, eine Chargenverwaltung zu führen, so wäre noch eine zusätzliche Chargennummer beim Warenausgang mitanzugeben, bevor der Beleg für die Buchung gesichert wird. Der Warenausgangsbeleg wurde anschließend gebucht und der Druck des Warenbegleitscheins automatisch angestoßen.

8.47.4 Navigationsinformationen

- *Menüpfad*
  Logistik –> Materialwirtschaft –> Bestandsführung –> Warenbewegung –> Warenausgang
- *Transaktionscode*
  MB1A, MB01, VL01
- *Eingehende Prozeßverbindungen im R/3-Referenzmodell*
  Transportabfertigung, Lieferungsbearbeitung, Dezentrale Versandbearbeitung, Sofortauftragsbearbeitung, Barverkaufsbearbeitung, Leihgutnachbelastungsbearbeitung, Projektdurchführung, Auftragsdurchführung, Serviceauftragsdurchführung, Netzplanvorgangsrückmeldung, Projektfreigabe (Investition), Auftragsfreigabe (Investition), Reservierungsbearbeitung, Prüflosabschluß zum WE/zum Vertrieb
- *Ausgehende Prozeßverbindungen im R/3-Referenzmodell*
  Primärkostenübernahme, Serviceauftragsdurchführung, Verfügbarkeitskontrolle (Investition), Projektaktualisierung, Auslagerungsbearbeitung, Automatische TA-Erstellung zum Materialbeleg, Kreditkontrolle

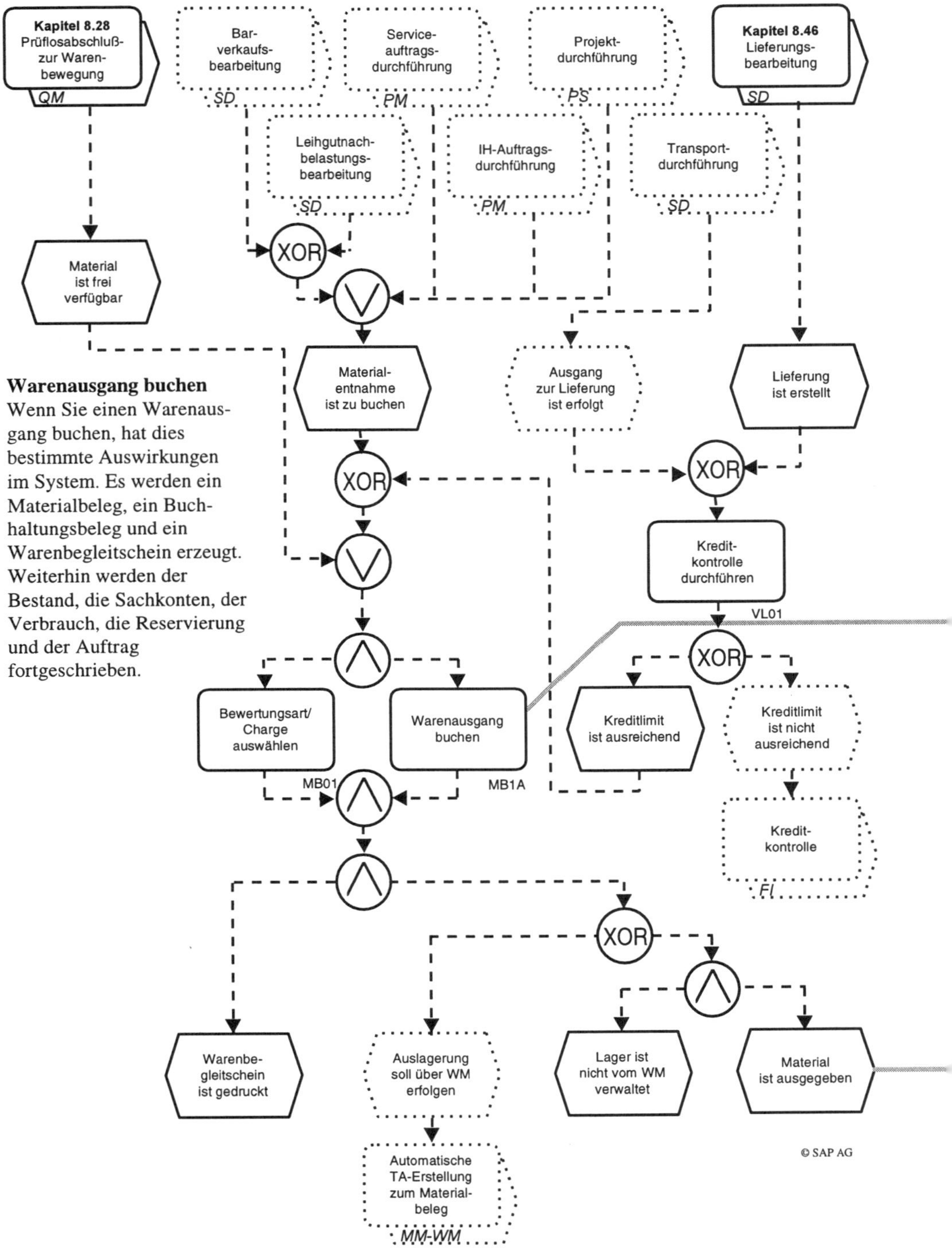

Warenausgang buchen
Wenn Sie einen Warenausgang buchen, hat dies bestimmte Auswirkungen im System. Es werden ein Materialbeleg, ein Buchhaltungsbeleg und ein Warenbegleitschein erzeugt. Weiterhin werden der Bestand, die Sachkonten, der Verbrauch, die Reservierung und der Auftrag fortgeschrieben.

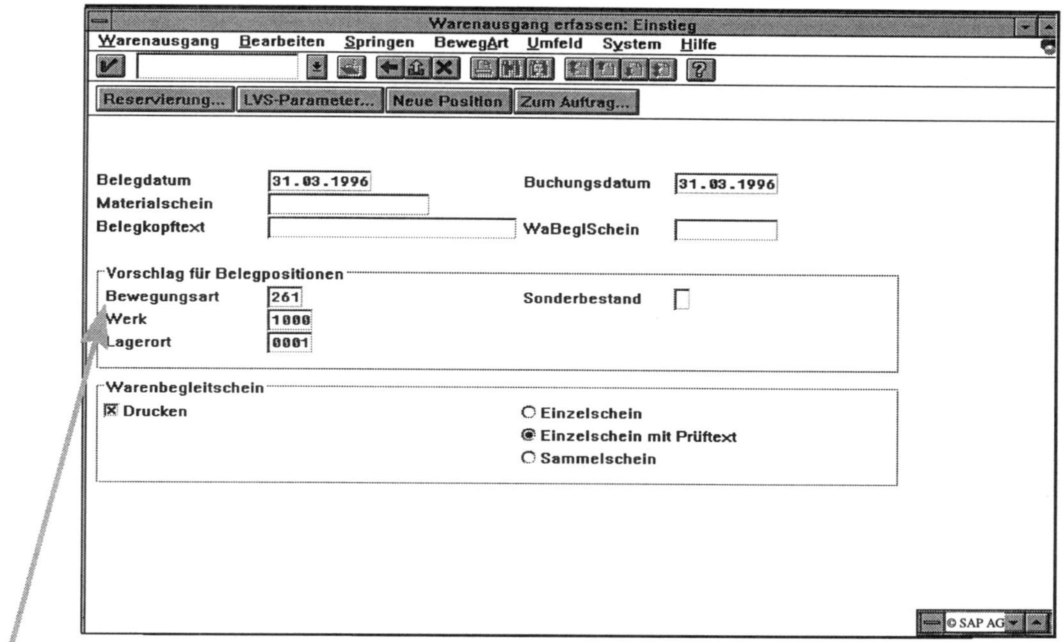

Abb. 8.47-1: Eingabe der Bewegungsart "261" (Verbrauch für Auftrag aus dem Lager)

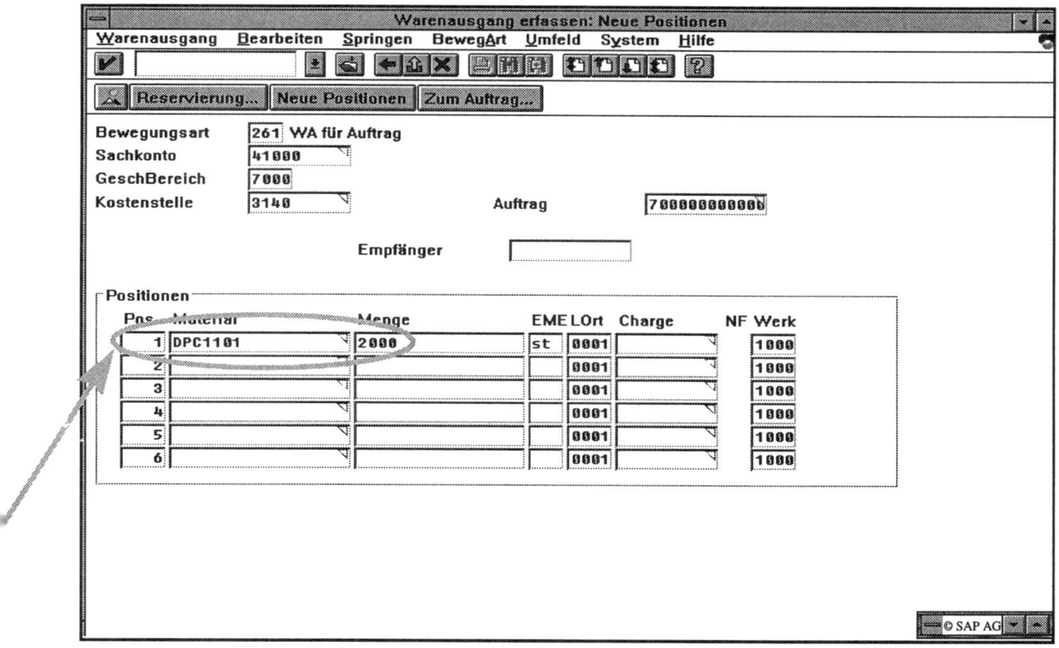

Abb. 8.47-2: Entnahme des Materials "DPC1101"

8.48 Prozeß: Debitorenstammbearbeitung

8.48.1 Betriebswirtschaftliche Beschreibung

Als Debitoren werden die Kunden eines Unternehmens in der Finanzbuchhaltung bezeichnet. Die Debitorstammdaten stellen alle Daten und Informationen bereit, die von den unterschiedlichen Unternehmensbereichen wie Buchhaltung, Controlling und Vertrieb für ihre speziellen Verarbeitungen und Auswertungen benötigt werden. Ein Debitorenstammsatz sollte alle Teilaspekte der einzelnen Bereiche abdecken, damit bei der Verarbeitung der Debitorstammdaten in jedem Bereich auf die gleichen unternehmensweit konsistenten Daten zugegriffen wird.

8.48.2 SAP-spezifische Beschreibung

Alle Informationen, die zur Abwicklung debitorischer Geschäftsvorfälle benötigt werden, sind im System R/3 im Debitorenstammsatz hinterlegt. Da die Daten sowohl von der Buchhaltung als auch vom Vertrieb genutzt werden und sich die Organisationsstruktur des Vertriebs stark von der rechtlichen Struktur des Unternehmens (die im Buchungskreis abgebildet ist) unterscheidet, werden die Debitorstammdaten in folgende Bereiche unterteilt (vgl. SAP – Personenkonten 1996, S. 3.1-3.8):

- *Allgemeine Daten*
  Daten, die für jeden Buchungskreis und jede Verkaufsorganisation innerhalb eines Unternehmens gleichermaßen gelten (Name, Anschrift, Sprache etc.).
- *Buchungskreisdaten*
  Daten, die für die einzelnen Buchungskreise relevant sind, wie z. B. die Kontonummer des Abstimmkontos, Zahlungsbedingungen und Mahnverfahren.
- Vertriebsbereichsdaten
  Daten, die für die Verkaufsorganisationen und Vertriebswege eines Unternehmens relevant sind. Daten zur Auftragsbearbeitung, Versanddaten und Rechnungsdaten werden beispielsweise in diesem Bereich gespeichert.

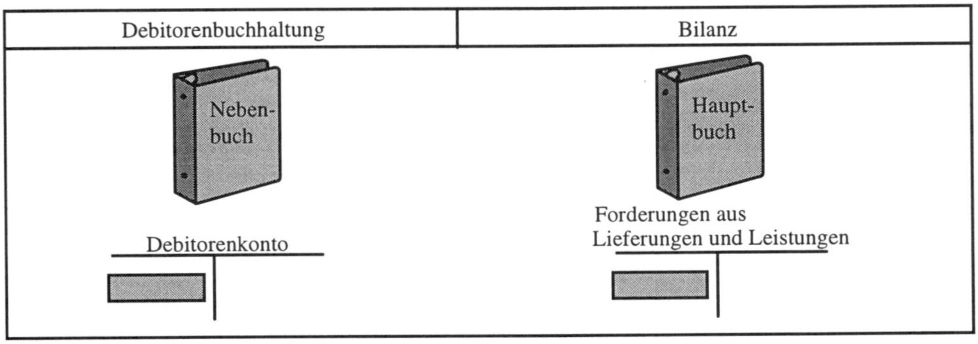

Abb. 8.48-1: Aufgaben des Abstimmkontos

Für jede *Nebenbuchhaltung* muß im Sachkontenbereich mindestens ein Abstimmkonto geführt werden. Wenn auf ein Konto der Nebenbuchhaltung gebucht wird, bucht das System automatisch auf das entsprechende Abstimmkonto mit.

8.48.3 Anwendung des Prozesses

Zunächst muß der Debitor einer Kontengruppe zugeordnet werden. Die Kontengruppe legt fest, ob für den Debitor eine interne Nummernvergabe (wird vom System vergeben) oder eine externe Nummernvergabe vorgesehen ist (vgl. Abbildung 8.48-2). Außerdem wird definiert welcher Nummernbereich für die Vergabe der Kontonummern zur Verfügung steht, sowie welche Felder auf den Erfassungsbildern aufgezeigt werden. Danach werden die allgemeinen Daten erfaßt. Zu den allgemeinen Daten gehören die Anschrift des Debitors (vgl. Abbildung 8.48-3), die Kontensteuerung und die Informationen zum Zahlungsverkehr. In der Kontensteuerung kann z. B. festgelegt werden, daß der Debitor zugleich auch Kreditor des Unternehmens ist. Ist dies der Fall, können die offenen Posten im Zahlungs- und Mahnprogramm verrechnet werden. Handelt es sich bei dem Debitor um eine Partnergesellschaft, dann wird eine konzernweite Gesellschaftsnummer vergeben, über die im Rahmen der Konsolidierung die Schuldensaldierung und die Binnenumsatz-Eliminierung durchgeführt wird. Im Bereich des Zahlungsverkehrs kann die Bankverbindung und der Zahlungsempfänger hinterlegt werden. Die Buchführungsdaten setzen sich aus der Kontoführung, den Zahlungsinformationen, den Mahnungsdaten, der Korrespondenz und den Versicherungsdaten zusammen. Bei der Kontoführung werden z. B. das Abstimmkonto des Debitors (Gegenkonto der Debitorenbuchhaltung im Hauptbuch) und Referenzdaten, wie eine alte Kontonummer oder die Zugehörigkeit zu einem Einkaufsverband eingetragen (vgl. Abbildung 8.48-4). Zahlungsbedingungen, Toleranzgruppen für Skontigewährung und Preisdifferenzen sowie der Zahlweg für die automatische Zahlung werden im Abschnitt Zahlungsinformationen abgelegt. Im Bereich der Korrespondenz wird das Mahnverfahren, der Mahnungsempfänger, die Mahnsperre sowie unsere Kontonummer beim Debitor und die zuständigen Sachbearbeiter im eigenen Haus und beim Debitor eingetragen (vgl. Abbildung 8.48-5).

8.48.4 Navigationsinformationen

- *Menüpfad*
  Rechnungswesen -> Finanzwesen -> Debitoren -> Stammdaten
- *Transaktionscode*
  FD01
- *Eingehende Prozeßverbindungen im R/3-Referenzmodell*
  keine
- *Ausgehende Prozeßverbindungen im R/3-Referenzmodell*
  keine

Kontengruppe
Sie können Kontengruppen für den Kunden als Auftraggeber, Warenempfänger, Regulierer, Rechnungsempfänger definieren. Wird ein Einmalkunde (CPD) definiert, so werden alle Partnerrollen zusammengefaßt. Es kann unter Umständen erforderlich werden, daß Sie einem Debitoren eine andere als die aktuelle Partnerrolle zuweisen möchten, weil er bisher beispielsweise nur als Regulierer fungierte, nun jedoch die Auftraggeberrolle übernimmt. Da die Bild- und Feldauswahl im Debitorenstammsatz von der Kontengruppe gesteuert wird und z. B. der Stammsatz eines Auftraggebers andere Bilder enthält als der eines Regulieres, ist die Zuweisung einer anderen Partnerrolle nur durch Änderung der Kontengruppe möglich. Änderungen der Kontengruppe und der zugehörigen Partnerrolle sind nur von einer niedrigen auf eine höhere Ebene möglich, d. h. daß beispielsweise einem Auftraggeber nicht die Partnerrolle Regulierer zugewiesen werden kann, da in diesem Fall für den Auftraggeber bereits gepflegte Felder ausgeblendet werden müßten. Ein Regulierer kann dagegen durchaus zu einem Auftraggeber werden.

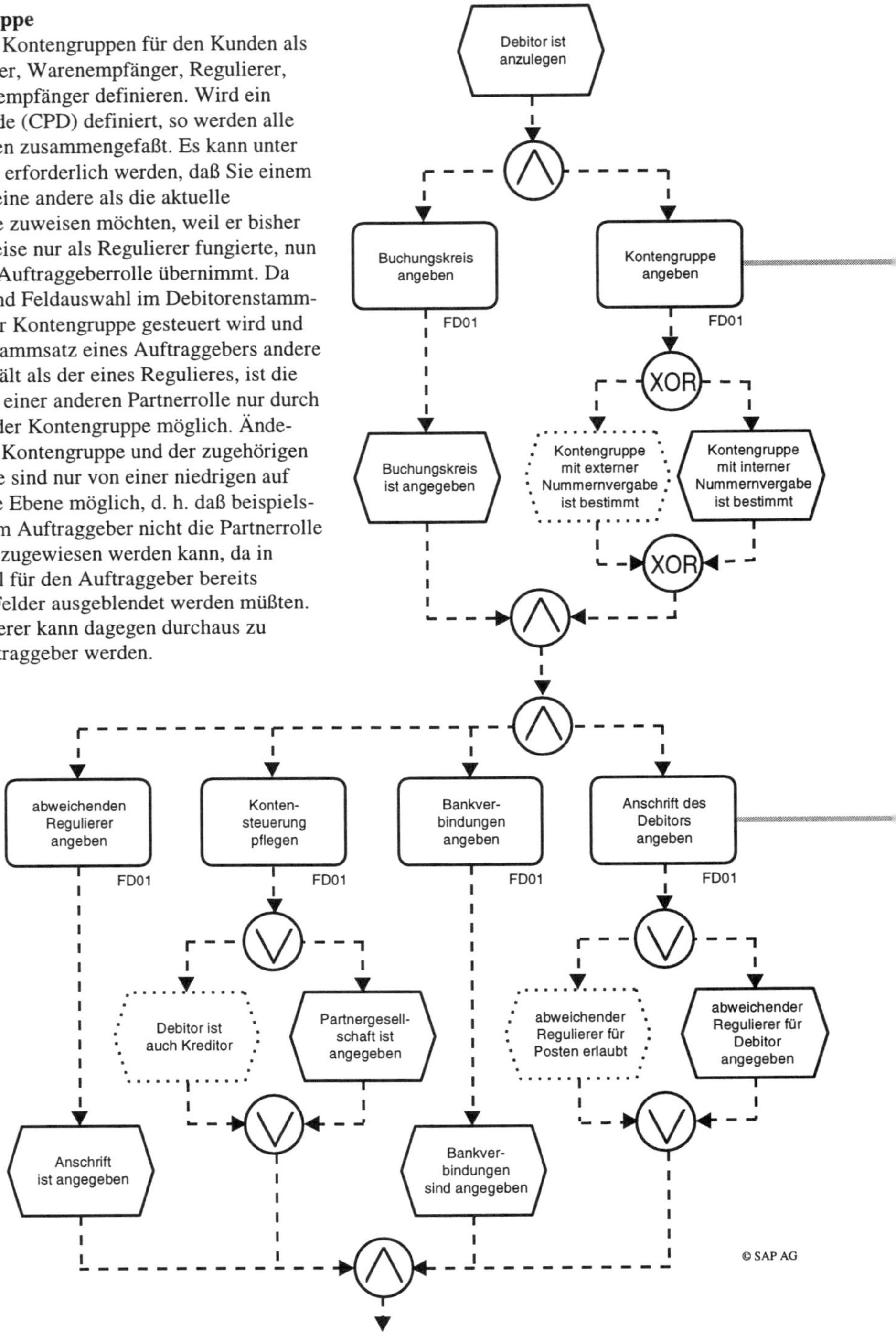

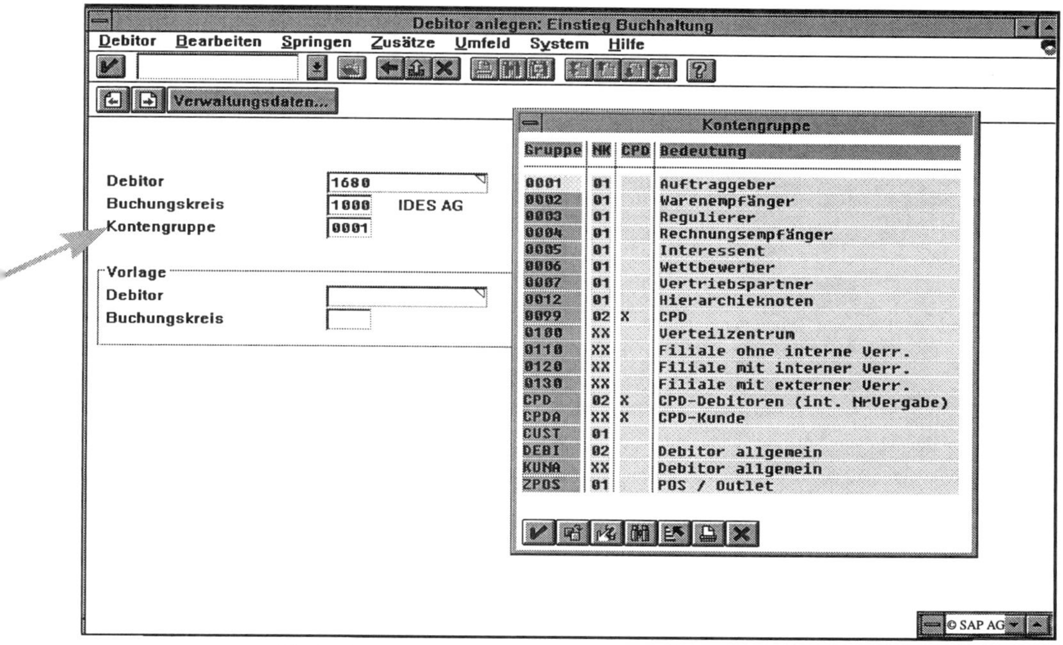

Abb. 8.48-2: Eingabe der Kontengruppe des Debitors

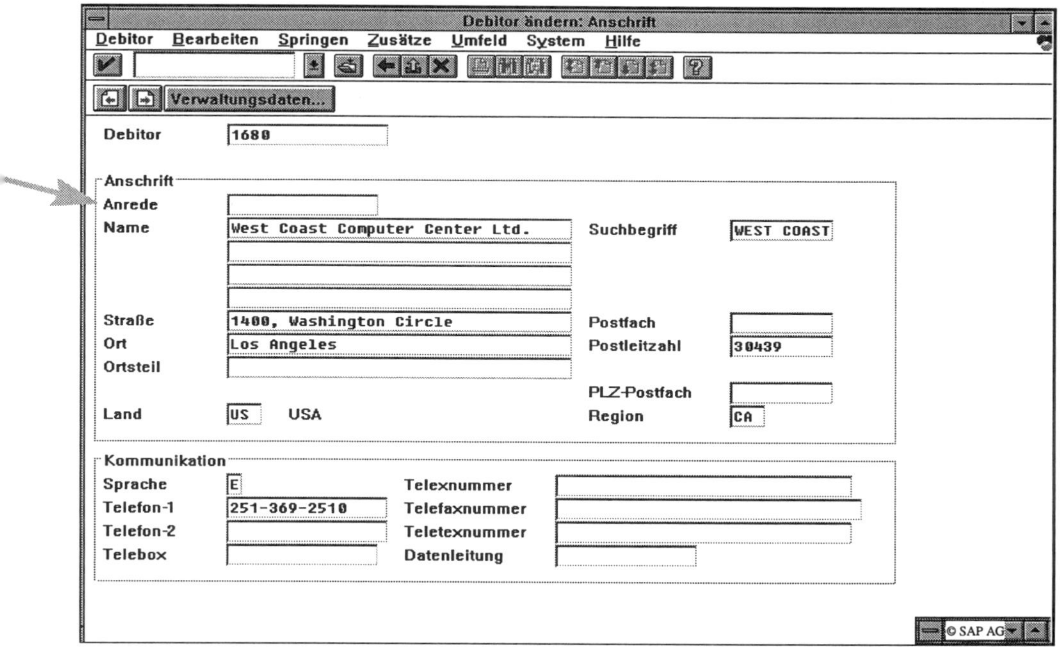

Abb. 8.48-3: Anschrift des Debitors

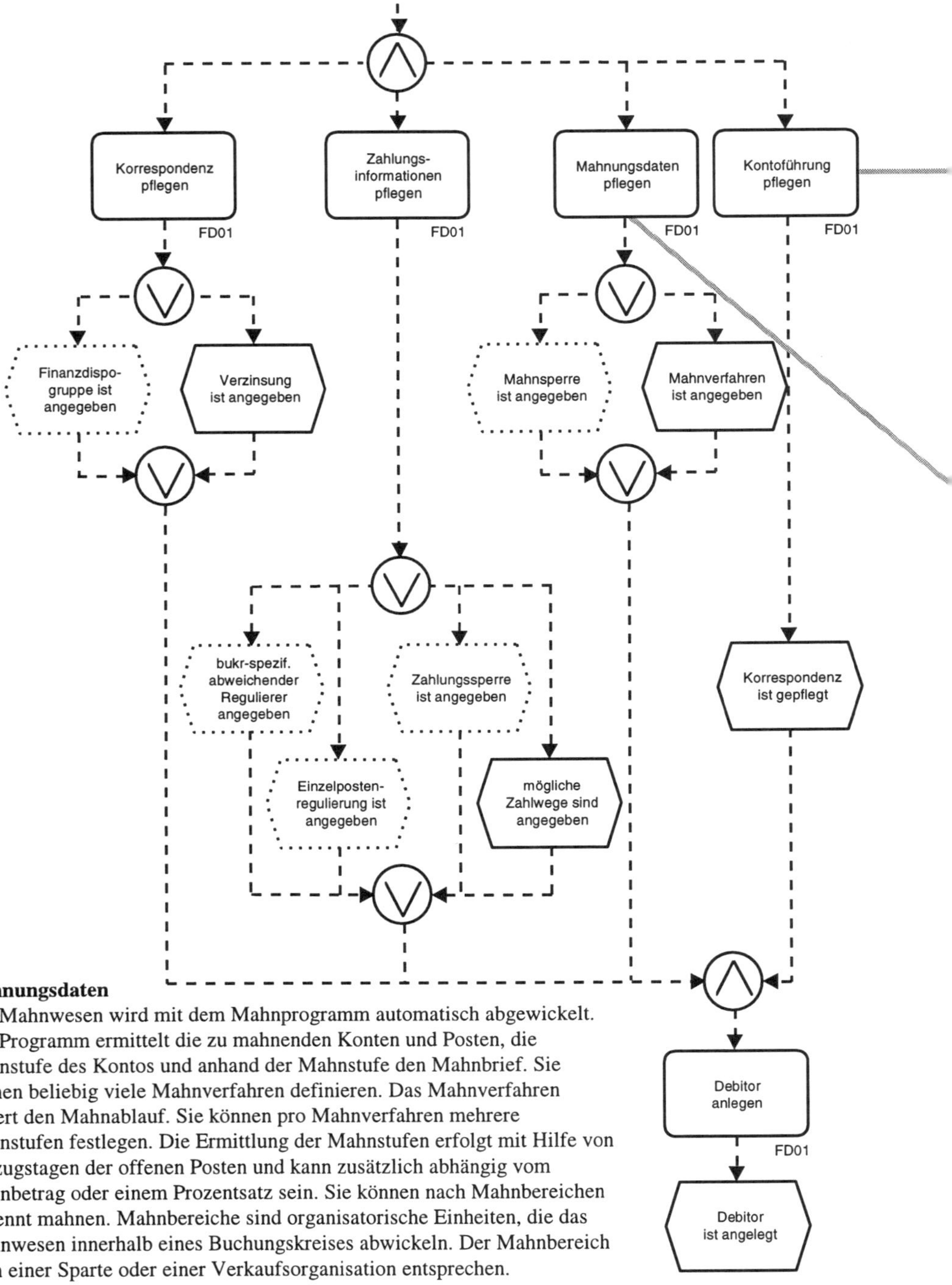

Mahnungsdaten

Das Mahnwesen wird mit dem Mahnprogramm automatisch abgewickelt. Das Programm ermittelt die zu mahnenden Konten und Posten, die Mahnstufe des Kontos und anhand der Mahnstufe den Mahnbrief. Sie können beliebig viele Mahnverfahren definieren. Das Mahnverfahren steuert den Mahnablauf. Sie können pro Mahnverfahren mehrere Mahnstufen festlegen. Die Ermittlung der Mahnstufen erfolgt mit Hilfe von Verzugstagen der offenen Posten und kann zusätzlich abhängig vom Mahnbetrag oder einem Prozentsatz sein. Sie können nach Mahnbereichen getrennt mahnen. Mahnbereiche sind organisatorische Einheiten, die das Mahnwesen innerhalb eines Buchungskreises abwickeln. Der Mahnbereich kann einer Sparte oder einer Verkaufsorganisation entsprechen.

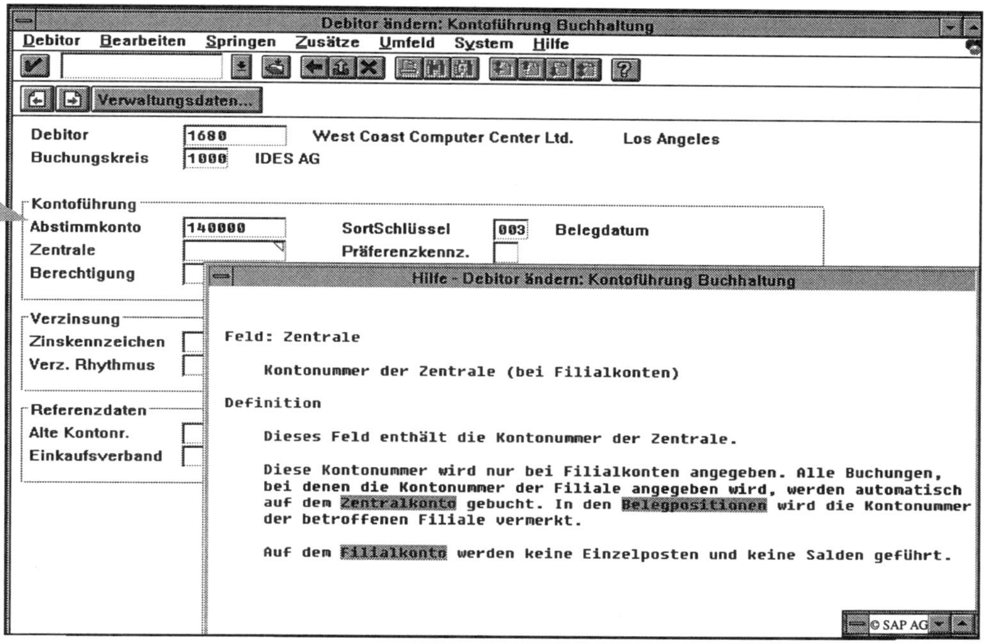

Abb. 8.48-4: Kontoführung des Debitors

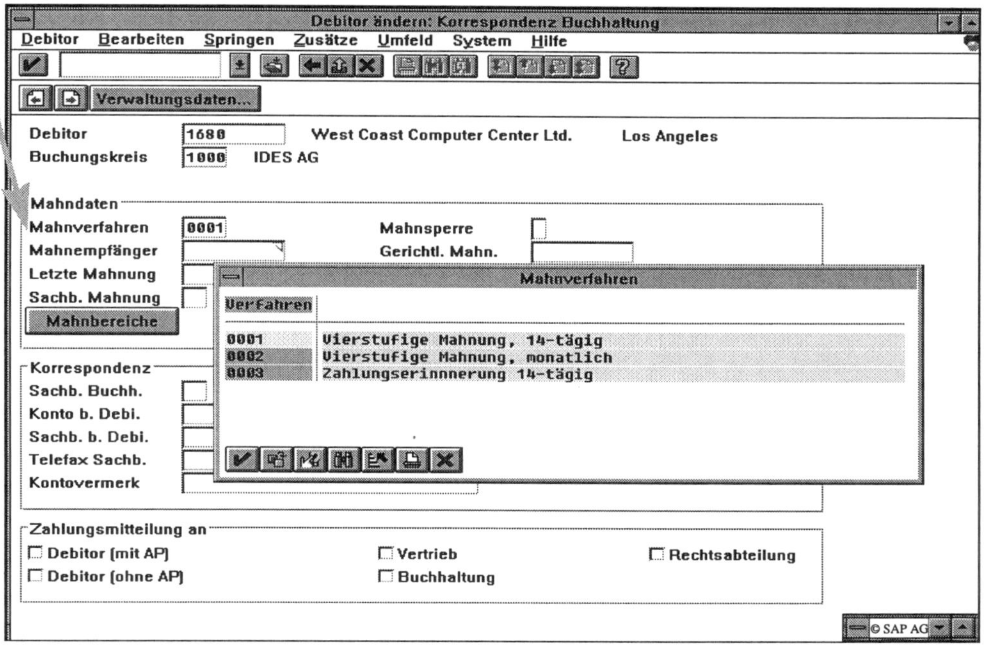

Abb. 8.48-5: Festlegung des Mahnverfahrens

8.49 Prozeß: Fakturabearbeitung

8.49.1 Betriebswirtschaftliche Beschreibung

Die Fakturabearbeitung wird häufig als letzter Schritt in der Auftragsabwicklung bezeichnet, obwohl diese eigentlich erst mit dem Zahlungseingang vom Kunden abgeschlossen ist. Den Schwerpunkt der Fakturabearbeitung bildet die *Rechnungserstellung* aufgrund eines Auftrags oder einer Lieferung. Es kann aber auch sein, daß eine Vorfakturierung erfolgt, d. h. eine Teilfakturierung vor der Lieferung stattfindet. Solche Anzahlungen werden beim Kauf von größeren Maschinen im Maschinenbau oftmals verlangt. Des weiteren werden innerhalb der Rechnungsbearbeitung *Gut- und Lastschriften*, *Stornos* aufgrund von Reklamationen und *Proformarechnungen* zur Beantragung von Exportgenehmigungen bei Ausfuhren erstellt.

Gutschriften müssen u. a. wegen Rücklieferungen der Ware vom Kunden oder durch fehlerhafte Rechnungen erstellt werden. Eine Lastschrift kann notwendig sein, wenn ein Außendienstmitarbeiter ein Produkt, das der Einzelhändler normalerweise über den Großhändler bezieht, im Rahmen eines Besuchs direkt übergibt. Der Außendienstmitarbeiter belastet dann das Konto des Großhändlers, der diese Belastung an den Einzelhändler weiterreicht. Fakturen können sich auf Aufträge, erbrachte Dienstleistungen oder Lieferungen beziehen. Die lieferbezogene Fakturierung hat als Referenzbeleg den Lieferschein. Dabei können die Mengen- und Preisangaben komplett aus dem Lieferschein übernommen werden und bei Bedarf müssen innerhalb der Fakturabearbeitung die Preise, z. B. als Folge veränderter Einkaufspreise durch Währungs- und Rohpreisschwankungen, geändert bzw. angepaßt werden. Auftragsbezogene Fakturen können sich auf verschiedene Auftragsarten, wie z. B. Termin- bzw. Normalaufträge, Barverkäufe, Sofortaufträge, Konsignationsaufträge etc., beziehen.

Fakturen, mit Ausnahme der Proformarechnung, bilden die Grundlage für die Debitorenabwicklung. Neben der anzugebenden Menge und dem Preis pro Stück, Gewicht, Volumen etc. sind die relevanten Steuersätze, z. B. Mehrwertsteuer, zu berücksichtigen. Ebenso muß innerhalb der Fakturabearbeitung das Erstellen von Einzelrechnungen, d. h. für jede Teillieferung wird eine Faktura erstellt, und Sammelrechnungen, d. h. Teillieferungen eines Auftrags werden zu einer Faktura zusammengefaßt, möglich sein und unter Umständen Rechnungslisten erzeugt werden. Dies ist sinnvoll, wenn z. B. der Waren- und Rechnungsempfänger nicht identisch sind, mehrere Lieferungen in einer Periode versendet werden und die Rechnung erst zum Abschluß einer Periode erstellt wird. Es kann sein, daß mehrere Tochtergesellschaften eines Konzerns mehrfach monatlich beliefert werden und die Rechnungsabwicklung zentral mit der Muttergesellschaft am Monatsende durchgeführt wird.

Die Ermittlung des Verkaufspreises kann den Zugriff auf unterschiedliche Informationsarten erfordern. Es kann sein, daß aufgrund des Auftragswerts ein Rabatt gewährleistet wird. Je nach Situation kann diese Information beim Material im Materialstammsatz, beim Kunden im Materialstammsatz, in einer Kombination beider abgelegt sein oder einzelfallbezogen durch eine unternehmerische Entscheidung erzeugt werden. Andererseits sind in der betrieblichen Praxis transport- und verpackungsbedingte Zuschläge häufig üblich. Ebenso wirkt sich die Einhaltung eines Zahlungsziels auf den endgültig vom Kunden zu zahlenden Preis aus.

8.49.2 SAP-spezifische Beschreibung

Die Fakturierung ist der letzte Schritt eines Geschäftsvorfalls im Vertrieb. Bei der Fakturierung wird auf die Daten der Bereiche Verkauf und Versand zurückgegriffen, von denen die fakturarelevanten Daten (z. B. Mengen und Preise) automatisch in die Fakturabelege übernommen werden. Über die Fakturierung erfolgt die Datenübergabe an die Finanzbuchhaltung und die Ergebnisrechnung. Da die Fakturierung ein Teil der Vertriebsabwicklung ist und außerdem eine enge Anbindung an die Finanzbuchhaltung hat, sind bei den Fakturabelegen sowohl die Vertriebsorganisationsdaten (z. B. Verkaufsorganisation, Vertriebsweg und Sparte) als auch die Organisationsdaten der Buchhaltung (z. B. Buchungskreis und die Zuordnung der Verkaufsorganisation zu einem Buchungskreis) von Bedeutung (vgl. SAP – Vertriebssystem 1994, S. 8.1-8.8).

Der Begriff Fakturabelege umfaßt im R/3-System Rechnungen, Gut- und Lastschriften, Proformarechnungen und Stornierungen. Es ist möglich, gezielt einzelne Fakturen für eine oder mehrere Lieferungen zu erstellen, über den Arbeitsvorrat für die Fakturierung eine Reihe von Fakturen im Sammelgang zu erstellen, mehrere Fakturabelege in eine Sammelrechnung zusammenzuführen und einen Verkaufsbeleg oder eine Lieferung mit mehreren Fakturen zu fakturieren (Rechnungssplit). In der Regel erfolgt eine Fakturierung auf der Basis eines Referenzbelegs. Dies sind z. B. Fakturen aufgrund eines Verkaufsbelegs oder Lieferung, Gut- und Lastschriften aufgrund von Gut- bzw. Lastschriftsanforderungen, Retourengutschriften aufgrund einer Retourengutschriftsanforderung, Proformarechnungen auf der Basis eines Verkaufsbelegs oder einer Lieferung, Stornierungen von Vorgängen mit Referenz auf eine Faktura und Rechnungslisten aufgrund einer Faktura.

Fakturabelege werden über *Fakturaarten* gesteuert. Alle Fakturabelege haben die gleiche Struktur bestehend aus dem Belegkopf und beliebig vielen Belegpositionen. Im Belegkopf werden die allgemeinen Daten festgehalten, die für den gesamten Beleg Gültigkeit haben. Dazu gehören z. B. die Nummer des Regulierers, das Fakturadatum, der Nettowert des gesamten Fakturabelegs, die Belegwährung, die Belegnummer des Buchhaltungsbelegs im Modul FI (Finanzbuchhaltung), die Zahlungsbedingungen und Incoterms. In den Belegpositionen sind z. B. die Materialnummer, die Fakturamenge, der Nettowert der einzelnen Positionen, das Gewicht und Volumen, die Nummer des Vorlagebelegs für die Faktura, z. B. die Nummer der zugrundeliegenden Lieferung, die Preiselemente der einzelnen Positionen und die Nummern der Vorgänger- und der Nachfolgebelege inklusive der jeweiligen Positionsnummern für die einzelnen Positionen angegeben. Zur Abwicklung der unterschiedlichen Geschäftsvorfälle im Vertrieb stehen verschiedene Fakturaarten zur Verfügung.

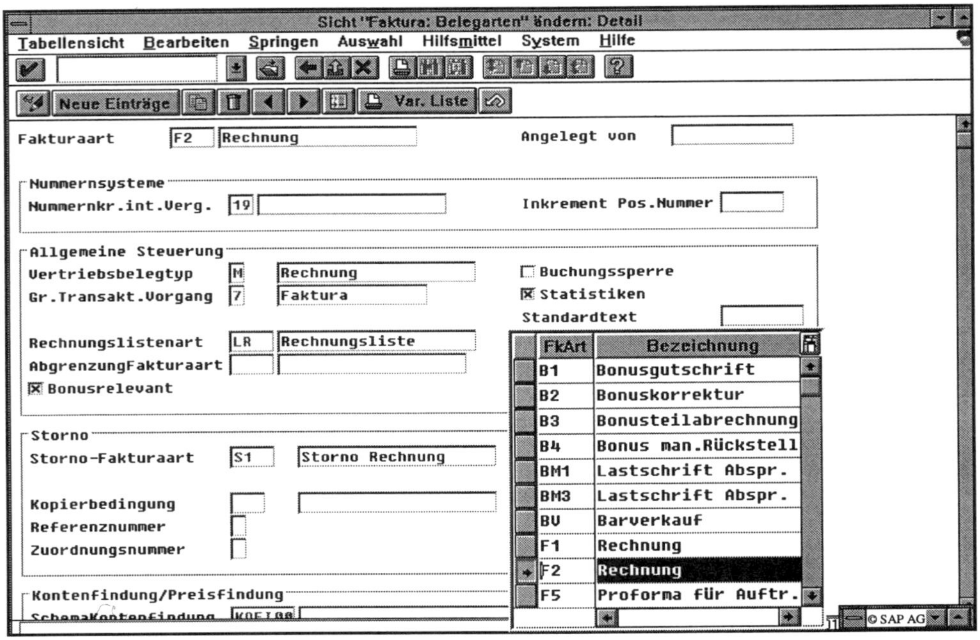

Abb. 8.49-1: Fakturaarten

Über Steuerungselemente, die in Tabellen festgelegt sind, kann jede Fakturaart so eingestellt werden, daß sie einen eigenen Funktionsumfang enthält. Außerdem können neue Fakturaarten im Customizing definiert werden. Mit Hilfe der Festlegung der Fakturaarten werden unter anderem folgende Fragen beantwortet:

- Aus welchem Nummernkreis soll die Belegnummer stammen?
- Welche Partnerrollen sind auf Kopfebene zulässig?
- Welche Partnerrollen sind auf Positionsebene zulässig?
- Mit welcher Fakturaart kann eine Faktura storniert werden?
- Soll die Faktura sofort an die Finanzbuchhaltung übergeleitet werden, zunächst für die Überleitung gesperrt sein oder nicht übergeleitet werden?
- Nach welchem Schema soll die Kontenfindung für die Finanzbuchhaltung erfolgen?
- Welche Nachrichten sind für den Vorgang erlaubt, und nach welchem Schema werden sie vorgeschlagen?

Eine wichtige Rolle innerhalb der Fakturabearbeitung spielt die Preisfindung inkl. der Berücksichtigung von Steuern, Zu- und Abschlägen, Boni etc. Zum Zeitpunkt der Fakturierung können im R/3-System z. B. Preiselemente übernommen und gemäß Staffelung aktualisiert werden, es kann eine komplett neue Preisfindung erfolgen, manuell Preiselemente können übernommen und für die restlichen Preiselemente kann eine neue Preisfindung durchgeführt werden, Preiselemente übernommen und Steuern neu ermittelt werden, Preiselemente können unverändert übernommen werden, sowie Preiselemente übernommen und die Fracht neu ermittelt werden.

Rechnungslisten ermöglichen es, in bestimmten Zeitabständen oder an bestimmnten Tagen eine Liste, die mehrere Fakturen (Rechnungen, Gut- und Lastschriften) enthält, an einen Regulierer, d. h. denjenigen der die Rechnung begleicht, zu senden. Bei den Fakturen in der Rechnungsliste kann es sich um Einzel- oder Sammelbelege handeln (Sammelrechnungen enthalten Positionen aus mehr als einer Lieferung). Im Standard des R/3-Systems gibt es die zwei Arten von Rechnungslisten für Rechnungen und Lastschriften und für Gutschriften. Rechnungen, Gutschriften und Lastschriften können jedoch, falls erwünscht, auch gleichzeitig bearbeitet werden. Das System erstellt dann automatisch eine separate Rechnungsliste für Gutschriften. Der Regulierer könnte z. B. die Hauptgeschäftsstelle einer Einkaufsgenossenschaft sein, die alle Rechnungen für Waren begleicht, die an die verschiedenen Mitglieder der Genossenschaft geliefert wurden. Der Regulierer der Gruppe übernimmt die Zahlung der Rechnungslisten und stellt die Beträge dann seinerseits den einzelnen Mitgliedern in Rechnung. Für diese Dienstleistung erhält er gewöhnlich einen Abschlag, das sogenannte Delkredere. Je nach Steuerstruktur im Land des Regulierers, kann dieser verpflichtet sein, für das Delkredere Steuern zu zahlen. In Deutschland werden Delkredereprovisionen z. B. mit der gewöhnlichen Steuerrate von 15% besteuert. Bei der Bearbeitung der Rechnungsliste können diese Steuern dem Regulierer im voraus erstattet werden, indem spezielle Konditionssätze dafür angelegt sind.

Neben der Berücksichtigung von Zu- und Abschlägen, wie z. B. Skonto, und der Abwicklung von Gut- und Lastschriften kann mit dem R/3-System auch die Bonusabwicklung unterstützt werden. Ein Bonus ist ein besonderer Abschlag, der einem Kunden in Abhängigkeit von seinem Umsatz innerhalb eines festgelegten Zeitraums gewährt wird. Die Einzelheiten dieses Bonus werden in einer Bonusabsprache definiert. Innerhalb dieser Bonusabsprache können der Empfänger der Bonusauszahlung und die Kriterien, die als Grundlage für den Bonus dienen (Kunde, Kunde und Material, Material etc.) definiert sein. Da Bonusauszahlungen immer erst nach Ablauf des Gültigkeitszeitraums der Bonusabsprache erfolgen, muß das System alle Fakturen (Rechnungen, Gut- und Lastschriften) verfolgen, die für die Bonusabwicklung relevant sind. Das System bucht automatisch Rückstellungen, so daß die Buchhaltung einen Überblick über den kumulierten Wert des Bonus hat. Die Bonusabsprache gilt als endabgerechnet, sobald dem Kunden eine Gutschrift über den gesamten Wert des Bonus zugesandt wird.

Zur Unterstützung von Ratenzahlungen können im R/3-System Ratenpläne abgewickelt werden. Der Ratenplan erlaubt es dem Kunden, in Raten zu zahlen. Mit dem Ratenplan wird eine Rechnung für alle Ratenzahlungen erstellt. Auf der Basis dieses Fakturabelegs kann eine Rechnung mit einer Auflistung der einzelnen Zahlungstermine und der genauen Beträge ausgedruckt werden. Für jeden Zahlungstermin wird der entsprechende Prozentsatz aus dem Fakturawert berechnet. Bei dem letzten Zahlungstermin werden Rundungsdifferenzen berücksichtigt. Für jede Ratenzahlung wird eine eigene Debitorenbuchungszeile in FI erzeugt. Die Raten werden über die Zahlungsbedingungen festgelegt, die über einen Zahlungsbedingungsschlüssel gesteuert werden. Für diesen Schlüssel können im

Customizing die Anzahl der Ratenzahlungen, die Zahlungstermine und der Prozentsatz des Fakturawerts angegeben werden.

Die Rechnung kann mit dem Kunden unterschiedlich abgewickelt werden (separate Rechnung, Sammelrechnung, Rechnungssplit und über einen Fakturavorrat). Wenn die Daten und die Partner für alle Positionen in der Lieferung identisch sind, und es keine Splitbedingungen gibt, erstellt das System eine Rechnung für diese Lieferung. Wenn die Kopfdaten und die Kopfpartner für mehrere angegebene Lieferungen oder Aufträge übereinstimmen, und wenn die angegebenen Splitbedingungen nicht zutreffen, wird aus den Lieferungen bzw. Aufträgen *eine* Rechnung erzeugt.

Wenn Lieferungen nach bestimmten Kriterien mit mehreren Rechnungen fakturiert werden sollen, kann hierzu der Rechnungssplit verwendet werden, z. B. verschiedene Erzeugnisgruppen sollen getrennt berechnet werden, und es erfolgt eine Trennung der Rechnungen nach Sparten. Das System versucht immer, Lieferungen für einen Kunden in einer Sammelrechnung zusammenzuführen. Es können aber im R/3-System Splitbedingungen definiert werden, die das System daran hindern, Verkaufsbelege oder Lieferungen zu einer Sammelrechnung zusammenzuführen. Wenn Aufträge oder Lieferungen aufgrund von solchen Bedingungen nicht zu einer Rechnung zusammengeführt werden, handelt es sich um einen Rechnungssplit. Ob und wie Lieferungen zusammengeführt oder gesplittet werden, hängt davon ab, wie die Bedingungen für die Kriterien Fakturaart, Referenzbelegart (z. B. vom Auftrag, von der Lieferung oder Faktura, worauf der Verkaufsbeleg Bezug nimmt) und Positionstyp im Referenzbeleg definiert sind.

Beim Bearbeiten des Fakturavorrats brauchen die einzelnen zu fakturierenden Belege nicht explizit eingegeben werden. Aufgrund von Selektionskriterien, z. B. Auftraggeber, Datum, Belegart, Belegnummer, stellt das System die Belege zusammen, die fakturiert werden müssen. Auch hier kann das System eine Zusammenführung mehrere Lieferungen zu einer Rechnung bewirken. Der Fakturavorrat kann auch simuliert werden. Alle Belege, die zur Fakturierung vorgemerkt sind, werden dabei berücksichtigt, und das System erstellt eine Liste aller Fakturen, die es erstellen würde. Fehlerhafte Fakturen werden mit dem relevanten Bearbeitungsstatus angezeigt. Ergänzend hierzu können noch Informationen zu Fakturapositionen und den Außenhandelsdaten angezeigt werden. Wenn der Fakturavorrat schon bearbeitet worden ist und Fakturen aus diesem Fakturavorrat erstellt wurden, können über ein Protokoll diese ebenso angezeigt werden.

Das System leitet Fakturadaten in Rechnungen, Gut- und Lastschriften an die Finanzbuchhaltung weiter und bucht diese auf die richtigen Konten. Kosten und Erlöse können dabei auf die Konten *Forderungen-Debitoren*, *Hauptbuch* (z. B. Kassenverrechnungskonto), *Erlöse*, *Erlösschmälerungen* und *Rückstellungen* (bei Bonusabsprachen) gebucht werden. Das System bucht die Beträge mit Hilfe der *Kontenfindung* automatisch auf die entsprechenden Konten innerhalb eines Geschäftsbereichs. Dieser Geschäftsbereich könnte einem Vertriebsbereich (wenn die Konten verkaufsbezogen gebucht werden sollen) oder einem Werk bzw. einer Sparte (wenn die Konten produktbezogen gebucht werden sollen) entsprechen und wird im Customizing definiert. Die Kontenfindung kann abhängig sein vom Kontenplan des Buchungskreises, von der Verkaufsorganisation, von der Kontierungsgruppe des Debitoren (aus dem Debitorenstammsatz), von der Kontierungsgruppe des

Materials (aus dem Materialstammsatz) und von dem Kontoschlüssel (aus dem Kalkulationsschema). Das System führt die Kontenfindung mit Hilfe der Konditionstechnik durch. Aufgabe der Kontenfindung ist es, die Erlöskonten zu finden, auf die die Preiskonditionen gebucht werden und die Erlösschmälerungskonten zu finden, auf die die Zu- und Abschläge gebucht werden.

Im R/3-System sind in der SAP-Standardversion alle Fakturaarten so eingestellt, daß die Gegenbuchung auf das Debitorenkonto erfolgt. Soll erreicht werden, daß die Gegenbuchung auf ein Sachkonto vorgenommen wird (z. B. auf ein Kassenverrechnungskonto), dann muß eine Fakturaart eingerichtet werden, die den Kassenverrechnungsschlüssel EVV enthält. Über diesen Schlüssel wird der Rechnungsbetrag auf das entsprechende Sachkonto gebucht.

8.49.3 Anwendung des Prozesses

In der Modellfirma *A* liegt eine fakturarelevante Lieferung vor. Die Lieferung ist zur Fakturierung freigegeben und es wurde auf dem Einstiegsbild der Faktura die Belegnummer *80000642* eingegeben. Es werden die zu fakturierenden Positionen markiert und mit dem Aktivieren der Taste *Konditionen* (vgl. Abbildung 8.49-3) gelangen Sie auf das Bildschirmbild der Preisfindung. Alle Preiselemente, wie Bruttopreise, Zu- und Abschläge, Frachtkosten und Steuern werden über Konditionsarten ausgewählt und eingetragen. Im Beispiel wurde der Nettopreis akzeptiert und keine neuen Konditionen aufgenommen (vgl. Abbildung 8.49-4). Der Beleg der Faktura wurde gesichert und mit der Nummer *90000382* abgelegt.

8.49.4 Navigationsinformationen

- *Menüpfad*
  Logistik –> Vertrieb –> Fakturierung –> Faktura
- *Transaktionscode*
  VF01
- *Eingehende Prozeßverbindungen im R/3-Referenzmodell*
  Lieferungsbearbeitung, Retourenbearbeitung, Bonusabrechnungsbearbeitung, Strekkenauftragsbearbeitung, Gut-/Lastschriftanforderungsbearbeitung, Sofortauftragsbearbeitung, Barverkaufsbearbeitung, Leihgutnachbelastungsbearbeitung, Konsignationsentnahmebearbeitung, Veranstaltungsdurchführung, Mietvertragsbearbeitung, Netzplanvorgangsrückmeldung, Servicevertragsabschluß und -bearbeitung, aufwandsgerechte Serviceauftragsfakturierung
- *Ausgehende Prozeßverbindungen im R/3-Referenzmodell*
  Projektabschluß, Projektaktualisierung
  Fakturaübernahme und -bewertung
  Debitorenrechnungsbearbeitung
  Statusanalyse

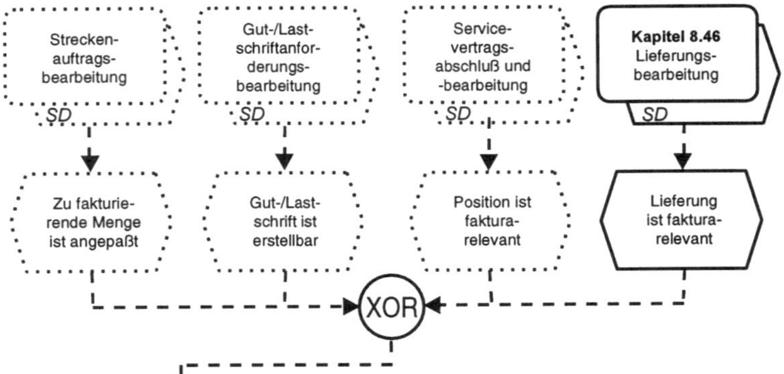

Fakturasperre
Der Auftrag, der der Faktura zugrundeliegt, kann einen Sperrvermerk enthalten. Der Sperrvermerk muß erst gelöscht werden, bevor die Faktura erstellt werden kann.

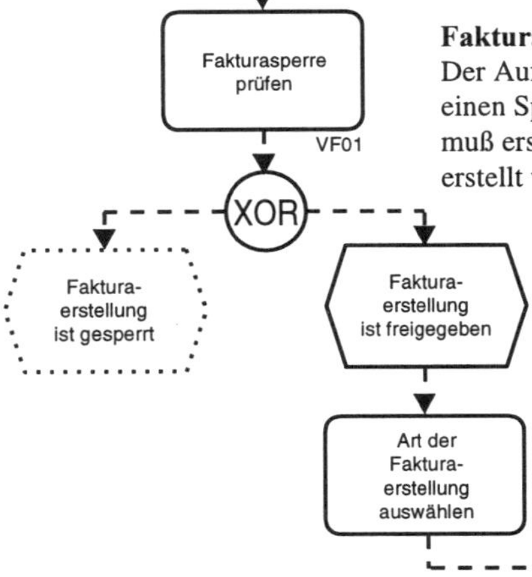

Fakturavorrat
Beim Bearbeiten des Fakturavorrats werden verschiedene Daten für die Fakturierung bereits vorgeschlagen. Erfassen Sie die *Fakturaart*, wenn Sie eine Faktura erstellen wollen, die nicht automatisch aus dem Auftrag oder der Lieferung ermittelt werden kann, z. B. wenn Sie eine Proformarechnung erfassen wollen. Wenn Sie kein *Fakturadatum* vorgeben, so wird immer das Fakturadatum aus dem Auftrag oder der Lieferung übernommen. Bei Gut- und Lastschriften müssen Sie sich auf zurückliegende Vorgänge beziehen können, da die Steuer gemäß der Steuerlage zur *Zeit der Leistungserstellung* ermittelt werden muß. Wenn Sie das Preisfindungsdatum verändern wollen, geben Sie in diesem Feld das gewünschte Datum ein.

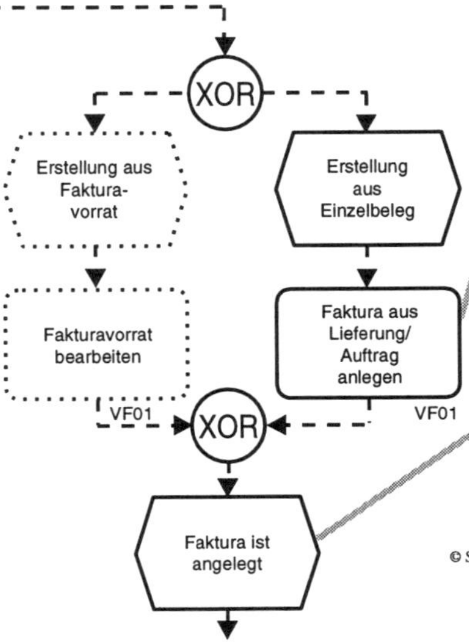

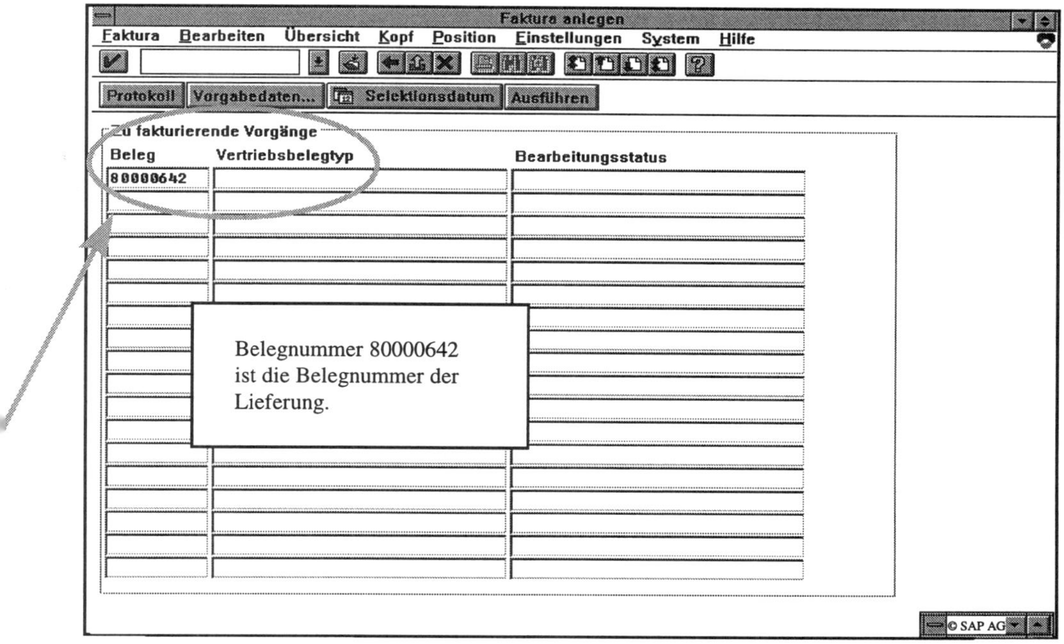

Abb. 8.49-2: Fakturaeinstiegsbild mit Lieferungsbezug

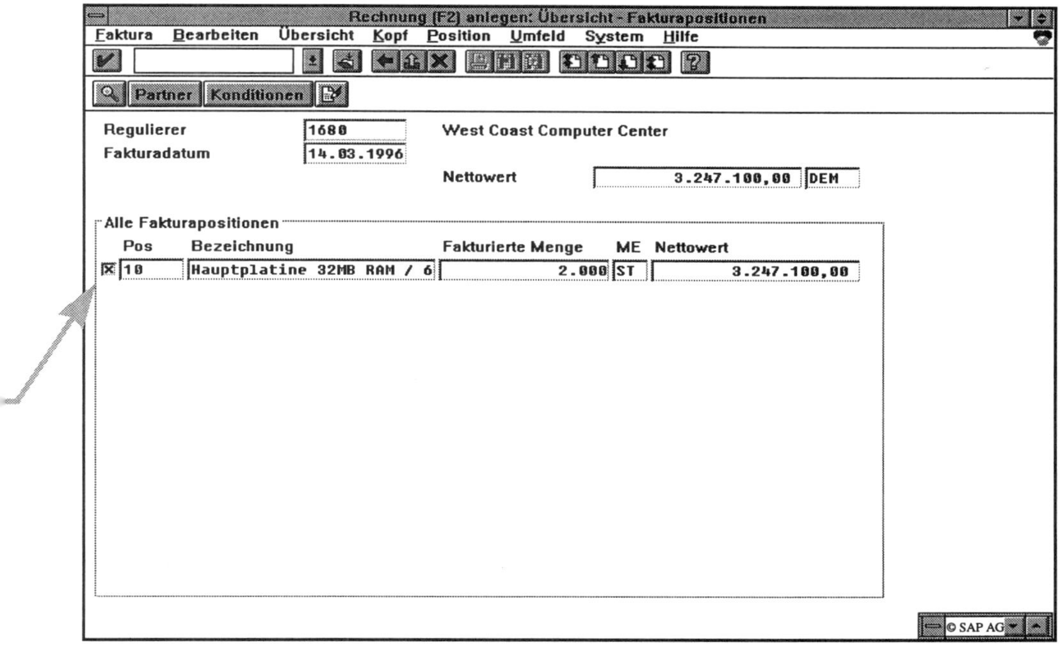

Abb. 8.49-3: Fakturapositionen

Fakturaart

Die Fakturabelege werden über die *Fakturaart* gesteuert. Über Steuerungselemente, die in Tabellen festgelegt sind, kann jede Fakturaart so eingestellt werden, daß sie einen eigenen Funktionsumfang enthält. Die Fakturaarten können Ihren Anforderungen gemäß installationsspezifisch angepaßt werden. Außerdem können neue Fakturaarten definiert werden, falls die in der SAP-Standardversion vorgegebenen Arten in Ihrer Vertriebssorganisation nicht ausreichen sollten. Mit der Fakturaart kann gesteuert werden,

a) aus welchem Nummernkreis die Belegnummer stammen soll?
b) welche Partnerrollen auf Kopfebene zulässig sind?
c) welche Partnerrollen auf Positionsebene zulässig sind?
d) mit welcher Fakturaart eine Faktura storniert werden kann?
e) ob die Faktura sofort an die Finanzbuchhaltung übergeleitet werden soll?
f) ob die Faktura zunächst für die Überleitung gesperrt sein soll?
g) ob die Faktura gar nicht übergeleitet werden soll?
h) nach welchem Schema die Kontenfindung für die Finanzbuchhaltung erfolgen soll?
i) welche Nachrichten für den Vorgang erlaubt sind, und nach welchem Schema sie vorgeschlagen werden?

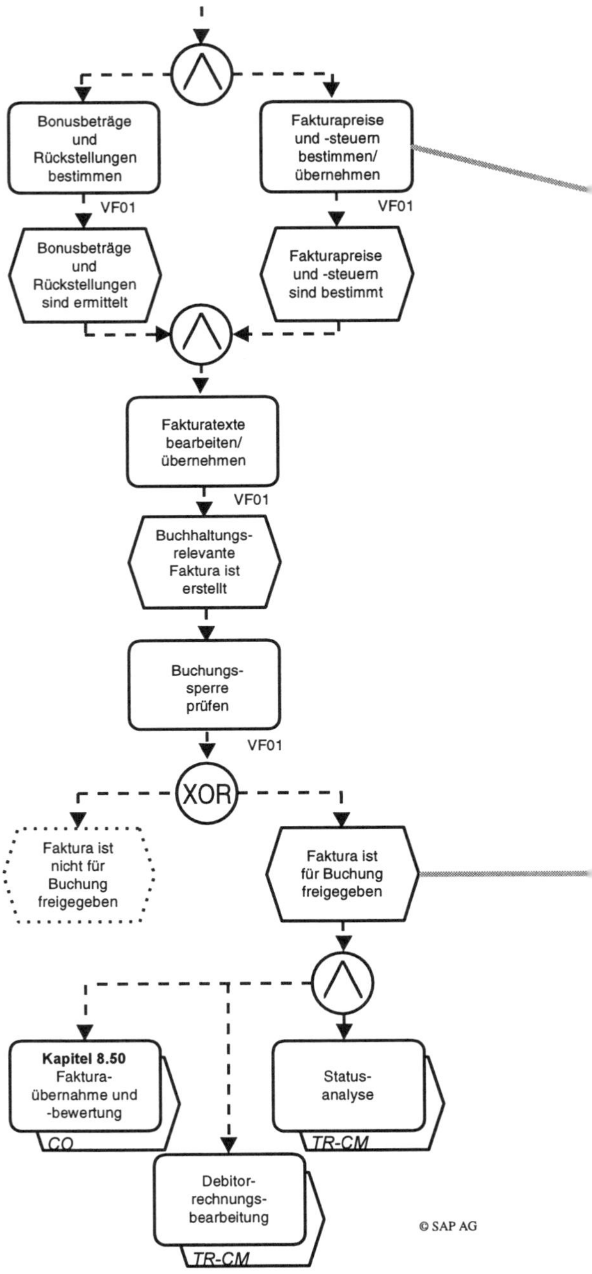

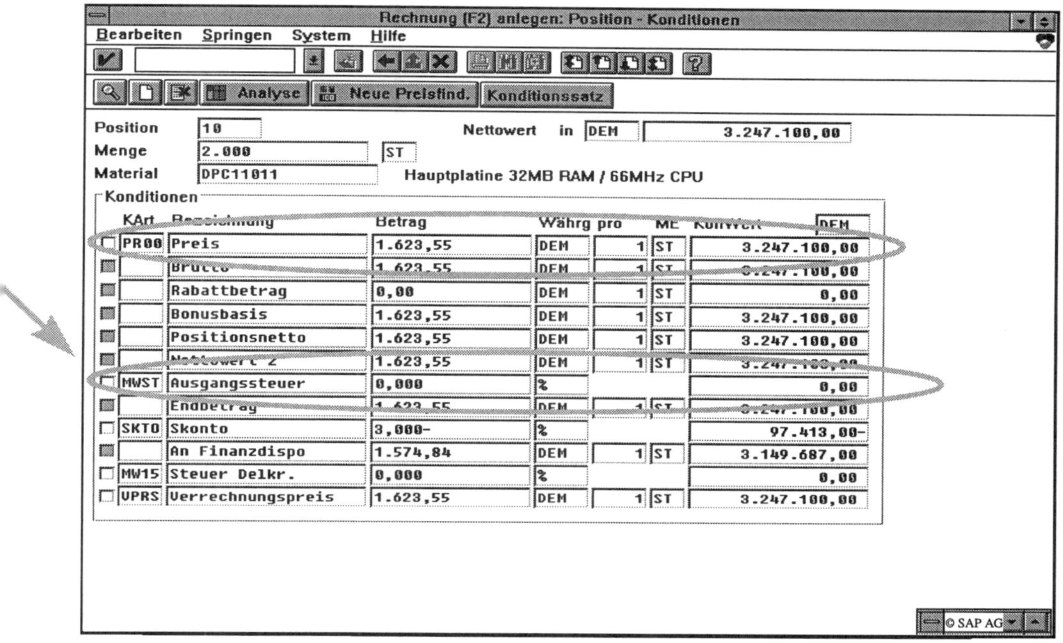

Abb. 8.49-4: Fakturapreise

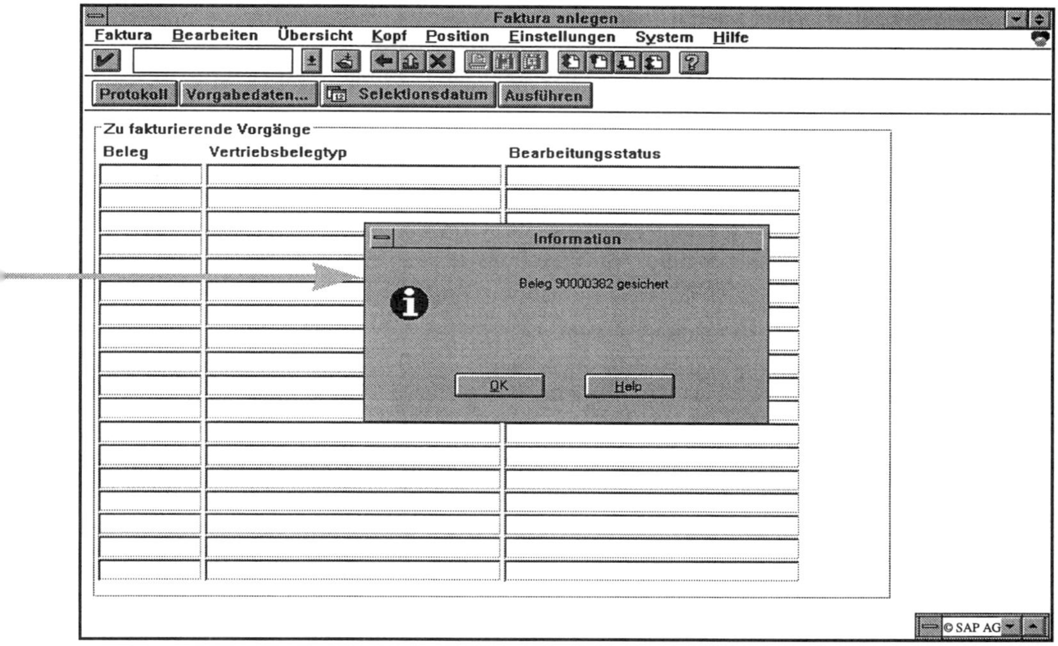

Abb. 8.49-5: Fakturabeleg

8.50 Prozeß: Fakturaübernahme und -bewertung

8.50.1 Betriebswirtschaftliche Beschreibung

Mit der Fakturaübernahme wird angestrebt, den Deckungsbeitrag für jeden Umsatzvorgang der einzelnen Rechnungspositionen einer Faktura möglichst zeitnah zu ermitteln. Im ersten Schritt werden innerhalb der Erlösrechnung die Daten aus der Fakturierung übernommen. Bei Rechnungen mit mehreren Einzelpositionen werden die zum Zeitpunkt der Rechnungslegung bekannten Erlösschmälerungen den einzelnen Rechnungszeilen zugeordnet. Darüber hinaus werden kalkulatorisch verrechnete Erlösschmälerungen, wie z. B. Jahresboni und Umsatzrückvergütungen, sowie die kalkulatorischen Ansätze der Sondereinzelkosten des Vertriebs auf Positionsebene ermittelt. Ebenso müssen noch Informationen über die Absatzmengen mit ins Abrechnungssystem übernommen werden. Anschließend sind die Istkosten des Umsatzes (ohne die bereits im Rahmen der Erlösrechnung bearbeiteten Sondereinzelkosten des Vertriebs) bereitzustellen. Dazu wird die im Artikel- oder Teilestamm hinterlegte Bewertungsmatrix herangezogen. Die Inhalte dieser Bewertung sind abhängig von der gewählten Systemgestaltung. Sie können neben den proportionalen auch die fixen Plankosten und gegebenenfalls Standard-Abweichungen umfassen. Das Mitführen der fixen Kosten ist für die Zwecke einer Parallelrechnung zu Vollkosten üblich. Meist liegen die Istkosten aus der monatlichen Abrechnung zum Zeitpunkt der Fakturierung noch nicht vor. Daher werden für die Zwecke des Deckungsbeitrags-Plan-/Ist-Vergleichs die Standardkosten in Ansatz gebracht, was den unverfälschten Ausweis von Abweichungen, für die der Vertrieb verantwortlich zu machen ist, d. h. Abweichungen ohne Herstellkostenabweichungen und Deckungsdifferenzen, ermöglicht (vgl. Herzog/ Jurasek 1993, S. 131-136).

8.50.2 SAP-spezifische Beschreibung

Bei der Übernahme der Istbuchungen aus dem Vertriebsbereich SD wird aus der Verkaufsorganisation über die Zuordnung eines Buchungskreises und eines Kostenrechnungskreises der zugehörige Ergebnisbereich gefunden. Die Zuordnungen werden beim Systemeinrichten im Customizing eingestellt (vgl. Abbildung 8.50-2 und 8.50-3).

- *Definition der Bewertungsstrategie*
  Über die *Bewertungsstrategie* wird die inhaltliche Ausgestaltung der automatischen Bewertung festgelegt, d. h. die Anwendung der Bewertungsmethoden und die Reihenfolge, in der diese Methoden angewendet werden. Die Reihenfolge der Bewertungsmethoden ist nicht fest vorgegeben (vgl. Abbildung 8.50-3).

- *Zuordnung der Bewertungsstrategie*
  Um für Istdaten eine Bewertung durchführen zu können, ist dem Bewertungszeitpunkt in Verbindung mit der Vorgangsart eine Bewertungsstrategie zuzuordnen (vgl. Abbildung 8.50-2).

Bei der Buchung der Fakturen werden die Werte in die Ergebnisrechnung transferiert. Dabei wird automatisch für jede Position des Fakturbelegs ein *Einzelposten* in der Ergebnisrechnung online erzeugt (vgl. Abbildung 8.50-4 und 8.50-5). Die Erlöse werden bei der Fakturierung durch das operierende Logistiksystem unter Verwendung eines Preisfindungsmechanismus ermittelt und in den Fakturbeleg gestellt. Sofern Erlösschmälerungen bekannt sind, wie z. B. gewährte Rabatte, geplanter Skonto, werden diese ebenfalls in den Beleg übernommen. Es kann außerdem der Verrechnungswert (Einstandspreis bei Handelsware bzw. Herstellkostensumme bei eigengefertigten Produkten) ermittelt und übernommen werden. Alle Merkmale, die in der Ergebnisrechnung definiert und im Fakturabeleg enthalten sind, werden neben der Kunden- und Artikelnummer aus dem Beleg in den Ergebnisrechnungseinzelposten überführt. Darüber hinaus wird die Ableitung durchgeführt, um beispielsweise diejenigen Merkmale mit Inhalten zu versorgen, für die entsprechende Ableitungsregeln definiert wurden. Die im Vertriebssystem ermittelten und an die Ergebnisrechnung weitergeleiteten *Erlöse* und *Erlösschmälerungen* sowie der Verrechnungswert können mittels einer Erzeugniskalkulation (= Kosten des Umsatzes) bewertet werden (vgl. SAP – Vertriebssystem 1994, S. 8.1-8.4).

8.50.3 Anwendung des Prozesses

Als Ergebnis der Fakturaübergabe erhalten Sie Erlöse und Erlösschmälerungen, sowie die Kosten des Umsatzes (vgl. Abbildung 8.50-4). In der Modellfirma *A* haben Sie einen Erlös von DM 2700.- (vgl. Abbildung 8.50-5), welcher durch Berücksichtigung von Erlösschmälerungen und Kosten des Umsatzes zu einem Produktdeckungsbeitrag führt. Mit *Freigabe der Faktura* an die FIBU werden die Erlöse, Erlösschmälerungen und Kosten des Umsatzes (gemäß Plankalkulation zum verkauften Artikel) in die Ergebnisrechnung geschrieben. Dadurch wird die Ergebnisrechnung bis zum Vertriebs- bzw. Produktergebnis immer aktuell gehalten. Die Daten werden in Wertfeldern (vgl. Abbildung 8.50-1) abgelegt, welche im Deckungsbeitragsschema für das Reporting noch strukturiert werden.

8.50.4 Navigationsinformationen

- *Menüpfad*
  1) Logistik –> Vertrieb –> Fakturierung –> Faktura –> Freigabe Buchhaltung
  2) Rechnungswesen –> Controlling –> Ergebnisrechnung –> Informationssystem –> Einzelposten

- *Transaktionscode*
  VF01, KE24

- *Eingehende Prozeßverbindungen im R/3-Referenzmodell*
  Wertflußsteuerung bei Kostenumlageverfahren/bei GK-Zuschlagsrechnung/bei starrer Plankostenrechnung/bei Grenzplankostenrechnung
  Plankalkulation mit Mengengerüst, Fakturabearbeitung

- *Ausgehende Prozeßverbindungen im R/3-Referenzmodell*
  keine

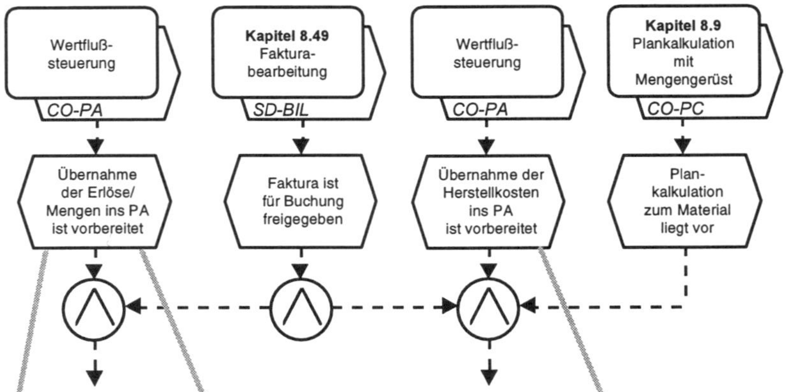

Standard Ergebnisbereich

In der SAP-Standardauslieferung ist der Ergebnisbereich "S001" als Beispiel enthalten. Sie können ihn als Vorlage für Ihren eigenen Ergebnisbereich verwenden. Sie sollten ihn jedoch nicht zum produktiven Einsatz verwenden.

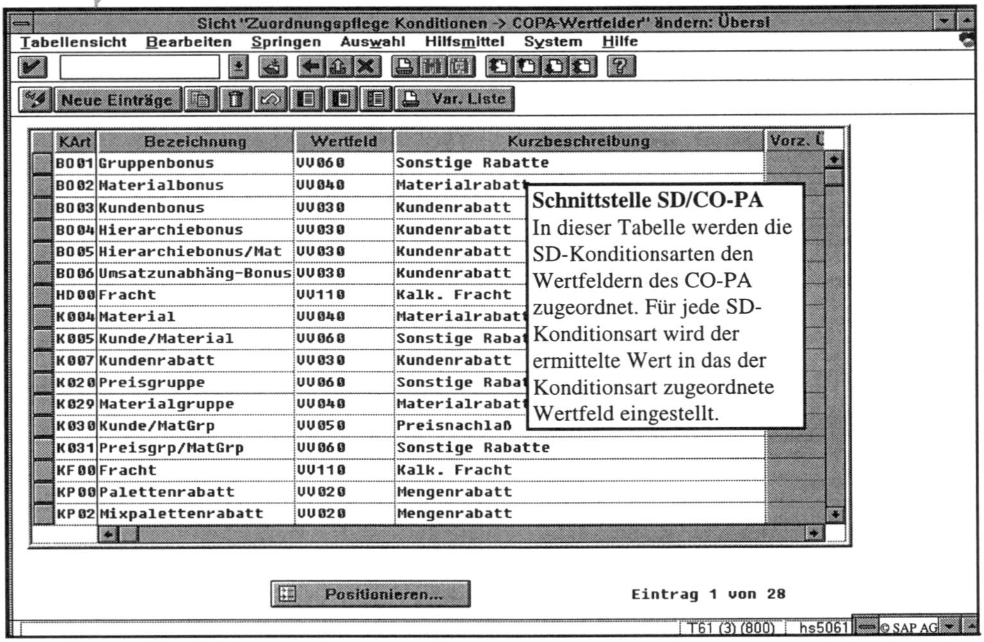

KArt	Bezeichnung	Wertfeld	Kurzbeschreibung	Vorz.
B001	Gruppenbonus	VV060	Sonstige Rabatte	
B002	Materialbonus	VV040	Materialrabat	
B003	Kundenbonus	VV030	Kundenrabatt	
B004	Hierarchiebonus	VV030	Kundenrabatt	
B005	Hierarchiebonus/Mat	VV030	Kundenrabatt	
B006	Umsatzunabhäng-Bonus	VV030	Kundenrabatt	
HD00	Fracht	VV110	Kalk. Fracht	
K004	Material	VV040	Materialrabatt	
K005	Kunde/Material	VV060	Sonstige Rabat	
K007	Kundenrabatt	VV030	Kundenrabatt	
K020	Preisgruppe	VV060	Sonstige Rabat	
K029	Materialgruppe	VV040	Materialrabatt	
K030	Kunde/MatGrp	VV050	Preisnachlaß	
K031	Preisgrp/MatGrp	VV060	Sonstige Rabatte	
KF00	Fracht	VV110	Kalk. Fracht	
KP00	Palettenrabatt	VV020	Mengenrabatt	
KP02	Mixpalettenrabatt	VV020	Mengenrabatt	

Schnittstelle SD/CO-PA

In dieser Tabelle werden die SD-Konditionsarten den Wertfeldern des CO-PA zugeordnet. Für jede SD-Konditionsart wird der ermittelte Wert in das der Konditionsart zugeordnete Wertfeld eingestellt.

Abb. 8.50-1 Zuordnung der SD-Konditionsarten zu den CO-PA Wertfeldern

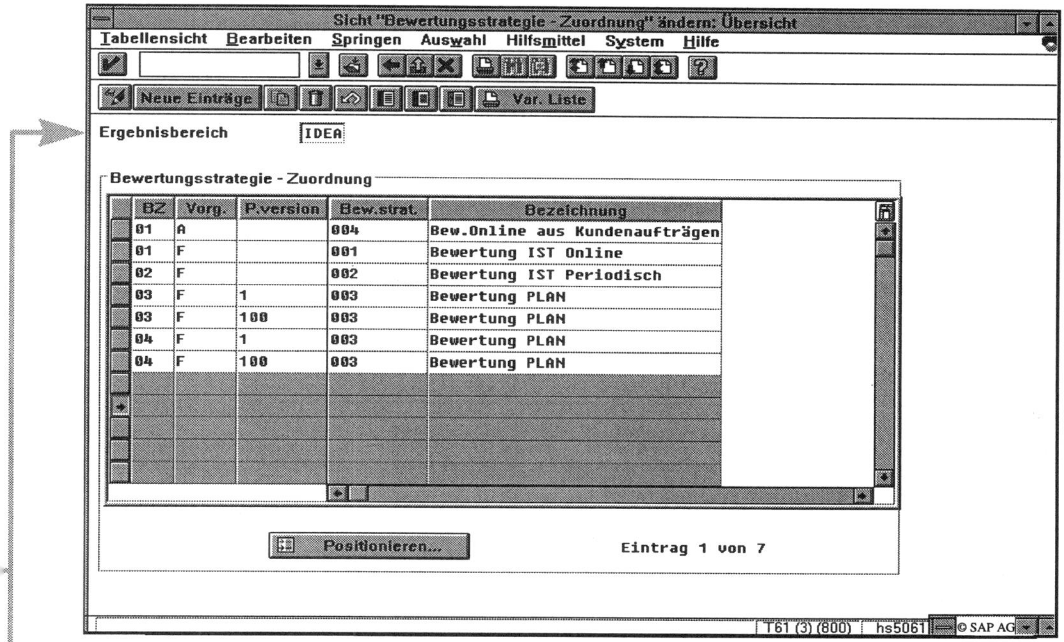

Abb. 8.50-2: Customizing Bewertungsstrategie

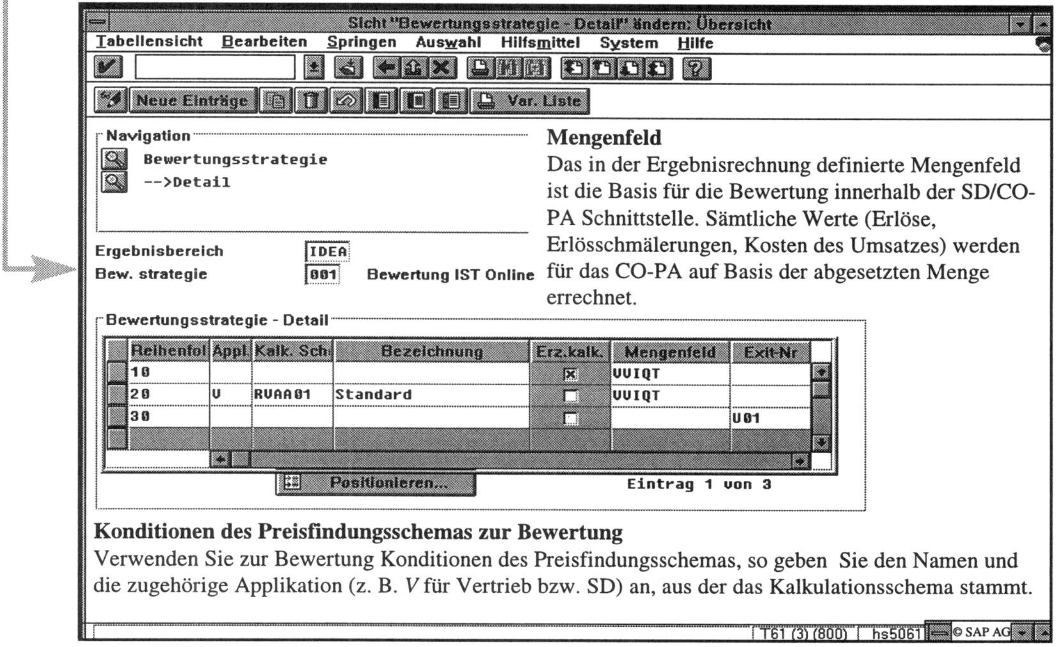

Mengenfeld
Das in der Ergebnisrechnung definierte Mengenfeld ist die Basis für die Bewertung innerhalb der SD/CO-PA Schnittstelle. Sämtliche Werte (Erlöse, Erlösschmälerungen, Kosten des Umsatzes) werden für das CO-PA auf Basis der abgesetzten Menge errechnet.

Konditionen des Preisfindungsschemas zur Bewertung
Verwenden Sie zur Bewertung Konditionen des Preisfindungsschemas, so geben Sie den Namen und die zugehörige Applikation (z. B. *V* für Vertrieb bzw. SD) an, aus der das Kalkulationsschema stammt.

Abb. 8.50-3: Customizing Bewertungsstrategie im Detail

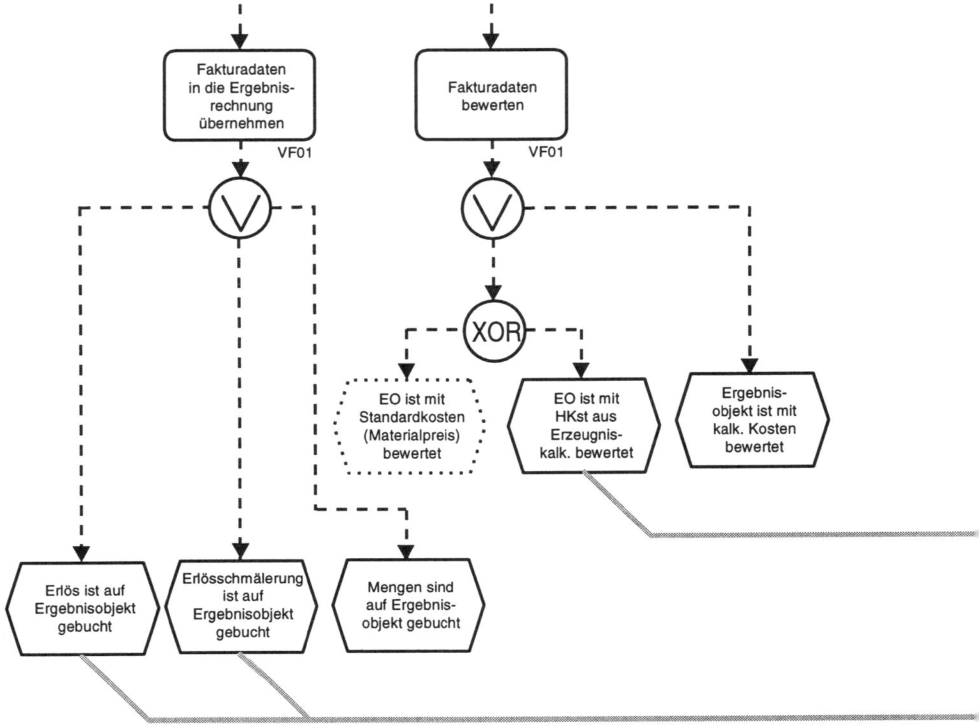

Ergebnisbereich
Der Ergebnisbereich stellt eine Unternehmenseinheit dar, für den eine einheitliche Segmentierung des Absatzmarktes vorliegt. Für einzelne Segmente, die durch klassifizierende Merkmale beschrieben werden (z. B. Artikelgruppe, Kundengruppe, Land, Vertriebsweg), wird durch Gegenüberstellung von Kosten und Erlösen ein Ergebnis ausgewiesen. Durch die Kombination mehrerer Merkmalsausprägungen (Kunde Müller, Artikel 4711, etc.) bei der Buchung einer Fakturaposition wird durch das System jeweils ein Ergebnisobjekt erzeugt. Mehrere Kostenrechnungskreise können einem Ergebnisbereich zugewiesen werden. Der Anwender der Ergebnisrechnung sollte den Ergebnisbereich, mit dem er arbeitet, als Benutzerfestwert hinterlegen (Parameter *ERB*). Ansonsten wird der Ergebnisbereich einmal vom System erfragt und nur bis zur nächsten Abmeldung gespeichert.

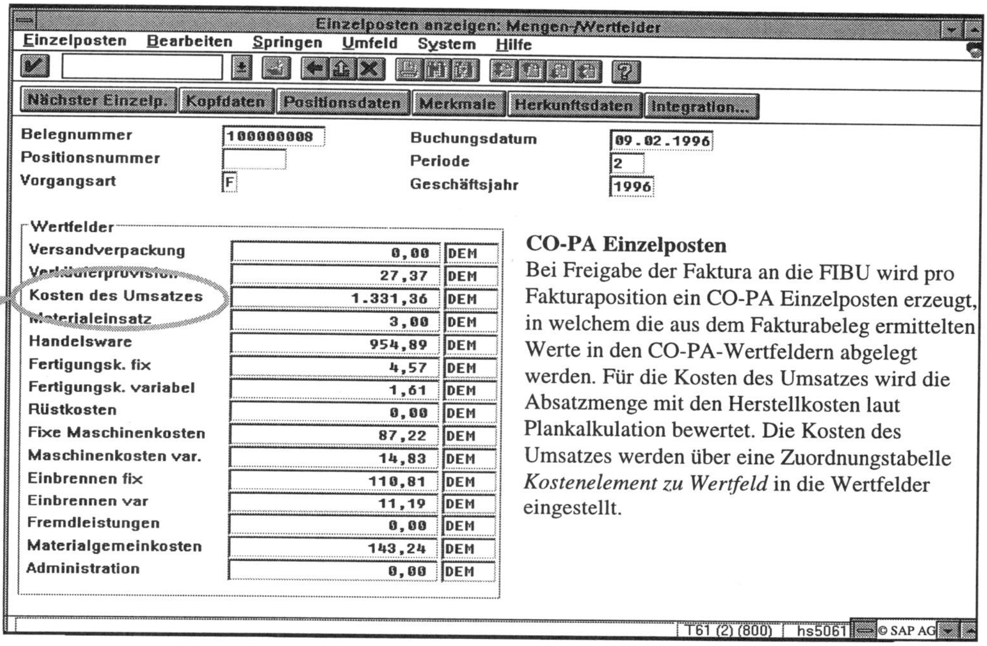

CO-PA Einzelposten
Bei Freigabe der Faktura an die FIBU wird pro Fakturaposition ein CO-PA Einzelposten erzeugt, in welchem die aus dem Fakturabeleg ermittelten Werte in den CO-PA-Wertfeldern abgelegt werden. Für die Kosten des Umsatzes wird die Absatzmenge mit den Herstellkosten laut Plankalkulation bewertet. Die Kosten des Umsatzes werden über eine Zuordnungstabelle *Kostenelement zu Wertfeld* in die Wertfelder eingestellt.

Abb. 8.50-4: Einzelposten in CO-PA (1/2)

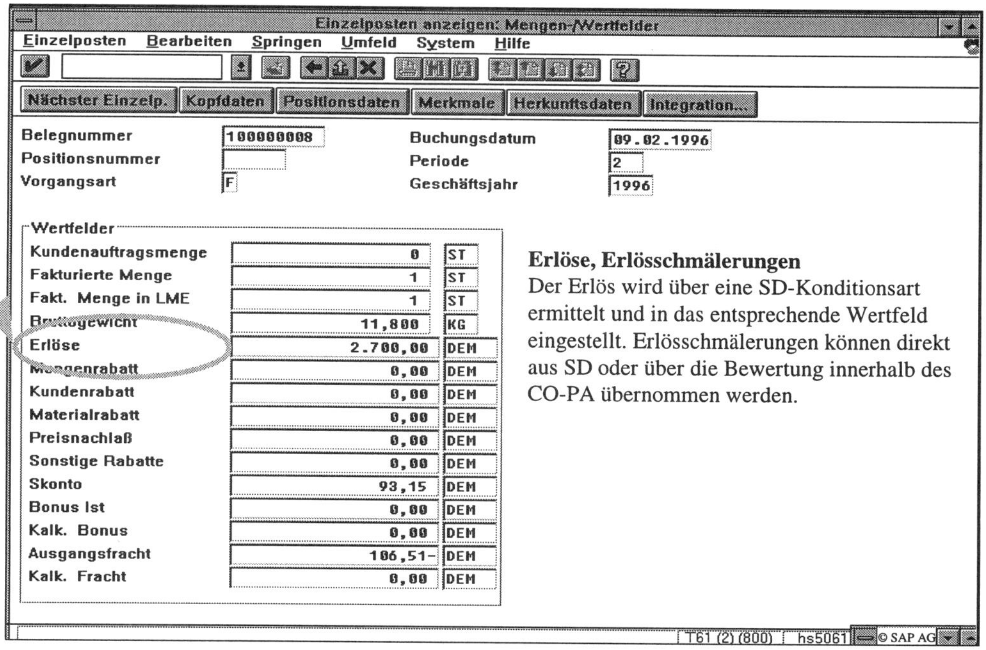

Erlöse, Erlösschmälerungen
Der Erlös wird über eine SD-Konditionsart ermittelt und in das entsprechende Wertfeld eingestellt. Erlösschmälerungen können direkt aus SD oder über die Bewertung innerhalb des CO-PA übernommen werden.

Abb. 8.50-5: Einzelposten in CO-PA (2/2)

8.51 Prozeß: Maschinelle Zahlung – Debitor

8.51.1 Betriebswirtschaftliche Beschreibung

Die Lieferungs- und Zahlungsbedingungen gehören zu den Absatzförderungsmaßnahmen. Wenn ein Unternehmen seinen Kunden z. B die Zahlung der Rechnung sofort unter Abzug von 3% Skonto oder innerhalb von 30 Tagen ohne Abzug ermöglicht, bietet das Unternehmen gleichzeitig einen kurzfristigen Lieferantenkredit von 30 Tagen mit an. Ob der Debitor diesen Kredit in Anspruch nimmt, bleibt ihm überlassen. Somit ist der Zahlungseingang für das Unternehmen nicht genau zu planen - außer in den seltenen Fällen in denen mit dem Debitor ein Einzugs- oder Abbuchungsverfahren vereinbart wurde. Daher bietet sich für die Verbuchung der Zahlungseingänge statt des maschinellen Verfahrens, wie in der Kreditorenbuchhaltung, eine manuelle Verbuchung der Zahlung an.

8.51.2 SAP-spezifische Beschreibung

Im System R/3 wird das Buchen des Zahlungseingangsbelegs und das Ausgleichen der Zahlungspositionen auf dem Debitorkonto in einem Arbeitschritt vollzogen. Bei der einfachsten Zahlungseingangsbelegbuchung sind auf dem Überweisungsträger die Belegnummern der auszugleichenden Rechnungen/Gutschriften angegeben. Es müssen dann

- die Kontonummer der Bank
- der Zahlungsbetrag
- eventuelle Spesen und
- die Belegnummern der auszugleichenden Belege

eingegeben werden. Die Summe der angegebenen Rechnungen wird vom System gegen den eigegebenen Zahlungsbetrag geprüft. Stimmen die Beträge überein, wird der Beleg gebucht und die Zahlung mit den Rechnungen ausgeglichen. Jeder ausgeglichene Posten wird mit

- der Nummer des Ausgleichbelegs (z. B. die Nummer des Zahlungsbelegs) und
- dem Ausgleichsdatum gekennzeichnet

Für den Fall, daß nur unzureichende Informationen über die auszugleichenden Rechnungen vorliegen, können mit Hilfe verschiedener Suchkriterien die bezahlten Posten auf dem Debitorenkonto ermittelt werden. Nahezu alle Felder des Belegkopfes und der Belegposition können als Suchkriterien eingesetzt werden. Sinnvollerweise wird der Anwender nur einen kleinen Teil der Kriterien zur Suche nutzen, z. B. die Referenznummer, das Buchungsdatum und den Betrag der Rechnung. Um einen *offenen Posten* auszugleichen müssen einige Schritte ausgeführt werden. Es müssen die Daten für den Belegkopf des Ausgleichsbelegs angegeben werden, z. B. das Belegdatum, die Belegart, der Buchungskreis, das Buchungsdatum und die Währung. Danach folgen die Angaben für die Bank z. B. die Kontonummer (d. h. das Bankverrechnungskonto), der Betrag, die Spesen (d. h. die Bankgebühren) und das Valutadatum (d. h. den Tag der Wertstellung bei der Bank). Nach der Selektion der offenen Posten kann man:

- die offenen Posten aktivieren oder inaktivieren
- das Skonto aktivieren oder inaktivieren
- die Skontobeträge pflegen
- und Teilzahlungen oder Restposten eingeben.

Bevor die *Ausgleichsbuchung* für die offenen Posten möglich ist, müssen die entsprechenden Posten aktiviert sein und der Saldo zwischen der Soll- und Habenbuchung muß *null* betragen oder innerhalb der Toleranzen, d. h. der vom Systemverwalter zugelassenen Zahlungsdifferenz von z. B. 1%, liegen (vgl. SAP – Personenkonten 1996, S. 3.9-3.20).

8.51.3 Anwendung des Prozesses

Auf dem Einstiegsbild zur Maschinellen Zahlung sehen Sie, daß der Status noch keine Parameter aufweist (vgl. Abbildung 8.51-1). Zur Steuerung der Zahlung benötigen Sie die Angaben der Zahlwege und das Konto des Debitors. In der Modellfirma wird für den Zahlweg ein Scheck (S) vorgesehen. Es sind weitere Zahlwege möglich, wie Abbildung 8.51-4 aufzeigt. Für den Debitor, d. h. unsere Modellfirma *B*, wurde das Konto 1680 eingetragen (vgl. Abbildung 8.51-2). Im nächsten Schritt werden die offenen Posten ausgewiesen, die zur Zahlung fällig sind. Dazu werden einige Angaben kontrolliert, wie z. B. die Hausbank, der Zahlweg usw. (vgl. Abbildung 8.51-5). Anschließend wird eine Zahlungsvorschlagsliste erzeugt und der Zahlungslauf durchgeführt. Der Status gibt die Information des korrekten Zahlungslaufs mit Buchungsaufträge 1 erzeugt (vgl. Abbildung 8.51-8).

8.51.4 Navigationsinformationen

- *Menüpfad*
  Rechnungswesen -> Finanzwesen -> Debitoren -> Buchung -> Zahlungseingang
- *Transaktionscode*
  MRHR
- *Eingehende Prozeßverbindungen im R/3-Referenzmodell*
  Zahlungsavisbearbeitung
  Anlagenzugangsbearbeitung
  Debitorzahlungsanforderung, Debitorrechnungsbearbeitung, CPD-Debitorrechnungsbearbeitung
  Bonusabrechnung
- *Ausgehende Prozeßverbindungen im R/3-Referenzmodell*
  Budgetausführungsprüfung
  Wechseleinreichung
  Projektaktualisierung

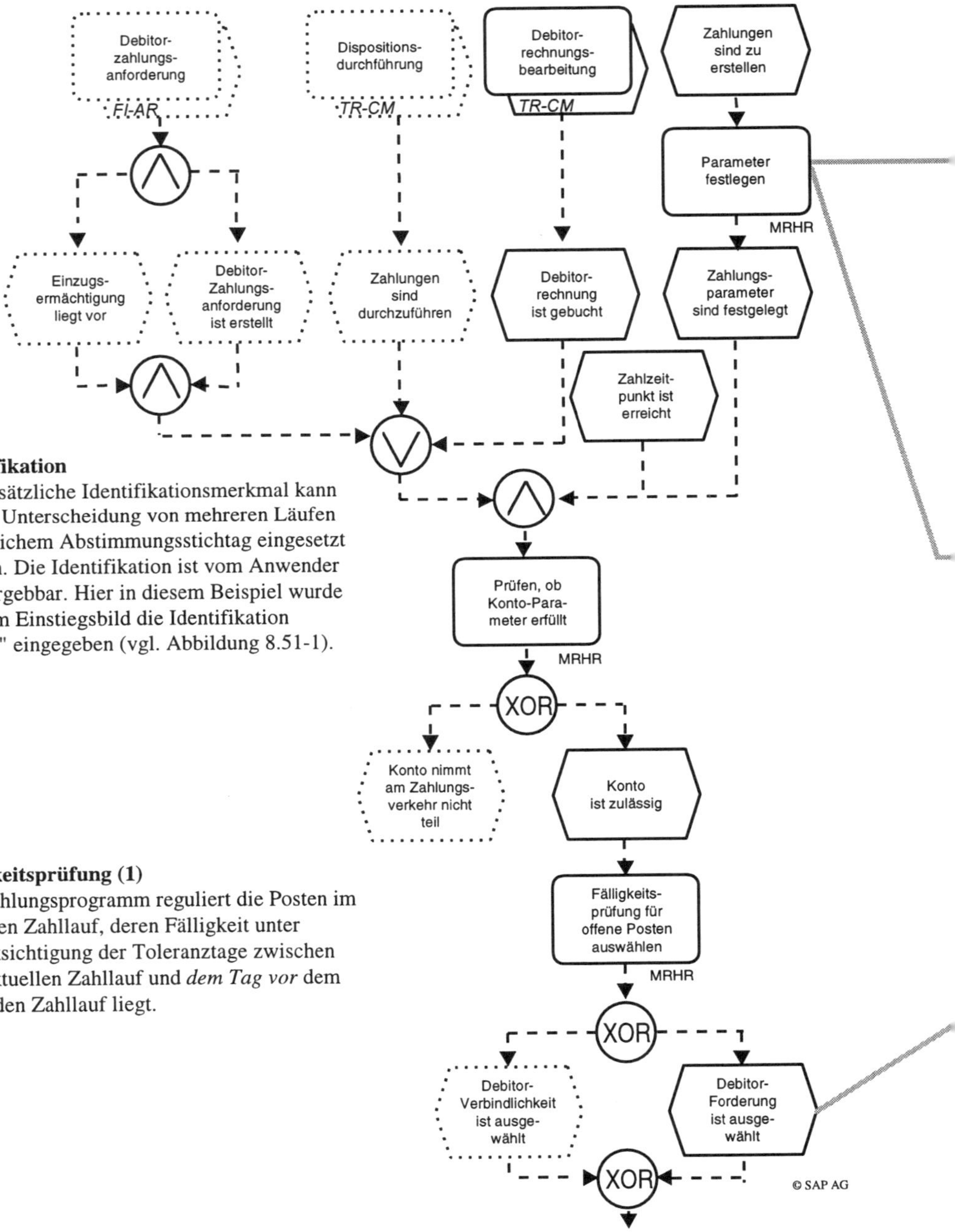

Identifikation
Das zusätzliche Identifikationsmerkmal kann für die Unterscheidung von mehreren Läufen mit gleichem Abstimmungsstichtag eingesetzt werden. Die Identifikation ist vom Anwender frei vergebbar. Hier in diesem Beispiel wurde auf dem Einstiegsbild die Identifikation "Zahl1" eingegeben (vgl. Abbildung 8.51-1).

Fälligkeitsprüfung (1)
Das Zahlungsprogramm reguliert die Posten im aktuellen Zahllauf, deren Fälligkeit unter Berücksichtigung der Toleranztage zwischen dem aktuellen Zahllauf und *dem Tag vor* dem folgenden Zahllauf liegt.

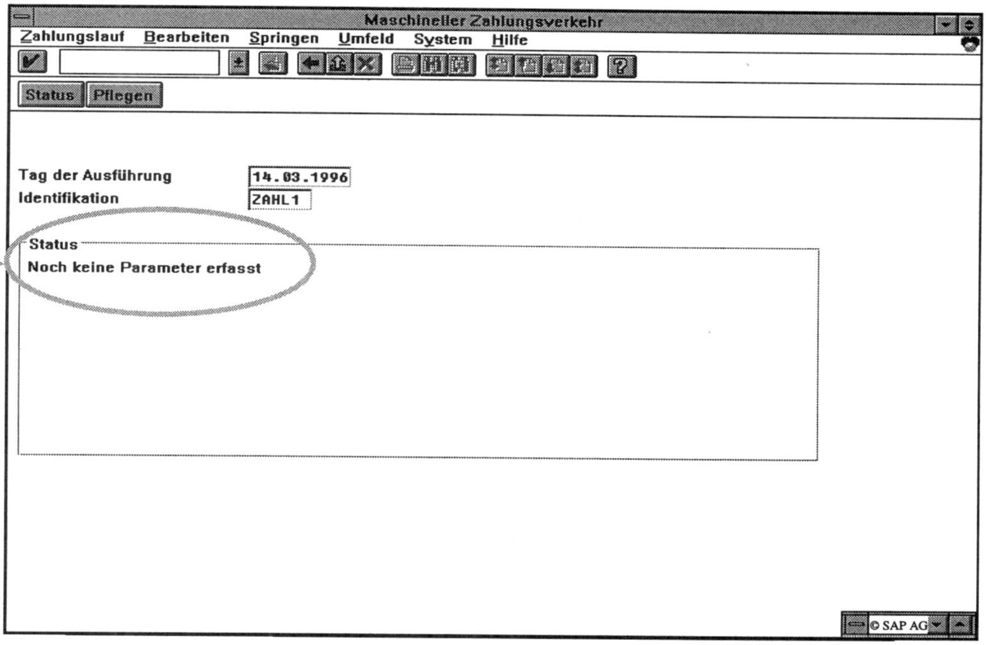

Abb. 8.51-1: Einstiegsbild - Maschinelle Zahlung

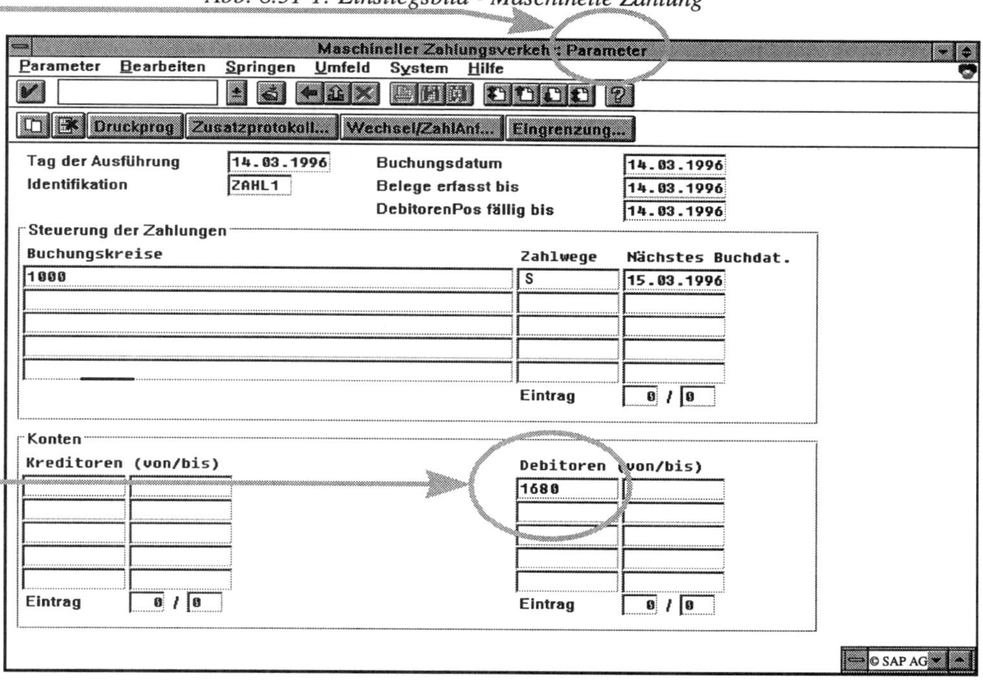

Abb. 8.51-2: Parameter - Maschinelle Zahlung

Fälligkeitsprüfung (2)
Die Fälligkeit der Posten wird grundsätzlich bestimmt durch das Basisdatum und die Zahlungsbedingungen, die in den offenen Posten stehen. Das Zahlungsprogramm ermittelt die Skontofristen und die Nettofälligkeit.

Gruppierungsschlüssel
Den Gruppierungsschlüssel können Sie verwenden, um offene Posten eines Kontos für eine Zahlung zusammenzufassen. Seine Verwendung ist optional.

Posten sperren
Posten, die unabhängig von ihrer Fälligkeit nicht gezahlt werden sollen, sperren Sie. Dazu geben Sie einen Sperrschlüssel ein.

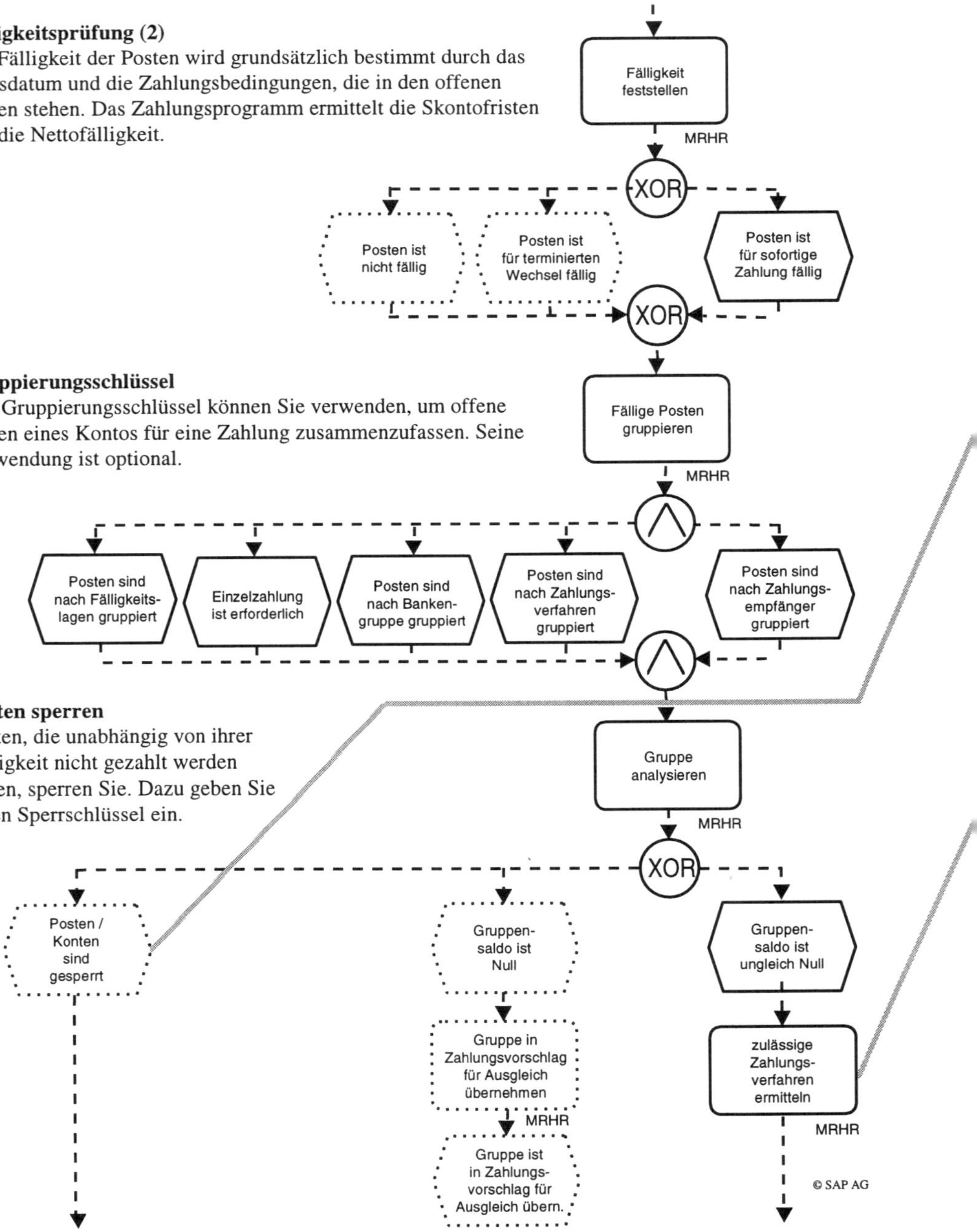

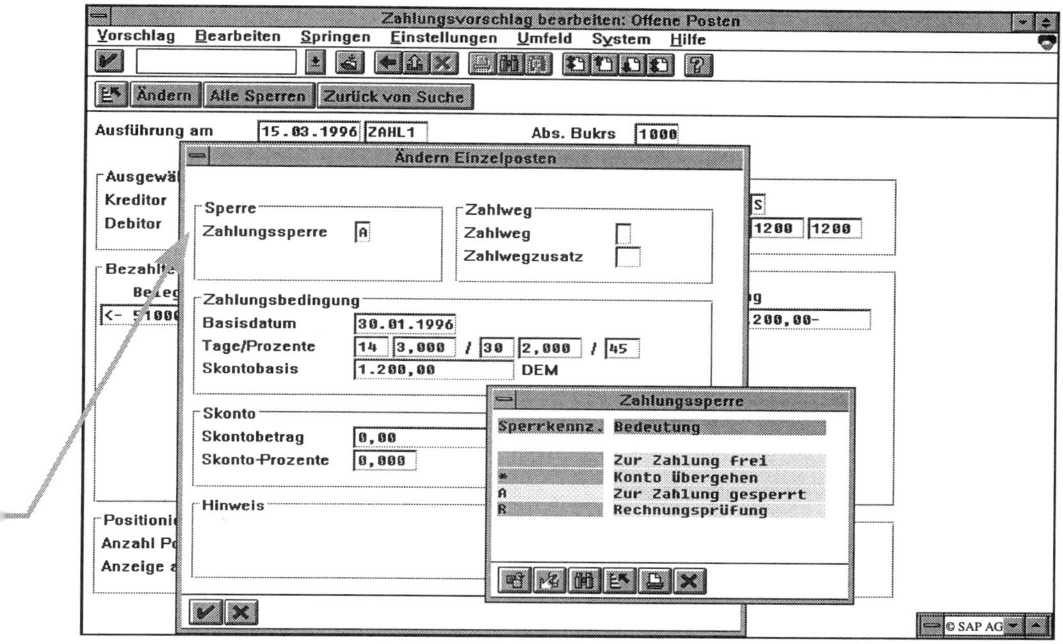

Abb. 8.51-3: Eventuelle Zahlungssperre

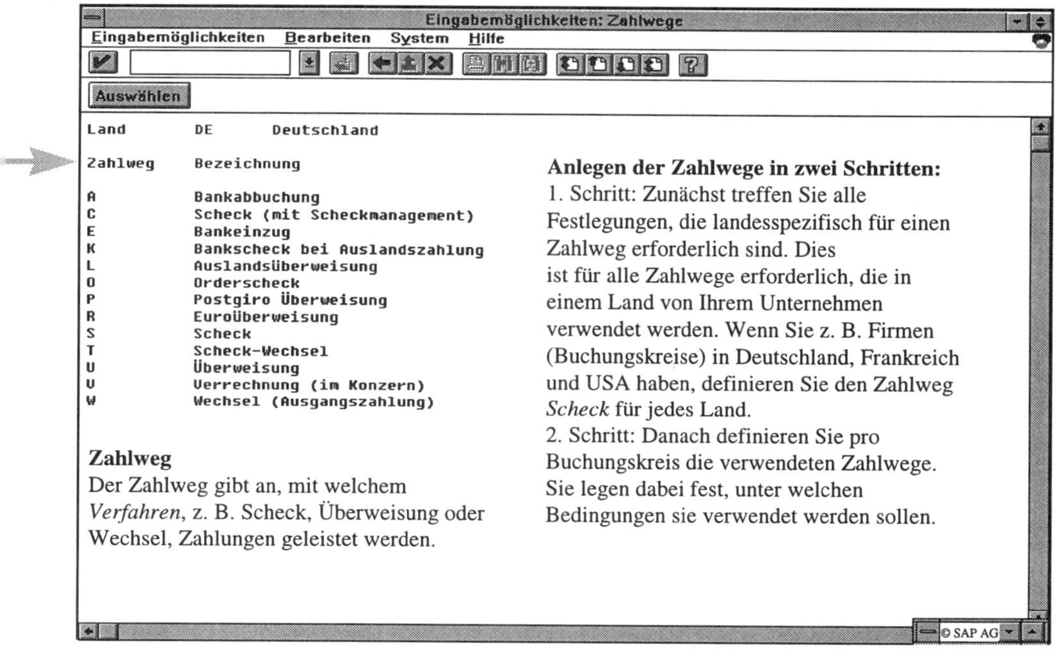

Zahlweg

Der Zahlweg gibt an, mit welchem *Verfahren*, z. B. Scheck, Überweisung oder Wechsel, Zahlungen geleistet werden.

Anlegen der Zahlwege in zwei Schritten:

1. Schritt: Zunächst treffen Sie alle Festlegungen, die landesspezifisch für einen Zahlweg erforderlich sind. Dies ist für alle Zahlwege erforderlich, die in einem Land von Ihrem Unternehmen verwendet werden. Wenn Sie z. B. Firmen (Buchungskreise) in Deutschland, Frankreich und USA haben, definieren Sie den Zahlweg *Scheck* für jedes Land.

2. Schritt: Danach definieren Sie pro Buchungskreis die verwendeten Zahlwege. Sie legen dabei fest, unter welchen Bedingungen sie verwendet werden sollen.

Abb. 8.51-4: Zahlwege

Zahlweg Scheck (S)
Für den Zahlweg *Scheck* (vgl. Abbildung 8.51-4) legen Sie keine Mindestbetragsgrenzen fest, da dieser Zahlweg verwendet werden soll, wenn andere Zahlwege nicht benutzt werden können. Ein Höchstbetrag ist anzugeben, da anderenfalls der Zahlweg nicht verwendet werden kann. Der Kunde oder Lieferant kann seinen Sitz im Ausland haben. Die Bankverbindung des Geschäftspartners ist für eine Zahlung per Scheck bedeutungslos. Auslandszahlungsverkehr ist somit möglich. Zahlungen in Fremdwährungen sind erlaubt.

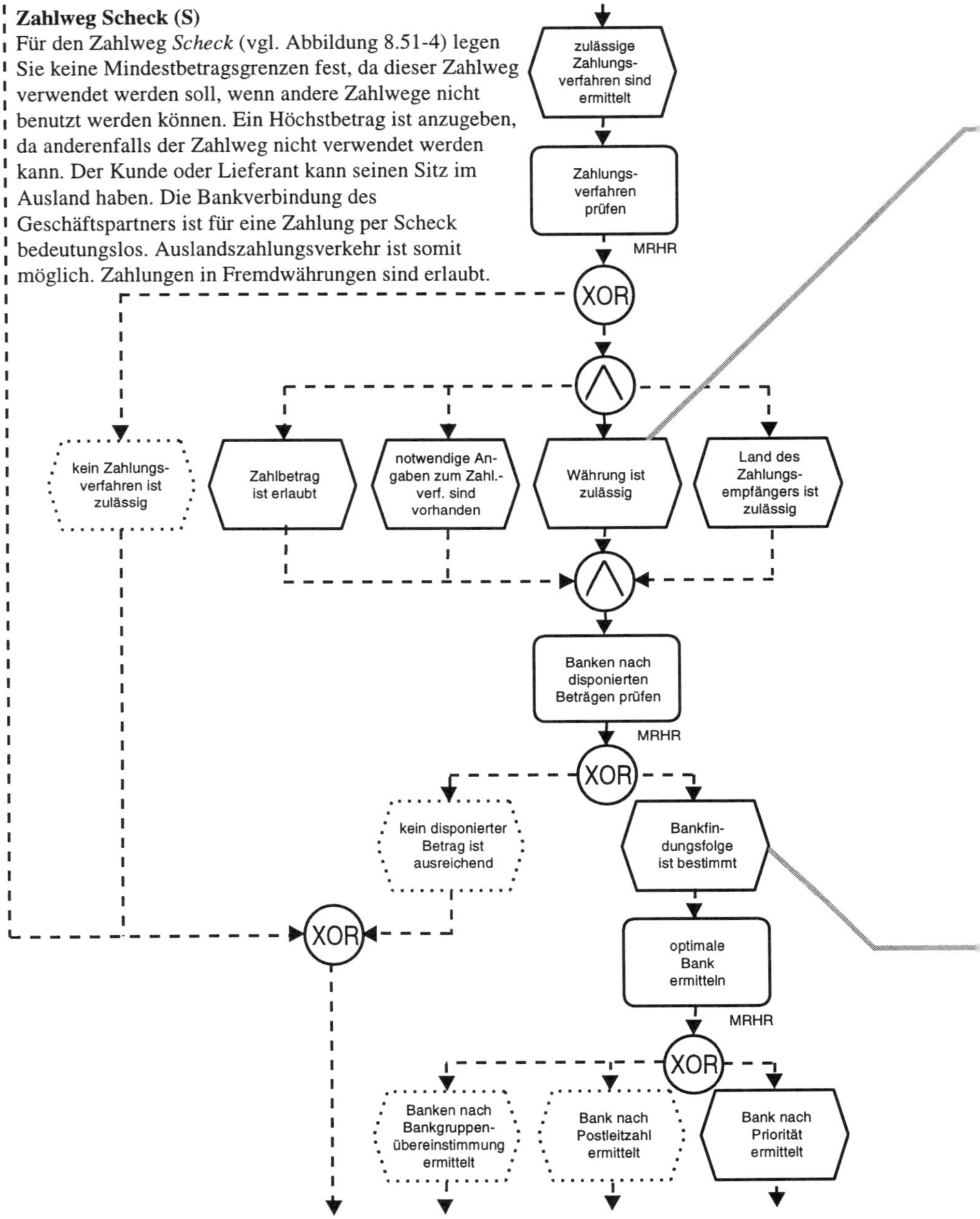

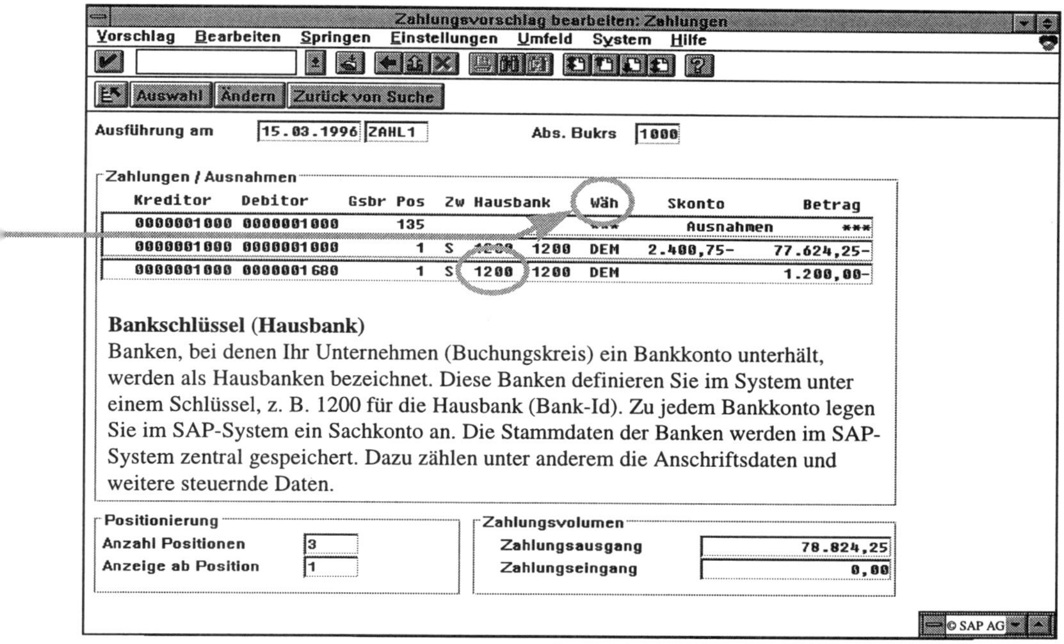

Abb. 8.51-5: Zahlungsvorschlagsliste

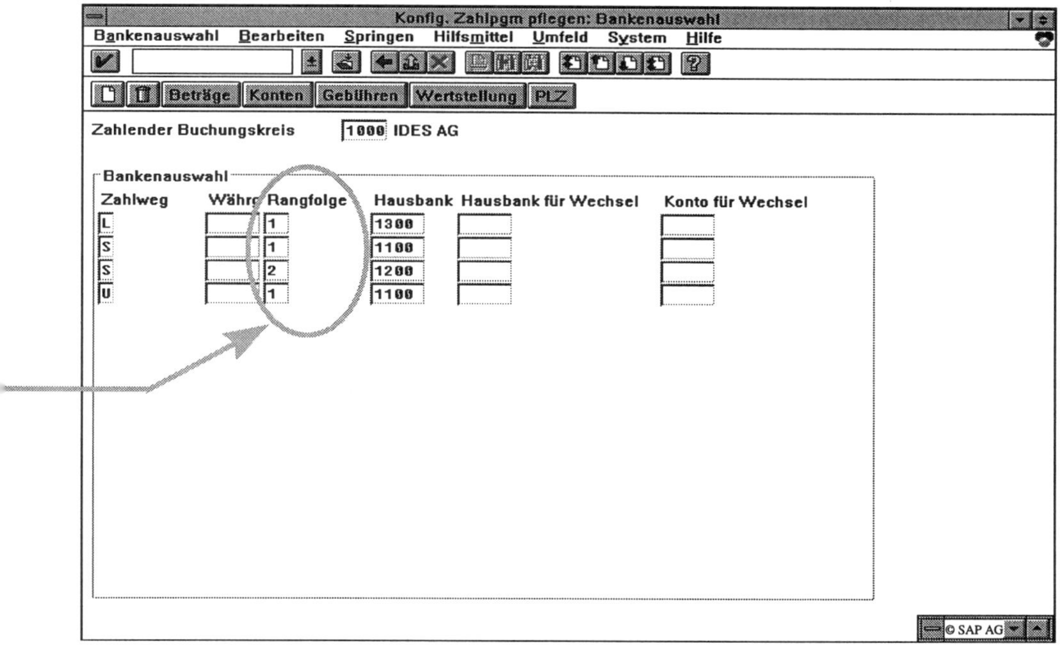

Abb. 8.51-6: Bankenauswahl

Zahlung prüfen
Es wird geprüft, ob die zugrundeliegende Rechnung nicht im gleichen Zahlungslauf reguliert werden soll, und ob die zugrundeliegende Rechnung nicht bereits bezahlt worden ist. Kann eine Zahlungsanforderung aus einem der beschriebenen Gründe nicht reguliert werden, erscheint sie auf der Ausnahmeliste des Zahlungsvorschlags. In diesem Fall sollten Sie die Anforderung stornieren, da eine Ausführung nicht mehr möglich ist. Für bereits gebuchte Rechnungen können Sie auch Teilzahlungen leisten. Dazu wird die Rechnung zur Zahlung gesperrt und eine Zahlungsanforderung über den gewünschten Teilbetrag erfaßt.

Zahlung buchen
Die Buchung der Zahlungen und die daraus resultierenden Buchungen, wie z. B. Steuer, Steuerkorrekturen, Kursdifferenzen oder Skonto, nimmt das Zahlungsprogramm automatisch vor. Dazu müssen Sie im voraus festlegen, welche Bank- oder Bankunterkonten bebucht werden, welche Belegart für die Buchung der Zahlungen verwendet werden soll, und ob Kursdifferenzen gebucht werden.

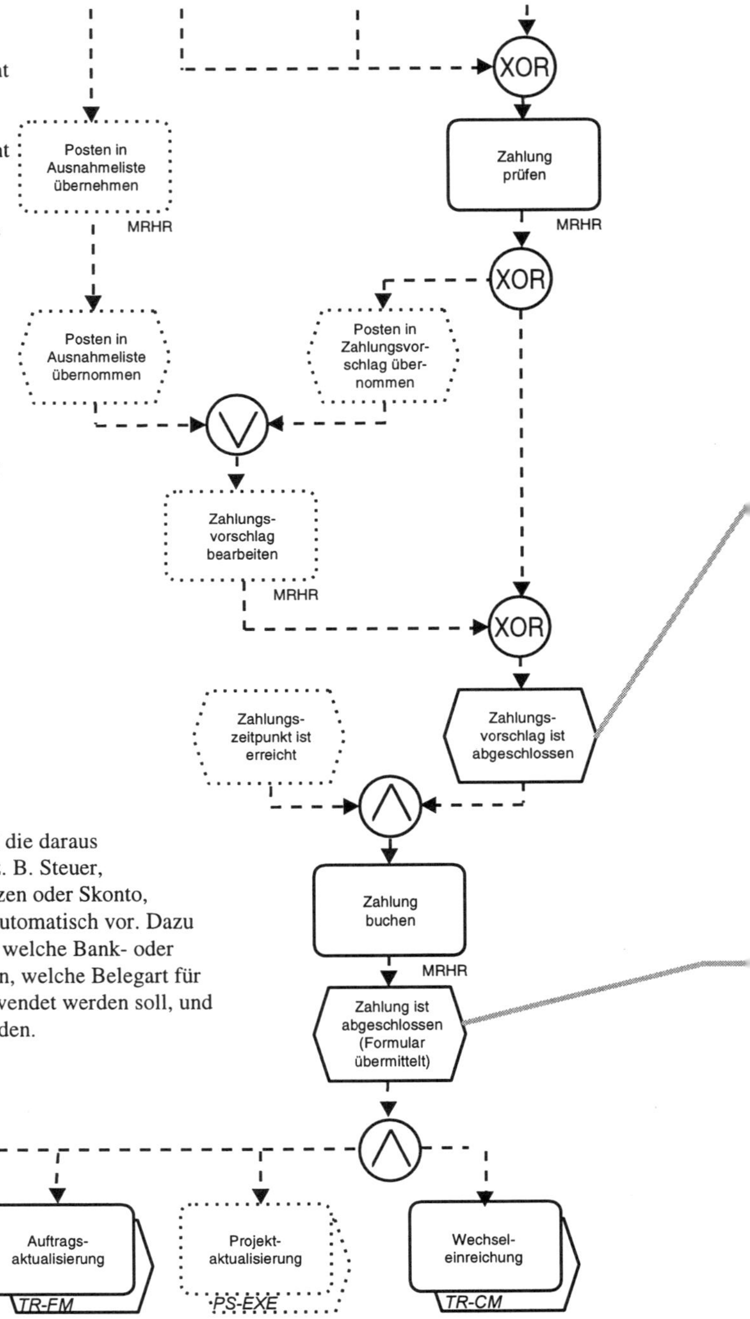

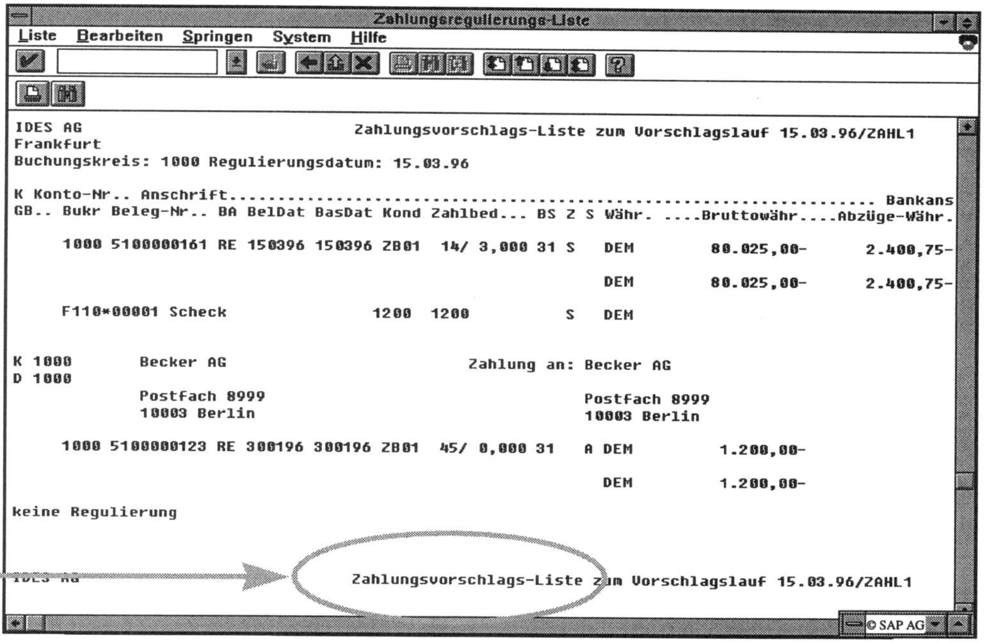

Abb. 8.51-7: Zahlungsvorschlagsliste

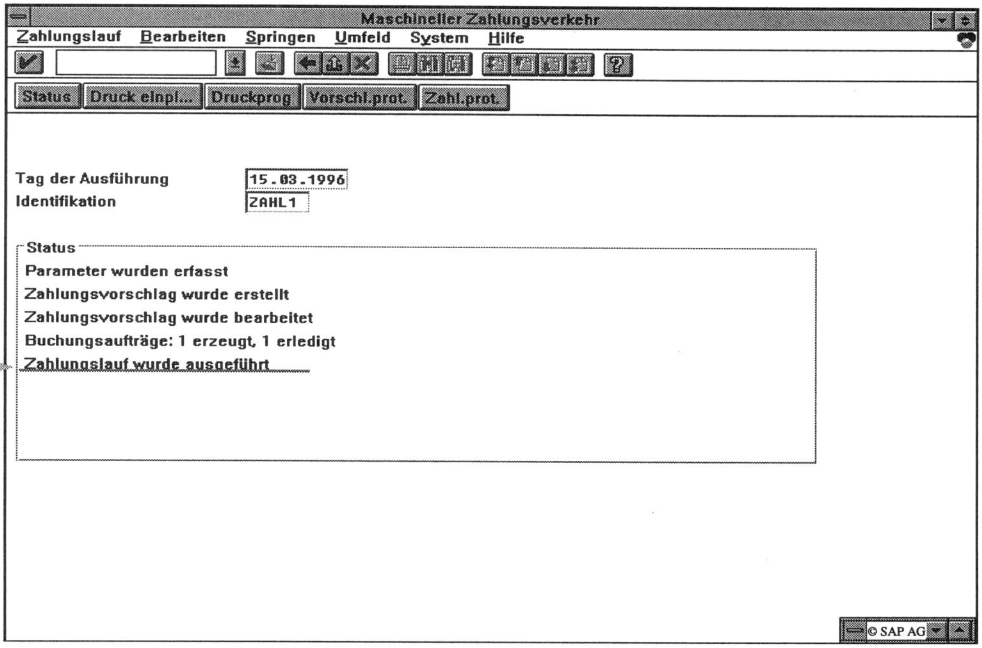

Abb. 8.51-8: Zahlungslauf wurde ausgeführt

8.52 Prozeß: Kostenstellenanalyse

8.52.1 Betriebswirtschaftliche Beschreibung

Basis für die monatliche Kostenstellenanalyse ist die Kostenstellenplanung sowie die entsprechende Erfassung von Istkosten und Istbezugsgrößenmengen auf den Kostenstellen des Unternehmens. Entscheidende Voraussetzung für das „Herzstück“ der Kostenstellenanalyse, den Soll-Istvergleich sind die im Rahmen des Kostenstellenabschlusses ermittelten Plankostensätze. Im Soll-Istvergleich werden je Kostenstelle und innerhalb der Kostenstelle für jede einzelne Kostenart die Istkosten den Sollkosten gegenübergestellt. Als Differenzen zwischen den Istkosten und den Sollkosten werden die Verbrauchabweichungen ausgewiesen. Bei der Durchführung des Soll-Istvergleichs sind folgende Teilgebiete zu unterscheiden: die Erfassung der Istbezugsgrößen, die Errechnung der Sollkosten, der Istkostennachweis und die Erstellung des eigentlichen Soll-Istkostenvergleichs. Der monatliche Soll-Istkostenvergleich allein bewirkt allerdings noch keine Kostensenkung. Ein Erfolg werden Planung und laufender Soll-Istvergleich erst dann, wenn man im Betrieb versteht, worum es geht und ehrlich an allen gezeigten Kostenproblemen mitarbeitet. Dies bedingt daher eine von den Kostenstellenverantwortlichen akzeptierte und zu verantwortende Kostenstellenplanung, deren Meßlatte *erreichbar* ist (vgl. Konrad 1971, S. 1099-1118).

8.52.2 SAP-spezifische Beschreibung

Zur Analyse der in einem Unternehmen stattfindenden Kostenflüsse bietet das System R/3 ein umfangreiches und flexibles Informationssystem an. Mit dessen Hilfe kann der Benutzer sowohl wiederkehrende standardmäßige Auswertungen durchführen als auch Berichte zu außerordentlichen Fragestellungen und Aufgaben erstellen. Durch die interaktive Auslegung des Informationssystems ist es möglich, sämtliche Kosten direkt nach deren Erfassung im System zu analysieren und ihre Entstehung bis auf die Belegebene zu verfolgen. Alle online verfügbaren Berichte können auch im Hintergrund ausgeführt werden, was insbesondere bei sehr umfangreichen Datenbeständen sinnvoll ist. Für hierarchisch gegliederte Objekte, wie z. B. Kostenstellen, können entweder einzelne Berichte für alle Hierarchieknoten und Einzelobjekte erstellt werden oder alle entsprechenden Berichte in einem einzigen Selektionslauf über die Datenbank erzeugt werden. Wählt der Benutzer die zweite Möglichkeit, so kann er interaktiv innerhalb einer Hierarchie navigieren. Dadurch ist unter anderem eine besonders flexible Kontrolle von Kostenstellenbereichen möglich (vgl. SAP – Gemeinkosten-Controlling 1996, S. 8.1-8.5).

8.52.3 Anwendung des Prozesses

Der Prozeß *Kostenstellenanalyse* beschreibt die Analyse einer Kostenstelle nach erfolgtem Periodenabschluß bzw. ad hoc im Rahmen der Planung oder für stichprobenartige Auswertungen. Nach der Konkretisierung der Analyseanforderungen stehen dem Anwender über ein Berichtsverzeichnis mehrere Standardberichte zur Verfügung (vgl. Abbildung 8.52-1).

Zum Vergleich der Plan- oder Sollkosten mit den tatsächlich angefallenen Ist-Kosten werden eine Reihe von Kostenstellen- und Kostenartenberichten für einzelne Kostenstellen oder Kostenstellenbereiche angeboten. In diesen Berichten werden beispielsweise die Ist-Kosten den Plan- oder Sollkosten für beliebig auswählbare Kostenstellen gegliedert nach Kostenarten gegenübergestellt. Diese Berichte stehen für den in der Praxis üblichen monatlichen Soll/Ist-Vergleich nach dem Periodenabschluß. Zur genauen Analyse von Kostenflüssen werden Berichte ausgeliefert, mit denen analysiert werden kann, welche Herkunft die einzelnen Kosten besitzen und welche Partnerobjekte, wie z. B. andere Kostenstellen oder Aufträge, an den ensprechenden Transaktionen beteiligt waren. Spezielle Berichte erlauben eine Kontrolle der im Ist und Plan gebuchten Einzelposten. Die Einzelpostenberichte können direkt oder über die *Bericht/Bericht-Schnittstelle* aus anderen Berichten heraus aufgerufen werden. Es ist möglich, aus den Einzelpostenberichten in die Anzeige der Belege zu verzweigen, so daß eine exakte Dokumentation der Kostenentstehung am Bildschirm möglich wird. Stellt der Benutzer fest, daß die ihn interessierenden Ist-Kosten von den entsprechenden Plankosten abweichen, so kann er mit Hilfe der ausgelieferten Standardberichte die Ursache dieser Abweichung feststellen, wobei ein direkter interaktiver Anschluß an die Transaktion *Abweichungsermittlung* des CO realisiert ist. Darüber hinaus ist es mit den ausgelieferten Standardberichten möglich, die Obligo und Budgetverwaltung zu überwachen oder aus den Kosten, die bis zu einer bestimmten Periode geplant wurden oder tatsächlich angefallen sind, voraussichtliche Kosten für spätere Perioden hochzurechnen. Darüber hinaus wird ein Standardbericht ausgeliefert, der die Kostenkontrolle in einem rollierenden Jahr erlaubt. Erfüllt keiner der vorhandenen Standardberichte die Analyseanforderungen der Anwenders, so kann dieser eigene Berichte mit dem Report Painter definieren. In der Modellfirma *A* wurde aus der Berichtsauswahl der Bericht Ist/Soll-Abweichung ausgewählt. Im Einstiegsbild wurde die Kostenstelle 1000 und die Perioden 1 bis 12 des Geschäftsjahres 1996 eingetragen (vgl. Abbildung 8.52-2). Mit der Ausführen-Taste gelangen Sie auf das Berichtsbild (vgl. Abbildung 8.52-3), das Ihnen nach Kostenarten gegliedert die Istkosten mit den Sollkosten zeigt. Zusätzlich sehen Sie die Abweichungen absolut und prozentual angezeigt. Im Bericht selbst können Sie auf einen Einzelposten verzweigen und daraufhin sich den Beleg zeigen lassen. Für das Beispiel wurde die Kostenart 430000 als Einzelposten (vgl. Abbildung 8.52-4) und deren Beleg (vgl. Abbildung 8.52-5) angezeigt.

8.52.4 Navigationsinformationen

- *Menüpfad*
  Rechnungswesen –> Controlling –> Kostenstellen –> Infosystem –> Berichtswesen
- *Transaktionscode*
  SART
- *Eingehende Prozeßverbindungen im R/3-Referenzmodell*
  Periodenabschluß, Profit Center Analyse
- *Ausgehende Prozeßverbindungen im R/3-Referenzmodell*
  keine

Report Painter
Das zentrale Tool zur Definition kundenspezifischer Berichte ist im Release 3.0 der Report Painter. Er basiert auf dem Konzept "What you see is what you get", das davon ausgeht, daß der Benutzer den Aufbau des Berichts während seiner Definition so sieht, wie er auch zum Zeitpunkt der Ausgabe des Berichts auf dem Bildschirm erscheint. Ein Bericht läßt sich bei der Definition in Abschnitte und Spaltenblöcke gliedern.

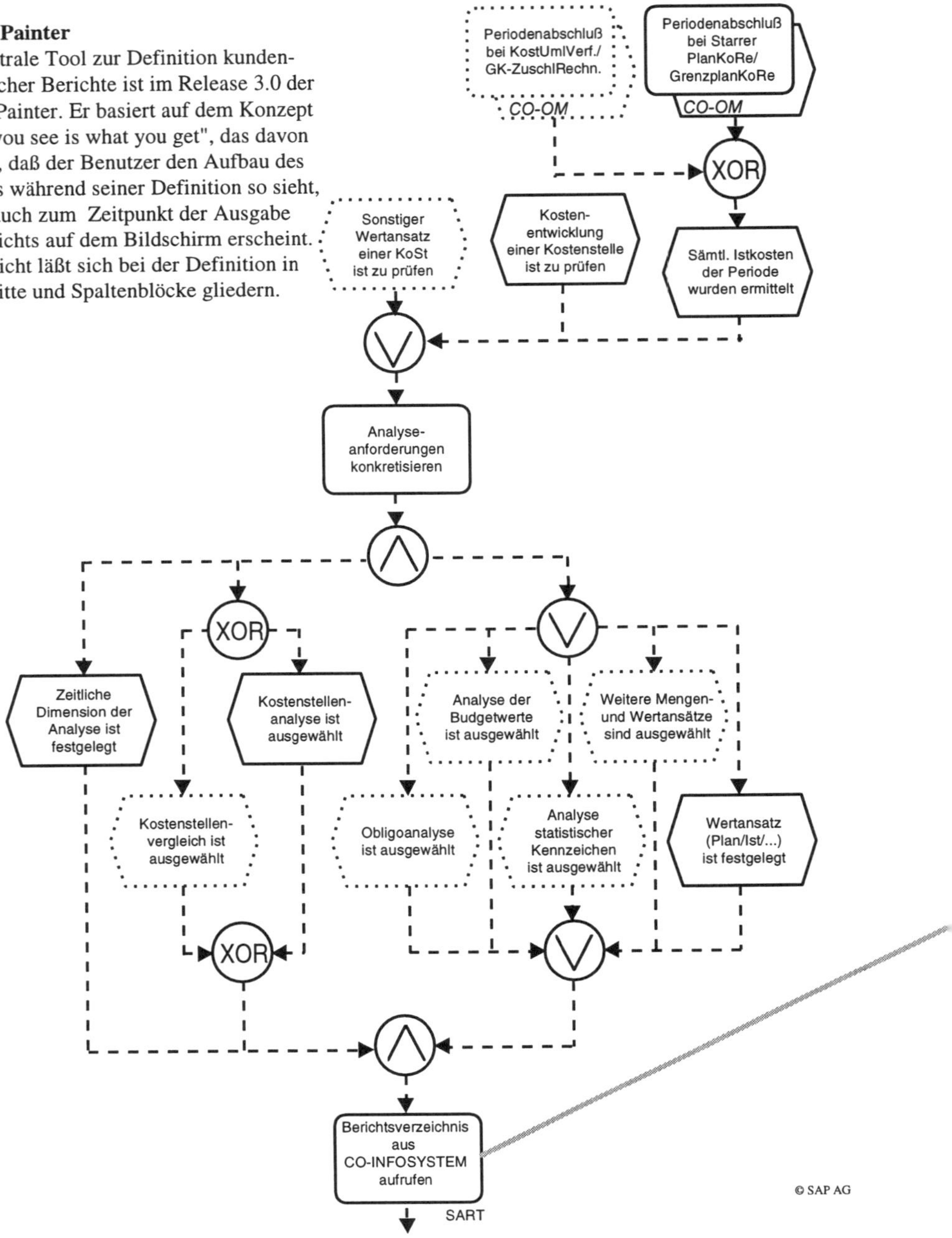

Infosystem zur Kostenstellenrechnung

Im Rahmen des interaktiven Infosystems können sämtliche Geschäftsvorgänge sowohl einzeln als auch verdichtet, z. B. nach Kostenstellen, analysiert werden. Hierfür stehen der Einzelposten-bericht und Berichte, die mit Hilfe des Report Painters definiert wurden, zur Verfügung. Im Einzelpostenbericht können die Einzelposten nach verschiedenen, vom Anwender vorgegebenen Kriterien analysiert werden. Jeder Geschäftsvorgang wird anhand eines Einzelpostens dokumentiert und in CO-Einzelpostendateien gespeichert. In diesen Dateien werden die Daten getrennt nach Ist- und Planvorgängen verwaltet. Innerhalb der Plan- und Isteinzelposten wird nach primären und sekundären Buchungen unterschieden. Primäre Buchungen werden aus dem externen Rechnungswesen ins Controlling übernommen, sekundäre Buchungen sind ausschließlich Buchungen im internen Rechnungswesen. Die Einzelbewegungen im Ist und im Obligo können mit Hilfe des Einzelpostenberichts analysiert werden. Jede Einzelbewegung wird automatisch in einem Summensatz verdichtet. Diese Verdichtung erfolgt systemseitig nach den Kriterien Kostenstelle/Kostenart bzw. Kostenstelle/Kostenart/Leistungsart. Die verdichteten Zahlen werden in CO-Summensatzdateien gespeichert. Die Summensatzdateien können mit Report-Painter-Berichten analysiert werden (Bsp. Kostenst.: Ist/Soll/Abweichung)

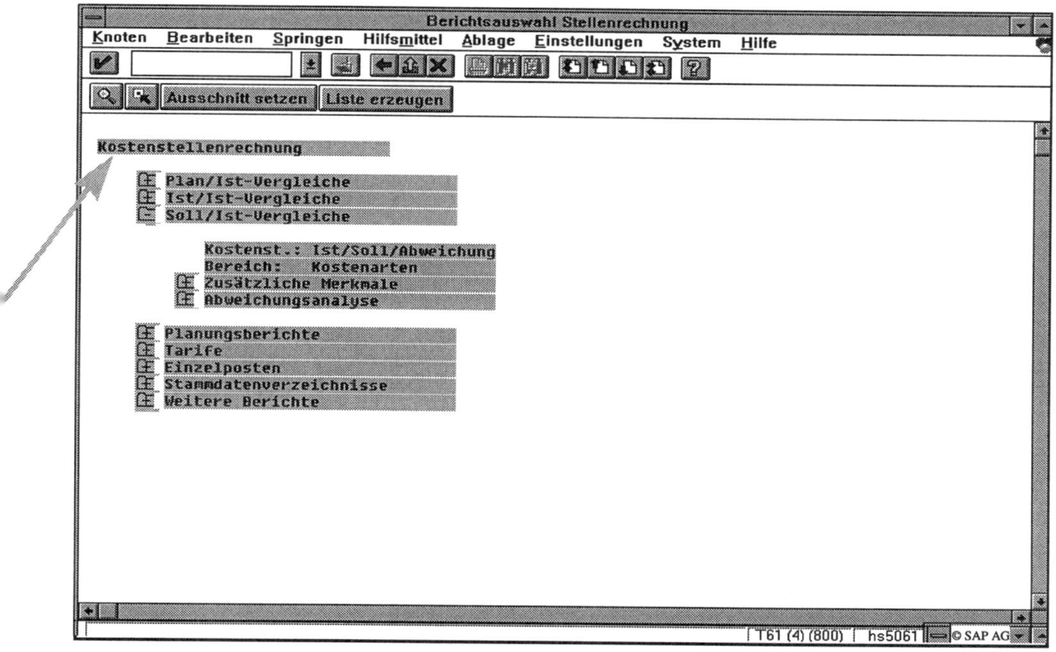

Abb. 8.52-1: Infosystem für Kostenstellenbericht

Kostenstellenbericht
Die Berichte im Bereich Kostenarten dienen der Analyse der auf einer Kostenart erfolgten Buchungen, gegliedert nach Kostenstellen. Sie erhalten für die selektierte Kostenstelle oder Kostenstellengruppe eine nach Kostenarten gegliederte Übersicht über die Ist- und Sollwerte mit den entsprechenden absoluten und prozentualen Abweichungen. Der Bericht für eine Kostenrechnung auf Basis der Grenzkosten zeigt zusätzlich die fixen und variablen Anteile der Ist- und Sollkosten. Darüber hinaus werden die tatsächlichen und geplanten Mengen angezeigt. Der Bericht Kostenstellen: Ist/Soll/Abweichung rufen Sie über den Knoten Soll/Ist-Vergleiche auf. Dieser Bericht ist für eine Kostenrechnung, die auf Grenzkosten basiert. Dazu ist ein Betriebsabrechnungsbogen abgebildet. Die Summierung innerhalb eines Berichts erfolgt pro Kostenart oder Kostenartengruppe.

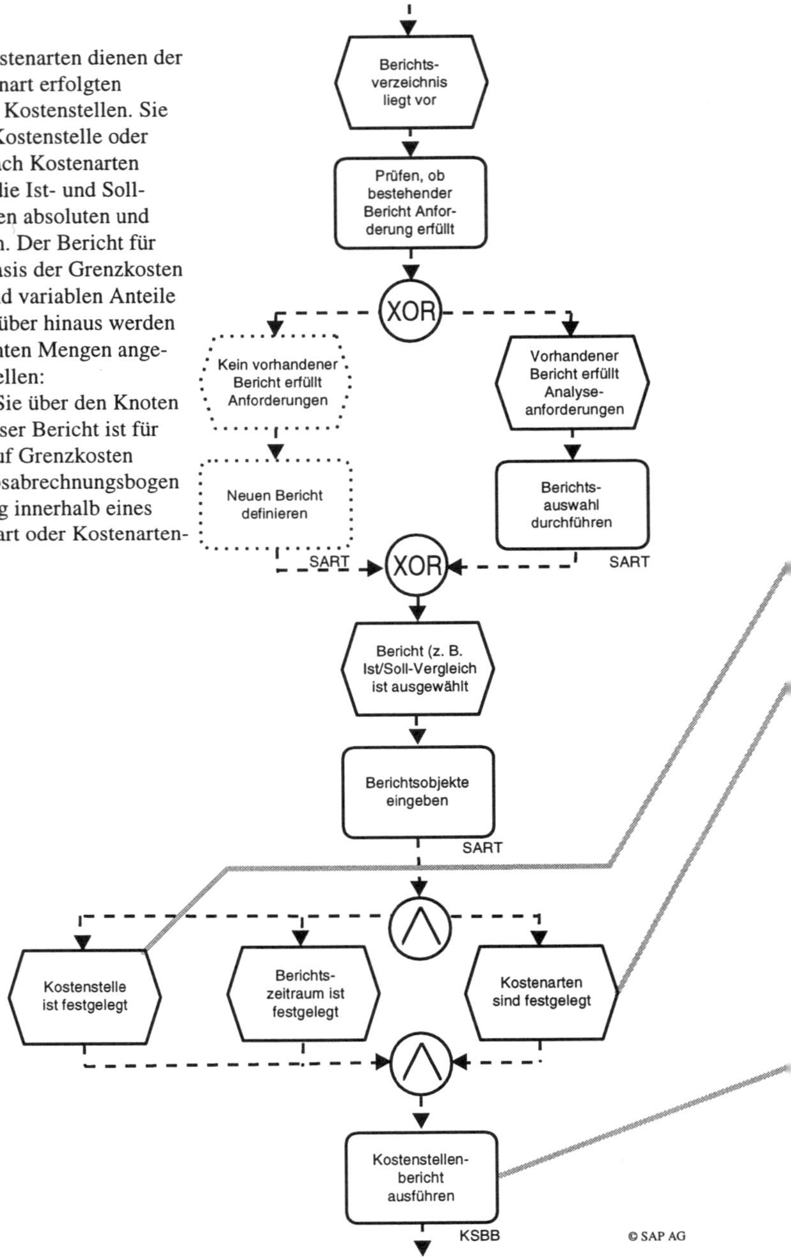

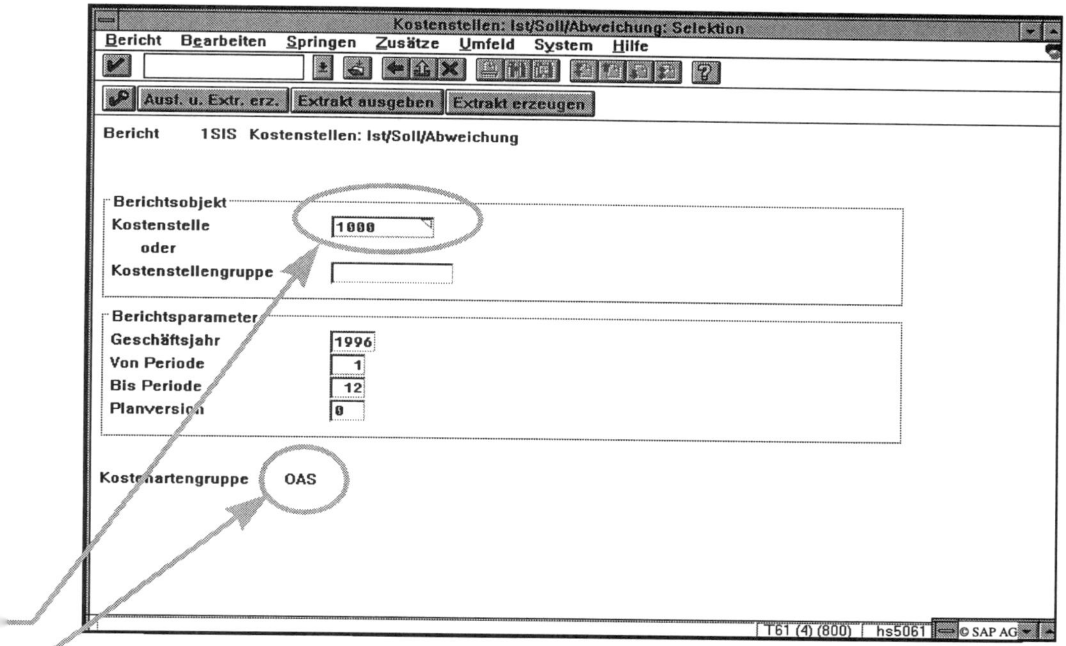

Abb. 8.52-2: Einstiegsbild zur Kostenstellenanalyse

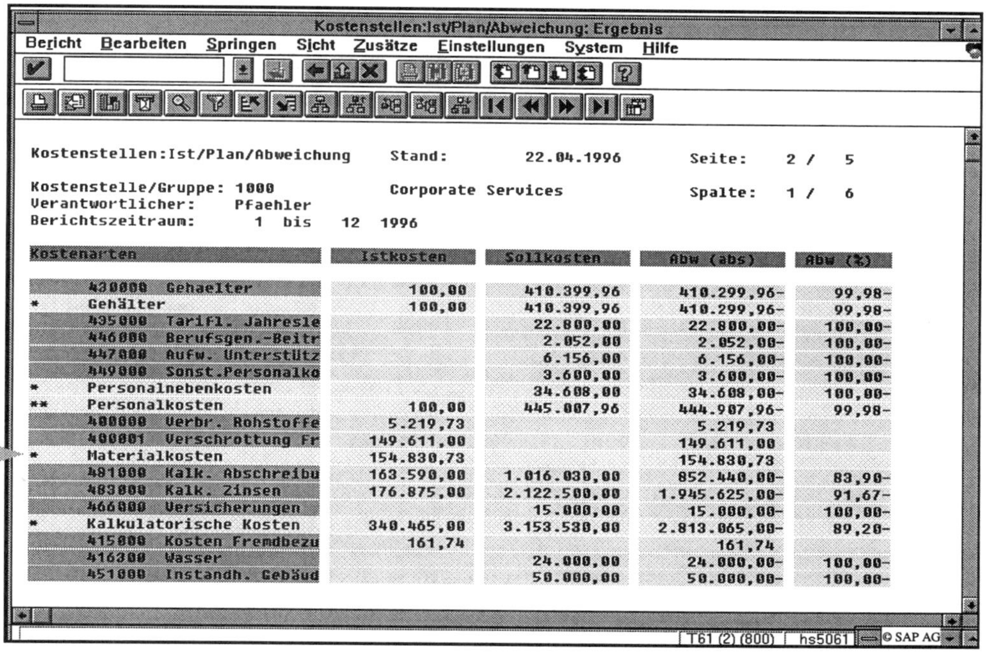

Kostenarten	Istkosten	Sollkosten	Abw (abs)	Abw (%)
430000 Gehaelter	100,00	410.399,96	410.299,96-	99,98-
* Gehälter	100,00	410.399,96	410.299,96-	99,98-
435000 Tarifl. Jahresle		22.800,00	22.800,00-	100,00-
446000 Berufsgen.-Beitr		2.052,00	2.052,00-	100,00-
447000 Aufw. Unterstütz		6.156,00	6.156,00-	100,00-
449000 Sonst.Personalko		3.600,00	3.600,00-	100,00-
* Personalnebenkosten		34.608,00	34.608,00-	100,00-
** Personalkosten	100,00	445.007,96	444.907,96-	99,98-
400000 Verbr. Rohstoffe	5.219,73		5.219,73	
400001 Verschrottung Fr	149.611,00		149.611,00	
* Materialkosten	154.830,73		154.830,73	
481000 Kalk. Abschreibu	163.590,00	1.016.030,00	852.440,00-	83,90-
483000 Kalk. Zinsen	176.875,00	2.122.500,00	1.945.625,00-	91,67-
466000 Versicherungen		15.000,00	15.000,00-	100,00-
* Kalkulatorische Kosten	340.465,00	3.153.530,00	2.813.065,00-	89,20-
415000 Kosten Fremdbezu	161,74		161,74	
416300 Wasser		24.000,00	24.000,00-	100,00-
451000 Instandh. Gebäud		50.000,00	50.000,00-	100,00-

Abb. 8.52-3: Ergebnis der Kostenstellenanalyse

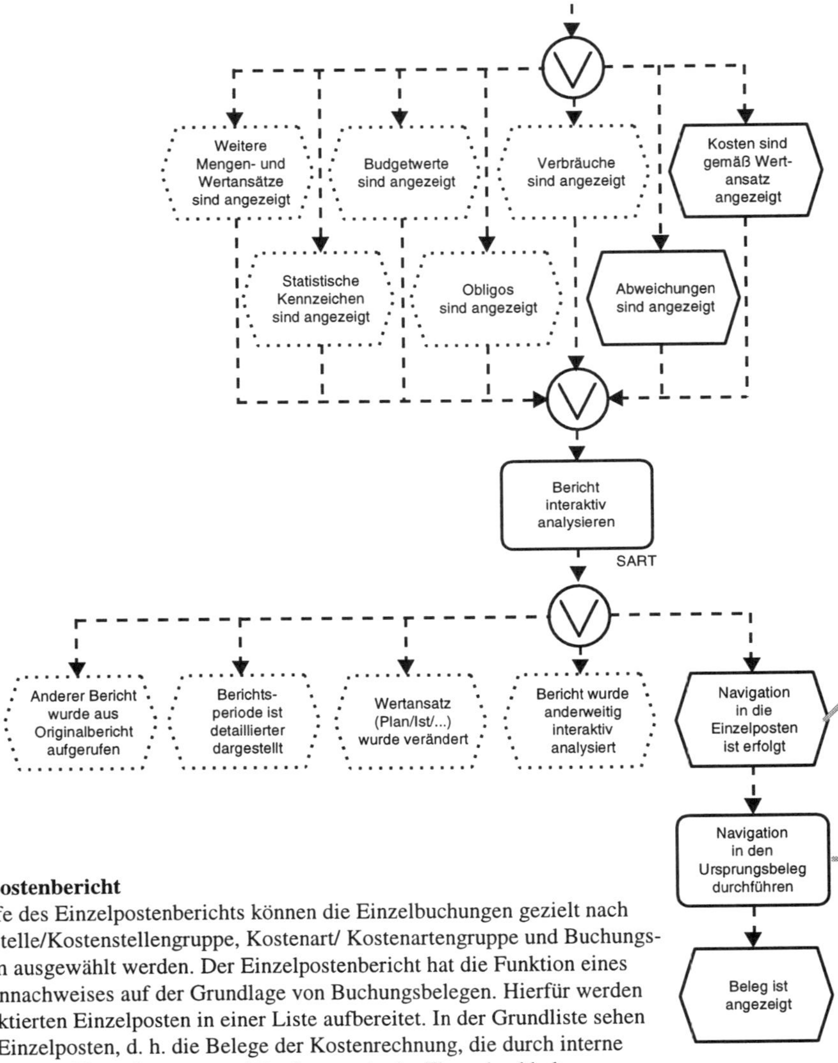

Einzelpostenbericht
Mit Hilfe des Einzelpostenberichts können die Einzelbuchungen gezielt nach Kostenstelle/Kostenstellengruppe, Kostenart/ Kostenartengruppe und Buchungszeitraum ausgewählt werden. Der Einzelpostenbericht hat die Funktion eines Istkostennachweises auf der Grundlage von Buchungsbelegen. Hierfür werden die selektierten Einzelposten in einer Liste aufbereitet. In der Grundliste sehen Sie die Einzelposten, d. h. die Belege der Kostenrechnung, die durch interne Umbuchungen, Verrechnungen und Buchungen in der Finanzbuchhaltung entstanden sind. Wenn Sie einen Einzelposten anklicken, der durch einen Buchungsvorgang im Finanzwesen entstanden ist, und die Funktion Senderbeleg auswählen, wird in den Originalbeleg des Finanzwesens verzweigt. Dort können Sie zusätzliche buchhaltungsrelevante Daten wie Buchungsdatum, Belegart, Buchungsschlüssel, Erfasser etc. sehen.

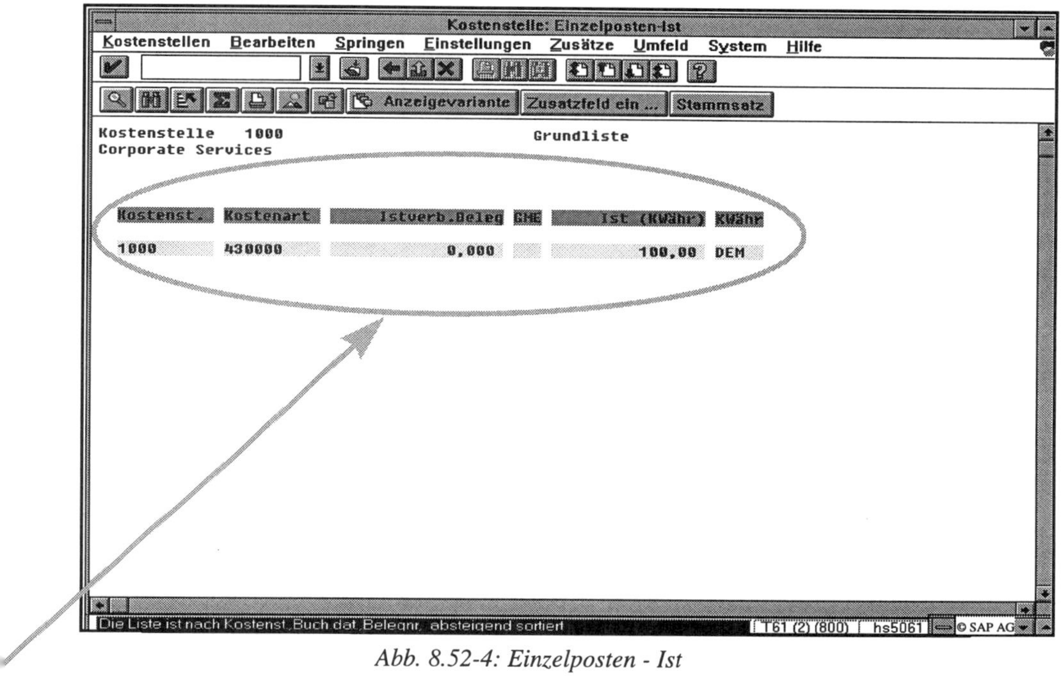

Abb. 8.52-4: Einzelposten - Ist

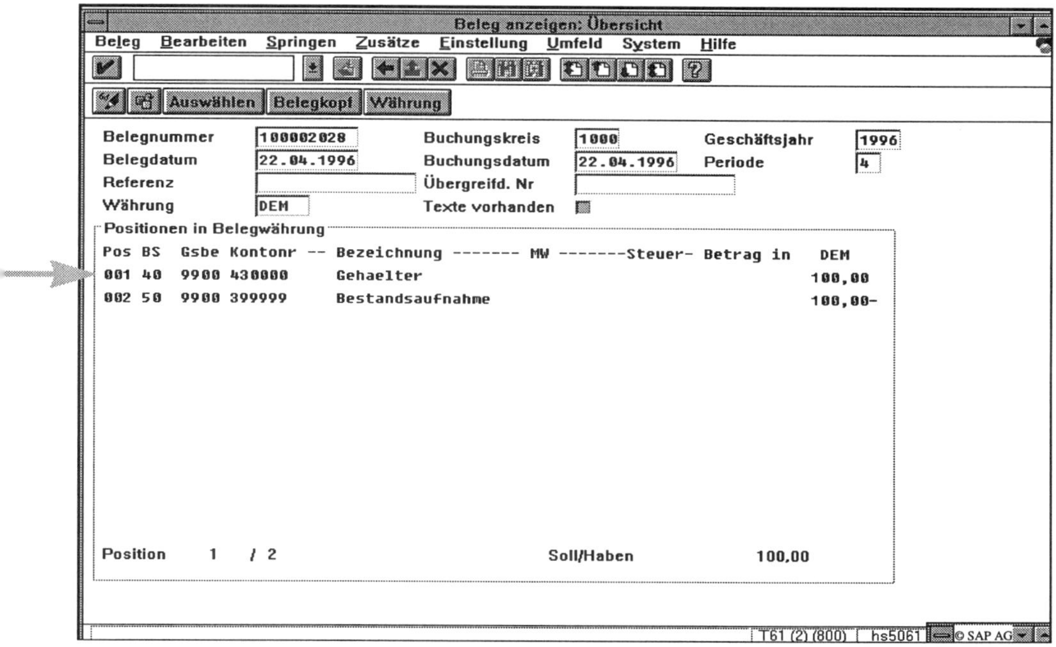

Abb. 8.52-5: Buchungsbeleg zum Einzelposten

8.53 Prozeß: Profit Center Bericht

8.53.1 Betriebswirtschaftliche Beschreibung

Der Profit Center Bericht und die damit verbundene Analyse dient zur Kontrolle der Ergebnisse der einzelnen Verantwortungsbereiche (Profit Center) innerhalb eines Unternehmens. Dabei unterscheidet er sich als Controlling-Instrument von der Ergebnisanalyse, welche vorrangig externe Orientierung mit Vertriebs-Controlling-Charakter besitzt.

Die Profit-Center-Analyse wird in der Regel periodisch durchgeführt und zeigt je Profit Center ein „unternehmensinternes" Ergebnis, welches durch die Gegenüberstellung von Kosten und Erlösen entsteht. Kosten und Erlöse können dabei auf Istdaten, auf Plandaten, oder auf Ist- und Plandaten (Plan-Istvergleich) beruhen. Durch die laufende Gegenüberstellung von Istdaten und Plandaten werden Abweichungen ermittelt, die der Überwachung der einzelnen Profit Center dienen.

8.53.2 SAP-spezifische Beschreibung

Die Profit Center Rechnung mit dem Modul EC-PCA unterstützt die Ermittlung eines internen Betriebsergebnisses für Profit Center. Es dient der internen Beurteilung von Unternehmenseinheiten bzw Teilbereichen des Unternehmens. Es wird eine produktbezogene (Produktlinien, Sparten), eine regionale (Standorte) oder eine funktionale (Produktion, Vertrieb) Gliederung eines Unternehmens nach Profit Centern unterstützt. Diese Komponente ist Bestandteil des "Unternehmenscontrollings". EC-PCA kann in Unternehmen beliebiger Branchen (Maschinenbau, Chemie, Dienstleistungsunternehmen, usw.) oder Fertigungstypen (Serienfertigung, Einzelfertigung, Fließfertigung) eingesetzt werden. Der Ergebnisausweis erfolgt periodenbezogen (vgl. SAP – Ergebnis- und Vertriebs-Controlling 1996, S. 5.1-5.10).

Im Rahmen des Informationssystems können sämtliche Buchungen, die sich auf das Betriebsergebnis auswirken, sowohl einzeln als auch verdichtet interaktiv analysiert werden. Technische Basis des Informationssystems ist die Komponente FI-SL Report-Writer. Mit Hilfe der ausgelieferten Standardberichte und der bedarfsweise selbst erstellten Report-Writer-Berichte können die in der Summensatztabelle des EC gespeicherten Buchungen in der Profit-Center-Rechnung analysiert werden. Das Informationssystem der Profit-Center-Rechnung gliedert sich in drei Bereiche:

- Report-Writer-Berichte
- Report-Painter-Berichte
- Berichte mit Einzelposten

Report-Writer-Berichte eignen sich besonders für ein listenorientiertes Reporting. Sie können bedarfsweise auch im Hintergrund ausgeführt werden. Spezielle Berichtsdefinitionen sind nur dann erforderlich, wenn bestimmte anwenderindividuelle Berichtsstrukturen nicht mit dem Standard abgedeckt werden können. Die Standardberichte stehen im Auslieferungsmandanten 000 zu Verfügung. Um sie in den weiteren Mandanten verfügbar zu machen, müssen sie in diese importiert und danach dort generiert werden.

Viele Anforderungen des Berichtswesens können durch die Standardberichte der verschiedenen SAP-Anwendungen erfüllt werden. Wenn die SAP-Standardberichte den individuellen Anforderungen eines Berichtswesens jedoch nicht genügen, können mit Hilfe des Report Painters schnell und einfach spezifische Berichte definiert werden. Der Report Painter erfüllt eine ähnliche Funktion wie der Report Writer. Der Report Painter verwendet eine graphische Berichtsstruktur, die die Grundlage von Berichtsdefinitionen bildet und in der die Zeilen und Spalten des Berichts so angezeigt werden, wie sie anschließend im Bericht ausgegeben werden. Vorteile des Report Painters sind u. a. die flexible und einfache Berichtsdefinition und die direkte Layoutkontrolle. Die Zeilen und Spalten werden bei Definition so angezeigt, wie sie anschließend im Bericht ausgegeben werden und ein Testlauf ist nicht mehr nötig. Eine genauere Analyse der in die Profit-Center-Rechnung geflossenen Buchungen ist mit Hilfe der Einzelposten-Berichte möglich. Ausgangsbasis für das nach Plan- und Istbuchungen getrennte Einzelposten-Berichtswesen sind die optional in der Profit-Center-Rechnung fortgeschriebenen PCA-Belege. Für Istbuchungen ist ein Verzweigen bis zum ursprünglichen FI-, CO- oder SD-Beleg möglich.

8.53.3 Anwendung des Prozesses

Zum Profit-Center stehen Ihnen standardmäßig einige Berichte zur Auswahl. Im Beispiel wurde für die Modellfirma *A* der Bericht Plan/Ist-Vergleich ausgewählt (vgl. Abbildung 8.53-1). Nach Planbuchungen und Istbuchungen aufgelistet sehen Sie die Erlös- und Kostenarten zur Profit-Center-Gruppe Axel 1 (vgl. Abbildung 8.53-2). Zu jeder Position können Sie in eine detaillierte Darstellung der Ist-Einzelposten navigieren. Das Beispiel zeigt die Aufschlüsselung zu den Umsatzerlösen 800000 (vgl. Abbildung 8.53-3). Zusätzlich können Sie sich den FI-Beleg einer Position aufblenden, wie im Beispiel für die Position 90002526 (vgl. Abbildung 8.53-4).

8.53.4 Navigationsinformationen

- *Menüpfad*
  Rechnungswesen –> Controlling –> Profit–Center–Rechnung –>
  Infosystem –> Berichtsauswahl
- *Transaktionscode*
  SART
- *Eingehende Prozeßverbindungen im R/3-Referenzmodell*
  Profit Center Planungsabschluß
  Periodenabschluß Profit Center Rechnung
- *Ausgehende Prozeßverbindungen im R/3-Referenzmodell*
  Kostenstellenanalyse

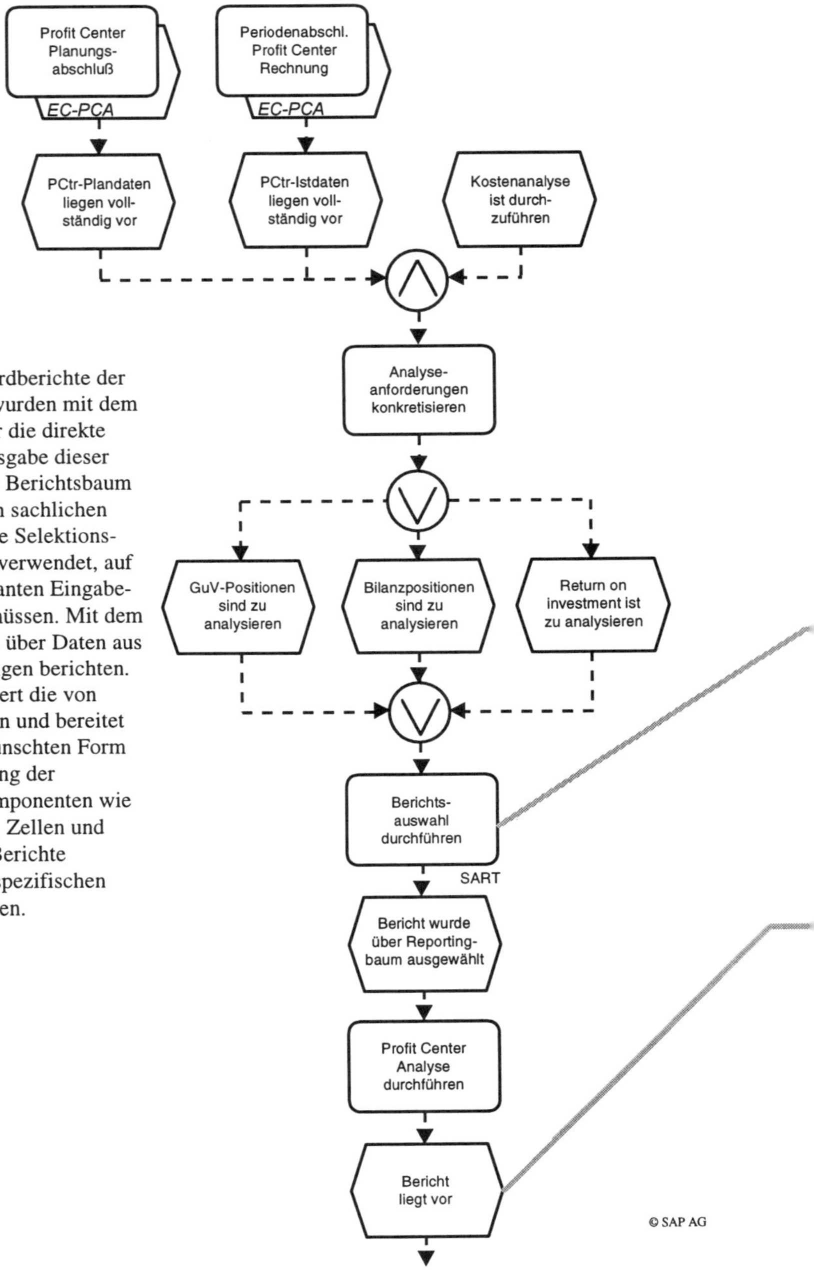

Berichtsauswahl
Die ausgelieferten Standardberichte der Profit-Center-Rechnung wurden mit dem Report Writer erstellt. Für die direkte Berichtsselektion und -ausgabe dieser Standardberichte aus dem Berichtsbaum oder -vorrat wird das nach sachlichen Gesichtspunkten gestaltete Selektionsbild der Berichtsauswahl verwendet, auf dem Sie die jeweils relevanten Eingabeparameter spezifizieren müssen. Mit dem Report Writer können Sie über Daten aus verschiedenen Anwendungen berichten. Der Report Writer selektiert die von Ihnen angeforderten Daten und bereitet sie in der von Ihnen gewünschten Form auf. Durch die Verwendung der verschiedenen FI-SL-Komponenten wie Sets, Variablen, Formeln, Zellen und Kennzahlen können Sie Berichte erstellen, die Ihren ganz spezifischen Anforderungen entsprechen.

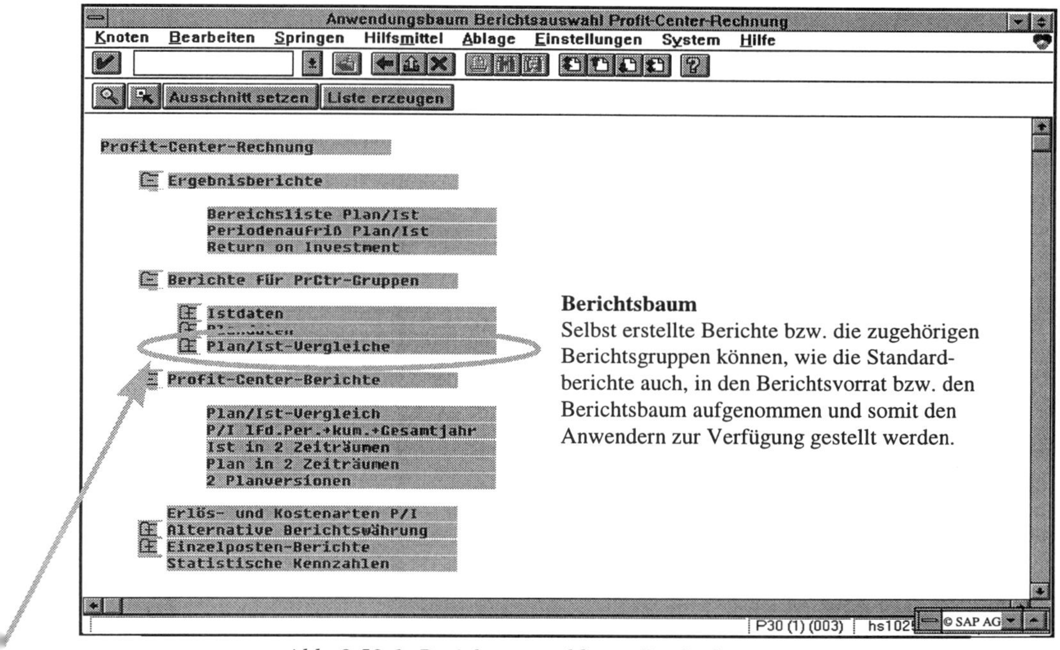

Berichtsbaum
Selbst erstellte Berichte bzw. die zugehörigen Berichtsgruppen können, wie die Standardberichte auch, in den Berichtsvorrat bzw. den Berichtsbaum aufgenommen und somit den Anwendern zur Verfügung gestellt werden.

Abb. 8.53-1: Berichtsauswahl zum Profit Center

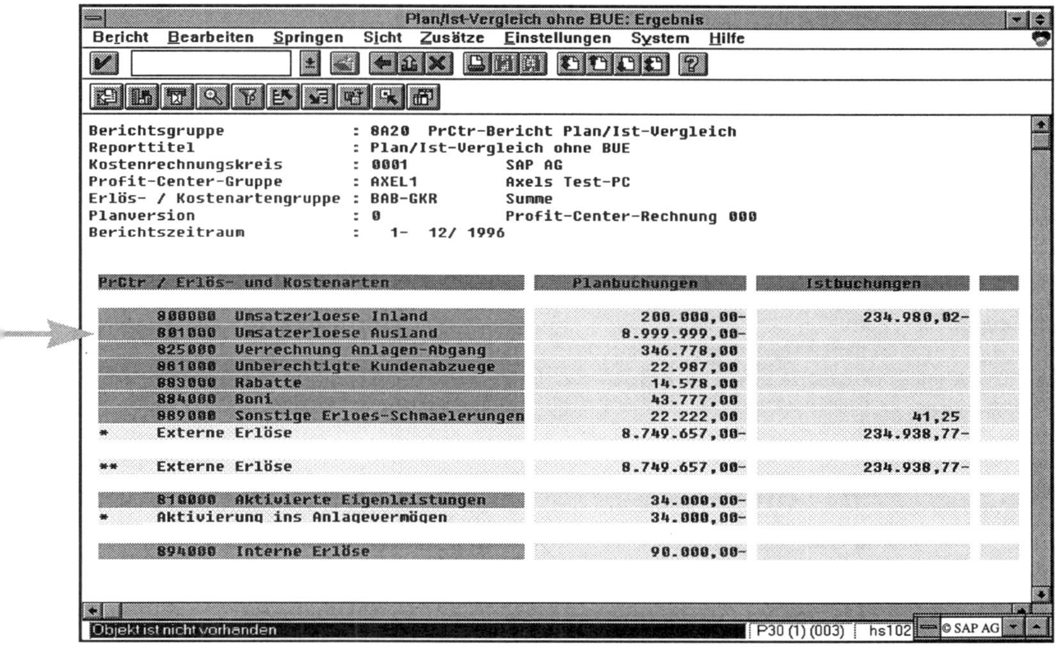

Abb. 8.53-2: Plan/Ist–Vergleich

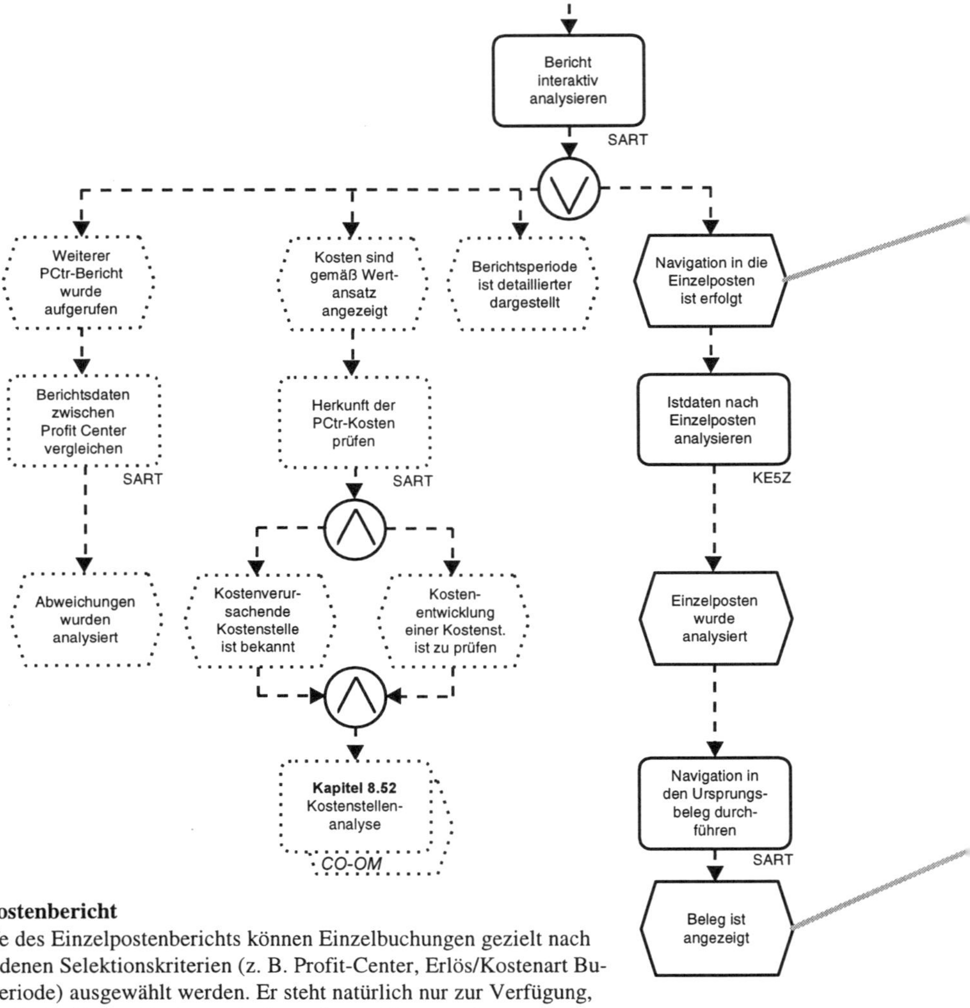

Einzelpostenbericht

Mit Hilfe des Einzelpostenberichts können Einzelbuchungen gezielt nach verschiedenen Selektionskriterien (z. B. Profit-Center, Erlös/Kostenart Buchungsperiode) ausgewählt werden. Er steht natürlich nur zur Verfügung, wenn die Profit-Center-Rechnung im betrachteten Kostenrechnungskreis und für das betrachtete Geschäftsjahr im Customizing so eingestellt wurde, daß Ist-Einzelposten geschrieben werden. Der Einzelpostenbericht hat die Funktion eines Istkostennachweises mit Hilfe von Buchungsbelegen. Hierfür werden die selektierten Einzelposten in Form einer Liste aufbereitet. Die Analyse der Einzelposten wird durch eine Reihe von Verzweigungsmöglichkeiten erleichtert.

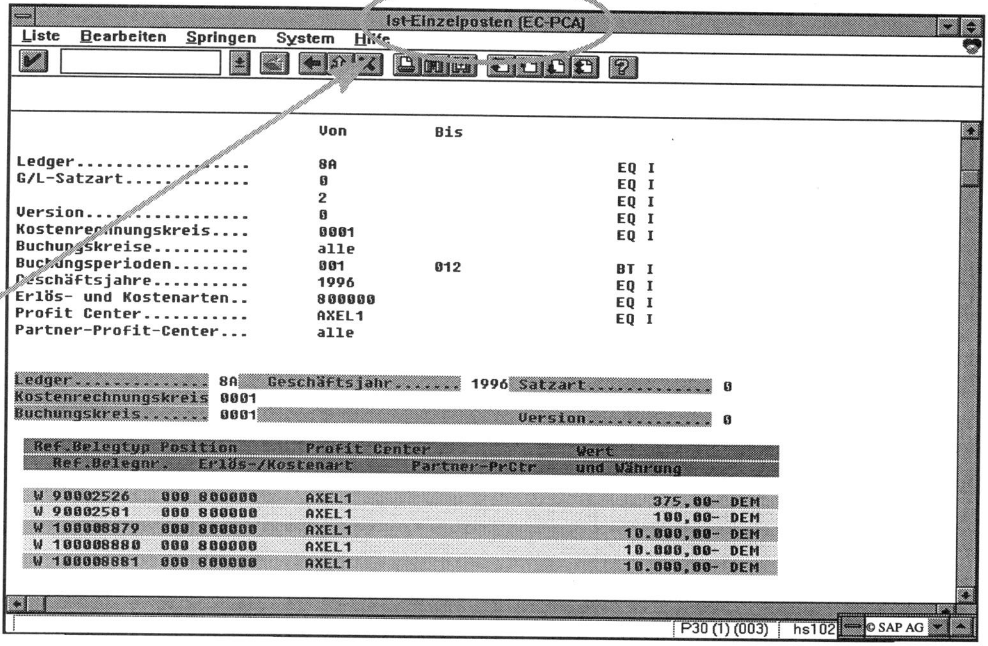

Abb. 8.53-3: Ist–Einzelposten

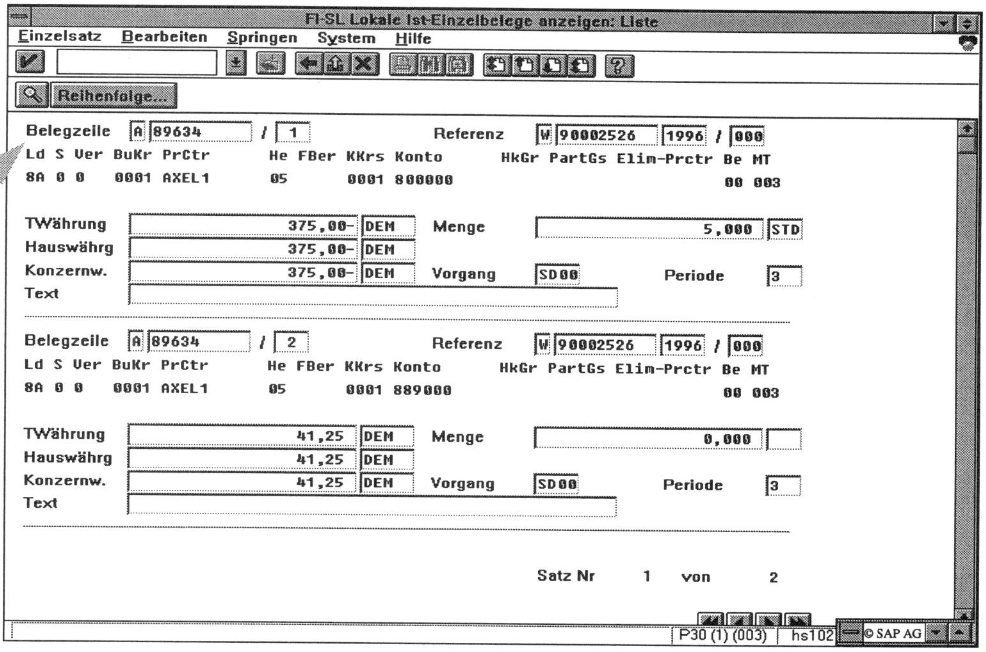

Abb. 8.53-4: FI–IST Einzelbeleg

8.54 Prozeß: Ergebnisanalyse

8.54.1 Betriebswirtschaftliche Beschreibung

Die Ergebnisrechnung wird in einem modernen Kostenrechnungssystem, wie z. B. jenem der Grenzplankostenrechnung, als Deckungsbeitragsrechnung mit stufenweiser Fixkostendeckung und laufenden Plan-Ist-Vergleich ausgelegt. Der Plan-Ist-Vergleich als zentrales Instrument der Ergebnisanalyse dient so zur Kontrolle der Ergebnisse der einzelnen Verantwortungsbereiche bzw. Marktsegmente.

Die Ergebnisanalyse wird monatlich, in Ausnahmefällen auch quartalsweise, durch ein DV-System erstellt und zeigt in einer, der Unternehmensstruktur entsprechenden Darstellung, die Ist-Erlöse bzw. die auf Grund dispositiver Rechenverfahren ermittelten kalkulatorischen Erlöse/Erlösschmälerungen. Vom Nettoerlös werden die Herstellkosten abgesetzt und der Ist-Deckungsbeitrag 1 bzw. 2 ausgewiesen. Durch eine laufende Gegenüberstellung von Istdaten zu Plandaten werden Abweichungen ermittelt, die der Ergebnissteuerung dienen.(vgl. Vikas 1988, S. 76-80)

8.54.2 SAP-spezifische Beschreibung

Zur Auswertung der in der Ergebnisrechnung gesammelten Daten stellt das System CO-PA ein dialogorientiertes *Informationssystem* zur Verfügung. Dieses ist in der Lage, den Datenbestand nach allen in der Datenbeschreibung enthaltenen *Merkmalen* auszuwerten.

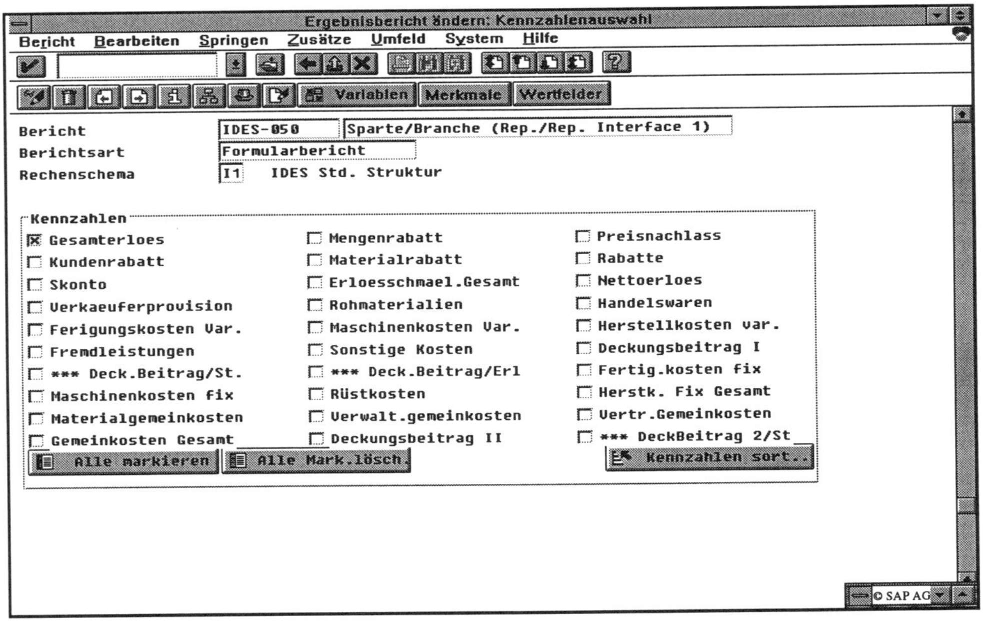

Abb. 8.54-1: Selektion der Kennzahlen zum Ergebnisbericht

In der Ergebnisrechnung gibt es eine Fülle von *Kennzahlen*, die in Berichten ausgewertet werden sollen. Hierbei handelt es sich entweder um *Wertfelder* oder *gerechnete Kennzahlen* aus einem Rechenschema. Ein Rechenschema beschreibt eine Formelsammlung, die zur Definition von Kennzahlen dient. Bei der Definition von Berichten werden grundsätzlich alle Merkmale des Ergebnisbereichs zur Auswertung angeboten (vgl. Abbildung 8.54-1). Die Funktionen der Berichtsdefinition sind sowohl im Customizing als auch über das CO-PA Anwendungsmenü erreichbar. Bei der Merkmalsauswahl erhält man eine Liste mit allen Merkmalen des Ergebnisbereichs. Hier werden diejenigen Merkmale markiert, die für die Auswertung interessant sind. Unter der CO-PA Berichtsauswahl stehen Beispielberichte für die kalkulatorische und buchhalterische Ergebnisrechnung zur Verfügung, die als Vorlage für sinnvolle Ergebnisberichte genutzt werden können (vgl. SAP – Ergebnis- und Vertriebs-Controlling 1996, S. 4.31-4.46).

Bericht	kalk. Ergebnisrechnung	Bericht	buchhalt. Ergebnisrechnung
0-SAP01	Plan-/Istvergleich	0-SAP01	Kostenartenbericht
0-SAP02	Spartenvergleich	0-SAP02	Plan-/Istvergleich - Kostenrechn.kreis Währung
0-SAP03	Hitliste nach Kundengruppen	0-SAP03	Plan-/Istvergleich - Buchungskreis Währung
0-SAP04	DB I:Bezirke/Werke/Warengruppe	0-SAP04	Profit-Center-Bericht
0-SAP05	Prozentuale Anteile	0-SAP05	Automatische Währungsumrechnung
0-SAP06	Vergleich: Aktuelles Jahr/Vorjahr		

Abb. 8.54-2: SAP Beispielberichte

8.54.3 Anwendung des Prozesses

Da das Ausführen eines Berichts für den Benutzer möglichst einfach sein soll, werden die Einstellungen weitgehend in der vorangehenden *Berichtsdefinition* vorgenommen. Der Anwender gibt den Namen des Berichts ein (vgl. Abbildung 8.54-3) und hat danach verschiedene Möglichkeiten diese Daten weiter zu analysieren. So kann z. B. in die Analyse anderer Merkmale über die Drill-Down-Technik verzweigt werden, es kann die Navigationshierarchie geändert werden, über Hitlisten können Merkmale nach ausgewählten Kriterien sortiert werden. In der Modellfirma *A* wird gezeigt, wie die Ergebnisanalyse nach Sparten gegliedert ist, und wie mit Drill-Down in die Sparte *07* High Tech verzweigt wird (vgl. Abbildung 8.54-5 und 8.54-6).

8.54.4 Navigationsinformationen

- *Menüpfad*
  Rechnungswesen –> Controlling –> Ergebnisrech. –> Informationssystem –> Bericht
- *Transaktionscode*
  KE30
- *Eingehende Prozeßverbindungen im R/3-Referenzmodell*
  Ergebnisanalysevorbereitung
- *Ausgehende Prozeßverbindungen im R/3-Referenzmodell*
  keine

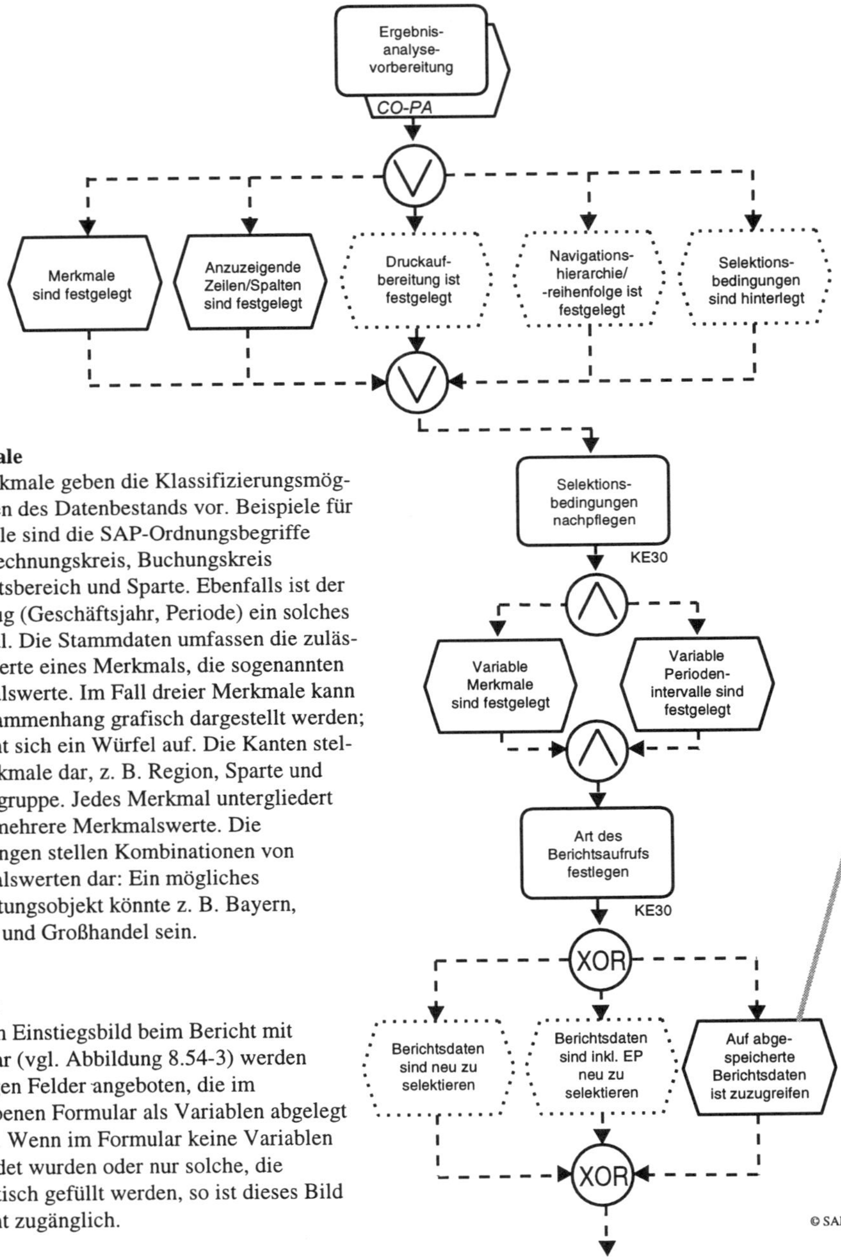

Merkmale
Die Merkmale geben die Klassifizierungsmöglichkeiten des Datenbestands vor. Beispiele für Merkmale sind die SAP-Ordnungsbegriffe Kostenrechnungskreis, Buchungskreis Geschäftsbereich und Sparte. Ebenfalls ist der Zeitbezug (Geschäftsjahr, Periode) ein solches Merkmal. Die Stammdaten umfassen die zulässigen Werte eines Merkmals, die sogenannten Merkmalswerte. Im Fall dreier Merkmale kann der Zusammenhang grafisch dargestellt werden; es spannt sich ein Würfel auf. Die Kanten stellen Merkmale dar, z. B. Region, Sparte und Kundengruppe. Jedes Merkmal untergliedert sich in mehrere Merkmalswerte. Die Einteilungen stellen Kombinationen von Merkmalswerten dar: Ein mögliches Auswertungsobjekt könnte z. B. Bayern, Pharma und Großhandel sein.

Bericht
Auf dem Einstiegsbild beim Bericht mit Formular (vgl. Abbildung 8.54-3) werden diejenigen Felder angeboten, die im angegebenen Formular als Variablen abgelegt wurden. Wenn im Formular keine Variablen verwendet wurden oder nur solche, die automatisch gefüllt werden, so ist dieses Bild gar nicht zugänglich.

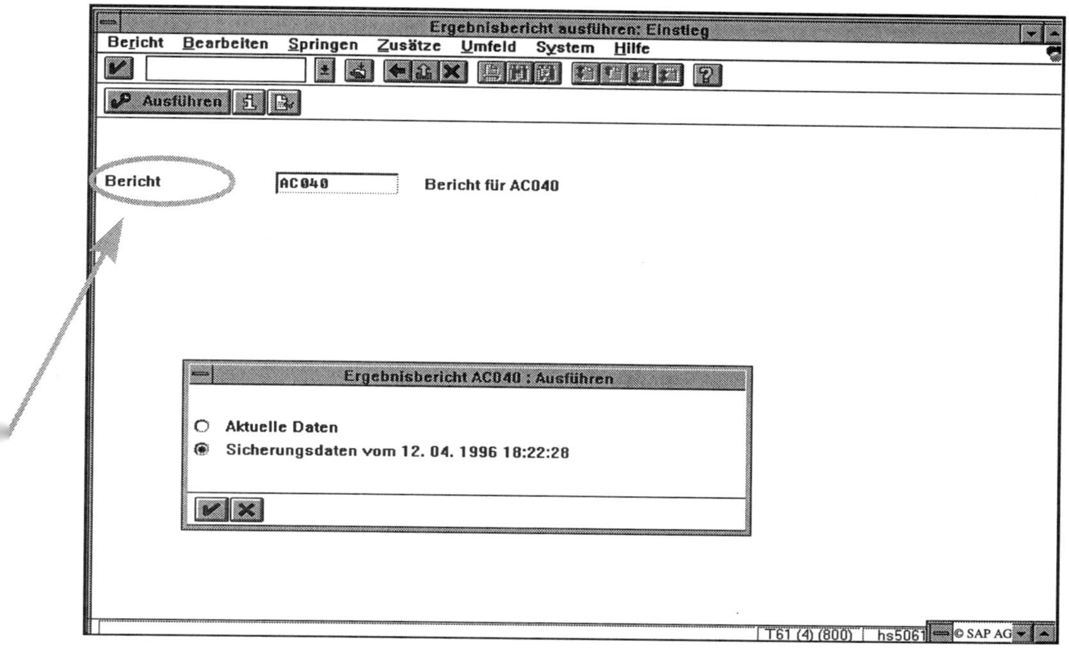

Abb. 8.54-3:Einstigsbild zur Ergebnisanalyse

Architektur der Recherche
Es können in die Definition von Berichten Merkmale, Kennzahlen und Formulare eingehen. Das Ergebnis eines Berichts ist eine Vielzahl interaktiv ansteuerbarer Listen und Grafiken, die am Bildschirm angezeigt werden. Berichtslisten können gedruckt und versendet werden (z. B. als Fax oder Telex), im Internet bereitgestellt werden oder z. B. als Datei an WORD und EXCEL übergeben werden.

Kennzahlen
Mit der Systemanwendung gibt es eine Fülle von Kennzahlen, die für Auswertungen relevant sein können. Kennzahlen sind nicht nur Werte und Mengen, sondern Berechnungen hieraus nach selbst definierten Formeln.

Beispiele für Kennzahlen können sein:

- Wert: Kosten, Umsatz, Erlösschmälerungen
- Menge: Anzahl Mitarbeiter, Absatzmenge
- Berechnung: Umsatz pro Mitarbeiter, Deckungsbeitrag

Recherche Bericht
Innerhalb der Recherche können bzgl. des Layouts sowohl einfache (d. h. datengesteuerte) als auch komplexe (d. h. formatierte) Listen angezeigt werden. Die für einen Bericht selektierten Daten können als solche abgespeichert werden. Dies führt bei späteren Aufrufen zu schnelleren Antwortzeiten.
Die Menüsteuerung und die Verlagerung vieler Funktionen in den Rechercheteil sorgen für eine einfache Handhabung des Informationssystems. Die Funktionen der Recherche sind in drei Gruppen unterteilt, die sich im Umfang unterscheiden. So kann ein Benutzer die für seinen Informationsbedarf geeignete Funktionsstufe auswählen.

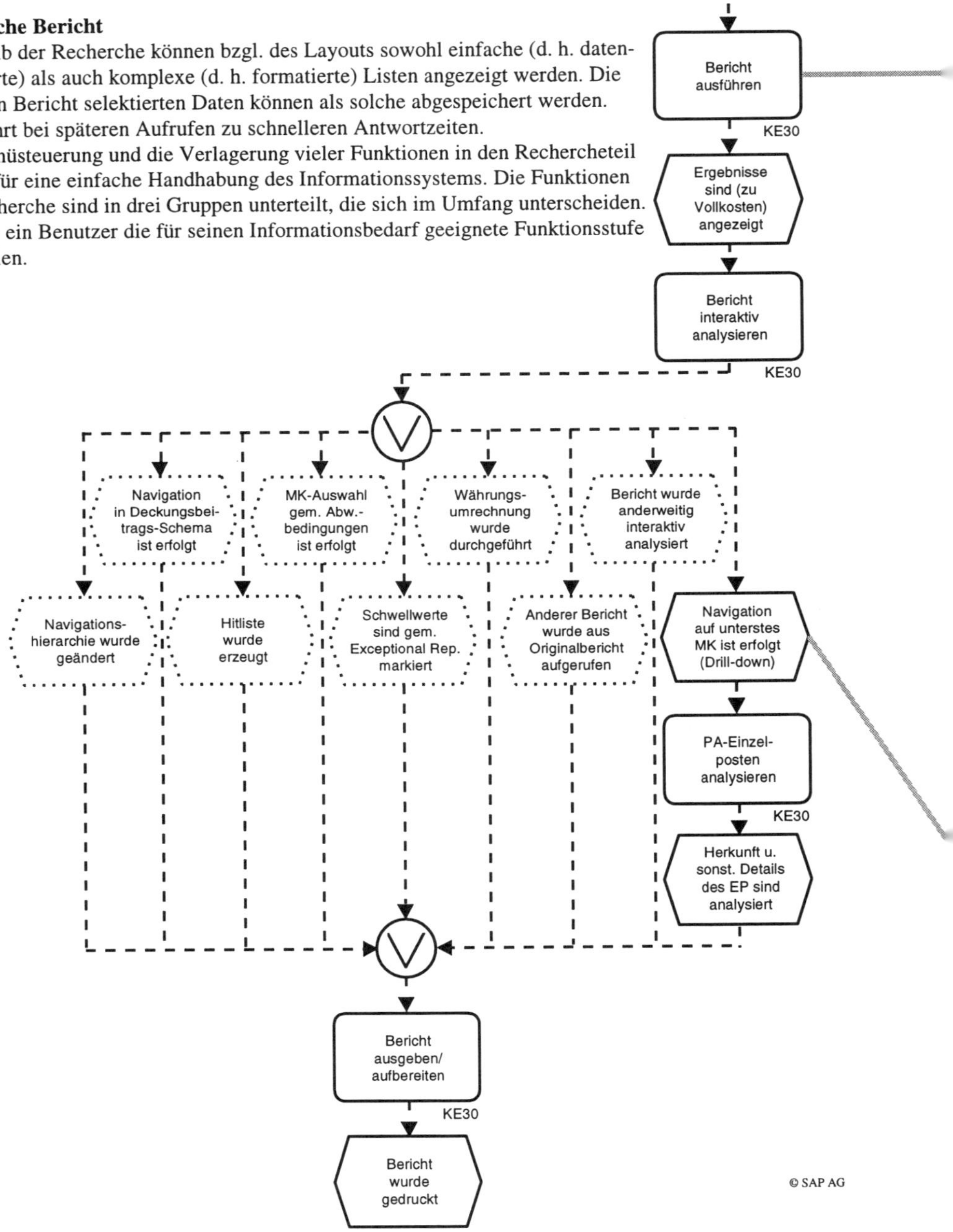

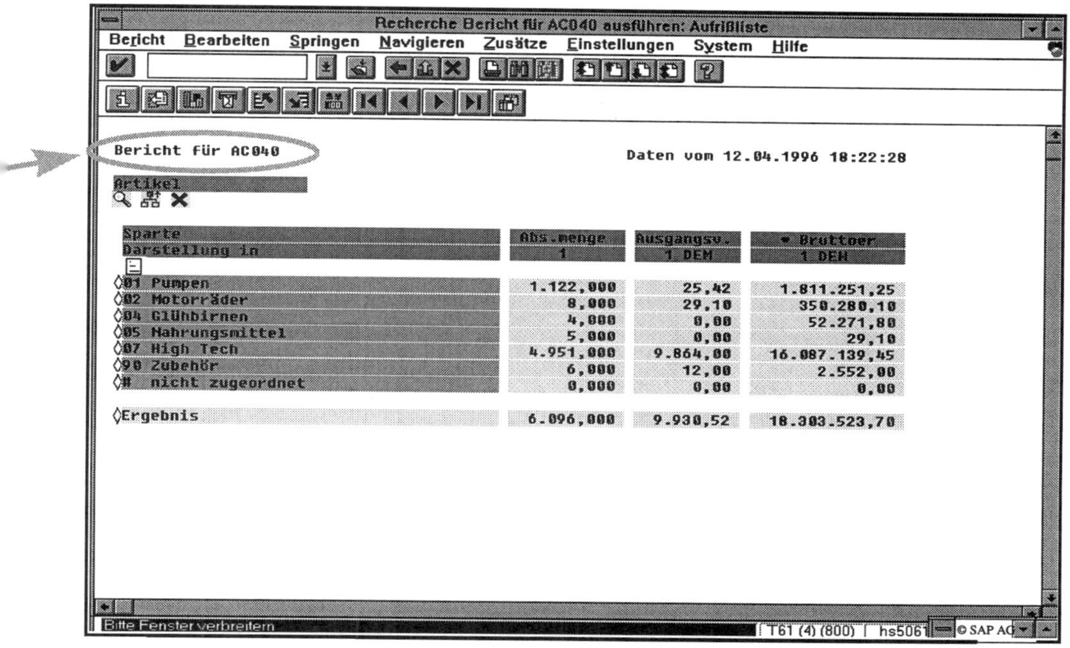

Abb. 8.54-5: Recherche–Bericht

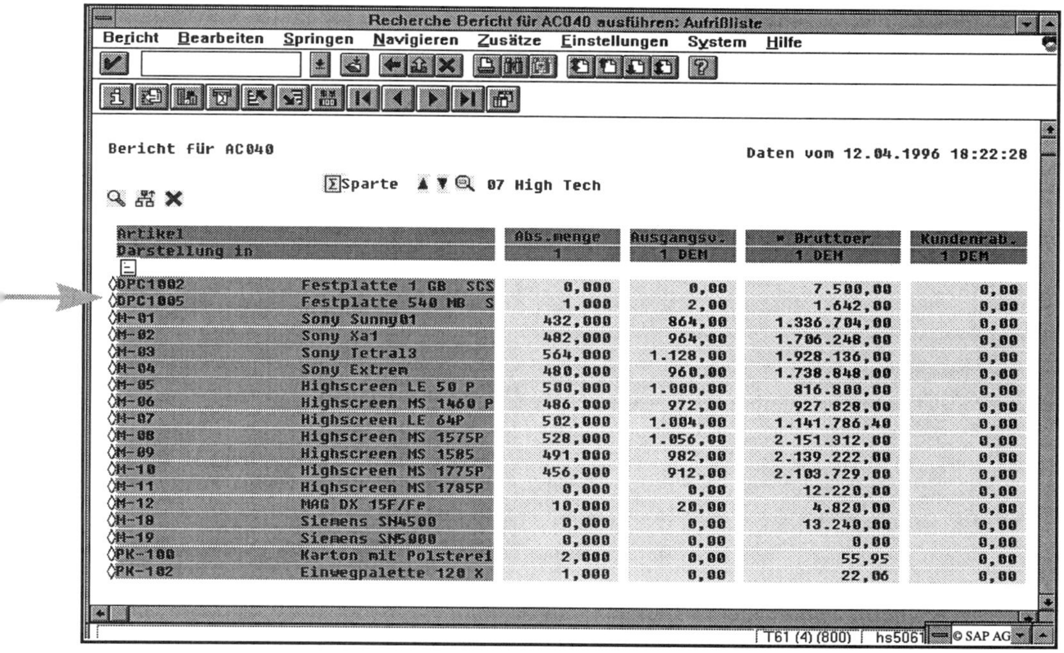

Abb. 8.54-6: Aufriß des Recherche–Berichts

9 Wertschöpfungskette eines auftragsbezogenen Montagefertigers

In der in Kapitel 8 vorgestellten Modellfirma waren die Vertriebs- sowie Planungs-, Produktions- und Beschaffungsaktivitäten zeitlich entkoppelt. Planung, Produktion und Beschaffung werden unternehmensintern gesteuert, der Kundeneinfluß zeigt sich lediglich in der Auftragsabwicklung ausgehend vom Kundenauftrag und der Auslieferung ab Lager. Durch vereinbarte Rahmenverträge kann darüber hinaus eine relativ stabile, vorausschauende Planung erfolgen. Ein anderer Großteil der Unternehmen befindet sich in einem Marktsegment, wo der Kundeneinfluß unmittelbar auf die Produktionstätigkeiten Auswirkungen hat. Je nach Produkt- und Marktkonstellation betreffen die Auswirkungen die Montage, die Fertigung und im Extremfall sogar die Entwicklungstätigkeiten des Unternehmens.

So wird bei einem kundenbezogenen Auftragsfertiger vor Durchführung eines Auftrags häufig zunächst ein Angebot von der Vertriebsabteilung erstellt. Ausgangspunkt ist eine Anfrage des Kunden, die im Vertrieb erfaßt wird. Zu erfassende Größen sind die Produktanforderungen, die Menge, die Qualitätsgrößen und ein vorgegebener Höchstpreis. Der Kunde übersendet hierzu ein Anfrageschreiben und u. U. eine Zeichnung. Allerdings sind in der Zeichnung nicht alle Daten enthalten, die zur Abgabe eines konkreten Angebots erforderlich sind. Dies bedingt, daß zur Angebotserstellung im Unternehmen Informationen ermittelt werden müssen. Dazu wird die vom Vertrieb im Auftragsformular erfaßte Anfrage mit der Zeichnung an die Konstruktionsabteilung weitergereicht, die die Aufgabe hat, die vom Kunden gestellten Anforderungen auf ihre technische Machbarkeit (Feasibility) hin zu überprüfen. Die Grundlage zur Beurteilung sind die in der Zeichnung formulierten Produktanforderungen, die Stückzahl sowie Unterlagen über ähnliche, bereits realisierte Aufträge. Zunächst müssen die Ausgangsmaterialien definiert werden. Hier wird analysiert, inwieweit unter materialtechnischen Gesichtspunkten die vom Kunden gewünschten Anforderungen erfüllt werden können. Ist das Ausgangsmaterial bestimmt, wird in einem nächsten Schritt für den Einkauf eine Materialanfrage erstellt. In der Anfrage sind die technischen Spezifikationen des Materials festgelegt. Aufgabe des Einkaufs ist es, für die fremd zu beziehenden Materialien den marktgängigen Einkaufspreis und die potentiellen Lieferanten zu ermitteln. Parallel dazu werden mit Abschluß der Ausgangsmaterialfestlegung die Informationen an die Arbeitsplanung übergeben. Die Arbeitsplanung prüft, ob die Anfrage unter fertigungstechnischen Gesichtspunkten erfüllt werden kann und definiert die wesentlichen Arbeitsgänge. Dazu sind häufig Rückfragen an die Qualitätssicherung und Fertigung notwendig. Sind die Arbeitspläne hinreichend genau ausgearbeitet, gehen die Unterlagen an den Betriebsmittelbau. Der Betriebsmittelbau hat die Aufgabe, die Fertigungshilfsmittel zu spezifizieren und die dafür notwendigen Kosten zu ermitteln. Je nach Art des Fertigungshilfsmittels sind hierzu wieder Informationen vom Einkauf für fremd zu beziehende Materialien oder aus der Fertigung für eigengefertigte Fertigungshilfsmittel notwendig. Materialpreis, Arbeitsplandaten und Fertigungshilfsmittelkosten werden der Vorkalkulation anschließend zur Verfügung gestellt. Die Vorkalkulation ermittelt danach aus den zur Verfügung gestellten Daten den Stückkostenpreis. Sind die Herstellkosten unter Berücksichtigung der Unsicherheiten aufgrund der teilweise unvollständigen Daten festgelegt, werden die Informationen an den Vertrieb weitergereicht, der den Angebotspreis festlegt und das Angebot an den Kunden schreibt.

Der Kundeneinfluß bei der Modellfirma *B* wirkt sich nicht auf die Entwicklungstätigkeiten aus, d. h. bei Auftragseingang müssen keine neuen Zeichnungen, Stücklisten und Arbeitspläne erstellt werden. Primär sind die logistischen Aktivitäten der Montageplanung und der Bestellung betroffen. Dies geschieht dadurch, daß zum einen aus dem eingegangenen und akzeptierten Auftrag ein Montageauftrag erzeugt wird, zum anderen erfolgt auf Basis des mit der Modellfirma *A* vereinbarten Rahmenvertrags ein Abruf der vom Kunden gewünschten Hauptplatine. Die Wertschöpfungskette der Modellfirma B ist von der Festlegung der Stammdaten zur vollständigen Durchführung der Auftragsabwicklung bis hin zum Vertriebs-Controlling dargestellt. Es wird deutlich, daß im Vergleich zur Modellfirma *A* die gesamte Abwicklung primär von den Vertriebsaktivitäten gesteuert wird. Es zeigt sich aber auch, daß einzelne Prozesse, wie z. B. die *WE-Bearbeitung aus Produktion*, bei beiden Unternehmen durchgeführt wird. Da für die Modellfirma *A* die Prozeßbausteine ausführlich beschrieben wurden, sind für die Modellfirma *B* lediglich der Prozeß zum Kunden (vgl. Kapitel 9.1) und zum Zulieferanten, d. h. der Modellfirma *A* (vgl. Kapitel 9.2) aufgezeigt.

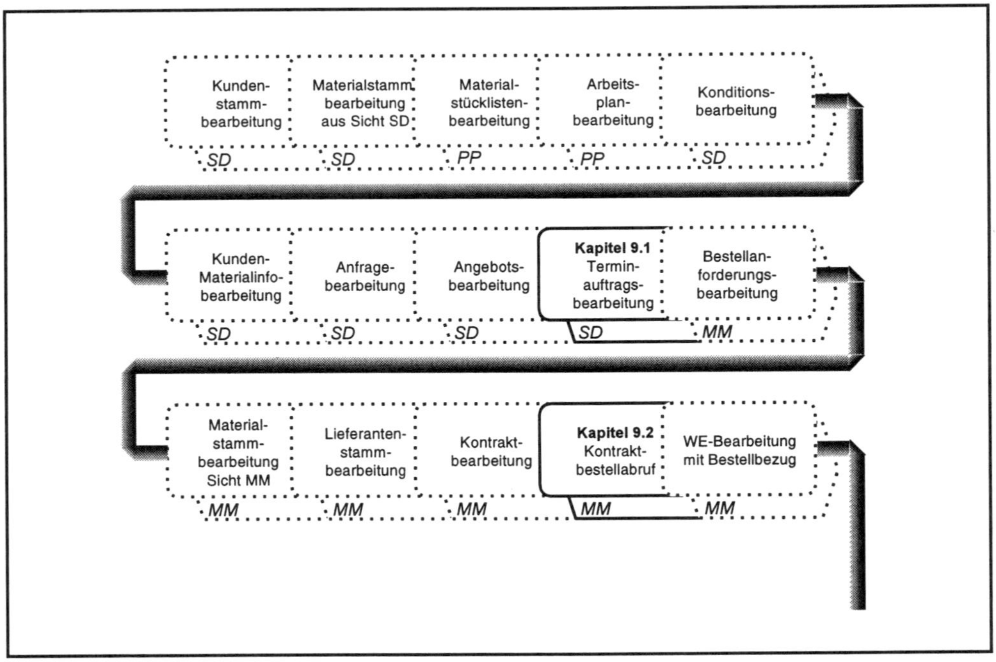

Abb. 9: Die DNA der Modellfirma B - Teil 1

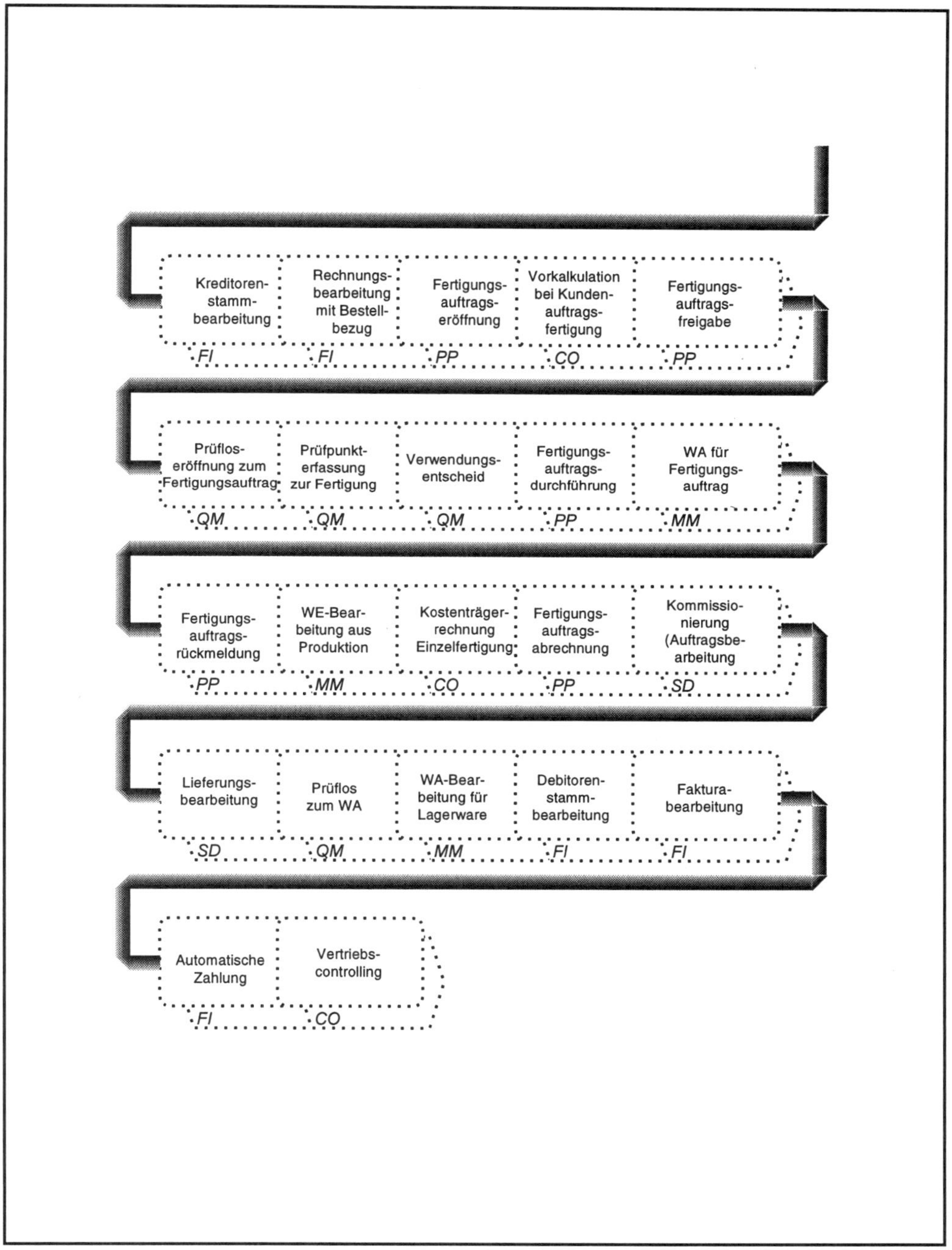

Abb. 9: Die DNA der Modellfirma B - Teil 2

9.1 Prozeß: Terminauftragsbearbeitung

9.1.1 Betriebswirtschaftliche Beschreibung

Die Aufgaben der *Auftragsabwicklung* können in Abhängigkeit des Unternehmenstyps (Einzel-, Serien- oder Massenfertiger) und der Marktsituation (kundenanonymer oder kundenorientierter Markt) unterschiedlich umfangreich sein. So können zum einen der originären Auftragsbearbeitung vorgeschaltete Aufgaben, wie z. B. Mailing-, Kontakt-, Anfrage- und Angebotsbearbeitung, erforderlich sein, zum anderen Integrationsschritte zu benachbarten Bereichen, wie z. B. dem Erlös- und Kostencontrolling (Vorkalkulation) oder der Produktionslogistik (Bedarfsübergabe) existieren (vgl. Kapitel 8.44). Ein Lagerverkäufer, der Produkte an industrielle Abnehmer verkauft, z. B. industrielle Halbzeuge (Polymere, Tenside) oder Produkte der Industrieelektronik (Leiterplatten), führt die Bearbeitung von Aufträgen mit Bezug zu Angeboten und Rahmenverträgen durch. Lagerverkäufer, die Produkte über den Direktversand ausliefern, führen dagegen keine umfassende Angebots- und Rahmenvertragsbearbeitung durch, sondern versuchen über verkaufsfördernde Maßnahmen, wie z. B. den Katalogversand, dem Endverbraucher das Leistungsspektrum offenzulegen. Der Endverbraucher erstellt dann aufgrund der Angaben im Katalog einen Auftrag und wird vom Lager aus beliefert. Nicht selten sind in dieser Form der Geschäftsbeziehung aber auch Handelsunternehmen involviert, von denen dann der Kunde beliefert wird (z. B. Waschmaschinen, Kühlschränke, Kaffeemaschinen, Fernseher).

Auf dem *Konsumentenmarkt* erfolgt die Angebotsbearbeitung zum einen über Angebotskataloge, zum anderen über autorisierte (Vertrags-)Händler. Handelt es sich um reine (kundenanonyme) Lagerfertigung, kann der Kunde aus den im Katalog standardisierten Endprodukten auswählen oder diese direkt im Einzel- bzw. Großhandel beziehen. Bei der auftragsbezogenen Montage werden dem Kunden aus vordefinierten Komponenten die Produkte angeboten, die meist innerhalb einer direkten Beratung gemeinsam mit dem Verkäufer des Händlers genauer spezifiziert werden (z. B. Autohandel, Küchenhandel). Auf dem *Produzentenmarkt* erfolgt die Angebotsbearbeitung häufig durch Vertriebsmitarbeiter des produzierenden Unternehmens. Auslöser für den Prozeß der Angebotsbearbeitung ist hier in der Regel eine schriftliche Anfrage des Kunden. Der Lagerfertiger kann die Anfrage direkt in ein Angebot mit Liefertermin- und Preisangabe umwandeln und der Kunde auf dieser Basis den Auftrag erteilen oder das Angebot ablehnen. Der auftragsbezogene Montagefertiger auf dem Produzentenmarkt muß die technischen Anforderungen in der Spezifikation im Hinblick auf ihre technologische Machbarkeit prüfen. Generell läßt sich festhalten, daß der Umfang der Angebotsbearbeitung bei den in der folgenden Abbildung genannten Unternehmenstypen von links nach rechts ansteigt und bei den beiden rechts aufgeführten Unternehmen zu Entwicklungs- und Konstruktionsaufwand innerhalb der Angebotsbearbeitung führt. Beim Zulieferer werden die Konstruktionsunterlagen primär zur Abgabe eines Prototypen (z. B. eine Einbauzeichnung für ein Zuliefererteil) oder für den Musterbau der Werkstücke benötigt. Bei der kundenorientierten Produkterstellung können der Anteil der Entwicklungs- und Konstruktionszeit einen erheblichen Anteil an der Gesamtdurchlaufzeit besitzen, z. B. im Werkzeugmaschinenbau mit kundenspezifischen Varianten, im Sondermaschinenbau und insbesonders im Anlagenbau (vgl. Gutenberg 1984, S. 109-181; vgl. VDI 1991, S. 91-154; vgl. Pfohl 1996, S. 69-92).

Unternehmens-typen / Tätigkeiten	KLK	KLP	AMK	AMP	ZUL	KPE
Angebots-bearbeitung	über Katalog	ja	über Katalog	ja	ja	ja
Vorkalkulation	–	–	–	–	ja	ja
Plankalkulation	ja	ja	ja	ja	–	–
Technische Machbarkeitsprüfung	–	–	–	(ja)	ja	ja
Erstellung von Konstruktionsplänen	–	–	–	–	(ja)	ja
Preisfindung	(liegt vor)	(liegt vor)	(liegt vor)	ja	ja	ja
Verfügbarkeits-prüfung	–	ab Lager	unter Umstäden	ja, auf Bau-gruppenebene	ja	ja
Reservierung	–	ab Lager	unter Umstäden	ja, auf Bau-gruppenebene	ja	ja
Bonitätsprüfung/ Kreditlimitkontrolle	–	unter Umständen	unter Umständen	ja	ja	ja
Kontrakt-/ Lieferplanbearbeitung	–	(ja)	–	–	(ja)	–

Legende:
Kundenanonymer **L**agerfertiger auf dem **K**onsumentenmarkt
Kundenanonymer **L**agerfertiger auf dem **P**roduzentenmarkt
Auftragsbezogener **M**ontagefertiger auf dem **K**onsumentenmarkt
Auftragsbezogener **M**ontagefertiger auf dem **P**roduzentenmarkt
Zulieferer
Kundenorientierte **P**rodukt**e**rstellung

Abb. 9.1-1: Aufgaben in der Auftragsabwicklung bei verschiedenen Unternehmen

Während Anfrage-, Angebots- und Kontaktbearbeitung lediglich zur Vorbereitung eines Auftrags dienen, ist der Auftrag eine rechtsverbindliche Vereinbarung zwischen Unternehmen und Kunde. Je nach Unternehmenssituation kann es sein, daß bestimmte Aufgaben, z. B. Kalkulation, Verfügbarkeitsprüfung und Reservierung, innerhalb der Angebotsbearbeitung durchgeführt und die Ergebnisse teilweise in die Auftragsbearbeitung übernommen werden. Unabhängig davon, zu welchem Zeitpunkt die einzelnen Aufgaben durchgeführt werden, müssen mit Abschluß der Auftragsbearbeitung u. a. die Kalkulation, Preisfindung, Verfügbarkeitsprüfung, Bonitäts-/Kreditlimitprüfung und die Lieferterminermittlung durchgeführt sein.

So werden beispielsweise innerhalb der *Kalkulation* die Herstellkosten eines Produkts ermittelt. Diese können zum einen auf Basis von Stücklisten und Arbeitsplänen (vgl. Kapitel 8.12 und 8.14) und den darin enthaltenen Vorgabezeiten und Maschinenstundensätzen beruhen, zum anderen kann aufgrund von nicht vorhandenen Unterlagen eine Schätzung der Materialverbrauchskosten für die Produkterstellung erforderlich sein.

Die *Preisfindung* beruht bei nicht- und teilstandardisierten Produkten auf den Kalkulationsdaten des Materials oder kann bei standardisierten Erzeugnissen aus den Preiselementen zum Material, sowie aus den Konditionssätzen zum Kunden gezogen werden (vgl. Kapitel 8.8 und 8.9). Innerhalb der Preisfindung muß sowohl eine Nettowert- als auch eine Bruttowertermittlung möglich sein. Ausgehend vom Bruttopreis des Materials wird über Rabatte (Abschläge) und über Zuschläge der Nettopreis berechnet. Durch Addition von Steuersätzen erhält man den Gesamtpreis.

Die *Verfügbarkeitsprüfung* bezieht sich primär auf im Lager befindliche Teile. Es kann aber auch sein, daß fremd zu beschaffende Teile, die innerhalb des Planungszeitraums eintreffen werden, in die Betrachtung der Verfügbarkeitsprüfung mit aufgenommen werden. Für Materialien mit langen Lieferzeiten ist darüber hinaus unter Umständen schon in der Angebotsbearbeitung eine Verfügbarkeitsprüfung durchzuführen, obwohl der Auftrag eventuell überhaupt nicht eintreffen wird. Bei Lagerfertigern erfolgt die Verfügbarkeitsprüfung auf Endproduktebene, bei auftragsbezogenen Montagefertigern auf Baugruppenebene. Durch eine anschließende Reservierung wird sichergestellt, daß zum benötigten Zeitpunkt der Bedarf vorliegt.

Die Art der *Kreditlimitprüfung* variiert in Abhängigkeit vom Auftragsvolumen, der Kundenstellung und der Finanzierungsart. Bei Produkten auf dem Konsumentenmarkt wird eine umfangreiche Kreditlimitprüfung in der Regel nicht durchgeführt. Handelt es sich um teure Konsumgüter (z. B. Autos), wird häufig ein Finanzierungsplan über die Hausbank erstellt. Für Produkte auf dem Produzentenmarkt wird dem Kunden meistens ein Kreditlimit eingeräumt. Wird innerhalb der Kreditlimitprüfung eine Überschreitung der Höchstgrenze festgestellt, so erfolgt eine Auftrags- bzw. Liefersperre bis zur Klärung der Zahlungsschwierigkeiten.

Die *Lieferterminermittlung* hat die Aufgabe, dem Kunden einen realistischen Liefertermin der gewünschten Ware zuzusagen. Im einfachsten Fall müssen lediglich die Auslieferungszeiten ab Lager berücksichtigt werden, im schwierigsten Fall sind Produktionszeiten bestimmter Komponenten zu planen (vgl. Kapitel 8.46). Mit Abschluß der Auftragsbearbeitung ist in der Regel dem Kunden eine Auftragsbestätigung zu übermitteln und eine Auftragsüberwachung durchzuführen. Bei der Lagerfertigung umfaßt dies die Überwachung des Versands und der Fakturierung. Bei der kundenbezogenen Montage auf dem Produzentenmarkt, in der Zuliefererindustrie und in der kundenbezogenen Einzelfertigung sind darüber hinaus die Stati des Produktionsfortschritts, z. B. geplant, freigegeben oder fertiggestellt, zu überwachen.

Funktionen \ Prozesse	Anfrage-/ Angebots- bearbeitung	Auftrags- bearbeitung	Lieferungs- bearbeitung	Warenausgangs- bearbeitung	Faktura- bearbeitung
Geschäftspartner bestimmen	ja	ja oder liegt vor	liegt vor und Rollendefinition	liegt vor durch Lieferschein	liegt vor durch Auftrag
Positionen bestimmen	ja	ja oder liegt vor	ja	liegt vor	ja
Kalkulation durchführen	ja	ja	–	–	–
Preisfindung	ja	ja	–	–	ja
Verfügbarkeits- prüfung	(ja)	ja	ja	(ja)	–
Kreditlimitprüfung	–	ja	ja	ja	–
Exportkontrolle durchführen	ja	ja	ja	–	–
Liefertermin- ermittlung	(ja)	ja	ja oder liegt vor	liegt vor	–
Versandterminierung / Routenfindung	–	ja	ja	liegt vor	–
Kommisionierung	–	–	ja	–	–
Texte bearbeiten	ja	ja	ja	–	ja

Abb. 9.1-2: Mögliche Zuordnung von Vertriebsfunktionen

9.1.2 SAP-spezifische Beschreibung

Geschäftsvorgänge, die den Verkauf betreffen, werden im R/3-System mit Hilfe von Verkaufsbelegen abgebildet. Diese sind von der Datenstruktur her aufeinander abgestimmt und ermöglichen dem Anwender eine integrierte Informationsverarbeitung im gesamten Vertrieb, z. B. zu den Versand- und Fakturierungsbelegen. Es werden folgende vier Gruppen von Verkaufsbelegen differenziert (vgl. SAP – Vertriebssystem 1994, S. 6.1-6.17):

- Anfragen und Angebote
- Aufträge
- Rahmenverträge, wie Kontrakte und Lieferpläne
- Reklamationen, wie kostenlose Lieferungen und Retouren

Alle Verkaufsbelege haben prinzipiell die gleiche Struktur. Sie setzen sich aus dem Belegkopf und beliebig vielen Belegpositionen zusammen. Die Belegpositionen können wiederum in beliebig viele Einteilungen unterteilt werden. Im Belegkopf werden die allgemeinen Daten festgehalten, die für den gesamten Beleg Gültigkeit haben. Dazu gehören

z. B. die Nummer des Auftraggebers, die Nummer des Warenempfängers und des Regulierers, die Belegwährung und der Währungskurs, die Preiselemente für den gesamten Beleg, das Lieferdatum und die Versandstelle. Während die Daten im Belegkopf auf alle Positionen des Belegs zutreffen, sind einige Daten nur für bestimmte Positionen gültig. Diese Daten werden auf Positionsebene gespeichert und beinhalten die Materialnummer, die Zielmenge bei Rahmenverträgen, die Nummer des Warenempfängers und des Regulierers (auf Positionsebene kann ein abweichender Warenempfänger oder Regulierer definiert werden), die Werks- und Lagerortangaben sowie die Preiselemente für die einzelnen Positionen. Eine Position kann aus einer oder mehreren Einteilungen bestehen. Die Einteilungen enthalten alle Daten, wie z. B. Einteilungsmenge, Lieferdatum und bestätigte Menge, die zur Belieferung benötigt werden. Ein Kunde erteilt z. B. einen Auftrag für 20 Stück eines Materials. Die Menge wird als eine Position in den Auftrag eingegeben. Da aber gegenwärtig nur 10 Stück lieferbar sind und die restlichen 10 Stück erst nächsten Monat geliefert werden können, müssen also zwei Lieferungen terminiert werden. Die Daten für die Lieferungen (Datum, bestätigte Mengen) werden in zwei unterschiedlichen Einteilungen gespeichert. In Verkaufsbelegen, in denen Lieferdaten nicht relevant sind, z. B. Kontrakte, Gut- und Lastschriftsanforderungen, erstellt das System keine Einteilungen.

Beim erstmaligen Anlegen eines Verkaufsbelegs, d. h. *ohne Bezug zu einem Vorgängerbeleg*, werden die Daten aus den Stammsätzen übernommen. Das R/3-System kopiert Daten zum Auftraggeber und seinen Partnern (z. B. Warenempfänger oder Regulierer) aus den Debitorenstammsätzen, Daten zu einer Belegposition aus dem Materialstammsatz und aus relevanten Kunden-Material-Infosätzen. Manchmal gibt der Kundenstamm unterschiedliche Partner für die verschiedenen Partnerrollen an. Es können z. B. mehrere Warenempfänger für einen Auftraggeber und verschiedene Partner für das Empfangen und Zahlen der Rechnungen angegeben werden. Jeder Partner hat einen eigenen Debitorenstammsatz und während der Auftragsbearbeitung kopiert das System automatisch die Daten vom Debitorenstammsatz des betreffenden Partners in den Auftrag, z. B werden für jeden Warenempfänger die entsprechenden Lieferdaten vom Debitorenstammsatz in den Beleg kopiert. Aus dem Materialstammsatz werden Daten in die einzelnen Positionen übernommen, wie z. B. Gewichte, Lieferprioritäten sowie Über- und Unterlieferungsregeln. Diese Daten können für den jeweiligen Vorgang verändert werden. Das Auslieferungswerk kann sowohl im Debitorenstammsatz als auch im Materialstammsatz angegeben sein. In einem Kunden-Material-Infosatz können kundenspezifische Daten für die Materialien festgelegt sein. Es können hier z. B. die Materialnummer und Bezeichnung des Materials beim Kunden definiert und bestimmte Versanddaten, wie die Lieferpriorität und Teillieferungsinformationen, angegeben sein.

Einige Daten im Verkaufsbeleg hängen von einer Kombination verschiedener Faktoren ab (z. B. Kunde, Material etc.) und können nicht direkt aus den Debitoren- und Materialstammsätzen in den Beleg kopiert werden. Das System muß deshalb die Daten aufgrund der verschiedenen Faktoren zum jeweiligen Zeitpunkt bestimmen. Daten zu verschiedenen Routen, die vom Standort des Auslieferungswerks und des Warenempängers abhängig sind, werden z. B. unabhängig von den Stammdaten im System während der Systemeinstellung für den Vertrieb gespeichert. Während der Auftragsbearbeitung kann das System dann, falls die notwendigen Daten gepflegt wurden, automatisch die Route ermitteln. In ähnlicher Weise können Daten für Preise, Abschläge und Zuschläge, für die Versandterminierung und für die Versandstelle im voraus definiert und während der Bearbeitung gezogen werden. Wird ein *Verkaufsbeleg mit Bezug* auf einen Vorgängerbeleg erfaßt, z. B. ein Auftrag mit Bezug zum Angebot, so können fast alle Daten aus dem Vorgängerbeleg übernommen werden.

Die Art der Abarbeitung der verschiedenen Verkaufsbelege wird durch die Definition von *Verkaufsbelegarten, Positions- und Einteilungstypen* festgelegt. Auf Verkaufsbelegebene kann z. B. festgelegt werden, ob für eine bestimmte Belegart eine Kreditlimitprüfung durchgeführt wird. Außerdem kann angegeben werden, ob ein Beleg automatisch gesperrt wird und erst überprüft werden muß, bevor er weiter bearbeitet werden kann (z. B. eine Gutschriftsanforderung). Auf Positionstypebene kann festgelegt werden, ob ein Positionstyp für die Lieferung oder die Fakturierung relevant ist. Die Positionstypen, die in Angeboten verwendet werden, sind z. B. nicht für Lieferung oder Fakturierung relevant. Sie können auch, abhängig von Bedarf und Verfügbarkeitsprüfung, Einteilungstypen definieren. Im R/3-System sind einige Verkaufsbelegarten angelegt, die kundenspezifisch modifiziert werden können.

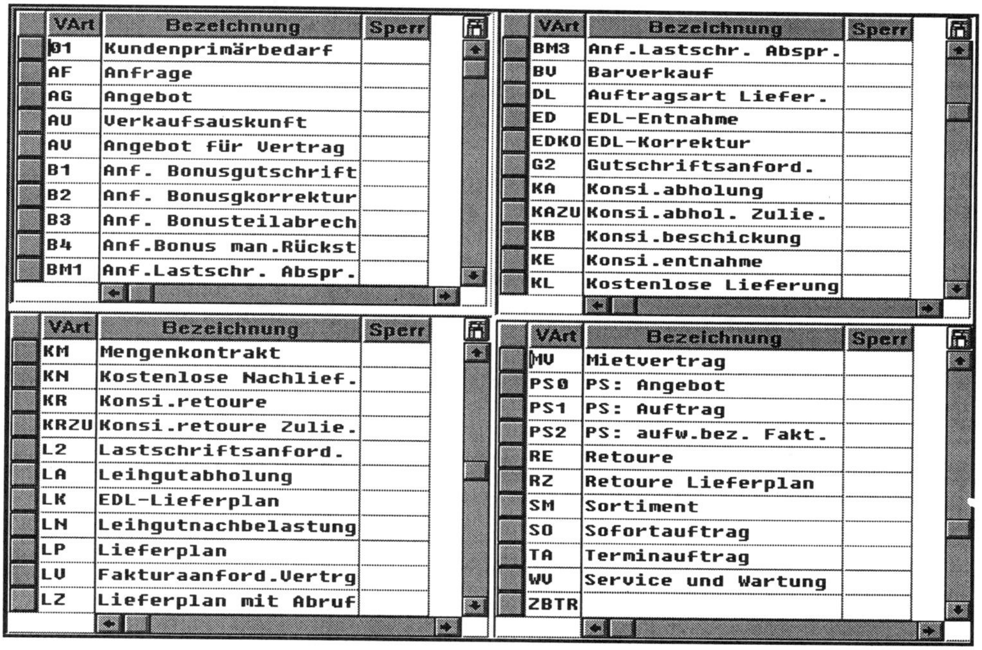

VArt	Bezeichnung	Sperr
01	Kundenprimärbedarf	
AF	Anfrage	
AG	Angebot	
AU	Verkaufsauskunft	
AV	Angebot für Vertrag	
B1	Anf. Bonusgutschrift	
B2	Anf. Bonusgkorrektur	
B3	Anf. Bonusteilabrech	
B4	Anf.Bonus man.Rückst	
BM1	Anf.Lastschr. Abspr.	

VArt	Bezeichnung	Sperr
BM3	Anf.Lastschr. Abspr.	
BV	Barverkauf	
DL	Auftragsart Liefer.	
ED	EDL-Entnahme	
EDKO	EDL-Korrektur	
G2	Gutschriftsanford.	
KA	Konsi.abholung	
KAZU	Konsi.abhol. Zulie.	
KB	Konsi.beschickung	
KE	Konsi.entnahme	
KL	Kostenlose Lieferung	

VArt	Bezeichnung	Sperr
KM	Mengenkontrakt	
KN	Kostenlose Nachlief.	
KR	Konsi.retoure	
KRZU	Konsi.retoure Zulie.	
L2	Lastschriftsanford.	
LA	Leihgutabholung	
LK	EDL-Lieferplan	
LN	Leihgutnachbelastung	
LP	Lieferplan	
LV	Fakturaanford.Vertrg	
LZ	Lieferplan mit Abruf	

VArt	Bezeichnung	Sperr
MV	Mietvertrag	
PS0	PS: Angebot	
PS1	PS: Auftrag	
PS2	PS: aufw.bez. Fakt.	
RE	Retoure	
RZ	Retoure Lieferplan	
SM	Sortiment	
SO	Sofortauftrag	
TA	Terminauftrag	
WV	Service und Wartung	
ZBTR		

Abb. 9.1-3: Customizing der Verkaufsbelegarten

Mit der Einstellung der Versandbelegarten können eine Vielzahl von zu beantwortenden Fragen im Vertrieb eingestellt werden:

- Kann der Beleg nur mit Bezug auf einen Vorgängerbeleg erfaßt werden?

- Soll der eventuell vorhandene Kunden-Material-Informationssatz berücksichtigt werden?
- Soll das Lieferdatum vorgeschlagen werden?
- Welche Auftragswahrscheinlichkeit ist definiert?
- Soll die Angabe der Sparte für jede Position aus dem Materialstammsatz übernommen werden oder soll eine abweichende Angabe im Kopf die Positionsangaben überschreiben?
- Wie soll das System reagieren, falls die Spartenangabe im Kopf von den Angaben in den Positionen abweicht?
- Soll eine Kreditlimitprüfung stattfinden?
- Aus welchem Nummernkreis soll die Belegnummer bei interner oder externer Nummernvergabe stammen?
- Welche Felder sollen für das Unvollständigkeitsprotokoll relevant sein? (Für Kontrakte ist z. B. der Gültigkeitszeitraum wichtig und muß darum im Beleg angegeben werden.)
- Kann ein unvollständiger Beleg gesichert werden oder müssen alle Daten vollständig sein?
- Welche Partnerrollen sind zulässig und welche müssen erfaßt werden?
- Welche Lieferungsart soll die aus dem Auftrag resultierende Lieferung haben?
- Soll eine Versandterminierung stattfinden?
- Soll eine Transportterminierung stattfinden?
- Soll aus einem bestimmten Grund automatisch eine Liefersperre gesetzt werden? (Eine solche Liefersperre kann z. B. bei einer kostenlosen Lieferung sinnvoll sein.)
- Soll für eine Verkaufsbelegart eine Versandbedingung definiert werden? (Diese wird dann bei der Belegerstellung übernommen, unabhängig davon, welche Angabe im Debitorenstammsatz gemacht wurde.)
- Welche Fakturaart soll die aus dem Auftrag oder der Lieferung resultierende Faktura haben?
- Soll aus einem bestimmten Grund automatisch eine Fakturasperre gesetzt werden? (Eine solche Fakturasperre kann z. B. sinnvoll sein, wenn eine Gutschriftsanforderung zunächst geprüft werden soll, ehe daraus eine Gutschrift erzeugt wird.)

Weiterhin können zusätzliche Steuerungsdaten auf Positionsebene eingestellt werden. Über den Positionstyp wird definiert, daß ein Material in den verschiedenen Verkaufsbelegen unterschiedlich verarbeitet werden soll. So wird in dem Beleg *Anfrage* für die *Normalposition (TAN)* eine Preisfindung definiert, aber keine Lieferrelevanz festgelegt, in dem Beleg *Auftrag* ist für den Positionstyp Normalposition eine Preisfindung und die Lieferrelevanz zu berücksichtigen. So können im Auftrag zur Normalposition u. a. die Steuerzeichen zur Fakturarelevanz, zur Retoure, zur Preisfindung, zur automatischen Chargenfindung und zur Ausfuhrgenehmigung angegeben werden. Die Fakturarelevanz gibt an, ob die Position zu fakturieren oder kostenlos ist (kostenlose Lieferung), mit Angabe der Preisfindung wird im System eine automatische Preisfindung durchgeführt (ist beispielsweise irrelevant für Textpositionen) Mit dem Setzen des Kennzeichens automatische Chargenfindung versucht das R/3-System die Charge zu ermitteln, die den Kundenanforderungen entspricht und die Ausfuhrgenehmigung legt fest, ob und wie eine Ausfuhrkontrolle erfolgen soll (z. B. innereuropäische Ausfuhr, außereuropäische Ausfuhr, Embargoland).

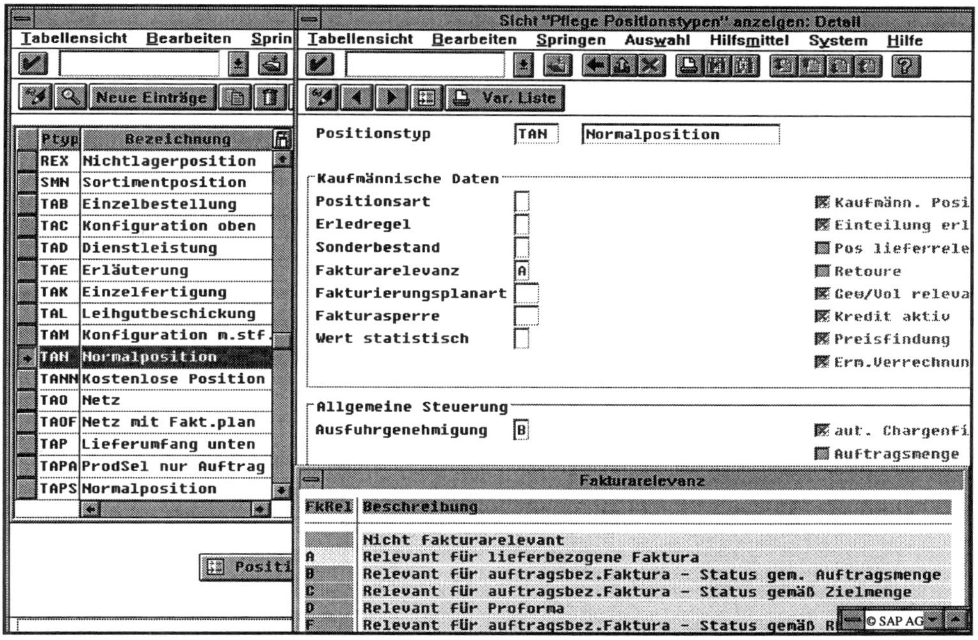

Abb. 9.1-4: Customizing der Verkaufsbelegposition TAN im Detail

Je nach Verkaufsbelegart sind verschiedene Positionstypen zulässig. Auch die Positionstypen werden über Steuerungselemente den speziellen Anforderungen angepaßt. Außerdem können neue Positionstypen definiert werden. Für die Pflege der Steuerungselemente ist Ihr Systemverwalter verantwortlich. Die Antworten auf folgende Fragen entscheiden darüber, wie ein Positionstyp definiert wird.

- Soll für die Position eine Preisfindung durchgeführt werden?
- Wann gilt eine Position als erledigt? (Eine Angebotsposition könnte z. B. erst dann als erledigt gelten, wenn die gesamte Menge in Aufträge übernommen wurde.)
- Handelt es sich um eine Position mit Materialbezug oder um eine reine Textposition?

- Sind Einteilungen zu einer Position erlaubt?
- Dürfen die kaufmännischen Daten, z. B. die Zahlungsbedingungen auf Positionsebene, von denen auf Kopfebene abweichen?
- Soll ein Dialog stattfinden, falls die Lieferung nicht vollständig erfolgen kann?
- Welche Felder sind relevant für das Unvollständigkeitsprotokoll?
- Welche Partnerrollen sind auf Positionsebene zulässig und welche sogar Pflicht?
- Welche Nachrichten sind für den Vorgang erlaubt und nach welchem Schema werden sie vorgeschlagen?
- Ist eine Position lieferrelevant?
- Soll das Gewicht und das Volumen einer Position ermittelt werden?
- Ist eine Position fakturarelevant?
- Soll der Verrechnungswert ermittelt werden?
- Handelt es sich um eine statistische Position? Für statistische Positionen findet eine Preisfindung statt, sie gehen jedoch nicht in den Wert des Auftrags ein, werden dem Kunden also nicht in Rechnung gestellt.
- Soll für eine Position automatisch eine Fakturasperre gesetzt werden? Dies kann z.B. für Positionen wichtig sein, bei denen zunächst die Preise geklärt werden müssen.
- Handelt es sich um eine Retourenposition?

Die Positionen in einem Verkaufsbeleg können in eine oder mehrere Einteilungen unterteilt werden. Diese Einteilungen unterscheiden sich in Bezug auf Termin und Menge voneinander. Auch für die Einteilungen sind unterschiedliche Steuerungselemente im R/3-System definierbar. Für manche Einteilungen wird keine, für manche wird eine Disposition durchgeführt, für manche ist keine Bestandsführung notwendig. Je nach Verkaufsbelegart und Positionstyp sind verschiedene Einteilungstypen zulässig. Folgende Fragen können mit der Festlegung des Einteilungstyps beantwortet werden:

- Welche Felder sind für das Unvollständigkeitsprotokoll relevant?
- Soll ein Vertriebsbedarf an den Einkauf oder die Fertigung gemeldet werden?
- Soll eine Verfügbarkeitsprüfung durchgeführt werden?
- Handelt es sich um eine Einteilung zu einer Retoure?
- Ist die Einteilung lieferrelevant?
- Soll automatisch eine Liefersperre für die Einteilung gesetzt werden? Eine solche Liefersperre ist bei kostenlosen Lieferungen sinnvoll.

Darüber hinaus hängt der Einteilungstyp von dem Dispositionsmerkmal des Materials ab, der im Materialstammsatz angegeben wird (vgl. Kapitel 8.11). Der Einteilungstyp wird aufgrund von Tabelleneinstellungen automatisch vorgeschlagen, kann aber im Verkaufsbeleg manuell verändert werden. Die Änderungen sind jedoch nicht beliebig. Deshalb prüft das System bei Angabe eines anderen Einteilungstyps, ob dieser Typ zulässig ist.

Aufträge können im R/3-System unterschiedlich differenziert werden, z. B. in Terminauftrag, Barverkauf, Sofortauftrag und Streckenauftrag. Beim *Terminauftrag* wird dem Kunde zu einem vereinbarten Termin die Ware gesendet. Im einfachsten Fall wird ein Auftrag einer oder mehrere Positionen angelegt und Daten aus den entsprechenden Stammsätzen gezogen. Aus dem Kundenstammsatz des Auftraggebers werden Verkaufs-, Versand-, Preisfindungs- und Fakturierungsdaten vorgeschlagen. Außerdem kopiert das System kundenspezifische Stammdaten zu Texten, Partnern und Ansprechpartnern beim Kunden. Für jedes Material im Auftrag schlägt das System automatisch Daten aus den entsprechenden Materialstammsätzen vor, wie z. B. Daten zur Preisfindung, Versandterminierung, Gewichts- und Volumenbestimmung. Die vom System vorgeschlagenen Daten können als Grundlage für den Auftrag dienen, manuell geändert und neue hinzugefügt werden. So kann es sein, daß dem Vertriebsmitarbeiter innerhalb der Preispolitik ein gewisser Handlungsspielraum gegeben ist, in dessen Spanne er manuell den Preis festlegen kann. Innerhalb der Auftragsbearbeitung werden alle gängigen Funktionen, wie Geschäftspartner bestimmen, Positionen bestimmen, Preisfindung, Verfügbarkeitsprüfung, Versandterminierung, Versandstellen- und Routenermittlung, Kreditlimitprüfung und Auftragsüberwachung im R/3-System unterstützt. Ebenso ist je nach Kundensituation z. B. eine integrierte Verwendung der Kalkulation des Rechnungswesens, eine Bedarfsübergabe an und Reservierung in der Produktionslogistik sowie die Übergabe des Bedarfs an die Beschaffungslogistik möglich.

Bei einem *Barverkauf* holt der Kunde die Ware ab und zahlt, wenn der Auftrag erteilt wird. Wenn der Benutzer den Barverkauf anlegt, schlägt das System automatisch das Tagesdatum als Datum für die Lieferung und Fakturierung vor. Wenn der Auftrag gebucht wird, wird automatisch im Hintergrund eine Lieferung erzeugt und eine Barverkaufsrechnung gedruckt. Hat der Kunde die Ware bereits erhalten, sollte die Lieferung nicht kommissionierrelevant sein. Holt der Kunde die Ware von einem Lager ab, sollte die Lieferung kommissionierrelevant sein. Das Zusenden der Ware kann über die normale Lieferabwicklung unterstützt werden. Sobald der Kunde die Ware erhalten hat und damit zufrieden ist, kann das Geschäft als abgeschlossen gelten. Der Barverkauf ist nur fakturierbar, wenn die Auftragsmenge der Warenausgangsmenge entspricht. Anderenfalls ist der Barverkaufsbeleg anzupassen, damit sich die gelieferte Menge und die zu fakturierende Menge entsprechen. Der Barverkauf wird später wie ein auftragsbezogener Fakturierungsvorgang behandelt; es wird jedoch keine Rechnung gedruckt. Die Auftragsnummer dient als Referenz für den Buchhaltungsbeleg, der in der Finanzbuchhaltung erstellt wird. Läuft das Geschäft nicht reibungslos, ist ein manueller Eingriff erforderlich. Kann die Ware im Lager z. B. nicht komplett gefunden werden, so ist die Liefermenge abzuändern. Ist der Kunde nachträglich nicht mit dem Preis einverstanden, weil z. B. die Ware verkratzt ist, kann im Barverkaufsbeleg der Preis geändert werden. Im Extremfall kann das gesamte Geschäft, beginnend mit der Lieferung, gelöscht werden. Wird die Lieferung beschädigt, bevor sie abgeholt wird und nachdem sie schon bezahlt ist, und ist im Lager kein Ersatz mehr vorhanden, so kann eine Nachlieferung veranlaßt werden. Bei Änderungen am Barverkauf kann durch Wiederholungsdruck eine neue Barverkaufsrechnung ausgegeben werden.

Bei einem *Sofortauftrag* holt der Kunde die Ware sofort ab oder wird noch am gleichen Tag beliefert, an dem der Auftrag erteilt wird. Die Rechnung wird jedoch zu einem späteren Zeitpunkt erzeugt.

Bei der *Streckenabwicklung* erfolgt die Lieferung der vom Kunden gewünschten Artikel nicht durch das Unternehmen sondern über einen externen Lieferanten. Dieser sendet die Artikel direkt an den Kunden und stellt ihm die Rechnung. Ein Kundenauftrag kann dabei teilweise oder vollständig aus Streckenpositionen bestehen. Die Abwicklung von Streckenaufträgen wird über die *Materialart* gesteuert. Die Materialart bestimmt, ob ein Material nur intern produziert wird, ob es nur extern bezogen werden kann oder ob beide Beschaffungsarten möglich sind. Beispielsweise kann ein als Handelsware angelegtes Material nur extern bezogen werden. Wenn ein Material ausschließlich extern bezogen wird, kann im Materialstammsatz festgelegt werden, daß das Material in der Verkaufsabwicklung immer als Streckenposition verarbeitet wird. Das R/3-System ermittelt dann automatisch den zugehörigen Positionstyp *TAS*. Wenn ein Material umständehalber extern bezogen und an den Kunden geliefert werden muß, kann der Positionstyp im Kundenauftrag überschrieben werden. Für einen Kundenauftrag, der eine oder mehrere Streckenpositionen enthält, wird bei der Abspeicherung automatisch eine Bestellanforderung im Einkauf erzeugt. Während der Erstellung der Anforderung ermittelt das R/3-System automatisch für jede Anforderungsposition einen Lieferanten. Hat eine Streckenposition mehr als eine Einteilung, so erzeugt das System eine Bestellanforderungsposition für jede Einteilung.

9.1.3 Anwendung des Prozesses

In der Modellfirma *B* wird zunächst auf dem Einstiegsbild die Verkaufsbelegart *TA* für Terminauftrag gewählt, da der Kunde zu einem ganz bestimmten Termin den konfigurierten PC möchte. Die organisatorischen Felder *Verkaufsorganisation*, *Vertriebsweg* und *Sparte* sind Mußeingaben und können nachträglich nicht geändert werden. Im vorliegenden Beispiel wird auf den vorerfaßten Angebotsbeleg *20000010* referenziert. Mit der Return-Taste verzweigen Sie auf das Übersichtsbild der Positionen. Über die Auftragsarten wird festgelegt, welche Art von Übersicht aufgeblendet wird. Zusätzlich kann zu jeder Position eine Einteilung der Menge und Termine vorgenommen werden (vgl. Abbildung 9.1-6). Für das Produkt DPC6 existiert eine Komponentenübersicht, in der das zu konfigurierende Produkt definiert ist. In der Komponentenübersicht werden die einzelnen Positionstypen zu dem PC DPC6 gezeigt (vgl. Abbildung 9.1-7). Mit Speicherung des Verkaufsbelegs wird für die fremdzubeschaffenden Materialien automatisch eine Bestellanforderung erzeugt (vgl. Abbildung 9.1-8) und für die Fertigung aus dem Kundenauftrag ein Montageauftrag abgeleitet. Zu diesem Montageauftrag können innerhalb der Auftragsabwicklung schon die einzelnen Komponenten und deren Arbeitsvorgänge über die entsprechenden Buttons Plantafel, Komponenten und Arbeitsvorgänge angeschaut werden (vgl. 9.1-9). Bei der Erstellung wird zu jeder Position eine Terminierung automatisch durchgeführt. Dort ist ersichtlich, zu welchem Versandtermin welche Menge zur Verfügung stehen muß. In dem Beispiel der Modellfirma *B* erfolgt eine vollständige Lieferung am 11.03.

1996 (vgl. Abbildung 9.1-10). Sind alle Schritte inklusive Export- und Kreditkontrolle durchgeführt sowie der Auftragstext erstellt, so erzeugt das R/3-System durch Sichern des Terminauftrags die Belegnummer *1043* (vgl. Abbildung 9.1-11). Durch die Integration vom Kunden und Fertigungsauftrag im R/3-System können mit Annahme des Kundenauftrags zu den zu erstellenden Komponenten in der *Aktuellen Bedarfs-/Bestandsliste* die zugeordneten Fertigungsaufträge angezeigt werden. In diesem Beispiel ist für den Kundenauftrag mit dem Dispoelement *K-AUFT* die Belegnummer 1043 ausgewiesen und für den Fertigungsauftrag mit dem Dispoelement *FE-Auf* die Belegnummer 60001012 erstellt. Das aufgeblendete Bildschirmbild zeigt die Erstellung des Montageauftrags im Kundenauftrag (vgl. Abbildung 9.1-12).

9.1.4 Navigationsinformationen

- *Menüpfad*
  Logistik –> Vertrieb –> Verkauf –> Auftrag –> Anlegen mit Bezug –> Auf Angebot
- *Transaktionscode*
  VA01
- *Eingehende Prozeßverbindungen im R/3-Referenzmodell*
  Mailing-Aktion-Bearbeitung
  Kontaktbearbeitung
  Kundenangebotsbearbeitung
  Kundenkontraktbearbeitung
  Retourenbearbeitung
  Gut-/Lastschriftsbearbeitung
  Einzel-/Bauteilkalkulation
  Plankalkulation
- *Ausgehende Prozeßverbindungen im R/3-Referenzmodell*
  Bestellanforderungsbearbeitung
  Einzel-/Bauteilkalkulation
  Plankalkulation
  Fertigungsauftragseröffnung
  Leitteileplanung
  Materialbedarfsplanung
  Kreditkontrolle
  Lieferungsbearbeitung
  Fakturabearbeitung
  Budgetvergabe

Kundenauftrag mit Bezug
Es ist auch möglich, neue Kundenaufträge *mit Bezug* zu einem bereits existierenden Beleg anzulegen. Wenn ein Kunde z. B. eines Ihrer Angebote akzeptiert, kann das System alle relevanten Stammdaten aus dem Angebot beim Anlegen des Auftrags übernehmen. Beim Anlegen eines Kundenauftrags mit Bezug zu einem anderen Beleg erscheint ein Dialogfenster zur Eingabe der Belegnummer. Sowohl Positionsdaten als auch Kopfdaten werden aus dem Angebot in den Auftrag übernommen. Nehmen Sie die Markierung der Positionen, die Sie nicht in den neuen Beleg übernehmen möchten zurück. Falls nötig, ändern Sie die Mengen der zu kopierenden Positionen ab.

Geschäftspartner
Manchmal gibt der Kundenstamm unterschiedliche Partner für die verschiedenen Partnerrollen an. Sie könnten z. B. mehrere Warenempfänger für einen Auftraggeber und verschiedene Partner für das Empfangen und Zahlen der Rechnungen angeben. Jeder Partner hat einen eigenen Debitorenstammsatz und während der Auftragsbearbeitung kopiert das System automatisch die Daten vom Debitorenstammsatz des betreffenden Partners in den Auftrag. Für jeden Warenempfänger z. B. kopiert das System die entsprechenden Lieferdaten vom Debitorenstammsatz in den Beleg.

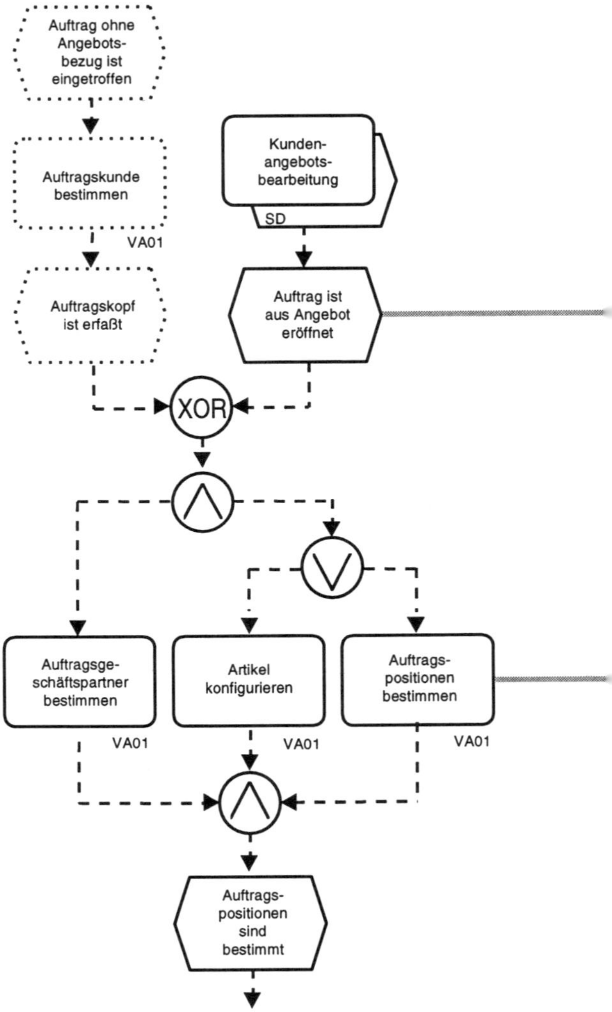

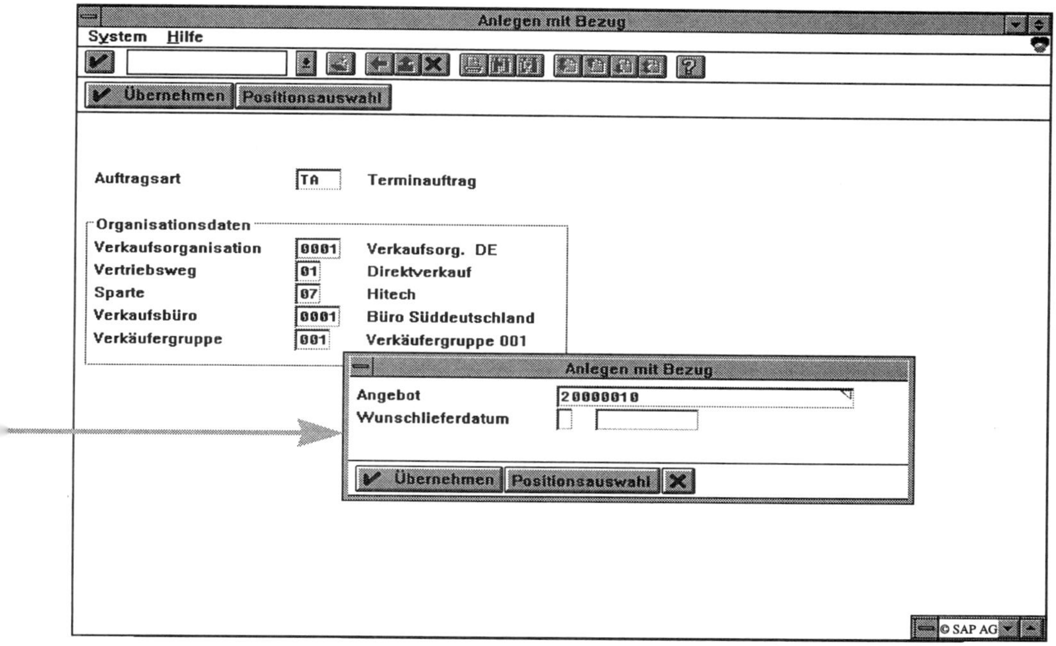

Abb. 9.1-5: Einstiegsbild zum Verkaufsauftrag

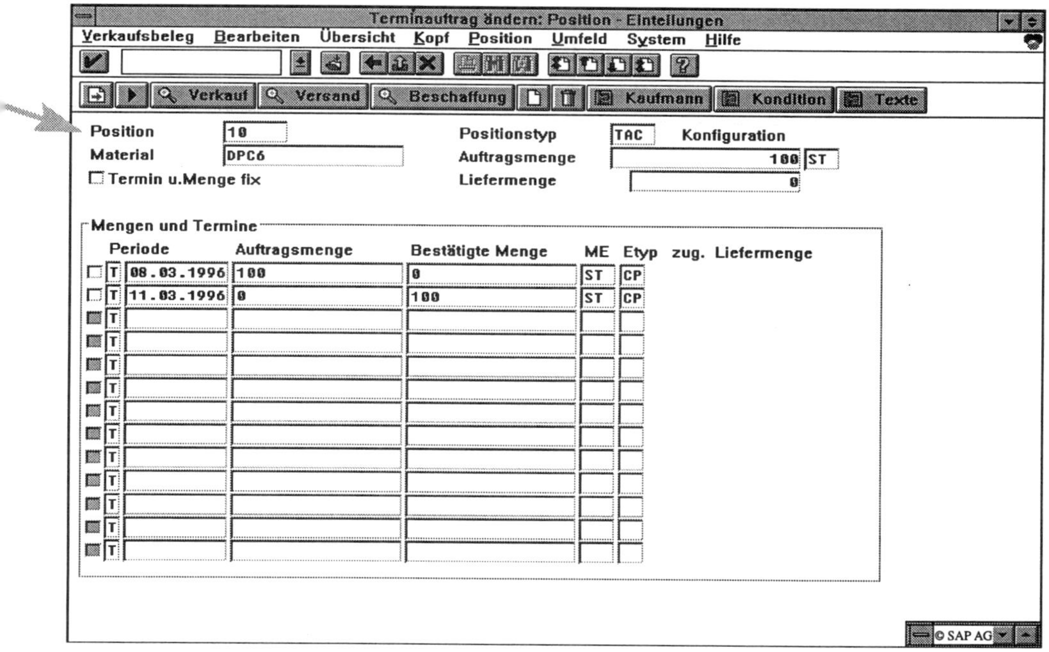

Abb. 9.1-6: Position 10 mit Material DPC6 mit Einteilung

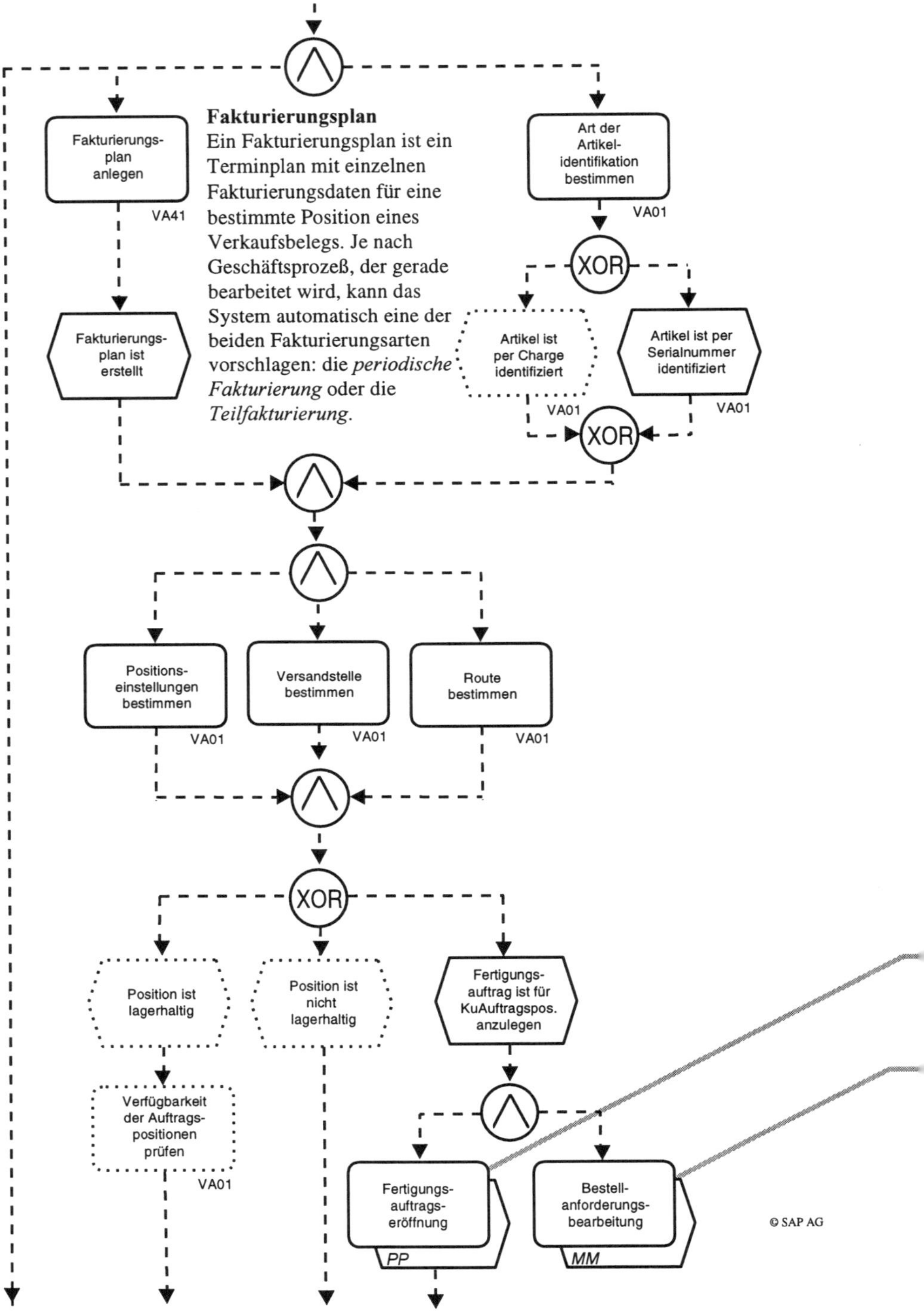

Fakturierungsplan
Ein Fakturierungsplan ist ein Terminplan mit einzelnen Fakturierungsdaten für eine bestimmte Position eines Verkaufsbelegs. Je nach Geschäftsprozeß, der gerade bearbeitet wird, kann das System automatisch eine der beiden Fakturierungsarten vorschlagen: die *periodische Fakturierung* oder die *Teilfakturierung*.

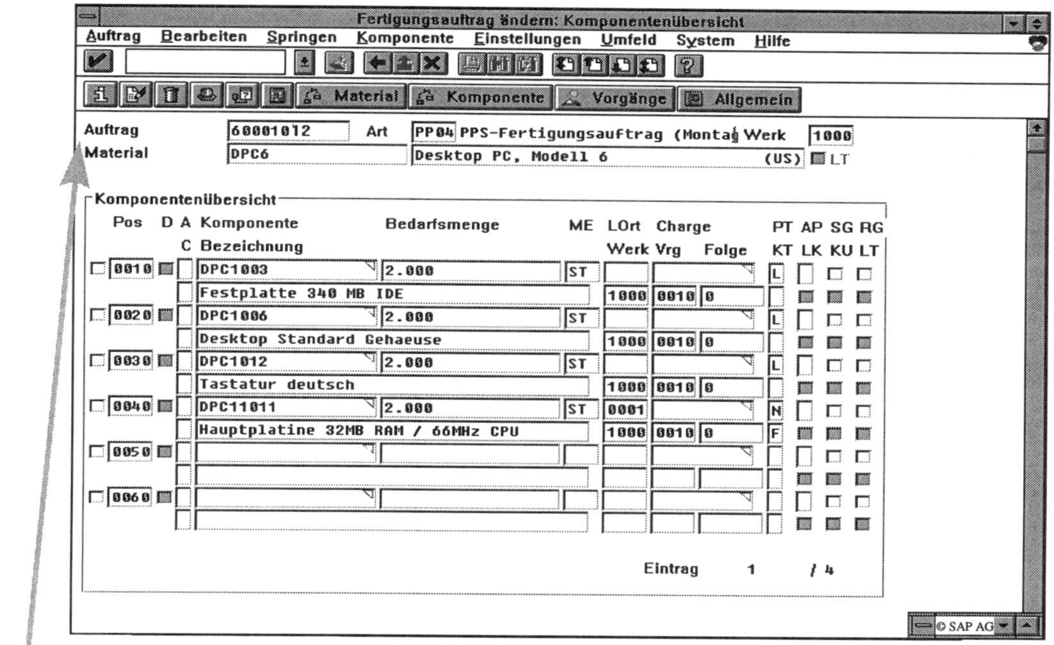

Abb. 9.1-7: Komponentenübersicht zum Material DPC6

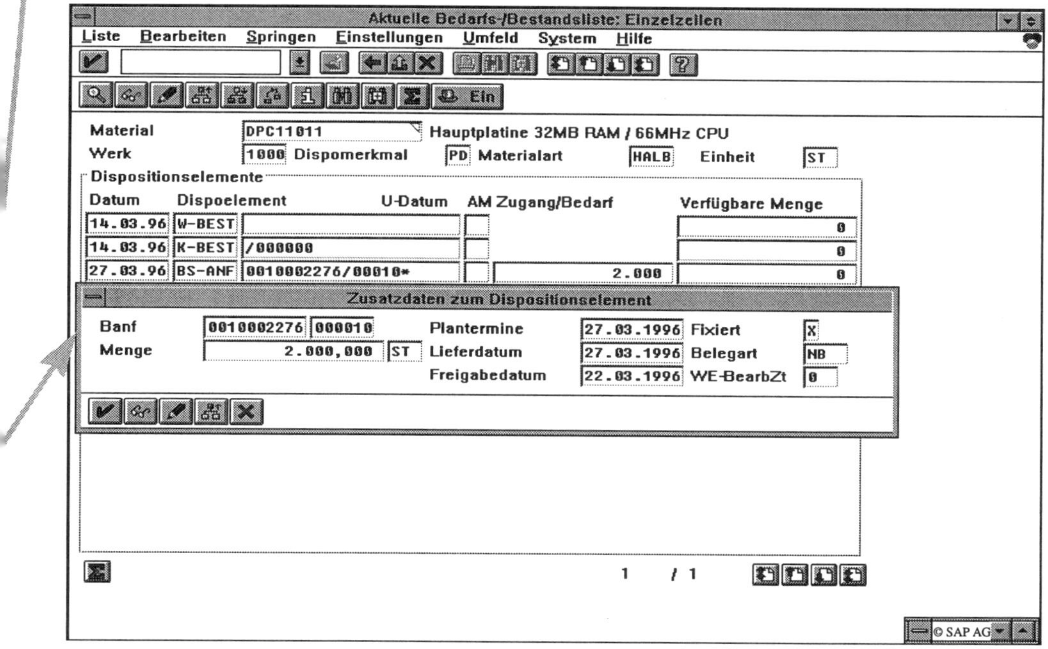

Abb. 9.1-8: Bestellanforderung ist automatisch erzeugt

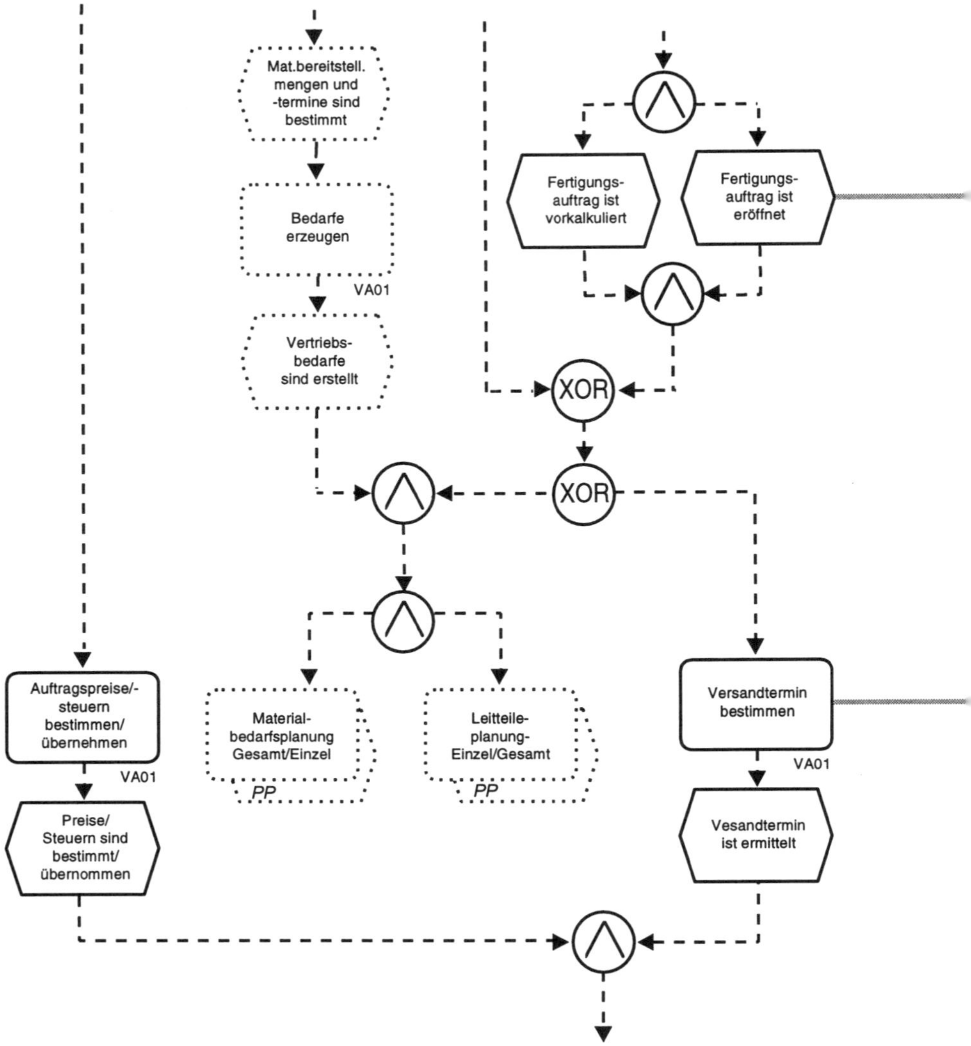

Preise/Steuern

Die Preiselemente, mit denen Sie in Ihren täglichen Preisfindungsverfahren zu tun haben, wie Preise, Zu- und Abschläge, Frachtkosten und Steuern - sind im SAP-System als *Konditionsarten* abgelegt. Beim Anlegen oder Pflegen von Preisinformationen für ein bestimmtes Preiselement legen Sie im System *Konditionssätze* an. Bei der Erfassung von Kundenaufträgen kann das System eine *automatische Preisfindung* durchführen. Dabei wird ein Bruttopreis ermittelt, alle relevanten Abschläge abgezogen, eventuelle Zuschläge hinzugerechnet (z. B. Frachtkosten und Verkaufssteuern) und anschließend der Nettopreis für den Kundenauftrag ermittelt. Der Preis eines Artikels kann sich aber auf andere Arten von Preisfindungssätzen im System gründen. Der Preis kann aus einer Preisliste entnommen sein, er kann kundenindividuell sein, oder er kann ein einfacher Materialpreis sein. Auf der anderen Seite wird jeder Abschlag, jeder Zuschlag, alle Frachtkosten und jede Steuer durch eine eigene Konditionsart definiert.

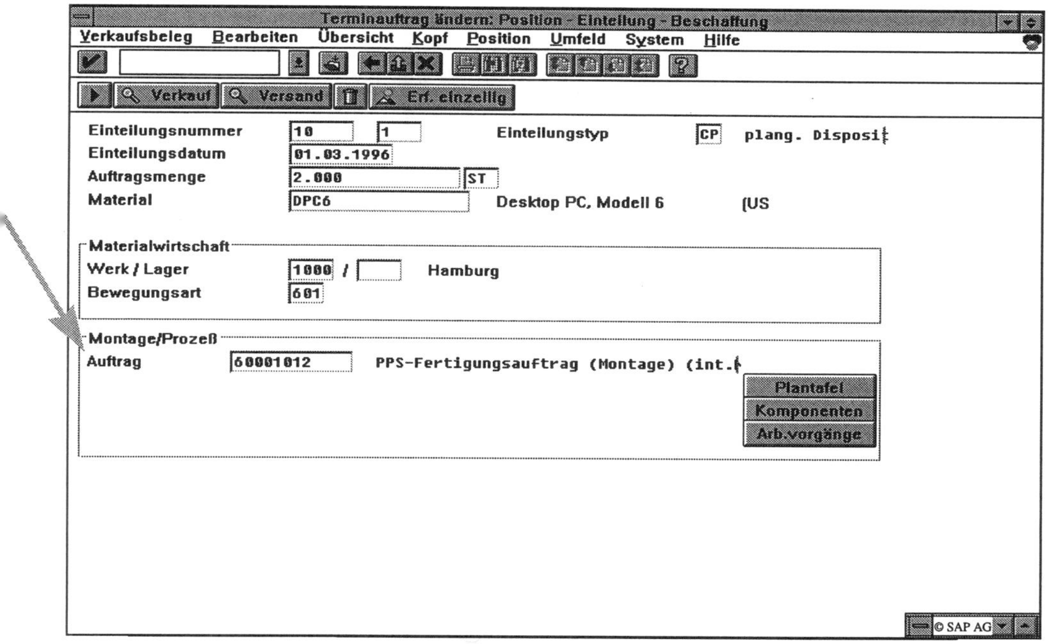

Abb. 9.1-9: Fertigungsauftrag ist erzeugt

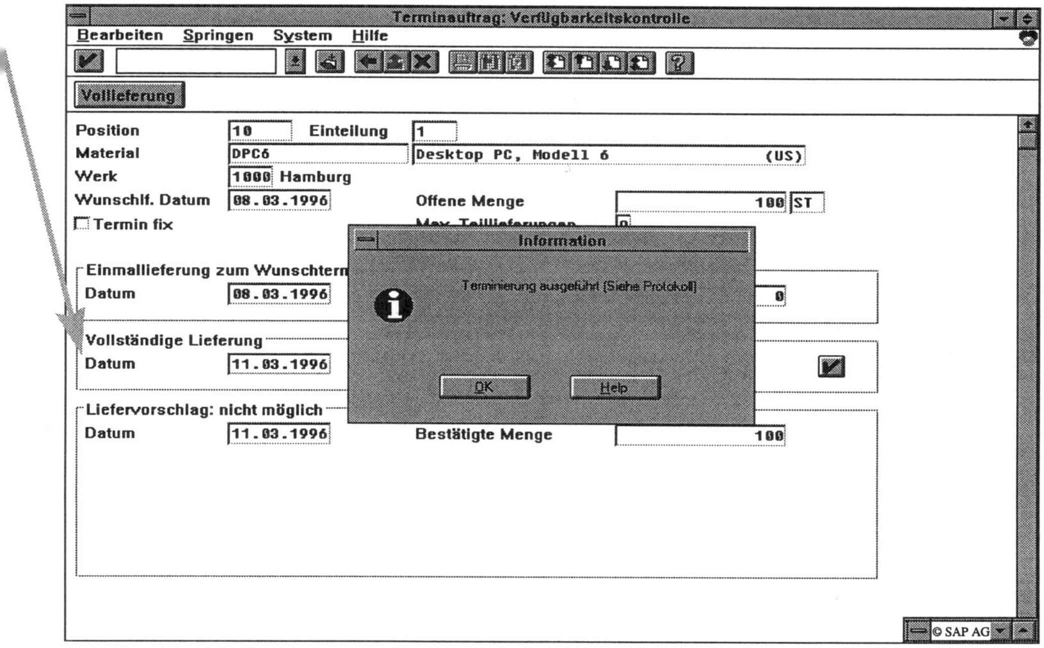

Abb. 9.1-10: Terminierung

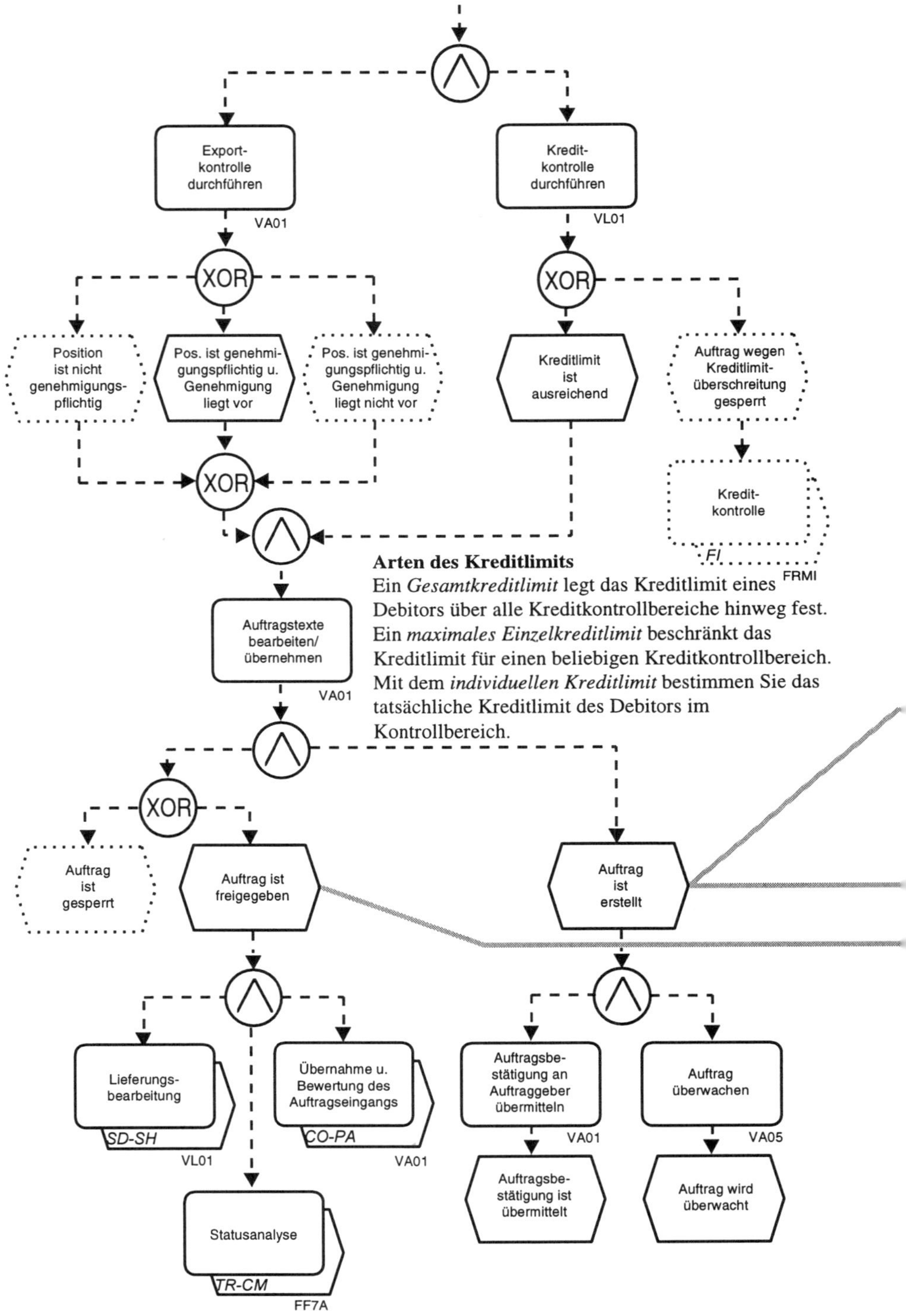

Arten des Kreditlimits
Ein *Gesamtkreditlimit* legt das Kreditlimit eines Debitors über alle Kreditkontrollbereiche hinweg fest. Ein *maximales Einzelkreditlimit* beschränkt das Kreditlimit für einen beliebigen Kreditkontrollbereich. Mit dem *individuellen Kreditlimit* bestimmen Sie das tatsächliche Kreditlimit des Debitors im Kontrollbereich.

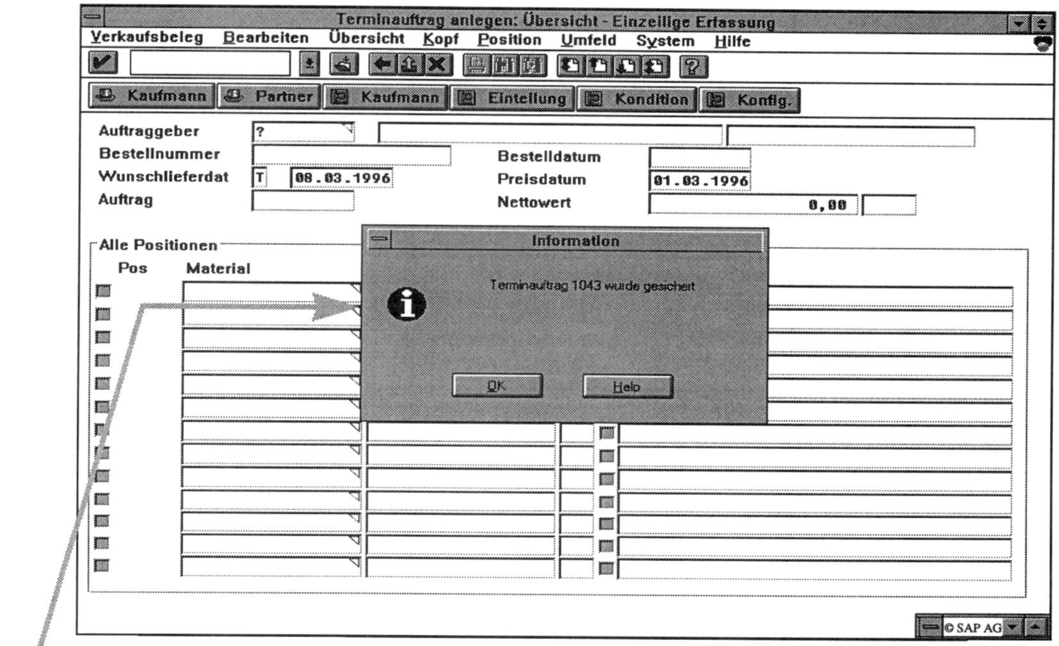

Abb. 9.1-11: Terminauftrag ist erstellt

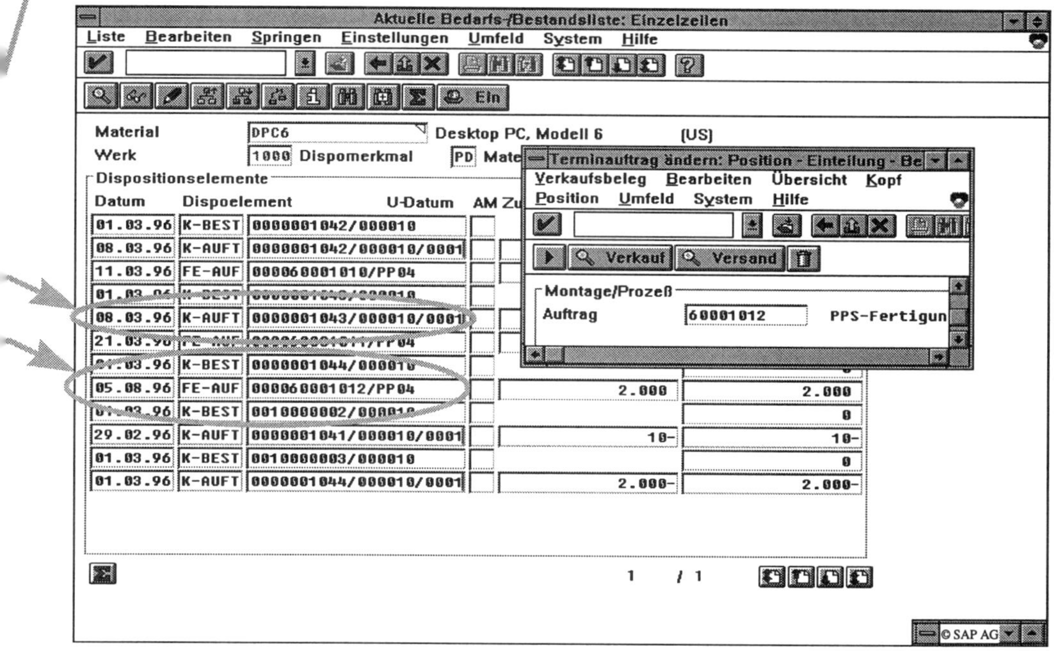

Abb. 9.1-12: Aktuelle Bedarfs-/Bestandsliste mit Kundenauftrag und Fertigungsauftrag

9.2 Prozeß: Kontraktbestellabruf

9.2.1 Betriebswirtschaftliche Beschreibung

Werden Abrufverträge mit festen Liefer- und Abnahmeverpflichtungen vereinbart, so bewirken diese Absichtserklärungen eine schnelle Abwicklung zum Zeitpunkt des Abrufs. Sind im Vertrag Konditionen, Preise, Mengen und andere Spezifikationen festgelegt, so gelten diese Regelungen für einen längeren Zeitraum für die Vertragsparteien. Werden darüber hinaus weitere Absprachen über Mindest- und Höchstmenge je Abruf sowie die Vorlaufzeit des Abrufs festgelegt, so werden die Verträge als Sukzessivlieferverträge bezeichnet. Werden für die Einkaufsabwicklungen derartige Verträge eingesetzt, so möchte der Abnehmer keine nennenswerten Lagerbestände aufbauen und die Versorgung sichern. Darüber hinaus ermöglichen Abrufverträge eine schnelle Bestellabwicklung, die sich sehr gut computergestützt automatisieren läßt. Abrufverträge setzen eine gute Prognosegenauigkeit des eigenen Bedarfs voraus und erfordern zuverlässige Lieferanten als Vertragspartner (vgl. Arnolds et al. 1996, S. 253-254).

9.2.2 SAP-spezifische Beschreibung

Rahmenverträge (Kontrakte) mit einem Lieferanten sind Vereinbarungen, innerhalb eines definierten Zeitraums zu bestimmten Konditionen Materialien abzurufen, die dann unmittelabr vom Lieferanten geliefert werden. Die Erfüllung der Vertragsvereinbarungen erfolgt über nicht terminierte Bestellungen mit Bezug zum Kontrakt. Bestellungen, die auf diesem Wege angelegt wurden, heißen *Abrufbestellungen* (auch Bestellabrufe oder nur Abrufe genannt). In der Praxis wird zwischen Wert- und Mengenkontrakt differenziert (vgl. SAP – Materialwirtschaft 1996, S. 5.10-5.11).

- Ein *Mengenkontrakt* ist ein Kontrakt mit Positionsmengen
- In einem *Wertkontrakt* ist der Gesamtwert angegeben.

Welche Eingaben bei einem *Kontraktabruf* erforderlich sind, hängt von *Positionstyp* und *Kontierungstyp* ab:

Kontierungstyp/ Positionstyp	Erforderliche Dateneingabe beim Kontraktabruf
Kontierungstyp **U**	einen anderen Kontierungstyp als *U* und die Kontierung
Positionstyp **M** (Material unbekannt)	das *Material*. Positionstyp auf " " setzen.
Positionstyp **W** (Warengruppe)	*Preis*, *Menge* und *Material* (das zu der im Kontrakt angegebenen Warengruppe gehört). Positionstyp auf " " setzen.

Abb. 9.2-1: Dateneingabe zum Kontraktabruf

Die Abrufdokumentation listet die Bestelltätigkeit zu einem Kontrakt auf. Bevor ein Kontraktabruf erfolgt, benötigt man die Informationen *Nummer des Kontrakts, abzurufende Menge, Lieferdatum, Preis, Lieferantendaten, Lieferbedingungen, Bezugsnebenkosten* sowie die für den *Lieferanten relevanten Anweisungen*, die automatisch aus dem Kontrakt übernommen werden. Außerdem können zusätzliche Positionen zu einem Kontraktabruf aufgenommen werden, die nicht Bestandteil des Kontrakts sind.

9.2.3 Anwendung des Prozesses

Zwischen den zwei Modellfirmen wurde ein Mengenkontrakt bezüglich der in den Personalcomputer eingehenden Hauptplatine abgeschlossen. In der Modellfirma *A* existiert hierzu ein SD-Mengenkontrakt mit dem Kunden *1680 West Coast Computer*, der für die Modellfirma *B* steht (vgl. Abbildung 8.44-1). In der Modellfirma *B* wurde für den gleichen Gegenstand ein MM-Mengenkontrakt mit der Kontraktnummer *4600000020* und der Lieferantenbezeichnung *99910 Meyer Elektro-Installation* für die Modellfirma *A* angelegt (vgl. Abbildung 9.2-3). Die Bestellanforderung, die aus dem Vorgängerprozeß Terminauftragsbearbeitung automatisch erstellt worden ist, wird in die Kontraktbestellabrufposition übernommen. Die Bestellung ist für den Fertigungsauftrag 60001068 kontiert und geht bei Wareneingang sofort in die Produktion (vgl. Abbildung 9.2-4). Zusätzlich müssen wichtige Steuerungskennzeichen auf dem Positionsdetailbild festgelegt werden. Im Positionsdetailbild wurde zum einen durch das Setzen des Markierungszeichens im Feld *WE* und *RE* die Bestandsbewertung definiert, zum anderen durch das Nichtmarkieren des letzten Feldes *WE-bez.RP* (wareneingangsbezogene Rechnungsprüfung) festgelegt, daß eine bestellbezogene Rechnungsprüfung erfolgen soll. Mit dem Abruf werden im Einkaufsinfosatz die Bestellinformationen festgehalten, sofern das Kennzeichen *InfoUpdate* gesetzt ist (vgl. Abbildung 9.2-5).

9.2.4 Navigationsinformationen

- *Menüpfad*
  Logistik –> Materialwirtschaft –> Einkauf –> Bestellung –> Anlegen mit Bezug –> Zum Kontrakt

- *Transaktionscode*
  ME21, ME25, ME58, ME59

- *Eingehende Prozeßverbindungen im R/3-Referenzmodell*
  Bestellanforderungsbearbeitung

- *Ausgehende Prozeßverbindungen im R/3-Referenzmodell*
  Lieferungsüberwachung
  Infosatzbearbeitung

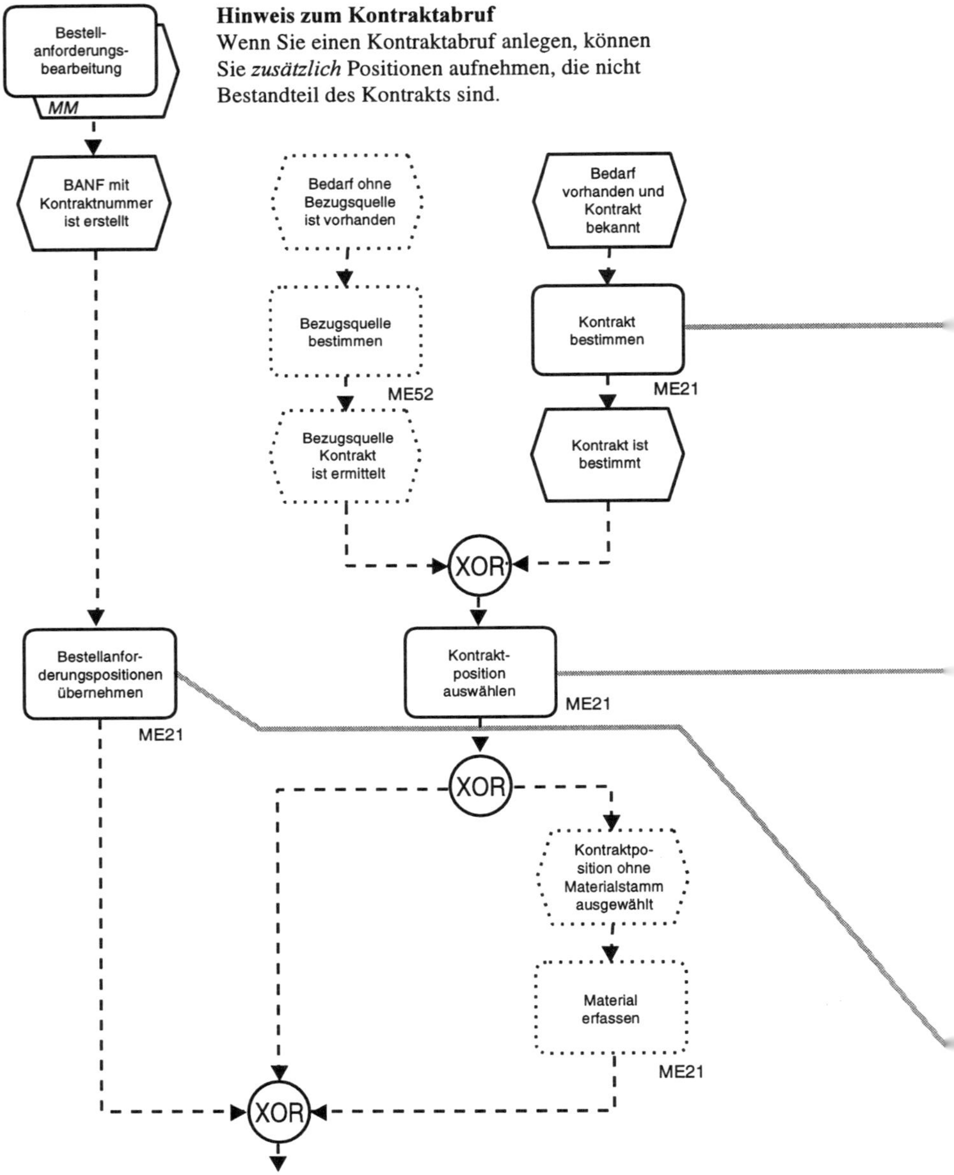

Hinweis zum Kontraktabruf
Wenn Sie einen Kontraktabruf anlegen, können Sie *zusätzlich* Positionen aufnehmen, die nicht Bestandteil des Kontrakts sind.

Voraussetzungen zum Kontraktabruf
Bevor Sie einen Kontraktabruf anlegen, benötigen Sie die Nummer des Kontrakts, die abzurufende Menge, das Lieferdatum, Preis, Lieferantendaten, Lieferbedingungen und Bezugsnebenkosten. Die für den Lieferanten relevanten Anweisungen werden automatisch aus dem Kontrakt übernommen.

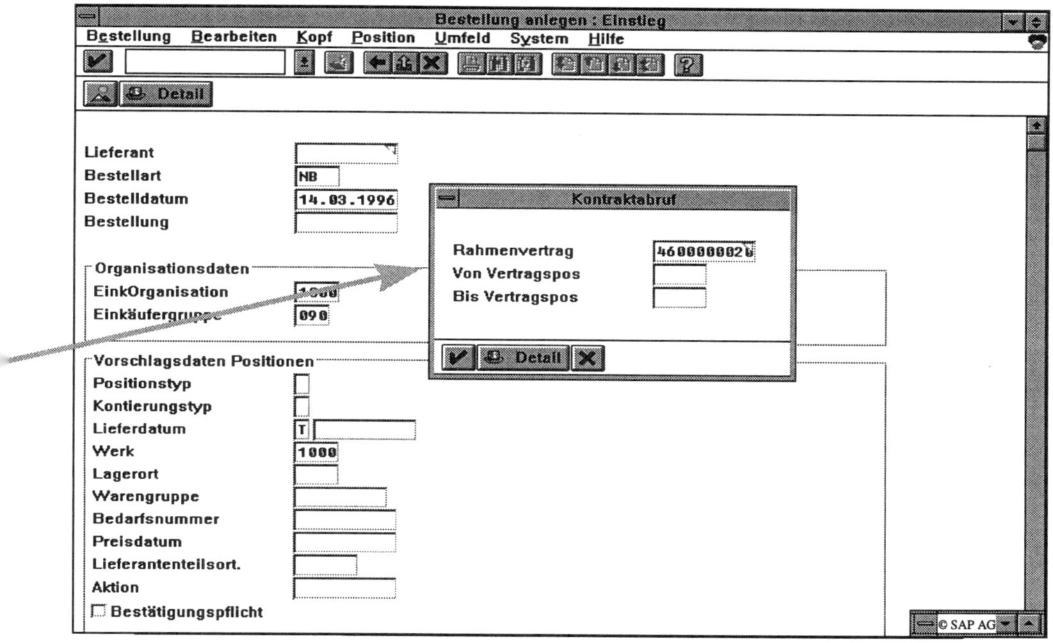

Abb. 9.2-2: Einstiegsbild der Bestellung mit Bezug zum Kontrakt

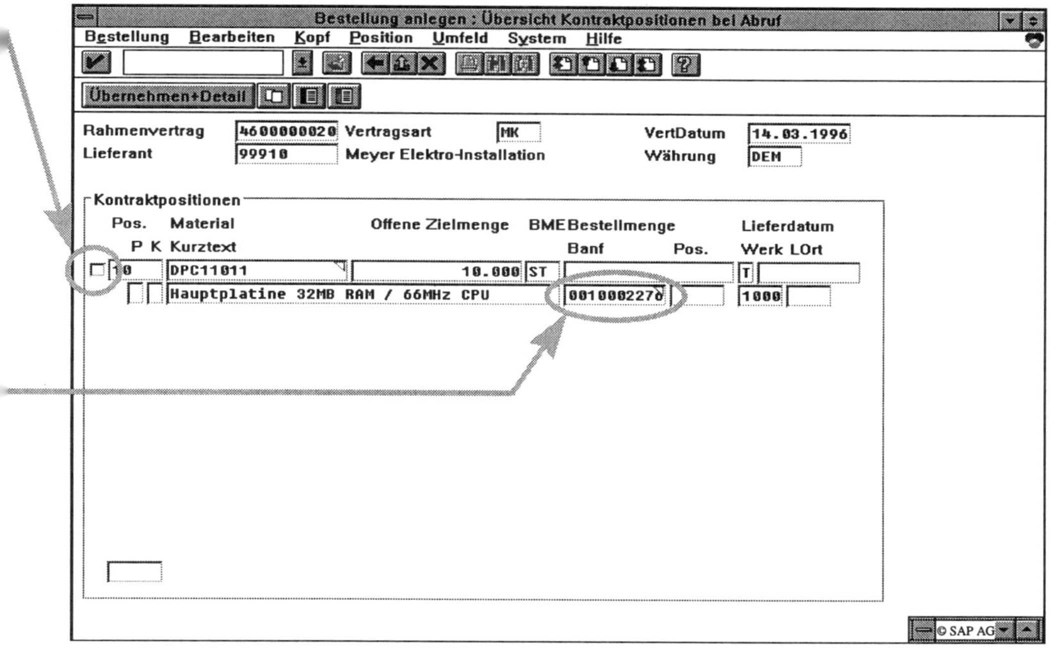

Abb. 9.2-3: Kontraktposition mit der Bestellanforderungsnummer

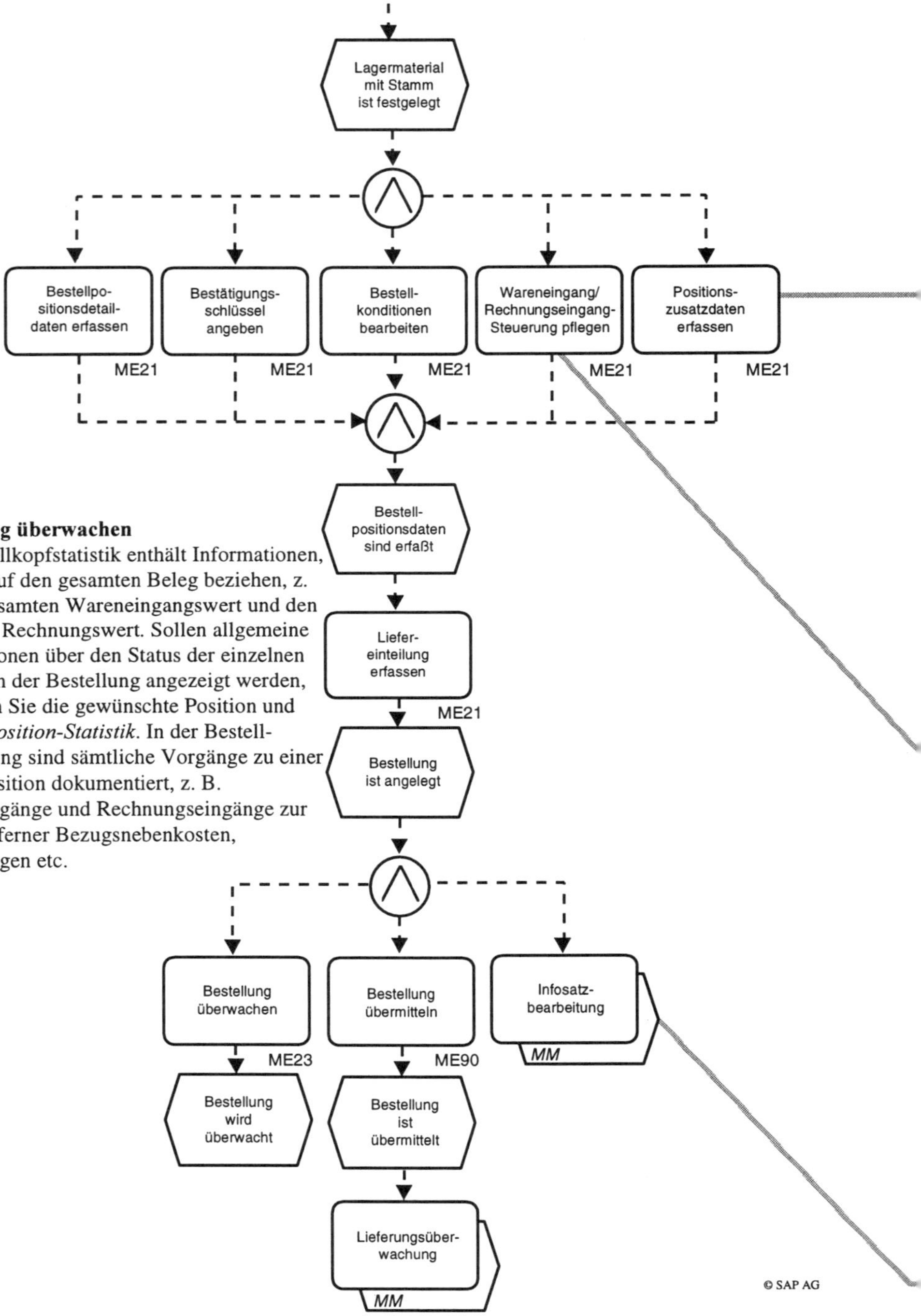

Bestellung überwachen
Die Bestellkopfstatistik enthält Informationen, die sich auf den gesamten Beleg beziehen, z. B. den gesamten Wareneingangswert und den gesamten Rechnungswert. Sollen allgemeine Informationen über den Status der einzelnen Positionen der Bestellung angezeigt werden, markieren Sie die gewünschte Position und wählen *Position-Statistik*. In der Bestellentwicklung sind sämtliche Vorgänge zu einer Bestellposition dokumentiert, z. B. Wareneingänge und Rechnungseingänge zur Position, ferner Bezugsnebenkosten, Anzahlungen etc.

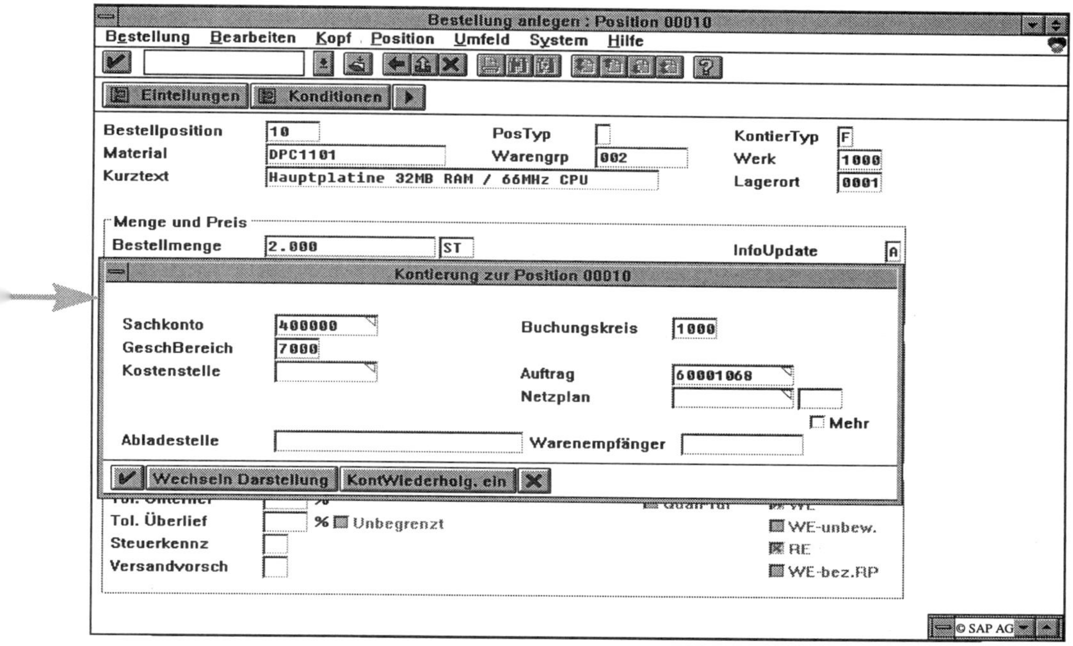

Abb. 9.2-4: Kontierung der Position

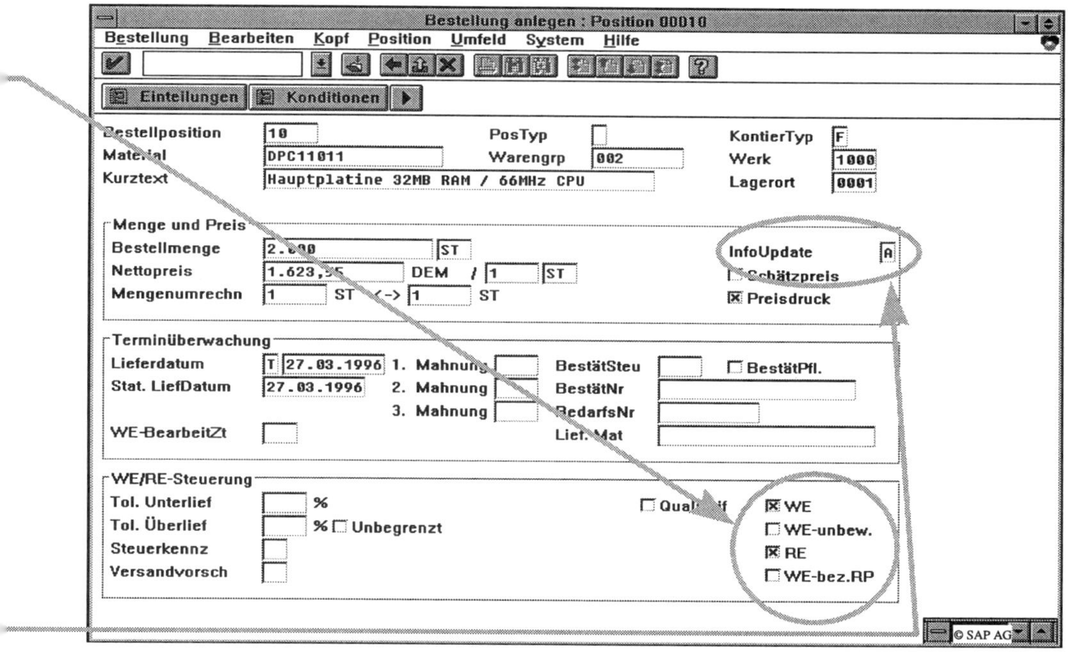

Abb. 9.2-5: Positionsdetailbild

Teil E
Ausblick

„Geschäftsprozeßabwicklung via Internet ist die Zukunft. Die Zukunft hat schon begonnen."

10 T-orientierte Beratung und hypermediagestützte Ausbildung

Integrierte Informationssysteme, wie z. B. das System R/3, erlauben in einem gewissen Rahmen die Organisationsstruktur im Unternehmen zentral oder auch dezentral abzuwickeln. Die Kreditoren- und Debitorenabwicklung kann somit in einer zentralen Buchhaltung oder auch dezentral im Einkauf bzw. Vertrieb durchgeführt werden. Dieser flexiblen Gestaltungsmöglichkeit sind aber bewußt auch Grenzen gesetzt. Denn Flexibilität, wie sie teilweise mit Workflow-Konzepten und -Werkzeugen propagiert wird, beinhaltet das Risiko, die Gestaltungsmöglichkeit soweit zu nutzen, daß jeder Mitarbeiter seinen Ablauf *individuell* und auf seine persönlichen Bedürfnisse orientiert *optimal* gestaltet, Gleichteile aber vernachlässigt und die *unbegrenzten* Freiheitsgrade somit einer chaotischen Ablaufgestaltung im Unternehmen Unterstützung leisten.

Wenn auch heute mittlerweile im Rahmen der *Chaosforschung* (vgl. Briggs/Peat 1995) solche Ansätze diskutiert werden, ist es doch fraglich, ob Unternehmen in der gesamten Breite ökonomisch und ökologisch gesehen dieses Konzept realisieren können und sollten. Darüber hinaus wird in der *Chaostheorie* und beim Ansatz der *Komplexitätstheorie* (vgl. Lewin 1993) auch dazu tendiert, das bisherige in unserer Industrienation geprägte analytische Denken zu einer mehr wechselwirkungsorientierten Betrachtungsweise aufzugeben und kausale Zusammenhänge zu relativieren. Dies bedeutet aber nicht, auf bestehendes Erfahrungswissen zu verzichten. Das Erfahrungswissen vieler erfolgreicher Unternehmen ist im R/3-System implementiert und im R/3-Referenzmodell visualisiert. Das entscheidende dabei ist, daß aufbauend auf dem R/3-Erfahrungsschatz von weltweit operierenden Konzernen einerseits, von mittelständischen Unternehmen andererseits andere Unternehmen die betriebswirtschaftlichen Konzepte nutzen und ihre Unternehmensgestaltung damit realisieren können. Referenzmodelle von Anwendungssoftwareanbietern können in diesem Zusammenhang als eine Art Navigationshilfe oder *Landkarte* gesehen werden. Mit Hilfe der Navigation soll der potentielle Kunde die möglichen Wege aufgezeigt bekommen, mit Hilfe der Selektion des betriebswirtschaftlichen Lösungswegs, d. h. der Bestimmung eines zielorientierten Geschäftsprozesses, legt er eine Lösung für seine Anforderungen fest.

Ein interessierter Kunde kann dabei mit einem Seefahrer verglichen werden, der auf einer betriebswirtschaftlichen Entdeckungsreise ist. Entscheidend dabei ist, den neuen Weg nicht nur zu entdecken, sondern ihn reproduzierbar zu machen. Ebenso ist es als die große Leistung der *Entdecker der Weltmeere,* wie z. B. Christoph Columbus, anzusehen, daß sie von ihrer Entdeckung aus den Weg wieder zurückgefunden haben. Denn erst dadurch konnten andere dem entdeckten Weg folgen. Die Reproduzierbarkeit ist auch das entscheidende Kriterium bei der Gestaltung von Geschäftsprozessen, da sie quer zu Bereichen laufen und beliebig komplex sein können. Das schwierige daran ist nun, wie ein Unternehmen seine Geschäftsprozesse so beschreibt, daß sie zum einen reproduzierbar sind, zum anderen so gestaltet, daß aufgrund der verschiedenen auftretenden Situationen flexible Einstiege möglich sind.

Die Information zur Erläuterung von betriebswirtschaftlichen Sachverhalten muß deshalb dynamisch aufgebaut und bereitgestellt werden. Verschiedene Prozesse und Sichten bestimmen, wie der Einstieg in die Informationslandschaft erfolgen soll. Vor allem ist bedeutend zwischen Wertschöpfungs- und Verwaltungsprozessen abzugrenzen, um dadurch klare *Entscheidungs- und Steuerungsstrukturen* zu erhalten. Bearbeitungsbereiche, die ihre Definition bei Prozessen oder Prozeßstationen finden, sollen darüber hinaus eine flexiblere Gestaltung der Steuerungssichten unterstützen. Die heute in vielen Unternehmen vorliegende funktionale Trennung wird dadurch etwas an Bedeutung verlieren, und die gesamte Unternehmenssteuerung in sich zur Steigerung des Erfolgs wird das Ziel.

Was sind diese Sichten oder Betrachtungen, und warum werden diese noch mal erwähnt im Zusammenhang mit der hypermediagestützten Bearbeitung (vgl. Kapitel 1.2.3 und Kapitel 1.2.4)? Prozesse, Komponenten, Funktionen, Organisationen und andere analytische Merkmale können sinnvolle Informationsbasen für Entscheidungssichten bilden. Mit jeder Sicht wird eine neue Aufbereitung und Bereitstellung von Information erforderlich, die den Bearbeiter bei der Durch-/Einführung unterstützt. Diese Merkmale orientieren sich an erster Stelle an den Prozessen und darauf aufbauend auf der konkreten Sichtstruktur des Betrachters. Für diese neue Sichtstruktur werden Informationen erforderlich, die zeitnah zum Bedarf ermittelt werden, und die abgegrenzt nur auf die relevanten Daten zu dieser Struktur aufgebaut sind. Zu beachten ist, daß jedes Unternehmen, jeder Benutzer der Information und alle dazu gehörigen Einzelheiten unterschiedlich sein können. Daher werden neue Methoden der Informationsbereitstellung, Einarbeitung und Aneignung erforderlich.

Flexibilität in der Bereitstellung der erforderlichen Informationen wird nur ermöglicht, indem sich die Informationseinheiten, inhaltlich und organisatorisch stabil abgrenzen lassen. Die kleinste, in sich stabile Informationseinheit kann leicht gepflegt und flexibel eingesetzt werden. Falls sich Informationen zu diesem Thema oder Punkt ändern sollten, werden diese nur in dieser Einheit und nur einmal geändert. Sofort werden alle Teilbereiche, die auf diese Einheit hingewiesen haben, direkt auf den aktuellen Stand gebracht.

Informationseinheiten bestehen also entweder auf kleinster Ebene nur aus relevanten Rohinformationen zu einem Thema oder aus mehreren anderen Informationseinheiten. Im letzten Fall wären die Informationseinheiten eher eine Zusammenfassung oder Struktur, die andere Komponenten beinhalten und diese flexibel der benötigten Anforderungen zur Verfügung stellen. Sie werden auch nur dort aufgerufen, wo sie gebraucht werden und beinhalten nur die zur jeweiligen Prozeßstation oder die zu einem Teilbereich relevanten Informationen.

Es werden nicht alle Hintergrundinformationen an jeder Stelle geliefert, sondern sie können auch flexibel recherchiert werden. An dieser Stelle ist es nicht unbedingt die angesprochene Informationseinheit, die alle Informationen physisch enthält, sondern die erforderlichen Daten müssen unter Umständen aus anderen Bereichen oder Quellen zusammengestellt werden. Hierzu können Technologien, wie z. B. *Intelligent Agents,* eingesetzt werden, die für angegebene Kriterien oder Parameter die Recherche ausführen und die Daten zusammenstellen können. Mit der Informationseinheit und der Recherchehilfe liegen dem Anwender sofort die benötigten Informationen an der relevanten Stelle bereit.

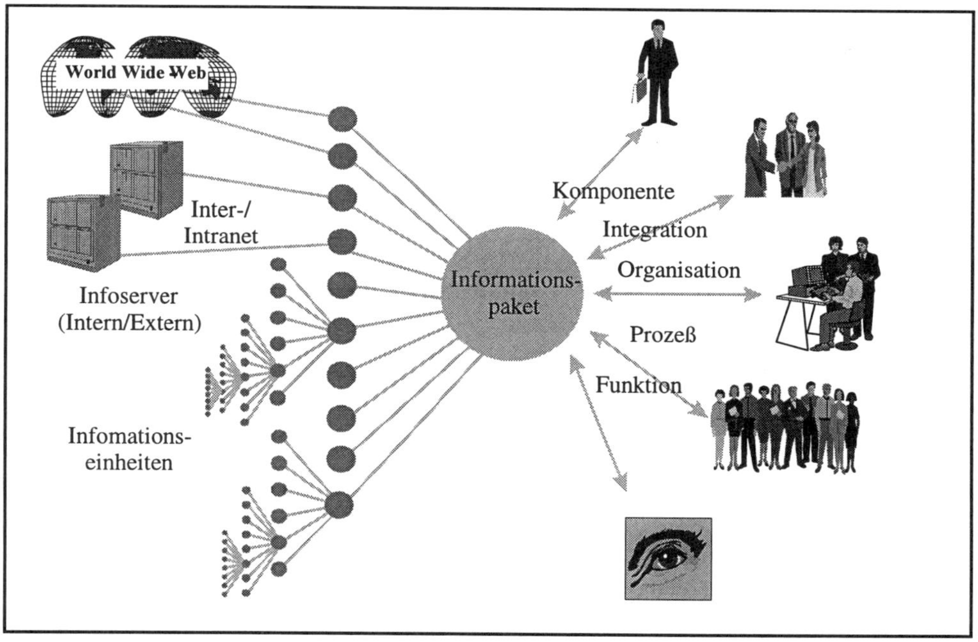

Abb. 10.1: Arten und Herkunft von Informationspaketen

Bisher wurde nur von Informationsunterstützung gesprochen, die zum Zeitpunkt des Bedarfs erhoben wird, oder von synchroner Hilfe. Asynchrone Informationsbereitstellung wird auch bedeutungsvoll, wenn häufig zum selben Thema Informationen auf dem aktuellsten Stand gebraucht werden. Eine Frage könnte z. B. lauten: *Was ist heute neu zum Thema Fakturainformation in der Ergebnisrechnung in unserem Unternehmen oder in unserer Branche erschienen*? Verfahren müssen hierzu entstehen, um zu gewährleisten, daß diese Information, zeitnah zur Erstellung an den Anforderer geliefert wird. Eine *Elektronische Inbox* oder ein *virtuelles Zimmer* von neuen Informationen wird zu diesem Zweck erstellt. Ein *Zimmer* ist eine Art Informationsgebäude, das entsprechende Informationsstrukturen enthält. Jeden Morgen *besucht* ein Anwender dieses Zimmer und sieht, welche neuen Informationen zu einem bestimmten Thema erschienen sind. SAP entwickelt zur Zeit neue Dokumentenverwaltungssysteme, wie z. B. die Infodatenbank, Workbench oder Cyber City, die solche Möglichkeiten bieten.

Neue technologische Möglichkeiten im Bereich Multimedia und Vernetzung erlauben die Erfüllung der Herausforderung der flexiblen Gestaltung von Informationen basierend auf definierten Sichten, Informationseinheiten und Strukturen. Die Zeitnähe der Bereitstellung der Information zum Zeitpunkt des Bedarfs wird auch durch neue Zugriffs- und Aufbereitungstechniken verringert. Multimedia wird häufig als die Verwendung mehrerer Medien aufgefaßt. Text-Dateien werden interaktiv mit Grafik- oder Video-Bausteinen integriert. Wichtiger aber ist die Möglichkeit, neue Strukturierungs- und Verdichtungsmöglichkeiten von diversen Informationsträgern zu realisieren. Variabel gestaltbare Informationspakete, die unter verschiedenen Sichten bearbeitet werden können, aber in sich inhaltlich stabil bleiben, sind somit eine wesentliche Aufgabe der Multimediatechnik in diesem Zusammenhang. Der multimediale Zugriff sollte dabei sowohl auf abgespeicherte Daten als auch 'live' auf Ansprechpartner, Diskussionsbrettern im Internet oder anderen interaktiven Medien erfolgen.

Ebenso sollte diese Information sowohl intern innerhalb der firmeneigenen Datenstrukturen vorhanden als auch extern zugreifbar sein. Vernetzung ist im Anschluß an die Multimediatechniken von wichtiger Bedeutung und bildet dadurch die *hypermediale Informationslandschaft*. Interne Informationsquellen, externe Informationsanbieter, Geschäftspartner und andere Informationsanwender, die ähnliche Informationen benötigen, kommunizieren interaktiv. Innerhalb dieser Netzwerke tauschen die Partner Erfahrungen und Informationen zu bestimmten Themen aus. Egal in welcher Branche sich *Informationspartner* befinden - beide könnten ähnliche Informationen zu einem bestimmten Teilprozeß brauchen, wie z. B.: *Wie wird dieses Kostenrechnungsproblem bei Ihnen gelöst? Hat jemand dazu ein Informationspaket erstellt? Gibt es weitere Ansprechpartner?* Zusammen mit *Intelligent Agents* können viele von diesen Fragen vorab gelöst und Informationen aufbereitet werden.

World Wide Web mit Inter- und Intranet-Lösungen in Zusammenhang mit Standardsoftware, bilden eine Umgebung, die den Bedarf an Information direkt ermitteln kann. *Intelligent Agents* vermitteln zeitnah die notwendigen Informationen zur Stelle des Bedarfs. In vernetzten Informationsumgebungen können sich schneller hochwertige Informationspakete bilden, und dadurch entsteht auch ein neuer Markt von Informationen. Derjenige der die besten Informationen zu einem speziellen Thema verwaltet, wird diese häufiger zur Verfügung stellen müssen und wird dadurch am schnellsten mit neuen Informationen angereichert. Informationszentralen zu bestimmten Themen bilden sich dadurch und werden zentral von verschiedenen Anwendern geteilt. Diese Einheiten bilden auch Teile von anderen Informationspaketen, die regelmäßig auf diese Einheiten zurückgreifen.

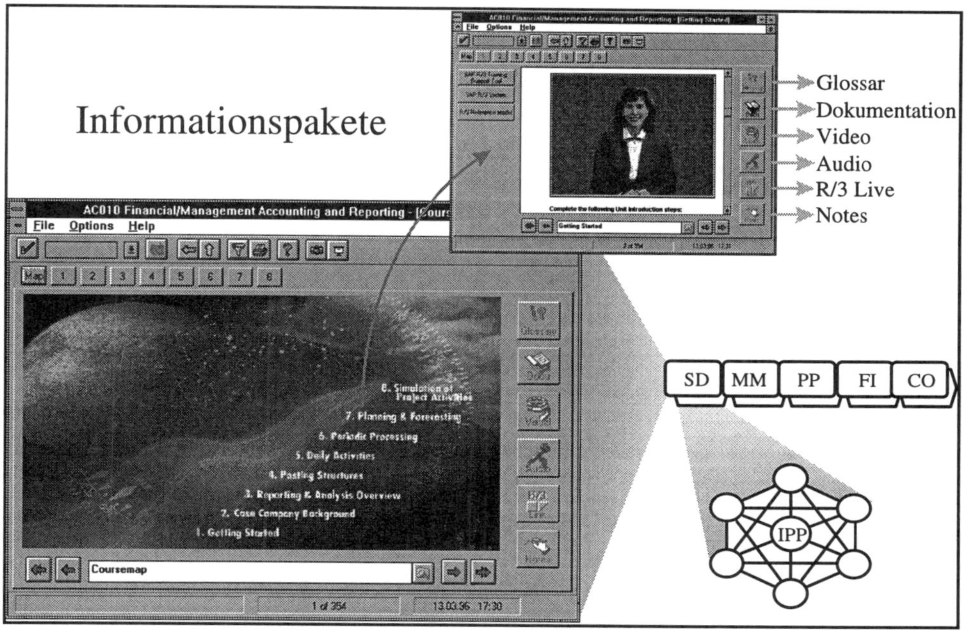

Abb. 10.2: Multimediale Informationspakete

Durch steigende Offenheit, Entkopplung und Granularität im R/3-System werden die Offenheit der Informationslandschaft und die besprochenen Strukturen verstärkt. Wenn über Internet Schnittstellen (z. B. mit Java Skript) Anwendungsfunktionen direkt angesprochen werden, können diese auch gleichzeitig als Informationsschnittstellen dienen. Der Anwendungsserver wird nicht nur mit Anwendungs- und Präsentationsservern verbunden, sondern auch mit Informationsservern, die die relevanten Informationspakete direkt zusammenstellen. Entkopplung der Anwendungskomponenten in R/3 hat auch den Vorteil, daß gezieltere Beschreibungen zu den Komponenten geliefert werden und näher an der Produkteinheit verknüpft sind. Die Informationen bleiben in ihrer kleinsten Einheit dadurch abgegrenzt und dienen als Bausteine für andere darauf aufbauende Informationspakete.

Eine Vielfalt von definierten Informationspaketen und Einheiten erlaubt neue Gestaltungen von Informationsübertragungsmethoden. Ausbildung, Beratung und Dokumentation werden auch weniger deutlich abgegrenzt und in neuen Strukturen integriert angeboten. Beratung und Schulung basieren auf bestehenden Informationsquellen und Einheiten und finden zukünftig ihre Aufgabe in der Wegweisung durch Informationslandschaften und darauf, wie diese mit den R/3-Anwendungen zusammenhängen.

Zielgruppendefinition ist bei heutigen Schulungen eine der kompliziertesten Herausforderungen. *Werden Standardschulungen an Endanwender, Projektmitglieder, Sachbearbeiter oder Berater gerichtet*? Eine gewisse Suboptimierung erfolgt in der Regel, wenn klassische Schulungen zu einer hochkomplexen Anwendung angeboten werden. Werden diese jedoch mit Hilfe der besprochenen multimedialen Informationspakete strukturiert, werden unterschiedliche Teilnehmer mit gezielten Informationen versehen. Die SAP AG hat bereits mit neuen Schulungsansätzen, sogenannten Level-Kursen, begonnen, die stufenweise auf Themenbereiche aufbauen und auf bestimmte Teilnehmergruppen zielen. Flexiblere Schulungsdefinitionen werden möglich, wenn die besprochenen Informationslandschaften zur Verfügung stehen.

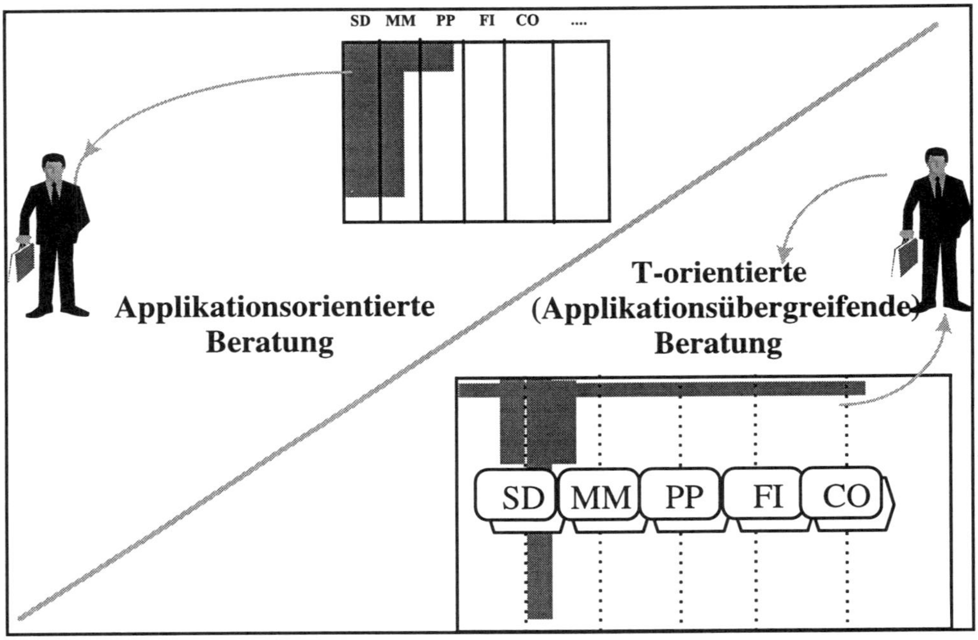

Abb. 10.3: Prozeßberater

Maßgeschneiderte Ausbildungskurse werden basierend auf diesen neuen Informationseinheiten in verschiedenen Ausprägungen ermöglicht. Diese beziehen sich auf die gewählten Sichten der Prozeßorientierung und erlauben neue Strukturen zum Lehrplan. Kurse sind auch Informationspakete, die synchron andere Informationseinheiten zusammenbinden. Aus diesem Grund ist es möglich, genau wie bei der multimedialen Aufbereitung neue Schulungs-*Sichten* zu definieren und eine Lehrplanmatrix aufzusetzen die zwischen Zielgruppen, Projektphasen, Unternehmenssichten usw. unterscheiden kann. Ein Sachbearbeiter in der Einführungsphase braucht einen Workshop, der ihm erläutert, wie er die Anlagenwirtschaft in der neuen Prozeßorientierung handhaben soll, und wie sie in Zusammenhang mit dem Einkauf eingesetzt wird. Durch Informationspakete und flexible Steuerung der Kurse wird dieser Teilnehmer auch im Standardkurs direkt auf die notwendigen Informationen hingewiesen.

In dieser dynamischen Informationslandschaft werden sich neue Bearbeitungsbereiche und Betrachtungen der eigenen Arbeit entwickeln, die nicht nur eine erklärende Rolle darstellen, sondern auch eine Anreicherung der eigenen Prozeßverwaltung und Interaktion bieten. Die Informationsbereitstellung und Erstellung wird ein Teil des Wertschöpfungsprozesses.

Die Abkehr von einer rein funktionsorientierten Betrachtung zu einer mehr prozeßorientierten, abteilungsübergreifenden Sicht wird somit auch ein Gegenstand der Beratung werden. Das Wissen über die Gestaltungsmöglichkeiten innerhalb der Wertschöpfungskettenbildung ist in DV-Systemen implementiert, in Köpfen von Mitarbeitern vorhanden und in den R/3-Referenzprozessen bezogen auf das System R/3 visualisiert. Die Kunst liegt nun darin, das benötigte Wissen zu adaptieren und so umzugestalten, daß es die unternehmungseigenen Anforderungen erfüllen kann.

Abkürzungsverzeichnis zum R/3

Abkürzungen		Deutsche Bezeichnung	Englische Bezeichnung
CA		Anwendungsübergr. Komponenten	Cross-Application Components
	CA-CL	Dokumentenverwaltung	Document Management System
	CA-CL	Klassensystem	Classification
	CA-CAD	CAD-Integration	CAD Integration
	CA-GTF	Allgemeine Anwendungsfunktionen	General Task Functions
	CA-DOC	Dokumentationswerkzeuge	Documentation Tools
	CA-ALE	ALE	ALE
	CA-EDI	Eletronic Data Interchange	Eletronic Data Interchange
	CA-CAT	CATT	CATT
FI		Finanzwesen	Financial Accounting
	FI-GL	Hauptbuchhaltung	General Ledger Accounting
	FL-LC	Konsolidierung	Legal Consolidation
	FI-AP	Kreditorenbuchhaltung	Accounts Payable
	FI-AR	Debitorenbuchhaltung	Accounts Receivable
	FI-AA	Anlagenbuchhaltung	Asset Accounting
	FI-SL	Spezielle Ledger	Special Purpose Ledger
TR		Treasury	Treasury
	TR-CM	Cash Management	Cash Management
	TR-FM	Finanzbudgetmanagement	Commitment Accounting
CO		Controlling	Controlling
	CO-OM	Gemeinkosten-Controlling	Overhead Cost Controlling
	CO-PC	Produktkosten-Controlling	Product Cost Controlling
	CO-PA	Ergebnis- u. Marktsegmentrechnung	Profitability Analysis

Abkürzungen		Deutsche Bezeichnungen	Englische Bezeichnung
IM		Investitionsmanagement	Investment Management
	IM-FA	Sachinvestitionen	Capital Investments
EC		Unternehmenscontrolling	Enterprise Controlling
	EC-PCA	Profit Center Rechnung	Profit Center Accounting
	EC-BP	Unternehmensplanung	Business Planning
	EC-CS	Konsolidierung	Legal Consolidation
	EC-EIS	Executive Infomation System	Executive Information System
LO		Logistik Allgemein	Logistic - General
	LO-MD	Grunddaten	Logistic Basic Data
	LO-EHS	Umweltdaten	Environment Data
	LO-LIS	Logistik Informationssystem	Logistics Information System
SD		Vertrieb	Sales and Distribution
	SD-MD	Stammdaten	Master Data
	SD-BF	Grundfunktionen	Basic Functions
	SD-SLS	Verkauf	Sales
	SD-SHP	Versand	Shipping
	SD-TRA	Transport	Transportation
	SD-FTT	Außenhandel	Foreign Trade
	SD-BIL	Fakturierung	Billing
	SD-CAS	Vertriebsunterstützung	Sales Support
	SD-IS	Informationssystem	Information System
	SD-EDI	Electronic Data Interchange	Electronic Data Interchange

Abkürzungen	Deutsche Bezeichnungen	Englische Bezeichnung
MM	Materialwirtschaft	Materials Management
MM-CBP	Verbrauchsgesteuerte Disposition	Consumption-Based Planning
MM-PUR	Einkauf	Purchasing
MM-IM	Bestandsführung	Inventory Management
MM-WM	Lagerverwaltung	Warehouse Management
MM-IV	Rechnungsprüfung	Invoice Verification
MM-IS	Informationssystem	Information System
MM-EDI	Electronic Data Interchange	Electronic Data Interchange
QM	Qualitätsmanagement	Quality Management
QM-PT	Qualitätsplanung	Quality Planning
QM-IM	Qualitätsprüfung	Quality Inspection
QM-QC	Qualitätslenkung	Quality Control
QM-CA	Qualitätszeugnisse	Quality Certificates
QM-QN	Qualitätsmeldungen	Quality Notifications
PM	Instandhaltung/Service Management	Plant Maintenance
PM-EQM	Technische Objekte	Equipment and Tech. Objects
PM-PRM	vorbeugende Instandhaltung	Preventive Maintenance
PM-WOC	Instandhaltungsabwicklung	Maintenance Order Management
PM-PRO	Instandhaltungsprojekte	Maintenance Projects
PM-SMA	Service Management	Service Management
PM-IS	Informationssystem	Information System

Abkürzungen		Deutsche Bezeichnungen	Englische Bezeichnung
PP		Produktionsplanung und -steuerung	Production Planning and Control
	PP-BD	Grunddaten	Basic Data
	PP-SOP	Absatz- und Produktionsgrobplanung	Sales & Operations Planning
	PP-MP	Produktionsplanung	Master Planning
	PP-CRP	Kapazitätsplanung	Capacity Planning
	PP-MRP	Bedarfsplanung	Material Requirements Planning
	PP-SFC	Fertigungsaufträge	Production Orders
	PP-KAB	Kanban	KANBAN
	PP-REM	Serienfertigung	Repetitive Manufacturing
	PP-ATO	Montage	Assembly Processing
	PP-PI	Produktionsplanung Prozeßindustrie	Prod. Planning for Process Ind.
	PP-PDC	Betriebsdatenerfassung	Plant Data Collection
	PP-IS	Informationssystem	Information System
PS		Projektsystem	Project System
	PS-BD	Grunddaten	Basic Data
	PS-OPS	Operative Strukturen	Operative Structures
	PS-PLN	Projektplanung	Project Planning
	PS-APP	Projektbudgetierung	Project Budgeting
	PS-EXE	Projektrealisierung/Integration	Project Execution/Integration
	PS-IS	Informationssystem	Information System
PD		Personalplanung und -entwicklung	Personnel Planning and Develop.
	PD-OM	Organisationsmanagement	Organizational Management
	PD-PD	Personalentwicklung	Personnel Development
	PD-WFP	Personaleinsatz	Workforce Planning
	PD-SCM	Veranstaltungsmanagement	Training and Event Management
	PD-RPL	Raumbelegungsplanung	Room Reservations Planning

Abkürzungen	Deutsche Bezeichnungen	Englische Bezeichnung
PA	Personaladministration und -abrechnung	Personnel Administration and Payroll Accounting
PA-PAD	Personaladministration	Personnel Administration
PA-BEN	Arbeitgeberleistungen	Benefits
PA-SAD	Vergütungsverwaltung	Compensation Administration
PA-APP	Personalbeschaffung	Recruitment
PA-TIM	Zeitwirtschaft	Time Management
PA-INW	Leistungslohn	Incentive Wages
PA-TRV	Reise	Travel
PA-PAY	Abrechnung	Payroll
IN	Internationale Entwicklung	International Development
IN-APA	Asiatischer und pazifischer Raum	Asian and Pacific Area
IN-EUR	Europa	Europe
IN-NAM	Nordamerika	North America
IN-AFM	Afrika/Mittlerer Osten	Africa/Middle East
IN-SAM	Südamerika	South America
BC	Basis	Basis Components
BC-KRN	Kernel-Komponenten	Kernel Components
BC-SRV	Basis-Services	Basis Services
BC-ADM	Systemadministration	System Administration
BC-OP	Betriebssystemplattformen	Operating System Platforms
BC-DB	Datenbankschnittstelle u.-plattform	Database Interface and Platform
BC-FES	Frontend Services	Frontend Services
BC-FEP	Frontend-Plattformen	Frontend Platforms
BC-DWB	ABAP/4 Development Workbench	ABAP/4 Development Workb.
BC-BEW	Business Engineering Workbench	Business Engineering Workb.

Literaturverzeichnis

Achtert, W.: Objektorientierte Software-Entwicklung. München 1995.

Adam, S.: Optimierung der Anlagenwirtschaft. Berlin 1989.

ANSI (Hrsg.): (ANSI X3.138-1988) American National Standard for Information Systems – information resource dictionary system (IRDS). Chapter (Module) 1-7 – approved version (October 19, 1988). New York 1989.

Arnolds, H.; Heege, F.; Tussing, W.: Materialwirtschaft und Einkauf. 9. Auflage. Wiesbaden 1996.

AWF – Ausschuß für wirtschaftliche Fertigung e. V. (Hrsg.): AWF-Empfehlung – Integrierter EDV-Einsatz in der Produktion – CIM (Computer Integrated Manufacturing). Eschborn 1985.

Babbage, C.: On the Economy of Machinery and Manufactures. London 1832. (4. Auflage. London 1835)

Bäck, H.: Erfolgsstrategie Logistik. München 1984.

Backhaus, K.: Investitionsgütermarketing. 2. Auflage. München 1990.

Barengo, L.; Breu, M.; Leonardi, G.; Meyer-Wachsmuth, H.; Percie du Sert, B.; Richter, H.; Pfeiffer, M.; Utter, J.-C.: Definition of the BOS Engineering Method – A Method for the Development of Trans-European Information Systems, Version 1 (13/04/94), European Methodology & Systems Center Methodology Group. Ohne Ortsangabe 1994.

Bartels, H.-G.: Logistik. In: Albers, W. (Hrsg.): Handwörterbuch der Wirtschaftswissenschaft. Stuttgart et al. 1980, S. 54-73.

Baumgartner, R.: Objektorientierte Vorgehensmodelle – Anforderungen und Möglichkeiten für das Software Engineering. In: EDV in den 90er Jahren: Jahrzehnt der Anwender – Jahrzehnt der Integration. Wien 1990, S. 184-198.

Bellinzona, R. et al.: Reusing Specifications in OO Applications. In: IEEE Software, March 1995, S. 65-75.

Bernus, P.; Nemes, L.: Enterprise integration – engineering tools for designing enterprises. In: Bernus, P.; Nemes, L. (Hrsg.): Modelling and Methodologies for Enterprise Integration. London et al. 1996, S. 3-11.

Berthel, J.: Personalmanagement – Grundzüge für Konzeptionen betrieblicher Personalarbeit. 3. Auflage. Stuttgart 1991.

Bleicher, K.: Organisation – Formen und Modelle. Wiesbaden 1981.

Bleicher, K.: Paradigmenwechsel im Management? In: Königswieser, R.; Lutz, C. (Hrsg.): Das systemisch evolutionäre Management. 2. Auflage. Wien 1992, S. 122-134.

Bloech, J.: Problembereiche der Logistik. In: Schriften zur Unternehmensführung. Heft 32. Wiesbaden 1984, S. 5-30.

Böcker, F.: Marketing. 3. Auflage. Stuttgart et al. 1990.

Boehm, B. W.: A Spiral Model of Software Development and Enhancement. In: IEEE Computer. 21 (1988) 5, S. 61-72.

Boehm, B. W.: Software Engineering Economics. Englewood Cliffs 1981.

Boll, M.: Prozeßorientierte Implementation des SAP-Softwarepaketes. In: Wirtschaftsinformatik. 35 (1993) 5, S. 418-423.

Booch, G.: Object Oriented Design With Applications. Redwood 1991.

Bösenberg, D.; Metzen, H.: Lean Management - Vorsprung durch schlanke Konzepte. 3. Auflage. Landsberg am Lech 1993.

Bowersox, D.-J.: Logistical Management. New York, London 1974.

Brandstetter, H.: Wertschöpfung und Werteverzehr als Maßstab zur Produktionsbewertung. St. Gallen 1993.

Brenner, W.; Hamm, V.: Prinzipien des Business Reengineering. In: Brenner, W.; Keller, G. (Hrsg.): Business Reengineering mit Standardsoftware. Frankfurt/Main, New York 1995, S. 17-43.

Brenner, W.; Keller, G. (Hrsg.): Business Reengineering mit Standardsoftware. Frankfurt/Main, New York 1995.

Brockhoff, K.: Forschung und Entwicklung. München, Wien 1988.

Briggs, J.; Peat, D. F.: Die Entdeckung des Chaos. 4. Auflage. München 1995.

Buck-Emden, R.; Galimow, J.: Die Client/Server-Technologie des SAP-Systems R/3. 3. Auflage. Bonn et al. 1996.

Budde, R.: Rechnergestützte Lieferantenbewertung. In: Handbuch der modernen Datenverarbeitung. 29 (1992) 168, S. 88-96.

Buford, J. F. K.: Uses of Multimedia Information. In: Buford, J. F. K. (Hrsg.): Multimedia systems. Reading 1994, S. 1-25.

Bühner, R.: Betriebswirtschaftliche Organisationslehre. 4. Auflage. München, Wien 1989.

Bullinger, H.-J.; Niemeyer, J.; Huber, H.: Computer Integrated Business (CIB)-Systeme. In: CIM Management. 2 (1987) 3, S. 12-19.

Bullinger, H.-J.; Wasserloos, G.: Reduzierung der Produktentwicklungszeiten durch Simultaneous Engineering. In: CIM Management. 6 (1990) 6, S. 4-12.

Bünz, D.: Die GRAI-Methode (Teil1). In: CIM Management. 3 (1987) 4, S. 56-59.

Bünz, D.: Die GRAI-Methode (Teil 2). In: CIM Management. 4 (1988) 2, S. 43-47.

Burghardt, M.: Projektmanagement – Leitfaden für die Planung, Überwachung und Steuerung von Entwicklungsprojekten. Berlin, München 1988.

Burisch, W.: Industrie- und Betriebssoziologie. 7. Auflage. Berlin, New York 1973.

Busch, R.: Entwurf eines Systems zur integrierten Fertigung (CIM) mit Petri-Netzen. In: Zeitschrift für Betriebswirtschaft. 59 (1989) 8, S. 822-838.

Bush, V.: As we may think. In: Atlantic Monthly. 176 (1945), S. 101-108.

Capra, F.: Systemisches Denken – das neue Paradigma. In: Königswieser, R.; Lutz, C. (Hrsg.): Das systemisch evolutionäre Management. 2. Auflage. Wien 1992, S. 307-309.

Chen, P. P.: The Entity-Relationship Model – Towards a Unified View of Data. In: ACM Transactions on Database Systems. 1 (1976) 1, S. 9-36.

Chroust, G.: Modelle der Software-Entwicklung. München, Wien 1992.

Cleaveland, J. C. et al.: Dividing the software pie. In: AT&T Technical Journal. (1996) 2, S. 8-19.

Coad, P.; Yourdon, E.: OOA – Objektorientierte Analyse. 2. Auflage. New York 1996.

Conklin, J.: Hypertext: An Introduction and Survey. In: IEEE Computer. 20 (1987) 9, S. 17-41.

Convent, B.; Wernecke, W.: Bausteinverwaltung und Suchunterstützung – Basis für die Softwarewiederverwendung. In: Handbuch der modernen Datenverarbeitung. 31 (1994) 180, S. 61-70.

Corsten, H.: Produktionswirtschaft. München, Wien 1990.

Corzilius, R. (Hrsg.): AD/Cycle – Ziele, Konzepte und Funktionen. München, Wien 1992.

Daenzer, W. F.; Huber, F. (Hrsg.): Systems Engineering – Methodik und Praxis. Zürich 1992.

Davenport, T. H.; Short, J. E.: The New Industrial Engineering – Information Technology and Business Process Redesign. In: Sloan Management Review. 31 (1990) 4, S. 11-27.

Davenport, T.: Process Innovation – Reengineering work through Information Technology. Boston 1993.

Davidow, W. H.; Malone, M. S.: The Virtual Corporation – Structuring and Revitalizing the Corporation for the 21st Century. New York 1992.

Davidson, W. H.: Beyond Re-Engineering: The Three Phases of Business Transformation. EMR Summer 1995, S. 17-26. (auch in: IBM Systems Journal. 32 (1993) 1)

De Marco, T.: Structured Analysis and Systems Specifications. New York 1978.

Denert, E.: Software-Engineering. Berlin et al. 1991.

Detering, S.; Kienle, W.: Strategisches Unternehmensziel. In: SAPInfo – Continuous Business Engineering. Walldorf 1996, S. 38-41.

Diedenhoven, H.: Für die NC-Programmierung nutzbarer Gehalt von CAD-Daten. In: CAE-Journal. (1985) 5, S. 58-65.

Dillinger, A.: Computer Aided Quality Assurance (CAQ). In: Corsten, H. (Hrsg.): Handbuch Produktionsmanagement. Wiesbaden 1994, S. 997-1015.

DIN – Deutsches Institut für Normung (Hrsg.): Normung von Schnittstellen für die rechnerintegrierte Produktion (CIM). Fachbericht 15. Berlin, Köln 1987.

Dittrich, R. D.; Geppert, A.: Objektorientierte Datenbanksysteme – Stand der Technik. In: Handbuch der modernen Datenverarbeitung. 32 (1995) 183, S. 8-23.

Doppler, K.; Lauterburg, C.: Change Management – Den Unternehmenswandel gestalten. Frankfurt 1994.

Doumeingts, G.: Methodology to design Computer Integrated Manufacturing and control of manufacturing unit. In: Rembold, U.; Dillmann, R. (Hrsg.): Methods and Tools for Computer Integrated Manufacturing. Berlin et al. 1983, S. 194-256.

Eichhorn, W.: Die Begriffe Modell und Theorie in der Wirtschaftswissenschaft. In: Raffée, H.; Abel, B.: Wissenschaftstheoretische Grundlagen der Wirtschaftswissenschaften. München 1979, S. 60-104.

Engelbart, D. C.: Toward Augmenting The Human Intellect. In: Communications of the ACM. 38 (1995) 8, S. 30-33.

ESPRIT Consortium AMICE (Hrsg): CIM-OSA – Open System Architecture for CIM. 2. Auflage. Berlin et al. 1993.

Eversheim, W.: Organisation in der Produktionstechnik – Arbeitsvorbereitung. 2. Auflage. Düsseldorf 1989.

Eversheim, W.: Simultaneous Engineering - Eine organisatorische Chance. In: Verein Deutscher Ingenieure (Hrsg.): Simultaneous Engineering – Neue Wege des Projektmanagement. Düsseldorf 1989.

Fahrwinkel, U.: Methode zur Modellierung und Analyse von Geschäftsprozessen zur Unterstützung des Business Process Reengineering. Paderborn 1995.

Fayol, H.: Administration Industrielle et Génerale. Paris 1916. (Allgemeine und industrielle Verwaltung. München 1929)

Fernström, C.: The EUREKA Software Factory – Concepts and Accomplishments. In: Lamsweerde, A. v.; Fugetta, A. (Hrsg.): Proceedings of the 3rd European Software Engineering Conference. ESEC´91 (21.-24. October, Mailand). Berlin et al. 1991, S. 23-36.

Ferstl, O. K.; Sinz, E. J.: Der Ansatz des Semantischen Objektmodells (SOM) zur Modellierung von Geschäftsprozessen. In: Wirtschaftsinformatik. 37 (1995) 3, S. 209-220.

Ferstl, O. K.; Sinz, E. J.: Ein Vorgehensmodell zur Objektmodellierung betrieblicher Informationssysteme im Semantischen Objektmodell (SOM). In: Wirtschaftsinformatik. 33 (1991) 6, S. 477-491.

Ferstl, O. K.; Sinz, E. J.: Ein Vorgehensmodell zur Objektmodellierung betrieblicher Informationssysteme im Semantischen Objektmodell (SOM). In: Wirtschaftsinformatik. 33 (1991) 6, S. 477-491.

Ferstl, O. K.; Sinz, E. J.: Geschäftsprozeßmodellierung. In: Wirtschaftsinformatik. 35 (1993) 6, S. 589-592.

Ferstl, O. K.; Sinz, E. J.: Grundlagen der Wirtschaftsinformatik. Band 1. München, Wien 1993.

Ferstl, O. K.; Sinz, E.: Objektmodellierung betrieblicher Informationssysteme im Semantischen Objektmodell (SOM). In: Wirtschaftsinformatik 32 (1990) 6, S. 567-581.

Frese, E.: Grundlagen der Organisation – Die Organisationsstruktur der Unternehmung. 4. Auflage. Wiesbaden 1988.

Frese, E.: Organisationstheorien – Historische Entwicklung, Ansätze, Perspektiven. 2. Auflage. Wiesbaden 1992.

Fritz, F.-J.: Business Workflow Management und Standardanwendungssysteme. In: Management und Computer. 4 (1994) 4, S. 277-286.

Gaitanides, M.: Prozeßorganisation – Entwicklung, Ansätze und Programme prozeßorientierter Organisationsgestaltung. München 1983.

Gälweiler, A.: Strategische Unternehmensführung. 2. Auflage. Frankfurt/Main, New York 1990.

Ganzhorn, K.-E.: 75 Jahre IBM Deutschland in der Informatik. In: Proebster, W. E. (Hrsg.): Datentechnik im Wandel. Berlin et al. 1986.

Gibbs, S. J.; Tsichritzis, D. C.: Multimedia Programming: objects, environments and frameworks. Wokingham 1995.

Ginige, A.; Lowe, D. B.; Robertson, J.: Hypermedia Authoring. In: IEEE MultiMedia. 2 (1995) 4, S. 24-35.

Glaser, H.: Material- und Produktionswirtschaft. Düsseldorf 1986.

Glaser, H.: Steuerungskonzepte von PPS-Systemen. In: Corsten, H. (Hrsg.): Handbuch Produktionsmanagement. Wiesbaden 1994, S. 747-761.

Glaser, H.; Geiger, W.; Rohde, V.: PPS – Produktionsplanung und -steuerung. Wiesbaden 1991.

Goldberg, A.; Rubin, K. S.: Succeeding with objects - Decision Frameworks for Project Management. Reading 1995.

Görk, M.: R/3-Einführung schneller und einfacher gemacht. In: SAPInfo – Continuous Business Engineering. Walldorf 1996, S. 28-29.

Gouillart, F. J.; Kelly J. N.: Business Transformation. Wien 1995.

Grabowski, H.: CAD/CAM-Grundlagen und Stand der Technik. In: Fortschrittliche Betriebsführung und Industrial Engineering. 32 (1983) 4, S. 224-233.

Grabowski, H.; Rude, S.; Schmidt, M.: Entwerfen in Konstruktionsräumen zur Unterstützung der Teamarbeit. In: Scheer, A.-W. (Hrsg.): Simultane Produktentwicklung. München 1992, S. 123-159.

Grabowski, H.; Schäfer, H.: Methode zur Planung von CAD/CAM-Gesamtkonzeptionen. In: Zahn, E. (Hrsg.): Organisationsstrategie und Produktion. München 1990, S. 237-273.

Grochla, E. et al.: Integrierte Gesamtmodelle der Datenverarbeitung - Entwicklung und Anwendung des Kölner Integrationsmodells (KIM). München, Wien 1974.

Grochla, E.: Einführung in die Organisationstheorie. Stuttgart 1978.

Grochla, E.: Grundlagen der Materialwirtschaft. 3. Auflage. Wiesbaden 1978.

Grochla, E.: Grundlagen der organisatorischen Gestaltung. Stuttgart 1982.

Günter, B.: Kundenanalyse und Kundenzufriedenheit als Grundlage der Customer Integration. In: Kleinaltenkamp, M.; Fließ, S.; Jacob, F. (Hrsg.): Customer Integration – Von der Kundenorientierung zur Kundenintegration. Wiesbaden 1996, S. 57-71.

Günther, H.-O.: Liefermengenplanung unter logistischen Aspekten. In: Handbuch der modernen Datenverarbeitung. 29 (1992) 168, S. 16-24.

Gutenberg, E.: Grundlagen der Betriebswirtschaftslehre. Band 1: Die Produktion. 24. Auflage. Berlin et al. 1983.

Gutenberg, E.: Grundlagen der Betriebswirtschaftslehre. Band 2: Der Absatz. 16. Auflage. Berlin et al. 1979.

Gutzwiller, T. A.: Das CC-RIM-Referenzmodell für den Entwurf von betrieblichen, transaktionsorientierten Informationssystemen. Heidelberg 1994.

Habermann, H.-J.; Leymann, F.: Repository – Eine Einführung. München, Wien 1993.

Haberstock, L.: Kostenrechnung. Band 1. 8. Auflage. Hamburg 1987.

Hackstein, R.: Produktionsplanung und -steuerung (PPS). 2. Auflage. Düsseldorf 1989.

Hahn, D.; Schramm, M.: Computerunterstütztes Qualitätsinformationssystem. In: Scheer, A.-W. (Hrsg.): Simultane Produktentwicklung. München 1992, S. 161-189.

Hammer, M.; Champy, J.: Business Reengineering – Die Radikalkur für das Unternehmen. Frankfurt/Main, New York 1995.

Hansen, H.-R.: Wirtschaftsinformatik I. 6. Auflage. Stuttgart 1992.

Harrington, J.: Computer Integrated Manufacturing. New York 1973.

Hars, A.: Referenzdatenmodelle. Wiesbaden 1994.

Hartmann, H.: Materialwirtschaft. 6. Auflage. Gernsbach 1993.

Hasenkamp, U.; Syring, M.: CSCW in Organisationen – Grundlagen und Probleme. In: CSCW: Informationssysteme für dezentralisierte Unternehmensstrukturen. Bonn et al. 1994.

Hauser, C.: Marktorientierte Bewertung von Unternehmensprozessen. Bergisch Gladbach, Köln 1996.

Heilmann, H.: Workflow Management: Integration von Organisation und Informationsverarbeitung. In: Handbuch der modernen Datenverarbeitung. 34 (1994) 176, S. 9-21.

Heinrich, L. J.; Burgholzer, P.: Systemplanung I. 5. Auflage. München 1991.

Heinrich, J.; Burgholzer, P.: Systemplanung II. 4. Auflage. München, Wien 1990.

Henderson-Sellers, B.; Edwards, J. M.: The Object-Oriented Systems Life Cycle. In: Communications of the ACM. 33 (1990) 9, S. 142-159.

Hentze, J.: Personalwirtschaftslehre. Band 1/2. 5. Auflage. Bern, Stuttgart 1991.

Herzog, R.: QS-Komponenten in Materialwirtschaft und Einkauf. In: Handbuch der modernen Datenverarbeitung. 29 (1992) 168, S. 9-21.

Herzog, E.; Jurasek, W.: Vertriebscontrolling im System der Grenzplankostenrechnung. In: Männel, W.; Müller, H. (Hrsg.): Modernes Kostenmanagement. Wiesbaden 1995, S. 131-136.

Hickman, F. R.; Killin, J. L.; Land, L.; Mulhall, T.; Porter, D.; Taylor, R. M.: Analysis for Knowledge-based Systems – A Practical Guide to the KADS Methodology. New York et al. 1989.

Hill, W.; Fehlbaum, R.; Ulrich, P.: Organisationslehre I. 4. Auflage. Bern, Stuttgart 1989.

Hinterhuber, H.: Strategische Unternehmenführung. Berlin, New York 1989.

Hoffmann, W.; Hanebeck, C.; Scheer, A.-W.: Kooperationsbörse – Der Weg zum virtuellen Unternehmen. In: Management und Computer. 4 (1996) 1, S. 35-41.

Hoitsch, H. J.: Produktionswirtschaft – Grundlagen einer industriellen Betriebswirtschaftslehre. München 1985.

Hopp, D.: Standardsoftware – CIM-Einstieg für den Mittelstand? In: CIM Management. 6 (1990) 1, S. 30-31.

Horváth, P.: Controlling. 3. Auflage. München 1990.

Hufgard, A.: Betriebswirtschaftliche Softwarebibliotheken und Adaption. München 1994.

Hüllenkremer, M.: Rechnerunterstützte Arbeitsplanerstellung im CIM-Konzept. In: Krallmann, H. (Hrsg.): CIM – Expertenwissen für die Praxis. München, Wien 1990, S. 48-57.

ISO (Hrsg.): ISO/IEC 10027: Information Technology – Information Resource Dictionary System (IRDS) framework. Ohne Ortsangabe 1990.

Jablonski, S.: Workflow-Management-Systeme: Modellierung und Architektur. Bonn 1995.

Jablonski, S.: Workflow-Management-Systeme: Motivation, Modellierung, Architektur. In: Informatik Spektrum. 18 (1995) 1, S. 13-24.

Jacob, F.: Produktindividualisierung – Ein Ansatz zur innovativen Leistungsgestaltung im Business-to-Business-Bereich. Wiesbaden 1995.

Jacobson, I.; Ericsson, M.; Jacobson, A.: The Object Advantage - Business Process Reengineering with Object Technology. Wokingham et al. 1995.

Jansen, R.; Grünberg, R.: Trends in der Kommissioniertechnik. In: Zeitschrift für Logistik. (1992) 1, S. 4-15.

Jorysz, H. R.; Vernadat, F. B.: CIM-OSA Part 1: total enterprise modelling and function view. In: International Journal of Computer Integrated Manufacturing. 3 (1990) 3/4, S. 144-156.

Jorysz, H. R.; Vernadat, F. B.: CIM-OSA Part 2: information view. In: International Journal of Computer Integrated Manufacturing. 3 (1990) 3/4, S. 157-167.

Jost, W.: EDV-gestützte CIM-Rahmenplanung. Wiesbaden 1993.

Jost, W.; Keller, G.; Scheer, A.-W.: Konzeption eines DV-Tools im Rahmen der CIM-Planung. In: Zeitschrift für Betriebswirtschaft. 61 (1991) 1, S. 33-64.

Kagermann, H.: Perspektiven der Weiterentwicklung integrierter Standardsoftware für das innerbetriebliche Rechnungswesen. In: Horváth, P. (Hrsg.): Strategieunterstützung durch das Controlling – Revolution im Rechnungswesen? Stuttgart 1990, S. 277-306.

Kagermann, H.: Client/Server-Modelle: Chancen oder Risiko für ein effektives Controlling? In: Management und Computer. 1 (1993) 4, S. 273-280.

Kagermann, H.: Verteilung integrierter Anwendungen. In: Wirtschaftsinformatik. 35 (1993) 5, S. 455-464.

Keller, G.: Informationsmanagement in objektorientierten Organisationsstrukturen. Wiesbaden 1993.

Keller, G.: Dezentrales Informationsmanagement. In: Scheer, A.-W. (Hrsg.): Handbuch Informationsmanagement: Aufgaben – Konzepte – Praxislösungen. Wiesbaden 1993, S. 603-631.

Keller, G.: Eine einheitliche betriebswirtschaftliche Grundlage des Business Reengineering. In: Brenner, W.; Keller, G. (Hrsg.): Business Reengineering mit Standardsoftware. Frankfurt/Main, New York 1995, S. 45-66.

Keller, G.; Baresch, M.: Modulare CAD-Softwaresysteme auf Datenbankbasis. In: CIM Management. 6 (1990) 2, S. 17-22.

Keller, G.; Detering, S.: Process-Oriented Modeling and Analysis of Business Processes using the R/3 Reference Model. In: Bernus, P.; Nemes, L. (Hrsg.): Modelling and Methodologies for Enterprise Integration. London et al. 1996, S. 69-87.

Keller, G.; Kern, S.: Dezentrale Inselstrukturen in Planung und Fertigung. In: Scheer, A.-W. (Hrsg.): Fertigungssteuerung – Expertenwissen für die Praxis. München, Wien 1991, S. 105-125.

Keller, G.; Malt, D.: Gestaltung von Controllingprozessen mit SAP R/3. In: Controlling. 7 (1995) 4, S. 234-249.

Keller, G.; Meinhardt, S.: Business process reengineering auf Basis des SAP R/3-Referenzmodells. In: Schriften zur Unternehmensführung. Band 53. Wiesbaden 1994, S. 35-62.

Keller, G.; Meinhardt, S.: DV-gestützte Beratung bei der SAP-Softwareeinführung. In: Handbuch der modernen Datenverarbeitung. 31 (1994) 175, S. 74-88.

Keller, G.; Meinhardt, S.: SAP R/3-Analyzer – Optimierung von Geschäftsprozessen auf Basis des R/3-Referenzmodells. Walldorf 1994.

Keller, G.; Nüttgens, M.; Scheer, A.-W.: Semantische Prozeßmodellierung auf der Grundlage „Ereignisgesteuerter Prozeßketten (EPK)". In: Scheer, A.-W. (Hrsg.): Veröffentlichung des Instituts für Wirtschaftsinformatik. Heft 89. Saarbrücken 1992.

Keller, G.; Popp, K.: Gestaltung von Geschäftsprozessen als betriebliche Aufgabe. In: Management und Computer. 3 (1995) 1, S. 43-52.

Keller, G.; Popp, K.: Referenzmodelle für Geschäftsprozesse. In: Handbuch der modernen Datenverarbeitung. 33 (1996) 187, S. 94-117.

Keller, G.; Schröder, G.: Geschäftsprozeßmodelle: Vergangenheit – Gegenwart – Zukunft. In: Management und Computer. 4 (1996) 2, S. 77-88.

Kieser, A. (Hrsg.): Organisationstheorien. 2. Auflage. Stuttgart et al. 1995.

Kieser, A.: Managementlehre und Taylorismus. In: Kieser, A. (Hrsg.): Organisationstheorien. 2. Auflage. Stuttgart et al. 1995, S. 57-89.

Kieser, A.; Kubicek, H.: Organisationstheorien I / II. Stuttgart et al. 1978.

Kilger, W.: Industriebetriebslehre. Wiesbaden 1986.

Kilger, W.: Einführung in die Kostenrechnung. 3. Auflage. Wiesbaden 1987.

Kilger, W.: Flexible Plankostenrechnung und Deckungsbeitragsrechnung. 9. Auflage. Wiesbaden 1988.

Kimm, R.; Koch, W.; Simonsmeier, W.; Tontsch, F.: Einführung in Software Engineering. Berlin, New York 1979.

Kirchmer, M.: Geschäftsprozeßorientierte Einführung von Standardsoftware. Wiesbaden 1996.

Kirsch, W.: Betriebswirtschaftliche Logistik. In: Zeitschrift für Betriebswirtschaft. 41 (1971), S. 221-234.

Kleinaltenkamp, M.: Customer Integration – Kundenintegration als Leitbild für das Business-to-Business-Marketing. In: Kleinaltenkamp, M.; Fließ, S.; Jacob, F. (Hrsg.): Customer Integration – Von der Kundenorientierung zur Kundenintegration. Wiesbaden 1996, S. 13-24.

Klute, R.: Das World Wide Web. Bonn et al. 1996.

König, S.; Kundt, O.: Objektorientierte Systemanalyse. In: Krallmann, H. (Hrsg): Systemanalyse im Unternehmen – Geschäftsprozeßoptimierung, partizipative Vorgehensmodelle, objektorientierte Analyse. München 1994.

König, W.; Wolf, S.: Objektorientierte Software-Entwicklung – Anforderungen an das Informationsmanagement. In: Scheer, A.-W. (Hrsg.): Handbuch Informationsmanagement: Aufgaben - Konzepte - Praxislösungen. Wiesbaden 1993, S. 869-898.

Konrad, E.: Kostenplanung und -kontrolle. In: Management-Enzyklopädie. Band 3. München 1971, S. 1099-1118.

Kosanke, K.: CIM-OSA – Offene System Architektur. In: Scheer, A.-W. (Hrsg.): Handbuch Informationsmanagement: Aufgaben – Konzepte – Praxislösungen. Wiesbaden 1993, S. 113-141.

Kosanke, K.: Process oriented presentation of modelling methodologies. In: Bernus, P.; Nemes, L. (Hrsg.): Modelling and Methodologies for Enterprise Integration. London et al. 1996, S. 45-55.

Kosiol, E.: Organisation der Unternehmung. Wiesbaden 1962.

Kraemer, W.; Wiechmann, D.: BDE-gestützte Kosteninformationssysteme. In: CIM Management. 6 (1990) 3, S. 10-21.

Krcmar, H.: Bedeutung und Ziele von Informationssystem-Architekturen. In: Wirtschaftsinformatik. 32 (1990) 5, S. 395-402.

Krcmar, H.: Computerunterstützung für die Gruppenarbeit – Zum Stand der CSCW Forschung. In: Wirtschaftsinformatik. 34 (1992) 4, S. 425-437.

Kreikebaum, H.: Strategische Unternehmensplanung. 3. Auflage. Stuttgart et al. 1989.

Krickl, O.: Business Redesign – Prozeßorientierte Organisationsgestaltung und Informationstechnologie. In: Krickl, O. (Hrsg.): Geschäftsprozeßmanagement. Heidelberg 1994, S. 17-38.

Küffmann, K.: Software Wiederverwendung – Konzeption einer domänenorientierten Architektur. Braunschweig 1994.

Kuhlen, R.: Hypertext – Ein nicht-lineares Medium zwischen Buch und Wissensbank. Berlin et al. 1991.

Kuhlen, R.: Informationsmarkt – Chancen und Risiken der Kommerzialisierung von Wissen. Konstanz 1995.

Kühn, M.: CAD und Arbeitssituation. Berlin et al. 1980.

Küting, K.; Weber, C. P. (Hrsg.): Handbuch der Konzernrechnungslegung. Stuttgart 1989.

Kythe, D.: The Promise of Distributed Business Components. In: AT&T Technical Journal. March/April 1996.

Lederer, K. G.: EDV-gestützte Kommunikationssysteme in der Automobilindustrie. In: Fortschrittliche Betriebsführung und Industrial Engineering. 33 (1984) 1, S. 23-29.

Lewin, R.: Die Komplexitätstheorie – Wissenschaft nach der Chaosforschung. Hamburg 1993.

Luhmann, N.: Soziale Systeme. 4. Auflage. Frankfurt/Main 1991.

Lüscher, A.; Straubinger, A.: Objektorientierte Technologien – Eine Einführung. Zürich 1996.

Lutz, C.: Leben und arbeiten in der Zukunft. München 1995.

Macconaill, P.: Indroduction to the ESPRIT Programme. In: International Journal of Computer Integrated Manufacturing. 3 (1990) 3/4, S. 140-143.

Maier-Rothe, C.; Busse, K.; Thiel, R.: Computerverbundsysteme planen, steuern und kontrollieren den Produktionsprozeß. In: Maschinenmarkt. 89 (1983) 8, S. 106-109.

Malone, T. W.; Rockart, J. F.: How will Information Technology Reshape Organizations? – Computers as Coordination Technology. In: Bradley, S. P.; Hausman, J. A.; Nolan, R. L. (Hrsg.): Globalization, Technology and Competition – The Fusion of Computers and Telecommunications in the 1990s. Boston 1993, S. 37-56.

Malone, T. W.; Rockart, J. F.: Computers, Networks and the Corporation. In: Scientific American. September 3th 1991.

Männel, W. (Hrsg.): Integrierte Anlagenwirtschaft. Köln 1988.

Marca, D. A.; McGrowan, C. L.: SADT – Structured Analysis and Design Technique. McGraw - Hill 1988.

Martin, J.: Information Engineering Book I: Introduction. Englewood Cliffs1989.

Martin, J.: Information Engineering Book II: Planning and Analysis. Englewood Cliffs 1990.

Martin, J.: Information Engineering Book III: Design and Construction. Englewood Cliffs 1990.

Martin, J.: Principles Of Object Oriented Analysis And Design. Englewood Cliffs 1993.

Martin, J.; Odell, J.: Object-Oriented Analysis and Design. New Jersey 1992.

Martin, J.; Odell, J. : Object-Oriented Methods – A Foundation. Englewood Cliffs 1995.

Martin, J.; Odell, J.: Object-Oriented Methods – Pragmatic Considerations. New York 1996.

Marr, R.; Stitzel, M.: Personalwirtschaft. München 1979.

Matzke, B.: ABAP/4 – Die Programmiersprache des SAP-Systems R/3. Bonn et al. 1996.

Mayer, C. F.: Bewertung von Rechnerinvestitionen durch den Vergleich von Wertschöpfungsketten. Berlin 1994.

Mayo, H.: The Human Problems of an Industrial Civilization. Boston 1946.

Meffert, H.: Marketing – Grundzüge der Absatzpolitik. 7. Auflage. Wiesbaden 1986.

Meinhardt, S.: Geschäftsprozeßorientierte Einführung von Standard-Software am Beispiel des SAP-Systems „R/3". In: Wirtschaftsinformatik. 37 (1995), S. 487-499.

Meinhardt, S.: Methodischer Rahmen für einen Projektverlauf. In: SAPInfo - Continuous Business Engineering. Walldorf 1996, S. 24-27.

Meinhardt, S.; Sänger, F.: R/3-Vorgehensmodell als methodischer Rahmen für einen erfolgreichen Projektverlauf. In: Handbuch der modernen Datenverarbeitung. 33 (1996) 192, S. 86-98.

Meinhardt, S.; Teufel, T.: Business Reengineering im Rahmen einer prozeßorientierten Einführung der SAP-Standardsoftware. In: Brenner, W.; Keller, G. (Hrsg.): Business Reengineering mit Standardsoftware. Frankfurt/Main, New York 1995, S. 69-94.

Meister, P.: Vernetztes Denken bei der Markteinführung neuer Produkte. In: Probst, G. J. B.; Gomez, P. (Hrsg.): Vernetztes Denken. Wiesbaden 1993, S. 145-161.

Melzer-Ridinger, R.: Materialwirtschaft und Einkauf. Band 1: Grundlagen und Methoden. 3. Auflage. München, Wien 1994.

Melzer-Ridinger, R.: Materialwirtschaft und Einkauf. Band 2: Qualitätsmanagement. München, Wien 1995.

Mercurio, V. J.; Meyers, B. F. ; Nisbet, A. M.; Radin, G.: AD/Cycle strategy and architecture. In: IBM Systems Journal. 29 (1990) 2, S. 170-188.

Mertens, P.; Wedel, T.; Hartinger, M.: Management by Parameters? In: Zeitschrift für Betriebswirtschaft. 61 (1991) , S. 569-588.

Meyer, B.: Objektorientierte Softwareentwicklung. München 1990.

Meyer, B.: The Reusability Challenge. In: IEEE Computer. 29 (1996) 2, S. 76-78.

Miles, R.; Snow, C.: Organizations – New Concepts for New Forms. In: California Management Review. 18 (1986) 3, S. 62-73.

Mili, H. et al.: Reusing Software: Issues and Research Directions. In: IEEE Transactions on Software Engineering. 21 (1995) 6, S. 528-561.

Myers, G. J.: Reliable software through composite design. New York 1975.

Nassi, I.; Schneiderman, B.: Flowchart Techniques for Structured Programming. In: ACM Sigplan. 12 (1973) 8, S. 12-26.

Nelson, T. H.: The Heart of Connection: Hypermedia unified by Transclusion. In: Communications of the ACM. 38 (1995) 8, S. 31-33.

Nierstrasz, O.; Meijler, T.: Research directions in Software Composition. In: ACM Computing Surveys. (1995) 2, S. 262-264.

Nordsieck, F.: Betriebsorganisation. 4. Auflage. Stuttgart 1972.

Nordsieck, F.: Die schaubildliche Erfassung und Untersuchung der Betriebsorganisation. Stuttgart 1932.

Nuppeney, W.; Raps, A.: Produktkosten-Controlling im System der Grenzplankostenrechnung. In: Männel, W.; Müller, H. (Hrsg.): Modernes Kostenmanagement. Wiesbaden 1995, S. 110-120.

Nüttgens, M.: Koordiniert-dezentrales Informationsmanagement. Wiesbaden 1995.

Nüttgens, M.; Keller, G.; Scheer, A.-W.: Hypermedia: Navigation in betriebswirtschaftlichen Informationssystemen. In: Die Betriebswirtschaft. 53 (1993) 5, S. 629-646.

Obbink, H.: System Engineering Environments of ATMOSPHERE. In: Endres, A.; Weber, H. (Hrsg): Software Development Environments and CASE Technology – Proceedings of the European Symposium (June 1991, Königswinter, Germany). Berlin et al. 1991, S. 1-17.

Oberweis, A.: Verteilte betriebliche Abläufe und komplexe Objektstrukturen: Integriertes Modellierungskonzept für Workflow-Managementsysteme. Karlsruhe 1994.

Ohno, T.: Toyota Production System – Beyond Large Scale Production. Cambridge, Massachusetts 1988.

Olle, T. W.: Hagelstein, J.; Macdonald, I. G.; Rolland, C.; Sol, H. G.; Van Assche, F. J. M.; Verrijn-Stuart, A. A.: Information Systems Methodologies: a framework for understanding. 2. Auflage. Wokingham et al. 1991.

Österle, H.: Business Engineering – Prozeß- und Systementwicklung. Band 1: Entwurfstechniken. 2. Auflage. Berlin et al. 1995.

Pagé, P.: Objektorientierte Software in der kommerziellen Anwendung. Berlin et al. 1996.

Pahl, G.; Beitz, W.: Konstruktionslehre. 2. Auflage. Berlin et al. 1986.

Panse, R.: CIM-OSA - Ein herstellerunabhängiges CIM-Konzept. In: DIN-Mitteilungen. 69 (1990) 3, S. 157-164.

Petri, C. A.: Kommunikation mit Automaten. Bonn 1962.

Pfähler, D.: IDES – die Musterfirma im System R/3. In: SAPInfo. Heft 48. Walldorf 1995, S. 20.

Pfeifer, T.: Tendenzen zur rechnergestützten Qualitätssicherung. In: Scheer, A.-W. (Hrsg.): CIM im Mittelstand. Fachtagung. Saarbrücken 1991, S. 131-153.

Pfohl, H.-C.: Aufbauorganisation der betriebswirtschaftlichen Logistik. In: Zeitschrift für Betriebswirtschaft. 50 (1980), S. 1201-1228.

Pfohl, H.-C.: Logistiksysteme – Betriebswirtschaftliche Grundlagen. 5. Auflage. Berlin et al. 1996.

Plattner, H.: Die Organisation eines interaktiven Planungssystems für die Kostenstellenrechnung. In: Kilger, W.; Scheer, A.-W. (Hrsg.): Rechnungswesen und EDV. 4. Saarbrücker Arbeitstagung 1983. Würzburg, Wien 1983, S. 89-110.

Plattner, H.: Neue Wege für das Controlling in einem hochintegrierten Anwendungssystem. In: Scheer, A.-W. (Hrsg.): Rechnungswesen und EDV. 8. Saarbrücker Arbeitstagung 1987. Heidelberg 1987, S. 58-81.

Plattner, H.: Der Einfluß der Client/Server-Architektur auf kaufmännische Anwendungssysteme. In: Schriften zur Unternehmensführung. Band 44. Wiesbaden 1991, S. 102-109.

Plattner, H.: Client/Server-Architekturen. In: Scheer, A.-W. (Hrsg.): Handbuch Informationsmanagement: Aufgaben – Konzepte – Praxislösungen. Wiesbaden 1993, S. 923-938.

Plattner, H.; Kagermann, H.: Einbettung eines Systems der Plankostenrechnung in ein EDV-Gesamtkonzept. In: Scheer, A.-W. (Hrsg.): Grenzplankostenrechnung – Stand und aktuelle Probleme. 2. Auflage. Wiesbaden 1991, S. 137-178.

Pomberger, G.; Blaschek, G.: Software Engineering. 2. Auflage. München 1996.

Porter, M. E.: Competitive Advantage – Creating and Sustaining Superior Performance. New York 1985.

Probst, G .J. B.: Vernetztes Denken für komplexe strategische Probleme. In: Königswieser, R.; Lutz, C. (Hrsg.): Das systemisch evolutionäre Management. Wien 1992, S. 22-41.

Probst, G. J. B.; Gomez, P.: Die Methodik des vernetzten Denkens zur Lösung komplexer Probleme. In: Probst, G. J. B.; Gomez, P. (Hrsg.): Vernetztes Denken. Wiesbaden 1993, S. 3-20.

Probst, G. J. B.; Gomez, P.: Vernetztes Denken für die strategische Führung eines Zeitschriftenverlages. In: Probst, G. J. B.; Gomez, P. (Hrsg.): Vernetztes Denken. Wiesbaden 1993, S. 23-39.

Rathwell, A. G.; Williams, T. J.: Use of the Purdue enterprise reference architecture and methodology in industry. In: Bernus, P.; Nemes, L. (Hrsg.): Modelling and Methodologies for Enterprise Integration. London et al. 1996, S. 12-44.

Regionales Rechenzentrum in Niedersachsen (Hrsg.): Internet – Eine Einführung in die Nutzung der Internet-Dienste. 2. Auflage. Hannover 1996.

Reisig, W.: Anforderungsbeschreibung und Systementwurf mit Petri-Netzen. In: Handbuch der modernen Datenverarbeitung. 23 (1986) 130, S. 81-96.

Richter, G.: Netzmodelle für die Bürokommunikation (Teil 2). In: Informatik Spektrum. 7 (1984) 1, S. 28-40.

Riehm, U.; Wingert, B.: Multimedia – Mythen, Chancen und Herausforderungen. Mannheim 1995.

Rockart, J. F.: The Changing Role of the Information System Executive: A Critical Success Factors Perspective. In: Sloan Management Review. 24 (1982) 1, S. 3-13.

Roethlisberger, F. J.; Dickson, W.: Management and the Worker. Cambridge 1939.

Rosenstengel, B.; Winand, U.: Petri-Netze – Eine anwendungsorientierte Einführung. Braunschweig, Wiesbaden 1982.

Ruffing, T.: Fertigungssteuerung bei Fertigungsinseln. Köln 1991.

Rumbaugh, J.; Blaha, M.; Premerlani, W.; Eddy, F.; Lorensen, W.: Object-Oriented Modelling and Design. New Jersey 1991.

Sänger, F.: Materialien und Leistungen beschaffen und verwalten. In: SAPinfo – Continuous Business Engineering. Walldorf 1996, S. 31-33.

SAP AG (Hrsg.): Funktionen im Detail – ABAP/4 Development Workbench. Walldorf 1995.

SAP AG (Hrsg.): Funktionen im Detail – Anlagenwirtschaft. Walldorf 1995.

SAP AG (Hrsg.): Funktionen im Detail – Das Instandhaltungssystem. Walldorf 1995.

SAP AG (Hrsg.): Funktionen im Detail – Das Vertriebssystem der SAP. Walldorf 1994.

SAP AG (Hrsg.): Funktionen im Detail – Die Branchenlösung für Banken IS-B der SAP. Walldorf 1995.

SAP AG (Hrsg.): Funktionen im Detail – Ergebnis- und Vertriebs-Controlling. Walldorf 1996.

SAP AG (Hrsg.): Funktionen im Detail – Gemeinkosten-Controlling. Walldorf 1996.

SAP AG (Hrsg.): Funktionen im Detail – Hauptbuchhaltung. Walldorf 1996.

SAP AG (Hrsg.): Funktionen im Detail – Investitionsmanagement. Walldorf 1995.

SAP AG (Hrsg.): Funktionen im Detail – Konsolidierung. Walldorf 1996.

SAP AG (Hrsg.): Funktionen im Detail – Krankenhausinformationssystem. Walldorf 1996.

SAP AG (Hrsg.): Funktionen im Detail – Materialwirtschaft. Walldorf 1996.

SAP AG (Hrsg.): Funktionen im Detail – Personalwirtschaft. Walldorf 1995.

SAP AG (Hrsg.): Funktionen im Detail – Personenkonten. Walldorf 1996.

SAP AG (Hrsg.): Funktionen im Detail – Produktionsplanung. Walldorf 1994.

SAP AG (Hrsg.): Funktionen im Detail – Produktionsplanung-Prozeßindustrie. Walldorf 1995.

SAP AG (Hrsg.): Funktionen im Detail – Produktkosten-Controlling. Walldorf 1996.

SAP AG (Hrsg.): Funktionen im Detail – Projektsystem. Walldorf 1994.

SAP AG (Hrsg.): Funktionen im Detail – Prozeßkostenrechnung. Walldorf 1996.

SAP AG (Hrsg.): Funktionen im Detail – Qualitätsmanagement. Walldorf 1995.

SAP AG (Hrsg.): Funktionen im Detail – SAP Business Workflow. Walldorf 1996.

SAP AG (Hrsg.): Funktionen im Detail – SAP R/3 Service & Support. Walldorf 1996.

SAP AG (Hrsg.): Funktionen im Detail – SAP R/3 Software-Architektur. Walldorf 1994.

Schäfer, E.: Der Industriebetrieb – Betriebswirtschaftslehre der Industrie auf typologischer Grundlage. Band 1. Köln, Opladen 1969.

Scharfenberg, H.: Von Taylor zum Team. In: Scharfenberg, H. (Hrsg.): Strukturwandel in Management und Organisation. Baden-Baden 1993, S. 9-28.

Schaschinger, H.: Objektorientierte Analyse und Modellierung. Wien 1993.

Scheer, A.-W.: Architektur integrierter Informationssysteme. Berlin et al. 1991.

Scheer, A.-W.: ARIS-Toolset: Von Forschungs-Prototypen zum Produkt. In: Informatik Spektrum. 19 (1996) 2, S. 71-78.

Scheer, A.-W.: CIM – Der computergesteuerte Industriebetrieb. 4. Auflage. Berlin et al. 1990.

Scheer, A.-W.: EDV-orientierte Betriebswirtschaftslehre - Grundlagen für ein effizientes Informationsmanagement. 4. Auflage. Berlin et al. 1990.

Scheer, A.-W.: Factory of the Future. In: Scheer, A.-W. (Hrsg.): Veröffentlichungen des Instituts für Wirtschaftsinformatik. Heft 42. Saarbrücken 1983.

Scheer, A.-W.: Wirtschaftsinformatik - Informationssysteme im Industriebetrieb. 3. Auflage. Berlin et al. 1990.

Scheer, A.-W.; Nüttgens, M.; Zimmermann, V.: Rahmenkonzept für ein integriertes Geschäftsprozeßmanagement. In: Wirtschaftsinformatik. 37 (1995) 5, S. 426-434.

Schmitt, G.: Methode und Techniken der Organisation. 9. Auflage. Gießen 1991.

Schneider, G.: Eine Einführung in das Internet. In: Informatik Spektrum. 18 (1995), S. 263-271.

Schneider, H.-J.: Lexikon der Informatik und Datenverarbeitung. München et al. 1991.

Schneeweiß, C.: Einführung in die Produktionswirtschaft. 5. Auflage. Berlin et al. 1993.

Scholz, C.: Virtuelle Unternehmen – Organisatorische Revolution mit strategischer Implikation. In: Management und Computer. 4 (1996) 1, S. 27-34.

Scholz, R.: Geschäftsprozeßoptimierung – Crossfunktionale Rationalisierung oder strukturelle Reorganisation. Bergisch Gladbach 1994.

Scholz, R.; Vrohlings, A.: Prozeß-Redesign und kontinuierliche Prozeßverbesserung. In: Gaitanides, M. et al. (Hrsg.): Prozeßmanagement – Konzepte, Umsetzungen und Erfahrungen des Business Reengineering. München 1994, S. 99-122.

Schroeder, P.: Isomorphismus. In: Sandkühler, H.-J. (Hrsg.): Europäische Enzyklopädie zu Philosophie und Wissenschaften. Band 3. Hamburg 1990, S. 425-432.

Schröder, G.: Industriespezifische Geschäftsprozeßmodellierung. In: SAPinfo - Continuous Business Engineering. Walldorf 1996, S. 19-22.

Schüller, U.; Veddeler, H.-G.: PC aufrüsten und reparieren. Düsseldorf 1996.

Schulte, C.: Konzepte der Materialbereitstellung. In: Corsten, H. (Hrsg.): Handbuch Produktionsmanagement. Wiesbaden 1994, S. 189-205.

Schulte-Zurhausen, M.: Organisation. München 1995.

Schulz, A.: Softwareentwurf – Methoden und Werkzeuge. In: Krallmann et al. (Hrsg.): Handbuch der Informatik. München et al. 1992.

Seeger, J.; Würth, H.: Integration sichert Leistungspotentiale. In: SAPInfo – Continuous Business Engineering. Walldorf 1996, S. 41-44.

Seubert, M.: Entwicklungsstand und Konzeption des SAP-Datenmodells. In: Scheer, A.-W. (Hrsg.): Datenbanken 1991 – Praxis relationaler Datenbanken. Fachtagung. Saarbrücken 1991, S. 87-109.

Seubert, M.; Schäfer, T.; Schorr, M.; Wagner, J.: Praxisorientierte Datenmodellierung mit der SAP-SERM-Methode. In: Informatik – Zeitschrift der schweizerischen Informatikorganisationen. 2 (1995) 1, S. 15-23.

Shlaer, S.; Mellor, S. J.: Object-Oriented Systems Analysis. New Jersey 1988.

Simon, K.: Effiziente Algorithmen für perfekte Graphen. Stuttgart 1992.

Sinz, E. J.: Das Entity-Relationship-Modell (ERM) und seine Erweiterungen. In: Handbuch der modernen Datenverarbeitung - Theorie und Praxis der Wirtschaftsinformatik. 27 (1990) 152, S. 17-29.

Smith, A.: Der Wohlstand der Nationen. 4. Auflage. München 1988.

Sommerville, I.: Software Engineering. 4. Auflage. Wokingham et al. 1992.

Spur, R.: Die Roboter verschwinden in der automatischen Fabrik. In: VDI-Nachrichten. 38 (1984) 52, S. 6.

Staehle, W. H.: Management – Eine verhaltenswissenschaftliche Perspektive. 6. Auflage. München 1991.

Stahlknecht, P.: Einführung in die Wirtschaftsinformatik. 7. Auflage. Berlin et al. 1995.

Starke, H.: Analyse von Petri-Netz-Modellen. Stuttgart 1990.

Steinmann, H.; Schreyögg, G.: Management – Grundlagen der Unternehmensführung. Wiesbaden 1990.

Steinmetz, R.: Multimedia-Technologie – Einführung und Grundlagen. Berlin et al. 1993.

Steinmetz, R.; Sabic, K.: Multimedia – Quo vadis. In: Handbuch der modernen Datenverarbeitung. 33 (1996) 188, S. 8-22.

Stotko, E. C.: CIM-OSA - Europäische Initiative für offene CIM-System-Architektur. In: CIM Management. 5 (1989) 1, S. 9-15.

Striening, H.-D.: Prozeß-Management – Versuch eines integrierten Konzeptes situationsadäquater Gestaltung von Verwaltungsprozessen. Frankfurt/Main 1988.

Svobodova, L.: Client/Server Model of Distributed Processing. In: Heger, D. et al. (Hrsg.): Kommunikation in verteilten Systemen I. Berlin et al. 1985, S. 485-495.

Syring, M.: Computerunterstützung arbeitsteiliger Prozesse – Konzipierung eines Koordinatensystems für die Büroarbeit. Wiesbaden 1994.

Taylor, D. A.: Business Engineering with Object Technology. New York et al. 1995.

Taylor, F. W.: The Principles of Scientific Management. New York, London 1911.

Teufel, T.; Ertl, F.: Prozeßorientierte Einführung mit dem R/3-Analyzer. In: SAPinfo – Business Reengineering. Walldorf 1995, S. 22-24.

Thome, R.; Hufgard, A.: Continuous System Engineering – Entdeckung der Standardsoftware als Organisator. Würzburg 1996.

Towers, S.: Business Process Reengineering – A Practical Handbook for Executives. Cheltenham 1994.

Ulrich, H.: Eine systemtheoretische Perspektive der Unternehmensorganisation. In: Seidel, E.; Wagner, D. (Hrsg.): Organisation – Evolutionäre Interdependenzen von Kultur und Struktur der Unternehmung. Wiesbaden 1989, S. 13-26.

Vaskevitch, D.: Client/Server Strategies – A Survival Guide for Corporate Reengineers. San Mateo 1993.

Venitz, U.: CIM-Rahmenplanung. Berlin et al. 1990.

Vernadat, F.: CIM business process and enterprise activity modelling. In: Bernus, P.; Nemes, L. (Hrsg.): Modelling and Methodologies for Enterprise Integration. London et al. 1996, S. 171-182.

Vernadat, F.: CIM-OSA – A European Development for Enterprise Integration. In. Petrie, C. J. (Hrsg.): Enterprise Integration Modeling. Cambridge 1992, S. 189-204.

Vester, F.: Neuland des Denkens. München 1980.

Vester, F.: Standpunkt – Die totale Information. In: Bild der Wissenschaft. Juli 1995, S. 14-15.

Vikas, K.: Controlling im Dienstleistungsbereich mit Grenplankostenrechnung. Wiesbaden 1988.

Ward, P. T.; Mellor, S. J.: Structured Development for Real-Time Systems. Englewood Cliffs 1985.

Weber, H. K.: Betriebswirtschaftliches Rechnungswesen. Band 1: Bilanz und Erfolgsrechnung. 3. Auflage. München 1988.

Weber, H. K.: Betriebswirtschaftliches Rechnungswesen. Band 2: Kosten- und Leistungsrechnung. 3. Auflage. München 1991.

Weihrauch, K.: Unterstützung aller Fertigungsarten. In: SAPInfo – Continuous Business Engineering. Walldorf 1996, S. 34-37.

Welz, G.: Byte Watchers. In: SAPInfo. Heft 50. Walldorf 1996, S. 14-15.

Wendt, S.: Nichtphysikalische Grundlagen der Informationstechnik – Interpretierte Formalismen. Berlin et al. 1989.

Wiegert, O.: Änderbarkeit durch Objektorientierung. Braunschweig 1995.

Wielinga, B.; Bredeweg, B,; Breuker, J.: Knowledge Acquisition for Expert Systems. In: Siekman, J. (Hrsg.): Advanced Topics in Artificial Intelligence – ACAI'87. Lecture Notes in Artificial Intelligence 345. Berlin et al. 1987, S. 96-124.

Wiendahl, H.-P.: Belastungsorientierte Fertigungssteuerung. München 1987.

Wildemann, H.: Das Just-in-Time-Konzept: Produktion und Zulieferung auf Abruf. 2. Auflage. München 1990.

Wildemann, H.: Einführungsstrategien für die computerintegrierte Produktion (CIM). München 1990.

Wintermantel, E.; Ha, S.-W.: Biokompatible Werkstoffe und Bauweisen – Implantate für Medizin und Umwelt. Berlin et al. 1996.

Wirfs-Brock, R.; Wilkerson, B.; Wiener, L.: Designing Object-Oriented Software. New Jersey 1990.

Wöhe, G. Einführung in die Allgemeine Betriebswirtschaftslehre. 19. Auflage. München 1996.

Wolff, M. R.: Computerunterstütztes Lernen in der wirtschaftswissenschaftlichen Hochschulausbildung – Status und Anforderungen. In: Dette, K. (Hrsg.): Multimedia, Vernetzung und Software für die Lehre: Das Computer-Investitions-Programm (CIP) in der Nutzanwendung. Berlin et al. 1992, S. 585-594.

Wolff, M. R.: Multimediale Informationssysteme. In: Handbuch der modernen Datenverarbeitung. 30 (1993) 169, S. 9-26.

Womack, J. P.; Jones, D.; Roos, D.: Die zweite Revolution in der Automobilindustrie. Konsequenzen aus der weltweiten Studie des Massachusetts Institute of Technology. Frankfurt/ Main, New York 1992.

Xu, Z.-Y.: Prinzipien des Entwurfs und der Realisierung eines Organisationsinformationssystems. Heidelberg 1995.

Zäpfel, G.: Entwicklungsstand und -tendenzen von PPS-Systemen. In: Corsten, H. (Hrsg.): Handbuch Produktionsmanagement. Wiesbaden 1994, S. 719-745.

Zencke, P.: Logische Erweiterung der R/3-Architektur. In: SAPInfo. Heft 50. Walldorf 1996, S. 19-24.

Zencke, P.: Modellgestützte R/3-Systemkonfiguration für eine Betriebswirtschaft des Wandels. In: SAPInfo – Continuous Business Engineering. Walldorf 1996, S. 6-9.

Zencke, P.: Softwareunterstützung im Business Process Reengineering. In: Schriften zur Unternehmensführung. Band 53. Wiesbaden 1994, S. 63-76.

Zendler, A.: Konzepte, Erfahrungen und Werkzeuge zur Softwarewiederverwendung. Marburg 1995.

Stichwortverzeichnis

THE SIGN OF EXCELLENCE

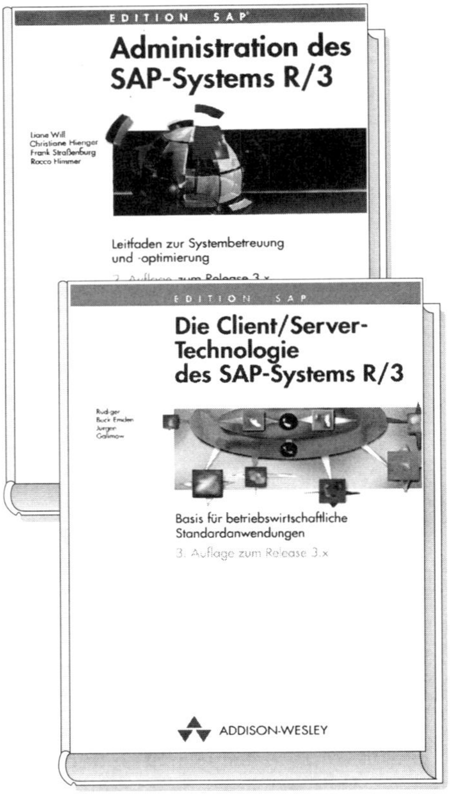

Die **Edition SAP** verfolgt das Ziel, das Thema 'SAP und R/3' einer breiten Leserschaft in ganzheitlicher Weise zugänglich zu machen. Fachleute der SAP sowie unabhängige Autoren stellen technische und betriebswirtschaftliche Themen aus dem R/3-Umfeld in aktueller und fundierter Form dar. Damit ist die **Edition SAP** die geeignete Buchreihe für alle Leser, zu deren Aufgaben die Beschaffung, Einführung oder Nutzung betriebswirtschaftlicher Anwendungslösungen gehört.

Die Client-Server-Technologie des SAP-Systems R/3
Basis für betriebswirtschaftliche Standardanwendungen
3. Auflage zum Release 3.x
Rüdiger Buck-Emden, Jürgen Galimow
293 S., 3., aktual. u. erw. Aufl. 1996, 79,90 DM, geb.
ISBN 3-8273-1021-0

ABAP/4
Die Programmiersprache des SAP-Systems R/3
Bernd Matzke
489 S., 1996, 89,90 DM, geb.
ISBN 3-89319-949-7

SAP R/3 prozeßorientiert anwenden
Iteratives Prozeß-Prototyping
zur Bildung von Wertschöpfungsketten
Gerhard Keller, Thomas Teufel
ca. 700 S., ca. 89,90 DM, geb.
ISBN 3-8273-1073-3

Administration des SAP-Systems R/3
Leitfaden zur Systembetreuung und -optimierung
Liane Will, Christiane Hienger,
Frank Straßenburg, Rocco Himmer
456 S., 2., aktualisierte Auflage zum Release 3.x
89,90 DM, geb., mit Diskette, ISBN 3-8273-1136-5

ADDISON-WESLEY